i grandissimi tea

Estelle Maskame

La trilogia di Lo sapevi che

I Love You?
I Need You?
I Miss You?

Traduzione di
Isabella Polli

TEA

Per informazioni sulle novità
del Gruppo editoriale Mauri Spagnol visita:
www illibraio it

TEA – Tascabili degli Editori Associati S.r.l.
Gruppo editoriale Mauri Spagnol
www tealibri it

Titoli originali:
Did I Mention I Love You?
Did I Mention I Need You?
Did I Mention I Miss You?

Prima edizione I Grandissimi TEA novembre 2020

I

LO SAPEVI CHE I LOVE YOU?

Ai lettori che mi hanno seguito fin dall'inizio,
perché questo libro non è mio, è nostro.

1

Se i film e i romanzi mi hanno insegnato qualcosa, è che Los Angeles è la città più fantastica di tutte, con la gente più fantastica e le spiagge più fantastiche. Per questo, come ogni ragazza sulla faccia della Terra, io sognavo la California, il Golden State. Desideravo, un giorno, di correre lungo la spiaggia di Venice Beach, di posare le mani sulle stelle delle mie celebrità preferite sulla Walk of Fame, di ammirare la vista della città dall'alto, da dietro la scritta HOLLYWOOD. E di fare tutte le altre cose che fanno i turisti.

Con un auricolare in un orecchio, dividendo la mia attenzione fra la musica che mi risuona in testa e il nastro trasportatore che mi scorre davanti, cerco a fatica di farmi largo tra la calca per recuperare il mio bagaglio. Le persone intorno a me si spingono e chiacchierano ad alta voce con i loro compagni di viaggio, uno grida che le loro valigie sono appena passate, l'altro risponde, sempre a voce altissima, che non erano le loro, io alzo gli occhi al cielo e mi concentro sulla valigia beige in arrivo. La riconosco perché ha dei versi scarabocchiati su un lato, quindi afferro la maniglia e la tiro su il più in fretta possibile.

«Sono qui!» mi urla una voce familiare. La voce di mio padre, incredibilmente profonda, è attutita dalla musica, ma per quanto alto possa essere il volume, credo che la sentirei anche a un chilometro di distanza.

Troppo dolorosa e irritante per poterla ignorare.

Quando la mamma mi ha detto che papà voleva che passassi l'estate con lui, siamo scoppiate entrambe a ridere per la totale assurdità di quella richiesta. «Non sei tenuta ad avere alcun contatto con lui» mi ricordava ogni giorno. Tre anni di silenzio assoluto e ora, di punto in bianco, mi voleva con sé per tutte le vacanze? Forse una proposta meno drastica non ci avrebbe sbalordite così tanto. Avrebbe potuto, chessò, cominciare a chiamarmi una volta ogni tanto per sapere come stavo e rientrare gradualmente nella mia vita. Invece no, aveva deciso di tagliare la testa al toro e ospitarmi per otto settimane. La mamma era assolutamente contraria. Gli aveva risposto che dopo tre anni di assenza non sarebbe comunque bastato a compensare il tempo che aveva perso con me. Ma lui era diventato ancora più insistente, cercando di convincermi che avrei adorato la California. Non so perché avesse deciso di riallacciare i contatti così all'improvviso. Sperava forse di risanare il nostro rapporto, che aveva distrutto il giorno in cui ci aveva lasciate? Dubitavo che fosse possibile, ma alla fine avevo ceduto e lo avevo chiamato per dirgli che sarei andata. Non era stata l'idea di passare del tempo con lui a spingermi ad accettare, quanto il pensiero di calde giornate estive e spiagge meravigliose e la possibilità di innamorarmi di un abbronzatissimo e statuario modello di Abercrombie & Fitch. Senza contare che avevo le mie ragioni per voler andare a millecinquecento chilometri da Portland.

Detto questo, non sono particolarmente eccitata, o felice, di vedere l'uomo che è venuto a prendermi.

È normale che le persone cambino, nell'arco di tre anni. L'ultima volta che ho visto mio padre io ero sei centimetri più bassa. E lui non aveva evidenti fili grigi fra i capelli. E soprattutto, tre anni fa questo momento non sarebbe stato imbarazzante.

Mi sforzo di fargli un sorriso a trentadue denti, in modo da non dover spiegare perché le mie labbra sono sempre piegate all'ingiù. In genere sorridere mi viene molto più facile.

« Ma guarda la mia bambina! » esclama papà, sgranando gli occhi e scuotendo la testa, come se non potesse credere che non ho più lo stesso aspetto di quando avevo tredici anni. Oh, assurdo che una sedicenne non sia più come quando andava in terza media!

« Già » rispondo, togliendomi l'auricolare. I fili mi penzolano in mano, si sente l'eco lontana della melodia che vibra dalle estremità.

« Mi sei mancata tanto, Eden » mi dice, come se dovessi essere felice di sapere che mio padre, che ci ha abbandonato, sente la mia mancanza, e magari dovessi buttarmi fra le sue braccia e perdonarlo all'istante. Non funziona così. Il perdono non è dovuto: bisogna guadagnarselo.

Comunque, se devo vivere con lui per otto settimane, forse dovrei almeno *provare* a mettere da parte la mia ostilità. « Anche tu mi sei mancato ».

Lui si illumina, due fossette gli si scavano nelle guance come buche di talpa nel terreno. « Ti prendo i bagagli » dice, allungando una mano verso la mia valigia e girandola sul lato delle rotelle.

Lo seguo fuori dall'aeroporto: LAX, naturalmente. Mi guardo intorno come un rapace per individuare eventuali star del cinema o della moda che potrebbero passarmi accanto, ma mentre mi dirigo verso l'uscita non riconosco nessuno.

Attraversando l'immenso parcheggio sento il viso inondato di calore, il sole mi pizzica la pelle e la brezza mi scompiglia i capelli. Il cielo è abbastanza sereno, a parte qualche fastidiosa nuvola.

« Pensavo che qui facesse più caldo » commento, seccata: la California, dopotutto, non è lo Stato privo di vento, nuvole e pioggia che gli stereotipi mi avevano lasciato credere. Non avrei mai pensato che la noiosa città di Portland in estate potesse avere temperature più alte di Los Angeles. È una terribile delusione, adesso preferirei davvero tornarmene a casa, nel mio banalissimo Oregon.

« Fa comunque molto caldo » ribatte papà, scrollando le spalle come per scusarsi del clima. Lo guardo di sottecchi e lo vedo sempre più esasperato: si sta arrovellando per trovare qualcosa da dire. Non c'è molto di cui parlare, a parte la scomoda realtà di questa situazione.

Trascina la mia valigia fino a una Lexus nera. Scruto la vernice lucida con aria dubbiosa. Prima del divorzio lui e la mamma si dividevano una Volvo scassata, che si rompeva ogni quattro settimane (se eravamo fortunati). O guadagna molto bene con il suo nuovo lavoro, oppure, semplicemente, prima preferiva non spendere troppi soldi per noi. Forse non valevamo la pena.

« È aperta » mi dice, facendo un cenno con la testa verso la portiera, mentre infila la mia valigia nel bagagliaio.

Mi sposto sul lato destro e mi faccio scivolare lo zaino dalla spalla, poi salgo a bordo. La pelle dei sedili mi brucia le cosce nude. Aspetto in silenzio per un momento, poi papà si accomoda al posto di guida.

« Allora, è andato bene il volo? » mi chiede, avviando una conversazione generica mentre accende il motore e fa retromarcia.

« Sì, tutto okay ». Metto la cintura di sicurezza e guardo davanti a me, senza espressione, con lo zaino in grembo. Il sole è accecante, così apro la tasca anteriore e tiro fuori gli occhiali da sole. Me li metto e sbuffo.

Sento quasi mio padre deglutire, a disagio, prima di prendere un respiro profondo e domandare: « Come sta tua madre? »

« Alla grande » rispondo, quasi troppo entusiasta nel mio frenetico tentativo di sottolineare come se la stia cavando bene senza di lui. In realtà non è del tutto vero. Sta bene. Non benissimo, ma neanche male. Ha passato gli ultimi anni a cercare di convincersi che il divorzio le abbia insegnato qualcosa di utile. Che sia stato per lei una chance di riprendere in mano la sua vita e un'infusione di profonda saggezza, ma francamente l'unico effetto concreto che ha sortito è stato di farle odiare gli uomini. « Mai stata meglio ».

Papà annuisce, stringendo con decisione il volante mentre l'auto esce dalla zona dell'aeroporto e si immette sulla superstrada. Ci sono molte corsie, trafficate ma scorrevoli, piene di macchine che sfrecciano. L'orizzonte qui è aperto. Non ci sono edifici imponenti, grattacieli altissimi come a New York, e neanche i filari di alberi che abbiamo a Portland. L'unico motivo di soddisfazione è scoprire che le palme esistono davvero. Una parte di me si era sempre chiesta se fossero soltanto un mito.

Superiamo una serie di segnali stradali, uno sopra ogni corsia, che indicano i diversi quartieri e le città vicine. Non distinguo le parole, ci passiamo sotto a velocità troppo elevata. Si sta creando un altro momento di silenzio, così papà si schiarisce la voce e fa un secondo tentativo di imbastire una conversazione con me.

« Adorerai Santa Monica » mi dice, con un breve sorriso. « È una città fantastica ».

« Sì, mi sono documentata » replico, appoggiando il braccio al finestrino e guardando fuori, verso la strada. Finora Los Angeles non sembra favolosa come nelle foto che ho visto su internet. « È quella col famoso molo, vero? »

« Sì, il Pacific Park ». Un fugace raggio di sole colpisce le mani di mio padre appoggiate sul volante e attira la mia attenzione sull'anello d'oro che ha al dito. Mi sfugge un gemito e lui se ne accorge. « Ella non vede l'ora di conoscerti » mi dice.

« Anch'io non vedo l'ora di conoscerla » mento.

Ella è la sua nuova moglie, della quale ho appreso l'esistenza poco tempo fa. La donna con cui ha sostituito mia madre: qualcosa di nuovo, di meglio. Io non riesco proprio a capirlo: che cos'ha questa Ella che mia madre non ha? Una tecnica più efficace per lavare i piatti? Una ricetta migliore per il polpettone?

« Spero che andrete d'accordo » riprende lui dopo un momento di silenzio soffocante. Si infila nella corsia più veloce. « Ci tengo molto ».

Lui ci terrà anche molto, ma io, da parte mia, non sono ancora del tutto convinta di questa idea della 'famiglia ricostituita'. Il fatto di avere una matrigna non mi entusiasma. Io voglio una famiglia normale, come nelle pubblicità, composta da me, mia madre e mio padre. Non mi piace dovermi adattare, non mi piacciono i cambiamenti.

« Quanti figli hai detto che ha? » chiedo in tono sprezzante. Non solo mi è stata elargita una splendida matrigna, ma nel pacchetto ci sono anche dei fratellastri.

« Tre ». Si sta irritando per il mio atteggiamento apertamente oppositivo. « Tyler, Jamie e Chase ».

« Okay » dico. « Quanti anni hanno? »

Mentre parla si concentra sul segnale di stop, a pochi metri da noi, e rallenta. « Tyler ha appena compiuto diciassette anni, Jamie ne ha quattordici e Chase... Chase ne ha undici. Cerca di andare d'accordo con loro, tesoro ». I suoi occhi nocciola mi guardano di sbieco, imploranti.

« Oh ». Finora avevo dato per scontato che mi sarei ritrovata davanti un paio di bimbetti praticamente incapaci di articolare una frase compiuta. « Okay ».

Trenta minuti dopo percorriamo una strada tortuosa, in quello che sembra un quartiere periferico. I parcheggi lungo i marciapiedi sono fiancheggiati da alti alberi che riparano dal caldo con l'ombra dei rami intricati e dei grossi tronchi. Qui le case sono tutte più grandi di quella dove vivo con la mamma, ciascuna ha il suo stile architettonico. Non ce n'è una uguale all'altra per forma, colore o dimensioni. La Lexus di papà accosta davanti a una villetta di pietra chiara.

« Tu vivi qui? » Deidre Avenue ha un'aria del tutto ordinaria, potrebbe trovarsi benissimo in North Carolina. Los Angeles non dovrebbe essere ordinaria. Dovrebbe essere eccentrica e del tutto surreale, invece no.

Papà annuisce, spegne il motore e chiude l'aletta parasole. « Vedi quella finestra? » Ne indica una proprio al centro del primo piano.

« Sì? »

« Quella è la tua camera ».

« Oh ». Non mi aspettavo di avere una stanza tutta mia per le otto settimane in cui starò qui. Ma dall'esterno sembra una casa piuttosto grande, quindi di certo lo spazio non manca. Sono contenta di non dover dormire su un letto gonfiabile in mezzo al salotto. « Grazie, papà ». Quando provo ad alzarmi, mi rendo conto che la scelta dei pantaloncini corti aveva dei pro e dei contro. Pro: non ho sofferto il caldo. Contro: le mie cosce si sono incollate alla pelle dei sedili della Lexus. Mi ci vuole un minuto buono per riuscire a scendere dall'auto.

Papà va ad aprire il bagagliaio, prende la mia valigia e la appoggia sul marciapiede. « Entriamo, su » mi esorta mentre afferra la maniglia e comincia a trascinarsela dietro.

Allungo una gamba e supero la striscia del parcheggio, poi seguo mio padre sul vialetto di pietra che porta all'ingresso della casa: il portone è rivestito di pannelli di mogano, proprio come dev'essere nelle case dei ricchi. Per tutto il tempo tengo gli occhi fissi sulle Converse che ho ai piedi, indugiando sulle strisce di gomma bianca, che ho decorato sui lati con la mia scrittura disordinata. Come sulla valigia, ci sono dei versi a pennarello nero. Fissare le scritte mi aiuta a calmare i nervi: solo un pochino, finché non arriviamo alla porta.

La casa, nonostante l'odioso consumismo che rappresenta, è molto bella. In confronto a quella dove mi sono svegliata stamattina potrebbe essere un albergo a cinque stelle. Sul vialetto è parcheggiata una Range Rover bianca. 'Che pacchianata' penso.

« Nervosa? » mi chiede papà, esitando sulla soglia. Mi rivolge un sorriso rassicurante.

« Più o meno » ammetto. Ho cercato di non pensare alla lista infinita di cose che potrebbero andare storte, ma da qualche parte dentro di me c'è una sensazione di paura. E se tutti mi detestassero?

« Non devi ». Apre la porta ed entriamo, trascinandoci dietro la valigia. Le rotelle strisciano sul pavimento di legno.

Nell'ingresso veniamo subito avvolti da un soffocante profumo di lavanda. Davanti a me c'è una scala e alla mia destra una porta che, a quanto vedo dalla fessura aperta, è quella del soggiorno. Più avanti c'è una grande arcata che dà sulla cucina: da lì sta arrivando una donna.

« Eden! » grida. Mi abbraccia con foga, anche se ostacolata dal seno molto prosperoso, poi arretra di un passo, per guardarmi bene. Io ricambio il favore. È snella, bionda. Per qualche assurda ragione mi aspettavo che somigliasse alla mamma. Ma a quanto pare mio padre ha cambiato gusti in fatto di donne, oltre che stile di vita. « È così bello conoscerti, finalmente! »

Faccio un passetto indietro, reprimendo l'impulso di alzare gli occhi al cielo o fare una smorfia. Papà di certo mi trascinerebbe di nuovo fino all'aeroporto se mi dimostrassi così irrispettosa. « Salve » dico invece.

« Dio, hai gli occhi di Dave! » esclama lei, che è probabilmente la cosa peggiore che qualcuno potrebbe dirmi: preferirei decisamente avere gli occhi di mia madre. Non è stata lei ad andarsene.

« I miei sono più scuri » borbotto in tono offeso.

Ella non insiste e cambia argomento. « Devi conoscere il resto della famiglia. Jamie, Chase, venite giù! » grida verso le scale, prima di rivolgersi di nuovo a me. « Dave ti ha detto della piccola riunione di stasera? »

« Riunione? » ripeto. Sulla mia lista delle 'Cose da fare in California' non c'era alcuna riunione. Soprattutto di estranei. « Papà? » Lo guardo di sbieco, sforzandomi di non lanciargli un'occhiata assassina, e inarco le sopracciglia.

« Facciamo un barbecue con i vicini » mi spiega lui. « Che cosa c'è di meglio di un tradizionale barbecue per iniziare l'estate? » Vorrei che si zittisse all'istante.

In tutta onestà, io odio sia i gruppi numerosi sia i barbecue. « Favoloso » commento.

Una serie di tonfi annuncia la discesa di due ragazzini, che fanno due gradini di quercia alla volta.

« È lei Eden? » sussurra il più grande a Ella, raggiungendoci. Io lo sento comunque. Deve essere Jamie. Il più piccolo, con lo sguardo tenero, sarà Chase.

« Ehi » dico. Incurvo le labbra in un bel sorriso. Da quello che ricordo, Jamie ha quattordici anni. Anche se ha due anni meno di me, siamo quasi alti uguali. « Come va? »

« Tutto bene » risponde lui. Si vede proprio che è figlio di Ella: ha due luminosi occhi azzurri e i capelli biondi e spettinati. « Vuoi qualcosa da bere? »

« No, grazie ». Sembra maturo per la sua età, a giudicare da come sta dritto e si sforza di essere educato. Potremmo perfino andare d'accordo.

« Chase, non vuoi dire ciao a Eden? » lo incoraggia Ella. Sembra un bambino piuttosto timido. Anche lui ha ereditato gli impeccabili geni di Ella. « Ciao » borbotta, senza guardarmi in faccia. « Mamma, posso andare da Matt? »

« Ma certo, tesoro, basta che torni per le sette ». Mi chiedo se sia il tipo di madre che ti mette in castigo per aver sbriciolato sul tappeto, oppure quella che non si scompone se sparisci per due giorni. « C'è il barbecue, ti ricordi? »

Chase annuisce e poi mi passa accanto, spalanca la porta d'ingresso e la richiude in un baleno, senza neanche un accenno di saluto.

« Mamma, vuoi che le faccia fare il giro della casa? » chiede Jamie subito dopo l'uscita di suo fratello.

« Sarebbe fantastico » rispondo al suo posto. La compagnia di Jamie sarà sicuramente meglio di quella di mio padre o di Ella, o di entrambi. Non vedo perché dovrei passare del tempo con persone che preferirei non frequentare affatto. Quindi per il momento mi concentrerò sui miei nuovi, favolosi fratellastri. Di sicuro, per loro, questa situazione è strana quanto lo è per me.

« Gentile da parte tua, Jay » dice sua madre. Sembra contenta di non dovermi indicare di persona dov'è il bagno. « Mostrale la sua stanza ».

Papà mi fa un cenno veloce con la testa e sorride. « Siamo in cucina, se hai bisogno di qualcosa ».

Mentre Jamie prende la mia valigia e comincia a issarla per le scale, io trattengo una risata sarcastica. In questo momento ho bisogno solo di gambe abbronzate e aria fresca, e di certo non le otterrò stando in casa con mio padre.

Mentre mi volto per seguire Jamie di sopra, sento mio padre sibilare: « Dov'è Tyler? »

« Non lo so » risponde lei.

Le loro voci si affievoliscono mentre mi allontano, ma non abbastanza da non sentire la replica di papà: « E lo lasci andare via così? »

« Sì » dice Ella prima di uscire dal mio raggio uditivo.

« La tua camera è proprio di fronte alla mia » mi informa Jamie quando arriviamo di sopra. « Hai la stanza migliore, con la vista più bella ».

«Mi spiace». Faccio una risatina e cerco di mantenere il sorriso mentre lui si avvicina a una delle cinque porte. Ma non posso evitare di fermarmi e lanciare un'occhiata di sotto, ai capelli biondi di Ella che spariscono oltre l'arcata della cucina.

A quanto pare è il tipo di madre che non si preoccupa se sparisci.

2

Se dovessi usare un solo aggettivo per descrivere la mia camera per quest'estate, direi 'essenziale'. Non c'è altra parola che possa sintetizzare un letto, delle pareti bianche e un semplice cassettone. Nient'altro. È anche incredibilmente calda.

« Bel panorama » dico a Jamie, anche se sono ben lontana dalla finestra e quindi non ho idea di come sia la vista.

Lui ride. « Tuo padre ha detto che puoi personalizzarla ».

Mi aggiro in questa stanza destinata a me, camminando sulla moquette beige e sbirciando negli armadi a muro. Hanno le ante scorrevoli, a specchio. Molto più fighi del cubicolo che ho a casa. E c'è anche un bagno privato. Do un'occhiata all'interno, inarcando le sopracciglia con soddisfazione. La doccia sembra non essere mai stata usata.

« Ti piace? » mi chiede papà, sbucando alle mie spalle. Al suono della sua voce mi giro e lui mi rivolge un sorriso smagliante. Non l'ho sentito entrare. « Scusa, fa un po' caldo, accendo l'aria condizionata. Basteranno cinque minuti ».

« Va bene » rispondo. « Sì, mi piace ». È quasi il doppio della mia camera a Portland, quindi, per quanto spartana, non potrebbe non piacermi.

« Hai fame? » Sembra che l'unica cosa che papà riesce a fare bene, ormai, siano le domande. « Sei stata in viaggio tutto il pomeriggio, avrai un certo appetito. Che cosa vuoi? »

« Niente, grazie » rispondo. « Penso che andrò a farmi una corsetta, tanto per sgranchirmi le gambe ». Non voglio interrompere il mio programma di allenamento giornaliero e un po' di jogging mi sembra il modo migliore per esplorare la zona.

Noto un lampo di esitazione attraversare il viso invecchiato di mio padre. Per un momento aggrotta la fronte, poi sospira come se gli avessi chiesto dove posso procurarmi un po' d'erba.

« Papà » lo affronto con decisione. Inclino la testa e mi sforzo di fare una risata gentile, anche se falsa. « Ho sedici anni, avrò pure il diritto di uscire. Voglio solo dare un'occhiata in giro ».

« Almeno portati Jamie » suggerisce lui. Le sopracciglia del mio fratellastro si inarcano per la curiosità, o la sorpresa, non so bene quale delle due. « Jamie » dice papà, « a te piace correre, no? Perché non vai con Eden, per evitare che si perda? »

Il ragazzo mi lancia un'occhiata, con un sorriso di comprensione, poi risponde: « Certo. Vado a cambiarmi ». Immagino che capisca la fatica di avere genitori iperprotettivi, che ti trattano come se avessi cinque anni.

Quindi, tutto considerato, la mia *vacanza* a Santa Monica non poteva iniziare meglio. È solo il primo giorno e la tensione fra me e mio padre è già quasi intollerabile. Il primo giorno, e sono già obbligata a partecipare a un barbecue con una massa di estranei. Un solo giorno, e mi tocca farmi accompagnare per una semplice corsa.

Un solo giorno, e mi sono già pentita di essere venuta.

« Non allontanatevi troppo » dice papà, poi se ne va senza chiudere la porta, neanche quando gli grido dietro.

Jamie fa per uscire e appoggia una mano sullo stipite, ma non prima di avermi chiesto: « Vuoi andare subito? »

Io alzo le spalle. « Se per te va bene ».

Esce dalla stanza con un rapido cenno del capo. E si ricorda di chiudere la porta.

Preferisco non perdere troppo tempo in casa, soprattutto visto che nella mia camera fa un caldo opprimente e l'aria condizionata sembra non funzionare, così sollevo la valigia, la metto sul materasso morbido e apro la cerniera. Sono felice di scoprire che i miei averi (dal portatile alla mia biancheria intima preferita) sono tutti sani e salvi. Di solito i bagagli mi arrivano mezzi aperti, con la roba che spunta fuori, perché gli addetti al trasporto sono degli incompetenti. Frugo nella valigia scavando fino in fondo, perché la tenuta da corsa è stata una delle prime cose che ci ho messo dentro.

Mentre mi dirigo tutta contenta nel mio sontuoso bagno, per rinfrescarmi un po' e cambiarmi, il mio telefono vibra, informandomi con sollecitudine che sta per morire. Mi viene in mente che Amelia mi aveva chiesto di chiamarla quando atterravo. Appoggio i pantaloncini e il reggiseno sportivo vicino al lavabo, mi siedo sul gabinetto immacolato e incrocio le gambe. Il numero della mia migliore amica è sulla lista di selezione rapida, quindi la chiamata parte in pochi secondi.

« Ehilà ». Amelia risponde con una vocetta stupida, sembra un mix fra un cartone animato e un commentatore sportivo.

« Ciao » rispondo, imitandola. Mi metto a ridere, ma poi sospiro. « Questo posto fa schifo. Fammi tornare da te per le vacanze ».

« Lo vorrei anch'io! Mi sembra già troppo assurdo! »

« Assurdo come incontrare la tua matrigna? »

« Non così tanto. È una tipa a posto? Non è come quella megera inquietante di Cenerentola, vero? E i tuoi fratellastri? Ti hanno già messo a fargli da babysitter? »

Scuoto la testa, anche se lei non può vedermi. Se solo sapesse che è esattamente il contrario. « In realtà non sono neanche piccoli ».

« Cioè? »

« Sono, tipo, adolescenti ».

« Adolescenti? » ripete lei. Prima di partire mi ero lamentata per due settimane di quanto fossi terrorizzata all'idea di conoscere i miei fratellastri, perché ho una soglia di sopportazione molto bassa per i bambini sotto i sei anni. Ma alla fine sono tutti molto più grandi.

« Già. Non sono male. Uno è un po' timido, ma è il più piccolo, lo capisco. L'altro ha un paio d'anni meno di me e penso che andremo d'accordo. Non so. Si chiama Jamie ».

« Pensavo fossero tre » fa Amelia. « Avevi detto che erano tre ».

« Be', il terzo non l'ho ancora conosciuto » le spiego. Fino a questo momento mi ero dimenticata di avere in realtà tre nuovi fratellastri pronti a giudicarmi, non due. « Probabilmente lo vedrò più tardi. Fra poco vado a correre con Jamie ».

« Eden » dice Amelia, in tono gentile ma fermo. « Sei appena arrivata. Prenditela comoda. Non sembra poi tanto male, lì ».

« No ». Mi premo il telefono sull'orecchio con la spalla e allungo il braccio per sfilarmi le scarpe. « Hanno detto qualcos'altro su di me? » chiedo a voce bassa, anche se preferirei davvero non saperlo. Ma la curiosità mi mangia viva, e non riesco a controllarla. Ogni volta finisco per cedere.

Un momento di silenzio. « Eden, non ci pensare ».

« Quindi la risposta è sì » dichiaro, più che altro a me stessa. È quasi un sussurro, così lieve che non credo che possa avermi sentito. Il mio telefono vibra di nuovo. « Ehi, senti, la batteria sta per morire. Stasera devo andare a uno stupido barbecue. Se sono tutti odiosi, ti manderò un sacco di messaggi, così almeno capiranno che ho degli amici ».

Amelia ride. Me la immagino alzare gli occhi al cielo fino a rivoltarli del tutto, come fa sempre. « Ma certo. Tienimi aggiornata ».

Il cellulare mi abbandona ancor prima che riesca a salutarla, così lo butto sul ripiano del lavabo e prendo i miei vestiti. Correre è un ottimo modo di schiarirsi le idee, ed è esattamente quello che voglio fare in questo momento. Mi infilo senza sforzo la tenuta sportiva (lo faccio talmente spesso che potrei mettermela dormendo) e torno di sotto, dirigendomi per la prima volta in cucina. Mi accoglie un ambiente fatto di ripiani neri lucidi, armadietti bianchi lucidi e un pavimento sempre nero, e lucido. Tutto è decisamente lucido.

« Wow » esclamo. Abbasso gli occhi sulla borraccia che ho in mano, poi li sposto sul lavandino immacolato vicino alla finestra. Ho quasi paura di usarlo.

« Ti piace? » chiede papà, e solo adesso mi accorgo che si trova nella stessa stanza. Continua a spuntare dal nulla, come se spiasse ogni mia mossa.

« L'avete montata ieri, o cosa? »

Lui ridacchia, scuote la testa e va ad aprire il rubinetto. « Ecco qua. Jamie ti sta aspettando fuori, sta facendo stretching ».

Io mi sposto goffamente intorno all'isola centrale e riempio la borraccia fino all'orlo, poi avvito il coperchio e me ne vado da lì prima che mio padre possa dirmi qualcos'altro. Non so proprio come farò a sopravvivere otto settimane con lui.

Quando finalmente lo raggiungo, Jamie sta camminando avanti e indietro sul marciapiede. Si ferma e mi sorride. « Mi stavo scaldando » dice.

« Posso unirmi a te? » Lui annuisce, io bevo un sorso dalla borraccia e mi porto accanto a lui. Corriamo lentamente intorno al prato un paio di volte. Poi partiamo, attraversando questo bellissimo quartiere a una velocità poco impegnativa.

È la prima volta da molto tempo che corro senza la compagnia della musica, ma soltanto perché credo che sarebbe maleducato tagliare fuori Jamie. Chiacchieriamo un po', ogni tanto diciamo: « Rallentiamo ». Tutto qui. Ma non mi dispiace. Il sole picchia, come se i suoi raggi avessero acquistato più forza nell'ultima ora e le strade sono davvero belle, con gli abitanti che portano a spasso i cani, vanno in bicicletta o spingono passeggini. Forse, dopotutto, mi innamorerò di questa città.

« Tu lo odi, tuo padre? » mi chiede Jamie senza preavviso mentre torniamo verso casa. Mi coglie così di sorpresa che quasi inciampo nei miei piedi.

« Cosa? » È l'unica risposta che riesce a farsi strada fino alle mie labbra. Raccolgo le idee e fisso gli occhi sul marciapiede davanti a me. « È complicato ».

« A me piace » dice (o meglio ansima) Jamie. Sono stupita che sia riuscito a tenere il mio passo.

« Oh ».

« Già, ma sembra che fra voi due ci siano dei problemi ».

« Sì » rispondo mordendomi il labbro mentre cerco un modo di cambiare argomento. « Ehi, quella casa laggiù è favolosa! »

Jamie non desiste. « Che tipo di problemi? »

« Il problema è che lui è uno stronzo » rispondo alla fine. È la pura verità: mio padre è uno stronzo. « È uno stronzo perché se n'è andato e non si è fatto più vivo. È uno stronzo perché è uno stronzo ».

« Capisco ».

La conversazione si conclude qui, torniamo a casa e facciamo stretching sul prato prima di rientrare a fare la doccia. Papà non perde l'occasione di ricordarci che fra due ore c'è il barbecue. Io e Jamie ci separiamo e andiamo ognuno nella sua stanza.

A questo punto mi sento sporca e sudata, quindi, dopo aver messo in carica il telefono, la prima cosa che faccio è buttarmi nella doccia scintillante. È una sensazione meravigliosa. Resto lì dentro per mezz'ora, passando quasi tutto il tempo seduta a terra a godermi il vapore. A casa mia, a Portland, non è così bello fare la doccia.

La successiva ora e mezza mi serve per prepararmi. Se potessi mi presenterei sul portico in tuta, ma non credo che Ella gradirebbe, così frugo di nuovo in valigia e tiro fuori un paio di pantaloni aderenti e una giacchina. Stile 'smart casual': dovrebbe andare.

Mi vesto, mi asciugo i capelli arricciandoli un po' e poi mi trucco con cura. Mi sto giusto spruzzando un po' di profumo quando mi arriva una zaffata di... be', di barbecue. Devono essere quasi le sette.

Scendo le scale, seguendo l'odore fino in cucina. Le porte a vetri che danno sul portico sono spalancate e mi rendo conto che la festa è già entrata nel vivo. Quindi mi correggo: devono essere le sette passate. Si sente della musica, diffusa da altoparlanti che non vedo, ci sono gruppi di adulti che si muovono in giardino e tutte le cose che rendono insopportabili le occasioni sociali. Vedo Chase in piscina con dei bambini della sua età. Vedo anche papà, che gira gli hamburger sulla griglia nell'angolo e contemporaneamente cerca di prodursi in una specie di balletto anni Ottanta. È più patetico che mai.

« Eden! » mi sento chiamare. Mi volto e scopro con una certa irritazione che la voce appartiene a Ella. « Vieni qui! »

Forse se fingo un collasso potrò tornare nella mia stanza, o meglio ancora a casa mia. « Scusa, sono un po' in ritardo. Non ho guardato l'ora ».

« No, no, va benissimo » mi risponde lei. Si sistema gli occhiali da sole sulla testa ed entra in casa un momento, per attirarmi sul prato. « Spero che tu sia affamata ».

« Be', in realtà io... »

« Questi sono i nostri vicini, abitano nella casa di fronte » mi interrompe facendo un cenno del capo verso una coppia di mezza età in piedi di fronte a noi. « Dawn e Philip ».

« Siamo felici di conoscerti, Eden » dice Dawn. È chiaro che mio padre, o Ella, o tutti e due, hanno già informato tutti quanti del mio arrivo. Philip mi fa un mezzo sorriso.

« Altrettanto » rispondo. Non so che altro ci sia da aggiungere. *Raccontatemi la storia della vostra vita? Che progetti avete per il futuro, Dawn e Philip?* Mi limito a sorridere.

« Dovrebbe passare anche nostra figlia » continua Dawn, facendomi immediatamente sentire a disagio. « Ti farà compagnia ».

« Oh, bene ». Distolgo gli occhi da questa coppia. Non sono mai stata brava a fare amicizia con le altre ragazze. Le ragazze mi fanno una paura del diavolo, e quelle che non conosco ancora di più. « È stato un piacere » dico, congedandomi con un sorriso.

Mi allontano alla svelta da loro e da Ella, sperando di evitare altre goffe presentazioni. Per i primi quaranta minuti funziona. Mi apposto vicino allo steccato e ascolto con una smorfia l'orrenda musica pop che esce dagli altoparlanti in fondo al prato. È imbarazzante anche solo essere qui. Perlomeno, quando il cibo è pronto e tutti cominciano a darci dentro, il suono delle loro voci aiuta a coprire quelle canzoni schifose. Pilucco il panino del mio hamburger per qualche minuto e poi finisco per buttare tutto il piatto nella spazzatura. E proprio quando pensavo di essere riuscita a evitare Ella per tutta la sera, lei decide di trascinarmi in giro e presentarmi a ogni singola persona, coppia o famiglia, definendomi la sua nuova figliastra.

« Ed ecco qui Rachael! » dice guidandomi verso un altro gruppetto di vicini.

« Rachael? » ripeto. Se è qualcuno che mi hanno già presentato, me la sono dimenticata. Nell'ultima ora mi hanno detto talmente tanti nomi nuovi che invece di provare a impararli ho cominciato a rimuoverli tutti.

« La figlia di Dawn e Philip » mi informa Ella. Fa un cenno da sopra la mia spalla e prima ancora che riesca a voltarmi sta già gridando: « Rachael! Siamo qui! »

Uff. Faccio un respiro profondo, mi convinco che sarà gentile e amichevole, poi mi appiccico sulla faccia il sorriso più finto possibile. La ragazza ci raggiunge e mi gira intorno. « Oh, ehi » biascico.

Ella ci guarda con un sorriso radioso. « Eden, lei è Rachael ».

Anche l'altra sorride: finiamo per sembrare un terzetto di serial killer. « Ehi! » Lancia a Ella un sorrisetto di circostanza. Lei capisce l'antifona: « Vi lascio sole a fare conoscenza ». Ride di nuovo, prima di allontanarsi a grandi passi verso altra gente noiosa e conversazioni ancora più noiose.

« I genitori rendono tutto imbarazzante » dice Rachael. Sulla base di quest'unica affermazione, decido seduta stante che mi è simpatica. « Sei rimasta bloccata qui per tutto questo tempo? »

Vorrei poter dire di no. « Purtroppo ».

Ha i capelli lunghi e biondi, decisamente non del suo colore naturale. Ma ci passerò sopra, soltanto perché per il momento non sembra odiarmi. « Io abito qui di fronte. Immagino che tu non conosca nessuno in giro, quindi se vuoi possiamo stare un po' insieme. Sul serio, vieni a trovarmi quando vuoi ».

La sua proposta mi stupisce, ma le sono molto grata. Non ho la minima intenzione di passare otto settimane bloccata in casa con mio padre e la sua nuova famiglia. « Sì, sarebbe bello... » Lascio cadere il discorso perché la mia attenzione viene attirata da quello che succede all'ingresso.

Da dove sono riesco a sbirciare la strada, attraverso le fessure dello steccato che circonda la casa. Stringo gli occhi per vedere meglio. Arriva della musica, anche se forse sarebbe più corretto dire che ci assorda. Copre addirittura la discutibile colonna sonora del barbecue. Una macchina sportiva bianca si avvicina al marciapiede a tutta velocità e si ferma contro il cordolo con una sgommata. Faccio una smorfia disgustata. Appena si spegne il motore, la musica si ferma.

« Che cosa guardi? » mi chiede Rachael, ma io sono troppo assorbita dalla scena per darle retta.

La portiera si spalanca con violenza, mi stupisco che non si stacchi dai cardini. Non vedo bene attraverso lo steccato, ma distinguo un tizio alto che esce e la richiude, sbattendola con la stessa aggressività. Esita un attimo, guarda verso la casa, poi si passa una mano fra i capelli. Chiunque sia, ha l'aria stravolta, come se avesse appena perso tutti i suoi risparmi, o gli fosse morto il cane. Poi si dirige deciso verso il cancello.

« Chi diavolo è questo idiota? » mormoro a Rachael mentre la sagoma si avvicina.

Ma prima che una di noi due possa aggiungere qualcosa, l'Idiota decide di aprire il cancello con un pugno, attirando l'attenzione di tutti. È come se volesse rendersi odioso agli occhi dei presenti. Immagino che sia il vicino che tutti detestano, magari è venuto qui come una furia soltanto perché non è stato invitato al barbecue più patetico della storia.

« Scusate il ritardo » commenta sarcastico l'Idiota, ad alta voce. Ha un ghigno sulla faccia. I suoi occhi sono un lampo verde smeraldo. « Mi sono perso qualcosa, a parte la macellazione degli animali? » Solleva il dito medio verso il barbecue, da quel che posso intuire. « Spero che la mucca che vi siete sbafati sia stata di vostro gradimento ». Poi fa una risata, come se le espressioni disgustate dei presenti siano la cosa più divertente che abbia visto quest'anno. « Chi vuole altra birra? »

Sento la voce di mio padre che richiama la folla silenziosa. Mentre tutti riprendono i loro discorsi, ridacchiando, l'Idiota si dirige verso le porte scorrevoli. Le richiude facendole sbattere così forte che mi sembra di veder tremare i vetri.

Sono sbalordita. Non ho idea di che cosa sia successo, di chi sia quel ragazzo o del perché sia entrato in casa. Quando mi accorgo che mi è caduta la mascella, chiudo la bocca e mi giro verso Rachael.

Lei si morde il labbro e si tira giù gli occhiali da sole dalla fronte, a coprire gli occhi. « Immagino che tu non abbia ancora conosciuto il tuo fratellastro maggiore ».

3

Non so esattamente cosa mi aspettassi prima di arrivare a Los Angeles, ma di certo non avrei mai immaginato di ritrovarmi un malato di mente per fratellastro.

« Lui è il terzo figlio di Ella? » sbotto, mentre gli altri ospiti sembrano ignorare l'accaduto. Io invece non riesco a togliermi dalla testa quella scena assurda. Chi si crede di essere questo qui?

« Già » conferma Rachael, poi si mette a ridere. « Mi dispiace per te. E mi auguro con tutto il cuore che la tua camera sia ben lontana dalla sua ».

« Perché? »

All'improvviso mi sembra agitata, come se avessi appena scoperto il suo più imbarazzante segreto. « Può essere veramente fastidioso averlo intorno, anche se non dovrei parlare. Non sono fatti miei ». Ha le guance arrossate e un vago sorriso. Cambia subito argomento: « Hai da fare domani? »

Io sto ancora pensando a quello che ha detto a proposito della mia stanza. « Sì... cioè, no. Scusa, non so più quello che dico. Ehm... » 'Complimenti, Eden, bella figura da imbranata'.

Per fortuna Rachael non mi ha ancora catalogata come una completa imbecille, anzi ride di nuovo. « Vuoi venire con me? Potremmo andare alla Promenade ».

« Mi piacerebbe ». Sono ancora distratta, confusa e un po' irritata da quell'entrata da maleducato dell'Idiota. Non poteva semplicemente passare dalla porta d'ingresso? Era proprio necessario dare spettacolo?

« È un posto fantastico per lo shopping! » Rachael continua a parlare, ogni tanto si butta una ciocca di capelli biondi dietro le spalle, sferzandomi la faccia. Quando smette di blaterare sulla Promenade, mi dice: «Scusa, ho un sacco di cose da fare, mi tocca andare. Mi spiace non poter rimanere. La mamma voleva che facessi un salto per dirti ciao, quindi ciao».

«Ciao» rispondo. Mi dà appuntamento per l'indomani e poi, veloce come è arrivata, se ne va, lasciandomi sola e circondata da adulti mezzi ubriachi. Chase si avvicina. «Eden». Pronuncia il mio nome lentamente, con cautela, sembra stia provando a sentire che effetto gli fa. «Eden» ripete poi in tono più sicuro. «Dove sono le bibite?» I suoi amici si avvicinano con sguardi ansiosi e innocenti, in apprensione. 'Certo' penso, 'perché ho proprio l'aria minacciosa, io'.

«Saranno sul tavolo» gli suggerisco. «Chiedi a tua madre».

«È dentro» ribatte lui. Poi uno dei suoi amici, ridendo come se fosse lo scherzo più divertente del mondo, gli dà un'energica pacca sulla spalla e Chase mi finisce addosso. Imbarazzato, si tira indietro di scatto. Mi accorgo che la mia canottiera si è bagnata.

«Scusa» dice in fretta. Abbassa gli occhi sul bicchiere di carta vuoto che ha in mano. Due secondi prima era mezzo pieno.

«Non preoccuparti» rispondo. E sono sincera. Anzi, adesso ho anche una buona scusa per rientrare e sfuggire a questo terribile barbecue. Sono quasi felice, mentre volteggio verso casa per andare a cambiarmi. Magari papà, brillo com'è, non se ne accorgerà neppure, se non mi faccio vedere per il resto della serata. Me ne starò nella mia spartana camera e chiamerò la mamma, oppure farò una videochiamata con Amelia. O al massimo mi spezzerò entrambe le ginocchia: qualsiasi cosa pur di non tornare lì fuori.

Tiro un sospiro per lo sfinimento; è stata una giornata davvero stancante. Non ho ancora messo piede sulle scale quando sento esplodere delle urla dal soggiorno. La curiosità è troppa per pensare di ignorarle, così mi avvicino allo spiraglio della porta.

Nel mio limitato campo visivo c'è Ella che chiude gli occhi, si prende la testa fra le mani e si massaggia le tempie. «Non sono neanche in ritardo» dice una voce maschile dall'altra parte della stanza. Ha un tono brusco e capisco immediatamente che si tratta dell'Idiota.

«Sei in ritardo di due ore!» sbotta lei. Quando spalanca gli occhi mi ritrovo a indietreggiare, per paura di essere scoperta.

L'Idiota scoppia a ridere. « Credi veramente che verrei a casa per un maledetto barbecue? »

« Che problema hai stavolta? Non è per il barbecue » cerca le parole Ella, camminando avanti e indietro sul tappeto chiaro. « Già prima di scendere dall'auto ti stavi comportando come un ragazzino. Che cosa c'è che non va? »

Lui sembra senza fiato, serra la mascella e si volta dall'altra parte. « Niente » dice a denti stretti.

« È evidente che non è vero ». Il tono di sua madre è severo e accusatorio, nulla a che vedere con la dolcezza che mi ha riservato poco fa. « Mi hai appena umiliato davanti a mezzo vicinato! »

« Sì, va bene ».

« Non avrei dovuto lasciarti uscire » mormora Ella, e sembra più che altro arrabbiata con se stessa. « Volevo obbligarti a restare, ma poi non l'ho fatto, certo, perché ho pensato di darti una possibilità. Ma tu come sempre me l'hai ritorta contro ».

« Sarei uscito comunque » ribatte l'Idiota. Ora entra un po' di più nel mio campo visivo: scuote la testa e ridacchia. Mi volta le spalle, dandomi l'occasione di osservarlo meglio; la prima volta mi era passato davanti così in fretta che non ero riuscita a vederlo bene. « E adesso che cosa vuoi fare? Mettermi di nuovo in punizione? » Ha la voce roca e profonda, i capelli di un nero quasi corvino. Sono scompigliati, ma piuttosto curati. Ha le spalle larghe ed è alto. Molto alto. Sovrasta la madre di parecchi centimetri.

« Sei impossibile » bisbiglia lei. Mentre parla per un attimo lancia un'occhiata dietro di lui e il suo sguardo mi fulmina.

Mi allontano di scatto dalla porta, con il cuore in gola, sperando disperatamente di non essere stata scoperta. Ma prima che io possa svignarmela, la porta si spalanca.

« Eden? » Ella arriva in corridoio e posa lo sguardo su di me, mezza sdraiata sulle scale, nel patetico e vano tentativo di arrampicarmi di sopra in tutta fretta.

Cerco qualcosa da dire. Se non avessi le braccia paralizzate, mi coprirei la faccia con le mani.

Ma il peggio deve ancora venire. L'Idiota fa capolino dal soggiorno e ci raggiunge: così, per la prima volta, riesco a guardarlo da vicino. Ha gli occhi color smeraldo, troppo luminosi per definirli solo verdi e troppo vivaci per passare inosservati, e quando mi guarda li stringe in un modo che mi fa rabbrividire. Serra la mascella, cancellando completamente il sorrisetto che aveva.

« Chi diavolo è questa? » chiede lanciando un'occhiata di sbieco alla madre. In effetti non ci si imbatte tutti i giorni in un'adolescente imbranata in posa plastica sulla scala della propria casa.

Mi accorgo dell'esitazione sul viso di Ella, mentre pondera la risposta da dare. Gli accarezza il braccio con dolcezza.

« Tyler, lei è Eden. La figlia di Dave ».

L'Idiota, per gli amici Tyler, soffoca una mezza risata. « La bambina di Dave? »

Mi rimetto in piedi, ma lui non mi sta guardando. « Ciao » azzardo. Sto per tendergli la mano, ma poi mi freno per il timore di sembrare stupida.

Alla fine i suoi occhi si spostano di nuovo su di me. Resta lì a fissarmi. Per un tempo lunghissimo. È come se non avesse mai visto prima un altro essere umano: all'inizio sembra confuso, poi arrabbiato e poi di nuovo perplesso. Mi sento a disagio squadrata in maniera così penetrante, così abbasso lo sguardo per un attimo sui suoi stivali marroni e sui suoi jeans. Quando riprovo a sbirciarlo, lui deglutisce lentamente e poi si rivolge alla madre. « La bambina di Dave? » bisbiglia incredulo.

Ella sospira. « Sì, Tyler. Ti avevo detto che sarebbe venuta. Non fare lo stupido ».

Lui la guarda, ma non mi perde di vista con la coda dell'occhio. « Quale stanza? »

« Come? »

« In quale camera sta? » Suona strano sentirlo parlare di me come se io non fossi lì, cosa che avrebbe di gran lunga preferito, a giudicare dalla sua reazione.

« Quella accanto alla tua ».

Lui fa un gemito teatrale, esasperando il suo disappunto, poi si volta e mi inchioda con lo sguardo. Come può credere che ci tenga a vivere in questa casa, con questa patetica imitazione di famiglia?

Mi guarda in cagnesco per un po', sembra voglia marcare il territorio, poi dà alla madre un colpetto sul fianco, mi passa accanto urtandomi e corre su per le scale.

Ella e io rimaniamo in silenzio finché non sentiamo sbattere la porta. Sembra un'abitudine di questa casa aspettare che lui sbatta una porta prima di ricominciare a parlare.

« Mi dispiace » si scusa Ella. Ha l'aria stravolta e mortificata, la capisco perfettamente. Se dovessi avere a che fare tutti i giorni con un idiota del genere, probabilmente mi verrebbe una crisi di nervi ogni cinque minuti. « Lui è solo... dai, torniamo fuori ».

No grazie. « A dire il vero Chase mi ha versato un bicchiere addosso, devo andare a cambiarmi ».

« Oh » sospira. Quando si accorge della chiazza bagnata sulla mia canottiera le sfugge una smorfia. « Spero che si sia scusato ».

Mentre lei ritorna in giardino, io salgo le scale, questa volta con agilità e non come un'impedita. Non appena mi chiudo alle spalle la porta della mia stanza, mi accascio per terra e tiro un sospiro di sollievo. Finalmente sola, al riparo dalle scocciature.

Al riparo per circa otto secondi, finché dall'altra camera non arriva una musica così forte da far tremare il muro. Rachael mi aveva detto che mi augurava di non avere la stanza vicina a quella di Tyler: altro che vicini, siamo praticamente appiccicati. Non ho parole, sono stanca e arrabbiata. In piedi al centro della mia camera, fisso la parete in fondo: dall'altra parte c'è il letto di un idiota.

Per fortuna, dopo circa cinque minuti la musica si abbassa fino a spegnersi e sento una porta che si apre. Forse il mio fratellastro si è dato una calmata. Guidata da questa speranza, mi affaccio in corridoio, solo per trovarmi davanti un paio di occhi feroci e tutt'altro che calmi.

« Ciao » ci riprovo. Se questo ragazzo fa parte della mia nuova 'famiglia', dovrò almeno fare un tentativo. « Stai bene? »

I suoi occhi smeraldo mi deridono. « Ciao » mi dice. Scende rapidamente le scale, con la stessa camicia rossa a scacchi e gli stessi stivali di prima. Nessuno lo nota mentre esce dalla porta principale, a parte me. Era in punizione, ma sembra che non gliene freghi niente.

Io mi limito a sbuffare e torno in camera mia. Almeno ci ho provato, a differenza sua. Mi tolgo la giacca e mi sfilo la canottiera, lasciandola cadere per terra, poi sprofondo per la prima volta nel mio nuovo letto. Il materasso in lattice accoglie il mio corpo. Mi sforzo di lasciare fuori le deboli vibrazioni della musica che si confondono con le risate alcoliche, e resto a fissare il soffitto. Mi concentro sul respiro e continuo a farlo anche quando sento il rombo di un motore che si accende e un'auto che sfreccia via. Tyler, scommetto.

Decido di chiamare Amelia e mi dilungo su quanto sia stato insopportabile il barbecue, patetico mio padre e idiota Tyler; poi faccio un resoconto molto simile anche a mia madre.

« Eden ». Sono già mezza addormentata, quando sento la voce di mio padre fuori dalla porta. La apre ed entra, senza darmi il tempo di accordargli il permesso. « I vicini sono andati tutti a casa ». Puzza di birra e di carne bruciata. « Ce ne andiamo a dormire. Sono veramente esausto ».

Gli do una buonanotte affrettata e, mentre se ne va, mi volto, nascondendo la testa fra i cuscini. Si dice che addormentarsi in un letto estraneo sia molto facile o, al contrario, molto, molto difficile. Per me, nonostante la stanchezza che pesa su ogni centimetro del mio corpo, sto constatando che vale la seconda opzione. Torno supina e mi premo una mano sulla fronte. Portland sarà anche un po' più calda di giorno, ma Santa Monica di notte è decisamente più umida. E il fatto che l'aria condizionata non sia ancora entrata in funzione non aiuta di certo. Non so se pensare che sia rotta o che papà si sia dimenticato di accenderla. In ogni caso, chiederò spiegazioni domattina.

Mi giro e mi rigiro per un'ora buona, mettendo a dura prova i miei nervi, prima di riuscire a dormire. Cosa che faccio per esattamente quarantasette minuti. In questa casa niente sembra durare a lungo.

Avrei pensato che, se proprio qualcosa doveva svegliarmi, sarebbe stato il caldo soffocante della mia camera, e non certo gli ululati di un ubriaco in strada. Tra gemiti e lamenti, qualche imprecazione mi fa drizzare le orecchie e spalancare gli occhi. Con cautela striscio per terra sulle ginocchia. Provo a sbirciare oltre il davanzale. L'aria fresca della notte mi accarezza il viso.

« No » sta strepitando Tyler, sbronzo. « No ». Ha un'espressione grave, batte una mano sul prato.

« Che diavolo succede? » parla da solo adesso, a voce bassa. Immagino che sia tornato a piedi, visto che non c'è ombra della sua macchina, e questo mi rassicura: un po' di buon senso ce l'ha. Guidare in stato di ebbrezza è troppo perfino per lui. « Da quanto è passata la mezzanotte? » Gli sfugge una risata fragorosa, che riempie l'aria.

« Ehi » sibilo forte dalla finestra, mettendomi seduta. « Sono quassù ».

Gli occhi annebbiati di Tyler ci mettono un po' a individuare la provenienza della mia voce. Quando mi trova, al primo piano, mi sferra un'occhiataccia. «Che diavolo vuoi?»

«Stai bene?» Mi accorgo immediatamente di quanto sia inutile la domanda. Bene non sta.

«Aprimi» mi ordina. Ha la voce impastata. Fa un cenno con la testa e avanza, barcollando, sotto il tetto spiovente e fuori dalla mia vista. Per non patire troppo il caldo ero rimasta con la sola biancheria intima, così prendo in fretta i primi vestiti che trovo e me li infilo scendendo le scale. Sto attenta a non fare rumore, lascio la luce spenta e cammino con cautela. Vedo la sua sagoma che si staglia nel pannello di vetro della porta d'ingresso.

«Che cosa sto facendo?» borbotto mentre armeggio con la toppa. L'Idiota, che finora non ha fatto altro che irritarmi a morte, mi chiede di farlo entrare, e io gli do retta? Eppure sblocco la serratura e gli apro senza esitazione.

«Con calma, eh?» biascica Tyler spingendomi via. Emana un affascinante aroma di alcol e sigarette.

Richiudo a chiave la porta. «Sei ubriaco?»

«Nooo» risponde lui. Fa un sorriso a trentadue denti che si trasforma subito in una smorfia. «È già mattina?»

«Sono le tre».

Lui ridacchia fra sé e poi cerca di salire le scale, ma continua a inciampare. «Chi ce li ha messi?» chiede picchiettando uno scalino. «Prima non c'erano».

Io lo ignoro. «Vuoi un po' d'acqua?»

«Portami una birra» è la sua risposta. Nel buio lo vedo arrivare in cima alle scale e sparire nella sua stanza, per fortuna questa volta senza sbattere la porta. Sicuramente Ella lo avrebbe ucciso se lo avesse visto in questo stato, così ubriaco da non reggersi in piedi.

Sguscio di sopra in camera mia, poi mi tolgo di nuovo i vestiti, lasciandoli sul pavimento alla rinfusa. Fa ancora un caldo tremendo, così invece di rimettermi a letto mi siedo vicino alla finestra. Appoggio la guancia al vetro fresco e respiro l'aria della notte. Vicino alla cassetta delle lettere c'è una lattina di birra accartocciata.

Idiota.

4

Quando Rachael mi ha detto 'Ci vediamo domani' non pensavo che si sarebbe presentata alla porta di mio padre alle 10:04 del mattino. In estate, svegliarsi prima di mezzogiorno (e figurarsi socializzare) è una cosa insensata. È contro le regole comportamentali di qualsiasi ragazza sana di mente. Scendo le scale e lancio un'occhiataccia a Rachael.

Papà tiene aperta la porta con una mano, nell'altra ha una tazza di caffè. Sorride radioso. « Eccola che arriva! »

« Ci vediamo dopo, papà » lo saluto gentilmente, alzando gli occhi al cielo. Lui continua a guardarmi con aria estasiata, come se fossi ancora all'asilo alle prese con la mia prima amichetta, e poi finalmente si sposta in soggiorno. « Dio, che imbarazzo ».

Rachael ride. « Anche il mio fa lo stesso. Dev'essere un marchio di fabbrica: li fanno tutti patetici ».

« Già ». Sono ancora mezza addormentata, è già tanto che riesca a mettere insieme una frase. « Non avevo capito che dovevamo uscire così presto ».

Rachael spalanca gli occhi e fa un sorriso che dice 'Questa ragazza è proprio stupida'. « È sabato, se vogliamo andare alla Promenade dobbiamo arrivare prestissimo, perché ci sarà un mare di gente! » Io non so neanche di preciso cosa sia una promenade.

« Ohhh ». Mi prendo un momento per esaminare l'abbigliamento di Rachael. Ha degli shorts deliziosi, una camicetta color panna, occhiali da sole aviator e una parure di gioielli. Io indosso una maxi maglietta con degli alpaca disegnati. « Vado a prepararmi. Vuoi entrare ad aspettarmi o... »

« Vieni tu da me quando sei pronta » replica lei, specificando: « Casa mia è quella lì ». Indica la casa di fronte. Prima di andare via, mi ripete educatamente di sbrigarmi.

Mi ci vuole mezz'ora per prepararmi. Salto la colazione, faccio una doccia di sei minuti, mi vesto in modo simile a lei, lascio i capelli sciolti e metto un trucco leggero. Niente di troppo complicato o troppo lungo da realizzare.

« Sto uscendo » avviso papà, sporgendomi dall'arcata della cucina. Ho sentito il suono della sua voce provenire da lì.

Lui interrompe una conversazione con Ella. « Stai attenta, e non fare tardi. Dove andate? »

Alzo le spalle. « In un posto chiamato Promenade, o qualcosa del genere, credo ».

« Oh! Anche Tyler è là » commenta Ella. Mi ero quasi dimenticata dell'Idiota.

Papà si gira automaticamente a fissarla. « Non era in punizione? » chiede in tono un po' brusco. A quanto pare neanche lui lo sopporta e non posso biasimarlo. Tyler non è certo una personcina ammodo. « Devi smetterla di lasciargli tanta libertà. Cedi ogni volta ».

« Divertiti » Ella mi sorride, ignorando l'espressione furiosa di mio padre. È come se le sue parole le fossero passate attraverso, senza toccarla.

Il clima si fa sempre più imbarazzante, quindi mi do alla fuga. E poi non voglio far aspettare Rachael. Non ci tengo a irritare la mia nuova amica già al secondo giorno. Per fortuna quando arrivo davanti a casa sua, alle 10:37, Rachael non sembra seccata, per quanto mi stesse aspettando; del resto nessuno si precipita fuori di casa a quest'ora del mattino senza una ragione.

« Oggi farà caldo » mi avvisa. Espirando getta la testa indietro, verso il cielo. Devo ammettere che è vero, è peggio di ieri e non sono ancora le undici. « Va bene, andiamo ». Sul vialetto accanto è parcheggiato un Maggiolino rosso, lei tira fuori un mazzo di chiavi e lo apre.

Esito prima di entrare: « Quando hai preso la patente? »

La pazienza di Rachael vacilla per l'intralcio che sto involontariamente creando fra lei e la Promenade. « A novembre ». Io continuo a fissarla. « So che cosa stai pensando: non sono ancora passati dodici mesi e quindi non potrei portarti. Ma qui da noi nessuno si preoccupa di queste stronzate, quindi sali e basta ».

Cercando di ignorare il fatto che sto commettendo un'infrazione, dato che ho meno di vent'anni e quindi non potrei salire in macchina con lei, mi siedo al posto del passeggero. Mi allaccio la cintura con particolare attenzione. «Quindi hai diciassette anni» concludo dopo aver fatto i calcoli. Rachael fa retromarcia e si immette sulla strada.

«Sì, quest'anno faccio il quarto» dice, ma la sua attenzione è concentrata sulla guida. Siamo partite a una velocità esagerata. «Ho la stessa età di Tyler, andiamo a scuola insieme. E tu?»

«Devo iniziare il terzo anno». Ancora solo due anni di liceo e finalmente potrò fare i bagagli e trasferirmi all'Università di Chicago. L'attesa sembra eterna, ma ci tengo così tanto a essere ammessa che ho già cominciato a compilare la mia richiesta di iscrizione anticipata. Anche se la mamma avrebbe preferito che facessi domanda all'Università di Portland, fin dal primo anno io sogno di andare a Chicago, dove c'è il miglior corso di psicologia, che è sempre stata il mio unico interesse. Mi incuriosiscono le persone.

«Il terzo anno è il peggiore» commenta Rachael. «Lo odierai!» Poi accende la radio, che prende vita in modo quasi assordante, mentre sfrecciamo su Deidre Avenue e svoltiamo a sinistra. Rachael canta a squarciagola.

Durante i cinque minuti del tragitto mi viene la nausea, non so se per la terribile guida di Rachael o per il fatto che stiamo per raggiungere un luogo pubblico invaso da masse di gente. Masse di gente che includono Tyler.

«A proposito, viene anche Meghan» mi informa Rachael, abbassando il volume. Accosta davanti a una villa di mattoni chiari all'angolo della strada e suona il clacson. Io sfogo l'ansia tamburellando con le dita.

Pochi secondi dopo, una ragazza asiatica con una chioma nera e lucente trotterella verso di noi. Si infila in auto, prendendo posto sul sedile dietro quello di Rachael, e ci saluta con voce dolce: «Ciao ragazze».

Rachael riavvia il motore. «Ehi Meg, lei è Eden, la sorella di Tyler».

«Sorellastra» la correggo. Mi giro per guardarla negli occhi. «Piacere di conoscerti».

«Piacere» ricambia Meghan con un largo sorriso, allacciandosi la cintura. «Passerai l'estate qui, vero?»

«Già».

La musica, di nuovo a tutto volume, interrompe la conversazione, e io ne sono felice. In breve superiamo la zona residenziale della città ed entriamo in quella più industriale, piena di motel, bar e uffici. Poco dopo siamo incolonnate nel traffico.

« Odio cercare parcheggio » si lamenta Rachael sterzando in un silos. Dopo aver accelerato per tre piani si infila in un posto libero (di traverso). « E adesso shopping! »

E io ancora non ho capito cosa sia una promenade.

Scendiamo a livello della strada, io le seguo un po' a distanza. Rachael e Meghan camminano troppo velocemente, io preferisco prendermela comoda e dare un'occhiata in giro. Le seguo dietro un angolo, in un'altra via e finalmente scopro l'arcano: una promenade altro non è che un'enorme strada pedonale piena zeppa di negozi alla moda, ristoranti costosi e cinema chiassosi. Esattamente quel tipo di luogo d'intrattenimento molto sopravvalutato che io tendo a odiare.

« Eden, ecco la Third Street Promenade! » esclama Rachael. Io sono basita. « Il più bel posto di tutta Los Angeles. Il top ».

« Concordo » aggiunge Meghan. O sono tutte e due matte, oppure semplicemente sono molto ordinarie, e superficiali: immagino che adorino questa meravigliosa, fantastica strada pedonale perché sono ragazze. Belle ragazze. Per loro è naturale innamorarsi di un posto come questo, che diventa come un rifugio.

« Figo ». Ho un tono talmente piatto che la bugia diventa palese. Cerco di riprendermi, mi schiarisco la gola e proseguo: « Quanto è lunga? »

« Tre isolati! » Rachael dà un'occhiata all'orologio, poi ci incalza con le mani. « Sbrighiamoci, stiamo sprecando tempo! »

Oddio. Tra i peggiori passatempi mai esistiti c'è lo shopping, tranne quando si tratta di libri. Però non credo che sia quello il genere di acquisti che piacciono a Rachael e Meghan: ne ho la conferma quando mi trascinano da American Apparel.

« Tu sei praticamente una turista » sentenzia Rachael, « quindi ti ci dovresti buttare a pesce. Io ho bisogno di un paio di pantaloni, vado a cercarli ».

« A me serve un reggiseno » aggiunge Meghan.

Si allontanano senza un'altra parola, lasciandomi sola in questo negozio immenso a fare una cosa che odio: comprare. A pensarci bene qualche vestito nuovo per l'estate potrebbe servirmi, quindi mi faccio forza e comincio a frugare fra scaffali e rastrelliere. Alla fine trovo una gonna carina e una canotta con un motivo azteco, che non mi sembrano male. Decido di provarle, ma mi sfugge un lamento quando mi accorgo della fila ai camerini.

« Eden » mi chiama Rachael sbucando dal nulla. « Vieni via dalla coda ».

Io la guardo stupita. « Perché? »

« Perché... » si interrompe non appena la donna davanti a me si volta per squadrarla dalla testa ai piedi. Rachael mi prende per un gomito e mi trascina via. « Perché » ripete, « in fondo al negozio ci sono dei camerini chiusi che noi usiamo lo stesso. Molto meglio che fare tutta questa fila. Seguimi, te li mostro ». Mi guida fino all'angolo più remoto del negozio, con un carico di pantaloni sul braccio. « Io devo ancora finire di guardare, vieni a cercarci quando hai finito ».

Svanisce di nuovo e io mi ritrovo a fissare una porta bianca, con un cartello che mi informa dell'ingresso vietato ai clienti. Non so se Rachael abbia in mente uno scherzo o qualche altra trovata crudele, ma prima di scivolare all'interno mi guardo intorno per accertarmi che il campo sia libero. Mi sento molto trasgressiva.

Proverò più rapidamente possibile i vestiti e uscirò prima di farmi beccare. C'è silenzio, a parte la musica insulsa diffusa nel negozio. Sguscio nel primo camerino che trovo. Ho il cuore in gola, non so neanche perché. Sto per togliermi la camicia quando sento una risatina lì accanto e mi immobilizzo, trattenendo anche il respiro.

« Smeeettila » sussurra la vocetta. È lieve, sommessa, quasi impercettibile. È sicuramente di una ragazza.

« Tesoro » mormora una voce maschile, bassa e piena. Si sente lo schiocco di un bacio, sulla bocca o sulla pelle, non saprei dire.

« Che profumo hai? » chiede la ragazza. Ancora baci. « Montblanc? »

« No, Bentley » risponde lui. Istintivamente annuso l'aria. C'è un'inebriante fragranza di colonia. « Vieni qui ».

Altri baci, ancora. Un corpo sbatte contro la parete del mio camerino. Cerco di non respirare in preda all'agitazione.

La ragazza si mette a ridere. « Che fai? »

« Cosa? »

« Qualsiasi cosa sia mi piace ».

« Certo che ti piace ».

Il mio viso si contorce in una smorfia disgustata, mi premo una mano sulla bocca e scuoto la testa. È la cosa più imbarazzante che mi sia mai capitata. Nel timore che questi due abbassino gli occhi e scoprano i miei piedi al di sotto della parete divisoria, salgo in silenzio sopra la sedia. Vorrei uscire senza che se ne accorgano, ma il pensiero che un rumore tradisca la mia presenza mi tiene incollata qui. Inclino la testa e guardo in basso. Loro non possono vedere le mie scarpe, ma io posso vedere le loro. Ballerine blu e stivali marroni.

«Tyler» ansima la ragazza prendendo fiato, «non ho intenzione di farlo qui dentro».

Non so cosa stiano per fare qui dentro, ma quegli stivali, quella voce e il nome Tyler fanno scattare qualcosa nella mia mente. Dio, ti prego, no.

E proprio a questo punto, mentre rischio di vomitare, irrompe la voce di Rachael: «Eden, sei ancora lì?»

Senza perdere un secondo afferro i vestiti e salto giù dalla sedia, spalancando la tenda e fissando Rachael con sguardo disperato. Vado verso di lei quasi di corsa, agitando una mano nel tentativo di farle capire che dobbiamo andarcene subito.

«Shhh» dice la ragazza bruscamente, e poi più forte: «Chi c'è?»

Cerco di spingere fuori Rachael, ma lei si ferma. «Tiffani?»

«Rachael?» La tenda del camerino accanto si apre e ne esce una ragazza alta e platinata. Si morde un labbro e arrossisce. Ha la camicetta mezza aperta. «Ehm, non sapevo che ci fosse qualcun altro qui».

'Ovviamente' penso.

«Che cosa stai facendo?» chiede Rachael, inarcando un sopracciglio con aria circospetta. «Tyler, ci sei anche tu?» Attendiamo risposta.

«Sì, sono qui». Tyler sbuca dalla tenda, infilandosi una maglietta grigia scolorita. Poi si passa le mani tra i capelli. Devo ammettere che ha un aspetto decisamente migliore rispetto alla notte scorsa. «Mai sentito parlare di privacy?»

«Mai sentito parlare di non scopare nei camerini dei negozi?» ribatte Rachael in tono tranquillo, arricciando il naso. «Che schifo».

Il viso di Tiffani, con le sue sopracciglia perfettamente arcuate, gli zigomi alti e le labbra piene, si contrae. All'inizio sembra in imbarazzo per essere stata scoperta, poi, mentre si riallaccia in fretta la camicetta, la sua espressione si indurisce. Distolgo lo sguardo.

« Che diavolo ci fate voi qui? » chiede Tyler, fissando me. Resta a guardarmi con durezza per diversi secondi e sento un brivido lungo la schiena, al pensiero di quello che potrebbe dire.

« Proviamo dei vestiti » risponde Rachael, gelida. « È quello che si fa di solito, in un camerino ».

Tiffani le lancia un'occhiataccia e poi guarda me, chiaramente seccata. Inclina la testa. « E tu chi saresti? »

« Eden » borbotto. Fatico a sostenere il suo sguardo, in parte perché mi sento a disagio e in parte per la situazione imbarazzante. Indico Tyler. « La sua sorellastra ».

« Hai una sorellastra? » Il tono di Tiffani si addolcisce (solo per un attimo) mentre aggrotta le sopracciglia.

Lui si limita ad alzare le spalle. « A quanto pare ».

Lei sbatte le palpebre, perplessa, come se le sorellastre fossero creature mitiche che esistono solo nelle favole. Quando finalmente se ne fa una ragione, torna a guardare me, stringendo gli occhi e chiedendo in tono acido: « Che cosa ci facevi qui dentro? Ci stavi spiando? »

« Rilassati, tesoro » le dice Tyler, evitandomi di dover imbastire una risposta, e le tocca il braccio. « Non è successo niente. Non farla tanto lunga ».

Tiffani spalanca gli occhi e spalanca le labbra, sbalordita dalla sua noncuranza. Incrocia le braccia e mette il broncio. « Chiedevo soltanto ».

« Be', non farlo » continua lui. Stringe le labbra e alza di nuovo le spalle. « A lei non importa niente. Andiamocene, devo passare alla Levi's ». Le mette un braccio intorno alle spalle con un gesto impaziente e la attira a sé, ma lei fa un sospiro e tiene la posizione, fermandosi a guardare negli occhi Rachael.

« Ci vediamo martedì » le dice. « Vieni in spiaggia, vero? »

« Sì » risponde lei, poi si gira verso di me. In quell'attimo capisco cosa sta pensando e prego che non lo dica ad alta voce. Ma lei, ovviamente, lo fa: « Può venire anche Eden, no? »

Accidenti.

Il viso di Tiffani si indurisce di nuovo. Fa un respiro profondo, valutando tra sé se accettare o meno l'intrusa. Alla fine borbotta: « Immagino di sì ».

Poi si lascia portare via da Tyler, che le tiene un braccio intorno al collo. Ha un'aria in parte mortificata e in parte irritata. Forse ci vorranno ore prima che le sue guance tornino al colore naturale.

Nel silenzio che segue il loro congedo, guardo Rachael con un sopracciglio alzato. « È la sua ragazza » mi spiega. « Stanno insieme dal primo anno. Ora sarai segnata a vita ».

Io scuoto la testa e, per la prima volta negli ultimi dieci minuti, il mio respiro torna normale. « Lui è un tale idiota ».

« È Tyler Bruce » risponde lei. « È idiota per natura ».

5

In tutta onestà, la mia giornata alla Promenade con Rachael e Meghan non è stata poi così male. Non si fermavano mai troppo nello stesso negozio, non hanno speso tutti i loro averi in scarpe e, sorpresa, entrambe adorano il caffè, come ho scoperto quando ci siamo fermate in un piccolo bar minimalista poco dopo aver svoltato in Santa Monica Boulevard. Si chiamava The Refinery e ho bevuto il miglior latte macchiato che avessi assaggiato da un pezzo.

« Sei sicura di non voler venire? » mi chiede papà per l'ottava volta, facendo capolino nella mia stanza.

Mi sto mettendo uno smalto azzurro acceso sulle dita dei piedi, ma mi fermo per lanciare un'occhiata all'irritante essere umano appena comparso dietro le mie spalle.

« Sicurissima. Non mi sento molto bene ».

Torno alle mie unghie, tenendo la testa bassa. Non sono per niente brava a mentire, quando ero piccola papà se ne accorgeva al primo sguardo. Spero che adesso non sia più così evidente.

« Se ti viene fame, in frigo c'è qualcosa da mangiare ».

« Okay » rispondo, e lui se ne va.

Forse evitare una cena di famiglia è un comportamento asociale, ma l'idea di passare il sabato sera con mio padre, matrigna e fratellastri mi fa venire l'emicrania. Da quando sono tornata dalla Promenade, due ore fa, papà non ha fatto altro che starmi addosso per convincermi a partecipare a questo orrido evento. E io ogni volta ho rifiutato.

Finisco di dipingermi le unghie e rimetto in ordine, cammino per la stanza sui talloni e, quando Ella grida da sotto le scale che stanno uscendo, mi affaccio sul pianerottolo. Sto per scendere quando Tyler emerge dalla sua stanza.

Appena mi vede aggrotta la fronte, e resta a guardarmi storto per un lungo momento. Fissa i miei pantaloni della tuta. «Non vai?»

«E tu?» ribatto. Ha una felpa blu con il cappuccio tirato su, e un auricolare che gli pende da un orecchio.

«Punizione». Fa una risata secca e si sfrega la tempia. «Tu che scusa hai?»

«Non sto bene» mento. Mi volto e scendo le scale, ma sento che mi segue da vicino. «Ma che strano: la punizione non ti ha impedito di andare da American Apparel» sussurro da sopra la spalla.

«Chiudi il becco» sibila lui.

Quando arriviamo all'ingresso, Ella e papà ci aspettano davanti alla porta. Jamie e Chase sembrano annoiati da morire. Sono ancora piccoli, quindi deve essere più difficile per loro evitare queste atroci uscite in famiglia.

«Non faremo tardi» dice Ella. Guarda Tyler con aria decisa, come se fosse preoccupata all'idea di lasciarlo solo. Avrebbe ragione a esserlo. «Non pensare neanche di uscire».

«Mamma, non oserei mai» risponde lui con un tono che gronda sarcasmo. Si appoggia al muro e incrocia le braccia.

«Adesso possiamo andare?» chiede Chase. Sono felice di non dover subire quello che lo aspetta. «Io ho fame».

«Sì, sì, andiamo» fa papà. Apre la porta, dice a Chase e Jamie di salire in macchina e mi lancia uno sguardo premuroso. «Spero che tu stia meglio, Eden».

Io mi limito a sorridere. «A dopo».

«Comportatevi bene» ci avverte Ella. Continua a sembrare allarmata, ma in ogni caso se ne vanno.

Quando la porta si chiude alle loro spalle e in casa cade uno strano silenzio, mi rendo conto che sono rimasta sola con l'Idiota. Per l'intera serata. Mi giro a guardarlo. Lui mi stava già fissando. «Ehm» mugugno.

«*Ehm*» ripete lui, imitandomi con una voce completamente diversa dalla mia.

«Ehm» gli faccio eco.

«Vado a farmi una doccia. Se ti togli di torno» mi dice.

Io mi sposto su un lato delle scale e lui mi urta, proprio come ha fatto ieri, come se fossi soltanto un ostacolo al suo passaggio. « Che maleducato » borbotto sottovoce. Nelle quarantotto ore da quando sono arrivata non mi ha detto una sola parola gentile. Sembra che non sappia cosa siano le buone maniere. Per fortuna non dovrò parlare con lui per almeno cinque minuti.

Mi sto già annoiando. Vado in soggiorno e mi piazzo sul divano. La verità è che, se sei appena arrivata in città e non hai amici, finisci per passare il sabato sera da sola, nel soggiorno immacolato della tua matrigna, a guardare le repliche di *Al passo con i Kardashian*, perché se la tua vita fa schifo non puoi fare altro che guardare quella di qualcun altro. Amelia mi ucciderebbe se sapesse che ho guardato questo programma. Comunque non è che mi piaccia. Be', forse un pochino, ma non glielo dirò mai.

Mentre sono davanti alla tv bombardo mia madre di messaggi, pieni solo di lamentele su papà, e lei mi dà sempre ragione.

Sto guardando il telefono quando sento una voce femminile nell'ingresso. « C'è nessuno? » La porta d'ingresso si chiude. Io mi blocco e tolgo l'audio. Non può essere Ella. È passata solo mezz'ora, non avranno neanche finito gli antipasti.

« Chi è? » rispondo.

« Chi diavolo c'è? » urla la voce, spaventandomi al punto che mi rannicchio sul divano. Una sagoma spalanca la porta del soggiorno ed entra come una furia. È Tiffani. Quando mi vede fa un sospiro di sollievo. « Scusa, pensavo... »

« Pensavi *cosa*? » insisto guardandola con aria stupita.

« Niente » taglia corto. « Dov'è Tyler? »

A questo punto perdo ogni interesse. Mi giro verso la tv e torno al mio episodio. « È andato a fare una doccia e non l'ho più visto ».

« Grazie ». Esce dalla stanza, sento il suono dei suoi passi mentre saltella sulla scala, come se fosse a casa sua. Lentamente abbasso il volume e aspetto. Lo ammetto: sto cercando di origliare.

Per almeno tre minuti non sento nulla, poi le loro voci si fanno più forti, mentre scendono insieme. Mi premo il dorso della mano sulle labbra e guardo verso la porta con curiosità.

« Rilassati » sta dicendo Tyler. « Sarei venuto fra un'ora, come mi avevi chiesto ».

« Avresti almeno potuto rispondere alle mie chiamate » dice Tiffani.

« Non ho sentito il telefono, stavo ascoltando la musica ». Si fermano nell'ingresso e io li guardo dalla porta aperta. Tyler se ne accorge. « E adesso che cazzo di problema hai? »

« Simpatico » dico.

Tiffani scuote la testa, guardandolo con disapprovazione. Mi chiedo come faccia a sopportarlo. « Piantala, Tyler ».

« Okay, okay » borbotta lui voltandomi le spalle, scuro in volto. « Basta che ce ne andiamo ».

« In realtà... » Tiffani lascia la frase in sospeso, sporge il labbro inferiore e lo guarda da sotto le ciglia. Tyler sembra non apprezzare la sua espressione compiaciuta.

« E adesso che cosa c'è? »

Tiffani entra in soggiorno e si mette davanti alla tv. Le direi di spostarsi, ma non mi sento ancora abbastanza a mio agio per mettermi a discutere con questi estranei.

« Cambio di programma » dice lei, passando lo sguardo da me a Tyler. A quel punto sono incuriosita, e a ragione, perché quello che dice ci coglie entrambi di sorpresa.

« Austin ha organizzato una festa all'ultimo minuto, così andiamo lì. Anche tu, Eden ». Posa gli occhi su di me. « Ti chiami Eden, giusto? Non mi sembri una tipa da feste, ma Rachael dice che devo invitarti, quindi vieni con noi ».

« Aspetta un secondo » le ordina Tyler, aggrottando le sopracciglia e marciando verso di lei. « Credevo che andassimo da te. Sai... » le sussurra in un orecchio, ma non abbastanza a bassa voce ed è chiaro quali programmi avessero.

« Un'altra volta » bisbiglia lei. Giunge le mani, gli gira intorno e torna a parlare normalmente. « Okay, quindi tu vieni, Eden, e anche tu, Tyler. Andiamo alla festa, e per una volta non ti ubriacherai ».

« Che cazzo dici? »

« Rachael e Meg sono già a casa mia a prepararsi, quindi sbrigatevi, su! » Tira fuori le chiavi della macchina dalla tasca posteriore e va verso la porta, ma io la richiamo subito.

« Aspetta, devo vestirmi » sbotto. Mi alzo e guardo il soffitto. Magari se sono fortunata mi crollerà addosso. « Dammi cinque minuti ». Mi chiedo perché continuo a ritrovarmi in queste situazioni terribili, ma per qualche motivo non riesco mai a dire di no.

Tiffani ride, mi prende per un braccio e comincia a tirarmi, dicendo in tono quasi compassionevole: « Ti presto qualcosa io. Adesso andiamo! La festa è fra due ore ». Mi lascia andare il braccio e sguscia fuori dalla porta. Tyler mi passa davanti e va anche lui verso l'uscita.

« Credevo che fossi in punizione » dico.

Lui si volta e mi guarda dritto in faccia, con un sorrisetto tutt'altro che amichevole. « E io credevo che tu stessi male ».

Con questo mi zittisce.

Durante il tragitto fino a casa di Tiffani sono divorata dall'ansia. Riesco a pensare a una cosa sola: non mi sono depilata le gambe. Questo fatto mi tormenta per i dieci minuti in cui mi trovo in una macchina sportiva, schiacciata nel sedile posteriore con le ginocchia contro il petto, perché Tyler, da egoista qual è, ha spinto il suo sedile tutto all'indietro. Nessuno dei due mi coinvolge nella conversazione. Non che mi interessi, comunque. Stanno solo parlando delle ultime notizie e dei pettegolezzi della loro scuola. A quanto pare Evan Myers e Nicole Martinez, chiunque siano, si sono lasciati.

La casa di Tiffani è ai margini del quartiere, al centro di una grande proprietà, ed è costruita in un marmo che suggerisce la probabile presenza di un maggiordomo. Però quando arriviamo ed entriamo non troviamo né maggiordomo né servitù. È una casa normale, solo fatta di materiali molto costosi.

« Tua madre è ancora fuori, vero? » chiede Tyler, dandomi ulteriore conferma del programma originario della serata.

« Sì » risponde Tiffani. « In cucina c'è della birra. Stai pure qui mentre noi ci prepariamo, però non esagerare ». Gli lancia un'occhiata di avvertimento. Dal piano di sopra arriva una musica forte. Lei mi prende per mano e mi tira in quella direzione. Saliamo le scale, che ovviamente sono di marmo. « Ci siamo! » grida Tiffani dalla balaustra.

« Tiff? » Si sente la voce incorporea di Rachael dalla stanza in fondo al lungo corridoio. In quel momento si spegne la musica. « Tiffani? »

« Sono tornata! » Tiffani spinge la porta ed entra in camera a passo di danza, trascinandomi con sé.

« Eden! » Rachael stava pettinando Meghan, ma si alza subito, mi sorride e mi saluta mulinando il ferro arricciacapelli. « Sei venuta! »

'Non che avessi molta scelta' penso. « Sei sicura che posso venire anch'io? » chiedo a nessuno in particolare.

« Credo di sì » risponde Tiffani. Non è molto convincente. Si dirige verso l'armadio, che in realtà è una semplice arcata che dà su una parte della stanza straripante di vestiti, e mi lancia un'occhiata da sopra la spalla. « Rachael dice che starai qui solo per l'estate, giusto? »

« Sì ».

« Bene, quindi devi divertirti il più possibile ».

« Ha ragione » dice Meghan dal pavimento, avvolta in una vestaglia di seta e con i capelli arricciati soltanto per tre quarti. « Non vogliamo che passi un'estate da schifo ».

'Troppo tardi' penso. 'Fa già schifo'.

« Vieni a scegliere un vestito! » squittisce Tiffani, ma il suo entusiasmo suona falso. « Io direi nero. Nero o rosso, ti starebbero bene. E aderente. Sì. Aspetta, Meghan il tuo vestito è rosso, vero? Okay, allora nero e aderente. Vediamo un po' ». Anche se mi aveva chiesto di scegliermi il vestito, me ne porge uno senza neanche farmelo guardare, ma poi se lo riprende subito. « No, questo forse è troppo aderente per te » studiando il mio corpo. Io mi rattrappisco sotto il suo sguardo indagatore. Ha appena insinuato che sono grassa?

Vorrei poter credere che non l'abbia fatto apposta, che non intendeva quello, ma fa male comunque. Faccio di tutto per scacciare quel pensiero dalla mente, ma è troppo tardi. Continua a torturarmi anche mentre Tiffani mi riempie le braccia di vestiti e blatera con il suo finto entusiasmo. Faccio un bel respiro, provando a ingannare me stessa e convincermi che non è come penso.

Dopo avermi passato una pila di abitini neri fra cui scegliere, mi lascia il tempo di prepararmi, e io mi sciolgo i capelli e prendo in prestito la sua piastra per stirarli. Meghan si offre di truccarmi. Tiffani trova un paio di scarpe col plateau adatte al vestito che mi ha dato, perché per fortuna abbiamo lo stesso numero. Quando arriva il momento di indossare il vestito, confesso a Rachael che non sono depilata. Dopo un breve momento di ilarità mi spedisce nel lussuoso bagno di casa per sistemarmi, con istruzioni molto chiare su dove trovare i rasoi usa e getta.

Sto appunto concludendo l'operazione e infilando il vestito (un vestito molto, molto aderente che mi fa solo sentire peggio) quando sento Tyler entrare nella stanza. Rientro in camera e vedo che siamo tutte vestite e pronte per andare. Anche se gli abiti di Tiffani, Rachael e Meghan sono aderenti quanto il mio, io sono comunque terribilmente a disagio. Mi sento stringere ogni centimetro del corpo.

« Bene, adesso possiamo andare? » chiede Tyler, annoiato. È rimasto ad aspettare per due ore con l'unica compagnia della birra, e si nota dal suo equilibrio precario. « Dean e Jake sono già là ».

« Come sto? » gli chiede Tiffani, girando su se stessa per farsi ammirare. Ha un vestito bianco che, nonostante sia corto e aderente, le dà un'aria elegante.

« Tesoro, stai bene » biascica lui. Beve un ultimo sorso dalla lattina che ha in mano, poi la appoggia sul comodino e fa un passo avanti. « Sei uno schianto ». La prende per la vita e la attira a sé. Come se non ci fossero altre tre persone nella stanza, la bacia con un impeto che rasenta la brutalità. Con una mano le accarezza il sedere e con l'altra la stringe in fondo alla schiena. Lei non si sottrae.

Lancio un'occhiata disgustata a Rachael, lei alza gli occhi al cielo. Sento distintamente lo schiocco sonoro dei baci, ancora. Tyler e Tiffani: campioni mondiali di effusioni in pubblico. « Fanno sempre così? » bisbiglio. Non ci tengo granché a interrompere la loro intimità per la seconda volta.

Rachael si limita a scuotere la testa, credo con commiserazione. « Sempre ».

Lancio un'altra occhiata alla coppietta felice. Non sembrano avere intenzione di smettere, neanche quando Meghan li urta leggermente per uscire in corridoio. Sembra che non si vedano da anni da quanto sono presi l'uno dall'altra.

Va bene, Tyler sarà irritante e Tiffani inconsapevolmente maleducata. E io sarò pure grassa. Ma almeno il mio vestito non è soffocante come quei due.

6

Poco dopo le otto, Meghan ci porta tutti alla festa. La prospettiva della serata mi ispira un terrore indicibile, al punto che vorrei essere uscita a cena con papà ed Ella. Sicuramente ingozzarmi di cibo troppo caro sarebbe stato meglio del sapore amarognolo di liquori da quattro soldi.

Saliamo nella Toyota Corolla color argento, mentre il buio comincia a infiltrarsi nel tramonto: è un effetto così bello che mi ritrovo persa a guardare l'orizzonte in fondo alla strada, quando Rachael mi spinge di lato reclamando il posto accanto al conducente. Mi siedo malvolentieri nel sedile posteriore: Tyler è al centro, fra me e Tiffani, con un cartone di birra sulle gambe e la vodka sistemata vicino ai miei piedi. Il nostro profumo e la colonia di Tyler creano un miscuglio soffocante, senza contare la musica, sempre più alta ogni secondo che passa. La macchina procede, per fortuna a una velocità di sicurezza. Meghan guida ingobbita sul volante, tutta rigida, e non dice una parola. Sembra terrorizzata dalla possibilità di distrarsi: mentre lei si concentra sulla strada, Rachael e Tiffani compensano il suo silenzio con le loro chiacchiere.

« Se c'è Molly Jefferson, giuro su Dio che me ne vado » dichiara Rachael, senza alzare gli occhi dal cellulare. Digita a velocità supersonica: le sue dita si muovono così rapide che rimango a guardarla quasi ipnotizzata.

« Perché dovrebbe venire, quella sfigata? » Tiffani fa una risata e si sistema i capelli, passandoci le mani finché non è soddisfatta del risultato. « Austin sarà anche viscido, ma ha comunque dei princìpi. Niente sfigati alle sue feste». Si sporge di un centimetro per guardarmi un attimo, oltre le spalle di Tyler, poi sorride e si rimette comoda.

Mentre attraversiamo la città, butto l'occhio alla mia sinistra. Tyler ha le braccia incrociate e sembra piuttosto a disagio, fissa il freno a mano con espressione tesa. Deve essersi accorto che lo guardavo, perché mi lancia un'occhiata di sbieco e poi si volta subito altrove. Io allora mi giro e osservo gli edifici che ci scorrono accanto fuori dal finestrino, senza che questo diminuisca il mio imbarazzo. Continuo a sentirmi gli occhi di Tyler addosso, ma ogni volta che provo a coglierlo sul fatto, lui sta già guardando dall'altra parte.

«E quella tipa, Sabine? Sabine...?» Rachael alza gli occhi dal telefono e si preme un dito sulle labbra, concentrandosi. Si gira e guarda Tiffani dalla fessura sotto il poggiatesta. «Hai capito chi intendo? La studentessa tedesca dello scambio culturale?»

«Quella che mi ha rubato il posto al corso di spagnolo? Sabine Baumann».

«Sì!» strilla Rachael, rimettendosi a sedere. «Spero che non ci sia neanche lei. Sta sempre a fissare Trevor».

«E te, Tyler» aggiunge Tiffani. Sento che lui alza le spalle, ma è evidente che a Tiffani questa Sabine non piaccia. Serra le labbra e si stringe di più a lui.

Il botta e risposta sui possibili partecipanti alla festa prosegue, il resto di noi non contribuisce granché: Meghan perché è troppo occupata a cercare di non ucciderci tutti, Tyler perché è preso a fissare una cosa a caso, e io perché francamente non me ne importa nulla.

Dopo un quarto d'ora, un sacco di commenti perfidi e varie aggiustatine ai capelli, arriviamo alla festa, che a quanto pare è già in pieno svolgimento. Sul prato davanti alla casa ci sono diverse persone, altre sono in arrivo e la musica è altissima. Scendiamo dalla macchina, che Meghan è riuscita faticosamente a infilare tra un furgone malconcio e una decappottabile. Prendiamo le bevande e io mi ritrovo in mano una confezione di Twisted Tea e una bottiglia di vodka: all'improvviso mi sento un'alcolizzata. Scommetto che i vicini ci stanno spiando da dietro le persiane, pronti a chiamare la polizia: è troppo evidente che siamo tutti minorenni. Non ho idea di come Tiffani, Rachael e Meghan siano riuscite a procurarsi questa roba ma, come ogni altro adolescente americano, avranno i loro metodi. Un modo si trova sempre. Come le carte di identità false, oppure passare venti dollari al commesso del negozio di liquori. O chiedere a un senzatetto di comprarti gli alcolici in cambio di un panino.

« Ehi, Tyler! » grida una voce dall'altra parte del prato. Arriva un ragazzo più basso di lui, con i capelli a spazzola e una Budweiser in mano. I due si salutano, pugno contro pugno. « Bene, ce l'hai fatta ».

« Già » dice Tyler. Fa un cenno con la testa verso il cartone di Bud Light che ha sotto il braccio. « Le porto in cucina? »

« Sì » dice l'altro, indicando la casa. « Lasciala giù e torna da noi ». Tyler scompare all'interno, salutando diverse persone mentre cammina con passo malfermo.

« Ehi, Austin! » dice Tiffani al ragazzo di prima, il padrone di casa. Io la seguo, insieme a Rachael e Meghan, e non riesco a evitare di sentirmi del tutto fuori posto. Non conosco nessuno, eppure eccomi qua, imbucata a una festa, a pregare che nessuno noti l'estranea.

« Divertitevi, ragazze » dice lui in tono così allusivo da renderlo subito repellente. « Bei vestiti ».

« Lo so » risponde Tiffani. Si gira, guardandosi il sedere, e si morde un labbro. « A proposito, c'è anche Eden ».

« Eden? » Gli occhi di Austin passano da lei a Rachael a Meghan, e infine si posano su di me. « Vuoi imbucarti alla mia festa, Eden? »

Prima che cada morta sul posto, Tiffani fa un passo avanti e gli appoggia la mano aperta sul petto. Si china verso di lui e sussurra: « Eden è la sorellastra di Tyler ». Poi si raddrizza e lo guarda con durezza. « E tu non vuoi farlo innervosire, quindi... »

L'espressione tronfia di Austin vacilla. Fa un passo indietro e la smorfia sul suo viso si trasforma in un ampio sorriso. « Benvenuta, Eden! Dateci dentro, allora ». Alza la sua birra al cielo, fa un fischio e se ne va.

« Sentito? » dice Rachael. Svita il tappo della bottiglia di vodka che ha in mano e beve una lunga sorsata, senza neanche cambiare espressione. Deve essere abituata. « Diamoci dentro! »

Il cielo si scurisce e Tiffani ci fa strada verso la casa. A questo punto ho capito che è lei il capo del trio. Un trio a cui mi sono aggiunta: la zavorra venuta da Portland. Sentirmi così mi rende ansiosa, nervosa e certa di non essere la benvenuta.

La casa è strapiena, di gente e casse di birra, fa un caldo esagerato. La musica è a palla e l'alcol sembra scorrere a fiumi. Quasi tutti sono già brilli, se non del tutto ubriachi, sono in pochi quelli che riescono ancora a stare in piedi. Quando riusciamo a raggiungere la cucina, Tyler è già sparito. Il suo cartone di birre è abbandonato in mezzo alla montagna di alcolici che ricopre il tavolo e ogni superficie orizzontale. Il pavimento è disseminato di bicchieri sporchi, li evito con attenzione e appoggio il Twisted Tea e la vodka sul bordo del tavolo.

«Scusa, Rach» dice una voce maschile alle nostre spalle. Guardo a destra e vedo un ragazzo con le mani alla vita di Rachael, che la sta spostando di lato. «Mi chiedevo se saresti venuta, stasera».

«Trevor!» Lei, entusiasta, gli butta le braccia al collo e gli dà un frettoloso bacio sulle labbra.

Trevor le gira intorno e si prende una birra, mentre lei lo guarda come una bambina di tre anni davanti a un cucciolo.

«È il suo ragazzo?» mimo con le labbra a Meghan, ma lei scuote la testa.

«Ci vediamo dopo!» grida Rachael, anche se è proprio accanto a noi. «Divertiti, Eden!» I due escono insieme dalla cucina, Trevor con la sua birra e Rachael con la bottiglia di vodka ancora in mano.

«Rachael non regge per niente l'alcol» dice Tiffani, dandoci le spalle e prendendo due bicchieri puliti. «Ha cominciato a bere appena arrivata a casa mia». È vero: mentre ci stavamo preparando, scendeva in cucina abbastanza spesso. Finora avevo pensato che avesse solo bisogno del bagno.

Tiffani riempie due bicchieri di tequila. «Chi è questo Trevor?» chiedo.

«Il suo flirt da festa» risponde lei in tono piatto, come se non ci fosse niente di strano. «Stanno insieme solo alle feste, niente di che. Okay, ecco qua». Si volta, con un grande sorriso, e mi porge un bicchiere di Cazadores. Lancio un'occhiata a Meghan, una silenziosa richiesta di aiuto, ma lei alza le spalle e mi mostra le sue chiavi della macchina.

Ho già assaggiato la tequila un paio di volte, a Portland, insieme ai miei pochi amici, ma l'unico effetto che ha sortito è stato lasciarmi un gusto amaro e cattivo in bocca. «Oh» mugugno studiando il bicchiere. È pieno fino all'orlo. Con la coda dell'occhio vedo che Tiffani si sta leccando il dorso della mano. «Oh?» ripete.

Meghan ride piano, alzando gli occhi al cielo, e prende una saliera rovesciata dal ripiano. La passa a Tiffani. «Non lo hai mai fatto?»

«Bere tequila?»

« Bere tequila nel modo giusto » precisa lei, inarcando le sopracciglia. « Sai, con il lime e tutto il resto ».

« Oh » ripeto. Da noi beviamo solo birra e rum. « Le nostre feste non sono così... »

« Fighe? » Tiffani fa un sorrisetto. Si mette del sale sul dorso della mano. « Quando torni glielo potrai insegnare. Adesso leccati la mano, fra il pollice e l'indice ».

All'improvviso mi sento una stupida. È come se fossi di nuovo al primo anno, sotto l'occhio critico degli altri studenti, molto più grandi e popolari. Ma qui non siamo al liceo e loro non sono gli altri studenti. Questa è una festa e loro sanno esattamente cosa fare, cosa dire e come farsi accettare. Io, invece, non ne ho la minima idea. « Okay » dico, e mi lecco la mano. Mi sento ridicola, e sto cominciando a chiedermi se papà ed Ella siano già tornati.

« Sale ». Tiffani me lo passa e io me ne verso un po', imitandola. Rimane attaccato. « Okay, da qualche parte dovrebbero esserci dei lime ».

« Tiffani, ce li hai davanti » dice Meghan ridendo, e indica il cestino di lime che sono stati chiaramente messi lì a questo scopo. Non mi piace neanche, il lime.

Tiffani si porta una mano alla fronte e sospira. « Non ho ancora cominciato a bere e già mi si è offuscata la vista! Va bene, prendine uno spicchio, Eden. Adesso, tienilo nella mano su cui hai messo il sale ».

Seguo le sue istruzioni, infilando lo spicchio di lime fra il pollice e l'indice, e poi la guardo, in attesa della prossima mossa. « E adesso? »

« Sale, tequila, lime » risponde Meghan al suo posto. Fa un passo indietro per osservarci entrambe e, quando Tiffani le fa un cenno con la testa, grida: « Dai, dai, dai! »

Mi prende il panico, ma lecco il sale e butto la testa indietro, cercando di cacciarmi la tequila in gola. Reprimo un conato di vomito. È schifosa, e amara. Mi ricordo del lime che ho in mano e ci affondo i denti, nonostante la smorfia che ho in faccia, ma il succo mi cola sulle guance e io mi tuffo verso il lavandino, sputacchiando dappertutto.

Quando torno a casa mi uccideranno.

« Sai come si dice. Una tequila, due tequila, tre tequila e giù per terra » commenta Tiffani con un sorriso. Devo avere un'espressione inorridita, perché mi passa subito una lattina di birra, come per aiutarmi a togliere il sapore dalla bocca. Varie persone entrano in cucina per riempirsi i bicchieri e lei decide di cogliere questa opportunità per defilarsi. « Vado a cercare Tyler. Divertitevi, ragazze ».

All'improvviso la musica diventa ancora più forte, rimbalza sulle pareti e mi trapana i timpani. I bassi che rimbombano mi stanno facendo venire mal di testa. Meghan mi prende la mano libera e mi trascina verso un grande (e affollatissimo) soggiorno. Mentre passiamo si ferma a chiacchierare con un paio di persone, ma per fortuna nessuna di loro le chiede perché si accompagna con una sfigata.

Si avvicina un ragazzo muscoloso e Meghan grida, sopra il frastuono della musica: « Jake! » Lui ha una maglietta nera, con una grande scritta che non ho voglia di leggere, e i capelli biondi, pieni di gel, sparati in tutte le direzioni. « Dove sono Tiff e Rach? » Scopro che Jake ama abbreviare i nomi.

« Rachael è con Trevor » risponde Meghan alzando gli occhi al cielo, e lui fa lo stesso. « Tiffani sta cercando Tyler. Tu l'hai visto? »

Mi accorgo che l'espressione di Jake si indurisce leggermente. « Sì. Fa le solite cose ».

Meghan mi guarda di sbieco, si morde un labbro e poi cambia argomento. « Dov'è Dean? »

« Vi stava cercando ». Jake ride e beve un sorso di birra.

La sua espressione si addolcisce. Deglutisce, poi si accorge di me. « Chi è la ragazza nuova? »

« Eden » rispondo prima che lo faccia Meghan. So già che domande mi aspettano, così mi porto avanti e sputo le risposte prima che Jake possa aprire bocca. « Sono la sorellastra di Tyler. Passerò l'estate qui ». Ecco di nuovo l'espressione dura. Si volta verso Meghan, che alza le spalle. « Cosa c'è? »

« Uhm » fa Meghan. « Vado a controllare che Rachael non rimanga incinta ».

« Vuoi portarle dei preservativi? » dice Jake con un sorrisetto. Si batte la mano sulla tasca con aria scherzosa e ridacchia. Meghan fa un risolino, si sistema i capelli e poi si allontana. « Allora, sei la sorellastra di Tyler Bruce? »

Vorrei scuotere la testa per negarlo, ma sarebbe stupido, così borbotto un rapido « Già » e cambio argomento il più in fretta possibile. Gli chiedo la prima cosa che mi viene in mente. « Siete tutti all'ultimo anno? »

Lui inclina la testa. « Tu no? »

« Terzo » dico piano. Ecco un altro motivo per cui sono così fuori posto, qui. Sono una studentessa di terza a una festa di ragazzi di quarta. Amelia non ci crederà mai. A Portland quelli di quarta si rifiutano di mescolarsi con noi. I ragazzi si sentono troppo fighi e le ragazze sono troppo occupate ad atteggiarsi da adulte. Si credono un po' una razza superiore, come i newyorkesi.

« Da dove hai detto che vieni? »

Riporto la mia attenzione su Jake. « Ehm, Portland ».

« Portland nel Maine? »

« Oregon » lo correggo. Jake beve un altro sorso di birra. La situazione si sta facendo imbarazzante, a causa del silenzio e della conversazione banale. « Scusa, dove hai detto che era Tyler? »

Lui smette di bere e inarca un sopracciglio. « Che importanza ha? »

Perché io voglio tornare a casa e purtroppo la condividiamo. « Devo portargli una birra ». Buona questa.

Jake esita per un lungo momento, poi finalmente dice: « È fuori, nel giardino sul retro. Stai attenta ».

« Grazie ». Bevo un rapido sorso della mia birra e mi dirigo verso il corridoio, seguendolo fino al retro della casa attraverso una massa di corpi, nella quale non scorgo Tiffani, Rachael o Meghan. In questo momento avrei proprio bisogno di loro. Sono stata abbandonata in mezzo a una folla di estranei in una città sconosciuta, e non è affatto una bella sensazione.

In fondo al corridoio c'è una porta aperta, la gente entra ed esce. Mi mescolo alla folla e mi trovo nel giardino sul retro. Appoggio la mia birra sul tavolo del portico. Un ragazzo vomita vicino alla recinzione e una ragazza è svenuta sull'erba. Penso di aiutarla, ma la mia attenzione viene subito attirata dallo scoppio di risa che proviene dal capanno nell'angolo. Sembra provenire da un gruppo di ragazzi, così racimolo un po' di coraggio e mi avvicino. Se non lo faccio, resterò bloccata a questa festa fino alle ore piccole.

Avvicinandomi noto che c'è del fumo nell'aria. Non ci sono finestre e la porta è chiusa, quindi afferro la maniglia e la tiro. Vengo subito assalita da un odore intenso di marijuana, così soffocante che mi vengono le lacrime agli occhi, mentre il fumo si libera nell'aria notturna. Mi porto una mano alla bocca e tossisco, chiudo gli occhi e faccio un passo indietro.

« Ma è erba? » sbotto.

« No, zucchero filato » ribatte qualcuno, e il capanno risuona di risate fragorose. Però non c'è niente da ridere.

Riapro gli occhi e, attraverso il fumo che si disperde, vedo quattro ragazzi che mi stanno fissando. Uno di loro è Tyler. Ha in mano una canna. Cerca di nasconderla dietro una gamba, ma è troppo tardi: ormai l'ho visto, e non mi sfugge nemmeno il lampo di panico che gli attraversa il viso. « Sul serio? » chiedo incredula.

« Amico, porta via questa pupa » borbotta uno degli altri tre. Ma non mi importa di loro: il mio sguardo è fisso su Tyler. « A meno che non voglia entrare a farci compagnia ».

« Fratello, vuoi davvero che resti? È una mocciosa » ribatte Tyler. Deglutisce e fa una risatina forzata, ma è difficile ignorare il tremito nella sua voce. Ha lo sguardo spento, le pupille dilatate.

Altre risate. Tyler però non si unisce al coro di ansimi e colpi di tosse. Si morde le labbra e passa lo sguardo da me ai suoi amici: non sa come gestire questa situazione. Per cominciare, potrebbe liberarsi dello spinello che ha ancora in mano.

« Chi diavolo è questa? » chiede lo stesso tizio di prima. Qualcuno espira un altro sbuffo di fumo verso di me, ma io lo scaccio subito con la mano. « Nessuno le ha insegnato le regole? » Aguzzo lo sguardo attraverso la coltre e individuo due occhi iniettati di sangue, che si sforzano di mettermi a fuoco. Appartengono a un ragazzo di colore con un grande sorriso. « Vietato interrompere, bambola. O te ne vai o ti unisci a noi ». Fa un passo in avanti e solleva lo spinello acceso. È quasi finito, ma me lo porge lo stesso.

Tyler si mette in mezzo, come se temesse davvero che avrei potuto accettarlo. Si lecca l'indice e lo preme sulla punta della canna, spegnendola. Poi se la mette in tasca e raddrizza la schiena, lanciando un'occhiataccia all'altro ragazzo. « Che cazzo fai? Dai, Clayton, ti sei bevuto il cervello? » lo aggredisce.

Clayton si riporta lo spinello alle labbra, fa un lungo tiro e poi soffia il fumo in faccia a Tyler. « Buone maniere, amico. Non offrire sarebbe maleducato » risponde. Mi sbircia da sopra la spalla di Tyler. « Giusto, ragazza nuova? »

Gli altri due soffocano un'altra risata, ma non ci stanno più prestando molta attenzione. Probabilmente sono troppo fatti. Restano lì, in piedi in fondo al capanno, a ridere come degli idioti. Tyler invece non sembra affatto divertito.

«Ma non lo capisci?» sibila. Fa un passo indietro e il suo corpo sfiora il mio, facendomi indietreggiare. «Non lo vuole. Guardala». Da sopra la spalla, lancia un'occhiata alla mia espressione disgustata. I nostri occhi restano fissi gli uni negli altri per un momento che diventa troppo lungo, e mi fa sentire a disagio. Tyler non distoglie lo sguardo neanche quando Clayton parla di nuovo.

«Okay, okay. Portala via, allora. E poi che ci fa qui, questa tizia?»

«Vorrei saperlo anch'io» borbotta Tyler. Si volta di scatto verso di me. Io scuoto la testa, schifata. Mi chiedo se Ella lo sappia. Ha capito che suo figlio si fa le canne?

Tyler fa un passo verso di me, ma mentre si sposta il suo pugno chiuso sbatte contro qualcosa. Abbassa gli occhi verso destra e io seguo il suo sguardo fino a un tavolino di metallo, con una piccola lampada appoggiata sull'angolo. Sto per guardare altrove quando capisco che cosa c'è sotto la luce. Una pila di banconote, qualche carta di credito sparsa e, soprattutto, delle strisce. Di polvere bianca.

«Oddio» bisbiglio, sbattendo le palpebre in fretta, perché non so se quello che vedo è reale o se sia l'effetto del fumo che ho respirato.

«Amico, non sto scherzando» dice Clayton. «Portala via di qua prima che le venga in mente di andare dagli sbirri o roba del genere».

«Sì, sì, se ne sta andando» risponde Tyler. Mi prende per il gomito e mi spinge con delicatezza fuori dal capanno. Con mia sorpresa mi segue e mi trascina dall'altra parte del giardino, lontano dagli altri, dove nessuno può sentirci.

«Sei fuori di testa» sbotto, divincolandomi dalla sua presa. «Cocaina? Sul serio, Tyler?»

Lui ha un'aria indifesa, come se nessuno gli avesse mai chiesto conto di questo prima d'ora: si preme le mani sulla faccia e fa un gemito. «Questo non è posto per te» dice abbandonando le braccia lungo i fianchi. Si mette le mani in tasca e dà un calcio al prato. «Dovresti... dovresti rientrare».

Io digrigno i denti. È la prima volta che mi trovo in una situazione del genere e non so bene come dovrei comportarmi. Devo cercare di parlargli? Devo chiamare Ella? La polizia? Alla fine decido semplicemente di andarmene di corsa. Lo spingo via, con il cuore in gola e il sangue in fiamme. Sono furiosa per quello che ho appena visto. Vorrei colpire qualcosa, dare un pugno nel muro, fare a pezzi qualcuno. Sono fuori di me dalla rabbia.

Tyler ritorna nel capanno. Non so che cosa dice ai suoi amici, ma all'improvviso scoppiano a ridere fragorosamente. Li sento fin da qui e non posso fare a meno di chiedermi se è di me che stanno ridendo.

« Dai, amico » dice qualcuno ad alta voce. Le risate nel capanno si spengono. « Rilassati ».

Sento Tyler rispondere: « Chiudi il becco, Dean », ma non mi giro neanche. Sono troppo inferocita anche solo per guardarlo.

Sento dei passi di corsa e alzo gli occhi sul ragazzo che mi ha raggiunto. « Tu sei Dean? »

« E posso azzardare che tu sia la sorellastra di Tyler? » risponde lui. Mi guarda, con una mano infilata fra i capelli castani. « Sei l'unica ragazza che non ho mai visto, e Meghan dice che c'è una misteriosa sorellastra a questo schifo di festa. Quindi, ho ragione? »

Faccio un sorriso forzato. « Sì. Senti, per caso sai a che numero di Deidre Avenue abita Tyler? Vorrei andare a casa ma... non so l'indirizzo ».

« Se so dove abita il mio migliore amico? Al 329 » fa lui con un sorriso.

« Migliore amico? » Lancio un'occhiata al capanno. Cinque secondi fa si stavano insultando in mezzo al prato.

« È complicato » risponde lui, poi indica la casa. « Posso darti un passaggio io. Ho parcheggiato in fondo all'isolato ».

« Hai bevuto? »

« Se lo avessi fatto non ti offrirei un passaggio ».

Mi sfugge un sospiro. « Allora grazie ».

Lui si dirige verso la casa e io resto al suo fianco, con la mente in subbuglio. E pensare che credevo che con Tyler non potesse andare peggio. Rallento un attimo e mi volto verso il capanno: la porta è ancora aperta, lo vedo prendere lo spinello dalla tasca posteriore. Proprio mentre se lo mette in bocca e lo accende, i suoi occhi incontrano i miei.

Per un brevissimo istante fa una smorfia e abbassa lo sguardo. Qualcuno gli mette in mano una birra, ma lui non reagisce e resta lì, come impietrito, con la testa bassa e le spalle curve. Poi esce da quella specie di trance e si sposta in fondo al capanno, il più lontano possibile da me, così che l'unica cosa che vedo è un tizzone arancione sospeso nel buio.

Mentre Dean mi porta a casa, mi viene in mente all'improvviso che avrò un sacco di cose da spiegare. Non solo ho rovinato i programmi di mio padre fingendomi malata, ma poi sono uscita per andare a una festa. Probabilmente adesso sta già chiamando la polizia per denunciare la mia scomparsa. E, a peggiorare le cose, sto tornando a casa strizzata in un vestito che mi copre a malapena.

«Mio padre mi ucciderà» borbotto appoggiando la testa al finestrino. «In teoria non stavo bene».

Dean mi guarda di sottecchi. «Guarigione miracolosa?»

«Qualcosa del genere». Mi raddrizzo e allungo una mano per prendere il cellulare (ormai è un gesto istintivo), ma scopro di non avere né tasche né telefono. L'ho lasciato da Tiffani. «Merda».

«Che cosa c'è?»

«Niente». Faccio un sospiro di frustrazione e guardo l'ora sul cruscotto. Sono quasi le undici. Sono rimasta alla festa un'oretta. Se mi fossi trattenuta avrei solo trovato altre ragioni per disprezzare Tyler, e ancora di più per mettere in dubbio la mia sanità mentale. «Dopo torni là?»

«Sì» dice Dean svoltando in Deidre Avenue. «Ho promesso di riportare a casa Jake» ridacchia. «Devo assicurarmi che rientri sano e salvo».

«E Tyler?» chiedo, poi mi do della cretina per essermene preoccupata.

Dean fa un sorrisetto. «Tyler non va propriamente a casa».

«E che cosa fa? Perde conoscenza in strada?» Incrocio le braccia, indignata ma anche un po' curiosa. «Passa la notte in cella?»

«No, no» risponde lui. «Di solito va a casa di Tiffani e dorme con lei».

«Oh». Che schifo. «Non posso credere che si droghi». Ancora più schifoso. «Tu lo sapevi?»

Lungo silenzio. «Lo sanno tutti».

La faccia che ha fatto Jake prima e le occhiate esitanti di Meghan acquistano improvvisamente un significato. Entrambi sapevano cosa stava facendo Tyler.

«Perché nessuno di voi glielo impedisce?» Trovo assurdo che quelli che dovrebbero essere i suoi amici, pur sapendo che si fa di coca a pochi passi da loro, non facciano nulla per aiutarlo o per fermarlo. «Voglio dire, sua madre lo sa?»

«Credimi, ci ho provato» risponde Dean. Accosta davanti a casa di papà e spegne il motore. «Ma è come parlare al muro. Lui non ascolta, e noi non possiamo fare altro che ignorarlo. Credo che sua madre sappia dell'erba, ma di certo non della coca».

«È disgustoso». Scuoto la testa, ancora incredula, e apro la portiera della macchina. Con l'altra mano apro in fretta la minuscola borsa che mi ha prestato Tiffani e frugo all'interno, prendendo la prima banconota che trovo. Sono cinque dollari tutti spiegazzati, ma coprono il costo del viaggio. Li porgo a Dean. «Grazie per il passaggio».

«E questo cosa sarebbe?» Guarda i soldi stropicciati con una smorfia di perplessità e poi rialza gli occhi su di me.

«Per la benzina». Gli spingo la banconota in mano, ma lui la rifiuta. Sospiro. «Prendili».

«Eden, davvero, non ti preoccupare» dice lui ridendo. «Salutami Ella e siamo pari».

Io aggrotto la fronte, poco convinta. A Portland è normale contribuire al costo del carburante con un paio di dollari, se qualcuno ti dà un passaggio. Se scendi dalla macchina senza dare un centesimo finisci sulla lista nera e nessuno ti darà più uno strappo. Forse quaggiù si portano in giro gratis a vicenda, o magari Dean è soltanto troppo gentile. In ogni caso, butto i soldi sul cruscotto e salto fuori dalla macchina prima che lui possa restituirmeli.

«Tienili!» grido, facendo una piroetta e sbattendomi la portiera alle spalle, poi corro verso casa.

Mi accorgo adesso che le luci sono tutte accese. Papà potrebbe essere estremamente comprensivo, oppure sarà livido di rabbia. Più probabile la seconda ipotesi. Magari posso scivolare dentro dal retro, senza che lui ed Ella se ne accorgano. Potrei correre nella mia stanza, infilarmi un pigiama e convincerli che sono rimasta qui per tutto il tempo. Oppure scoppiare a piangere e implorare pietà.

Preparandomi al peggio, tiro giù il più possibile il vestito di Tiffani per coprirmi le cosce e provo ad allargarlo di qualche centimetro.

Ogni dettaglio conta. Mi strappo le fastidiose ciglia finte che mi ha applicato Meghan e le butto nel prato. Ho addosso un inconfondibile odore di alcol, di quello non posso liberarmi. Dovrò solo ammettere di aver mentito e di meritare le fiamme dell'inferno.

Provo ad abbassare la maniglia e scopro che la porta è aperta, così mi infilo dentro in silenzio e avanzo in punta di piedi nel corridoio. Ma non sono discreta quanto credevo, perché sento papà chiamare il mio nome dal soggiorno.

Mi mordo un labbro e faccio un passo verso la porta, sporgendo solo la testa. Tengo il corpo ben nascosto. « Ehi ».

« Ehi? » ripete papà, fissandomi e sbattendo le palpebre con aria sbalordita. « Tutto qui quello che hai da dire? EHI? »

Allora provo con un « Ciao? » Non sono mai stata una che si mette nei guai, quindi questa circospezione mi è del tutto nuova. La mamma mi ha messo in punizione due volte in sedici anni. Papà non c'era, quindi non poteva punirmi. « Sono a casa ».

« Già, lo vedo che sei a casa » risponde lui alzandosi in piedi, con un tono brusco e severo. Ella ci guarda dal divano. « Proprio dove saresti dovuta rimanere per tutta la sera. Prima ti sentivi male, ma a quanto pare adesso stai benissimo. Come la mettiamo? »

« Ero a casa di Tiffani » sparo. In parte è la verità. « Serata fra ragazze. Mi sentivo un po' meglio, così ci sono andata. Pensavo che non fosse un problema ».

« La ragazza di Tyler? » cinguetta Ella, alzandosi anche lei. Sfortunatamente per Tiffani, è così. « Già ».

« A proposito di Tyler » borbotta papà. « Dove diavolo è andato? »

« Non so » mento. In questo momento si sta facendo spinelli e tiri di coca, innaffiati da lattine di birra, e sghignazza per delle battute biascicate che non fanno neanche ridere. « Quando sono uscita era ancora qui ». Sarebbe così facile raccontare a Ella che suo figlio è un drogato. Gli insegnerebbe a non comportarsi da stronzo con me. Ma per qualche motivo sento che non tocca a me farlo, così continuo a coprirlo. È come se non riuscissi a fermare le parole che mi escono di bocca. « Magari è uscito a mangiare qualcosa ».

« La sua macchina è qui » mi fa notare Ella. Sembra delusa, forse sperava che fosse lui a rientrare da quella porta, invece che io.

« Sarà andato a fare due passi? »

« Ne dubito » risponde lei. « Non mi risponde al telefono ». Deve essere difficile per lei avere a che fare con un figlio pressoché impossibile da gestire.

«Eden» dice papà. «Sento odore di alcol. Non mi piace che tu mi menta».

Io lo guardo, cercando di capire a quale menzogna si riferisca: che non mi sentivo bene, che sono stata da Tiffani o che non so dove sia Tyler. Sento nelle vene un'ondata di rabbia, non capisco neanche perché. Il mio viso si contorce. «E a me non piace che tu abbia abbandonato la mamma, ma le cose non vanno sempre come si vuole».

Non rimango a sentire la sua risposta. Stringo le mani a pugno e corro su per le scale, nella mia stanza. La tequila mi balla nello stomaco, ricordandomi che ho resistito alla festa a malapena per un'ora. La musica alta mi ha fatto venire mal di testa e ho ancora nelle narici l'odore pungente della marijuana. Adesso mi sento male davvero, non è più solo una scusa.

Al mattino mi sveglio al suono della voce di Ella che rimbomba per la casa, con quella di Tyler che risponde a volume doppio. Fisso il soffitto per un po', ascoltando le loro urla e chiedendomi che ore sono. Qualsiasi ora sia, mi sembra davvero troppo presto. Tyler deve aver trovato il modo di tornare da casa di Austin.

Il sole ha inondato la mia camera e qualcuno, fuori, sta usando un tagliaerba il cui rumore è difficile da ignorare, così decido di alzarmi e mettermi qualcosa addosso. Intanto sento dei passi pesanti sulle scale e delle imprecazioni. Può essere solo una persona, una persona che ha appena deciso di entrare in camera mia.

«Lo sapevi che esiste una cosa chiamata... non so... ah, ecco, privacy?» Guardo l'intruso con occhi truci e finisco di infilarmi la felpa.

Tyler inclina la testa da un lato e chiude la porta. «Qui c'è la tua roba». Ha in mano i vestiti che ho lasciato da Tiffani. Li appoggia sul letto. Con mia sorpresa, adesso parla in tono calmo. Cinque secondi fa sbraitava come un ossesso. «E il tuo, ehm, telefono». Mi si avvicina e io prendo il cellulare, senza smettere di fissarlo. Non riesce a sostenere il mio sguardo.

«Grazie» dico, brusca. Sono ancora furiosa con lui. Per un lungo momento in camera mia regna il silenzio. Lui si volta per andarsene, ma prima di arrivare alla porta si gira di nuovo. «Senti» comincia, «a proposito di ieri sera...»

« Ho già capito che sei un idiota, che ti droghi e che sei terribilmente patetico » gli dico. « Non c'è bisogno che me lo spieghi ».

Lui aggrotta la fronte, stringe le labbra in una linea sottile e fa qualche passo esitante verso di me. « Solo... non dire niente ».

Incrocio le braccia, guardandolo con curiosità. Per una volta non mi fa paura. « Mi stai chiedendo di non fare la spia? »

« Non dire niente a mia madre o a tuo padre » mi chiede con un tono così dolce, quasi implorante, che mi lascia un po' confusa. Almeno ha un lato gentile. « Dimentica, e basta ».

« Non posso credere che frequenti certi giri » borbotto. Lancio un'occhiata al mio cellulare (quattro chiamate perse da papà), e lo butto sul letto. « Perché lo fai, poi? Non ti fa sembrare figo, davvero, se il motivo è quello ».

« Non c'entra niente ».

Alzo le mani con un gesto esasperato. « E allora perché? »

« Non lo so » mormora lui. « Senti, non sono venuto per farmi fare la predica, okay? Volevo solo ridarti la tua roba e dirti di tenere la bocca chiusa ». Si passa una mano tra i capelli e distoglie lo sguardo.

Forse per via della mancanza di sonno, o perché sono semplicemente impazzita, in qualche modo racimolo il coraggio di fargli la domanda che ho sulle labbra fin da venerdì. « Perché mi odi? »

Questo lo coglie di sorpresa. All'improvviso sembra perplesso. « Chi ha detto che ti odio? »

« Ehm... Non perdi occasione per insultarmi. Capisco che sia strano ritrovarsi una sorellastra, così all'improvviso, ma lo è anche per me. Credo che siamo partiti con il piede sbagliato ».

« No » dice Tyler, ridendo e scuotendo la testa. « Non hai capito proprio niente ». Guarda in giro per la stanza e alla fine si volta per andarsene.

« Che cos'è che non capisco? » gli grido dietro.

« Tutto » ribatte lui.

7

Martedì metto la sveglia all'alba e faccio in modo di uscire per una corsa mattutina prima che si sveglino gli altri. Le parole di Tiffani sul vestito troppo aderente mi ronzano ancora in testa, quindi mi spingo oltre i confini del quartiere, fino al lungomare e ritorno, portando il mio corpo al limite della resistenza. Scopro con sgomento che la spiaggia è coperta da una coltre di nebbia, ma l'aria è comunque tiepida. Quando rientro a casa, papà è sveglio e sta preparando il caffè.

« Hai fatto una bella corsa? » mi chiede appena metto piede in cucina.

Faccio un sospiro, appoggio le mani sul ripiano e riprendo fiato. « Sì » rispondo ansimando. « Quasi sette chilometri. Al molo c'era tantissima nebbia ».

« Io sarei svenuto prima del secondo » scherza lui. « Ah, la famosa nebbia. La chiamiamo 'June Gloom'. Caffè? » Solleva la caraffa.

« No grazie ». Adoro il caffè, ma alle sette del mattino è decisamente troppo presto. L'unica cosa che voglio in questo momento è una lunga doccia rovente. « C'è qualcun altro sveglio? »

« Ella si sta vestendo » risponde lui, voltandosi per prendere una tazza, « ma i ragazzi stanno ancora dormendo ». Dopo la mia sparata di sabato sera, si è ripreso e sta cercando in tutti i modi di essere sempre gentile con me. Adesso sa che non l'ho perdonato, che ce l'ho ancora con lui per averci abbandonato. Dovrà sopportare ancora parecchie delusioni.

« Ella lavora? » Avrei detto di no. Ieri, quando papà è uscito, lei ha solo pulito la casa, chiacchierato con me, litigato un po' con Tyler e poi ha accompagnato Jamie e Chase dovunque dovessero andare.

Papà mi fa un sorrisetto. «Ella è un avvocato, specializzata in tutela dei diritti civili».

Sbatto le palpebre. Mai e poi mai avrei immaginato che fosse un avvocato: con Tyler perde ogni discussione, battendo in ritirata dopo pochi minuti. «E non va in ufficio?»

«Si è presa una pausa dal lavoro» replica lui, ma non mi dà modo di approfondire l'argomento perché mi chiede subito: «Hai detto che oggi vai in spiaggia, vero?»

«Sì, con Rachael». E Tiffani e Meghan, ma dubito che a papà interessino i dettagli.

«Se ti serve un passaggio, può accompagnarti Ella» mi propone lui. Ridicolo: la conosco solo da quattro giorni, non sono ancora abbastanza in confidenza per chiederle di scarrozzarmi in giro.

«Vado con Rachael. Grazie, comunque».

«Va bene». Beve un lungo sorso di caffè, poi si infila la camicia nei pantaloni e si sistema la cravatta. «È ora di uscire e affrontare il traffico di Los Angeles. A volte vinco, a volte perdo».

«Ricordami perché devi metterti la camicia?»

«Sono il responsabile del progetto».

«Oh». Finalmente ho capito perché questa casa è così lussuosa. Papà fa l'ingegnere civile da prima che io nascessi: tutti quegli anni di esperienza devono avergli fruttato un lavoro migliore, ovvio.

«Sarò a casa per le sei» dice passandomi accanto, e solleva due dita in cenno di saluto.

Io faccio una smorfia e vado al rubinetto, mi verso un bicchier d'acqua e mi avvio verso la mia camera. Mentre passo in corridoio sento Ella aprire la porta della stanza matrimoniale. Mi precipito su per le scale, prima che mi veda. Nessun segno di vita dalle stanze di Tyler, Jamie e Chase.

Mi faccio una doccia, lunga e calda abbastanza da rilassarmi i muscoli e farmi riprendere. Questa volta mi ricordo di depilarmi le gambe.

«Eden» dice Ella entrando nella mia stanza senza bussare. Mi avvolgo più stretta nell'asciugamano che ho addosso. «Scusa, io...»

Le faccio un sorriso imbarazzato. «Non c'è problema». 'Invece c'è un problema, eccome' penso. Sono mezza nuda davanti a un'estranea.

Ella si schiarisce la gola, abbassando nervosamente lo sguardo e tenendolo fisso sulla moquette. « Mi chiedevo se volevi qualcosa per colazione. Oppure hai già mangiato con tuo padre? »

« Per adesso sto bene così, grazie. Non ho molta fame ».

Lei sorride, annuisce e se ne va. Almeno ci sta provando: mi aspettavo che fosse la classica matrigna cattiva. Finora però non mi ha messo in mano nessuna scopa.

Mi faccio una treccia con i capelli bagnati e torno a letto. L'appuntamento in spiaggia è nel pomeriggio, ed essendomi svegliata così presto non riesco a smettere di sbadigliare. L'unica cosa da fare è un sonnellino ristoratore.

« Tiffani e Meg sono già lì » mi dice Rachael appena entro in macchina, cinque ore dopo. Inarca un sopracciglio e mi squadra dalla testa ai piedi. « Sembri appena scesa dal letto ».

« Infatti è così: mi sono alzata venti minuti fa ».

« Okay, capisco che siamo in estate, ma svegliarsi alle dodici e venti è un po' troppo, non credi? » dice picchiettando l'orologio della radio.

Io alzo gli occhi al cielo, infilandomi le dita fra i capelli per accertarmi di aver disfatto del tutto le trecce. Ho ottenuto un effetto mosso: perfetto per la spiaggia (e per gli standard di Rachael). Mi stringo meglio in vita il kimono floreale. « Mi sono alzata prestissimo ».

« Perché? »

« Sono andata a correre ».

Rachael fa una risata secca. « Okay, ritiro quello che ho appena detto. Sei già stata al molo? »

Mi infilo gli occhiali da sole e mi volto a osservarla, mentre lei si concentra sulla guida. « Quel posto con la ruota panoramica? L'ho visto stamattina. Ho corso sul lungomare ».

« Sì, quello è il molo » conferma Rachael. « Più tardi possiamo farci un salto, se c'è tempo ».

Oggi fa molto caldo, c'è solo una lieve brezza del Pacifico che però è sufficiente a rinfrescarmi, quindi non mi lamento, soprattutto adesso che la nebbia si è dissolta. Portland non è certo famosa per le sue spiagge, dato che non ne ha. C'è qualche posto sparso che viene chiamato 'spiaggia', in riva ai laghi o lungo il fiume Willamette, ma niente di paragonabile alle distese di sabbia che ci sono qui. Il litorale costeggia la città per chilometri, fino a Venice Beach, ed è sempre pieno di gente.

Rachael trova un parcheggio vicino al molo, io prendo la mia borsa e scendo. A casa ci ho messo dieci minuti buoni a convincermi a indossare un bikini e adesso sono certa che sia stata la peggiore decisione della mia vita.

Mentre Rachael prende l'asciugamano e le casse per la musica dal bagagliaio, mi accerto che i miei pantaloncini siano a posto e che il kimono mi copra completamente. Non ho alcuna intenzione di spogliarmi.

« Okay » dice Rachael girando davanti alla macchina per raggiungermi. Si è tirata su gli occhiali per guardare il cellulare. « Meghan dice che sono ai campi da beach volley vicino a Perry, quindi... laggiù, da qualche parte ». Fa un gesto verso destra. Deve essere difficile trovare qualcuno in una spiaggia così grande, ma grazie alla tecnologia lo sforzo è minimo.

Seguo Rachael dal parcheggio alla sabbia (camminare con le infradito è scomodissimo) e dopo circa cinque minuti riusciamo a individuare Tiffani e Meghan. Non abbiamo fatto fatica: sono in piedi e agitano le braccia come matte.

« Ragazze! Vi siete appena perse un tipo carino che ha chiesto il numero a Meghan » grida Tiffani.

Guardo Meghan, che si lascia ricadere sulla sabbia in modo un po' impacciato, con le guance arrossate. « È di Pasadena » borbotta mordendosi un labbro.

Anche Tiffani si sdraia, e io e Rachael ci mettiamo comode sugli asciugamani. Incrocio le gambe e sorrido. La spiaggia è davvero enorme: dietro di noi ci sono una fila di negozietti, una pista ciclabile e squadre di ragazzi che si lanciano palloni da volley.

« Allora, Rach » dice Tiffani sollevando un sopracciglio da dietro gli occhiali da sole: « Che cosa è successo fra te e Trevor sabato sera? »

Rachael fa un sorrisetto e distoglie lo sguardo. « Niente » risponde, ma sta ancora sorridendo.

« Niente un cavolo » spara Meghan. « Secondo me questa volta vi siete fermati ai preliminari, perché due scopate di fila nel giro due settimane non sono nel tuo stile. Ho ragione o no? »

Rachael rimane zitta per un lungo momento e poi sussurra « Hai ragione » scoppiando a ridere. Si toglie il copricostume di pizzo e lo butta di lato, poi si sdraia sulla schiena. Ha un fisico perfetto: gambe lunghe e pancia piatta. Il corpo ideale per far risaltare il bikini nuovo di zecca.

« Eden, che cosa ti è successo alla festa? » mi chiede Tiffani. Sono così distratta dalle gambe di Rachael che mi coglie di sorpresa.

« Eh? »

« Dove sei sparita? » Si mette a sedere (anche lei ha un corpo invidiabile) e mi guarda da dietro le lenti scure. « Con chi sei tornata a casa? Come si chiama? »

Io quasi mi soffoco con la mia stessa saliva. « Nooo » dico scuotendo la testa. « Non mi sentivo bene. Dean mi ha accompagnato a casa ». Quante altre volte dovrò usare questa scusa?

« Non hai retto la tequila? » Sorride, poi fa una risata e si mette in ginocchio per sistemarsi l'asciugamano. « A proposito, i ragazzi vogliono andare fuori città stasera, magari a Venice o a Los Angeles, ma Dean pensava di fare un salto anche a Hollywood, così puoi vedere la scritta, Eden: non si può venire a Los Angeles e non vedere la scritta HOLLYWOOD da vicino. Potremmo andarci tutti ».

« Hollywood è un'ottima idea » dice Rachael. « Ho proprio voglia di commettere una bella infrazione ».

Io sono un po' scettica. « Infrazione? »

Tutte e tre mi fanno un sorrisetto, poi Tiffani prosegue, anche se all'inizio si rivolge soprattutto a Rachael. « Per muoverci più agevolmente andremo solo con tre macchine. Qualunque meta decidiamo, Jake verrà a prendere me e Dean ha detto che può portare te e Meg ». Piega la testa verso di me. « E tu puoi venire con Tyler, dato che comunque abitate nella stessa casa ».

Io la guardo sbalordita. Mi è quasi sfuggita una risata, ma in qualche modo sono riuscita a trattenerla. Certo, l'idea di mettere me e Tyler nella stessa auto può sembrare logica, ma rimanere con lui in uno spazio chiuso per più di un minuto mi farà ribollire il sangue.

« Che ne dite di un giro da Perry? » propone Meghan prendendo la borsa.

« Prendimi un Frio al caramello » dice Rachael.

Meghan sposta lo sguardo su di me. « Eden? »

« Ehm ». Non so bene che tipo di posto sia Perry e non ho mai sentito parlare di Frio in vita mia. « Qual è la scelta? »

« Okay, prendi quello prendo io » taglia corto Rachael, appoggiandosi ai gomiti e alzando la faccia verso il sole. Fine della discussione.

Meghan si allontana con Tiffani, lasciando me e Rachael a prendere il sole mentre vanno a comprarci da bere. Almeno credo che sia roba da bere. In realtà non ne ho idea. Potrebbero anche essere gelati. In ogni caso non ho alcuna voglia di assaggiarli.

Mi schiarisco la voce e decido di cercare una distrazione. « Okay, credo di aver capito » dico incrociando le gambe e girandomi verso Rachael. Lei si mette seduta ad ascoltarmi. « Voi siete migliori amiche, giusto? »

« Sì... » Rachael conferma con cautela, in attesa di capire dove voglio arrivare.

« E anche Tyler, Dean e questo tipo, Jake, sono migliori amici? »

Lei ci pensa attentamente, sporgendo le labbra. « Più o meno. C'è un po' di tensione fra Tyler e Jake, ma di solito ci passano sopra ».

« E perché c'è tensione? » Ricordo di aver parlato con Jake alla festa e, nonostante la sua incapacità di fare conversazione, mi era sembrato un tipo a posto.

« Perché Tyler al primo anno ha cominciato a uscire con Tiffani, e in quel periodo Jake aveva una bella cotta per lei.

Ci sono state discussioni e litigi, ma alla fine se ne è fatto una ragione » mi spiega Rachael alzando gli occhi al cielo. « Anche se, per certi versi, continuano a odiarsi ».

« A parte questo » continuo, « siete un unico gruppo di amici? La mia impressione è questa, ma volevo sapere se era giusta ».

« Sì, è giusta. Siamo amici fin da... non saprei, dalla prima media. Siamo sempre andati a scuola insieme. Ma cosa aspetti a spogliarti? » Alza le braccia. « Non vorrai mica ritrovarti i segni dell'abbronzatura sulle braccia e sulle gambe? »

« Io sto bene così » dico con il sorriso più grande che riesco a fare per scoraggiare la sua insistenza. Purtroppo non funziona.

« Ma piantala » scherza lei rimettendosi giù. « Come fai ad abbronzarti come si deve se resti lì seduta tutta coperta? »

Io abbasso gli occhi, stringendomi il kimono intorno al corpo. « No, davvero, sto bene ».

« Ecco i vostri Frio! » annuncia Tiffani avvicinandosi alle nostre spalle. Per fortuna ci ha interrotto. Si allunga sopra la mia spalla e mi passa un bicchiere di carta strabordante di panna. Poi dà l'altro a Rachael e ci lancia le cannucce.

Io guardo il bicchiere per qualche secondo: sembra la bevanda più calorica che sia mai esistita. La panna mi fa venire la nausea solo a guardarla, quindi è quasi impossibile rispondere con un sorriso. Sembrerò un'ingrata, ma non posso evitare di accigliarmi. Aspetto che tutte mi guardino, poi infilo la cannuccia nel bicchiere e assaggio platealmente la bevanda ghiacciata. 'Sorridi e annuisci' mi dico. È esattamente quello che faccio. Fingo che sia la cosa più buona che abbia mai provato in tutta la mia vita, poi appena distolgono lo sguardo la metto da parte. Più tardi, quando si sarà sciolta per il caldo, fingerò di essermene completamente dimenticata.

« Il tipo viscido che ci serve di solito ci ha fatto lo sconto » dice Meghan sistemandosi sull'asciugamano e incrociando le gambe. Con l'indice prende un po' di panna dal suo bicchiere e la assapora lentamente. « Solo perché Tiff ha fatto la smorfiosa ».

« Non è vero! » si ribella Tiffani con uno sbuffo. Frugo nella mia borsa e trovo gli auricolari, li sbroglio e cerco una playlist decente. Mi sdraio e guardo il cielo. Musica a palla, occhiali da sole, bevanda qui accanto, zero chiacchiere.

Restiamo in spiaggia circa cinque ore e decidiamo di non andare al molo. Quando io e Rachael torniamo in Deidre Avenue comincio ad avere fame. Per fortuna Ella sta preparando la cena.

« Tuo padre fa un po' tardi stasera, quindi mangeremo dopo » mi avvisa quando arrivo a casa. « Ti sei divertita in spiaggia? »

« Sì » rispondo, e la nostra conversazione si esaurisce. Corro in camera, lasciandomi dietro una scia di sabbia. Faccio un'altra doccia e mi preparo per Venice, Los Angeles o Hollywood. La meta di stasera non è ancora definita.

Ora quindi sono vestita e pronta per uscire. Sto ricontrollando il tratto dell'eyeliner allo specchio quando sento la voce di mio padre in fondo alle scale. È a casa, quindi la cena dovrebbe essere pronta. Scendo e mi avvicino alla cucina, accorgendomi che papà sta quasi urlando.

« Vuoi sapere che cosa ho appena visto? » Ha un tono molto brusco, è chiaro che è furioso.

Mi sporgo dall'arcata della cucina, appoggiandomi al muro e sbirciando dentro. Ella è in piedi vicino al forno, papà è di fronte a lei e Tyler è proprio fra i due fuochi.

«Allora, sono sulla Appian Way, per consegnare dei documenti prima di tornare a casa» grida papà, «e indovina chi vedo sulla spiaggia?»

Ella lancia un'occhiata a Tyler. «Ti avevo detto di non uscire».

«Così penso: 'Ehi, ma è in punizione' e mi avvicino per chiedergli che cosa crede di fare. Lui è seduto a un tavolino con dei ragazzi più grandi di almeno dieci anni e lo vedo buttare davanti a quei tizi banconote da dieci, venti, cinquanta dollari».

Ella stringe gli occhi. «Tyler».

Tyler scuote la testa, con un sorrisetto incredulo. «Stronzate».

«Zitto» scatta papà, arrotolandosi le maniche della camicia e allentandosi la cravatta. «Sono lì a guardarlo giocare d'azzardo, e indovina che è successo quando ha perso?» Fa una pausa. «Ha cominciato ad alzare le mani».

«Quello stronzo barava» borbotta Tyler, aggrappandosi al ripiano e appoggiandoci la schiena. Il suo sguardo è scuro. «Non volevo fargliela passare liscia».

«Vuoi farti arrestare per aggressione?» Papà fa un passo avanti per guardarlo negli occhi. «Vuoi passare la vita in riformatorio? È questo che vuoi?»

«Tyler, devi smetterla» dice Ella piano, sospirando e premendosi una mano sulla fronte. Sembra più sconvolta che arrabbiata. «Non voglio che tu ti metta nei guai».

«Qui non siamo a Las Vegas» la interrompe papà. Si avvicina ancora di più a Tyler, paonazzo in viso. È furioso abbastanza per tutti e due. «Che cosa diavolo credevi di fare?»

Tyler contrae la mascella. «Vivere un po'».

«Con te ho chiuso» esclama papà, scuotendo la testa. Alza le mani in un gesto di resa, si volta ed esce sul portico, forse per prendere un po' d'aria.

Prima che Ella possa aprir bocca, Tyler fa una risatina, poi va nell'ingresso. Mentre mi passa davanti mi rifugio nell'angolo, sperando che non mi veda, ma naturalmente non è così.

Si volta e si ferma a guardarmi. «Devo darti un passaggio, giusto?»

Non sono sicura che accettare un passaggio da una persona con chiari problemi comportamentali sia una buona idea. Potrebbe essere un guidatore spericolato, che ignora i limiti di velocità e ogni tanto investe un bambino. « Credo di sì ».

« Io esco adesso » dice, ancora stizzito per il litigio di poco fa. « Quindi o vieni con me o rimani qui ». Con espressione truce, sbuffa e va verso la porta d'ingresso. La madre gli grida di non uscire, ma lui la ignora.

Io lancio un'occhiata in cucina. Ella sembra sul punto di piangere e papà sta marciando avanti e indietro in giardino. Nessuno dei due sembra una buona compagnia per la serata, escludo di voler restare. Sospirando, corro verso la porta e richiamo Tyler appena prima che salga in macchina. « Aspetta! »

Tanto ormai la cena è rovinata.

8

La macchina di Tyler è parcheggiata in diagonale sul marciapiede, fuori dalle strisce del posto auto: non posso evitare di chiedermi in che stato fosse quando è arrivato, per lasciarla così. Forse lo stesso stato in cui è adesso. Spalanca la portiera, poi si ferma a guardarmi. Mi fissa e basta.

«Cosa c'è?» gli chiedo avvicinandomi.

«Allora?» fa lui, come in attesa che io dica chissà cosa. Inarca le sopracciglia e con un cenno della testa indica la macchina. Faccio scorrere lo sguardo sulla carrozzeria bianca, alla ricerca di segni particolari, ma non trovo nulla di interessante. «Sai almeno che macchina è?» Mi guarda come se fossi una stupida, come se non sapessi cos'è un airbag, per dire, così per dimostrargli che si sbaglia vado verso il retro e osservo il marchio. Quattro cerchi di metallo intrecciati.

«Un'Audi?» tiro a indovinare.

«Un'Audi R8» precisa lui, con un sorrisetto insopportabile e un'espressione compiaciuta.

«Okay. Vuoi un applauso?»

Lui ride e appoggia una mano in cima alla portiera. «Le ragazze non capiscono niente. Probabilmente ti verrebbe un colpo, se sapessi quanto costa».

«Ma riprenditi» borbotto, scuotendo la testa mentre allungo una mano per aprire la mia portiera. Scivolo dentro con disinvoltura e scopro che ci sono solo due posti e che gli interni sono ricoperti di cuoio e metallo: forse ha ragione a dire che è un'auto di lusso, quindi evito di fare commenti.

«Chiama Tiffani» mi dice lui, salendo al posto di guida e sbattendo la portiera. Mi lancia il cellulare in grembo con uno scatto del polso e avvia il motore.

« Intendi la tua ragazza, quella che ti piace palpeggiare o, a seconda dei casi, ignorare completamente? »

Un angolo della sua bocca si solleva in un sorrisino e il mio stomaco protesta, disgustato. In tutta la mia vita non ho mai conosciuto una persona così piena di difetti e che prende tutto così alla leggera.

« Sei uno stronzo » sussurro, prendendo il suo telefono e girandomi dall'altra parte. Mentre lui sgasa e parte sgommando, io guardo fuori dal finestrino.

« Chiamala » mi ripete. « Non ho idea di dove dobbiamo andare ».

Faccio un sospiro e raddrizzo la schiena, poi prendo il telefono e fisso lo schermo per un po'. « Codice di accesso? »

« 4355 ».

Digito i numeri e sblocco il cellulare, poi apro la rubrica. « È il tuo numero preferito o è sotto una parola o... »

« È sotto 'Hell', inferno » mi risponde, brusco. Nonostante il tono indifferente, tiene lo sguardo fisso sulla strada e stringe più forte il volante. « Chiamala, su ».

Ubbidisco alla sua richiesta, o meglio al suo ordine, e scorro la lista dei contatti fino al nome di Tiffani. Noto l'incredibile quantità di numeri che ha in rubrica, la maggior parte dei quali corrispondono a nomi femminili. Poi telefono alla sua ragazza.

« Ciao, tesoro » risponde Tiffani, e io arriccio il naso a quel saluto.

« Sono Eden. Tyler sta guidando. Dove andiamo stasera? Avete deciso? »

Lei risponde con prontezza: « Hollywood. Abbiamo deciso all'unanimità che devi vedere la scritta: è fantastica ».

Mi mordo un labbro e un'ondata di eccitazione invade il mio corpo. Ho sempre desiderato andarci e, per quanto anche Venice fosse un'opzione fantastica, sono contenta che abbiano deciso di andare a Hollywood. « Siete già partiti? » mi chiede Tiffani.

« Sì ». Mi trema la voce quando la macchina sbanda di lato: l'abilità alla guida di Tyler si sta dimostrando davvero misera. Mi chiedo come abbia fatto a prendere la patente.

« Mando un messaggio agli altri per vedere se sono pronti, ci vediamo là » riprende Tiffani. « Metti un attimo il vivavoce ». Io faccio come mi ha chiesto, staccandomi il cellulare dall'orecchio e tenendolo vicino a Tyler.

«Sì?» dice lui. Dà una rapida occhiata allo schermo e poi frena di colpo a un segnale di stop, che evidentemente non aveva notato prima.

«Non ti sei fatto vivo per tutto il giorno!» La voce di Tiffani rimbomba dall'altoparlante. Vedo che Tyler alza gli occhi al cielo, con aria sprezzante. «Tua madre ti ha lasciato uscire?»

Lui tira il freno a mano e mi fissa, scuotendo la testa lentamente mentre dice: «No, sono rimasto chiuso in casa tutto il giorno».

«Che schifo» risponde Tiffani. Ah, povera ragazza. Non si rende conto di nulla. «Non vedo l'ora di vederti! A tra poco. Aspettaci al Sunset Ranch».

«Ricevuto».

«Ti amo».

«Sì» risponde lui, poi mi toglie il telefono di mano e chiude la comunicazione. Sbadiglia, si appoggia allo schienale e si passa una mano fra i capelli.

Io spalanco gli occhi, incredula. Faccio una risata acida.

Ogni giorno, ogni ora che passa mi dà un motivo in più per detestarlo. «Sei incredibile. Chiuso in casa tutto il giorno?»

Con un lieve grugnito, lascia andare il freno e la macchina scivola attraverso l'incrocio. «Questa è la versione ufficiale».

«Davvero vuoi mentirle così?» Quando mi lancia un'occhiata cerco di incrociare il suo sguardo, ma senza distogliere l'attenzione dalla strada, dato che lui non sembra badarci molto. «Eri alla spiaggia a giocare d'azzardo e a fare a pugni e a lei dici che sei rimasto a casa tutto il giorno? Mi dispiace davvero tanto per lei».

Lui ride, la sua voce è così profonda che per un attimo mi dà un brivido. «Sì, sei proprio la figlia di Dave. Devi imparare a farti gli affari tuoi, ragazzina».

«Piantala di chiamarmi ragazzina» lo avverto. «Hai solo un anno più di me, e di sicuro hai meno neuroni».

«Certo, ragazzina» mi risponde, però con un sorriso. «Tuo padre è uno stronzo».

«Almeno su una cosa siamo d'accordo». Faccio un lungo sospiro, riempiendo il silenzio. Un tempo riuscivo a sopportare mio padre. Quando ero piccola pensavo che fosse fantastico. Ma poi, probabilmente, lui si è stufato della mamma, di me e della sua vita con noi, così se ne è andato e non è più tornato. E adesso è solo uno sfigato dai capelli brizzolati e con un pessimo carattere. « Non so quale sia il suo problema. Capisco che debba essere difficile vivere con te, ma è come se cercasse sempre un motivo per urlarti addosso ».

Tyler tamburella le dita sul volante, con impazienza. « Non dirlo a me ».

« Mia madre sta molto meglio senza di lui » dico in tono riflessivo, poi faccio immediatamente marcia indietro. « Non che sia una sfortuna per tua madre, voglio dire. E tu? Dov'è tuo padre? »

Inchioda senza preavviso. « Ma che cazzo vuoi? »

Io sbatto le palpebre, stupita dalla sua reazione aggressiva, incapace di imbastire una risposta. Cerco di balbettare una scusa, ma le parole mi escono vaghe, spezzate. « Scusa... io... »

Lui serra la mascella e dà gas al motore, accelerando così tanto che il mio corpo viene sbattuto indietro. « Stai zitta » sibila.

« Non volevo turbarti... » provo a dire. Il cuore mi batte all'impazzata, il senso di colpa mi dilania. 'Magari suo padre è morto' penso, 'e io gliel'ho appena ricordato'.

« Chiudi quella dannata bocca » ringhia lui a denti stretti e io decido che non dirò più una parola. Ho paura che, in caso contrario, continuerebbe ad accelerare.

Incrocio le braccia ed evito di guardarlo, concentrandomi sul paesaggio di Los Angeles, mentre ci allontaniamo da Santa Monica sulla superstrada. Mi va benissimo stare zitta. Ogni volta che gli parlo, lui mi risponde con una frase impertinente, una battuta sarcastica o un insulto gratuito. Alza il volume della musica, canzoni rock salvate sul suo telefono, e la lascia accesa per tutto il viaggio. Ho le orecchie crivellate di parolacce.

Fra di noi c'è una tensione silenziosa, imbarazzante, come se dovessimo parlare, ma non riuscissimo a deciderci. Siamo fratellastri, eppure sembriamo nemici giurati, e so che non dovrebbe essere così.

« Ci siamo quasi » borbotta lui dopo un'ora di guida spericolata. A questo punto il silenzio è diventato così insopportabile che non riesco neanche a guardarlo. Ho passato il tempo a cercare di non pensare al fatto che non ci siamo detti una sola parola in oltre sessanta minuti, e a provare a distrarmi ammirando il panorama.

Svoltiamo in una lunga strada chiamata North Beachwood Drive:

davanti a me, sulle alture, si staglia la scritta HOLLYWOOD, che sovrasta la città nella luce del tramonto. Mi mordo un labbro e alzo l'aletta parasole per guardare meglio. Sono quasi nervosa di fronte a questa icona universale che finora avevo visto solo nei film. Vederla dal vivo è una sensazione del tutto diversa.

Proseguiamo dritti fino in fondo alla strada, che da via residenziale si trasforma in uno stretto canyon e corre ai piedi della montagna. Superiamo un cartello per il Sunset Ranch, quello che Tiffani ci aveva indicato, e poco dopo entriamo in un piccolo parcheggio sul lato della strada. Sono già arrivati lì, non ho idea di come abbiano fatto a superarci.

« Avete preso la superstrada, vero? » chiede Meghan quando scendiamo dall'auto, e Tiffani si fionda a buttare le braccia al collo di Tyler.

A questo punto lui è distratto, ma riesce a rispondere: « Sì, voi siete passati da Beverly Hills? » Tiffani gli si sta strusciando addosso, cercando di attirare le sue labbra, ma Tyler non sembra molto coinvolto. Senza sorridere, si china per darle un bacio rapidissimo e poi si allontana di un passo. Credo di essere l'unica a notarlo: quando lui se ne accorge, abbassa la testa e guarda per terra.

Jake chiude la sua macchina e si avvicina. « Era il modo migliore per arrivare in fretta senza farci beccare. Non volevamo farvi aspettare un'ora ».

« È incredibile » sussurro, scuotendo la testa e guardando le grandi lettere in stampatello. Strizzo gli occhi per proteggerli dal sole. « Grazie per avermici portata ».

Scoppiano a ridere tutti e sei, compreso Tyler. Qualcuno alza anche gli occhi al cielo.

« E non hai ancora visto niente » commenta Rachael. Ha in mano un paio di bottiglie d'acqua. « Ti portiamo fino in cima ».

« In cima? » Guardo di nuovo verso la montagna, chiedendomi quanto sia ripida la salita. Sembra piuttosto impegnativa.

« Certo » conferma Dean. Ha in mano altre bottiglie d'acqua. « Dobbiamo sbrigarci, se vogliamo arrivarci prima che faccia buio. Ci vuole circa un'ora a salire, e fa molto caldo. Quindi prendi questa ». Mi dà una bottiglia, poi ne passa un'altra a Meghan e una terza a Jake.

« Chi si ricorda la strada? » chiede Rachael porgendo dell'acqua a Tyler e Tiffani.

Tyler fa una specie di grugnito, indicando il sentiero dietro di noi e mettendo un braccio intorno alla vita di Tiffani. « Non è poi così difficile, Rach. Subito a sinistra e poi a destra ».

Vedo un cartello per Hollyridge Trail: immagino sia il sentiero che dobbiamo seguire. Tyler e Tiffani aprono la strada, io, Jake, Dean, Meghan e Rachael li seguiamo. Cominciamo a salire. Il sentiero è largo, e per nostra grande fortuna è disseminato di meravigliose cacche di cavallo.

« È stata l'ora peggiore della mia vita » sussurro a Rachael mentre camminiamo, un po' distaccate dal gruppo. « Ricordami di non salire mai più in macchina con Tyler ».

Lei ride, sollevando la sabbia con le scarpe. « Che cosa è successo? »

« Ci ha quasi uccisi, perché gli ho chiesto dov'è suo padre » ammetto. Lo cerco con lo sguardo. È davanti a tutti, con Tiffani alle calcagna. « Suo padre è... cioè, è morto? »

Rachael quasi si strozza con l'acqua che stava bevendo, poi si ferma per un momento e mi guarda con aria inorridita. « Dio, Eden, no. Parlare di suo padre in sua presenza è come mettersi davanti a una pistola carica. Vuol dire cercare guai ».

Ricominciamo a camminare. « Perché? »

« È in prigione per furto d'auto, o qualcosa del genere » dice, a voce bassa. Si guarda intorno per assicurarsi che nessuno ci senta. « Tyler è molto suscettibile su questo argomento ».

Il mio sguardo scivola di nuovo su di lui. In fondo, molto in fondo, un po' mi dispiace per lui. Forse lui e suo padre erano molto uniti, e adesso lui non fa più parte della sua vita. Deve essere dura. E con un divorzio di mezzo deve essere anche peggio.

In poco tempo arriviamo alla svolta a sinistra che Tyler aveva ricordato a Rachael in modo così maleducato. La strada prosegue anche dritta, ma noi facciamo quasi un giro completo verso sinistra e continuiamo a salire. Non si vedono più cacche di cavallo.

Dean aveva ragione, fa molto caldo. Con l'altitudine aumenta anche l'umidità e gli sono grata di avermi dato l'acqua. Nonostante la temperatura, però, non mi dispiace questa passeggiata. È un buon esercizio, e il panorama su Los Angeles vale assolutamente lo sforzo. Ogni tanto ci fermiamo, per riprendere fiato e guardare la città, la sua immensità e la sua bellezza distesa ai nostri piedi. C'è molta pace quassù.

Alla fine arriviamo a un bivio: il sentiero si divide in due stradine asfaltate. Prendiamo quella di destra.

« Non dovremmo andare a sinistra? » chiedo, vedendo che ci allontaniamo dalla scritta invece di avvicinarci. Mi viene il dubbio che mi stiano facendo uno scherzo crudele.

« No » dice Jake. Rallenta e mi affianca, restandomi accanto mentre gli altri mi ignorano. « A sinistra si torna giù. Andando a destra si gira intorno alla scritta e ci si sbuca dietro ».

Prendo un lungo sorso d'acqua e poi indico la strada con la bottiglia. « Ma non è illegale? »

« Bere acqua? Non che io sappia ».

Io ridacchio e mi volto. Vedo Meghan trascinare Rachael su un punto più ripido. « È illegale o no? »

« È illegale soltanto se superi la recinzione » risponde lui.

« Ma si arriva molto vicino anche restando al di qua della rete ». Inclina la testa verso il cielo per qualche secondo, poi riabbassa gli occhi per incontrare i miei. « Scusami per sabato, sono stato un idiota. Dopo un paio di birre perdo ogni capacità di dialogo ».

Sorrido. Sono stupita che si ricordi di aver parlato con me, e il fatto che si stia scusando mi fa un po' arrossire. « Non sei stato un idiota, semmai lo erano le tue domande ».

« Ricominciamo da capo » dice lui, tendendomi la mano. « Ciao, io sono Jake. Tu devi essere la ragazza carina che passerà l'estate qui. Eden, giusto? »

Io mi sento avvampare le guance. L'ansia mi assale: mi mordicchio le labbra e inclino la testa per non farglielo notare. Gli stringo la mano. La sua pelle è tiepida contro la mia. « Piacere di conoscerti, Jake ».

« Allora, come ti sembra Los Angeles? »

« È meravigliosa ». Mi accorgo che gli altri hanno accelerato, oppure siamo noi che abbiamo rallentato, perché il distacco con il resto del gruppo si sta allargando. Colgo uno sguardo di disapprovazione di Tyler. Arriccio il naso e gli lancio un'occhiata storta. Che problema ha? Cerco di non farmi condizionare. « Mi piace molto ».

Jake ha gli occhi che brillano e un grande sorriso sulle labbra. « Hai un ragazzo che ti aspetta a Portland? »

« No » rispondo, guardandolo di sottecchi. « Se stai cercando di indagare in modo discreto, non ci stai riuscendo ».

« Maledizione » sussurra lui. Poi ride. « La discrezione e la conversazione intelligente non sono i miei punti forti, però ne ho altri. Se accetti di uscire con me una sera, te lo dimostrerò».

Inarca un sopracciglio, in attesa della mia risposta. Ha un'aria sicura di sé, ma io non so bene come comportarmi per sembrare altrettanto disinvolta. Non esco spesso coi ragazzi. Da quanto mi ricordo, la situazione più simile a questa che mi sia mai capitata è stata quando, al primo anno, un mio compagno mi ha chiesto se potevo aiutarlo a capire i principi di base delle equazioni di secondo grado. E anche in quel caso avevo rifiutato, perché tutti lo prendevano in giro per i suoi starnuti plateali. Si chiamava Scott. Ma gli altri, alle sue spalle, lo chiamavano Scottex.

Trovo una scappatoia rispondendo: «Forse». Se ci fossimo scambiati più di un paio di frasi avrei anche potuto dire di sì, ma in questo momento lui per me è ancora un estraneo. Magari un'altra volta. O anche solo più tardi.

«Posso accettare un forse» dice lui. «Ehi, guarda ci siamo quasi».

Sposto lo sguardo sulla strada e vedo che svolta a sinistra, dove comincia un'alta recinzione metallica. Tiffani corre avanti, verso la curva, afferrando la mano di Tyler e tirandoselo dietro. «Eden, vieni a vedere!» mi grida, e Jake mi spinge avanti.

Rachael si sporge, mi prende per un gomito e mi trascina con sé per l'ultimo pezzo di strada, un po' correndo e un po' saltellando. Siamo arrivati alla scritta in cinquanta minuti. Il sentiero costeggia la recinzione. Quando Rachael mi porta dietro l'angolo mi rendo conto all'improvviso che mi trovo dietro la scritta HOLLYWOOD, con Los Angeles ai miei piedi.

Mi si blocca il respiro. Il silenzio intorno mi aiuta ad assaporare il momento. Appoggio le mani alla rete metallica, sgranando gli occhi. Ho il cuore in gola. Da qui c'è una vista mozzafiato. Le lettere sono enormi, torreggiano sopra la città. Sono molto più grandi di quanto si possa pensare.

Dean mi raggiunge e mi chiede: «Valeva la pena?» Mi riscuoto. Riesco solo ad annuire piano, senza staccare gli occhi dal panorama che ho davanti.

«È bellissimo» sussurro.

«Non venivamo qui da almeno un anno» dice Meghan facendo scorrere le dita sulla rete. «Forse anche di più».

Con la coda dell'occhio vedo Tyler che si allunga e afferra saldamente la cima della recinzione. Ci sono parecchie telecamere di sorveglianza. « Che cosa state aspettando, ragazzi? » chiede lui, poi si tira su e si issa oltre la rete con un unico agile salto, atterrando morbidamente dall'altra parte. « Venite ».

Io resto per un po' a guardare le telecamere, poi i cartelli che vietano chiaramente l'accesso, e infine Tyler. Lui ricambia il mio sguardo, con un sorrisetto e gli occhi stretti a fessura.

« Abbiamo circa dieci minuti prima che mandino l'elicottero » annuncia Tiffani cominciando ad arrampicarsi. « Eden, tocca la scritta e poi ce ne andiamo ».

Io li guardo con aria dubbiosa. Elicottero? « Va bene così, davvero. Non voglio per forza toccare la... »

« Tocca quella maledetta scritta » sbotta Tyler fissandomi dritto negli occhi. Tiffani atterra accanto a lui nell'area proibita. Gli mette una mano sul petto e lo allontana da noi.

« Non ci beccheranno » mi rassicura Rachael a bassa voce, prima di scavalcare con Meghan e Dean. « Lo facciamo sempre ».

« Non preoccuparti » aggiunge Jake. « Se ci beccano, ci beccano tutti insieme ». Mi prende la mano e la appoggia sulla rete. « Però dobbiamo fare in fretta ».

Cedendo alla pressione del gruppo, proprio quello che la mia maestra di quinta elementare mi aveva sempre avvertito di non fare, mi appoggio alla recinzione e in qualche modo riesco a superarla. Atterrando rischio di perdere l'equilibrio e mi accorgo troppo tardi di quanto sia ripida questa montagna. Gli altri si stanno già avvicinando alla scritta, ma io aspetto Jake, che mi mostra come scendere senza rompermi l'osso del collo.

« Adoro questo posto » esclama Dean indugiando vicino alla prima O. « Mi chiedo quante persone al mondo ucciderebbero per poter essere qui. Siamo fortunati ».

« Amico, piantala col sentimentalismo, sono solo lettere su una montagna » borbotta Tyler. « È una stupida città, e una stupida scritta ».

« Sei così negativo » sussurra Tiffani.

Io li ignoro e seguo Jake fino alla H. Lui fa un passo indietro e mi sorride con dolcezza. Poi fa un cenno con la testa: « Prima tu ».

Per qualche strano motivo mi sento nervosa. Forse perché sto per fare una cosa che tantissime persone possono solo sognare, o perché rischio di cadere e ammazzarmi. Faccio un profondo respiro, poi un passo avanti e tocco la H verniciata di bianco della famosa scritta HOLLYWOOD.

E mi sento esattamente uguale a due secondi fa.

«Oh». Mi rendo conto che siamo tutti terribilmente affascinati da una semplice costruzione di lastre metalliche e pali.

Jake appoggia la mano accanto alla mia. «Allora, la nostra uscita?»

A questo punto avrei potuto acconsentire, soltanto perché siamo davvero in piedi sotto la scritta HOLLYWOOD ed è il posto perfetto per accettare un appuntamento, ma prima che possa aprire bocca Tyler si mette a urlare: «Che cazzo stai facendo?»

«Che ti prende?» chiede Jake irritato, staccandosi dalla scritta per guardare Tyler, che si sta avvicinando con i pugni chiusi.

«Cosa cazzo le hai appena chiesto?» Tyler ha un'espressione furiosa, la mascella serrata, scuro in volto. Si para davanti a Jake.

«La tensione» mima Rachael con le labbra quando la guardo in cerca di aiuto. Ricordo vagamente che mi aveva parlato di una tensione latente fra loro due. In questo momento non sembra più tanto latente.

«Fratello, datti una calmata» borbotta Jake. Arretra e scrolla le spalle, sollevando le mani e voltandosi di lato.

«Niente affatto» ribatte Tyler. Scuote la testa e gira intorno a Jake, per ritrovarsi davanti a lui e puntargli l'indice al petto. «Prova solo a pensare di metterti con lei e ti prendo a calci in culo».

«Tyler, tesoro, calmati» interviene Tiffani. Appoggia le mani sul petto di Tyler e cerca di spingerlo indietro, ma lui non stacca gli occhi da Jake. «Non fare lo stronzo, smettila di provocarlo».

Dean si unisce a loro, si piazza davanti a Jake e scuote la testa con aria di disapprovazione. «Dai ragazzi, piantatela».

Poi la mia attenzione si sposta dalla rissa incipiente a un vago ronzio, che poi diventa il rumore di un motore e di pale che sbattono. Il frastuono aumenta e io guardo verso il cielo.

E mi ritrovo sotto il riflettore di un elicottero della polizia di Los Angeles.

9

Non riesco a scollare gli occhi dall'oggetto volante che ci sovrasta. Siamo tutti impietriti, incerti sul da farsi. Le parole ci muoiono in gola.

« Merda » grida Tyler sbattendo il palmo contro la H, che emette un rumore sferragliante. Poi si passa la mano tra i capelli, scuotendo la testa. « Come cazzo fanno ad arrivare sempre così in fretta? »

« Attenti a non scivolare! » ci urla Tiffani. Prende la mano di Tyler e lo trascina con sé, ma invece di risalire verso la recinzione si fiondano giù per la montagna.

« Andiamocene di qua » grida Jake alle mie spalle, studiando l'elicottero per un lungo momento prima di decidersi a scendere. « Dobbiamo essere a valle prima che la pattuglia arrivi qui ».

« Quei due non hanno perso tempo, eh? » scherza Dean, indicando con un cenno della testa le sagome sempre più piccole di Tyler e Tiffani che sfrecciano fra il terreno, le rocce e i cespugli. « Poveretto, non può permettersi di farsi arrestare di nuovo ».

« Di nuovo? » ripeto, ma tutti mi ignorano e si danno alla fuga. Rachael e Meghan procedono aggrappate l'una all'altra, come se ogni passo falso potesse portarle alla morte. E forse in effetti è proprio così.

« Fai attenzione » mi dice Dean voltandosi indietro, mentre comincia a seguire gli altri, saltando e scivolando lungo la vaga traccia di sentiero.

Il rombo dell'elicottero vibra ancora molto forte intorno a noi: sento una scarica di adrenalina nelle vene, la pulsazione dolorosa del sangue sotto la pelle. Adesso i miei allenamenti mattutini mi tornano utili. Nonostante la strada sia scoscesa, mi lancio dietro a Dean.

Il terreno è irregolare e in alcuni punti i sassi fanno male sotto i piedi: dopo pochissimo faccio già una gran fatica a mantenere l'equilibrio. Prego di non essere arrestata... e di non morire.

« Ce la fai, Eden? » Jake mi affianca, ridendo e saltellando da una roccia all'altra. Non capisco come possa trovare divertente tutto questo.

« Ci provo! » Non riesco a finire la frase che mi scivola un piede sul bordo ripido del pendio. Mi sfugge un lamento.

Una mano ferma mi afferra per il gomito. « Attenzione » dice Jake con calma, sostenendomi. Mi appoggia le mani sulle spalle. « Tutto bene? »

Non riesco a trattenere uno sfogo: « Non voglio finire in prigione ». Guardo verso l'elicottero, ho il panico scritto in faccia. Quando riabbasso gli occhi vedo che il resto del gruppo ha raggiunto un terreno più sicuro.

Jake ride, senza fermarsi. « Non finirai in prigione » mi garantisce, poi mi prende per mano e mi precede, guidandomi. « Il peggio che ci può succedere è di ricevere un mandato di comparizione ».

Nonostante le sue rassicurazioni il groviglio che ho nello stomaco non si allenta. Il mio corpo viene quasi trascinato, insensibile, giù per l'ultimo tratto del Mount Lee. Jake non inciampa, non rallenta e ci evita di essere beccati. Quando finalmente arriviamo in fondo, dopo aver superato alcune case e una ferrovia, gli sono profondamente grata.

Riconosco il cartello del Sunset Ranch, che ai miei occhi adesso è il cartello più bello del mondo.

« Niente pattuglia » sussurro, e il mio intero corpo sembra tirare un enorme sospiro di sollievo. Se tornassi a casa con un mandato di comparizione per aver violato un divieto di accesso, mio padre mi farebbe letteralmente cremare nel sonno, e poi butterebbe le mie ceneri nel gabinetto.

« Per ora » aggiunge Jake. Mi lascia la mano e salta sulla strada. Io lo seguo e giro l'angolo dietro di lui. « Non siamo ancora in salvo ».

Quando torniamo al parcheggio dove avevamo lasciato le macchine, noto che quella di Tyler non c'è più. Jake mi accompagna alla sua, una Ford rossa (non saprei dire il modello). « Meghan e Rach saranno andate con Dean » dice aprendo la portiera e salendo a bordo. Tiffani deve essere con Tyler.

« Dove pensi che siano andati gli altri? » chiedo sedendomi al posto del passeggero. Posso solo sperare che Jake guidi meglio del mio fratellastro.

Lui scrolla le spalle, avvia il motore e si immette sulla strada in retromarcia. «Chi se ne importa?» 'A me importa' penso. «Cosa vuoi fare? Hai fame?»

Per un lungo istante osservo il suo viso mentre guida, e non riesco a evitare di chiedermi come abbia fatto la nostra fuga dalla scritta HOLLYWOOD a trasformarsi in un appuntamento. Gli altri se ne sono andati e io sono finita con Jake. Nonostante i miei dubbi, però, ho un po' di fame. «C'è qualche buon posto nei paraggi?»

«C'è un Chick-fil-A a dieci minuti da qui, su Sunset Boulevard» propone lui. «Potremmo fare uno spuntino veloce».

«Va bene. In Oregon non abbiamo Chick-fil-A».

Lui fa una faccia sbalordita. «Che cosa?»

«E non è permesso fare benzina da soli» aggiungo. Parlare di casa mi distrae, mi ritrovo a domandarmi cosa starà facendo Amelia in questo momento e se la mamma si sentirà sola nella nostra casetta. «L'Oregon fa schifo».

«Quindi Los Angeles ti sembrerà grandiosa» conclude lui. «Abbiamo scritte sulle montagne, Chick-fil-A e non ci arrestano se facciamo benzina da soli. Mitico». Ridiamo un po'. Mi fa piacere avere una compagnia maschile diversa da mio padre o da Tyler. Quei due sono troppo irritanti e irascibili.

Mi abbandono sul sedile e appoggio la fronte al finestrino, scrutando il cielo per individuare l'elicottero, che però sembra scomparso. Finalmente posso respirare.

«Allora, ti piace la nostra città?» mi chiede Jake dopo un po'. Alza l'aria condizionata, ma abbassa la musica.

«Sì». Ammetto di non aver ancora visto molto, ma finora è tutto meraviglioso. «Sicuramente è più interessante di Portland».

«Non ci sono mai stato».

«Non ti perdi niente». Dopo averlo detto, però, ci ripenso. «In realtà non è tanto male. Abbiamo tanti bravi musicisti indipendenti, ma piove dall'autunno fino alla fine della primavera, il che è tremendo, e poi ci sono un sacco di locali a luci rosse. Però la gente è fantastica». Sorrido, ma solo per un istante, e abbasso gli occhi. «Per la maggior parte, diciamo».

Il problema di Portland è che la associo con troppe cose che odio. È lì che i miei hanno smesso di amarsi. Piove sempre. Ed è lì che sono i miei cosiddetti 'amici'. In generale Portland è una bella città, ma la mia vita lì non è poi così eccitante, e neanche così felice. Al confronto Santa Monica è una boccata d'aria fresca.

« Locali a luci rosse? » Jake sorride e spalanca gli occhi. « Devo assolutamente visitare questa terribile città ».

Io alzo gli occhi al cielo. I ragazzi sono tutti uguali. « Com'è davvero Los Angeles, a parte i soliti luoghi turistici? »

Jake ci pensa su, tamburellando con il pollice sul volante. « Be', ci sono enormi differenze fra ricchi e poveri. Ci sono tutti questi nababbi che vivono in ville enormi e vanno in giro in Lamborghini, e poi trovi della gente che dorme per strada nella speranza di sopravvivere fino al mattino. È abbastanza orrendo. Però in generale la gente è eccezionale ».

« Non avevo mai considerato questo punto di vista ».

Ripercorriamo la strada di prima, North Beachwood Drive, e proseguiamo dritti fino a immetterci su Sunset Boulevard. È un viale lunghissimo, con cinema, ristoranti, un liceo e un sacco di traffico. Osservo ogni cosa, affascinata.

Quando arriviamo al drive-in del Chick-fil-A, Jake si avvicina al microfono e mi guarda di sbieco. « Che cosa prendi? »

Dato che non abbiamo Chick-fil-A in Oregon, non ho idea di cosa servano, quindi do un'occhiata veloce al menu e scelgo la prima cosa sana che vedo. « Un'insalata ». Jake annuisce, ma continua a guardarmi, in attesa. « Nient'altro » gli dico.

« Solo quella? » Inarca un sopracciglio e fa un sospiro. « Che cos'è questa mania delle ragazze per l'insalata? » Io faccio un sorrisetto e lui si volta per ordinare. « Vorrei un panino al pollo piccante con una Coca-Cola, e un'insalata con... »

« Acqua naturale » intervengo. Altra occhiata di disapprovazione.

« Acqua naturale » ripete comunque alla commessa.

« Grazie ». Procediamo verso lo sportello successivo, lui prende il portafoglio dalla tasca e dice: « Ci penso io » poi paga entrambe le ordinazioni. Io lo ringrazio.

Ci spostiamo ancora avanti. Mentre aspettiamo che venga servita la macchina prima della nostra, lui mi studia con un'espressione vagamente perplessa.

« Odio il cibo spazzatura, nel caso te lo stessi chiedendo » gli spiego. Non è del tutto vero: non odio tanto il cibo, quanto i suoi effetti.

Lui alza gli occhi al cielo. Intanto arriviamo all'ultimo sportello, per ritirare il nostro sacchetto con cibo e bevande. Lui me lo passa e si immette di nuovo nel viale. « Mi stai dicendo che odi il panino al pollo piccante che c'è lì dentro, e anche le patatine, che sono letteralmente la cosa più buona che potresti assaggiare in vita tua? »

« Sì » ribatto, decisa. « Sì, odio quel terribile panino al pollo piccante con quelle orrende patatine fritte ».

« Non le hai neanche assaggiate ». Scuote la testa sconsolato, ridacchia e allunga la mano, frugando per qualche lungo secondo nel sacchetto alla ricerca delle sue patatine e provando contemporaneamente a tenere gli occhi sulla strada. Quando le trova, appoggia il cartoccio sul ripiano centrale e se ne lancia una in bocca. « Ne vuoi una? Sono buonissime ».

« No, devo verificare se questa insalata di Chick-fil-A è più buona di quelle che vendono a Portland » rispondo con disinvoltura, sorridendogli. Tiro fuori il vassoietto e strappo via la plastica. « Sembra ottima ».

Jake si ficca in bocca altre patatine. « Non sai a cosa stai rinunciando ».

« A futuri problemi cardiovascolari? Meglio ».

Lui smette di masticare e mi guarda con un sorriso sconfitto. Annuisce in segno di resa.

Si sta facendo tardi, così torniamo a Santa Monica: lungo il tragitto io divoro la mia insalata e Jake finisce il suo panino, riuscendo in qualche modo a non fare un incidente. Prendiamo la superstrada mentre il sole scompare all'orizzonte. E persino il traffico, per quanto lo detesti, diventa decisamente un bello spettacolo all'imbrunire. La musica è alta ma non troppo, ci permette di chiacchierare e riesco addirittura a ignorarla, quando ne ho abbastanza delle sue scelte un po' troppo commerciali. Questo viaggio è molto più piacevole di quello che ho fatto tre ore fa con Tyler.

« Stai a casa sua, vero? » mi chiede Jake quando rientriamo in città.

Io mi riscuoto dalla trance in cui ero caduta. « A casa di chi? »

« Di Tyler. Ti devo riportare lì, giusto? »

« Oh, sì. Non so proprio perché si è scaldato tanto con te, prima ».

« Perché è uno str... » Si interrompe, schiarendosi la gola. « Probabilmente non dovrei screditarlo davanti a sua sorella ».

« In realtà concordo al cento per cento con quello che stavi per dire ».

Lui mi osserva per qualche istante, come per capire se ero sarcastica o dicevo sul serio, ma alla fine pare propendere per la seconda. « Non me lo aspettavo ».

Io alzo le spalle. « Neanch'io. Non mi aspettavo di odiare il mio fratellastro ».

Lui non risponde, soprattutto perché credo che non sappia cosa dire, così gli ultimi cinque minuti prima di arrivare in Deidre Avenue trascorrono in silenzio (a parte la sua orribile musica). Quando accostiamo, le luci in casa sono tutte accese.

« Grazie per avermi portato giù da quella montagna e accompagnato a casa » gli dico quando stacca la musica e spegne il motore. « E grazie per la cena ».

« Figurati, però adesso posso avere il tuo numero per invitarti a uscire? » Mi fa un sorriso scherzoso ma determinato, con gli occhi che brillano. « Ti prometto che la prossima volta non ti obbligherò alle patatine fritte di Chick-fil-A ».

« Be', mi hai offerto quell'insalata » sussurro, fingendo di essere in dubbio, per prenderlo in giro. « Quindi immagino di poterti dare il mio numero ».

Lui si illumina in viso e dà un pugno sul volante. « Grande! Spara quel numero, bella! » Con l'altra mano recupera il cellulare dalla tasca e me lo porge. Io digito le cifre.

A questo punto ho le guance in fiamme. « Non preoccuparti, ti ho memorizzato quello giusto ».

« Mmm » mugugna lui, squadrandomi da capo a piedi mentre apro la portiera. « Ti chiamerò domani per esserne certo ».

« Ehi, non ti allargare adesso » ribatto con aria canzonatoria mentre scendo sul marciapiede. Ormai si è fatto buio. « Grazie ancora ».

Chiudo la portiera con dolcezza e lui mi fa un cenno di saluto dal finestrino prima di allontanarsi. Resto ad ascoltare il rombo del motore e lo stridio delle gomme finché non svaniscono. Poi, dopo qualche minuto passato lì impalata ad arrossire da sola come una vera sfigata, mi volto e mi dirigo verso la casa. Solo adesso mi accorgo che la macchina di Tyler è parcheggiata in fondo al vialetto. Credevo che sarebbe rimasto fuori più a lungo.

Quando arrivo alla porta mi rendo anche conto che papà non ha idea di dove sia stata. Guarda caso sono sparita subito prima di cena, proprio quando è uscito Tyler, e di certo non è stato difficile fare due più due.

Trattengo il respiro, spingo piano il battente ed entro, chiudendo la porta dietro di me con uno scatto impercettibile. Sento la tv accesa in soggiorno e sfreccio via, così silenziosa da non sentire i miei stessi passi mentre salgo le scale in punta di piedi. Non sono preoccupata per essere uscita: non ho fatto niente di male (a parte toccare la scritta HOLLYWOOD, che a quanto pare è illegale) e comunque papà non può impedirmi di andare fuori. È solo che non ho proprio la forza di parlare con lui.

« Eden? » mi sento chiamare dalla cima delle scale. Mi fermo e alzo la testa. Tyler mi sta fissando, con sguardo severo. « Dove diavolo te ne sei andata? »

« Dove diavolo sei andato *tu*? » ribatto. Raddrizzo la schiena, salgo gli ultimi scalini e, arrivata al suo livello, sostengo il suo sguardo con calma. « Ci hai mollati tutti quanti. Bel lavoro di squadra ».

Lui ha l'aria stanca, come se non dormisse da giorni, oppure è strafatto. Comunque manda un gemito. « Non vado d'accordo con gli sbirri, okay? Non posso farmi beccare un'altra volta ».

« Un'altra volta » ripeto. Oggi è la seconda volta che lo dico. Mi sto ancora chiedendo quali altre attività criminali possa praticare, a parte violare zone proibite e sniffare cocaina. « Da quanto sei a casa? »

« Venti minuti. La mamma l'ha finalmente piantata di farmi il terzo grado sulla faccenda della spiaggia ».

« Buon per te » taglio corto. Poi mi dirigo verso la mia stanza. Lui mi segue. « Cosa vuoi? »

« Niente » risponde lui. Distoglie subito lo sguardo. Mi sembra l'occasione perfetta per chiedergli spiegazioni sulla scenata di prima, che è stata assolutamente fuori luogo.

« Che problema avevi con Jake? » domando incrociando le braccia e aggrottando le sopracciglia. Lui si gira immediatamente e se ne va. Dato che mi ha appena seguito, io faccio lo stesso. Entro nella sua camera per la prima volta, e mi stupisco che non mi cacci via subito. « Ti ho fatto una domanda ».

« E io non ho alcuna intenzione di risponderti » borbotta lui. « Anzi, sì». Gira su se stesso, con il petto in fuori e la mascella serrata. «Quello è il secondo più grande stronzo che abbia mai conosciuto. Non perderci tempo. Ti farà del male».

«E il primo chi sarebbe? Tu stesso?»

Ci fissiamo a lungo. «Ci sei quasi».

«Okay, tanto perché tu lo sappia trovo che Jake sia molto simpatico» dico, poi faccio un passo indietro e, senza farmi notare, esamino la stanza. «A differenza di certe persone qui presenti. E comunque tu non hai alcun diritto di intrometterti, se io volessi uscire con lui».

«Scherzi, vero?» Spalanca gli occhi e fa una risata sardonica. «Come vuoi. Poi non dire che non ti avevo avvertito».

«E comunque perché ti interessa?» insisto, innervosita dalla sua rabbia. Forse, se fosse più gentile con me, avrei potuto tenere conto del suo odio per Jake. Ma non lo è affatto, quindi non sono obbligata a preoccuparmi dei suoi sentimenti.

«Non mi interessa minimamente» scatta lui.

«È chiaro che menti» ribatto, ma mi sembra una discussione inutile. Non lo ammetterà mai.

Lui si sposta all'altro capo della stanza, si ficca le mani in tasca e si ferma davanti a una pila disordinata di dvd. «Ehm, qual è il tuo film preferito?»

Adesso lo guardo sconcertata. Il mio film preferito? Sul serio? So che sta cercando di evitare il mio interrogatorio, ma avrebbe potuto inventarsi qualcosa di meglio. «*Lilli e il vagabondo*» ammetto alla fine, soprattutto perché ormai ho rinunciato a capire perché non vuole che esca con Jake.

«Il cartone della Disney?» Sta per sfuggirgli una risata, ma io annuisco e lui capisce che sto parlando sul serio, così si schiarisce la gola per soffocarla. «Come mai?»

«Perché è la più grande storia d'amore di tutti i tempi» rispondo, sulla difensiva. «Romeo e Giulietta non reggono il confronto con Lilli e il vagabondo. Erano completamente diversi, eppure ce l'hanno fatta. Lilli era normale e il vagabondo era uno scavezzacollo, eppure si sono innamorati». Faccio una pausa per respirare e mi trovo a sorridere, ripensando al film. «E poi la scena degli spaghetti è un classico assoluto».

«Assoluto» mi prende in giro lui. Si mette a ridere, riconfermando la mia impressione precedente: mi dà sui nervi. Non riesco a capire come faccia a essere così arrabbiato e sgradevole e poi un attimo dopo allegro e contento. « E comunque sono più che sicuro che Lilli non fosse normale: era noiosissima e non se l'era mai spassata in vita sua. Molto meglio il vagabondo ».

« Già, perché va a zonzo per le strade proprio come fai tu, quando torni a casa ubriaco nel fine settimana? » Gli faccio un dolce sorriso, ma sotto sotto spero di innervosirlo come lui innervosisce me. Lui però la prende sul ridere, così distolgo lo sguardo, seccata.

Osservo la sua stanza. È sui toni del blu, il letto è disfatto, ci sono un mucchio di vestiti nell'angolo e un paio di lattine di birra a decorare il comodino. Da lui non mi aspettavo niente di diverso. L'armadio è aperto e sullo scaffale più alto vedo pendere la manica della giacca di una divisa sportiva. Sembra che sia stata lanciata lì in malo modo. « Giochi a football? » gli chiedo.

« Eh? » chiede Tyler, seguendo la direzione del mio sguardo per capire di cosa sto parlando. « No, quella è di Dean. Io non sono proprio il tipo da football ».

« Dean gioca a football? » Mi stupisco che Tyler non faccia parte della squadra: rientra perfettamente nello stereotipo del maschio alfa, come il personaggio del quarterback in ogni film ambientato al liceo. « E tu no? »

« Già » risponde lui avvicinandosi all'armadio. « Gioca anche Jake. Io giocavo quando ero più piccolo, ma ho smesso alle medie ».

« Perché? » Lo guardo con curiosità, cercando di ricordare a me stessa che questo ragazzo mi manda in bestia e che non dovrebbe importarmi nulla di lui, ma non serve. Ci sono tante cose che non so di Tyler, e il mistero mi affascina. Non posso farci niente.

« Alcuni pensano che il football sia una perdita di tempo » mi risponde, ma la sua voce si indurisce all'improvviso. Rimane per un po' fermo davanti all'armadio. « 'Perché perdere tempo con lo sport? Lanciare palloni non ti fa ammettere alle università più prestigiose, quelle della Ivy League. Meglio stare a casa a studiare, per diventare una persona di successo' ». Sta citando qualcuno, ma senza ridere né sorridere. Fissa il pavimento.

« Chi è stato a dirtelo? » Sono sempre più curiosa. Tanto per cominciare, Tyler non mi sembra proprio il tipo che aspira a entrare in un'università blasonata. Anzi, penso che la scuola proprio non gli piaccia. Alle persone come lui non piace stare sui libri.

«Qualcuno» borbotta scrollando un po' le spalle. «È per questo che non mi è stato più permesso di giocare».

Inarco un sopracciglio, ma lui non mi vede perché è ancora di spalle. «Permesso?»

Tyler si innervosisce, a disagio, e si allunga per rimettere a posto la manica della divisa di Dean.

«Voglio dire, è per questo che ho smesso» si corregge. Forse pensa che io non gli presti attenzione, ma si sbaglia. Io noto e assorbo ogni minima cosa che dice. L'ho fatto fin dal momento in cui è piombato al barbecue.

Però adesso è chiaramente scombussolato, quindi decido che è meglio non discutere sull'utilizzo della parola 'permesso'. Implica che chi gli ha detto che il football era una perdita di tempo, chiunque fosse, aveva una certa autorità su di lui, e ho l'impressione che questa persona non gli piaccia per niente. Forse era un insegnante.

Mi concentro di nuovo su Tyler. Continuando a darmi le spalle, tira fuori dall'armadio una maglietta pulita, si sfila quella che ha addosso e si cambia. In quei pochi secondi, però, scorgo un piccolo tatuaggio dietro la sua spalla, una scritta in corsivo. «Anzi, devo proprio ridare a Dean la sua giacca. Sono secoli che mi rompe».

Si sistema la maglietta e io resto lì a fissarlo, all'inizio quasi senza rendermene conto. Noto le braccia robuste, la pelle abbronzata, la mascella scolpita. Non dovrei farci caso, eppure è così. Deglutisco.

«Che cosa significa quel tatuaggio?» chiedo con voce un po' gracchiante. Tengo gli occhi su di lui mentre si volta, sorpreso dalla mia domanda. «Sorvolerò sul fatto che di certo te lo sei fatto illegalmente».

Lui fa finta di non capire. «Il mio tatuaggio? C'è scritto *guerrero*. È spagnolo, vuol dire 'combattente'». Sembra innervosito dalla mia invadenza, si gratta la nuca per qualche secondo.

Adesso il mio interesse si è risvegliato. «Perché in spagnolo?»

«Io lo parlo bene, e anche i miei genitori. Mio padre me l'ha insegnato quando ero piccolo».

Il riferimento a suo padre mi ricorda quello che mi ha detto prima Rachael. Suo padre è in prigione, quindi evito di fare altre domande. «Io non so niente di spagnolo» ammetto, mordendomi un labbro. «Parlo francese, come i canadesi. *Bonjour*».

«*Me frustras*» risponde lui. Non ho idea di cosa significhi. «*Buenas noches*». Quando vede la mia espressione confusa fa un sorrisetto. «Vuol dire buonanotte».

«Oh». Mi dirigo verso la porta per uscire, ma prima gli rivolgo un piccolo sorriso. «*Bonsoir*».

10

Quando arriva il weekend, e quindi si conclude la mia prima settimana a Los Angeles, riesco finalmente a chiamare mia madre in un momento di pausa dal ritmo frenetico del suo lavoro. Fa l'infermiera al Providence Portland Medical Center, a tempo pieno (compresi turni di notte e straordinari). Fa del suo meglio per mantenerci con il suo stipendio. L'assegno che ci passa papà è un aiuto, ma lei si fa comunque in quattro.

« Ehi, Eden » sussurra nel ricevitore un attimo prima che scatti la segreteria. « Come stai, tesoro? »

« Hai una voce stanca ». Aggrotto le sopracciglia. È orribile sapere quanto è stressata e non poter fare niente per aiutarla. « Turno lungo? »

« Dodici ore » risponde piano, ma poi prosegue in fretta prima che io possa dire altro. « Oggi una paziente ha portato il suo cane guida: è stata la cosa più carina che abbia visto da quando eri piccola tu. Ha intrattenuto i bambini in sala d'attesa. Quando se ne è andato mi è spiaciuto un sacco. Così ho pensato che quando torni dobbiamo assolutamente prendere un cane. Mi farà compagnia quando l'anno prossimo te ne andrai al college. Che ne pensi? »

Il suo infantile entusiasmo mi intenerisce. « Okay, prendiamo un cane. I pastori tedeschi sono stupendi ».

« Sono quelli con l'aria minacciosa? »

« Sì ».

Lei fa una pausa. « Comincio a informarmi ». Ridiamo insieme, poi la sento sbadigliare nel telefono. « Ti sei ambientata o la situazione è ancora un po' strana? »

« È ancora strana. Sto sempre aspettando che papà parli con me sul serio, ma ho l'impressione che non succederà tanto presto ».

« Dave il Cretino » borbotta la mamma lontano dal microfono, ma la sento lo stesso. « Mi spiace saperti bloccata lì con lui, davvero. Ma non eri obbligata ad andarci, lo sai ».

« Non è poi così male ». Alzo le spalle, anche se lei non può vedermi. Vorrei tanto che fosse qui. È dura stare senza di lei, avere un intero Stato tra me e l'unica persona che mi è stata accanto per tutta la vita. È difficile doversi aggrappare a qualche telefonata a giorni alterni, perché è il massimo di vicinanza che posso ottenere. « C'è questo gruppo di amici con cui sto uscendo, sono molto simpatici, a parte uno ».

« Quale? »

« Quello che è anche il mio fratellastro » rispondo e poi mi metto a ridere, perché è davvero assurdo che l'unica persona che non mi piace sia anche l'unica che dovrei farmi piacere. « Che fai stasera? »

« Mi ordinerò una confezione gigante di pollo fritto da godermi da sola sul divano e passerò il sabato sera a guardare qualsiasi vaccata diano in tv. D'altronde ho quasi quarant'anni, sono divorziata, lavoro fino a tardi e non sono affatto attraente » scherza lei, poi però le si incrina la voce. « Mi manchi. Spero che tu ti diverta e ti comporti bene ».

Ho un peso sul cuore. Mi sento in colpa per averla lasciata sola. « Quando torno ci prendiamo quel cane, guardiamo *Pretty Little Liars* e ordiniamo tutto il pollo fritto che vorrai. Devi aspettare solo sette settimane ».

« Sarà una lunga attesa, Eden Olivia ».

Io sorrido da sola. « Cerca di non sentire troppo la mia mancanza e sarà più breve ».

« Okay » risponde lei. « Cercherò di non sentire la mancanza della mia unica figlia mentre tu ti godi il weekend. Ci sentiamo presto, amore ». Riattacca, sbadigliando per la seconda volta, e la linea cade in un vuoto infinito.

La mamma si merita molto più della vita che ha.

« Con chi parlavi? » chiede una voce maschile mentre la porta della mia stanza si spalanca.

Mi prende quasi un infarto. Sorpresa, incenerisco con lo sguardo l'intruso che ha invaso il mio spazio. È Tyler. Come sempre ha un'espressione accusatoria. « Ti ho forse dato il permesso di entrare? »

« Con chi stavi parlando? » chiede di nuovo, stavolta in tono più deciso. « Hai un ragazzo a Portland? »

Rimango a fissarlo, cercando di soffocare una risata. Lui continua a guardarmi, stringendo le labbra. « Stavi origliando? »

« La mia camera è qui accanto » risponde lui rimarcando un'ovvietà. « I muri sono di carta velina ».

Io mi alzo in piedi e faccio una smorfia. « Okay, comunque stavo parlando con mia madre ». La sua espressione si rilassa. Guardo l'orologio a muro vicino alla porta. Sono quasi le otto di sera. « Non dovresti essere fuori? »

« È appunto di questo che volevo parlarti » borbotta lui. Fa un respiro profondo, chiude la porta e viene al centro della stanza. Aggrotto la fronte. « Non hai niente da fare stasera, vero? »

« No, sono tutti impegnati ». Rachael starà qualche giorno dai nonni a Glendale, Meghan ha l'influenza e Tiffani passa un fine settimana su tre con suo padre, che la monopolizza per tutto il tempo.

« Bene, allora vieni con me » dichiara lui. « C'è una festa sulla Eleventh Street. Non dirlo a tuo padre ». Si volta per andarsene, ma io lo richiamo.

« Chi ha detto che voglio venire a una festa con te? » Incrocio le braccia. Solo stamattina mi ha urlato contro perché ingombravo le scale. « Scusa sai, ma sei tipo l'ultima persona al mondo con cui vorrei uscire ».

Lui stringe i denti. « Preparati ».

« No ».

« Sì » dice lui. « Che altro potresti fare? Stare seduta qui nella tua stanza come una stupida sfigata senza vita sociale? »

Digrigno i denti. Non ha tutti i torti. Non proprio. « Come devo vestirmi? »

Lui fa un sorriso trionfante. Gli occhi gli si illuminano. « Quello che ti pare. Non è come la festa di Austin, è qualcosa di più... tranquillo. Andrebbero bene anche i pantaloni della tuta ».

« Tranquillo? » Inarco un sopracciglio. Nella mia mente sorgono una serie di ipotesi.

« Sì. Ti va un aperitivo mentre ti prepari? Non ho molte riserve, perché la mamma continua a perquisirmi la stanza: solo della birra, un po' di whisky e pochissima vodka. Mi inventerò qualcosa ». Mi sorride. È un sorriso autentico, privo di sarcasmo e malignità, senza la minima traccia di egoismo.

Se ne torna in camera sua, lasciandomi un po' frastornata. Per uno che mi odia tanto, sembrava tenerci parecchio che andassi a questa festa 'tranquilla' con lui. Comunque, finché non borbotta insulti e non mi lancia occhiatacce a raffica, non indagherò. E se andare con lui servirà a entrare nelle sue grazie, allora sia. Mi piace questo suo lato più gentile, che ho appena intravisto, e spero che il suo buonumore duri per il resto della serata: se così fosse potrei anche trovarlo meno irritante e più simpatico. Voglio provarci.

Per fortuna ho già fatto la doccia. A metà pomeriggio mi stavo annoiando così tanto che mi sono ridotta a guardare su YouTube dei tutorial sulla cura dei capelli. Ho cercato di seguire le istruzioni, ma i risultati non erano per niente simili a quelli promessi da quei guru dell'estetica con l'accento inglese. Una delusione tremenda. Alla fine però ho trovato un'acconciatura che funziona, carina e un po' scomposta, che tiene ancora. Decido che va benissimo così.

« Dovrei metterci una ventina di minuti » dico a Tyler mentre entra allegramente in camera mia con due drink in mano: una bottiglia di Bud Light e quello che sembra un bicchiere di Coca-Cola.

« No problem » risponde passandomi il bicchiere. Le sue dita fredde sfiorano le mie. Ho un lieve sussulto, ma lui non sembra farci caso. « Ecco qua ».

« Vodka e Coca? » tiro a indovinare.

« Esatto » risponde lui, quasi timidamente, stappando la birra sull'angolo del cassettone. « Con quella si va sempre sul sicuro. Ti piace, vero? Se vuoi una birra posso andare a... »

« Va benissimo questo » lo rassicuro. Stava cominciando a parlare a vanvera. « Mi piace ».

« Okay, bene » borbotta lui. Beve un lungo sorso di birra e poi si guarda intorno. « Allora, ehm... chiamami quando sei pronta ».

« State bevendo? »

Giriamo entrambi la testa di scatto verso la porta aperta della mia stanza e vediamo Jamie che fissa con aria torva quello che abbiamo in mano. Tyler cerca di nascondere la birra dietro la schiena, ma con quindici secondi di ritardo.

« No » mente, anche se è del tutto inutile. Parla in tono gentile. « Sai che non abbiamo ancora ventun anni. Perché dovremmo bere? »

« Guarda che lo vedo benissimo ». Jamie alza l'indice e inclina la testa verso il bicchiere che ho in mano. « La mamma lo sa? »

Tyler gli appoggia una mano sul collo, costringendolo a piegarlo. « C'è pochissimo alcol. Non potresti lasciarci in pace? »

« Venti dollari » fa Jamie, allungando una mano con un sorriso furbetto. Sbatte le palpebre e guarda Tyler, in attesa.

« Te ne ho dati trenta l'altro giorno perché volevi quel videogioco, ricordi? Non credere che me ne sia dimenticato » protesta il fratello maggiore. Ma appoggia comunque la birra sul cassettone e tira fuori il portafoglio dalla tasca posteriore dei jeans.

« Mmm ». Jamie ci pensa su. « Allora mi accontenterò di dieci ».

Tyler si mette a ridere. Mi chiedo se succeda spesso che compri il silenzio di Jamie. « Va bene, dieci ». Gli passa una banconota e poi gli spinge via la testa con dolcezza, con una rapida pressione del polso. « E adesso fuori di qui ».

Jamie scosta la mano di Tyler e si infila i soldi in tasca. Poi si precipita verso la sua stanza gridando: « Mi sarei accontentato anche di cinque ».

Tyler ridacchia e riprende la sua birra per bere un lungo sorso. Deglutisce con un sospiro. « Quel ragazzino mi tratta come un Bancomat ». Mi rivolge un sorriso e poi esce in corridoio. « Preparati ».

Io chiudo la porta dietro di lui e mi sposto in bagno. Dopo essermi rinfrescata e truccata in modo non troppo vistoso mi infilo un paio di jeans aderenti e una canotta, con una felpa rossa sulle spalle. Dopotutto Tyler mi ha fatto capire che non era necessario mettersi in tiro, e sono ben contenta di poter mettere le mie Converse, stavolta, invece dei tacchi.

« Okay » dico entrando in camera sua. « Io sono pronta e il mio bicchiere è vuoto, quindi possiamo andare ».

Tyler ha un paio di jeans e una maglietta stinta. È in piedi vicino alla finestra: sta mettendo in fila tre bottiglie di birra vuote sul davanzale. Mi lancia un'occhiata da sopra la spalla. « Ce ne hai messo di tempo ». Poi rovescia le bottiglie e mi viene incontro, tirando fuori dalla tasca le chiavi della macchina.

« Cosa credi di fare? » Scuoto la testa con aria di disapprovazione e sto quasi per togliergliele di mano, ma poi mi blocco. « Hai bevuto già troppo ».

« Gesù » impreca. « Va bene, rimedierò un passaggio. Contenta? »

«Sì» rispondo, mentre lui butta le chiavi sul letto.

Tira fuori il cellulare e chiama qualcuno. Deve averlo fra i numeri a scelta rapida. La persona dall'altra parte risponde quasi subito. Osservo l'espressione di Tyler mentre parla. «Sì, sì, Declan, sto arrivando. Chi guida stasera?» Pausa. «Kaleb va bene. Puoi dirgli di venire da me il più in fretta possibile? Anzi, fai un paio di case più in giù». Pausa. «Grazie, amico. Ci vediamo fra venti minuti».

«Kaleb?» chiedo quando chiude la comunicazione.

«Kaleb è un tipo a posto» risponde lui, poi fa una risatina, avviandosi verso la porta. «Va al college, anche se sembra uno del secondo anno del liceo. Però sa come divertirsi». Spinge il battente, esce sul pianerottolo con una mossa furtiva e scende le scale. Io lo seguo in punta di piedi. Passiamo dalla cucina e sgattaioliamo fuori dal portico.

«Non dovrei avvertire mio padre che sto uscendo?» chiedo a Tyler seguendolo verso la facciata principale della casa. «Voglio dire, capisco che tu debba uscire di nascosto, ma io non sono in punizione. Mi ucciderà quando si accorgerà che sono uscita senza dirglielo».

«Lascia perdere» mi risponde lui. «Bevi tanto e fra due ore non te ne importerà più niente».

Tenendoci lontano dalla finestra del soggiorno, ci incamminiamo fermandoci almeno sei case più in giù, poi ci mettiamo a gironzolare a bordo strada. Tyler sarà anche uno stupido sotto svariati aspetti, ma è abbastanza furbo da non farsi beccare. Se fossi uscita da sola sarei di sicuro stata così cretina da farmi venire a prendere davanti a casa, proprio sotto il naso di papà e di Ella. Almeno di questo devo dargli atto.

«Ci sarà tanta gente?» gli chiedo. Lui è appoggiato al tronco di un albero.

«Non tantissima» risponde alzando le spalle, ma poi comincia a mordicchiarsi nervosamente il labbro inferiore e capisco che non ha voglia di parlare. La cosa mi irrita, perché finiamo per restare lì in silenzio per cinque minuti, finché un furgone Chevrolet non accosta rumorosamente davanti a noi.

Il finestrino si abbassa e un ragazzo piuttosto minuto si sporge a gridare: «Sali, fratello!» Io non riesco a evitare di fissarlo. Tyler aveva ragione: Kaleb sembra un ragazzino. Non riesco proprio a immaginarmelo in un campus universitario.

Tyler si scosta e apre la portiera del passeggero, mentre io mi do una spinta e mi infilo nel sedile posteriore del furgone malconcio. C'è puzza di tabacco e il pavimento è ricoperto di bicchieri di McDonald's.

« Chi è questa? » chiede Kaleb studiandomi nello specchietto retrovisore. Ha la pelle molto chiara e una zazzera di capelli corti, di un biondo scuro.

« Mia ehm... » comincia Tyler, ma per qualche ragione fatica a tirare fuori le parole. Si china in avanti per alzare il volume della musica rap che Kaleb sta ascoltando. « La mia sorellastra » dice alla fine.

« Non sapevo che ne avessi una ». Ora mi scruta ancora più intensamente. Mi fa sentire a disagio, poi però distoglie lo sguardo e riavvia il furgone. Fa subito un'altra domanda, senza aspettare la replica di Tyler, e per fortuna cambia argomento. « Allora come ti va, amico? Mi sembra di non sentirti da settimane! »

Non conosco Kaleb, quindi non cerco di inserirmi nella conversazione (comunque non credo che vogliano coinvolgermi). Li lascio chiacchierare per i dieci minuti del tragitto fino alla festa. Tyler continua a ringraziare per il passaggio, Kaleb continua a dirgli che non c'è problema, e tutti e due continuano a muovere la testa a tempo con questa orrenda musica.

Io resto concentrata per tutto il tempo sui versi scritti sulle mie scarpe.

Quando finalmente arriviamo a destinazione e ci fermiamo davanti a una villetta, lo scenario è completamente diverso da quello della festa di Austin della settimana scorsa. Non si vede nessuno. Non sembra neanche una festa.

« Siete sicuri che sia la casa giusta? » chiedo subito, scendendo dal furgone. Kaleb lo chiude a chiave.

« Sì » risponde Tyler con un cenno della testa verso la porta, avviandosi. « Ricordati che è una festa più intima, al massimo una ventina di persone ».

Meno persone significa che non sarà tanto facile mimetizzarsi, restare sullo sfondo e pregare che nessuno faccia caso all'estranea. Mi noteranno, capiranno di non avermi mai visto prima. E io odierò ogni minuto.

Non appena Tyler spalanca la porta vengo assordata da un'orrenda musica house. I bassi mi trapanano i timpani e sono pressoché certa che mi stiano causando dei danni cerebrali. E poi c'è un forte odore di marijuana. Però la festa non è affollata come l'altra e non mi sento soffocare, mentre seguo Tyler in una stanza che funge da dispensa degli alcolici. Kaleb non ci segue.

« Tyler, ce l'hai fatta » dice un ragazzo quando entriamo. Incredibile: sembra del tutto sobrio. « Lei chi è? »

« La mia sorellastra. Eden, lui è Declan. Stasera sta con me, se per te va bene ».

« Wow ». Declan spalanca gli occhi azzurri e passa a Tyler una lattina di birra. « Amico, e da quando hai una sorellastra? »

« Dalla settimana scorsa, fratello » borbotta lui, ma poi si volta subito e mi sorride. « Che cosa prendi? »

« Una cosa qualsiasi » rispondo scorrendo lo sguardo sul tavolo. « Anzi, prenderò un altro vodka e Coca ».

Tyler alza gli occhi al cielo e prende un bicchiere di carta, poi prepara il drink e me lo passa. Declan ci osserva per tutto il tempo. « Le faccio fare un giro » gli dice Tyler, poi mi mette una mano sulla spalla e mi guida verso la porta. Mi spinge verso il corridoio, ma non viene con me. Invece si gira verso Declan e lo tira in un angolo.

Vedo che gli bisbiglia qualcosa e l'altro annuisce. Parlano a voce così bassa che non riesco a sentirli, ma Tyler fa un sospiro e torna verso di me. Diverse persone lo salutano, in corridoio, ma lui resta concentrato soprattutto su di me. « Bene, vedi questa gente? » Ci fermiamo accanto alla porta del soggiorno. Lui mi indica con la lattina un gruppo di persone stravaccate sui divani. Sembrano tutti accasciati, molti di loro dimostrano una ventina d'anni.

« Sì? » Non capisco dove voglia andare a parare. « Hanno l'aria annoiata ».

Tyler soffoca una risatina e si stacca dalla porta. « Tutt'altro. Ehi, guarda questo ». Punta la lattina verso il pavimento: c'è un gattino bianco e arancione acquattato vicino al tavolo dell'ingresso. « Oh, che carino ». Appoggia la birra, si china e lo prende in braccio, scompigliandogli il pelo sulla collottola. « Perché non esci con lui? Probabilmente è più macho di Jake ».

« Mettilo giù » gli dico, ma il gatto sembra contento delle sue attenzioni, perché comincia ad arrampicarsi per gioco sulle braccia di Tyler.

« Cosa vuoi che ti dica? » Gli gratta le orecchie e il cucciolo fa le fusa contento. Mentre li guardo sento le mie labbra distendersi in un sorriso. «Sono irresistibile».

Faccio una smorfia e mi giro dall'altra parte, ma lui ride, rimette giù il cucciolo e riprende la sua birra. Il gattino sfreccia in un'altra stanza. «Guarda, perfino lui ne ha avuto abbastanza delle tue stronzate».

Tyler fa un sorrisetto, che però svanisce subito. «Vai a chiacchierare con qualcuno. Io devo andare sul retro per un po'».

Andare sul retro? Capisco l'antifona. Non faccio fatica a immaginare cosa c'è sul retro e cosa vuole fare lui. Il mio umore cambia di colpo. «Stai scherzando?»

Lui ricambia il mio sguardo con aria disinvolta e beve un sorso di birra. «Eh?»

«Non fare il finto tonto» sibilo facendo un passo verso di lui. Mi chino in avanti per farmi sentire, il mio bicchiere è quasi schiacciato contro il suo petto. «Non sono venuta con te a questa stupida festa per farmi mollare qui da sola, mentre tu te ne vai sul retro a farti le canne e a sniffare coca».

«Non sono affari tuoi» ribatte lui, indietreggiando. «Vai a farti degli amici e lasciami fare il cazzo che voglio».

Cerca di allontanarsi nel corridoio, ma io gli sto alle calcagna e poi mi butto letteralmente fra lui e la porta del giardino sul retro. «Non andrai là fuori. È troppo stupido».

All'improvviso diventa furioso e sbatte la lattina contro il muro, facendo cadere la birra sul pavimento. «Togliti di torno, cazzo».

«No!»

Lui scatta in avanti, mi afferra il polso e lo stringe forte. Ho il braccio quasi anestetizzato. Il suo corpo è così vicino e il suo sguardo così feroce che mi sento in soggezione. «Eden» sussurra lentamente. «Smettila».

«No» ripeto ancora una volta, divincolandomi dalla sua presa. Mi impongo di non cedere. «Perché lo fai?»

«Perché ne ho bisogno, va bene?» Sta quasi gridando. Si lancia una rapida occhiata in giro per accertarsi che nessuno ci senta.

«Non ne hai bisogno, è una tua scelta».

Per un lungo momento resta a guardarmi in silenzio. È come se si stesse chiedendo che cosa dire o fare, come aggirarmi. Poi scuote la testa, si passa una mano tra i capelli e sospira: «Tu non capisci».

Vorrei chiedergli che cos'è che non capisco, ma lui mi scosta con dolcezza e apre la porta di scatto. Poi esce, sbattendosela dietro. Sono furiosa, e se non mi avessero già umiliato l'ultima volta che sono uscita a interromperlo, forse lo farei di nuovo. Però so che è inutile andare là, così torno di corsa verso l'ingresso e mi fermo a riflettere su cosa fare.

« Eden? Che diavolo ci fai qui? »

Mi giro in direzione della voce e, con grande stupore e immensa gioia, trovo Jake, in piedi alle mie spalle, che mi guarda con la bocca semiaperta. « Jake! Sono venuta con Tyler ma... mi sta facendo incazzare ».

« Eden... » Si porta una mano alla fronte e fa un passo verso di me, poi si china e mi sussurra all'orecchio: « Lo sai che sono tutti qui per sballarsi, vero? »

« Che cosa? » Lui mi zittisce con lo sguardo, così mi mordo le labbra.

« Guardati intorno, Eden » bisbiglia. Sento il suo respiro caldo sulla pelle. « Sono strafatti ».

Sposto lentamente lo sguardo nel corridoio, fino alla porta aperta del soggiorno. Tyler aveva ragione: questi non sono annoiati. Hanno gli occhi iniettati di sangue e le pupille dilatate, metà di loro fissa il soffitto e l'altra metà ride istericamente. Più li osservo più diventa ovvio: Tyler mi ha portato a una maledettissima festa di fattoni.

« E tu che cosa ci fai qui? » gli chiedo in tono accusatorio, incrociando le braccia disgustata.

« Un mio amico aveva bisogno di un passaggio » mi spiega Jake, scrutando in giro per la casa. « Sono venuto a prenderlo, ma a quanto pare ha già alzato il culo, cosa che dovresti proprio fare anche tu. Eden, queste non sono le amicizie giuste per te ».

« Ti prego, portami via da qui. Non posso credere che Tyler abbia insistito per farmici venire ».

« Lo ha fatto perché è uno stronzo ».

Buffo: Tyler ha detto esattamente la stessa cosa di lui. È la sua parola contro quella di Jake, sta a me decidere da che parte stare. In questo momento da quella di Jake. Perché se dovessi indicare lo stronzo fra i due, dovrei scegliere il mio fratellastro.

11

Non riesco a calmarmi, sono furiosa. Come ha potuto Tyler pensare che fosse una buona idea invitarmi a una festa dove ci si sballa e basta? Credeva veramente che potessi divertirmi con dei tipi buttati sul divano a stonarsi? Era un'idea tutt'altro che buona. Che diavolo aveva in testa? Ammesso che la usi, la testa.

Jake è meno stupido: ha abbastanza cervello da saper distinguere le idee buone da quelle cattive ed è per questo che sono finita nella sua macchina, sul sedile del passeggero. Mi vien voglia di tirare un pugno nel parabrezza.

« Ho appuntamento con Dean fra un quarto d'ora » mi dice Jake, guardandomi con un'espressione quasi delusa. « Puoi venire con noi, oppure posso riportarti a casa: come preferisci ».

L'idea di tornare a casa, dopo esserci rimasta chiusa per tutto il giorno, non mi entusiasma. In questo momento ho davvero bisogno della compagnia di persone normali, che non abbiano niente a che fare con la droga. E grazie al cielo Dean è un bravo ragazzo. « Davvero non è un problema se vengo con voi? »

« Certo che no. Ottima scelta ».

Sospiro e mi calmo un po'. Mi appoggio al sedile e regolo l'aria condizionata. È più facile rilassarsi nella macchina di Jake, anche solo perché, a differenza di quando sto in quella di Tyler, non mi sento in pericolo di vita a ogni curva. « Chi dovevi andare a prendere? »

« Dawson Hernandez » risponde. Non so neanche perché gliel'ho chiesto: non conosco nessuno qui. « È al secondo anno. Devo tenerlo d'occhio ».

« Dov'è l'appuntamento con Dean? » Cambio argomento, sperando di dimenticare quel dannato festino. Più ci penso, più mi viene il vomito.

« C'è una band che gli piace, mi pare si chiami La breve vita: fanno un concerto gratuito in centro. Vogliamo farci un salto ».

Ammetto che non ho mai sentito parlare di questa band, ma d'altronde se suonano gratis dubito che siano famosi. « Okay, sembra carino ».

Dopo pochi minuti ci ritroviamo immersi nella vita notturna del sabato sera di Santa Monica: insegne luminose, musica a palla, gente ubriaca e moltissime prostitute. Ci fermiamo in un minuscolo parcheggio sul retro di un piccolo edificio, non capisco se è un club, un bar, un ristorante o una piazza di spaccio di marijuana. In ogni caso, ci entriamo.

Il locale sembra la cantina di una casa: è semibuio, affollato e fa un caldo opprimente. C'è un palchetto con quattro tizi: uno canta, due suonano la chitarra e uno la batteria. Schiaccio dei bicchieri di plastica col piede.

« Finalmente sei arrivato! » La voce di Dean ci raggiunge, sovrastando la musica. Poi arriva anche lui, il viso illuminato dai riflettori intermittenti. « Eden? Non sapevo che venivi anche tu ».

« L'ho trovata mentre cercavo Dawson » gli spiega Jake. Si scambiano uno sguardo e Dean fa una faccia costernata.

« Alla festa di Declan? »

« Già » dice Jake, girandosi verso il palco e ridendo come se io non ci fossi. « Non aveva capito niente ».

La canzone finisce e il pubblico grida e applaude, poi il cantante chiede silenzio con un gesto della mano. Fa un passo verso il microfono, lo afferra e comincia a camminare avanti e indietro. « Grazie per essere qui con noi questa sera, ragazzi. Siete fantastici, tutti quanti. Anche quella zitella vergine là in fondo, che è venuta solo per la birra gratis. Siete tutti meravigliosi, davvero! » Fa una risata gracchiante nel microfono e guarda i suoi fan che ridono compiaciuti.

« Starai molto meglio qui » mi sussurra Dean, senza staccare gli occhi dal palco. « Adoro questa band ».

« Allora, prima di passare alla prossima canzone » continua il cantante, « voglio dirvi due parole: dovete sbattervene delle opinioni degli altri. La vita è vostra, la musica è vostra, le scelte sono vostre e la vodka è vostra. Non sprecate il vostro tempo con le stronzate. Fate quel che cazzo vi pare. Uscite tutte le sere, buttatevi giù da un aeroplano, fate un viaggio in Bulgaria, qualsiasi cosa. Fate cose che vi rendono felici: perché LA VITA È BREVE! Godetevela! »

Altri applausi e grida di incoraggiamento dal pubblico. Ricominciano le percussioni, poi il chitarrista, il bassista e il cantante si uniscono a tempo.

« È una band sudamericana? » chiedo rivolta a Dean. È più probabile che lo sappia lui che Jake.

Lui ride e scuote la testa. « È italiana, come me. Almeno per metà ».

« Ma dai! » Alzo la voce per farmi sentire. « Hai vissuto in Italia? »

« No, io sono nato qui » confessa con un piccolo sorriso, passando lo sguardo da me al palco. « Mia madre è italiana. Mio padre l'ha conosciuta durante una vacanza a Napoli e lei si è trasferita qui. Non ho mai messo piede in Italia, in realtà. Assurdo ».

« Che meraviglia » mi entusiasmo. Di certo più entusiasmante della storia dei miei genitori. Mia madre e mio padre si sono conosciuti a una festa, si sono ubriacati e hanno limonato, e il giorno dopo sono usciti a prendere un hot dog. Molto romantico, non c'è che dire. « Parli italiano? »

« Poco » risponde lui timidamente, continuando a tenere il tempo con la testa.

Guardo il palco e poi mi rivolgo di nuovo a lui. « E che cosa significa 'La vita è breve'? »

« Che bisogna godersi ogni momento ». Mi fa un sorriso così grande che quasi temo possa venirgli una paresi facciale. « Per questo li adoro. Il messaggio è che bisogna vivere sempre al massimo. E poi le loro canzoni sono fortissime ».

Io e lui ridiamo, Jake no. Francamente mi ero dimenticata che fosse qui, finché non si schiarisce la gola e mi si para davanti. « Hai sete, Eden? » mi chiede.

Guardo i bicchieri di plastica sul pavimento, poi lancio un'occhiata al lurido bar nell'angolo e sorrido. « No grazie, sto bene così ».

Il concerto va avanti per più di un'ora. Ci divertiamo tutti, specialmente Dean, e quando ci ammassiamo all'uscita riconosco di aver passato una bella serata. Molto meglio un piccolo concerto di una band indipendente che una festa piena di tossici. Sono felice di essere venuta. Prima di tornare al parcheggio ci fermiamo a prendere dei tacos in un baretto.

« Posso darti un passaggio a casa, Eden » dice Dean fermandosi alla sua macchina. Sono rimaste solo la sua e quella di Jake, le altre sono già andate via. « Casa di Tyler mi è di strada ».

Jake si ferma, si ficca le mani in tasca e dice in tono risoluto: « La accompagno io. Ci sentiamo domani, amico. Stai attento ».

Dean gli fa un cenno con la testa. « No problem. Ci vediamo ».

Entra in macchina e avvia il motore. Io e Jake rimaniamo soli nel parcheggio, in un silenzio rilassato, nonostante l'irritante rimbombo della musica house proveniente dai locali qui intorno. Dean ci saluta con la mano, superandoci.

« Allora, che cosa vuoi fare adesso? » chiede Jake, con una risatina. « Non vorrei portarti già a casa ».

« Che ore sono? »

« Mezzanotte appena passata ». Abbassa su di me due occhi ardenti, con le labbra socchiuse. Nella settimana che ho trascorso qui mi sono abituata alla sua compagnia.

Ho anche notato quanto sia attraente.

« Allora, ti porto a casa? » mi propone senza entusiasmo. « Oppure, se ne hai voglia, potremmo stare fuori ancora un po' ».

Mi chiedo quanto sono stanca (non tanto) e quanto possa essere arrabbiato papà (tantissimo). Non voglio ancora rientrare. « Possiamo rimanere fuori? Voglio evitare mio padre ».

Un sorriso gli si allarga sul viso. « È piuttosto tardi: che ne dici di guardare un film da me? »

« Solo se è un film della Disney ».

« *Il re leone* può andare? »

« Che razza di domanda è? »

Jake fa una faccia divertita, scuote la testa e si avvia verso la sua macchina. « Dai, sali. Il nostro film ci aspetta ».

La casa di Jake è nel quartiere di Wilshire (mi spiega che la mia è nella zona chiamata North of Montana, che secondo lui è quella più costosa). Accostiamo davanti a una villetta di mattoni chiari, circondata di arbusti. È piuttosto grande, ma niente in confronto a quella di mio padre o a quelle di Rachael o Tiffani, o a qualsiasi altra che abbia visto finora. Questo quartiere sembra meno arioso, come se i costruttori, non potendo espandersi troppo, avessero deciso di ammassare le case una sull'altra.

Però la casa è molto carina: mentre seguo Jake al piano di sopra apprezzo l'atmosfera accogliente, con le file di fotografie incorniciate e l'abbondanza di trofei, ornamenti e ricordi. A casa di papà manca questo calore.

Alla fine Jake si accorge che sto osservando ogni soprammobile. « Ehm, mia madre è un po' matta ».

« No, io li trovo carini ».

Lui fa un gemito, entra in camera e accende la luce. La casa finora è rimasta silenziosa, quindi immagino che i suoi genitori stiano già dormendo. « C'è un po' di casino, scusami. Vado a prendere il film ». Mi sfiora passando, mentre si dirige in un'altra stanza all'altro capo del corridoio. Io entro in camera sua. C'è un mucchio di vestiti in un angolo, un letto dall'altra parte e un grande schermo tv alla parete. Noto anche un pallone da football in equilibrio sul cassettone e un casco sul pavimento.

« Tyler mi aveva detto che sei nella squadra di football » dico quando riappare con in mano un dvd.

« Sì, sono un halfback » dice in tono indifferente. « Bene, prepara i fazzoletti: lo spettacolo ha inizio ».

Fa partire il film, tenendo il volume basso per non svegliare nessuno, e in breve ci ritroviamo stravaccati sul suo letto, uno addosso all'altra. Ormai è quasi l'una e sto cominciando a sbadigliare. Anche Jake mi sembra troppo esausto per concentrarsi sulla morte di Mufasa.

« Sai, io non guardo *Il re leone* con chiunque » mi sussurra giochellando coi cuscini.

Io mi raddrizzo, col cuore spezzato per la scena terribile che ho davanti, e lo zittisco con un gesto. « Shhh. Mufasa è morto, Jake. Mostra un po' di rispetto ».

« Che Dio benedica Mufasa, possa egli riposare in pace nel paradiso dei cartoni animati » declama lui in tono solenne. China la testa e poi si appoggia a un gomito, con un sorrisetto sulla faccia.

Non mi ricordo quando abbiamo spento la luce, ma all'improvviso mi accorgo che siamo al buio e che la tv gli illumina il viso, attirando i miei occhi verso i suoi. « Ottimo elogio funebre » mi complimento.

« Grazie ». Si tira su, mettendosi a sedere, e mi restituisce lo sguardo con interesse. « Allora, fammi capire bene. Vieni da Portland, che a quanto pare è una bella città dove non si può fare benzina da soli, da Chick-fil-A ordini solo insalata, ti ritrovi senza saperlo alle feste dei tossici e adori i film di Walt Disney. Carino ».

« Esatto » rispondo, annuendo.

« Non andare a casa » sussurra. Il film va avanti, ma ho smesso di seguirlo. Sto guardando le sue labbra, osservo come si incurvano quando sorride. « Resta qui stanotte ».

« Se non torno, a mio padre verrà letteralmente un colpo » ribatto, anche se in realtà non è un'idea malvagia. Siamo entrambi molto stanchi, e far guidare Jake fino a casa mia non mi pare molto sicuro: potrebbe venirgli un colpo di sonno.

« Rimani » ripete lui. I suoi occhi sono così infuocati che mi sta venendo la pelle d'oca. « Ho *Il libro della giungla*, giù da qualche parte ».

« In effetti mi piace *Il libro della giungla* » bisbiglio, abbassando gli occhi e giocherellando con le dita. Quando li rialzo, però, le labbra di Jake, quelle che pochi istanti fa stavo guardando intensamente, si stanno avvicinando alle mie. Mi si blocca il fiato.

Passa un secondo buono prima che, finalmente, sfiorino la mia bocca. Sento una morsa nel petto e brividi in tutto il corpo, il suo respiro tiepido mi solletica la guancia mentre il suo viso indugia per un momento accanto al mio. È come se aspettasse di capire se lo allontanerò o risponderò al suo bacio. Non ho neanche il tempo di pensarci.

Le mie labbra trovano le sue, scivolando lentamente contro la sua bocca, e le mie palpebre si chiudono. Sento la sua mano scivolarmi in fondo alla schiena. Un silenzio morbido ci avvolge, interrotto solo dalla voce attutita di Simba, in sottofondo.

Ho baciato altri ragazzi, ma mai in una situazione come questa. Li ho baciati giocando al gioco della bottiglia, a 'obbligo o verità' o a 'sette minuti in Paradiso', chiusa con loro in uno sgabuzzino. Questa volta però non è un gioco o un obbligo o una penitenza: è tutto vero, sta succedendo proprio adesso, e non ho idea di cosa sto facendo e del perché sto baciando un ragazzo californiano che conosco da una settimana, mentre guardo *Il re leone* sul suo letto. Non so quello che sto facendo, però so che mi piace.

Quando stacca le labbra, dopo un lunghissimo minuto, lo sento sussurrare contro l'angolo della mia bocca: « Forse è meglio se non lo racconti a Tyler. Mi prenderebbe a calci in culo ».

Apro gli occhi per ricambiare il suo sguardo dolce. Rispondo, mentre le mie labbra si distendono in un sorrisetto: « Non ne avevo alcuna intenzione ».

12

Dunque, la mia estate è cominciata solo da una settimana e già mi risveglio accanto al nemico giurato del mio fratellastro. 'Complimentoni, Eden'.

La luce del sole che filtra dalle persiane mi fa aprire gli occhi. Mi giro sul fianco per guardare il ragazzo che ho di fianco. Jake si sta stiracchiando, i muscoli in bella vista: guardo come si contraggono e sono immediatamente vispa come un grillo.

« 'Giorno » borbotta a bassa voce. Si mette seduto, sfregandosi gli occhi, e si volta verso la finestra. È completamente vestito, e lo sono anch'io.

« Ho dormito qui? » Domanda stupida, la mia: è evidente che è così. Non doveva succedere: non solo sono uscita di nascosto, ma non sono neanche tornata a casa. Papà mi ammazzerà. « Devo tornare a casa, tipo, ora » esclamo dandomi una sistemata ai capelli. Schizzo in piedi.

« Ma tesoro... » comincia lui, solo per essere interrotto da qualcuno che bussa alla porta. Non so che ore siano, ma so che non è notte fonda, quindi non mi stupisco di veder entrare una donna.

Resta a guardarci a braccia incrociate, mi squadra dalla testa ai piedi e poi fulmina Jake con un'occhiataccia. « Lo sapevo che avevi fatto salire una ragazza di nascosto, ieri sera » dice in tono sprezzante. « Ha un nome questa qui? »

« Mamma » sibila Jake alzandosi.

« No, Jake ». Scuote la testa con disapprovazione e indica la porta alle sue spalle. « Ha cinque minuti per uscire di qui ».

Mentre esce sento Jake fare un gemito. Fino a questo momento credevo che fosse un bravo ragazzo. Ne ero così convinta che ieri sera l'ho baciato. Ma adesso, all'improvviso, l'atteggiamento di sua madre mi ha fatto venire qualche dubbio. Mi si annoda lo stomaco.

« Porti spesso le ragazze a casa tua, o cosa? » sussurro. Prendo le Converse e me le infilo.

« Ma dai, stava solo scherzando » si affretta a dire Jake.

Io lo guardo da sopra la spalla, aggrottando le sopracciglia per fargli capire che sono infastidita e non passerò sopra alle parole di sua madre tanto facilmente. Forse non guarderà *Il re leone* con chiunque, ma questo non significa che con le altre non guardi *Aladdin*. « Devo andare » ribadisco.

« Okay » si arrende, capendo che faccio sul serio. Se perdo altro tempo qui, papà farà una denuncia di scomparsa. « Prendo le chiavi ».

Resto a guardarlo per un lungo momento, indecisa sulla soluzione meno compromettente. Non so cosa sia peggio: tornare a casa di mio padre accompagnata da un ragazzo oppure in taxi. In ogni caso sembrerà che abbia passato una notte brava.

Jake si infila una maglietta e prende le chiavi dal davanzale. Non posso fare a meno di chiedermi se sia una situazione abituale per lui. « Okay, muoviamoci ».

Usciamo in corridoio e scendiamo la scala rapidi e silenziosi, nella speranza di evitare un altro incontro ravvicinato con sua madre. Non credo che sia molto contenta, e nemmeno mio padre lo sarà.

« Che giorno è oggi? » chiedo tanto per dire qualcosa, quando approdiamo al sicuro nella macchina di Jake.

« Domenica ». Ormai il suo tono è più calmo ma anche più cupo, tanto che mi chiedo se sia arrabbiato. Ha gli occhi socchiusi. Forse è deluso perché sua madre ci ha interrotto, oppure perché non sono voluta restare con lui. Ma devo tornare a casa, e il prima possibile.

« Okay ». Distolgo lo sguardo e lo punto sulla strada. Sono troppo stanca per sforzarmi di chiacchierare.

Quando accostiamo davanti a casa di mio padre, Jake si è un po' rasserenato. Spegne il motore e si volta verso di me, con un sorrisetto sulle labbra. « Dovremmo rifarlo » dice. « Potresti tornare a stare da me il prossimo weekend. È l'anniversario dei miei e saranno fuori città ».

« Certo, possiamo vederci » rispondo, anche se un po' esitante. In questo momento ho idee troppo contrastanti su di lui.

«Potresti rimanere per tutto il weekend».

«Non credo che mio padre me lo permetterà...»

Lui mi interrompe, dicendomi in tono deciso: «Pensaci». Mi guarda intensamente e sorride di nuovo. «Per fortuna c'ero io alla festa, ieri sera, eh? Proprio l'uomo giusto al momento giusto!»

«Grazie per avermi tirato fuori di lì» borbotto. Avevo dimenticato quella terribile festa. Mi chiedo se Tyler sia riuscito a tornare a casa.

Jake scrolla le spalle e il suo sorriso si allarga. «Grazie per avermelo permesso. Sono stato bene ieri sera».

«Sì» rispondo. Lancio un'occhiata alla casa e capisco che è il momento di rientrare e affrontare papà. «Devo andare».

Apro la portiera e scendo. «Ci vediamo» dice lui. Mentre richiudo, mi chiedo se sia sincero.

Mi tiro il cappuccio sulla testa, faccio una breve preghiera e mi infilo le mani in tasca. Spero che il cappuccio nasconda i capelli arruffati e il trucco sbavato. Ho l'aria di aver fatto bagordi su Las Vegas Strip per tutta la notte. Anche se dubito che siano in tanti a folleggiare a Las Vegas vestiti in jeans e felpa.

Non sento Jake che si allontana, ma quando raggiungo la porta d'ingresso so che se ne è andato. Sono a dir poco terrorizzata all'idea di aprire la porta. E in realtà non devo neanche farlo, perché si spalanca davanti a me, facendomi sobbalzare. Neanche il tempo di riprendermi dallo spavento, che una mano mi afferra saldamente e mi trascina oltre la soglia. È troppo mascolina per essere la mano di Ella e troppo forte per essere quella di papà. Quindi trovo la risposta alla mia domanda di prima: Tyler è tornato a casa tutto intero.

Mi libero dalla stretta e mi faccio da parte, mentre lui richiude piano la porta alle mie spalle. Non ho ancora detto niente e già mi sta guardando come se avessi appena dato fuoco alla sua stanza. Ce l'ha sempre con il mondo intero.

«Non ci posso credere. Davvero non ci posso credere» sbotta.

Io lo guardo. Sospiro. Giocherello con i cordini del cappuccio. Lo guardo di nuovo. «Potrei dire lo stesso a te» borbotto alla fine. Ormai non mi importa più. Ogni volta, ogni santa volta che cerco di essere gentile vengo respinta con violenza. Adesso basta. «Mi hai portato a una festa in mezzo a tutti i tuoi amici ubriachi e fatti di crack. Ma che ti dice la testa?»

« Shhh ». Lui fa un sibilo secco. Solleva un dito e scruta il corridoio, per assicurarsi che nessuno mi abbia sentito. « Parla a bassa voce ».

« Scusa tanto » ribatto, grondando sarcasmo. « Avevo dimenticato che tua madre non ha idea di che patetico idiota sia suo figlio ».

Nei suoi occhi passa uno strano turbine di emozioni che non avevo mai visto: un lampo che non riesco a definire. Sembrava quasi ferito, ma non ne sono sicura perché sta già tornando alla sua espressione rancorosa. « Dave! » grida con voce arrochita. Mi sorride. « Eden è tornata! »

In questo momento vorrei soltanto dargli un pugno in faccia. Il suo sorriso si trasforma in una smorfia malvagia e vittoriosa. « Devi affrontare le conseguenze delle tue azioni ».

« Delle *tue* azioni » lo correggo. « Mi hai obbligata tu ad andare a quella festa ».

« A quanto mi ricordo, tu hai accettato ».

« Mi stupisce che ti ricordi qualcosa. Sei rimasto sobrio ieri sera? Ne dubito fortemente ». Mi tiro giù il cappuccio, sospiro e stringo i denti. Sento dei passi provenire dalla cucina. Se non mi uccide papà, sono sicura che lo farà Tyler.

« Buona fortuna » sogghigna. Appoggia la schiena al muro, incrocia le braccia e si gode l'entrata in scena di papà.

« Dove diavolo sei stata? » è la prima domanda con cui mi investe. Diciamo che non ha l'aria di essere molto contento. « Sai almeno che ore sono? È quasi mezzogiorno. Dove sei stata tutta la notte? Il minimo che potessi fare era rispondere al telefono. Ero preoccupato da morire, Eden ».

« Mi dispiace, io... » Sono arrivata al momento topico: confessare, oppure cavarmela con una bugia. Però non ho il coraggio di ammettere la verità, né l'esperienza per inventarmi una scusa valida: nessuna delle due opzioni mi sembra percorribile.

Papà mi inchioda con lo sguardo, le sopracciglia inarcate in attesa della mia risposta. Io cerco di evitarlo in ogni modo e i miei occhi cadono su Tyler. È ancora lì, con il suo sorrisetto, a osservare la scena mentre io cerco di salvarmi dall'ira di papà. Ormai sono in preda al panico, non ho la forza di guardarlo male. Di fronte alla mia difficoltà, la smorfia subdola di Tyler comincia a sciogliersi.

« Era da Meghan » dice all'improvviso, con i lineamenti contratti. Poi guarda mio padre. « Te l'avevo detto ».

Papà ci pensa un attimo con aria perplessa, aggrottando le sopracciglia. « No, non mi hai detto niente ».

« Cioè, sono sicuro di avertelo detto ieri sera quando sono tornato, perché lei mi aveva chiesto di avvertirti ». Tyler piega la testa e fa un'espressione stupita, come se papà fosse vittima di un'amnesia. « Non ti ricordi? »

« No ».

Tyler alza le spalle. « Mah, allora devo essermene dimenticato » dice spostando lo sguardo su di me. Adesso nei suoi occhi c'è un'espressione dolce, gentile. « Scusa, Eden. Colpa mia ».

Cala un lungo silenzio. Papà ha l'aria confusa, Tyler rimane disinvolto e io cerco ancora di capire cosa è successo. Stando a quello che ho visto, Tyler mi ha appena dato una mano. Mi ha aiutato. Notevole.

Non credo che riuscirò mai a capire quel ragazzo. In questo momento per me è un mistero quasi imperscrutabile. Un attimo prima sembrava divertirsi un mondo all'idea di vedermi scoperta, e quello dopo è intervenuto per coprirmi. Perché? Continua a passare dall'odio alla complicità, mi fa venire mal di testa. Francamente preferirei che si decidesse una buona volta, mi risparmierei la fatica di provare a capirlo.

« La prossima volta, comunque, non uscire senza avvertirmi » taglia corto papà. Sembra irritato, ma proprio quando penso che stia per allontanarsi aggiunge: « A proposito, usciamo per pranzo. Tutti quanti. Quindi anche tu, Tyler. Vestitevi bene ».

Il pensiero di un pranzo 'in famiglia' non mi dà più tanto fastidio, lo sguardo intenso di Tyler invece sì. Quindi, quando papà torna in cucina, probabilmente a cercare Ella, colgo l'occasione per provare a dare un senso agli ultimi cinque minuti.

« Te la cavi sempre troppo facilmente » borbotta Tyler, ma io lo ignoro.

Invece gli chiedo: « Perché l'hai fatto? »

« Fatto cosa? »

« Hai mentito per me ». Sembrava ben felice di vedermi colta in flagrante, poi per miracolo ha cambiato atteggiamento e ha salvato la situazione. E io non ho idea del perché. « Non capisco ».

Lui fa spallucce, il suo sguardo è di nuovo calmo. Questi cambiamenti di umore sono spiazzanti. « Ti dovevo un favore, per averti portato a quella festa. Non avevo pensato alle conseguenze. Scusa ». È sincero, cosa che mi stupisce, e mi stupisce ancora di più che per una volta non mi stia urlando contro.

« Come mai avevi pensato di invitarmi, comunque? » gli chiedo in tono sprezzante. « Credevi davvero che mi sarebbe piaciuto quell'ambiente? »

« Scusa » ripete lui, a voce bassa. Per un secondo penso quasi di accettare le sue scuse, ma poi lui rovina tutto. « Allora, eri con Jake, vero? »

Probabilmente ha visto la macchina. « E anche se fosse? A te che cosa importa? Tu hai la tua opinione su di lui e io ho la mia. Non intendo affrontare l'argomento, perché non ti riguarda affatto ».

« Devo fare una doccia » dice, evitando la questione, anche se è stato lui a tirarla fuori. Aggrotta la fronte, ma la sua espressione è meno severa. « Ne parliamo dopo. Dopo questo pranzo del cazzo a cui siamo obbligati ad andare ».

« Ne parliamo dopo? » ripeto. Finora non credevo che Tyler fosse un amante delle chiacchierate, soprattutto se riguardano il ragazzo che ho baciato ieri sera.

« Sì ». Si gira e sale le scale, lanciandomi un'occhiata da sopra la spalla. Sta sorridendo. « E ricorda quello che ha detto tuo padre: mettiti qualcosa di carino ».

13

Arriviamo a pranzo con venti minuti di ritardo. I primi dieci sono colpa di Ella, perché ha finito per cambiarsi due volte prima di stabilire quale fosse la mise più appropriata. L'altra metà sono colpa di Tyler e delle proteste perché non gli hanno lasciato prendere la sua macchina. Papà ed Ella avevano deciso di andare con la Lexus e la Range Rover e dicevano che era inutile usare anche quella di Tyler. Dopotutto è in punizione. Alla fine ha mollato il colpo e si è trascinato di malavoglia fino alla macchina di sua madre. Intanto io mi chiedevo come andare in giro in una Range Rover potesse essere considerato un castigo.

« Ben arrivato, signor Munro » dice con accento sofisticato la cameriera sofisticata del ristorante sofisticato, accompagnandoci a un tavolo sofisticato apparecchiato con posate sofisticate. Sofisticato, sofisticato, sofisticato. Cinque anni fa, papà avrebbe portato me e la mamma in un lurido fast food.

Mio padre ringrazia la cameriera e ci sediamo intorno al tavolo. Io sono fra Tyler e Jamie, di fronte a papà, Ella e Chase. La sala è spaziosa, ma i tavoli sono pochi, ben distanziati e disposti con estrema cura. Non c'è niente di peggio di quei ristoranti dove gli altri tavoli sono a pochi centimetri.

« Che bello essere tutti insieme » commenta Ella dopo che abbiamo ordinato da bere. Io ho chiesto dell'acqua, mentre Tyler ha tentato senza successo di farsi portare una birra. « Dovremmo farlo tutte le domeniche ».

Papà annuisce, guardandola di sottecchi con un'espressione che mi è familiare. Un tempo guardava così la mamma. « D'accordo ».

« Neanche per sogno » protesta Tyler. Poi sorride, china il capo e incrocia le braccia. Papà ed Ella non gli danno retta. Ormai avranno capito anche loro che è il solito bastian contrario, quindi non vale nemmeno la pena prenderlo in considerazione. Sto cominciando a fare così anch'io.

Arrivano le bevande e ordiniamo il pranzo. Io finisco per indicare la prima cosa che vedo sul menu: le portate sono troppo complicate e bizzarre per capirci qualcosa. Potrei anche aver ordinato testicoli di balena.

« Per quanto tempo dovremo starcene seduti qui? » chiede Tyler dopo cinque minuti, interrompendo la conversazione dei nostri genitori e fissandoli senza espressione dall'altra parte del tavolo. Si allenta la cravatta nera e si slaccia il primo bottone della camicia bianca. « Io avrei di meglio da fare ».

« Piantala di fare lo scorbutico » mormora Ella, poi si schiarisce la voce e gli chiede in tono serio: « Hai preso le medicine oggi? »

« Mamma » ribatte lui secco, lanciandomi un'occhiata di sbieco. Torna a fissare Ella con espressione feroce. « Vado a prendere un po' d'aria ». Pianta i palmi sul tavolo e si alza, poi spinge indietro la sedia e si dirige verso la porta.

« Lascialo andare » sospira Ella appoggiando una mano sul braccio di papà, che sembra volerlo inseguire.

« Gliela dai sempre vinta » sbuffa lui. All'inizio mi sembrava più che comprensibile irritarsi per ogni gesto di Tyler, ma a questo punto è chiaro che papà, semplicemente, non lo sopporta. Punto.

Sul viso di Ella passa un'ombra. Poi però atteggia le labbra a un sorriso e accarezza la schiena di papà. « Dagli un po' di tregua ».

Vorrei chiedere a quali farmaci si riferiva prima, ma mi impongo di non cedere alla curiosità: mi limito a fare ipotesi fra me e me, per quanto non siano di certo affari miei. Potrebbe essere una cura per una disfunzione erettile, o qualcosa di altrettanto delicato, anche se, a giudicare da come si comportano Tyler e Tiffani insieme, ne dubito fortemente.

Ella decide di distogliere l'attenzione dal figlio maggiore, il più problematico, e si rivolge a Jamie. « Jay, come va il tuo progetto di biologia? »

« Bene ». Lui alza le spalle e guarda in basso, intimidito. « Devo ancora finire il diagramma di stato per la pressione osmotica ».

« Io odiavo l'osmosi, la diffusione e il trasporto attivo » dico, sforzandomi di partecipare al cosiddetto pranzo 'in famiglia'. « E aspetta di arrivare al terzo anno: sarà anche peggio ».

Papà mi fa un sorriso di approvazione, poi però chiede a Jamie, con un cenno del capo: « Puoi andare a cercare tuo fratello? Fra poco ci serviranno i nostri piatti ».

« Vado io » sparo senza pensare. Mi stupisco io stessa di questa iniziativa. « Qui fa caldissimo, prenderò un po' d'aria anch'io » mento, poi mi precipito fuori più in fretta che posso. Forse sono ancora curiosa.

Una volta fuori guardo dappertutto, ma non c'è nessuno in giro: solo un'auto che sta uscendo dal parcheggio e un'altra che arriva. Ormai è metà pomeriggio, i raggi cocenti del sole mi bruciano la schiena e la troppa luce mi costringe a strizzare gli occhi. Guardo la Lexus e la Range Rover, una accanto all'altra. Ella non riusciva a far entrare la sua macchina in quel piccolo spazio, così è dovuto intervenire Tyler per parcheggiarla. Noto una sagoma seduta al posto di guida.

Mi avvicino cautamente, senza prepararmi una domanda né una singola parola da dire. Tyler sarebbe capace di innestare la retromarcia e travolgermi all'istante, quindi sono un po' nervosa quando arrivo al finestrino e busso piano sul vetro.

Lui gira la testa di scatto, aggrottando la fronte con espressione tesa. Passa qualche lungo istante prima che si decida a tirar giù il finestrino. « Cosa c'è? »

« Pensi di tornare dentro? » Mi mordo un labbro e faccio un passo indietro. Ora che l'ho chiesto mi rendo conto che era una domanda inutile.

« Fanculo, non ci penso proprio » borbotta lui. Poi si volta dall'altra parte.

Io stringo le labbra e inclino la testa, imitando il suo sguardo feroce. « Sei un po' melodrammatico, non ti pare? Ti ha solo fatto una domanda. Non era certo la fine del mondo. ».

Lui spalanca gli occhi, ancora scuro in volto. « Ma sei cretina? No, sul serio, sei cretina o cosa? Non capisci un CAZZO, maledettissima Eden Munro ».

« Ecco, l'hai fatto di nuovo » rispondo indispettita, alzando la voce: « Te la prendi troppo, per ogni minima cosa. Stavo cercando di capire che cos'hai che non va, ma ogni volta che ti rivolgo la parola mi tratti di merda, quindi va' al diavolo! Io adesso torno dentro, perché non sono un'idiota egocentrica che fa i capricci quando qualcosa non va come vorrebbe ». Mollo il colpo, giro i tacchi e attraverso il parcheggio per tornare indietro.

Però sento la sua voce che chiama il mio nome, con gentilezza, e quando mi volto vedo che sembra più rilassato. « Vieni qui » mi dice, ma io non cedo. Non vedo perché dovrei ascoltarlo. « Sali in macchina, ti dirò tutto e poi torneremo dentro ».

Per una volta, Tyler mi offre la sincerità: è un'occasione troppo ghiotta per lasciarsela scappare. E comunque devo ascoltarlo, se serve a farlo rientrare. Faccio un sospiro e torno verso la Range Rover con passo deciso, mi siedo al posto del passeggero, ma senza abbassare la guardia. « Okay, allora? »

Lui mi fissa per un lungo minuto, con la cravatta allentata sul collo e una mano sul volante. Aspetto che dica qualcosa, invece vedo le sue labbra incurvarsi in un sorrisetto maligno. « Va bene, vuoi la verità? Okay. In questo momento sono totalmente sincero e ti dico che ce ne andiamo di qui ».

Prima che riesca anche solo a comprendere il senso delle sue parole, lui avvia la macchina e schiaccia l'acceleratore, poi attraversa il parcheggio sgommando. Non si ferma neanche prima di immettersi sulla strada: sfrecciamo a folle velocità, obbligando le altre macchine a frenare di colpo.

« Ma sei PAZZO? » urlo, afferrando la cintura di sicurezza e allacciandola il più in fretta possibile. In questo momento temo per la mia vita.

« Non ho detto serio, ho detto sincero ».

« Riportami al ristorante » gli ordino. Sono seduta in obliquo, con una mano sul cruscotto e l'altra aggrappata alla cintura di sicurezza, e faccio saettare gli occhi da Tyler alla strada: guardo lui per incenerirlo e la strada perché non mi fido della sua guida.

« Sicura? » La macchina sbanda da una parte all'altra. « Guardami negli occhi e dimmi che vuoi tornare in quel posto, a mangiare quel cibo schifoso e stare seduta per un'ora allo stesso tavolo con tuo padre. Dimmelo se ne hai il coraggio! ».

Mi guarda in faccia, lanciando solo qualche occhiata ogni tanto verso il parabrezza.

« No, non voglio » ammetto. « Ma so che devo farlo, quindi torna indietro prima che ci uccidano entrambi. Hai almeno il permesso di guidare questa macchina? »

Fra una frenata e un'accelerata riesce a ribattere: « E tu hai il permesso di andare in giro vestita così? »

Io alzo le mani, esasperata. Ne ho davvero abbastanza. « Okay, non c'era bisogno di insultarmi ».

« Cristo, non era un insulto » borbotta lui, passandosi una mano tra i capelli e frenando un attimo prima di andare a schiantarci contro una Porsche. « Non torneremo indietro. Torneremo a casa, così io potrò prendermi una birra e spiegarti che Jake ti sta prendendo in giro, okay? »

« Grazie, Tyler » rispondo, acida. « Grazie per avermi messo in guai ancora peggiori ».

« La colpa della notte scorsa è solo tua » ribatte lui, sempre più insofferente per la lunghezza del semaforo rosso. « È vero, io ti ho portato fuori, ma sei stata tu a decidere di non tornare a casa, quindi non scaricare la colpa su di me ».

Questo glielo concedo. « Va bene. Ma abbiamo un altro problema: tua madre andrà fuori di testa quando scoprirà che la sua auto è sparita. Come hai fatto a prendere le chiavi? »

Quando il semaforo diventa verde, lui ride e fa una sgasata. « Tranquilla, ci stanno tutti nella macchina di tuo padre. Le chiavi le avevo io perché ho parcheggiato. E adesso smettila di distrarmi, sto cercando di guidare ».

Stringo le labbra e lo guardo concentrarsi finalmente sulla strada, con la mascella serrata. « Allora impegnati di più ».

Venti minuti dopo siamo finalmente a casa, mi sorprende che ci siamo arrivati tutti interi. Durante il tragitto Tyler ha chiamato Ella per dirle che non ci fregava niente di mangiare con loro e che stavamo tornando a casa. Ha riattaccato prima che potesse rispondere.

« Vai in camera mia » mi ordina quando scendiamo dalla macchina, parcheggiata tutta storta, e ci avviamo verso l'ingresso. Per fortuna aveva anche le chiavi di casa. « Mi prendo qualcosa da bere, poi parliamo di quello stronzo che ti piace tanto ».

Spalanca la porta, ma io resto ferma alle sue spalle, incerta. « Io non voglio parlare proprio di niente con te ». Non ha alcun diritto di discutere le mie scelte, non riesco a capire cosa gli fa credere di poterlo fare.

Lui sospira, con aria indifferente. « Vai di sopra ed entra in camera mia. Arrivo fra due minuti ». Si dirige verso la cucina, mentre io mi avvio su per le scale.

Salendo gli grido: « Tanto per chiarezza, sto andando in camera mia, non nella tua ».

« Allora vengo in camera tua fra due minuti » risponde lui in tono gentile. Io mi arrendo e scuoto la testa, aprendo la mia porta. Per essere uno che se ne infischia di tutto e di tutti, è parecchio insistente.

Mi tolgo le scarpe con un calcio, spingo il mucchio di biancheria sporca nel bagno e chiudo la porta. A parte questo, la mia stanza non è troppo incasinata, e comunque Tyler non ci fa caso quando entra con una bottiglia di birra in mano.

« Okay, da dove cominciamo » dice, meditabondo. Si ferma per bere un sorso e poi alza una mano. « Te la faccio semplice: Jake Maxwell è il playboy più incallito del nostro anno ».

« Buffo, credevo che fossi tu » rispondo.

Tyler sembra quasi offeso. Si schiarisce la gola e scuote la testa. « No, no. C'è una grossa differenza fra me e Jake. Io ho un bel po' di ragazze che mi vengono dietro, lui invece sbava dietro a tutte. Sai, io non prendo mai l'iniziativa di cercare altre ragazze, le incontro per caso alle feste, magari ci scherzo un po', a volte ci scappa un bacio, se sono ubriaco e se Tiffani non c'è. Tutto qui ». Prende un altro lungo sorso, guardando la mia espressione confusa, poi finisce il discorso con un sospiro. « Invece Jake è un playboy seriale. Le corteggia per settimane, a volte addirittura per mesi, se le fa una volta e poi non gli rivolge più la parola. E questo giochetto lo fa magari con tre ragazze contemporaneamente ». Ride, ma sembra una risata amara, la sua. « Ti garantisco che se ci stai, dopo un secondo lui sparirà. Lo fa tutte le volte. Si gioca la classica carta: 'Scusa, non provo più quello che provavo prima', oppure: 'Non posso più rivolgerti la parola perché mia madre è severissima e non vuole che esca con nessuna prima del college' ».

Io lo fisso. Sta facendo di tutto per mettermi in guardia da Jake, ma finora lui mi ha trattato molto meglio di Tyler. « Perché mi dici tutto questo? »

«Perché sì».

«Non è una buona ragione».

Lui si limita a sorridere. «Non lo era neanche quella che ho usato per lasciare il ristorante».

Come previsto, quando tornano a casa, papà ed Ella sono furibondi. Non solo hanno dovuto pagare due pranzi sprecati, sono anche molto 'amareggiati', ci dicono, perché abbiamo rovinato la nostra prima uscita in famiglia. Ricordano a Tyler che è ancora in punizione e spediscono me nella mia stanza per il resto della serata. Ed è una lunga serata.

Videochatto con Amelia per un po' e lei mi aggiorna sugli ultimi pettegolezzi di Portland. Pare che il nostro professore di letteratura, il signor Montez, sia stato beccato dai ragazzi dell'ultimo anno a comprare dei preservativi in farmacia l'altro giorno. Il signor Montez ha più di cinquant'anni, quindi questa notizia mi dà la nausea, invece Amelia per almeno cinque minuti non riesce a smettere di ridere. A parte la vita privata del nostro insegnante, però, non ci sono grandi novità, quindi finiamo per parlare della scelta dell'università. Amelia è decisa a studiare biochimica alla Oregon State University, che si trova a Corvallis, un'ora a sud di Portland. A differenza sua, io non vedo l'ora di andarmene dall'Oregon. Comincio a blaterare di quanto sia fantastico il corso di psicologia all'Università di Chicago, ma a metà frase la chat si chiude. La connessione a internet non funziona più. Fisso il mio portatile per diversi minuti mentre cerca di riconnettersi, invano. Non c'è speranza. A questo punto qualcuno bussa sulla parete, quella che ho in comune con Tyler. Tre colpi.

Inarco un sopracciglio, sospettosa, metto da parte il computer e striscio sul pavimento, avvicinandomi cautamente al muro. Non so se abbia bussato di proposito, comunque mi ritrovo a bussare a mia volta. Batto un colpo e aspetto. Quattro colpi di risposta.

Non so cosa diavolo pensi di fare, ma dubito fortemente che Tyler voglia imparare il codice Morse, quindi deduco che voglia soltanto infastidirmi più di quanto non abbia già fatto.

«La pianti?» chiedo a voce abbastanza alta da farmi sentire attraverso la parete, ma non così forte da arrivare a papà.

«Ho staccato internet» risponde la voce soffocata di Tyler. Sembra che stia trattenendo una risata. « Le tue chiacchiere mi stavano facendo venire mal di testa. 'Dio, Amelia, ma quanto è maledettamente favolosa Chicago! Amo la scuola più di qualsiasi cosa al mondo! È bellissimo! Adoro la psicologia, e i compiti, e studiare!' »

Io incenerisco con lo sguardo la porta del bagno e mi siedo per terra a gambe incrociate, la schiena contro il muro. « Non ho detto così ». Esprimo il mio disappunto dando una gomitata nel muro.

Lui batte altri colpi, tamburellando con le nocche sull'intonaco per almeno quindici secondi prima di interrompersi e dire: « Potrei andare avanti tutta la notte. Dicono che all'università non si dorme mai, quindi per te sarà un ottimo allenamento. Ti farò venire l'insonnia in men che non si dica ».

« Nessuno ti ha mai detto quanto sei insopportabile? » Incrocio le braccia e alzo gli occhi al cielo, quasi mi sfugge un sorriso. All'inizio non capisco neanche perché, ma quando lui mi risponde mi rendo conto che mi piace il suo tono scherzoso. Non mi succede spesso di sentirlo.

« Mmm, no, credo che non me lo abbiano mai detto ». Vorrei poter vedere la sua faccia attraverso il muro. Starà sorridendo anche lui? È sdraiato sul pavimento, in piedi o seduto? Che espressione c'è nei suoi occhi? « Perché sono tanto insopportabile? Illuminami, studentessa universitaria ».

Dalla voce sembra che si stia divertendo, ma non posso esserne sicura. Inclino la testa verso il soffitto e premo l'orecchio alla parete, per sentire meglio la sua voce dolce. È così raro che usi un tono amichevole. « Tanto per cominciare hai sabotato la connessione internet, e adesso non la smetti di picchiare sulla mia parete ».

« Tecnicamente è la *nostra* parete ». Bussa di nuovo, una volta sola.

« Comunque è molto irritante. Smettila, per favore ».

« Non posso » risponde lui. Comincia a tamburellare di nuovo, sempre più forte e con insistenza. Allora io do un pugno nel muro, un tonfo che lo fa finalmente ridere.

Poi torno nel mio letto, spengo il portatile e mi infilo sotto la coperta. Non posso fare a meno di chiedermi che cosa starà facendo Tyler, dall'altra parte del muro. Anche lui sarà sdraiato a guardare il soffitto? Starà messaggiando con i suoi amici? Starà cercando un bel film da vedere?

Riesco ad addormentarmi solo a mezzanotte passata, dopo aver rimuginato troppo a lungo su Jake e su quello che mi ha detto Tyler, e aver ripensato al modo in cui mi ha trattato sua madre stamattina. Era piuttosto evidente che per lei non ero altro che l'ennesima ragazza nella camera di suo figlio. Non era affatto sorpresa. Quindi non posso evitare di chiedermi se Tyler abbia detto la verità su di lui.

14

Stamattina sono troppo distrutta anche per mangiare. La mia faccia è il ritratto della stanchezza. Fisso il pavimento e cerco di finire il toast che mi ha preparato Ella.

«Tutto bene?» chiede papà. S'infila la camicia nei pantaloni e sistema il nodo di un'orrenda cravatta.

«Sì» rispondo. Di tanto in tanto mi svegliavo, convinta di sentir bussare alla parete. «Mi sento solo a pezzi».

Mi fa un cenno con la testa. «Programmi per la settimana?»

«Nessuno».

Papà è sempre stato un pessimo conversatore, il tipo che fa domande stupide e commenti idioti solo per riempire il silenzio. La metà delle volte prego che non mi rivolga affatto la parola. «Okay. Stasera torno tardi».

Non mi sforzo neanche di rispondere. Abbasso la testa, mi alzo e mi dirigo alla lavastoviglie per infilarci il mio piatto, mentre lui passa in corridoio. Seconda settimana su otto: sarà difficile sopravvivere qui. Papà fa schifo. Questa famiglia allargata fa schifo. L'estate fa schifo.

«Buongiorno» dice una voce mentre sbatto lo sportello della lavapiatti.

Mi volto e vedo Tyler che si avvicina. Faccio subito un'espressione disgustata. «*Pff*» sbuffo.

«Dovresti rispondere 'buongiorno'» puntualizza lui, dandomi una spallata mentre passa. Indossa un paio di pantaloncini neri e una canotta larga multicolore. Spalanca il frigorifero e io non posso fare a meno di fissare i suoi muscoli tonici.

Gli lancio un'occhiata colma d'odio. « Mi hai tenuta sveglia tutta la notte ».

Lui mi guarda da sopra la spalla con le sopracciglia aggrottate. « Eh? »

« I colpi sul muro ».

Mi fissa per un lungo momento. Nei suoi occhi passano tante espressioni diverse, poi si mette a ridere. « Io non ho dato nessun colpo. Tuo padre non ti ha detto che questa casa è infestata? Demoni dappertutto ».

« Ma piantala... » dico alzando gli occhi al cielo. « Non potevi, chessò, dormire? »

Si gira con una bottiglia d'acqua in mano e chiude il frigorifero con un calcio. « Ehm, no ». Incrocia le braccia e mi fa un sorrisetto. Noto di nuovo il tatuaggio. « Speravo che ti svegliassi e mi rispondessi ».

« Scusa se non avevo voglia di comunicare con te alle quattro del mattino ». Sul braccio sinistro ha una vena in rilievo, ma cerco di non farci caso. Io e Amelia abbiamo sempre considerato sexy i ragazzi con le vene in rilievo, sulle braccia, sulle mani o sul collo. Per qualche strano motivo le vene sono attraenti.

« Ahia ». Si morde il labbro, mentre il suo sguardo, addolcito, incontra il mio. So che sono solo schermaglie, ma all'improvviso sembra diventato serio. « E stasera? »

« Stasera cosa? »

« Stasera risponderai al segnale? »

Stacco gli occhi dal suo torace e alzo le mani in un gesto di resa, abbandonando questo strano gioco. « No, Tyler, non ho intenzione di passare il tempo a scambiare colpi sul muro con te. È assurdo ».

« Maledizione » borbotta lui. Scrolla le spalle larghe e si concentra sul suo orologio.

Sto per rifugiarmi in camera mia, ma mi fermo sentendo la porta d'ingresso che si apre. Forse papà ha dimenticato qualcosa, oppure Ella sta uscendo a fare compere.

Ma non è uno dei nostri genitori, è Dean. Riconosco la sua voce gentile mentre sporge la testa in soggiorno e dice: « Buongiorno, signora Munro » prima di entrare in cucina.

Anche lui è in tenuta sportiva, ha le chiavi della macchina in una mano e il cellulare nell'altra. Mi fa un cenno di saluto con la testa e poi si volta verso Tyler. « Sei pronto? »

«Sei in ritardo di venti minuti» si lamenta lui. Sono stupita: non avrei mai detto che fosse un amante della puntualità, ma evidentemente è così.

«Scusa, mi sono fermato a fare benzina» risponde Dean.

Lo sguardo di disapprovazione di Tyler ricade su di me. Fa una specie di grugnito. «Mi hai lasciato qui con questa sfigata. Dai, andiamo».

Cala il silenzio. Sia io sia Dean lo guardiamo storto e cogliendo il duplice disappunto lui fa subito marcia indietro. «Tranquilli, ragazzi. È solo la classica rivalità tra fratelli, vero Eden?»

Io sbatto le palpebre. «Noi non siamo fratelli».

«Grazie a Dio».

Decido di ignorare il suo stupido commento e vado ad aprire le porte scorrevoli del portico, per far entrare la brezza tiepida. Alle mie spalle Tyler e Dean comunicano a gran voce che stanno andando in palestra. Non sono sorpresa: si vede che sono due che si allenano molto. Penso di chiedere a Tyler in quale palestra va, perché mi piacerebbe iscrivermi per le sei settimane che resterò ancora qui, ma poi decido di continuare con le corse mattutine. E poi non credo che a Tyler piacerebbe avere tra i piedi sua 'sorella'.

Mercoledì ho rivisto le ragazze. Rachael è rientrata dal weekend dai nonni, che ha definito noioso in modo addirittura traumatizzante: dice che pur di far qualcosa stava per dare fuoco alla casa. Tiffani è tornata da casa di suo padre e sostiene che è stato come vivere con Shrek, e Meghan si è ripresa dopo tre giorni di vomito.

Invece di spettegolare in spiaggia, o davanti a un caffè, o alla Promenade, andiamo a farci la manicure.

«Sul serio, mio nonno mi obbligava a giocare a bingo con lui» continua a lagnarsi Rachael. È un quarto d'ora che si sfoga con noi su quanto è stato orrendo il suo weekend. «Ogni maledetta sera. 'Rachael, è ora del bingo!' Sai cosa ti dico, nonnino caro: hai veramente rotto».

«Mio padre ha tirato fuori dei vecchi album di fotografie, tipo del 1801» aggiunge Tiffani con una smorfia. È appollaiata su una sedia con le mani premute sul tavolino, dove un'estetista è intenta nel suo lavoro.

Io e Rachael siamo state le prime a resuscitare le nostre unghie, ora è il turno di Tiffani e Meghan. Continuo a guardarmi le mani e ad ammirare le mie unghie lucidissime. Mi metto comoda su una poltroncina nell'angolo del salone. Dovrei farlo più spesso: non è poi tanto male.

Per i nostri trattamenti di bellezza siamo venute a Venice, perché Tiffani sostiene che questo è il posto migliore per farsi le unghie. Non mi è dispiaciuto lasciare Santa Monica: Venice Beach sembra strepitosa (almeno per i quattro minuti in cui sono riuscita a vederla).

Rachael cammina avanti e indietro, controllandosi le unghie ogni due secondi. Non posso biasimarla. «Scambierei il bingo con i vecchi album senza pensarci due volte».

«Io scambierei entrambe le cose con il vomito» commenta Meghan, seduta accanto a Tiffani. Per fortuna è un po' più introversa di Rachael e Tiffani, così non sono l'unica a contribuire poco alla conversazione. «Mi sembra di essere foderata di acido».

«Almeno ti sei ripresa in tempo per il tuo compleanno» osserva Tiffani. Due estetiste lavorano fianco a fianco alle loro unghie. Poi lancia un'occhiata a Meghan. «Fai una festa?»

La bocca di Meghan si piega in una smorfia. Alza le spalle. «Sapete quanto sono severi i miei».

«Oddio, Meghan!» esclama Rachael, bloccandosi all'improvviso e agitando le mani eccitata. «Sabato ho casa libera, puoi fare la festa da me!»

«Un'altra festa?» borbotto, ma per fortuna nessuna di loro mi sente. Sono qui da poco più di una settimana e sono già stata a due di queste stupide feste a base di sesso, droga e alcol. Non proprio il mio genere.

«Sei sicura?» Meghan la guarda da sopra la spalla. Sembra incerta, come se si sentisse un po' in colpa. La capisco: Rachael rischia di farsi devastare la casa.

Rachael è su di giri. «Ma è ovvio, Meg. Non c'è problema. Facciamola!»

«Dirò a Tyler di spargere la voce» propone Tiffani, e quando lo nomina sento qualcosa agitarsi nel mio stomaco. Mi chiedo cosa starà facendo adesso.

«Digli di non invitare il gruppo di Declan» puntualizza Rachael, con aria risoluta. «Non voglio niente di illegale in casa mia: se lasciano in giro qualche traccia mio padre mi uccide».

«Certo, ci penso io».

Ricordo vagamente che Declan è il ragazzo che aveva organizzato quell'orrenda festa di tossici lo scorso weekend. Grazie a Dio Rachael ha il buon senso di non invitare quei fattoni.

«Potete venire tutte da me sabato mattina, per aiutarmi con i preparativi» continua lei con uno strillo di gioia. Una delle due estetiste sobbalza. «Sarà fantastico!»

A me non sembra tanto fantastico. Odierò ogni minuto. Odierò l'alcol, odierò gli sconosciuti ubriachi, odierò il rumore e odierò Tyler. Quando beve diventa ancora più irritante, e alla fine della serata sarò io a doverlo trascinare a casa, dall'altra parte della strada.

«Meg, dovresti invitare quel ragazzo carino della spiaggia» la prende in giro Tiffani, ma sembra quasi seria. «E Rach, so già che inviterai Trevor». Rachael si volta in fretta verso la finestra, con le guance arrossate. Tiffani ridacchia e sposta lo sguardo su di me. «E io avrò Tyler, quindi resti solo tu, Eden. Dobbiamo trovarti qualcuno».

Per un secondo mi sento in colpa, perché se fossi una buona amica dovrei dirle che Tyler non è poi così preso da lei, ma le mie labbra prendono l'iniziativa e in breve mi ritrovo a risponderle: «Io starò con Jake».

Tutte e tre in coro dicono: «Cosa?».

Tiffani stacca addirittura le mani dal tavolo per girarsi e guardarmi. Sento i tre sguardi su di me. «Jake? Il *nostro* Jake?»

«Oh mio Dio, cosa ci siamo perse?» chiede Rachael con occhi avidi e spalancati, succhiandosi il labbro inferiore. «Non penserai mica di cavartela dicendo che starai con lui alla festa? Raccontaci i retroscena. Ti sei presa una cotta?»

«Siamo stati insieme sabato sera» ammetto, con le guance rosse e lo sguardo basso. Avrei fatto meglio a starmene zitta. «E, ehm, sono rimasta a dormire da lui».

«Gesù» esala Meghan. Sbatte le palpebre e scambia un'occhiata con Tiffani e Rachael. «Ci ha messo solo una settimana a farsi la ragazza nuova, eh?»

«Meg!» la rimprovera Rachael, ma poi mi inchioda di nuovo con lo sguardo. «Fin dove siete arrivati?»

«Come?»

«Sì, hai presente...» Lancia un'occhiata incerta a Tiffani, che decide di aiutarla facendomi senza problemi questa sgradevole domanda: « Gli hai succhiato il cazzo? »

Io tossisco e quasi mi strozzo. Riesco a buttare là un rapido « No » scuotendo la testa. « Abbiamo guardato *Il re leone* ».

Rachael piega la testa di lato. « È un nome in codice o...? »

« No, no. Abbiamo proprio guardato *Il re leone* ».

« Oh » commenta lei, e poi scoppia a ridere.

« Zitta, Rachael » sibila Tiffani. Si volta e rimette le mani sul tavolino, permettendo all'estetista, che è comprensibilmente un po' frastornata, di riprendere il lavoro.

« Nessuno le ha parlato del Trattamento Maxwell? » chiede Meghan, e a questo punto vorrei poter scappare via e tornarmene di corsa a Santa Monica. Mi sento mortificata e terribilmente a disagio.

« Il Trattamento Maxwell? » mi obbligo a ripetere.

« Sì, lo chiamiamo così » mi informa Meghan, « perché il nostro caro Jake Maxwell è un collezionista di pompini. È una tradizione ormai, e tu sei la prossima della lista ». Lei e Tiffani si mettono a ridere.

« Fate veramente schifo » sbotta Rachael. « Eden, non ascoltarle. Non devi fare proprio niente ».

« Facciamo schifo? » ansima Tiffani, portandosi una mano al petto in modo teatrale e fingendosi offesa. Scuote la testa e torna a guardare me. « Eden, questa è la pura verità: la specialità di Meghan sono i lavoretti di mano, Rachael invece dà il meglio di sé con la bocca ». Vedo le due estetiste scambiarsi un'occhiata impaziente. Scommetto che non vedono l'ora che ce ne andiamo. « Vai a una qualsiasi festa e le troverai in una camera da letto, con un ragazzo a caso. Di solito Rach è con Trevor. Io sono quella più sofisticata ».

« Ehi! » Rachael e Meghan protestano, ma in realtà senza darle torto. Rachael però fa una battuta: « Non sapevo che farlo nei camerini di American Apparel si potesse considerare sofisticato ».

« Quello non conta » ribatte Tiffani mordendosi un labbro, mentre l'estetista finisce la sua mano destra. « Almeno io ho una relazione stabile ».

È una conversazione molto imbarazzante, ma mi trovo a sbirciare Rachael e Meghan di sottecchi, per vedere che cosa rispondono. Loro si scambiano uno sguardo e mettono il broncio con le labbra, ma non dicono niente.

Intercetto lo sguardo di Rachael e inarco un sopracciglio, curiosa di capire il motivo di questo improvviso silenzio, ma lei fa solo un minuscolo cenno con la testa, come per dire che non è il momento.

Poi si schiarisce la gola e decide di tornare al discorso precedente: « Allora, mega festa, okay? »

15

Sabato ricevo un messaggio urgente da Rachael alle 15:27. I suoi genitori se ne sono andati soltanto adesso (quattro ore più tardi del previsto) e ci restano solo cinque ore per preparare la casa per una festa di liceali scatenati. Ci chiede di raggiungerla subito, cosa piuttosto facile per me.

« Vado da Rachael » dico a papà sbrogliando i lacci delle mie scarpe da ginnastica vicino alla porta del soggiorno. « Dobbiamo parlare di ragazzi » aggiungo. « Probabilmente ordineremo qualcosa da mangiare, quindi non credo che tornerò per cena ».

Lui toglie il volume alla tv e mi guarda, in dubbio se sollevare qualche obiezione. « Ricordati che stasera portiamo Jamie e Chase alla partita dei Dodgers ad Anaheim. Partiamo fra un'ora. Quindi ti arrangi da sola per stasera? »

« Certo ». Perfetto. Non c'era neanche bisogno di mentire sul motivo per cui sto uscendo. « Non tornerò in tempo per salutarvi, quindi divertitevi. Ciao Ella ».

Ella sorride. Ha la testa appoggiata alla spalla di papà e gli tiene una mano sulla coscia. Cerco di farmela piacere, ma non ci riesco proprio. « Divertiti con le tue amiche ».

Faccio un ultimo cenno di saluto e mi chiudo la porta alle spalle, poi attraverso la strada. Sono qui da due settimane ormai: mi sono abituata al clima soleggiato e la strada mi è familiare, ma non sono ancora sicura del tipo di rapporto che ho con queste ragazze. Posso considerare Rachael e Meghan mie amiche? Con tutto il tempo che passiamo insieme, forse sì. Invece Tiffani non lo so: a volte direi di sì, altre sembra che mi detesti.

Alle 15:31 varco la soglia di casa di Rachael. Come previsto, sono la prima ad arrivare. Lei sta trascinando un aspirapolvere sul parquet alla ricerca di una presa elettrica, ha l'aria stravolta ed esasperata (e non abbiamo neanche cominciato).

« Non ho potuto fare niente finché non se ne sono andati » mi spiega, tirandosi dietro l'aspirapolvere. « Si sarebbero insospettiti se mi fossi messa a fare le pulizie ».

« Va tutto bene, Rachael » le dico con calma e dolcezza. « Rilassati, abbiamo ancora cinque ore ».

« CINQUE ore, Eden! » grida lei. Rovescia con un calcio l'aspirapolvere e si mette le mani nei capelli. Oggi sono ondulati, le stanno molto bene. « Cinque ore per mettere in ordine, pulire, spostare i soprammobili, comprare cibo e bevande e scaricare gli aggiornamenti di iTunes! Perché mi sono offerta di farlo? » Mi guarda con occhi spiritati e io non riesco a trattenere una risata.

« Rachael ».

Sempre più spiritata. « Cosa? »

« Ci siamo noi ad aiutarti, ricordi? » Faccio un'espressione incoraggiante e annuisco per cercare di calmarla. L'unica cosa di cui si deve preoccupare è che i suoi genitori non la scoprano. « Tiffani e Meghan stanno arrivando, giusto? »

« Giusto » dice lei sospirando. Si porta una mano al petto, con l'altra si tira giù gli occhiali da sole e poi fa una piroetta per infilare la spina dell'aspirapolvere.

« Giusto » ripeto. « Quindi ti aiuteremo a riordinare, poi andremo insieme al supermercato e penseremo alla playlist. Abbiamo abbastanza tempo ».

Lei non risponde, accende l'aspirapolvere e lo sbatte con forza sul pavimento. Decido di non farle domande sugli occhiali da sole o sul suo stato mentale.

« Eccomi! » grida una voce alle mie spalle, sovrastando il rumore. Mi giro e vedo Tiffani, carica di salatini e salse di ogni tipo. Mi sento in colpa per non aver portato niente da mangiare. « Tiene gli occhiali da sole in casa? »

Io scuoto la testa con aria di commiserazione. « È un po' agitata ».

« Noi occupiamoci della cucina » mi dice Tiffani, divertita dalle pulizie frenetiche di Rachael. « Lasciamola stare ».

La seguo in cucina, dove lei butta i salatini sul ripiano. Non c'è molto da mettere a posto, solo qualche piatto e alcuni coltelli che Tiffani mette rapidamente in lavastoviglie. Apro la porta che dà sul retro e do un'occhiata fuori: anche qui tutto abbastanza in ordine.

« Quante persone arriveranno? » chiedo richiudendo la porta.

« Una quarantina » risponde Tiffani. Sento ancora il rumore dell'aspirapolvere di Rachael, dall'altra parte della casa. « Abbiamo cercato di non allargarci troppo. Il gruppo di Declan Portwood non è invitato, sono una quindicina di persone in meno rispetto al solito ».

« Quelli che si drogano nei capanni degli attrezzi, giusto? » chiedo tanto per chiarire.

« Più o meno » risponde lei, quasi in un sussurro. Poi allinea le confezioni di salatini sul ripiano, sistemandole con cura davanti ai barattoli delle salse.

« Ma non c'è anche Tyler in quel gruppo? »

Lei si blocca all'istante. Mi lancia un'occhiata e capisco dalla sua espressione che avrei fatto meglio a tacere: chiaramente è un argomento da evitare. « No » risponde, in modo poco convincente.

So benissimo che Tyler è amico di Declan e di tutti quei tossici. Come potrebbe essere altrimenti? Sono andata a una delle loro feste. « Invece sì » insisto.

« Che cosa cazzo stai cercando di dimostrarmi? » sbotta lei. Questo scatto di nervi mi sorprende: non volevo provocarla. Esserle antipatica è l'ultima cosa che voglio.

« Era solo per dire » rispondo vaga. Ci scambiamo un lungo sguardo, poi lei lo distoglie. È chiaro che il suo umore è cambiato, ha gli occhi a fessura. Si rimette a sistemare i salatini e le salse mentre io resto a guardarla, senza sapere bene che cosa fare.

« Non mi piace parlarne » mi confessa dopo un silenzio carico di tensione. « Detesto che gli altri sappiano che accetto quello che fa. Mi mette in imbarazzo ».

Non le piace parlarne perché la cosa la imbarazza? Non dovrebbe preoccuparsi di Tyler invece che dell'opinione degli altri su di lei? Aggrotto la fronte. « Credo che abbia bisogno di aiuto ».

Lei mi fissa di nuovo, questa volta con un sorrisetto di superiorità. « Onestamente, Eden, dubito che a lui importi granché della tua opinione ».

Non so cosa ribattere. Riesco a pensare solo a quanto sono irritata e a quanto vorrei risponderle per le rime. Per fortuna non ho il tempo di dire nulla, perché Meghan entra in cucina, con un'espressione preoccupata che le disegna delle rughe sulla fronte e chiede: «Qualcuno potrebbe spiegarmi perché la nostra amica sta passando l'aspirapolvere sopra un tavolino, con gli occhiali da sole?»

Trascorriamo due ore a sistemare la casa di Rachael: più passa il tempo e più mi sembra un lavoro inutile perché è molto probabile che a fine serata sarà in uno stato pietoso. Passiamo l'aspirapolvere, nascondiamo i soprammobili di Dawn (Rachael dice che appartengono alla loro famiglia da decenni), puliamo i pavimenti, chiudiamo a chiave la camera dei genitori. Le altre tre camere da letto (quella di Rachael e altre due) rimangono aperte, in segno di buon auspicio.

Quando la casa viene dichiarata idonea per la festa, usciamo a comprare il necessario: alcolici e preservativi. Aspettiamo fuori da un negozio di liquori economici, nella macchina di Rachael, mentre Tiffani entra sculettando, con un piccolo broncio. Un quarto d'ora più tardi si precipita fuori con un carrello straripante di birre e liquori, compreso il più letale di tutti: la tequila.

«C'era il commesso indiano» dice mentre la aiutiamo a caricare i sacchetti nel bagagliaio. «Questa volta mi ha chiesto il numero di telefono, così gli ho dato il tuo, Meg».

Ci fermiamo al minimarket Ralph's e passiamo mezz'ora a percorrerlo su e giù, arraffando tutte le bibite e le patatine che riusciamo a trovare. Quando le nostre provviste di alcol e snack sono al completo, e la macchina è così carica che procede a fatica, decidiamo che siamo riuscite a preparare tutto quanto nelle cinque ore prestabilite. Anzi, ce ne abbiamo messe solo tre: c'è ancora tempo per una puntatina alla Promenade, dove le mie amiche mi aiutano a scegliere un vestito per la serata. Tiffani decide il colore, Rachael il modello e Meghan mette a punto i dettagli. Alla fine esco dal negozio con un vestito scollato color corallo, molto corto e aderente, che a quanto pare è più che accettabile.

«Spero che i tuoi non chiamino i miei» sussurra Rachael al rientro, mentre scarichiamo la macchina. Non ha motivo di preoccuparsi: papà ed Ella si staranno ingozzando di nachos a una rumorosa partita di football.

«Sono andati a vedere i Dodgers: per fortuna sono appassionati di football».

Rachael, Tiffani e Meghan si voltano a guardarmi. Poi Rachael dice: « Eden, lo sai che i Dodgers sono una squadra di baseball, vero? »

« Fa lo stesso ».

Lei scuote la testa, ridendo, e mi fa un cenno verso la strada. « Vai a prepararti, sono quasi le sette. Ho detto agli invitati di venire dalle nove in poi. Vale anche per te, Tiff. Io e Meg possiamo occuparci del resto ».

Prima di separarci, io e Tiffani decidiamo di tornare poco prima delle nove: se una tua amica dà una festa, è buona regola arrivare prima degli altri. Meghan si preparerà a casa di Rachael: in fondo la festa è per il suo compleanno.

Quando rientro a casa mia, trenta secondi dopo essere uscita da quella di Rachael, mi avvio di sopra verso la mia stanza, facendo attenzione a non spiegazzare il vestito. Una sagoma incombente però mi blocca in cima alle scale.

« Sembra che siamo rimasti soli » dice Tyler mentre mi avvicino. Non lo vedo da due giorni. Molto spesso sparisce, ed Ella non fa mai domande. Forse un tempo le faceva, ma sembra che ormai abbia rinunciato a chiedergli spiegazioni. Invece mio padre cerca ancora, ostinatamente, di inculcare a Tyler delle regole che nella sua mente proprio non esistono. « Sono alla partita dei Dodgers. Gli Angels se la vedranno brutta ».

« Lo so » rispondo. « Puoi spostarti, per favore? »

« Certo ». Con mia sorpresa, si fa di lato per lasciarmi passare. Lo guardo accigliata, indugiando davanti alla mia porta. Ha l'aria stanca. « Che vuoi? »

« Stasera vieni anche tu da Rachael, vero? » chiedo, anche se so già che ci verrà. Sembra che non si perda neanche una festa.

« Sì ». Piega la testa di lato, strizzando un po' gli occhi. Non riesco a capire di che umore sia in questo momento: spesso cambia all'improvviso. Un minuto è rilassato e quello dopo è furioso. « Ci sarai anche tu, giusto? »

« Sì ».

« Bene. A che ora andiamo? »

« In che senso 'andiamo'? » Faccio una specie di grugnito e spingo la porta della mia stanza. Ho ancora il vestito sul braccio. « Io devo solo attraversare la strada. Ci vado da sola, non con te. Tu puoi andare quando vuoi, Tyler ».

«Stai calma» mugugna lui. Serra le labbra, scuote la testa e scende le scale con calma, lasciandomi in pace a prepararmi. Lui può permettersi di perdere tempo: è un maschio. A loro bastano dieci minuti, il tempo di farsi una doccia e infilarsi una camicia pulita.

Lo sento accendere la tv al piano di sotto, mentre io entro in bagno per dedicarmi a tutti i noiosi compiti femminili che coinvolgono shampoo e depilazione. I miei capelli si asciugano in fretta, stasera decido di tenere i miei riccioli naturali. Non ci metto particolare impegno, soprattutto perché non c'è nessuno su cui fare colpo in questa città, così dopo essermi truccata mi infilo il vestito e un paio di scarpe col tacco. Poi guardo l'ora: 20:49.

Esco dalla mia camera proprio mentre Tyler esce dalla sua. Sembra pronto per andare: ha una maglietta bianca sotto un giubbotto di pelle nera. Un abbigliamento semplice, ma su di lui fa un figurone. A pensarci bene, in realtà, è sempre attraente: con gli stivali e con le scarpe da ginnastica, con la camicia e con la canotta. Nell'aria aleggia un profumo di colonia che completa il tutto. Mi fa tornare in mente il complimento che gli aveva fatto Tiffani, quel giorno nei camerini di American Apparel, a proposito della colonia Bentley.

Finisco per cedere. «Io sto andando adesso: vieni con me?»

Lui fa scorrere su di me uno sguardo lento: mi sento un po' a disagio per la scollatura. Alla fine mormora: «In realtà devo prima fare una cosa veloce».

«Dove vai?»

«In un posto» risponde evasivo. «Comincia ad andare, io arrivo fra venti minuti».

«Ma dove stai andando?» insisto. C'è qualcosa nei suoi occhi che mi fa preoccupare. Anzi, sospettare. Lui evita il mio sguardo e stringe le mani a pugno. Le sue labbra stanno quasi tremando.

«Maledizione, Eden». Alza le mani in un gesto di frustrazione, si volta e torna di corsa in camera sua. Io lo seguo in quell'ambiente spoglio, con le tende chiuse e neanche una lampada accesa, e lo scruto nella penombra.

«Perché ti arrabbi?» gli chiedo. Lui si passa le mani tra i capelli. Per qualche motivo si sta agitando. «Ti ho solo chiesto dove vai».

«Devo vedere una persona, okay?» Sta quasi gridando, il suo corpo si è irrigidito. Mi guarda dritto negli occhi. «Devo prendere della roba e tu non ti devi impicciare, capito?»

Osservo i suoi occhi, le ombre mutevoli e le sfumature cangianti li rendono più profondi. Vedo il suo petto ansante, posso quasi sentire il battito accelerato del suo cuore. « Stai andando da Declan ». Non è una domanda. Non c'è bisogno di chiedere conferma, è abbastanza ovvio. « Lui non viene alla festa, e quindi vai tu da lui. È così? »

Lui fa un sospiro, scrolla le spalle e chiude gli occhi. Ascolto il suo respiro mentre scuote la testa. Quando riapre gli occhi, è furibondo. « Adesso vai a quella cazzo di festa, okay? »

« No » rispondo decisa, tenendogli testa. È ora che qualcuno faccia qualcosa per risolvere questo problema, invece di ignorarlo. « Non ti permetterò di andare da lui ».

« Eden ». Deglutisce. La violenza trattenuta nella sua voce, mentre pronuncia il mio nome, mi irrita ancora di più. Fa un passo verso di me, chinandosi in avanti per guardarmi dritto in faccia. Mi inchioda con un'occhiata quasi terrificante. « Tu non puoi farci niente ».

« Hai ragione » dico in tono più duro, anche se un po' tremante. Il suo viso è così vicino al mio che sembra rubarmi l'ossigeno. Mi accorgo che faccio fatica a pronunciare le parole. Però mi sforzo di continuare: ormai non posso più tornare indietro. « Non posso farci niente perché NON TE NE FREGA. Non te ne frega niente che io sia angosciata all'idea che una sera tu possa andare in overdose e morire. Non te ne frega niente di essere un cocainomane a soli diciassette anni, vero? » Lui non risponde, rimane a fissarmi con un'espressione sempre più feroce. « Ti importa solo di sembrare figo alle feste, di fare colpo sulle persone con questa immagine da duro che ti sei costruito. Sai che ti dico? SEI PATETICO ».

Tyler scuote la testa. « Non è per questo che lo faccio ».

« E allora perché? Cerchi di farti accettare da quel branco di idioti? »

« Perché è una distrazione! » scatta lui. Si preme una mano sulla fronte, sbuffa e strizza gli occhi. C'è un lungo, intenso silenzio. « È una maledetta distrazione » mormora. Riapre gli occhi, sempre inferociti, e si volta verso di me con il solito tono acido. « E in questo momento ne ho davvero bisogno ».

Dentro di me all'improvviso si mescolano rabbia, sdegno e irritazione per le cose che dice, come una scarica di adrenalina e follia che mi invade le vene e innesca una reazione che non riesco a capire. Ha appena finito di pronunciare quelle parole che gli prendo il viso fra le mani. Sento il calore della sua pelle. Premo la bocca sulla sua, sopraffatta da una sensazione che mi fa tremare le palpebre e chiudere gli occhi. Un silenzio assordante ci consuma. Il cuore mi batte dolorosamente nel petto, ma è inebriante sentire le sue labbra sulle mie. Poi però riprendo coscienza della realtà: fra pochi secondi lui si infurierà di nuovo. Mi allontano.

Faccio un passo indietro, ho la nausea. Tyler mi guarda con gli occhi spalancati. Mi aspetto un'esplosione di rabbia, mi aspetto che mi chieda con quel suo tono autoritario se sono impazzita. Dovrei rispondere di sì.

« Non ero in me » balbetto. Cerco di blaterare una spiegazione, ma le parole mi si bloccano in gola. « Io... io non so che mi sia preso. Io non... io sono... Mi dispiace. Cercavo solo di... distrarti, io... »

Vengo interrotta dalle sue labbra che si fiondano sulle mie. È così forte che quasi mi solleva, trascinandomi all'indietro fino alla parete della sua stanza. Le sue mani sul mio viso, i pollici che mi accarezzano la pelle, le dita nei miei capelli. Le sue labbra sono rapide, voraci, vigorose. Incredibili. Mi perdo dentro di lui, tremando sotto il suo tocco. Sento l'intensità della sua rabbia. Non so perché non mi divincolo. So che dovrei farlo, so che questo non dovrebbe succedere, ma ne sono ipnotizzata, non riesco a fermarmi. Lui mi fa scivolare una mano lungo la schiena e mi attira contro il suo corpo per un brevissimo istante.

Poi si ferma.

Così, all'improvviso, strappa la bocca dalla mia, allenta la presa e mi lascia andare. Il momento è già finito, svanito in un istante così come è cominciato.

« Merda » dice in un sussurro lieve che riassume in modo perfetto quello che è appena successo. Perché io sto pensando esattamente la stessa cosa.

Oh merda.

16

Gli occhi di Tyler inchiodano i miei, che sono spalancati, sconvolti, colmi di stupore per il mio comportamento, ma anche di calore. Quelli di Tyler sono diversi: sono un immenso oceano di emozioni, con sfumature così mutevoli che non riesco a definire. Alla fine quella che prevale è la più oscura di tutte: pura e semplice collera.

« Vado da Rachael » sussurra. Si tira su la lampo del giubbotto, si passa una mano tra i capelli e mi volta le spalle. Lascia la stanza in pochi secondi, senza neanche girarsi un attimo verso di me. Non importa: sono troppo scioccata per preoccuparmene.

Non esiste una spiegazione logica per quello che è appena successo, e Tyler non sembra interessato a cercarla. Resto lì ferma per un'eternità, a sbattere le palpebre nel buio, finché il rumore della porta d'ingresso che si chiude non mi risveglia di colpo dallo stordimento.

Ho ancora la mente in subbuglio e il cuore che batte all'impazzata. A poco a poco comincio a rendermi conto di quello che è accaduto, prima con lentezza e poi con violenza. Ho appena baciato Tyler.

Il mio fratellastro. Ho appena baciato il mio fratellastro. Ho baciato il ragazzo che mi manda in bestia, quello che mi fa ribollire il sangue ogni volta che lo vedo. Quello che ha una ragazza. Una ragazza che, fra l'altro, è anche mia amica.

'Che diavolo ti prende, Eden?'

Sento un rigurgito di bile e mi premo una mano sulla bocca. Ho la nausea. Inspiro a fondo, con le labbra tremanti. Io l'avrò anche baciato, ma lui ha ricambiato il bacio. E con un certo trasporto, aggiungerei.

All'improvviso mi tornano in mente Rachael e Meghan, e la festa che stanno dando qui di fronte. La festa dove dovrei essere già da un quarto d'ora. Devo andarci e comportarmi normalmente, come farebbe una ragazza che non ha appena baciato il proprio fratellastro.

Traggo un altro profondo respiro, mi ripeto di tenere duro, almeno fino alla fine della serata. Però dubito di farcela, dato che ci sarà anche Tyler. Dovrei parlargli? Chiedergli cosa diavolo è appena successo fra noi? Ignorarlo? Non lo so.

Torno incespicando nella mia stanza, mi do un'occhiata nello specchio, poi prendo la borsa e mi preparo psicologicamente. Almeno Tyler va dritto da Rachael, quindi non vedrà Declan: se cerco di parlargli, non sarà sotto l'effetto di sostanze stupefacenti.

Scendo le scale ed esco di casa, poi chiudo con le chiavi di riserva. Sto ancora ansimando. Sento già in lontananza le vibrazioni della musica provenire dalla casa di Rachael: so che più tardi il volume aumenterà ancora, insieme al numero degli invitati e al loro tasso alcolico.

Mentre attraverso la strada, accosta una macchina piena di perfetti sconosciuti. Loro non possono dire lo stesso di me, però: uno dei ragazzi scende con un cartone di birre e intercetta il mio sguardo. «Sei Eden, vero?»

«Sì». Non mi fermo neanche, mi limito a rallentare un po'. Non sono proprio dell'umore giusto per socializzare.

«Ho sentito parlare di te» continua il ragazzo sconosciuto, con un vago sorrisetto. Chiude la portiera con un calcio e mi tende una mano, reggendo il cartone con l'altro braccio. «Sei la sorella di Tyler, giusto?»

Per poco non gli vomito addosso. Quella parola mi fa sentire disgustata di me stessa, sottolinea la gravità dell'atto incestuoso che ho appena commesso. Sono sicura che sia illegale, di certo immorale. In risposta riesco solo a puntualizzare: «Sorellastra» e a fare un cenno con la testa, poi me ne vado. Mi precipito alla porta di Rachael e la spalanco: la musica assordante mi travolge, ma almeno sommerge i pensieri che mi vorticano in testa.

«Dove eri finita, Eden?» mi grida Rachael dal soggiorno, agitando un bicchiere. Mi chiedo cosa stia bevendo. Quando si avvicina sento l'odore dell'alcol nel suo alito. «Gli invitati stanno già arrivando, e tu ti presenti solo ora? Meg ti ha cercata dappertutto».

«Mi dispiace». È tutto quello che posso dire. «Dov'è adesso?»

«Sta preparando da bere». Rachael muove la testa a tempo di musica, il suo sorriso diventa sempre più largo. Sospetto che abbia iniziato a bere un attimo dopo che io e Tiffani siamo uscite da casa sua. « Vai a prenderti qualcosa! »

C'è un numero accettabile di persone, circa una quindicina, sparse qua e là e, per fortuna, ancora quasi tutte sobrie. Il resto si aggiungerà nel giro di un'ora. Sono tutti calmi e tranquilli, quindi li vedo chiaramente mentre attraverso la casa, diretta in cucina. Qui trovo Meghan e, purtroppo, Tiffani. Mi sembra di sentire di nuovo quel sapore di bile.

« Finalmente! » dice Meghan saltellando verso di me, con i capelli scuri sciolti a incorniciarle il viso. Anche lei ha decisamente cominciato a bere ben prima di venti minuti fa. Mentre mi abbraccia, Tiffani mi lancia un'occhiata divertita, ma io distolgo lo sguardo. « Ecco, prendi qua! » Mi spinge in mano il suo bicchiere, muovendo entusiasticamente la testa su e giù, poi con una piroetta va a prendersi un altro drink.

« Che cos'è? »

« Non lo so » risponde lei. Entrano i ragazzi della macchina di prima, distogliendo l'attenzione di Meghan, che indica dove appoggiare gli alcolici. Con la coda dell'occhio vedo che Tiffani mi sorride.

Si fa strada nel nuovo gruppo che si è formato, con un bicchiere di vino in mano e la sua solita aria sofisticata. Ha un vestito bianco, con una coda che sfiora il pavimento. « Rachael e Meg mi hanno tirato scema » mi dice ridacchiando, in tono leggero. « Sono decisamente brille ».

« Già ». Non riesco a guardarla negli occhi, ma trovo la forza di chiederle: « Tyler è qui? »

« Sta facendo una gara a chi beve più lattine di birra » mi spiega in tono di biasimo, indicando quello che succede fuori dalla finestra della cucina. Sentirla parlare di lui mi fa soltanto sentire più colpevole, al punto che mi viene da piangere. « Sto aspettando che si stufi e torni dentro ».

Sposto lo sguardo verso la finestra e vedo due ragazzi in piedi, circondati da una montagna di lattine di birra: sono Tyler e un altro tipo che non ho mai visto. Tyler buca il fondo della lattina con la chiave della macchina e ci preme le labbra, svuotandola in qualche nanosecondo. Lui e l'altro continuano a ripetere l'operazione, più e più volte.

« Oh ». Riporto lo sguardo su Tiffani, cercando di ignorare il senso di colpa. 'Ho baciato il suo ragazzo'. Queste parole continuano a girarmi in testa, come se avessi bisogno di ricordare a me stessa cosa ho fatto. « Non gli farà molto bene, no? »

« No » ammette lei, alzando le spalle. Beve un sorso di vino, sempre più incupita, e fa una specie di smorfia. È insolito che beva vino: è un gesto sofisticato, che insieme al vestito che indossa crea un'aura di eleganza con cui, semplicemente, non posso competere. In confronto a me lei sembra un'adulta. « È proprio insopportabile: perché se ne sta là fuori a ubriacarsi? Dovrebbe essere qui con me ».

Credo di sapere perché Tyler sta rischiando un avvelenamento e danni permanenti al fegato. Se nella sua testa c'è lo stesso casino che c'è nella mia, l'alcol è davvero l'unico modo per cercare di distrarsi. Ci proverei anch'io, ma ho troppa paura che finirei per vomitare, così faccio un finto sorriso a Tiffani ed esco dalla cucina con il bicchiere di Meg ancora in mano. Non sono più dell'umore giusto per bere, socializzare e ballare, così alla prima occasione mi libero del drink e mi concentro su Rachael: è esageratamente allegra, saltella troppo e sembra barcollare. L'alcol le è entrato direttamente in circolo, così per un'ora buona mi ritrovo a farle da babysitter.

« Sono sobria, Eden » cerca di convincermi mentre la tiro su da terra per la centesima volta. Si sforza di mantenere l'equilibrio marciando sul parquet con i suoi tacchi alti, ma ogni due minuti scivola e si accascia a terra. Io la sostengo sempre, alzando gli occhi al cielo quando mi scaccia con un gesto. « Ma certo che lo sei ».

« Adesso ci penso io » dice una voce piuttosto forte alle mie spalle, mentre qualcuno prende Rachael per un braccio, evitandole l'ennesima caduta.

« Trevor! » strilla lei a voce altissima. Gli butta le braccia al collo, rischiando di romperglielo, e lo soffoca di baci sulle guance. Trevor mi fa il segno del pollice alzato da dietro il suo abbraccio e io non posso fare altro che compatirlo: stasera Rachael è un incubo.

Terminate le mie mansioni da angelo custode, e ancora del tutto sobria, mi destreggio tra la folla (devono essere arrivati tutti ormai e la casa è gremita e soffocante), ma una sagoma ingombrante mi si para davanti. È Jake, con il suo stupido sguardo, i suoi stupidi capelli e il suo stupido sorriso.

« Dove ti eri cacciata, vagabonda? » ridacchia, buttandomi un braccio sulla spalla e bevendo un sorso di birra. Cerca di attirarmi a sé. « Ti ho cercata tutta la settimana ».

Ammetto che ho ignorato i suoi continui messaggi e le sue chiamate: riuscivo a pensare soltanto al Trattamento Maxwell. « Scusami, avevo un sacco da fare » mento. Ho passato la settimana a leggere e ad allenarmi. E a baciare il mio fratellastro. « Quando sei arrivato? »

« Venti minuti fa! » Deve urlare per farsi sentire, la sua voce è forte, chiara e fastidiosa. Solleva gli angoli della bocca e si china verso di me, avvicinando le labbra al mio orecchio. Il suo respiro mi solletica la pelle. « I miei genitori sono fuori città già da giovedì » sussurra, con la voce un po' impastata. « Stasera puoi venire a casa mia e restare da me ».

A questo punto ne ho sentite abbastanza sul suo conto da sapere che non ho intenzione di farmi coinvolgere, non voglio essere un altro nome da aggiungere alla sua lista. « No, grazie » rispondo con un sorriso. Magari, se glielo dico gentilmente, non se la prenderà. « Abito a venti metri da qui, faccio prima ad andare a casa mia ».

Al mio rifiuto lui sembra agitarsi un po', ma subito gli passa. « Okay, ma almeno stiamo un po' insieme. Vado a prenderti da bere ».

« Non ho voglia di bere ». Ho un tono più brusco di quello che ho usato con Tiffani. In questo momento sono troppo distratta, troppo confusa e arrabbiata con me stessa per potermi sforzare di essere gentile con gli altri. « Scusami Jake, non mi sento molto bene. Stasera non sono dell'umore giusto ». In parte è vero, ed è l'unica scusa che mi viene in mente per fare in modo che mi lasci sola.

« Okay ». Beve un sorso di birra, alza le spalle e se ne va.

Intorno a me, lentamente, il tasso alcolemico aumenta: più le persone cominciano a barcollare, più si vedono coppie che si baciano. Noto anche che Rachael e Trevor sono spariti: scommetto di sapere dove sono.

Perciò, mentre quei due sono di sopra a fare qualsiasi cosa stiano facendo, decido di occuparmi della casa, dato che a quanto sembra sono l'unica persona abbastanza sobria. Mi tengo la mente occupata tirando fuori la ragazza svenuta dalla vasca, ripulendo le bevande rovesciate e portando un po' d'acqua al ragazzo che vomita in giardino. Tutto questo mi aiuta per un po' a non pensare a quello che è successo con Tyler.

Finché non lo vedo, per la prima volta in tre ore.

Inciampa proprio accanto a me, mentre raccolgo bicchieri vuoti in fondo alla scala. A questo punto è completamente andato, intossicato oltre ogni limite immaginabile dall'alcol che gli scorre nelle vene. Si piega in due, cade in ginocchio e pianta i palmi a terra. Per un lungo momento si fissa le dita, muovendo la testa avanti e indietro.

Mi avvicino con cautela. Non so che cosa devo fare, quindi comincio dalle basi e lo chiamo per nome, piano, anche se mi si spezza la voce. Lui comunque riesce in qualche modo a sentirmi, attraverso l'alcol che gli ottenebra la mente. Gira gli occhi verso di me: sono pesanti, dilatati e stanchi, continuano a cambiare direzione. E sono scurissimi.

« Tesoro ». Al mio fianco sento la voce di Tiffani. Si mette davanti a me, lo prende per le braccia e lo aiuta a tirarsi su. Lui cade di lato, sbattendo la guancia contro il muro mentre lei cerca a fatica di sostenerlo. « Tyler » gli dice, ma lui la ignora, troppo sperduto nel suo mondo indistinto per capire qualcosa. Lei si butta il suo braccio intorno alle spalle e lo aiuta a spostarsi verso la scala, dove lo fa sedere. Poi gli dà uno schiaffo in faccia. « Svegliati » sbuffa. « Sei un incubo ».

Non l'ho mai visto tanto ubriaco, e a quanto pare neanche Tiffani. Lei sbuffa di nuovo, con aria esasperata, e cerca di tenergli su la testa, sostenendogli la mascella con le mani. A questo punto lui riesce a malapena a tenere gli occhi aperti.

Tiffani mi lancia un'occhiata da sopra la spalla, con la fronte corrugata. « Se torna a casa in questo stato, Ella lo ucciderà » sussurra, scuotendo la testa con aria disgustata. Tyler borbotta qualcosa, ma sono parole prive di senso. « Stanotte lo porto a casa con me ».

Io le faccio un cenno di assenso, mentre Tyler scivola sul pavimento e rimane a terra, con le gambe e le braccia spalancate. « Perché è così ubriaco? »

« Non voleva smettere di bere » mi spiega Tiffani. Sembra abbastanza sobria, nonostante il vino che ha bevuto prima. Si inginocchia accanto a lui, lo prende per le spalle e cerca di metterlo seduto. « A un certo punto si è scolato tipo sei shot di fila ». Sembra quasi troppo piccola per riuscire a fare qualcosa, prova a spingerlo di nuovo contro il muro mentre le mani di lui le tirano la stoffa del vestito. « Di solito riconosce i suoi limiti. Tutto questo è così imbarazzante per me ».

« Vado a prendergli un po' d'acqua » propongo, e mi dirigo in cucina più veloce che posso. Mentre riempio un bicchiere dal rubinetto mi rendo conto che Tyler ha *voluto* ridursi così. E c'è solo un motivo: quello che è successo fra di noi. È colpa mia.

Chiudo il rubinetto, mi giro e finisco addosso a Dean. « È bello vedere una persona sobria, tanto per cambiare » dice indicando il bicchier d'acqua che ho in mano. Io abbasso gli occhi e vedo che nella sua c'è una birra.

« È per Tyler. E tu come sei messo? »

« Be', sono un po' allegro » ammette timidamente, grattandosi la testa e alzando le spalle. « Tyler è devastato ».

« Lo so » dico col tono brusco che ho usato tutta la sera. « Goditi la festa, Dean ». Gli giro intorno e mi infilo fra gli altri corpi che occupano la cucina, superando gli scatoloni di birra vuoti, e torno in corridoio.

Tiffani ora è seduta a terra con la schiena contro il muro e la testa di Tyler in grembo. Ha le braccia incrociate. Non capisco se Tyler è addormentato o svenuto. Le passo l'acqua.

« Grazie » La sua voce è sincera. « Mi sta facendo fare una pessima figura, quindi lo porto via di qui. Non voglio che lo vedano così ».

« Mi dispiace che ti abbia rovinato la serata ». Mi sto scusando per lui, non so bene perché. Probabilmente perché è colpa mia se si è ubriacato in questo modo.

« Lo fa sempre ». Sospira, mentre lui solleva una mano per toccarle le sopracciglia. Lei la afferra e la allontana con dolcezza. Lui fa un gemito. « Sei proprio uno stronzo, Tyler, lo sai vero? »

« Tiffani? »

Lei alza gli occhi su di me, con un'espressione tesa. È arrabbiata con lui. « Sì? »

« Domattina, quando si sveglia... » abbasso lo sguardo sul viso di Tyler, che si gira con gli occhi chiusi e le labbra semiaperte, « puoi dirgli che devo parlare con lui? »

17

Lunedì è il 4 luglio, la festività più importante del Paese, quando i fuochi d'artificio vanno a ruba e la popolazione delle città sembra raddoppiare, con le migliaia di persone che arrivano per le celebrazioni. Non so come si festeggi il Giorno dell'Indipendenza a Los Angeles, ma noi a Portland andiamo tutti gli anni al Waterfront Blues Festival, a guardare lo spettacolo pirotecnico sul fiume Willamette. Prima di andare al lavoro, papà mi dice che andremo a vedere i fuochi a Culver City. Però dubito che reggano il confronto con quelli di Portland.

«Se vuoi, puoi venire con noi a vedere la parata sulla Main Street, Eden» propone Ella mentre entro in cucina, ancora in pigiama. Chase e Jamie sono già seduti a tavola: Chase ha gli occhi incollati alla tv e si ingozza di bacon, mentre Jamie si sta preparando una tazza di cereali.

Per me è un po' strano rimanere da sola con Ella senza papà: dopotutto solo tre settimane fa queste persone erano degli estranei per me. Invece adesso devo considerarli la mia seconda famiglia, quindi ci si aspetta che mi senta a mio agio con loro. Solo che non è così, e non mi resta che fingere. «Okay. Tyler è tornato?»

Non l'ho più visto dopo la festa di sabato. Me ne sono andata subito dopo che Tiffani l'ha caricato di peso nella macchina di qualcuno, per portarlo a casa sua. Non aveva senso restare, non c'era niente per cui valesse la pena fare quello sforzo. Così sono tornata a casa, mi sono messa a letto e mi sono addormentata prima ancora che tornassero papà ed Ella. Non so se abbiano notato la festa in pieno svolgimento nella casa di fronte, comunque non ne hanno fatto parola il giorno seguente. Mi hanno solo chiesto dove fosse Tyler, così ho dovuto dire che aveva passato la notte da Tiffani. Ella si è un po' rabbuiata.

« Sì » mi risponde adesso, ammucchiando i piatti nel lavello. « È tornato ieri sera. Credo che stia ancora dormendo ».

Non l'ho sentito rientrare, e mi stupisco che sia già qui. Deve aver passato tutto il giorno da Tiffani a riprendersi dalla sbronza, deve essere stato tremendo. Forse oggi riuscirò finalmente a parlargli di quello che è successo sabato. Non posso continuare a ignorarlo. Non è una cosa che si può dimenticare.

« Viene anche lui alla parata? » chiedo con la massima disinvoltura possibile, perché non voglio sembrare troppo interessata. Non oso neanche immaginare come reagirebbero papà ed Ella se scoprissero cosa abbiamo combinato, così fingo indifferenza e mi siedo accanto a Chase.

« Non credo » risponde Ella. Toglie il tappo al lavello e si asciuga le mani con uno strofinaccio, girandosi verso di me. « Penso che lo lascerò dormire ».

La parata comincia alle nove e mezza. Non mi aspettavo che iniziasse così presto, ma ho venti minuti per prepararmi prima di uscire con Ella e i miei due fratellastri, lasciando il terzo a dormire a casa, nella stanza accanto alla mia. Cerco di non pensare a lui.

Mi sforzo invece di individuare un parcheggio insieme a Ella, ma è quasi impossibile. Le strade traboccano di macchine, persone e bancarelle che vendono bandiere americane a ogni angolo. Alla fine troviamo un posto a nove isolati di distanza e raggiungiamo Main Street a piedi. Il viale è chiuso al traffico e il pubblico affolla i marciapiedi, con le facce dipinte e le bandiere sventolanti. Noi quattro troviamo uno spazio quasi in fondo alla strada, ma quando la parata finalmente ci raggiunge abbiamo un'ottima visuale. Ci sono cavalli, bande musicali, vecchie macchine della polizia, manifesti enormi, camion dei pompieri, artisti di strada e carri decorati. Alla fine sono stufa di vedere rosso, bianco e blu ovunque. Però è un bel modo di cominciare la giornata e in queste due ore scopro come Santa Monica festeggia l'avvenimento, anche se resto dell'idea che lo spirito del 4 luglio a Portland sia più autentico e non posso fare a meno di desiderare di essere là, a casa mia, con la mamma e Amelia, quasi pronta per andare in riva al fiume ad ascoltare le esibizioni di tante band diverse.

Dopo la parata il traffico è lentissimo, quindi Ella propone di restare in centro, in attesa che diventi più scorrevole. Ammazziamo il tempo andando a pranzo in un piccolo caffè. Chase si trascina dietro la bandiera, io sembro una figlia adottiva: Ella e i ragazzi sono biondi, io ho i capelli castano scuro.

« Tuo padre ti ha parlato dei fuochi di stasera? » mi chiede Ella dopo che abbiamo ordinato i panini, incrociando le braccia sul tavolo con un sorriso.

« Sì. Dov'è Culver City? »

« A circa venti minuti da qui. È dal 1991 che questa città non fa spettacoli pirotecnici » aggiunge scuotendo la testa con aria di commiserazione, « quindi di solito andiamo a Marina del Rey, ma quest'anno non hanno eventi in programma. Però ci hanno detto che i fuochi d'artificio di Culver City sono fantastici. Ci andrà un sacco di gente ».

« Viene anche Tyler? » Abbasso gli occhi subito dopo averlo detto. Forse mi sto scoprendo troppo, quindi riformulo in fretta la domanda. « Voglio dire, ci andiamo tutti, vero? »

« Ma certo. Non vedi l'ora, eh Chase? » Gli fa un sorriso affettuoso, con una punta di orgoglio. Mentre Chase annuisce con entusiasmo, mi rendo conto che non l'ho mai vista guardare Tyler in questo modo e all'improvviso questo pensiero mi rende inquieta e, in un certo senso, triste. È solo un ragazzo incosciente, e questo rende impossibile essere orgogliosi di lui. Vorrei che non fosse così.

Pilucco il mio panino, poi guardiamo qualche negozio e a metà pomeriggio torniamo a casa. Tyler si è svegliato: lo so perché lo sento muoversi nella sua stanza, i suoi passi hanno un ritmo costante. Come se camminasse avanti e indietro.

Decido di cominciare a prepararmi per la serata: mi faccio una doccia e resto in camera a decidere cosa mettermi, in attesa che mi si asciughino i capelli. Accendo la radio: mi aspetto che Tyler bussi alla parete ordinandomi di abbassarla, ma dalla sua stanza sento solo silenzio. Alla fine mi tocca usare il phon.

Poi mi viene sete e decido di andare di sotto. Prima riordino un po' e spengo la musica, poi scendo le scale. Per qualche ragione la casa è silenziosa. Mi chiedo se siano usciti tutti, ma quando arrivo in corridoio il mio sguardo viene attirato in cucina. Ci sono Ella e Tyler, ma non sono lì a preparare da mangiare o a chiacchierare. Niente di tutto questo. Mi avvicino silenziosa all'arcata e li osservo da lontano, sporgendomi dietro il muro.

Tyler ha la testa affondata nel petto di Ella. Lei lo circonda con le braccia. Ha il mento appoggiato alla spalla di lui e tiene gli occhi chiusi. Lui respira forte contro di lei, con le braccia abbandonate lungo i fianchi. Si sentono dei sospiri, o un tirare su col naso, quasi un misto delle due cose. Non capisco se uno dei due stia piangendo, o forse entrambi. Ella lo abbraccia forte, affranta.

« Lo capisco » gli sussurra, con la voce rotta dalla commozione. « Hai tutto il diritto di sentirti così, Tyler. A volte è troppo difficile da sopportare ».

È ovvio che qualcosa non va, ma non so cosa. Aspetto che Tyler risponda, ma lui non dice niente. L'unico suono che sento è quello della porta d'ingresso che si apre, all'altro capo del corridoio, e la voce di papà che grida: « Indovinate chi è riuscito a uscire prima dal lavoro? »

Tyler si allontana immediatamente da Ella, sollevando la testa in fretta e spostandosi in fondo alla cucina. Sbuffa e si passa le mani tra i capelli. Prima che spalanchi la porta sul retro, per uscire, vedo che ha gli occhi gonfi.

Ella si preme una mano sul petto, con le labbra tremanti e gli occhi ancora fissi sulla sagoma del figlio che si allontana. Però riesce a ricomporsi prima che papà la veda, si mette rapidamente all'opera e accende la macchina del caffè.

« Ti è piaciuta la parata? » mi chiede papà mentre raddrizzo la schiena. Io mi schiarisco la gola e faccio un cenno di assenso, mentre lui mi supera allentandosi la cravatta. Mi fa un sorriso e si avvia in cucina, dove sua moglie lo accoglie raggiante.

Mi chiedo se mio padre si accorga che sta fingendo.

« Andiamo con una macchina sola » annuncia papà due ore dopo, quando siamo tutti pronti per andare a Culver City. « Dietro ci sono solo tre posti, quindi dovrete stringervi un po'. Chase, se ci passa vicino la polizia dovrai buttarti a terra ».

Tyler incrocia le braccia e alza gli occhi al cielo, appoggiandosi al muro del corridoio. È tornato alla normalità: sorrisetto strafottente e sguardo di sfida. Sono ancora rosa dalla curiosità per quello che è successo prima e ho la testa piena di domande che non potrò porre a nessuno: non sono affari miei.

« Perché non posso prendere la mia auto? » chiede lui.

« Perché sei in punizione e non puoi usarla, ecco perché » ribatte papà senza neanche guardarlo. « Tu e Eden dovrete tenere accesi i cellulari, così potremo rintracciarvi a fine serata. Jamie, Chase, voi starete con noi ».

« Finito il discorsetto sulle procedure di sicurezza? » borbotta Tyler, con gli occhi a fessura e un sorriso compiaciuto. Ormai questa espressione sulla sua faccia è diventata quasi permanente.

Papà ne è contrariato. « Sali in macchina, su ».

Tyler si mette a ridere.

Usciamo tutti e ci dirigiamo alla Range Rover, dove ci arrampichiamo in quattro nel sedile posteriore, strizzati e scomodissimi. Non possiamo neanche allacciare le cinture di sicurezza. Sono seduta con Chase alla mia sinistra e Tyler alla mia destra, stiamo così stretti che il mio corpo è schiacciato contro il suo. Io mi fisso i piedi e lui guarda fuori dal finestrino. Il calore della sua pelle mi riscalda e sento rizzarsi i peli delle braccia. Mi mordo le labbra per obbligarmi a stare zitta, ma quando noto le sue scarpe, più o meno a metà del viaggio, non posso più trattenermi. Ha un paio di Converse, proprio come me.

« Non sapevo che avessi le Converse » dico senza farmi sentire da papà ed Ella, che stanno chiacchierando.

Lui mi lancia un'occhiata di sbieco, uno sguardo addolcito che si fissa nel mio. « Già ».

Questo è tutto quello che ci diciamo lungo il tragitto fino a Culver City. Il traffico è incredibile, restiamo bloccati per quaranta minuti prima di fermarci, finalmente, davanti al liceo della città. È proprio qui che faranno i fuochi d'artificio. Ella aveva ragione sulla quantità di gente che ci sarebbe stata. Dobbiamo pagare per entrare nel parcheggio e poi per essere ammessi allo spettacolo. Meno male che non ci hanno beccato con un passeggero di troppo mentre venivamo qui.

« Se c'è qualcuno dei vostri amici andate pure a cercarli » dice Ella a me e a Tyler mentre attraversiamo la scuola, seguendo le indicazioni per il campo da football. « Se non ci troviamo, a fine serata vi telefoniamo, okay? »

« E comportatevi bene » aggiunge papà, guardando solo Tyler. Perché Tyler è l'unico di cui deve preoccuparsi, perché Tyler è imprevedibile, perché Tyler è incosciente.

« Sì, sì, certo » borbotta lui, e poi fa un cenno con la mano per zittirli. Accelera per allontanarsi da loro, destreggiandosi agilmente tra le persone che ci precedono, e scompare tra la folla.

« So che c'è anche Meghan » dico a mio padre, senza staccare gli occhi dalla nuca di Tyler. « Vado a cercarla ».

« Fai attenzione » mi raccomanda lui, ma poi, con un cenno del capo, mi lascia andare.

Anch'io cerco di allontanarmi in fretta, camminando a tutta velocità sulla scia di Tyler seguendolo lungo i corridoi del liceo di Culver City. In lontananza sento l'eco di una banda musicale: è come se stessi andando a una partita di football della scuola. È più o meno così, in realtà.

I fuochi verranno sparati sopra il campo di gioco, e quando arrivo alla porta sul retro della scuola, seguendo la folla che si riversa all'esterno, sugli spalti e sul campo ci sono già migliaia di persone. Sulla pista di atletica i chioschi vendono cibi e bevande. Il sole sta calando all'orizzonte e la folla aumenta sempre di più. Non troverò mai Meghan.

Sono circondata da famiglie, coppie anziane e gruppi di universitari che passeggiano, mentre altri hanno deciso di piazzare sedie da campeggio e coperte sul campo per godersi comodamente lo spettacolo. Io invece sono sola. Avrei fatto meglio a restare con mio padre.

« Non ti facevo la tipa che se ne va per i fatti suoi » dice una voce accanto a me, abbastanza alta da superare il rumore della banda e il vociare della gente. È Tyler. Mi guarda con una scintilla di curiosità negli occhi e un sorrisetto sulle labbra. « Adesso possiamo parlare ».

« Adesso? » ripeto, incredula. Fra tutti i posti e i momenti possibili, va a scegliere proprio i festeggiamenti del 4 luglio.

« Non intendevo proprio qui » sussurra lui, guardando oltre la mia spalla verso il campo, la gente, le bancarelle. « Vieni ». Tiene la testa bassa e si volta, tornando sui suoi passi. Io lo seguo con una certa ansia.

Ci stiamo allontanando dal campo: torniamo in direzione dell'edificio scolastico, spingendoci controcorrente rispetto al flusso di persone. Sono agitata e ho il cuore in gola. Non so se mi farà una sfuriata o se accetterà le mie scuse, ma il pensiero della prima ipotesi mi provoca un conato.

Sono un tale fascio di nervi che quasi non mi rendo conto che stiamo imboccando un corridoio con un cartello molto chiaro: VIETATO L'INGRESSO. Solo alcune zone sono aperte al pubblico, il resto della scuola è chiuso. Ma Tyler se ne infischia delle regole e io non ho proprio voglia di mettermi a discutere. In breve arriviamo in fondo al corridoio in cui ci siamo infilati e Tyler si ferma.

Da qui il rumore all'esterno è appena percepibile e dato che i neon sono tutti spenti, il viso di Tyler è illuminato soltanto dai raggi del sole al crepuscolo che filtrano dalle finestre. Da qui riesco a vedere il campo, ma la mia attenzione è rivolta solo alla persona che ho di fronte.

Lui fissa il muro per un po' prima di girarsi a guardare me. Nella sua espressione non c'è più traccia di strafottenza, anzi. Nei suoi occhi c'è dolcezza. Deglutisce. «Che diavolo è successo sabato?»

«Non lo so» ammetto, con la voce tremante e lo stomaco che si annoda. «Mi dispiace. Tu eri così... mi avevi fatto arrabbiare e non volevo che andassi dai tuoi amici a farti chissà cosa e insomma... l'ho fatto e basta. Non ne avevo intenzione. Mi dispiace, okay? È una cosa assurda, mi fa stare malissimo... Facciamo finta che non sia mai successo, okay?»

Lui continua a guardarmi, passandosi la lingua sul labbro inferiore. «Vorrei poter dire lo stesso».

«Come?» Adesso che ho sputato fuori quello che avevo dentro mi sento un po' meglio. Almeno finché lui non mi guarda come non aveva mai fatto. E il mio corpo prende fuoco di nuovo, proprio come sabato sera.

«Io ho ricambiato il tuo bacio» dichiara senza giri di parole. «E non ho intenzione di scusarmi».

«Perché?»

Per un istante rimane a fissarmi con occhi ardenti, mentre valuta se rispondere alla mia domanda. Il suo sguardo è dolce, calmo, anche se la sua voce è tagliente. «Perché sapevo benissimo che cosa stavo facendo».

«E perché l'hai fatto?» La mia voce è ridotta a un sussurro e il cuore sbatte violentemente contro le costole. Ho un dolore sordo nel petto e lo stomaco in subbuglio.

«Perché lo volevo disperatamente» scatta lui. Si volta di nuovo, dandomi le spalle. Fa un sospiro e preme una mano contro il muro.

« Lo volevi? » ripeto. A questo punto sono confusa, persa, e mi sento peggio di prima. « Che diavolo stai dicendo? »

« Vuoi la verità? » Io annuisco, anche se lui non può vedermi. Lui lascia cadere la testa e la scuote, guardando a terra. « Sto dicendo che tu mi piaci, maledizione, Eden. Lo capisci o no? » Pronunciate queste parole, si gira di nuovo verso di me. Il suo sguardo è cambiato, come se una tempesta si addensasse nelle sue profondità. « E so che non dovrei, perché sei la mia sorellastra, cazzo, ma non posso farci niente. È una cosa stupida e so che tu non provi le stesse cose, visto che ti stai scusando per quello che è successo tra noi ». Per un attimo si ferma e guarda di nuovo a terra. « Vorrei tanto che non avessi detto che ti dispiace. Perché se ti sei scusata significa che sei pentita di quello che hai fatto ».

Sono ammutolita. Tyler, che mi ha trattata come uno zerbino fin dal primo giorno, in realtà è attratto da me? Non ha alcun senso. Riesco a rispondere: « Credevo che mi odiassi » perché è l'unico pensiero che ho in testa in questo momento.

« Io odio molte persone » risponde lui in tono brusco, « ma tu non sei fra quelle. Odio il fatto che mi ecciti. Un sacco ».

« Smettila ». Faccio un passo indietro, scuotendo la testa, e sollevo una mano. « Sei il mio fratellastro. Non puoi dire certe cose ».

« E chi ha inventato questa regola del cazzo, eh? » Fa una risata cattiva, voltandosi verso la finestra prima di tornare a fissare gli occhi nei miei. « Tre settimane fa non ti conoscevo neanche. Io non ti vedo come una sorella, okay? Sei una ragazza qualsiasi per me. Perché devono etichettarci come fratelli? »

Adesso sento che potrei vomitare davvero. Ho la mente in tumulto, i miei pensieri annegano fra le domande. « Tu hai una ragazza » bisbiglio. « Tiffani è la tua ragazza ».

« Ma io non la voglio! » grida lui. È chiaro che nominandola l'ho fatto arrabbiare. Si passa una mano tra i capelli e tira le punte. « Io non voglio stare con Tiffani, okay? Non ci arrivi? Lei è solo un'altra distrazione ».

« Ma perché hai bisogno di così tante distrazioni? »

« LASCIA STARE » grida lui. Fa un respiro profondo, serra le labbra e abbassa di nuovo la voce. « Ho detto quello che dovevo dire, ora sai quello che provo per te. Tu hai chiarito che per te non è così, fine della storia. Goditi i fuochi d'artificio». Mi supera di corsa, con la testa tra le mani e la vena sul collo in rilievo.

«Aspetta». Tengo lo sguardo su di lui, lo vedo fermarsi nel corridoio deserto. Ma non si volta. Rimane lì, in piedi, le spalle che si alzano e si abbassano al ritmo del suo respiro. «Non mi hai lasciato il tempo di dirti che ti trovo interessante».

18

Il lunghissimo momento di silenzio imbarazzato che segue viene interrotto dal rumore dei fuochi d'artificio. Il cielo fuori dalla finestra esplode in un dipinto sgargiante di colori e girandole. Io e Tyler voltiamo la testa per guardarlo e la luce si riflette sulla nostra pelle: le sue guance brillano di un colore arancio soffuso, che svanisce presto come le scintille nel cielo. Ne sbocciano subito altre, ma Tyler ha già distolto gli occhi dalla finestra per concentrarsi sul colore dei miei occhi, invece che su quello dei fuochi.

« *Interessante?* » ripete, quasi stizzito. « Tutto qui? »

Il cielo si riempie di crepitii, scoppi e fischi: il pubblico esulta, i volti illuminati protesi verso l'alto. Da quassù, da questi corridoi fuori dai confini stabiliti, si vede tutto il campo da football. « Ci stiamo perdendo i fuochi » sussurro debolmente. So di sembrare fuori luogo. Non c'è nulla che possa placare il battito frenetico del mio cuore.

« Non mi importa dei fuochi » scatta lui. Ha parlato a bassa voce, ma il suo tono si alza e si tinge di un'ostilità amara. « Vuoi prendermi in giro? *Interessante?* »

Non so perché si senta offeso da questa parola. Interessante è qualcosa di positivo, interessante significa diverso. Non ho mai incontrato una persona che mi abbia colpito quanto lui.

« Le tue barriere » dico con voce tremante. Mi mordo le labbra e l'interno delle guance, nel tentativo di trovare un tono fermo e ricompormi, in modo da formulare delle frasi coerenti. « Mi interessano le tue barriere ».

« Ma di che cosa stai parlando? » balbetta lui, con il pomo d'Adamo che sale e scende. Nei suoi occhi c'è un lampo nuovo: sa benissimo di cosa parlo.

«Non me ne ero accorta, fino a questo momento» spiego con calma. Scuoto piano la testa, abbasso gli occhi a terra e poi li rialzo, fissandoli nei suoi. «Tu hai innalzato delle barriere che trovo molto interessanti».

«Sai una cosa?» sibila lui, sporgendo il labbro inferiore e serrando la mascella scolpita. «Non me ne importa niente. Pensa pure quello che ti pare di me».

«Quello che mi pare?» I miei occhi si riducono a due fessure e il mio sguardo non vacilla, a differenza del suo. Continua a lanciare occhiate in giro, di lato, a terra, al soffitto, senza mai tornare su di me. «Io penso che mi mandi in bestia. Penso che tu sia un idiota arrogante, che non sei mai gentile con nessuno perché ti atteggi da gran figo».

Lui si stringe due dita alla radice del naso, respirando forte e strizzando gli occhi. Guardo il suo petto che si solleva mentre i polmoni maltrattati si riempiono d'aria. Fumare gli fa proprio male. «Tu non hai idea di quello che dici».

«Lasciami finire» gli ordino. La mia ansia si è dileguata, sostituita da una sicurezza fatta di adrenalina. «Penso anche che tu sia un cretino: hai un ego smisurato e credi di essere figo atteggiandoti da duro. Ma la realtà, Tyler, è che sei solo patetico».

I lineamenti tesi di Tyler si corrugano in un'espressione delusa, le sue labbra hanno un lieve tremito. «Benissimo, adesso sembro un idiota completo, per essere venuto qui a dirti che mi piaci. Potevi rifiutarmi in modo un po' più carino».

«Pensavo che un duro come te potesse sopportarlo».

Lui si infila i pugni chiusi nelle tasche dei jeans e sposta di nuovo lo sguardo sulla finestra. Per un po' si limita a guardare il cielo con occhi tristi. Fra uno scoppio e l'altro dei fuochi d'artificio sento il suo respiro farsi più regolare. Sbatte le palpebre e mi guarda da sopra la spalla. «E io che credevo che tu lo avessi capito che non sono davvero un duro».

Nell'attimo in cui l'ultima sillaba gli esce di bocca, la mia prospettiva si ribalta del tutto. Avevo ragione: lui è vulnerabile. Le sue barriere sono finte. È tutta una messa in scena, un ruolo che si sforza di recitare. I commenti offensivi, tutte quelle effusioni in pubblico con Tiffani, le dipendenze: sono solo maschere. È tutto falso. In lui c'è ben altro. Come stamattina con Ella, in cucina. In quel momento non era un duro, e neanche quando scherzava con Jamie. A volte la maschera scivola via, e alcune di quelle volte c'ero anch'io e ho visto che cosa c'è sotto.

In quei momenti il suo sguardo si addolcisce, lasciando intuire chi è veramente a chiunque abbia voglia di scoprirlo. Non so perché finora non l'avevo capito: è così ovvio. I nostri battibecchi insulsi e le occhiatacce taglienti sembrano così... inevitabili, come se non potessimo farne a meno, come se in fondo quelle schermaglie ci divertissero. Fin da quando sono arrivata qui, non abbiamo fatto altro che schernirci a vicenda, cercando di individuare i punti deboli l'una dell'altro. Il mio è l'insicurezza. Quello di Tyler è la verità.

E al di sotto di tutto questo c'è l'attrazione.

Tyler è attratto da me, e io sono attratta da lui.

A questa rivelazione il mio cuore salta un battito. Mi si gela il sangue. Alzo lo sguardo e trovo i suoi occhi. È come se lo vedessi di nuovo per la prima volta: ora che non è più un idiota maleducato che interrompe un barbecue, posso studiarlo sotto una luce diversa. Ha uno sguardo ipnotico, la mascella perfetta, un sorriso storto e malizioso e labbra sensuali. Non è solo questo, ci sono tante cose di lui che muoio dalla voglia di scoprire! Più di tutto vorrei scoprire la verità. Devo capire chi è, non chi vuole farmi credere di essere. Finora ha fatto finta, ha recitato una parte. Io devo sapere cosa succede dietro le quinte, quando lo spettacolo è finito ed è calato il sipario. Che cosa rimane?

Tyler si accorge del mio sguardo inquisitore e fa una faccia perplessa. Io traggo un respiro profondo.

« Credo di essere attratta da te anch'io ».

Le mie parole lo colgono di sorpresa. Si gira lentamente verso di me e toglie le mani dalle tasche. Sul suo viso si è dipinta un'espressione sbalordita. Ricambia il mio sguardo da due passi di distanza, a occhi spalancati. Si morde il labbro. « Davvero? » Inarca un sopracciglio, come chiedendosi se sto scherzando.

Onestamente, vorrei proprio che fosse così.

Non dovrei provare attrazione per il mio fratellastro.

« Davvero ». Ammetterlo fa quasi male. Però, allo stesso tempo, la morsa che mi stringeva il petto si apre dandomi sollievo. Non riesco più a reggere il suo sguardo. « Mi dispiace ».

« Smettila » mi ammonisce Tyler. Si avvicina cauto, a passi lenti, aprendo i pugni. La maglietta grigia aderisce al suo corpo, mentre mi viene incontro analizzo ogni dettaglio del suo abbigliamento. Maglietta grigia, jeans scuri e le Converse bianche, come le mie. « Non c'è niente di cui scusarsi ».

Quando rialzo gli occhi dal pavimento, dove all'improvviso i suoi piedi sono comparsi di fronte ai miei, mi accorgo di quanto siamo vicini e mi si spezza il fiato. Mi sbircia dall'alto, il viso in ombra, gli occhi di nuovo dolci e gentili. Dietro le sue spalle il cielo continua a illuminarsi di tutti i colori dell'arcobaleno. Solleva una mano verso il mio gomito e mi sfiora la pelle con la punta delle dita. Traccia una delicata linea fino al polso, poi mi prende alla vita, avvolgendo il mio corpo con dolcezza.

« Ora che succede? » sussurro. L'aria è troppo elettrica per parlare più forte, le parole mi si spezzano in gola. Vorrei oppormi, spingerlo via, perché so che questa è una cosa sbagliata. Però non lo faccio. Non lo faccio perché mi piace la sensazione della sua pelle contro la mia.

Sto fissando un punto fra la sua spalla e la finestra, ma il mio sguardo è sfocato. Lui deve aver sentito che mi sono irrigidita, perché il suo pollice comincia a tracciare dei cerchi sul mio fianco, per calmarmi. Il suo respiro è tranquillo, il profumo di menta e legna da ardere mi cattura, mi soggioga completamente. Mi arrendo. Lui mi avvicina le labbra al mento. Le posa lievi sulla mia pelle, spostandole piano verso l'angolo della mia bocca. Quando ci arriva si ferma.

« Lasciati baciare » sussurra. Il suo respiro mi accarezza la guancia.

« Ma sei il mio fratellastro » sussurro io, con la gola riarsa. Mi trema la voce, non riesco a controllare l'ansia che scuote ogni centimetro del mio corpo.

Sento che Tyler deglutisce. « Basta non pensarci » mi dice, subito prima di rompere gli indugi e premere le labbra sulle mie.

Questa volta è ancora meglio della prima. Le sue labbra morbide e umide si uniscono alle mie. Riesco quasi a sentire il suo nervosismo, come lui probabilmente sente il mio. I fuochi d'artificio stanno ancora scoppiettando nel cielo. La sua presa si fa più salda mentre mi attira contro il suo corpo. Non mi dispiace: è una bella sensazione.

« Ehi! » grida qualcuno da qualche parte nel corridoio, ma la mia mente non lo registra. In realtà, anche se lo facesse, non mi importerebbe. « Basta così, ragazzi ».

Noi però ignoriamo quel vago richiamo, troppo presi dal nostro abbraccio proibito per prestargli attenzione. Le mie labbra si dischiudono, mentre Tyler mi porta una mano dietro la nuca. Mi stringe a sé, passando l'altra mano dalla vita alla schiena. È lui a guidare questo bacio, a controllarne i tempi e l'intensità. Neanche questo mi dispiace: è un'altra bella sensazione.

La voce in sottofondo diventa più forte, così come i passi che la accompagnano. « Andatevene da qui prima che vi arresti per violazione di proprietà privata ».

Io sono ancora troppo presa da Tyler. Il calore delle sue mani si irradia sulla mia pelle mentre il ritmo del nostro bacio si fa più lento, profondo. Mi inclina il mento per ottenere un'angolazione migliore. È stupendo.

« Va bene, adesso piantatela » ci ordina la voce. All'improvviso è quasi assordante, e il tono è burbero. Spalanco gli occhi di colpo, il mio corpo si irrigidisce sotto il tocco di Tyler e il mio sguardo atterrito incontra un agente di polizia. Ha le braccia incrociate e una smorfia sul viso. « Piantatela subito! »

« Maledizione » sibila Tyler, staccandosi da me. Si gira lentamente, una mano di nuovo tra i capelli, e affronta l'intruso. Incrocia le braccia sul petto, con i pugni chiusi. « Qual è il problema? »

« Siete in una zona ad accesso vietato » dice l'agente in tono pratico, scoccandoci un'occhiata di biasimo, come se avesse appena trovato dei topi nella mensa della scuola.

« Accesso vietato? » ripete Tyler, ma in tono sprezzante. « Non ha niente di meglio da fare, lei? Tipo occuparsi delle risse fra ubriachi sul campo da football? » Fa un cenno del capo verso le finestre, dove si sta svolgendo il gran finale dello spettacolo pirotecnico: i fuochi d'artificio sono più maestosi di quelli di prima, più d'effetto, più colorati. In basso, il campo è ancora gremito di persone festanti e di poliziotti. Gli eventi così affollati devono essere controllati dai tutori dell'ordine, è così anche a Portland.

« Ehi, ragazzo, vedi di cambiare subito atteggiamento, capito? » scatta l'agente. Assume una postura di sfida, con le gambe divaricate e le mani sui fianchi. « Questa scuola è chiusa al pubblico, a eccezione dei corridoi segnalati. Tu hai infranto il divieto e io ti sto dando la possibilità di andartene di tua spontanea volontà, prima di obbligarti ».

« Obbligarmi? » gli fa eco Tyler, sprezzante. Io faccio un primo passo nella direzione da cui siamo venuti, ma mi fermo per afferrare l'orlo della sua maglietta. Lui non sembra intenzionato a muoversi: è troppo impegnato nel duello di sguardi con l'uomo di fronte a lui. «Non potrebbe concederci un secondo? Ce ne andremo fra poco... Lei ci ha, come dire, interrotto».

«Tyler, dai, andiamo» sussurro. Mi manca quasi il fiato per tutti quei baci, e lo trovo esaltante. Voglio rifarlo ancora.

«Sì, mi ero accorto che stavo interrompendo qualcosa» puntualizza il poliziotto, lanciandoci un'occhiata di disapprovazione che mi fa avvampare le guance. «Non voglio stare qui a discutere, vi sto solo chiedendo di andarvene, e mi aspetto che lo facciate. Non farmi perdere tempo, figliolo».

«Ma è un maledettissimo corridoio» borbotta Tyler, alzando le mani con un gesto di stizza. «Non ci siamo mica intrufolati nella Casa Bianca. Ci dia solo cinque minuti».

«Non lo capisci che quando è no è no?» chiede il poliziotto, scuotendo la testa incredulo davanti all'insistenza di Tyler. «Il tuo vecchio non ti ha insegnato a rispettare le regole?»

Anche se non so molto di Tyler, so che tirare in ballo suo padre è un modo sicuro di innescare una reazione violenta. Ed è esattamente quello che succede.

«Ma sei un idiota o cosa?» sibila Tyler fuori di sé, gonfiando il petto e avvicinandosi all'uomo. Per un attimo penso che voglia sferrargli un cazzotto, ma per fortuna non lo fa.

«Bene, adesso è troppo» grugnisce l'agente di polizia. Si porta una mano alla cintura e prende un paio di manette. Vedo tutte le rughe della sua fronte stempiata: in questo momento ce ne sono parecchie. Sembra veramente inferocito. «Vi ho chiesto di andarvene, ma vi siete rifiutati di ubbidire agli ordini e il vostro atteggiamento è decisamente inappropriato, quindi siete in arresto per violazione dell'articolo 602 del Codice Penale».

Il viso di Tyler sbianca nell'esatto momento in cui mi cade la mascella, e proprio allora lo sguardo del poliziotto si posa su di me. «Sì, tutti e due».

19

« Non potevi semplicemente chiudere il becco? » sibilo a Tyler. Parlo a bassa voce per paura di peggiorare la nostra situazione: in questo momento davvero non potrei sopportarlo. Mi premo una mano sulla fronte e mi massaggio la tempia.

« Quel poliziotto era un coglione » sussurra lui di rimando. Si accascia contro il muro sbuffando, sulle labbra una smorfia che non credo svanirà tanto presto. Guarda l'andirivieni nella stazione di polizia fuori dalla cella, lanciando occhiate di disprezzo a ogni poliziotto che passa. « Lo sono tutti ».

« Non saremmo qui se ce ne fossimo andati senza protestare ». Con la fronte corrugata, faccio una lista delle possibili punizioni che mi infliggerà mio padre. Divieto di uscire per tutta l'estate? Rimpatrio forzato? Obbligo di fargli il bucato?

Mi guardo intorno nella cella. In un angolo c'è una donna in preda a una crisi isterica, che si agita come un'ossessa e picchia il pavimento, come se potesse servire a farla uscire di qui. E poi c'è un uomo in piedi, in silenzio, una montagna di muscoli con la schiena al muro e le enormi braccia conserte. Evito di incrociare il suo sguardo.

Io e Tyler siamo seduti sulla panca, uno accanto all'altra ma senza toccarci. Lui fa un gemito soffocato e abbassa la testa, chinandosi in avanti per appoggiare i gomiti sulle ginocchia. « Mia madre ci tirerà fuori di qui » sussurra. Ci scambiamo un'occhiata di sbieco, ma io non sono del tutto convinta.

« Ah sì? Non è detto che siccome lei è avvocato ci fanno uscire per forza » ribatto acida. È impossibile essere ottimisti in questa situazione tremenda, ma più ci penso e più mi rendo conto che Ella conosce la legge a menadito. Deve essere così. E questo significa che conosce anche tutte le scappatoie.

« Be', l'ha già fatto in passato » risponde lui raddrizzando la schiena. Intreccia le dita e si gira i pollici, con gli occhi fissi in grembo. « Mi tira sempre fuori ».

« In passato » ripeto. Alzo gli occhi al cielo, poi mi concentro su quello che vedo al di là delle sbarre: scrivanie straripanti di carte e telefoni che non smettono mai di squillare. E poi c'è un agente di sicurezza che ci controlla da lontano, con un'espressione dura sul viso rugoso e gli occhi a fessura. Giro la testa verso Tyler. « Quante volte sei stato arrestato? »

Solleva gli angoli della bocca in una specie di ghigno. « Una. Due. Forse un po' di più ».

« Per cosa? »

« Mmm ». Si gratta la testa e si passa la lingua sul labbro inferiore. Non posso evitare di pensare ancora alla sua bocca. « Stupidate » ammette alla fine. Scrolla le spalle e si alza in piedi, poi si stira e allunga le braccia. Io lo guardo, poco interessata a quello che sta per dire. « Rissa » comincia, facendo schioccare le nocche. « Vandalismo, disturbo della quiete pubblica ». Ridacchia e lancia una cauta occhiata alle sue spalle. « E violazione di proprietà privata » conclude.

« Almeno non hai ucciso nessuno » commento con allegria, ma non so perché. Una settimana fa lo avrei disprezzato per il semplice fatto che era stato arrestato, qualunque fosse la ragione. Ma adesso mi sto appassionando all'enigma

'Tyler Bruce' e la mia opinione su di lui è cambiata molto negli ultimi tre giorni.

« Non ancora » mi corregge lui. Serra le labbra, sporgendole un po', e stringe gli occhi nel suo solito sguardo incollerito. « Un candidato ce l'avrei ». Il mio sguardo lascivo si riempie subito di orrore. Tyler imita la mia espressione, poi gli sfugge una risata. « Eden! » dice scuotendo la testa con aria divertita.

« Non afferro ancora il tuo senso dell'umorismo » mi difendo con un sospiro, incrociando le braccia. Per me lui è un rompicapo. « Finora non sapevo neanche che ne avessi uno ».

Lui sorride di nuovo e mi fa un cenno con la testa. « Un punto per te ».

« Bruce, Munro » abbaia una voce. Sobbalziamo entrambi e Tyler si volta immediatamente per affrontare lo sguardo di disapprovazione di un agente della polizia di Culver City, al di là delle sbarre. « I vostri genitori sono arrivati ». I nostri compagni di cella si mettono a ridere.

« Stiamo per morire » dico a me stessa, cominciando ad ansimare. Cerco di inghiottire il groppo che ho in gola e di costringermi a tenere duro. « Oddio, stiamo proprio per morire ».

« Zitta » mi intima Tyler a voce ancora più bassa, guardandomi con aria severa mentre mi alzo in piedi. « Lascia parlare me ».

Per fortuna il poliziotto che ci ha arrestato, l'agente Sullivan, non è più nei paraggi. Magari è tornato per le strade, a cercare altri partecipanti alla festa del 4 luglio a cui rovinare la serata. Sembrava proprio uno di quei tipi rancorosi, con qualche profondo risentimento da sfogare sugli altri. L'agente di guardia adesso è molto più giovane e molto meno minaccioso. Si chiama Greene: è lui che apre la cella e ci spalanca la porta.

« Seguitemi » ci ordina con un sospiro. Io sto alle calcagna di Tyler mentre attraversiamo gli uffici affollati. Alcuni poliziotti ci passano accanto, urtandoci senza grande rispetto. L'agente Greene ci conduce fuori dalla sala principale, in un ufficio più piccolo dove ci aspettano mio padre ed Ella.

Papà ha le mani sui fianchi e ci fissa con aria sprezzante. Sembra molto alterato: temo che possa venirgli un colpo. Ella è davanti a lui, un po' girata, serissima. Ha le labbra serrate e le mani intrecciate davanti a sé. Ogni volta che l'ho vista arrabbiata con Tyler, il suo viso esprimeva sempre anche una traccia di amore materno, ma in questo momento è del tutto assente: ora è solo un avvocato.

« A che diavolo di gioco state giocando voi due? » scatta papà, sempre più ansimante e rosso in faccia. Ella però fa un passo avanti e si mette subito in mezzo, prima che possiamo formulare una risposta.

« Agente...? » Si ferma per guardare il badge del poliziotto.

« Greene » le suggerisce lui.

« Agente Greene ». Ella si schiarisce la voce e gli porge la mano. « Può spiegarmi perché sono stati arrestati per violazione di proprietà privata? A proposito, sono un avvocato ». Attende la risposta con le sopracciglia inarcate e l'agente Greene, un po' spiazzato, sposta il peso da un piede all'altro, perché sa che non può rifilarle qualche idiozia.

« Violazione di proprietà privata, ai sensi dell'articolo 602 del Codice Penale, all'interno del liceo di Culver City » dichiara senza abbassare lo sguardo. « Solo alcune zone della scuola erano aperte al pubblico per i festeggiamenti di questa sera e loro sono stati trovati nel corridoio di un'area vietata ».

« Ma davvero? » Ella sta per mettersi a ridere a questa patetica motivazione e io mi stupisco di vederla così padrona della situazione. Di solito è molto tranquilla, alza la voce solo qualche volta contro Tyler. « Finiscono per sbaglio in un corridoio e voi li arrestate? »

« Signora, non sono stato io a eseguire l'arresto » la informa Greene. « L'agente Sullivan non ha molta pazienza e suo figlio, qui, si è dimostrato molto reticente quando gli è stato chiesto di andarsene. Gli sono state date diverse opportunità di farlo ».

Tyler fa una risata, ma subito si trattiene e abbassa gli occhi a terra, prima di beccarsi una lavata di testa. Ella comunque gli lancia un'occhiataccia.

« C'ero anch'io in quella scuola stasera » prosegue rivolgendosi di nuovo all'agente Greene, « e ricordo di aver visto dei cartelli con la scritta VIETATO L'INGRESSO. Ma non specificavano che la violazione di proprietà privata è un reato e quindi nessuno dei due era stato informato correttamente della natura dell'atto che stava compiendo. Non potete arrestarli sulla base della scarsa pazienza del suo collega ».

Mentre Ella parla, papà mi trafigge con gli occhi. Io non riesco a sostenere il suo sguardo e cerco di concentrarmi su qualsiasi altra cosa. Alla mia destra Tyler sta trattenendo una risata, con una mano premuta sulla bocca. Se non ci fosse un poliziotto accanto a noi, gli darei un calcio negli stinchi. Riesce a ricomporsi, ma non appena alza la testa e incrocia il mio sguardo si rimette a ridere. Allora si morde il dorso della mano e guarda per terra.

Sento l'agente Greene che propone: « E se ci risparmiassimo le scartoffie a vicenda e io lasciassi perdere? » Mi volto immediatamente. Sta porgendo la mano a Ella.

« Decisione più che condivisibile, agente » commenta Ella, e i due si stringono la mano. Vedo che lei e papà si scambiano un'occhiata e che lui annuisce, come se fossero in contatto telepatico.

« Bene » dice papà. « Voi due, uscite e salite in macchina. Adesso ».

A questo punto l'ilarità di Tyler si è smorzata. Si rivolge a me con una scrollata di spalle, mentre papà ci supera, passando in mezzo a noi. « Qualcuno è incazzato nero » bisbiglia Tyler. Mi dà un colpetto al braccio prima di girarsi. Seguiamo papà fuori dalla stazione di polizia, Ella non si unisce a noi.

Quando arriviamo nel parcheggio mi accorgo che è già buio ed è abbastanza tardi. Mentre ci avviciniamo alla Range Rover, in silenzio, Jamie fa capolino dai finestrini oscurati. Apro la portiera e trovo Chase addormentato sull'altro lato del sedile.

« Che cosa hai combinato stavolta? » chiede Jamie. Sta guardando Tyler, non me.

« Una cosa che non avrei dovuto fare » sussurra Tyler, e mi guarda con un sorriso d'intesa.

Salgo a bordo, Tyler mi segue. Dobbiamo spostare Chase fino a schiacciarlo contro l'altra portiera. Jamie si limita a fare un sospiro. Alzo gli occhi su papà e vedo che stringe il volante, in silenzio. Sto quasi per chiedergli se va tutto bene quando arriva Ella, a passo di carica. Spalanca la portiera del passeggero, entra in macchina e la richiude, sbattendola.

« Bella mossa, mamma » esulta Tyler. Si china in avanti per stringerle la spalla. « Li hai fatti neri ».

Lei si scrolla subito la sua mano di dosso e gli dà a malapena un'occhiata nello specchietto retrovisore, poi dice in tono di rimprovero: « Non rivolgermi la parola, Tyler. Uno di questi giorni deciderò di non venire a tirarti fuori dai guai. Mi hai molto deluso ».

« Anch'io sono molto deluso, Eden » interviene papà bruscamente. Scuote la testa e avvia il motore, poi fa marcia indietro lentamente per uscire del parcheggio. « E comunque, che cosa diavolo ci facevate dentro la scuola? Sono più che sicuro che lo spettacolo fosse all'aperto ».

« No » lo contraddice Tyler con una battuta. « Lo spettacolo all'interno era decisamente più interessante ». Senza farsi notare mi sfiora la coscia con un dito, fermandosi al ginocchio. È una sensazione stranissima.

« Piantala subito » scatta Ella. Deve essere davvero furente, perché non reagisce mai così. « Ho appena dovuto firmare un documento in cui mi impegnavo a farvi da garante per tirarvi fuori, mentre avrei benissimo potuto lasciarvi là per tutta la notte, okay? Quindi, Tyler, ora te ne stai seduto e zitto, d'accordo? »

Questo gli chiude il becco fino a Santa Monica, ma non gli impedisce di sfiorarmi il palmo della mano col pollice, spingere il ginocchio contro il mio o guardarmi. Sono stupita che nessuno ci faccia caso. Io di certo non posso farne a meno, ma cerco di ignorarlo con tutte le mie forze, nonostante i brividi che mi percorrono a ogni suo tocco.

Quando arriviamo in Deidre Avenue è quasi mezzanotte. Papà è distrutto dal viaggio, ma prende Chase in braccio e lo mette a letto senza svegliarlo. Anche Jamie sparisce nella sua stanza.

« Non so più cosa dirti, Tyler » sussurra Ella chiudendo a chiave la porta. Preme le mani sul pannello di vetro, ma non si volta a guardarlo. « Io... io ne ho abbastanza ». La sua voce è piena di dolore. Si gira con un sospiro e si avvicina a noi. « Eden, vai in camera tua e cerca di dormire ».

Mi fa un piccolo sorriso e capisco che in realtà mi sta chiedendo un po' di privacy. Annuisco e salgo le scale, con un'ultima occhiata nella loro direzione. Mentre salgo incrocio papà. Ci fermiamo entrambi.

« Dovrei chiamare tua madre » mi dice piano. È strano sentirgliela nominare. Addirittura fuori luogo.

« Non farlo ». Metto il broncio. La mamma è già abbastanza stressata con il suo lavoro, non voglio che sappia del mio arresto. « Si preoccuperà e basta ».

« Anch'io sono preoccupato, Eden! » Comincia urlando, ma a metà frase la sua voce diventa un sussurro. Si guarda intorno per vedere se ha interrotto qualcosa, poi si preme una mano sulla fronte. « Che diavolo ti sta succedendo? So che vai alle feste: ho quarant'anni, non sessanta. Non c'è problema per me se vai a divertirti. È estate, diamine. Il problema è l'effetto che sta avendo su di te. Mi hai già mentito più volte, e adesso questo? E con che gente vai in giro? »

L'asprezza di papà mi coglie di sorpresa. Pensavo che non sapesse nulla di dove andavo e cosa facevo, ma a quanto pare sa più di quanto credessi. « Mmm, Rachael, la ragazza che abita qui di fronte. Tiffani... Parkinson, credo ».

« La ragazza di Tyler? » chiede papà, ma non mi lascia neanche rispondere con un cenno di assenso. « Esci con quel gruppo? Dean Carter? Quell'altro tizio, Jake? »

« E Meghan » aggiungo. Non credevo che fosse il tipo di padre che si interessa delle amicizie dei propri figli. « Siamo tutti amici ».

« Be' » commenta, sfregandosi la nuca, « almeno sono bravi ragazzi. Senti, fai una cosa, vai a dormire ». Comincia a slacciarsi la camicia e riprende a scendere le scale, scuotendo la testa con aria sconfitta.

Mi precipito in camera mia, scalcio via le scarpe e mi volto per chiudere la porta, ma mi trovo davanti Tyler. Quasi mi viene un colpo.

« Ehi » sussurra lui entrando nella stanza. Si guarda intorno come se fosse la prima volta che ci mette piede.

« Ciao ». Il suo sguardo torna su di me. Non riesco a capire cosa stia pensando, o provando. Il suo viso è immerso nell'oscurità e non vedo le sfumature dei suoi occhi e le emozioni che li attraversano. « Che cosa ha detto tua madre? »

« Niente » risponde lui a bassa voce. « Scusami per averti coinvolto. Avrei dovuto andarmene quando il poliziotto ci ha chiesto di farlo ».

« Va bene ». Ormai la mia rabbia è del tutto evaporata. Alla fine non siamo stati incriminati, quindi ho deciso di considerarlo un semplice malinteso fra noi e l'agente.

Tyler apre la bocca per dire qualcos'altro, ma viene interrotto dal trillo acuto del telefono. Sento la vibrazione attraverso i suoi jeans, mentre lo prende dalla tasca. Guarda lo schermo e fa una smorfia. « Tiffani » sussurra. Per un momento sembra indeciso se rifiutare la chiamata, ma poi scuote la testa e mi lancia un'occhiata di scuse. « Mi dispiace, ma devo parlarle. Se la ignoro si arrabbierà un sacco ».

Così, all'improvviso, la realtà mi piomba addosso e io ne rimango travolta. Il mio petto sembra implodere, si stringe in un dolore inimmaginabile mentre cerco di continuare a respirare. L'ansia mi sommerge come un'onda gigantesca. In queste ultime ore ero così presa da lui che mi sono completamente dimenticata che ha una ragazza.

« Mi dispiace » ripete con un'altra smorfia allo schermo, prima di alzare lo sguardo e accorgersi che mi sono irrigidita. Sto male e credo che lui se ne sia accorto, perché fa un passo verso di me, ma poi cambia subito idea. Nella stanza echeggia un sospiro disperato. Tyler stringe più forte il telefono. « Mi dispiace davvero. Devo farlo » bisbiglia. Abbassa gli occhi, si gira lentamente ed esce dalla stanza.

Io rimango lì, del tutto impassibile, mentre lui accetta la chiamata e sussurra « Ehi, che c'è? » Subito dopo, la porta della sua camera si chiude con uno scatto.

Nella sua voce, però, non c'è un briciolo di energia. È senza vita, proprio come mi sento anch'io.

20

« Eden! » grida nel telefono la mia migliore amica, entusiasta, la mattina dopo. La sua voce è così acuta e penetrante che per un attimo devo allontanare il cellulare dall'orecchio. « Finalmente! »

« Lo so, lo so ». Faccio un sospiro, che risuona fino a lei. « Ho avuto un sacco da fare ».

« Non hai più risposto alle mie chiamate » dice Amelia con una punta di irritazione. Non posso biasimarla: non parliamo da più di una settimana. « Com'è andato il 4 luglio? »

Io mi mordo il labbro. L'ho chiamata proprio per parlarle di ieri, ma la sua domanda mi fa ammutolire. In qualche modo riesco a tirare fuori un rapido « Bene » fra un respiro irregolare e l'altro.

« Solo bene? »

« Be'... » comincio. Mordo più forte, tenendo gli occhi bassi sul copriletto. Mi sento le guance calde e arrossate. « Ieri sera per la prima volta ho fatto un giro su una volante della polizia ».

C'è un lungo silenzio, come se Amelia stesse aspettando che le gridi: 'Scherzavo!' Però io non lo faccio. « CHE COSA? »

Io comincio a tracciare dei cerchi col dito sulla stoffa. « Per violazione di proprietà privata ».

« Ma sto parlando proprio con Eden? » Sento dei tonfi fastidiosi, sta picchiando le nocche sul telefono. « Ehilà? Eden Munro, sei tu? »

Io faccio una risatina. « Non è stata colpa mia. Il mio fra... » mi interrompo, le parole mi muoiono in gola. Non riesco a pronunciarle, perché questo non farebbe che riportarmi alla realtà della situazione. « Voglio dire, Tyler » mi correggo. « Tyler ci ha fatto arrestare. Sarebbe andato tutto bene se avesse tenuto la bocca chiusa ».

« È il fratello maggiore, giusto? » A quelle parole faccio una smorfia, ci metto qualche secondo a ricompormi prima di confermarglielo.

« Sei andata al festival? » le chiedo subito. Ascolto la sua risposta stringendo il copriletto con le dita.

« Certo » mi dice emettendo un piccolo verso, come stupita che ci sia bisogno di chiederlo. Andiamo sempre al Waterfront Blues Festival. « Era stranissimo senza di te ».

Io aggrotto la fronte e mi passo una mano tra i capelli. « Con chi eri? »

« La solita gente » mi risponde lei, poi comincia a elencare: « Chloe, Eve, Annie, Jason, Andrei... insomma, tutti quanti ». Al solo sentire i nomi dei miei amici di Portland mi assale la nostalgia. Mi manca stare con loro, ed è ancora peggio sapere che stanno trascorrendo l'estate tutti insieme, mentre io sono bloccata qui.

Ma poi mi coglie un altro pensiero: il ricordo del perché me ne sono andata, perché alla fine ho accettato di venire qui per otto settimane. Di alcune persone, a Portland, non sento per nulla la mancanza. Prendo fiato e chiedo a bassa voce: « Alyssa e Holly... c'erano anche loro? »

« Sì ». Un altro silenzio, finché sento il sospiro di Amelia. Quando riprende a parlare lo fa in tono calmo e dolce. « Non rendermi tutto più difficile, Eden. Siete le mie tre migliori amiche, ma adesso mi sembra di essere presa in mezzo in una guerra. È come se ogni volta che parlo con una di voi commettessi un tradimento ».

Lascio cadere il suo commento, cercando di ignorare il dolore che ho nel petto. « I fuochi erano belli? » chiedo, sforzandomi di sorridere. L'entusiasmo della mia voce suona falso.

« Incredibili! » strilla. Amelia è il tipo che si esalta per ogni minima cosa. « Dopo lo spettacolo abbiamo fatto un falò. Siamo rimasti fuori per tutta la notte, a mangiare marshmallow arrostiti, bere birra e ascoltare musica. Sono ancora mezza addormentata, forse sto straparlando ». Fa una pausa. « Spero di no ».

« No » le confermo, premendo più forte la schiena contro il muro. Cerco di impedire il divagare dei miei pensieri. « Il falò dev'essere stato divertente ».

« Sì! » Altri strilli, altri gridolini. « Landon Silverman mi ha accompagnato a casa ».

Spalanco un po' gli occhi. Landon Silverman è veramente un gran figo. « Quello del quarto anno? »

« Sì » ammette lei timidamente. Me la immagino che arrossisce e sbatte gli occhi, come fa sempre quando è imbarazzata o a disagio. Ma la timidezza si disintegra in un baleno e lei aggiunge con disinvoltura: « Gli ho fatto un lavoretto nel retro del suo furgone ».

Quasi mi strozzo per la sorpresa. Se è uno scherzo, non fa ridere. « Mi stai prendendo in giro, vero? »

« Vorrei che fosse così » sussurra lei. « Non è molto dotato, devo ammettere, e io avevo delle aspettative piuttosto alte. È stata una tragedia ».

« Oh, Amelia, immagino la delusione » rispondo, soffocando una risata. Mi ricorda Rachael: hanno lo stesso senso dell'umorismo e gli stessi gusti in fatto di maschi.

« E tu? » mi chiede lei piena di curiosità. « Ti sei fatta qualche bel californiano? »

« In effetti ho limonato con un tipo... » Il mio battito accelera di nuovo, sempre più forte, lo sento pulsare sottopelle. Faccio un respiro profondo. « Ieri sera ».

Amelia scoppia di eccitazione. « Oh mio Dio, raccontami tutto! »

La mia mente entra in stallo. Glielo dico? Devo raccontare alla mia migliore amica, a cui confido tutto, quello che è successo con Tyler? Sento di doverglielo spiegare, per chiederle un consiglio, ma non riesco a far uscire le parole. Questa complicazione con Tyler mi sembra troppo scandalosa, troppo sbagliata. So che Amelia percepisce la mia preoccupazione attraverso il telefono, così sparo: « Un tipo di nome Jake ». Salvata in corner.

« È carino? »

Scrollo le spalle e penso al viso di Jake, analizzando i suoi lineamenti. Inclino la testa mentre faccio le mie valutazioni. « Sì. È biondo ».

« Biondo? » Amelia fa un verso di orrore. « Hai baciato un biondino? »

« Non usare quella parola » le dico ridacchiando. È impossibile parlare con lei senza sorridere.

Lei prende fiato e poi grida: « TU HAI LIMONATO CON UN BIONDINO! »

« E che sarà mai?! » ribatto.

« È l'effetto dell'acqua della California? Non ti sono mai piaciuti i biondi » insiste, come se io non lo sapessi. È a lei che piacciono. « Vuoi che chiami tua madre? Credo proprio che tu abbia bisogno di assistenza medica. Che fine ha fatto la tua convinzione che 'i mori sono molto meglio'? »

Io alzo gli occhi al cielo. « Sei ancora ubriaca? »

« Non saprei. Probabilmente sì ».

A questo punto le suggerisco di andare a riposarsi e la saluto. Mi promette di passare a casa mia a vedere come sta la mamma, più tardi. Io gliene sono grata. Si sentirà sola in questo periodo.

Dopo la telefonata decido di fare una corsa, per schiarirmi le idee. Quello che è successo nel weekend mi ha incasinato la testa, sono assalita dai dubbi. Non so cosa sto facendo, e neanche in che situazione mi sto cacciando. So solo che non è affatto semplice.

Mi preparo e avviso Ella che sto uscendo, poi decido di dirigermi a sud, attraverso la città, invece di andare a ovest sul lungomare, come faccio di solito. Il clima è favoloso e la città è piena di vita, ma non mi fermo a considerare i dettagli. In genere sbircio le facce dei passanti, leggo le targhe delle auto, noto negozietti interessanti, ma non oggi. Oggi i miei pensieri sono tutti per Tyler.

Mentre la mia mente analizza contemporaneamente centouno pensieri diversi, traggo alcune conclusioni: (1) Tyler è un idiota, non ci sono dubbi; (2) è un idiota con seri problemi di gestione dell'aggressività e forse anche disturbi comportamentali; (3) è un idiota soltanto perché vuole esserlo; (4) ha sicuramente qualcosa da nascondere; (5) fra i suoi passatempi preferiti ci sono ubriacarsi e drogarsi; (6) ha gli addominali scolpiti e gli occhi di un colore che mi piace molto; (7) a volte è molto dolce, come quando scherza coi suoi fratelli; (8) in certi casi mi manda in bestia, ma non è grave perché (9) bacia benissimo. E... (10) sono molto più attratta da lui di quanto vorrei ammettere.

Sento il suono di un clacson, che sovrasta la musica che ho nelle orecchie, e le mie riflessioni si interrompono. Lancio un'occhiata a sinistra e vedo un'auto che accosta, così rallento e mi fermo, togliendomi un auricolare. Mi avvicino di qualche passo e solo allora riconosco la macchina: è quella di Dean. E non è solo.

Il finestrino si abbassa e Tyler mi fa un sorrisetto, con un sopracciglio inarcato. « Lo sapevo che eri tu ».

« Da cosa lo hai capito? » chiedo, chinandomi in avanti e togliendo l'altro auricolare. Appoggio le mani alla portiera, ho il respiro pesante. Devo aver corso un bel po'.

Vedo un lampo negli occhi di Tyler, che soffoca una risata e poi abbassa lo sguardo. «Siamo appena usciti dalla palestra» mi dice evitando di rispondere alla mia domanda. «Stiamo andando a casa e tu sembri in punto di morte, quindi salta su che ti diamo un passaggio».

Sposto lo sguardo su Dean. Ha ancora le guance arrossate per l'allenamento e mi fa un cenno con la testa.

«Non sono in punto di morte» protesto indignata, ansimando. Mi sento insultata dal suo commento. «Posso ancora correre per chilometri e chilometri, capito?»

«*Capito?*» ripete Tyler prendendomi in giro. Mi sorride e apre la portiera dell'auto, obbligandomi a staccare le mani e a fare un passo indietro. Scende e mi raggiunge sul marciapiede. Per un lungo momento sostiene il mio sguardo. «Torno con te».

«Ma a me piace correre da so...»

Interrompendomi, mi passa davanti e si infila nel finestrino per recuperare la borsa. «Amico, per te va bene, no?»

Dean annuisce e gli chiede: «Prossimo allenamento mercoledì?»

«Sì. Ci vediamo, fratello».

Il vetro si alza e la macchina di Dean si allontana, lasciandomi sola con Tyler nell'aria rovente. Noto il velo di sudore sui bicipiti e il modo in cui la canotta aderisce al suo petto muscoloso. Non riesco a impedirmi di deglutire.

«Comunque era il tuo culo che avevo riconosciuto» mi dice lui, cominciando a camminare. Io lo seguo.

La mia bocca fa una 'oh' di sorpresa e automaticamente abbasso gli occhi sul mio abbigliamento. Forse non avrei dovuto mettere i pantaloncini aderenti. All'improvviso mi sento a disagio.

Lui mi ignora e allunga il passo, guardandomi con la coda dell'occhio. «Scommetto che la mia camminata è più veloce della tua corsa» scherza.

«Ne dubito» ribatto. Bevo un sorso d'acqua e mi rimetto gli auricolari. Da quando Jake mi ha portato al loro concerto, sono ossessionata dai La breve vita.

«E scommetto che arrivo a casa prima di te» mi incalza Tyler in tono di sfida, con un'espressione scherzosa, facendo dondolare la borsa della palestra sulle dita. «Ci stai?»

Faccio una risata sarcastica. «Certo che ci sto».

Prima che possa aggiungere altro, lo brucio sul tempo e mi metto a correre. Ho ripreso fiato in questa breve pausa e mi sento in forma, sana e forte. I miei piedi battono l'asfalto, il sole mi bacia la fronte e la brezza mi rinfresca le gambe. Per la prima volta da molto tempo mi sento sicura di me: è una bella sensazione.

« Hai barato » grida Tyler superandomi, ma io rido e accelero fino a raggiungerlo. Poi abbandoniamo la gara e prendiamo un ritmo molto più rilassato.

« Corri come una dannata » commenta lui ansimando, mentre attraversiamo un incrocio per tornare a Deidre Avenue. « Sei in una squadra di atletica? »

« No » rispondo, tenendo lo sguardo fisso sulla strada. « Mi piace solo correre. È il modo migliore per tenersi in forma ».

« Personalmente preferisco i pesi » dice lui. Gli lancio un'occhiata e vedo che si ammira le braccia. A volte la sua vanità è davvero ridicola, ma mi ci sto abituando. « Va bene » si arrende, alzando una mano e fermandosi. « Lo ammetto, non sono un corridore ». Fa un paio di respiri profondi e appoggia i palmi a un muro di mattoni, cercando di riprendere fiato. « Hai vinto tu ».

Mi sento trionfante: faccio un sorriso enorme e inclino la testa, studiandolo. « Puoi dirlo forte, fratello ».

« Sembra una delle mie frasi ». Ride e solleva la testa, inchiodando gli occhi nei miei. Nessuno di noi due vuole essere il primo a distogliere lo sguardo. « Stasera stiamo insieme » dichiara lui. Ho la sensazione che non potrei oppormi neanche se lo volessi, così rimango lì, in piedi, con gli occhi pieni di desiderio, ad ascoltarlo. « Esci con me. Sei già stata al molo, al Pacific Park? »

« No » ammetto, con voce timida. Come mai sono arrivata da tre settimane e non ho ancora messo piede sul molo? La spiaggia è il punto più vicino a cui sono arrivata: già da lontano mi è sembrato un posto bellissimo.

« Allora andremo al molo » decide lui.

Le sue labbra si incurvano in un sorrisetto misterioso, i suoi occhi brillano come smeraldi che nascondono una storia segreta.

E comunque ho sempre avuto assolutamente ragione: i ragazzi mori sono davvero i migliori.

21

Vorrei riuscire a fingere che il mio sguardo sia indirizzato alle lasagne fatte da Ella, ma non è così. I miei occhi sono puntati oltre il cibo, al ragazzo seduto di fronte a me con il mento appoggiato sulla mano, il ritratto della disinvoltura. Mi mordo il labbro e fisso la sua mascella, la bocca, le sopracciglia aggrottate, la scintilla nei suoi occhi. Ogni tanto, quando nessuno ci nota, mi fa un sorrisino.

« Allora, Eden » esordisce papà, alzando un po' la voce per attirare la mia attenzione. Io sposto subito lo sguardo sul piatto e armeggio con le posate, prendendo un'altra forchettata di lasagne. « Stasera sei molto silenziosa ». Muove le sopracciglia e punta il coltello verso di me, ridacchiando. « A che cosa stai pensando? »

« Io... ehm... stavo solo... mmm ». Mi si incastrano le parole in bocca: mi sento come una bambina di tre anni che cerca di fare un discorso di senso compiuto, quindi prendo un altro boccone e faccio un sorriso a labbra strette.

« Come sono le lasagne? » ci chiede Ella un po' in apprensione, sperando che ci piacciano. Io sono solo contenta che abbia cambiato argomento. Tutti annuiamo vigorosamente in segno di apprezzamento per il piatto su cui ha tanto faticato. Perfino Tyler raddrizza un po' la schiena e le fa un sorriso. Per lui ha preparato delle lasagne vegetariane, ai quattro formaggi.

« Buonissime, mamma » le dice. Lei si illumina di gioia.

Osservo l'espressione dolce dei loro occhi, e mi chiedo che tipo di rapporto abbiano. Ella sembra quasi sempre delusa da lui, ma in rare occasioni pare che condividano un'intesa silenziosa.

« Sono così buone che... » continua Tyler, avvicinandosi il piatto.

Prende una grossa forchettata e se la porta alle labbra, ma un pezzo gli cade dalla bocca e finisce sul tavolo. Fa una risatina imbarazzata e si pulisce il mento col pollice. «Sono così buone che adesso sono proprio sazio» conclude dopo aver deglutito.

Papà, dall'altra parte del tavolo, inarca un sopracciglio. «Stasera sei di buon umore, Tyler».

Lui serra le labbra e incrocia le braccia sul tavolo, spostando lo sguardo da papà a me. Quando intercetta i miei occhi si sforza di trattenere un sorriso, ma io lo vedo lo stesso. «Credo di sì». Si schiarisce la gola, si alza da tavola e va a mettere il suo piatto nella lavastoviglie. Quando si volta ha un'espressione neutra. «Ora esco».

«Dove pensi di andare?» Ella si volta verso di lui. Perfino Jamie lo guarda, per vedere che scusa inventerà. «Sei in punizione».

«Ma devo vedere Tiffani...» mente lui spudoratamente. È così bravo che per un attimo ci casco perfino io. Ma so bene qual è la verità. «Eden, non avevi detto che uscivi con Meghan?» Sto per negare, ma lui mi lancia un'occhiataccia. Vuole che dica una balla. Così rispondo: «Sì» sbirciando papà per vedere se ci crede. Direi di sì.

«Posso darti un passaggio» prosegue Tyler con una voce leggermente tesa, senza distogliere lo sguardo. Mi fa un cenno impercettibile con la testa, si aspetta che gli regga il gioco.

«Grazie» replico in fretta. Se mi arrischio a dire di più finirò per balbettare, quindi faccio un sorrisino sciocco e poso le posate nel piatto, mentre Ella inizia a sparecchiare.

Tyler invece non si fa problemi a farmi un sorriso d'intesa, come se avesse dimenticato che i nostri genitori sono nella stessa stanza. Oppure, semplicemente, non gli importa che ci vedano. «Dieci minuti?»

Se solo sapessero che non stiamo parlando di un semplice passaggio da Meghan... «Va bene, dieci minuti».

«Ti aspetto alla macchina». Mi strizza l'occhio ed esce tranquillo dalla cucina, con i suoi jeans neri e la T-shirt bianca. Io rimango a guardarlo mentre si allontana, sfregandosi la nuca con una mano. Adoro il modo in cui inclina la testa quando cammina.

Pochi secondi dopo mi alzo da tavola, scusandomi con Ella per non avere il tempo di aiutarla a riordinare, e mi precipito in camera mia per sistemarmi i capelli, lavarmi i denti, impregnarmi di profumo, mettermi un maglione... tutte attività imprescindibili per una ragazza che sta per andare con il fratellastro a un parco divertimenti sul molo.

Dieci minuti dopo scendo le scale ed esco per raggiungere la macchina bianca e nera parcheggiata lungo il marciapiede, perché sul vialetto non c'è spazio per tre auto.

Quando mi avvicino al lato del passeggero, Tyler abbassa il finestrino e si sporge verso di me per guardarmi da dietro gli occhiali da sole. « Verrei ad aprirti la portiera, ma scommetto che tuo padre avrebbe qualcosa da ridire ».

Io mi guardo alle spalle: papà è in piedi accanto alla finestra del soggiorno. Cerca di nascondersi dietro le imposte, ma non ci riesce per niente. Sollevo una mano per salutarlo e la sua sagoma sparisce. « Già » commento aprendo la portiera. « Si starà chiedendo come mai all'improvviso sei diventato educato ».

« Ehi! » protesta lui sollevando le mani sulla difensiva, mentre io tiro su il finestrino. Quando mi allaccio la cintura e mi giro verso di lui, mi accorgo che si è infilato una camicia rossa sopra la T-shirt bianca. Per poco non strabuzzo gli occhi: è sexy da morire! « Desidero che tu sappia che sono un vero gentiluomo ».

« Ma davvero? » chiedo in tono scettico.

« Davvero » conferma lui. Avvia il motore, regola l'aria condizionata e chiude l'aletta parasole. Mi guarda di sottecchi. « Va bene, non lo sono. Ho solo sentito dire che bisogna fare così: scendere dalla macchina e aprire la portiera. Giusto? »

Sorrido. « Qualcosa del genere ».

Lui scuote la testa e scrolla le spalle, poi dà gas e partiamo a razzo, attraversando il quartiere a rotta di collo. Non mi stupisco più: ormai sono abituata alla sua guida sportiva.

Quando siamo vicino al lungomare mi decido finalmente a chiedergli: « Perché hai mentito a tua madre? Perché non hai detto che andavamo al molo? »

Lui alza gli occhi al cielo e fa una specie di grugnito: « Dai, Eden, non ci arrivi? Non volevo insospettirli ».

« E Tiffani? » Vorrei tanto riuscire a non pensare a lei, ma è impossibile. Ogni volta che sono con Tyler mi sento in colpa: come se il fatto di essere fratellastri non fosse già un bel casino, sto anche uscendo di nascosto con il ragazzo di una mia amica.

« Sistemata: crede che sia con i ragazzi ». Lo dice così tranquillamente che mi chiedo di nuovo se di lei gli importi qualcosa.

Il molo è affollatissimo, il parcheggio è strapieno; ci sono famiglie che passeggiano, gruppi di amici e coppiette che percorrono il pontile mano nella mano. Provo un po' d'invidia. Ho la tentazione di intrecciare le dita con quelle di Tyler. Ma non ho abbastanza coraggio per farlo, soprattutto in pubblico.

«Bene» dice lui, schiarendosi la gola con un colpo secco di tosse. Mi fa un cenno con la testa, in direzione del parco divertimenti alla nostra sinistra. «Questo è il Pacific Park. Ti ho portata qui perché da piccolo adoravo questo posto e volevo essere io a fartelo conoscere». Il suo tono è così sincero che non posso evitare di ricambiare il suo sguardo con un sorriso e le guance arrossate.

Passeggiamo lungo il pontile, ascoltando il frangersi delle onde sugli scogli e offrendo il viso al calore dell'ultimo sole. Ci godiamo la reciproca compagnia e commentiamo ogni cosa che vediamo: i chioschi che vendono ogni tipo di leccornia, le montagne russe che, chissà perché, sono dipinte di giallo, la disposizione delle panchine. Perché quella è rivolta verso il mare e quell'altra verso la città?

«Questo mi faceva una paura pazzesca» ammette lui quando arriviamo all'ingresso del parco: sopra la scritta PACIFIC PARK c'è un enorme polipo viola. Lui si ficca le mani in tasca, imbarazzato, e supera in fretta il cancello. «Un po' mi spaventa ancora».

«Ah-ah-ah». Rido di cuore e lo raggiungo, spalancando scherzosamente gli occhi. «Ma che razza di duro sei?»

«Be'» risponde lui alzando la voce di un'ottava, «un vero duro ti direbbe che adora lo zucchero filato?» Sfila le mani dalle tasche e mi indica un chiosco che vende i classici popcorn caldi, gelati, bretzel e, naturalmente, lo zucchero filato. Tyler ne compra un po' per tutti e due, con un grande sorriso stampato in faccia.

Quando mi passa il bastoncino, prima di voltarsi per prendere il suo, noto la dolcezza del suo sorriso. «Sei sicuro che la tua adorazione per questo posto appartenga ormai al passato?» chiedo, punzecchiandolo un po'.

Lui fa un'espressione sorpresa, poi sporge le labbra e prende un grosso pezzo di zucchero filato. «Dobbiamo andare sulle montagne russe» biascica mentre lo zucchero gli si scioglie sulla lingua. Non ha risposto alla mia domanda: il mio sorriso si allarga.

Lo seguo fra la folla fino a una panchina proprio sotto le montagne russe dipinte di giallo, che passano intorno alla ruota panoramica. Mentre mangio lo zucchero filato osservo la ruota che gira.

«Eden» dice Tyler, con un'intensità che cattura tutta la mia attenzione. La sua espressione si fa incerta. «Per ora non parliamone con nessuno. Sarebbe più semplice se noi... mantenessimo il segreto. Ti prego, dimmi che sai tenere i segreti».

«Certo» gli assicuro, ma questa situazione non mi piace per niente. Non voglio fare le cose di nascosto, vivere di scuse e di bugie. Però so che in questo momento è necessario. «E so che anche tu li sai tenere, perché mi pare ovvio che ne hai parecchi».

Lui solleva gli angoli della bocca in un sorriso sbilenco e divora il resto dello zucchero filato. Poi si alza, butta il bastoncino e indica i vagoncini sopra di noi. «È ora di fare una corsa».

Trovo frustrante questo suo modo di evitare le mie domande, ma il suo silenzio è più eloquente delle parole: non mi risponde perché sa che ho ragione, sa che lo sto studiando, anche se lui non vorrebbe.

E così passiamo il nostro martedì sera a fare la coda per i giochi dei bambini, ma ci godiamo ogni istante. Le montagne russe, la ruota panoramica, il salto nel vuoto... li ricorderò tutti, perché non dimenticherò questa serata. Ricorderò la risata isterica di Tyler quando, al salto nel vuoto, credevo che la mia cintura di sicurezza fosse rotta e lui si è chinato su di me per aiutarmi a sistemarla, e le nostre mani impacciate si sono scontrate; ricorderò i suoi commentini sarcastici sulle montagne russe, quando gli altri passeggeri strillavano a pieni polmoni alla minima curva; ricorderò quando ha detto che l'oceano era meraviglioso dall'alto della ruota panoramica, anche se girandomi a guardarlo ho visto che i suoi occhi non erano rivolti all'oceano. Erano posati su di me.

Quando usciamo dal parco è tardi, le insegne al neon brillano nel buio e la folla si dirada mentre ci dirigiamo alla macchina. Il parcheggio è semideserto e vediamo un paio di persone che si stanno facendo una fotografia vicino alla macchina di Tyler e, colte sul fatto, scappano via imbarazzate.

«Succede sempre» commenta Tyler quando saliamo a bordo. Dà un colpetto al volante, passando un dito sul logo dell'Audi. «Non so perché: siamo a Los Angeles. Voglio dire, a Beverly Hills c'è una Lamborghini a ogni angolo».

Mi mordo la lingua per impedirmi di parlare, ma alla fine non riesco a trattenermi. «Come hai fatto ad avere questa macchina?»

Lui resta in silenzio per un po', passando le dita sul volante e pensando al modo migliore di rispondermi. « Perché ho avuto accesso ai miei fondi per l'università. E quando ti trovi in mano tutti quei soldi, non puoi comportarti in modo ragionevole, no? Sono un maschio adolescente, era ovvio che li sperperassi per una macchina sportiva ». Fa una risata: non capisco se sia sincera o se stia ridendo di se stesso per aver fatto una simile sciocchezza.

« Come mai hai potuto usare quei fondi? » insisto, per curiosità più che altro. Fisso gli occhi sulla sua bocca, studiando il modo in cui muove le labbra e sposta la mascella.

« Be', a quanto pare i soldi ti fanno sentire meglio » sussurra lui in tono tagliente. Fa un sospiro e blocca le mani sul volante. « Sono un sacco di soldi » ammette. « Voglio dire, mia madre è avvocato e mio padre... » Per un secondo gli si spezza la voce, ma poi deglutisce e continua, spostando gli occhi su di me. Io lo guardo con aria interrogativa, anche se mi sento un po' in colpa perché mi sto immischiando nella sua vita personale. Quando e perché ha avuto accesso ai fondi per l'università non sono cose che mi riguardano. « Mio padre aveva una sua azienda. Ingegneria strutturale. Lavorava in tutta la costa occidentale ».

Anche l'Oregon è sulla costa occidentale, mi chiedo se l'avrò sentita nominare. « Come si chiamava l'azienda? »

« Grayson » risponde Tyler, a denti stretti. I suoi occhi si adombrano. Li distoglie per un attimo. « Eravamo la famiglia Grayson ».

Allora mi giro per mettermi di fronte a lui, incrociando le gambe sul sedile. So che è un argomento delicato, per lui, ma trovo interessante scoprire il passato delle persone, le loro fondamenta. Soprattutto quelle di Tyler. « Prima del divorzio? »

« Prima del divorzio » ripete lui, scrollando le spalle. Scivola più giù sul sedile, si mette una mano tra i capelli e la tiene lì per un momento, tirando le punte. « Io mi chiamavo Tyler Grayson. La mamma non ha voluto che tenessimo il suo cognome ».

Non so cosa rispondere. Forse perché ero così concentrata sulle sue labbra che riesco a pensare soltanto alla sensazione di averle contro le mie. Mi sale un nodo in gola, ma lo reprimo subito.

Il mio silenzio gli dice tutto, probabilmente, perché si tira su piano. La sua mano si stacca dai capelli e si posa sul mio ginocchio. Sento un brivido lungo la schiena. Si passa la lingua sulle labbra, con studiata lentezza: a me sembra una tortura.

«Posso baciarti ancora?» sussurra, senza staccare gli occhi dai miei. Aspetta la mia risposta, lo sguardo calmo e dolce, le labbra socchiuse.

Proprio come fa lui, anch'io stavolta non rispondo. Invece mi sposto lentamente verso il centro della macchina, cercando di non slogarmi una gamba mentre mi sollevo e adagio il mio corpo sopra il suo. Mi metto a cavalcioni su di lui in questo spazio stretto, il mio cuore batte contro il suo petto e la mia schiena preme sul volante. Non è l'ideale, ma può bastare.

Senza esitazione, lui mi prende il viso fra le mani e cattura le mie labbra con dolce fermezza. È ancora meglio di ieri. Le sue labbra si muovono avide. Domina anche questo bacio, con sicurezza, facendo cose che non credevo possibili. Più continua a baciarmi, più mi convinco che non riuscirò mai più a fare a meno dell'esaltazione che provo.

Quando le sue labbra si staccano dalle mie e si spostano sul mio collo, gli infilo le dita tra i capelli. Sono così morbidi che mi fanno il solletico. Mentre mi bacia, con lentezza e decisione, gli prendo il mento e lo sollevo verso di me. Sposto le labbra vicino al suo orecchio e oso sussurrare, col cuore in gola: «Non hai bisogno di chiederlo».

22

Ieri sera io e Tyler siamo arrivati a casa esattamente alla stessa ora, ma siamo riusciti a rimediare a questo errore da principianti dicendo che era passato a riprendermi. Ella ci ha creduto: ha chiesto a Tyler se aveva trascorso una bella serata con Tiffani e lui ha risposto di sì. Poi ha chiesto a me se mi ero divertita con Meghan e io ho confermato.

Io e Tyler ci siamo scambiati una rapida occhiata d'intesa, un segreto nascosto dietro i nostri occhi, che solo noi conoscevamo e potevamo comprendere.

Papà va in ufficio tardi stamattina, quindi al ritorno dalla mia corsa lo trovo che gira ancora per casa. Sono sfinita. Invece di seguire un nuovo percorso intorno alla città, come avevo deciso, ho finito per fare tutto il lungomare, da Santa Monica a Venice. È stato rigenerante sentire le onde del Pacifico invece della mia solita musica. Quasi rilassante, nonostante la fatica.

« A che ora esci? » chiedo a papà entrando in cucina, dopo aver fatto la doccia ed essermi infilata dei vestiti puliti. Ho i capelli raccolti in una crocchia disordinata.

Papà mi guarda di sfuggita e sbatte un pacco di documenti nella ventiquattr'ore. Si sfrega la tempia e prende le chiavi della macchina dal ripiano. « Sto uscendo adesso. Ho una riunione importante con i fornitori e non posso mandarla a put... non posso fare tardi ». Mi passa accanto, arrossendo, con la valigetta in una mano e le chiavi nell'altra.

« Potresti lasciarmi alla Promenade mentre vai al lavoro? » Ho un bisogno assoluto di caffè bollente, e quello della macchinetta di Ella e papà non mi fa impazzire. Ma dopo la corsa ho le gambe così legnose che non ho la forza di camminare fino alla Third Street. Tyler non può portarmici perché è in palestra con Dean, ed Ella è già uscita per accompagnare Jamie e Chase a caccia di VIP. A quanto pare oggi c'è in giro Ben Affleck.

Papà reprime un gemito. « Allora sbrigati ».

Mi fiondo di sopra per mettermi le Converse e prendere dei soldi, poi corro giù. Mio padre mi sta già aspettando, batte il piede con impazienza contro l'uscio. Gli passo davanti. Lui chiude la porta a chiave e mi segue fino alla Lexus, con aria molto tesa e infastidita. Temo che se gli rivolgo la parola potrebbe mettersi a piangere, così decido di stare buona per questo breve tragitto. Ma il silenzio dura solo dieci minuti.

« Allora, stai passando una bella estate? » mi chiede schiarendosi la gola.

« Non male ». Dire che sto minimizzando è dire poco. Quest'estate non è 'non male'. È un sogno a occhi aperti da cui non vorrei mai svegliarmi. In queste settimane è stato tutto così nuovo e sbagliato, e al tempo stesso così eccitante e giusto. « Qui va bene » dico indicando il marciapiede del Santa Monica Boulevard.

Lui accosta e io scendo. Prima che possa chiudermi la portiera alle spalle, papà si sporge verso di me e mi fa un sorriso. « Stai attenta: Los Angeles non è sicura come Portland ».

Io mi chino verso di lui: « In realtà la percentuale di crimini sessuali a Portland è superiore alla media nazionale. In bocca al lupo per la riunione ».

Chiudo la portiera con dolcezza, mentre papà sgrana gli occhi. Non mi volto indietro. Mi aggiusto sulla spalla la tracolla della borsa di cuoio e mi avvio verso il Refinery, il piccolo bar all'angolo dove mi hanno portato Meghan e Rachael all'inizio della mia vacanza, quello con l'atmosfera informale e il latte al caramello più buono del mondo. Quando entro è molto tranquillo: ci sono solo cinque o sei persone, ingobbite sopra le loro tazze fumanti. Qualcuno legge, qualcuno guarda il computer e altri chiacchierano.

La ragazza al bancone incrocia il mio sguardo e mi fa un sorriso di benvenuto. Io mi avvicino e studio il menu affisso alla parete dietro di lei. È scritto col gessetto, cosa che me lo fa apprezzare ancora di più. « Cosa ti porto? »

« Solo un latte macchiato scremato, alla vaniglia, caldissimo, con una punta di caramello». Recupero il portafoglio dalla borsa e metto cinque dollari sul ripiano. Mi sento in colpa per l'aggiunta del caramello, ma Amelia ha fatto di tutto per convincermi che non c'è niente di male a godermi la mia bevanda preferita, una volta ogni tanto.

«No problem» dice la ragazza, porgendomi il resto. «Te lo porto subito».

Prendo le monetine e mi dirigo a un tavolino contro il muro, poi appoggio la borsa e mi metto comoda. È così rilassante starmene seduta qui, a riposarmi e a osservare la gente intorno a me. Mi piace guardare gli altri, mi chiedo sempre quali siano le loro storie. Dove saranno cresciuti? Quanti fratelli hanno? Quale gusto di gelato preferiscono?

Soprattutto, mi chiedo se la loro estate sia complicata quanto la mia.

«Ecco qua» dice con gentilezza la ragazza qualche minuto dopo, appoggiandomi la tazza davanti. «Gustatelo».

Io la ringrazio e aspetto che sparisca dietro il banco. Poi mi fiondo sulla tazza e bevo una lunga sorsata. È rovente e mi ustiona un po' la gola, ma non mi importa. Ha un gusto meraviglioso.

Scivolo più in basso sulla sedia e frugo nella borsa, alla ricerca degli auricolari e dello smartphone, e metto su i La breve vita. Chiudo gli occhi, muovo la testa a tempo di musica. Sono felice di essere andata al loro concerto: li adoro. I testi sono profondi, ogni canzone racconta una storia sui nostri errori passati e sul futuro. Molto spesso il controcanto è in italiano.

Sono rapita dalla musica, quando percepisco un movimento davanti a me. Spalanco gli occhi e quasi mi balza il cuore dal petto quando trovo un altro paio di occhi che mi fissano. Mi raddrizzo di colpo e gli auricolari cadono sul tavolo.

«Ehi» dice lui.

«Mi hai spaventato» ansimo, portandomi una mano al petto e cercando di riprendere fiato.

È Dean. Ha l'aria di uno che ha appena corso la maratona, ma è svenuto prima di tagliare il traguardo. Ha le guance arrossate, il viso madido di sudore e i capelli arruffati. «Scusami» dice con un sorriso contrito. «Mi stavo prendendo un caffè e ti ho visto seduta qui».

Abbasso lo sguardo sul bicchiere da asporto che ha in mano, poi lo riporto su di lui. «Appena uscito dalla palestra?»

«Si vede così tanto?» Si passa il dorso della mano sulla fronte e si mette a ridere.

Io scuoto la testa e bevo un altro sorso di latte. «Nooo». Mentre bevo mi viene in mente una cosa e deglutisco in fretta per chiedergli: «Tyler è con te?»

Mi guardo intorno, alla ricerca di un paio di occhi verdi e di un ciuffo di capelli neri, ma Dean risponde: «No, è andato a Malibu a far lucidare la macchina». La mia ricerca si interrompe.

«Oh» dico, delusa, fissando il mio latte e passando un dito sul bordo della tazza. «Non mi sorprende».

«Che cosa stavi ascoltando?» mi chiede Dean. Si china in avanti sul tavolino per toccare il mio telefono e quando sullo schermo appare La breve vita il suo viso si illumina. «Non ci credo!»

Io alzo le spalle, un po' imbarazzata. «Sono fantastici».

«Qual è la tua canzone preferita?»

«Oh, che domanda difficile» gemo. Inclino la testa, appoggiandola al palmo della mano, e ripercorro tutte le canzoni dei loro tre album, fino a giungere a una conclusione. «Credo che sia *Holding Back*».

Dean si raddrizza e scuote vigorosamente la testa. «Ma dai?!»

«Ma dai cosa?»

Lui resta immobile. I suoi occhi scuri si fissano nei miei per un lungo momento e pian piano le sue labbra formano un piccolo sorriso. «È anche la mia preferita».

Io ricambio il sorriso, anche se cerco di evitarlo mordendomi un labbro. «È una canzone incredibile».

«Concordo». Il suo sorriso si fa sempre più largo e luminoso. Rimane a guardarmi, come se non chiedesse di meglio che starsene lì a fissarmi, mentre sorseggio imbarazzata il mio latte. Si siede di fronte a me. «Il caffè te lo offro io» dice alla fine. Tira fuori il portafoglio dalla tasca dei jeans, ci fruga dentro per un momento e poi mi mette davanti una banconota stropicciata da cinque dollari. «Cinque dollari per coprire le spese. Quelli che mi avevi dato tu».

Io socchiudo le labbra e prendo fra il pollice e l'indice la banconota spiegazzata, osservandola con attenzione. Sul retro c'è uno scarabocchio, proprio sopra l'immagine del Lincoln Memorial. Studio la scrittura e decifro che c'è scritto: FONDO BENZINA DI EDEN. Apro ancora di più la bocca e alzo gli occhi per guardare Dean.

«L'hai conservata? E ci hai scritto sopra?»

« Per ricordarmi di restituirtela ».

« Ma io non la rivoglio ».

« Peggio per te ». Con un sorriso timido mi chiude le dita intorno ai cinque dollari e mi spinge via la mano.

Io scuoto la testa, ridendo, e infilo i soldi nella borsa accanto a me. Torno al mio latte e lo bevo a lunghe sorsate, come fa lui col suo caffè.

Dean soffia, come se si fosse scottato, e mi chiede: « Che fai adesso? »

« Penso che me ne tornerò a casa ». Vedo che mi guarda con aria interrogativa. « Intendo qui, a Santa Monica. Non a Portland ».

« Certo, l'avevo capito » dice, alzandosi. Prende il suo caffè e si porta il bicchiere alle labbra, bevendo con cautela, poi fa un cenno verso la vetrina e soffia ancora. « Hai bisogno di un passaggio? »

Ormai ho scoperto che c'è un vantaggio a essere in una città nuova senza un mezzo di trasporto: non c'è neanche bisogno di chiedere, perché c'è sempre qualcuno che per compassione ti offre uno strappo.

« Se non è troppo disturbo... » rispondo. Io non ho ancora preso la patente.

« Nessun disturbo. Andiamo ».

Bevo l'ultimo sorso di latte macchiato e infilo le cuffie in borsa, poi me la butto a tracolla. Dean è già arrivato alla porta e ci si è appoggiato: la sta tenendo aperta per me. Il cielo, che prima era sereno, si è un po' rannuvolato. Alzo gli occhi, stupita: « Dov'è finito il sole? »

Dean fa spallucce. « Malgrado quello che si crede, anche qui nel Golden State abbiamo la pioggia ». Scruta l'intenso flusso di auto e quando vede uno spiraglio mi dà una leggera spinta e attraversiamo il viale di corsa. La sua macchina è parcheggiata in uno spazio piccolissimo, mi chiedo come sia riuscito a fare quella manovra. « Ogni estate c'è un fortissimo temporale che dura, tipo, un giorno intero. Arriva all'improvviso ed è molto violento ».

« E succede ogni estate, senza eccezioni? »

« Sì, fidati. Ti garantisco che prima di tornare a casa lo vedrai ».

Apre la macchina e io mi siedo sul sedile del passeggero. « La pioggia non mi disturba: a Portland è una presenza fissa per otto mesi all'anno ».

« Dev'essere uno schifo ».

Nel tragitto fino a casa parliamo di cose stupide, come la pioggia, la neve, i bar e i vari gusti di caffè. Io lo adoro al caramello, a Dean piace alla cannella. Il mio umore però peggiora quando arriviamo e vedo che la macchina di Tyler non è parcheggiata sul vialetto. Non lo vedo da stamattina presto e mi manca... anche se so che suona patetico.

«Grazie per il passaggio... di nuovo» mormoro quasi con timidezza. Lui mi risponde che non c'è problema e io arrossisco. Poi mi viene un'idea. Infilo la mano in borsa per ripescare la banconota da cinque dollari, la mia, quella con lo scarabocchio di Dean sul Lincoln Memorial. Quando riesco a ritrovarla, malconcia com'è, la piazzo sul cruscotto. «Per la benzina» dico.

Dean ride forte e scuote la testa. «Alla prossima». Mi saluta, poi scendo dall'auto ed entro in casa.

Anche se non c'è la macchina di Tyler, la Range Rover è qui, quindi Ella deve essere in casa. Avanzo nel corridoio, ma la casa è silenziosa. Sbircio nel soggiorno e vedo Ella seduta a gambe incrociate sul divano di pelle, accanto a una pila di album fotografici.

«Allora, avete trovato Ben Affleck?» chiedo facendomi avanti.

Gli occhi azzurri di Ella si spostano velocemente su di me, mentre chiude l'album che aveva in grembo. «Be', c'era un sacco di gente e quindi anche un sacco di macchine, così ho detto ai ragazzi che non avevo alcuna intenzione di andare in un parcheggio a pagamento e li ho accompagnati a casa dei loro amici».

Io rido e faccio un cenno verso la pila di album. «Cosa stai guardando?»

«Oh, niente» taglia corto lei. «Solo delle vecchie foto. Non c'era nessuno e ho pensato... ho pensato di prenderle dal solaio e dare un'occhiata mentre eravate tutti fuori. I ragazzi detestano che io guardi le loro foto di quando erano piccoli». Soffoca una risatina e abbassa gli occhi, accarezzando la copertina logora dell'album che ha in mano.

«Posso vederle?» Mi avvicino al divano e sposto gli album per potermi sedere accanto a lei, poi tiro su le gambe.

Ella sembra quasi nervosa, ma riapre lentamente l'album e lo mette fra di noi, metà sul suo ginocchio e metà sul mio. «Queste sono di quando è nato Chase» mi spiega.

C'è una serie di fotografie di un neonato in una culla trasparente da ospedale, avvolto in una copertina azzurra. In tutte quante Chase piange disperato, le guance paonazze. Ella gira le pagine per mostrarmi altre foto dell'ospedale, ma stavolta Chase è in braccio a una donna di mezza età che non riconosco, e in quella successiva viene passato a un uomo più o meno coetaneo della signora.

«Sono i nonni dei ragazzi» mi informa Ella, in tono un po' rigido. Giriamo altre pagine e noto che ci sono diversi spazi vuoti dove prima dovevano esserci altre fotografie. Poi si ferma su una pagina particolare e si mette a ridere. «Oddio, che capelli lunghi».

Adesso Chase sembra avere qualche settimana, ha gli occhi attenti e spalancati. Una versione di Ella più giovane lo sta sollevando verso l'obiettivo. Sul suo viso, incorniciato da lunghi capelli biondi, c'è un grande sorriso, come se lo scatto l'avesse colta a metà di una risata. Sembra così giovane, felice e spensierata. Come se in quel momento la sua vita non avesse potuto essere più perfetta. Accanto a lei c'è un bambino piccolo, con le labbra strette, aggrappato ai suoi pantaloni sportivi viola. Riconosco Jamie dai capelli biondi: all'epoca doveva avere più o meno tre anni.

«Sono un po' sguarniti» si scusa lei, mettendo da parte l'album per prenderne un altro. «Questo è di Tyler».

Il mio interesse cresce. Mi metto più comoda, mi mordo il labbro e abbasso lo sguardo sull'album nero. Ella apre la prima pagina. È vuota. Ne gira altre. Vuote. Dopo sei pagine, troviamo le prime due fotografie. C'è un bambino piccolissimo dentro un'incubatrice, minuscolo, fragile e roseo.

«È nato prematuro di quattro settimane» mi racconta Ella. «Doveva nascere a luglio, invece è nato in giugno».

«Non lo sapevo». Giriamo altre pagine bianche, finché arriviamo a una foto di Ella sdraiata su un letto in una stanza buia, con Tyler rannicchiato accanto. Qui sembra ancora più giovane, una ragazzina, forse solo un anno più grande di me adesso. Ha i capelli raccolti in una coda disordinata e gli occhi stanchi. Ha un'aria sfinita, ma io non faccio commenti.

Nell'ultima pagina dell'album, Tyler non è più un neonato: ha qualche anno in più, sta in piedi da solo e indossa un piccolo smoking nero. Sorride all'obiettivo e io ricambio il sorriso, guardando quei capelli neri e quegli occhi verdi così familiari. Non è cambiato per niente.

«Era il giorno del mio matrimonio» dice Ella piano.

Queste parole mi mettono un po' in imbarazzo, dato che sono la figlia del suo nuovo marito, ma trovo comunque la cosa molto interessante. « A che età ti sei sposata? »

« Avevo ventun anni. È stato Tyler ad accompagnarmi all'altare, perché avevo litigato con i miei genitori. Aveva solo quattro anni, ma era molto felice ». Poi chiude l'album e lo mette da parte.

« Tutto qui? » chiedo incredula. « Solo otto fotografie? »

« Prima era pieno » ammette lei. La sua voce è venata di tristezza, ma mi guarda di sbieco e accenna un sorriso, come se andasse tutto bene. « Tyler ne ha bruciate un sacco ».

Io aggrotto la fronte. « In che senso 'bruciate'? »

« Ha acceso un fuoco nel giardino sul retro » mi spiega lei alzando le spalle. « Ce n'erano tante che non voleva tenere. Gliel'ho lasciato fare perché speravo che poi si sarebbe sentito meglio ».

Prima che io possa approfondire, lei si schiarisce la gola e prende un altro album. Probabilmente è quello di Jamie, ma non ha neanche girato la prima pagina quando sentiamo la porta d'ingresso che si apre e si richiude.

« Ella? » chiama una voce. Credo che entrambe ci aspettassimo Tyler, ma la voce è femminile e io la riconosco.

« Sono qui, Tiffani! » risponde Ella, confermando la mia impressione. Mi chiedo che cosa ci faccia qui.

In pochi secondi Tiffani arriva in soggiorno, spinge la porta e inclina la testa. « Oh, ehi, Eden ».

« Ehi ». Riesco a stento a guardarla, come se fossi uno spacciatore e lei un'agente federale.

« C'è Tyler? »

Ella mi passa gli album di fotografie e si alza, lisciandosi i vestiti, poi fa un passo verso Tiffani. « Mmm, stamattina non l'ho visto. Hai provato a chiamarlo? Magari è ancora in palestra ».

« È da ieri sera che lo cerco » puntualizza Tiffani bruscamente. « Continua a rifiutare le mie chiamate. E, a proposito di ieri sera, dove è stato? »

Ella aggrotta la fronte. « Non era con te? »

In questo preciso momento il mio cuore smette di battere e il sangue mi si gela nelle vene. Resto a guardarle a labbra socchiuse, un unico pensiero in testa: 'Abbiamo fatto un casino'. Non so perché Tyler era tanto sicuro che le nostre scuse avrebbero retto, e non so perché ho accettato di stare al gioco.

Proprio mentre penso di stare per morire, sento di nuovo la porta d'ingresso. Stavolta è la persona che stavamo aspettando. Ancora prima di vederlo, sento la sua voce profonda che sussurra: «Che ci fai qui?» mentre si avvicina lungo il corridoio.

Tiffani si volta verso la porta del soggiorno, per squadrarlo con espressione glaciale. «Dov'eri ieri sera?»

«Te l'ho detto» risponde lui. Da sopra la spalla di Tiffani riesco a vedere metà del suo viso. Lo guardo deglutire rapidamente. «Ero coi ragazzi».

«Tyler» scatta Ella mettendosi davanti a lui, visibilmente alterata. «Mi avevi detto che eri con lei. Dove sei andato ieri sera?»

«Oddio, che importanza ha?»

Ella si gira e mi guarda negli occhi. Ho ancora il fiato sospeso, sarò quasi cianotica ormai. «Eden, dov'è andato?»

Tutti gli occhi si puntano su di me. Ella ha uno sguardo severo, Tiffani sembra furiosa e Tyler mi implora silenziosamente di mantenere la calma e tirarlo fuori dai guai. «Mmm, mi la lasciato da Meghan e poi ha cambiato programma» mento, pregando che la mia logica regga. «Ha deciso di uscire coi ragazzi».

«Visto?» sussurra Tyler. Fa un passo verso Tiffani per prenderle un gomito, ma lei lo tiene a distanza.

«Non rivolgermi la parola» scatta, posandogli una mano sul petto e spingendolo indietro nel corridoio. «Eden, vieni con me. Dobbiamo parlare con Rachael e Meghan. *Adesso*». I suoi occhi mi avvertono di non obiettare, così non lo faccio. Spingo di lato gli album e mi alzo. Lei mi prende per un polso e mi strattona fuori dalla stanza, sbattendo volutamente addosso a Tyler mentre mi trascina con sé.

Dai suoi occhi capisco che è furioso, stringe i pugni e ci segue con lo sguardo mentre usciamo di casa. Non ho neanche il tempo di prendere le scarpe, sono costretta ad attraversare il prato a piedi nudi e poi a entrare in macchina: Tiffani non mi dà altra scelta.

Si siede al posto di guida, chiude la portiera e scoppia in lacrime. È una crisi in piena regola, si nasconde il viso fra le mani e singhiozza contro il volante. Il suo petto si alza e si abbassa con un ritmo irregolare, fa fatica respirare.

«Stai bene?» le chiedo, ma poi mi do subito dell'idiota: è chiaro che non stia bene. Mi giro verso di lei e allungo una mano per massaggiarle la schiena, cercando di tranquillizzarla. Non sembra servire a molto. «Cosa c'è che non va?»

Lei singhiozza ancora un po', poi solleva la testa e si asciuga gli occhi coi pollici. Ha ancora il respiro spezzato, ma avvia il motore e si allaccia la cintura di sicurezza. «Non ci crederai» geme con le guance rigate di mascara. «Rach e Meg ci raggiungono da me. Devo solo... ho bisogno di sfogarmi».

Proseguiamo in silenzio fino a casa sua, che per fortuna non è lontana. Non credo che potrei sopportare i suoi piagnistei per più di dieci minuti. E comunque in quel lasso di tempo il mio stomaco si contorce sempre di più. Sono sicura che è Tyler la causa delle sue lacrime.

Quando arriviamo, sul vialetto di Tiffani ci sono già le auto di Rachael e Meghan. Appena accostiamo le ragazze scendono di corsa e si precipitano verso di noi.

«Oh, Tiff! Che ha fatto stavolta?» Rachael è la prima a prenderla fra le braccia e stringerla forte. «Ricordati che io abito lì di fronte, ci metto un attimo a entrargli in casa nel cuore della notte e tagliargli le palle, se vuoi».

Adesso che ho la conferma che è proprio colpa di Tyler, mi chiedo se sia solo arrabbiata perché lui ha preferito uscire con i suoi amici invece che con lei. Ma sembra troppo disperata: deve trattarsi di qualcosa di più grave.

«Quante volte te l'abbiamo detto?» chiede Meghan, prendendo la mano di Tiffani fra le sue e portandola verso la casa. «Tiff, sai benissimo che non è un episodio isolato».

«Le altre volte erano solo voci» geme Tiffani con un altro singhiozzo disperato. «Ora ho le prove!»

«Le prove di cosa?» chiedo mentre ci trasciniamo all'interno. Nessuno mi ha ancora spiegato perché sta piangendo.

«Oddio Eden, per favore non adesso» sussurra Rachael guardandomi storto, poi si rivolge di nuovo a Tiffani con aria compassionevole. Nessuno mi ha ancora spiegato cosa è successo. In breve saliamo lo scalone e andiamo in camera di Tiffani. Lei si lascia cadere sul letto.

«Dai, raccontaci tutto dall'inizio» la esorta Meghan dolcemente, mentre Tiffani respira forte. Siamo tutte sedute sul materasso intorno a lei, come se fosse una regina e noi le sue ancelle. In un certo senso è proprio così.

«Ve l'ho già detto» scatta Tiffani, agitata. «Stamattina presto stavo ritirando la posta, quando Austin Cameron è passato in macchina e ha accostato. Mi ha chiesto se mi ero goduta la serata con Tyler, continuava ad ammiccare con quella faccia da idiota. Gli ho chiesto di che diavolo stava parlando e lui mi ha risposto che ci ha visto insieme, ieri sera tardi, vicino al molo. Ma io non ero al molo».

Se prima mi sembrava di non riuscire a respirare, adesso sono proprio in apnea. La fisso a bocca aperta. Non è Tyler la causa delle sue lacrime: sono io.

«Hai detto ad Austin che non eri tu?» chiede Rachael. Dà un colpetto sul ginocchio di Tiffani, come se potesse servire a consolarla.

«Certo che sì» sussurra Tiffani, ricominciando a piangere disperata. «Ha ribadito che era sicuro di aver visto Tyler 'darci dentro' in macchina, in quel maledetto parcheggio. Ha dato per scontato che fossi io, ovviamente... dato che sono la sua ragazza».

«E non dovresti esserlo» sussurra Meghan. «Non ti merita».

Tiffani strizza gli occhi per un momento, poi fa un respiro profondo. «Ho chiesto a Austin se era certo che fosse la macchina di Tyler, e lui ha risposto di sì, che la riconoscerebbe ovunque. Era certo che fosse la sua targa. Allora naturalmente gli ho domandato se ricordava qualcosa della tizia che era con lui, ma ha detto di aver visto solo le sagome». Tira un pugno sul cuscino più vicino e fa un ringhio basso. «Perché diavolo Tyler ha i finestrini oscurati? Credevo che fossero illegali, e comincio a capire perché. Proteggono i traditori!»

'Oddio' penso. 'È tutta colpa mia'.

«A me ha detto che era con gli amici, ma a sua madre ha detto che era con me! È un fottutissimo bugiardo!» Altri pugni, botte e graffi, mentre distrugge tutto quello che le capita a tiro. Non oso neanche immaginare come reagirebbe se sapesse che ero io l'altra ragazza. «Chissà da quanto si fa quella troia! Mi sento male. Sto davvero per vomitare. Oddio». Si stringe le mani allo stomaco e abbandona la testa all'indietro.

«Devi mollarlo, Tiffani» dice Rachael in tono un po' condiscendente, come se parlasse a una bambina dell'asilo alle prese con la sua prima delusione d'amore.

«Ma io non ci riesco!» frigna lei con i capelli sugli occhi, tra le lacrime. Si porta il copriletto alla faccia per asciugarsi le guance, inzuppando il tessuto in pochi secondi. «Io ho bisogno di lui».

«Magari Austin ha visto male?» provo a dire, sforzandomi di formulare ogni parola. Ho la gola secca, ma cerco con tutte le mie forze di evitare che la voce mi esca spezzata o tremolante. 'Fingiti ingenua' dico a me stessa. 'Fingiti innocente'.

« Okay » dice Rachael, torcendo il collo per lanciarmi un'occhiataccia. « Eden, capisco che faccia parte della tua famiglia, ma ti prego di non difenderlo ».

« Non lo difendo » provo a obiettare. Mi sento davvero uno schifo e la verità è che non sto difendendo Tyler: sto difendendo me stessa.

Per venti minuti restiamo ad ascoltare Tiffani che si sfoga, grida e impreca, finché non si calma. Io resto seduta in silenzio per tutto il tempo, per paura di dire qualcosa di compromettente. Rachael suggerisce diversi metodi di vendetta e Meghan propone di andare a prendere un gelato, ma Tiffani dice di no, perché « se divento grassa avrà ancora più voglia di tradirmi ». Questo commento non mi piace per niente: sta insinuando che le ragazze più in carne non siano attraenti? Che i ragazzi non vogliono quelle che hanno un corpo un po' più morbido? Non lo so, comunque mi fa incazzare.

Alla fine dice che vuole soltanto dormire, e noi capiamo che è ora di andare. Lei ha bisogno di spazio, e di sicuro io sono ben felice di andarmene da qui. Rachael si offre di accompagnarmi a casa in macchina, evitandomi di dover attraversare il quartiere a piedi nudi.

« Richiamaci se succede qualcos'altro » si raccomanda Meghan mentre indugiamo sulla porta. Tiffani è ancora stravaccata sul letto, ogni tanto si rigira. « Tienici aggiornate ».

« Lo farò » risponde lei tirando su col naso. « Posso parlare un secondo con Eden? »

Io, Rachael e Meghan ci scambiamo un'occhiata: sto quasi per implorarle di non lasciarmi qui da sola con lei, ma

Rachael dice: « Ma certo. Ti aspetto in macchina, Eden ». Poi se ne vanno entrambe.

Nella stanza cala il silenzio, Tiffani ha sempre il viso affondato nel copriletto. Le sue parole, quando apre bocca, mi arrivano attutite. « Quello che abbiamo detto non deve uscire da questa stanza. Non ti sognare di riferire niente di tutto questo a Tyler ».

« Certo che no » squittisco, spostando lo sguardo verso il corridoio e fissando le scale con desiderio. « Spero che tu stia meglio ».

« No. Però, Eden? »

« Sì? »

Si tira su, incrocia le gambe e mi guarda con i suoi occhi gonfi. Stringe le labbra e i denti, aggrotta la fronte. Nei suoi occhi azzurri si agita qualcosa di nuovo, qualcosa che non ho mai visto prima: un'espressione così contorta e tagliente che per un attimo mi fa paura. «So che ieri sera non eri con Meghan, perché c'ero io da lei».

23

Quando rientro in casa Tyler è in piedi in corridoio, con le braccia incrociate, la mascella serrata e lo sguardo feroce. Sembra un pugile pronto a scendere sul ring e a picchiare il suo avversario fino a procurargli dei danni cerebrali. Il problema è che non so chi sia il suo avversario.

« Che cosa ha detto? » sbotta in tono sprezzante. Si avvicina, lascia cadere le braccia lungo i fianchi e stringe i pugni. « E tu cosa hai detto? »

Scuoto la testa e cerco di guardare verso il soggiorno alle sue spalle, sebbene lui sia più alto di me. Ella è sparita, e così gli album di fotografie. « Dov'è tua madre? »

« È andata a prendere Chase » risponde lui in tono brusco. « Che diavolo è successo? »

Faccio un respiro profondo, senza staccare gli occhi dalla sua espressione tesa. Cerco di raccapezzarmi. Sono spaventata a morte. « Ieri sera qualcuno ci ha visti » balbetto, e sento un rigurgito di bile salirmi in gola. « Austin Cameron... l'ha detto a Tiffani ».

Tyler strabuzza gli occhi, sconvolto, poi gli torna quello sguardo gelido. « Stai scherzando? » ringhia. Nelle sue braccia sembra passare una scarica di adrenalina, sbatte un pugno contro il palmo, facendosi schioccare le nocche sulla pelle. « Lo ammazzo quel figlio di... »

« Non sanno che ero io » mi affretto a interromperlo, con voce bassa e roca, tormentandomi le dita. Guardo a terra, col cuore pesante. « Tiffani è distrutta, Tyler ».

Non è solo arrabbiata, è furibonda. Temo che possa sospettare di noi. Sa che abbiamo mentito entrambi a proposito di ieri sera, e nonostante il mio impacciato tentativo di inventarmi un alibi ha detto senza mezzi termini che intende scoprire quello che ho da nascondere. Ripensandoci, forse avrei potuto inventarmi una scusa migliore, ma ero sotto pressione, così ho bofonchiato che avevo mentito perché papà ed Ella mi avrebbero lasciato uscire solo se andavo in un posto sicuro. Lei però non se l'è bevuta. Non credo che riuscirò mai più a guardarla in faccia.

Per un momento rimaniamo in silenzio. Tyler apre i pugni e fa un sospiro. Lo guardo di sottecchi e vedo che si sfrega la nuca e poi si passa una mano tra i capelli. «Sistemerò tutto» dice piano. Alzo lo sguardo su di lui. «Senti, è arrabbiata, lo capisco, ma posso farmi perdonare. Le dirò che ho sbagliato, le comprerò qualcosa di carino, lei ci passerà sopra e tutto tornerà a posto. Poi penseremo al resto».

Io lo guardo sbalordita. Stringo i denti e le labbra, incenerendolo con lo sguardo. «Non tornerà tutto a posto» dico in tono severo, sputando ogni parola. «Non c'è niente che sia a posto, Tyler! Tutto questo deve finire».

«Che cosa deve finire?»

«Questo». Alzo le mani in un gesto di resa, indicando me e lui. Non avrei mai dovuto permettere che la situazione ci sfuggisse di mano. Adesso sono troppo coinvolta, ci siamo già baciati tre volte. «Tu hai una ragazza, Tyler. Io mi rifiuto di essere *l'altra*».

«E non lo sarai» ribatte convinto, poi però solleva gli angoli della bocca in un sorriso, fa qualche passo verso di me e allunga una mano a sfiorarmi il gomito. Il suo calore mi fa venire la pelle d'oca. Lui mi attira più vicino, poi si china verso di me, vedo i suoi occhi socchiudersi mentre le sue labbra scendono sulle mie. Subito mi divincolo e faccio un mezzo giro per allontanarmi. Lui rimane lì, con le mani a mezz'aria. Apre lentamente gli occhi e mi guarda con rabbia.

Io non mi lascio intimidire, cerco di capire cosa gli stia passando per la testa in questo momento. Chiaramente è impazzito. Dopo una lunga pausa, mi decido a chiedere: «Ma sei impazzito? Adesso non è proprio il momento. Anche se tu potessi garantirmi con certezza che non lo scoprirà, e sono sicura invece che succederà, non lo farei lo stesso». Faccio un passo indietro, agitando le mani e scuotendo la testa, con un nodo in gola. «Non ho intenzione di portare avanti questa... cosa».

«Ma dai». Ha cancellato il sorriso, ma nei suoi occhi c'è ancora una scintilla di strafottenza. Disgustata, giro i tacchi e salgo la scala a passo di marcia. Sono arrivata a metà quando lui mormora: «Possiamo trovare una soluzione».

«E come, Tyler?» gli chiedo voltandomi di scatto. Mi aggrappo alla balaustra e lo guardo dall'alto. «Abbiamo solo due alternative».

«Solo due?»

«Due». Immergo gli occhi nel suo sguardo ardente, poi rivedo Tiffani, con il mascara sbavato, i singhiozzi soffocati e il cuscino bagnato di lacrime. A lui non importa niente. «Devi lasciarla».

«No, non posso» ribatte lui, voltando la testa di scatto.

«Perché no?»

All'inizio mi sembra che voglia ignorare la mia domanda: ci mette un po' a pensare come rispondere. «Perché è più complicato di quanto credi, va bene? Tiffani è... Senti, non insistere». Si ferma e lancia un'occhiata di ammonimento che mi consiglia di non sfidarlo, quindi nonostante la frustrazione mi limito ad aggrottare la fronte e ad aspettare che dica il resto. «Qual è l'altra alternativa?»

«Ignorare quello che c'è fra di noi, qualunque cosa sia». Dirlo fa male, ma so che è la cosa giusta. Se lui vuole rimanere con Tiffani, allora dobbiamo comportarci come fratellastri, niente di più. Niente battutine allusive, niente baci rubati, niente commenti a sfondo sessuale. Però se lui desidera tutto questo, non dovrebbe stare con Tiffani, perché fare entrambe le cose è tristemente noto come tradire.

«Quindi, in definitiva» riassume lui incrociando le braccia, «posso stare con te soltanto se lascio Tiffani? O te o lei, giusto?» Ormai l'atteggiamento strafottente è scomparso e al suo posto è subentrata un'espressione irritata: stringe gli occhi a fessura e mi sta studiando con il mento sollevato. Però non credo che sia davvero arrabbiato con me. Penso che sia la situazione a farlo infuriare. È lo stesso per me.

«Perché ti stupisci tanto? È un ultimatum abbastanza ovvio» insisto in tono secco. «Avresti dovuto sapere che saremmo arrivati a questo».

Lui digrigna i denti, rovescia la testa e si passa le mani tra i capelli. Borbotta qualcosa sottovoce, poi si volta e se ne va in cucina a grandi passi. Io proseguo verso la mia stanza, pestando i piedi, e sbatto la porta abbastanza forte da farglielo sentire.

Pochi secondi dopo sto già mettendo in dubbio tutto quanto, torturandomi con mille domande, la prima delle quali è: perché sono tanto attratta da Tyler?

Sinceramente non riesco a trovare una risposta accettabile. È tutto sbagliato. Tanto per cominciare è il mio fratellastro, e il solo pensiero che qualcuno possa scoprirlo è insopportabile. Ci giudicherebbero, ci condannerebbero, saremmo banditi dalla società e costretti all'esilio. Ma la mia perplessità non deriva tanto da questo: è piuttosto il fatto che lui ha tanti difetti che dovrei detestare, eppure non riesco a odiarlo. Non più. Perché sono così affascinata da un ragazzo che sembra fregarsene di tutto? Dovrei odiarlo, come un tipico esemplare di maschio egoista e arrogante. Invece non riesco più a disprezzarlo, nonostante i suoi commenti inappropriati, gli spinelli che si fuma o tutto l'alcol che è capace di bere in un'ora. Ormai sono del tutto sicura che lo fa semplicemente per sentirsi figo, o per farsi accettare dai tipi che frequenta. C'è qualcosa di più in lui, qualcosa di affascinante nella sua vera natura, al di là dell'immagine da duro che cerca di proiettare. Sono completamente infatuata, e mi sto innamorando di lui.

Vorrei tanto che non fosse così.

Poco dopo arrivano Ella e Chase. Lei fa capolino nella mia stanza per vedere se sono a casa e commentare che c'è troppo silenzio e questo la mette a disagio. Io faccio una risatina falsa, poi lei passa alla porta accanto, per controllare il famigerato figlio maggiore. Non ricordo di averlo sentito rientrare in camera, ma so che deve aver avuto la mia stessa idea, perché sento la sua voce attraverso i muri.

Battibeccano per un minuto, poi Ella si arrende e lo lascia in pace. Mi chiedo se è una specie di circolo vizioso, il loro: lei prova a raggiungerlo, lui le si rivolta contro, lei si ritira. Ogni volta sempre la stessa storia, come un'abitudine quotidiana.

Più tardi torna a stanarmi, annunciandomi che la cena è pronta. Non ho alcuna voglia di scendere, ma lei non mi dà scampo, così la seguo in cucina. Papà e Chase sono seduti al loro posto, mi seguono con lo sguardo mentre mi avvicino al tavolo. Naturalmente c'è anche Tyler.

« Hai fame? » mi chiede papà. Ha la cravatta allentata e si sta stirando contro lo schienale della sedia.

« No » rispondo, sforzandomi di mantenere il contatto visivo con lui. Sento l'occhiata infuocata di Tyler che mi perfora la pelle attraverso il tavolo. « Come è andata la riunione? »

Papà alza le spalle. « Tutto bene ».

« Dave » dice Ella avvicinandosi a papà e posandogli le mani sulle spalle, dopo aver portato in tavola un piatto di costine grigliate (Tyler, guardandole, finge un conato). « In realtà hai detto che è andata benissimo ».

Gli massaggia la nuca con i pollici, lui alza gli occhi verso di lei e le sue labbra si schiudono in un sorriso. Si guardano a lungo. Quando erano ancora felici, era a mia madre che sorrideva così. Quei piccoli gesti e quegli scambi di occhiate sono finiti molto prima del divorzio. « Okay, la riunione è stata un grande successo » dice riportando lo sguardo su di me.

« Ottimo ».

All'improvviso si sente un suono stridulo: è Tyler che spinge indietro la sedia e si alza in piedi. Scuote la testa in direzione del cibo e fa una smorfia schifata. « Non posso stare seduto qui. Me ne vado di sopra ».

Il sorriso di Ella evapora in un nanosecondo, le sue mani rimangono ferme sulle spalle larghe di papà. « Ma il tuo piatto sta arrivan... »

« Ho delle cose da fare » la interrompe lui, dirigendosi verso il corridoio senza neanche guardarmi. « Mangerò più tardi ».

Ella fa un sospiro e va ai fornelli per spegnere il gas. « Bene, due figli in meno » sussurra.

Chase chiaramente è favorevole all'idea di avere meno commensali, perché sorride e urla: « Più costine per me! »

La cena fra noi quattro superstiti diventa piuttosto imbarazzante. Io e Chase chiacchieriamo, mentre papà ed Ella si scambiano informazioni più complete su come è andata la loro giornata. Allungo a Chase un paio di costine mentre loro non guardano.

Comunque tutto sembra procedere più o meno in modo normale, finché non squilla il telefono. Non ci facciamo caso, ma poi papà si precipita in cucina, butta il cordless sul ripiano e prende le chiavi della macchina. « Era Grace » spiega in fretta, guardando Ella che si sta alzando con cautela. « Jamie è caduto e ha battuto il polso. Dice che potrebbe essere rotto. Sarà meglio andare ».

Ella fa una smorfia e si porta debolmente una mano alla fronte. « Oh, no, non di nuovo! »

« Non sarà nulla di grave » la rassicura papà in tono deciso. « Andiamo a prenderlo ».

Ella controlla rapidamente che tutti gli elettrodomestici della cucina siano spenti, perché non può certo rischiare un incendio mentre è fuori, poi si ferma sotto l'arcata del corridoio. Gira il collo per guardarmi in faccia: «Tu e Tyler potete rimanere qui, per favore, e dare un'occhiata a Chase?»

Io annuisco e mi alzo. «Ma certo, andate pure».

Lei mi fa un sorriso pieno di gratitudine e si precipita fuori per salire sulla macchina di papà. Sento il rombo del motore che si allontana e svanisce, poi soltanto i versi di Chase che sta leccando la salsa barbecue dal suo piatto.

Comincio a impilare i piatti mentre lui finisce di mangiare. «Buone le costine, eh?»

«Fantastiche» mi corregge lui. Butta l'ultimo osso sul piatto e mi sorride. «*Gnam*».

Io faccio una smorfia divertita, poi recupero anche il suo piatto e porto tutto con attenzione vicino alla lavastoviglie. Sto per buttare le ossa nella spazzatura, poi mi accorgo dell'errore e le rovescio nel contenitore dell'umido. «Allora, Jamie si rompe spesso il polso?»

«No» risponde Chase. Me lo ritrovo accanto: mi apre lo sportello della lavapiatti e comincia a mettere a posto le posate sporche. «È Tyler».

«Ma dai» dico io sorridendo da sola. «Credevo che fosse più tosto».

Con l'aiuto di Chase la cucina è pulita in dieci minuti, poi lui si dirige in soggiorno per guardare la tv, mentre io vado ad assicurarmi che la porta d'ingresso sia chiusa a chiave. Adesso che io e Tyler siamo quasi soli in casa, decido che è il momento perfetto per provare a parlargli ancora. Non capisco se sia arrabbiato con me o con se stesso, ma in ogni caso è davvero furioso e preferisco vederlo di buon umore.

Quando apro la porta della sua camera lo trovo seduto sul bordo del letto. Tiene la testa bassa, le mani intrecciate davanti a sé. La stanza è avvolta nel silenzio.

«Dobbiamo badare a Chase» gli dico piano, per avvertirlo della mia presenza. «Forse Jamie si è rotto il polso».

Alza subito gli occhi su di me, tirandosi in piedi di colpo con un'espressione terrorizzata. «Che cosa è successo? Dov'è? Chi è stato?»

La sua reazione mi stupisce un po' e le sue domande mi confondono ancora di più. «Come?»

Lui si schiarisce la voce. «Voglio dire, come è successo?»

«Credo che sia caduto». Sembra terrorizzato, così decido di alleggerire l'atmosfera e commento, inarcando le sopracciglia: «Ho sentito che anche tu ti sei rotto il polso, anche se sei un duro». Il risultato però è il contrario di quello che speravo.

Alla mia battuta, i suoi occhi si dilatano in un misto di rabbia e turbamento. «Chi te l'ha detto?»

«Ehm, Chase». Questa improvvisa reazione offesa mi stranisce, cerco un indizio nei suoi occhi per capirne il motivo. Non riesco proprio a immaginarlo. «Che cosa c'è che non va?»

Lui abbassa lo sguardo a terra, poi lo rialza. Fa un passo verso di me. «Che altro ti ha detto?»

«Niente» sussurro guardandolo fisso negli occhi.

Un altro passo. «Sei sicura?»

«Smettila di agitarti». Lui mi ignora, non risponde, continua a squadrarmi con sguardo feroce. «Sono sicura» aggiungo in fretta.

«Sai una cosa? Io non ce la faccio» scatta lui. Scuote la testa e distoglie lo sguardo, poi va verso il bagno. «Non ce la faccio a gestire te e Tiffani, le tue stupide domande e le sue lagne. In questo momento proprio non ce la faccio». Espira forte, come se gli mancasse il fiato, poi si aggrappa al lavandino e fissa il rubinetto.

«Ti stai agitando troppo» gli dico avvicinandomi da dietro. Spingo di più la porta per entrare nel piccolo bagno insieme a lui.

«Attenta, la serratura è sballata» borbotta lui.

Mi sembra che voglia quasi strappare il lavandino dal muro, così gli poso dolcemente una mano sul braccio, cercando di calmarlo, ma lui sobbalza e si allontana di un passo.

«Ho bisogno di una botta» sibila, lanciando un'occhiata all'armadietto in alto. Apre l'antina a specchio e infila una mano sul ripiano più alto, per prendere una manciata di banconote. Noto che sui ripiani sono sparsi disordinatamente vari flaconi di farmaci in pillole e compresse, ma adesso non è questo che mi preoccupa.

Tyler sbatte l'anta dell'armadietto e si volta, ma io mi metto subito davanti a lui e mi appoggio al suo petto, bloccandogli l'uscita. «Non ci pensare neanche» lo avverto a denti stretti.

«Eden» Si china verso di me, le sue labbra umide a pochi centimetri dalla mia guancia, il suo respiro fresco sulla mia pelle. «Ho. Bisogno. Di. Una. Botta. Subito».

Faccio un passo indietro, guardando il denaro che stringe in mano, poi torno a fissare il mio sguardo nel suo. « Perché la cocaina risolverà tutto, vero? »

« Eden » ripete lui con voce roca. « Muovi quel bel culetto e levati di torno, prima di farmi incazzare sul serio. Devo andare da Declan ».

« Non te lo permetterò » rispondo secca. Adesso sono furiosa. Certo, deve rifugiarsi nella droga, comportamento tipico e anche incredibilmente patetico. Che cosa sta pensando? 'Non voglio affrontare questa cosa, quindi la sistemerò rovinandomi la vita?' La droga serve solo a rimandare i problemi.

Tyler sbatte il palmo della mano aperta contro il muro, accanto al mio orecchio. « Non dipende da te, cazzo! »

Però lui non sa che invece *dipende* da me se ci andrà o no, perché inavvertitamente mi ha detto come fare a fermarlo. Così, mentre lui stringe le labbra e continua a fissarmi, io allungo una mano all'indietro verso la porta. Muovo le dita a tentoni finché non riesco ad afferrare il battente. Prima che Tyler si accorga di quello che sto facendo, la spingo forte per chiuderla, poi mi giro e mi ci appoggio con tutto il mio peso, finché non sento uno scatto secco.

La serratura 'sballata', come l'ha chiamata Tyler, è appena diventata la mia migliore amica.

24

Nel piccolo bagno cala un silenzio carico di tensione. Il mio cuore batte sempre più forte. Sotto le luci al neon vedo chiaramente tutta la gamma di emozioni che passano negli occhi verdi di Tyler. Dietro l'indignazione si cela una punta di stupore.

« Mi prendi in giro? » Si guarda intorno, come se cercasse una finestra che non c'è mai stata, come se fissando queste quattro mura abbastanza a lungo potesse comparire all'improvviso una via d'uscita. Ma non c'è altro che queste quattro mura e una porta chiusa a chiave.

« No » rispondo, compiaciuta per aver preso una decisione istantanea e soprattutto giusta. La cosa giusta da fare era impedire a Tyler di uscire. Non mi importa neanche di essermi infilata con lui in questa situazione claustrofobica e complicata, né che potremmo restare bloccati qui per ore. Magari l'unico modo di sbloccare questa porta è di scardinarla, o buttarla giù, e magari dovremo aspettare fino al mattino che il tuttofare del quartiere ci venga a salvare, ma non me ne importa niente.

Invece a Tyler importa eccome. La sua unica preoccupazione è andare a farsi per dimenticare i problemi, e la porta bloccata glielo impedisce. Mi gira intorno, sfiorandomi con la spalla per spingermi più in là. Afferra la maniglia con le sue dita affusolate e la scuote con violenza, sperando che la serratura ceda, ma i suoi sforzi sono inutili.

« Lascia perdere » gli dico, osservando come si tendono le vene delle sue braccia mentre cerca di sradicare la maniglia, prima di accettare definitivamente il fatto che stasera non vedrà Declan Portwood.

Si porta le mani alla nuca e alza gli occhi al soffitto, respirando lentamente per cercare di calmarsi. Mi piace come sospira, come le sue palpebre si chiudono per un istante mentre le spalle e il petto si sollevano, per poi ricadere quando l'ossigeno esce dal suo corpo. Riordinati i pensieri, guarda verso il basso e mi fissa con due occhi pieni di rabbia e risentimento.

« Scusami se ci tengo a te » gli dico. Lui si aspetta una spiegazione o forse delle scuse vere e proprie, ma non avrà nessuna delle due cose. « Devi trovare un altro modo per distrarti. Un'alternativa che non ti uccida ».

Lui si guarda intorno di nuovo, sempre nella speranza di scovare una via di fuga, ma non vede altro che il suo stesso sguardo, riflesso nello specchio dell'armadietto. Non riesce a sopportare a lungo il fuoco nelle profondità dei suoi occhi e poco dopo china il capo. « Stavi diventando tu, la mia distrazione » sussurra, ma nella sua voce non c'è più il tono brusco di qualche minuto fa. « Però a quanto pare non posso averti ».

Non so che cosa rispondere. Mi salgono delle parole in gola, ma chissà perché non riesco a pronunciarle. Allora prendo un respiro profondo e, quando riesco finalmente a formulare una frase, parlo con voce dolce e sommessa, come se qualcuno potesse sentirci, anche se non è così. « Perché sono una distrazione? »

Tyler alza gli occhi. Mi guarda con aria ansiosa, la testa inclinata da un lato, come se stesse cercando di ricordarsi la risposta. Alla fine comunque dischiude le labbra e bisbiglia: « Perché tu rendi le cose un pochino più facili. Perché posso concentrarmi su di te invece che su tutto il resto ».

Osservo la forma delle sue labbra, mentre le parole gli rotolano piano sulla lingua. Mi sento paralizzata, irrigidita qui accanto alla doccia, e mi accorgo di quanto sia reale tutto questo. « E allora non smettere » dico con un lieve tremito nella voce. Faccio un passo incerto verso di lui, non so nemmeno io perché lo sto facendo. Però sento che è la cosa giusta.

Lui mi sta ancora guardando, i suoi occhi immersi nei miei, ma continua a sbattere le palpebre e ha il respiro pesante, capisco che c'è una sola cosa che vorrebbe disperatamente. Allungo le dita e gli sfioro il mento. La sua pelle è rovente, come il fuoco del suo sguardo.

« Concentrati su di me » sussurro.

« E allora aiutami a distrarmi » mi ordina. Solleva una mano, mi prende le dita delicatamente e le allontana dal suo viso. Il contrasto fra le sue mani fredde e il calore della sua guancia mi fa trasalire. Sono ai due estremi opposti, proprio come me e lui.

«Possiamo parlare» gli dico. L'atmosfera intorno a noi è passata dalla tensione alla calma, dalle grida al silenzio, parlo a bassa voce per paura di incrinare questa immobilità rassicurante. «Non abbiamo mai parlato e basta».

«Okay, parliamo». Appoggia la schiena alla porta della doccia e si lascia scivolare a terra. Stende le gambe e fa un sospiro, poi chiude gli occhi e abbassa la testa. Mi chiedo a che cosa stia pensando. A me?

«Possiamo parlare di Tiffani?» Glielo chiedo con estrema cautela, voglio affrontare questo argomento spinoso nel modo più delicato possibile. «Con calma, questa volta».

Il solo pronunciare quel nome crea tensione e costringe Tyler a guardarmi. Sembra si stia chiedendo se voglio sul serio parlare di questo. Vedo uno strano riflesso nei suoi occhi, ma poi lui distoglie lo sguardo. «E va bene» dice a denti stretti.

Io scavalco le sue gambe e mi lascio cadere sulle piastrelle fredde, appoggio la schiena alla porta e mi stringo le ginocchia al petto. «Perché non vuoi lasciarla? Non ti piace neanche, l'hai detto tu stesso».

Tyler riporta lo sguardo su di me, spostandolo sulle mie labbra, poi sulle mie mani aggrappate alle ginocchia, e infine di nuovo ai miei occhi. Mi chiedo se mi darà una risposta sincera o se stia solo cercando di prendere tempo mentre si inventa una bugia. «Non posso».

«Ma perché?» Questa risposta non fa altro che irritarmi di più. A meno che lei non gli punti una pistola alla tempia, non vedo perché non possa concludere questa inutile relazione, di cui chiaramente gli importa poco o nulla.

Tyler scuote la testa e si porta una mano al viso, sfregandosi gli occhi con il pollice e l'indice, poi fa un gemito. «Tiffani è molto brava a fingere di essere la ragazza più gentile del mondo, ma non è così. Appena fai qualcosa che non le va bene, si trasforma in una psicopatica. Sa troppe cose su di me, non posso rischiare. Almeno non adesso».

«Psicopatica?» Alzo la testa e lo guardo perplessa. «Che cos'è che sa?»

«È...» Gli muore la voce. Sembra a disagio, quasi sofferente. Appoggia le mani aperte sulle piastrelle. «Okay, ti faccio un esempio. A gennaio aveva sentito dire che il martedì a pranzo stavo con un'altra ragazza, cosa che non era assolutamente vera, ma è bastato a farla andare fuori di testa. Mi stavo ammazzando da due settimane su un saggio di letteratura, perché dovevo migliorare la mia media, e lei è andata a dire all'insegnante che me lo aveva scritto lei. Così sono stato sospeso. Quello stesso giorno ha usato la mail di sua madre per scrivere alla mia, dicendole che era preoccupata per me, perché mi facevo le canne nel seminterrato della scuola. Questo era vero, e Tiffani era l'unica a saperlo.

La mamma non mi ha rivolto la parola per quasi un mese. A quel punto volevo lasciarla, ma lei ha messo bene in chiaro che non mi conveniva. E così non l'ho fatto. Lasciarla non è una possibilità. Ci sono troppe cose che potrebbe farmi, ha il coltello dalla parte del manico».

Dopo un breve silenzio, chiedo: «Che cos'altro sa, Tyler?» Sto cercando di metabolizzare le sue parole, di trovarci un senso. Provo a immaginarmi Tiffani che fa quelle cose, e all'inizio non ci riesco, ma poi mi ricordo lo sguardo che aveva stamattina, quando mi ha detto che sapeva che stavo mentendo. Mi ha fatto davvero paura. Credo che Tyler sia sincero: lei sarebbe davvero capace di fare cose del genere.

Lui evita il mio sguardo. «Ti ricordi il giorno che sei arrivata?»

Questo improvviso cambio di argomento, dalla natura manipolatrice di Tiffani al giorno del mio arrivo, mi coglie di sorpresa. «Sì. Papà era insopportabile, il barbecue faceva schifo e tu sei piombato lì come un maleducato».

«Ecco, quello». Mi aspetto che rida, ma non lo fa. Anzi, sembra ancora più a disagio di prima. «Ero incazzato nero».

«Perché?» ricordo che quella sera avevo origliato la sua discussione con Ella, ma non mi sembra che avessero parlato del motivo per cui era arrabbiato. Quando era uscito dalla macchina sembrava fuori di sé.

Altra pausa di silenzio. «Ce l'avevo con Tiffani» ammette alla fine. Non mi sta più guardando, continua a fissare le piastrelle del pavimento. «Era da un po' che pensavo di avviare un'attività, e quella sera lei lo aveva scoperto» mi spiega, ma la sua voce è bassa e arrochita. So che non mi dirà di che tipo di attività si trattava. Sicuramente non una cosa di cui andare fieri. «Ha detto che non lo racconterà a nessuno se rimango con lei fino al diploma. È per questo che per un po', all'inizio dell'estate, le sono stato incollato. Sai, quella volta da American Apparel, per esempio...» Ha le guance in fiamme per l'imbarazzo, ma sono solo contenta che sia stato onesto con me. «Finché è soddisfatta e io non la mollo, non lo dirà a nessuno, perché lei fa così, Eden. Le piace ricattare la gente in modo da sembrare la più figa e sentirsi superiore a tutti noi». Fa un sospiro e scuote la testa. «Mi ha detto che quando era più piccola è stata presa di mira dai bulli. Penso che quando è arrivata nella nostra scuola, dopo essersi trasferita qui con la madre dopo il divorzio dei suoi, abbia voluto assicurarsi che nessuno potesse più umiliarla. Vuole essere la migliore di tutti, la più invidiata. Avermi accanto le serve per gratificare il suo ego, è per questo che mi tiene in pugno». Smette di parlare e gli sfugge un lamento. «Non lo sopporto».

«Wow». In questo momento non riesco a dire altro. Tyler ha sempre detto la verità: non vuole stare con lei, non lo dice solo per farmi sentire meglio. È davvero incastrato in una situazione complicata e non riesco a evitare di pensare di averla peggiorata. «Non so davvero cosa dire».

«Io non la lascerò» mi dice con dolcezza, tornando finalmente a guardarmi negli occhi. Ha un'aria triste e mi dispiace per lui, perché onestamente non so cosa consigliargli. «Almeno non adesso. Non posso correre questo rischio».

«E allora che facciamo?» Sento il freddo del pavimento sulla pelle, ma cerco di ignorarlo per concentrarmi su di lui. Sto facendo di tutto per riuscire a capirlo.

Tyler mi fissa con uno sguardo severo. «Non voglio creare sospetti» mi dice.

«Sospetti su cosa?»

«Su di noi» mi dice convinto. Fa un altro sospiro e apre le braccia per passarsi una mano tra i capelli, tirandosi le punte. Riconosco questo gesto: lo fa inconsciamente quando è arrabbiato o stressato, forse gli dà un momentaneo conforto. «Da ora in poi dovremo comportarci normalmente, finché non troviamo una soluzione. Questo è un altro dei motivi per cui non posso lasciarla: tutti si chiederebbero perché l'ho fatto. Per ora deve restare nella mia vita, perché Tiffani rappresenta la mia normalità».

«Però non è giusto farle questo» dico piano. Rivedo il suo viso di questa mattina, rigato di lacrime, mentre singhiozzava disperata contro il cuscino, sfogando la violenza del suo dolore. Siamo stati noi a infliggerle quella sofferenza: anche se sembra passato molto tempo, in realtà si tratta solo di poche ore. Forse è ancora distrutta e in questo momento io e Tyler stiamo camminando su un crinale pericoloso, un confine che non deve essere attraversato. Sarà anche vero che Tyler è incastrato in una relazione da cui non può liberarsi, e lei può anche averlo costretto, ma questo non ci dà il diritto di tradirla.

« Eden, parliamo di qualcos'altro. Parlami di Portland ». Quando alzo gli occhi, Tyler mi sta studiando, con la testa inclinata.

Aggrotto la fronte e incrocio le gambe, portandomi le mani intrecciate in grembo. « Vuoi che ti parli di Portland? »

« Voglio che mi parli di te ». Ora il suo sguardo è ardente, luminoso e vivace, incollato al mio. « Dimmi qualcosa che non sa nessun altro ».

Vedo la sincerità in fondo ai suoi occhi, ancora pieni di fuoco, so che posso fidarmi di lui e raccontargli i miei segreti, dirgli quello che è successo a Portland. Ci metto un minuto a prendere la decisione: solo Amelia conosce il mio segreto e non so se voglio che a saperlo siano in due, però poi Tyler mi fa un cenno di incoraggiamento, come se volesse convincermi a saltare giù da una scogliera insieme a lui, e io cedo.

Faccio dei respiri profondi, cercando il coraggio di parlare. La verità è che non voglio ammettere quello che sta succedendo. « Adoro Portland. È stato bellissimo crescere là » dico con una specie di sorriso triste, come se ripensassi ai bei vecchi tempi, come direbbero i miei nonni. « Avevo tre amiche carissime, Amelia, Alyssa e Holly ».

« Avevi? »

« Sì, avevo ». Tyler mi guarda con interesse, come se pendesse dalle mie labbra. « Quando i miei hanno divorziato avevo tredici anni ed è stato un duro colpo. Ogni sera mi addormentavo tra le lacrime, perché mio padre non c'era e mia madre non faceva altro che piangere, e io non sapevo come farla sentire meglio. Era tutto uno schifo. È stato veramente un periodo orrendo ». Mi fermo un attimo, è difficile far uscire le prossime parole, però in qualche modo ci riesco. « Ero così sconvolta che mi sono buttata sul cibo, e durante il primo anno del liceo ho preso un sacco di chili. Alyssa e Holly erano piuttosto critiche al riguardo ».

Tyler osserva il mio corpo, e questo mi fa sentire ancora più insicura. Cerco di inspirare. « Non sei grassa » dice bruscamente, come se fosse arrabbiato con me per averlo anche solo suggerito.

« Perché vado a correre, Tyler ».

Lui continua a studiarmi con quell'espressione assorta, come se cercasse di capire a cosa sto pensando, proprio come faccio sempre io con lui. Cambia lentamente posizione, spostandosi sul pavimento quasi con cautela, e viene a mettersi di fronte a me. Mi intrappola fra le sue gambe e mi appoggia le mani sulle ginocchia, facendomi trasalire. « Continua ».

I miei pensieri si ingarbugliano per il desiderio di avvicinarmi e baciarlo, così mi porto una mano alla guancia per obbligarmi a continuare. « Mi hanno fatto sentire una merda » ammetto, perché è la verità. Alyssa e Holly mi hanno trattata malissimo per più di un anno, inserivano in ogni discorso commenti maligni sul mio peso: sono state loro a causare il mio crollo mentale. « Due di quelle che sarebbero dovute essere le mie migliori amiche mi ripetevano ogni giorno che ero una cicciona, così ho cominciato a correre. Adesso non ci rivolgiamo più la parola, ma loro continuano a sparlare di me, alle mie spalle. È molto dura, perché Amelia... Amelia è ancora loro amica. Però è stata sempre dalla mia parte ».

« Eden » dice Tyler in tono fermo, come se l'unico modo per ottenere la mia piena attenzione fosse insistere sul mio nome. « È per questo che dici sempre che non hai fame, vero? »

Socchiudo le labbra e lo guardo, quasi imbarazzata per l'attenzione che mi ha dedicato. Non se ne è accorto neanche papà. Ma del resto è sempre stato un egoista. « L'hai notato? »

« Me ne sono reso conto adesso ». Abbassa gli occhi sulle mie gambe e mi accarezza dalle ginocchia alle cosce. « Giusto per informazione: non sono per niente d'accordo con quelle ragazze. Mi dispiace per quello che ti hanno fatto ». Solleva lo sguardo su di me. I suoi occhi, attraverso le ciglia, brillano di un incredibile potere, e io cedo a quella forza e alla sensazione della sua pelle sulla mia.

Deve aver sentito le mie spalle rilassarsi, il mio corpo abbandonarsi al suo tocco, e deve aver pensato quello che pensavo io, perché le sue dita adesso smettono di tracciare cerchi sulla mia pelle e mi afferrano le cosce, mentre lui si tende in avanti e la sua bocca trova la mia.

Non so perché, ma adoro il modo in cui domina la situazione, ogni volta. È come se si facesse carico del lavoro pesante, mentre io mi godo l'adrenalina e l'esaltazione. Sto cominciando ad abituarmi al modo in cui le sue labbra combaciano con le mie. Le mie braccia sembrano avere una volontà propria: si allacciano da sole intorno al suo collo, morbide, mentre io sorrido contro le sue labbra che mi baciano. Mi piace che stia diventando una sensazione familiare.

Non ci vuole molto perché le sue mani allentino la presa sulle mie cosce e si avventurino altrove, in zone nuove e rischiose. Il ritmo del bacio rallenta, mentre lui si concentra meno sulle mie labbra e più sulle sue mani che stanno indugiando all'orlo della mia maglietta, sfiorandolo, come se si aspettasse che io mi opponga. Ma io non voglio che si fermi. Lo stringo più forte al collo e premo le sue labbra sulle mie.

Tyler recepisce il messaggio. Con una mano mi afferra alla vita, sotto la maglietta, e con l'altra si spinge fino al reggiseno, tracciando lungo il mio corpo una scia di eccitazione. Non so come ci riesca, ma con un'unica, agile mossa, infila le dita sotto il tessuto di pizzo e chiude la mano sul mio seno. Per un attimo stacca le labbra dalle mie e cerca i miei occhi, poi torna a posarmi una fila di baci lungo la mascella. Ho ancora addosso le sue mani, il pollice traccia morbidi cerchi sul mio seno. Quando anche l'altra mano inizia a frugare sotto la mia maglietta, all'improvviso mi sento a disagio. Guardo verso il soffitto, con gli occhi socchiusi e il viso inclinato di lato, mentre Tyler mi bacia il collo e mi accarezza. Non sono mai stata molto prosperosa, soprattutto in confronto a Tiffani, e di colpo mi viene la paranoia che Tyler possa ridere di me, ma non lo fa.

Mi sento salire un gemito in gola e faccio di tutto per reprimerlo (sono già abbastanza in imbarazzo così), poi però Tyler sospira contro il mio collo e mi fa il solletico. Gli prendo il viso tra le mani e riporto le sue labbra sulle mie, ma prima che si uniscano di nuovo i nostri occhi si incontrano per un momento. Riprendiamo fiato, guardandoci, a nostro agio in questo abbraccio e incapaci di trattenere i sorrisi che ci si formano agli angoli della bocca.

Non dovremmo baciarci sul pavimento del suo bagno, non dovrei avere le sue mani addosso e non dovrebbe piacermi tanto. La natura scandalosa di questa situazione la rende ancora più eccitante.

E più preziosa.

25

Io e Tyler siamo riusciti a evadere dal bagno due ore più tardi. I nostri genitori sono arrivati a casa, con un figlio con il polso fratturato, soltanto per trovare un secondo figlio in attesa disperata del loro ritorno, che si chiedeva perché era stato abbandonato a se stesso. Nessuno poteva sapere che io e Tyler eravamo rimasti in casa per tutto il tempo, a controllare Chase da lontano. Sentivo le parole rabbiose di Ella, convinta probabilmente che me la fossi svignata per evitare di fare la babysitter, ma quando hanno cominciato a chiamarci hanno scoperto che eravamo proprio sopra le loro teste. Abbiamo dovuto inventarci un po' di stronzate per guadagnarci la libertà.

« Non so come sia potuto succedere » ho detto io, mentendo spudoratamente attraverso la porta.

« Nemmeno io » ha aggiunto Tyler.

« Ero venuta a cercarlo e per sbaglio ho urtato la porta » ho aggiunto. Altra bugia. Tyler, accanto a me, si premeva il dorso della mano sulla bocca per soffocare una risata.

Papà ha detto che avrebbe chiamato subito il tuttofare del quartiere, il signor Forde, ma evidentemente il signor Forde non è un tipo troppo solerte, perché si è presentato dopo ben quaranta minuti. Ci sono voluti trenta dollari e un bel po' di lavoro di scasso e di trapano per smontare la serratura, ma alla fine io e Tyler, un po' imbarazzati, siamo usciti.

Non ci siamo più parlati per il resto della serata: non perché io non volessi, ma perché lui ha passato un'ora al telefono con Tiffani. Sentivo quanto si sforzava di usare un tono dolce e conciliante, mentre faceva del suo meglio per scusarsi del suo 'incidente di percorso', che si era trattato di 'un impulso del momento' e che non voleva certo farle del male. Sentivo tutto, attraverso le pareti sottilissime delle nostre stanze. Le ha detto una bugia dopo l'altra, inventandosi che, mentre stava andando dai suoi amici, una quindicenne di Inglewood gli aveva chiesto di vedere la sua macchina e a un certo punto chissà come gli era saltata addosso. La storia faceva acqua da tutte le parti, ma Tiffani gli ha creduto. Il suo rimorso suonava così falso e forzato che avrei voluto buttare giù il muro e urlargli contro. Però non l'ho fatto, perché mi sono ricordata che la ragazza di Inglewood in realtà ero io.

Così ieri sera mi sono addormentata con la mente divisa in due: la prima metà era soffocata dal senso di colpa, ma l'altra fluttuava nell'aria, pazzamente innamorata di Tyler e dei segreti nascosti nelle profondità del suo essere.

Perché, non so come, ho finito per diventare uno di quei segreti.

« Ed è per questo che i ragazzi inglesi sono meglio di questi cazzoni americani » annuncia Rachael, concludendo finalmente la sua arringa di cinque minuti sul confronto delle due nazionalità. Secondo lei i ragazzi inglesi sono migliori perché hanno un accento carino, usano parole carine e sono in generale molto carini: questo è il livello delle sue argomentazioni.

Meghan dice la sua: sostiene che i francesi siano ancora migliori, perché ti baciano in cima alla Torre Eiffel e sussurrano *Je t'aime*, mentre sorseggiano un calice di vino.

Le loro fantasie su immaginari fidanzati europei sono piuttosto stereotipate, ma io mi limito a ridere e abbasso lo sguardo sul marciapiede. Siamo appena uscite dal Refinery, stringo il mio latte macchiato da asporto, che mi scotta le mani, e resto un po' indietro, seguendo con gli occhi le linee dell'asfalto.

« Eden » dice Rachael voltandosi, in tono di urgenza. « A te l'ultima parola: inglesi o francesi? » Lei e Meghan mi guardano assorte, come se stessi per annunciare chi è stato appena eletto presidente.

Io alzo le spalle. « Francesi ».

Rachael fa un'espressione disgustata e gira i tacchi, allontanandosi con fare teatrale. Meghan sorride e mi dice che ho fatto la scelta giusta, poi corriamo fra la folla di passanti per raggiungere Rachael, che a quel punto sembra aver superato il trauma.

« Dobbiamo aspettare Tiff sulla Broadway » ci ricorda mentre arriviamo alla Promenade e giriamo l'angolo della Third Street.

Oggi ci sono tipo cento gradi all'ombra, quindi non mi sorprende vedere gente che si trascina in giro, camminando a zigzag e spintonando gli altri per raggiungere il negozio successivo. Io non so dove sia la Broadway, ma Rachael e Meghan di sicuro sì, quindi mi limito a seguirle. Procediamo a passo svelto in direzione sud su Third Street. Ogni volta che vengo qui, scopro qualche negozio che prima non avevo notato, come Rip Curl, un marchio australiano di attrezzature per gli sport acquatici, e Johnnie's New York Pizzeria, che ha un'adorabile atmosfera italiana e che mi fa pensare a Dean.

Rachael rallenta e si ferma davanti a H&M. Si spinge gli occhiali fra i capelli e sbircia la vetrina con i manichini vestiti a fiori. « Carina quella camicia » commenta. Abbassa gli occhiali e ricomincia a camminare, stavolta sia io che Meghan fatichiamo a starle dietro. È come se il ruolo di leader passasse a Rachael ogni volta che non c'è Tiffani, ma oggi il suo incarico sarà breve perché lei ci raggiungerà fra pochissimo.

Arriviamo alla fine della Promenade e svoltiamo nella Broadway, dove inizia Santa Monica Place, il centro commerciale di lusso, stracolmo di negozi di stilisti famosi, dove le ragazze mi hanno già portato un paio di volte. Superiamo un negozio Nordstrom e ci fermiamo all'angolo con la Second. Meghan appoggia la schiena alle vetrine e alza gli occhi al cielo, Rachael incrocia le braccia e batte il piede a terra, scrutando il traffico. Per un po' resto a guardarla, chiedendomi che cosa stia cercando, ma in breve diventa chiaro.

Dopo qualche minuto raddrizza la schiena, lascia cadere le braccia lungo i fianchi e assume un'espressione curiosa. Seguo la direzione del suo sguardo e arrivo alla macchina bianca che ha appena accostato dall'altra parte della strada, con i finestrini abbassati. L'auto si ferma, con il motore ancora acceso. È Tyler. Serro la mascella: fra noi due in questo momento c'è una tale tensione che mi è quasi insopportabile stargli vicino, soprattutto sotto gli occhi attenti delle nostre amiche.

« Perché sorride? » chiede Meghan, infilandosi fra me e Rachael, con una mano sopra la testa e le dita infilate tra i capelli.

« Perché si è bevuta il cervello » risponde Rachael, in tono brusco.

Più guardo la macchina e più digrigno i denti: la mia insofferenza per questa situazione sta superando ogni limite. Tiffani è in macchina con lui: lo sapevo già. La primissima cosa che Tyler mi ha detto stamattina, appena sveglia, è stata che stava uscendo per andare da lei, quindi non mi sorprende vederla al suo fianco.

Tutte e tre restiamo per un po' a guardarli: Tyler ha le sopracciglia aggrottate e Tiffani è girata verso di lui e parla gesticolando. Vorrei tanto sapere cosa si stanno dicendo. Tyler abbozza un sorriso triste e lei si sporge in avanti per baciarlo.

« È pazza! » grida Rachael. La sua sparata improvvisa attira l'attenzione dei passanti, ma lei non sembra farci caso e alza le mani in segno di frustrazione. Mi stupisco che non lanci il suo caffè contro la macchina. « Completamente pazza! »

Io sto pensando la stessa cosa di Tyler, solo che non lo dico ad alta voce.

Dentro di me sta succedendo qualcosa, come se si fosse acceso un interruttore, e all'improvviso nelle mie vene si riversa un'ondata di collera. Cerco di convincermi che non è gelosia, che non sono gelosa, invece è proprio così. Stringo la mano intorno al bicchiere di carta fin quasi a schiacciarlo. Ho usato tanta forza che il coperchio di plastica salta via e plana sul marciapiede, mentre delicate volute di vapore si disperdono nell'aria. Subito mi porto il bicchiere alle labbra e bevo il mio latte, osservando la scena dall'altra parte della strada.

Finalmente Tyler si stacca da Tiffani. Lei ridacchia come una ragazzina, come se fosse innamoratissima e contenta. Questo mi dà veramente fastidio: Tiffani dovrebbe odiarlo. Non dovrebbero sistemare le cose e rimanere insieme, eppure è chiaro che è questo che stanno facendo. Poi lei esce dall'auto, si precipita in mezzo alla strada e ci viene incontro con un sorriso a trentadue denti.

Io continuo a bere, senza abbassare il bicchiere che mi nasconde la faccia, e fingo di essere troppo distratta per parlare. Mentre lei ci raggiunge, vedo che la macchina di Tyler è ancora ferma all'altro lato della strada. Sembra essersi accorto di me. Mi guarda fisso dal parabrezza, e alla fine mi sorride. In parte è un sorriso di scuse, in parte è sincero, come se fosse solo contento di vedermi. Mi accorgo che sto ricambiando il sorriso, ma il nostro messaggio silenzioso viene interrotto bruscamente dall'arrivo di Tiffani.

Rachael sbuffa e lancia il caffè in un cestino, a dimostrare la sua indignazione per il buonumore di Tiffani. « Ma ti ha dato di volta il cervello? »

Sposto lo sguardo su Tiffani. Dietro di lei la macchina di Tyler riparte sulla Broadway, lasciandosi dietro una scia di fumo e di sguardi ammirati. Invece Tiffani, sfortunatamente, è ancora qui con noi. In qualche modo il suo sorriso diventa sempre più ampio, così io continuo a fingere innocenza e a bere il mio latte macchiato. Però non sono innocente, anzi sono la più colpevole di tutti e il mio latte è finito venti secondi fa.

«Come?» Tiffani sbatte gli occhioni, quasi perplessa.

«Quello!» Rachael indica la direzione in cui è scomparso Tyler poco fa. «Non posso credere che tu lo abbia già perdonato, come se niente fosse».

Il sorriso di Tiffani diventa un piccolo broncio. Il suo atteggiamento stride con quello di ieri, quando piangeva fiumi di lacrime e sembrava disperata. «Mi ha spiegato tutto, Rachael».

«Ti sei davvero bevuta le sue stronzate?»

«Non sono stronzate».

C'è un attimo di silenzio, in cui Rachael piega la testa e serra le labbra, ma Meghan coglie l'occasione per intervenire: «Dove hai preso quella borsa, Tiff?» le chiede in tono sospettoso. «È nuova, vero?»

Tutte e quattro abbassiamo gli occhi sulla borsa appesa al braccio di Tiffani. È una Louis Vuitton marrone con il classico monogramma, la pelle brilla sotto il sole. Lei fa un sorriso imbarazzato.

«Be'...» Si morde il labbro. «Me l'ha comprata Tyler».

«Come pensavo» mormora Meghan, aggrottando le sopracciglia e scuotendo la testa con aria di disapprovazione. «Almeno adesso sappiamo che basta una borsa da mille dollari per comprare il perdono di Tiffani Parkinson».

A queste parole Tiffani scoppia a ridere. Io invece non rido. Mordo il mio bicchiere di carta per impedirmi di dire qualcosa che non dovrei, affondo i denti così in profondità da fare quasi un buco nel bordo.

«Avrebbe anche potuto darli in beneficenza, quei soldi» commenta Rachael con una smorfia, e io sono d'accordo con lei. Sono certa che sarebbero serviti ai senzatetto più di quanto quella borsa potrà servire a Tiffani. «Tanto sappiamo tutte che lo avresti perdonato comunque, prima o poi».

«E tu avresti potuto smetterla di andare con Trevor sei mesi fa» ribatte Tiffani. « Tanto lo sapevamo tutte che avresti finito per innamorarti di lui ».

Meghan fa una risata secca, coprendosi la bocca con le mani. Arrossisce, ma continua a ridacchiare. Io lancio un'occhiata a Rachael da sopra il mio bicchiere. Le sue labbra formano una 'o' perfetta. Per un momento sembra frastornata, come se avesse una commozione cerebrale e avesse dimenticato come si articola una frase. Penso che potrebbe arrabbiarsi, ma si limita a sospirare.

« Va bene » sbuffa. « Puoi perdonare Tyler ».

« Grazie per la tua benedizione » dice Tiffani in tono sarcastico. « Adesso per favore possiamo entrare? Muoio dalla voglia di un gelato di Johnny Rockets! »

A questo punto sono molto fiera di me stessa, per aver tenuto a freno la lingua ed essere rimasta a guardare, fingendo di bere il latte macchiato migliore della mia vita. Mentre ripercorriamo la Broadway e superiamo Nordstrom e Nike, faccio scivolare il mio bicchiere smangiucchiato in un cestino.

« Sbrigati Eden » mi grida Meghan da sopra la spalla quando arriviamo al centro commerciale. Si ferma un momento per permettermi di raggiungerle, cosa che faccio malvolentieri.

Il fatto è che il Santa Monica Place è destinato solo ed esclusivamente ai ricchi. Ne ho la conferma ogni volta che ci vengo: è pieno di gente felicissima di ostentare tutti i soldi che ha. È chiaro che non vedono l'ora di spenderli, dall'uomo in giacca e cravatta che sbircia le vetrine di Hugo Boss alla donna con i tacchi alti, vestita in modo sofisticato, che adocchia un orologio di Michael Kors. E Tyler è come loro.

Il Santa Monica Place è un centro commerciale all'aperto, con quattro vie pedonali che convergono in uno spazio centrale ovale, circondato da negozi alla moda. È così grandioso e moderno che mi fa sentire fuori posto, ma nonostante tutto seguo le ragazze. Prendiamo le scale mobili fino al secondo piano, il più alto, dove c'è una terrazza ristorante scoperta, e ci fiondiamo da Johnny Rockets, un'altra catena di fast food che a quanto pare in Oregon non abbiamo, perché l'Oregon fa schifo e gli manca qualsiasi cosa, a parte la pioggia. Quella non manca mai.

Quando arriviamo Tiffani ordina un Super Sundae, Meghan e Rachael scelgono il Perfect Brownie Sundae e io chiedo soltanto una bottiglietta d'acqua.

«I ragazzi stanno arrivando» ci informa Tiffani senza alzare lo sguardo dal telefono. Scrive un messaggio, forse a uno di loro, mentre prende una cucchiaiata di gelato. I suoi occhi non si staccano mai dal display. «Finalmente hanno deciso cosa fare sabato sera».

«Che succede sabato?» mi scappa. La mia curiosità ha avuto di nuovo la meglio. Mi accorgo che è la prima volta che apro bocca da quando ho decretato che i ragazzi francesi sono meglio degli inglesi.

Tiffani alza gli occhi dal cellulare, ingoiando il gelato.

Mi guarda per un lungo momento, poi si rivolge a Rachael e Meghan. «Ma dice sul serio?»

«C'è la festa annuale sulla spiaggia» mi spiega Rachael, fissandomi. Tiene il cucchiaino a mezz'aria e lo fa girare in cerchio. «È l'evento più importante ed eccitante dell'estate».

«Oh». Mi affretto ad aprire la mia acqua e bevo un lungo sorso.

«Si fanno dare un permesso e chiudono metà della spiaggia» continua, anche se i dettagli non mi interessano più di tanto, non ho neanche capito bene chi siano gli organizzatori. «In teoria è aperta solo dai ventun anni, ma, insomma, sai...» Si sistema scherzosamente i capelli e fa una smorfia. «Ci vanno tutti. Non è che in spiaggia ci sia una porta dove i buttafuori possono chiederti i documenti».

«Buttafuori?»

«Ci sono un sacco di risse» dice Tiffani. «E ovviamente non si può bere alcol, perché è un luogo pubblico. A meno che tu non voglia farti arrestare, come succede a tanti».

«Quindi» riprende Rachael, gasatissima, «ci si ubriaca prima di andarci. Basta non esagerare: se attiri troppo l'attenzione finisci per farti cacciare perché sei minorenne».

Tiffani appoggia il telefono sul tavolo e si avvicina il gelato, prendendo un'altra cucchiaiata. Mi sorride, lanciandomi una strana occhiata, poi dice: «Non credo che dovremo preoccuparci che Eden si ubriachi troppo».

Io stringo le labbra e gli occhi, un po' offesa, mentre lei e Rachael soffocano una risatina. «E questo che cosa vorrebbe dire?»

Il sorriso di Tiffani diventa una piccola smorfia. Scambia un'occhiata con Rachael e si porta il cucchiaino alle labbra. «Solo che non sei molto...»

« Non sono cosa, Tiffani? » Mi mordo l'interno della guancia, la testa invasa da cinque milioni di parole. Non sono molto disinvolta? Popolare? Socievole? Carina? In altre parole, non sono come loro?

« Spericolata » risponde, infilandosi il gelato in bocca.

Spericolata? Io non sarei *spericolata*? Sto per imitare una delle risate secche di Meghan, ma in qualche modo riesco a soffocarla in gola. 'Oh Tiffani' penso, 'posso assicurarti che invece sono spericolata eccome'. Se solo sapessero.

Lei deglutisce e mi guarda. « Dov'eri martedì sera? »

« Martedì? » La voce mi esce a metà fra un sussurro e uno squittio. Martedì sera ero al molo con Tyler. Di sicuro non ero da Meghan, e Tiffani lo sa.

« Già, martedì ». Sbatte le palpebre, in attesa di una risposta. Non so perché me lo stia chiedendo di nuovo. È come se volesse cogliermi in fallo, come se sperasse che dica tutta la verità, così, come niente fosse.

Anche Rachael mi sta guardando: la domanda di Tiffani diventa ancora più compromettente. Mi sudano le mani. Meghan fa un'altra risata secca: comincio a chiedermi se Johnny Rockets non abbia drogato il suo brownie. Non la smette di ridacchiare.

Tiffani fa un sospiro. « Dove sei andata in realtà? »

« Oddio! » strilla Rachael, scattando in piedi e sporgendosi sul tavolo. « Eri con Jake! »

Tiffani si volta verso di lei. « È quello che penso anch'io ».

Lascio cadere le spalle, sollevata. Grazie a Dio credono che sia questo il mio segreto. Continuavo a preoccuparmi che Tiffani capisse che c'ero io con Tyler martedì, invece non sospetta affatto di noi. « Forse » dico con un sorrisetto. Poi distolgo lo sguardo: preferisco che credano che mi vedo di nascosto con Jake, invece che con Tyler.

A questo punto Rachael si scaraventa praticamente sul tavolo. Ha la bocca aperta e scuote forte la testa, come se non potesse credere alle sue orecchie. Non posso darle torto, non ci crederei neanch'io. « Avete fatto sesso? Dicci tutto, Eden! »

Meghan scoppia di nuovo a ridere e tutte e tre ci voltiamo verso di lei, confuse. Lei si morde il labbro per soffocare una risata, ma alla fine strizza gli occhi e si scusa a bassa voce. Non mi ero accorta che ha messaggiato per tutto il tempo.

« Meg, cos'hai da ridere? » chiede Tiffani, già infastidita.

«Scusate» farfuglia Meghan, cercando di controllarsi. «Stavo chattando con Jared. Mi fa morire».

«E chi cazzo è Jared?» chiede Rachael.

«Il tipo di Pasadena! Quello che ho conosciuto in spiaggia» risponde lei. Sorride a Tiffani e aggiunge: «Sabato viene anche lui, coi suoi amici».

«Oddio, tu e Eden siete ridicole!» Rachael incrocia le braccia e alza gli occhi al cielo. «Uscite con dei ragazzi e neanche ce lo dite?»

«Tu non ci avevi detto niente di Trevor» ribatte Tiffani, con un sorriso scherzoso. «L'abbiamo scoperto soltanto perché Meg vi ha sorpreso alla festa di Jason, l'anno scorso».

«Lascia perdere» sbuffa lei, ma poi sorride.

Cinque minuti dopo arrivano i ragazzi. Per fortuna, perché Meghan non la finiva più di raccontare quanto fosse divertente questo Jared.

Ci sono Tyler, Dean e Jake. Noto che Dean è in mezzo fra gli altri due. Non riesco ancora a capire come facciano Tyler e Jake a frequentarsi, visto che si odiano. Evidentemente si sforzano di mantenere rapporti civili. Prendono delle sedie da un altro tavolo e si uniscono a noi. Tyler si mette accanto a Tiffani, ma non troppo vicino. Non guarda mai nella mia direzione.

«Allora, abbiamo preso una decisione» comincia Jake dopo i saluti. «Prima della festa di sabato ci troviamo da Dean».

«Una festa pre-festa» commenta Dean. Ci guarda tutti sorridendo, come se cercasse di capire se ci stiamo. «All'alcol pensiamo noi».

«Voi ragazze occupatevi soltanto di essere carine» conclude Jake. Fa una smorfia e alza le spalle, poi si appoggia all'indietro sulla sedia.

Rachael gli lancia il cucchiaino attraverso il tavolo, lui si sposta e lo evita per un centimetro. «Cazzone» dice a mezza voce, e lui le fa un sorriso sbilenco.

«Lo sai che scherzo, bimba-Rach» replica con aria innocente.

«Non chiamarmi così!»

Durante il loro battibecco io rimango zitta. Sono soprattutto in imbarazzo al pensiero che le ragazze credano che abbia fatto sesso con Jake due giorni fa, ma mi sto anche sforzando di comportarmi con disinvoltura davanti a Tyler. Se ci guardiamo troppo potremmo sollevare dei sospetti, ma anche non guardarsi per niente potrebbe far sorgere delle domande. Dopotutto è il mio fratellastro, sarebbe strano se ci ignorassimo del tutto. Così, ogni tanto gli lancio un'occhiata, sperando che alzi gli occhi nello stesso momento, ma non riesco mai a incrociare il suo sguardo. È troppo impegnato a fissare il tavolo, mentre Tiffani gli accarezza il braccio. Sembra come impietrito, ma lei non pare farci caso: gli prende il mento tra le mani, sporgendo le labbra, ma lui gira la testa di scatto e lei finisce per schioccargli un bacio sulla guancia. Poi lui si fissa sul pavimento e non rialza più lo sguardo.

Mi sposto un po' e provo a parlare con Meghan, ma lei è di nuovo presa dal cellulare e continua a ridacchiare per i messaggi di Jared. Guardo gli altri, uno per uno. In un modo o nell'altro mi infastidiscono tutti, tranne Dean. È seduto dall'altra parte del tavolo, con l'aria di sentirsi un pesce fuor d'acqua quanto me.

« Sballati » mima con le labbra. Mi sorride, io penso alla banconota da cinque dollari su cui ha scritto il mio nome e ricambio il sorriso, ma poi la voce di Rachael mi distrae.

« Eden, tu e Jake dovreste andare a fare un giro » dice in tono allusivo, rivolgendomi uno sguardo di incoraggiamento. Mi fa un cenno con la testa, poi si gira verso Jake. « Su, andate, piccioncini ».

Jake inarca un sopracciglio con aria perplessa, come se volesse chiedere: « Ma cosa stai dicendo? » però riesce a trattenersi. Si alza e mi guarda, poi fa un cenno verso le scale mobili. « Eden? »

Rachael mi fa un sorriso radioso, Dean alza gli occhi al cielo e Tyler finalmente risolleva la testa: il suo interesse si è risvegliato. Tiffani gli sta facendo i grattini sul collo, ma lui non sembra farci caso: è concentrato sullo sguardo di fuoco che mi sta lanciando.

Jake mi sta ancora aspettando, quindi mi alzo in fretta e borbotto: « Torniamo subito » poi giro intorno al tavolo per raggiungerlo. Non aspetto che qualcuno risponda e mi allontano insieme a Jake. Procediamo a zigzag nell'area dei ristoranti e attraversiamo la terrazza scoperta, poi prendiamo la scala mobile che scende al primo piano. Lui si infila le mani nelle tasche dei jeans e si appoggia al corrimano. « Allora, novità? »

« Niente di che » rispondo. Non ho molta voglia di parlare con lui, soprattutto perché sono settimane ormai che ignoro i suoi messaggi. Speravo che si rassegnasse, così non ci saremmo ritrovati in questa situazione imbarazzante. « È un po' che non parliamo ».

« Non dirlo a me ».

« Sono stata occupata ».

« L'avevo capito ».

Scendiamo dalla scala mobile e proseguiamo verso la barriera di vetro che circonda l'intero piano. C'è tensione nell'aria. Sbirciamo le persone sotto di noi, che schizzano da un negozio all'altro. Jake si china in avanti, incrocia le braccia e si affaccia alla balaustra, io passo lentamente le dita sul bordo di metallo.

« Lo sai che fra un mese dovrò tornare a casa, vero? » Lo guardo di sottecchi, senza girare la testa. Nemmeno lui si volta verso di me. So che non è esattamente questo che Rachael aveva in mente quando ci ha mandati via, ma mi ha fornito l'occasione perfetta per mettere le cose in chiaro con lui.

« Sì, lo so ».

« Bene » riprendo con voce un po' trepidante, sperando che non prenda le mie parole nel modo sbagliato. « Quindi forse sarebbe meglio che rimanessimo solo amici ».

Jake continua a non guardarmi, ma scrolla le spalle e fissa un gruppo di ragazze al piano di sotto. Sembrano liceali dell'ultimo anno, mi chiedo se le conosce. « Come vuoi, Eden » borbotta. « Non ho mai avuto intenzioni serie. Volevo solo divertirmi un po', capisci cosa intendo? »

Io sbatto le palpebre e faccio un passo indietro. « Wow ».

« Cosa c'è? » Adesso mi sta guardando. Raddrizza la schiena e stringe i suoi occhi azzurri, come se non avesse appena detto quello che ha detto. « Credevo lo sapessi ».

« Infatti » dico bruscamente: all'improvviso mi sono accorta che Tyler aveva ragione a dirmi che Jake è un playboy. Lui è solo alla ricerca di un po' di divertimento. Niente di serio: le cose serie sono da sfigati. « Solo che fino a questo momento non ci credevo ».

Non so neanche perché mi sto arrabbiando. In realtà dovrei essere felice di togliermi di torno Jake ed entusiasta che non si sia offeso. Comunque non ho mai pensato davvero di stare con lui. Baciava bene, e la nostra serata è stata divertente, ma non mi sarei spinta più in là. Siamo solo amici, senza i vantaggi a cui gli piace pensare di avere diritto.

Sospiro e mi massaggio le tempie. « Okay, comunque tutto bene. Mi hai offerto la cena da Chick-fil-A, quindi grazie ».

« Benissimo » dice lui ridendo, ma in tono un po' agitato. Jake sembra un bravo ragazzo, ma ora c'è qualcosa di strano nei suoi occhi: sospetto che sia una persona completamente diversa, quando non ottiene ciò che vuole.

Non ho altro da aggiungere e mi pare che anche per lui la discussione sia finita, quindi giro i tacchi e mi dirigo a grandi passi verso la scala mobile. Lui mi segue. Torniamo alla zona ristorante: i nostri amici sono ancora seduti là. Tiffani è riuscita in qualche modo a stravaccarsi in braccio a Tyler. Di certo ha sposato la filosofia del 'perdona e dimentica'. Però vedo che Tyler non ricambia il suo entusiasmo. Lei gli sta appiccicata addosso, lui invece ha le mani in tasca e un'espressione vacua.

Quando arriviamo, Rachael ammicca, ma io faccio finta di non vederla e recupero la mia bottiglietta d'acqua. Tiffani si stacca da Tyler e tutti insieme intavoliamo una normale conversazione, per una volta: parliamo della festa di sabato, di quali alcolici comprare e di chi dovrebbe venire in spiaggia. Io me la cavo annuendo tutto il tempo, dando sempre ragione a Rachael e sperando che sia sufficiente.

La sera, quando finalmente io e Rachael torniamo in Deidre Avenue, pilucco la pasta al forno preparata da Ella, poi vado a correre e poco dopo crollo nel letto. Un'intera giornata di vagabondaggio per negozi è stata davvero troppo per me: lo sfinimento combinato della socializzazione forzata e della corsa mi fa addormentare molto prima di mezzanotte.

Non so a cosa pensavo prima di scivolare nel sonno, ma sono convinta che fosse Tyler. Mentre correvo non ho pensato ad altro. Non riuscivo a togliermi dalla testa la giornata di oggi. Il modo in cui è arrivato al centro commerciale insieme a Tiffani, il fatto che abbia speso una valanga di soldi per la sua borsa e che l'abbia baciata come se non avesse baciato me la sera prima. Il modo in cui mi ha sorriso, subito dopo, come ha strizzato gli occhi e coperto tutto con un segreto, coperto *noi* con un segreto. Non riuscivo a evitare di pensare a tutto questo.

All'improvviso mi risveglio. La stanza è buia, la casa è silenziosa. Guardo il muro con gli occhi socchiusi e sento di nuovo il cigolio della mia porta: mi rendo conto che è questo che mi ha svegliato. Soffoco un gemito nel copriletto.

«Sei sveglia?» sussurra una voce attraverso la stanza. È Tyler. I miei occhi si spalancano, la porta fa un altro rumore mentre la richiude.

'Adesso ovviamente sì' penso. Non mi muovo di un millimetro e continuo a fissare la parete spoglia. Resto in ascolto dei passi attutiti di Tyler sul pavimento. «Sì, che ore sono?» sussurro.

«Le tre» risponde a voce bassissima, come se non dovessimo azzardarci a fare il minimo rumore. Sento il suo respiro alle mie spalle, il materasso si abbassa accanto a me. Il copriletto si solleva e lui scivola nel mio letto. «Posso dormire con te?»

Richiudo le palpebre, ancora mezza addormentata, ma gli angoli della mia bocca si sollevano in un piccolo sorriso stanco. Dato che non rispondo subito, Tyler comincia a parlare a raffica.

«Voglio dire, non nel senso di farlo, solo... *dormire*, sai, come dire, riposare» dice in fretta, solleticandomi la nuca con il suo respiro. Non mi sfiora neanche.

«Avevo capito».

C'è un lungo silenzio, sento solo il suono del nostro respiro, completamente fuori sincrono: quando io inspiro, lui espira. Sta quasi cominciando a sembrare un ritmo definito, ma poi il suo rallenta. Sento la sua pelle nuda e calda contro la schiena. Il suo torace è muscoloso, ma anche comodo, in un certo senso. Le sue dita mi sfiorano il braccio, la sensazione mi fa rabbrividire.

«Mi spiace per la faccenda di Tiffani» mi sussurra all'orecchio, passandomi l'altra mano tra i capelli.

«Fai bene a dispiacerti».

«Dammi il tempo di trovare una soluzione». La sua è quasi un'implorazione, nella sua voce c'è qualcosa che non riesco a comprendere. Poi aggiunge: «Sto provando a cercarne una».

Io continuo a fissare il muro. «Come?»

«Eden, nel caso tu non l'abbia notato, io sono completamente fuori di testa». Stacca il suo corpo dal mio e si gira dall'altra parte, così io finalmente sposto gli occhi dal muro e mi volto.

Adesso vedo la sua schiena, poso gli occhi sul tatuaggio che ha sulla scapola. Sollevo una mano e premo un dito sulla scritta. «Non direi fuori di testa, direi più 'sperduto'».

«Sperduto?»

«Sì, credo che tu sia sperduto». La mia voce è quasi impercettibile.

«E che cosa te lo fa pensare?»

Io traccio una linea che va dal suo tatuaggio fino in fondo alla schiena e poi risale fino all'altra spalla, avvicinando il mio corpo al suo. Ho bisogno di sentire il calore della sua pelle. Lo circondo con un braccio e chiudo gli occhi, sussurrando: « Perché non hai assolutamente idea di cosa stai facendo o dove stai andando ». Pochi istanti dopo mi riaddormento.

Alle sette del mattino lui è sparito.

26

«Sono eccitatissima!» strilla Rachael da dentro la cabina armadio, sabato sera sul presto. Sento stridere gli appendiabiti e subito dopo rientra piroettando nella stanza, con un reggiseno senza spalline e una serie di magliette in mano. «Okay, quale scelgo?»

Io sono sdraiata sul suo letto, mi appoggio ai gomiti e inclino la testa per studiare le varie opzioni: lei me le mostra una per una, appendendole poi in cima alla porta. «Quella bianca a fascia».

Rachael ci riflette un po' e poi concorda con me. «Hai assolutamente ragione!» Con un unico gesto raccoglie il resto dei vestiti e li butta in un mucchio nell'angolo, poi indossa la maglietta bianca. Sta benissimo con la gonna lunga rosso ciliegia che ha valutato per venti minuti.

«Sei sicura che questa roba vada bene?» Aggrotto la fronte e guardo i miei vestiti, una minigonna verdina modello skater e un bustino bianco (che, lo ammetto, fa risaltare il mio seno un po' più del solito). Mi sono messa tanti braccialetti al polso, ma mi sento ancora troppo sportiva.

«È una festa in spiaggia» insiste Rachael, parlando piano, come se fossi una bambina che sta ancora imparando a capire il significato delle parole. Si siede a terra per infilarsi un paio di sandali di cuoio, troppo occupata con le calzature per guardare verso di me. «Stai benissimo. Mi piace un sacco quel top».

«Lo dici soltanto perché è tuo» ribatto, però sto sorridendo. Forse per una volta sto davvero benissimo, e questo senso di compiacimento mi fa sentire finalmente che non sono fuori posto.

Rachael alza gli occhi al cielo e si tira in piedi, poi si rimira con attenzione nello specchio a parete per assicurarsi di essere perfetta. Le ripeto che è favolosa, ma lei liquida il mio complimento, fingendo imbarazzo. Non aggiungiamo altri commenti sull'abbigliamento.

«Cavoli, saremo le ultime ad arrivare da Dean» commenta pochi minuti dopo, finendo di applicare il terzo strato di lucidalabbra. Sporge la bocca verso lo specchio. «Sei pronta?»

«Rachael, io sono pronta da mezz'ora» dico raddrizzando la schiena.

«Già, è vero». Con una risata prende la borsetta marrone dal tavolino e fa un balzo verso il letto, allungando una mano per afferrarmi il polso. Mi tira su e poi spalanca gli occhi, dicendomi in tono severo: «Ricordati, devi bere più che puoi da Dean, perché una volta in spiaggia sarà finita: niente più alcol». Fa una smorfia alla sola idea che l'accesso agli alcolici abbia un limite di tempo.

«Capito». Lei mi lascia andare e volteggia verso la porta, mentre io mi infilo le scarpe da ginnastica. Prendo la felpa grigia e me la metto sulle spalle. Dato che la festa è in spiaggia, non voglio farmi cogliere impreparata dalla brezza oceanica. Passandoci davanti mi do un'occhiata nello specchio: accettabile. «Andiamo».

Scendiamo in cucina, dove Dawn sta riponendo la spesa negli armadietti. Quando ci vede si ferma e fa un verso di disapprovazione.

Rachael le chiede con voce mielosa, arrotolandosi una ciocca di capelli intorno all'indice: «Mamma, ci daresti un passaggio da Dean?»

«Rachael, lo sai che non voglio che tu vada a quella festa» risponde Dawn con aria dubbiosa, mettendo sullo scaffale una lattina di ananas sciroppato. Chiude l'anta e si gira a guardarci, con le braccia incrociate. «Non siete neanche maggiorenni».

«Ma mamma» ansima Rachael inorridita, «ci vanno tutti. Vuoi che sia io l'unica sfigata? È questo che sono per te? Una sfigata?»

Il talento drammatico di Rachael è esilarante: Dawn inarca un sopracciglio, probabilmente chiedendosi se vuole essere una mamma moderna o una antiquata. Alla fine deve aver scelto la prima, perché fa un sospiro di sconfitta. «Non bere troppo» dice a bassa voce. Penso che cederà alla richiesta di Rachael di accompagnarci. «E neanche tu, Eden. I tuoi genitori lo sanno che bevi?»

«I miei genitori sono divorziati» rispondo in tono piatto.

Rachael fa una risata esagerata, ma Dawn sembra solo frastornata. Per fortuna non insiste, perché se lo facesse dovrei dirle che naturalmente mio padre ed Ella sanno benissimo che sto andando a una festa il cui scopo è ubriacarsi. In realtà loro credono che io sia al cinema.

« Aspettatemi alla macchina » ci dice. Si asciuga le mani sui pantaloni e poi si preme un palmo sulla fronte, cercando di arginare il mal di testa che, a quanto pare, le stiamo facendo venire. « Prendo le chiavi ».

Rachael mi fa un sorriso trionfante e ci precipitiamo in fondo al corridoio e fuori dalla porta, prima che sua madre cambi idea. Restiamo ad aspettare sul vialetto, vicino alla Honda Civic, per svariati, lunghi minuti. Rachael sfrutta l'attesa per controllarsi il trucco nello specchietto sinistro, mentre io guardo la casa di fronte. La macchina di Tyler è ancora parcheggiata sulla strada. Mi chiedo se sia ancora dentro, a prepararsi per la serata immergendosi in quella stupida colonia Bentley che piace tanto a Tiffani. Il pensiero mi fa digrignare i denti, quindi mi volto di spalle e guardo il mio riflesso nel finestrino della macchina. Rachael ha fatto un ottimo lavoro con il trucco, tanto che mi chiedo se sono davvero io la ragazza che ho davanti.

Rachael raddrizza la schiena e la sua testa mi appare sopra il tettuccio della macchina. « Quella battuta sul divorzio è fantastica per evitare le domande scomode » si congratula.

« Credo che la userò più spesso ».

Sentiamo il tonfo della porta d'ingresso che si chiude, mentre Dawn si avvicina di malavoglia alla macchina. La apre e saliamo a bordo, io nel sedile dietro e Rachael accanto a sua madre. Quando Dawn comincia a fare marcia indietro, però, comincio a sentirmi nervosa e un po' nauseata. Non dovrei: quest'estate sono già stata a diverse feste, che qui sembrano essere l'unico passatempo possibile, ma questa volta sono più agitata del solito. Forse perché è un evento aperto a tutti e non una stupida festa a casa di qualcuno, o forse perché so che non dovremmo andarci, perché siamo minorenni, e invece ci saremo lo stesso e ci avventureremo in mezzo agli adulti. Ma forse invece è perché ci sarò io, ci sarà Tyler e ci sarà anche Tiffani.

Ci vogliono solo cinque minuti per arrivare da Dean e quando ci troviamo lì fuori mi rendo conto di non essere mai stata a casa sua. Non sapevo neanche che vivesse nel nostro stesso quartiere. Vedo la sua auto parcheggiata e mi tornano in mente i soldi per la benzina.

Dawn ferma l'auto di colpo accanto al marciapiede e si volta verso Rachael. Ha un'espressione seria, la fronte solcata da rughe di preoccupazione. « Ti prego, non ti ubriacare » dice in tono dolce. « Ricordati che mancano ancora quattro anni al tuo ventunesimo compleanno, quindi ringrazia che ti lascio andare lo stesso e comportati in modo responsabile ».

Rachael fa un sospiro drammatico e guarda la casa con desiderio. « Tranquilla, mamma ».

Dawn si volta a guardarmi e mi fa un sorriso. « Anche tu, Eden, stai attenta ».

« Grazie » le rispondo, ma il mio tono suona quasi sarcastico e per un attimo temo pensi che ho un carattere di merda.

Finalmente Rachael spalanca la portiera e scende, così la seguo a ruota e saluto sua madre con la mano prima di saltare giù. Grazie a Dio non ho i tacchi: è molto più facile muoversi senza.

« Mia madre è così imbarazzante » si scusa Rachael con aria sinceramente mortificata. In realtà a me Dawn non sembra così male: lo avrebbe fatto anche mia madre. « Ogni volta che esco è la stessa storia: è come se cercasse di farmi sentire in colpa ».

Rabbrividisce e io rido, lei mi lancia un'occhiataccia e tira fuori la lingua. Io la spingo di lato e faccio una corsetta fino alla veranda. Mi tremano un po' le mani. Sento il ritmo della musica e il suono delle risate all'interno.

Lancio un'occhiata incerta a Rachael, che mi ha raggiunto. « Devo bussare? »

« Devi bussare? » ripete lei incredula. « Oddio, Eden, no di certo. Entra e basta ». Senza aspettare che le faccia altre domande apparentemente ovvie e stupide, mi passa davanti e spalanca la porta con un sorriso radioso, superando la soglia in un balzo.

La seguo e mi ritrovo in soggiorno. Davanti a noi si vede la cucina, al di là di un'arcata. La musica mi sta già trapanando i timpani. Chiudo la porta alle nostre spalle e faccio una ricognizione per vedere chi è già arrivato. A quanto pare ci sono già tutti: Rachael aveva ragione, siamo le ultime, e i nostri amici radunati intorno all'isola della cucina si fermano per guardarci. Stavano facendo un giro di shot.

« Era ora! » grida Jake, mentre Dean ci viene incontro.

Meghan è in piedi, con in mano due bicchieri, e sta bevendo a turno da entrambi. Fra un sorso e l'altro riesce a sorriderci. Jake sta parlando con due ragazzi che non ho mai visto, mi chiedo che cosa ci facciano qui.

Dean ci raggiunge, con una birra in mano, e ci dice sorridendo: « Venite ragazze, dovete recuperare il tempo perso! »

« Non ti devi preoccupare di questo » lo rassicura Rachael con un ghigno, dandomi una gomitata nelle costole. « Noi beviamo in fretta ».

Io vorrei quasi ribattere. Rachael dovrebbe aver imparato almeno una cosa su di me quest'estate: che sono una pessima bevitrice. L'alcol mi fa schifo e berlo in fretta mi è quasi impossibile, è letteralmente una tortura. Metà delle volte ha un sapore così forte e amaro che riesco a stento a cacciarmelo in gola senza rigurgitare. Però mi trattengo e dico: « Certo, siamo velocissime ».

Dean inarca un sopracciglio, come se sapesse che ho detto una stronzata. « Stavamo per fare una roulette con gli shot ». Indica la cucina, dove tutti sembrano impegnati in importanti conversazioni, e noi lo seguiamo verso una ruota della roulette con tanti bicchierini intorno. Contengono varie misture disgustose, una diversa dall'altra, non riesco a identificare i diversi tipi di alcolici che hanno usato.

« Eden, non credo che tu conosca i ragazzi, vero? » mi chiede Dean aprendo una bottiglia di Twisted Tea e mettendomela in mano. Per fortuna non mi ha dato niente di più forte. Fa un cenno della testa in direzione degli sconosciuti vicino a Jake.

Tutti e due interrompono la conversazione per guardarmi, con un sorriso di circostanza. Uno è molto alto, anche più di Tyler, l'altro è più basso. Quello alto ha uno sguardo truce, come se fosse incazzato con tutti e pensasse di mandarci al tappeto con un unico calcio, quello più basso ha un cappellino sopra un ciuffo di capelli castani.

« Lui è Jackson » dice Dean indicando con la sua lattina il ragazzo col cappellino, poi fa un cenno della testa verso l'altro. « E lui è TJ ».

« Come va? » dice TJ, ma poi si rivolge di nuovo a Jake e riprende il discorso interrotto.

« Siamo compagni di squadra » continua a spiegare Dean. « Jackson è un ricevitore e TJ è un difensore. Lo sapevi che gioco a football? Gioco in difesa anch'io. A te piace il football? »

Credo che sia il discorso più lungo che mi abbia mai fatto, sta biascicando una serie di frasi messe insieme a casaccio. « Dean » gli chiedo, « da quanto tempo stai bevendo? » Non è la risposta che vorrebbe.

Lui fa una smorfia imbarazzata e alza tre dita.

« Tre ore? » Lui annuisce. « Certo che la prendete sul serio questa festa sulla spiaggia ». Gli faccio un sorriso e gli do una pacca sulla spalla, poi giro intorno all'isola per prendermi una cannuccia. La infilo nella mia bottiglietta e bevo un lungo sorso. La musica è molto forte e le voci ancora di più, anche se siamo soltanto in nove.

A questo punto mi rendo conto che ci sono due persone che non ho ancora visto: Tyler e Tiffani. Ricontrollo la cucina per esserne sicura, ma non ci sono proprio. Per un attimo penso che dopotutto io e Rachael non siamo state le ultime ad arrivare, ma poi il mio sguardo viene attirato da qualcosa.

Fuori dalla finestra della cucina ci sono due sagome e naturalmente sono loro. Li guardo attraverso il vetro senza che se ne accorgano e sul mio viso si dipinge una smorfia di disgusto. Tyler sta fumando e Tiffani gli sta avvinghiata come se ne andasse della sua stessa vita. E forse è anche vero.

Faccio un altro sorso, poi appoggio la bottiglia sul ripiano ed esco. Nessuno in cucina si accorge che sono sgusciata fuori in giardino, ma Tyler e Tiffani sì. Mentre chiudo la porta e mi volto per guardarli si zittiscono entrambi. Tiffani ha le labbra strette: è seccata perché ho interrotto il loro momento romantico. Vorrei che ci fosse Meghan con una delle sue risate secche.

« Non puoi tornare dentro e lasciarci in pace? » mi dice senza neanche fingere un tono gentile. Ha un atteggiamento scontroso, la voce tesa.

« Lasciala stare » borbotta Tyler. Credo che Tiffani sia stupita quanto me di sentirlo prendere le mie difese. Gli lancia un'occhiataccia e poi si rivolge a me.

Ignorando la sua espressione amara, quasi quanto il mio Twisted Tea, guardo Tyler con disapprovazione. « Che stai facendo? »

« Rilassati » risponde lui facendo un tiro. « È solo una sigaretta ».

Io lo guardo accigliata. « Non fumerai altro stasera, vero? Solo sigarette? »

Lui mi fissa con aria disinvolta per il tempo che ci vuole ad aspirare il fumo e farlo uscire di nuovo dai polmoni. « Se vuoi solo farmi il terzo grado puoi anche tornare dentro, sorella ».

Tiffani ride ma io quasi non ci faccio caso, sono così concentrata su Tyler che tutto ciò che lo circonda mi appare sfumato. Erano settimane che non mi parlava più con quel tono. Non aveva nessun diritto di farlo prima, e tantomeno adesso. Vorrei quasi dargli uno schiaffo ma poi noto che, subito prima di distogliere gli occhi per fare un altro tiro, il suo sguardo si è indurito. Allora capisco che sta recitando, la cosa che gli riesce meglio. Ha ricostruito la sua facciata, quella stupida posa da duro che gli dà un senso di autocontrollo e di potere su di noi. 'Ma certo, c'è Tiffani' penso. Non può lasciarle capire la verità, cioè che è completamente sperduto.

« Stavamo per giocare alla roulette con gli shot » dico fra i denti, come se non lo avessi sentito. « Quindi se volete unirvi forse dovreste rientrare ».

« Io ci sto! » annuncia Tiffani. Si stacca da Tyler e mi passa accanto, un po' traballante, sovreccitata. Le lancio un'occhiata di sbieco, chiedendomi quali siano le sue priorità nella vita. Al momento direi prima le borse di Louis Vuitton, poi gli shot di tequila e infine il mio fratellastro.

Riporto gli occhi su Tyler, che adesso sta alternando i tiri della sigaretta con sorsi di birra. Piego la testa e gli chiedo: « Vieni anche tu? »

« Ma certo » risponde con il solito tono altezzoso. Io scuoto la testa e rientro in casa, unendomi al gruppo.

Sono tutti intorno all'isola della cucina, girano in cerchio intorno alla roulette come un gruppo di avvoltoi. Jake ha le palline in mano, le lancia in aria e le riprende al volo: notevole, dato che è un po' brillo. Poi smette di giocherellare e indica me e Tiffani, facendoci cenno di unirci al cerchio.

Io mi infilo fra Rachael e Dean, recuperando il mio Twisted Tea. Dean mi passa un braccio intorno al collo e con l'altra mano si porta la birra alle labbra. Mi trascina nel girotondo con troppa foga, facendomi male al collo, poi Jake lancia le palline nella ruota e dà inizio al gioco. TJ e Jackson battono i pugni sul ripiano e i bicchierini quasi saltano via, ma Jake afferra il suo e si caccia in gola il contenuto.

« Ma che cazzo è questa roba? » farfuglia pochi secondi dopo con aria disgustata, la faccia contratta per il sapore orrendo del liquido marrone.

TJ si stringe quelle grosse mani e ulula, soffocato dal ridere: « Acqua di una pozzanghera in giardino! »

Jake serra le labbra e incenerisce TJ con lo sguardo, poi lo spinge via e si butta al lavandino, sputando dappertutto. Proprio mentre Jake sta per vomitare, Tyler fa la sua comparsa, con le mani in tasca e un viso inespressivo. Si unisce al gioco: è un gioco orrendo, il gioco dell'ignoto. Sono ancora più preoccupata di prima. Chissà quali altri scherzi crudeli avranno preparato i ragazzi?!

« Non vedo l'ora di andare in spiaggia! » mi grida Dean in un orecchio, talmente forte che mi allontano subito da lui. « Sono davvero impaziente! »

« Dobbiamo ubriacarci sul serio » mi sussurra Rachael nell'altro orecchio. Mi rendo conto di essermi infilata fra il più ubriaco e la più desiderosa di sbronzarsi della serata. « Perfino Meghan ci sta battendo! »

È vero: non so da quanto tempo siano qui gli altri, ma sono tutti piuttosto allegri. O stanno bevendo da ore oppure hanno bevuto molto in fretta. Probabilmente entrambe le cose. Come ha detto Dean, io e Rachael dobbiamo recuperare, e subito. Guardo il cerchio dei miei amici (più TJ e Jackson) e vedo che stanno tutti gridando e ridendo per questo gioco, come se non si fossero mai divertiti tanto in vita loro. Tutti tranne Tyler. Lui è in piedi alle spalle di Tiffani, un passo dietro di lei, come se l'idea di toccarla lo terrorizzasse. E sta guardando me. Soltanto me.

Questa situazione mi sta davvero mandando in ansia. Tyler non sa ancora bene come gestire il nostro rapporto e Tiffani ha un sorriso largo e sicuro, che le dà un'aria autoritaria. Passa lo sguardo su di noi, uno per uno. Vorrei potermi dimenticare di loro, almeno per un po'. Non voglio farmi troppe paranoie sulla situazione con Tyler, perché non farei altro che rovinarmi la serata, e non voglio provare a immaginare che cosa ha in testa Tiffani, perché riesco solo a pensare che non mi considera abbastanza spericolata.

Stringo le dita sulla bottiglia che ho in mano e mi appiccico in faccia il sorriso più grande che riesco a fare. Mi giro verso Rachael: gliela farò vedere a Tiffani se non sono spericolata. « Okay, ubriachiamoci ».

« So dove i genitori di Dean tengono la roba buona » mi sussurra lei. Mi prende il polso, mi strappa dalla presa di Dean e ci allontaniamo dal gioco. Restiamo per qualche secondo vicino all'arcata del soggiorno e quando tutti si distraggono per un altro bicchiere di acqua fangosa bevuto da Meghan, Rachael mi dà il via libera. Attraversiamo il soggiorno e arriviamo in un piccolo corridoio, dove la musica arriva attutita e l'aria è più fresca.

« Sono qui? » chiedo.

« Chi? »

« I suoi genitori ».

Rachael sorride e indica il soffitto. « Di sopra ».

Spalanca un'altra porta, che dà in una stanza buia e fredda. Solo quando mi spinge giù da un gradino e la mia mano si appoggia su una macchina capisco che siamo in garage.

« Dov'è l'interruttore? » borbotta Rachael, cercando a tentoni sul muro. Finalmente lo trova e accende la luce.

Mi trovo accanto a una BMW nera e faccio subito un passo indietro, attenta a non toccarla di nuovo. Poi mi guardo in giro. Gli angoli sono pieni di scatoloni di cartone, ma le pareti sono ricoperte di attrezzature da football nei colori rosso e bianco: ci sono divise in teche di vetro, enormi bandiere e gagliardetti che arrivano fino a terra, un piccolo scaffale con dei caschi dorati in custodie trasparenti e un paio di palloni, una collezione di fotografie incorniciate.

« Suo padre è un tifoso sfegatato dei San Francisco 49ers » dice Rachael, raggiungendo a passo di danza gli scaffali sulla parete in fondo, pieni di bottiglie di alcolici. Resto a guardarla un secondo mentre sceglie qualche bottiglia e la esamina, annuendo con aria di approvazione. « Te l'avevo detto che sapevo dove stava la roba buona! »

Rachael sta ancora valutando gli alcolici, così io aggiro l'auto e guardo le fotografie appese al muro. Sorrido vedendo Dean, con qualche anno in meno, un cappellino rosso e la maglietta dei 49ers. Accanto a lui c'è un uomo vestito nello stesso modo. Ha una mano sulla spalla di Dean e con l'altra tiene un hot dog. Deve essere suo padre. I due sono davanti all'ingresso del Levi's Stadium. Ci sono molte altre foto di loro due simili a questa. È come se avessero documentato ogni occasione in cui sono andati a vedere la loro squadra del cuore.

C'è una foto che spicca fra le altre: qui non ci sono solo due persone, ma quattro. Dean e suo padre sono nella solita posizione, ma accanto a Dean c'è un altro ragazzino. Devono avere entrambi dieci o dodici anni. L'amico di Dean ha i capelli neri e gli occhi verdi.

« Adesso ci beviamo questa tequila liscia, come delle vere dure, senza sale e senza lime » dichiara solennemente Rachael, sollevando il mento e girandosi verso di me con una bottiglia di Cazadores in mano.

Io lancio un'occhiata scettica alla bottiglia, poi deglutisco e indico la foto. « Quello è Tyler? »

I suoi occhi si spalancano per un attimo, poi si stringono a fessura mentre si china per guardare meglio. «Gesù, era *piccolissimo*!»

Io guardo di nuovo il Tyler della foto. Ha la stessa divisa di Dean, ma la sua espressione è ben diversa: il suo amico ha un grande sorriso mentre lui è imbronciato. Anzi, non guarda neanche verso l'obiettivo. È girato di lato, con lo sguardo crucciato: non certo l'atteggiamento che ci si aspetterebbe da un bambino che sta per assistere a una partita dei 49ers. Il suo corpo è sbilanciato verso l'esterno, anche se Dean gli tiene un braccio intorno alle spalle. Forse, semplicemente, Tyler odia i 49ers. Magari tifa per i Chargers.

Sull'altro lato della foto c'è un secondo uomo, accanto al padre di Dean. Ha i capelli neri, è voltato di schiena e indica il nome sulla sua maglietta personalizzata: GRAYSON.

Sento qualcosa muoversi nello stomaco: mi allontano dalla foto e aggrotto le sopracciglia, socchiudendo le labbra. È il padre di Tyler. È la prima volta che lo vedo, almeno in parte, e vorrei disperatamente poterlo guardare in faccia.

Mi volto verso Rachael. «Quello è suo padre?»

«Il padre di Dean?» Alza gli occhi mentre svita il tappo della tequila. «Sì».

«No, il padre di Tyler. È lui?»

Rachael adesso guarda con attenzione. Passa lo sguardo su di me e poi di nuovo sulla fotografia. «Sì» ripete alzando le spalle. «Crescendo, Tyler gli assomiglia sempre di più, almeno da quanto mi ricordo. Forse adesso suo padre è vecchissimo e ha la barba. In prigione ti permettono di raderti?»

«Non saprei» rispondo, ma sono di nuovo concentrata sulla foto. Ha qualcosa di inquietante. Dean e suo padre sembrano così felici, così entusiasti di essere alla partita e sorridono orgogliosi, uno accanto all'altro. Ma per le persone accanto a loro sembra sia il contrario. Tyler e suo padre sono ai lati opposti della foto e Tyler sembra inanimato, con quello sguardo greve e le spalle curve. Mi viene da chiedermi com'era la situazione, perché non era felice ed eccitato quanto Dean. «Qual è il problema fra Tyler e suo padre? Lo so che c'è qualcosa».

Rachael scuote la testa e si porta un dito alle labbra, come per zittirsi da sola. «Non lo so. Nel gruppo c'è una regola non scritta, quella di non parlare del padre di Tyler, a meno di non avere un istinto suicida, così come non si parla di malattie veneree davanti a Meghan, perché il suo terrore più grande è quello di beccarsi la clamidia».

Ignoro la regola non scritta e insisto. «E se fosse stato adottato?»

«Adottato?» Rachael considera la possibilità per un momento, guardando di nuovo la foto, poi scuote la testa. «No, è sicuramente figlio di suo padre, sono identici. E adesso forza, dobbiamo sbrigarci! Non possiamo restare indietro».

Io faccio una smorfia e distolgo gli occhi dalla fotografia. Lei mi agita davanti la bottiglia. «Okay, facciamolo».

Rachael fa un grande sorriso e trae un respiro profondo. «Ti sembrerà di bere del fuoco liquido, ma ci farà ubriacare in un secondo, quindi tira fuori le palle e mandala giù».

«Dio» mugugno, ma stringo i pugni e gli occhi, preparandomi alla sfida. L'ultima volta che ho bevuto della tequila mi sono dovuta precipitare al lavandino, e avevo anche usato il sale e il lime. «Sono pronta».

Rachael mi fa un cenno d'intesa, poi si porta la bottiglia alle labbra e beve un rapido sorso. Subito si piega in due, premendosi una mano sulla bocca, poi stende le braccia e mi spinge la bottiglia in mano. «Oh mio *Dio*» annaspa, scuotendo la testa con una smorfia, come se il gesto potesse cancellare il sapore che ha in bocca.

A questo punto sto quasi per tirarmi indietro. Che senso ha sottopormi a quella tortura? Guardo la bottiglia, esitante, mentre Rachael ansima vicino alla macchina, agitando le mani davanti alla bocca. Mi chiedo che diavolo sto facendo. Poi però ripenso a quello che ha detto Tiffani giovedì al centro commerciale, che non c'era da preoccuparsi che mi ubriacassi, che non ero abbastanza spericolata.

Stringo con forza la bottiglia di Cazadores e la inclino per portarmela alle labbra, butto la testa indietro e ingurgito tutta la tequila che posso. All'improvviso mi sembra di avere la bocca in fiamme, pervasa da un gusto amaro. La tequila ha l'aspetto dell'urina e il sapore della benzina.

Quasi mi sfugge di mano la bottiglia. Bevo subito un sorso di Twisted Tea, che al confronto sembra acqua fresca, così ne bevo ancora. E poi ancora e ancora, finché non ho svuotato completamente la bottiglia. Mi accascio contro il muro, esausta e senza fiato, e per qualche lungo secondo rimango lì ad ansimare.

« Ancora » dice Rachael. Allunga una mano verso la bottiglia e me la strappa di mano, poi ripete il processo: inclinare, bere, morire.

Io riesco a stare al passo e continuiamo a passarci la bottiglia fino al quarto giro, poi non ce la faccio più. Non appena sento la tequila sulla lingua la sputo dappertutto, non riesco a mandarla giù per la gola. Finisce sulla fiancata della BMW e cola lungo la portiera del guidatore. Guardo Rachael con aria sconvolta.

« Eden! » urla lei, ma subito scoppia a ridere e non la smette per almeno tre minuti.

Io sono inorridita. Dean mi odierà, i suoi genitori mi faranno causa e io finirò al riformatorio per atti di vandalismo. « Ma perché c'è una macchina qui? » strillo esasperata, con le guance rosse.

« È un garage! »

« Credevo fosse una cantina! » grido, poi mi viene una crisi di riso. Mi accorgo che il mio equilibrio è diventato instabile e il mio corpo ondeggia contro il muro. L'unica cosa che riesco a pensare è: 'La tequila non perdona'.

So che Rachael non regge l'alcol, quello che non sapevo è che anch'io sono come lei. Saltare la cena probabilmente non è stata una grande idea, e adesso quella stupida filastrocca comincia ad avere un senso: 'Una tequila, due tequila, tre tequila e giù per terra'.

Guardo in basso e vedo che Rachael è appunto per terra: è stravaccata sul cemento, ride a crepapelle e non prova neanche a tirarsi su. Le va benissimo rimanere lì come una foca morta.

« Dobbiamo continuare! » la incito prendendola per un braccio e cercando di tirarla in piedi, ma riesco solo a perdere l'equilibrio e a caderle addosso. Probabilmente le ho spezzato la spina dorsale.

« Sì! Sì! Continuiamo! » urla Rachael fra un accesso di risa e l'altro, mentre io rotolo via.

« Cosa ci facciamo al prossimo giro, bimba-Rach? » chiedo, ridendo. Non posso farne a meno: sembra tutto così esilarante, spensierato, *spericolato*. Adesso sono sdraiata accanto a Rachael, a pancia in su, e guardo il soffitto bianco del garage. Mi rendo conto solo ora che le pareti sono verniciate. « Questo garage è meraviglioso ».

Rachael sta ancora ridendo, così forte che non emette più un suono. Ha le labbra aperte e gli occhi strizzati, l'unico rumore che fa è una specie di ansito. « Cosa c'è che non va in noi? »

Io mi tiro in ginocchio e la guardo fissa. Un quarto d'ora di tequila e siamo tutte e due completamente andate. Notevole. « Dobbiamo continuare! Dobbiamo bere più che possiamo, ti ricordi? »

Rachael annuisce con entusiasmo e cerca di rimettersi in piedi, aggrappandosi allo specchietto della BMW. Se fossi sobria mi preoccuperei di non danneggiarla, ma non lo sono e quindi non potrebbe fregarcene di meno.

« Jägermeister! » strilla Rachael. Prende la bottiglia scura dallo scaffale e si gira verso di me, sollevandola in aria con un sorriso trionfante. « Brindiamo all'avvelenamento da alcol! »

Dopo un altro quarto d'ora e due sorsate letali mi chiedo perché sono stata tanto stupida da bere tutto questo alcol in così poco tempo. È il genere di comportamento su cui genitori e insegnanti ti mettono in guardia, avvertendoti che può ucciderti. Ma non importa a nessuno, nessuno si preoccupa delle conseguenze perché fra il momento in cui bevi e quello in cui le subisci, qualsiasi iniziativa sembra l'idea più geniale del mondo. Questo spiega perché Rachael adesso è sul cofano della macchina e usa la bottiglia di Cazadores come microfono, mentre tenta di salire sul tetto alternando l'inno nazionale a uno spogliarello.

« Eden, è divertentissimo ubriacarsi con te » annuncia con un inchino dopo un'interpretazione un po' distorta di *The Star-Spangled Banner*. È in piedi, con solo la gonna e il reggiseno, perché la maglietta l'ha buttata a terra.

All'improvviso la musica soffocata proveniente dalla casa diventa più forte: quando distolgo gli occhi dall'esibizione di Rachael capisco che è successo perché si è aperta la porta della dispensa. Dean è lì, in piedi, con le braccia incrociate. Io e Rachael smettiamo di ridere e ci blocchiamo, con dei sorrisetti imbarazzati sulla faccia.

« Rachael, per favore, scendi dalla macchina » dice Dean lentamente.

Lei si morde il labbro per non ridere e si mette seduta, cercando di scivolare giù dal tettuccio dell'auto, ma cade subito di lato e precipita a terra con un tonfo. La bottiglia di Cazadores va in mille pezzi. Io mi occupo di sghignazzare al suo posto, mentre lei fa un gemito senza smettere di ridacchiare.

« Maledizione, Rachael, stai attenta ai vetri » borbotta Dean. Rispetto a noi sembra perfettamente sobrio. Entra in garage e si china per tirare su Rachael, con una smorfia disgustata, e dopo averla rimessa in piedi si mette a cercare la sua maglietta sul pavimento. « Siamo pronti per uscire » annuncia, ma è evidente che sia arrabbiato con noi. Infila la maglietta a Rachael, dalla testa, e la guarda con aria severa, mentre io continuo a ridere in un angolo. « Quanto avete bevuto? »

Rachael non risponde, si limita a lanciarmi un'occhiata da sopra la spalla e a farmi cenno di raggiungerla. Io, un po' impacciata, appoggio a terra la bottiglia di Jägermeister e mi trascino intorno alla macchina, senza mai guardare Dean. Lui sospira e ci guida attraverso la dispensa e fino al soggiorno. Jake sta tenendo aperta la porta d'ingresso.

« Che diavolo stavate facendo? » ci chiede. Io e Rachael ci scambiamo un'occhiata e scoppiamo di nuovo a ridere: chissà perché sembra che non riusciamo a smettere.

Dean spegne la musica e grida ai suoi che stiamo uscendo, mentre io seguo Rachael nel furgoncino che ci aspetta fuori. Sento vagamente la voce di Meghan, mi sta dicendo che il cugino di Dean, che è più grande di noi, ha accettato di accompagnarci, anche se non ci sono abbastanza posti per tutti. Comunque ci ammassiamo letteralmente all'interno (Rachael mi finisce in braccio), Dean e Jake ci seguono e in breve tutti e nove siamo stipati nel veicolo. Sono troppo sbronza per essere infastidita dal fatto che Tyler e Tiffani sono da soli nei posti in fondo: lei gli si è buttata addosso e gli tiene un braccio intorno al collo, ridendo sopra il ritmo della musica, ma lui non le presta attenzione. Ha il viso girato e guarda fuori dal finestrino. Quando gli lancio un'occhiata da sopra la spalla, vedo che per qualche ragione stasera sembra il più sobrio di tutti. Lui percepisce il mio sguardo e fissa immediatamente gli occhi nei miei.

Io sono su di giri, non riesco a fare altro che un sorriso svagato. Non mi sento la testa ben piantata sulle spalle e lui se ne accorge, perché stringe gli occhi con preoccupazione, o forse disapprovazione. Non riesco a capirlo e non mi dà il tempo di pensarci, perché torna subito a guardare fuori.

Così passiamo il resto del tragitto e fare battute e a ridere, ridere e ridere. Sapere che anche gli altri sono brilli come me e Rachael mi fa sentire meglio. In realtà non siamo brille, siamo proprio sbronze ed è una bella sensazione.

27

A quanto pare questa festa sulla spiaggia è un evento importante: tutta la parte a destra del molo è transennata, chiusa al traffico e pattugliata dal servizio d'ordine. Quando ci riversiamo fuori dal furgoncino, nel parcheggio, vengo investita da un'ondata di musica e voci, l'atmosfera è elettrica. Strizzo gli occhi verso la spiaggia e vedo che c'è un palco proprio là, sulla sabbia, con grandi amplificatori neri e un dj che intrattiene la folla.

« Se qualcuno di voi stronzi si fa sbattere fuori, verrò personalmente a prendervi a calci in culo » minaccia Jake. Lancia uno sguardo di avvertimento a tutti noi. « A meno che sia una ragazza, in quel caso mi limiterò a non rivolgerle più la parola ».

Poi ci dirigiamo alla spiaggia, passiamo davanti ad alcuni buttafuori tenendo la testa un po' chinata in basso. Mi chiedo se si capisca quanto sono ubriaca: spero proprio di no. Se fosse così mi manderebbero via in cinque minuti, ma per fortuna riusciamo a raggiungere la sabbia, incespicando, e ci mescoliamo alla folla. Pensavo che saremmo rimasti in gruppo, invece non è così. I ragazzi ci fanno un cenno di saluto e per il momento si allontanano: mi stupisco di vedere che Tyler se ne va senza Tiffani.

« Dobbiamo assolutamente fare il bagno nude! » propone Rachael a voce altissima, per farsi sentire sopra la musica.

Attira l'attenzione di alcuni uomini che le fanno dei cenni di incoraggiamento.

« *Non* dobbiamo assolutamente fare il bagno nude » ribatte Tiffani. Fa un'occhiataccia a quei tizi e ci spinge più avanti fra la folla. Sono così ubriaca che rischio di slogarmi una caviglia a ogni passo.

La sabbia mi si infila nelle Converse ed è la sensazione più sgradevole del mondo, così le scalcio via e mi chino per raccoglierle, poi le prendo per le stringhe e le faccio dondolare. Muovo la testa a tempo di musica e mi lascio sballottare qua e là dalle persone che ho intorno. Sono tutti chiaramente adulti e maggiorenni, ma non mi importa.

« Ci sono Jared e i suoi amici! » ci grida Meghan, girando in tondo con aria terrorizzata. Si tocca i capelli. « Come sto? »

« Come una che cerca guai! » urla Rachael, ed è la verità.

« Proprio così! » risponde Meg, poi ci soffia un bacio e si getta nella mischia. Non credo che la rivedremo tanto presto.

Adesso agito le scarpe per aria e le persone che ho accanto mi guardano storto, probabilmente perché continuo a sbattergliele in faccia, ma mi sento troppo libera ed esaltata per pensare di scusarmi. Miracolosamente mi trovo a ballare: è un ballo selvaggio e scatenato, ma sto ballando e per me è una rarità. Il dj sul palco sta mettendo della musica house e abbiamo tutti le mani alzate, io ho la testa annebbiata e mi pare che perfino l'oceano stia cominciando a inclinarsi da un lato.

Mi sto divertendo un mondo, saltello sulla sabbia e agito le scarpe in aria, poi Tiffani prende me e Rachael per il braccio e ci tira verso di lei. Non ha l'aria di divertirsi quanto noi, non capisco se non ha bevuto abbastanza o se le fa schifo la festa.

« Vado a cercare Tyler » dice ad alta voce. Fa un passo indietro e capisco che è scocciata.

« Nooo! Resta con noi! » protesta Rachael.

« Devo tenerlo d'occhio, dopo quello che è successo l'anno scorso » replica lei scuotendo la testa.

Io stringo gli occhi e mi soffio via dei capelli dalla faccia. Ho sempre i lacci delle scarpe attorcigliati alle dita. Il sole al tramonto è ancora caldissimo. « Cosa è successo l'anno scorso? »

Tiffani mi lancia un'occhiata di sbieco, piena di fastidio e di disapprovazione. « Eden, per favore, piantala di agitare quelle cose per aria ». Mi toglie di mano le scarpe, guarda con una smorfia i versi scritti sui lati, poi sospira e me le restituisce. « Sembri una stupida, cerca di comportarti in modo più normale. E adesso divertitevi, voi due ».

Rachael mi fa un gesto rassegnato, da ubriaca, mentre Tiffani si fa largo a gomitate fra la folla. Rachael è senza fiato, e io anche.

« Cosa è successo l'anno scorso? » provo a chiedere a lei quando mi sono un po' ripresa. La vedo sfocata, provo a stringere gli occhi ma non serve. Sento il mio corpo oscillare da una parte all'altra, come l'oceano.

« Tyler ha preso della roba strana » mi dice piano, chinandosi verso il mio orecchio, attenta a non farsi sentire, anche se la gente è troppo occupata a festeggiare per ascoltarci. « È svenuto, credevamo tutti che fosse morto, poi ha avuto un attacco epilettico e noi, tipo 'Merda, ma non è morto', e insomma... Lo abbiamo trascinato a casa di Tiffani e lei ha pianto tutta la notte perché le aveva fatto fare la figura dell'idiota davanti a tutti. Si è chiusa in bagno e non voleva più uscire, così siamo rimasti lì per vedere se lui stava bene e dopo un po' si è ripreso alla grande. È stato un momento tremendo e adesso Tiffani ha la paranoia che possa rifarlo ». Alla fine di questo discorso è di nuovo senza fiato, aspira l'aria in modo teatrale e poi espira.

So per certo che, se fossi sobria, mi preoccuperei e probabilmente andrei anch'io a cercare Tyler, ma sono troppo ubriaca per fare qualsiasi cosa. Potrei anche disprezzare Tiffani perché si preoccupa più della sua reputazione che della vita di Tyler, ma mi limito a fare un ghigno e ricomincio a ondeggiare qua e là. Alla fine mi segue anche Rachael.

Quando sei ubriaca non solo perdi lucidità, ma anche il senso del tempo. Sembra che io e Rachael ci abbiamo messo solo una decina di minuti per farci strada a spintoni fino al palco, ma quando alzo lo sguardo verso il cielo e vedo quanto si è scurito mi rendo conto che deve essere passato molto più tempo. A questo punto sto sudando e quando guardo alla mia destra mi accorgo all'improvviso di essere rimasta sola. Rachael è sparita.

« Oh » mugugno. Mi sfugge una risata e mi giro, ballando, per uscire dalla calca. Ora ho un po' di claustrofobia. Le persone mi guardano con delle strane espressioni: deve essere piuttosto evidente che ho cinque anni meno dell'età minima consentita per poter stare qui.

Lontano dal palco la gente passeggia sulla sabbia, alcuni socializzano e altri cercano in tutti i modi di attaccare bottone con delle ragazze. Qui c'è meno ressa, così mi fermo un momento per riprendere fiato. Non mi sento più così piena di energia e l'euforia alcolica sta cominciando a svanire, ma sono comunque più che allegra e mi sto ancora divertendo un mondo. Vicino a me scoppia una rissa e i buttafuori si precipitano sul posto, abbaiano ordini e sedano la confusione, poi trascinano via i due piantagrane.

Solo adesso mi rendo davvero conto di essere sola. Sola e ancora un po' ubriaca. In un attimo mi invade un'ondata di panico e infilo la mano nella tasca della felpa, per prendere il mio telefono. C'è solo un problema: non lo trovo.

Controllo l'altra tasca, poi il reggiseno e le scarpe. Niente telefono e niente soldi. Tutto sparito. Non so se le mie cose siano cadute per terra e siano ormai seppellite sotto tre metri di sabbia o se sono stata derubata. In ogni caso non ho modo di chiamare nessuno. Se fossi lucida, avrei abbastanza prontezza per capire che non è la fine del mondo, che per arrivare a casa mi basterebbe una camminata di quarantacinque minuti. Ma non lo sono, quindi è la fine del mondo.

Mi si riempiono gli occhi di lacrime. Cerco di scacciarle, ma cominciano a tremarmi le labbra e in breve ho le guance inondate. Mi stringo nella felpa e fisso la sabbia. Ho paura che mi vedano piangere come la stupida sedicenne che sono. Sono troppo giovane per stare qui, sola, ubriaca e senza le mie cose.

« Maledizione, Eden » sussurra una voce. Il suo calore e la sua familiarità mi fanno smettere di piangere. Alzo gli occhi ancora annebbiati dalle lacrime e vedo Tyler che si avvicina.

« Tiffani ti sta cercando » dico tirando su col naso. Mi tiro le maniche della felpa sulle mani e mi tampono gli occhi, cercando di non sbavare il mascara più di quanto non sia già. « La tua ragazza ».

« Perché diavolo stai piangendo? » Ignora le mie parole, si piazza davanti a me e china la testa, guardandomi da sotto quelle lunghe ciglia. Il colore dei suoi occhi mi ricorda quello delle alghe.

« Sono andati via tutti ». Mi pizzicano di nuovo gli occhi, li sento riempirsi di lacrime. Mi inclino verso destra. « Tiffani, Meghan, Rachael... E ho perso il telefono ».

Tyler mi prende per le braccia e mi sostiene, ma poi mi squadra dall'alto in basso. « Quanto sei ubriaca? »

« E *tu* sei ubriaco? »

« Non più ». Serra le labbra e riflette per un momento. Poi si piega in avanti, mi districa le stringhe delle scarpe dalle dita e butta per terra le mie Converse. « Rimettile. C'è di tutto nella sabbia ».

Quando stacco gli occhi dai suoi e guardo in giù, mi accorgo che ha ragione. La spiaggia è disseminata di incarti di cibo, lattine schiacciate e accendini. 'Ho ballato sopra tutta questa merda' penso. Mi infilo subito le scarpe, anche se la sabbia mi dà ancora fastidio. Ma mi sento al sicuro ora che Tyler è qui, così gli sorrido nonostante il mio trucco sbavato.

« Tuo padre ti ucciderà » borbotta lui, ma non si rivolge esattamente a me. Fa un sospiro e si gratta la testa, cercando di pensare a cosa fare.

Non ho la precisa intenzione di complicargli la vita, ma mi sento di nuovo carica e pronta a divertirmi ancora, così mi allontano da lui, piroettando. Mi fermo a qualche metro di distanza e mi giro a guardarlo con un sorriso giocoso. Lui aggrotta la fronte con aria preoccupata e resta a guardarmi, in attesa. Passano varie persone fra di noi, ma quando il campo è libero io mi butto per terra e rotolo verso di lui. Non è un gran successo: finisco arenata su un fianco, con le gambe ingarbugliate e forse una spalla slogata. Sento delle risate intorno a me.

« Alzati subito » mi ordina Tyler. Sento la sua presa che mi tira verso l'alto. « Che cosa ti ho appena detto della sabbia? »

« Adoooro questa spiaggia » biascico. Mi sento la testa pesante e mi rovescio verso sinistra, ma Tyler mi prende al volo e mi raddrizza, tenendomi per le spalle. « L'estate prossima tornerò solo per venire a questa festa! »

« Tornerai l'estate prossima? » Abbassa gli occhi su di me, con espressione seria e un tono di urgenza nella voce, e in quella frazione di secondo è come se l'alcol che ho nel sangue fosse evaporato all'improvviso.

« Non so lo » rispondo, « dipende se mio padre mi vorrà o no ».

« Io spero di sì » mormora Tyler, con le mani ancora strette sul mio corpo. « Lo spero davvero ».

Il mio breve momento di lucidità non dura a lungo e ricomincio a barcollare nel suo abbraccio, senza controllo. Riesco a malapena a capire quello che dice. Il mio ondeggiamento si trasforma in un tentativo di danza, ma ho la vaga sensazione di sembrare un'idiota completa.

« Stai attirando l'attenzione » mi sibila Tyler nell'orecchio, stringendomi più forte, tanto da bloccarmi i movimenti, che è esattamente il suo scopo. « Ci farai buttare fuori ».

« Ma io ho ventun anni! » gli grido ridendo. Cerco di divincolarmi e mi viene ancora più da ridere.

« Oddio » geme Tyler, sottovoce. Gira la testa di lato e guarda la sabbia, con la mascella serrata, poi chiude gli occhi. Prende un respiro profondo, mi lascia andare, mi gira intorno, poi con un'agile mossa si china e mi prende sulle spalle. « Devi smaltire la sbronza, cazzo » borbotta cominciando a camminare.

Ho le braccia intorno al suo collo e probabilmente, aggrappandomi, lo sto soffocando. Lo circondo alla vita con le gambe e lui mi tiene saldamente sotto le cosce: cammina senza sforzo e il pensiero di non pesare poi tanto mi dà un attimo di soddisfazione. Gli appoggio la testa sulla spalla e gli soffio sulla nuca, mentre lui continua a trasportarmi per la spiaggia.

« Troy-James » grida Tyler fermandosi, e il nome sconosciuto risveglia la mia curiosità e mi fa sollevare la testa.

Davanti a noi c'è un piccolo gruppo di tre persone, che si girano al richiamo di Tyler. Sono due ragazze e... TJ. Il tizio che era a casa di Dean, il difensore. Troy-James. La mia mente arriva all'ovvia conclusione e per questo mi sento eccezionalmente intelligente.

« Cosa c'è? » dice Troy-James, alias TJ. Il broncio che aveva prima è svanito, adesso ha l'aria di divertirsi: comprensibile, dato che ha accanto due ragazze chiaramente più grandi di lui. Entrambe mi fanno un sorriso comprensivo.

« Mi serve il tuo appartamento » dice Tyler senza preamboli. « Stai sempre sulla Ocean Avenue, vero? »

« Fratello, che intenzioni hai? » TJ resta imbambolato per un po', poi scambia un'occhiata con le ragazze che ha accalappiato e torna a guardare Tyler.

Lui mi lancia un'occhiata e scrolla le spalle, facendomi sobbalzare contro la sua schiena, poi dice: « Devo farle passare la sbronza. Suo padre la ucciderà se torna a casa in questo stato ».

« Amico, io però avevo altri programmi » sussurra TJ con voce tesa, poi fa una smorfia e ci guarda storto.

« Io ho casa libera » fa una delle ragazze, e a questo punto TJ prende le chiavi dell'appartamento dalla tasca dei pantaloncini e le lancia a Tyler. Senza fare una piega.

« Poi lasciale sotto lo zerbino ».

Tyler riesce a ringraziarlo prima che se ne vada con le ragazze. Lo sento sospirare di nuovo, poi stringe la presa sulle mie gambe e ricomincia a camminare e a camminare, finché mi rendo conto che ci stiamo allontanando dalla festa.

« Perché andiamo a casa sua? » biascico nella sua maglietta, perché non riesco più a tenere su la testa. « E perché, poi, lui ha un appartamento tutto suo? »

« Perché ti stavi rendendo ridicola, là fuori » dice lui ridacchiando. Vorrei poterlo guardare in faccia adesso, esplorare i suoi occhi per vedere cosa pensa. Ma sono ancora troppo ubriaca. « E i suoi genitori sono, tipo, miliardari. Gli hanno regalato un appartamento per il suo sedicesimo compleanno. Chi cazzo farebbe una cosa del genere? »

« Miliardari » rispondo io. Lui ride di nuovo.

Non mi dispiace lasciare la festa. Ho già perso il telefono, i soldi e le amiche, e ora che l'effetto dell'alcol sta passando e il sole è ormai quasi tramontato del tutto ho solo voglia di andare a casa. Ovviamente però non posso farlo adesso: papà crede che sia al cinema a vedere qualche mediocre storia d'amore, ma in realtà mi stanno trascinando via da una festa perché ho bevuto troppo. Per fortuna è stato Tyler a venire in mio aiuto. Se Jake o Dean o anche Meghan avessero tentato di portarmi via avrei fatto una scenata.

« Puoi anche mettermi giù » sussurro dopo dieci minuti di camminata. Non voglio che si stanchi troppo.

« Così puoi farti investire da una macchina? No, grazie » ribatte lui, secco. Poi si ferma sul ciglio del marciapiede, guarda in entrambe le direzioni e attraversa la strada. Sento ancora la musica che proviene dal palco.

« Ti stai perdendo il resto della festa » gli dico, ma lui non risponde.

Mi trasporta lungo la fila di appartamenti, condomini e alberghi di Ocean Avenue, gli stessi edifici sulla spiaggia davanti ai quali sono passata tante volte quando venivo qui a correre. Rallentiamo davanti a una palazzina a tre piani e Tyler mi porta fino in cima ai gradini, fermandosi all'ingresso. Poi, con cautela, mi fa scivolare giù. Quando cerco di stare in piedi mi accorgo che ho le gambe di gelatina.

« Come ti senti? » mi chiede senza alzare gli occhi, troppo occupato a cercare di aprire la serratura.

« Imbarazzata » ammetto. Sono passate quasi tre ore dalla mia ultima bevuta e sto cominciando a riprendermi e a capire quanto sono stata ridicola. Ricordo vagamente di aver sputacchiato sulla macchina dei genitori di Dean.

Tyler riesce ad aprire la porta e mi prende per un braccio, facendomi entrare nell'atrio del condominio, rischiarato dal pavimento lucente. « Ci siamo passati tutti » dice per consolarmi.

« Come te l'anno scorso? » Mi esce un tono quasi sdegnoso, ma non è quella la mia intenzione: sono solo curiosa, come sempre.

Tyler si blocca di colpo, nel bel mezzo dell'atrio. Gira il collo per lanciarmi un'occhiata accigliata. Io mi mordo il labbro e aspetto che cominci la sfuriata, che mi aggredisca, ma non succede niente. Si limita a scuotere la testa e a trascinarmi in ascensore.

« Duecentosei » dice a bassa voce, premendo il pulsante del secondo piano, e nei pochi istanti che ci vogliono per raggiungerlo non mi degna di uno sguardo. Ha ancora le dita strette intorno al mio polso.

L'appartamento duecentosei dà sulla facciata della palazzina. Abbasso gli occhi sullo zerbino ai miei piedi, con più interesse di quello che merita, e studio i motivi della decorazione. In una situazione normale non me ne sarebbe importato niente, ma a quanto pare la tequila stimola la creatività e ti fa apprezzare il pregio artistico degli zerbini. Mi interrompo solo quando vengo tirata nell'appartamento.

Dio, è veramente meraviglioso.

Il soggiorno è rischiarato dalla fioca luce del tramonto che entra dalle ampie finestre. Ogni cosa brilla di un riflesso aranciato che la rende bellissima. È il genere di tramonto che si vede soltanto nelle fotografie, e quasi sempre ritoccate con Photoshop. Invece quassù, nelle grandi vetrate di questo appartamento sulla spiaggia, si esprime la vera essenza della bellezza. Resto a contemplarla per un po'.

« Vieni qui » mi sussurra Tyler, alle mie spalle, attirando la mia attenzione. Finalmente stacco gli occhi dalle finestre e guardo verso di lui. Ha preso un bicchier d'acqua e me lo piazza in mano. « Bevila. Subito ».

Sento un sorriso aleggiare sulle mie labbra. Sollevo il bicchiere e faccio un lungo sorso: solo ora mi rendo conto di quanto fossi disidratata. L'acqua mi rinfresca la gola e la finisco tutta in pochi secondi.

« Adesso siediti » mi ordina Tyler. Mi toglie il bicchiere di mano e fa un cenno con la testa in direzione del divano dietro di me. Io non mi muovo, così lui mi sospinge fin là.

« È bellissimo, vero? » Mi stiracchio e mi metto comoda, abbandonandomi sui cuscini e tornando a guardare fuori. Se aguzzo le orecchie riesco a sentire il vago ritmo della musica.

« Certo » risponde Tyler da un metro di distanza. Incrocio le gambe e mi giro verso di lui, osservandolo in silenzio mentre riempie di nuovo il bicchiere al rubinetto. Me lo porta, ha le mani bagnate. Dopo avermi passato il bicchiere se le asciuga sui jeans.

Il silenzio della stanza stride con il frastuono della festa dall'altra parte della strada, ma c'è qualcosa di rilassante in questa situazione, nella debole eco della musica e nella luce del sole che scende dietro l'orizzonte. Tyler si siede sul bordo del divano, a diversi centimetri da me, e resta a guardarmi mentre finisco il secondo bicchier d'acqua.

« Devi dormirci su ». Nei suoi occhi c'è ancora quello sguardo di disapprovazione, è strana questa inversione di ruoli. Di solito sono io che devo gestire lui. « Forza ». Mi toglie il bicchiere e lo appoggia sul tavolino, poi mi riprende per mano. Io trasalisco, ma lui sembra non accorgersene. Poi, delicatamente, mi aiuta ad alzarmi, sostenendomi alla vita con l'altra mano per non farmi perdere l'equilibrio. « Tutto bene? »

« Tutto bene ».

Allora lui si volta, ma senza lasciarmi la mano. Mi stringe le dita e mi fa attraversare la cucina per poi entrare in un corridoio. Ci fermiamo davanti all'ultima porta in fondo. Tyler la spalanca, rivelando una piccola stanza da letto. Mi trascina dentro.

Io mi tolgo le scarpe e le scalcio via, quasi inconsciamente, poi mi avvicino al grande letto che occupa quasi tutto il pavimento, ma Tyler mi infila una mano sotto le ginocchia e mi prende in braccio.

Il suo viso è a pochi centimetri dal mio, quindi non posso fare altro che guardarlo. I suoi occhi sono così ammalianti che è impossibile non esserne attratti. Lui non ricambia il mio sguardo, ma sento il battito del suo cuore che accelera nel petto. E poi, così come mi ha preso, mi sta già adagiando con delicatezza sul letto. Poi tira indietro le lenzuola.

« Ti porto dell'acqua » mormora, quasi timidamente, poi si morde il labbro, si volta ed esce dalla stanza.

Io intanto do un'occhiata in giro. Sulla parete alla mia destra c'è uno specchio e non appena poso gli occhi sul mio riflesso sfocato rimango senza fiato: ho un aspetto orribile. I capelli che ho stirato per un'ora buona sono tornati mossi e hanno un'aria arruffata e schifosa. Lo stesso vale per il trucco a cui Rachael aveva dedicato tanta cura. Una delle ciglia finte che mi aveva messo è sparita. Stacco rapidamente anche l'altra e la appiccico sul comodino.

« Ecco qua » dice Tyler e io sobbalzo, spaventata. Ha riempito di nuovo il bicchiere fino all'orlo. Lo appoggia sul comodino, accanto alle ciglia finte che mi sono appena tolta. « Bere acqua e dormire: sono gli unici rimedi per smaltire la sbronza e rendere il risveglio il meno fastidioso possibile ». Gira intorno al letto, ridacchiando, per andare a chiudere le tende alla finestra.

« Qualche volta dovresti seguire i tuoi consigli » commento, ma solo per prenderlo in giro. Mi sento ancora un po' brilla. « La prossima volta che ti ubriachi ti canterò: 'Acqua e sonno, acqua e sonno' ».

Si volta di nuovo verso di me, sta cercando di trattenere un sorriso che vorrebbe affiorargli alle labbra. Scuote la testa e mi fa un cenno di incoraggiamento. « Dormi un po', Eden ».

Io rido, ma alla fine cedo. Dopotutto ha ragione: ho davvero bisogno di riposare. Afferro le lenzuola, mi giro sulla schiena e mi metto comoda, sprimacciando un po' il cuscino prima di affondarci la testa. Sto per chiudere gli occhi quando mi accorgo che Tyler sta indugiando sulla soglia con aria un po' incerta, come se non sapesse bene se restare o andarsene.

Sollevo la testa per guardarlo in faccia. Ho smesso di ridere. « Torni alla festa? »

« Non lo so » dice lui, piano. Scrolla le spalle e abbassa gli occhi a terra, senza più rialzarli. « Voglio dire, probabilmente Tiffani mi sta cercando dappertutto ».

« Oh ».

« Ti lascio dormire » sussurra, riportando lentamente gli occhi nei miei. Poi sorride di nuovo, uno di quei suoi sorrisi che adoro. Un sorriso autentico, sincero. Dolce e rassicurante.

Rimetto la testa sul cuscino e mi giro sul fianco, strizzando gli occhi quando lo sento uscire dalla stanza. Quando il silenzio mi avvolge, tutto il mio essere desidera che lui torni e rimanga con me. Voglio sentire il suo corpo accanto al mio, come l'altra volta, quando si è intrufolato nel mio letto a notte fonda. Voglio solo sapere che è accanto a me, sentire il suo calore, il contatto della sua pelle. Non ho bisogno d'altro, non desidero altro.

Credo sia questo il momento in cui capisco di amarlo.

Mi sveglio qualche ora dopo. Nella stanza c'è un caldo insopportabile e mi accorgo di essere quasi sudata. Ho il viso arrossato. Subito mi metto seduta e allungo la mano nel buio per prendere l'acqua sul comodino. Ormai è tiepida, ma la bevo lo stesso.

« Come ti senti? »

Allontano subito il bicchiere, sputacchiando e rischiando di bagnarmi tutta, e punto gli occhi verso l'angolo della stanza accanto alla finestra. È buio ma riesco a distinguere la sagoma di Tyler, per non parlare della luce nei suoi occhi. Più mi concentro su di lui, più la sua immagine diventa chiara. Dopo qualche istante riesco a vedere il suo viso.

« Meglio ». È la verità: la stanza non mi gira più intorno e i miei pensieri hanno recuperato una logica. Adesso il mio unico problema è che ho sete e sto morendo di caldo. « Che ore sono? »

« Le tre ». Tyler lancia un'occhiata verso la finestra e fa una risatina quasi impercettibile. Le tende sono di nuovo aperte, dal letto riesco a vedere solo il cielo nero e la luna. Si sente ancora la musica lontana dalla spiaggia. « La festa è ancora nel pieno ».

Io torno a guardarlo, aggrottando la fronte con aria confusa. « Non ci sei tornato? »

« No » sussurra lui. Abbassa la voce ancora di più, quasi un bisbiglio. « Avevo paura che vomitassi, o ti sentissi male. E poi era comunque meglio che mi tenessi lontano da lì ».

Si morde il labbro e improvvisamente mi sembra triste, a disagio. Non che prima avesse un'aria particolarmente felice, ma la sua espressione si è incupita e in questo momento lo vedo vulnerabile. Sembra a pezzi.

« Cosa c'è che non va? » chiedo, stringendo il bicchiere fra le mani. Il vetro è tiepido sulla mia pelle.

« Niente ». Si china in avanti e appoggia i gomiti alle ginocchia, intrecciando le mani. Ha lo sguardo vago.

« Lo so che c'è qualcosa ». Bevo un altro sorso d'acqua, senza staccare gli occhi dal suo viso. Ho paura di perdermi qualcosa, un lampo di emozione nei suoi occhi o un'espressione sofferta, ma finora sta riuscendo a mantenere un'aria indifferente. « Che cosa c'è, Tyler? » chiedo di nuovo.

Lui solleva la testa e mi guarda di sbieco. Fa un gran sospiro e incurva le spalle. « È solo che... »

« Solo che? »

« Esattamente un anno fa... » dice lentamente, ma poi gli muoiono le parole in gola e distoglie di nuovo lo sguardo.

« Hai perso i sensi » concludo io. Torna a guardarmi, un lampo di confusione negli occhi. « Me l'ha detto Rachael. Sei svenuto per colpa di qualche droga ».

« Bevi quell'acqua » borbotta lui sottovoce, alzandosi in piedi. Sul suo viso è calata un'ombra.

Io ubbidisco, finisco l'acqua e poi appoggio il bicchiere sul comodino. Scosto le lenzuola e scendo dal letto, poi mi avvicino a lui. Mi sento le gambe legnose. « Perché l'avevi fatto? »

All'improvviso lui alza le mani in un gesto di disperazione e io faccio un passo indietro, per non farlo arrabbiare.

« Perché continui a chiedermelo? »

« Perché voglio sapere la verità ».

« Te l'ho già detta la stramaledetta verità » scatta lui. Dentro gli sta montando una furia che gli colora le guance di rosso. Tyler odia la verità, vuole nasconderla. « Lo faccio per distrarmi ».

« Distrarti *da cosa*? » Sto quasi urlando, perché voglio finalmente sapere tutto, perché sono stufa marcia di restare all'oscuro. « È questo che voglio sapere, Tyler. Voglio sapere perché hai bisogno di tutte queste stupide distrazioni ».

Le persone come Tyler hanno sempre un motivo. Nessuno si comporta in quel modo soltanto per distrarsi. Nessuno. Devo capire cos'è che gli fa fare le cose che fa e dire le cose che dice.

« Le distrazioni rendono tutto più facile » sibila alla fine. Ha lo sguardo tagliente, le sopracciglia aggrottate. Sulla sua fronte compaiono dei solchi.

« Rendono più facile *cosa*? »

Lui digrigna i denti e stringe i pugni, le sue vene affiorano sottopelle per la tensione. Vedo quasi gli ingranaggi della sua mente che si muovono, in questo lungo momento di silenzio. Quando parla di nuovo ha un tono quasi minaccioso. « Smettila, Eden ».

« Devo smettere di fare che cosa? » Faccio un passo verso di lui e cerco di sostenere il suo sguardo, sforzandomi di non arretrare come ho fatto prima. Stavolta sono decisa a ottenere la verità, non mi farò intimorire dalla ferocia nei suoi occhi.

« Smetti di provare a capirmi ». Pronuncia le parole con tanta lentezza e decisione che riesco a distinguere ogni sillaba che gli scivola sulla lingua. Incombe su di me in tutta la sua altezza, con uno sguardo greve che mi ricorda all'improvviso la foto nel garage di Dean. La fotografia scattata prima della partita dei 49ers. Quella in cui c'era anche suo padre.

« Tyler ». In questo momento lo vedo come un puzzle da un milione di pezzi, che deve essere ricostruito con pazienza per vedere cosa ritrae. Basta aggiungere un pezzetto di verità alla volta. « Tifi per i 49ers o per i Chargers? »

« Che razza di domanda cretina è? » ribatte lui, chiaramente infastidito. Fa una smorfia, non riesce a credere che io possa aver cambiato argomento così facilmente. È come se stesse pensando: 'Possibile che si sia trasformata da rompicoglioni in tifosa di football?' « Per i 49ers ».

Socchiudo le labbra e lo fisso, senza espressione. La mia mente intanto lavora febbrilmente per comprendere questa risposta, che è in contrasto con la fotografia nel garage.

« Ho visto una foto a casa di Dean » gli dico, affrontando l'argomento con cautela. « C'eravate voi due, con tuo padre, prima di una partita dei 49ers. Se sei un loro tifoso perché avevi l'aria di non voler essere lì? »

Lui rimane a fissarmi in silenzio, sbattendo le palpebre. « Dean avrebbe dovuto toglierla ».

« Rispondi alla domanda ». Sono sempre più impaziente, all'improvviso mi sembra tutto troppo strano. Sono agitatissima, ma a poco a poco credo di cominciare a capire. « Cosa c'era che non andava, quel giorno? »

Tyler si allontana. Allunga una mano e prende il bicchiere dal comodino, lo stringe così forte che le nocche gli diventano bianche. Temo che possa andare in pezzi nella sua mano, ma non succede. Si sposta verso la finestra e resta lì, in piedi. Gli unici suoni sono la debole melodia della musica e il suo respiro pesante.

Adesso le luci del molo sono accese, brillano dietro la fila di palme che costeggia la strada, la ruota panoramica non smette di girare. Chissà perché, visto che è notte fonda. Tyler abbassa la testa.

«Chi sei tu, Eden?» mi chiede piano, senza voltarsi e senza smettere di scrutare fuori dalla finestra. «Non dovresti riuscire a capirmi. Nessuno può riuscirci».

L'atmosfera è cambiata. Ora, in questa immobilità surreale, mi sembra di capire come si sente. Ha le spalle incurvate e passa il dito medio sul bordo del bicchiere. Non voglio dire altro. Voglio questo silenzio, per poterlo studiare, osservare tutte le sue qualità e tutti i suoi difetti. Voglio vederlo di nuovo in faccia e cogliere il suo sguardo, fargli un sorriso ed essere ricambiata. Voglio vedergli serrare la mascella, come fa sempre quando riflette a fondo, voglio che abbia così tanta fiducia in me da dare voce ai suoi pensieri. Voglio vedere attraverso le sue barriere, voglio capirlo, accettarlo.

Voglio lui.

«Tyler» sussurro. Cerco di attirare i suoi occhi con l'energia sottile del suo nome, ma lui non si volta. Mi lancia soltanto un'occhiata da sopra la spalla. «Fidati di me. Ti prego».

Ha ancora gli occhi bassi, ma adesso scuote la testa, lentamente, come se cedere fosse doloroso. Espira. «Non farmelo dire, ti prego».

Mi porto di fronte a lui, infilandomi fra lui e la finestra. Non ha importanza, comunque, perché i suoi occhi non sono più puntati nella notte, che va avanti senza di noi. Ingoio il groppo che ho in gola e gli appoggio delicatamente una mano sul petto. «Ti scongiuro» sussurro.

I suoi occhi si aprono con una lentezza terribile. Mi aspetto di ritrovare la loro luce di smeraldo, ma quando si fissano nei miei mi si blocca il respiro. Sono così dilatati, così colmi di dolcezza e sofferenza. Credo di non averlo mai visto in preda a un'emozione così intensa. L'ho visto furioso, l'ho visto crudele e vulnerabile, ma adesso siamo oltre la vulnerabilità. Nei suoi occhi scorgo un senso di impotenza.

«Mio padre è uno stronzo» bisbiglia senza quasi muovere le labbra. «Ho detto a tutti quanti che era stato arrestato per furto d'auto, ma non è la verità». Gira il viso di lato, con la mascella contratta. Lo guardo costruire fisicamente il coraggio di continuare. Le sue narici fremono, non si volta mai. E poi osa pronunciare parole che non avrei mai potuto indovinare. «È in prigione per violenza su minori».

Mi si ghiaccia il sangue nelle vene. Sento salire un brivido dalla base della schiena. Sono parole che fa male ascoltare. Sono parole che non dovrebbero mai essere pronunciate insieme, perché le violenze sui minori non dovrebbero esistere, non dovrebbero essere reali. Sento la bile accumularsi in fondo alla gola e dischiudo le labbra. Rimango a bocca aperta, incredula, mentre Tyler richiude gli occhi. Solo adesso mi rendo conto di quanto sia stato difficile per lui tirare fuori quello che mi ha appena detto.

«Su di te?» sussurro.

Lui annuisce.

Tutte le singole informazioni che ho raccolto su di lui fino a questo momento si combinano all'improvviso: sono così sopraffatta che resto paralizzata, incapace di fare il minimo movimento. Riesco solo a pensare. Finalmente capisco perché aveva un'aria così infelice in quella foto nel garage di Dean. Certo che era infelice. E capisco perché gli era già capitato di rompersi il polso. È normale che si sia arrabbiato quando gliene ho parlato. Capisco perché mancavano tante fotografie dal suo album e perché abbia voluto disfarsene. E capisco perché ha bisogno di distrazioni.

Certo, certo, certo.

Adesso è tutto così ovvio.

Espiro e mi sforzo di chiedere: «Jamie e Chase?»

«Solo con me».

«Tyler, io...» Dentro di me si sta spezzando qualcosa, al pensiero che Tyler abbia dovuto sopportare una cosa così orrenda e crudele. Mi manca la voce, devo fermarmi un momento per ricompormi. La mia mano è ancora sul suo petto, sento il battito lento e forte del suo cuore. «Mi dispiace tanto».

«Sono piuttosto bravo a mantenere il segreto» sussurra lui facendo un passo indietro. Nei suoi occhi non c'è più quello sguardo devastato. Al suo posto ribolle una profonda rabbia, alimentata dal suo dolore. «Non lo sa nessuno. Né Tiffani, né Dean, nessuno».

«Perché non gliel'hai detto?»

«Perché non voglio la loro compassione» ribatte seccamente, ma sento la tensione nella sua voce. Scrolla le spalle, si volta e si allontana. Va verso l'altro lato del letto. Si aggrappa al bordo della cassettiera. «La pietà è per le femminucce. Io non voglio mostrare debolezza. Mai più». Dà un pugno al ripiano, un colpo che rimbomba nella stanza, poi si volta di scatto, livido di rabbia. « È questo che sono stato: un debole ».

Adesso comincio a capire tutto. Stacco gli occhi da lui e guardo fuori, verso il blu profondo del cielo notturno. La ruota panoramica continua a girare, c'è ancora gente alla festa sulla spiaggia. Torno a guardarlo. « Non eri debole: eri un bambino ».

Lui scuote vigorosamente le testa e attraversa di nuovo la stanza a grandi passi, stringendo le mani a pugno. Appoggia la schiena al muro e si lascia scivolare sul pavimento. Sembra completamente sconfitto: è di nuovo passato dalla rabbia alla vulnerabilità. Fissa un punto sul muro e la sua voce torna dolce. « Sai, all'inizio non ci arrivavo » dice piano. « Non riuscivo mai a capire cosa avevo fatto di male ».

So che vuole che lo ascolti, in silenzio, così trattengo tutte le mie domande e mi siedo di fronte a lui. Incrocio le gambe sul pavimento e accolgo le sue parole, senza mai perdere di vista le sue labbra.

« Mia madre e mio padre... » comincia molto lentamente, come se dovesse pensare a come formulare ogni singola frase. « Quando sono nato erano appena adolescenti, capisco che forse non sapevano quello che facevano. Ed erano entrambi fissati con la carriera. Papà aveva la sua stupida azienda, quella di cui ti ho parlato ».

« La Grayson ».

« La Grayson ». Si schiarisce la voce e si china in avanti, stringendosi le ginocchia al petto. « All'inizio andava tutto benissimo. Per qualche anno gli affari sono andati a gonfie vele, ma poi, quando avevo più o meno otto anni, un contratto è andato male. Papà aveva un carattere di merda. Una sera è arrivato a casa, la mamma era ancora in ufficio, lui era incazzato nero e se l'è presa con me. Quella volta ho lasciato correre, diciamo. Pensavo che fosse un episodio isolato. Ma poi i suoi dipendenti hanno cominciato a licenziarsi e lui era molto stressato, e lo ha rifatto. Succedeva sempre più spesso. Prima una volta alla settimana, poi tutti i giorni. Mi diceva che non potevo fare quello che volevo, perché dovevo concentrarmi sullo studio. Voleva che entrassi in un'università della Ivy League, così non avrei finito per fare un lavoro schifoso come il suo. In realtà a me non interessava fare carriera o entrare nella Ivy League, però passavo tutte le sere chiuso in camera a cercare di studiare, per non farlo arrabbiare. Pensavo: 'Ci sto provando, no? Questo dovrebbe bastare, no?' Ma non bastava mai. Ogni sera saliva in camera mia e mi picchiava ». Fa una lunga pausa e quando riprende a parlare la sua voce è ridotta a un bisbiglio. « Tutte le sere. Per quattro anni ».

« Mi dispiace » sussurro ancora. È la verità. Nessuno si merita di essere trattato in questo modo, soprattutto da un genitore, una persona che dovrebbe amarti e proteggerti. Mi viene la nausea.

Tyler alza le spalle. « La mamma era così impegnata da non rendersi conto di niente. Adesso si sente in colpa. Cerca di punirmi, ma non ci riesce mai. Credo che sia terrorizzata dall'idea di trattarmi con severità, sai? Però non è colpa sua. Qualche volta se ne accorgeva, mi chiedeva: 'Tyler, che cosa hai fatto alla faccia stavolta?' Io mi inventavo qualche scusa banale, che avevo preso un pestone giocando a football nell'ora di educazione fisica o che avevo il polso rotto perché ero caduto dalle scale. La verità è che in un anno me lo sono rotto tre volte, solo perché mio padre voleva vedere quanto riusciva a torcerlo ».

« Perché non ne hai parlato con qualcuno? » Ora sto bisbigliando. Il silenzio è così fragile che ho il terrore di incrinarlo. « Mio padre lo sa? »

« Perché avevo troppa paura di lui » ammette Tyler. La sua voce è fredda, ruvida. Quando solleva una mano per passarsela tra i capelli noto quanto si scuriscono i suoi occhi quando è infuriato. « Non potevo dirlo a nessuno. Adesso l'unico che non sa niente è Chase, perché era troppo piccolo. La mamma non ha voluto spaventarlo. Il resto della famiglia odia mio padre ».

« Quando è finita? »

« Quando avevo dodici anni » dice lui tirandosi in piedi. Ha ancora la mascella contratta. « Jamie un giorno è venuto di sopra e ha visto papà che mi picchiava. Era piccolo, ma ha chiamato la polizia. Lo hanno arrestato la sera stessa. Non si è arrivati al processo perché si è dichiarato colpevole, quindi la cosa non è diventata di dominio pubblico. Ho potuto mantenere il segreto. Posso fare finta che vada tutto bene ». Gli sfugge un altro sospiro. Si allontana di nuovo da me e comincia a camminare avanti e indietro. « Lo odio davvero, lo odio con tutto il cuore. Dopo circa un anno avevo cominciato a pensare che doveva esserci un motivo, che me lo meritavo perché ero un inutile pezzo di merda. Lo penso ancora. Non riesco a superarlo, perché dimenticare è impossibile. Suona così patetico, però è vero. Dovrei prendere degli antidepressivi ma non lo faccio, perché voglio bere e sballarmi e non posso fare entrambe le cose. E la sai una cosa, Eden? Avevi ragione: sono completamente sperduto. Sono sperduto in questo casino del cazzo».

Mi rialzo, spingendomi con le mani sulla moquette. Una volta in piedi cerco di analizzare le emozioni che balenano nei suoi occhi. Ce ne sono troppe, si alternano così veloci che non riesco a stargli dietro.

Lo sento inspirare forte e poi gridare: «Non posso fare a meno delle distrazioni! Mi aiutano a resistere, perché nelle ore in cui sono ubriaco o strafatto o tutte e due le cose, posso dimenticare che mio padre mi odia, cazzo!» Poi, con la stessa rapidità di questo sfogo di rabbia, arriva l'onda di adrenalina. Smette di andare avanti e indietro, afferra il bicchiere dal comodino e lo lancia attraverso la stanza.

Io faccio un balzo all'indietro, spaventata, quando il bicchiere va in mille pezzi contro la parete. Sento un rumore terribile, che mi trafigge per un attimo. Le schegge di vetro ricadono in un mucchietto disordinato e Tyler rimane lì fermo, in piedi, con lo sguardo fisso. Respira.

Poi, soddisfatto, crolla sul letto.

«Lo odio». Sta di nuovo guardando verso la finestra. Io mi avvicino per cercare di offrirgli conforto. Anche se ha un'espressione tesa e contorta, so che è davvero sconvolto: lo sento nella sua voce, lo vedo nei suoi occhi.

Adesso è buio, la musica dalla spiaggia comincia ad affievolirsi mentre la festa finisce. La luna galleggia sopra l'oceano e illumina l'appartamento con il suo chiarore soffuso. La luce cade anche sul viso di Tyler. Io mi dirigo lentamente verso il letto, dove si è accasciato. Quando mi metto di fronte a lui, i suoi occhi incontrano i miei.

Sto tremando. Non perché faccia freddo, ma perché il mio corpo è scosso dall'energia nervosa. Tyler sostiene il mio sguardo con aria un po' ansiosa, mi chiedo se si aspetti un bombardamento di domande da parte mia, ma non è questa la mia intenzione. Ho intenzioni molto migliori.

Allungo le mani, esitante, e gli prendo il viso, obbligandolo a guardarmi negli occhi mentre mi siedo in braccio a lui. Lui non si sposta, non si muove, non respira. Probabilmente non sto respirando neanch'io. Avvicino le labbra alle sue ma mi fermo prima di sfiorarle e rimaniamo così, solo io e lui, per un breve momento. È una sensazione confortante ma al tempo stesso terrificante, so che lui aspetta solo che lo raggiunga e io so di volerlo, ma aspetto ancora. Aspetto finché sento il suo respiro sulla guancia.

«Grazie di avermi dato fiducia» sussurro con tutta la tenerezza possibile contro la sua mascella, e finalmente lo bacio.

Nel buio e nel silenzio si innesca qualcosa. Non so bene cosa sia, non riesco a individuarla, ma la sento. Sento il mio battito che accelera e il cuore che batte dolorosamente nel petto, la pelle d'oca mi pervade il corpo, i peli delle braccia si alzano e sento le labbra di Tyler sulle mie. Piene, umide e voluttuose, come sempre. Percepisco che sta riversando la sua rabbia e il suo dolore nel desiderio. Il desiderio di qualcosa che vorremmo entrambi, ma che non possiamo avere.

Sa di birra e tabacco, ma è un sapore che ha qualcosa di ammaliante. È familiare perché gli appartiene, è il suo sapore abituale. Si mette seduto e mi bacia lentamente, intanto mi infila le mani sotto la gonna, palpandomi il sedere. Sono ancora seduta in braccio a lui, premo forte il petto contro il suo e gli accarezzo la pelle con i pollici. Continuo a tenergli il viso fra le mani. Poi sento i suoi muscoli tendersi mentre mi solleva e mi sdraia sul letto accanto a lui. Mi sembra di essere fatta di ghiaccio, mi sento ibernata sotto il suo corpo che mi sovrasta, sotto la sua mano che mi sfiora la coscia, sotto la gonna. Per un attimo temo di essere paralizzata, ma le mie labbra si muovono ancora, lo stanno ancora baciando, quindi non è così. Sono solo agitata, è l'effetto dell'ignoto che ho davanti.

Ma, per quanto cominci a sentirmi nervosa e disorientata, mi rifiuto di staccare le labbra da quelle di Tyler. All'improvviso lui mi bacia con più intensità e decisione, e con le labbra ancora unite alle sue io gli stacco le mani dal viso e mi tolgo la felpa. La sfilo da sotto il mio corpo e la lancio da una parte. Quando le mie mani ritornano a Tyler, si dirigono alla sua maglietta bianca. Mi sento le braccia intorpidite, perdo tempo con l'orlo cercando di capire come levargliela senza interrompere il bacio. Lui si accorge delle mie difficoltà e ride contro le mie labbra. È una risata sincera, una risata che ti fa sorridere, che ti fa sentire a tuo agio. Si allontana, si mette in ginocchio, si toglie la maglietta e se la lancia dietro le spalle. Le mie guance avvampano mentre gli occhi indugiano sul suo petto, sui suoi addominali e sulla V che formano nel basso ventre. Mi chiedo se sto sognando, perché il posto di Tyler sarebbe su una passerella Abercrombie & Fitch, non in questo letto con me.

Il suo corpo ritorna sopra il mio. Mi bacia una spalla e mi afferra alla vita con una mano, mentre l'altra torna sotto la mia gonna. Bacia la mia pelle con lentezza, mentre io infilo le mani tra i suoi capelli, attorcigliandomi le ciocche intorno alle dita. Tengo gli occhi chiusi e gli appoggio il mento sulla fronte, cercando di riprendere fiato, perché non mi sono mai sentita così eccitata e nervosa in tutta la mia vita. Il calore che emana dal suo petto contrasta con i miei brividi, mentre i suoi polpastrelli scivolano sul pizzo che decora l'orlo delle mie mutandine. Il mio stomaco si contrae nella tensione dell'attesa e per un momento temo che potrei vomitare.

Lui ha molta esperienza, ha tutto sotto controllo. Io invece sono inesperta, devo ancora scoprire perché ai ragazzi piacciono tanto le tette. Nella mia mente frullano un sacco di pensieri, come per esempio: 'Quando devo muovere le mani? E dove devo metterle? Devo aspettare che proceda lui o devo fare la mia mossa? Si aspetta che faccia qualche verso? Devo gemere?' Non riesco proprio a immaginarmi mentre gemo. 'E adesso dovrei fare qualcosa, come slacciargli i jeans o baciargli il collo? E chi è stata la prima persona a fare sesso, comunque? John Fitzgerald Kennedy era un dongiovanni, e se il nostro adorato ex presidente è riuscito a sedurre qualsiasi ragazza volesse, allora sono sicura che il sesso non può essere così terribile. Quelle ragazze non si sarebbero buttate nel letto del presidente se il sesso fosse stato una cosa terribile.' Per un attimo mi chiedo perché sto pensando al nostro presidente assassinato. Scommetto che se Lee Harvey Oswald fosse ancora vivo, neanche lui penserebbe a JKF mentre lo fa con sua moglie. E lui il presidente l'ha addirittura ucciso.

'Piantala, Eden'.

Le labbra di Tyler posano una fila di baci dalla mia spalla alla mascella, mentre le sue mani esplorano il mio corpo. Una scivola dalla vita al viso. Mi sfiora la guancia col pollice e io capisco che tiene a me, dal tocco delle sue dita e dalla traccia calda che mi lasciano sulla pelle. Vorrei che non finisse mai, nemmeno quando mi manca il fiato e stringo più forte le mani fra i suoi capelli. Non lo faccio apposta, ma finisco per tirarglieli mentre inarco la schiena.

Per fortuna Tyler mi guida per tutto il tempo, senza più dire una parola per il resto della notte. Anche quando a un certo punto mi vede esitare, bloccata dal timore di quello che potrebbe pensare vedendo il mio corpo, si ferma e rimane ad aspettare che mi si calmino i nervi, prima di proseguire. Non dice niente neanche quando mi slaccia il reggiseno, o quando si alza in piedi per calciare via i jeans e nemmeno quando fruga nel portafoglio. Non parla, ma a me piace così. Mi piace il silenzio assordante di questa esperienza che attraverso incespicando, con la persona di cui mi sono perdutamente innamorata.

È questo che rende tutto più bello.

Il fatto che sono con Tyler.

Non con Jake o con Scottex, il tizio del corso di algebra, ma con Tyler. Il ragazzo pieno di segreti e debolezze, il ragazzo che si è fidato di me al punto di confidarmeli tutti. Lo rispetto per questo. Ci ha messo molto tempo a dirmi la verità e adesso lo desidero ancora di più. Non voglio che tutto questo finisca. Io e Tyler... Non dovremmo stare insieme e non dovremmo fare quello che stiamo facendo, perché resta il fatto che siamo fratellastri, per quanto possiamo desiderare che non sia così. Ogni cosa di lui esercita su di me una folle attrazione, e non dovrei sentire che sto facendo qualcosa di sbagliato solo perché mio padre e sua madre sono sposati. Non c'è niente di male. Dov'è il legame di sangue? Non c'è.

So soltanto che se qualcuno dovesse scoprire la verità su di me e Tyler, verremmo condannati. Non oso neanche immaginare come potremmo dirlo ai nostri genitori. Come si fa a comunicare a una coppia che i rispettivi figli escono insieme? Come si affronta una cosa del genere?

Ormai abbiamo raggiunto il punto di non ritorno. Non c'è modo di zittire il gemito di Tyler nel mio orecchio, non si può annullare il fatto che sto piantando le unghie nella sua schiena, non si può fingere che i nostri fianchi non ondeggino allo stesso ritmo.

Tyler mi avrà anche raccontato i suoi segreti, ma adesso ne ha uno di più.

28

La mattina, quando mi sveglio e mi guardo intorno, non mi sento particolarmente diversa. Ci si aspetta di essere un'altra persona, di vedere tutto sotto una luce nuova, ma a me sembra di essere la stessa Eden di ieri sera, a parte il mal di testa. Non ho dolori lancinanti e non ho voglia di piangere, ma non sono neanche al settimo cielo. È semplicemente una mattina come un'altra, un nuovo giorno.

Mi sento la gola secca, come se avessi camminato nel deserto per una settimana senza mai trovare una sorgente. Quando mi metto seduta e chiamo Tyler, la voce mi esce roca. Ecco un'altra cosa che pensavo sarebbe stata diversa: pensavo che dopo aver perso la verginità ci si risvegliasse accanto alla persona amata.

Per un attimo mi assale un'ondata di panico. Forse se n'è andato, mi ha abbandonato qui, magari è uscito prima che mi svegliassi, perché si è pentito di quello che è successo ed è scappato. L'appartamento è troppo silenzioso. Non dovrebbe esserlo: Tyler dovrebbe essere al mio fianco, come nei film, quando ti svegli e lui ti bacia in fronte, o gioca con i tuoi capelli o ti sussurra 'Ti amo', insomma *qualcosa.*

Mi guardo intorno nella stanza e vedo che le tende della finestra sono di nuovo tirate. Non riesco neanche a capire se è mattina oppure ancora notte o se sono passati due giorni, perché la stanza è immersa nella penombra.

Faccio una smorfia, afferro le lenzuola e guardo verso lo specchio alla mia destra. Sono completamente nuda. Annaspo, mi tiro il lenzuolo sul petto e fisso inorridita la mia immagine riflessa.

Dove diavolo è Tyler?

A questo punto si apre la porta, strusciando sulla folta moquette.

Tyler la spalanca con il gomito e fa un passo nella stanza. È un po' pallido. Per il momento sono soltanto sollevata che sia qui. È vestito. Mi guarda e sulle sue labbra aleggia un sorriso.

«Stavo proprio per venire a svegliarti» mi dice con dolcezza.

Il riflesso di smeraldo nei suoi occhi è di un verde tenue: significa che è tranquillo. In queste settimane è la cosa che ho notato di più: il modo in cui gli occhi di Tyler riflettono il suo umore. Chiari e opachi: vulnerabile. Normali: idiota presuntuoso. Scuri e tempestosi: infuriato al punto da poter uccidere qualcuno.

«Pensavo che te ne fossi andato» ammetto, rendendomi conto di aver esagerato. So che Tyler non mi lascerebbe, che non mi tratterebbe mai in quel modo. O almeno lo spero.

Lui mi guarda storto. È sbalordito. «Non sono così stronzo». Distoglie lo sguardo e solleva di più gli angoli della bocca, in modo quasi timido, come se il suo ego fosse ferito e avesse perso tutta la sua sicurezza. «Non hai nulla di cui preoccuparti».

Il mio sguardo è attirato dal verde menta della mia gonna, che tiene in mano: quando se ne accorge sembra ricordarsi perché è entrato nella stanza. «Ecco qua» dice appoggiandola con cura ai piedi del letto. Poi rimane lì, in piedi, un po' impacciato. Non riesce a sostenere il mio sguardo, lo sposta continuamente da me ai miei vestiti alla finestra al pavimento a qualsiasi altra cosa. Le sue guance si stanno arrossando.

«Stai bene?»

Riesce a guardarmi negli occhi e diventa decisamente paonazzo. Si sfrega la nuca. «Scusami» sussurra, ma io sento comunque il nervosismo della sua voce. «Io... io non sono tanto abituato a... insomma, a queste cose». Un attimo di pausa. «Forse dovremmo parlare, ehm, di questa notte».

Ho ancora il lenzuolo stretto al petto, ma adesso sorrido. Credo che sia la prima volta che vedo Tyler davvero in difficoltà, come un pesce fuor d'acqua. Di solito è così sicuro di sé, ha sempre tutto sotto controllo, e adesso invece balbetta e non riesce a guardarmi in faccia. Poi però ripenso alle sue parole e il mio sorriso svanisce all'istante.

«Non sono stata brava?» oso chiedere.

«No, no» risponde lui, subito. Si rinfranca un po', o comunque abbastanza da fare una risatina. «Intendevo più una cosa tipo... sai, adesso come stanno le cose fra noi?»

Ci guardiamo a lungo. Lui si morde il labbro e trattiene il fiato, in attesa della mia risposta. Francamente, però, io non ho idea di cosa dire. Semmai la nostra situazione, che era già complicata, è diventata ancora più reale e intensa.

« Non ne sono sicura » ammetto. « Tu come vuoi che stiano? »

« Non ne sono sicuro ». Sbuffa e si ficca le mani in tasca, ma è chiaro che sta riflettendo a fondo, la sua espressione è molto concentrata. « Rispondi a questa domanda: ti sei pentita? »

« No » rispondo, d'istinto. Come potrei pentirmi di una cosa che ho voluto così disperatamente? « E tu? »

« Lo sai che non è così » sussurra lui, poi mi fa un altro di quei sorrisi autentici, quelli che sono certa che non potrò mai dimenticare. Riprende i miei vestiti e fa il giro del letto, poi si ferma accanto a me e me li appoggia in grembo, sopra il lenzuolo. Non ha smesso di sorridere. « Troveremo una soluzione, vedrai. Adesso però vestiti, dobbiamo assolutamente andare. Troy-James ha appena chiamato, sta tornando a casa ».

Io sporgo un po' le labbra, timidamente, sempre avvolta nelle lenzuola, senza muovermi. « Non potresti, ehm, darmi un secondo? »

« Come se non ti avessi già visto nuda » risponde lui, in tono scherzoso. Annuisce. « Sbrigati » aggiunge da sopra la spalla, uscendo.

Dopo che se ne è andato io prendo la gonna e la infilo sotto il lenzuolo, ancora troppo imbarazzata per uscire dal letto senza vestiti. Mi metto il reggiseno e il top e finalmente appoggio i piedi sulla moquette. Mi sembra che la stanza giri un po' intorno. Indosso la felpa, poi mi premo una mano sulla fronte e respiro per qualche secondo. Mi sentivo bene finché non mi sono alzata, adesso mi sembra quasi che nelle mie vene invece che sangue scorra un veleno che mi corrode dall'interno.

Quando arrivo in cucina, Tyler è davanti alla pattumiera, sta buttando i cocci di vetro da un vassoio. Guardo oltre il piano di lavoro, verso il soggiorno, inondato dalla luce del sole che entra dalle grandi finestre, e noto che è tutto perfettamente in ordine, tirato a lucido, come se non fossimo mai stati qui. Mentre dormivo deve aver rimesso tutto a posto e raccolto le schegge del bicchiere che ha rotto ieri sera.

Con un sospiro ripone il vassoio in un armadietto e si volta verso di me, sfregandosi le mani. « Ho chiamato un taxi » mi dice. Dà un'occhiata all'orologio e fa un cenno verso la porta. « So che è un po' strano, ma non posso chiedere un passaggio a qualcuno senza che si domandi che diavolo stavamo facendo. Non dobbiamo destare sospetti, ricordi? Il taxista non ci conosce. Dovrebbe arrivare a momenti».

Gli faccio un debole cenno di assenso. «Dove sono le mie scarpe?» Sulla moquette non ho freddo ai piedi, ma mi accorgo di non sapere dove siano finite le mie Converse. Le cerco con lo sguardo nel soggiorno.

«Non lo so» dice Tyler, guardandosi intorno a sua volta, «però dobbiamo andarcene di qui».

«Ma le mie scarpe...» cerco di protestare, sconvolta all'idea di averle perse. Sono anche il mio paio preferito, quelle con i versi che amo di più scritti sui lati. Quelle che metto per andare a scuola, a fare la spesa con mia madre, alle feste in spiaggia, quando sono ubriaca e ho voglia di baciare il mio fratellastro.

«Te ne comprerò un altro paio, adesso andiamo» insiste lui, diventando impaziente. Aggrotta le sopracciglia e si dirige alla porta, la apre ed esce sul pianerottolo, in attesa che lo segua. Quando lo faccio, chiude la porta e infila le chiavi sotto lo zerbino.

Le piastrelle lucide sono gelide, mi fiondo nell'ascensore prima che Tyler abbia il tempo di voltarsi, ma quando lo fa vedo che ha un sorrisetto sulla faccia. Entra dopo di me, un attimo prima che si chiudano le porte.

L'ascensore comincia a scendere e lui mi guarda intensamente, con espressione severa, ma non riesce del tutto a reprimere quel sorrisetto.

«Non credo che dovremmo parlare di questa notte ai nostri genitori».

«Non credo che dovremmo parlarne con nessuno» lo correggo. Anche se stiamo scherzando, mi irrigidisco. Vorrei fare un sospiro infinito, un unico immenso sospiro, perché non sappiamo proprio quello che stiamo facendo.

Tyler deve aver colto l'ansia in fondo ai miei occhi, perché allunga una mano e prende dolcemente la mia, proprio come ha fatto ieri quando è venuto a salvarmi. Resto a guardare le nostre mani per un momento, osservando l'effetto che fanno le dita intrecciate. Mi piace. Quando alzo gli occhi lui si limita a sorridere e a stringere più forte.

Nella mia testa c'è un pensiero insistente, che forse non potremo mai dirlo a nessuno, che continueremo a sussurrarci l'un l'altro: « Shhh, è un segreto ». Mantenerlo è difficile, ma raccontarlo lo sarebbe ancora di più. Non c'è modo di uscirne.

Quando le porte dell'ascensore si aprono, Tyler mi accompagna nell'atrio fino all'ingresso principale. Attraverso le porte a vetri si vede un taxi parcheggiato accanto al marciapiede. All'inizio esito all'idea di uscire a piedi nudi, ma poi mi riprendo e seguo Tyler giù dai gradini e nell'auto. Ci accoglie una donna di mezza età, con un sorriso sofferente come per i postumi di una sbronza.

Ci mettiamo quasi venti minuti a tornare a casa, il che è sorprendente: è domenica e c'è pochissimo traffico. Credo che la donna voglia approfittarsi del fatto che siamo giovani, penserà che dobbiamo essere anche ingenui e completamente ciechi. Prende almeno cinque svolte sbagliate, borbottando ogni volta: « Ooops, non da questa parte! » Mentre guida la guardo male dal sedile posteriore, notando il fatto che sta allungando volutamente il percorso per farci pagare di più e che mi sta costringendo a restare più a lungo seduta in silenzio, a farmi paranoie su tutto quello che è successo stanotte. Mi sta venendo la nausea, invece Tyler, quando gli indico il tassametro con la faccia scura, si limita ad alzare le spalle. Non gli interessa mettersi a discutere con la donna, le dà venti dollari e mi trascina fuori dalla macchina, che sfreccia via appena chiudo la portiera.

« Dove gli hai detto che andavi, ieri sera? » mi chiede Tyler mentre indugiamo fuori dalla porta, senza sapere bene come affrontare i nostri genitori. Io ho un aspetto orrendo, ho perso le scarpe e molto probabilmente puzzo d'alcol.

« Al cinema ».

Tyler sbuffa e scuote la testa. « Al cinema? Molto creativa ».

« E qual era la tua scusa? » ribatto subito.

« Non ne ho avuto bisogno: sono uscito senza che se ne accorgessero ».

« Non mi stupisce ».

Lui ridacchia, ma mentre guarda verso la casa sul suo viso c'è una traccia di ansia. Dobbiamo entrare, non c'è altra scelta: prima o poi dovremo farlo. Vorrei poterlo evitare, vorrei stare lontana da papà e da Ella, nascondermi da qualche parte con Tyler e fargli raccontare altri dettagli della sua vita. Sarebbe perfetto.

Quando entriamo, Ella è in soggiorno. Ha in mano dei fogli e li sta leggendo con attenzione, con un dito premuto sulle labbra. Jamie è su una sdraio, con il polso rotto appoggiato su un cuscino. Ci guarda con aria scocciata, credo sia la prima volta che lo vedo irritato.

« Dave, sono arrivati » dice Ella ad alta voce, senza neanche alzare la testa. Speravo non si fosse accorta della nostra presenza impacciata sulla soglia, ma è vero quello che dicono dei genitori: hanno gli occhi anche dietro la testa.

Tyler mi lancia un'occhiata di sbieco, sul viso un'espressione tesa. Lui è più abituato di me a gestire i nostri genitori e onestamente spero che parlerà per tutti e due. Se cerco di giustificarmi finirò per dire qualcosa di cui poi mi pentirò, come quando Tiffani mi ha sentito dire a Ella che ero da Meghan, e poi si è ritorto tutto contro di me.

Un attimo dopo papà fa irruzione in soggiorno, con i pantaloni della tuta e una maglietta. Non sono abituata a vederlo senza camicia e cravatta: mi sembra meno minaccioso, una specie di nonno. « Che cosa avete da dire? » ci abbaia. Diventa subito chiaro che il suo livello di incazzatura ha superato ogni precedente.

« Il film era bello? » azzardo, ma perfino Tyler mi lancia uno sguardo che dice: 'Non provarci neanche'. Avrei dovuto sapere che papà sarebbe andato fuori di testa non vedendomi tornare. I film non durano fino alle dieci del mattino.

« Siete andati a quella festa sulla spiaggia, vero? »

Ella ha alzato gli occhi dai suoi documenti e se li è appoggiati in grembo, mentre Jamie continua a fissare me e Tyler che cerchiamo di uscire dalla vasca degli squali. C'è una scintilla di divertimento nei suoi occhi, come se trovasse lo spettacolo interessante. Dal mio punto di vista non lo è.

Né io né Tyler riusciamo a formulare una risposta. Questo conferma ai nostri genitori esattamente quello che volevano sapere: sì, abbiamo mentito e sì, siamo andati alla festa sulla spiaggia pur essendo minorenni. In mia difesa posso dire che a Portland non esistono eventi del genere. Non potevo certo rinunciare a questa occasione, no? Nella speranza di salvarci in extremis, cerco di fare appello alla comprensione di papà e mi metto a piangere.

« Le mie amiche mi ci hanno portato dopo il cinema » ansimo fra un singhiozzo esagerato e l'altro. La voce roca non è una finzione: sto ancora morendo di sete. « Non sapevo neanche che razza di festa fosse! »

Tyler mi fissa senza espressione. Sto difendendo solo me stessa e a quanto pare non gli sembra che lo stia facendo particolarmente bene. Sospira e sposta lo sguardo su mio padre. « Io invece ho proprio deciso di andarci » gli dice sinceramente, con disinvoltura. « E adesso cosa vuoi fare? Mettermi in punizione per altri cinque anni? »

Papà passa lo sguardo da uno all'altro, stringendo gli occhi, come se non sapesse decidere quale problema affrontare per primo: la mia finta disperazione o l'atteggiamento di Tyler. Alla fine non sceglie nessuno dei due.

« Dove siete stati tutta la notte? » insiste mentre Ella rimane impassibile. Quello sguardo mi fa pensare a ciò che mi ha detto Tyler ieri sera, sul fatto che ha paura di mostrarsi severa e di punirlo. Invece papà non sembra avere alcun problema a iniziare un litigio.

« Siamo andati tutti a dormire da Dean » improvvisa Tyler, anche se in fondo è solo una piccola distorsione della verità. È vero che siamo andati a dormire a casa di qualcuno, solo che era TJ e non Dean, e non abbiamo propriamente dormito. « Rilassati, siamo in vacanza. È estate ».

« Oh » dice papà in tono sarcastico, fingendo un'improvvisa illuminazione. « Colpa mia. Mi ero dimenticato che è estate, e che quindi potete fare quello che diavolo vi pare. Scusatemi, davvero ».

Sento che Jamie soffoca una risata e vorrei ordinargli di chiudere il becco, ma so che papà non la prenderebbe molto bene. E poi Jamie mi piace, come fratellastro non è niente male.

« Non è la prima volta che non torni a casa la notte, Eden » borbotta papà con aria disgustata. Io lo guardo e mi spremo altre due lacrimucce. Mi sembra più grigio di quanto non fosse quando è venuto a prendermi all'aeroporto, più di un mese fa. Più fa la faccia severa, più sembra invecchiato. Al confronto la mamma sembra una ventunenne.

« Ho solo dormito a casa di amici » dico tirando su col naso, in modo molto più teatrale di quanto intendessi. La prima volta che non sono tornata a casa è stata quando mi sono addormentata a casa di Jake, dopo averlo baciato durante *Il re leone*. La seconda è stata ieri notte, quando ero troppo presa dalle mani di Tyler, troppo affascinata dalla sua voce, troppo innamorata del suo intero essere.

« Non è questo il punto! »

« E allora qual è? »

Papà mi guarda con rabbia, cercando faticosamente di trovare una risposta accettabile. Non ci riesce e torna a rivolgersi a Tyler. « Tu sei impossibile, quindi non proverò neanche a parlare con te. Vattene di sopra, esci di qui ». Lancia un'occhiata a Jamie da sopra la spalla, con una specie di cipiglio, lui capisce l'antifona e si alza per andarsene.

« Per me va bene » dice Tyler con un sorrisetto, che però scompare subito quando incrocio il suo sguardo: a quel punto le sue labbra formano un sorriso vero, rassicurante, come se volesse dirmi di non preoccuparmi, che andrà tutto bene. Quando Jamie gli si avvicina, Tyler gli mette un braccio intorno alle spalle, con attenzione, e lo accompagna fuori dalla stanza, sussurrando: « Come va quel polso? »

In questo istante vorrei essere come Tyler, vorrei essere capace di mettermi una maschera e fingere che sia tutto uno scherzo. Vorrei essere una persona che si mette nei guai talmente spesso che i rimproveri diventano parte della routine quotidiana. Vorrei non essere ancora qui davanti a mio padre, a subire interrogatori e sguardi delusi, con queste stupide lacrime che mi rigano il trucco sbavato.

Mi rendo conto che papà, chiaramente, non ha una briciola di comprensione. Avrei dovuto saperlo: ogni volta che la mamma era triste lui se ne fregava. Ogni volta che piangeva per lui, gliene importava ancora meno. Non gliene è mai importato niente.

Smetto di recitare e lo guardo con rabbia. « Quindi? »

Ella è ancora nella stanza. Si morde il labbro e continua a guardarci, senza spostarsi dal divano, in silenzio. Non so se essere contenta della sua presenza, perché non ho ancora capito se è il tipo che dà manforte a lui o che prova a difenderti.

« Eden » comincia papà lentamente, massaggiandosi le tempie. « Non ti ho fatto venire qui perché tu potessi mentirmi e uscire di nascosto ».

« E allora perché cazzo mi hai fatto venire? » esplodo, alzando le mani in un gesto di esasperazione. « Volevi portarmi a comprare dei reggiseni? Volevi andare in campeggio ad arrostire marshmallow? Che cosa volevi, papà? Cosa ti aspettavi? »

Non riesco neanche a esplorare i confini del mio odio. Nelle sei settimane che ho passato qui, non ha fatto il minimo tentativo di aggiustare le cose, di scusarsi per aver abbandonato me e la mamma senza una spiegazione, per avermi lasciato e aver aspettato tre anni prima di rivedermi. E adesso vuole rientrare nella mia vita? Vuole provare a comportarsi da genitore?

« Credo che dovremmo tutti calmarci un po'. La cosa importante è che sia tornata » dice Ella, in tono un po' tagliente. Realizzo che non solo è il tipo di madre che non si scompone se sparisci, è anche il tipo che ti difende quando lo fai.

« Esatto » concordo, cercando di addolcire il mio tono. « Sono a casa e sono viva, e lo è anche Tyler, ma se può servire a qualcosa, mi dispiace. Mi dispiace che non siamo tornati a casa ».

Papà non accetta le mie scuse. Resta a guardarmi in un modo in cui nessun padre dovrebbe mai guardare la figlia: come se non mi sopportasse. In questo preciso momento lo odio.

« Perché mi guardi in quel modo? Che problema hai con me, papà? »

« Io non ho problemi ». Lancia un'occhiata di sbieco a Ella, come se avesse bisogno di sostegno per affrontare una sedicenne, ma lei si limita a guardarlo, sgranando gli occhi.

« Ed è per questo che non mi hai cercato per tre anni? Perché non hai problemi con me? » Non so da dove mi vengano queste parole. Da qualche parte, in fondo alla mia mente, si agitavano questi pensieri, fin da quando se ne è andato. Adesso che mi ha fatto infuriare si stanno riversando fuori tutti insieme, e non posso arginarli. Vedo le sue guance arrossarsi mentre afferra il senso delle mie parole. « È per questo che te ne sei andato? Perché non hai problemi? »

« Ora basta! » abbaia lui. Non riesce a sopportare la verità. Non tollera di essere la pessima imitazione di un padre, perché è convinto di non avere mai torto. Per questo lui e la mamma litigavano sempre. Non era mai colpa sua, sempre della mamma.

« Non hai nemmeno provato a fare uno sforzo per me ». Faccio addirittura qualche passo verso di lui. Tengo alto il mento, perché sono decisa a fargli capire come mi sento. « Non mi hai nemmeno ancora detto che ti dispiace. Avrebbero dovuto essere le tue prime parole, appena sono scesa dall'aereo ».

Papà alza le braccia, sconfitto. « Okay, Eden, mi dispiace. Mi dispiace di non esserci stato » borbotta senza alcuna sincerità. « Ecco, sei contenta adesso? »

Io alzo le spalle. « A cosa serve dirlo adesso, papà? Sei in ritardo di tre anni ».

Vorrei vederlo ferito, vorrei che le mie parole gli facessero effetto, che il senso di colpa lo dilaniasse, invece non sembra soffrire affatto.

Ha solo l'aria irritata, mi guarda con disprezzo, gli occhi stretti. « Sei proprio come tua madre, lo sai? »

Ella è sconvolta.

« Grazie a Dio! Non mi piacerebbe essere come te ».

Ora che gli ho recapitato il messaggio decido che è il momento di andarmene, prima che lui possa provare a ribattere ancora. A questo punto sa che sono infuriata e che dovrà scusarsi per molto tempo prima che possa pensare di perdonarlo.

Papà si volta verso Ella con sguardo gelido e io giro i tacchi e mi dirigo alla porta.

Sento Ella sibilare: « Dave, cosa diavolo fai? Seguila! Lo so che è stata fuori tutta la notte, ma come credi di poter recuperare il rapporto con tua figlia con questo atteggiamento di superiorità? »

« Ehi, non dare la colpa a me. È stata tua l'idea di farla venire qui. Dio, gli adolescenti sono un tale incubo... Forse quando se ne tornerà a casa e Tyler andrà a New York potremo tornare ad avere una vita normale ».

Mi blocco davanti alla porta e deglutisco a fatica. Ho sentito bene? Papà mi ha invitato soltanto per volere di Ella? Non dovrei stupirmi, non dovrei soffrire, eppure è così. Mi volto e li affronto entrambi. « Tu non mi volevi qui? »

Sollevano lo sguardo, stravolti. Ella si alza in piedi. « Eden, devi aver capito male, certo che tuo padre... »

Ma io non ho più intenzione di stare a sentire le loro scuse. « E perché Tyler deve andare a New York? »

Ella lancia un'occhiataccia a mio padre, poi torna a guardarmi con un sorriso teso. « Niente ».

È chiaro che non è vero, ma sono stufa di fare domande senza ricevere mai una risposta diretta. Sono furibonda, temo che mi possa esplodere il cuore. La mamma ha sempre avuto ragione su papà. È uno stronzo.

Mi ficco le mani nelle tasche della felpa (ricordandomi che sono stata derubata) e corro nella mia stanza. Mi gira ancora la testa, anche più di prima, e desidero soltanto dell'acqua, una doccia e Tyler. Due di queste cose posso averle.

Uff.

Ho bisogno di schiarirmi le idee, di uscire da questa casa e respirare aria fresca. Ho bisogno di correre. Farò la doccia e parlerò con Tyler al mio ritorno. Prima devo riuscire a ragionare con calma.

Trattenendo l'urto del vomito, mi sfilo la gonna di ieri sera e indosso la tenuta da corsa, poi vado a prendermi una bottiglia d'acqua in cucina ed esco dal portico, per non incontrare papà.

Poi parto, trovo un ritmo regolare e mi dirigo a nord anziché a ovest. Non voglio ritornare alla spiaggia. Voglio un percorso diverso, voglio arrivare in un posto nuovo. In breve mi ritrovo a Pacific Palisades: il sole mi scotta la pelle, i miei piedi rimbalzano sull'asfalto e il mal di testa lentamente si dilegua.

Quello che è successo ieri sera ha soltanto reso tutto più complicato: ora io e Tyler dobbiamo stare attenti a ogni nostra parola e assicurarci che, se ci scambiamo un sorriso d'intesa, non un'anima se ne accorga. Se ci scoprono siamo fottuti.

Nella mia testa regna la confusione. In un mondo perfetto, io e Tyler non dovremmo essere imparentati a causa di un certificato di matrimonio. In un mondo perfetto, non saremmo costretti a nasconderci e a far soffrire altre persone solo perché ci stiamo innamorando. In un mondo perfetto, potrei vantarmi della mia storia con Amelia. Ma questo mondo non è perfetto, non ci va neanche vicino.

Quando torno a casa, quaranta minuti più tardi, senza fiato e ancora un po' sofferente per la sbronza, mi blocco di colpo sul prato.

Davanti all'ingresso è parcheggiata l'auto di Tiffani. Non dovrebbe esserci: è domenica mattina, loro non si vedono mai di domenica. Mi obbligo a raggiungere la porta, ma mi muovo a fatica, non so se a causa della corsa o perché so che c'è qualcosa che non va. Vorrei quasi fare dietrofront e correre altri cinquecentomila chilometri, invece mi trascino in casa, e verso la scala. Quando passo davanti al soggiorno vedo che papà ed Ella stanno parlando, probabilmente dei modi possibili per liberarsi dei loro due figli scapestrati.

Appena metto piede sul pianerottolo, Tiffani esce dalla mia camera, spalancando la porta, con Tyler alle calcagna. Lui cerca di prenderla per un braccio e tirarla indietro, ma lei se lo scrolla di dosso.

«Oh, eccola qui. Appena in tempo» dice in tono velenoso, la voce più acida che mai.

Tyler mi guarda con gli occhi sgranati da dietro la sua spalla, mi fa un cenno con la testa e si passa una mano tra i capelli.

« In tempo per cosa? » mi azzardo a chiedere, anche se a giudicare dalla sua espressione furibonda non credo di volerlo sapere. Tyler ha l'aria preoccupata, e non posso biasimarlo. Sto cominciando a preoccuparmi anch'io.

Gli occhi di Tiffani sono di ghiaccio, non l'ho mai vista così... perfida. In questo momento, se fossimo in un film, farebbe di sicuro la parte della cattiva. « Devo parlare a tutti e due, perché nel caso non l'abbiate capito sono incazzata nera ». Stringe una mano a pugno. « Potrei davvero spaccarti la faccia, Tyler ».

« Che ho fatto questa volta? » La guarda con aria perplessa, facendo però un passo indietro per sicurezza.

« Che cosa hai fatto? Dici sul serio? » Lo guarda a bocca spalancata e poi fa un respiro profondo. « In giardino. Adesso ».

Passando mi dà una spinta e mi sbatte contro il muro. Io faccio una smorfia e le lancio un'occhiataccia mentre scende le scale. Che problemi ha? Guardo Tyler, che si porta le mani al viso e mima con le labbra la parola 'cazzo'.

Tiffani si ferma in fondo alle scale e ci guarda con occhi di fuoco. Poi guarda con intenzione verso il soggiorno, dove sono i nostri genitori. « Posso parlare con voi qui fuori, oppure in questa stanza » dice lentamente, a voce bassa. « Fidatevi, credo proprio che preferirete parlare fuori ».

'Lo sa' penso. 'Cazzo, lo sa di sicuro'.

Tyler probabilmente sta pensando la stessa cosa, perché mi guarda terrorizzato e deglutisce. Non riesco a pensare a un momento peggiore per affrontare tutto questo. Non mi sono ancora ripresa dalla sbronza, sono sudata e stanca, sembro appena scappata da una clinica di riabilitazione. Sono in uno stato pietoso.

Non ho la minima possibilità di cavarmela. Chissà se sono ancora in tempo per quella corsa di cinquecentomila chilometri. Tyler mi dà una piccola spinta per farmi scendere e, attraverso il contatto, sento letteralmente la sua riluttanza. Ha le braccia rigide, i pugni chiusi. In qualche modo superiamo la porta sul retro e arriviamo in giardino.

« Bene bene » dice Tiffani.

Tyler aggrotta le sopracciglia. « Bene... »

« Allora, stamattina sono stata svegliata da un messaggio di TJ » dichiara. Ci sta guardando entrambi, così cerco di fingere disinvoltura, cerco di sembrare una che non ha appena dormito con il suo ragazzo. Lei continua: «Sai una cosa, Tyler, mi sto veramente stufando di sentirmi dire che scopiamo da altre persone, visto che metà delle volte non ero io».

«Di cosa stai parlando?» chiede Tyler, beccandosi un'occhiataccia sia da me sia da Tiffani. Lo sa di cosa sta parlando, lo sa perfettamente.

«Non cominciare, Tyler, non pensarci neanche» scatta lei alzando la voce. Sta diventando cattiva, e so che ormai ci sono pochissime chance di chiudere la questione amichevolmente. «Ha fatto una battuta sul fatto che ieri sera ci abbiamo dato dentro, perché la sua stanza era devastata, e sappiamo benissimo entrambi che non eri con me».

«Senti» comincia Tyler facendo un passo verso di lei. «Tesoro, io non ho scopato con nessuno, mi sono solo dimenticato di rimettere a posto dopo che...»

«PIANTALA!» urla lei, e lui ubbidisce. Credo che ormai non abbia più intenzione di accettare le sue scuse patetiche. Strizza gli occhi per un attimo, inspira ed espira, poi si rivolge a me con un sorriso. «Eden, non le rivuoi, le tue scarpe?»

Il mondo si ferma. Il mio cuore smette di battere, il mio corpo si irrigidisce e il sangue mi si gela nelle vene. Cerco di balbettare qualche parola, ma quelle che mi salgono in gola svaniscono subito. La mia voce è diventata un bisbiglio roco. «Come fai a...»

«Perché» sibila lei, «TJ mi ha chiesto se ho passato una bella serata e poi mi ha detto che ho lasciato là le mie Converse. Mi ha anche chiesto cosa significavano le parole scritte sui bordi». Adesso il mio cuore si è bloccato del tutto. «Mi ricordo benissimo che le tue le hai sventolate in giro per tutta la sera. Quelle con i versi delle canzoni scritti sopra, vero? A proposito, non le riavrai. Gli ho detto che non le volevo, che poteva anche buttarle nella spazzatura».

«Ma Tyler è il mio...»

«Fratellastro? Certo, lo so». È così furibonda che sta per mettersi a piangere. Si asciuga in fretta gli occhi col dorso della mano, poi raddrizza la schiena e si sistema l'elastico dei pantaloni della tuta. «Nell'ultima mezz'ora non ho fatto altro che rimuginare. Mi dicevo: 'È impossibile, sono parenti'. Però ho visto anch'io *Ragazze a Beverly Hills*, sai? Hai presente quando Cher si innamora del suo fratellastro? Non sono una STUPIDA».

Ecco. È così che ci si sente a essere scoperti.

Ci si sente all'inferno.

Io e Tyler siamo ammutoliti. Nessuno di noi due era preparato a questa eventualità, al momento in cui la verità sarebbe venuta a galla. Mi sembra di essere davanti al plotone d'esecuzione. Di fronte a Tiffani mi sento minuscola, umiliata. Non riesco neanche a guardare Tyler. Mi sento male, come se stessi per vomitare, cerco di trattenermi con tutte le mie forze e mi cade l'occhio sul barbecue vicino alla piscina.

Vorrei poter riavvolgere la pellicola di quest'estate fino alla mia prima sera in questa città, con una folla di vicini in giardino, il barbecue che sfrigola e papà che fa battute idiote. Vorrei poter ricominciare da capo, ma stavolta non voglio innamorarmi del mio fratellastro. Non voglio ritrovarmi in questo casino.

«Tu non sei mai andata a letto con Jake, vero Eden?» Tiffani adesso sta piangendo davvero. Sono lacrime di rabbia, le peggiori.

«No» sussurro.

«Eri tu quella sera al molo» insiste lei, e io mi sento morire. Sta andando tutto in pezzi, il senso di colpa mi uccide. Non volevo assolutamente essere una traditrice, invece è proprio ciò che sono diventata. «Sei una bugiarda».

«Lo so» dico con voce rotta. Anch'io sono quasi in lacrime. Non voglio essere qui. Voglio essere a Portland con mia madre e Amelia. Voglio dormire fino a mezzogiorno e guardare le repliche delle mie serie tv preferite. Non voglio questo. «Sono una stronza bugiarda, e una pessima amica».

All'improvviso Tyler fa un passo davanti a me e si schiarisce la voce. È rimasto in silenzio finora, mi chiedo che cosa si sia preparato a dire. «Sai una cosa, Tiffani?» Lei lo guarda con occhi spalancati e feriti. «Io non volevo neanche starci, con te. Ho sprecato tre anni perché mi hai ricattato. Fai come ti pare, di' pure a tutti quello che sai di me, perché non vale proprio la pena doverti sopportare per mantenere un segreto». Sta alzando sempre di più la voce. Tiffani è ferita nel suo amor proprio, è evidente. «Fra noi è finita. Fammi causa, denunciami, non mi interessa. Io non ne posso più».

Questa non me l'aspettavo di certo. Solo una settimana fa Tyler sosteneva che era praticamente impossibile rompere con lei, perché avrebbe potuto rovinarlo. Invece adesso... è come se non gli importasse, pur di allontanarsi da lei. Forse avere una relazione con lei è ancora peggio che mandare al diavolo la propria vita.

«È tutta colpa tua!» mi grida Tiffani. La sua voce è così tesa che inconsciamente faccio un passo verso Tyler, il che in effetti non aiuta. «Non mi importa neanche del fatto che in pratica siete fratelli, anche se dovrebbe, perché è una cosa disgustosa. L'unica cosa che mi importa è che *tu* hai rovinato tutto».

Mi sento ancora peggio di prima. Le ho portato via il ragazzo. Non intenzionalmente, però l'ho fatto. Scuoto la testa e faccio un passo verso di lei. Le sue parole mi hanno fatto male, ma mi sento ancora in colpa. «Tiffani, io non volevo...»

Tyler alza una mano per farmi tacere. «È finita, *tesoro*». Alza le spalle e le indica il cancello. Si sta comportando in modo crudele e io mi sento uno schifo, per quello che ho fatto e per come deve sentirsi Tiffani. Se non volesse uccidermi la abbraccerei, come l'amica che avrei dovuto essere. Io non volevo far soffrire nessuno.

Disperata, scossa dai singhiozzi, lei si mette le mani tra i capelli e urla: «Ma tu non puoi lasciarmi!»

Lui si mette a ridere. Le ride letteralmente in faccia. Non credo che si sia reso davvero conto che lei conosce il nostro segreto e ha tutte le ragioni per dirlo al mondo intero. «Perché rovinerà la tua immagine? Perché non potrai più controllarmi?»

«Perché sono INCINTA, Tyler!»

Appena pronuncia queste parole l'aria diventa così pesante che mi sento quasi soffocare. Il corpo di Tyler si accascia, il suo viso perde ogni colore. Guardo di nuovo Tiffani.

Sta piangendo, il tipo di lacrime che fanno male, che tolgono il fiato. Ora credo davvero che vomiterò.

Tyler sembra aver perso la voce, l'unico suono che riesce a emettere è un sospiro impercettibile: «Cosa?»

Lei adesso arretra per allontanarsi da noi. Ha le guance bagnate, il cuore spezzato. Non riesco a sopportarlo. È come se qualcuno mi avesse messo al tappeto, la mia visione è confusa, opaca, come quando apro gli occhi al mattino appena sveglia.

Sento la porta sul retro che si apre, ma non ho neanche la forza di guardare in quella direzione. Distinguo la voce di Ella che chiede: « Cosa sono queste urla? »

Tyler non dice una parola. Credo che sia sotto shock. Resta lì a fissare Tiffani a bocca aperta, un oceano di emozioni negli occhi. Alla fine guardo verso il portico e vedo Ella e mio padre che ci fissano. So cosa stanno pensando: si chiedono perché Tyler sembra sull'orlo di un infarto e perché Tiffani se ne sta andando in un mare di lacrime.

Quando arriva al cancello, lo apre e si ferma, tirando su col naso per fermare i singhiozzi. Guarda Ella negli occhi e grida: « Dovresti sapere che tuo figlio è un cocainomane! E ha pure cominciato a spacciare! »

« Brutta troia! » ringhia Tyler, uscendo di scatto dalla sua immobilità, mentre lei scompare al di là del cancello, che si chiude di schianto.

Le sue parole rimbombano nella mia mente, così forte da assordarmi. Ecco con che cosa lo ha tenuto in pugno per tutta l'estate. È a questo che si riferiva Tyler quando siamo rimasti chiusi in bagno. È questo che deve aver scoperto all'inizio dell'estate, quando lo ha affrontato e lo ha fatto infuriare, prima che piombasse inferocito al barbecue. Ed è il motivo per cui si tiene alla larga dalla polizia.

Perché per un'attività simile potrebbe finire in prigione.

Se c'era qualcosa che poteva peggiorare ancora questa pessima giornata è proprio questa. La scoperta della verità ha creato troppi problemi da affrontare contemporaneamente: la verità su Tyler e la droga, la verità su Tiffani e la peggiore di tutte, quella su Tyler e me.

« Tyler, ti prego, dimmi che ho capito male » dice Ella ad alta voce, molto lentamente. Fa un passo in giardino, con le mani strette al petto e papà al suo fianco. « Ti prego, ti prego, dimmi che non è vero ».

Guardo Tyler col fiato sospeso, in attesa di scoprire se negherà. Lui è di nuovo immobile, come paralizzato dall'enormità di tutto quello che è successo. Probabilmente nella sua mente stanno vorticando un milione di pensieri.

Abbassa la testa, guarda il prato e sussurra: « Vorrei che non lo fosse ».

Ella si preme le mani sulla bocca per soffocare un gemito inorridito. Ha gli occhi pieni di lacrime. Oggi sta andando tutto storto. Si gira verso papà e nasconde il viso sul suo petto. Sorprendentemente, lui la abbraccia senza dire una parola. Mi sarei aspettata che si mettesse a lanciare accuse. Resta in silenzio a consolarla, ma questo non gli impedisce di incenerirci con lo sguardo.

Quando Tyler alza gli occhi, ci ritrovo dentro la stessa sofferenza di ieri sera. È come se trasudasse senso di colpa. « Mamma, non piangere » le dice con voce soffocata. « Non ho una dipendenza o cose del genere. È solo che... be', mi aiuta ».

Ella mormora qualcosa fra le lacrime, contro la maglietta di papà, ma non riesco a capire cosa ha detto. Neanche Tyler.

« Mamma, respira » le sussurra lui facendo un passo verso di lei. Mio padre la tiene ancora stretta, ma Tyler allunga una mano e gliela appoggia sulla spalla. Lei però la scrolla via e solleva la testa.

« Ho detto vattene » sibila.

Tyler aggrotta le sopracciglia. « Che cosa? »

« Vattene da questa casa ».

A questo punto ci immobilizziamo tutti. Siamo sbalorditi. Papà inarca ancora di più le sopracciglia, non riesce a credere che Ella stia davvero cacciando di casa suo figlio, e Tyler è ammutolito, muove le labbra ma senza emettere suoni. Adesso vorrei davvero poter piangere. Non possono buttarlo fuori. È l'ultima cosa di cui ha bisogno, soprattutto dopo la bomba che ha fatto scoppiare Tiffani.

« Dici sul serio? » La sua voce è così dolce, così debole.

Ella non risponde, si stacca da papà e si tampona gli occhi, tirando su col naso. È distrutta. « Tyler, per favore » lo implora ricominciando subito a piangere. « Vattene. Io non ce la faccio più ».

Io e Tyler ci scambiamo un'occhiata sbalordita, mentre papà stringe di nuovo Ella al petto. Nessuno di noi si aspettava che sarebbe successa una cosa del genere. È domenica, le domeniche dovrebbero essere giornate noiose. Non dovrei essere costretta a vedere Tyler che viene cacciato di casa.

Lui abbassa la testa, si infila le mani nelle tasche dei jeans e passa accanto ai nostri genitori. Si muove come una persona sconfitta, a passi lenti, le spalle curve. Io mi riscuoto e gli corro dietro, ormai mi viene naturale. Ignoro lo sguardo di papà che mi segue, la sua opinione ormai non mi interessa più.

Quando lo raggiungo, Tyler è già arrivato in cima alla scala. Sul pianerottolo ci sono Jamie e Chase, con gli occhi spalancati e curiosi. Mi chiedo se abbiano sentito tutto, se sappiano che Tyler si fa di coca e che è stato sbattuto fuori. Quando li superiamo per entrare in camera di Tyler si scansano in fretta. Lui sbatte la porta alle nostre spalle.

Mi fermo accanto al suo letto e lo guardo tirare giù dal ripiano del suo armadio un borsone blu. Viene giù anche la giacca della divisa di Dean, quella della squadra di football. Cade per terra e Tyler la scosta con un calcio. Per qualche minuto fruga qua e là nella stanza, tirando fuori jeans e magliette e ammassando tutto nella borsa, senza dire una parola. È il ritratto della devastazione.

« Dove pensi di andare? » gli chiedo, rompendo il silenzio. Non riesco a immaginare di non averlo più in casa, di non sentirlo più lamentarsi del bacon tutte le mattine. Non riesco a immaginare la stanza accanto alla mia completamente vuota. Non riesco a immaginare di non vedere più il suo sorriso quando ci incrociamo sulle scale.

Lui alza gli occhi un attimo, mentre si sistema il borsone a tracolla, ma poi distoglie subito lo sguardo. « Non ne ho idea » risponde piano, voltandomi le spalle per dirigersi verso il bagno. Lo seguo. « Da Dean. Forse. Non so, sono troppo incasinato adesso ».

Mi fermo sulla soglia del bagno. Mi sento gli occhi pesanti, ma non li stacco da Tyler. Faccio un respiro profondo. « Hai cominciato a spacciare? »

Lui si immobilizza e rimane lì fermo. L'unico suono che sento è quello del suo respiro lento. Abbassa la testa e fissa le piastrelle del pavimento. « Solo di recente ».

La delusione mi invade. Avevo già capito che la situazione era grave, ma adesso, dopo aver scoperto fino a che punto è invischiato nel sottobosco della malavita, sono ancora più preoccupata. « Perché? »

Lui scuote la testa come se non conoscesse la risposta, sempre dandomi le spalle. Vorrei poterlo vedere in faccia, soprattutto guardarlo negli occhi, per vedere se almeno è dispiaciuto. « Non è difficile... farsi coinvolgere. Tiffani è furiosa. Probabilmente medita di denunciarmi ».

« Non posso credere che sia... » Non riesco neanche a dirlo, sto ancora cercando di accettare l'idea. Ed è una vera fortuna che Ella non lo sappia ancora, perché sono più che certa che avrebbe avuto un crollo nervoso.

« Nemmeno io » sussurra lui. Sta per aprire l'armadietto del bagno, poi si volta di scatto e si piega sul gabinetto. Si sostiene al muro con una mano e ha un conato di vomito. Deve essere la tensione. Anch'io ho la nausea. « Cazzo ».

« Non so cosa dire, Tyler ». Non lo so davvero. Come potrei dirgli che andrà tutto bene, quando sembra il contrario? Gli accarezzo la schiena nel tentativo di confortarlo, ma riesco solo a sentirmi stupida. La sua ex ragazza è incinta ed eccomi qua, a provare a consolarlo mentre a lui viene da vomitare alla sola idea. « E come stanno le cose fra noi, a questo punto? »

« Cosa? »

« Noi » ripeto. « Che cosa ne sarà di noi? E di te e Tiffani? »

Lui ha un altro conato, ma non esce niente, così soffia forte e si rialza. Si volta finalmente verso di me e mi guarda negli occhi. Sì, è dispiaciuto. « Non lo so. Prima devo sistemare tutto questo ».

« Non lo so neanch'io » rispondo, ma appena pronunciate queste parole mi sento il cuore schizzare fuori dal petto. Cosa succederà ora? Tyler e Tiffani sono di nuovo legati. Qual è la mia posizione? Verrò messa da parte, mentre loro cercano di gestire la situazione in cui si sono trovati?

Tyler mi passa vicino e recupera le sue cose dall'armadietto, poi le butta nel borsone e chiude la cerniera. Noto che sullo scaffale in alto sono rimasti alcuni flaconi, e so esattamente cosa contengono.

Faccio un cenno verso gli antidepressivi. « Ti prego, prendili. Così non ti sentirai sempre a pezzi ».

Tyler segue la direzione del mio sguardo e per un momento si ferma a rifletterci. So qual è il suo dilemma: antidepressivi contro alcol e droga. Mi guarda di nuovo, vede la mia espressione implorante, poi prende i tre flaconi bianchi e li infila nella borsa. Posso solo sperare che ne farà buon uso. Magari lo aiuteranno.

Prima che se ne vada rimaniamo a guardarci per un momento. È ancora molto pallido, come se avesse vomitato per settimane e non si fosse ancora ripreso. Con gli occhi spenti come i miei, si china in avanti e mi avvolge in un forte abbraccio. È la prima volta che lo fa. Certo, l'ho baciato un sacco di volte, abbiamo anche dormito insieme, ma non eravamo mai rimasti semplicemente in piedi, una nelle braccia dell'altro. Non abbiamo mai condiviso un momento come questo, con il mio viso affondato nel suo petto e il suo mento sulla mia testa. Posso solo sperare che sia il primo di una lunga serie, perché adoro il modo in cui il mio corpo si adatta perfettamente al suo.

E nonostante l'odore della sbronza e il sudore della corsa, mi preme le labbra fredde sulla fronte e bisbiglia: « Troverò una soluzione ».

Poi si stacca da me. In questo momento sembra terrorizzato. Non ha idea di cosa sta facendo e per quanto si sforzi di sembrare forte è chiaro che sta solo cercando di non crollare. Non posso certo dargli torto.

Con un ultimo cenno della testa, mi passa davanti e si dirige verso la porta. Io posso solo guardarlo andare via. Mi sento ancora insensibile, come in preda a un incessante formicolio, così resto ferma mentre lui esce sul pianerottolo, senza guardarsi indietro.

Le ultime parole che gli dico prima che se ne vada sono: « Lo spero davvero ».

29

Passano due giorni.

Due giorni in cui non ho né visto né sentito Tyler. Due giorni in cui Ella è rimasta chiusa in casa a piangere. Due giorni in cui tutto sembra fuori posto. A volte sento Ella chiedere a papà dove crede che sia Tyler in quel preciso momento. Lui risponde sempre che non lo sa. A volte dice anche che buttarlo fuori è stata la decisione peggiore possibile, perché adesso non può più tenerlo d'occhio. Crede che avrà ancora più motivi per sballarsi. A me piace pensare che si sbagli. Ho abbastanza fiducia in Tyler da sperare che abbia preso tutto questo come la sveglia di cui aveva bisogno, un'occasione per provare a rimettere in sesto la sua vita, magari. Jamie e Chase, però, non sono così comprensivi. L'altra sera Jamie ha litigato con sua madre, le ha urlato contro per aver cacciato il fratello, le ha detto che era stata ingiusta, troppo severa. Stamattina Chase si è lamentato che non gli piaceva la casa così noiosa. Ha detto che voleva fare un giro sull'Audi di Tyler, una cosa che facevano insieme ogni tanto. A Chase piacciono molto le macchine. Ma oggi suo fratello non è qui per portarlo a fare un giro nel quartiere, sgasando a più non posso.

A proposito dell'auto di Tyler, è strano non vederla più parcheggiata in diagonale sul marciapiede. Me la immagino fuori dalla casa di Dean, sempre storta, in quel modo che dice 'parcheggio da schifo', e in un attimo mi viene l'idea di passare a fare un saluto. Solo perché Tyler è stato cacciato di casa non significa che non possa vederlo. È a soli cinque minuti da qui. Potrei chiedere a Rachael di darmi un passaggio.

Scuoto la testa, supero il prato di corsa e attraverso la strada, diretta al Maggiolino rosso che mi aspetta sul vialetto, col motore acceso. Quando salgo, Rachael si sta sistemando i capelli.

Mi accoglie dicendo: «Sei ufficialmente la peggiore ritardataria del mondo», però sorride. Chiude lo specchietto dell'aletta parasole e si allaccia la cintura di sicurezza.

«Scusami» le dico portandomi una mano al petto in modo fintamente mortificato. «Mi dispiace davvero moltissimo. Non dovrei essere in ritardo di tre minuti. Ora può mettermi al rogo, vostro onore».

Rachael ride e mi dà un colpetto sul braccio, rovesciando gli occhi proprio come fa sempre Amelia. Sento subito la nostalgia di casa. «Allora, raccontami i pettegolezzi di sabato».

La guardo mentre guida. Sono divorata dalla preoccupazione e dal terrore che Tiffani abbia già cominciato a diffondere il nostro segreto, come un incendio doloso. 'Rachael lo sa' penso. 'E anche Meghan, Jake e Dean. Lo sanno tutti'.

Rachael mi lancia un'occhiata di sbieco, con un sorriso allegro. «E dai, devi dirmelo! Sei andata a casa con Jake?»

Forse non lo sa, oppure sì e sta solo cercando di cogliermi in fallo, per poter fermare la macchina e gridare 'BUGIARDA!'

È la prima volta che vedo Rachael da sabato scorso. Ci ha messo tre giorni a riprendersi dalla sbronza, poi è venuta a trovarmi proponendo un caffè di aggiornamento, perché non mi vedeva da 'due anni'. Adesso vorrei averle detto che non mi sentivo bene.

Alla fine rispondo alla sua domanda con un rapido «No», poi mi volto dall'altra parte, appoggio il gomito al finestrino e fingo di trovare il quartiere interessantissimo e meraviglioso, anche se dopo averci vissuto per un po' mi sembra ormai familiare, ordinario e noioso. «Ma dimmi di te». Le lancio un'occhiata da sotto le ciglia.

Lei si agita sotto il mio sguardo e si china in avanti, aggrappandosi al volante e cercando di trattenere un sorriso. «Ho dormito da Trevor».

«Tutto qui?» Inarco le sopracciglia.

«Ci sono state anche delle pratiche innominabili». Le sfugge una risata, che però si trasforma subito in un sospiro. Alza le spalle. «Vorrei solo che mi invitasse a uscire, una buona volta».

Mi dispiace per lei. Per tutta l'estate non ha fatto altro che parlare di Trevor, e anche se secondo Tiffani è solo un 'flirt da festa', è chiaro che Rachael vorrebbe di più.

« I ragazzi sono degli stronzi » le dico, perché sto cominciando a convincermene.

Prendiamo Trevor, per esempio. Certo, quando è ubriaco sarà anche dolce, ma in fondo in fondo probabilmente gli interessa unicamente di portarsela a letto. Poi c'è Jake, il playboy. Ammetto di esserci cascata all'inizio dell'estate, quando credevo che gli importasse davvero conoscermi, ma alla fine voleva soltanto un nome da aggiungere alla sua lista. E infine Tyler. È un idiota, per come tratta le persone e per aver messo incinta Tiffani.

Negli ultimi due giorni la cosa mi ha fatto infuriare sempre di più. Non credevo che fosse così superficiale da fare un errore così. Sto cominciando a prendere coscienza della realtà e fa davvero male. Tyler diventerà padre. È troppo giovane e troppo irresponsabile, so che non sarà assolutamente in grado di gestire la situazione.

Rachael parla male di Trevor per tutto il tragitto fino al Santa Monica Boulevard. È figo, ma è un coglione. Sa essere molto amorevole, ma è un coglione. Lei piace ai suoi genitori, ma lui è un coglione. Quando arriviamo al Refinery, dopo aver parcheggiato, sento di avere abbastanza informazioni su di lui da poter mettere in atto un furto di identità.

« Sono proprio incazzata » sbuffa Rachael, concludendo finalmente la sua filippica, ma si riprende subito ordinando un cappuccino. Io ordino il mio latte macchiato e ci sistemiamo al tavolo di legno vicino alla vetrina, con la vista sul viale. « Oh, mi ero del tutto dimenticata! » Appoggia la borsa sul tavolo e ci fruga dentro, poi tira fuori venti dollari e il mio telefono. « Devi averli lasciati da me prima di andare da Dean. Li ho trovati sotto il letto proprio mentre stavo per uscire ».

La guardo con tanto d'occhi. « Stai scherzando? Credevo che mi avessero derubato sulla spiaggia! Mi sono messa a piangere! »

Lei scoppia a ridere e mi porge i soldi e il telefono, ma quando provo ad accenderlo mi accorgo che è scarico. Faccio un sospiro proprio mentre la cameriera ci mette davanti i nostri caffè, migliorando in un istante la mia giornata.

« Okay, è tutta la mattina che aspetto di parlarne: passiamo alle notizie importanti! Ci credi che Tyler e Tiffani si sono lasciati? » esplode Rachael dopo un sorso di caffè, guardandomi con gli occhi spalancati. « Voglio dire, è una vita che le dico che lui è un pezzo di merda. Scusami, lo so che è tuo fratello e che in teoria sarei anche sua amica, ma a essere sincera la trattava da schifo ». Mentre parla fa dei gesti rapidi e scomposti con le mani, come se fosse una reporter che sta annunciando una notizia bomba. In un certo senso è proprio così.

« Le hai parlato? » La guardo con attenzione, mi chiedo se Tiffani le abbia raccontato tutta la storia, la versione che include anche me. Cerco di sorvolare sul fatto che Rachael sta prendendo le parti di Tiffani. È vero, Tyler non la trattava benissimo, ma chi potrebbe dargli torto? Lei lo controllava e lui non voleva neanche starci insieme.

« È venuta da me ieri sera » dice Rachael, e io resto ad ascoltarla, con la mia tazza fra le mani, sorseggiando lentamente il latte macchiato. « Lui l'ha mollata. Assurdo, eh? Mi pare abbia detto che è successo domenica mattina ».

« Sì, è vero. C'ero anch'io ». Sposto lo sguardo sulla vetrina, guardo il flusso costante di macchine e passanti. Rachael spalanca di nuovo gli occhi, completamente concentrata sulla storia. « Incredibile che l'abbia tradita di nuovo... »

I miei occhi scattano subito su di lei, mentre abbasso lentamente la tazza. La stringo forte con le dita. Il cuore mi batte dolorosamente nel petto. « Ti ha detto anche con chi? »

« No » risponde lei, e il mio corpo è attraversato da un'enorme ondata di sollievo. « Tu lo sai? »

« No » mento. Mi volto di nuovo, sperando che non mi legga in faccia il senso di colpa e non si accorga del tremito nella mia voce. « Un'altra che viene da fuori città, immagino ».

« Non riesco a credere che sia stato lui a rompere, invece di lei, come avrebbe dovuto essere ». Sporge le labbra e scuote un po' la testa. « Era così incazzata che ha detto a sua madre della coca ».

Io aggrotto la fronte. Non è l'unica cosa che le ha detto. « Già, lei lo ha buttato fuori di casa ».

« Lo so, ed è per questo che non posso credere che lei lo abbia accolto ». Si porta il caffè alle labbra e beve un lungo sorso.

« Aspetta, che cosa hai detto? »

Lei mi guarda. « Come? »

« Sta da Tiffani? A me ha detto che andava da Dean ». Questa novità mi sconvolge. Capisco che adesso Tyler sia in una situazione difficile, ma non mi aspettavo che si ributtasse fra le sue braccia così facilmente. Il mio battito accelera ancora.

« Be', di sicuro non è da Dean » dice Rachael con un sopracciglio inarcato. Poi alza le spalle. « Non so, anche a me sembrava strano, ma sai come è fatta Tiffani. È così possessiva, non c'è da stupirsi che lo abbia perdonato. Non sopporta l'idea che qualche altra ragazza possa avere delle pretese su di lui. Dice che torneranno insieme, il che è stupido perché lui è un traditore, quindi perché diavolo dovrebbe voler tornare con lui? » Alla fine smette di blaterare e sbuffa. « È un po' matta, non riesce a lasciarlo andare ».

« È incinta, Rachael » dico a bassa voce. Mi è uscito di bocca così in fretta che mi prende il panico. Non spettava a me darle questa notizia, magari Tiffani voleva dirlo lei stessa a Rachael e Meghan.

La mascella di Rachael cade all'improvviso, rischia di ribaltarsi dalla sedia, poi sbatte la tazza sul tavolo facendola strabordare. Viene subito più vicina e incurva la schiena, sbattendo le palpebre per lo shock. « Che cosa? »

« Glielo ha detto domenica » sussurro, sentendomi di nuovo male alla sola idea. « Subito dopo che lui l'ha lasciata ». Più ci penso, più ha senso. Certo che sta da lei. È questo che succede quando una coppia si ritrova un bambino in arrivo. Si buttano il passato alle spalle e restano insieme. « Lei deve perdonarlo e lui deve tornare da lei ».

« Ma è assurdo! » Rachael mi spara un grido sussurrato nell'orecchio, prima di scansarsi. Cerca di metabolizzare la notizia, sbattendo forsennatamente le palpebre e guardando fuori dalla vetrina. Poi le passa sul viso un'espressione perplessa. Torna a guardarmi. « Aspetta: sabato, da Dean, ha bevuto ».

Io non rispondo, ma rifletto sulle sue parole: cerco di ricordare tutto quello che è successo da Dean prima che andassi a ubriacarmi nel garage. Rachael ha ragione. Tiffani era più che felice di partecipare alla roulette, e non avrebbe dovuto se fosse stata incinta. Quando le ho parlato, nel giardino sul retro, era già brilla.

« Aspetta » ripete Rachael alzando un dito, con un sopracciglio inarcato. « Hai detto che glielo ha annunciato subito dopo che lui l'ha mollata? »

« Sì, tipo cinque secondi dopo ».

Rachael soffia fuori un lungo respiro, poi dice: « Non credi che...? »

All'improvviso i miei pensieri si sincronizzano con i suoi e la forza della sua allusione mi colpisce come un pugno nello stomaco.

Tiffani sta fingendo.

« Oddio ».

«Non è così insolito» puntualizza Rachael, premendosi sulle labbra un dito dall'unghia perfettamente curata. Sembra che abbia appena risolto un caso di omicidio. «Dici al tipo che sei incinta, così lui non avrà altra scelta che rimanere con te».

«Credi davvero che Tiffani farebbe una cosa del genere?»

«Vorrei non crederci» risponde lei piano, allungando una mano verso il caffè, «ma so che non si fermerebbe davanti a niente pur di stare con Tyler. Lui è molto importante per la sua immagine. È fuori di testa, te l'ho detto».

O, come dice Tyler, è una psicopatica. Però non credo che abbia davvero una malattia mentale, solo dei seri problemi caratteriali. Deve essere così, se ha pensato di arrivare a tanto.

Non riesco neanche a immaginare che Tiffani possa essersi abbassata fino a questo punto, ma Rachael ha ragione. Durante l'estate ho capito che il rapporto fra lei e Tyler è davvero incasinato. Qualsiasi cosa lui faccia, lei non può stare senza di lui, perché non sopporta di perdere il controllo.

È chiaro quindi che lo rivoglia. E come fai a obbligare un ragazzo a tornare con te? Ti inventi di essere incinta.

«So come scoprire se sta mentendo!» dice Rachael in tono entusiastico. Io giro le gambe per mettermi di fronte a lei e guardarla con attenzione. Sulla mia fronte si formano delle rughe di preoccupazione. Non so cosa le passi per la testa, probabilmente sarà qualcosa di assurdo. «Sai che venerdì andiamo tutti da lei?»

«Io non sono invitata» rispondo, e subito mi metto a fissare il negozio dall'altra parte della strada. Non sapevo neanche che Tiffani avesse invitato tutti a casa sua, quindi è chiaro che non sono inclusa nel gruppo. Non posso biasimarla.

«Ma sì» fa Rachael con un cenno verso il mio cellulare, che è rimasto sul tavolo davanti a me. «Sono due giorni che non lo guardi, probabilmente ti ha mandato un messaggio. E comunque è una serata cinema, guarderemo un film».

Digrigno i denti, per evitare di parlare a sproposito. Rachael non capisce: sono *certa* di non essere stata invitata. Tiffani mi odia. Ma ovviamente non posso dirlo a Rachael, perché lei mi chiederebbe il motivo e io non voglio rispondere a quella domanda. Che cosa le potrei dire? 'Tiffani mi odia perché sono andata a letto con Tyler, il quale, per inciso, è anche il mio fratellastro, nel caso te ne fossi dimenticata.

Due segreti in uno! Quindi, Rachael, sono una persona orrenda e un'amica terribile. Evviva!'

« Venerdì dobbiamo scoprire se dice la verità o no » continua lei, alzandosi in piedi. « E io so come fare! »

Arrivata a casa, metto in carica il telefono e lo accendo: trovo ventinove chiamate perse da parte di mio padre, tutte di sabato sera, e tre della mamma fatte negli ultimi giorni. Ci sono anche dei messaggi di Amelia: mi racconta che Landon Silverman la tempesta di messaggi, dopo il loro incontro sessuale nel retro del suo furgone, qualche settimana fa, e che lei continua a respingerlo perché 'non è più il suo tipo'. Due mesi fa gli sbavava dietro nei corridoi della scuola.

Neanche un messaggio da Tiffani.

Non mi sorprende.

Niente neanche da Tyler.

Questo sì che mi sorprende.

Io non gli ho fatto niente, quindi non può avercela con me. So che deve avere un gran casino in testa, ma ciò non gli dà il diritto di ignorarmi, di mettermi da parte mentre risolve tutto il resto. Io continuo a volergli bene, continuo a voler sapere come se la sta cavando. Mi sforzo soprattutto di non lasciarmi condizionare dal suo silenzio. Forse ha solo bisogno di spazio.

Papà, Ella e i ragazzi sono andati a trovare degli amici dall'altra parte della città, così ho la casa tutta per me. Mentre rovisto in cucina, decido di chiamare mia madre per sentire come sta. Nei miei sedici anni di vita non ha mai passato più di ventiquattr'ore senza vedermi. Stavolta, in qualche modo, è riuscita a sopravvivere un'estate intera.

Tamburello con le dita sul ripiano e ascolto il monotono segnale di chiamata, ma non c'è risposta, allora provo al cellulare. Risponde al terzo squillo.

« Guarda un po', la mia figlia preferita è ancora viva! »

La sua voce mi riempie di un calore insostituibile, quel calore che ti strappa un sorriso anche se è stata una giornata orrenda. Sto cominciando ad apprezzarlo di più. « Mamma, io sono la tua unica figlia » dico, ovviamente con un sorriso.

« Per questo la scelta è così facile » ribatte lei. « Come va la vita? »

'Malissimo' vorrei rispondere. 'È tutto spaventosamente orrendo e fuori controllo'. « Bene ».

« E come vanno le cose con lo stronzo che ti ha fornito metà del patrimonio genetico? »

Alzo gli occhi al cielo e spalanco il frigorifero. La mamma non ha mai avuto problemi a esprimere la sua avversione per papà. « Non bene » ammetto. Dopo la scena di domenica, papà è stato terribilmente tranquillo, non capisco se sia perché è arrabbiato con me o perché sta cercando, per una volta, di lasciarmi in pace, senza controllare ogni mia mossa. Molto probabilmente è vera la prima ipotesi.

« Cosa è successo? » chiede la mamma, con un'improvvisa preoccupazione nella voce.

Io alzo le spalle, anche se lei non può vedermi, e intanto, con il telefono fra l'orecchio e la spalla, frugo nel frigorifero, spostando varie confezioni di carne fino a trovare le mele nascoste sul fondo. Ne prendo una e faccio un passo indietro. « Niente, è che ultimamente abbiamo litigato un sacco ».

« Per cosa? » Adesso sembra davvero preoccupata. Sento un fischio sulla linea, deve essere all'aperto.

« Del fatto che non sono rientrata » confesso. Per me è sempre stato facile confidarmi con la mamma, lei è sempre stata la mia migliore amica, c'era sempre quando avevo bisogno di lei. « Un paio di volte sono rimasta fuori tutta la notte ».

« A fare cosa? » Al netto delle preoccupazioni, adesso ha un tono severo. « Eden? Devo cominciare a farti prendere dei contraccettivi? »

Per un attimo rimango zitta, sono troppo mortificata per mettere insieme una risposta. Un'altra caratteristica della mamma è che è molto, molto diretta. « Bene, chiudiamola qui. Adesso metto giù, ciao mamma, per favore non rivolgermi mai più la parola, non posso più guardarti in faccia, è stato bello conoscerti, ti voglio bene, ciao ».

« Eden! »

« Sì? »

La sento ridere al telefono: una risata dolce, gentile. « Scusami. È solo che hai sedici anni e stai diventando grande e io alla tua età... »

« Possiamo cambiare argomento, per favore? » Con le guance arrossate vado al rubinetto e lavo la mela, poi mi siedo sul ripiano e le do un morso.

« Mmm » dice la mamma, dopo un lungo minuto in cui mi ha ascoltato masticare. « Ti stai godendo l'estate, vero? »

Io do un altro morso alla mela e dondolo le gambe, piegando la testa di lato, mentre rifletto sulla mia risposta. So per certo che, se fossi rimasta a Portland, avrei passato l'estate a cercare di stare con Amelia evitando Alyssa e Holly. È stato un sollievo allontanarmi per un po' dalle loro continue battutine sul mio peso. Probabilmente mi sarei iscritta in palestra, magari avrei addirittura studiato, e di sicuro non mi sarei innamorata di qualcuno di cui non avrei dovuto innamorarmi. L'estate a Santa Monica è stata decisamente un'esperienza nuova.

« È stata diversa » dico alla fine.

« Allora ti sei fatta molti amici? »

Ci penso per un momento. Tiffani mi ha completamente cancellato dalla sua lista, quindi non posso contarla, e Jake non vale niente, al di là delle sue battute studiate per rimorchiare, quindi non lo considererei un amico, più un cretino che ci ha provato con me. Quindi mi restano Rachael, che ha preso il posto di Amelia per l'estate, Meghan, che è sempre stata gentile, e Dean, che si è sempre trovato nei paraggi, per salvarmi da una festa o rallegrarmi una giornata. E Tyler, naturalmente. Anche se qui penso che siamo un po' oltre i limiti dell'amicizia. È un limite che abbiamo superato da un pezzo.

Sospiro. « Abbastanza ».

« E la città ti piace? » insiste lei. Me la immagino aggrappata al telefono, come fa sempre quando è ansiosa di ascoltare un pettegolezzo o quando urla contro gli addetti dei call center che chiamano al mattino presto.

« Immagino di sì ».

« Eden » dice lei lentamente. Poi fa una pausa. « Che cosa ne penseresti di trasferirti? »

Mi stacco il cellulare dall'orecchio e guardo lo schermo con una smorfia. Mi chiedo se ho sentito bene. Trasferirsi? Nel senso di venire a vivere qui? « Che cazzo dici? » Con il telefono di nuovo incastrato fra l'orecchio e la spalla, scivolo giù dal ripiano e guardo fuori dalle porte a vetri del portico. « Cioè, per sempre? Io? »

« Noi » mi corregge lei. Adesso parla a bassa voce, ma sento ancora il rumore delle macchine che le passano accanto.

« *Noi?* »

« Ci ho pensato » dice lei, alzando la voce di un'ottava ed entrando in modalità sfogo. « Perché tuo padre può prendere e rifarsi una vita altrove? Perché non posso farlo anch'io? Perché sono bloccata qui a Portland, anche se non volevo neanche venirci? Io ero felice a Roseburg, ma no, tuo padre voleva la grande città di Portland! »

« Anche Santa Monica è una città ».

« Sì, ma a Portland c'è mezzo milione di persone in più, Eden » mi comunica con il suo tono pratico, quello che usa per parlare con i pazienti. « Mi sono documentata ».

« Ma perché? » Sto quasi urlando dall'esasperazione. Per una che odia così tanto papà, non ha senso volersi trasferire vicino a lui. « Se vuoi andare a vivere in un posto nuovo, vieni a Chicago con me fra due anni. Oppure andiamo in Canada. Perché proprio Santa Monica? »

C'è un momento di silenzio. Mentre aspetto con impazienza che risponda, pianto le unghie nella mela. Lei fa un respiro profondo. « Be'... » comincia un po' esitante. « Mentre eri via ho parlato con un po' di persone, e mi sono iscritta a un sito di incontri ».

Questo mi coglie completamente di sorpresa. La mamma che cerca un compagno. Non avrei mai pensato di vedere una cosa del genere, anche perché negli ultimi tre anni non ha fatto altro che ripetermi che gli uomini sono figli del demonio. « Mi stai prendendo in giro? »

« No ». Fa una risatina, ma capisco che è nervosa, forse anche imbarazzata. « Quest'estate mi ha fatto capire che non voglio vivere da sola quando tu andrai al college, e che ho davvero bisogno di rimettere il mio culo divorziato sul mercato. È da un mese che chatto con un tipo davvero simpatico ». Si ferma un secondo, forse per sentire se ho qualcosa da dire, ma io resto in silenzio e lei prosegue. « Si chiama Jack, e indovina dove abita? A Culver City, a un quarto d'ora da te ».

So benissimo dov'è Culver City: è dove io e Tyler siamo finiti alla stazione di polizia. « E quindi vuoi trasferirti qui perché ti senti con uno da un mese? Potrebbe essere un pervertito, mamma ».

« Oddio, Eden, no ». Fa un sospiro e la sento giocherellare con un mazzo di chiavi. Mi chiedo dove sia e cosa stia facendo. « L'idea è più quella di venire, prendere un caffè insieme e vedere come vanno le cose. Chi lo sa? Potrebbe andare benissimo, e tu hai già degli amici lì, iniziare in una scuola nuova sarebbe meno spaventoso. È un buon posto per ricominciare, per tutte e due ».

Meno spaventoso? Andare a scuola con Tiffani, Jake e Tyler? Non riesco a pensare a niente di più ansiogeno. « Non lo so » sussurro mordendomi il labbro. Butto la mela quasi intera nella pattumiera e mi passo una mano tra i capelli. « È un grosso cambiamento ».

« Credo che sarebbe un bene per te » aggiunge lei. « Non dovresti più avere a che fare con quelle ragazze e con i loro genitori snob ».

« Alyssa e Holly » preciso, ma le parole mi escono sussurrate. Cerco di ignorare la stretta allo stomaco e il tuffo al cuore, mi concentro invece sul calore della mamma, che mi arriva attraverso il telefono.

« Le ho incrociate l'altro giorno da Walmart: hai idea di quanto avrei voluto colpirle con il sacchetto di cipolle che avevo in mano? »

Mi metto a ridere. È bello ridacchiare alle sue battute e alla sua capacità di alleggerire anche l'umore più nero. È bello sapere che c'è lei dall'altra parte della linea. « Più o meno ».

« Senti » mi dice lei, poi si ferma per un momento. Si apre una porta. Riconosco il cigolio familiare e fastidioso dei cardini non lubrificati, che ci accoglie in modo così irritante ogni volta che entriamo in casa. « Era solo un'idea. Ne parliamo quando torni, d'accordo? »

Sto per rispondere 'D'accordo', ma prima che possa pronunciarlo sento rimbombare nel telefono il tonfo della porta che sbatte. Subito dopo mi arriva un vago uggiolio.

Le mie sopracciglia scattano in alto. « Era un cane? »

« Maledizione » borbotta la mamma. « Doveva essere una sorpresa ».

30

Venerdì ero ormai stufa marcia di piangermi addosso in attesa del ritorno di Tyler. Avrei voluto vederlo, anche solo per pochi secondi, mentre passava da casa a prendere altri vestiti. Ma non si è fatto vivo per tutta la settimana e non ha mai risposto ai miei messaggi.

Questo mi fa infuriare molto più di quanto avrei creduto. Sapevo che mi sarebbe mancata la sua presenza, ma non avrei mai creduto di provare una tale frustrazione e così tanta rabbia nei suoi confronti. Non aveva alcun motivo di tagliarmi fuori. Quando gli ho chiesto se voleva prendere un caffè al Refinery (da fratellastri, naturalmente) non si è nemmeno degnato di rispondere. E neanche quando gli ho chiesto se stava bene. O se almeno si ricordava quello che è successo lo scorso weekend. Forse Tiffani gli sta col fiato sul collo.

Tiffani, che mi odia con tutto il cuore.

Tiffani, a casa della quale sto per presentarmi senza invito.

Tiffani, che probabilmente quando mi vedrà andrà in combustione spontanea.

«Esci?» mi chiede una voce da sopra la spalla. Mi giro di colpo dalla finestra del soggiorno e incrocio lo sguardo incuriosito di Ella. Osserva il mio abbigliamento, non proprio adatto a poltrire in casa.

«Sono in punizione?» Ho il dubbio di esserlo davvero, ma papà non lo ha mai detto esplicitamente, quindi spero che abbia deciso di sorvolare sullo scorso weekend. E comunque, anche se fossi in punizione, lui non è qui per ricordarmelo.

«No. Dove vai?»

Riporto lo sguardo alla finestra e rimango lì a sbirciare dalle persiane, con gli occhi fissi alla macchina di Rachael, parcheggiata nel suo vialetto. Dovrebbe uscire da un momento all'altro. Piove a dirotto, il cielo proietta un'ombra scura sulla città, devo aguzzare la vista per scorgere qualcosa dietro le gocce che scivolano sul vetro. «Serata cinema con gli amici» rispondo senza voltarmi.

Adesso c'è silenzio, sento che lei si muove verso la porta della stanza, poi si ferma e fa un respiro profondo. «Sai se...» mormora piano. «Sai se ci sarà anche Tyler?»

«Sì» rispondo subito. Lui è un altro motivo per cui ho accettato di andare, stasera. Se l'unico modo per vederlo è presentarmi a casa di quella squilibrata della sua ex ragazza, sono disposta a sopportare quest'ansia che mi sta divorando. Voglio solo assicurarmi che stia bene. Mi volto di nuovo e guardo Ella negli occhi. Ha un'espressione triste. «Ti manca?»

Non credo che lo sappia, perché deve pensarci un attimo. Dopo che Tyler se ne è andato, domenica, lei ha passato tutta la serata a piangere. Una parte di me si chiedeva se piangesse per qualcosa di più della droga. «Sì» dice alla fine, poi torna al centro del soggiorno e si siede sul divano. Prende un cuscino e se lo mette in grembo, stringendolo forte. «La casa è vuota senza di lui. So che sembra assurdo, perché comunque non c'era quasi mai, solo che c'è qualcosa di strano».

Capisco che cosa intende. Si riferisce al silenzio, al cibo vegetariano intatto nel frigo, alla sedia vuota a colazione, al fatto che suo figlio non rientra più a casa nel cuore della notte, incespicando.

«Sì, capisco».

«Sono preoccupata per lui» ammette. Mi piace la sua sincerità, apprezzo il fatto che sia stata sempre onesta con me. Non è affatto male come matrigna, malgrado la mia prima impressione la sera del barbecue, quando mi ha portato in giro per il giardino mettendomi in mostra e presentandomi a tutti i vicini. Mi era sembrata insopportabile, invadente. Solo adesso mi viene il dubbio che fosse una costrizione anche per lei, un tentativo di mostrarsi forte e spavalda, la stessa facciata costruita da suo figlio per far credere agli altri di star bene... ma nessuno dei due sta bene.

È come se nelle ultime settimane fossi stata cieca. Adesso è tutto così ovvio, vorrei esserci arrivata prima. Avrei dovuto comprendere Tyler molto tempo fa, avrei dovuto cercare di capire meglio la sua aggressività verso suo padre. Lo stesso vale per Ella. Ero così decisa a disprezzarla fin dall'inizio che non avevo capito niente di lei. Ora invece sto cominciando ad apprezzarla, nella sua vulnerabilità. Ora la capisco.

Sto rischiando di mettermi a piangere, quindi mi giro verso la finestra e sbatto le palpebre per ricacciare indietro le lacrime prima che Ella se ne accorga, ma è troppo tardi, credo. Rachael non è ancora uscita di casa, così abbasso lo sguardo e ingoio il groppo che ho in gola. « Tyler mi ha raccontato di suo padre » dico piano.

Sento Ella inspirare forte e ho quasi paura di voltarmi, nel timore che aver tirato fuori l'argomento l'abbia fatta infuriare, ma siamo sole in casa e mi sembrava il momento giusto per parlarne. Papà ha portato Jamie a un controllo per il polso e Chase è andato con loro. E Tyler... be', lui non c'è.

« Te l'ha detto? »

Trovo il coraggio di guardarla: ha gli occhi spalancati, la fronte corrugata e le labbra semiaperte. Mi avvicino al divano e mi siedo accanto a lei. Mi guarda stupita. « Durante il weekend » rispondo. Parlo lentamente per non lasciarmi sfuggire, per esempio, che ho finito anche per andare a letto con Tyler. « Mi ha raccontato tutto ».

« Davvero lo ha fatto? » Sembra sempre più sbalordita. Quando annuisco, si stringe il cuscino al petto e distoglie lo sguardo. « Non ci posso credere. Non ne parla mai. Io... » Si interrompe e scuote la testa, ancora un po' sconvolta. « Voglio solo che stia bene. Nient'altro ». La sua voce è soffocata e fragile, passa lo sguardo da me al muro. « Non mi interessa che abbia una media perfetta, una stanza ordinata o che mi aiuti nelle faccende domestiche, voglio solo che stia bene, ma non è così ».

Sentire le sue parole mi fa di nuovo venire il magone, non riesco neanche a rispondere. Se apro bocca mi si spezzerà la voce, e se mi si spezza la voce arriveranno le lacrime. Quindi resto seduta, trattengo il fiato e mi mordo forte il labbro, perché non voglio assolutamente che mi veda piangere.

« Ho parlato con alcune persone sulla costa orientale... » riprende lei. Per fortuna questo mi permette di restare in silenzio e ascoltare quello che ha da dire. « Organizzano eventi di sensibilizzazione su... » Fa un respiro profondo e ricomincia. « Su vari tipi di abusi ». Volta la testa dall'altra parte e si ricompone prima di tornare a guardarmi. « Gli organizzatori vorrebbero che Tyler facesse un intervento ».

« Un intervento? »

Lei annuisce. « Vogliono che parli della violenza fisica. Hanno altri adolescenti che parleranno di abusi sessuali, violenza psicologica... Vogliono che racconti la sua storia e che continui a ripeterla per un anno intero. Non credo che sarà in grado di farlo, perché odia parlare del suo passato. Per questo sono così stupita che te lo abbia raccontato ».

Mi prendo un minuto per metabolizzare questa informazione, mentre la pioggia continua a battere sui vetri. La settimana scorsa è stato così difficile per Tyler raccontarmi la verità, non riesco a immaginare quanta fatica potrebbe fare a raccontarla a degli estranei. Allo stesso tempo, però, potrebbe conoscere altre persone con esperienze simili alle sue, e potrebbe essergli utile. « Potrebbe fargli bene... sai, parlarne ».

« È una grossa opportunità » aggiunge Ella, con gli occhi fissi sul pavimento, come se stesse ancora valutando i pro e i contro. « Prima però dovrebbe rimettersi in sesto ». Questo è uno dei pro. Potrebbe essere la spinta che gli serve per rimettersi in carreggiata e lasciar perdere le distrazioni, liberarsi dalla dipendenza da alcol e droghe. « E dovrebbe trasferirsi a New York per un anno, a partire dalla prossima estate ». Questo è un contro. Un enorme contro.

Cerco il suo sguardo, ma è ancora puntato per terra. « È a questo che si riferiva papà la settimana scorsa, quando ha parlato di New York? »

Un altro cenno di assenso. « Non l'ho ancora detto a Tyler. Non mi sembra il momento ». Mi guarda di sbieco, con un sorriso che non arriva agli occhi. Ho sempre trovato strano quando le persone sorridono pur essendo tristi. Non esiste un 'sorriso triste'. Semmai un 'sorriso coraggioso'.

« Sei proprio una brava madre » le dico, perché è l'unica cosa che mi viene in mente. La osservavo lambiccarsi il cervello sulla situazione di Tyler e mi è venuta fuori così. Lei vuole solo il meglio per lui, e a volte non è abbastanza. Però ci prova.

Ella apre la bocca, stupita. Forse sta per dire qualcosa, ma viene interrotta dal clacson di una macchina, che suona tre volte.

« Deve essere Rachael » dico alzandomi. Spiano le grinze dei jeans e le faccio un sorriso, perché mi sembra che, in qualche modo, negli ultimi dieci minuti ci siamo avvicinate. Per la prima volta la vedo davvero come la mia matrigna. « Ci vediamo quando torno ».

Gli angoli della sua bocca si sollevano per ricambiare il mio sorriso. Questa volta non è un sorriso coraggioso, è un sorriso sincero.

Rachael ha fatto manovra e sta sgasando furiosamente davanti a casa mia. Mentre mi avvicino tira giù il finestrino e mi grida: « Dovevi farti trovare già fuori quando uscivo! Stiamo sprecando tempo prezioso! »

Spalanco la portiera e salgo a bordo. Ho appena il tempo di allacciarmi la cintura e stiamo già sfrecciando sulla strada. Il sedile è bagnato di pioggia. « Stavo parlando con Ella » le dico, ma non voglio lasciarle il tempo di chiedermi di cosa, quindi aggiungo in fretta: « Allora, qual è il piano? »

« Non essere curiosa » mi ordina lei, staccando una mano dal volante e agitandomi contro l'indice. Io rido. Sono la curiosità fatta persona. « Tu non devi fare niente, rischieresti di rovinare tutto, quindi lascia parlare me ».

Alzo gli occhi al cielo e mi sistemo il sedile, spingendolo all'indietro per avere più spazio, poi mi accascio e faccio un sospiro. « Da dove viene tutta questa pioggia? »

« È l'acquazzone annuale di Santa Monica! » esclama lei con falso entusiasmo. Me ne aveva parlato Dean un paio di settimane fa: il temporale che ogni anno, senza eccezioni, si abbatte sulla città. Immagino che avesse ragione.

« Mi sembra di stare a Portland » borbotto, picchiettando le nocche sul finestrino nel tentativo di distrarmi. Sono nervosa. Ma non posso farlo capire a Rachael. Si chiederebbe il perché e non potrei mai confessarle che sono nel panico assoluto all'idea che Tiffani vada fuori di testa al solo vedermi davanti alla sua porta.

Quindi mi comporto nel modo più normale possibile per i cinque minuti del tragitto. Mando un messaggio ad Amelia, frugo fra i cd ammucchiati nel vano portaoggetti, regolo il riscaldamento e naturalmente ascolto Rachael. Sta di nuovo parlando di Trevor: è felice perché lui ha cominciato ad aggiungere dei cuori alla fine dei loro messaggi. Mi dice, arrossendo, che all'improvviso è diventato dolcissimo.

Quando arriviamo vicino a casa di Tiffani il nervosismo mi è quasi passato, soppiantato dal disperato desiderio di non sentir più parlare di Rachael e Trevor. Preferisco buttarmi fra le braccia di Tiffani piuttosto che sapere quanto sono splendide le spalle di Trevor.

Non appena accostiamo, però, torno al mio stato precedente. La macchina di Tyler è nel vialetto, accanto a quella di Tiffani, e all'improvviso sono di nuovo terrorizzata. Dovrò affrontarli entrambi nello stesso momento e sono sicura che lei mi salterà alla gola. Non ho idea di che cosa mi dirà Tyler, sempre che decida di rivolgermi la parola.

Mi rilasso un pochino quando vedo le auto di Dean e Jake. Più siamo meglio è. Se riesco a superare la soglia, almeno la loro presenza renderà tutto meno terrificante. In questo momento mi sembra preferibile perfino la compagnia di Jake.

« Ricordati di lasciar parlare me » mi ammonisce Rachael, prendendo la borsa dal sedile dietro. Può stare più che tranquilla: francamente non ho alcuna intenzione di parlare.

Chiudiamo la macchina e corriamo sul prato fino all'ingresso. Rachael spalanca la porta ed entra. Non bussa mai, non mi ci sono ancora abituata. Quindi non solo mi sento un'ospite sgradita, ma anche molto maleducata. Comunque seguo Rachael all'interno e vengo investita da una zaffata di popcorn.

Sulla sinistra dell'open space ci sono Jake e Dean, stravaccati sui divani a L che corrono lungo le pareti. Meghan non viene stasera, è ancora in punizione per lo scorso weekend, ma Dean quando ci vede raddrizza la schiena e ci rivolge un sorriso e un cenno della testa. A parte questo, sembrano entrambi annoiati e a disagio. Jake sta facendo zapping e sospira a ogni cambio. Di solito il venerdì andiamo alle feste, non facciamo una serata cinema.

Sento una risata alla mia destra e sposto subito lo sguardo, che cade su Tiffani. Sta tirando fuori dal forno a microonde una ciotola di popcorn. Si scotta le dita e la fa cadere sul ripiano, ridendo come se nulla fosse. Sembra proprio normale, non disperata. Ma è logico, perché Tyler è accanto a lei. Sospira davanti al suo ridicolo tentativo di preparare qualcosa da mangiare. Cerca di ridere, ma le sue labbra riescono solo a stirarsi in un altro sorriso falso, dagli occhi tristi.

Mi chiedo cosa stia pensando, che progetti abbia. In questo momento è bloccato a casa di Tiffani, convinto di una cosa che potrebbe non essere vera e che Rachael ha deciso di smentire. Cosa gli starà passando per la testa? Hanno deciso di tornare insieme? Se lo facessero sarebbe tremendo. Tyler era appena riuscito a liberarsi di lei e non sopporterei di vederlo di nuovo invischiato in quella palude.

Quei due in cucina sono così distratti da non essersi neanche accorti che io e Rachael siamo entrate in casa. Unisco le mani e intreccio le dita, nervosa, mentre mi dirigo in soggiorno. Cerco di forzare un sorriso, ma riesco solo a peggiorare il mio cipiglio.

Dean deve essersene accorto. Si tira su e mi sussurra: « È piuttosto imbarazzante ». La maglietta blu contrasta col marrone dei suoi occhi. Mi fa un cenno verso la coppia in cucina. Tiffani, sbattendo le ciglia, sta passando una mano tra i capelli di Tyler. « Si sono lasciati, ma... »

'Non dirlo a me' penso. Siamo tutti molto confusi. Si sono lasciati davvero? Adesso sono solo amici? Sono già tornati insieme? Cosa diavolo sono, oltre che chiaramente incompatibili?

Rachael è ancora davanti alla porta d'ingresso. Li fissa con aria incredula. Si volta per guardare me e Dean, punta un pollice verso Tiffani e mima le parole: « Che succede qui? » Ormai ho capito che Rachael è contraria alla storia fra Tyler e Tiffani.

Io e Dean alziamo le spalle, anche se io, personalmente, vorrei staccare l'intonaco dai muri, spaccare la tv o dare fuoco ai divani. Vorrei sfogare la rabbia che mi brucia dentro, anche se non riesco neanche a capire con chi ce l'ho. In parte con me stessa, per essermi cacciata in questa situazione mettendomi fra il mio fratellastro e la sua ex ragazza, o attuale ragazza. Non lo so più.

« Rachael! » La voce di Tiffani attraversa la stanza e anche io e Dean ci giriamo. Ha la ciotola di popcorn fra le braccia e sorride, ma non per molto. Il suo sguardo si sposta su di me e subito il buonumore vacilla. « Eden? »

« Ce ne hai messo ad accorgerti di noi! » scherza Rachael, avvicinandosi alla scala.

Tiffani mi sta ancora lanciando saette con gli occhi. « Scusa » dice a Rachael, senza smettere di fissarmi. Sento che mi sta trapassando e cerco di abbassare lo sguardo, ma non ci riesco perché è incollato alla persona accanto a lei.

E lui sta guardando me.

Tyler ha le labbra socchiuse. Si sta mordendo l'interno della guancia, con la testa inclinata. È più pallido del solito e ha gli occhi più infossati, che gli danno un aspetto quasi inanimato, come se non avesse dormito per giorni e rischiasse di svenire da un momento all'altro.

Rachael si schiarisce la voce, dalla sua posizione vicino alla scala. « Tiff, possiamo parlarti un secondo? »

« Certo » risponde lei in tono tagliente, poi si scosta i capelli di scatto e sbatte la ciotola sul ripiano.

Mentre Tiffani raggiunge Rachael percepisco lo sguardo di Dean dietro di me, sento la partita di football che Jake sta guardando alla tv e vedo Tyler che si sposta in soggiorno. Ha una maglietta e un paio di pantaloni della tuta: sembra essere a casa, e questo mi mette a disagio. Tiffani si precipita su per le scale e Rachael mi fa cenno di seguirle. Io ubbidisco, perché per quanto Tiffani mi faccia paura, ho bisogno di sapere se sta mentendo. Mentre inizio a salire, però, Tyler mi afferra per il gomito.

Mi dà uno strattone all'indietro e mi avvicina le labbra all'orecchio, poi sibila: « Che ci fai tu qui? »

« Potrei chiederti la stessa cosa » sussurro. Gli spingo via la mano e lo guardo con una rabbia che si trasforma ben presto in delusione. Vedo passare qualcosa tra le mutevoli sfumature dei suoi occhi, ma prima che possa coglierne il significato lui si è già voltato per andare da Dean e Jake.

Indugio per un momento. Penso di richiamarlo e dirgli che Ella sente la sua mancanza, che c'è un'occasione perfetta che lo attende a New York e che non è obbligato a stare qui con Tiffani. Ma Rachael grida il mio nome dalla cima delle scale e non ho altra scelta che andare di sopra e lasciar andare Tyler.

In fondo alla mia mente c'è un unico pensiero: 'Non potremo mai stare insieme'.

Di sopra, Tiffani è in piedi davanti alla porta della sua camera, con le braccia incrociate. All'inizio sembra che voglia bloccarci l'entrata, ma poi capisco che sta aspettando che ci sbrighiamo a passare, così Rachael ci fa strada.

Mi accorgo subito che la stanza è cambiata rispetto all'ultima volta che sono stata qui. Ci sono vestiti sparsi per tutto il pavimento. Vestiti di Tyler.

Anche Rachael lo nota e naturalmente non si trattiene dal fare commenti. « Tua madre lo lascia davvero stare qui? » Scosta un paio di jeans con un calcio.

«Sì» scatta Tiffani. A questo punto è chiaramente scocciata, non solo perché io sono nella sua stanza, ma anche perché la stiamo tenendo lontana da Tyler. «Allora, cosa c'è?»

Passa lo sguardo da una all'altra, in attesa di una risposta. Io guardo Rachael e Rachael guarda lei. Non ho alcuna intenzione di aprire bocca. Se lo facessi, come dice Rachael, combinerei solo disastri. Quindi resto ad aspettare che metta in atto il suo piano geniale, sempre più ansiosa di scoprire la verità.

«Non proverò neanche a giocare d'astuzia, quindi te lo chiederò in maniera diretta» dice Rachael, mentre l'atmosfera nella stanza si fa pesante. Siamo tutte in attesa della sua domanda. Io la conosco già. Con la borsa sul braccio, Rachael batte il piede a terra con impazienza, senza staccare gli occhi da Tiffani. «Sei incinta?»

Io la guardo con gli occhi sgranati. Tutto qui? È questo il piano geniale? Diciamo che almeno ha l'effetto di prendere Tiffani di sorpresa e spaventarla. È così sconvolta da questa domanda improvvisa che rimane lì a fissare Rachael, con gli occhi blu spalancati e le labbra socchiuse. Poi sposta lo sguardo su di me.

È uno sguardo gelido. Digrigna i denti, invasa da un'ondata di rabbia. Sa che sono stata io a dirlo a Rachael. Sono l'unica che può averlo fatto. Ci mette un po' a rispondere, mentre la pioggia sferza la finestra. Il cielo è di un grigio cupo. «S-sì» riesce a balbettare.

Io inarco le sopracciglia e scambio un'occhiata con Rachael, che annuisce e riporta lo sguardo su Tiffani.

«Okay» dice, infilando una mano nella borsa e cominciando a frugarci dentro. «Quindi non dovresti avere problemi a fare un paio di questi, vero?» Appena pronunciate queste parole, Rachael tira fuori due test di gravidanza e li agita in aria con un'espressione tesa.

Basta la vista delle due scatole a gettare Tiffani nel panico. Resta lì a fissarle, sbattendo le palpebre, mentre gli angoli della sua bocca tremolano alla ricerca spasmodica di qualcosa da dire. Vedo che si pianta le unghie nei palmi delle mani. «Nessun problema» squittisce alla fine, ma la sua voce è così titubante che il problema diventa ovvio.

«Noi aspettiamo qui» dichiara Rachael con un sorriso tirato. Passa le scatole nelle mani tremanti di Tiffani.

Lei esamina i test, fa un timido cenno con la testa a Rachael e poi si trascina verso il bagno. Cammina lentamente, controvoglia, ha il respiro rapido e irregolare. Quando arriva alla porta, ci appoggia una mano e si ferma. Poi si gira in fretta, con le guance arrossate e rigate di lacrime. « Va bene! Non è vero! » ci grida, poi scoppia in lacrime.

Rachael mi fa un sorriso trionfante, ma io non provo la minima gioia. Mi sento come anestetizzata. Tiffani ha davvero mentito. Mi viene il vomito a pensare che abbia dovuto ricorrere a un mezzuccio così patetico, e mi preoccupa ancora di più il pensiero che volesse ingannare Tyler. Per quanto tempo? Cosa aveva intenzione di fare? Fingere un aborto spontaneo sperando che poi sarebbero vissuti felici e contenti?

« Ti sei bevuta il cervello, Tiffani? » sbotta Rachael. Sto pensando esattamente la stessa cosa. Devi essere una persona veramente orribile e disperata per fare una cosa del genere.

Tiffani singhiozza e tira su col naso, lo sfogo è coperto dalla pioggia che bombarda i vetri. All'improvviso i rumori mi sembrano fortissimi. Riesco a pensare soltanto a Tyler.

Lui è al piano di sotto, del tutto ignaro della verità, ancora convinto di aver fatto un enorme sbaglio. Non è assolutamente giusto nei suoi confronti. Si starà tormentando per questa situazione, chiedendosi come fare a dare la notizia a Ella e cosa succederà con Tiffani. Adesso però non ha più ragione di rimanere con lei, perché non c'è più niente che li leghi.

« Lo dico a Tyler » balbetto, con il cuore che mi martella nel petto. Devo dirglielo prima possibile, non mi fido abbastanza di Tiffani per lasciare che sia lei a mettere fine al suo inganno, quindi spalanco la porta della camera. « Deve saperlo ».

« No! » urla Tiffani, ma io marcio in corridoio prima che possa fermarmi. Sono troppo furiosa per preoccuparmi di lei. È vero, conosce il nostro segreto, ma in questo momento non riesco a pensare ad altro che a Tyler: deve sapere la verità su di lei.

Scendo le scale di corsa e lo vedo sdraiato sul divano con Jake e Dean, a guardare in tv una partita di football a cui non presto attenzione.

« Tyler, ti devo parlare » dico in tono secco, a voce alta, per attirare la sua attenzione. « Subito. In cucina ». Lo dico tutto d'un fiato: mi esce un tono brusco, ma Tyler riconosce la tensione nella mia voce e capisce al volo che c'è qualcosa di grave.

Si alza mentre Dean inarca un sopracciglio, incuriosito, ma io mi sposto dalla parte opposta della cucina in modo che né lui né Jake ci possano sentire. Tyler cammina sulla moquette, con espressione confusa. Si ferma proprio di fronte a me e io lancio una rapida occhiata dietro la sua spalla, per assicurarmi che Dean non ci stia più guardando. È così.

« Tiffani non è incinta » sibilo, con voce soffocata, ma agitatissima. « Sta fingendo, per farti tornare con lei ».

Lui fa subito un passo indietro, sbattendo gli occhi, a bocca aperta. « Che cosa? »

« Lo ha appena ammesso davanti a noi! »

Per un lunghissimo minuto lui resta a fissare il muro. L'espressione dei suoi occhi sta cambiando, il suo respiro rallenta. Io aspetto. Aspetto di interpretare il suo sguardo. Aspetto ancora. Lui serra la mascella, stringe le mani a pugno e indurisce il viso: è decisamente infuriato. Sembra che si stia trattenendo per non dare un cazzotto nel muro, così gli metto una mano sul braccio per cercare di calmarlo, ma la tolgo appena sento dei passi sulle scale.

Tiffani si sta precipitando giù, in lacrime. Sbircia in soggiorno. Jake e Dean la guardano a bocca aperta, il suo pianto li ha distolti dalla partita. Lei si volta in fretta verso la cucina e incrocia lo sguardo di Tyler.

Probabilmente vede la collera nella sua espressione, perché piange ancora più forte e si fionda verso di noi attraverso la stanza, con gli occhi gonfi. « Tesoro, ti prego, mi dispiace » cerca di dire, ma riesce solo a emettere suoni soffocati e incomprensibili. « Mi dispiace così tanto! »

Cerca di allungare una mano verso di lui, ma lui si scosta subito e grida: « Sei una psicopatica! » Urla così forte che tutti gli altri ammutoliscono.

Rachael è in piedi in fondo alla scala, con gli occhi fissi sulla scena. Dean e Jake hanno messo in pausa la tv e hanno raddrizzato la schiena per vedere meglio.

« Ti odio! » urla Tiffani, ma quando la guardo capisco che non si sta rivolgendo a Tyler. È con me che parla. È inferocita, e scommetto di sapere cosa le sta passando per la testa in questo momento. 'Ci siamo' penso. 'Svelerà il nostro segreto: adesso ha tutte le ragioni per farlo'.

Socchiudo gli occhi e aspetto che succeda, aspetto di sentire la sua voce che grida la verità e i borbottii increduli degli altri, ma nessuno dice niente. Quando le lancio un'occhiata di sottecchi, vedo che ha le labbra strette e che non ha smesso di fissarmi. Poi, per una frazione di secondo, giurerei che mi abbia abbozzato un sorriso.

A questo punto mi rendo conto che non lo dirà. Non ora, almeno. Per qualche motivo ha intenzione di mantenere il nostro segreto ancora per un po'.

E questo mi terrorizza.

Scoppia di nuovo in lacrime e si nasconde il viso fra le mani, poi ci volta le spalle e torna verso la scala, spingendo da parte Rachael.

Tyler è ancora furente, sbatte la mano aperta sul ripiano della cucina e si preme la base del naso fra il pollice e l'indice. Espira lentamente, con gli occhi chiusi. «Io me ne vado» sussurra quando li riapre. «Non ci rimango, qui. È pazza».

Sento una porta che sbatte al piano di sopra. Noi cinque ci scambiamo delle occhiate, incerti sul da farsi. Tyler invece sa benissimo cosa fare. Attraversa la cucina e prende le chiavi della macchina dal ripiano, tendendo i muscoli, e senza un'altra parola si precipita alla porta d'ingresso e la spalanca. La pioggia entra in casa e gocciola sulla moquette, poi lui supera la soglia e scompare, sbattendosi la porta alle spalle.

Silenzio. Tyler è corso fuori, Tiffani è di sopra con una crisi di nervi e noi siamo ancora qui seduti in casa sua, a cercare di capire cosa sia successo.

«Quindi immagino che non stiano più insieme?» dice Jake con una risatina.

Dall'altra parte della stanza, Rachael mi fissa con aria scettica, le sopracciglia inarcate. Non credo che si aspettasse la mia reazione, e tantomeno la mia intromissione. Continua a spostare il peso da un piede all'altro, su e giù dal gradino, pensierosa, come se stesse cercando di decidere se andare di sopra a controllare Tiffani.

Nel rumore del diluvio sento il rombo del motore di Tyler che si avvia e sgasa sul vialetto. Mi torna in mente la conversazione con Ella, cerco di ricordare in fretta tutto quello che mi ha detto su New York. Forse non so dove pensa di andare Tyler, ma so bene dove dovrebbe andare. A casa.

Mi stringo la felpa intorno al corpo e mi preparo a correre. Alzo il cappuccio e schizzo verso l'ingresso, pregando di raggiungere Tyler prima che parta. Apro la porta senza una parola. La pioggia mi sferza il viso, gelida. Sento la voce di Rachael alle mie spalle, che mi chiede ad alta voce dove diavolo sto andando, ma sono troppo concentrata sulla macchina di Tyler per prestarle attenzione.

Aggrappata al cappuccio, corro sul sentiero acciottolato e mi fermo accanto alla macchina, dal lato del guidatore. I finestrini sono oscurati e la pioggia è così forte che riesco a malapena a vederlo. Picchio le nocche sul vetro, stringendo gli occhi, mentre le gocce di pioggia mi rotolano sul viso. È come una mattina di ottobre a Portland, solo che la pioggia è più violenta.

Tyler abbassa leggermente il finestrino e grida: «Sali!»

Io giro di corsa davanti alla macchina e salgo in fretta al posto del passeggero, sbattendo la portiera. Faccio un sospiro. Sono rimasta all'aperto solo per una ventina di secondi, ma sono completamente fradicia. Mi tiro giù il cappuccio, mi soffio via dal viso qualche ciocca umida e poi mi volto verso Tyler.

Ha i capelli umidi e arruffati, la mascella serrata. Parte. «Sei pronta?»

«No, Tyler». Scuoto la testa. Qui il rumore della pioggia è più forte, il ticchettio sulla carrozzeria mi trapana i timpani. «Io torno dentro».

Lui mi guarda con una smorfia, come se fossi impazzita. «E allora perché sei uscita?»

«Perché» ansimo, passandomi il dorso della mano sul viso, «prima devo parlarti, quindi ascoltami. Prima di tutto: per favore, non tornare mai più da Tiffani».

Lui fa una specie di grugnito, stringendo più forte le mani sul volante. «Fanculo Tiffani. È incredibile».

Io guardo i rivoletti d'acqua che scivolano giù sul parabrezza, e per un momento lo trovo quasi rilassante. Gli lancio un'occhiata, ma lui ha gli occhi puntati sul volante. «Tyler» dico piano, cercando con tutte le mie forze di attirare il suo sguardo. Lentamente, i suoi occhi si spostano su di me. Ha le guance un po' arrossate, in contrasto con le labbra pallide. «Ti prego, vai a casa e parla con tua madre. In questo momento è lì da sola e ti accoglierà, credimi. Deve dirti una cosa davvero molto importante».

Lui digrigna i denti e si volta, come per guardare il prato dal suo finestrino, che però è offuscato dalla pioggia. «Là non sono più il benvenuto» ribatte.

«Parlo sul serio». Mi sposto per guardarlo bene in faccia, per vedere i suoi occhi. Sono ardenti ma, in qualche modo, anche calmi. Riesco quasi a vedere i meccanismi della sua mente che girano mentre ascolta quello che ho da dire. « Fa' come ti dico, Tyler. Vai a casa e chiedile di New York ».

Lui aggrotta le sopracciglia e mi lancia un'occhiata di sbieco. « New York? »

Io espiro e ripeto, dolcemente: « Parla con tua madre, Tyler ».

« Okay ». Sospira e si passa una mano tra i capelli umidi. Vorrei così tanto baciarlo.

Vorrei salirgli in braccio come ho fatto qualche settimana fa, al molo, vorrei fiondarmi sulle sue labbra come ho fatto la prima volta, in camera sua, prima di andare alla festa di compleanno di Meghan, e vorrei sentire le sue mani sul mio corpo come sabato scorso.

Vorrei tutto questo, ma non riesco a decidermi.

Qualcosa, in un angolo della mia mente, continua a ripetermi che non ha senso. Solo perché Tyler e Tiffani chiaramente non torneranno insieme, non significa che io e Tyler possiamo avere una relazione. Non possiamo. Non esiste una soluzione che ci permetterebbe di stare insieme, e questo mi fa soffrire più di qualunque altra cosa. Più dell'abbandono di papà. Più dei commenti crudeli di Alyssa e Holly.

Non è solo doloroso, è lancinante.

Negli ultimi giorni non ho pensato ad altro. Ho pensato che il mese prossimo tornerò a casa. Che i nostri genitori ci ucciderebbero, se dovessero mai scoprire che cosa stiamo facendo. Ho pensato al fatto che è una cosa sbagliata, ed è impossibile convincermi del contrario.

Io vorrei stare con Tyler, davvero. Più di qualunque altra cosa. Più di quanto desidero entrare all'Università di Chicago, più di quanto vorrei essere magrissima. Farei qualunque cosa per renderlo possibile, ma non succederà mai, quindi non ha senso sprecare il nostro tempo.

Tyler si accorge del mio sguardo. « Cosa c'è? »

« Ucciderei per poterti baciare ogni giorno » confesso, a bassa voce. Non voglio assolutamente crollare. So che chiuderla qui è la cosa più giusta da fare, per tutti e due. Continuare sarebbe troppo difficile. Troppo complicato. Troppo sbagliato.

« Ma puoi » mi risponde lui quasi sussurrando. Si volta verso di me e mi guarda con delicatezza, come se solo stringendo gli occhi potesse spezzarmi in due. « Ogni giorno. A me non dispiacerebbe ».

« Neanche a me » mormoro. Mi si secca la gola mentre cerco il coraggio di farla finita, di sputare il rospo subito, nella speranza che faccia meno male. « Ed è questo il problema, Tyler. *A noi* non dispiacerebbe, ma a tutti gli altri? »

Gli ci vuole un momento per metabolizzare le mie parole e la sofferenza nel mio sguardo, per capire quello che sto cercando di dirgli. Quando ci arriva, colgo un lampo di dolore nei suoi occhi. Deve distogliere lo sguardo mentre deglutisce. Quando si volta di nuovo verso di me ha le sopracciglia aggrottate e una rete di rughe agli angoli degli occhi. « Per gli altri possiamo trovare un modo » tenta di dire, in un bisbiglio. Deve fare una pausa e schiarirsi la voce. « Troveremo una soluzione. Capiranno. Magari non subito, ma poi capiranno. Davvero, ce la caveremo. Noi... noi ce la faremo ». Gesticola mentre parla e snocciola una lista infinita di rassicurazioni, che però sono tutte inutili.

« Tyler ». Lui trattiene il respiro affannoso per ascoltarmi. Adesso sento la pressione delle lacrime imminenti, perché so esattamente cosa sto per dirgli. Ho paura che sentirlo dalla mia stessa voce lo renderà ancora più reale. « Noi non possiamo stare insieme ».

Adesso sembra vero. *È* vero.

Tyler stringe i denti per fermare il tremito delle labbra, scuote lentamente la testa e chiude gli occhi. Resta seduto lì per un po', senza fare niente, cercando di tenere duro. Intanto le lacrime mi rigano le guance, devo tamponarmele per asciugarle. Piangere fa sempre sembrare le cose peggiori di quanto non siano.

Ma questa è la decisione più difficile e sofferta che io abbia mai preso, quindi ho il diritto di piangere. Ho il diritto di guardare le labbra tremanti di Tyler attraverso il velo delle lacrime e ho il diritto di sentirmi morire dentro. Ne ho il diritto perché è proprio così che mi sento. Il mio corpo è diventato insensibile. Una morsa mi stringe il petto e il cuore.

Alla fine Tyler riapre gli occhi. Il riflesso di smeraldo è sbiadito, ha le pupille dilatate dal dolore. Inspira forte ed espira piano. Si porta una mano tra i capelli e tira le punte. « Non hai detto questo » bisbiglia debolmente.

La sua reazione mi fa solo piangere di più. Le lacrime continuano a sgorgarmi dagli occhi, così copiose che non riesco a fermarle. « Non possiamo farlo » gracchio. Parlare sta cominciando a fare male.

« Non farmi questo, Eden, ti prego » mi implora lui all'improvviso, in fretta e in tono roco. Gli si spezza la voce. Gira la testa di scatto verso il finestrino e respira contro il vetro, che si appanna. « Siamo arrivati fin qui, non puoi mollare adesso ».

« Dobbiamo farlo ». Ormai non mi importa più di balbettare. Le parole mi escono dalla gola a brandelli, frammentate, non riesco a riprendere il controllo. Vorrei essere abbastanza forte per fare la cosa giusta, ma non è così. Sono debole.

All'improvviso lui si volta, una nuova urgenza nella voce e nei gesti. « Dimmi cosa vuoi che faccia, e lo farò. Farò in modo che funzioni ». Con una mano stringe il volante e con l'altra mi sfiora il ginocchio.

Abbasso gli occhi al tocco delle sue dita sui jeans. Resto a guardare la sua mano, sforzandomi di ingoiare la bile. Non rialzo lo sguardo. « Non rendere tutto più difficile ».

« Io ho bisogno di stare con te » sussurra lui. Le sue dita si spostano dal mio ginocchio alla mia mano. La afferra e mi preme il pollice con il suo, per impedirmi di divincolarmi. Intreccia le dita con le mie. Non ho altra scelta che alzare gli occhi e incontrare i suoi, pieni di lacrime. Non l'ho mai visto così... devastato. « Non lo capisci? Tu non sei la mia distrazione. Questo sono io, Eden. Questo. Qui, adesso. Mi hai incasinato di brutto, ma non me ne importa perché io sono così: un casino. E quello che amo di te è che con te posso essere un casino, perché mi fido. Sei l'unica che mi ha voluto bene abbastanza da provare a capirmi davvero. Io voglio essere il tuo casino ».

« Io ti vorrò sempre bene » riesco a rispondere, con la voce rotta dal pianto. « Ma come sorellastra ».

« Eden » insiste lui, stringendomi la mano ancora più forte, come se l'idea di lasciarmi andare lo terrorizzasse. « E lo scorso weekend? Noi... Non conta niente per te? Tutta questa estate non ha contato un cazzo? »

« Non è così » dico guardando le nostre mani, il modo in cui si adattano perfettamente l'una all'altra. Mi si annoda lo stomaco. « Abbiamo imparato molto ».

« Non è giusto! » urla lui, sbattendo l'altra mano contro il volante. Lo stringe così forte da farsi sbiancare le nocche. « Io ti ho detto tutto di me. Mi sono aperto come con nessun altro. Ho lasciato Tiffani, e adesso lei probabilmente starà già pensando a come rovinarmi la vita ancora di più, ma non mi importava, perché credevo che ne valesse la pena. Credevo che ne valesse la pena perché pensavo a te. Eri tu la mia priorità. Sai qual è stato il mio unico pensiero mentre uscivo da quella casa? 'Finalmente posso stare con Eden' ». Poi resta in silenzio per un momento, strofinandosi gli occhi. Espira. Il suo petto si alza e si abbassa rapidamente. Lascia la presa sulla mia mano e afferra il volante, fissando la pioggia che scivola giù dal parabrezza. « Invece tu vieni a dirmi che non vuoi ».

« Credi davvero che voglia questo? No di certo, Tyler, lo faccio solo perché è la cosa migliore per entrambi ». Cerco di obbligarlo a guardarmi in faccia, ma lui rimane a fissare il vialetto di Tiffani e la pioggia battente. « Non voglio vederti soffrire ancora di più, se dovesse andare male. Cosa faresti se i nostri genitori lo scoprissero e ci ostacolassero? Non è il momento giusto, non siamo in grado di gestire la cosa. Tu devi riprendere in mano la tua vita adesso: devi andare a New York, e non hai bisogno di altre complicazioni ».

« Cosa cazzo c'è a New York? » grida lui esasperato, tornando a guardarmi con ferocia. « Perché non me lo dici? »

« Perché è giusto che lo faccia tua madre » rispondo, singhiozzando. Tiro su col naso e cerco di riprendere fiato, di respirare più lentamente e di recuperare il controllo. Non ci riesco molto bene. « Qualunque cosa ci sia fra di noi, d'ora in poi dobbiamo ignorarla. Dobbiamo fermarci prima che diventi troppo importante ».

Lui scuote la testa, strizzando gli occhi. La pioggia picchia ancora sui vetri, pesante e inesorabile. « Se è davvero questo che vuoi » sussurra alla fine, a voce bassissima, « se vuoi davvero che ignoriamo tutto... Allora immagino che dovrò farlo ». So che odia tutto questo almeno quanto me.

Tiro un sospiro profondo. Vorrei che fosse un incubo. Vorrei risvegliarmi a Portland e vorrei che la mamma mi dicesse che non ho mai messo piede a Santa Monica e non ho un fratellastro di nome Tyler. Non voglio che tutto questo sia reale. Fa troppo male per essere reale.

Quando riapre gli occhi, si volta verso di me e rimane a guardarmi. Non sopporto quello sguardo inondato di emozioni e di dolore, ma non riesco a staccarmene. Il suo respiro è più forte della pioggia e accelera mentre si china verso di me. So esattamente che cosa sta pensando: anch'io voglio baciarlo e lo faccio, perché è l'ultima volta.

Mi inginocchio sul sedile e mi avvicino a lui, prendendogli la nuca con dolcezza. È un gesto improvviso, ma non riesco a fermarmi. Mi ricorda la sera che mi ha portato al molo, quando ci siamo baciati in macchina in questa stessa posizione. Come ho fatto settimane fa, premo di nuovo le labbra sulle sue.

Questa volta però è così lento, così doloroso. Tyler mi mette le mani alla vita e mi stringe contro il suo petto, mentre le sue labbra imprigionano le mie per lunghi secondi, che si protraggono nel tempo. Continua a baciarmi, e a baciarmi ancora. Lo sento quasi sospirare contro di me. Fa male, ora che so che non potrò farlo mai più, ma in un certo senso mi calma. È il nostro addio.

Il rumore della pioggia ci trapana le orecchie, i nostri corpi sono umidi, i miei capelli si infilano dappertutto, Tyler ha quasi avuto una crisi di nervi e io ho pianto abbastanza lacrime da riempire la piscina che abbiamo in giardino. È tutto così confuso.

Riassume perfettamente la nostra situazione.

E per questo è perfetto.

Tyler si allontana con un gemito. Quando le sue labbra lasciano le mie, dopo quel lungo bacio, mi si chiude lo stomaco. Non voglio staccarmi da lui. Rimango lì, con il viso accanto al suo, ed espiro contro la sua guancia. Ho ancora gli occhi chiusi, non so come siano i suoi.

« Fratellastri » sussurro, con dolcezza ma anche con decisione. « Nient'altro ».

« Nient'altro » conferma lui, ma poi abbassa la testa e si tira indietro, così devo lasciarlo andare. Volta la faccia verso il finestrino e rimette le mani sul volante. Credo che abbia finalmente rinunciato.

Mi tiro di nuovo su il cappuccio, spostandomi qualche ciocca dietro le orecchie, e mi volto verso la portiera. Allungo la mano verso la maniglia, fermandomi un attimo per vedere se dirà qualcosa, ma lui rimane in silenzio, così esco dalla macchina.

Alla fine, mi sto allontanando da lui. Da noi.

Mi sbatto la portiera alle spalle, poi faccio una corsa sul prato. Mi guardo alle spalle e la pioggia mi sferza di nuovo il viso, ma non mi impedisce di vedere l'auto di Tyler che esce dal vialetto e si dirige verso ovest. Spero che stia andando a casa. Resto lì, in piedi sull'erba sotto la pioggia, finché la macchina non scompare alla vista.

Quello che amo di più della pioggia è che non si capisce se stai piangendo. E in questo momento le lacrime scorrono copiose sulle mie guance e mi inzuppano la felpa. Le raffiche di vento mi colpiscono, così mi giro e corro verso la porta d'ingresso. Per fortuna, quando ci arrivo, Dean la spalanca per farmi entrare. Appena dentro mi fermo e lascio colare l'acqua che ho sul viso. La crocchia scomposta dei miei capelli scivola di lato.

«Ma sei matta?» mi chiede lui ridendo. «Aspetta, ti prendo un asciugamano».

Corre in un'altra stanza, un bagno presumo, e io resto a sgocciolare accanto al soggiorno. Vedo che Rachael e Jake sono spariti. Si sente ancora odore di popcorn. Mi arriva anche la voce del commentatore della partita di football, a basso volume, poi Dean ritorna con un grande asciugamano bianco fra le braccia. Lo apre e me lo butta sulle spalle. Io me lo avvolgo subito intorno e mi asciugo la faccia. Mi sembra di annegare.

Lui ha ancora un sorriso divertito, ma più osserva la mia espressione più il sorriso si spegne. Aggrotta la fronte. «Tutto bene?»

«Fra poco sì» rispondo, ma è una stronzata. Mi sento malissimo, completamente a pezzi. Non so se tornerà tutto a posto, ma non posso permettere che Dean lo capisca, così tiro su col naso e faccio un cenno verso la scala. «Sono con Tiffani?»

«Jake e Rachael? Sì». Si morde il labbro e ride. «Non sembrerò granché come amico, dato che sono rimasto qui invece di offrirle sostegno morale, ma in realtà stavo andando via».

«Via?» ripeto. «Dove vai?»

«I La breve vita fanno un altro concerto in centro» risponde piano. Mi diverte che abbia abbassato la voce, vergognandosi della sua ossessione per questo gruppo. Mi aiuta a distrarmi. «Volevo vedere la fine del concerto dopo il film, ma a questo punto ci andrei subito. Ehi, vieni anche tu! Se ne hai voglia, naturalmente. Voglio dire, probabilmente hai di meglio da fare e mi sembri un po' sconvolta, ma sono sicuro che ti tirerebbero su il morale».

«Sì, ci vengo» dico con dolcezza, senza riuscire a trattenere un sorriso. Mi sciolgo i capelli e cerco di asciugarli con il telo. D'un tratto mi sembra di capire la mania di Tyler per le distrazioni. In questo momento sto cercando di distrarmi con Dean, perché meno pensi alle cose che ti fanno soffrire e meglio stai. «Mi piacciono molto».

«Sei sicura?» Inclina la testa e mi osserva, rendendosi conto di quanto sono bagnata.

«È solo acqua» dico scrollando le spalle. Poi lascio cadere l'asciugamano a terra e mi raccolgo i capelli in una coda bagnata. Non me ne importa niente del mio aspetto. Ho gli occhi e le guance in fiamme, che bruciano. «Mi asciugherò strada facendo».

Dean sembra voler protestare, ma poi si limita a sorridere e tira fuori le chiavi. «Adesso ti tocca tornare là fuori».

Rubo l'asciugamano e me lo tengo sopra la testa, come un ombrello di fortuna, mentre corro verso la macchina seguita da Dean. Ci infiliamo all'interno più veloci che possiamo. Il riscaldamento va al massimo e nello stereo parte il terzo disco dei La breve vita. Dean fa un paio di battute sull'asciugamano, non sono neanche divertenti ma io rido lo stesso.

«Hai visto, avevo ragione sul temporale». Si china sul volante mentre ci avviamo verso il concerto, poi alza lo sguardo per osservare il cielo attraverso il parabrezza. Sbuffa e si riappoggia al sedile. «È sempre fortissimo».

«Quanto dura di solito?» Ho gli occhi fissi sui tergicristalli che, anche alla massima velocità, faticano a reggere il volume di acqua sul parabrezza. Piove così da stamattina.

«Tutto il giorno» risponde Dean, in tono un po' distratto: stringe il volante e si concentra sulla strada. «In realtà è difficile dirlo».

Il concerto è nello stesso posto dell'altra volta, con gli stessi bicchieri di plastica schiacciati per terra e lo stesso odore che aleggia nell'aria. Dean mi guida, nel buio, verso il fondo della sala. Ci fermiamo vicino al muro. Quaggiù c'è meno ressa. Scrollo le spalle nella felpa, rinunciando ad asciugarmi. Ci stavo riuscendo, in macchina, ma poi ho dovuto affrontare di nuovo la pioggia. Comunque anche Dean è fradicio, così come tutti gli altri, e non sembra fregare niente a nessuno.

«Stanno preparando un nuovo album, sai?» mi urla Dean al di sopra del rumore. I musicisti sono sul palco, ma stanno facendo una piccola pausa, per bere un po' d'acqua e accordare le chitarre. «Lo lanciano a gennaio. Non vedo l'ora!»

Io sorrido alla sua eccitazione, è adorabile quando si entusiasma così tanto. Ha gli occhi che brillano, ma poi probabilmente pensa di rendersi ridicolo, perché distoglie lo sguardo e si sfrega la nuca.

Siamo arrivati appena in tempo per l'inizio della prossima canzone e il leader del gruppo si avvicina al microfono. Si schiarisce la gola, poi stringe gli occhi e osserva la piccola folla. «È magnifico vedere in quanti siete stasera, nonostante il tempo di merda» dice ridacchiando, «ed è ancora più magnifico che siate venuti a vedere proprio noi. Stiamo per suonare una delle mie canzoni preferite dal nostro secondo album». Il pubblico applaude, in attesa di scoprire quale sia. Dean si morde il labbro, con gli occhi incollati al palco. «È una canzone che abbiamo scritto qualche anno fa ed è legata a una storia molto particolare». Si asciuga il sudore dalla fronte con il dorso della mano e comincia a camminare avanti e indietro sul palco, con la testa inclinata di lato e gli occhi a terra. «Avevo un amico... chiamiamolo Bobby. Dunque, avevo questo amico, Bobby, un tipo incredibile. Andavo all'università con lui, eravamo nello stesso dormitorio e lui studiava legge. E la sapete una cosa? Bobby odiava studiare legge. Bobby avrebbe voluto studiare recitazione, invece ha insistito con la facoltà di legge e lo sapete perché? Perché viviamo in una società di merda». Scuote la testa e fa una breve pausa prima di proseguire. «Bobby ha sputato sangue per laurearsi. Ha sprecato quattro anni a fare una cosa che non voleva fare, perché per tutto il liceo gli avevano dato addosso per i suoi veri interessi. Sapete come si sente adesso Bobby? È incazzato nero per essersi preso una stupida laurea in legge. Quindi fanculo a quello che pensano gli altri delle vostre scelte. Siete gay? Non vergognatevi! Volete aprire un colorificio? Allora apritelo, maledizione! Smettetela di rinunciare a essere voi stessi». Si schiarisce la voce e torna al centro del palco, poi alza gli occhi per guardarci di nuovo tutti. «Quindi, se non lo avete ancora capito, ecco *Holding Back*. Buon divertimento».

Non so che cos'abbia di speciale questo gruppo, ma all'improvviso li adoro ancora più di prima. Questa canzone mi piaceva già un sacco, e avevo già capito il suo messaggio, ma sentire le parole chiare e dirette del cantante mi fa apprezzare i loro testi ancora di più. Mi ci ritrovo tantissimo, soprattutto in questa canzone: mi fa sorgere il dubbio di aver fatto la cosa sbagliata, mi chiedo se dovrei correre a casa e dire a Tyler che ho fatto un grosso errore, che voglio davvero stare con lui. Ma in fondo al mio cuore so che devo rinunciare. Non abbiamo alternative. Mentre ascolto la canzone i miei occhi si riempiono di nuovo di lacrime. È una sensazione dolceamara.

Sento una fitta al cuore, ma mi mordo il labbro e tengo gli occhi fissi sul palco. Il chitarrista comincia ad arpeggiare, poi si uniscono il bassista, il batterista e infine il cantante: la canzone esplode a un volume assordante. Sento la musica vibrare nel mio corpo, ho la pelle d'oca.

Sento la mano di Dean che scivola nella mia.

Mi coglie di sorpresa, ma la sua pelle è tiepida. La stringe forte e comincia a tracciare dei morbidi cerchi col pollice sulla mia pelle. Io non mi stacco. In parte perché è così improvviso e inaspettato che non so bene cosa pensare, ma in parte anche perché è una sensazione quasi... confortante. La presenza di Dean mi è sempre stata d'aiuto. E in questo momento, più che mai, ne ho bisogno.

Lo guardo di sottecchi e vedo che fissa il palco e muove la testa a ritmo di musica.

Ma la cosa più importante è che sorride.

Epilogo

Dieci mesi dopo

Se l'anno scorso qualcuno mi avesse detto che avrei concluso il terzo anno a Santa Monica, invece che a Portland, non ci avrei mai creduto. Gli avrei riso in faccia. E invece eccomi qui, a spingere i miei libri di biologia marina nell'armadietto, frugando alla ricerca delle chiavi della macchina. Quando le trovo e faccio un passo indietro, Rachael arriva saltellando dal corridoio.

« Un altro giorno è andato! » annuncia felice, con un sorriso a trentadue denti. Solleva una mano e mi agita due dita davanti alla faccia. Ieri erano tre, il giorno prima quattro. « Meno due giorni al diploma! »

« Già, per te » borbotto fingendomi arrabbiata, ma poi faccio una smorfia e mi metto a ridere. Rachael sta facendo il conto alla rovescia fin da Natale e ha già perfezionato il lancio del tocco, quindi le do tregua, anche se il pensiero che stia per diplomarsi mi rattrista moltissimo. « Quando sarai all'università, prova a pensare ogni tanto alla tua migliore amica che rimane bloccata qui ».

« Tu sei la nostra piccolina » cinguetta lei, allungando una mano per darmi un buffetto sulla testa, ma io mi scosto e faccio un passo di lato, lanciandole un'occhiataccia. Mi guardo intorno rapidamente per assicurarmi che non ci abbia visto nessuno, ma Rachael fa una risatina e sporge le labbra con aria innocente. « Devi portare avanti la nostra eredità. Voglio scrivere il mio nome in tutti i bagni della scuola, per garantirmi di diventare una leggenda. Voglio che fra cinque anni tutti si ricordino che ho percorso questi corridoi ».

« Sfortunatamente non importa a nessuno ». Mi colpisce di nuovo, sul braccio, proprio mentre sbatto la porta dell'armadietto, poi le muore la risata in gola e stira le labbra in un mezzo sorriso imbarazzato. Conosco quell'espressione come il palmo della mia mano, quindi sospiro e le faccio la domanda quotidiana, anche se conosco già la risposta. «Sta arrivando Tiffani, vero?»

Rachael annuisce in fretta e quando mi volto vedo la stessa scena di ogni giorno. Tiffani e Jake che percorrono il corridoio mano nella mano. Non mi fa alcun effetto. Anzi, a dire il vero, penso che siano una bella coppia. Il resto della scuola sembra essere d'accordo, le altre ragazze non fanno che dire a Tiffani quanto sono invidiose, e lei di solito risponde con un sorriso smagliante. È un po' che escono insieme. Tyler è stato cancellato dalla sua lista dei desideri parecchio tempo fa.

«Ehi, ciao ragazze» dice piano mentre passa. Jake ci fa un rigido cenno con la testa. Però non si fermano. Non lo fanno mai, perché io e Tiffani non ci rivolgiamo la parola. Ci comportiamo in modo civile, proprio come fanno Tyler e Jake (anche se adesso la tensione fra loro è più forte), ma non siamo amiche. Rachael e Meghan cercano di vederci separatamente. Per fortuna Tiffani andrà all'università a Santa Barbara, ci si trasferirà in autunno. Jake andrà all'Università statale dell'Ohio, dall'altra parte del Paese, mi chiedo quanto a lungo durerà la loro relazione a distanza. Non le do più di un mese.

Proseguono lungo il corridoio e spariscono oltre l'uscita.

Rachael si volta verso di me, sbuffando come se avesse trattenuto il fiato per tutto il tempo. «Il lato positivo è che non dovrai più vederla ogni giorno».

Questa è la difficoltà di appartenere a un gruppo di amici che hanno un anno più di te: quando Rachael, Meghan, Tiffani, Jake, Dean e Tyler si diplomeranno, giovedì, io rimarrò indietro. Devo ancora affrontare l'ultimo anno di liceo prima di poter andare all'università. Per adesso dovrò accontentarmi delle amicizie che mi sono costruita fra i miei coetanei nell'ultimo anno scolastico. Non saranno i miei migliori amici, ma sono comunque un bel gruppo.

Mi avvio verso l'uscita, rigirandomi le chiavi della macchina intorno all'indice. Rachael mi segue e io le lancio un'occhiata di sbieco. Per fortuna andrà all'Università della California, a Los Angeles: lei e Dean sono gli unici due che non si trasferiranno altrove. «Vedi Trevor stasera?»

«Penso di sì». Si illumina solo a sentir pronunciare il suo nome.

Anche se adesso stanno insieme, Rachael la vive ancora come una cotta, come se dovesse sempre tenere desta la sua attenzione. Quando c'è lui continua ad arrossire, non fa che sorridere. « E mi sembra che Meghan abbia detto che Jared viene in città a trovarla ».

« Dov'è Meg? » chiedo mentre usciamo nello spiazzo gremito di studenti. Il sole ci scotta la pelle mentre ci dirigiamo alle nostre auto, nel parcheggio che si sta svuotando. Nessuno si attarda più di tanto dopo la fine delle lezioni. « Non l'ho vista oggi ».

« È uscita subito dopo pranzo » mi risponde Rachael mentre arriviamo alle macchine, che naturalmente sono parcheggiate l'una accanto all'altra. Lei apre la portiera del Maggiolino e ci butta dentro la borsa, ma rimane un attimo ferma, a guardarmi da sopra i tettucci delle auto. « Ci vediamo domattina presto? »

Io annuisco e lei mi manda un bacio con le dita, che io fingo di afferrare al volo. « Buona serata con Trevor! » le grido prima di entrare in macchina e avviare il motore. Il volante è rovente, quindi lo manovro con la punta delle dita per uscire dal parcheggio e immettermi sul viale.

Per fortuna la casa della mamma è nella stessa zona di quella di papà, North of Montana: è comodo che abitino vicini, così non devo andare continuamente da un capo all'altro della città. Passo per Deidre Avenue per vedere chi c'è a casa di papà e sbircio nello specchietto la macchina di Rachael che entra nel suo vialetto. Abbiamo fatto spesso battute sulla condivisione dell'auto, perché facciamo esattamente la stessa strada per tornare a casa (la mia dura solo un paio di minuti in più), ma alla fine non le abbiamo mai messe in pratica. Adesso è troppo tardi per cominciare.

Tiro giù il finestrino per far entrare un po' d'aria e mi infilo gli occhiali da sole, muovendo la testa a ritmo con l'ultimo singolo dei La breve vita: un motivetto allegro con un ritornello fantastico, che mi si è piantato in testa da giorni. La ascolto in continuazione e mi rifiuto di cambiare musica.

Quando arrivo a casa della mamma, non mi stupisco di non trovare macchine parcheggiate sul davanti. Sia lei sia Jack sono al lavoro, come succede quasi sempre durante la settimana, quando torno a casa. Svolto nel vialetto, spengo il motore e scendo dall'auto nella luce rovente del sole. Oggi fa davvero caldo. Mi asciugo una goccia di sudore dalla fronte, tiro fuori le chiavi ed entro in casa.

Ho sempre trovato la casa della mamma molto più accogliente di quella di papà. Me ne sono innamorata fin da quando l'ha scovata e comprata, l'anno scorso. Mi piace che sia piccola e abbia solo due camere da letto, adoro il caminetto e il suo portico delizioso. Dentro è sempre comoda e confortevole, è il posto ideale per me e la mamma. E adesso anche per Jack, naturalmente. Si è trasferito un mese fa e sto cominciando ad abituarmi ad averlo sempre intorno.

Appena metto piede oltre la soglia, Gucci viene a salutarmi. Mi corre incontro, con la lingua fuori e le zampe che scivolano sul parquet. Mi gira intorno alle gambe, annusando i miei vestiti mentre mi chino a grattarla dietro le orecchie, proprio come piace a lei. È una splendida femmina di pastore tedesco. La mamma diceva sul serio l'estate scorsa, quando aveva proposto di prendere un cane. Arrivare a Portland e trovare un cucciolo che correva per casa è stata decisamente l'accoglienza migliore possibile. Il nome l'ha scelto mamma. Una volta mi ha detto che le piace pensare che la aiuti ad ambientarsi a Los Angeles: ci ho messo un po' a capire perché.

Proprio mentre lei stava valutando l'idea di trasferirsi qui, si è liberato un posto al Saint John's Health Center, un ospedale in pieno centro. È stato un colpo di fortuna, e lei ha ottenuto il lavoro. Lo stipendio è più alto e i turni sono migliori, così la mamma ha smesso di avere quell'aria così stanca. Sorride sempre, e io so che questo è dovuto a una combinazione di motivi: Jack, il nuovo lavoro e Gucci. Trasferirsi qui le ha fatto davvero molto bene.

«Spero che tu abbia voglia di spaghetti e polpette, perché stasera non mi sento in grado di fare altro» sbuffa entrando in soggiorno. Si è tolta la divisa dell'ospedale, ma ha ancora i capelli raccolti in una crocchia ordinata. Sorride di cuore quando Gucci la accoglie saltandole addosso.

«Oggi è eccitatissima» commento con un cenno verso la cagnolina impazzita che cerca di annegare la mamma di baci bavosi, ma lei la tiene a distanza. «L'hai portata a spasso prima di andare al lavoro?»

«No, ero in ritardo» confessa la mamma, rialzandosi e ripulendosi i pantaloni dai peli di cane. Si rimbocca le maniche e indica il guinzaglio, appeso vicino alla porta d'ingresso. «Puoi portarla fuori adesso, mentre io preparo la cena?»

Io accetto. Fuori c'è un tempo meraviglioso, mi stavo annoiando e andrei volentieri a trovare un paio di persone. Lascio la mamma a preparare la cena, metto il guinzaglio a Gucci e mi avvio. Lei comincia a tirare: ha molta più forza di me e come sempre mi trascina. Una volta ho provato a portarla a correre con me, ma dopo dieci minuti mi sono ritrovata senza fiato, del tutto incapace di tenerle dietro, così ho dovuto girare i tacchi e tornare a casa prima di collassare.

Ci mettiamo solo dieci minuti a raggiungere la prima tappa, la casa di Dean. Invece di entrare, come faccio di solito, provo qualcosa di creativo: tiro fuori il telefono e faccio il suo numero. Mentre ascolto il monotono segnale di chiamata guardo la finestra della sua camera.

« Eden ».

Sorrido al suono della sua voce. « Vieni fuori, Gucci vuole salutarti ». Quando mi sente pronunciare il suo nome, drizza le orecchie e mi guarda con i suoi occhioni lucidi.

Dean fa la sua risata gentile. Anche se l'ho sentita identica ieri sera, quando siamo andati al cinema, è come se non la sentissi da giorni. Non ne avrò mai abbastanza. « Arrivo » risponde, poi mette giù.

Mi ficco il telefono in tasca e accarezzo la testa di Gucci. « Brava ragazza ». Lei si accuccia accanto a me sul prato di Dean, scodinzolando, mentre aspettiamo di vederlo uscire. Altre gocce di sudore mi imperlano la fronte.

La porta si spalanca e ne esce Dean, che si batte sulla coscia urlando « Gucci! » a pieni polmoni. Sa che odio quando fa così, perché Gucci freme, rischiando di slogarmi il braccio prima che riesca a mollare il guinzaglio. Quando la libero, lei attraversa il prato d'un balzo e gli salta addosso, facendolo arretrare di un paio di passi.

« Ma tu con chi esci? Con me o con lei? » gli grido. Quando mi sente mi fa un sorriso sbilenco e spinge via Gucci. Prende il guinzaglio e viene verso di me.

« Decisamente con te ». Con la mano libera mi prende alla vita e mi attira a sé, premendo le labbra sulle mie. I baci di Dean sono sempre dolci e profondi. Ha l'abitudine di sorridere fra uno e l'altro, proprio come sta facendo adesso. Sento le sue labbra contro le mie. « Tu baci meglio ».

Io rido, lui fa un passo indietro e mi dà il guinzaglio. « Be', mi preoccuperei se fosse il contrario ».

Alle spalle di Dean, sulla soglia, spunta suo padre, Hugh, che mi saluta con la mano. Ha una tuta blu scura ricoperta di grasso, il che significa che è rientrato dal lavoro da meno di un quarto d'ora. Hugh possiede un'autofficina e Dean comincerà a lavorare per lui subito dopo il diploma. Lo definisce un anno sabbatico, prima di partire per l'università, e io sono felice che rimanga a Santa Monica mentre io finisco il liceo.

« Allora passo più tardi? » mi chiede.

« Ma certo ». Il martedì sera la mamma e Jack escono, per lasciarci un po' tranquilli. La mamma ha addirittura cominciato a chiamarla 'la serata di Dean'.

« Grande ». Prende il portafoglio dalla tasca dei jeans e cerca qualcosa. « Ecco qua, per avermi fatto vedere Gucci » dice, passandomi gli stessi cinque dollari che ci stiamo scambiando ormai da un anno. Ogni scusa è buona per usarli.

Io alzo gli occhi al cielo e mi infilo in tasca la banconota logora, poi stringo il guinzaglio di Gucci e guardo verso il viale. « Faccio un salto da mio padre. Ci vediamo stasera ».

Lo saluto con un rapido bacio all'angolo della bocca. Gucci rimane a guardarlo mentre sparisce dentro casa e io cerco di trascinarla via. Per fortuna dopo un po' cede e ci muoviamo verso la casa di papà.

Se cammino in fretta bastano cinque minuti, e questo non è certo un problema dato che Gucci mi sta obbligando ad accelerare. Quando siamo più vicine mi accorgo che ci sono tutte e tre le auto: la Lexus, la Range Rover e l'Audi. Quindi ci sono tutti, compreso Tyler. Mi sento le farfalle nello stomaco.

Vado verso la porta d'ingresso, ma sento voci e risate provenire dal giardino sul retro, così faccio una deviazione e mi avvicino al cancello. Chase è in piscina, papà sta cercando di accendere il barbecue e Jamie gioca con un pallone da calcio. Quando lo vede, Gucci si mette ad abbaiare e cerca di attraversare il giardino di corsa, ma io la trattengo per il collare.

« Eden! » Papà alza la testa dal barbecue e mi fa un cenno di saluto. Sembra felice di vedermi. Non abbiamo mai parlato davvero di quello che è successo l'estate scorsa, e io ce l'ho ancora con lui, ma ultimamente si sta sforzando molto di più di andare d'accordo con me. Forse il nostro rapporto non tornerà mai più come prima, o magari ci vorrà solo del tempo. Almeno ci stiamo provando. « Hai fame? Stiamo preparando un barbecue ». Questo mi fa ripensare all'estate scorsa, al mio primo giorno qui a Santa Monica e al mio primo incontro con Tyler. Sembra passato un secolo.

« La mamma sta già pensando alla cena » dico a papà in fretta, perché sto ancora cercando di trattenere Gucci. Lancio a Jamie un'occhiata implorante. « Jamie, per favore, nascondi un attimo il pallone ».

Lui alza gli occhi al cielo. Lo calcia in alto, lo riprende al volo e poi si volta e lo spedisce con attenzione attraverso le porte scorrevoli. Adesso che Gucci non può più distruggerlo, le sgancio il guinzaglio e la lascio andare. Lei si precipita sul prato come una pazza.

« C'è Tyler? » chiedo, soprattutto perché oggi a scuola non ho avuto occasione di vederlo e non passa mai giorno senza che ci parliamo. Ma lo chiedo anche perché una parte di me vorrebbe sapere cosa sta facendo adesso, a cosa pensa, se gli piacciono ancora lo zucchero filato e i giochi dei parchi di divertimenti.

Papà non rialza lo sguardo dal barbecue, ma solleva il pollice verso la casa. « Di sopra ».

Lascio Gucci in giardino, affidata a Jamie, ed entro in quella che è diventata la mia seconda casa. Nell'ultimo anno ci ho passato sempre più tempo e adesso considero davvero Jamie e Chase come fratelli minori. Ella non potrà mai prendere il posto di mia madre, ma so che posso contare su di lei. Papà... be', papà è papà. Vivo una settimana con la mamma e una qui, così posso stare con tutte e due le metà della mia famiglia, perché onestamente le amo entrambe.

« Eden! Sei qui per il barbecue? » Ella è in piedi davanti all'isola della cucina, sta riempiendo delle brocche di succo di frutta, ma si ferma per farmi un sorriso. Ha un completo da ufficio, la giacca è appesa ordinatamente sullo schienale di una sedia alle sue spalle. Immagino che sia rientrata da poco. Sei mesi fa ha ripreso a lavorare.

« Non stasera. Ero fuori con Gucci e ho pensato di fare un salto. Tyler è di sopra, vero? »

« Sì, sta facendo i bagagli ». Fa un sospiro, ma sorride.

Nonostante la fitta nel petto al pensiero che lui se ne vada, attraverso la cucina e il corridoio, poi salgo i gradini due alla volta. Al piano di sopra c'è silenzio, i raggi accecanti del sole invadono le stanze. La porta di Tyler è socchiusa, si vede filtrare uno spicchio di luce. La apro completamente.

Ci sono due valigie aperte sul letto, piene a metà di vestiti, il resto della camera è spoglio. Ogni altra cosa è già stata spedita dall'altra parte del Paese e lo sta aspettando nel suo appartamento, nel pieno centro di Manhattan. Tyler esce dal bagno e mi fa un sorrisetto.

« Ehi » gli dico.

« Ehi ».

Un attimo di silenzio, come sempre quando ci incontriamo. Non è un silenzio imbarazzato, ormai è diventato familiare. È come se ci servisse un momento per ricomporci, per non dire o fare qualcosa che non dovremmo. Un momento per tirare fuori la maschera, per convincerci che non siamo più innamorati della persona che abbiamo di fronte.

Ignorando i miei palmi sudati e il battito accelerato, resto per un po' a guardare le valigie e poi, finalmente, sposto lo sguardo su di lui. « Non mi sembra vero che stai proprio andando a New York ».

Ci è voluto un bel po' per convincerlo, ma eccoci qua. Lunedì prenderà un volo per New York e ci rimarrà per un anno intero, viaggerà per la costa orientale, condividerà la sua storia e forse aiuterà altre persone. Ha dovuto sudarsela questa opportunità. Giovedì si diplomerà, con la media dell'otto. Sono otto mesi che sta lontano dalle droghe. L'ultima volta che ha alzato la voce contro qualcuno di noi è stata l'anno scorso. Adesso che tutti sanno la verità, che tutti lo capiscono, è come se si fosse tolto un peso. Era inevitabile: a un certo punto doveva venire fuori, quando si è lasciato sfuggire che si trasferiva dall'altra parte del Paese. Adesso Rachael è un po' più gentile con lui.

« Sembra una cosa folle » risponde lui scrollando le spalle. Mi si avvicina con altri vestiti da mettere in valigia. « Domani spediamo la macchina, e questo è tutto ».

« Sarà stranissimo non vederti per un anno intero ». Sono molto orgogliosa di lui per tutto quello che ha fatto e che sta per fare, ma allo stesso tempo fa male sapere che non sarà qui. Per quanto cerchi di convincermi del contrario, lui per me è molto, molto di più che un semplice fratellastro. Come farò a cavarmela senza vedere tutti i giorni la persona che amo? Da qualche parte dentro di me so che potrebbe aiutarmi. Forse una separazione di un anno ci farà bene. Ci darà il tempo di superare la nostra attrazione reciproca.

« Quella sarà la parte peggiore » sussurra lui. Chiude la lampo di una valigia e poi si volta verso di me. I suoi occhi sono sempre meravigliosi, ma cerco di non farci troppo caso. « Ci hai poi pensato all'estate prossima? »

La settimana scorsa Tyler mi ha invitato a passare la prossima estate con lui, a New York.

Gli eventi a cui deve partecipare finiranno a giugno, ma lui non tornerà a casa prima di agosto: passerà le vacanze estive in città e vuole che io lo raggiunga. Ma è un'idea pericolosa.

« Solo noi due » mi ricorda con uno sguardo infuocato, cercando di reprimere un sorriso. Fa un passo verso di me, facendomi accelerare i battiti del cuore, come succede sempre quando mi è troppo vicino. I miei polmoni si svuotano. Lui allunga una mano e chiude la porta della stanza con un lieve scatto.

Nell'ultimo anno siamo stati molto bravi a ignorare l'attrazione fra noi, e ancora di più a fare in modo che nessuno scoprisse che ci sia mai stata. E poi io adesso ho Dean. Dovrei concentrarmi su di lui. Qualche volta, però, solo qualche volta, io e Tyler ci dimentichiamo di fingere. Proprio come adesso.

Fa un altro passo verso di me e mi prende fra le braccia. Io assaporo il profumo della sua colonia. Bentley, la sua preferita. Non è ancora partito e sento già la sua mancanza. Appoggio il mento alla sua spalla e lui mi tiene le mani in vita. Ci abbracciamo stretti e non dovrebbe esserci niente di male, ho ancora il diritto di abbracciare il mio fratellastro, ma c'è qualcosa di sbagliato. C'è una tensione sessuale che non dovrebbe esserci.

Sento il suo respiro caldo sulla nuca, la sua guancia che sfiora la mia. Mi stringe più forte e mi fa scorrere lentamente le labbra sul collo, e lungo la mascella, posandomi un bacio all'angolo della bocca. Sento il suo sorriso contro le labbra mentre sussurra: « Ci vediamo la prossima estate, Eden ».

Ringraziamenti

Grazie ai miei lettori, che sono stati con me fin dall'inizio e hanno visto crescere questo libro. Grazie per aver reso così piacevole il processo della scrittura e per essermi rimasti accanto, sempre. Grazie a tutto lo staff della Black & White Publishing per aver creduto in questo libro quanto me. Sarò eternamente grata a Janne, per il suo desiderio di conquistare il mondo, a Karyn, per le sue osservazioni e la sua esperienza, e a Laura per essersi sempre presa cura di me. Grazie alla mia famiglia, per avermi sempre incoraggiato e sostenuto, e soprattutto a mia madre Fenella, per avermi portato in biblioteca, da bambina, per farmi innamorare dei libri, a mio padre, Stuart, per avermi sempre incoraggiato a scrivere e infine a mio nonno, George West, per avermi dato fiducia dal primo giorno. Un grazie a Heather Allen e Shannon Kinnear, per aver ascoltato le mie idee e avermi lasciato blaterare su questo libro senza dirmi mai di darci un taglio, anche se probabilmente il mio entusiasmo deve averle fatte impazzire. Grazie a Neil Drysdale per avermi aiutato ad arrivare dove sono ora. Grazie, grazie, grazie. E infine grazie a Danica Proe, che era la mia insegnante quando avevo undici anni, per essere stata la prima persona a dirmi che scrivevo come una vera autrice e avermi fatto capire che era proprio quello che volevo diventare.

II

LO SAPEVI CHE
I NEED YOU?

A chi mi ha detto che non potevo,
e a chi mi ha detto che potevo.

1

Trecentocinquantanove giorni.

È il tempo che ho aspettato perché finalmente arrivasse questo momento.

È la durata del mio conto alla rovescia.

Sono passati trecentocinquantanove giorni dall'ultima volta che l'ho visto.

Mi appoggio alla valigia, mentre Gucci giocherella con la mia gamba. Guardo fuori dalla finestra del soggiorno, sempre più irrequieta. Sono quasi le sei del mattino, il sole è appena sorto. L'ho guardato filtrare attraverso il buio venti minuti fa, ammirando la bellezza della strada e i giochi di luce sulle auto parcheggiate lungo il marciapiede. Dean dovrebbe arrivare da un momento all'altro.

Abbasso gli occhi sulla grossa femmina di pastore tedesco ai miei piedi. Mi chino e le faccio qualche grattino dietro le orecchie, finché non si volta per andarsene in cucina. Non posso fare altro che tornare a guardare fuori dalla finestra, ripassando la lista delle cose che ho messo nel bagaglio, ma la mia ansia non fa che aumentare, così appoggio la valigia a terra e apro la lampo.

Frugo nell'ammasso di pantaloncini, scarpe Converse e braccialetti.

« Credimi, Eden, hai tutto ciò che ti serve ».

Le mie mani smettono di rovistare fra i vestiti. Alzo gli occhi.

La mamma è in cucina, in accappatoio, e mi guarda da dietro il bancone con le braccia incrociate. Ha la stessa espressione che ha avuto per tutta la settimana. Un po' arrabbiata, un po' seccata.

Io sospiro e schiaccio di nuovo tutto in valigia, poi la richiudo e la metto in verticale, sulle rotelle. Mi alzo. « Sono nervosa ».

Non so bene come descrivere quello che provo. Ovviamente sono agitata, perché non so che cosa aspettarmi. Trecentocinquantanove giorni sono tanti, le cose possono essere cambiate. Potrebbe essere tutto diverso. Ma sono anche terrorizzata. Terrorizzata che le cose non siano cambiate. Ho paura che, non appena lo vedrò, ritornerà tutto a galla, più forte di prima. È questo che fa la distanza: o ti dà il tempo di dimenticare una persona, o ti fa capire quanto hai bisogno di lei.

In questo momento non so se mi manca semplicemente il mio fratellastro o se mi manca la persona di cui ero innamorata. È difficile distinguere: in effetti sono la stessa persona.

« Non devi » dice la mamma. « Non c'è motivo di essere nervosa ». Si sposta in soggiorno, mentre Gucci le saltella intorno, e dà un'occhiata fuori dalla finestra. Poi si siede sul bracciolo del divano. « Quando arriva Dean? »

« Adesso » rispondo piano.

« Be', spero che rimaniate bloccati nel traffico e tu perda il volo ».

Stringo le labbra e mi volto. La mamma è stata contraria a quest'idea da quando gliene ho parlato la prima volta. Non vuole sprecare un solo giorno, e a quanto pare andare via per sei settimane, per lei, è esattamente questo: uno spreco di tempo. Sono i nostri ultimi mesi insieme, prima che io mi trasferisca a Chicago per frequentare l'università, in autunno. Secondo lei, in pratica, sarà l'ultima volta che mi vedrà. Nella vita. Naturalmente non è affatto vero. L'estate prossima, dopo gli esami di fine anno, tornerò a casa.

« Sei davvero così pessimista? » le chiedo.

Finalmente mi fa un sorriso. « Non sono pessimista, sono solo invidiosa e un po' egoista ».

A questo punto sento il motore di un'auto. So che è Dean prima ancora di sbirciare fuori. Il ronzio si spegne mentre l'auto avanza sul vialetto. Jack, il compagno della mamma, ha parcheggiato il suo furgone più avanti, così mi sporgo per vedere meglio.

Dean apre la portiera e scende, con gesti lenti e un'espressione vacua, come se non volesse essere qui. Non mi sorprende affatto. Ieri sera mi rispondeva a malapena e ha passato quasi tutto il tempo a guardare il cellulare. Poi, quando sono andata via da casa sua, non mi ha accompagnato alla macchina, come fa di solito. È un po' arrabbiato con me, proprio come la mamma.

Sento un nodo in gola e cerco di mandarlo giù, mentre tiro la maniglia della valigia. La trascino verso la porta d'ingresso, ma poi mi fermo per guardare la mamma con occhi ansiosi. È finalmente ora di andare all'aeroporto.

Dean non bussa prima di entrare in casa. Non lo fa mai, non ne ha bisogno. Ma la porta si apre più lentamente del solito. Entra con aria stanca. « Buongiorno ».

« Buongiorno, Dean » lo saluta la mamma. Il suo sorriso appena accennato si allarga molto di più quando tende una mano per dargli un'amichevole stretta al braccio. « È pronta ».

Gli occhi scuri di Dean si spostano veloci verso i miei. Di solito sorride quando mi vede, ma stamattina ha un'espressione distaccata. Però inarca le sopracciglia, come per chiedere: 'Davvero?'

« Ehi » dico, ma sono così nervosa che mi esce un suono debole e patetico. Abbasso gli occhi sulla mia valigia, poi li riporto su Dean. « Grazie di accompagnarmi proprio nel tuo giorno libero ».

« Non ricordarmelo » risponde lui, ma comincia a sorridere e questo mi fa sentire meglio. Fa un passo avanti e mi prende la valigia. « In questo momento potrei essere a letto e dormire fino a mezzogiorno ».

« Sei troppo buono con me ». Mi avvicino e lo circondo con le braccia, nascondendo la faccia nella sua maglietta, mentre lui ride e ricambia la mia stretta. Inclino il viso per guardarlo da sotto le ciglia. « Davvero ».

« Ah » tuba la mamma accanto a noi, ricordandomi che è ancora nella stanza. « Voi due siete così carini... »

Le lancio un'occhiata di avvertimento, poi guardo di nuovo Dean. « Direi che è ora di andare ».

« No, no, prima ascoltami ». La mamma si alza in piedi e il suo fugace sorriso svanisce, sostituito da una smorfia di disapprovazione. Temo che al mio ritorno quella smorfia sarà diventata permanente. « Non prendere la metropolitana. Non parlare con gli sconosciuti. Non mettere piede nel Bronx. E infine, per favore, torna a casa tutta intera ».

Alzo gli occhi al cielo fino a mostrare il bianco. Mi ha fatto un discorsetto simile esattamente due anni fa, quando stavo partendo per la California per risanare il rapporto con mio padre, solo che allora i suoi avvertimenti riguardavano soprattutto lui. « Lo so » rispondo. « In pratica, non devo fare niente di stupido ».

Lei mi guarda intensamente. « Esatto ».

Mi stacco da Dean e vado ad abbracciarla. Questo la farà tacere, funziona sempre. Lei mi stringe forte e sospira contro la mia nuca. « Mi mancherai » sussurro, ma le mie parole sono soffocate.

« E sai bene che anche tu mi mancherai » replica staccandosi, con le mani ancora sulle mie spalle. Dà un'occhiata all'orologio della cucina e mi sospinge con dolcezza verso Dean. « Sarà meglio che tu vada. Non vorrai perdere l'aereo... »

« Sì, meglio avviarsi » conferma Dean. Spalanca la porta e fa per uscire, con la mia valigia, poi si ferma, forse per vedere se la mamma ha altri consigli superflui da darmi prima che parta. Per fortuna non è così.

Prendo il mio zaino dal divano e seguo Dean fuori, non senza voltarmi di nuovo per salutare la mamma un'ultima volta. « Ci vediamo fra sei settimane, allora ».

« Smettila di ricordarmelo » dice, prima di sbattere la porta con decisione. Io alzo gli occhi al cielo e attraverso il prato. Le passerà, prima o poi.

« Be' » dice Dean ad alta voce, da sopra la spalla, mentre lo seguo alla sua macchina, « almeno non sono l'unico che viene abbandonato ».

Strizzo gli occhi e mi passo una mano tra i capelli, aspettando al lato del passeggero mentre lui butta la mia valigia nel bagagliaio. « Dean, per favore, non ricominciare ».

« Però non è giusto » borbotta lui. Scivoliamo in macchina nello stesso momento. Quando chiude la sua portiera, emette un gemito. « Perché diavolo hai deciso di andarci? »

« Non è poi così grave » rispondo, perché davvero non vedo il problema. Sia lui sia la mamma hanno disapprovato il mio viaggio a New York fin dal primo momento. È come se pensassero che non ritornerò più. « È solo una gita ».

« Una gita? » Dean fa una risata sarcastica. Nonostante l'umore nero, avvia il motore, si immette retromarcia nella strada e si dirige verso sud per accompagnarmi. « Starai via per sei settimane, poi tornerai per un mese e dopo ti trasferirai a Chicago. A me rimarranno solo cinque settimane con te. Non mi bastano ».

« Sì, ma quelle cinque settimane ce le godremo fino in fondo ». So che, qualsiasi cosa dica, non riuscirò a migliorare la situazione, perché questa resa dei conti si preparava da mesi e finalmente Dean sta sputando il rospo. È da un po' che me lo aspettavo.

«Non è questo il punto, Eden» scatta lui, chiudendomi momentaneamente la bocca. Anche se sapevo che sarebbe successo, è strano vedere Dean così incupito. Non litighiamo quasi mai, perché siamo sempre andati d'accordo su tutto, fino a questo momento.

«E allora qual è?»

«Il fatto che hai preferito passare sei settimane laggiù invece che stare con me» puntualizza lui, in tono improvvisamente molto più basso. «New York è davvero così fantastica? Cosa te ne fai di sei settimane a New York? Non te ne bastava una sola?»

«Be', lui mi ha invitato per sei» preciso. Forse sei settimane sono tante, ma quando ho accettato mi era sembrata l'idea migliore del mondo.

«Potevi proporgli un compromesso...» Si agita di più a ogni secondo che passa e gesticola con le mani per accompagnare le parole, col risultato che la sua guida diventa un po' brusca. «Non potevi dirgli: 'Ehi, certo, ci vengo, ma resterò due settimane', eh?»

Incrocio le braccia e mi volto dall'altra parte, fissando fuori dal finestrino con aria truce. «Okay, adesso calmati. Rachael non si è mai lamentata della mia partenza. Perché non puoi fare così anche tu?»

«Ma Rachael è la tua migliore amica, mentre io sono *il tuo ragazzo.* E in più lei potrà vederti, mentre sarai lì» ribatte lui. Ha ragione, accidenti. Rachael e la nostra amica Meghan, che non ho praticamente più visto da quando è partita per l'Università dello Utah, avevano programmato un viaggio a New York mesi fa. Sarei stata invitata anch'io, ma Tyler le ha battute sul tempo. In ogni caso, quest'estate sarei finita inevitabilmente a New York, ma non credo di poter biasimare Dean perché si sente tagliato fuori mentre io, Rachael, Meghan e Tyler (praticamente tutto il gruppo) ci ritroveremo a New York senza di lui.

Dean sospira e rimane in silenzio per un minuto. Nessuno dice una parola finché arriviamo a un segnale di stop. «Mi stai costringendo a cominciare in anticipo la nostra relazione a distanza. È uno schifo».

«Va bene, allora torna indietro» scatto. Mi volto per guardarlo in faccia, sollevando le mani. «Non ci vado, sei contento?»

«No. Ti accompagno all'aeroporto».

Per la successiva mezz'ora cala il silenzio. Non c'è più niente da dire. Dean è arrabbiato e non so come potrei tirarlo su, così restiamo bloccati in questa quiete forzata per tutta la strada fino al terminal 7.

Accosta davanti all'ingresso dei voli in partenza e subito spegne il motore, poi si gira a guardarmi intensamente. Ormai sono quasi le sette. « Almeno puoi chiamarmi, tipo, ogni minuto? »

« Dean, sai che lo farò ». Sospiro e gli faccio un sorrisetto, sperando che ceda al fascino dei miei occhioni. « Cerca solo di non pensare troppo a me ».

« Come se fosse facile ». Un altro sospiro. Quando mi guarda di nuovo, però, penso che si stia rinfrancando. « Vieni qui ».

Mi prende il viso fra le mani e mi attira con dolcezza a sé, fino a congiungere le mie labbra con le sue, e in un istante è come se non avessimo mai litigato. Mi bacia lentamente, ma a un certo punto devo staccarmi.

« Stai cercando di farmi perdere il volo? » Inarco un sopracciglio e apro la portiera, facendo scivolare fuori le gambe.

Dean fa un sorrisetto ironico. « Forse ».

Alzo gli occhi al cielo ed esco dall'auto, poi mi butto lo zaino su una spalla e chiudo la portiera. Prendo la valigia dal bagagliaio e vado verso il suo finestrino. Lui lo abbassa non appena lo raggiungo.

« Sì, ragazza di New York? »

Metto una mano in tasca e tiro fuori il nostro biglietto da cinque dollari, lo stesso che ci stiamo scambiando fin da quando ci siamo conosciuti, in ogni possibile occasione, come per esempio quando uno dei due fa un favore all'altro. Ormai è lacero e mezzo stracciato, mi stupisco che non si sia ancora disintegrato. « Cinque dollari per il passaggio ».

Dean li prende stringendo le labbra, ma non riesce a nascondere il suo sorriso. « Mi devi molto più di cinque dollari per questo ».

« Lo so. Mi dispiace ». Chinandomi attraverso il finestrino, gli scocco un rapido bacio all'angolo della bocca e poi, finalmente, mi volto per entrare nel terminal. Alle mie spalle sento il rumore del motore che si avvia.

Non vengo all'aeroporto di Los Angeles da due anni, e una parte di me vorrebbe che Dean mi avesse accompagnato dentro, ma poi decido che è stato meglio non trascinare questo addio più a lungo del necessario. Lui avrebbe odiato vedermi sparire al varco del check-in. E poi posso cavarmela da sola. Credo.

Come prevedevo, l'interno del terminal è affollatissimo, anche a quest'ora. Mi infilo fra la gente e cammino fino a trovare uno spazio libero dove fermarmi per un momento. Faccio scivolare lo zaino dalla spalla, ci frugo dentro e tiro fuori il cellulare. Apro i messaggi, riprendo la valigia e, mentre mi avvio al check-in, comincio a digitare.

A quanto pare, l'estate prossima è arrivata. Ci vediamo fra poco.

Poi lo mando alla persona che ho aspettato di rivedere per trecentocinquantanove giorni.

Tyler.

2

Solo quando atterro al Newark Liberty International Airport mi rendo conto che non è neanche a New York: è nel New Jersey, ed è pieno di gente. Anche se al decollo eravamo in ritardo di dieci minuti, atterriamo con dieci minuti di anticipo. Il mio corpo mi sta ancora dicendo che sono le due del pomeriggio e che sto morendo di fame, ma in realtà qui sono le 17:17.

Il che significa che da un momento all'altro lo rivedrò.

Il mio cuore fa una capriola mentre i miei occhi studiano le indicazioni sopra la mia testa. Dovrei prendermi un attimo per capire da che parte devo andare, ma non posso fermarmi. Non posso aspettare ancora: voglio solo vederlo. Così mi metto lo zaino su una spalla e seguo i passeggeri che sono scesi dal mio volo. A ogni passo aumenta la mia sensazione di nausea. A ogni passo mi rendo conto che non sarei dovuta venire e mi convinco che è stata una pessima idea.

'Certo che è stata una pessima idea' penso.

Come se potessi dimenticarlo passando del tempo da sola con lui. Anzi, tutto questo peggiorerà le cose, le renderà più difficili. Per lui è facile. Probabilmente lui mi ha scordata da un pezzo e quasi sicuramente esce con qualche ragazza carina dall'accento newyorkese. E io invece sono l'idiota che ha passato un anno intero a pensare a lui. So che, appena lo vedrò, tutti i miei sentimenti si risveglieranno in un attimo. Lo sento già: le farfalle nello stomaco a ogni suo sorriso, l'accelerazione del battito ogni volta che mi guarda negli occhi.

Mi chiedo se sia troppo tardi per tornare indietro.

Il gruppo che sto seguendo scende su una scala mobile, ma io esito e faccio un passo di lato, indugiando per un momento. Magari non sarà così terribile. Sono *davvero* eccitata all'idea di vederlo, anche se il nervosismo sta superando l'eccitazione, e aspetto questo momento da così tanto tempo che è stupido avere ripensamenti.

Sono soltanto confusa, ho un gran casino in testa, ma ormai sono qui. È il momento di rivederlo, per la prima volta dopo un anno.

Stringo le dita sulla cinghia dello zaino e salgo sulla scala mobile. Il mio cuore sbatte violentemente contro le costole. Mi chiedo se le persone intorno a me se ne accorgano. Mi sento come se avessi un attacco di cuore, come se potessi collassare da un momento all'altro per sovraccarico d'ansia. Mi sento le gambe di legno, ma in qualche modo riesco ad andare avanti, a scendere dalla scala mobile e avvicinarmi all'area del ritiro bagagli.

Cerco il nastro trasportatore del mio volo e, contemporaneamente, un paio di occhi verdi. Vedo le persone intorno a me che si guardano intorno, esitanti. Persone in completo da ufficio con dei cartelli, famiglie che scrutano la folla in discesa sulla scala mobile. Io restituisco gli sguardi, indagando. So esattamente chi sto cercando. Per un attimo mi sembra di vederlo. Capelli neri, alto. Ma, proprio mentre il mio cuore sta per fermarsi, prende una donna fra le braccia e mi rendo conto che non è affatto lui.

I miei occhi ricominciano a vagare nel salone, mentre mi avvicino al ritiro bagagli, obbligando i miei piedi ad avanzare anche se non mi sento più le gambe. Mentre passo, sbircio la fila di cartelli, leggo i cognomi scritti e mi chiedo per quale motivo quelle persone siano venute a New York. Però questi pensieri non durano a lungo, perché all'improvviso un cartello particolare attira la mia attenzione. Sopra c'è scarabocchiato il mio nome in pennarello nero, con le lettere tutte sbilenche.

E vedo lui.

Vedo Tyler.

Tiene quello stupido cartello proprio sotto gli occhi: non appena i miei incrociano i suoi, agli angoli si formano delle rughe. Sta sorridendo. All'improvviso tutto è tranquillo. La morsa nel mio petto si allenta. Il mio cuore smette di tentare di uscire dal petto. Il sangue riprende a pulsare a un ritmo normale. Resto lì ferma, in mezzo al salone degli arrivi, lasciandomi urtare dagli altri passeggeri. Non mi importa di ostruire il passaggio. Non mi importa di sembrare sperduta. So soltanto che Tyler è qui, che siamo di nuovo uno di fronte all'altra, e che all'improvviso tutto sembra tornato a posto. È come se non fossero passati trecentocinquantanove giorni dall'ultima volta che mi ha sorriso come sta facendo adesso.

Ha abbassato lentamente il cartello, rivelando il suo viso: il suo sorriso, la linea della mascella, il colore dei suoi occhi e quel suo modo di inarcare un sopracciglio mi ricordano alcune delle tante cose che amavo di lui. Forse le amo ancora, perché i miei piedi hanno preso a muoversi in autonomia. Veloci. Vado dritta verso di lui, accelerando a ogni passo, i miei occhi non vedono nient'altro. La mia traiettoria costringe le altre persone a lasciarmi passare, ormai sto correndo. Appena lo raggiungo, mi butto fra le sue braccia.

Credo che questo lo colga di sorpresa. Incespichiamo all'indietro, il cartello finisce per terra mentre mi afferra, e mi accorgo vagamente di qualche esclamazione intenerita delle persone accanto, come se fossimo una coppia che si è conosciuta online e si incontra per la prima volta. Può sembrare così, perché in un certo senso è vero. La nostra è stata una relazione a distanza. Una relazione tra fratellastri. Comunque non mi preoccupo del nostro piccolo pubblico. Lo stringo con le gambe e nascondo la faccia contro la sua spalla.

« Penso che si stiano facendo un'idea sbagliata » sussurra Tyler contro la mia guancia, ridacchiando, mentre cerca di recuperare l'equilibrio. Ho sentito la sua voce al telefono ogni settimana per tutto l'anno, ma di persona è completamente diverso: è come se potessi toccarla.

« Forse dovresti mettermi giù » bisbiglio, e lui lo fa. Con un'ultima stretta decisa, mi posa a terra. A questo punto sollevo gli occhi per puntarli nei suoi, stavolta a distanza ravvicinata. « Ciao ».

« Ehi » risponde lui, alzando le sopracciglia. Avverto una specie di aura rilassata e positiva intorno a lui. Mi è impossibile smettere di sorridere. « Benvenuta a New York ».

« Cioè nel New Jersey » lo correggo, ma mi esce solo un sussurro. Sto ancora fissando il suo viso. Sembra cresciuto di quattro anni nell'arco di uno solo, ma credo dipenda dalla barbetta che ora gli adorna il mento. Cerco di non pensare a quanto è figo, così sposto lo sguardo sulle sue braccia, peggiorando le cose. I suoi bicipiti sono più grossi di quanto ricordavo, quindi inghiotto il groppo che ho in gola e guardo le sue sopracciglia: quelle non potranno sembrarmi attraenti.

'Insomma, Eden, che ti prende?'

«New Jersey, come vuoi. Adorerai questa città. Grazie al cielo sei venuta».

«Aspetta». Faccio un passo indietro e lo guardo incuriosita, inclinando la testa. Sono più che sicura che il suo modo di pronunciare le vocali sia cambiato. «Ma è... un accento newyorkese quello che sento?»

Lui si sfrega la nuca e alza le spalle. «Un pochino. Ti si appiccica addosso, sai? E il fatto che Snake sia di Boston non aiuta. Sei fortunata che non mi sia venuta la erre moscia».

«È il tuo coinquilino, vero?» Cerco di ricordare tutte le nostre telefonate di quest'anno, quando Tyler mi aggiornava sulle scuole che aveva visitato o mi raccontava qualche aneddoto interessante, come quella volta, all'inizio dell'inverno, in cui aveva visto la neve per la prima volta, ma sono troppo distratta dai sottili cambiamenti della sua voce. Non so perché non li avevo notati, al telefono. «Quale hai detto che è il suo vero nome?»

«Stephen» risponde Tyler alzando per un momento gli occhi al cielo. «Forza, adesso dovremmo andare».

Si volta verso l'uscita, ma io gli ricordo che devo ancora ritirare i bagagli, così lui, un po' imbarazzato, mi guida verso il nastro trasportatore. Ho sprecato cinque minuti per saltargli addosso, quindi per fortuna adesso c'è meno ressa. Trovo la mia valigia in un minuto e poco dopo usciamo fuori dal terminal C e ci dirigiamo verso il parcheggio. Tyler trascina senza sforzo la mia valigia.

Fa molto caldo: più che a Santa Monica e a Portland. Mi tolgo la felpa e la infilo nello zaino proprio mentre arriviamo alla sua Audi che, sorprendentemente, è ancora in perfette condizioni. Francamente credevo di ritrovarla ricoperta di graffiti, o con almeno un paio di finestrini sfondati.

Tyler apre il bagagliaio (che si trova sul davanti) e ci mette la mia valigia, poi sbatte lo sportello. «Come se la sta cavando tua madre?» mi chiede, con un'espressione ironica.

Io alzo gli occhi al cielo e mi infilo al posto del passeggero, aspettando che mi raggiunga prima di rispondere. «Non tanto bene. Si comporta ancora come se mi stessi trasferendo qui in pianta stabile, o qualcosa del genere». Passo le dita sulla pelle del sedile e inspiro. Legna da ardere. Menta. Colonia Bentley. Ah, quanto mi è mancata questa maledetta colonia. «Anche Dean è furioso».

Tyler mi lancia una rapida occhiata indagatrice. Poi distoglie lo sguardo, avvia il motore e si allaccia la cintura. « Siete ancora in buoni rapporti? »

« Sì » mento. Sinceramente non ho idea di come siano i nostri rapporti dopo la discussione di questa mattina. Credo che siano buoni. Conoscendo Dean, credo proprio che gli passerà. « Tutto bene ». Sbircio Tyler con la coda dell'occhio e aspetto di vedere se avrà una reazione, se farà qualcosa, una cosa qualsiasi: serrare la mascella, strizzare gli occhi, ma lui si limita a sorridere, innestando la retromarcia.

« Bene » commenta, distruggendo all'istante qualsiasi minima speranza potessi nutrire. Ovviamente non gli fa rabbia che io stia ancora con Dean, perché mi ha del tutto dimenticata. « Come sta? »

Deglutisco e intreccio le dita, cercando con tutte le mie forze di nascondere la delusione. Comunque, non dovrei essere delusa. Non dovrebbe importarmi. « Bene ».

Un semplice cenno della testa. Adesso la sua attenzione è tutta sulla guida, ci stiamo avvicinando all'uscita. « E la mamma come sta? » mi chiede con voce dolce. « Diventa sempre più stressante a ogni telefonata. 'Sì, mamma, faccio il bucato. No, non ho dato fuoco all'appartamento e non mi sono messo nei guai' ». Fa una risatina e aggiunge: « Non ancora ».

« A parte quella multa che hai preso per eccesso di velocità » gli faccio notare. 'Comportati normalmente, fai la disinvolta' mi dico.

Mentre usciamo dal labirintico parcheggio e ci immettiamo sull'interstatale, mi fa un sorrisetto. « Occhio non vede, cuore non duole. Ma passiamo alle cose importanti: è figa la ragazza di Jamie? »

Io lo fisso e lui fa spallucce con aria innocente. « Che tipo che sei! Comunque sì, è carina ». Non vedo molto Jamie, perché non vuole avermi intorno quando c'è lei: sostiene che l'ho messo in imbarazzo la prima volta che l'ha portata a casa. A quanto pare, informare la fidanzata che il tuo fratellastro nel sonno recita *La strada non presa* di Robert Frost è un'infrazione del codice etico dei fratelli. « Ehi, indovina cosa è successo l'altra sera! »

« Cosa? »

« Chase ha chiesto a tua madre se poteva invitare una sua compagna di scuola a studiare. Ma è estate, cosa diavolo avrebbero da studiare? »

«Studiare» sghignazza Tyler. «Bella mossa per un tredicenne. Finalmente ha sostituito i videogiochi con le ragazze».

Le mie labbra si incurvano in un sorriso canzonatorio, ma lui non mi sta guardando. «A quanto pare hanno preso dal fratello maggiore, in fatto di ragazze».

«Quando torniamo a casa li ucciderò entrambi» borbotta lui, però ridendo. «Rubarmi la reputazione al liceo, che poca originalità».

Seguiamo l'interstatale, ma è l'ora di punta e il traffico è lento. Tiro giù l'aletta parasole. La luce comincia a darmi fastidio e i miei occhiali scuri sono in valigia (che idiozia metterli là). «Pensi che quest'anno sia passato in fretta?»

Quando il traffico si ferma di nuovo, Tyler coglie l'occasione per guardarmi. Riflette per un momento, poi alza le spalle. Non sta più sorridendo. «No. Mi sembrava che ogni mese durasse il doppio del normale. È stato un incubo aspettare l'estate».

«Credevo che per te il tempo fosse volato. Sai, con il giro delle scuole e il resto. Eri sempre impegnato».

Ogni volta che ci parlavamo, Tyler mi aggiornava sul suo programma. Ha viaggiato moltissimo per le scuole e altre organizzazioni, per sensibilizzare i più giovani sugli abusi contro i minori, condividendo la storia delle violenze inflittegli da suo padre quando era piccolo. A volte andava nel Maine, altre nel New Jersey. Ha passato molto tempo fuori da New York. Anche se spesso era stanco, credevo che fosse entusiasta della sua nuova vita.

Lui scuote la testa e torna a fissare la strada. Le auto in coda hanno ripreso a muoversi. «Certo, i giorni degli eventi passavano in un attimo, ma le notti sembravano non finire mai. Quando arrivavo a casa, Stephen era attaccato al computer a cercare di finire i compiti, quindi spesso mi annoiavo a morte. Dopo un mese rimani a corto di cose da fare a New York, se non conosci praticamente nessuno».

Tyler non mi aveva mai confidato di sentirsi annoiato. Durante le nostre telefonate non faceva che ripetermi quanto adorava la città, quanto era più buono il caffè di New York e quanto si stava divertendo. Non mi era mai venuto in mente che potesse mentirmi. «Se ti annoi così tanto, perché hai deciso di restare altre sei settimane?»

Per un attimo mi sembra che stia sorridendo. «Perché adesso ci sei tu».

«E che cosa vorrebbe...?»

« Ehi, adoro questa canzone » mi interrompe lui, allungando una mano per alzare il volume dell'autoradio con un rapido tocco sullo schermo. Non posso terminare la mia domanda, così inarco un sopracciglio mentre lui muove la testa a tempo di musica. Credo che sia l'ultimo singolo di Drake. « Il nuovo album di Kanye West, è uscito oggi ».

« Mmm » mugugno senza prestare attenzione. Francamente non me ne potrebbe fregare di meno. E poi Kanye West non mi piace. E nemmeno Drake.

A questo punto non so più bene di cosa stiamo parlando: Tyler fa dei commenti irrilevanti e io annuisco. Per esempio su quanto traffico c'è, oppure sul fatto che il clima è fantastico o che presto usciremo dal New Jersey per entrare a New York. Questo, finalmente, mi entusiasma un po'.

La macchina scende una specie di spirale, fino ad arrivare a una fila di caselli. Tyler si inserisce in una corsia per il pagamento in contanti e si dirige alla barriera. « Sai che cosa trovo assurdo del Lincoln Tunnel? » dice pensoso, tirando fuori il portafoglio.

« Che cosa? »

« Puoi andare gratis in New Jersey, ma devi pagare per dirigerti a est, verso New York ». Scuote la testa, con i contanti in mano, poi accosta al gabbiotto. « In effetti ha senso: nessuno vuole andare in New Jersey ». Io rido, mentre lui tira giù il finestrino. La macchina è così bassa che deve sporgersi per arrivare allo sportello.

Il casellante prende i soldi e commenta: « Bella macchina » poi solleva la sbarra. Tyler scatta subito avanti, sgasando, come per rispondere al complimento dell'uomo.

Io incrocio le braccia e mi volto verso di lui. « Certe cose non cambiano mai » dico scherzosamente.

Tyler fa un sorrisetto un po' imbarazzato. « Ormai ci sono abituato » ribatte scrollando le spalle.

Pochi secondi dopo, il sole che ci abbagliava scompare ed entriamo in uno dei tre tunnel, immergendoci in un caldo alone arancione. I miei occhi ci mettono un po' ad abituarsi al buio, poi sbircio fuori dal finestrino, anche se non c'è molto da vedere, a parte i muri di cemento. Mi sporgo per guardare il soffitto della galleria.

« Che cosa c'è sopra di noi? »

« Il fiume Hudson ».

« Che figata ». Mi mordo il labbro e mi sistemo per bene sul sedile. All'improvviso mi ricordo che starò sul serio a New York per sei settimane. Nell'ultima mezz'ora era come se avessi dimenticato dove eravamo diretti, ma il solo nominare il celebre fiume Hudson è bastato a riportarmi alla realtà.

« E adesso, benvenuta a New York! » annuncia Tyler dopo un minuto. Solleva una mano verso il parabrezza, io seguo con lo sguardo la direzione delle sue dita, che indicano la parete del tunnel.

Sul muro c'è una linea verticale. Da un lato c'è la scritta NEW JERSEY dall'altro NEW YORK. Stiamo superando il confine di Stato, il che significa che siamo davvero arrivati a New York.

« Saremo a Manhattan in un paio di minuti » aggiunge Tyler. Credo che abbia capito che sono così emozionata da non riuscire a spiccicare parola perché continua a sorridermi mentre guida. « Pensavo che, se non sei troppo stanca, più tardi potremmo andare a Times Square. Sai, dato che è la tua prima sera in città, eccetera. Devi passare la prima settimana a togliere di mezzo tutte le attività da turista ».

« Times Square mi sembra una buona idea ». Cerco di comportarmi in modo misurato, come se non fossi sul punto di strillare per la gioia a ogni minuto. Finora non avevo mai lasciato la costa occidentale, e adesso non solo mi trovo sulla costa orientale ma, fra tutti i posti possibili, sono proprio a New York. Probabilmente, a parte Los Angeles, è la città più grande del Paese, o almeno è così che si dice.

Presto scoprirò se è vero.

3

Mentre ci avviciniamo alla fine del Lincoln Tunnel, lentamente comincia a filtrare un po' di luce. Quando usciamo di nuovo allo scoperto, il sole quasi ci acceca. Però io continuo a guardarmi intorno, strizzando gli occhi, perché non voglio perdermi un secondo di questa città. Voglio vedere tutto.

All'inizio è una sensazione quasi familiare: il traffico congestionato, il flusso costante di persone che camminano sui marciapiedi o attraversano la strada di corsa, l'altezza dei grattacieli che fa venire quasi un po' di claustrofobia (in confronto, Santa Monica sembra un campo sperduto dell'Arkansas). Tutto mi appare sovraffollato e altissimo. Gli edifici però, almeno, offrono riparo dal sole. La gente sembra estremamente indaffarata: non c'è nulla di calmo, rilassato o lento. È tutto accelerato, come se ognuno si stesse precipitando a fare qualcosa di importantissimo. Penso che sia per questo che mi sembra un ambiente così familiare: è proprio come me lo aspettavo, solo senza il vapore che esce dai tombini. Forse in questo nei film esagerano.

« Wow! »

« Ho detto la stessa cosa anch'io » mi confida Tyler con una risata. Mi guarda con la coda dell'occhio, mentre osservo tutto quanto, e intanto si fa strada fra taxi e pedoni lungo la Quarantaduesima Strada. « Sembra un po' folle, vero? »

« Be', è New York. La sola e unica New York City! »

« Questo è il Garment District. Stiamo andando verso Midtown ».

Gli sto prestando solo una vaga attenzione, sento le sue parole ma non le comprendo immediatamente. I miei occhi sono attirati dagli edifici che torreggiano sopra di noi, dagli alberi che costeggiano i marciapiedi e dal fatto che molte strade siano a senso unico. Mi sporgo in avanti, per guardare meglio attraverso il parabrezza il panorama che ci sovrasta. « Il tuo appartamento è nell'Upper East Side, vero? »

Mi concentro di nuovo su Tyler, quindi noto il suo sorrisetto compiaciuto. Ci fermiamo a un semaforo. « Ti aspettavi qualcosa di meno da mia madre? »

« No » ammetto. « Non ti avrebbe mai mandato in un posto come Harlem ».

Lui fa un verso di disapprovazione e scuote la testa con aria scherzosa. « Oh, andiamo Eden, non credevo che ti fidassi degli stereotipi. East Harlem non è poi tanto male, anche se forse per me è così perché parlo spagnolo, quindi mi sento perfettamente a mio agio. Sarà per i miei geni ispanici ».

« Tyler, tu sei ispanico solo al venticinque percento. Non sembri affatto latino ». Cerco di non badare alla folla di persone all'angolo del marciapiede, in attesa di attraversare, che scattano rapide foto alla macchina di Tyler, ma è quasi impossibile non vedere che cosa stanno facendo. Tyler li ignora.

« Ho comunque dei geni ispanici » ribatte lui, sulla difensiva. « Ed è una cosa fantastica. Tutto grazie a nonna Maria. E a mio padre, immagino ».

Resto in silenzio per un momento. Sono un po' stupita che Tyler abbia menzionato suo padre e mi aspetto di vederlo serrare nervosamente la mascella o cambiare umore, ma lui continua a sorridere e a indicare fuori dal vetro. Ormai deve essersi abituato a parlare di suo padre. È da un anno che lo fa.

« Nel caso non l'avessi ancora notato, quella laggiù è Times Square ».

« Che cosa? »

Il semaforo diventa verde proprio nell'attimo in cui i miei occhi si spostano verso la strada davanti a noi, e Tyler subito schiaccia l'acceleratore. La macchina svolta l'angolo di scatto, lasciandosi dietro una scia di gas di scarico che senza dubbio avrà impressionato il nostro pubblico sul marciapiede. Riporto immediatamente lo sguardo su Tyler.

« Facciamo una deviazione » mi spiega, sorridendo alla mia espressione sbalordita. « Non voglio che tu la veda. Non fino a stasera ».

« Stai scherzando, vero? Mi dici che ho Times Square davanti al naso e poi sgommi via prima che possa vederla?» Incrocio le braccia e mi volto dall'altra parte, facendo finta di essere molto irritata, ma senza smettere di sorridere.

«Di sera è più bella».

Ci dirigiamo a nord sull'Ottava Strada, superiamo alberghi, negozi, ristoranti e, naturalmente, centinaia di turisti. È facile distinguerli dai newyorkesi, soprattutto perché hanno espressioni affascinate e scattano foto a qualsiasi cosa. Se non fossi nascosta dai vetri oscurati di Tyler lo farei anch'io.

«Stiamo attraversando la Broadway» borbotta Tyler quasi subito dopo aver svoltato sulla Cinquantasettesima. «Central Park è a due isolati sulla tua sinistra. Fra poco, a destra, vedrai la Carnegie Hall».

«Smettila!» Alzo le mani esasperata, cercando di girare gli occhi da tutte le parti e non perdermi nulla. Guardo a sinistra, sperando di vedere un lampo di verde, ma ci sono due isolati di mezzo, quindi mi concentro sulla strada che stiamo attraversando, la Broadway. Non corre parallela alle altre strade della città ma le taglia in diagonale. A parte questo, però, è uguale alle altre strade che abbiamo oltrepassato, così sposto lo sguardo in avanti e aspetto di veder comparire la Carnegie Hall, anche se non sono sicura di che aspetto abbia. So solo che è una famosa sala da concerto.

«Là» dice Tyler, con un cenno della testa alla costruzione che stiamo superando sulla destra. Riesco a vederla solo per pochi secondi, ma mi bastano per capire che si confonde con gli altri edifici. Forse, se fossi appassionata di musica classica, la troverei più eccitante.

«Tutto qui?»

«Già».

Proseguiamo sulla Cinquantasettesima, fermandoci ai semafori ogni pochi minuti. Ci sono tantissimi negozi con nomi che non ho mai sentito e mi sforzo di ricordarmene almeno la metà. Deve volerci un sacco di tempo per fare shopping a Manhattan.

Siamo di nuovo fermi a un semaforo quando guardo verso sinistra e finalmente vedo del verde: Central Park. È solo un'estremità del parco, ma è sufficiente per risvegliare il mio entusiasmo. La mia carica di euforia si è esaurita nei venticinque minuti in cui abbiamo girato per Manhattan, ma ora sta tornando. Central Park è il posto che aspettavo di vedere con più impazienza. Pare che sia un luogo fantastico per correre.

« Quinta Strada » mi informa Tyler. Mi dà una gomitata sul braccio, notando che non sto prestando attenzione ai negozi di lusso a pochi metri da noi, ma non me ne frega nulla.

Finalmente distolgo gli occhi dagli alberi e guardo Tyler. « Quello è Central Park, vero? »

Lui sorride. « Sì ».

Poi il semaforo diventa di nuovo verde e ripartiamo, prima che possa lanciarmi un'ultima occhiata alle spalle. La città mi sembra immensa e caotica, ma Tyler a quanto pare sa come muoversi. Svoltiamo a nord, sulla Terza Strada, che mi fa venire in mente la Promenade di Santa Monica. Mi chiedo che cosa sta facendo Dean nel suo giorno libero.

« Siamo quasi arrivati, mancano circa quindici isolati. Devi cercare la Settantaquattresima ».

Guardo fuori dal finestrino. La Sessantunesima, davanti a noi, è davvero spettacolare. Il cielo è sereno e gli edifici, illuminati dal sole, sembrano quasi tutti bianchi. Poi arriviamo alla Settantaquattresima: non me ne ero neanche accorta, finché Tyler non ha svoltato a destra in una stradina a senso unico. A quel punto rallenta e parcheggia, fra una Honda e un furgone, lasciando meno di cinque centimetri di spazio.

Mi sporgo a guardare attraverso il parabrezza e aggrotto la fronte. « Non hai paura che ti rovinino la macchina per uscire? »

« No, non si spostano mai » mi tranquillizza, spegnendo il motore. Toglie le chiavi e si sgancia la cintura di sicurezza. Io faccio altrettanto. « Il furgone appartiene a un vecchio che abita nell'edificio accanto, e che non guida più, mentre nella Civic ci vive una ragazza. L'ho sempre vista ferma qui, da quando mi ricordo. Ogni sera lei torna e ci dorme dentro ». Ha un'espressione impassibile, quindi non capisco se sta scherzando. Non ho occasione di chiederglielo, perché lui mi esorta: « Dai, vieni, prendo la tua roba ».

Apro la portiera ed esco, stiracchiando le gambe.

E allora: *wow*!

New York.

Sono a New York. Sono davvero qui, per le strade di Manhattan. Guardo in basso: un sacco di gomme da masticare e un po' di spazzatura. Comunque, è Manhattan!

« Tutto bene? »

Rialzo gli occhi di scatto. Tyler sta tirando fuori la mia valigia dal bagagliaio, facendo attenzione a non urtare la Honda Civic, e ha inarcato un sopracciglio. Io gli faccio un sorriso imbarazzato e prendo il mio zaino dalla macchina, poi mi allontano e me lo metto in spalla. « È solo che... è surreale ».

Ora riesco a sentire anche il suono di questa città indaffarata: motori, voci, clacson. Sembra contemporaneamente troppo forte, ma non invasivo. Come un ronzio costante, a cui penso di potermi abituare. Ora capisco perché i newyorkesi parlano a voce così alta.

« Lo so » dice Tyler. Sbatte lo sportello del bagagliaio e chiude la macchina. « Entro una settimana non ci farai più caso ». Fa il giro dell'auto per raggiungermi sul marciapiede. Proprio quando sto per chiedergli dov'è il suo appartamento, lui fa un cenno verso il palazzo dall'altra parte della strada, il più alto dell'isolato. Dall'esterno sembra bello, con i suoi mattoni biancastri e le grandi finestre con gli infissi marroni.

« Sì, questa è decisamente opera di tua madre ». Era ovvio che Ella avrebbe scelto il palazzo più bello. Mi chiedo come sarà all'interno. Inclino la testa all'indietro e conto rapidamente i piani. Sono venti. « Tu a che piano stai? »

« Al dodicesimo. Appartamento 1203 ». Mi sta ancora sorridendo. Penso che non abbia mai smesso da quando ci siamo incontrati all'aeroporto. « Vuoi entrare? »

Io annuisco e lo seguo attraversando la strada, verso una porta a vetri. Lui digita un codice sul tastierino e si sente un trillo acuto, mentre si sblocca. Trascino dentro la mia valigia, restando accanto a lui, e studio l'ingresso mentre mi guida verso un ascensore. C'è una parete coperta di cassette per la posta e qualche distributore automatico, ma per il resto l'ambiente è spoglio. Però l'ascensore è enorme. Probabilmente ci starebbero almeno venti persone, ma ci siamo solo io e Tyler. Lui si mette da un lato e io dall'altro, ed è come se ci fosse decisamente troppo spazio a dividerci, come se dovessimo stare più vicini. Ma forse è solo un'illusione.

« Snake dovrebbe essere tornato ormai » dice dopo un momento. L'ascensore parte con un lieve sobbalzo. « Era uscito con dei compagni di studi, ma sono sicuro che ora sia a casa ».

« Devo proprio chiamarlo così? » Di solito non ho problemi coi soprannomi, ma il suo è ridicolo. Chi mai vorrebbe farsi chiamare Serpente? « Non posso chiamarlo semplicemente Stephen? »

« Certo, se vuoi farti odiare » ribatte Tyler, impassibile. Poi, lentamente, mi fa un sorriso. « Dopo un po' smette di suonare stupido. Soprattutto quando lo urli dall'altra parte della strada. Impari a ignorare gli sguardi straniti ».

Le porte dell'ascensore si aprono con un *ding*, rivelando un pianerottolo dipinto di vernice biancastra, presumo lo stesso colore della facciata esterna. Alla terza porta Tyler si ferma, con la mia valigia, fuori dall'appartamento 1203.

« Stamattina ho messo in ordine per te, ma se Snake è in casa non posso prometterti che sarà come quando l'ho lasciata » mi avverte Tyler prendendo delle chiavi dalla tasca posteriore dei jeans. Sembra un po' nervoso.

« Non importa ». Sto di nuovo sorridendo. Il fatto che abbia cercato di sistemare il suo appartamento per me mi fa sperare che volesse farmi una buona impressione. Però più ci penso più mi vengono i dubbi.

Si sente un piccolo scatto e Tyler spinge la porta, poi fa un passo indietro e mi fa entrare per prima. Subito penso: 'Ella'.

Mi trovo in un open space. Moquette beige, morbidi divani rossi, mobili neri lucidi e uno schermo tv incredibilmente grande, fissato alla parete fra due grandi finestre con vista sulla città. Alla mia destra ci sono due porte, presumo delle camere da letto, e a sinistra c'è una cucina. I colori sono sempre bianco, rosso e nero. Cucina e soggiorno sono divisi soltanto da un bancone, in modo che stando in cucina si possa guardare in soggiorno. Gli armadietti e i piani di lavoro sono bianchi e lucidi. A lato della cucina c'è una porta aperta, che a quanto pare dà sulla lavanderia. Dall'altra parte c'è un'altra porta, che però è chiusa.

« Amico, sei tu? » grida una voce da là dietro. « C'è di nuovo un problema con la doccia. L'acqua è gelata, non si scalda ».

Inarco un sopracciglio sentendo il marcato accento bostoniano. In confronto le vocali di Tyler sembrano normalissime. La porta del bagno si apre e ne esce un ragazzo alto e biondo. Ha la pelle molto chiara ed evidentemente sta pensando agli affari suoi, perché attraversa la cucina frugando con una mano nei pantaloni della tuta, per darsi una sistematina. « 'Sti stronzi pensano davvero che voglia congelarmi le palle... » Quando si accorge di me si interrompe. Si ferma. Lentamente tira fuori la mano dai pantaloni. « Oh, merda ». Lancia un'occhiata a Tyler. « Avresti potuto, non so, avvisarmi ».

Tyler fa una risata e mi guarda di sbieco, scrollando appena le spalle, con aria quasi di scusa. « Eden... lui è Snake ».

« Ehi » butto lì, ma mi sento un po' in imbarazzo, come un'intrusa che avesse appena fatto irruzione nella loro tana per soli maschi. « Ehm, piacere ». Certo ci sono modi più piacevoli di conoscere una persona che beccarla a ravanarsi nei pantaloni.

« Piacere mio » risponde lui raggiungendoci davanti alla porta. La prima cosa che noto sono i suoi occhi incredibilmente opachi. Sono azzurri, ma di un colore così slavato che sembra quasi grigio. Mi tende *quella* mano, ma io scuoto la testa e lui fa un sorrisetto. « Non vuoi stringermi la mano? »

« Be', in effetti ne farei volentieri a meno ».

Tyler si schiarisce la voce e incrocia le braccia, passando lo sguardo da me a Stephen. « Bene, per prima cosa stabiliamo delle regole ».

« Regole? » ripete Stephen (o, meglio, Snake), quasi ignorasse il significato della parola.

« Adesso che con noi vivrà anche una ragazza, quando sei in bagno dovrai chiudere la porta » spiega Tyler. « Al mattino Eden andrà in bagno per ultima, perché avrà bisogno di più tempo ». Sto per obiettare, ma poi capisco il suo ragionamento: se vado per ultima, nessuno di loro due mi busserà alla porta chiedendomi di sbrigarmi.

« Sei proprio la ragazza più fortunata del mondo! Puoi dividere un appartamento con me. Cosa puoi chiedere di più dalla vita? » Snake mi guarda e inclina la testa, inarcando un sopracciglio. Tyler si limita ad alzare gli occhi al cielo. « Voglio dire, vivrai col ragazzo più figo che tu abbia mai conosciuto ».

Io faccio una smorfia. « Sei sempre così... »

« Affascinante? Sì ». Sorride e mi dà un buffetto sulla testa con aria condiscendente (per fortuna non con la mano di prima) e poi si gira verso il divano. « La tv è mia ».

« Non preoccuparti » mi sussurra Tyler in un orecchio. « È il suo modo di scherzare ».

In realtà non sto molto attenta a quello che mi dice, perché sono concentrata sul fatto che sento il suo respiro sulla pelle e devo fare di tutto per non mostrare reazioni. Mi mordo il labbro per bloccare un brivido e, come un automa, allungo una mano verso la valigia. « Ehm, dove posso mettere la mia roba? »

« In camera mia ». Mi prende la valigia e la trascina sulla moquette, verso la prima porta sulla destra. La apre col ginocchio, mi fa di nuovo passare per prima e poi lascia il mio bagaglio accanto al letto king size. La stanza è più spoglia di quella che aveva a casa. Anche qui c'è la moquette beige, la trapunta è rossa e le cassettiere sono nere. Le pareti sono coperte di poster di giocatori di football e baseball.

« Da quando ti piace tanto il baseball? »

« Da quando mi sono trasferito a New York » risponde con un sorrisetto. Fa un cenno della testa verso il letto. « Puoi usare tu la mia stanza, io dormirò sul divano ».

« Perché? Non dormiamo insieme? » Oddio, le parole mi sono uscite di bocca così in fretta che non mi sono quasi accorta di averle pronunciate, finché non ho visto spegnersi il sorriso di Tyler. Si sfrega la nuca e alza le spalle. Dividere il letto decisamente non è una proposta saggia.

« Per me andrà benissimo il divano, Eden ». Cerca di farmi un sorriso gentile, ma sembra un po' forzato. All'improvviso l'atmosfera diventa così soffocante che mi fa venire voglia di aprire la finestra e scavalcare il davanzale. So che era una proposta stupida, ma comunque Tyler ha rifiutato e questo significa che tra di noi è davvero tutto finito.

Mi sforzo di comportarmi con disinvoltura, fingendo di respirare normalmente. « Già, era un'idea stupida. Ti spiace se faccio un riposino? Sono molto stanca ». Do un'occhiata all'orologio. Ormai sono le 18:30, e anche se a casa sono solo le 15:30, all'improvviso mi sento sfinita. Scegliere un volo all'alba non è stata un'idea geniale.

« Certo, fai pure » risponde lui arretrando di un passo verso la porta, come per cercare di sfuggire alla sua folle sorellastra che cerca di trascinarlo a letto. « Vuoi lasciar perdere Times Square, stasera? Possiamo andarci domani ».

« No, no » ribatto in fretta, con un po' troppo entusiasmo. « Ci tengo ad andare a Times Square. Concedimi solo un'oretta di sonno e poi usciamo ».

« Solo un'ora? » Tyler mi guarda perplesso. Se c'è una cosa che ha imparato su di me negli ultimi due anni, è che potrei dormire a tempo indeterminato. Probabilmente dubita che possa svegliarmi così presto, dopo essermi appisolata.

« Un'ora » confermo. « Svegliami, se necessario ».

Spero che Times Square possa aspettare.

4

Mi giro sul fianco e distendo le braccia, frugando fra le lenzuola alla ricerca del mio cellulare, senza trovarlo. Il letto è troppo caldo e le lenzuola mi si appiccicano addosso. Con un lamento, scalcio via la trapunta e mi metto seduta. Non so bene che ore siano. La stanza è ancora invasa dalla luce del sole e attraverso la porta della camera di Tyler filtra il suono attutito della tv. Scivolo fuori dal letto e apro la porta. Lui e Snake sono stravaccati sul divano a guardare una partita di football.

Mi schiarisco la voce per attirare l'attenzione di Tyler. Lui gira immediatamente la testa verso di me e il suo viso si illumina. Snake invece non batte ciglio. Si limita a imprecare contro la tv e a prendere un sorso dalla bottiglia di birra che ha in mano.

« Per quanto ho dormito? » chiedo con voce bassa e un po' roca.

Tyler si alza e viene verso di me, facendomi di nuovo accelerare i battiti del cuore. Spero che da domani riuscirò a concentrarmi meglio e non avrò le palpitazioni ogni volta che mi guarda, mi parla o si avvicina a me. « Venti minuti ».

Gli lancio un'occhiata incredula. Venti minuti? Impossibile. Quando controllo l'orologio, però, mi rendo conto che è vero. Non sono ancora le sette. « Oh. Allora andiamo a Times Square? »

« Sì. Ti porto fuori a cena, quindi spero che tu sia affamata ». Il suo sorriso si attenua per un attimo. Solleva un sopracciglio, forse si aspetta che abbia da ridire.

« Sì, sono affamatissima ». Fra il volo all'alba, il viaggio e il fuso orario, in qualche modo sono arrivata alle sette di sera senza aver mangiato nulla, se non conto il caffè di questa mattina all'aeroporto.

Riecco il sorriso di Tyler. « Diciamo fra mezz'ora? »

« Sì, sarò pronta ». Snake continua a non darci retta, e il mio sguardo si sposta oltre lui, verso la porta del bagno. Faccio un cenno con la testa. « Posso? »

« Non devi chiedere il permesso, Eden » risponde Tyler con una risata. « Questa ora è anche casa tua. Vai pure ».

Poi, nello stesso istante, ci voltiamo verso la sua camera. I suoi vestiti sono nel suo armadio e i miei sono nella valigia sul pavimento. Gli faccio un sorriso di sbieco, mentre entriamo insieme nella stanza.

« Visto che adesso questa è la tua stanza, dovrai abituarti a vedermi entrare spesso per prendere la mia roba » scherza lui, aprendo l'armadio. « Non preoccuparti, busserò prima ».

Con un'espressione divertita, sollevo la mia valigia da terra e faticosamente la butto sul letto. Non so bene come vestirmi, quindi mentre apro la lampo sbircio Tyler con la coda dell'occhio per vedere se sceglie vestiti eleganti o casual. Dopo aver frugato per un paio di minuti nell'armadio e nei cassetti, mette sul letto un paio di pantaloni beige e una camicia di jeans blu scura.

« Vai tu in bagno, vero? »

Annuisco. Il mio sguardo ricade subito sulla valigia e deglutisco, sentendomi i suoi occhi addosso. « Sì ». Lui è in piedi accanto alla finestra, in attesa che io esca per potersi cambiare, quindi setaccio i miei vestiti il più in fretta possibile, per non farlo aspettare. Prendo varie alternative e mi dirigo alla porta. « Mi sbrigo in fretta. Faccio una doccia al volo ».

« Gli asciugamani sono sul secondo scaffale dell'armadietto » mi grida.

Quando mi chiudo la porta alle spalle ed entro in soggiorno, Snake non è più stravaccato sul divano, anche se la partita non è ancora finita. Vado verso la cucina e all'improvviso, da dietro il frigorifero, compare una testa. Lui solleva una bottiglietta. « Vuoi una birra? »

« Una birra? » ripeto. Il suo accento bostoniano non è facile da capire.

« Già, una birra. La vuoi o no? »

« Certo ». Allungo una mano, in attesa, anche se sospetto che ritratterà la sua offerta. Invece tira fuori una Corona dalla confezione e me la passa. È la mia prima sera a New York, una birra per festeggiare non mi farà male.

« Aspetta, faccio io ». Prende l'apribottiglie dal bancone, si gira e fa saltare il tappo della mia birra. Poi recupera la sua bottiglia e beve un sorso. « Non ti facevo una tipa da birra ».

« E io non ti facevo un tipo ospitale » ribatto, ma stiamo solo scherzando. « Grazie ».

Lui tocca la mia bottiglia con la sua, come per dire 'Prego' poi beve un altro sorso mentre io vado verso il bagno, con i vestiti in una mano e la birra nell'altra.

« Non vuoi lasciare la porta aperta, così posso godermi lo spettacolo? »

Mi volto e lo fulmino con lo sguardo. Non sono sicura di apprezzare del tutto il suo senso dell'umorismo, ma di certo alla fine mi ci abituerò. « Decisamente no ». Apro la porta col ginocchio e mi chiudo dentro.

Non ci metto molto a prepararmi perché non mi lavo i capelli: dopo essermi rinfrescata e struccata, non mi resta che infilarmi i vestiti. Lascio i capelli sciolti e mi metto una minigonna rosa, una canotta bianca e infine una giacca di jeans. Mentre mi preparavo ho quasi finito la birra, porto con me quello che ne resta mentre torno in camera di Tyler. Quando entro, lui si sta spruzzando la colonia. È Bentley.

« Te l'ha data Snake? » mi chiede con un cenno verso la bottiglia che ho in mano. Per un attimo mi sembra che stia per incupirsi, ma la sua espressione è neutra.

« Sì ». Metto la birra sul comodino e butto i vestiti in valigia, senza stare a piegarli. Li sistemerò più tardi, in questo momento tutto quello che mi serve è la pochette dei trucchi. La sfilo da sotto una serie di sandali. Mi guardo intorno rapidamente alla ricerca di uno specchio e ne vedo uno, piccolo, sopra la cassettiera dove si trova Tyler. « Posso mettermi un attimo lì? »

« Certo ». Si sposta di lato per lasciarmi posizionare davanti allo specchio e mi osserva. « Hai fatto qualcosa ai capelli? » mi chiede dopo un momento.

« I capelli? » Sollevo lo sguardo e lo intercetto attraverso lo specchio. « Solo qualche colpo di sole ». Lui commenta con un cenno della testa, così riabbasso lo sguardo verso i trucchi e frugo nella pochette. Non voglio farlo aspettare, quindi metto solo un po' di mascara per far risaltare gli occhi.

Non so cosa ci stia succedendo, ma all'improvviso mi sembra che ci sia imbarazzo fra di noi. Non c'era all'aeroporto e nemmeno durante il giro a Manhattan, ma adesso è cambiato qualcosa. Comincio a temere che sia stato il mio suggerimento inappropriato di prima a mettere a disagio Tyler. Quello di dormire insieme. O magari l'imbarazzo è dovuto al fatto che lui non mi desidera più in quel modo, nel modo che non dovrebbe.

«Sono pronta» annuncio, appiccicandomi un sorriso sulla faccia mentre mi giro. Sbirciandolo nello specchio, non mi ero accorta che si era infilato i suoi stivali marroni, e mi sfugge un sospiro. Mi chiedo se sa quanto lo trovo irresistibile quando li indossa.

«Che c'è?»

«Niente». Mi mordo il labbro per impedirmi di arrossire e raccolgo in fretta le mie Converse dal pavimento, poi me le infilo e mi tiro su. «Andiamo».

Lo seguo in soggiorno: Snake è di nuovo accanto al frigorifero a prendersi un'altra birra, penso sia la terza. Mi augura di godermi Times Square, anche se non è altro che 'una stronzata sopravvalutata' (parole sue) e poi, finalmente, Tyler e io usciamo dal palazzo.

Sulla Settantaquattresima fa molto caldo e sento di nuovo quel rumore di sottofondo. Ci sono ancora un sacco di macchine strombazzanti, ma quel suono mi piace. È stranamente rilassante. Tyler non dice niente e io lo seguo dall'altra parte della strada, fermandomi davanti alla portiera del passeggero della sua auto. Il furgone e la Honda non si sono mossi.

«Non andiamo in macchina» mi informa Tyler, ridendo come se avessi dovuto saperlo. Mi guarda da una distanza di pochi passi, sorridendo, e comincio a sperare che l'imbarazzo che si era creato nella sua camera sia stato solo passeggero. «Andiamo in metropolitana».

«In metropolitana?» La mamma mi aveva espressamente raccomandato di non prenderla: sono a New York da sole tre ore e a quanto pare sto già per trasgredire questa regola. In realtà, io ho sempre desiderato andarci almeno una volta nella vita, giusto per fare l'esperienza.

«Sì, prendiamo la linea 6, sulla Settantasettesima». Non credo che si sia reso conto che non ho idea di che cosa stia dicendo. «Andiamo alla Grand Central. Sai cos'è la Grand Central Station, vero?»

«La famosa stazione?» Mi tengo al suo fianco, adeguandomi al suo passo, anche se presto più attenzione a tutto ciò che mi circonda che a lui.

«Sì, quella. Ora prendo una MetroCard per te».

«Una cosa?»

Mi guarda cercando di trattenere un'altra risata. «Dio, sei proprio una turista».

Giriamo a destra sulla Lexington Avenue, dove gli edifici sembrano più squallidi. Sono tutti rossi o marroni, sporchi. La strada è trafficata come la Terza, ma sembra più caotica. Arriviamo alla stazione in cinque minuti, ma io non so quale entrata prendere: ce ne sono otto, una a ogni angolo della strada. Mi volto verso Tyler. «Perché ci sono così tante scale?»

«Queste quattro sono per i treni che vanno verso nord» mi spiega lui, indicando i quattro ingressi sul lato est, poi fa un cenno della testa verso quelli sul lato opposto. «Quelle quattro vanno verso sud, dove siamo diretti noi».

Quando il traffico ce lo consente attraversiamo la strada, quasi di corsa, poi Tyler mi dà un colpetto spingendomi verso le scale della metropolitana. Guardo in basso e mi sembra un covo di spacciatori. Ho l'impressione che, una volta scese un paio di rampe, la luce del giorno non filtrerà più, e l'illuminazione elettrica sarà insufficiente. Ho guardato abbastanza film dell'orrore per sapere che molto probabilmente morirò lì dentro.

I passanti ci urtano entrando e uscendo dalla stazione, e io sono in ansia. Tyler mi studia con le braccia incrociate.

«La prendi spesso?» gli chiedo.

«Praticamente ogni giorno. Fidati, è sicura».

Io non mi muovo. Preferirei camminare fino a Times Square, non importa quanti isolati sia distante. Guardo la mascella di Tyler. «Non ci sono degli autobus o dei mezzi di superficie?»

Lui alza gli occhi al cielo, poi si rimbocca le maniche della camicia di jeans e mi prende la mano. È un gesto così improvviso che il mio corpo smette di funzionare, anche quando Tyler mi dà uno strattone per farmi scendere. «Anche i bambini prendono la metropolitana, Eden, quindi adesso ti ci porto. Fine della discussione» mi intima.

Non gli rispondo neanche. Non posso farlo. Mi sento come se fossi di nuovo in terza media e il ragazzo per cui ho una cotta mi avesse appena preso la mano per la prima volta. È un gesto così semplice, eppure sembra così significativo. La sua pelle è tiepida e le nostre dita si intrecciano alla perfezione. È esattamente la sensazione che ricordavo. Mi manca l'aria: non capisco se è per il contatto con lui o perché mi trovo sottoterra. Cerco di convincermi che sia per il secondo motivo.

« Hai visto? Non è così terribile, vero? » La voce di Tyler mi rimbomba nelle orecchie e la sua mano si scioglie dalla mia. Recupero l'uso dei sensi e mi guardo intorno, chiedendomi per quante rampe di scale mi ha trascinato e perché ci sia luce anche quaggiù, finché i miei occhi tornano finalmente nei suoi.

« Sì » dico, ma la mia voce è ridotta quasi a un sussurro. Che bambina che sono. Lui non ha fatto altro che guidarmi in una stazione della metropolitana. Abbasso gli occhi sulle sue mani, che adesso sono infilate nelle tasche dei pantaloni. Lui mi sta scrutando incuriosito. « Allora, che cos'è una MetroCard? »

« La cosa che ti farà passare da lì ». Fa un cenno della testa verso una fila di tornelli e solo adesso mi accorgo di quanto sia rumoroso quaggiù. Sento un treno che arriva in lontananza e mi sembra quasi che la terra tremi, ma non è così. Mi pare anche di sentire un musicista di strada, su una banchina da qualche parte. « Laggiù ».

Lungo una parete ci sono dei distributori automatici. Seguo Tyler in quella direzione, in parte perché non mi sento sicura e in parte perché spero che mi prenda di nuovo per mano. Non lo fa.

« Sei ancora agitata? » Mi guarda con la coda dell'occhio mentre tocca lo schermo, selezionando le opzioni così in fretta che faccio fatica a seguire l'operazione.

« Ho un po' di claustrofobia » ammetto. Faccio vagare lo sguardo per la stazione. Non so bene a quale profondità ci troviamo, ma ho l'impressione di essere intrappolata nel centro della Terra, anche se tutti gli altri sembrano sereni. Di sicuro non sono turisti.

« Ti ci abituerai in pochi giorni. Ti abituerai a New York entro la fine della settimana ». Tira fuori il portafoglio, prende la carta di credito e la infila nel distributore, poi digita il PIN e la estrae. Una fessura più in alto sputa fuori una carta gialla con la scritta blu. « Accesso illimitato per un mese » mi dice passandomela. « Adesso sei a posto ».

Io la esamino per un momento, mentre lui rimette la carta di credito nel portafoglio e prende la sua MetroCard. « Quanto l'hai pagata? »

« Che importa? » Mi lancia uno sguardo tagliente, come se la domanda l'avesse offeso.

« Perché adesso sono in debito con te ».

Si mette a ridere nel bel mezzo della stazione e alza gli occhi al cielo, due volte. « Ma dai! Non mi devi niente. Ho l'ordine tassativo di occuparmi di te ». Mi passa un braccio intorno alla spalla, mi attira a sé e mi stringe, prima di spingermi via. È un gesto scherzoso, ma per qualche secondo quel contatto mi esalta.

Quando la sensazione svanisce, riesco a concentrarmi sulle sue parole. « Chi te l'ha dato quest'ordine? »

« Dai, sta per arrivare un treno ». Ignorando del tutto la mia domanda, mi appoggia una mano sulla scapola e mi guida oltre i tornelli. Devo infilare la MetroCard nella fessura e poi oltrepassare la sbarra.

Tyler mi segue. La stazione della metropolitana, in generale, non è affollata come mi aspettavo. Al binario siamo circa una quindicina di persone, ma molto probabilmente il motivo è che ormai sono le 19:45. L'ora di punta è passata da un pezzo.

« Ecco » dice Tyler. Deve alzare la voce per farsi sentire sopra il frastuono del treno in arrivo. Adesso la terra sta davvero tremando. La sento vibrare sotto di me, mentre il rumore mi trapana i timpani, e quando il treno malconcio si ferma in fondo al binario ho un'aria disgustata.

Appena si aprono le porte, Tyler mi spinge nella carrozza centrale. Ci sono diverse persone sedute e alcune in piedi. Lui resta in piedi, così gli lancio un'occhiata interrogativa.

« Scendiamo fra tre minuti. Di cronometro ».

« E dove? » La carrozza è silenziosa, quindi tengo la voce bassa per paura di disturbare le persone intorno a noi. « Alla Grand Central? »

« Sì. Poi prendiamo il collegamento per la Quarantaduesima ». Si regge a un sostegno e io a quello opposto, ci guardiamo negli occhi. L'angolo della sua bocca si solleva in un vago sorrisetto. « Allora, prima la cena? »

5

Appena usciamo sulla Quarantaduesima, i miei occhi si appannano. Anzi, credo che abbiano tutte le reazioni possibili: scintillano, si strizzano, si spalancano, cercano di catturare ogni dettaglio. C'è così tanto da vedere! Mentre Tyler, che mi ha posato le mani sulle spalle, mi fa girare l'angolo della Broadway, la prima cosa che noto è quanto ogni cosa sembri vivace e brillante. Anche se non è ancora buio, lo spettacolo è comunque incredibile. All'inizio non so bene che cosa dire o fare, sono scioccata. I miei occhi saettano a destra e a sinistra, senza fermarsi un istante. A quanto pare non tutti i dettagli di New York sono esagerati, nei film, perché quella che ho davanti agli occhi è la replica esatta di tutte le scene ambientate a Times Square che ho visto tante volte. Ed è esattamente così che mi sento: come in un incredibile film, come se niente di tutto questo fosse reale.

Intorno a me lampeggiano enormi pubblicità al neon e mi chiedo se una persona epilettica riuscirebbe a sopportarlo. La piazza è piena di gente. È affascinante, in questo momento non mi importa neanche di sembrare la classica turista. Ho guardato l'immagine di Times Square così tante volte che, adesso che sono davvero qui, riesco a malapena a trattenermi.

Per un secondo devo essermi dimenticata che Tyler è ancora in piedi dietro di me, con le mani sulle mie spalle, perché tiro fuori il cellulare e comincio a scattare fotografie. Non sono un granché, mi tremano talmente le mani che la metà sono sfocate, ma più tardi le manderò comunque alla mamma e a Dean. Faccio scatti ai cartelloni a LED, alla folla brulicante, anche al cielo, che sembra stupendo solo perché è il cielo di New York. Qui tutto sembra splendido.

Perfino i taxi gialli combaciano perfettamente con la Times Square della mia immaginazione. Si superano a vicenda in modo spericolato, facendo stridere i freni ogni volta che il tassista inchioda per caricare un potenziale passeggero. I semafori cambiano colore, i pedoni si precipitano ad attraversare la strada. C'è uno strano odore nell'aria, come un misto di hot dog e arachidi.

Times Square.

È tutto vero. È proprio tutto vero.

Con un sorriso così largo che cominciano a farmi male i muscoli della faccia, mi giro e attiro Tyler a me, attenta a tenere le luci al neon alle nostre spalle. Stringo il mio corpo al suo calore e sollevo lo smartphone. Sono molto più bassa di lui, i miei occhi sono all'altezza della sua bocca. Lui inclina la testa di lato, appoggiando la faccia contro la mia.

« Sorridi » sussurro, e intanto scatto la foto. Il flash ci acceca per un attimo. Quando i miei occhi tornano alla normalità, li abbasso per ammirare la nostra immagine.

Il sorriso di Tyler è uguale al mio. È grande quanto il mio, se non di più, ed è così attraente che potrei girarmi e baciarlo in questo istante, se solo ne avessi il coraggio. Penso che essere qui, a New York, con lui, mi abbia già dato alla testa, e sono passate appena tre ore. Tre ore, e già tutti i miei sentimenti stanno ritornando, dieci volte più forti. Se prima pensavo di essere attratta da lui, adesso la mia è diventata una vera e propria dipendenza.

« Mi piace questa foto » dice Tyler a bassa voce, e i miei occhi si posano sui suoi. Sta sbirciando da sopra la mia spalla, ammirando la nostra espressione felice. I suoi occhi brillano ancora.

« Anche a me » ammetto, inghiottendo il nodo che mi si sta formando in gola. Vorrei che non mi facesse questo effetto, vorrei che nell'ultimo anno quello che provo per lui fosse svanito, ma non è così. Torno a guardare il telefono, che sta per scaricarsi, e imposto la nostra foto come sfondo, sostituendone una di Dean. Mi sento quasi in colpa, come se lo avessi tradito, ma prima che io possa riflettere su quello che sto facendo, Tyler ricomincia a parlare.

« Voglio portarti da Pietrasanta, un ristorante italiano sulla Nona Strada ».

« Italiano? » Fra tutti i ristoranti che c'erano, sceglie di portarmi in quello che più probabilmente mi farà pensare a Dean. Mi mordo l'interno della guancia.

« Tu adori la cucina italiana, no? » All'improvviso sembra preoccupato, ma la verità è che all'improvviso lo sono anch'io. E non per la scelta del ristorante. « Me l'hai detto qualche mese fa, giusto? »

« Sì, è vero ». Ogni mercoledì vado a cena da Dean. Sua madre cucina dei deliziosi piatti italiani. Dean trova imbarazzante l'attaccamento di sua madre alle tradizioni d'origine, a me invece fa tenerezza. E la sua cucina è squisita. Tempo fa l'ho raccontato a Tyler, e il fatto che se ne sia ricordato sta ritrasformando il mio cipiglio in un sorriso. « La cucina italiana è un'ottima idea ».

« Io, ehm, in realtà ho prenotato un tavolo un paio di settimane fa ». Si sfrega nervosamente la nuca. Non credo di averlo mai visto così intimidito. Sembra quasi che il nostro sia un appuntamento, e in un certo senso vorrei che lo fosse. « La prenotazione è per le otto, quindi dobbiamo sbrigarci. Non vuoi guardare i negozi stasera, vero? »

« E dai, Tyler ». Scuoto la testa. Sa bene che non sono una fanatica dello shopping, e qualche luce lampeggiante e insegna colorata non bastano certo a risvegliare il mio entusiasmo. « Dovresti conoscermi ».

Lui però non risponde alla mia battuta, si limita a scrollare le spalle e a guardare per terra, ansioso. « Scusami, è che... è solo che voglio che tu ti diverta, a New York. Voglio essere sicuro che tu stia bene ».

« Finora ci sei riuscito » gli assicuro, ma sono confusa. Sembrava a suo agio e sicuro di sé, finché non siamo arrivati a casa sua. Da allora c'è un'atmosfera diversa tra noi, perché Tyler ha cominciato a comportarsi in modo strano. « Sarai la mia guida turistica per l'estate ».

« Già, per così dire ». Si strofina la tempia. Poi il sopracciglio. Poi sospira. « Il ristorante è a cinque isolati da qui, verso nord ».

Così ci avviamo a nord sulla Broadway e Tyler si cala orgogliosamente nel ruolo di guida turistica personale, indicandomi ogni dettaglio e insegnandomi le regole principali di Times Square. Per cominciare, non dovrei bloccarmi di colpo per guardarmi in giro e scattare fotografie (proprio come ho appena fatto), perché a quanto pare i newyorkesi non sopportano che noi turisti gli intralciamo il passaggio. Inoltre, nel caso improbabile che mi ritrovi lì senza Tyler, la cosa peggiore che potrei fare è consultare una cartina. Ma dubito che andrò da qualche parte senza di lui, quindi non devo preoccuparmi di segnalare ai borseggiatori che sono un'ingenua turista.

Giriamo a sinistra e lasciamo la Broadway per la Cinquantasettesima, dopo aver superato le famose tribune rosse sopra la biglietteria TKTS, che in effetti mi fermo a fotografare, ma Tyler non mi lascia ostruire il passaggio a lungo e mi fa subito spostare.

Ci mettiamo un quarto d'ora a raggiungere il Pietrasanta. È proprio all'angolo fra la Cinquantasettesima e la Nona, ha una doppia porta di legno, spalancata per dare l'impressione di stare all'aperto. È adorabile. Quando Tyler mi accompagna all'entrata, gli spunta un sorriso timido sulle labbra.

« Io, ehm, ho chiesto dei consigli nel mio palazzo » ammette. « E un sacco di gente mi ha detto che questo è il miglior ristorante italiano della zona. Spero che sarà all'altezza, per te ».

« Scommetto che sarà fantastico » dico debolmente, cercando di rassicurarlo. Non riesco a capire perché si sia dato tanto da fare. È una semplice cena, invece sembra che stia cercando di rendere questa serata assolutamente perfetta. Non dovrebbe tenerci così tanto. Non ha bisogno di fare buona impressione su di me: io sono solo la sua sorellastra.

Entriamo e, anche se siamo un po' in ritardo, la cameriera ci fa accomodare al nostro tavolo. Si trova sul fondo del locale, accanto alla collezione di vini italiani. Mi siedo di fronte a Tyler e studio l'ambiente. I tavoli sono di legno, la luce è fioca, la sala è piccola e c'è una lieve brezza che si insinua dalle porte spalancate. Per me va benissimo stare qui dietro, nascosta alla vista dei passanti. Mi metto in ascolto per capire se c'è una musica di sottofondo, ma dopo un momento mi rendo conto che non c'è, si sentono solo le voci delle persone intorno e qualche risata. L'atmosfera è intima.

Tyler tamburella sul tavolo per richiamare la mia attenzione. Quando alzo gli occhi, il suo sguardo è infuocato. « Ti piace abbastanza da voler rimanere, oppure vuoi andartene? »

« Rimaniamo » dico con un cenno di approvazione. « Mi piace ».

« Speriamo che il cibo non faccia schifo ». Prende il mio menu, lo apre e me lo passa. Poi prende il suo. « Ordina tutto quello che vuoi. Offro io ».

« Sei troppo generoso ». Lo guardo sospettosa da dietro il menu, ma lui si limita ad alzare le spalle, senza smettere di sorridere. Comincio a chiedermi se smetterà mai.

« Be', modestamente sono il ragazzo più generoso in circolazione ».

Stringo le labbra e alzo il menu per coprirmi la faccia. « Mi sa che l'egocentrismo del tuo coinquilino ti ha contagiato ».

Lui ride, in modo molto tenero, e proprio quando mi pare che stia per rispondermi arriva la nostra cameriera per ordinare da bere. È giovane, avrà circa la nostra età, ed è molto gentile. Sparisce per cinque minuti per andare a prenderci le bevande, mentre noi studiamo il menu.

Tyler è concentratissimo nel cercare di decifrare la lista interminabile di parole italiane, mordendosi le labbra, senza riuscire a capirci nulla. Gli farei notare che sulla pagina a fianco c'è la traduzione inglese, ma è così buffo che preferisco starmene zitta.

« Non ci capisco niente » dice dopo un po', lanciandomi un'occhiata. Lo stavo fissando, ma non distolgo lo sguardo. « Non poteva piacerti la cucina spagnola? »

Metto giù il menu, dato che ho deciso che cosa ordinare. Poi appoggio i gomiti sul tavolo e il mento sulle mani. « Dimmi qualcosa ».

« Che cosa? »

« In spagnolo. Dimmi qualcosa in spagnolo ».

Tyler aggrotta le sopracciglia. « Perché? »

« Mi piace sentirti ».

Lui ci riflette per un lungo istante. Vedo le rotelline del suo cervello che girano mentre pensa a che cosa dirmi, come se gli servisse tutto quel tempo per formulare una frase. Magari non lo parla così bene, dopotutto. « *Me estoy muriendo por besarte* » borbotta piano, quasi roco. Si sporge in avanti, incrociando le braccia sul tavolo, e mi guarda intensamente. Siamo così vicini che quando parla sento quasi il suo respiro. Il mio mi si blocca in gola. « Ti ho solo detto che la cameriera sta arrivando ».

Guardo a sinistra e, naturalmente, la cameriera sta arrivando con le bevande. Tyler si appoggia subito all'indietro. Vorrei che non si fosse mosso.

Tyler ordina i capellini primavera (senza brodo di pollo, ovviamente, dato che è vegetariano), sforzandosi di imitare la pronuncia italiana, mentre io con disinvoltura ordino le lasagne della nonna. Quando la cameriera prende i menu e si allontana, riporto lo sguardo su Tyler e scopro che ha un sopracciglio inarcato.

« Pronuncia notevole » mi dice, colpito.

«Invece questo accento newyorkese sta diventando davvero irritante».

Lentamente le sue labbra si incurvano in un sorriso. Si schiarisce la gola per scandire: «Scusa. Bella pronuncia».

«Grazie. Ho solo imitato la mamma di Dean». Prendo il mio bicchiere d'acqua e Tyler mi segue subito, sollevando la sua Coca-Cola. Beviamo un sorso senza smettere di fissarci. Il mio sguardo si specchia nel suo, da sopra il bordo di vetro.

Deglutisco con un sospiro di soddisfazione e metto giù il bicchiere. «Posso chiederti una cosa?»

Per una frazione di secondo sul viso di Tyler passa un'ombra di preoccupazione, ma lui riesce a dissimularla abbastanza bene e subito mi fa un cenno di assenso. «Certo».

Traggo un respiro profondo e intreccio le mani sul tavolo. Non ho ancora distolto lo sguardo. «Come stai? Insomma, come te la stai cavando?»

L'espressione tesa di Tyler si rilassa e lui scuote la testa, abbandonando quell'aria seria. «Me l'hai chiesto almeno un centinaio di volte».

«Lo so». Non sorrido più. Invece mi sto preoccupando. Ho la brutta abitudine di chiedergli sempre come sta, ma al telefono è difficile capire se mi sta dicendo la verità. «Ho bisogno che tu mi risponda onestamente, guardandomi in faccia. Così potrò capire se mi stai mentendo».

Lui alza gli occhi al cielo, con un mezzo sorrisetto a quella che gli deve sembrare testardaggine, poi raddrizza la schiena e si sporge di nuovo in avanti, con le labbra strette. È ancora più vicino di prima e temo di aver di nuovo smesso di respirare. «Sto bene, Eden, nei limiti del possibile» dice, piano. «È la verità. Non ti sto mentendo».

Spalanca platealmente gli occhi, come per dimostrarmi la sua sincerità, e io socchiudo i miei, scandagliando il suo viso in cerca di qualche segno contraddittorio. Lui però non mi dà molto tempo, solo qualche secondo, e poi si allontana, riappoggiandosi allo schienale della sua sedia.

«E dai» sussurra. Piega un po' la testa, guardandomi da sotto le ciglia. «Sai che mi avrebbero cacciato dal programma, se avessi fatto qualche casino».

Ci penso un po' su, poi capisco che ha ragione. Se lo avessero beccato ubriaco, fatto, in manette o invischiato in qualsiasi tipo di guaio, lo avrebbero escluso dalla campagna di sensibilizzazione. Il suo compito era quello di raccontare la sua storia e dare un esempio positivo. Il fatto che abbia partecipato a tutti gli eventi, fino all'ultimo, attesta che non si è mai messo nei guai. Il che significa che se la sta cavando alla grande. Ma è difficile dimenticare come stavano le cose un paio d'anni fa, e a volte non posso evitare di chiedermi se potrebbe arrivare a ridursi di nuovo in quello stato. Per adesso, comunque, resiste.

Non so neanche perché ho dovuto chiedergli di confermarmelo ancora una volta. Avrei dovuto sapere che mi stava dicendo la verità, che New York per lui era la cosa migliore. Dal momento in cui l'ho visto all'aeroporto, mi ha comunicato solo vibrazioni positive. Forse è per questo che continuo a sorridere.

Quando riporto la mia attenzione su Tyler, vedo che sta aspettando una risposta, ma non riesco a tirare fuori neanche una parola. Non riesco a smettere di fissarlo, di guardare i suoi occhi ancora spalancati, la barbetta che lo fa sembrare più adulto, gli angoli della sua bocca che trattengono un sorriso. E finalmente capisco che non è nessuna di queste cose ad attrarmi così tanto. È la sua aura di positività. È il modo in cui è riuscito a cambiare radicalmente mentalità e atteggiamento nell'arco di due anni. Posso solo immaginare quanto sia stato difficile per lui smettere di odiare tutto ciò che lo circondava, superare finalmente la sua infanzia terribile, eppure lo ha fatto. Ce l'ha fatta.

Per questo mi attrae ancora più di prima. Per questo il guaio è così serio. Sono passati due anni dalla nostra prima estate insieme. A questo punto dovrei averlo dimenticato, ma ora ho l'impressione che non ci riuscirò mai. New York è stata una pessima idea. Non sarei mai dovuta venire. Dovrei essere a Santa Monica con Dean, e non qui, a innamorarmi ancora più perdutamente del suo migliore amico.

Mi si annoda lo stomaco, e spero che sia per la fame e non per il senso di colpa. Prendo il mio bicchiere e bevo un altro lungo sorso, per guadagnare tempo e fare ordine nei miei pensieri, per cercare qualcosa da dire. Dopo un momento, ripenso alle parole di Tyler nella stazione della metropolitana sulla Settantasettesima. Rimetto il bicchiere sul tavolo e lo guardo, incuriosita. «Chi ti ha dato l'ordine di occuparti di me? La mamma?»

Tyler sospira per il cambio di argomento, poi incrocia le braccia, sempre con la schiena dritta. Scrolla appena le spalle e abbassa lo sguardo sul tavolo. « Sì. Tua madre, mia madre e... » Rialza gli occhi. « Dean ».

« Oh » dico in tono piatto. Non c'è da stupirsi. È tipico di Dean. Aggrotto la fronte e fisso il mio bicchiere, passando le dita sul bordo. Non so bene cosa pensare. « Che cosa ti ha detto? »

« Ha detto che il tuo viaggio doveva valere la pena. Sai, dato che hai preferito questo a lui ». Tyler scrolla di nuovo le spalle e sento che la tensione fra noi sta aumentando. O forse sono solo io a notarlo, perché sono io quella colpevole. Sono io che contemplo Tyler in un ristorante italiano a New York, mentre il mio ragazzo è dall'altra parte del Paese, e probabilmente è ancora arrabbiato per la mia partenza. « Si incazzerà se non ti farò divertire tantissimo ».

« Tu che cosa gli hai risposto? »

« Gli ho detto che glielo garantivo » risponde Tyler e sorride di nuovo, un sorriso aperto e sincero.

Cala il silenzio. Soprattutto perché non ho idea di come gestire la situazione con Dean, ma in parte perché vorrei disperatamente che Tyler sembrasse a disagio. Parla di me e Dean con troppa tranquillità, come se non gli importasse più, il che dimostra di nuovo che mi ha dimenticata. Completamente e definitivamente.

Mi sento morire e decido all'improvviso di affrontare la questione di petto: gli farò una domanda diretta. Devo solo trovare il coraggio di togliermi questo pensiero, altrimenti passerò l'intera vacanza a chiedermi: « E se...? » Ho bisogno che me lo dica chiaro e tondo. Penso che sentirglielo ammettere mi ucciderà dentro, ma spero che mi aiuterà anche a metterci una pietra sopra. Devo farlo.

Inghiotto il nodo che ho in gola e faccio un respiro profondo, cercando con tutte le mie forze di restare calma, ma Tyler si accorge comunque del mio panico improvviso, perché il suo sorriso svanisce.

« Tutto bene? »

Mi obbligo a guardarlo negli occhi e, quando finalmente ci riesco, apro la bocca per parlare. La mia voce è ridotta a un sussurro tremulo quando mi azzardo a chiedere: « Ti dà fastidio? »

Tyler aggrotta le sopracciglia. « Che cosa? »

« Dean » rispondo. Il gruppo di persone al tavolo accanto scoppia a ridere e la nostra attenzione viene sviata per un attimo, prima che gli occhi di Tyler tornino a studiarmi. Mi premo una mano sulla tempia e abbasso ancora di più la voce. « Ti dà fastidio che stia ancora con lui? »

« Eden ». Non c'è più traccia di sorriso. Adesso le sue labbra formano una linea dritta, i suoi occhi sono due fessure. « Che cosa stai facendo? »

« Me lo stavo chiedendo » balbetto in fretta. Sono così nervosa che non riesco neanche a guardarlo, così mi premo la mano sugli occhi e inclino la testa verso il tavolo. « Un anno fa, quando sei partito, ti dava fastidio. Voglio solo sapere se è ancora così ».

« Eden » ripete lui con voce roca, decisa. Resta in silenzio per un lungo momento. Sono troppo spaventata per spostare la mano. Alla fine lo sento espirare, lentamente. Le sue parole sono ancora più lente. « Mi stai chiedendo se sono ancora... quello che sai? »

« Ci sto provando » sussurro.

« Non ho intenzione di parlarne qui » dice lui di botto, a voce alta. Abbastanza alta da farmi sollevare la testa e togliere la mano dagli occhi. Ha la mascella serrata, il muscolo trema.

Anche il volume della mia voce si alza. Continuo a insistere. « Mi hai dimenticata? »

« Eden ».

« Hai incontrato qualcun'altra? Oppure sei single? » Sono disperata, terrorizzata. Una scarica di adrenalina mi dà il coraggio di guardarlo dritto negli occhi, e lui, con ancora più coraggio, sostiene il mio sguardo. « Quando mi hai dimenticata? Ho bisogno di saperlo, quindi ti prego, dimmelo ».

« Eden » ripete lui, in tono ancora più deciso. « Per favore, smettila ».

« Allora è tutto qui? » Scuoto la testa, incredula, sempre più arrabbiata. Questa storia è andata avanti troppo a lungo. Devo sapere se mi sono illusa per tutto questo tempo. Devo sapere se siamo una causa persa. « Non hai intenzione di darmi una risposta? Mi lascerai impazzire? »

« No » risponde lui. La sua voce è molto più calma della mia, per quanto la sua espressione sia tesa. È decisamente cresciuto. Due anni fa, a questo punto, avrebbe già perso le staffe e starebbe imprecando e guardandomi storto. Invece sono io che sto perdendo il controllo. « Solo che non ho intenzione di parlarne qui ».

« E allora dove? »

« Quando torniamo a casa » risponde lui, stringendo gli occhi. Mi guarda con aria decisa, come per dirmi di lasciar perdere, per ora.

Io lo faccio, ma solo perché sta arrivando la cameriera con i nostri piatti.

Avrà pensato che sono una maleducata, perché ero troppo impegnata a fissare Tyler dall'altra parte del tavolo per ringraziarla, quando mi ha servito le lasagne. Non ho quasi battuto ciglio. Quando sparisce di nuovo, Tyler si china per prendere le posate. Sembra di nuovo sereno.

« C'è qualcosa che devo ancora farti vedere » mormora con gli occhi sul piatto, arrotolando abilmente la pasta sulla forchetta.

« Che cosa? »

Lui si ferma e solleva la testa con un accenno di sorriso. « È una sorpresa. Ma ecco un indizio: c'è una vista eccezionale, e ne parleremo là ».

6

Tyler fa il disinvolto per il resto della serata. Sembra rilassato, quasi come se non gli importasse del mio disperato bisogno di sapere come stanno le cose fra noi. Durante la cena parla di cose frivole, tornando a Times Square fa qualche battuta e in metropolitana cerca addirittura di farmi ridere facendo facce buffe e sollevando le sopracciglia, finché non cedo e gli faccio un sorriso. È un sorriso finto, naturalmente, e appena mi volto dall'altra parte me lo cancello dalla faccia.

« Allora, dov'è questo posto con la vista eccezionale? L'Empire State Building? La Statua della Libertà? » Incrocio le braccia e lo guardo, in attesa di una risposta.

Ma lui si limita ad aggrapparsi più forte al sostegno e ad alzare le spalle. Giuro che sembra sul punto di scoppiare a ridere. Scommetto che al ristorante mi stava prendendo in giro. Scommetto che mi mostrerà il punto più brutto della città, il posto perfetto per fare a pezzi il mio cuore. « Non esattamente » risponde infine. « Dai, scendiamo alla prossima ».

Indugiamo per qualche secondo vicino alla porta, il treno vibra e il rumore mi trapana le orecchie. Comincio a capire perché quasi tutti intorno a noi hanno gli auricolari. Comunque il tragitto dura pochi minuti, per cui è sopportabile. Quando il treno si ferma, stridendo, alla stazione successiva, Tyler mi prende per il polso e mi trascina sulla banchina.

Riconosco subito la stazione: è quella della Settantasettesima, il che significa che non ci avventureremo oltre l'appartamento di Tyler, a quanto pare. Diventa ancora più ovvio quando usciamo dalla metro e ripercorriamo la stessa strada fatta qualche ora prima. Tyler continua a chiacchierare, ma ormai non lo ascolto più. Mentre cammino pesto rumorosamente le mie Converse sul marciapiede: più Tyler tira in lungo le cose, peggio mi sento. Il mio stato d'animo oscilla fra la delusione e il nervosismo. Un attimo sono arrabbiata con lui per non averla fatta finita al ristorante, l'attimo dopo mi chiedo perché diavolo ho dovuto tirare fuori l'argomento.

Superiamo la sua auto (e il furgone, e la Civic) e proprio quando stiamo per entrare nel palazzo io mi blocco sul marciapiede. Inclino la testa e guardo l'edificio, che supera tutti quelli intorno.

Tyler indugia all'ingresso. Apre il portone e si appoggia all'indietro, incrociando le braccia. « Cosa c'è? »

Lo guardo negli occhi. « Hai parlato di una bella vista, vero? »

« Sì ». Penso che sappia cosa sto per chiedergli, perché la sua bocca sta disegnando un altro dei suoi sorrisi.

Adesso fa più fresco. La brezza si è rinforzata di poco, ma è sufficiente a soffiarmi i capelli in faccia. Scosto qualche ciocca dietro le orecchie e domando: « Sarebbe il tetto? »

Tyler non risponde, si limita a piantare gli occhi nei miei, mentre il suo sorriso si fa sempre più largo. Alla fine sussurra: « Forse ».

Sono certa che la vista da lassù sia davvero stupenda, ma francamente vorrei dirgli di lasciar perdere. Non c'è bisogno di portarmi fin là per dire le parole che mi aspetto da lui. Sarebbe una crudeltà.

« Non è niente di che » precisa mentre lo seguo all'ascensore. Preme il pulsante del ventesimo piano, l'ultimo. « Voglio dire, ci sono delle sedie e qualche pianta, ma più che altro c'è molto cemento. Però è bello, sai? »

Infilo le mani nelle tasche della giacca e fisso il pavimento dell'ascensore, mordendomi l'interno della guancia. Penso a quanto soffrirò nei prossimi minuti. Credo che potrei scoppiare in lacrime quando lo ammetterà, ma prego di riuscire a trattenermi almeno in sua presenza. Ho paura di sembrare patetica, e temo ancora di più che il discorso che stiamo per affrontare possa solo rendere imbarazzante il resto della nostra estate insieme.

Le porte dell'ascensore si aprono con un *ding* e stavolta Tyler non si fa di lato per farmi passare. Invece si schiarisce la gola e si avvia sul pianerottolo. Sta cercando di mostrarsi tranquillo, ma capisco che anche lui non vede l'ora di sbrigarsi. Un tizio ci passa accanto, diretto dalla parte opposta, ma noi continuiamo a camminare, finché Tyler si ferma davanti all'ultima porta sulla sinistra, che ha un aspetto diverso dalle altre: non è l'ingresso di un appartamento, ma semplicemente l'accesso a una rampa di scale metalliche.

«Su di qua» mi indica, salendo tre gradini alla volta.

C'è poca luce, ma non ne serve molta per salire i gradini, e quando arrivo in cima Tyler mi sta aspettando accanto all'uscita di sicurezza. Mi fa un sorriso enigmatico prima di spalancare la porta. Mettiamo piede sul tetto. È piuttosto buio, ormai, quindi all'inizio riesco a vedere soltanto le cime dei palazzi più alti della zona. In effetti ci sono alcune sdraio di legno con qualche tavolino e delle piante in vaso che devono essersi seccate per il caldo.

Mentre mi guardo in giro, Tyler si sposta dietro di me e d'un tratto sento la sua presa decisa alla vita. Mi si blocca il respiro in gola e fisso lo sguardo sulla cima di un edificio a pochi isolati di distanza. Cerco di non pensare al suo respiro che mi lambisce il collo. Le sue labbra si avvicinano al mio orecchio e sussurrano in tono roco: «Vieni a vedere». Basta questo a far partire un brivido lungo la mia spina dorsale. Senza togliermi le mani dalla vita, mi guida verso il bordo del tetto.

Quando i miei occhi guardano giù, dimentico completamente il motivo per cui siamo venuti quassù. Dimentico che ho addosso le mani di Tyler. Dimentico che sta per dirmi che mi ha dimenticata. Perché in quell'attimo riesco solo a pensare alla vista, ad assorbirla: è veramente spettacolare.

Potrebbe essere perché il cielo è di un blu sempre più intenso, striato di rosa, o perché adesso sotto di noi, e intorno a noi, è tutto illuminato, e immagino che di sera, come ora, questa vista sia ancora più suggestiva che di giorno. I fanali nel traffico e l'illuminazione stradale immergono tutto in un bagliore arancione, e le luci al neon dalle finestre degli uffici creano una mappa di schegge brillanti. Più spingo lo sguardo in lontananza, più diventa un tripudio di edifici, ammassati uno sopra l'altro e illuminati dall'interno. Capisco perché la chiamano la città che non dorme mai: sembra ancora più viva di qualche ora fa.

Non mi accorgo che Tyler mi ha lasciato andare finché non si mette al mio fianco. Si china in avanti, appoggiando le braccia al parapetto. Sospira. «Mi piace quassù» sussurra. Non ha bisogno di alzare la voce. La metropoli, là sotto, può anche sembrare ancora più rumorosa di notte, ma quassù sale solo un lieve ronzio di sottofondo.

Vorrei rispondergli che piace anche a me, ma sono ancora piena di meraviglia per la città che ci circonda, troppo sbalordita per riuscire a parlare. La sua immensità spaventa quasi, al suo confronto noi sembriamo del tutto insignificanti. Quante altre persone in questo momento si trovano sui tetti della città? Quante altre persone, in questo preciso istante, sono convinte che la città appartenga a loro?

Un lieve soffio di vento passa fra di noi e mi scompiglia i capelli. Sollevo una mano e mi premo un dito sulle labbra, poi lentamente sposto lo sguardo dal panorama a Tyler. I suoi occhi sono puntati all'orizzonte, ma deve essersi accorto che adesso la mia attenzione è su di lui, perché la mascella si contrae. Espirando, abbassa la testa e per un momento fissa il muretto.

« Penso che tu voglia affrontare quel discorso » mormora.

Una parte di me lo vuole ancora, ma l'altra preferirebbe di no. Questo posto è troppo magico, ma ormai mi sono cacciata in questa situazione e Tyler potrebbe non darmi un'altra opportunità di chiarire come stanno le cose tra noi. È un anno che aspetto di scoprirlo. Perché attendere ancora? Perché fare questo a me stessa?

Faccio un respiro profondo e mando giù il nervosismo. L'adrenalina che mi aveva pervasa al ristorante si è esaurita da tempo, e posso solo pregare che ritorni. Forse servirà ad attenuare il dolore che sto per provare. Lancio un'occhiata alla Terza Strada. « È da un po' che dobbiamo parlarne ».

C'è un istante di silenzio, mentre Tyler sposta il peso da un piede all'altro. Poi allarga le braccia e intreccia le mani sul parapetto. Abbassa lo sguardo. « Da dove cominciamo? »

« Da te che mi dici che mi hai dimenticata ». Cerco di essere forte, ma mi si spezza comunque la voce sull'ultima parola. Chiudo gli occhi e scuoto la testa, rivolta a terra. Faccio un passo indietro, allontanandomi dal bordo del tetto. « Ammettilo, non chiedo altro ».

È pazzesco quante cose possano cambiare in un anno. Prima della partenza di Tyler, lo scorso giugno, c'era ancora qualcosa fra noi, qualcosa che aleggiava nell'aria ogni volta che ci ritrovavamo vicini. Lo sapevamo entrambi, solo che non ne parlavamo mai. Io avevo già fatto quella che consideravo la cosa giusta. Avevo già dichiarato che fra noi non avrebbe mai funzionato e che stavamo perdendo tempo, eppure con il passare dei mesi era diventato evidente che dimenticarlo fosse molto più difficile di quanto pensassi. Ogni volta che passavo a casa di papà e Tyler era lì, sembrava che ci sforzassimo di comportarci in modo innocente davanti ai nostri genitori. Non eravamo colpevoli, eppure ci sentivamo sempre come se lo fossimo. Anche uscire con Dean, Rachael e Meghan era diventato difficile. Andavamo al molo tutti e cinque insieme e Tyler lanciava di nascosto occhiate verso il Pacific Park e poi verso di me, e io ricordavo la sera in cui mi ci aveva portato, perché era stato il nostro primo e unico appuntamento. Nessuno dei nostri amici ha mai notato i sorrisi che mi rivolgeva Tyler, ma io me ne accorgevo sempre. Sentivo che mi fissava nei corridoi della scuola. A volte rispondevo allo sguardo. Poi lui sorrideva e si voltava, e io riportavo la mia attenzione su Dean, che spesso era al mio fianco. All'inizio mi preoccupavo per lui. Pensavo che Tyler mi avrebbe odiata per aver chiuso la nostra storia e per essermi messa col suo migliore amico. Ma non ha mai fatto commenti, neanche una volta. Si limitava a stringere gli occhi ogni volta che mi vedeva con Dean.

Ma tutto questo era prima che partisse. Tutto questo risaliva a un anno fa.

Adesso è cambiato tutto, lo sento. Lui è già più distaccato, più tranquillo riguardo a me e Dean. Non so perché mi faccia così male. È esattamente quello che mi aspettavo. Voglio dire, un anno a New York! Non riesco a pensare a un posto migliore in cui poter dimenticare qualcuno. Quante ragazze avrà conosciuto in questi mesi? Di quante nuove persone si sarà circondato durante gli eventi? Magari esce con qualcuno, magari sta già con un'altra.

Eppure eccomi qui, accanto a lui sul tetto del palazzo, ancora perdutamente innamorata.

« Non ti dirò che ti ho dimenticata » sussurra Tyler dopo un tempo infinito.

Spalanco gli occhi e sollevo la testa, per scrutare il suo viso mentre lui continua a fissare la strada sotto di noi. Ha ancora la mascella contratta, ma non sembra arrabbiato. È soltanto serio. Raddrizza la schiena, si stacca dal parapetto e si volta per guardarmi in faccia. Nell'attimo in cui i suoi occhi vividi incontrano i miei, nella mia mente si accende una cosa sola: la speranza.

« Non te lo dirò, perché non ti ho dimenticata ».

7

Mi ci vuole un lungo momento per prendere coscienza di quello che Tyler ha appena detto, per assorbire il colpo. All'inizio penso che stia scherzando, oppure di aver sentito quello che volevo sentire, ma poi lui mi sorride e gli si formano delle rughe agli angoli degli occhi. La sincerità del suo sguardo mi fa capire che mi ha detto la pura verità.

« Che... cosa? » balbetto alla fine.

« Mi ci vorrà ben più di un anno lontano da te, per dimenticarti ».

L'atmosfera si fa pesante, all'improvviso c'è un silenzio assordante, così intenso che fa quasi male. Non riesco neanche a seguire i miei stessi pensieri, e tantomeno ad articolare qualche parola, così resto a fissarlo, ancora più sbalordita di dieci secondi fa. Scuoto forte la testa. Non è assolutamente possibile che questo stia succedendo davvero.

« Ma io pensavo... »

« Che cosa pensavi? » Infila le mani nelle tasche dei pantaloni e abbassa lo sguardo a terra. Nelle crepe del cemento spuntano delle erbacce. « Che sarei venuto a New York e ti avrei scordata in un attimo? Pensavi che sarebbe stato così facile? »

Non ero per nulla preparata a questo. Non avrei mai immaginato che Tyler mi avrebbe detto queste cose. Invece è così. Sono così sconvolta e scioccata che faccio ancora fatica a crederci. Mi mordo il labbro. « Ma ti stavi comportando in modo diverso. Mi trattavi come una sorella ».

« Be', lo sei » risponde lui con un sorrisetto.

« Tyler... » Serro le labbra e gli lancio uno sguardo severo.

Lui sospira e il suo sorrisetto vacilla. Si passa una mano fra i capelli e si sfrega la nuca. « Onestamente, Eden, pensavo che *tu* mi avessi dimenticato. Non volevo essere lo stronzo che ti incasinava la vita. Volevo fare la cosa giusta, tenermi a distanza».

Penso che, se non fossi sotto shock, potrei mettermi a piangere. Ma non riesco a smettere di fissarlo, a un metro da lui, con la bocca spalancata per l'incredulità. Mi ci vogliono un paio di secondi per mettere insieme una risposta, e tutto quello che mi esce è: «Ti dà ancora fastidio Dean? Sai, io e lui?»

«No».

«Perché?»

Lui mi osserva per un attimo. In sottofondo sento il ronzio di New York. Non mi sembra neanche più di farne parte. L'atmosfera è così rarefatta che potremmo essere le uniche due persone nel raggio di chilometri, come se questo tetto fosse nel mezzo del nulla. I miei occhi vedono solo lui. «Perché se non puoi stare con me, sono felice che tu stia con lui. Lui è il ragazzo giusto per te».

All'improvviso recupero l'uso dei sensi, posso quasi percepire il mio petto collassare di colpo, come se le costole si spezzassero sotto il suo peso, e in un attimo capisco il perché: mi sento colpevole, orribile e terribilmente confusa. In questo preciso istante ogni mio pensiero sembra distorto. Stare con Dean sembra sbagliato, e stare con Tyler anche peggio.

«Senti Eden, non dovremmo parlare di questo» dice lui dopo un po'. Deve aver capito che non gli risponderò. Non ho più voce. «Cosa importa? Tu hai Dean».

Io stringo i denti, digrignandoli per cercare di allentare il nodo che ho nello stomaco. Non dovrei trovarmi in questa situazione. Non è giusto. E tutto perché i nostri genitori un giorno, per caso, si sono trovati nello stesso parcheggio. Papà ha rubato il posteggio dove stava per entrare Ella. Lei è scesa dalla macchina e si è lamentata. Lui, per scusarsi, le ha offerto un caffè. E così io do la colpa a quel parcheggio tanto ambito per aver causato tutto questo. Perché i nostri genitori hanno dovuto incontrarsi? Perché mi sono dovuta ritrovare con un fratellastro come Tyler e, soprattutto, perché diavolo mi sono innamorata di lui? A volte, come in questo momento, odio il mondo intero.

«Importa perché nemmeno io ti ho dimenticato, Tyler. Per questo è importante, perché non ho idea di cosa fare».

«Non puoi dire così, cazzo» sbotta lui con voce roca. Roca ma in qualche modo affascinante. Quasi familiare.

«Perché no? Perché tu puoi dirmi che non mi hai dimenticata e io non posso farlo?»

«Perché io non sto con un'altra persona» scatta lui. La sua espressione si indurisce. Fa un passo verso di me, ormai ci separano solo poche decine di centimetri. «Non sono io quello che ha rinunciato a noi, due anni fa. Sei stata tu. E adesso vieni a dirmi che hai dei ripensamenti? Certo, fa piacere sentirselo dire, ma allo stesso tempo mi stai dando delle false speranze. L'hai detto tu stessa: non funzionerà mai. Ora men che meno. Abbiamo avuto la nostra occasione, ma tu l'hai buttata via. Adesso tu hai Dean, il che in pratica significa che io sono fuori dai giochi». Alla fine del discorso la durezza è sparita dalla sua voce. Aggrotta la fronte e distoglie lo sguardo, fissando un punto vicino alla porta antincendio.

«*Mi dispiace*» mormoro, esasperata. «Avevo solo sedici anni. Non sapevo quello che facevo. Puoi biasimarmi, Tyler? Puoi davvero biasimarmi per aver avuto paura? Allora non mi sembrava affatto che potessimo riuscire a far funzionare le cose. Era impossibile, okay? Non volevo sprecare la mia vita ad amare qualcuno con cui non potevo stare. E poi è arrivato Dean, e mi piaceva, mentre tu eri una causa persa, quindi perché non avrei dovuto uscire con lui? Io gli voglio bene». Mi fermo per riprendere fiato e mi sforzo di interpretare la reazione di Tyler, ma lui ha sempre quello sguardo perso. La sua espressione è tesa, ma neutra. Mi avvicino a lui. Ormai sono solo a un passo di distanza. «Non siamo più dei bambini, e comincio a capire che forse adesso potrebbe funzionare, anche se sento che potrebbe essere troppo tardi. Sono bloccata fra te e Dean e non so chi scegliere».

Cala il silenzio. Sembra volerci un'eternità perché Tyler, finalmente, riporti lo sguardo su di me. Ha sempre gli occhi a fessura, ma più ci guardiamo più il suo sguardo si addolcisce. Copre l'ultima distanza che ci separa e il mio respiro si blocca del tutto. Ormai il suo corpo è a pochi centimetri. Rimette una mano nella tasca dei pantaloni e poi, cautamente, mi porta l'altra alla vita. Passa lo sguardo sul mio corpo. «*Me estoy muriendo por besarte*».

Aggrotto le sopracciglia. «La cameriera sta arrivando?»

«No» risponde lui, scuotendo appena la testa. Sorride, posando gli occhi sulla mia spalla. «Non vuole dire questo. Ho detto che muoio dalla voglia di baciarti».

In un secondo dimentico Dean. Lo dimentico perché l'unico pensiero che mi occupa la mente è che anch'io muoio dalla voglia di baciare Tyler. Sono passati due anni dall'ultima volta e inizio a dimenticare la sensazione delle sue labbra sulle mie. Ma non ho certo dimenticato come mi facevano sentire i suoi baci. Ricordo la pelle d'oca, il battito accelerato, le ginocchia deboli. Dubito che potrei mai dimenticarlo.

Deglutisco e abbasso gli occhi sulla mano che mi tiene sul fianco. Guardo le sue nocche, poi la punta delle dita, poi di nuovo i suoi occhi. « Perché non lo fai? » sussurro.

« Per Dean » dice in tono secco, allontanandosi di scatto. Il contatto è svanito e la distanza fra noi aumenta. Mi volta le spalle e se ne va. « Aspetta qui » mi dice.

Per fortuna la voce non mi tradisce, nonostante abbia la gola secca. « Che cosa? »

Tyler spalanca la porta e si ferma, poi si volta a guardarmi. « Resta qui. Torno fra due minuti ».

Sparisce all'interno, giù dalle scale, lasciando richiudere la porta alle sue spalle con un lieve scatto. Resto a guardarla per un po'. Mi ci vuole un minuto per riordinare i pensieri e all'inizio faccio fatica a comprendere quello che è appena successo, ma pian piano ci arrivo. Mi stringo nella giacca e torno a guardare la città.

Non avevo notato che le strisce rosa in cielo stavano svanendo, ma adesso sono completamente sparite, sostituite da striature blu scuro. Le luci sembrano ancora più brillanti, se possibile. Sento una sirena a un paio di isolati da qui, ma mi concentro soprattutto sull'aria ormai quasi fredda e sul vento che sta montando. Mi avvicino al parapetto e mi ci aggrappo.

Tyler ha ragione. Non possiamo far soffrire Dean. Nessuno di noi due aveva questa intenzione, e se andiamo avanti con questa storia lui verrà ferito non solo dalla sua ragazza, ma anche dal suo migliore amico, il che sarebbe veramente uno schifo. Non è assolutamente giusto verso di lui. Non dovrebbe stare con una ragazza che ama un altro. So soltanto che sono una persona orrenda e riesco a vedere dove mi porterà tutto questo. È inevitabile: Tyler o Dean.

« Siediti sul parapetto ».

Mi volto e vedo Tyler che si avvicina, con una scatola fra le mani. Inarco un sopracciglio e do un'occhiata alle mie spalle, verso la strada sottostante. Venti piani. « Sei matto? »

« E dai, non cadrai di sotto » mi dice, ma non è molto rassicurante. La sua espressione si è addolcita e il suo sorriso è tornato, come se gli ultimi quindici minuti non fossero mai esistiti. Si mette accanto a me e appoggia la scatola sul muretto, di fronte a sé. È rettangolare, avvolta in carta argentata. « Se non ti siedi sul parapetto non te lo do ».

Lo guardo con una smorfia, ma sono curiosa. « Che cos'è? »

« Un regalo ». Fa un altro cenno della testa verso il muretto e incrocia le braccia, guardando ostentatamente l'orologio. Si schiarisce la gola.

« E va bene ». Sospiro e mi volto, puntando i palmi aperti sul parapetto. Il cemento è ruvido sotto la pelle. Mi do una spinta. Il muretto è largo, ma fa comunque una certa paura. Cerco di non guardare in basso, così mi siedo con le gambe penzoloni e tengo gli occhi fissi su Tyler. Da lassù, per una volta sono più alta di lui. « Contento adesso? »

« Ecco qua ». Mi porge la scatola. Per una frazione di secondo la sua pelle sfiora la mia. Poi appoggia le mani sul parapetto circondando il mio corpo. Rimane così, senza arretrare. La sua vicinanza mi sta di nuovo soffocando. « Aprilo ».

Lo guardo un po' scettica, poi sposto l'attenzione sulla scatola che ho in mano. Non è impacchettata molto bene, quindi è facile scartarla. Faccio cadere la carta strappata e Tyler sospira. Ma non mi accorgo quasi della mia trascuratezza, perché riconosco fin troppo bene la scatola: è la classica, familiare confezione delle Converse. La fisso per un minuto, poi torno a guardare Tyler.

« Perché? »

« Abbiamo perso l'altro paio, ti ricordi? »

Come potrei dimenticare? È stata la prima (l'*unica*) notte che abbiamo passato insieme. E al mattino non riuscivo a trovare le mie scarpe.

« Ti avevo promesso che te ne avrei comprato un altro paio » dice lui, ma poi fa un gesto nervoso con le spalle e si morde il labbro. « Mi dispiace di averci messo due anni ».

Il fatto che se ne ricordi ancora mi coglie di sorpresa. Anzi, sono così stupita che non gli rispondo neanche. Abbasso gli occhi sulla scatola. Passo le mani sul cartone, con attenzione, prima di aprirla. Dentro c'è un nuovo paio di scarpe basse, bianche. Esattamente il modello che ho perso quella notte, tranne i versi che ci avevo scarabocchiato sopra.

« Tyler, non dovevi... »

« Sì che dovevo ». Il suo sorriso si allarga, mi prende la scatola dalle mani e la appoggia sul muretto accanto a me. Fa un cenno della testa verso i miei piedi. « Dammi quelle vecchie ».

Inclino la testa e lo scruto, strizzando gli occhi. Non so bene che cosa abbia in mente, ma so che sono troppo sconvolta per mettermi a discutere, o anche solo per ringraziarlo, quindi ubbidisco.

Ho addosso quelle alte, bianche, che possiedo da un paio d'anni. Ammetto che ormai sono un po' logore e rovinate. Mi chino e me le sfilo. Tyler le prende subito.

« Non puoi venire a New York senza lasciare una tua traccia da qualche parte » dice lentamente, concentrandosi sulle mie vecchie scarpe per legare insieme i lacci. Poi si sporge oltre il muretto e si protende verso il basso, per legare le mie Converse a un cavo che corre lungo il perimetro del palazzo. Quando arretra, mi fa un sorriso compiaciuto. « Non provare nemmeno a raggiungerle ».

« Non posso credere a quello che hai fatto ». Con prudenza, lancio uno sguardo sopra la spalla e scuoto la testa vedendo le mie scarpe che dondolano nel vento. A quanto pare non le riavrò mai più.

Tyler ride e riprende la scatola. La sua aura positiva è tornata e non posso fare altro che sorridere, nonostante la confusione che ho in testa. « E adesso mettiti queste ».

Delicatamente infilo le mani nella scatola e tiro fuori le scarpe. Sono fresche e pulite, districo i lacci e me le infilo. Mi stanno a pennello. Rimango a osservarle finché Tyler attira di nuovo la mia attenzione.

« Un'ultima cosa » mi dice, improvvisamente pieno di entusiasmo. Infila una mano nella tasca posteriore dei jeans, fruga per un attimo e tira fuori un pennarello nero. Toglie il tappo. « Niente obiezioni ».

Mi mordo l'interno della guancia, soprattutto per impedirmi di urlare, e sollevo i piedi per appoggiarli sul parapetto. All'inizio penso che voglia scrivere dei versi di canzoni, per riprodurre il mio vecchio paio. Studia le Converse nuove, e alla fine individua un punto sul bordo di gomma. Si concentra a scrivere qualcosa, e quando ha finito fa un passo indietro e mi guarda, in attesa di vedere la mia reazione.

Quando guardo in basso, però, non vedo il verso di una canzone. Sono tre parole, scarabocchiate con la sua calligrafia disordinata. Tre parole in spagnolo: *No te rindas.*

Prima che possa aprir bocca, Tyler sta già rispondendo alla domanda che ho sulle labbra.

«Significa 'Non mollare'» sussurra, giocherellando con il pennarello che ha in mano. «Nel tuo caso, è semplice: se tu non molli, non mollo neanch'io».

«Non so cosa dire» ammetto. Non riesco a sostenere il suo sguardo, quindi continuo a guardare le parole. 'Non mollare'. Che cosa vuol dire, esattamente? Vuole riprovarci? Vuole che scelga lui?

«Non devi dire niente». Il suo tono è fermo. «Devi solo pensarci».

Pensarci? Crede veramente che potrei fare altro? Pensare a questa situazione è l'unica cosa che posso fare. Passerò l'intera estate a ossessionarmi su Tyler e Dean. Alla fine dovrò scegliere uno dei due.

«Si sta facendo tardi» sussurra Tyler. «Probabilmente dovresti rientrare. Io resterò qui ancora un po'. Snake ormai starà già dormendo, quindi tieni». Si rimette il pennarello in tasca e prende le chiavi, lanciandomele senza preavviso. Per fortuna le prendo al volo prima che finiscano oltre il parapetto.

Cerco di analizzare la sua espressione, ma il suo volto è tranquillo. Sta di nuovo osservando la città, evita il mio sguardo. Non so bene perché abbia deciso di stare qui da solo, al buio, ma più ci penso più mi convinco che sia perché vuole allontanarsi da me.

Sconvolta e preoccupata, ma felice, scivolo giù dal muretto. «Grazie per le scarpe».

«No problem».

Indugio per un momento, per vedere se dirà qualcos'altro prima che me ne vada, ma lui non batte ciglio. I suoi occhi fissano un punto in lontananza, così mi volto e torno dentro, guardando le mie Converse nuove mentre cammino. Il palazzo è silenzioso. Scivolo senza fare rumore nell'ascensore e premo il pulsante del dodicesimo piano, sola con i miei pensieri. In questo momento sono cupissimi. Vorrei essere già addormentata, perché almeno nel sonno non dovrei pensare a tutto questo.

Le porte dell'ascensore si aprono e arrivo all'appartamento di Tyler con le chiavi ancora infilate all'indice. Cerco goffamente di inserirle nella serratura, ma a quanto pare Snake è ancora sveglio perché la porta si spalanca mentre sto cercando di aprirla.

Mi scannerizza con il suo sguardo grigio-azzurro, scuotendo la testa al mio patetico tentativo di entrare. «Dov'è Tyler?»

«Sul tetto» rispondo, brusca. Aspetto che si faccia da parte per lasciarmi passare, ma non sembra neanche essersi accorto che sono ancora in piedi sul pianerottolo.

« Hai l'aria di aver bisogno di un'altra birra ».

Allora, finalmente, ricomincio a respirare, liberando il fiato che avevo trattenuto nell'ultima mezz'ora. « Hai proprio ragione ».

8

Non ricordo quando mi sono addormentata. Non ricordo neanche come mi sono addormentata. So solo che, al risveglio, sono avvolta nella trapunta di Tyler, e che sento mormorare il mio nome. Però sono troppo stanca anche solo per provare ad aprire gli occhi, quindi rotolo sul fianco e nascondo la faccia in un cuscino, gemendo. Per me potrebbe benissimo essere notte fonda.

« Eden » ripete la voce, più forte.

Mi sento la testa pesante e comincio a chiedermi quante birre mi ha fatto bere Snake, ieri sera. Non ricordo di aver visto Tyler tornare dal tetto, almeno finché ero sveglia. Però ricordo di aver condiviso una pizza fredda con il suo coinquilino in cucina. Non ricordo neanche che pizza fosse. Poteva essere una margherita, o una pizza al salame piccante. In ogni caso credo proprio che non fosse buona.

« Ti ho portato il caffè » mi informa la voce, e la mia attenzione immediatamente si accende. Sembra Tyler. « Latte macchiato alla vaniglia, bollente: proprio come piace a te ».

Sbadiglio e mi volto di nuovo, sollevando lentamente le palpebre, ma subito le richiudo per i raggi di sole che filtrano dalla finestra aperta. I miei occhi ci mettono un momento ad abituarsi. Quando lo fanno, la prima cosa che vedo è Tyler. Ha le sopracciglia inarcate, e un sorriso tenero sulle labbra. Mi sento un po' intontita, ma riesco comunque a stendere il braccio per raggiungere il bicchiere di carta che ha in mano.

« Assolutamente no » mi intima Tyler, allontanandolo dalla mia portata e arretrando verso la porta. « Prima devi alzarti ».

Faccio un altro gemito e poi spingo via la trapunta, obbligando il mio corpo a portarsi in posizione seduta. Spalanco gli occhi e gli faccio un sorriso speranzoso, ma lui scuote la testa e così, con aria infastidita, scivolo giù dal letto e mi alzo.

« Visto, non è stato poi così difficile ». Sorridendo, mi mette in mano il bicchiere e io faccio un sospiro di soddisfazione. Sento il calore rovente sulla pelle. « Bel pigiamino ».

Abbasso gli occhi solo per scoprire che ho ancora addosso la gonna e la canotta di ieri sera. Con la coda dell'occhio vedo la mia giacca appallottolata sul pavimento. « Ero stanca ».

« Stanca » ripete Tyler con aria scettica. « Tutte quelle bottiglie di birra vuote in cucina raccontano un'altra storia ».

Arrossisco, così mi porto alle labbra il bicchiere, sperando che mi nasconda. Lui comunque se ne accorge, perché si mette a ridere. Mi stupisco che non mi faccia la solita smorfia di disapprovazione. Forse non gli importa più. « Ne ho bevute solo un paio » mi giustifico dopo un rapido sorso. Solo a questo punto mi accorgo che il bicchiere che ho in mano è di Starbucks. Non è il caffè del Refinery, il mio bar preferito a Santa Monica, ma è abbastanza buono da soddisfare le mie necessità. « Perché non sei tornato giù? »

Tyler alza le spalle, ma non risponde alla mia domanda. Invece gira intorno al letto per sistemare le tende, anche se sono già aperte. Dopo un momento si volta di nuovo e mi lancia uno sguardo allegro attraverso la stanza. « So che sei ansiosa di vedere Central Park. Così, pensavo che potremmo andarci oggi ».

Il mio viso si illumina. Central Park è il posto che ci tengo di più a vedere. « Sììì! Sarebbe fantastico ».

« Lo è. Va bene fra un'ora? »

« Mi preparo subito ».

Con un ultimo cenno di conferma, si volta per andarsene, ma poi si ferma di colpo davanti alla porta. Si gira. « Dimenticavo: lunedì sera ti portiamo alla partita degli Yankees ».

Non riesco a trattenere una smorfia. Tyler sa bene che non sono una fanatica degli sport. « Una partita di football? »

Con un lento sospiro, scuote la testa. « Baseball, Eden, è baseball. Yankees contro Red Sox. Derek Jeter finalmente scende di nuovo in campo. Lo scorso autunno si era rotto una caviglia ».

« Chi? »

« Oddio ». Tyler mi guarda incredulo, premendosi gli indici sulle tempie. Schiude le labbra. « Derek Jeter, la leggenda, hai presente? »

« Chi? » chiedo di nuovo.

Lui mi guarda a bocca aperta. « Incredibile ».

« Non so neanche le regole del baseball » gli spiego, indignata. Bevo un altro sorso di latte macchiato. No, non è assolutamente all'altezza del Refinery. « Come puoi aspettarti che conosca i giocatori? E da quando segui questo Derek Jeter? Pensavo che tifassi per i 49ers ».

« Infatti » dice Tyler molto lentamente. « Solo che i 49ers sono una squadra di football, Eden ».

« E allora? »

« Okay, okay, basta così ». Scuote la testa e mi guarda con aria scherzosa. « A Central Park ci sono dei campi, quindi giocheremo a baseball. Non lascerai questa città finché non avrai imparato ad amare lo sport nazionale ». Senza permettermi di ribattere, come sa bene che sto per fare, si volta di nuovo e sparisce in un attimo. Grida da sopra la spalla: « Ti voglio pronta fra un'ora! »

Io alzo gli occhi al cielo e chiudo la porta. È vero che odio gli sport, ma forse non sarà tanto male. Tyler che corre, tutto sudato, col suo fisico atletico, mi sembra uno spettacolo da non perdere.

Appoggio il bicchiere sul comodino e rifaccio in fretta il letto, poi mi siedo per terra e apro la valigia. Prima o poi la disferò, quando avrò capito dove mettere la mia roba. Prendo dei vestiti, finisco il latte macchiato e attraverso l'appartamento diretta in bagno.

Tyler è vicino al lavandino, si sta riempiendo un bicchier d'acqua. Mi guarda.

« Dov'è Stephen? » L'appartamento è tranquillo, non come ieri sera. L'unico suono che sento è quello dell'acqua corrente.

Tyler fa un cenno verso la porta chiusa della sua camera. « Dorme. Probabilmente non uscirà prima di oggi pomeriggio ». Chiude il rubinetto e si porta il bicchiere alle labbra.

« Frequenta l'università, vero? »

« Sì ». Beve un sorso e si lecca le labbra, appoggiandosi al bancone. « Studia informatica. I network, roba del genere. Si laurea l'estate prossima ».

« Non sembra uno studente » mormoro. Ricordo vagamente che ieri sera si è infilato in bocca due fette di pizza intere, con una birra nell'altra mano. Ripensandoci, invece è proprio il tipico universitario. Che begli anni mi aspettano! «Faccio una doccia».

Tyler annuisce e si fa da parte, lasciandomi uno stretto passaggio per infilarmi in bagno. Cerco di farlo con grazia, ma finisco comunque per urtare il suo bicchiere, versandogli qualche goccia sulla maglietta. Lui alza gli occhi al cielo e si allontana.

Mi lavo in fretta, mi tampono i capelli con un asciugamano, poi indosso pantaloncini di jeans e una canotta larga, blu. Non ho alcuna voglia di recuperare il phon dalla valigia, quindi mi raccolgo i capelli in una crocchia umida e disordinata e decido di non truccarmi, per oggi. Rachael disapproverebbe, ma per fortuna non è qui a criticare la mia sciatteria.

Prendo le mie cose e torno verso la camera da letto. Snake non si è ancora svegliato. Tyler sta guardando le previsioni del tempo ed è così concentrato che non si accorge nemmeno che sto passando dietro di lui. Sparisco nella sua stanza, che adesso è la mia.

Sbatto la mia roba in valigia e tocco le tasche dei pantaloncini. Vuote. Non ricordo l'ultima volta che avevo il cellulare. Potrebbe essere stato ieri sera a Times Square, ricordo di aver fatto delle foto. Esamino la stanza con attenzione, finché mi cade l'occhio sulla mia giacca, ancora appallottolata in un angolo. Mi abbasso e controllo le tasche, poi con un sospiro di sollievo tiro fuori il telefono. È completamente scarico.

Mi rendo conto solo ora che non sento Dean da quando sono partita. Dovevo chiamarlo quando atterravo, e poi prima di andare a dormire. E poi al risveglio. In realtà dovrei chiamarlo 'ogni minuto'. Era questo il patto. Invece non gli ho mandato neanche un sms.

«Sei pronta?»

Sobbalzo al suono della voce di Tyler, alle mie spalle. Mi volto e vedo che mi sta guardando dalla porta, con una mazza da baseball in una mano e una palla nell'altra. Solleva la mazza e mi sorride.

«Sì» rispondo in fretta. Ci ho messo solo venti minuti a prepararmi, non un'ora, ma non ha senso aspettare. Nel tempo che resta potrei chiamare Dean, ma il telefono non si accende nemmeno. So che potrei chiedere a Tyler di prestarmi il suo ma, dopo la nostra conversazione di ieri sera, non credo che chiedergli di usare il suo cellulare per chiamare il mio ragazzo sarebbe appropriato. Sarebbe come dare uno schiaffo in faccia a entrambi nello stesso momento.

Dio, sono una persona orrenda. Davvero orrenda.

« Un secondo » gli dico. Prendo lo zaino e frugo all'interno, setacciando tutta la robaccia che ci ho buttato dentro finché non trovo il caricatore. Individuo una presa e attacco il telefono, in modo che si ricarichi mentre siamo fuori. Chiamerò Dean quando torno. Sperando che non sia troppo arrabbiato.

« Andiamo? » chiede Tyler. È appoggiato allo stipite della porta, gli faccio un breve cenno di assenso e mi infilo le Converse. Quelle nuove. Quelle che mi ha regalato lui. Quelle che mi ricordano di non mollare.

« Ecco, sono prontissima ». Mi tiro su e infilo l'indice nel passante dei pantaloncini, lanciando uno sguardo di sfida alla mazza da baseball. È vero, non so come si gioca, ma voglio fare faville. « Sei sicuro di volermi fare da coach? »

« Sicurissimo ». Fa un passo indietro e aspetta che lo raggiunga in soggiorno. Mi prende una mano - sento il calore della sua pelle sulla mia - e ci piazza la palla da baseball. Poi mi chiude le dita intorno, circondandole con le sue. « Non ti illudere, non ti farò sconti ».

« Non ne avrò bisogno ».

« Meglio ». Dopo un'ultima stretta, mi lascia la mano e si dirige verso la porta, come se non mi avesse appena toccato, come se il mio respiro non fosse irregolare. Credo che lo faccia apposta, a sfiorarmi le mani e a prendermi alla vita. Scommetto che sa che mi fa impazzire. Scommetto che sa quanto mi piace. « Allora, vieni? »

Lo guardo e decido che i suoi capelli sono un po' più lunghi di come li ricordavo. La pettinatura è più studiata, meno arruffata. In qualche modo riesco a non fissarlo troppo a lungo. Invece sorrido. « Andiamo ».

Prima di uscire Tyler controlla l'appartamento (a quanto pare ha anche buttato via le bottiglie di birra vuote, mentre mi preparavo), poi ci dirigiamo all'ascensore, abbandonando Stephen che dorme. Ci raggiunge una donna con un bambino urlante, quindi non riusciamo a fare conversazione. Sopportiamo l'infinito capriccio per il tempo della discesa di dodici piani. Cerco di non instaurare un contatto visivo con Tyler, quindi gli fisso gli stivali. Sono certa che lui sta guardando le mie Converse. Nessuno dei due sorride.

Finita l'imbarazzante discesa, seguo Tyler nell'atrio del palazzo fino alle porte d'ingresso. Non riesco a distogliere lo sguardo dalla sua nuca. Lui mi tiene aperta la porta con la mazza da baseball, guadagnandosi qualche occhiataccia da parte dei passanti.

«Sarà meglio che tu mi restituisca la palla, così non sembrerà che voglia mettermi a picchiare la gente» mi dice lui ridendo. Aspetta che gli passi davanti e poi lascia richiudere le porte.

«Mmm» dico esitando, ferma sul marciapiede. Inclino la testa e stringo gli occhi, scrutandolo con aria scherzosa. Sta facendo dondolare la mazza con la mano sinistra. «Sì, hai decisamente l'aria di un malintenzionato. Forse dovrei tenermi questa palla ancora un po'...»

Prima che possa finire la battuta, mi dà una spallata e mi strappa la palla di mano, riuscendo in qualche modo a non sfiorarmi neanche le dita. «Molto divertente» dice in tono secco, poi però sorride e la lancia in aria, riprendendola al volo. «Cominciamo la lezione» annuncia, con voce più profonda. «Il baseball è lo sport preferito dagli americani».

Si dirige a ovest lungo la Settantaquattresima e io cerco di stare al passo. Attraversiamo la Terza Strada e proseguiamo dritti lungo le stradine strette. La città è di nuovo invasa dal traffico, sia di veicoli sia di pedoni, e mi chiedo come sarebbe New York se per un giorno si fermasse completamente. È impossibile immaginare queste strade senza le macchine, le persone e il rumore. È impossibile immaginare questa città senza il suo ronzio di sottofondo.

Mi faccio largo fra la calca, cercando di non urtare nessuno, anche se tutti sembrano decisi a darmi qualche spinta. Resto un po' indietro e mi concentro su Tyler. «Non è il football il nostro sport preferito?»

«Non ti rispondo neanche» ribatte. Tiene la mazza fra il pollice e l'indice, studiandola attentamente, come se non ne avesse mai vista una. «Okay, Eden. Il baseball è semplice».

«Colpisci la palla e corri?»

«Sì, ma no». Scuote la testa e sospira. «Non *così* semplice».

Mi aspetto di dovermi sforzare per ascoltare le sue spiegazioni sulle regole ma, con mia enorme sorpresa, non devo fingere interesse. Più entusiasmo Tyler mette nel suo discorso sul baseball, più mi viene voglia di giocare. Mi informa che ci sono nove *inning*, ciascuno diviso in due parti. Non ci sono limiti di tempo. Ogni squadra ha nove giocatori. Mi parla delle linee di *foul*, dei ruoli dei lanciatori, degli esterni, dei battitori. Qualcosa a proposito di un'interbase. Mi spiega che cos'è un *walk* e che cos'è uno *strikeout*. Aggiunge che ci sono tre basi prima della casa base, ma questo lo sapevo già. Alla fine mi descrive i fuoricampo. A sentir lui sembrano una cosa da niente.

Nel tempo che ci mette a spiegarmi tutto, lanciando e riprendendo la palla a tempo con le sue parole, finiamo davanti a Central Park prima che me ne renda conto.

« Mio Dio ». Se guardo verso destra, sembra che il verde prosegua all'infinito lungo la Quinta Strada. Provo a guardare a sinistra, cercando la fine del parco, ma è lo stesso anche lì. Non mi ero neanche accorta che avevamo attraversato la Quinta Strada. Ora, sul marciapiede di fronte al parco, davanti a me c'è una distesa di alberi. Sono tantissimi. « Sapevo che era grande, ma non che fosse *così* enorme ».

« Credo che da nord a sud sia lungo quattro chilometri, e forse largo un chilometro da est a ovest ». Gli lancio un'occhiata di sbieco, stupita dalla sua precisione. « L'ho letto da qualche parte » ammette timidamente.

« Dove sono i campi da gioco? »

« Ce ne sono alcuni nel Great Lawn, più o meno al centro del parco. Dobbiamo andare di qua ». Inclina la mazza e la punta verso nord, lungo la Quinta Strada. « Credo sia il momento giusto per dirti che ho messo piede a Central Park solo quattro o cinque volte. Quindi se ci perdiamo è colpa mia ».

« Cinque volte? In un anno? E ci abiti di fianco? » Lo guardo incredula, con la bocca spalancata, e lui ride.

« Non è il mio genere » dice prima di tirare fuori il cellulare dalla tasca dei jeans e consultare una mappa. La studia per un po' e poi dice: « Va bene, di qua ».

Costeggiamo il perimetro del parco fino ad arrivare a un passaggio che si apre su un sentiero. Sul marciapiede ci sono dei chioschi che vendono hot dog e bretzel, ma li superiamo in fretta ed entriamo.

I sentieri sono intricati e delimitati da recinti per bloccare la vegetazione che cresce rigogliosa ovunque. È tutto così verde che sembra sia stato aggiunto un filtro colorato. Verde, verde, verde ovunque mi giri. È così rilassante. Mentre camminiamo ci superano persone che corrono, vanno in bicicletta o sui rollerblade. Io cammino piano per potermi godere ogni dettaglio e Tyler non mi mette fretta, anzi rimane al mio fianco dondolando avanti e indietro la mazza da baseball.

« C'è una pista, vero? Per correre? » Parlando non lo guardo, semplicemente perché non riesco a distogliere gli occhi da ciò che ho intorno. È così tranquillo e rilassante, non come il resto di Manhattan. È come se fossimo entrati in una città completamente diversa.

« Sì, intorno alla serra » dice Tyler con aria saputa, anche se ha ammesso di non conoscere il parco. Controlla il telefono ogni due secondi, quando crede che non lo veda, ma a me non sfuggono le smorfie che fa allo schermo prima di indicarmi: « Da questa parte ».

Passiamo sotto un ponte, seguiamo altri sentieri, poi attraversiamo una strada (cosa che mi stupisce, perché non avevo idea che si potesse attraversare il parco in macchina) e proseguiamo verso nord lungo il percorso tortuoso che Tyler sta improvvisando. Quando ci fermiamo per una breve pausa, vicino a uno stagno, non sembra neanche che abbiamo camminato per venti minuti. Molte altre persone hanno avuto la nostra stessa idea e si fermano a osservare l'acqua. Anche noi ci tratteniamo lì per un po', prima di scoprire che si chiama Stagno della Tartaruga. Chiedo a Tyler se si chiama così perché ci vive una tartaruga, lui ride e risponde: « Ovvio ».

Ripartiamo e, dopo pochi minuti, gli alberi si diradano intorno a uno spazio libero. È proprio il Great Lawn: aperto e immenso, circondato da un sentiero che costeggia il perimetro recintato. Aguzzando la vista, riesco a individuare il terriccio dei vari campi da gioco.

« Ce n'è uno libero laggiù » indica Tyler. Io riesco a malapena a distinguere i campi, figuriamoci a capire se sono occupati. Lui si schiarisce la voce e ricomincia a camminare, seguendo la recinzione. « Ti ricordi cosa devi fare? »

« Colpire la palla e toccare tutte le basi finché non faccio un fuoricampo. A meno che tu non sia così stronzo da fare di tutto per prendere la palla ed eliminarmi ».

Tyler fa una risata e mi ripassa la palla. Finalmente la sua pelle sfiora di nuovo la mia. È solo una frazione di secondo, ma mi basta. « Ti ho già avvertita: non ti farò sconti ».

« Ma io voglio portare a casa il risultato ».

Per un momento lui non risponde, fissa dei turisti che fanno foto di gruppo. Sembrano europei. Li osserva a lungo, poi sposta la mazza da una mano all'altra. « Non sei una che brucia le tappe, vero? »

« In che senso? »

« Hai presente le basi? » dice lui sorridendo. « Sei una che si ferma ogni volta? »

« No, se posso evitarlo ».

Lui scuote la testa e ride di nuovo, ma sommessamente. Con la coda dell'occhio vedo che è più vicino di quanto fosse un minuto fa. I nostri corpi sono separati al massimo da cinque centimetri. Mentre camminiamo si morde il labbro. « Non credi che fermarsi ogni volta rallenti il gioco? Prima base, seconda base, terza base... Dà soddisfazione, ma è lento. Io sono più il tipo che punta dritto al risultato ».

All'improvviso capisco il perché della sua voce roca, il lampo nei suoi occhi e il sorriso trattenuto sulle sue labbra e finalmente colgo l'allusione.

Rallento finché lui non si volta a guardarmi. I suoi occhi fiammeggianti incontrano i miei e mi sento quasi troppo nervosa per fargli la domanda che ho in mente. Con le guance arrossate, mi obbligo a chiedergli: « Stai ancora parlando del baseball? »

Solleva un angolo della bocca in un sorrisetto beffardo. Abbassa lo sguardo sul sentiero asfaltato e contrae la mascella, cercando in tutti i modi di serrare le labbra. Ma io riesco comunque a notare le rughe agli angoli dei suoi occhi, e quando apre la bocca per parlare, nella sua voce si mescolano sincerità e malizia: « Ah, se solo fosse così! »

9

Alzo il viso verso il cielo. È di un azzurro slavato, quasi grigio. Faccio scorrere lo sguardo sulle cime degli alberi, sopra la massa di verde. Dietro, svettano i grattacieli di Manhattan. È bellissimo. È New York!

«Sei pronta?»

Riporto gli occhi su Tyler. È di fronte a me, sul monte di lancio, col sorriso sulla faccia. Sta giocherellando con la palla. Mi posiziono leggermente di lato e sollevo la mazza, preparandomi a colpire la palla. Voglio stupirlo. «Prontissima».

«A me gli occhi». Questa è la parte più facile. Occhi su Tyler? Be', non lo mollano praticamente mai. «Devi solo spostare la mazza per colpire la palla. Non troppo presto, non troppo tardi». Anche se parla a voce alta, sembra un po' roco. Cerco di concentrarmi su quello che devo fare invece che su quanto è sexy la sua voce. «Devi muoverla proprio al momento giusto».

Annuisco e tengo la posizione, fissando la palla nella mano di Tyler. 'Ti prego, colpiscila' mi dico. 'Ti prego, fai una bella figura'.

Con un sorrisetto, Tyler scalcia il terriccio, poi strizza gli occhi e mi guarda. Tira indietro il braccio con una mossa decisa e in una frazione di secondo mi lancia la palla, che sfreccia fischiando nell'aria. Mi prende il panico, sobbalzo muovendo la mazza e quasi mi slogo una spalla. Manco la palla di un chilometro: mi passa vicino alla guancia, obbligandomi a scartare a sinistra.

La risata di Tyler echeggia per il campo, mentre io lancio un'occhiataccia nel vuoto. Il baseball non è facile come pensavo. «Dai, riportala qui» mi grida lui.

Sbuffando, mi metto la mazza sotto il braccio e marcio sul prato per recuperare la palla che si è fermata. La prima battuta non conta. La prossima volta ci riuscirò senz'altro. Abbasso la mano e raccolgo la palla, poi torno di corsa alla casa base, lanciandola con attenzione verso Tyler, che sta ancora ridendo.

« Okay » dice alla fine, schiarendosi la gola. Sorride. « Hai battuto decisamente troppo presto. Questa volta non spaventarti, stai attenta ».

Stringo le labbra in una linea dritta, mi concentro sulla palla nella sua mano e mi rimetto in posizione. La mazza oscilla nell'aria, dietro la mia spalla, non fiato e mi limito ad aspettare.

Tyler fa un cenno con la testa e tira di nuovo indietro il braccio, poi lo fa scattare in avanti e lascia andare la palla, che volteggia nella mia direzione. Questa volta però non vado nel panico, resto ferma fino al momento giusto. Batto con tutta la forza che ho e sento un fortissimo schianto.

All'inizio non capisco che cosa sia successo, finché non vedo la palla fare una parabola sul campo, passando sopra la testa di Tyler, che inarca le sopracciglia per la sorpresa. Non vedo dove cade, ma mi accorgo che sono ancora ferma sulla casa base. E invece dovrei correre!

Mi volto verso la prima base, nel preciso istante in cui Tyler si muove per recuperare la palla. Il cuore mi batte forte e la vista si appanna, ma continuo a correre, superando la prima base in pochi secondi. Vado verso la seconda, ma in lontananza vedo Tyler che si volta e ritorna verso il campo, forse sta correndo forte quanto me. Cerco di accelerare ancora, rischiando di scivolare sul terriccio intorno alla seconda base. 'Voglio fare un fuoricampo' penso. 'Voglio assolutamente fare un fuoricampo'.

« Non farlo! » grido fissando la terza base, ma Tyler continua ad avvicinarsi. Era vero quello che mi ha detto: non mi fa sconti. Mentre mi raggiunge mi monta il panico, voglio assolutamente farcela, i miei battiti sono sempre più veloci.

Proprio quando sono a portata della terza base, però, il corpo di Tyler mi scivola davanti e ci scontriamo prima che possa fermarmi. Mi prende alla vita e mi trascina con sé, placcandomi e facendoci rovinare entrambi a terra.

Comincia a ridere mentre io cerco di riprendere fiato, il mio respiro irregolare come il suo. La palla è a qualche metro di distanza.

« Non è giusto » mi lamento, ma non mi importa poi così tanto. Il mio corpo è a contatto col suo. Rotolo velocemente via e mi sdraio sulla schiena. Appoggio la testa a terra, vicino a lui, e tutti e due guardiamo il cielo grigio. Si sta scurendo sempre di più. « Ci tenevo a quel fuoricampo ».

« Benvenuta nel mondo del baseball » dice Tyler, che sta ancora ridacchiando. Alla fine si calma e sospira, mettendosi seduto. I suoi occhi verdi sono infuocati. « Quanto ci tenevi? »

« Più di ogni altra cosa » rispondo incrociando le braccia e voltandomi dall'altra parte. Sono ancora senza fiato. « Volevo sembrare una dura ».

« Alzati » mi ordina Tyler. Mi accorgo che lui è in piedi, perché il suo corpo incombe sul mio e fa ombra, anche se non c'è molto sole. « Dai, forza ».

Con un sospiro mi tiro su e mi spolvero i vestiti. Raddrizzo la schiena e lo guardo, in attesa di una spiegazione. Tyler mi rivolge un tenero sorriso.

« Io non ho toccato la base e non ti ho colpito con la palla » dice lentamente, con un sorriso sempre più largo. « Quindi sei ancora in gioco. Il fuoricampo è tutto tuo ». Probabilmente mi legge in faccia la mia perplessità, perché scuote la testa. « Non mi hai ascoltato mentre ti spiegavo le regole, vero? »

« Non sono eliminata? »

Lui alza gli occhi al cielo e non mi risponde neanche. Si limita a prendermi la mano. Ormai dovrei essermi abituata a questa sensazione, ma non è così. Abbiamo passato tanto tempo senza vederci che il minimo tocco mi manda in confusione. Non riesco a capire perché le mani di Tyler sembrino adattarsi meglio alle mie rispetto a quelle di Dean. Forse la sensazione è diversa perché le mani di Tyler sono più lisce, mentre quelle di Dean sono callose per il lavoro all'autofficina del padre. O magari perché Dean ha spesso le mani fredde, mentre quelle di Tyler sono tiepide. Non lo so. So solo che è diverso. Il mio corpo non reagisce mai a Dean nello stesso modo in cui reagisce a Tyler, non riesco a capire se questo vuol dire che amo Tyler più di Dean o che, semplicemente, il senso di colpa mi fa venire la tachicardia. Io e Tyler siamo in torto per tanti motivi. Siamo in torto per non esserci dimenticati, siamo in torto perché flirtiamo alle spalle di Dean. Siamo in torto perché siamo fratellastri.

Saremo sempre in torto.

Tyler mi sta trascinando con sé, la sua pelle è liscia e calda. Lasciamo la terza base e attraversiamo il terreno di gioco, ma io non sono concentrata. Sto ancora pensando alle nostre dita intrecciate, a Dean e al casino che verrà fuori da tutto questo. Quest'estate sarà un inferno e dubito fortemente che riuscirò a sopravvivere fino alla fine delle sei settimane. Dean aveva ragione a preoccuparsi. Sto passando l'estate a migliaia di chilometri dal mio ragazzo, con la persona di cui sono innamorata. C'è differenza fra amare qualcuno ed essere innamorata? Perché credo che sia questa la differenza tra quello che provo per Tyler e quello che provo per Dean.

Io amo Dean, ma sono innamorata di Tyler.

E pensare che credevo che nulla fosse più incomprensibile del corso di biologia avanzata...

Dopo pochi secondi Tyler si ferma. Mi lascia la mano e si volta per guardarmi in faccia. I suoi occhi smeraldo si abbassano su di me, mi posa una mano sul fianco e fa un cenno della testa verso i miei piedi.

Abbasso lo sguardo e mi rendo conto di dove mi trovo: sono sulla casa base, al punto di partenza. Scalcio con le mie Converse e torno a guardare Tyler, aggrottando le sopracciglia.

Lui deglutisce, poi mi stringe il fianco e fa un passo indietro. Con un lieve sorriso sulle labbra, annuncia: « Ecco il tuo fuoricampo, campionessa ».

Giochiamo finché non si mette a piovere. All'inizio è solo una pioggerella leggera, ma il cielo si scurisce sempre di più e in breve l'acqua viene giù a catinelle. Tutti gli altri hanno abbandonato i campi ormai, solo io e Tyler siamo così pazzi da perseverare. Alla fine, quando i miei capelli sono tutti bagnati e la maglietta di Tyler gli si è incollata al petto, decidiamo di lasciar perdere.

Ci mettiamo a correre, ridendo. Non perché abbiamo un aspetto buffo o perché corriamo in modo goffo. È tipico di noi, ridere e divertirci come matti senza un motivo preciso. Tyler continua a restare indietro e io devo fermarmi ad aspettarlo, perché non conosco la strada del ritorno. La pioggia mi cade negli occhi e un paio di volte perdo la palla lungo il tragitto verso l'uscita dal parco. Le mie nuove Converse sono tutte viscide, temo che la scritta di Tyler possa cancellarsi, ma non si sbava neanche.

« Non sono abituata alla pioggia! » grido, saltando sul marciapiede e scostandomi i capelli bagnati dal viso. Espiro forte e guardo la strada. Sono abbastanza sicura che dobbiamo girare a destra.

Tyler mi raggiunge e si mette al mio fianco, senza fiato, con i capelli tutti bagnati. Ha la fronte imperlata di gocce di pioggia, ma non si preoccupa di asciugarle. « A quanto pare stai perdendo le tue radici di Portland » mi dice a voce alta, per farsi sentire sopra il ticchettio della pioggia sull'asfalto.

Io alzo gli occhi al cielo e gli do una spinta sulla spalla. Ha ragione, però. Come ho fatto a sopravvivere in un posto dove pioveva così per la maggior parte dell'anno, proprio non me lo spiego. Dopo aver vissuto a Santa Monica per due anni ormai sono abituata al sole e al caldo tutto l'anno.

« Credo di non aver mai avuto radici a Portland ». Lui mi guida verso destra, proprio come pensavo. Pian piano sto imparando a orientarmi. « Odio Portland. L'unico aspetto positivo era il caffè ».

« Meglio di quello del Refinery? »

« Di sicuro ».

Tyler non risponde finché non siamo riusciti, fortunosamente, ad attraversare la strada e a tornare sulla Settantaquattresima. I turisti sono fradici e hanno l'aria scontenta, non posso biasimarli. Ci facciamo strada nella folla di persone bagnate sui marciapiedi e Tyler finalmente mi lancia un'occhiata di sbieco, con la pioggia che gli gocciola dalle ciglia. « Ci vai ancora? Al Refinery? »

« Sempre ». Non credo di aver mai preso un caffè altrove, da quando vivo a Santa Monica. Se lo facessi sarebbe come un tradimento. « È il miglior caffè della città ».

« Ti abbiamo mai raccontato come lo abbiamo scoperto? »

« Perché, guarda caso, è sulla strada principale? »

« Ah, no ». Fa un piccolo sorriso e si passa la mano libera tra i capelli, tirandoli indietro. Ormai abbiamo smesso di correre, anche se la pioggia non è diminuita. Tyler fa dondolare la mazza da baseball con la mano. « Quando eravamo al primo anno, dopo pranzo marinavamo la scuola e andavamo in centro, perché volevamo farci vedere da tutti. Non chiedermi perché. Era una cosa stupida ». Scuote la testa e fa una risatina. « Una volta Rachael aveva bisogno del bagno e stavamo passando davanti al Refinery, così è corsa dentro e li ha implorati di farle usare il loro, ma loro non volevano perché non era una cliente. Così ha preso un caffè». Fa un sorriso sognante, come se per lui il dilemma del bagno di Rachael fosse un caro ricordo. «Poi è tornata da noi di corsa e ci ha detto che facevano un caffè favoloso. Alla fine ci siamo rimasti per cinque ore, e da allora abbiamo cominciato ad andarci quasi tutti i giorni».

Osservo il calore della sua espressione e cerco di immaginarmi la scena, di vedere tutto il gruppo. È difficile pensarci adesso. Appena diplomati si sono dispersi. Tyler si è trasferito a New York. Jake è in Ohio. Tiffani è a Santa Barbara. Meghan è nello Utah. Sono cambiate tante cose in un anno. «Li senti ancora tutti?»

Il sorriso di Tyler cambia in fretta, diventa quasi triste. Scuote lentamente la testa. «Quasi solo Dean. A volte Rachael. Voglio dire, Meghan è sparita dalla faccia della Terra con quel Jared, e Jake è sempre più idiota. Lo sapevi che adesso sta con tre ragazze contemporaneamente?»

«Ero rimasta a due» commento. Jake non si tiene quasi mai in contatto con noi, ma quando decide di mandare un messaggio di solito scrive a Dean, per aggiornarci sul totale delle ragazze che ha conquistato in Ohio. Dean non gli risponde mai. «Sapevo che lui e Tiffani non avrebbero retto una relazione a distanza, ma almeno pensavo che sarebbe durata più di tre settimane».

«Tiffani ha bisogno di avere accanto un ragazzo, e Jake è un playboy incallito. Era ovvio che non potesse funzionare».

Distolgo lo sguardo per un attimo e mi giro verso il traffico, tutti i tergicristalli delle auto lavorano alla massima velocità. Deglutisco e stringo più forte la palla da baseball. «Parli mai con lei?»

«Con Tiffani?» Sento che gli occhi di Tyler si posano su di me, ma ho troppa paura di ricambiare lo sguardo. Mentre camminiamo fisso il marciapiede e le mie scarpe. Prende il mio silenzio come una conferma. «Che domanda stupida. Tu ci parli mai?»

«No».

Tyler non aggiunge altro. Fa solo un sospiro, dondolando la mazza ancora più forte. Stringe gli occhi e distoglie lo sguardo. Dubito che voglia riportarlo su di me tanto presto. Detesta sentirmela nominare. A nessuno piace parlare della propria ex, soprattutto se si tratta di Tiffani. Gli ha fatto passare l'inferno e quando ha scoperto che cosa stava succedendo fra me e Tyler ci ha riversato addosso tutto il suo disprezzo. «Allora, quando arrivano Rachael e Meghan?»

Inarco un sopracciglio all'improvviso cambio di argomento, ma non mi dispiace. Neanch'io amo particolarmente parlare di Tiffani. « Il 16. Meghan ora dovrebbe essere ancora in Europa con Jared, quindi hanno posticipato il viaggio del suo compleanno ».

« Allora immagino che starai con loro per un po', invece che con me... »

Cerco di intercettare il suo sguardo, ma lui continua imperterrito a fissare il marciapiede. Ormai è impossibile essere più inzuppati di così e abbiamo rallentato il passo. « Staranno in città solo per pochi giorni. Sarei venuta con loro, se non fossi stata già qui ».

Finalmente Tyler mi lancia un'occhiata di sbieco. Sulle sue labbra c'è un sorriso. « Per fortuna mi sono prenotato per primo ».

Attraversiamo la Terza Strada, avvicinandoci al suo palazzo: alla sola vista dell'edificio, e al pensiero del calduccio che farà lì dentro, mi rimetto a correre per gli ultimi metri. Tyler mi segue a ruota e ci precipitiamo all'interno, grondanti, nel silenzio più assoluto. Restiamo lì in piedi per un momento a riprendere fiato, poi Tyler scoppia a ridere.

Finalmente si passa una mano sul viso e si asciuga le gocce di pioggia. « Mi sa che era il giorno sbagliato per giocare a baseball ».

« Puoi dirlo forte » borbotto, ma sorrido.

Non perdiamo altro tempo e ci fiondiamo in ascensore, lasciando una pozza d'acqua nell'ingresso. Ridacchiamo entrambi, e una parte di me si chiede se non sia solo l'effetto della pioggia, ma capisco che se ci viene da ridere è perché siamo tutti e due di buon umore. Cerco di strizzare la mia canotta, mentre seguo Tyler fino al suo appartamento.

Snake è seduto per terra con la schiena contro un divano, impegnato a messaggiare al telefono. All'inizio non ci degna neanche di uno sguardo.

Quando lo fa, spalanca gli occhi e ci osserva per un lungo momento prima di chiedere: « Che cosa diavolo vi è successo? Vi siete tuffati nell'Hudson? »

« Ti sei accorto che sta piovendo? » ridacchia Tyler, poi si volta e si dirige in cucina. Butta la mazza da baseball sul bancone e scivola in bagno. Riappare dopo pochi secondi, con in mano due salviette. « Hai presente... quando piove a dirotto? »

« E da quando? » chiede Snake, ignaro di tutto. Gira il collo per guardare fuori dalla finestra e poi borbotta: « Oh, merda, hai ragione. Ero troppo occupato con le tipe del 1201 per accorgermene ».

« Chi? » Faccio una smorfia e lui mi lancia un'occhiata.

« L'appartamento a due porte da noi » borbotta Tyler prima che Snake possa rispondermi. Mi si avvicina di nuovo e mi passa una salvietta, che io accetto con un sorriso di gratitudine. « Delle studentesse universitarie. Veramente moleste ». Si china in avanti e si sfrega i capelli con l'asciugamano.

« Mmm. Non mi sembravi infastidito il mese scorso, quando facevate i *body shot* » commenta Snake.

« Era una sfida » puntualizza Tyler, raddrizzandosi di colpo. I suoi capelli sparano dappertutto, se non fossi così concentrata sui racconti di Snake forse lo troverei carino. « Lanciata da te, fra l'altro ».

Snake fa un sorrisetto che gli fa sembrare il naso un po' storto, come se in passato se lo fosse rotto. « Comunque, non mi pare che tu ti sia tirato indietro... »

Tyler si limita a scuotere la testa, anche se spero che aggiunga qualcosa in sua discolpa. O magari che mi dica che Snake sta scherzando. Chi sono queste ragazze del 1201? Studentesse universitarie? Scommetto che sono bellissime. Scommetto che sono intelligenti. Scommetto che escono spesso insieme.

« Vado a telefonare a Dean » butto lì d'un tratto. Non so perché mi sia venuto in mente, ma dopo averlo detto mi rendo conto che devo farlo sul serio. Sono in un ritardo mostruoso, sento quasi il telefono che mi chiama dalla stanza di Tyler. Così mi giro, con la salvietta in mano, e mi dirigo alla sua camera. O alla mia camera. Comunque sia.

Mentre chiudo la porta, vedo che Tyler aggrotta le sopracciglia e sono tentata di rivolgergli un sorriso di scuse, ma ripenso a lui che si serve da bere direttamente *sul corpo* di una delle sue vicine, distolgo in fretta lo sguardo e chiudo la porta con uno scatto, mantenendo un'espressione impassibile. Poi comincio a mordicchiarmi nervosamente il labbro, prendo il telefono e faccio il numero di Dean.

Il suono dello squillo mi fa quasi star male. Se potessi, eviterei ogni contatto con lui per le prossime sei settimane. Sei settimane per fare ordine nei miei pensieri, per decidere se voglio stare con lui o no. Ora sono troppo occupata a capire che cosa provo per Tyler. Sarebbe molto meglio se potessi capire quello che provo per Dean in un secondo momento, ma a quanto pare devo fare tutto subito, e contemporaneamente. Li sto tenendo entrambi in bilico, cercando di non ferire nessuno dei due, ma mi sento in affanno. Non so proprio come risolvere questa situazione.

« Allora sei viva » mi sussurra nell'orecchio la voce di Dean. Il saluto improvviso riporta la mia attenzione alla telefonata. Il suo tono offeso mi ha già fatto pentire di averlo chiamato.

« Scusami ». Vorrei quasi fare un sospiro, ma lo trattengo. « Sono stata travolta da tutto quanto e poi il mio telefono è morto e... »

« E cosa? Non hanno le linee fisse a New York? Non ci sono cabine telefoniche? »

Allontano il cellulare dall'orecchio e faccio una smorfia. Maledizione. Una parte di me vorrebbe riagganciare subito perché non sopporto il suo atteggiamento brusco, ma il resto di me sembra avere il buon senso di capire che così peggiorerei soltanto le cose. Quindi mi riporto il telefono all'orecchio. « Sono arrivata da meno di ventiquattr'ore, rilassati. Sembra che non ti chiami da una settimana. Sono qui, e sono tutta intera ». Digrigno i denti e mi siedo sull'angolo del letto di Tyler. Il materasso è morbido, ma non mi sento a mio agio. « E la città è fantastica, grazie per averlo chiesto ».

Dean non risponde subito. Rimane in silenzio e sento soltanto il suono del suo respiro, lento e profondo. « Mi dispiace » borbotta dopo un po'. « È solo che siamo ai lati opposti del Paese e non posso vederti: devo almeno poterti parlare. Mi devi almeno questo ».

« Lo so ». Mi guardo in giro nella stanza di Tyler, cercando qualcosa su cui fissare lo sguardo, ma finisco soltanto per tornare all'asciugamano che ho in grembo. Non mi ero accorta di avere ancora in mano anche la palla da baseball. La stringo forte. È fredda e bagnata. « Cercherò di chiamarti più spesso ».

« Ti conviene farlo » ribatte Dean, ma il suo tono si è addolcito. « Vuoi farmi impazzire, quaggiù? »

« Cerca solo di non pensare a me » scherzo. Non appena pronuncio queste parole, mi accorgo che non sto affatto scherzando. Non voglio che Dean pensi a me. Sono troppo presa da Tyler per ricambiare l'attenzione di Dean. « Davvero, non pensare a me ».

« Non è facile ».

Faccio un sospiro lontano dal telefono, in modo che non se ne accorga, poi butto la palla a terra e mi lascio cadere sul letto, tirandomi l'asciugamano sulla testa. «Sei ancora arrabbiato perché sono venuta qui?»

«Non sono mai stato arrabbiato, Eden» risponde Dean dolce e con tono rassicurante. Invece vorrei che lo fosse. In sottofondo sento il ronzio dei motori e l'eco lontana della radio. Deve essere al lavoro. «Sono solo deluso che tu preferisca passare la nostra ultima estate... senza di me. Dall'autunno non ci vedremo quasi più, lo sai bene, eppure hai deciso di andare a New York».

«È New York, Dean» dico piano. «New York». E Tyler. Tyler, Tyler, Tyler. All'infinito.

«Scusami, hai ragione. È New York» ripete Dean. Riaffiora l'amarezza nella sua voce, che si fa più profonda. «Mi dispiace di non poter competere con Times Square o Central Park. Mi dispiace di fare così schifo, al confronto».

«Non intendevo questo...»

«Devo tornare al lavoro». Di solito la voce di Dean è carezzevole, ma ora il tono è brusco. «Goditi New York, visto che è tanto meglio di me».

Riattacca prima che possa rispondere.

Mi metto seduta e fisso il telefono: mi ha sbattuto il telefono in faccia. Irritata, digrigno i denti e mi alzo in piedi, avvolgendomi l'asciugamano sui capelli bagnati. Ho bisogno di Tyler, di stare lontana da Dean e dal suo atteggiamento negativo, così spalanco la porta della camera da letto ed entro in soggiorno.

Snake sta ancora chattando, solo che adesso è in piedi, appoggiato al bancone della cucina. Mi guarda da sotto le ciglia, senza quasi alzare la testa. Ha un'espressione strana, come se gli venisse da ridere per l'asciugamano che ho in testa.

«Dov'è Tyler?»

«L'hai mancato per un soffio. È appena uscito».

«Per andare dove?»

«Emily aveva bisogno di un favore». Alza le spalle, noncurante.

«Emily?» ripeto. Qualcosa dentro di me si muove, come se potessi letteralmente sentire il mio stomaco che precipita. *Emily?* Deglutisco. «E chi è?»

Adesso Snake alza lo sguardo. «Non ti ha mai parlato di lei?»

10

Per esattamente quaranta minuti, non riesco a stare ferma. Mi mordo il labbro, le pellicine, cammino avanti e indietro in soggiorno. Ho la nausea, ma trattengo il respiro e mi sforzo di allontanare quella orrenda sensazione. Sono nervosa, e spaventata. E furiosa. Chi sarebbe questa Emily? E perché la sento nominare soltanto adesso?

« Che problema hai? » mi chiede Snake da sopra la spalla, piegando il collo per guardarmi attraverso la stanza. Da almeno mezz'ora è inchiodato davanti a un documentario su un disastro aereo, e per un secondo toglie l'audio e sposta l'attenzione su di me.

« Nessun problema » mento. Sono in piedi in cucina. Mi aggrappo più forte al bancone e cerco di incrociare il suo sguardo, ma poi temo che veda quanto sono sconvolta e provo a sorridere.

« È carina » cerca di rassicurarmi Snake. Non aiuta molto, però. Anzi, mi fa stare ancora peggio. « È inglese ».

« Inglese? » ripeto. 'Fantastico' penso. Avrà un accento delizioso. Qualcosa di diverso. Non posso competere con una ragazza inglese. Assolutamente.

« Già, di Londra ». Snake ride e torna a voltarsi verso la tv, riattivando il volume. « Ogni volta che la sento parlare mi viene voglia di guardare *Harry Potter* ».

Probabilmente pensa che sia pazza. Si chiederà perché sono così tesa. Voglio dire, cosa c'è di tanto angosciante se il mio fratellastro passa del tempo con una ragazza? Se questa ragazza potrebbe essere più di un'amica? Questo è il punto. Non sarebbe niente di angosciante, se lui non fosse altro che il mio fratellastro. Non mi darebbe fastidio se non fossi così innamorata di lui.

Perché non so chi sia questa ragazza? Perché Tyler non me ne ha mai parlato? E se escono insieme? E se tutto quello che ha detto ieri sera fosse solo un mucchio di stronzate?

Mi viene di nuovo la nausea, cerco di scacciare questi pensieri dalla mente finché il mio stomaco non si calma. Mi volto verso il pensile per prendermi un bicchiere, quando sento la porta dell'appartamento che si apre. Il mio sguardo corre subito là e Tyler entra in casa, trascinando una valigia. Una valigia rosa shocking. Si ferma e apre meglio la porta.

Accanto a lui c'è una ragazza.

Affondo quasi il pugno nel bancone al solo vederla.

È più alta di me, anche se non quanto Tyler, e ha un colorito caldo. Ha i capelli lisci (e umidi) che le arrivano fin sotto il seno, più chiari sulle punte. Intreccia le dita con aria ansiosa, perlustrando la stanza con lo sguardo. I suoi occhi sono luminosi, eppure sembrano gonfi. Ed è bella. Veramente bella, in un modo semplice e naturale.

Snake questa volta non solo toglie l'audio, ma spegne proprio la tv. Si volta e abbraccia lo schienale del divano, con un'espressione incuriosita. « Tyler, ormai hai preso l'abitudine di portare a casa ogni giorno una ragazza con una valigia? » Mi lancia un'occhiata eloquente.

« Ehi, Snake » sussurra la nuova arrivata con un sorriso triste, in tono di scusa. Il suo accento è decisamente britannico. A questo punto non ho più alcun dubbio: quella a pochi metri da me è Emily.

L'unica cosa che riesco a pensare è: 'Perché diavolo si trova qui?'

« Ehi » ribatte Snake. « Allora, come va? »

Tyler chiude la porta col ginocchio e si sposta al centro della stanza, ma Emily rimane sulla soglia. Lui si schiarisce la gola e incrocia lo sguardo di Snake. Non ha ancora guardato verso di me. « Emily starà qui per un po' ».

Starà qui? *Starà qui?* Vorrei quasi mettermi a urlare, ma sono impietrita. Ho la gola troppo secca per emettere alcun suono. Pianto le unghie nel bancone.

« Niente domande » aggiunge Tyler, lanciando una severa occhiata di avvertimento a Snake, prima che possa aprire bocca.

« Davvero » dice Emily precipitandosi accanto a Tyler, « se è troppo disturbo... »

« No, va bene ». Il suo tono è deciso.

« Sei sicuro? »

Voglio che smetta di parlare. Voglio che quell'accento sparisca. Voglio che se ne vada. Ma so che non succederà, quindi cerco di controllare il respiro. È decisamente irregolare.

« Assolutamente. Siamo solo, ehm, un po' a corto di letti. Snake? »

« Ma certo, può dormire con me » conferma Snake, con un sorrisetto che svanisce subito quando Tyler gli lancia un'occhiataccia. « Va bene, va bene » sbuffa lui. « Dormirò sul divano anch'io. Puoi prendere la mia stanza ».

« Tutto risolto » annuncia Tyler. Rivolge un sorriso rassicurante a Emily e poi si volta verso di me. Sembra non essersi reso conto che sono rimasta lì per tutto il tempo, perché spalanca gli occhi e poi mi fa cenno di avvicinarmi. Io non batto ciglio. « Emily, lei è la mia sorellastra, Eden ».

Lentamente, le sue labbra formano un sorriso cordiale. Sta per dire qualcosa, magari 'Come va?' o 'Felice di conoscerti' o semplicemente 'Ehi', ma io non ce la faccio. Non sopporto di stare nella stessa stanza con lei e non riesco ad accettare l'idea che lei esca con Tyler.

Quindi, prima ancora che lei possa aprire bocca, attraverso di corsa il soggiorno, superando Emily e Tyler il più in fretta possibile, senza incrociare il loro sguardo. Potrei scoppiare in lacrime da un momento all'altro, quindi appena arrivo in camera di Tyler e mi chiudo la porta alle spalle, traggo un sospiro di sollievo per essermi allontanata da loro.

Il mio cuore batte così forte che lo sento ronzare nelle orecchie e solo ora mi rendo conto di quanto è accelerato il mio respiro. Non so perché me la sto prendendo tanto. All'inizio penso che sia soltanto rabbia. Rabbia contro Tyler, per non avermi mai detto che vedeva un'altra ragazza, e per avermi raccontato tutte quelle balle ieri sera, riempiendomi di false speranze. Ma per qualche motivo mi accorgo di non essere poi così furiosa. Sono solo delusa, e incapace di far fronte alla situazione. Infine, capisco di non essere affatto arrabbiata. Sono gelosa. Incredibilmente gelosa.

La porta si spalanca, mettendo fine ai miei quindici secondi di privacy, e Tyler irrompe nella stanza chiedendomi in tono alterato: « Si può sapere che diavolo ti prende? »

Mi fa male anche solo guardarlo, quindi, mentre chiude la porta, con uno scatto incrocio le braccia e gli volto le spalle. « Non ho affatto voglia di conoscere la tua ragazza dopo che ieri sera mi hai detto di non avermi dimenticata» sbotto, ribollente di sdegno. Perché questa tizia deve stare qui? Perché la mia estate deve essere già rovinata?

«Ragazza?» ripete Tyler. «Credi che sia la mia ragazza?»

Mi volto a guardarlo. Il mio cuore deve essersi fermato per un secondo. «Non lo è?»

«Dio mio, Eden, no». Scuote la testa e fa una risatina, sciogliendo la tensione che si era creata. Alza anche gli occhi al cielo. «Emily è solo un'amica. Abbiamo partecipato insieme alla campagna di sensibilizzazione».

Mi sento invadere da un'ondata di sollievo, ma cerco di non sembrare troppo entusiasta. Rimango calma e ricambio lo sguardo di Tyler. «Perché non me l'hai mai nominata?»

«Francamente non lo so» bofonchia lui. Mi passa vicino e si siede sul letto, intrecciando le mani fra le ginocchia. «Non ti ho mai parlato delle persone che partecipavano al programma. Cioè, in realtà te ne ho parlato, ma non ti ho detto i loro nomi».

Dal suo sguardo capisco che è sincero, così sospiro e mi siedo accanto a lui, stando attenta a lasciare una distanza di alcuni centimetri. «Perché è qui?»

«Perché ha bisogno di un posto dove stare. In questo momento ha dei problemi. Viene dall'Inghilterra».

«Me ne sono accorta» commento, leggermente irritata. Non vorrei sembrare brusca, ma non posso farne a meno. Lancio un'occhiata di sbieco a Tyler e ripenso alle sue parole. Non stanno insieme. Sono solo amici. Hanno fatto la campagna insieme... la campagna sulla costa orientale per sensibilizzare i più giovani sugli abusi contro i minori, raccontando le loro storie. Mi premo una mano sulle labbra e guardo Tyler, finché non sposta gli occhi nei miei. «Se ha partecipato al programma, significa che...»

Vedo che deglutisce, distogliendo di nuovo gli occhi. Poi guarda per terra. «Sì. Non fisicamente» dice dopo un momento di silenzio. La sua voce sembra quasi fragile. «Emotivamente. È molto sensibile. Quindi pensa bene a quello che vuoi dirle, prima di rivolgerle la parola».

Con un lamento, mi premo le mani sulla faccia e mi chino per mettere la testa fra le ginocchia. Vorrei non essere saltata a conclusioni affrettate, mollandola là in modo così teatrale. «Penserà che sono una stronza maleducata».

« Be', puoi darle torto? »

Raddrizzo la schiena in fretta e gli do una spinta sulla spalla fingendomi irritata. Non ho più la nausea. Mi sento rilassata e soddisfatta. « Credevo che uscissi con lei. Puoi biasimarmi? »

« Il pensiero di me con un'altra ti ha fatto infuriare? Ti ha mandato fuori di testa? » Si alza in piedi sorridendo, mi guarda con occhi intensi. Dolcemente mi prende la mano e mi fa alzare. Anche quando sono in piedi, non mi lascia andare, mi sposta soltanto le mani sulle spalle, poi chiude le braccia dietro la mia nuca e mi attira a sé con decisione. « Sei così dipendente da me, Eden Munro? »

Anch'io lo circondo con le braccia, sopra la vita. « Ti piacerebbe, eh? » scherzo, ma sto mentendo. Spero che non lo capisca.

Sollevo un po' la testa per guardarlo, e quasi sbatto la fronte contro il suo mento mentre lui mi sorride, fissandomi con i suoi occhi luminosi. « Allora, per quanto riguarda Emily... » Sposta la testa in avanti e all'inizio penso che potrebbe provare a baciarmi, ma non lo fa. Mi stringe forte, il suo viso appena sopra la mia spalla sinistra. « Non hai niente di cui preoccuparti » sussurra piano, il suo respiro caldo sulla mia guancia, « perché, piccola, io sono tutto tuo ».

11

Piove quasi per tre giorni interi, fino a sabato. Un tempaccio implacabile e irritante. A volte smette per un'oretta e poi, proprio quando pensiamo che potrebbe tornare il sole, ricomincia alternando pioggerelline e acquazzoni.

Così, per tre giorni, guardiamo i film di Harry Potter: tutti e otto, due volte. È una proposta di Snake, naturalmente, e tutto perché Emily e il suo accento inglese hanno deciso di varcare la soglia di casa. Alla fine ho trovato il coraggio di scusarmi con lei per essere stata così maleducata, quindi fra noi non c'è più alcuna tensione. È bello starcene rintanati tutti e quattro, avvolti nelle coperte e circondati da cartoni di pizza e bottiglie di birra. Anche questa è stata un'idea di Snake. Nessuno di noi ha la forza di suggerire delle alternative e, a dire il vero, siamo felici della routine che a quanto pare abbiamo instaurato. La seconda sera finiamo le birre, e il terzo giorno cominciamo a ordinare cibo cinese invece della pizza. Tyler non è molto contento di questa scelta alimentare e io comincio a sentirmi in colpa per tutte le schifezze che mangio, così lasciamo il cibo cinese a Snake ed Emily. Quasi alla mezzanotte del terzo giorno, stiamo guardando l'ottavo film per la seconda volta e non riesco a tenere gli occhi aperti.

Finisco per addormentarmi sul divano, con la testa appoggiata alla spalla di Tyler, entrambi sotto una grande coperta. Con gli occhi semichiusi, guardo nel buio Snake ed Emily, illuminati solo dallo schermo della tv. Sono sul divano di fronte a noi, entrambi profondamente addormentati. Snake ha la bocca aperta e la testa rovesciata sul divano, Emily è stravaccata addosso a lui, con la faccia nascosta contro il suo petto. Se tendo le orecchie riesco a sentire il lieve russare di uno dei due.

« Sei ancora sveglia? » sussurra Tyler, con voce roca.

« Sì » rispondo, assonnata. Però ho gli occhi chiusi e stringo i nostri corpi un po' di più nella coperta, anche se siamo già al calduccio. Siamo sdraiati qui da ore.

« Puoi andare a letto se vuoi » mi dice, sempre a bassa voce. « Non devi restare qui ».

Sono mezza addormentata, ma faccio un sorriso, nel buio. Mi giro verso di lui, gli premo una mano sul petto e nascondo la faccia contro la sua spalla. Sussurro contro la sua maglietta: « Voglio stare qui ».

E così mi addormento, con il petto di Tyler che si solleva sotto di me, col suo respiro morbido che mi scalda la guancia. Mi addormento mentre lui gioca con i miei capelli e mi appoggia il mento sulla fronte. Mi addormento fra le braccia della persona di cui sono innamorata, con il dolce picchiettare della pioggia contro le finestre. Soprattutto, scivolo nel sonno senza che il sorriso si cancelli dalle mie labbra.

Sabato mattina, finalmente, riprendo vita. Mi sveglio con la sensazione di avere troppo caldo e una sete tremenda, e strizzando gli occhi per il sole che entra dalle finestre. Mi ci vuole un momento per rendermi conto che finalmente il cielo si è aperto, e ancora di più per scoprire che l'appartamento è immerso nel silenzio per la prima volta da giorni. C'è silenzio perché non piove: niente picchiettare alle finestre, niente rumore di gocce che cadono.

Mi sfrego gli occhi, sbadiglio e spingo via la coperta, che mi sta soffocando. Il caldo è quasi insopportabile, lancio la coperta il più lontano possibile. Atterra vicino al divano di Snake ed Emily, ma sono ancora nel mondo dei sogni e nemmeno se ne accorgono. La tv si è spenta da sola e sento ancora l'odore del cibo cinese di ieri sera. Con cautela sollevo la testa, con il collo rigido, e lancio un'occhiata alla mia sinistra. Spero di vedere Tyler ancora addormentato, perché le poche volte che l'ho visto dormire era adorabile. Ma lui non c'è. Non è accanto a me. C'è solo il solco scavato dal mio corpo nella pelle del divano.

D'un tratto sono completamente sveglia. Balzo in piedi, guardandomi intorno nell'appartamento. Alla fine mi cade l'occhio sull'orologio sul muro della cucina, accanto al frigorifero. Sono quasi le otto.

Mi chiedo se Tyler si sia spostato in camera sua durante la notte, magari perché stava troppo scomodo sul divano e aveva bisogno di un materasso morbido, ma proprio mentre sto pensando di andare a controllare si apre la porta del bagno.

Tyler entra in cucina con solo un asciugamano intorno ai fianchi. Si passa una mano tra i capelli bagnati e in quel momento nota il mio sguardo. Si irrigidisce all'istante e il suo viso è attraversato da un'espressione di panico, che però sparisce con la stessa rapidità con cui era apparsa.

« Non mi ero accorto che eri sveglia ». Punta nervosamente gli occhi dappertutto tranne che su di me, poi si volta per aprire il frigo.

« Neanch'io mi ero accorta che ti eri svegliato » sussurro, ma non presto molta attenzione alle mie parole. Sono ipnotizzata dal corpo di Tyler, mentre lui cerca qualcosa nel frigo. Mi si secca la gola mentre lo scruto.

È più che evidente che si è allenato parecchio, e i risultati si vedono... eccome! I suoi muscoli sono molto più scolpiti. Le braccia sono robuste ma non troppo grosse, e gli addominali tonici e ben definiti. Mi chiedo se abbia mai avuto quelle adorabili V nel basso ventre. Ora sono molto evidenti, incredibilmente nette, e conducono il mio sguardo fino al bordo dell'asciugamano che ha in vita. Sentendomi improvvisamente in colpa, deglutisco e faccio del mio meglio per distogliere lo sguardo, ma mi costa un incredibile sforzo. A questo punto penso di avere le guance in fiamme.

« Grazie a Dio ha smesso di piovere » balbetto.

« Già ». Chiude lo sportello del frigorifero. Ha in mano un frullato proteico. « Sarei impazzito se avessi dovuto vedere i film di *Harry Potter* per la terza volta, direi che finalmente oggi possiamo uscire. Non hai visto quasi niente di Manhattan ».

« Concordo. Ho proprio bisogno di uscire. Potrei anche andare a fare una corsetta. Sai, intorno alla serra a Central Park ».

Tyler fa una faccia dubbiosa. Non riesco a capire perché mi stia guardando in quel modo, ma poi si sfrega la nuca. « Tua madre ha detto che mi avrebbe ucciso se ti lasciavo andare in giro per la città da sola ».

« Ho diciott'anni, Tyler » gli ricordo con un sospiro. Ma non mi stupisco. La mamma è sempre stata iperprotettiva, e adesso lo è anche di più. «Sono soltanto un paio di isolati. Non lo saprà mai».

Lui ride e fa una faccia divertita. «Basta che torni prima di pranzo». Passando mi dà un colpetto scherzoso sulla spalla con il suo corpo nudo, e il mio ha un fremito. Non riuscirò a trattenermi ancora a lungo dal baciarlo.

La tentazione è ancora più forte quando finiamo entrambi nella sua stanza: io per prendere la tenuta da corsa e lui per vestirsi. Agguanto la mia roba il più in fretta possibile e mi precipito goffamente fuori, prima di fare altri pensieri inappropriati, poi mi fiondo in bagno. Sono pronta in cinque minuti, riempio una bottiglia d'acqua al rubinetto ed esco, promettendo a Tyler che ritornerò senza dubbio.

È così bello poter mettere piede all'aperto, sentire l'aria fresca sul viso invece del calore viziato del soggiorno a cui ci eravamo abituati negli ultimi giorni. La città sembra piena da scoppiare, anche più del solito, i marciapiedi sono così affollati che non posso fare due metri senza essere urtata o spintonata. È stupendo sentire di nuovo il rumore della città e mi trovo a correre, facendomi strada agilmente nel flusso di passanti, prima ancora di arrivare a Central Park. Recupero una mappa da un banchetto all'ingresso del parco, di fronte alla Settantaseiesima Strada, e individuo facilmente il percorso per la pista intorno alla serra.

Quando ci arrivo la trovo gremita. C'è gente che corre, fa gli scatti, oppure jogging e camminata veloce. Mi infilo in una corsia e parto. Volevo fare soltanto un giro, ma è così splendido e rilassante che finisco per completare la pista altre due volte, totalizzando più di sette chilometri. È la prima volta che corro da quando sono arrivata a New York, e ora sono del tutto convinta che Central Park sia uno dei posti più belli per correre. C'è qualcosa di rinfrancante nel trovarsi circondati dal verde e dall'acqua, qualcosa di nuovo e meraviglioso rispetto alla vista quotidiana del molo di Santa Monica. La spiaggia mi sta venendo a noia. Mi piace vedere gli alberi.

In meno di un'ora sono già sulla via del ritorno, sana e salva. Sono già sudata per la corsa, e il caldo non aiuta: quando arrivo all'ingresso del palazzo muoio dalla voglia di fare una doccia fresca. Ma questo non mi impedisce di salire per le scale, tanto per concludere l'allenamento. Faccio i dodici piani di corsa e quando busso alla porta di Tyler sono senza fiato.

Sfortunatamente è Emily che viene ad aprire. Mi vede ansimante e mi chiede: « Stai bene? »

« Sì ». Forse sembro mezza morta, ma non è così. Ho solo fatto un allenamento faticoso: adoro il senso di soddisfazione che ne deriva, nonostante il fastidio del peso sul petto e delle gambe rigide.

« Usciamo fra un'ora » mi annuncia Emily mentre la supero per entrare nell'appartamento, con le mani sui fianchi, e riprendo il controllo del respiro. Le lancio un'occhiata di sbieco mentre chiude la porta. « Andremo a piedi a Union Square e ritorno, quindi spero che non ti sia stancata troppo ».

« Quanto è lontana? »

Lei alza le spalle e si addentra nella stanza. « Cinque chilometri? Sto tirando a indovinare ».

« Sono più di cinquanta isolati » specifica Tyler alle mie spalle. Quando mi giro vedo che sta venendo verso di noi. Si sistema la camicia di cotone, rimboccando le maniche poco sotto i gomiti. « Andremo giù per la Quinta Strada ».

Prima, quando mi ha parlato di uscire insieme, non avevo capito che il programma includesse anche Emily, e molto probabilmente Snake. Pensavo che saremmo stati di nuovo da soli, ma a quanto pare devo essermi sbagliata. Comunque passare la giornata tutti e quattro insieme non sarà così male, così sorrido e dico: « Benissimo. Vado a fare la doccia ».

Poco dopo le dieci siamo tutti vestiti e pronti per uscire. Snake non è molto entusiasta della camminata di cinque chilometri, ma si unisce comunque. Ci dirigiamo a ovest per quattro isolati sulla Quinta Strada, con il sole a picco. Penso che sia la giornata più calda da quando sono arrivata. Ammetto che non avevo visto molto della Quinta Strada con Tyler. È affascinante percorrerla, ma non metterei mai piede nei negozi: i prezzi sono decisamente da capogiro. Mi ricorda il centro commerciale Santa Monica Place, ma dieci volte più grande e più lussuoso, con marche tipo Gucci, Cartier, Rolex, Versace, Louis Vuitton e Prada in un'unica strada. È chiaro il motivo per cui è una delle vie commerciali più care del mondo.

Però non ci sono solo vetrine vistose. Superiamo la Biblioteca pubblica di New York e la mostra dedicata al *Saturday Night Live* e poi, finalmente, l'Empire State Building, che non avevo ancora visto. È veramente enorme, torreggia sopra tutti gli edifici circostanti ed è magnifico anche dall'esterno. Tyler, Snake ed Emily non protestano quando mi fermo per qualche minuto ad ammirare questa icona mondiale e a scattare fotografie insieme a tutti gli altri turisti, ma alla fine mi trascinano via. Poi arriviamo al Madison Square Park e attraversiamo la strada, superando il Flatiron Building. Ha un'architettura fantastica e un aspetto così bizzarro che mi devo fermare di nuovo. So che Tyler, Snake ed Emily hanno già visto tutto questo, ma per quanto mi riguarda è un modo di ricordare a me stessa che sono davvero a New York. Faccio qualche foto anche qui, prima di tornare indietro. Proseguiamo sulla Broadway finché, un'ora e mezza dopo aver lasciato l'appartamento, raggiungiamo finalmente Union Square.

È un parco favoloso, pieno sia di turisti sia di newyorkesi. C'è un mercato di prodotti biologici e qualche artista di strada, ma soprattutto si respira un'atmosfera tranquilla, come una boccata d'aria fresca rispetto alla follia che regna nel resto della città. Riusciamo a trovare una panchina libera lungo uno dei sentieri e io mi ci lascio subito cadere. Le gambe mi fanno male. Fra questa camminata e la mia corsa, al rientro a casa avrò fatto più di sedici chilometri. Mi sembra di avere i muscoli in fiamme.

«All'angolo c'è uno Starbucks» dice Tyler. «Torniamo subito. Eden, tu vuoi un latte macchiato?»

«Facciamo ghiacciato» borbotto, premendomi il dorso della mano sulla fronte e sentendola calda. Mi asciugo una goccia di sudore dal sopracciglio.

«No problem» risponde Tyler. Poi chiede a Emily: «Frappuccino crema e fragola con una spruzzata di vaniglia?»

«Come sempre» dice lei con un sorriso. Mentre Tyler e Snake si allontanano, Emily si siede accanto a me. Non posso evitare di provare irritazione perché Tyler ricorda i suoi gusti. «Che tempo meraviglioso».

«Sì, fantastico» rispondo. Sollevo le gambe nude sulla panca, incrociandole e appoggiandomi all'indietro, nonostante il legno sia rovente. «Fa più caldo che a Santa Monica, questo è sicuro».

«Davvero?»

«Sì. Laggiù almeno c'è la brezza dell'oceano». Non la guardo mentre parlo, soprattutto perché sto osservando i passanti. Penso che questi parchi siano ideali per guardare le persone. La varietà della gente qui è molto interessante e mi trovo di nuovo a chiedermi che cosa staranno facendo, perché sono qui e con chi stanno. Sono veramente troppo curiosa.

« Ho sempre desiderato vedere la California » mi dice Emily con un sospiro. « Tyler dice che prima o poi devo visitarla ».

Adesso il mio sguardo si punta su di lei. « Tyler ti ha detto questo? » Le ha detto di visitare la California? E perché?

« Sì, dice che la adorerei » risponde lei, presa dall'entusiasmo. « Non ho mai lasciato la costa orientale, ma ormai è tardi per andare a ovest. Londra mi aspetta ».

Stringo le labbra. Se Londra la aspetta, perché è ancora qui a New York? Perché vive a casa di Tyler?

« Pensi che tornerai negli Stati Uniti? »

« Lo spero » ammette lei, sorridendo. « Un anno non è abbastanza. Sono alla ricerca di un'opportunità per poter tornare. Potrei fare domanda per uno di quei corsi estivi ».

« Ah, che bello ». Mi volto di nuovo e osservo il parco. Poso gli occhi su uno scoiattolo che sfreccia fra i rami, non troppo distante da noi.

« Secondo Tyler dovrei trasferirmi qui per sempre ».

Digrigno i denti. Se dice un'altra volta il nome di Tyler andrò in combustione spontanea. Ma soprattutto, perché lui le ha detto di trasferirsi?

« Davvero vorresti farlo? L'Inghilterra non ti piace? »

« Forse » dice lei con un'alzata di spalle. « È solo che qui ci sono talmente tante possibilità in più, e voi avete una tale energia! » Parla in tono quasi triste, come se il pensiero di tornare a casa non la rendesse particolarmente felice. Forse qui la sua vita è migliore. Sì. Deve essere così. Come Tyler, ha subito degli abusi e forse stare qui le permette di sfuggire al suo passato, proprio come è successo a Tyler. « Mi mancherebbero troppo tutti quanti, se non dovessi tornare ».

Lo scoiattolo sparisce e non ho altra scelta che guardare Emily. Decido di prendere la questione di petto e sparo: « Ti mancherebbe Tyler? »

« Ovvio » risponde subito lei, con una risatina. « È un tipo fantastico. Abbiamo fatto la campagna insieme e mi ha aiutato molto. Vorrei avere un fratello come lui ».

« No, non vorresti » borbotto sottovoce, con un sospiro disperato. Vorrebbe avere un fratello come Tyler? Ha la minima idea di quanto sia difficile? Non si rende conto di quanto sia facile finire per innamorarsene?

Per fortuna vedo in lontananza Tyler e Snake, e il loro arrivo interrompe la nostra conversazione, ma non mi dispiace affatto. Mi stavo stufando di sentirla parlare di Tyler.

« Ecco qui, Eden la podista » dice Snake passandomi il latte macchiato ghiacciato. Le sue parole mi fanno inarcare un sopracciglio, ma lui non mi presta già più attenzione. Si sta sedendo all'altro lato di Emily.

Tyler le dà il frappuccino con un sorriso e io mi alzo subito in piedi.

« Tyler, posso parlarti un attimo? » gli chiedo con uno sguardo duro, prima che possa sedersi.

« Certo » risponde lui, restituendomi lo sguardo con aria un po' spiazzata. Dal mio tono di voce deve aver capito che non sono proprio al massimo della felicità.

Lasciamo Snake ed Emily sulla panchina. Io avanzo sul sentiero, allontanandomi abbastanza da uscire dalla loro visuale. Tyler mi viene dietro sorseggiando la sua bevanda, qualunque sia.

« Allora, stavo parlando con Emily » comincio lentamente, girandomi per guardarlo in faccia. Stringo il bicchiere di carta fra le dita. « Dice che le hai suggerito di trasferirsi qui e di visitare la California. Perché? »

« Perché la California è meravigliosa, e lei adora stare in America » ribatte pronto Tyler, in tono incerto. Credo che non sappia bene dove voglio andare a parare. « Quale sarebbe il problema? »

Io aggrotto le sopracciglia. « Quindi non è assolutamente perché vuoi che ti venga a trovare? »

Gli occhi di Tyler si spalancano appena capisce cosa mi turba tanto. La sua bocca si allarga in un sorriso, poi si mette a ridere. Fa un passo avanti e scuote la testa. « Dai, Eden, non ricominciare ». Sporge le labbra. « Perché fai così fatica a capire che mi piaci solo tu, e nessun'altra? »

Sono ancora convinta che ci sia qualcosa tra di loro, ma per ora mi limito a sospirare guardando le sue labbra, che non tocco da un anno. « E allora perché non mi hai ancora baciato, da quando sono arrivata? »

La mia domanda lo coglie di sorpresa, e basta a far svanire il suo sorriso. « Perché non ci riesco ancora » sussurra con dolcezza, in tono improvvisamente solenne. I suoi occhi smeraldo si fissano nei miei e le sue labbra formano un sorriso triste. « Sei sempre la ragazza di Dean ».

12

È il tardo pomeriggio di lunedì, quando Snake comincia a camminare avanti e indietro per l'appartamento, colpendosi ripetutamente i palmi. Ha una maglia bianca e rossa con la scritta RED SOX stampata sul davanti. In testa ha un cappellino coordinato, con la visiera al contrario, con una lettera B. Lo osservo per un po'.

« Pensavo che andassimo alla partita degli Yankees » dico, lanciandogli un'occhiata confusa dal divano.

Lui si blocca con teatrale esasperazione e mi fissa a bocca spalancata dalla cucina.« Gli Yankees mi fanno schifo. È la partita dei Red Sox, capito? *Red Sox* ». Quando mi metto a ridere mi guarda storto, così mi mordo subito il labbro per provare a tornare seria. Snake incrocia le braccia. « E *comunque* vinceremo ».

« È la partita degli Yankees! » grida Tyler dalla sua stanza. Pochi secondi dopo la porta si spalanca e fa il suo ingresso in soggiorno con le spalle larghe e il petto in fuori. Anche lui indossa una maglia, solo che è bianca a righine blu e ha il simbolo degli Yankees in alto a sinistra. E ha in mano un berretto, blu con la visiera bianca. « È la partita degli Yankees » ripete, « e vi faremo il culo ».

Snake scuote la testa e gira intorno al bancone della cucina, avvicinandosi a Tyler con aria minacciosa. « E chi ha vinto la settimana scorsa? » chiede con gli occhi a fessura. « Ah, sì, giusto! I Red Sox. E lo faremo di nuovo, quindi perché non ti risparmi la figuraccia e te ne stai a casa? »

« Ventisette vittorie nella World Series » ribatte Tyler in tono deciso e sicuro. Fa un passo verso Snake e inarca un sopracciglio. « E i Red Sox? Quante ne hanno vinte? Mmm... solo sette, o sbaglio? » Il sorriso provocatorio di Tyler diventa scherzoso, gira il cappellino di Snake e glielo calca sulla testa.

«Questo era un colpo basso» borbotta l'amico, sistemandosi di nuovo il berretto e andando verso la porta, con un'aria sconfitta.

Tyler si volta verso di me. Capisco che stiamo per uscire, quindi mi alzo in piedi e mi avvicino a lui. «Mmm» dice. Osserva il mio abbigliamento e dalla sua espressione capisco che non gli piace molto. Alza in aria il cappellino degli Yankees e me lo mette in testa. Gira la visiera in su e sorride. «Così va meglio. Stasera sei una tifosa degli Yankees».

«Dio, Tyler, perché devi farle subire questo imbarazzo?» commenta Snake dalla porta, con un ghigno. «Comunque, ragazzi, è proprio ora di andare. I cancelli aprono fra mezz'ora».

Tyler mi dà una piccola spinta in avanti e con un rapido gesto prende le chiavi dal bancone della cucina. Non c'è bisogno di salutare nessuno: Emily è fuori, con le persone con cui sta di solito, oltre a Tyler (chiunque diavolo siano). Usciamo tutti e tre sul pianerottolo e, mentre chiudono a chiave, Snake insulta ancora un po' Tyler a proposito degli Yankees, ma in tono decisamente scherzoso. Quando usciamo dal palazzo sono entrambi eccitatissimi. Perfino io sono su di giri. Non so bene cosa aspettarmi, ma non vedo l'ora di assistere alla mia prima partita di baseball.

Il tempo è magnifico, come è stato per tutto il weekend, la pioggia della settimana scorsa è ormai un ricordo lontano. Il cielo è azzurro e il sole è caldo. All'improvviso mi pento di aver lasciato i capelli sciolti: fra non molto comincerò a sudare.

«Sbrigatevi!» grida Snake sopra il rumore del traffico, attraversando la Terza Strada. È in tale fibrillazione per la partita che non riesce a rallentare, così io e Tyler allunghiamo il passo per raggiungerlo.

Ci dirigiamo alla stazione della metropolitana della Settantasettesima: non appena ci avviciniamo mi accorgo che è molto più affollata di quando Tyler mi ha portato qui per la prima volta. È l'ora di punta e in più c'è la partita, quindi non mi stupisco più di tanto. Snake si butta nel denso flusso di persone sulle scale, facendosi largo a spallate, e Tyler mi spinge dietro di lui. C'è un sacco di rumore, la gente grida, sento i treni in arrivo. Snake borbotta sottovoce e Tyler mi sta appiccicato addosso. Scendiamo le scale come meglio possiamo, fino ad arrivare ai tornelli.

« Prendiamo la linea 6 e poi la 4 » dice Tyler ad alta voce, superando il tornello accanto al mio. Poi mi appoggia una mano sulla spalla. Immagino che lo faccia per non perdermi fra la folla. « La 6 arriva alla Centoventicinquesima Strada » mi dice guidandomi, « e la 4 allo Yankee Stadium ».

Snake è riuscito in qualche modo a farsi strada sulla banchina e ci ha trovato uno spazio. Io e Tyler lo seguiamo. La stazione è gremita e ci sono tantissime persone da osservare mentre aspettiamo. Una signora che cerca faticosamente di aprirsi un varco con un passeggino. Diverse persone in abito da ufficio. Molte altre in divise da baseball, soprattutto degli Yankees.

« Sei eccitata per la partita? » mi chiede Tyler. La sua voce è un po' attutita dal rumore.

« Sì ». Mi giro per mettermi proprio di fronte a lui e sorrido. Lo guardo inarcare le sopracciglia.

« Davvero? »

« Sì » confermo. Sono davvero eccitata, ma Tyler potrebbe pensare che stia mentendo. « Voglio vedere questo Derek Jeter di cui parli tanto ».

A questo punto arriva il treno e la folla comincia a spostarsi. Tutti si precipitano verso le porte, sbattendo gli uni contro gli altri, e Snake non fa eccezione. Mi afferra il braccio e mi trascina, così io allungo una mano all'indietro e prendo Tyler per un polso: ci teniamo stretti tutti e tre come se fossimo bambini delle elementari. Sarà anche imbarazzante, ma riusciamo a infilarci nella carrozza di coda per un pelo. Ci stipiamo dentro e ci aggrappiamo ai sostegni proprio mentre le porte si chiudono.

« Maledettissima New York » borbotta Snake sottovoce, ma comunque lo sentono tutti. Si becca qualche occhiataccia, chissà se per il commento o perché si trova sulla metropolitana di New York con la maglia di una squadra di Boston. I tifosi degli Yankees che gli stanno intorno non sembrano apprezzare molto.

A parte la rivalità agonistica, la corsa verso nord è rapida, e la trascorro a contemplare con bramosia la nuca di Tyler. Alla fine lui si volta per guidarmi fuori dal treno e Snake ci segue. La stazione della Centoventicinquesima sembra un po' più grande di quella della Settantasettesima, ma c'è anche un odore terribile, come di marcio. Arriccio il naso e seguo Tyler e Snake sulla banchina, finché veniamo raggiunti da un tizio che cerca di venderci delle sigarette sfuse per un dollaro. Snake ne compra due, giusto per toglierselo di torno.

Il treno della linea 4 arriva pochi minuti dopo e anche questo è stracolmo, proprio come il precedente. Stavolta, però, ci sono meno persone in attesa sulla banchina e quindi riusciamo a entrare più facilmente nella carrozza e addirittura, in qualche modo, a individuare dei posti a sedere. Prima che me ne renda conto siamo già arrivati alla stazione della Centosessantunesima, quella dello Yankee Stadium. È una sopraelevata e mi ci vuole un minuto per riabituare gli occhi alla luce. A questo punto Snake è così esaltato per la partita che balza letteralmente fuori non appena si aprono le porte. A giudicare dalla quantità di persone che scendono qui, sembra che metà del treno sia diretta alla partita degli Yankees.

Le scale per scendere a livello del suolo sono un incubo, ma Snake non teme di farsi di nuovo largo a spallate nel flusso di gente e io e Tyler stiamo nella sua scia. Mentre cammino alzo gli occhi al cielo e solo quando arriviamo in fondo alle scale mi rendo conto che siamo davvero qui: fuori dallo Yankee Stadium.

È immenso, la sua grandezza supera ogni immaginazione. Ci sono centinaia e centinaia di tifosi intorno al perimetro esterno, con i biglietti in mano, circondati da bambini che saltellano contenti. La struttura è arrotondata, le splendide pareti chiare di pietra calcarea gli conferiscono un aspetto pulito e moderno. Ci sono anche delle strette finestrelle senza vetri nella parte alta. In basso ci sono i cancelli di ingresso, con l'indicazione del gate a grandi lettere blu scuro. Il dettaglio più evidente, però, è la scritta YANKEE STADIUM in cima alla parete principale, scolpita nella pietra in lettere dorate. Quando il sole la colpisce con l'angolazione giusta, sembra scintillare.

Lascio uscire il respiro che avevo trattenuto. «Wow».

«Vero?» concorda Tyler sorridendo al mio fianco. Mi mette le mani sulle spalle e mi guida dall'altra parte della strada, verso il cancello numero sei. O meglio, verso la coda per entrarci.

Non mi stupisco che Snake sia già lì, a tenerci il posto mentre la fila si muove rapidamente. Quando lo raggiungiamo sta battendo il piede a terra con impazienza.

«Rilassati» gli dice Tyler. Il suo sorriso si trasforma in un ghigno scherzoso. Mi lascia andare. «Deve essere dura sapere che perderete, ma cerca di calmarti, amico».

« Dammi gli stramaledetti biglietti » scatta Snake. Spinge Tyler davanti a sé e gli sfila i tre biglietti che sporgono dalla tasca posteriore dei jeans, mentre lui ride. Snake studia i biglietti per un momento, con le sopracciglia aggrottate. « Dov'è il settore 314? »

« Nelle tribune » risponde Tyler.

La fila continua ad avanzare sotto il sole cocente e in soli dieci minuti raggiungiamo il cancello. È un sollievo entrare, al riparo dal caldo. Passiamo i nostri biglietti sui lettori e superiamo i tornelli.

Entriamo in un vasto salone, con grandi striscioni dei giocatori degli Yankees alle pareti. Sento Snake borbottare sottovoce (insulti, molto probabilmente) e Tyler mi passa un braccio intorno alle spalle mentre cominciamo a camminare. Ci guida verso sinistra.

« Questa è la Great Hall » mi spiega.

Poco dopo raggiungiamo gli ascensori e le scale che portano ai livelli delle tribune e dell'ultimo anello.

« No ». Prendo il braccio di Tyler e lo tiro indietro, indicando le scale. Snake mi guarda male. « Usare sempre le scale ».

Non mi importa se non mi seguono: mi dirigo verso la prima rampa, rallento soltanto quando entrambi mi raggiungono di corsa.

« Perché questa regola non vale a casa? » chiede Tyler arrivando di nuovo al mio fianco. Adegua il suo passo al mio, mentre Snake si lamenta dietro di noi.

« Usare sempre le scale, a meno che non siano dodici piani » mi correggo sorridendo. Tyler annuisce e lo lascio di nuovo andare avanti, ma soltanto perché non so dove sono i nostri posti.

Saliamo varie rampe, sempre più in alto, attraverso la massa di gente che si muove intorno a noi, fino al livello tre. Ci sono un sacco di chioschi che vendono birra e hot dog, nachos e bibite, e vedo che Snake li fissa con desiderio ogni volta che ne superiamo uno. Intorno a noi rimbomba la voce del commentatore che, fra una pubblicità e l'altra, dà informazioni sulla sicurezza, ma io non gli presto molta attenzione. Sono troppo concentrata sull'ultima rampa, verso la quale, a quanto pare, ci sta guidando Tyler.

Le scale ci portano all'aperto, al livello delle tribune: vedo varie file di posti al di sotto dell'ultimo anello. Qui c'è molto più rumore: le persone cercano i propri posti, gridando e festeggiando, e gli annunci pubblicitari e gli effetti sonori riecheggiano nello stadio. Difficile da credere eppure, in qualche modo, dall'interno sembra ancora più grande.

Seguo Tyler e Snake ai nostri posti, cinque file più su e tre posti all'interno, e loro si posizionano in modo da lasciarmi nel mezzo. Mi siedo sul sedile di plastica ed espiro. Sono sopraffatta, cerco di assorbire ogni dettaglio.

Sopra di noi le tribune rimbombano e i livelli più bassi ronzano, i rumori si scontrano e creano un'atmosfera piena di energia ed eccitazione, a mio avviso esagerata per una semplice partita. I tifosi di entrambe le squadre sperano nella vittoria. Non siamo tanto vicini al campo, ma abbiamo comunque un'ottima visuale. Ci troviamo a destra della casa base. Faccio scorrere lo sguardo sul campo. Da quello che vedo sugli spalti, il pubblico è già piuttosto esagitato, ma in ogni settore dello stadio ci sono molte forze dell'ordine, quindi dubito che potranno scoppiare delle risse. Dietro gli spalti, il maxischermo ha smesso di trasmettere pubblicità ed è passato ai filmati degli incontri passati. Intorno a noi c'è un misto di tifosi degli Yankees e dei Sox, ma credo che le divise e i cappellini degli Yankees siano un po' più numerosi.

« È incredibile » dico. Non mi sto rivolgendo a nessuno in particolare, è una semplice affermazione, ma Tyler sorride comunque.

« Allora » annuncia Snake. Si china in avanti, avvicinandosi a me, e inarca un sopracciglio. « Adesso che abbiamo trovato i posti, vado a prendere una birra. Eden? »

Scuoto la testa per declinare l'offerta. Non credo di poter bere un'altra birra. Ne abbiamo bevute così tante durante la maratona di *Harry Potter* che il solo pensiero mi fa venire la nausea. Invece Snake sembra vivere soltanto di quella. Fa un sospiro rivolto a me e poi lancia un'occhiata a Tyler, che decide anche lui di evitare gli alcolici per questa sera.

Snake scrolla le spalle con disappunto. « Vuol dire che ce ne sarà di più per me ». Poi se ne va, trascinando i piedi fino alle scale.

Ora che siamo rimasti noi due soli, Tyler ne approfitta. Il suo corpo si tende verso di me e sorride, con gli occhi infuocati. Cerco di ricambiare il suo sguardo, ma non posso. Quando mi guarda così mi fa arrossire, quindi mi mordo il labbro e fisso le mie Converse. Quelle che mi ha regalato lui.

Però mi distraggo quando sento il telefono che vibra nella mia tasca posteriore. Grata per il diversivo, lo prendo in fretta e guardo il display. È Dean, naturalmente: è *sempre* lui. Sento che anche Tyler sta guardando il mio telefono, quindi lo sposto fuori dalla sua vista, rifiuto la chiamata e mi rimetto il telefono in tasca. Adesso non è il momento di parlare con Dean. Non con Tyler al mio fianco.

« Perché non hai risposto? »

« Perché sono con te ».

Tyler fa un cenno della testa, si volta verso il campo, lo guarda in silenzio per qualche minuto e poi, senza preavviso, mi fa scivolare un braccio intorno alle spalle e mi attira più vicino. Resta così per un momento e io aspetto, col fiato sospeso, cercando di capire a che gioco sta giocando. Poi, lentamente, fa una risata soffocata e sposta le labbra verso il mio orecchio. « Ti desidero più di quanto quel bambino laggiù desideri prendere al volo una palla » sussurra. Il suo respiro è caldo, il tono seducente. « Ti desidero più di quanto Snake desideri la vittoria dei Red Sox ». Con il labbro inferiore mi sfiora la zona proprio sotto l'orecchio, e il mio corpo è percorso da un brivido. Però sono immobile, impietrita, e i miei occhi sono puntati sul campo là in basso, mentre ascolto le sue parole. « Sai qual è la specialità di Derek Jeter? » Fa una breve pausa e sento il suo sorriso contro la mia pelle. « I fuoricampo ». Lo sento spostare la mano libera verso la mia gamba. Mi stringe delicatamente la coscia. « Chissà se stasera desidera un fuoricampo quanto io desidero te ».

Dentro di me tutto, ogni centimetro del mio corpo, prende fuoco. Il mio stomaco sfarfalla, fa una capriola, si tuffa e si annoda. Il mio battito accelera così tanto che lo sento sottopelle. Il mio cuore si contrae spasmodicamente, o forse sta per esplodere. Sbatte talmente forte contro la gabbia toracica che mi fa male il petto. Mi viene la pelle d'oca. Il mio respiro rallenta fino a farmi credere di essersi fermato, finché non mi sembra di soffocare. Riesco a sentire le gocce di sudore che mi corrono lungo la schiena, ma cerco di convincermi che sia per il caldo e non per il fatto che vorrei veramente, disperatamente, baciare il mio fratellastro. Proprio in questo momento.

« Ti propongo un patto... » sussurra Tyler con una voce che non è mai stata così bramosa. Mi aggrappo al bordo del sedile per impedirmi di saltargli addosso. Non sarebbe proprio l'occasione più opportuna.

« Un patto? » chiedo, ma sembra più che altro uno squittio. Sto ancora fissando il campo, l'erba, la casa base. Qualsiasi cosa che non sia Tyler. Se lo guardassi adesso, se mi azzardassi anche soltanto a lanciare un'occhiata a quei suoi smeraldi fiammeggianti, non riuscirei più a trattenermi.

«Che ne pensi di... una partita a baseball?» Tyler sussurra piano, dolcemente. La sua presa sulla mia coscia si fa più salda.

Quando capisco che non si riferisce a una *vera* partita, mi si blocca la voce in gola. Si riferisce a qualcosa di completamente diverso, terrificante ma allo stesso tempo eccitante. Mentre cerco di comprendere le sue parole, migliaia di pensieri consumano la mia mente, mi ha preso così alla sprovvista che non provo neanche a rispondere. Mi sento male per l'esaltazione, il mio petto si alza e si abbassa mentre mi concentro sul ritmo del mio respiro.

Tyler non aspetta che io parli. Invece comincia a tracciare morbidi cerchi col pollice sulla mia coscia, facendosi ancora più vicino. Nasconde la faccia fra i miei capelli e intanto preme le labbra all'angolo della mia mascella. Lo sento sorridere di nuovo. «Se Jeter fa un fuoricampo stasera» sussurra di nuovo contro la mia pelle, «che ne dici di portare anche noi a casa il risultato?»

Deve essersi accorto del tremito del mio corpo. Deve di certo aver sentito come fremo al suo tocco. Deve averlo notato perché quando si scosta vedo con la coda dell'occhio che mi sta facendo un sorrisetto. Sa bene che effetto mi fa, e gli piace provocarmi. Lo ammetto, piace anche a me. E mi piace ancora di più la sua proposta. Anche se so che non dovrei accettarla. Non dovrei per via di Dean, perché a casa ho un ragazzo, ma la tentazione è troppo forte. Come potrei dire di no a Tyler? Come potrei dire di no alla persona di cui sono innamorata?

Finalmente lo guardo. Mi sta sorridendo, con le sopracciglia inarcate e gli occhi luminosi, più verdi che mai. «Ci sto» sussurro.

13

Poco dopo ritorna Snake, con un bicchiere di birra in ciascuna mano e un largo sorriso sulla faccia. È così contento che non credo si accorga minimamente di quanto io e Tyler sembriamo agitati.

Lui si è ritirato dall'altra parte del suo sedile, posizionandosi il più lontano possibile da me, e io mi sto mordendo il labbro nella speranza che nessuno, intorno a noi, possa in qualche modo intuire che siamo fratellastri. È impossibile che lo sappiano, ma sono comunque in paranoia dato che molto probabilmente hanno visto Tyler accarezzarmi e sussurrarmi all'orecchio.

Mentre cerco di rilassarmi, mi accorgo di quanto si è riempito lo stadio. La maggior parte dei settori ormai sembrano pieni e dopo pochi minuti inizia la chiamata dei giocatori. Mentre vengono annunciati i nomi, il frastuono si amplifica: la folla applaude e fischia mentre entrano in campo. Sotto i cappellini hanno tutti un'aria competitiva. Comunque nessuno di loro mi è familiare. Conosco soltanto un nome: Derek Jeter.

Quando viene pronunciato, lo stadio esplode in un applauso, a cui non esito a unirmi. Sono in piedi, accanto a Tyler, a urlare il nome di Jeter insieme alle migliaia di altri tifosi degli Yankees, mentre un tizio di mezza età entra con calma in campo, sorridendo. Mentre applaudo, mi rendo conto che in effetti anch'io faccio davvero il tifo per Derek Jeter: dipendo da lui per portare a casa il mio risultato.

Il gioco inizia alle 19:30 in punto. Non so bene che cosa mi aspettavo, ma la partita si avvia in modo abbastanza lento e finisce per diventare piuttosto noiosa. I primi due *inning* sono una totale perdita di tempo, nessuna delle due squadre si porta in vantaggio. Il massimo che vedo è un giocatore dei Red Sox che arriva in terza base, ma viene toccato prima di arrivare alla casa base. Alla seconda parte del quarto *inning*, gli Yankees hanno totalizzato due punti e i Red Sox tre. Finora nessun fuoricampo.

Snake continua a sgattaiolare via ogni venti minuti per andare a prendere altra birra, e al sesto *inning* lo dichiaro incapace di intendere e di volere. Non so perché il personale dello stadio continui a vendergliene. Ubriaco o no, riesce comunque a tornare a sedersi senza sbandare troppo.

«Questa partita fa schifo» borbotta Tyler.

«Perché state perdendo» biascica Snake, con un sorriso sbilenco. «State perdendo, perdendo, perdendo. Perdendo male. Perdendo *malissimo*».

«Siamo sotto solo di un punto» ribatte Tyler. Incrocia le braccia e si accascia di più sul sedile, sospirando. «Recupereremo, vedrai».

Il sesto *inning* si trascina lentamente, comincio a chiedermi perché alla gente piaccia tanto il baseball. I Red Sox fanno un altro punto e Tyler, accanto a me, continua a fare versi lamentosi. Anche gli altri tifosi degli Yankees sembrano sempre più impazienti. È solo all'intervallo fra il sesto e il settimo *inning* che tutti sembrano rianimarsi.

All'improvviso, e apparentemente senza motivo, il nostro settore impazzisce. La gente comincia a urlare, applaudire e fischiare. Qualcuno dietro di me mi afferra la spalla e comincia a scuotermi violentemente, ululandomi nell'orecchio. Alla mia sinistra Snake inizia a scompisciarsi dalle risate, agitandosi così tanto che finisce per versare la birra. Si copre la faccia con la mano e punta il bicchiere verso il maxischermo.

Lo seguo con lo sguardo. Sullo schermo, davanti a tutto lo Yankee Stadium, a cinquantamila persone, vedo la mia faccia. Vedo me e Tyler. Circondati da una cornice rosa con dei cuoricini. Vedo anche la scritta BACIO che lampeggia sopra di noi.

Giro uno sguardo inorridito verso Tyler. Lui lo ricambia, con gli occhi spalancati e la fronte corrugata. Snake sta ancora ridendo e il pubblico intorno a noi applaude, ma io riesco solo a rimanere seduta immobile, paralizzata. Forse lo troverei anch'io esilarante, se vedessi Tyler come un semplice fratellastro. In quel caso probabilmente non avrei un'aria così terrorizzata. Ma non posso ridere di questa situazione, perché vorrei davvero baciarlo, ma non posso. Non posso perché

Snake è qui, perché siamo circondati da cinquantamila persone, perché questa partita viene trasmessa in televisione.

Nascondo il viso fra le mani e scuoto la testa con decisione. È così umiliante. Gli applausi diventano fischi e ho il terrore di raddrizzare la schiena, così lancio un'occhiata attraverso le dita. Sono sollevata quando scopro che io e Tyler non siamo più sullo schermo. Al nostro posto ci sono altri due tizi che si baciano con trasporto.

Incrocio lo sguardo di Tyler. Lui alza le spalle, ma sulle sue labbra si sta formando un piccolo sorriso. «Perché noi?» gemo passandomi una mano tra i capelli. «Con tutta questa gente, la telecamera doveva fermarsi proprio su di noi?»

«Che ridere!» urla Snake, sporgendosi in avanti per guardarci entrambi. Mi dà una pacca sulla schiena con la mano libera, forte. «Molto imbarazzante».

«Non dirlo a me» borbotto. Me lo scrollo di dosso e lui torna a finire la sua birra. Lancio di nuovo uno sguardo verso Tyler, che si limita a restituirmelo, intensamente, con un sorriso.

Dopo un momento si volta di nuovo verso il campo, per l'inizio del settimo *inning*. Il suo sorriso non vacilla. Vorrei chiedergli perché sembrava compiaciuto di quel momento imbarazzante, ma è di nuovo così concentrato sul gioco che dubito mi risponderebbe.

I Red Sox finiscono per guadagnarsi il quinto punto, portandosi in vantaggio di tre. Poi c'è l'intervallo del settimo *inning*, e tutto lo stadio intona *Take Me Out to the Ball Game* e *God Bless America*. Io non mi unisco al coro, non sono proprio dell'umore giusto, ma Snake e Tyler non hanno remore ad alzarsi in piedi e cantare con gli altri.

La prestazione degli Yankees nella loro parte del settimo *inning* è patetica, ma poi, all'ottavo *inning*, scatta qualcosa. Guadagnano tre punti e i Red Sox zero. Quando Derek Jeter va alla battuta, il mio cuore comincia a battere più forte. A ogni pulsazione ho una strana sensazione nello stomaco, come se stessi per vomitare. L'eccitazione nervosa che mi consuma è così violenta che temo quasi di perdere i sensi, le mie nocche diventano bianche per la forza con cui mi aggrappo al bordo del sedile. Tyler rimane calmo, si limita a emettere qualche gemito e a scuotere la testa quando Jeter non riesce a fare un fuoricampo, e mentre la fine della partita si avvicina sempre di più la mia eccitazione si trasforma in panico. Al nono e ultimo *inning* siamo cinque a cinque. Derek Jeter non ha ancora fatto un fuoricampo.

I Red Sox sono di nuovo alla battuta, ma la sprecano. Mi chiedo se sentano la tensione dello stadio, o se siano semplicemente peggiorati col procedere della partita, ma in ogni caso vengono eliminati tre battitori prima che i loro compagni riescano a lasciare la casa base. Quando gli Yankees passano in attacco per la seconda parte dell'*inning*, i tifosi dei Red Sox sono decisamente preoccupati. Snake impreca sottovoce, stringendo il bicchiere fra le mani.

Gli Yankees comunque non vanno molto meglio. Però a un certo punto Mark Teixeira arriva in seconda base e rimane lì, mentre Derek Jeter va alla battuta. A questo punto comincio a prestare più attenzione. Sembra che sia il suo ultimo turno di battuta per stasera, quindi è anche l'ultima speranza per il mio patto con Tyler. Vale soltanto se Derek Jeter batte un fuoricampo, e finora è riuscito al massimo ad arrivare in terza base.

Jeter va a prendere posizione con calma alla casa base, e il mio cuore comincia ad accelerare. Ha un tutore alla caviglia, ma non sembra impedirgli di scalciare la base mentre si sistema il casco. Intorno a noi, all'improvviso, tutti si mettono in piedi (tutti, naturalmente, a eccezione dei tifosi dei Red Sox) e Tyler mi prende per un braccio e mi fa alzare. Mi fa un sorriso intenso, carico di aspettativa. Ci voltiamo verso il campo e non so Tyler, ma io sto decisamente trattenendo il respiro. Jeter fa un paio di battute a vuoto, poi annuisce e solleva la mazza, che rimane a oscillare accanto alla sua spalla. Tiene la posizione con sicurezza, gli occhi a fessura. Il lanciatore gli tira la palla, ma lui non batte, si limita a scuotere la testa. Succede di nuovo con il secondo lancio. In un estremo tentativo di tenere alto il morale, lo stadio comincia a invocare il suo nome, il suono all'improvviso riecheggia intorno a me. Tutti ripetono il nome di Derek Jeter, fra un applauso e l'altro, e io seguo il ritmo. Sento che anche Tyler lo sta incitando, non si sente altro che la cantilena del nome di Derek Jeter. Tutti sono concentrati esclusivamente su di lui.

Il lanciatore dei Red Sox si rimette in posizione. Solleva una gamba, tira indietro il braccio e, con un rapido scatto, scaglia la palla verso Jeter. Io smetto di cantare. Smetto di cantare perché sto stringendo i pugni così forte che penso mi spezzerò le dita.

E poi, in una frazione di secondo, si sente un fortissimo schianto.

L'intero stadio si ammutolisce. Perfino i tifosi dei Red Sox si alzano, tutti spalancano gli occhi mentre la palla sorvola il campo. Io non la perdo di vista mentre si sposta, rimbalzando verso sinistra. Tutto avviene quasi al rallentatore, apro le labbra e Tyler si preme le mani sulla testa. La palla vola sopra le lettere del Yankee Stadium, sopra il maxischermo. È fuori dal campo.

E soprattutto... è un fuoricampo.

Lo stadio va in visibilio. Le tribune sopra di me rimbombano di nuovo, vengo assordata da un fragore ruggente. Teixeira cammina fino alla casa base seguito da Jeter, che fa una corsetta rilassata. Non c'è fretta. Gli Yankees hanno appena guadagnato due punti, e quindi hanno vinto la partita. In qualche modo, in mezzo all'eccitazione delirante, mi ritrovo a saltare e applaudire entusiasta. Accanto a me Tyler sorride e fischia, quando si accorge che lo sto guardando mi passa un braccio intorno alle spalle e mi attira a sé. Neanch'io riesco a smettere di sorridere. L'atmosfera è elettrica, non credo di aver mai vissuto un momento così carico di energia. È incredibile essere qui, allo Yankee Stadium di New York, a festeggiare una vittoria degli Yankees contro i Red Sox, con la folla entusiasta e Tyler al mio fianco. Derek Jeter ha portato a casa un fuoricampo. Ora tocca a me e Tyler rispettare il patto, e in questo preciso istante non credo che la mia estate potrebbe essere più bella.

Lancio un'occhiata alla mia sinistra. Anche Snake è in piedi, ma non sta festeggiando. Sta discutendo col tifoso degli Yankees seduto dietro di lui, ma dice parole confuse. Tyler sta ancora applaudendo, accanto a me, anche se io ho smesso di farlo. Lancio una rapida occhiata di avvertimento a Snake, ma lui non se ne accorge. Invece colpisce con l'indice il petto del tifoso degli Yankees. Basta questo.

L'altro reagisce lanciando la sua birra contro Snake, e lui subito gli tira un pugno. Prima che possa togliermi di mezzo, il tifoso degli Yankees si lancia sopra i sedili e butta Snake a terra, spingendomi di lato. Cado addosso a Tyler, che mi sostiene afferrandomi alla vita. Lo guardo, ma lui sta guardando la rissa scoppiata accanto a noi, con la mascella serrata e gli occhi a fessura. Sempre con le mani alla mia vita, mi sposta verso destra.

Snake e il tifoso degli Yankees sono a terra, i pugni volano nell'aria e le persone intorno passano dagli applausi all'incitamento. Le ragazze nella fila davanti a noi si mettono a urlare e cercano di spostarsi, ma tutti gli altri sembrano voler incoraggiare la lite. Quando abbasso di nuovo gli occhi su Snake, mi accorgo che è sopra il tifoso degli Yankees e gli sta colpendo ripetutamente la mascella, prima di puntare al naso. A questo punto interviene Tyler. Afferra Snake dalla maglietta, cercando di tirarlo via, ma prima che possa farlo un altro tifoso dei Sox salta sopra la fila di posti e dà un pugno in faccia a Tyler, senza nessun preavviso.

« Ehi! » grido. Allungo una mano verso Tyler, ma lui si allontana di scatto da me e risponde al pugno. All'inizio non capisco perché uno sconosciuto ha deciso di colpire Tyler, ma poi noto le quattro divise e la dinamica mi è chiara.

Snake è un tifoso dei Sox che si azzuffa con un tifoso degli Yankees. Anche Tyler è un tifoso degli Yankees, e dubito fortemente che chiunque crederebbe che stesse cercando di aiutare Snake. Non c'è da stupirsi che un altro tifoso dei Sox si sia fiondato in soccorso di Snake, credendo che Tyler volesse dare man forte all'altro tifoso della sua squadra. È un gran casino, volano pugni dappertutto e Tyler viene colpito all'angolo dell'occhio.

A quella vista mi monta la rabbia, quindi faccio del mio meglio per intervenire. Gli prendo la maglia e cerco di allontanarlo dalla furia del tifoso dei Sox, ma qualcuno lancia una birra nella mischia e mi colpisce alla spalla, inzuppandomi la maglietta. Faccio un'esclamazione soffocata e vengo spinta all'indietro, quindi lascio la presa su Tyler. Finisco a terra con un tonfo doloroso e sbatto la testa contro i sedili. Per un attimo resto seduta lì, un po' intontita e incapace di rialzarmi. Il mio unico pensiero è che Snake, quando si ubriaca, è un idiota.

Quando alzo gli occhi, sento molte urla e mi accorgo che è intervenuta la sicurezza per sedare la rissa. Ci sono in tutto quattro guardie e due poliziotti, quattro servono solo a dividere Snake e il tifoso degli Yankees. Tyler e l'altro tifoso dei Sox smettono da soli, ma vengono comunque afferrati e portati a forza verso le scale. Una delle guardie prende anche me, tirandomi su da terra per il gomito, senza preoccuparsi che mi sia fatta male. Mi sloga quasi la spalla trascinandomi lungo la fila di posti e mi torce il braccio.

Ci scortano via tutti e cinque: io, Tyler, Snake, il tifoso degli Yankees e quello dei Sox, con le labbra spaccate e gli occhi pesti. Mentre ci portano via, il settore trecentoquattordici comincia a cantilenare « BOSTON FA SCHIFO! » Tutti applaudono. Le risse in pubblico sono sempre divertenti, a meno di non essere coinvolti.

Ci guidano giù dalle scale fino a portarci di nuovo al coperto, e la guardia che mi trattiene decide di lasciarmi andare. Snake continua a inveire e borbottare mentre camminiamo, mentalmente gli ordino di tacere per non peggiorare la situazione. Mi si stringe lo stomaco al pensiero che probabilmente ci arresteranno per aggressione o percosse e mi chiedo se non dovrei cogliere subito l'opportunità di informare la guardia al mio fianco che, in realtà, io non ho fatto niente di male.

Per qualche ragione, comunque, nessuno di noi finisce in manette sul sedile di una volante. Né le guardie né i poliziotti ci dicono una sola parola mentre ci accompagnano giù per le scale, dritti alla Great Hall. Si limitano a sbatterci fuori, poi girano i tacchi e se ne vanno.

Ormai sta facendo buio e mentre ci prendiamo un momento per renderci conto di quello che è successo, il tifoso degli Yankees dice a Snake che è uno stronzo. Temo che possano ricominciare a picchiarsi, ma non lo fanno. Snake si limita a scuotere la testa e viene verso di me, mentre gli altri due coinvolti nella rissa se ne vanno a testa bassa.

Tyler si infila le mani nelle tasche dei jeans e si avvicina con calma. « Bella mossa, cretino » borbotta. Ha un occhio rosso e un po' gonfio, e Snake ha un taglio sulla guancia.

« Okay, okay » risponde Snake. Alza le spalle, cerca di dare una spintarella a Tyler e poi sospira. « La partita era finita, comunque. Avete vinto, ho capito. Va bene, va bene. Chiudi il becco. Non dire niente. Andiamo a casa. Voglio dormire per, tipo, due giorni. O due mesi ». Si volta e attraversa la strada, diretto alla stazione della metro. Non si tiene bene in equilibrio, cammina barcollando.

Lancio a Tyler un'occhiata di sbieco. Ha l'aria quasi dispiaciuta, ma sembra anche sfinito. Riesce a farmi un sorriso. « Siamo appena stati sbattuti fuori dallo Yankee Stadium? » gli chiedo. « Siamo davvero stati cacciati in malo modo dalla mia prima partita di baseball? »

« Be', almeno non la dimenticherai mai ».

Seguiamo Snake alla stazione e scopro che in realtà essere stati *accompagnati* fuori prima della fine della partita si rivela un vantaggio: la metropolitana è tranquilla e sul treno della linea 4 ci sono un sacco di posti liberi. Snake è troppo letargico e ubriaco per rivolgerci la parola, quindi passa tutto il viaggio fino a Manhattan con una smorfia imbronciata. Non ci aspetta neanche quando scendiamo dal treno della 6, alla stazione della Settantasettesima: mi rendo conto che proprio non sa perdere. Si dirige a passo di marcia sulla Lexington Avenue e gira l'angolo sulla Settantaquattresima, poi lo perdiamo di vista, ma sembra che arriverà a casa molto prima di noi. Io e Tyler camminiamo molto più lenti, anche se non stiamo parlando. È comunque un silenzio rilassato.

Quando arriviamo all'appartamento sono le undici passate, e il cielo è di un blu profondo. I lampioni proiettano una luce calda sui marciapiedi. Tyler si ferma accanto alla sua auto. La Honda Civic è sparita, lasciando uno spazio libero davanti all'Audi, così Tyler mi prende per il polso e mi attira con dolcezza davanti al cofano. Mentre lo fa non dice una parola, si limita a sorridermi nel buio. I suoi denti brillano. Cautamente mi spinge contro la macchina.

Il suo sorriso si allarga, i suoi occhi smeraldo scintillano. Preme i palmi sul cofano ai lati del mio corpo, intrappolandolo. Mi guarda negli occhi. « E così Derek Jeter ha portato a casa il risultato, eh? »

Mi scruta con tanta sincerità che non posso evitare di arrossire, perché, come sempre, in realtà non stiamo parlando di Derek Jeter, o del baseball o dei fuoricampo. Stiamo parlando di noi e del patto che abbiamo stretto: il patto che adesso, a quanto pare, dobbiamo onorare. Ora porteremo a casa il nostro risultato. « Già » bisbiglio. Non riesco ad alzare il tono più di così.

Tyler annuisce e abbassa gli occhi, senza smettere di sorridere. È come se fosse nervoso. Mentre aspetto che dica qualcosa, osservo le vene che ha sul collo e sulle braccia e noto che sono molto più in rilievo del solito. Distolgo lo sguardo soltanto quando sento che ha riportato gli occhi su di me. Quando lo fa, aggrotta le sopracciglia e mi chiede: « Perché non mi hai baciato? »

« Tyler... » Sospiro, cercando faticosamente le parole, sorpresa dalla sua domanda. Non dovrebbe essere ovvio? Deglutisco, sposto lo sguardo sulle sue mani, ai lati del mio corpo, e ci appoggio sopra le mie. Non rialzo gli occhi. « Sai bene che non si poteva » dico alla fine. « Ci stavano guardando tutti ».

Cala il silenzio. Lui sfila la mano destra da sotto la mia e passa le dita sulla mia coscia e poi sul mio braccio, lentamente. La sensazione della sua pelle tiepida mi accende. La sua mano mi arriva alla spalla e delicatamente si chiude intorno alla mia mascella. A questo punto i miei occhi tornano a immergersi nei suoi, ricambiando con ansia il suo sguardo da sotto le ciglia. Con un'espressione bramosa, osa pronunciare le parole: « Adesso non ci sta guardando nessuno ».

Spinge il suo corpo contro il mio, solleva l'altra mano e passa le dita fra i miei capelli. In quel preciso istante il suo respiro caldo mi sfiora il viso. Preme le labbra sulle mie, impaziente ma dolce, e mi bacia. È così improvviso, eppure familiare, che non posso impedirmi di lasciarmi travolgere da lui. È la prima volta che mi bacia dopo quasi due anni, ma è come se fossero passati solo un paio di giorni. È tutto esattamente come lo ricordavo. La sua bocca sulla mia, il mio corpo che freme al suo tocco, i nostri cuori che martellano nel petto. Gli butto le braccia al collo e lo attiro più vicino, premendo le labbra ancora più forte sulle sue e mettendo le dita fra i suoi capelli. Le sue mani scendono dal mio viso alle cosce, le afferra con forza e mi solleva sul cofano dell'auto, spingendomi all'indietro e facendomi cadere il cappellino degli Yankees. Il contatto è elettrizzante, e l'energia che mi scorre nelle vene mi fa sentire euforica. Tyler fa un gemito gutturale e mi morde il labbro inferiore, mi bacia con dolcezza ancora una volta e poi sento il suo sorriso contro l'angolo della bocca.

Prima di catturare di nuovo le mie labbra con le sue, sussurra contro la mia pelle: «Spero che Dean ci perdonerà».

14

Sabato sono appollaiata sul bancone della cucina, con le gambe incrociate e una smorfia sulla faccia. Seguo con gli occhi Tyler, che per la terza volta entra dalla porta e attraversa il soggiorno fino alla cucina. Sta portando un'altra cassa di birra e mi rivolge un sorriso frettoloso, mentre la appoggia sul bancone accanto a me, vicino a tutte le altre.

« È proprio necessario? » Guardo quella distesa di alcolici. Sono una quantità infinita, dalle casse di Corona alle bottiglie di Cazadores alla vodka: tutto lì, in attesa.

« Ha veramente chiesto se è necessario? » domanda Snake in modo teatrale, entrando. Chiude la porta con un calcio e molla l'ultima cassa di birra sopra le altre. Si volta verso di me e scuote la testa con aria di disapprovazione. « Oh, piccola Eden dei boschi di Portland, benvenuta nel mondo reale ».

« Io vivo in California, *Stephen* » ribatto. Sottolineo il suo vero nome, pronunciando le sillabe lentamente e inarcando un sopracciglio. « Conosco benissimo il mondo reale ».

Il sorriso di Snake vacilla. Si gira verso Tyler per avere sostegno, ma lui ci sta guardando con le braccia incrociate e un sorriso divertito. Snake riporta lo sguardo su di me. « Non chiamarmi in quel modo ».

« E tu non chiamarmi 'piccola Eden dei boschi di Portland', e non credere che non sappia cos'è una festa ». Faccio un sorriso esultante e gli tendo la mano, ma Snake esita a stringerla. Alla fine cede, alzando gli occhi al cielo. Sistemata la faccenda, riporto le mani in grembo e guardo di nuovo gli alcolici. « Quello che intendevo dire » spiego schiarendomi la gola, « era: è proprio necessaria tutta questa roba per dieci persone? »

Snake mi guarda di sbieco, stringendo gli occhi grigi. « Ma certo. Nessuno si diverte a una festa dove gli alcolici finiscono dopo un'ora ». Lentamente le sue labbra formano un ghigno. « A parte le ragazzine dei boschi di Portland, a quanto pare ».

Tyler si mette a ridere proprio mentre io sollevo un pugno minaccioso. Anche se sto solo scherzando, lui mi afferra il polso. Tanto per sicurezza. « Va bene, basta così » dice, alzando e abbassando le sopracciglia per farmi ridere. Io strappo via la mano e alzo il dito medio verso Snake. « Anche se sarebbe molto divertente vederti gonfiarlo di botte, qui fra tre ore comincia una festa ».

Snake fa una risata sarcastica e prende una cassa di birra, poi tira fuori una bottiglia e fa saltare il tappo contro il bancone della cucina, vicino alla mia coscia. Scuote di nuovo la testa, ma sorride. Poi si porta la bottiglia alle labbra. A questo punto la porta del bagno si apre ed Emily entra in cucina, con i capelli bagnati raccolti in una coda.

« Ah, la britannica ha finalmente deciso di unirsi a noi » commenta Snake. Punta la birra verso la collezione di alcolici accanto a me: « Che te ne pare? »

Emily dà un'occhiata a tutte quelle bottiglie e fa una risatina così leggera e leziosa che mi fa venire voglia di sbuffare forte, ma evito di mostrare la mia irritazione e chiudo gli occhi. Sto facendo del mio meglio per farmela piacere, ma diventa ogni giorno più difficile.

« Amico, non avevi detto che ce li avevamo, i lime? » dice Tyler davanti al frigorifero, con le labbra imbronciate e le sopracciglia aggrottate.

Snake spalanca gli occhi. « Non ci sono? »

Tyler fa un gemito e chiude piano lo sportello del frigo, con il gomito, poi prende le chiavi della macchina dal bancone. « Esco di nuovo ».

« Vengo con te » si offre Emily.

Subito mi fiondo giù. « Vengo anch'io ». Penso: 'No, non le permetterò per nessun motivo di stare da sola con lui'.

Tyler passa lo sguardo fra noi due per un secondo, poi alza le spalle e mi lancia uno sguardo di scusa. « Ho solo due posti, Eden ». Poi si volta verso Emily e le sorride. Si avviano entrambi alla porta, sotto i miei occhi increduli. Subito prima di sparire, Tyler dice da sopra la spalla: « Cercate di non ammazzarvi, voi due ».

Dopo la loro uscita c'è un momento di silenzio, l'unico suono che sento viene da Snake, che ingolla altra birra. Fa un sospiro di soddisfazione, ma non dice niente.

« L'ha fatto sul serio? » chiedo alla fine. Ha scelto lei?

« Qual è il problema? Ci tenevi così tanto ad andare a comprare i lime? » Snake ride, per sottolineare quanto io sia patetica e si volta verso le casse. Appoggia i gomiti al bancone e comincia ad armeggiare con i comandi, cercando di collegarle al suo telefono. « Starai molto meglio qui, almeno puoi portarti in vantaggio ». Lancia un'occhiata di sbieco al mucchio di alcolici.

Sto per alzare gli occhi al cielo, ma improvvisamente le sue parole mi fanno venire un'idea. Proprio così: un vantaggio. Avere un vantaggio mi sarà utile, ma non nel senso che crede Snake.

« Vado a prepararmi ». Con un gran sorriso, mi giro e attraverso il soggiorno per entrare in camera di Tyler, senza più degnare Snake di uno sguardo.

« Di già? » mi grida lui, ma io non rispondo. Ho già chiuso la porta.

Sto ancora sorridendo fra me, fiera perché so già esattamente che cosa indossare. È l'unica cosa che ogni ragazza possiede, l'unica che sono stata ben attenta a mettere in valigia: un tubino nero. Un bene di prima necessità. Ella mi ha aiutato a sceglierlo qualche mese fa, dicendomi che sicuramente avrebbe fatto colpo su Dean. Per ironia della sorte, ora lo indosserò per far colpo su suo figlio.

Metto il vestito sul braccio, prendo tutto quello che mi serve e torno in soggiorno, poi giro intorno a Snake e mi approprio della doccia prima di lui. Se ho imparato qualcosa nelle ultime due settimane, è che, con una sola doccia in casa, quattro persone ci mettono una vita a prepararsi. A volte Snake rinuncia del tutto.

« Sei sicura che non vuoi niente? » mi chiede mentre passo.

« Sicurissima ».

Sfreccio in bagno e controllo che la porta sia chiusa (due volte, per stare tranquilla), e me la prendo comoda. Scelgo il docciaschiuma più sofisticato che ho e il mio profumo più raffinato, tutto in un patetico tentativo di superare Emily. So che non dovrei abbassarmi a questo, ma non mi viene in mente nient'altro. Emily ha quell'accento. I sui capelli sembrano più morbidi dei miei. La sua timidezza la fa sembrare più femminile di me. È intelligente. E soprattutto sembra ottenere l'attenzione di Tyler più spesso di me. L'unica arma che posso sfoderare è il mio tubino nero.

Decido di non lavarmi i capelli, quindi rimango in bagno solo un quarto d'ora. Torno in cucina soltanto quando il mio corpo profuma di vaniglia e le mie gambe sono lisce come la seta. Ho addosso solo un asciugamano, ma non me ne preoccupo. Passo di nuovo vicino a Snake, ancora con il vestito sul braccio. Non voglio rischiare di perderlo di vista.

« Non sono ancora tornati? » chiedo subito prima di entrare in camera di Tyler.

« Nah ». Snake strascica la 'a' e alza le spalle. Sta ancora bevendo la sua Bud Light e ascoltando musica che non ho mai sentito.

Chiudo la porta di Tyler con uno scatto e stendo con attenzione il vestito sul letto. Non voglio rischiare di spiegazzarlo. Sono contenta che Tyler ed Emily non siano ancora tornati: più tempo ho a disposizione, meglio è. Se Tyler mi vedesse adesso, il mio patetico tentativo di attirare la sua attenzione sarebbe rovinato. A meno che non facessi scivolare un po' più in basso l'asciugamano, naturalmente.

'Dio, Eden'. Scuoto la testa e mi volto verso l'astuccio dei trucchi, ben sistemato sul comodino. Mi siedo per terra, incrocio le gambe e mi avvicino il più possibile alle ante a specchio dell'armadio. Poi comincio. Sento che Snake, in cucina, ha alzato il volume della musica, che in breve diventa forte e chiara anche attraverso la porta chiusa. Anche se non la conosco, non è niente male. Un po' indie, ma soprattutto rockeggiante. Muovo la testa a tempo con le chitarre e finisco per sbavarmi il trucco. Voglio un risultato a effetto, ma che non sia troppo pesante.

Dedico la maggior parte del tempo agli occhi, per ottenere degli smokey eyes perfetti, ma l'esito non è proprio quello che speravo. Comunque è abbastanza buono. Dopo essermi convinta che sto bene, passo ai capelli.

Qui è tutto un altro paio di maniche. Li ho tenuti raccolti a casaccio per tutto il giorno e quando cerco di scioglierli scopro che sono tutti arruffati e orribilmente pieni di nodi. Non ho altra scelta che videochiamare Rachael, con aria imbarazzata. Per fortuna mi risponde, ma sono certa che preferirebbe non averlo fatto, quando vede come li ho conciati. All'inizio si limita a fare dei versi inorriditi, ma poi mi segue passo per passo fino a ottenere un'acconciatura elegante e sexy.

« Allora, com'è la vita di città? » Mi sta osservando dallo schermo mentre seguo le sue istruzioni, cercando di fermare esattamente le ciocche come mi ha indicato.

« È tutto così diverso » borbotto. La mia voce è un po' attutita dalle forcine che ho fra le labbra. Sto guardando lo specchio, concentrata sui capelli, ma il mio telefono è appoggiato al vetro, rivolto verso di me per consentire a Rachael di vedermi. « Adoro stare qui. Così come sto? » Giro la testa di lato e le mostro la treccia che ho aggiunto all'acconciatura senza la sua guida.

« Carina, ma lasciala un po' più morbida ». Mi volto e abbasso gli occhi sul telefono per guardarla. È sdraiata sul letto, appoggiata ai cuscini, con un bagel in una mano e il telefono nell'altra. Per una volta ha i capelli raccolti disordinatamente sulla testa e non è truccata. Sento la sua tv in sottofondo. « Allora, c'è una festa a casa vostra? »

« Già ». Infilo le dita nella treccia, allentandola per renderla un po' più asimmetrica. « E tu? Fai qualcosa stasera? »

« Wow. Che invidia ». Dà un morso al bagel e guarda verso la tv, deglutendo. Fa un sospiro e torna a guardare il telefono. « Conosci Gregg Stone? Era un anno avanti a me, quindi probabilmente no, comunque insomma, stasera dà una festa a casa sua. Tiffani e Dean ci vanno, ma io forse starò a casa. Ho le mie cose ». Dà un altro morso al bagel. Anzi due.

« Dean ci va? » chiedo interrompendo quello che sto facendo. Lascio ricadere le mani. « Non me lo aveva detto ».

« Già » dice lei a bocca piena. « Non voleva, in realtà, ma poi Tiffani l'ha convinto che non sentirà così tanto la tua mancanza se si ubriaca, così alla fine ha deciso di andarci ».

« Perché non è rimasta a Santa Barbara per l'estate? » borbotto sottovoce, ma Rachael mi sente comunque, perché mi lancia un'occhiata severa. Lei è fatta così: cerca sempre di fare da paciere. Se c'è una cosa che odia è quando i suoi amici non vanno d'accordo, il che è abbastanza ironico visto che lei proprio non riesce a farsi piacere Tyler. Alzo la voce e dico: « Sul serio, perché gli consiglia di ubriacarsi? Che razza di ragionamento è? » Dean non è mai stato un gran bevitore.

« Non è una cattiva idea » dice Rachael piano. Alza le spalle, appoggia il resto del bagel sul comodino e si raddrizza. « Da quando sei partita è molto giù. Ha bisogno di svagarsi un po' ».

« Oh ». Deglutisco forte, poi prendo la lacca e me la spruzzo sui capelli, sistemando la pettinatura, ma non il mio senso di colpa. Eccomi qua, a farmi bella per Tyler, e non per Dean. Dean, che si trova dall'altra parte del Paese, a farsi convincere a ubriacarsi dalla mia cara amica Tiffani. Vorrei che non sentisse così tanto la mia mancanza.

«E tu? Come te la cavi senza di lui?»

Riporto gli occhi sul telefono. «Cosa?»

«Dean. Non senti la sua mancanza?»

Ci penso per un attimo. La sento? Sento davvero la sua mancanza? Non ne sono tanto sicura. Mi piace pensare di sì, credere di pensare a lui ogni minuto, ma la verità è diversa. Sono troppo presa dall'idea di essere di nuovo con Tyler, dopo tanto tempo, per poter sentire la mancanza di Dean. Rachael però sta ancora aspettando, così rispondo: «Mi manca terribilmente». Appena queste parole mi escono di bocca mi sento la persona più spregevole del mondo. «Comunque, ehi, grazie per l'aiuto» dico con un sorriso forzato, indicando i miei capelli. L'acconciatura è a posto. Mi piace. «Qui sono quasi le sette, devo finire di prepararmi. Abbi cura di Dean per me».

«Contaci».

Ci salutiamo e chiudiamo la videochiamata. Torno a concentrarmi sui preparativi per la festa imminente, invece che su Dean. In questo momento non riesco proprio a pensare a lui.

Alla fine mi ci vogliono circa quaranta minuti per perfezionare i capelli e il trucco, e sono molto soddisfatta. Abbastanza da indossare finalmente il mio vestito.

Mi sta proprio come ricordavo: stretto ma non troppo aderente, sexy ma non volgare. Mi piace come fa risaltare la mia figura. Per un po' osservo il mio riflesso nello specchio. È la prima volta da mesi che mi metto così elegante. L'ultima volta è stata a marzo, per il compleanno di Rachael.

Sto ancora fissandomi nello specchio quando sento delle voci, dopo circa un'ora. Voci diverse da quella di Snake. Anzi, sembrano proprio Tyler ed Emily.

Mi volto di scatto e quasi inciampo nell'astuccio dei trucchi, precipitandomi attraverso la stanza. La mia valigia è ancora là, sul pavimento. Ormai contiene soltanto scarpe. La apro e prendo l'unico paio di tacchi che ho deciso di portare. Sono scarpe nere, abbinate al vestito. Tyler potrebbe entrare da un momento all'altro, quindi me le infilo in fretta e mi prendo un minuto per recuperare l'equilibrio.

Prima di perdere fiducia in me stessa, vado dritta verso la porta, senza lanciare neanche un'occhiata agli specchi. Provo ancora un po' di vergogna per il mio tentativo di attirare Tyler con il mio tubino nero, ma cerco di non pensarci troppo e allungo la mano verso la maniglia. Mentre spalanco la porta, l'unica cosa che riesco a pensare è: 'Dio, che brutta cosa, la gelosia'.

Incespico in soggiorno, improvvisamente nervosa, e subito abbasso gli occhi sulla moquette sotto i miei tacchi. Sento che mi stanno guardando tutti e tre, percepisco i loro sguardi. Da sotto le ciglia vedo Snake seduto sul bancone, dov'ero io prima, e Tyler accanto a lui che strabuzza gli occhi. Emily è all'altro lato di Snake e, sorprendentemente, è la prima a parlare.

«Wow!» dice con accento marcato. «Sei uno schianto, Eden!»

A questo punto alzo lo sguardo, chiedendomi se voleva essere sarcastica. La osservo così attentamente da sembrare di nuovo maleducata. Spesso non le rispondo, quando parla. Non le sorrido. Anzi, metà delle volte sembro non percepire proprio la sua presenza. Ma la sua espressione pare sincera e capisco che non mi sta prendendo in giro. Mi sta facendo un complimento autentico. Ho sempre apprezzato, quando una ragazza fa un complimento a un'altra. E adesso, all'improvviso, mi sento uno schifo per aver tratto tanta soddisfazione al pensiero di farla sfigurare, soltanto perché è ancora in jeans e felpa mentre io ho un bel vestito e i tacchi.

«Grazie» borbotto. Non riesco a sostenere il suo sguardo, soprattutto perché mi vergogno un po', quindi mi volto verso Tyler e Snake. Tyler non ha ancora l'aria di essere perdutamente innamorato di me, invece Snake annuisce.

«La piccola Eden dei boschi di Portland alla fine non è proprio niente male» commenta. Ha di nuovo un sorrisetto malizioso sulle labbra, forse si aspetta che ribatta qualcosa, ma non ho più voglia di scambiare frecciatine con lui.

Stasera ho voglia di Tyler.

«Sì, sei carina» borbotta lui alla fine.

Lo guardo. Mi sta fissando, fa scorrere gli occhi sul mio corpo, e mentre Snake si volta a cambiare la canzone ed Emily si versa un drink, mi sorride. Un piccolo sorriso.

Non mi basta, così sbuffo e mi dirigo verso il divano. Lo ammetto, sculetto attraverso il soggiorno, sperando che mi stia ancora guardando, ma ne dubito. Mi siedo sul divano più vicino alle finestre, quello dove Tyler ha dormito in questi giorni. Non so bene cosa fare, visto che sono già pronta con così largo anticipo, quindi mi limito a guardare dalla finestra. Il sole fuori brilla ancora, in strada il traffico è intenso, niente di nuovo. Osservo le persone che passano sul marciapiede, sembrano minuscole da quassù. Mi chiedo se vivano qui a Manhattan. Se siano in vacanza, o in città per lavoro. Se siano venuti a trovare dei parenti, o stiano scappando. Rifletto su di loro così a fondo che quasi non me ne accorgo, quando Tyler si siede accanto a me.

Gli lancio un'occhiata di sbieco. « Ciao ». Appena lo dico, alzo mentalmente gli occhi al cielo. 'Ciao'?

È come se non mi avesse neanche sentita, perché invece di rispondere sposta lentamente il suo corpo più vicino, fino a toccare il mio. Mi coglie di sorpresa, soprattutto con Snake ed Emily lì a pochi passi da noi. Arriva perfino a mettermi una mano sul ginocchio e a chinarsi verso di me, vicino alla mia spalla. « Sei molto più che carina » sussurra. La sua voce ha di nuovo quel tono roco, eccitato. Guardo le vene della sua mano, posata sul mio ginocchio, mentre lui mi respira nell'orecchio. « Ma so che capisci che non potevo dire ad alta voce che sei stupenda ».

Mi stringe dolcemente il ginocchio e si allontana con disinvoltura, come se non stesse flirtando. Inarca un sopracciglio con aria innocente. Adesso sono proprio felice, non solo perché il mio tubino nero sembra avere ottenuto l'effetto desiderato, ma anche perché Tyler è di nuovo al mio fianco.

Non riesco a rispondere, arrossisco e mi mordo il labbro. A questo punto scorgo Emily con la coda dell'occhio e mi rivolgo di nuovo a Tyler. « Come mai ci avete messo tanto? Siete stati fuori un'ora ».

Tyler fa spallucce. « Mmm, sì, stavamo parlando e... »

Parlando? Lui ed Emily stavano parlando? E quindi? Che cos'avevano poi da dirsi? Dovevano soltanto comprare dei maledetti lime. « Okay, basta » dico spostandogli la mano dal mio ginocchio e alzandomi dal divano. « Adesso ho proprio bisogno di bere ».

Mentre mi allontano sento il sospiro di Tyler. Quando arrivo in cucina, Emily va a prepararsi. Meglio, perché, se fosse rimasta qui con me, si sarebbe beccata un'occhiataccia ogni cinque minuti. Mi appoggio con la schiena contro il bancone e faccio un grande sorriso a Snake per fargli capire che sono pronta a iniziare a bere.

« Barista bostoniano al tuo servizio » dice lui marcando il suo accento. Mi fa anche un accenno di inchino.

« Vodka e Coca » sussurro.

Sento la voce di Emily in soggiorno e quando sbircio da sopra la spalla vedo che sta parlando con Tyler. Lui non le stacca gli occhi di dosso mentre si dirigono alle rispettive stanze, e subito prima che Emily sparisca nella stanza di Snake, e Tyler nella sua, ridono per qualcosa.

Riporto lo sguardo su Snake. « Falla doppia ».

Alle nove gli invitati ci sono tutti. Le ragazze del 1201 sono le prime: non sono così scatenate come mi aspettavo. Sembrano un po' in soggezione, credo che sia perché ci siamo io ed Emily. Comunque, dopo cinque minuti, si presentano. Natalie è la più alta delle tre, ha lunghi capelli neri e setosi che le arrivano ai fianchi, poi c'è Zoe, con dei grossi occhiali rotondi che le stanno benissimo. Ashley è la più bassa e di sicuro la più rumorosa. La prima cosa che chiede a Snake è se più tardi facciamo i body shot.

Arrivano due ragazzi da un appartamento tre piani più sotto, mi ci vuole un'ora buona per capire come si chiamano. Il biondo è Brandon, il castano è Alex. Tyler parla più con loro che con le ragazze del 1201, quindi alla fine decido che mi piacciono entrambi.

Emily finisce per invitare una sua amica all'ultimo minuto, quindi compare alla porta, tutta sola, una ragazza silenziosa di nome Skye. In breve mi rendo conto che sono felice che sia qui. Sta tutto il tempo con Emily, il che per me significa che la tiene lontana da Tyler.

L'ultimo è il ragazzo di Ashley, un tipo coi capelli blu che, ancora prima di varcare la soglia, è già ubriaco fradicio.

Io comunque non sono nella posizione di giudicare, perché sono quasi sbronza anch'io. Più la serata procede, più ho l'impressione che Snake mi prepari dei drink molto più forti di quelli che gli chiedo, ma sono troppo occupata a tener d'occhio Tyler per protestare, quindi li bevo lo stesso. È soprattutto per questo che, dopo solo un'ora dall'inizio della festa, sto già ballando con le ragazze del 1201. Saltiamo come matte e lanciamo qualche urletto, non so bene in che tipo di ballo mi sono lanciata ma con le luci basse mi sento rilassata, come se nessuno potesse vedermi. Sono così a mio agio che continuo a bere, a chiedere altri cocktail a Snake e ad abbandonare i bicchieri vuoti sui ripiani. Ormai sono abituata a tutto questo, grazie alla guida di Rachael negli ultimi due anni, ma per quanto riguarda la capacità del mio corpo di gestire un consumo di alcol così eccessivo, non ci sono stati miglioramenti: continuo a non reggerlo, proprio come lei.

Sono le undici passate quando comincia a farmi male la testa. Cerco di convincermi che sia per il volume troppo alto della musica, ma so che sto mentendo a me stessa, quindi decido di prendermi una pausa. Mi lascio cadere sul divano, accasciandomi contro lo schienale, e chiudo gli occhi per dieci minuti. Col senno di poi, era la cosa peggiore da fare, perché quando mi rialzo in piedi gli effetti della sbronza mi assalgono tutti insieme. Perdo immediatamente l'equilibrio, e riesco a non rovinare sulla tv solo grazie all'amica di Emily, Skye, che mi afferra, mi rimette in piedi e alza gli occhi al cielo. Trovo preoccupante il modo in cui mi si è distorta la vista, perché perfino Skye ha un aspetto strano quando ricambio il suo sguardo.

«Stai bene?» mi chiede. In confronto a me sembra perfettamente sobria.

«Sì, sì!» So che non è vero, ma non ho particolare voglia di parlare con lei, quindi la stringo in un rapido abbraccio, per qualche strano motivo, poi mi volto barcollando e me ne vado.

Individuo Tyler in cucina: sta preparando dei drink. Sembra aver preso il posto di Snake come barista/dj per un po', così decido di raggiungerlo. Non sembra granché ubriaco, anzi forse non lo è per niente, e si morde il labbro concentrandosi sulla bevanda che sta preparando.

«Ehi» gli dico. Forse biascico un po', non saprei. Goffamente, libero uno spazio sul bancone e mi tiro su. È molto più difficile del solito, come se avessi i polsi spezzati, ma alla fine, con un po' di fatica, riesco a salire. Una volta lì, incrocio le gambe e comincio a dondolare lentamente i piedi. «Ehi» ripeto.

«Credo che adesso dovresti smettere di bere» sussurra lui, senza alzare gli occhi. Allunga la mano verso una bottiglia di vodka quasi finita e versa il resto del contenuto nel bicchiere. Non so se sia per lui o per qualcun altro, ma sembra decisamente più interessato a quello che a me.

«Tyler». Di nuovo, forse parlo in modo confuso, addirittura incomprensibile. Il mio sguardo sfocato è fisso sulla sua guancia. Mi piace il modo perfetto in cui la sua barbetta, ben rasata e curata, segue la linea della mascella, e mi piace la camicia bianca che gli aderisce al corpo. Cerco di sbattere le ciglia, ma lui non mi sta neanche guardando, così faccio l'unica mossa possibile. Faccio scivolare di qualche centimetro il mio corpo lungo il bancone, fino a toccargli la vita con le gambe. A questo punto smette di occuparsi del drink.

Lo vedo deglutire, e spostare gli occhi sulle mie cosce. Sfrego la gamba sul suo fianco e mi trovo a sporgere le labbra, mentre sul suo viso passa un'espressione decisamente colpevole. Deglutisce di nuovo e alza gli occhi. « Cosa stai facendo? »

« Cosa sto facendo? » ripeto. Con il sorriso più seducente che riesco a fare in questo momento, inarco un sopracciglio con aria innocente, come se non sapessi a che gioco sto giocando. Tutta quella vodka sembra avermi dato sicurezza. Molta sicurezza. Così tanta che non mi preoccupo minimamente del fatto che siamo nel bel mezzo del suo appartamento, e di una festa, circondati di persone.

« Eden ». Tyler dice il mio nome in tono deciso, vagamente minaccioso, come se si stesse sforzando di non perdere le staffe. Fa un passo a sinistra, allontanandosi da me, interrompendo il contatto. Si lancia una rapida occhiata dietro la spalla, per assicurarsi che non ci abbia visto nessuno. « Non qui ».

« Ma Tyler » bisbiglio. Gli butto un braccio intorno alle spalle, allungo la mano libera e gli prendo il bicchiere. Se fossi sobria non lo berrei per nessun motivo, dato che il colore è un po' strano e non ho idea di cosa contenga, ma non sono sobria da un bel po'. Mi porto il bicchiere alle labbra e lo inclino, facendo un lungo sorso, senza smettere di guardare Tyler da sopra il bordo. C'è sicuramente della vodka, forse un po' di rum. Succo di mirtillo rosso? Qualsiasi cosa sia, mi piace, e quando Tyler cerca di portarmelo via gli premo una mano sul petto e gli do una spinta. « No, no ».

« Eden, sei ubriaca ». Mi guarda a lungo, con severità. Non so se sia deluso o arrabbiato, probabilmente la seconda, perché espira e per un momento chiude gli occhi.

Questo mi dà l'opportunità perfetta per chinarmi a baciarlo, ed è esattamente quello che faccio. Gli metto le braccia intorno al collo e premo le labbra sulla sua barbetta, ma dura solo qualche istante. Lui si tira subito indietro e mi rivolge un'occhiata tagliente.

« Eden » sibila. « Sono maledettamente serio in questo momento e ti dico di piantarla subito ».

Scivolo giù dal bancone e atterro in modo un po' scomposto, ma quando riprendo l'equilibrio supero di nuovo la distanza che ci divide. Lui cerca di allontanarsi, ma riesce solo a sbattere la schiena contro la porta della lavanderia. Lo vedo andare nel panico, girare lo sguardo freneticamente per l'appartamento, nella luce fioca, cercando di capire se qualcuno ci sta guardando, ma io sono così ubriaca, intontita e disperata nel mio bisogno di lui che non credo mi importerebbe, comunque.

« Eden » riprova lui. Il suo tono brusco si è addolcito e la sua voce diventa un bisbiglio. È difficile sentirlo sopra la musica. « Torna in te. Vuoi che ci scoprano? Perché, se non la smetti subito, è questo che succederà ».

Forse me ne preoccuperei, se fossi in condizione di capire quello che dice, ma in questo momento il senso delle sue parole non mi arriva. Sono in preda a un folle desiderio: di baciarlo, di stare con lui, di far finalmente funzionare questa storia. Ho un disperato bisogno di lui.

Tyler stringe le labbra a fessura e mi prende per il polso, poi si volta e spinge la porta della lavanderia. Mi trascina dentro la stanzetta, senza troppi riguardi, e sbatte la porta alle nostre spalle, ma quel suono si confonde nel rumore della festa. Resta di fronte a me per un paio di secondi e io lo guardo, in attesa. Per un momento penso che potrebbe semplicemente voltarsi e andarsene, ma non lo fa. Invece comincia ad avvicinarsi. Il suo respiro si fa più intenso, gli occhi socchiusi, e si ferma soltanto quando i nostri corpi sono di nuovo l'uno contro l'altro.

« Perché mi rendi così difficile resisterti? » bisbiglia subito prima di premere le labbra sulle mie. Le sue mani mi cingono il volto, il suo corpo mi spinge all'indietro, contro l'asciugatrice.

Mi bacia in modo molto diverso da come ha fatto lunedì, sul cofano della sua macchina. Quello era un bacio lento e profondo. Questo no, è rapido e impaziente, carico di tensione sessuale. Passa le mani sul mio corpo, percorre il mio tubino nero con le dita. Mi cedono le ginocchia, sono sicura che sia un misto di alcol e dell'esaltazione che provo nel sentire le sue labbra. Probabilmente lui sente lo stesso sapore sulla mia lingua, come io sento la birra sulla sua. Ricambio il bacio con tutta la forza e la passione che posso, nella mia condizione alcolica. Le mie mani trovano a tentoni la sua cintura, ma ho appena cominciato a provare a slacciarla che lui si ferma. Subito le sue mani si intrecciano alle mie, allontanandole e bloccandomi i polsi sull'asciugatrice alle mie spalle. Io resto in piedi, con le labbra aperte, a riprendere fiato, mentre lui mi guarda incredulo.

« Ma Derek Jeter ha battuto il fuoricampo » ansimo in mia difesa. Sarò anche ubriaca, ma sono ben consapevole del nostro patto.

Senza liberarmi i polsi, porta le labbra sul mio collo, tracciando una linea di morbidi baci dalla mascella alla clavicola. Mi fa venire i brividi e non vorrei altro che passare le dita tra i suoi capelli, ma quando provo a muovere le mani la sua presa si fa ancora più salda. Sento il suo respiro sulla pelle, mentre posa un ultimo bacio sotto il mio orecchio. « Ma Eden » sussurra con voce roca, « nessuno fa un fuoricampo all'inizio della partita ».

15

La mattina dopo, quando cerco di sollevare le palpebre, stiro le braccia e le sento pesanti. Afferro la gamba del tavolino e solo a quel punto mi riprendo e scopro di essere stravaccata per terra. La moquette del soggiorno è appiccicosa per le bevande rovesciate. Quando finalmente mi obbligo ad aprire del tutto gli occhi, riesco a vedere meglio la stanza. L'appartamento è illuminato da un flebile raggio di sole, ma non è né abbastanza forte né abbastanza chiaro da passare per la luce dell'alba. Potrebbe essere qualsiasi ora, potrebbe essere metà pomeriggio. Chi lo sa? Non so neanche come o quando è finita la festa. L'unica cosa che ricordo è di aver baciato Tyler nella lavanderia. Dopo quello... il nulla. Vuoto.

Con la coda dell'occhio vedo le mie scarpe coi tacchi a poca distanza. Non ricordo di averle tolte. L'aria puzza di alcol e sigarette, non credo di essermi mai sentita così sporca. Goffamente, con lieve imbarazzo, mi tiro su dal pavimento, dove chiaramente sono crollata, ubriaca fradicia, a un'ora imprecisata del mattino. Sono in piedi solo da una frazione di secondo quando un'improvvisa fitta di dolore mi attraversa il lato sinistro della testa. Faccio dei respiri profondi nel vano tentativo di bloccarla. Non aiuta molto. Anzi, sembra peggiorare la situazione. La fitta si acuisce, pulsa. Mi sfrego le tempie e mi guardo intorno, ma non vedo altro che una distesa di spazzatura. La cucina è disseminata di bottiglie di birra mezze vuote, bicchieri di plastica accartocciati e bicchierini da shot. Quando esamino il soggiorno, scopro con sollievo che non sono l'unica nella stanza. Ci sono altre due persone.

Su un divano c'è Snake, coi capelli biondi arruffati, sdraiato sulla pancia con la faccia schiacciata contro i cuscini neri. Sta russando piano e non ha l'aria di potersi muovere a breve, quindi gli prendo il braccio, che pende dal bordo del divano, e glielo appoggio accanto al corpo.

Di fronte a lui, uno dei ragazzi che abitano tre piani sotto è disteso a testa in giù sull'altro divano. È quello castano, Alex. Ha la bocca spalancata, tanto che temo possa esserglisi slogata la mascella.

Mi massaggio le tempie, provando di nuovo a mandar via il mal di testa, e mi dirigo in cucina, con lo sguardo puntato alla macchina del caffè. Ho proprio bisogno di una tazza, o cinque. Una parte di me valuta se svegliare Snake e Alex per offrire del caffè anche a loro, ma mentre ci penso passo davanti alla specchiera a parete del soggiorno.

Mi fermo. Torno davanti allo specchio. Spalanco la bocca, inorridita.

Il vestito mi è salito sulle cosce molto più di quanto avrebbe dovuto, dandomi un'aria volgare, e sono felice che nessuno sia sveglio a vederlo. Lo sistemo il più in fretta possibile, ma mi sfugge un sospiro guardando il mio aspetto. Il trucco su cui mi ero tanto impegnata non è sopravvissuto alla serata. Gli occhi sono completamente sbavati, e la mia faccia è cosparsa di sbaffi neri e argento. Il mascara si è rappreso e mi sento gli occhi gonfi, come se fossero iniettati di sangue. Metà dell'acconciatura è franata, le ciocche sparano dappertutto. Faccio un altro sospiro. Poi un altro, e un altro e un altro. Perché ho bevuto tanto?

Conosco la risposta. È ovvia: Tyler. L'ho fatto per Tyler ed Emily, e per il fatto che ci hanno messo più di un'ora a comprare dei lime da un maledetto fruttivendolo. Perché si sono trattenuti a parlare? Non so di che cosa abbiano chiacchierato, non so dove siano andati. So solo che non volevo pensarci, e che Snake si occupava degli alcolici, che a quel punto mi sono sembrati molto più invitanti. Ieri sera bere non sembrava un'idea tanto malvagia. Adesso capisco che era pessima.

Mi sento stordita, ho lo stomaco in subbuglio e quando volto le spalle allo specchio mi viene un nuovo pensiero, che non riguarda il caffè. Mi accorgo in questo istante che non vedo Tyler. Di solito dorme sul divano dove è stravaccato Alex. I miei occhi corrono subito alla porta della sua stanza: è chiusa. Non posso certo biasimarlo per essersi ripreso il suo letto per stanotte, dato che io ero svenuta sul pavimento e non lo avrei usato. Non posso evitare di chiedermi se ha cercato di aiutarmi ad alzarmi o se ha deciso semplicemente di lasciarmi qui. Magari si è addormentato prima di me. Forse non si è neanche accorto che ero qui per terra. In ogni caso, dopo aver passato la notte sul pavimento, mi fa male tutto.

Tyler di solito si sveglia prima di me, ma non oggi, così decido di scambiarci i ruoli, per una volta. Oggi sarò io a svegliarlo. Gli porterò il caffè.

Torno verso i divani, supero Snake e Alex e afferro la maniglia della porta di Tyler. Quando la apro si sente un piccolo scatto. La spingo lentamente. La stanza è immersa nel buio, solo la luce che proviene dal soggiorno mi permette di distinguere qualcosa. L'aria è molto calda e pesante.

« Tyler? » dico piano, dolcemente. Cerco di mettere a fuoco il letto, mentre i miei occhi gonfi si abituano alla luce. Distinguo il suo profilo. Non si muove. « Tyler » ripeto, un po' più forte. « Svegliati ».

Lui si sposta leggermente, girandosi piano verso di me. Nasconde la faccia nei cuscini e borbotta: « Che ore sono? »

« Non ne ho idea ». Tengo la voce bassa. « Caffè? » Senza pensarci, accendo la luce. È così forte che Tyler subito si lamenta e si copre la testa col lenzuolo.

« Maledizione, Eden ».

« Merda. Scusami ». Sto per spegnerla, quando sento un « Mmm » aspirato, e mi fermo. Devo essermelo immaginato. È una voce troppo acuta per essere di Tyler.

Le lenzuola si spostano. Ma Tyler non si sta muovendo. Le mie sopracciglia si inarcano, e mentre lentamente, molto lentamente, la mia mente annebbiata dalla sbronza mette insieme tutti i pezzi e arriva all'ovvia risposta, Emily sbuca da sotto le lenzuola. Incrocia il mio sguardo e di colpo sembra completamente sveglia. Ci blocchiamo entrambe. Non so perché mi stupisco tanto di trovarla qui, accanto a Tyler, a ricambiare il mio sguardo con addosso soltanto un reggiseno di pizzo nero. Soffoca un'esclamazione e afferra le lenzuola, stringendosele addosso e lanciando un'occhiata di sbieco a Tyler. Anche lui si è tirato su di colpo.

Il mio corpo sembra aver perso sensibilità, riesco soltanto a scuotere la testa e a fare un passo indietro, verso la porta. Lo sapevo.

« Eden » dice Tyler. Scosta le lenzuola e si alza in piedi. Ha ancora addosso i jeans, ma gli sono scesi parecchio e scoprono diversi centimetri dei suoi boxer neri. L'elastico è teso sulle V degli addominali bassi. In altre circostanze lo ammirerei, con sguardo perso. Ma adesso il dolore è troppo grande.

« Non farlo » bisbiglio. Si avvicina, ma io lo spingo via, mi volto in fretta e scappo dalla stanza. Sento che mi segue, facendomi infuriare ancora di più. Mi blocco in mezzo al soggiorno, mi giro di scatto e gli lancio un'occhiata furiosa. « Solo amici, eh? »

« Non è come pensi ». Mi mette le mani sulle spalle e mi guarda intensamente, con gli occhi spalancati.

« No, Tyler ». Cerco di liberarmi dalla sua presa, ma lui si rifiuta di lasciarmi. « Lo sapevo. Sapevo che c'era qualcosa di più e adesso mi sento una stupida per averti creduto, quando mi hai assicurato il contrario ». Mi si spezza la voce e non riesco a capire se sono delusa, arrabbiata o entrambe le cose. Probabilmente entrambe. Sono delusa che ci sia un'altra e sono arrabbiata perché mi ha mentito su di lei. « Che cosa avete fatto davvero, ieri? Avete scopato nella tua macchina? »

« Eden » dice lui, serrando la mascella. Fa un respiro profondo e stringe gli occhi a fessura. « Siamo. Solo. Amici ». Espira e finalmente mi lascia andare le spalle. « Ci siamo soltanto addormentati. Non significa niente ».

Una parte di me potrebbe quasi scoppiare a ridere. Crede davvero che sia così ingenua? Mi allontano di un altro passo. « Per questo è mezza nuda nel tuo letto? » Parlo in tono sdegnoso, con voce carica di veleno. Se non fossi così furente forse mi metterei a piangere. « Complimenti, Tyler ».

« Faceva troppo caldo, d'accordo? » scatta lui, con gli occhi inferociti per la prima volta da tanto tempo. Ultimamente era riuscito molto bene a tenere a freno il suo temperamento. Finora, almeno.

« Non ti credo » sussurro.

All'improvviso sento Snake che geme: « Cosa diavolo vi prende, ragazzi? » Ha la voce roca. Io e Tyler ci voltiamo di lato contemporaneamente. Snake ci fissa, torvo, dal divano. Si è messo a sedere, ha gli occhi pesanti.

Torno a guardare Tyler. Scuote la testa, a me o a Snake o a tutti e due, poi si volta, sempre con espressione tesa, e va verso la porta. Non si prende neanche il disturbo di infilarsi una maglietta.

« Dove diavolo pensi di andare? » grido esasperata. Come osa andarsene? Al massimo servirà a farlo apparire colpevole. Non abbiamo risolto nulla e io mi sento ancora più sconvolta di prima.

« Sul tetto! » ribatte secco Tyler, sbattendosi la porta alle spalle, sotto il mio sguardo incredulo.

« Gesù Cristo » esclama Snake. « Ma cosa diavolo c'è che non va? » Si alza, guardandomi come se fosse tutta colpa mia, e si trascina verso la cucina. Barcolla un po', è possibile che sia ancora ubriaco. Nella confusione, però, Alex non sembra aver battuto ciglio. È ancora addormentato.

« Tyler è un bugiardo, ecco cosa c'è che non va » borbotto. Snake continua a guardarmi, fermo vicino alla macchina del caffè. Mi scruta con aria curiosa, come se si aspettasse una spiegazione su quello che è successo. Ma non la riceverà. « Snake » gli dico. « Ti prego, ti scongiuro, prepara del caffè prima che muoia ».

« Eden? »

Mi giro verso Emily. È ferma vicino alla porta della stanza di Tyler, ma adesso si è messa dei vestiti. Di Tyler. La camicia che aveva ieri sera. Serve solo a mandarmi ancora più in bestia.

« Che vuoi? » Incrocio le braccia sul mio tubino nero spiegazzato, che non è più così elegante.

Emily si attorciglia le punte dei capelli intorno alle dita. « Ti posso parlare? » Devo riconoscere che ha un'aria mortificata e che nella sua voce c'è un tremito. Ma non mi fa alcuna compassione. Anzi, fa sembrare colpevole anche lei.

« Non credo ci sia niente che tu possa dire per giustificarti » ribatto a voce alta e decisa, tanto per farle capire bene che sono tutt'altro che conciliante. Sento in sottofondo il ronzio della macchina del caffè e so che Snake ci sta guardando, quindi decido che preferisco non coinvolgerlo. Stringo le labbra e aggiungo: « Comunque d'accordo ».

Sempre con le braccia incrociate, attraverso il soggiorno a passo di marcia ed entro in camera di Tyler, sfiorando Emily mentre mi infilo all'interno. Per fortuna ha il buon senso di chiudere la porta per assicurarci un po' di privacy, e accende la luce. Stavolta nessuno si lamenta.

« Eden, so che impressione hai avuto e capisco perché sei arrabbiata. Cioè, lui è tuo fratello, quindi per te è strano, no? » Mentre parla gesticola e spalanca gli occhi, sembra che cerchi di convincermi della sua innocenza, ma io non cedo. Mi limito a sbattere le palpebre. « Non siamo andati a letto insieme » dice piano. « Davvero, non è successo niente tra noi. Siamo solo amici ».

Penso che potrei stare qui a discutere con lei tutto il giorno, ma mi soffermo sul significato delle sue parole e mi prendo un momento per raccogliere i pensieri. *È tuo fratello, quindi per te è strano.* È così che la vede lei. Devo sembrarle la sorellastra pazza e iperprotettiva, e solo adesso mi rendo conto che negli ultimi dieci minuti ho completamente rimosso che nessuno di loro sa nulla. Alex non lo sa. Snake non lo sa. Emily non lo sa. Nessuno di loro sa che sono innamorata di Tyler. Nessuno di loro ne ha la più vaga idea.

E quindi adesso sembro una pazza.

So che devo calmarmi, che abbiano scopato o no, altrimenti la mia rabbia sembrerà ingiustificata. Colpevoli o meno, devo lasciarli stare. Non riesco ancora a capire se dicono la verità o stanno mentendo spudoratamente, ma faccio un sospiro. « Non importa ». È difficile impormi di fare la disinvolta, come se non mi desse alcun fastidio, però non ho altra scelta. Lo faccio perché mantenere il mio segreto con Tyler è più importante. « So che in realtà non sono affari miei. Sai, mi ha solo dato un po' fastidio, visto che questa sarebbe la mia stanza adesso ».

« A essere sincera, Eden, non lo farei mai » mi rassicura lei.

Una parte di me si chiede se sta mentendo, ma una sorellastra non se lo domanderebbe, quindi sto zitta. Ogni giorno diventa più difficile continuare a fingere che non ci sia niente fra di noi. Continuo a dimenticarmi di ricordare a me stessa che per tutti gli altri siamo soltanto fratellastri. Per me e Tyler c'è molto di più.

Sentiamo bussare con le nocche alla porta di Tyler e poi Snake la apre, senza aspettare che gli diamo il via libera. Entra con tre tazze di caffè fumante, ne passa una a Emily, una a me e si tiene la terza.

« Mi sembrava che ne aveste bisogno » dice con un cenno della testa. Anche lui ha gli stessi vestiti di ieri sera, solo che la camicia è sbottonata. Ha un sole tatuato sul petto e nota che io ed Emily lo stiamo guardando. « È perché sono bello come il sole » risponde prima ancora che possiamo fargli la domanda. Non riesco a capire se scherza o dice sul serio.

Comunque io ho ancora mal di testa. Stringo le mani intorno alla tazza di caffè e mi sposto in soggiorno, senza più degnare Emily di uno sguardo. In tutto l'appartamento c'è ancora quell'orrendo tanfo di alcol che sembra ristagnare nell'aria. Mi siedo sul divano e guardo Alex al di là del tavolino. Non si è ancora mosso di un millimetro.

Snake attraversa la stanza incespicando, per venire a sedersi accanto a me. Gli lancio un'occhiata di sbieco e poi faccio un cenno della testa verso il tizio che ha passato la notte qui. « Puoi svegliarlo? »

« Nah » dice lui scuotendo la testa. « Dirò a Brandon di venire a prenderlo ». Prende rumorosamente un sorso di caffè, lo inghiotte e sospira. « Merda, mi sento uno schifo. E tu? »

« Effettivamente anch'io » ammetto. Questo riporta la mia attenzione sul mio mal di testa. All'improvviso sembra molto peggiorato rispetto a prima. Almeno non mi viene da vomitare, per fortuna. « Avete degli antidolorifici? »

« Secondo armadietto da sinistra, scaffale in alto » mi informa Snake, indicando con la tazza verso la cucina.

Mi alzo, bevo un lungo sorso di caffè prima di appoggiare la tazza sul tavolino, e mi trascino fino alla cucina. Faccio fatica perfino a camminare. Mi fa male la schiena per aver dormito sul pavimento e avrei bisogno di riposare, ma sono troppo arrabbiata per dormire. Apro l'armadietto e mi alzo sulle punte dei piedi, frugando in giro. Le mie mani trovano soltanto accendini.

« Tu fumi? » chiedo a Snake.

« Eh? » chiede lui perplesso. Sollevo un accendino continuando a cercare con la mano libera, senza voltarmi. « Ah, quelli. No, non fumo. Li hai trovati gli antidolorifici? Nella scatola rossa ».

« Eccoli ». Mi verso un bicchier d'acqua e prendo un paio di compresse, sperando di sentirmi meglio, poi torno in soggiorno per recuperare il mio caffè. Non mi siedo, ma guardo Snake con aria sconfitta. « Vado a darmi una rinfrescata ». Faccio una smorfia in direzione di Alex. Comincio a chiedermi se sia ancora vivo. « Mandalo a casa ».

Snake annuisce e si accascia ancora di più sul divano. Dietro di lui, Emily si precipita dalla stanza di Tyler a quella di Snake, che tecnicamente sarebbe la sua, come quella di Tyler dovrebbe essere mia per quest'estate. Ha ancora addosso la camicia di Tyler, ma ha in mano il suo vestito e le sue scarpe coi tacchi e ha un'aria contrita. Almeno la passeggiata della vergogna è lunga solo pochi passi.

Sono contenta che abbia liberato la stanza di Tyler, comunque, perché adesso posso prendermi dei vestiti puliti. Ci vado, con il caffè in mano, e quando entro scopro con sorpresa che Emily ha riordinato la stanza. Le tende sono aperte e le finestre sono spalancate per far entrare il sole e un po' d'aria fresca. Il letto è perfettamente rifatto, con i cuscini sprimacciati. Perfino la mia roba sparsa in giro sembra più ordinata.

Raccatto in fretta dei pantaloni della tuta e una felpa col cappuccio e mi precipito in bagno, prima che Emily mi bruci sul tempo. Non c'è niente di meglio di una doccia calda per riprendersi da una sbronza, quindi alzo la temperatura e resto in piedi sotto l'acqua, con la schiena appoggiata alla parete e gli occhi chiusi. Resto lì per un po', immobile, concentrandomi solo sul mio respiro. Faccio del mio meglio per rilassarmi, ma non credo di poterci riuscire. Sono ancora arrabbiata con Tyler. Con Emily molto meno. Non sa niente di me e Tyler, e poi almeno ha avuto il coraggio di restare qui, a differenza di lui, che è scappato alla prima occasione.

Indugio in bagno per mezz'ora, mi lavo i capelli e mi vesto, poi mi tiro il cappuccio della felpa sulla testa ed esco. Ho in mano il mio tubino nero. Credo che non lo indosserò mai più. Mentre passo, mi chino e prendo le mie scarpe dal pavimento del soggiorno. Noto anche che Alex è sparito. Emily e Snake spuntano dal nulla: entrambi corrono verso il bagno, ma Emily ci arriva per prima e gli chiude la porta in faccia. Lui si lamenta.

«Ma dai!» grida attraverso la porta. «Voi ragazze ci mettete una vita, io solo cinque minuti. Lasciami andare per primo».

«Puoi aiutarmi a pulire» gli propongo dall'altra parte della stanza. Snake gira il collo e mi guarda storto. «Be', prima o poi dovremo farlo comunque».

Passo in camera di Tyler per lanciare il vestito e le scarpe sulla valigia, senza preoccuparmi di metterli via, poi torno da Snake. Sorprendentemente, non ci vuole molto per convincerlo ad aiutarmi. Nei venti minuti che Emily passa in bagno, noi due cominciamo a pulire l'appartamento. Partiamo dalla cucina: ammassiamo gli alcolici avanzati nel frigorifero e riempiamo dei sacchi della spazzatura di bottiglie e lattine vuote. I piani di lavoro sono appiccicosi. Mentre io li lavo, Snake recupera tutti i bicchierini da shot, le tazze e le cannucce sparse ovunque, lamentandosi per tutto il tempo.

Non appena Emily apre la porta del bagno lui si precipita dentro, e lei prende il suo posto nelle faccende di casa, anche se nessuna di noi due dice una parola. A un certo punto il silenzio comincia a farsi pesante, così accendo la tv come sottofondo. Apro tutte le finestre e spruzzo deodorante per ambienti dappertutto. Emily tira fuori l'aspirapolvere dalla lavanderia e lo passa in tutto l'appartamento, anche nelle camere da letto. Mentre lei finisce, mi chiudo in camera di Tyler per asciugarmi i capelli. Più passa il tempo, più mi chiedo perché non è ancora rientrato.

Ormai è sul tetto da più di un'ora. Non ci ha mai messo così tanto per calmarsi. Quando Snake esce dalla doccia, lo mando a controllare che cosa sta facendo. Lui fa una faccia seccata, ma mi accontenta. Dopo cinque minuti è già di ritorno.

« Non c'è » annuncia con una scrollata di spalle.

Alzo gli occhi dalla tv e lo scruto con aria scettica. Non capisco se mi sta prendendo in giro o no. « Come? »

« Non è sul tetto ».

« E allora dov'è? » Non so dove altro potrebbe essere andato. Non può certo essere uscito dal palazzo: ha addosso solo un paio di jeans.

« Non ne ho idea ». Snake scrolla di nuovo le spalle e si appoggia al bancone della cucina. Adesso è lui a guardarmi con aria scettica. « Comunque, perché litigavate? »

« Niente » mi affretto a rispondere. Probabilmente alla fine lo scoprirà, ma in questo momento non voglio parlarne.

Snake mi guarda storto e mi aspetto che insista, ma lui non spreca il suo tempo e invece si dirige verso il frigorifero. Ci fruga dentro alla ricerca di qualcosa da mangiare.

Io torno a guardare la tv, ma non riesco a concentrarmi. Sto pensando a Tyler. Anche se in questo momento non ho particolare voglia di parlargli, decido di provare a chiamarlo, ma è inutile. Sento il suo telefono che suona in camera sua. Metto giù e faccio un lungo respiro, che suona quasi come un gemito. Dove diavolo si è cacciato?

Comunque non va tutto male. Alla tv danno *Lilli e il vagabondo.* Snake mi prende in giro per un quarto d'ora, dalla cucina, mentre si ingozza di panini, ma io lo ignoro e alzo il volume ogni volta che lui apre bocca. I film della Disney non sono infantili come crede lui. Non sono neanche stupidi. Alla fine smette di deridermi e decide di andare a trovare le ragazze del 1201, per vedere come se la passano loro con il postsbornia.

Quando se ne va mi godo un po' di pace. Emily è in camera di Snake da quaranta minuti e non è ancora uscita, credo che si sia addormentata. Ho il privilegio di avere il soggiorno tutto per me, senza più nessuno a criticare la mia scelta del film, e ne approfitto per spaparanzarmi sul divano e mettermi comoda fra i cuscini.

Vedo il cartone animato fino alla fine. Snake non è ancora tornato, Emily non si è svegliata. A questo punto sono passate quasi tre ore da quando Tyler è scappato via. Non so proprio dove possa essere andato. Potrebbe essersi rifugiato al 1201, o giù da Alex e Brandon. Potrebbe essersi chiuso in macchina per evitarmi. Potrebbe essere ovunque in questo palazzo. Prima o poi dovrà tornare ad affrontarmi.

A questo punto sento la porta d'ingresso che si apre. Presumo che sia Snake. Metto in pausa la tv, mi tiro su e guardo verso la porta. I miei occhi incontrano quelli di Tyler.

« Era ora ». Lui si chiude la porta alle spalle, con aria ansiosa, e abbassa lo sguardo a terra. In qualche modo è riuscito a cambiarsi e a mettere un paio di pantaloncini neri e una maglietta grigia. « Dove hai preso quei vestiti? »

« Avevo la borsa della palestra in macchina » risponde piano. Si morde il labbro per un momento, poi si fa coraggio e viene verso di me. « Dove sono gli altri? »

« Snake è dalle vostre vicine e credo che Emily stia dormendo, quindi questo è il momento perfetto per essere onesto con me ». Mi alzo e spengo la tv, poi giro intorno al divano, fermandomi solo quando arrivo di fronte a lui. Siamo circondati dal silenzio. « Per favore, dimmi solo che cosa sta succedendo ».

« Non sta succedendo niente, Eden ». La sua voce ha un tono dolce e sincero, molto più calmo di prima. I suoi occhi sono di nuovo gentili e sbiaditi, anche se un po' iniettati di sangue. « Non capisco perché non mi credi. Che cosa ho fatto per farti dubitare di me? Quante volte devo dirti che io ed Emily siamo solo amici? » Il suo tono diventa deciso. « Stanotte non è successo niente » ripete. « Non è mai successo niente, né mai succederà ».

« Be' è molto lusinghiero sapere che ti sei coccolato lei nel letto, lasciando me sul pavimento » borbotto, perché è l'unica cosa che mi viene in mente, al momento. È come se Emily avesse la priorità su di me. Tyler ieri sera poteva scegliere di chi occuparsi e ha scelto lei, il che smentisce quello che mi ha appena detto.

« Hai dormito sul pavimento? Non lo sapevo ».

Tutto ciò che posso fare è guardarlo. Sembra sincero, ma Tyler è un bravo attore. Anni fa aveva ingannato tutti quanti. Nessuno sospettava che dentro fosse un ragazzo devastato e non il duro che si faceva credere. Mantenere segreti è la sua specialità. Potrebbe benissimo mentirmi, adesso. « Non so proprio cosa pensare, Tyler » sussurro alla fine.

« Ti sembra che la guardi come guardo te? » mi chiede. Fa un passo verso di me e mi rivolge uno sguardo intenso. Agli angoli degli occhi gli si formano delle rughe.

« No ».

« Proprio così, Eden » dice in tono infastidito. « Il fatto che continui a dubitare di me mi mette in agitazione, e per un po' mi sono chiesto come avrei potuto dimostrarti che sei tu quella che voglio ». Si ferma per un secondo e scuote la testa, sospirando. « Ma vuoi saperla una cosa? Vaffanculo. Io non ti voglio e basta. Io ho *bisogno* di te ».

« Bisogno? » ripeto.

« Bisogno » conferma lui, con un cenno della testa. « Ho bisogno di te perché sei una delle poche persone di cui mi fido. Ho bisogno di te perché hai visto com'ero prima e sei rimasta al mio fianco. Ho bisogno di te perché sono innamorato di te, Eden, e non vedo proprio come potrei dimenticarti ». Le sue parole mi colpiscono così forte che non riesco neanche a sbattere le palpebre. Resto lì, in piedi, ad ascoltarlo, e ho la certezza assoluta che non sta fingendo. La sua voce sembra sul punto di diventare implorante. « Posso dimostrartelo » mi dice.

Lentamente, arrotola la manica sinistra della maglietta e scopre il bicipite muscoloso, avvolto stretto in una pellicola trasparente. Sotto si vede dell'inchiostro nero lucido. Mordendosi il labbro, Tyler svolge la pellicola con cura e inclina il braccio per farmelo vedere. Scritto in grassetto, in piccole lettere nere, c'è il mio nome. Nient'altro. Solo quattro lettere. Così semplice, e così stupido. All'inizio mi prende alla sprovvista, ma poco dopo comincio ad arrabbiarmi.

« Stai scherzando? » Perché avrebbe dovuto fare una cosa così folle? Osservo meglio il tatuaggio, cercando di capire se è solo henné. Spero di sì, ma la pelle è gonfia e arrossata e ci sono tracce di sangue. Mi sento invadere dalla desolazione.

« È verissimo » dice Tyler, come se non fosse abbastanza ovvio. « È permanente ».

« Sei così irrazionale ». Faccio un passo indietro, senza staccare gli occhi dal suo braccio. Il mio nome. Non lo sa che le persone possono allontanarsi? Che le cose possono cambiare? In questo momento sembra che quello che c'è fra noi, qualunque cosa sia, sia reale e che sia destinato a durare per sempre, ma la verità è che nessuno di noi due sa che cosa potrebbe succedere nei prossimi mesi o anni. Ancora sbalordita, riesco a distogliere gli occhi dal tatuaggio e a riportarli nei suoi. « E se scegliessi Dean, Tyler? » sussurro.

« So che non lo farai » dice scuotendo la testa.

« E perché pensi questo? »

« Perché se tu volessi davvero restare con Dean, non avresti accettato di fare quel patto con me » risponde. Ha ragione. « Non avresti tifato come un'ossessa per Derek Jeter ».

« Comunque non ho ancora deciso » sparo. Anche se invece credo di sì. Credo di sapere già che alla fine sarà Tyler. Se pensassi che per Dean c'è ancora speranza, non farei le cose che sto facendo. Non lo starei evitando a tutti i costi. « È comunque una cosa stupida, Tyler » sussurro, con un cenno della testa verso il tatuaggio che ha sul braccio.

Tyler abbassa gli occhi e lo studia per un momento. « A me piace ».

« E cosa farai quando tornerai a casa e i nostri genitori lo vedranno? » Incrocio le braccia. Comincia a montarmi il panico alla sola idea. Magari potremmo restare a New York. Potremmo nasconderci qui e non tornare più a Santa Monica. Non mi importerebbe. « Allora, come glielo spiegherai? »

Lo sguardo di Tyler torna a immergersi nel mio. I suoi occhi sono spalancati e vibranti. Alza le spalle. « Allora immagino che dovremo dire la verità ».

Poi sorride, con mia infinita sorpresa, come se rivelare il nostro segreto non sembrasse più la fine del mondo.

16

« Mmm » borbotto mercoledì mattina, studiando il piatto che mi ha dato Tyler. Molto gentilmente ha deciso di elargirmi uno spuntino a base di toast, ma – ahimè – è carbonizzato. « Cioè, è... commestibile? » Prendo una fetta di pane e la picchietto contro il bordo del piatto. Dura come il marmo. Faccio un sorrisetto a Tyler. « È il pensiero che conta, no? »

Lui, dall'altra parte del bancone, si mette a ridere, poi scuote la testa e copre la faccia con le mani. « La mamma non sarebbe molto contenta di me » borbotta, ridacchiando del suo tentativo fallito. Si raddrizza e mi porta via il piatto, poi fa scivolare il toast nella spazzatura. « Voglio riprovare » dice girandosi dall'altra parte. Si appoggia al bordo del bancone e mi lancia uno sguardo infuocato. « Anzi, avrei bisogno della tua consulenza ».

Io alzo gli occhi al cielo e giro intorno al bancone per raggiungerlo in cucina, poi lo spingo di lato e prendo il filone di pane. Metto quattro fette nel tostapane e tiro giù la levetta, poi mi appoggio di spalle e incrocio le braccia. « A diciannove anni ancora non sai fare un toast senza bruciarlo? »

« A mia difesa posso dire che mi sono distratto a guardarti » si giustifica, con un sorrisetto.

Gli do un buffetto sul braccio, facendo attenzione a non toccare il nuovo tatuaggio, che si sta cicatrizzando, poi sporgo le labbra. « Dimmi ancora qualcosa in spagnolo ».

Tyler inarca le sopracciglia con aria sospettosa, incrociando le braccia per imitare la mia posizione. « Non farai altro per il resto della mia vita? Continuerai a chiedermi di parlare in spagnolo? »

« Be', ha un che di sexy » dico, alzando le spalle con disinvoltura.

Lui ride ancora e per un momento rimango a guardarlo, a osservare l'espressione dei suoi occhi, ad ascoltarlo. Due anni fa non rideva mai così, di cuore. Allora le sue risate erano sempre dure e sarcastiche, invece adesso sono leggere, dolci e allegre. Sento di nuovo quell'aura positiva intorno a lui, la stessa che percepisco ogni giorno. Non l'aveva mai avuta. Credo che vederlo davvero felice sia la cosa che mi attrae di più. Non potrei essere più orgogliosa del suo cambiamento. Ho un sorriso enorme, ma lui sembra non accorgersi del modo in cui lo sto fissando.

« *Me estoy muriendo por besarte* » dice con un sorriso.

Queste parole mi sembrano vagamente familiari e per un attimo cerco di capire dove le ho già sentite. Non ci metto molto. « Non voleva dire... »

« Che sto morendo dalla voglia di baciarti? » Ammicca e fa un passo verso di me. « Sì, proprio questo ». Prima che possa ridere, o arrossire o reagire in qualche modo, mi schiocca un bacio sulle labbra. Uno solo, velocissimo. E poi un altro, più dolce, posandomi le mani alla vita. « Dimmi qualcosa in francese ».

Lo guardo da sotto le ciglia. Il suo buonumore è contagioso. Mi faccio coraggio e decido di sussurrare: « Che ne dici di *Je t'aime*? »

Tyler non batte ciglio, ma l'espressione nel suo sguardo cambia. « Solo se per te va bene *Te amo* » bisbiglia. Sta ancora sorridendo, come me. Entrambi sappiamo di non essere ancora pronti a dirlo nella nostra lingua. Preme di nuovo le labbra sulle mie e proprio quando penso che questo bacio stia per diventare più profondo, alla francese, sento lo scatto del tostapane.

Tyler si stacca da me e inizia a ridere prima ancora che abbia il tempo di lanciare un'occhiata in quella direzione. Quando lo faccio mi sfugge un sospiro. I toast sono di nuovo bruciati.

« Credo che dovremmo abbandonare l'idea dei toast » commento, senza potermi impedire di ridacchiare. Siamo entrambi ridicoli.

« Decisamente. Per farmi perdonare ti porterò fuori a pranzo. Dovunque vuoi, per me va bene ».

Proprio quando sto per accettare la sua offerta, il mio telefono comincia a suonare dal tavolino del soggiorno. Supero Tyler e mi avvicino. Non è il solito segnale e quando prendo in mano il cellulare e guardo lo schermo capisco che si tratta di una videochiamata. Da parte di Dean.

Sto per rifiutarla, istintivamente, ma mi fermo poco prima di toccare lo schermo. Il telefono sta ancora suonando e Tyler mi guarda dalla cucina con aria sospettosa. Sono diversi giorni che non parlo con Dean, almeno da domenica. So che devo rispondere, così faccio un gesto di scuse a Tyler e accetto la chiamata.

« Ciaaao » dico cercando di metterci tutta l'allegria possibile, senza sembrare falsa.

Ci vuole un momento perché la faccia di Dean appaia sullo schermo. Lui guarda verso di me, perplesso. Non credo che mi abbia sentito, così lo saluto con la mano, per fargli capire che ci sono. Il suo viso si illumina immediatamente. « Ehi, hai risposto! »

« Ma certo. Come va? »

« Sto per andare al lavoro » mi dice, ma lo sapevo già. Ha la solita tuta blu, con le macchie di grasso, e i capelli arruffati. « Ho pensato di salutare la mia ragazza preferita. Come stai? »

« Lì sono quasi le otto, vero? Qui sono le undici ». Mi siedo sul divano, incrocio le gambe e tengo il telefono davanti a me, cercando di concentrare la mia attenzione sul mio ragazzo. È difficile ignorare il fatto che sento gli occhi di Tyler puntati addosso, dall'altra parte della stanza. « Io sto benissimo. Non facevo niente di speciale ».

Dean inarca un sopracciglio. « Non hai proprio niente da raccontarmi? »

« No ». Non riesco a guardarlo negli occhi, così mi fisso sulla sua spalla. Tanto non può accorgersene. Mi sento troppo in colpa per guardarlo in faccia.

« Nessuna novità da domenica? »

« Niente di particolare, solo tanto relax ». Alzo le spalle e sprofondo di più nel divano. Con la coda dell'occhio vedo che Tyler sta buttando via le altre fette di pane bruciate. « Come va laggiù? »

Dean alza gli occhi al cielo e fa un respiro profondo. « Rachael ha un esaurimento nervoso perché il suo parrucchiere le ha tagliato troppo i capelli, o qualcosa del genere, quindi ora si rifiuta di uscire di casa; Meghan torna dall'Europa la settimana prossima; Tiffani praticamente vive sulla spiaggia perché è convinta che la sabbia qui sia meglio di quella di Santa Barbara; all'officina di papà c'è un ragazzo nuovo che non ha neanche idea di che cosa sia una chiave inglese; la mamma dice che le manca averti a cena e papà ti saluta. Direi che non c'è altro». Espira e si mette a ridere. È strano sentire la sua risata invece di quella di Tyler, per una volta. Ed è ancora più strano vedere i suoi occhi scuri, ora che sono così abituata a quelli verdi di Tyler. «Ehi, che cosa fate domani per il 4 luglio?»

Lancio un'occhiata a Tyler. Ha le braccia incrociate sul bancone della cucina e si sporge in avanti, con un sorrisetto significativo. Il 4 luglio ci riporterà sempre indietro con la memoria. Domani saranno passati esattamente due anni dal giorno in cui mi sono resa conto che Tyler mi piaceva nell'unico modo in cui non avrebbe dovuto. Domani saranno due anni da quando siamo stati arrestati per violazione di proprietà privata. Non ricordo di aver festeggiato la liberazione della nostra nazione, quel giorno. Ricordo solo di aver provato la confusione più grande di tutta la mia vita.

Ingoiando il nodo che ho in gola, riporto lo sguardo su Dean, che mi sorride. «Non abbiamo ancora deciso» rispondo, con la gola secca. «Tyler vuole restare a New York, ma il suo coinquilino vuole andare a Boston. In ogni caso, ci saranno dei fuochi d'artificio su un fiume. Probabilmente lanceranno una moneta, o qualcosa del genere. Tu?»

«Credo che andrò a vedere lo spettacolo a Marina del Rey».

Sto per rispondergli, ma all'improvviso mi distraggo, quando la qualità del video migliora e diventa più precisa, meno pixelata. Osservo meglio la sua mascella. «Ma... è barba quella che vedo?»

«Forse». Timidamente si sfrega il mento e mi lancia un'occhiata teatrale attraverso lo schermo. «Ho pensato di smettere di radermi, quest'estate. So che non ti piace, ma tu non ci sei, quindi che importa?»

I miei occhi sono di nuovo attirati da Tyler. Ha inarcato le sopracciglia e si sta toccando il mento, indicando la sua barba. Ha sempre quel sorrisetto sulle labbra.

Gli lancio un'occhiataccia, per dirgli che non apprezzo il suo tentativo di distrazione, soprattutto mentre sto cercando di parlare con Dean. Silenzio il microfono per un secondo, gli dico: «Su di te mi piace» e poi riporto lo sguardo sul mio ragazzo.

«Ehi, ti ho perso per un secondo» dice Dean, aggrottando le sopracciglia da cinquemila chilometri di distanza. «Che cosa hai detto?»

«Niente, parlavo con Tyler» rispondo. Me ne pento immediatamente. Non avrei dovuto dire che Tyler è qui. In cucina lui si è tirato su di colpo e mi sta guardando male.

« È lì? » chiede Dean. Il suo viso sembra illuminarsi di nuovo. Maledizione. Alza la voce e dice: « Ehi, amico, vieni qui ». Non sta parlando con me ma con Tyler, che scuote la testa dall'altra parte dell'appartamento.

« Mmm, un attimo » butto là. Stavolta metto in pausa sia il microfono sia la videocamera e mi volto per guardare Tyler, disperata. « Okay, lo so che non avrei dovuto dirgli che eri qui, ma ti prego parlagli un secondo ».

« No ». Tyler si oppone con decisione, sottolineando le parole coi gesti delle mani. « Assolutamente no. No, no, no ».

« Ti preeego » lo imploro. Sporgo le labbra e stringo gli occhi. « Se non lo fai, si chiederà perché sei così stronzo. Sei il suo migliore amico, ricordi? Comportati normalmente ».

« Eden, nel caso tu l'abbia dimenticato, sono quello con cui la sua ragazza lo tradisce » sussurra Tyler sfregandosi le tempie. Aggiunge con uno sguardo tagliente: « Non ho intenzione di parlargli ».

Gemendo, mi volto di nuovo verso il telefono e riprendo la videochiamata. Dean aspetta con pazienza. « Non può venire adesso » mento. « È nudo ».

« Nudo? » Dean mi guarda con aria stranita e Tyler alza le mani in un gesto di esasperazione.

« Voglio dire » balbetto, « si sta cambiando, nell'altra stanza. Non qui ».

Le mie scuse impacciate per Tyler devono essere peggio dell'idea di parlare con Dean, perché arriva a grandi passi dalla cucina e mi strappa il telefono di mano. Lo tiene davanti a sé, con un sorriso appiccicato in faccia. « Ehi, fratello. Scusa, mi stavo mettendo una maglietta. Come va? »

Guardo Tyler dal divano, stupita, e sento Dean che dice: « Amico! Non ti vedo da un secolo! Sto benone. Anche se Eden mi manca tantissimo ».

« Ci credo » commenta Tyler, in tono asciutto. « Però si sta divertendo molto ».

Capisco che sia arrabbiato con me per averlo obbligato a parlare con Dean, ma non abbiamo scelta. Dean non può ancora sapere la verità, soprattutto mentre siamo ai lati opposti del Paese, e so che devo gestire la situazione di persona. In un certo senso sembra che adesso gli stiamo mentendo, ma l'unica opzione che abbiamo è quella di fargli credere che sia tutto okay, anche se non è così. Dean sarebbe distrutto se dovesse scoprirlo così, da una videochiamata, a così tanta distanza, quindi siamo obbligati a ingannarlo. Anche se è incredibilmente difficile, è per il bene di Dean. Non so come glielo diremo. Non so che cosa dovremmo dirgli, ma so che abbiamo ancora tre settimane per capirlo. Sistemeremo le cose. Saremo onesti e sinceri, gli spiegheremo tutto e lo faremo nel modo giusto. Dean si merita almeno questo.

Tyler si siede sul divano accanto a me, con il corpo molto vicino, e alza il telefono, cercando di farci entrare tutti e due nell'inquadratura. Per dieci minuti raccontiamo a Dean tutto di New York, e di quanto è meraviglioso qui il cibo italiano, e lui ci aggiorna sugli ultimi pettegolezzi di Santa Monica. Una ragazza che era in classe con me si è fidanzata con un tizio che ha dieci anni più di lei. Un compagno di Dean del corso di storia americana è in prigione per violenza sessuale. Per fortuna a un certo punto Dean deve andare al lavoro. Alla fine della videochiamata, Tyler si accascia sul divano.

« È ufficiale: andremo all'inferno » geme. Io mi limito a sospirare accanto a lui, piena di sensi di colpa e di vergogna. Dean non se lo merita. Dopo un secondo Tyler raddrizza la schiena e si china in avanti, per lanciarmi un'occhiata di sbieco. « Questo lo ucciderà. Non c'è modo di evitarlo. Dobbiamo solo essere diretti con lui e ammettere che abbiamo combinato un gran casino. Quando glielo diciamo? »

« Appena arriviamo a casa. Non possiamo aspettare oltre ». Non riesco a guardarlo. Sono un po' ingobbita, con i gomiti appoggiati alle ginocchia e la faccia fra le mani. « È ingiusto verso di lui ».

La voce di Tyler è bassa e solenne. « Credi che ci perdonerà mai? »

« Prima o poi credo di sì ». Non potrei biasimarlo se non lo facesse, ma mi piace sperare che un giorno lo farà. È Dean. Il nostro Dean. Non ha mai serbato rancore a nessuno in tutta la sua vita.

« Dio, sono una merda come migliore amico » borbotta Tyler.

« E io sono ancora peggio come fidanzata » aggiungo. Sarà molto dura dirglielo, per lui sarà come perdere la sua ragazza e il suo migliore amico in un colpo solo. Tradito da entrambi.

Senza preavviso, Tyler mi mette la mano sulla coscia. « Eden, questo significa che hai davvero scelto me? »

Questa domanda improvvisa non mi coglie di sorpresa. Il significato delle sue parole diventa lentamente chiaro, mentre respiro. Mi decido ad alzare lo sguardo e scopro che mi sta fissando con due occhi enormi, verdi e opachi. Sembra quasi in ansia, come se temesse un mio no. « Ho sempre saputo che avrei scelto te » sussurro.

Anche se il suo viso rimane immobile, vedo il sollievo nei suoi occhi. Il suo sguardo si fa più intenso. « E scegliere me cosa significa? »

« Lo sai cosa significa, Tyler ». Prendo la mano che ha posato sulla mia coscia, la sollevo e la intreccio con la mia. Le nostre dita si adattano alla perfezione. Come dovrebbe essere. Come è sempre stato. « Significa che voglio stare con te ». La mia voce è salda. Non sono nervosa, non ho dubbi. Mi accontento di sapere che non sto dicendo altro che la verità. « Davvero ».

Tyler cerca di rimanere serio, trattenendo un sorriso, ma questo non mi impedisce di vedere come i suoi occhi si illuminano alle mie parole. « Sai che dovremo dirlo ai nostri genitori, vero? »

« Lo so ». Sospiro di nuovo. È un sospiro lungo, un sospiro che ho trattenuto per due anni. Dirlo ai nostri genitori è l'aspetto più terrificante di tutta questa storia, e sembra che il momento di farlo si avvicini sempre di più. Sarà un sollievo liberarsi di questo peso. « Sono pronta a farlo ».

« E non rinuncerai un'altra volta? » chiede subito Tyler, stringendomi la mano, mentre la sua espressione cambia. Le sue parole sono rapide ed entusiaste. « Non avrai dei ripensamenti, quando verrà il momento? »

« Tyler » dico con decisione. « Affronterò tutto questo, se tu sarai al mio fianco ». Le mie labbra si incurvano in un sorriso e dico: « *No te rindas* ». Le parole che Tyler ha scarabocchiato sulle Converse che mi ha regalato quando mi ha portata sul tetto, la mia prima sera in città. Parole che hanno un significato così semplice e così importante: non mollare.

Tyler fa un ampio sorriso: i suoi occhi ardono, i denti brillano, la mascella è tesa, la sua aura positiva ci avvolge. « Grazie a Dio non hai mollato ».

17

«... senza contare i La breve vita. Credo che siano italiani. Lei li adora. Chiude sempre gli occhi quando ascolta la musica, perché è una tipa po' stramba. Però a me piace. Ogni volta che entravo nella sua stanza la vedevo con gli auricolari e gli occhi chiusi. Metà delle volte credo che non si accorgesse neanche che ero lì. Non alzava mai lo sguardo, ma era così carina. Stramba, ma carina».

Non ricordo il momento esatto in cui mi sono svegliata, è stato graduale.

Pian piano percepisco le parole che mi circondano, non so bene da dove provengano. Sono avvolta nella trapunta di Tyler e resto ferma per un minuto o due, per acquistare lucidità. Non capisco neanche bene cosa stia succedendo, finché non sento la voce di Tyler che dice con dolcezza: «Ehi, ti sei svegliata, finalmente».

Apro le palpebre e mi rendo conto che c'è molta luce nella stanza. Guardo verso destra. Tyler è accanto a me e mi sorride, perfettamente sveglio, con una videocamera in mano. Puntata su di me.

«Che cosa fai?» borbotto in tono sospettoso. La luce rossa sta lampeggiando.

«Niente di importante». Però non spegne la videocamera. Continua a riprendermi. «Buon 4 luglio, piccola».

Mi tiro un po' su e mi sfrego gli occhi, ma so che mi sta ancora riprendendo. Sposto lo sguardo verso la videocamera e sorrido all'obiettivo. «Buon 4 luglio».

«Il 4 luglio è la mia festa preferita» dice Tyler girando l'obiettivo verso di sé. Mi fa un sorriso incantevole. «Credo che Eden sappia perché». Si allunga sopra di me e appoggia la videocamera sul comodino.

Le tende sono aperte, il sole caldo del mattino illumina la stanza. Il tepore è perfetto e rilassante e Tyler, in silenzio, mi fa scorrere la punta delle dita lungo il braccio, poi mi prende le mani. Nasconde la faccia nell'incavo del mio collo e respira sulla mia pelle. Sospiro, compiaciuta. Potrei abituarmi a svegliarmi accanto a lui tutte le mattine. Sollevo le braccia, gli cingo il collo, accarezzandogli i capelli, e lo attiro a me. Le mie labbra trovano le sue e, per una volta, Tyler si arrende e mi lascia prendere il controllo, ma è così strano che finisco per mettermi a ridere contro la sua bocca. Ricambiando il mio sorriso, mi prende alla vita e mi tira su, mettendomi a sedere a cavalcioni sopra di lui. Delle ciocche ribelli mi sfuggono dalla crocchia disordinata e mi vanno negli occhi, così le sistemo dietro le orecchie e mi chino di nuovo in avanti, per piantare una serie di baci sulle labbra di Tyler.

«Mmm» sussurra lui.

«Faresti meglio a spegnerla» bisbiglio. Lancio un'occhiata alla videocamera sul comodino e gli bacio la mascella.

Tyler fa un sorrisetto malizioso. «E se la tenessimo accesa?»

«Mmm». Mi ritraggo e torno seduta, con un broncetto scherzoso. «Allora lasciamo perdere». Scivolo via da lui e scendo dal letto, per alzarmi.

«Okay, okay, la spengo» dice Tyler, allungandosi per prendere la videocamera. La spegne in una frazione di secondo.

«Troppo tardi» replico alzando le spalle, in tono canzonatorio. È un po' strano vederlo nel suo letto invece che sul divano, per una volta, e decido che d'ora in poi lo lascerò sempre dormire accanto a me. Voglio svegliarmi così ogni giorno. «Caffè?»

«Indovina?».

Nel tardo pomeriggio tuoni e acquazzoni sparsi cominciano a tormentare la città. Sopra Manhattan incombono pioggia e nuvole scure. Proprio mentre io e Tyler stiamo decidendo se uscire comunque per i festeggiamenti, all'improvviso va via la luce.

L'appartamento precipita nel buio, l'unico suono è quello della pioggia che sferza i vetri delle finestre. Fuori, le luci di New York sono perfettamente funzionanti. È solo il nostro palazzo a essere rimasto senza corrente.

«Stiamo scherzando» borbotto incredula. Mi avvicino a Tyler e allungo una mano per toccargli il braccio nella penombra.

«Che palle» borbotta lui, facendo qualche passo indietro. «È il 4 luglio, piove a dirotto e adesso manca anche la corrente?» Lo sento procedere a tentoni attraverso il soggiorno. Stringo l'orlo della sua maglietta e lo seguo da vicino. «Credo che ci siano delle candele, da qualche parte nella lavanderia. Non avrei mai pensato di doverle usare».

Pochi secondi dopo Tyler sbatte contro il bancone della cucina. Il rumore del suo fianco che urta il bordo del bancone mi strappa una smorfia. Lui fa un gemito, ma non si ferma a lungo. Mi guida fino alla lavanderia. Io ho addosso soltanto la biancheria intima e una maglietta larga. Infilo una mano sotto la maglietta per recuperare il telefono dal reggiseno. Anche se non fa molta luce, aiuta Tyler a individuare le candele su una delle mensole sopra l'asciugatrice.

«Ecco» dice passandomene un paio. «Puoi portarle in soggiorno?»

Faccio come mi ha chiesto, mi trascino nel buio e appoggio le candele sul tavolino. Lentamente i miei occhi si stanno abituando alla poca luce e comincio a distinguere i contorni dei mobili e perfino il corpo di Tyler che mi sta raggiungendo. «Vieni qui». Allungo le braccia, lo prendo per il polso e lo tiro più vicino.

Lui mette giù altre candele, poi infila le mani nelle tasche dei jeans. Con un tintinnio di chiavi e monetine, tira fuori un accendino. Sfrega il pollice sulla rotellina e si accende una fiammella che illumina una piccola parte della stanza. Accende le candele che abbiamo portato, poi si rimette in tasca l'accendino e ne prende due, che riporta verso la cucina e appoggia sui due piani di lavoro. Quando si avvicina di nuovo, vedo la sua faccia. La stanza è invasa da un bagliore arancione e, anche se fuori piove, l'appartamento è caldo e confortevole.

«E se restassimo qui?» mi chiede inarcando un sopracciglio. «Voglio dire, tu non sei neanche vestita. Ci inzupperemo. E poi, chissà, potrebbero anche annullare tutto».

Snake ed Emily sono usciti prima, per accaparrarsi un buon posto per lo spettacolo sul fiume Hudson, e noi dovremmo raggiungerli entro mezz'ora.

Non credo che saranno molto contenti se non ci facciamo vedere, soprattutto perché è stato Tyler a insistere per rimanere a Manhattan.

« Stiamo instaurando la tradizione di perderci i fuochi d'artificio? » chiedo scherzosamente.

« Mi è venuta un'idea » dice lui piano, ignorando la mia domanda. Appoggia due candele sul tavolino e viene verso di me. Poi ne prende altre due, lanciando uno sguardo in direzione della sua camera. Allora io ci vado, portandomi un'altra candela.

« Qual era la tua idea? » gli domando appoggiando la candela sul comodino. La stanza è buia e il tempo fuori è tempestoso, ma le tre candele che abbiamo portato fanno un po' di luce, abbastanza da vederci l'un l'altra.

Solo metà del viso di Tyler è illuminato. Mentre si muove verso il letto, guardo la sua ombra danzare sulle pareti. « Vieni qui » mi sussurra e io gli ubbidisco, con un nodo in gola. « Voglio fare un gioco ».

« Un gioco? » ripeto. Faccio di tutto per sembrare tranquilla, sicura e disinvolta, ma mi risulta piuttosto difficile. La mia voce è quasi uno squittio, ma questo non mi impedisce di infilarmi nel letto accanto a lui. Mi siedo sulle ginocchia.

Tyler mi osserva con sguardo malizioso, come se si stesse chiedendo se sono troppo delicata, troppo fragile per quello che ha in mente. Non lo sono. Sono solo un po' nervosa. « Girati » mi dice piano, ma con fermezza.

« Girarmi? » chiedo, deglutendo. Studio il suo viso, cercando di capire cosa gli stia passando per la testa, ma lui rimane impassibile. Si limita a guardarmi, con aria tranquilla.

« Eden » ripete.

Io mi lascio andare, faccio un respiro profondo e mi rilasso. Nella luce delle candele, mi volto, dandogli le spalle, e incrocio le gambe, senza dire altro. Aspetto.

« Togliti la maglietta » mi ordina, dolcemente. Nonostante il rumore della pioggia, in questo momento la sua voce sembra la cosa più potente che c'è.

Mi coglie di sorpresa, ma non perdo la testa. Mi sento a mio agio. Chiudo gli occhi, espiro lentamente e abbasso le mani sull'orlo della maglietta. Il mio cuore batte forte, ma non è troppo accelerato. Mi sfilo la maglietta e la lascio cadere a terra. Non so bene dove Tyler voglia andare a parare.

Ho un brivido improvviso, non so se perché sono quasi completamente nuda e ho un po' freddo o perché sono quasi completamente nuda davanti a Tyler. In ogni caso non avverto il minimo imbarazzo.

« E anche questo » mormora Tyler. Lo sento avvicinarsi. Mi raccoglie i capelli e li porta di lato, poi preme le sue labbra fresche sulla mia spalla, respirando contro la mia pelle. L'altra mano giocherella con il gancetto del mio reggiseno.

« Che cosa? » sussurro.

« Toglilo » insiste lui. Fa scorrere le labbra sulla mia nuca.

Porto le mani dietro la schiena e sgancio il reggiseno. Il mio petto si rilassa e il respiro alla fine si inceppa. Adesso sono in ansia. È passato così tanto tempo. Due anni, per la precisione. Non so cosa aspettarmi, ma so che non voglio oppormi. La tensione sessuale fra noi ha cominciato a montare fin dalla partita degli Yankees, dal momento in cui Tyler ha parlato di Derek Jeter e del fuoricampo. 'Forse ci siamo' penso. Forse stiamo per fare il nostro fuoricampo. Forse è arrivato il momento. Lo aspettavo, sempre troppo imbarazzata per tirare fuori l'argomento, temevo che Tyler si fosse dimenticato del nostro patto, e adesso sono... terrorizzata. È come rivivere la nostra prima volta. Nonostante il terrore e la nausea, non credo di aver mai voluto niente al mondo più di questo.

Quasi insensibile, spingo il reggiseno sul pavimento e chiudo gli occhi. Sono contenta di essere voltata di spalle. Non credo che riuscirei a sostenere il suo sguardo, in questo momento. Lui però non dice niente. Restiamo seduti in silenzio per un istante, poi sento la punta delle sue dita sulla pelle. Traccia dei segni leggeri sul mio corpo.

Anch'io resto in silenzio, soprattutto perché non credo di essere in grado di mettere insieme una frase di senso compiuto, ora come ora. Sono qui seduta, immobile, come ipnotizzata dalla candela davanti a me. Tyler si sposta per un attimo, ma poi torna subito dietro di me e sento che toglie il tappo a una penna. Vorrei girarmi, o almeno lanciare un'occhiata verso di lui per vedere cosa sta facendo, ma ho la sensazione che lui non voglia.

D'un tratto preme la punta della penna sulla mia schiena. L'inchiostro mi dà una strana sensazione sulla pelle, mi fa quasi il solletico. Resisto alla tentazione di muovermi e lascio che Tyler scriva quello che vuole, qualunque cosa sia. La punta della penna scorre sulla mia pelle. È affascinante la sensazione dei punti e delle curve che si formano, mentre scrive sul mio corpo le sue parole, una lunga sequenza.

« Fatto » annuncia soddisfatto. « Eden ».

« Tyler? »

« Voltati » mi ordina ancora. Tiene la voce bassissima, sento l'intensità dei suoi occhi su di me.

Ora sto tremando un po'. Non perché sono nervosa, ma perché so che è sbagliato. So che è un tradimento nei confronti di Dean. *Lo so.* Questa è la parte peggiore. So che è sbagliato e che è un tradimento, ma lo faccio ugualmente. Stringo gli occhi, mi volto per mettermi di fronte a Tyler e quando mi fermo ho davvero il battito accelerato e il cuore che martella nel petto. Lentamente, apro gli occhi.

Lui mi sta guardando, i suoi occhi lucenti analizzano il mio corpo. Indugiano sui miei seni per lunghi secondi, poi tornano a incontrare il mio sguardo. « *Non scoprirai la nudità di tua sorella, figlia di tuo padre o figlia di tua madre, sia nata in casa o fuori* » sussurra Tyler, senza staccare gli occhi sempre più infuocati dai miei. « Levitico, capitolo diciotto, versetto nove ».

Mi stupisco di me stessa perché resto ferma, senza battere ciglio e senza provare l'istinto naturale di coprirmi il petto. Invece giocherello con le dita che ho in grembo, inarcando le sopracciglia.

Le sue labbra formano un sorriso malizioso, scoprendo il bordo dei denti. Tutto il suo viso sembra brillare. « In altre parole, andrò sicuramente all'inferno ».

« Sei andato in chiesa, o qualcosa del genere? » gli chiedo trattenendo una risata. Non avrei mai pensato che un giorno Tyler avrebbe citato la Bibbia, seppure con sarcasmo.

« L'ho cercato su Google » ribatte lui serissimo. « Volevo assicurarmi di non poter finire in prigione per questo, e la buona notizia è che non corro rischi ».

Scoppio finalmente a ridere, mentre lui soffoca una risata, e mi rendo conto che non mi importa niente di aver perso i fuochi d'artificio. Li abbiamo persi due anni fa e li stiamo perdendo adesso, ma va bene così. Preferisco di gran lunga avere dei momenti di intimità con Tyler e, mentre penso a queste cose, sento un brivido corrermi lungo la schiena. Non credo che potrò mai dimenticare nessuno di questi momenti. Non so se potrò mai dimenticare neanche Tyler. Per fortuna non dovrò più costringermi a farlo.

Solo adesso, mentre rido, mi cade l'occhio sulla penna che Tyler ha usato, abbandonata sulle lenzuola. La prendo e la sollevo verso la luce. È un pennarello indelebile.

«Tyler!» esclamo, tirandomi su immediatamente e lanciando il mio corpo nudo verso la porta. Doveva proprio usare un pennarello indelebile? Probabilmente ha scarabocchiato delle oscenità sulla mia pelle e ho delle tremende visioni dell'inchiostro che ci mette settimane a sbiadire. «Toglimi questa roba!» Attraverso l'appartamento di corsa, con Tyler alle calcagna, passando prendo una candela dalla cucina e mi lancio nel bagno. Appoggio la candela sul pavimento e afferro un asciugamano, coprendolo di sapone, poi cerco disperatamente di raggiungermi la schiena.

«Calmati» dice Tyler, ma sta ancora ridendo e non cerca nemmeno di nasconderlo. Mi prende l'asciugamano e fa un passo di lato. «Faccio io».

Comincia a sfregarmi la pelle il più dolcemente possibile e con la coda dell'occhio vedo il nostro riflesso nello specchio. Inclino un po' la testa per vedere meglio la mia schiena e le scritte, prima che Tyler le cancelli del tutto. All'inizio mi sembrano parole straniere e penso che possano essere in spagnolo, ma poi capisco che lo specchio le riflette capovolte. Mi concentro su ogni lettera e alla fine ci arrivo. C'è soltanto una parola: una sola, ma ripetuta tantissime volte a ricoprire ogni centimetro di pelle, dalle spalle al fondoschiena.

MIA.

Le lettere sono tutte maiuscole, calcate e precise. Ognuna è importante.

Dischiudo le labbra e lascio uscire un lieve sospiro. Mi rendo conto che è vero, e mi sento pervadere il corpo da una sensazione di benessere. Io sono sua. Lo sono sempre stata, non sono mai davvero stata di Dean, e anche Tyler è sempre stato mio.

Tyler comincia ad applicare più pressione, ma sbuffa. «Odio dovertelo dire, ma non sta funzionando molto bene. Che ne dici di questo?»

All'improvviso le sue mani mi afferrano saldamente il corpo e mi spingono all'indietro, nella doccia. In una frazione di secondo ha aperto l'acqua, che mi scroscia sulla schiena, sulla faccia, e mi inzuppa. Tyler ride della mia espressione, ma guardandolo in tralice attraverso il velo d'acqua mi trovo a scuotere la testa. Non lo sopporto più.

« Fanculo » borbotto. Gli sbatto una mano sul petto, afferro la sua maglietta e attiro il suo corpo verso di me, sotto l'acqua. Mi sollevo sulla punta dei piedi e premo forte le labbra contro le sue. Questa volta sfrutto appieno il vantaggio di avere il controllo e lo spingo contro la parete, premendo il seno contro il suo petto, mentre la mia bocca si muove in sincronia con il flusso dell'acqua.

La polo gli si appiccica addosso e i suoi vestiti si inzuppano completamente, ma non sembra che gliene importi qualcosa.

Le sue mani sono tra i miei capelli, le labbra sulle mie. L'acqua continua a rimbalzarci addosso in uno scroscio infinito, forte e pesante, e mi ricorda la sensazione di baciarsi sotto la pioggia. Sotto una pioggia intensa, battente. Impaziente, abbasso una mano all'orlo della sua maglietta e faccio un goffo tentativo di tirarla su, spostando l'altra mano verso la sua cintura.

« No » geme Tyler contro la mia bocca. Gli ci vuole un po' per strappare le labbra dalle mie, ma quando lo fa ansima contro il mio orecchio. Io lo osservo attraverso il getto dell'acqua, perplessa e irritata, chiedendomi perché diavolo continua a fermarmi, finché capisco esattamente cosa lo ha bloccato.

Da qualche parte, nell'appartamento, sento la voce di Snake.

« Aspetta qui » bisbiglia Tyler, col respiro forzato e il petto ansante. In un batter d'occhio la doccia è chiusa e Tyler è già alla porta del bagno. Si passa una mano tra i capelli fradici e la spalanca, sporgendosi dallo stipite. « Ragazzi, siamo qui. La doccia è partita di nuovo. Stavo cercando di aggiustarla per Eden. L'acqua è schizzata dappertutto ».

« Chissenefrega della doccia » sento Snake borbottare. « La vera domanda è: voi due non vi siete dimenticati qualcosa? Tipo, sai, i maledetti fuochi d'artificio? »

Sospirando, mi lascio scivolare giù, contro la parete della doccia. Sono completamente fradicia e la mia euforia si è esaurita in fretta. Stringendomi le ginocchia al petto, sbatto la testa indietro, contro il muro. Riesco a pensare soltanto al versetto della Bibbia citato da Tyler, e più me lo ripeto in testa più le mie labbra si curvano in un sorriso.

Siamo proprio dei peccatori.

18

Alzo il viso al cielo, strizzando gli occhi contro il sole che mi picchia sulla fronte. Siamo stati fuori, al caldo, per tutto il giorno e sta cominciando a venirmi un po' di nausea. Muoio di caldo, sto sudando. Se c'è una cosa che ho imparato su New York, è che il tempo può passare dal sole rovente ai temporali quando gli pare. Oggi ci sono trentadue gradi. Stringo le dita intorno al bicchiere di tè freddo che sto bevendo ed espiro lentamente. È in questi momenti che sento la mancanza di Santa Monica: lì c'è sempre una piscina dove tuffarsi a meno di trenta metri dalla mia stanza. Era un lusso che finora avevo dato per scontato. Qui nei giardini sul retro delle case non c'è spazio per le piscine. Anzi, forse metà della gente nemmeno ce l'ha un giardino. Non so come rinfrescarmi. Mi sento la pelle in fiamme. Nel viaggio di rientro dalla nostra gita nel Queens e a Brooklyn, ho dato un'occhiata alla mia faccia nello specchietto dell'aletta parasole, solo per scoprire di avere la fronte scottata. Ho perfino dei cerchi chiari intorno agli occhi, per via degli occhiali da sole.

« Caldo, eh? » dice Tyler. Anche lui strizza gli occhi verso il cielo, di un azzurro perfetto, senza una nuvola in vista, e poi li riporta alla macchina. Non so perché, ma appoggia cautamente la mano sul cofano. Subito fa una smorfia e la tira via, scuotendola per alleviare la scottatura. « Merda ».

Con un'espressione divertita, mi butto a sedere sul bordo del marciapiede. L'asfalto è rovente contro le mie cosce, ma dopo pochi secondi diventa sopportabile. Appoggio il bicchiere al mio fianco (ormai il tè è diventato tiepido e fa schifo, comunque) e osservo la macchina di Tyler, che riflette i raggi del sole sulla lucida carrozzeria bianca. Mi viene un pensiero troppo allettante per poterlo ignorare. « Posso guidare la tua macchina? »

Tyler smette di agitare la mano e si irrigidisce. Poi abbassa gli occhi su di me e, con un'espressione diffidente, li sposta sulla sua Audi. « Tu? La mia macchina? *Questa* macchina? » Si morde il labbro e si sfrega la nuca, a disagio. « Non prenderla male, Eden, ma... lo sai ».

Punto i palmi delle mani sul marciapiede dietro di me, mi appoggio all'indietro e lo scruto attraverso i raggi di sole, con un sopracciglio inarcato. « Non ti fidi di me? »

« Tanto per cominciare » si affretta a dire, « tu sei abituata al cambio automatico, mentre quello della mia auto è manuale ».

« E tu pensi che non sappia usare il cambio? »

Le sopracciglia di Tyler scattano verso l'alto mentre mi guarda intensamente: « Lo sai usare? »

« Il cambio automatico è più semplice » dico tirandomi su da terra e raddrizzando la schiena. Lo scruto con aria di sfida, sorridendo. « Molto più divertente quello manuale. Mi dai le chiavi? »

Lui mi fa un sorriso smagliante e si mette a ridere, prendendomi al collo con un braccio e attirandomi a sé. « Non esiste proprio » dice schioccandomi un bacio sulla guancia. Poi mi spinge via, scherzosamente.

Sapevo di non avere la minima possibilità che mi lasciasse guidare la sua macchina, ma valeva la pena tentare. Alzando le spalle, recupero il mio bicchiere da terra e attraverso la strada, verso il nostro palazzo. Tyler mi segue, poi si mette al mio fianco e mi prende la mano libera. Forse per la prima volta, non reagisco. È una sensazione normale, neanche Tyler sembra considerarlo un gesto importante, perché mi guida tranquillo nell'ingresso fino agli ascensori, senza lasciarmi andare.

Non è una cosa che facciamo abitualmente, tenerci per mano. Questo lo fanno le coppie, non due persone che hanno un segreto. Oggi, però, non abbiamo bisogno di eccedere in cautela. Snake è partito per Boston stamattina, per andare dai suoi, e non tornerà prima di domani. Emily è fuori con delle amiche che ha conosciuto quando viveva qui. Quindi io e Tyler abbiamo campo libero.

Andiamo su e non appena metto piede nell'appartamento decido di fare una doccia fredda, per cercare di rinfrescarmi. Quando lo dico a Tyler, però, le mie guance avvampano. La mia mente continua a tornare a giovedì sera, a Tyler e alla doccia e alla pioggia e alle scritte e alla Bibbia, e una parte di me si chiede fino a che punto ci saremmo spinti, se Snake ed Emily non fossero rientrati così presto.

È palese che Tyler sta pensando esattamente le stesse cose, perché trattiene un sorrisetto malizioso. « No problem ».

Sono incredibilmente tentata di buttare lì che dovrebbe seguirmi, ma so di non essere così disinvolta, quindi sorrido, con tutta l'innocenza possibile, e mi dirigo verso il bagno, buttando nella spazzatura il mio bicchiere di tè freddo mentre passo.

Con la pelle in fiamme, mi spoglio e mi do un'occhiata nello specchio. Mi sembra di avere qualche segno dell'abbronzatura, e la mia faccia sembra ancora più rossa di quanto non fosse in macchina. Scivolo nella doccia e abbasso la temperatura. L'acqua gelata è insopportabile, quindi la tengo tiepida e rimango sotto il getto per un po'. Non perdo tempo a lavarmi i capelli. Quando la mia pelle non sembra più sul punto di incendiarsi, esco e mi avvolgo in un telo di spugna, stringendomelo addosso mentre torno in soggiorno.

All'inizio non mi rendo conto di essere sola. Solo quando mi sono infilata un paio di pantaloncini da corsa e una canotta mi accorgo che l'appartamento non solo è silenzioso, ma è anche vuoto.

« Tyler? » chiamo. Sono in piedi al centro del soggiorno, con le mani sui fianchi e le sopracciglia aggrottate. Aspetto qualche secondo ma non ricevo risposta. « Tyler? » grido più forte.

Sospiro. Non sarebbe andato da nessuna parte senza avvertirmi. Forse ha lasciato qualcosa in macchina. Oppure è sul tetto, non mi stupirei. Sparisce spesso lassù.

Anche se ora sono al riparo dal sole, la mia pelle sembra ancora più rovente di prima. La faccia è così calda che mi fa male e mi pento di aver ignorato la mamma, quando mi ha consigliato di portarmi una crema doposole. Non credevo proprio che a New York potesse fare così caldo. La gita nel Queens è stata decisamente una cattiva idea. Credo che l'unico momento in cui siamo stati all'ombra sia stato quando abbiamo comprato da bere. Per questo mi sono scottata.

Cerco di soffiarmi un po' d'aria in faccia e mi precipito in cucina, dritta al secondo armadietto da sinistra. È qui che i ragazzi tengono i farmaci e il kit del pronto soccorso, ed è l'unico posto in cui ho qualche speranza di trovare dell'aloe vera. Mi allungo fino allo scaffale in alto e frugo con le mani alla ricerca di qualche flacone, ma non c'è niente. Trovo gli antidolorifici, quelli che mi hanno fatto passare il mal di testa lo scorso weekend, e degli inutili cerotti. Continuo a pescare roba che non mi serve. Niente aloe vera. Sospirando, salgo sul bancone e mi metto in ginocchio, per vedere meglio. Anche le spalle stanno cominciando a bruciare tantissimo, quindi continuo a frugare, allungando la mano fino in fondo all'armadietto. Mi fermo quando incontro un barattolo di vetro.

Lo osservo e mi si blocca il respiro. È un barattolo per le conserve, sigillato ermeticamente. All'interno ci sono diverse bustine di plastica trasparente. Quello che mi lascia di stucco, però, è che contengano erba.

All'inizio sono troppo sbalordita per rendermi davvero conto di quello che vedo. Prendo in mano il barattolo e osservo il contenuto incredula, a bocca aperta. Non so perché ci sia della marijuana nell'appartamento. Non dovrebbe esserci. Tyler ha smesso quasi due anni fa e Snake mi ha detto che non fuma, anche se conoscendolo poteva essere una bugia. Non è mia, e dubito che appartenga a Emily.

Mi si stringe lo stomaco e, ottusamente, guardo di nuovo nell'armadietto. C'è ancora quella scorta di accendini, quella che ho scoperto domenica mattina mentre cercavo gli antidolorifici. 'Perché questa roba è qui?' penso. 'Chi è che fuma questa merda?'

Prendo un paio di accendini e per qualche secondo il mio sguardo passa dalla mano al barattolo. Alla fine appoggio gli accendini sul bancone e mi concentro sul barattolo. Non so che cosa mi spinga a farlo, ma svito il coperchio e l'odore è così penetrante che a momenti mi fa perdere l'equilibrio.

È così intenso che quasi mi sento male. È molto diverso dalla puzza di erba fumata e rilasciata nell'aria. È più forte, più muschiato. Lo coperchio più in fretta che posso, mi viene quasi un conato per il tanfo, poi guardo ancora gli accendini. Resto a fissarli per un po', cercando di capire se dovrei rimettere tutto a posto e fingere di non aver trovato nulla, ma proprio mentre sto pensando di farlo, qualcosa scatta nella mia mente.

Gli accendini. Giovedì io e Tyler abbiamo acceso delle candele. Tyler, guarda caso, aveva un accendino in tasca. Capisco che nell'appartamento ci siano degli accendini, ma perché in tasca? Chi si porterebbe in giro un accendino senza motivo? Non lo fa nessuno, a meno che... a meno che non sia un fumatore.

Quando ci arrivo mi cade il mondo addosso. Non è possibile. Maledizione, non è possibile. Tyler ha smesso da anni. La mia prima sera a New York mi ha detto chiaramente che stava bene, che non aveva più bisogno di questa roba. Non mi avrebbe mentito. Deve essere di Snake. E il fatto che Tyler si trovasse addosso un accendino deve essere una coincidenza. Dopo tutto quello che è successo, non può aver ricominciato.

Piena di rabbia, riapro il barattolo e senza altre esitazioni prendo una bustina, trattenendo il respiro. Poi richiudo il coperchio. In qualche modo mi sento sia anestetizzata sia furiosa, scivolo giù dal bancone e mi infilo la bustina nella tasca dei pantaloncini. Spalanco la porta dell'appartamento e vado sul pianerottolo, digrignando i denti per trattenere un urlo esasperato. So che Tyler è sul tetto, non può che essere lì. Mentre mi infilo nell'ascensore mi rendo conto di non essermi mai chiesta perché va sempre lassù, sempre da solo, e ci passa delle ore. Perché? La risposta mi sembra sempre più ovvia, ma non voglio crederci. Non riesco ancora a rassegnarmi all'idea che tutto questo stia succedendo davvero, che sia reale.

Salgo all'ultimo piano e, stringendo i pugni, vado alla rampa di scale che conduce sul tetto. Passo dalla porta il più silenziosamente possibile, poi me la chiudo alle spalle con uno scatto impercettibile. Quando mi giro vedo che la terrazza è deserta, tranne che per una persona. A quanto pare avevo ragione a pensare che Tyler fosse qui.

Mi dà le spalle. Ha i gomiti appoggiati al parapetto e si sporge leggermente in avanti, per guardare la strada sotto di noi. Non sta facendo nient'altro, è lì fermo, in piedi.

Faccio un respiro profondo e mi avvicino, fermandomi a pochi passi da lui. « Ehi » gli dico, con calma e disinvoltura. Dentro sto andando a fuoco.

Tyler si volta, spaventato dal suono della mia voce e un po' stupito dalla mia presenza. Però sorride. È un sorriso pieno di calore. « Ehi. Scusami, non ti ho avvertito che venivo quassù. Pensavo che ci mettessi di più a fare la doccia così, non so, ho pensato di salire. Fa troppo caldo per restare dentro. Maledizione, anche qui fa caldissimo, però. Ehi, hai la faccia un po' scott... »

« Tyler » lo interrompo a bassa voce, ma con tono deciso. Incrocio il suo sguardo e lui inarca un sopracciglio, in attesa. Metto la mano in tasca per prendere la bustina di erba, con una sensazione di nausea.

Tenendola fra il pollice e l'indice, gliela metto proprio davanti alla faccia, con l'espressione più severa e feroce che riesco a fare. « Che cos'è questa? »

Osserva la bustina spalancando gli occhi e quasi immediatamente la sua espressione da rilassata diventa terrorizzata. Lo vedo nei suoi occhi. È ammutolito. Lo guardo aprire la bocca in silenzio e mi sento stringere il petto.

« Stai per dirmi che è di Snake, vero? » gli chiedo piano, implorante. È questo che voglio sentire, che ho bisogno di sentire. Altrimenti starò male. Mi si spezza la voce e riesco solo a sussurrare: « Ti prego, dimmi che è di Snake ».

« Eden... » dice Tyler lentamente, e il senso di colpa che si coagula nei suoi occhi mi dà la risposta che non volevo. Non cerca neanche di nasconderlo. Non ha intenzione di negarlo.

All'improvviso esplodo. È un misto di collera e delusione, che mi consumano in un attimo e danno forza alle mie parole. « Mi hai mentito! » grido, furente. « Quando ti ho chiesto se stavi bene, mi hai mentito spudoratamente! Non stai bene! Sei un bugiardo! »

« Eden, io sto bene » protesta Tyler, a voce bassa. Ha l'aria di vergognarsi, e ne ha tutte le ragioni. Sono delusa. « È solo... »

« Hai ripreso anche con la coca? » La mia voce è come una colata di acido.

« Dio, no ».

« Quando hai iniziato con questa merda? » gli chiedo, agitando la bustina. Una parte di me vorrebbe lanciarla oltre il parapetto. « Quando hai ricominciato con questa storia? »

Tyler si morde il labbro e mi guarda, con un'espressione contrita. Gli si forma qualche ruga agli angoli degli occhi. « Un paio di settimane dopo essermi trasferito qui » ammette.

« Cazzo, ma mi stai prendendo in giro, Tyler? Ti ci è voluto così poco? » sbotto, scuotendo la testa incredula. Non può essere vero. « Avrebbero potuto sbatterti fuori dal programma! »

« Non sono così stupido da farmi beccare ».

« L'hai appena fatto, cretino ». Gli lancio la bustina contro il petto. Cade a terra e io mi volto, troppo in collera anche solo per guardarlo ancora.

« Eden, per favore calmati » dice Tyler alle mie spalle, senza alzare la voce. Non gli do torto. È appena stato scoperto: ci credo che bisbiglia. « È solo erba ».

« Non è questo il punto! » Sempre più incazzata, mi giro di scatto e alzo le mani in un gesto esasperato. Non ci arriva proprio. « Mi avevi detto che stavi bene! È per questo che vieni continuamente quassù? Per sballarti? »

« Posso smettere anche subito » dice lui, senza rispondere alla mia domanda. Non è per niente convincente. « Guarda ». Si china, prende la bustina da terra e la stringe nel pugno, poi allunga una mano per prendermi il polso.

« Non toccarmi » sibilo, ma è inutile. Mi sta già trascinando attraverso la terrazza, dritto verso la porta. Non dice niente, è serissimo. Ha il respiro pesante. Neanche io ho molta voglia di parlargli adesso, quindi scendiamo le scale e prendiamo l'ascensore in assoluto silenzio.

Sono così incazzata. Confusa. Perché? Perché l'ha fatto di nuovo? Non capisco. Incrocio le braccia, lo guardo di sottecchi e mi allontano di un passo, mentre l'ascensore ci riporta al dodicesimo piano. Non voglio stargli vicino: l'ha fatta veramente grossa.

Lui però mi afferra di nuovo il braccio e mi trascina fuori dall'ascensore, dirigendosi verso l'appartamento così in fretta che finisco quasi per correre. Ho dimenticato di chiudere a chiave, quindi mi fa entrare senza indugi. Si volta verso la cucina e vedo che il suo sguardo si fa ancora più duro, quando nota il barattolo di erba sul bancone. L'odore ha invaso l'appartamento. Adesso mi pento di averlo aperto.

Mi lascia andare e attraversa il soggiorno a grandi passi. Apre il barattolo e prende le due bustine rimaste. Le tiene in mano tutte e tre, apre la porta del bagno e mi lancia un'occhiata da sopra la spalla.

« Guarda » mi dice in tono irritato. Mi sforzo di raggiungerlo, controvoglia, incrocio le braccia e lo guardo storto dalla porta del bagno. « Cazzo, guarda » borbotta.

Apre la prima bustina e ne versa il contenuto nel gabinetto, scuotendola forte prima di buttarla per terra. Fa lo stesso con le altre due, sotto i miei occhi spalancati, e dopo aver tirato lo sciacquone, sempre col respiro accelerato, si gira verso di me con aria desolata.

« Vuoi sapere perché non stavo bene, eh? » sbotta all'improvviso.

« Non stavo bene perché non ero con te, okay? Ecco perché. Per causa tua ».

Lo guardo perplessa, cercando di comprendere le sue parole. Non ci riesco. « Che cosa? »

« Senti, quando mi sono trasferito qui pensavo che sarei riuscito a dimenticarti, ma non è successo » ammette, la sua voce è tornata dolce. Sembra a pezzi. Si passa una mano tra i capelli, abbassa la tavoletta del water e ci si siede sopra, chinando la testa. « Non riuscivo a toglierti dalla testa, così ho dovuto trovare un modo per distrarmi ».

Sbatto le palpebre, di nuovo in preda all'incredulità. Perché stiamo di nuovo facendo questo discorso? Perché stiamo di nuovo parlando di distrazioni? Credevo che questa storia fosse ormai acqua passata. « Stai dando la colpa a me? » gli chiedo, sconvolta.

« Sì, do la colpa a te » risponde bruscamente, alzando la testa di scatto. Mi lancia uno sguardo duro e indignato. « Ti do la colpa di avermi fatto credere di non avere speranze, con te ».

« Non la supererai mai questa storia? Continuerai a rinfacciarmela per sempre? » grido, poi faccio un passo avanti e mi chino davanti a lui, per guardarlo negli occhi con tutta la sincerità che ho. « Ti ho già detto che *mi dispiace* » dico lentamente. « Non ho mai detto che non volevo stare con te. Ti ho detto che non potevo. Che è diverso ».

Tyler non risponde, e io non ce la faccio più. La mia rabbia si è esaurita, mi restano solo delusione e confusione. Non sono solo il litigio e gli spinelli, è tutto quanto. In un attimo mi rendo conto che stiamo tradendo Dean, che abbiamo passato tre settimane a vivere la nostra storia in clandestinità, perché sembra essere l'unica cosa che ci riesce bene, e che presto dovremo dire la verità a Dean e ai nostri genitori, e che Tyler mi ha mentito assicurandomi di stare bene. Tutto quello che stava montando, fin dal giorno del mio arrivo a New York, adesso sta venendo fuori di colpo. E per me è troppo.

In pochi secondi mi si riempiono gli occhi di lacrime, che scorrono liberamente, mi accascio sul pavimento e nascondo il viso fra le mani, cercando di trattenermi. È un tentativo inutile, però, e in breve mi trovo a singhiozzare ai piedi di Tyler. Mentre piango sento il suo respiro, ma, a parte questo, siamo immersi nel silenzio.

Dopo qualche minuto Tyler chiama dolcemente il mio nome. Io però non alzo gli occhi, anzi piango più forte al suono della sua voce, che è debole e sottile. Poi sento le sue mani su di me. Con cautela mi circonda con le braccia e mi fa alzare. Non mi lascia andare. Stringe il mio corpo al suo, con forza, e io nascondo la faccia nella sua camicia di cotone. Non fa altro che abbracciarmi, e mi basta.

« Mi dispiace » sussurra, con il mento appoggiato sulla mia testa. « Avrei dovuto dirtelo ».

Non rispondo. Sto troppo male per provarci. Non so che altro potrei dirgli. Posso solo sperare che sia davvero pentito per esserci ricascato, per aver ricominciato a fare l'unica cosa che tutti credevamo avesse abbandonato per sempre.

All'improvviso Tyler mi porta una mano al viso e mi alza il mento col pollice. Guarda nei miei occhi gonfi con un'espressione completamente sincera. Sembra addolorato mentre mi ripete, con più convinzione: « Mi dispiace ».

Mi tiene il viso fermo, rivolto verso il suo, e noto con quanta intensità guarda le mie labbra. Non mi muovo, in attesa. Anche lui aspetta. Sta cercando di capire se mi tirerò indietro, ma quando vede che non lo faccio chiude gli occhi e mi sfiora le labbra con le sue.

All'inizio è un bacio lieve e dolce, un semplice contatto delle labbra, ma poi si fa più profondo. Gli prendo il viso fra le mani mentre mi bacia con più foga. Entrambi siamo trasportati da un miscuglio di emozioni. A brevi intervalli passiamo da baci dolci e lenti ad altri più rapidi e urgenti, in un vortice di rabbia e tristezza, e in breve mi lascio di nuovo travolgere da lui, dimenticando tutto quello che è appena successo.

Senza staccare le labbra dalle mie, Tyler si china in avanti e fa scivolare le mani sotto le mie cosce, sollevandomi. Subito mi avvinghio con le gambe alla sua vita e gli butto le braccia al collo, ricambiando i suoi baci con la stessa intensità e la stessa passione. Comincia a camminare e usciamo dal bagno, attraversando la cucina e il soggiorno. Gli afferro i capelli e gli piego la testa di lato, lasciandogli una scia di baci dolci ma profondi sul collo. Lui dice il mio nome con un gemito.

Finiamo in camera sua. Era ovvio. Staccando le labbra dalle mie, chiude la porta con un calcio e mi adagia sul morbido materasso del letto. Abbassa due occhi infuocati su di me e io sbatto le palpebre con un sorriso ansioso. Stavolta, quando allungo le mani verso la sua cintura, lui non mi blocca, perché stavolta non sono ubriaca. Stavolta non ci sono interruzioni. Stavolta siamo pronti.

Lo faccio indietreggiare di un passo e mi metto in ginocchio di fronte a lui, poi mi sfilo la canotta e la butto da una parte. Lo guardo da sotto le ciglia e vedo che deglutisce, mentre, con gli occhi lucidi, mi incoraggia a continuare. Io lo faccio. Le mie mani hanno solo un lieve tremito mentre gli slacciano i jeans, infilano gli indici nei passanti e li tirano giù insieme ai boxer. Spalanco gli occhi.

Non ricordo molto della notte di due anni fa, quella della festa sulla spiaggia, quando mi ha raccontato tutta la verità. Ricordo che non era stata un'esperienza esaltante, ma era prevedibile. Era la mia prima volta, e dubito che per lui sia stata memorabile. Però sono passati due anni, e in due anni si può fare un sacco di esperienza.

Voglio dimostrare a Tyler tutto quello che ho imparato. Così comincio. La mia disinvoltura lo sorprende, e ogni volta che lo sento gemere provo una profonda soddisfazione. Ha gli occhi chiusi e una mano appoggiata alla parete, mentre con l'altra mi stringe i capelli. Mi sento una dominatrice, ma prima che possa rendermene conto lui mi prende le mani e mi fa alzare, poi preme le labbra sulle mie.

Facciamo sempre qualche casino, noi due. Sempre. Ci infiliamo ogni volta in situazioni complicate, e questa non fa eccezione. Tyler è così impegnato a baciarmi che perde un sacco di tempo ad armeggiare con il gancetto del mio reggiseno. Ci mette così tanto che alla fine scoppio a ridere, mi stacco da lui per un momento e faccio da sola. Lui allo stesso tempo lascia a terra i jeans, con aria un po' impacciata. Lancio il reggiseno dietro la sua spalla, lui mi prende alla vita e mi attira di nuovo a sé. Fa scorrere le mani su di me, sfiora dolcemente coi pollici la pelle sotto i miei seni e con le labbra mi percorre il collo e la spalla, fino alla clavicola. Trattengo un sospiro di piacere e mi preoccupo di sfilarmi le Converse con un calcio e di abbassarmi i pantaloncini.

Le sue labbra catturano di nuovo le mie. Fa scivolare una mano fino al mio sedere e io porto le mie ai bottoni della sua camicia, cercando di slacciarli il più in fretta possibile senza smettere di baciarlo. Però sono imbranata, proprio come lui col mio reggiseno, così se la toglie da solo. Non appena la fa cadere sul pavimento, gli accarezzo il torace. La sua pelle è calda e sento il cuore che gli batte forte contro le costole. Anche il mio ha un ritmo martellante e sono sicura che lo sente anche Tyler, visto dove ha la mano in questo momento.

Con dolcezza, ma con trasporto, Tyler mi spinge sul letto e io mi abbandono all'indietro sul materasso. Lui non mi segue subito, però.

Si volta, recupera i jeans, frugando nelle tasche alla ricerca del portafoglio, sempre più frenetico. So che cosa sta cercando, ma lo richiamo con una risatina nervosa e lo informo che non deve preoccuparsi. Da quel punto di vista siamo a posto. La mamma ha insistito.

Vedo il sollievo sul viso di Tyler, che ributta a terra i jeans e il portafoglio e si avvicina mordendosi il labbro. Mi sento la pelle in fiamme, non so se per la scottatura o per il suo tocco, ma comunque non mi importa. Afferro i capelli di Tyler, stringendoli sempre di più, mentre lui passa le mani sul mio corpo, centimetro per centimetro. Sposta le labbra sulla linea della mia mascella e mi fa scivolare una mano nelle mutandine. Chiudo gli occhi e mi concentro sul respiro. Non riesco a impedirmi di tirargli i capelli, mentre rovescio la testa all'indietro sui cuscini e inarco la schiena.

Dopo un po' si ferma e mi guarda, come per chiedermi se sono pronta, e io annuisco.

Finora non riuscivo a ricordare le sue movenze, la sensazione del suo corpo. Non ricordavo la sincronia dei nostri fianchi. Non ricordavo il ritmo dei nostri respiri, mai armonico, ma rapido e irregolare. Non ricordavo nulla di tutto ciò, fino a questo momento, in cui sta succedendo di nuovo. Solo che adesso Tyler non ha paura di essere meno delicato di quanto è stato la prima volta. Cambia spesso ritmo, con una mano stringe la mia e con l'altra mi tiene saldamente il fianco. Il suo corpo suda contro la mia pelle. Mi toglie il fiato, è così favoloso che mi viene da sorridere per tutto il tempo, anche mentre mi lascio sfuggire dei gemiti soffocati. Non posso evitarlo. È tutto così... così Tyler. È questa la parte più bella.

Sembra una cosa così sbagliata, così deplorevole, il che rende tutto ancora più esaltante. È una fortissima scarica di adrenalina. E so che non dovrebbe succedere, non ancora. Non mentre sto ancora con Dean. Tyler, d'altro canto, ha accettato il fatto che Dean ne soffrirà comunque. Ha accettato il fatto che al nostro ritorno a casa diremo la verità ai nostri genitori. Io invece non ci riesco, anche se mi piacerebbe crederlo. Cerco di convincermi che sono pronta ad affrontare tutto, a gestire qualsiasi conseguenza, ma da qualche parte dentro di me provo ancora tanta ansia e tanta paura. Mi sento in colpa per l'amore che provo per Tyler. E me ne vergogno. Non sembra una cosa giusta.

Credo che rimarremo per sempre l'inconfessabile segreto l'uno dell'altra.

19

Evito di chiamare Dean per tutta la settimana successiva. Non riesco a sopportare l'idea di sentire la sua voce. Ogni volta che lui cerca di telefonarmi, lascio partire la segreteria e fisso lo schermo, mordendomi il labbro e sentendomi la persona peggiore che sia mai esistita. E non è soltanto per sabato sera. È anche per domenica pomeriggio, martedì mattina e ieri notte.

Io e Tyler avevamo molto tempo da recuperare: due anni. Ogni volta che sia Snake sia Emily erano fuori, abbiamo approfittato della privacy concessa. Ne abbiamo approfittato a tal punto, in effetti, che Tyler ha cominciato a fare battute sul fatto che dovremmo avvertirli di evitare il divano a sinistra del tavolino. Ogni volta che lo dice, io per tutta risposta gli lancio un'occhiataccia.

Non è che lo programmiamo, è che continua a succedere. Di certo comunque io non mi lamento.

Nel bel mezzo della notte, Tyler mi sveglia. Sono completamente nuda, avvolta nella sua trapunta e sfinita per le fatiche che abbiamo condiviso poche ore fa. Stavo benissimo nel tepore delle sue lenzuola, ma mi sforzo comunque di aprire gli occhi. Lui è in piedi accanto al letto, mi sovrasta nel buio e mi stupisco di scoprire che si è messo un paio di jeans e una felpa blu.

« Che ore sono? » gemo strizzando gli occhi e nascondendo la faccia nel cuscino. Sento ululare delle sirene, all'esterno, ma non è certo una novità. New York non dorme mai. Mai.

« Le tre » dice Tyler, piano. Lo sento allontanarsi e mi chiedo se magari non sia sonnambulo, ma appena comincia a tirarmi addosso i miei vestiti capisco che è perfettamente sveglio. « Vestiti ».

Rotolo di lato e mi appoggio a un gomito, fissando i vestiti che Tyler mi ha tirato. Un paio di jeans e una felpa, proprio come lui. Mi lancia anche il reggiseno, colpendomi in piena faccia.

« Merda, scusami » dice, ma sta trattenendo una risata. Si avvicina di nuovo. Io alzo gli occhi al cielo. « Ho una sorpresa per te ».

« Una sorpresa? » sussurro, in tono sospettoso. C'è qualcosa nel suo tono di voce che mi preoccupa. Le sorprese non sono mai positive. Potrebbe essere qualsiasi cosa. E alle tre del mattino poi: ancora più inquietante. Mi sfrego gli occhi e mi metto a sedere, senza preoccuparmi di coprirmi. Ormai ho l'impressione che Tyler mi veda più spesso nuda che vestita.

Si allunga per accendere la lampada sul comodino. Quando il suo viso viene illuminato, vedo che ha un sorriso compiaciuto. Si china sul bordo del letto, con gli occhi a pochi centimetri dai miei e le labbra aperte in un grande sorriso, poi prende qualcosa dalla tasca e me la mette davanti alla faccia. Sono le chiavi della sua macchina. « È tutta tua ».

Io spalanco la bocca e sbatto le palpebre per la sorpresa. L'offerta di guidare un'Audi R8 nel cuore della notte era l'ultima cosa che mi aspettavo. Osservo il mazzo di chiavi, il portachiavi scintilla nel buio. Tendo lentamente una mano per prenderle, mentre le mie labbra si dischiudono in un ampio sorriso. « Anche se non ti fidi di me? »

« Devo essere pazzo, vero? » risponde lui piano, con un sorrisetto malizioso. Si rimette in piedi, mi prende la mano libera e mi tira fuori dal letto. Mi aiuta a recuperare l'equilibrio e abbassa gli occhi su di me. « Ma questa è New York. In questa città non facciamo altro che pazzie ».

Adesso sono completamente sveglia, e invasa da un'ondata di eccitazione. Il pensiero di guidare l'auto di Tyler, l'idea di che cosa può fare quel motore, mi rende euforica. Non sono mai stata una grande appassionata di macchine, ma quella di Tyler è un'eccezione. Prendo rapidamente i miei vestiti e me li infilo, poi frugo per la stanza alla ricerca delle mie Converse, le stesse che ho indossato per quattro settimane di fila. Ormai sembrano essere le uniche scarpe che uso, e non sono più così bianche.

« Un graffio alla mia piccola e ne vedrai delle belle » mi avverte Tyler quando sono pronta, ma sta ancora sorridendo. Mi butta un braccio intorno alle spalle e mi accompagna alla porta. La apre senza fare rumore e attraversiamo il soggiorno.

Nel buio distinguo la sagoma di Snake sul divano (il suo divano, per fortuna). Dorme profondamente e russa un po', quindi io e Tyler strisciamo fuori dall'appartamento con la massima cautela. Riusciamo a raggiungere il pianerottolo senza svegliarlo, e Tyler mi lascia andare per chiudere la porta.

Il palazzo è immerso nel silenzio, nessuno di noi due parla per paura di svegliare qualcuno, passando davanti alle porte per andare all'ascensore. Faccio tintinnare le chiavi fra le dita e sento che Tyler mi studia con la coda dell'occhio. Spero che non mi arrestino.

Quando usciamo dal palazzo, sulla Settantaquattresima Strada, scopro che New York è ancora popolata. Certo, il traffico e il movimento sui marciapiedi sono decisamente meno frenetici che di giorno, ma per essere le tre del mattino ci sono ancora un sacco di macchine per strada. Soprattutto taxi. Non fa proprio caldo, ma neanche freddo.

L'auto di Tyler mi aspetta, parcheggiata accanto al marciapiede dall'altra parte della strada. La guardo, sempre più eccitata, e premo in fretta il comando di apertura. Con mia sorpresa, però, Tyler mi strappa di mano le chiavi e attraversa la strada di corsa. Apre la portiera del guidatore e mi guarda con un lampo negli occhi. Io ho le sopracciglia inarcate, mi aspetto una spiegazione.

«Cioè, credevi davvero che ti avrei lasciato guidare per Manhattan?» Ride nell'aria notturna e scivola nell'abitacolo. Appena prima di richiudere la portiera aggiunge: «Non esiste proprio».

Incrocio le braccia, irritata, mi obbligo a raggiungere la macchina e a sedermi sul sedile del passeggero. Lo guardo male, indignata. «E allora dove posso guidarla?»

«A Jersey City» ribatte Tyler avviando il motore, che si accende con un morbido ronzio. Mi corre un brivido lungo la schiena.

«Jersey City?»

«Sì, nel parcheggio di Target».

Il cruscotto è illuminato di arancio, i numeri sul tachimetro si accendono. Si illuminano anche le spie della radio e del climatizzatore. Mi chino a regolare la temperatura e poi mi riappoggio allo schienale. Quando Tyler esce dal parcheggio, mi allaccio la cintura di sicurezza.

Per fortuna l'ho fatto, perché appena svoltiamo sulla Seconda Strada lui accelera a tavoletta, finché non raggiungiamo dei semafori. Resto in ascolto mentre sgasa, aspettando di ripartire. Mi lancia un'occhiata di sbieco e sorride, poi stringe la mascella e punta lo sguardo sulla strada. Siamo i primi al semaforo. Davanti a noi la strada è libera. Tyler tiene una mano sul cambio, l'altra salda sul volante. Il rosso diventa giallo, lui schiaccia l'acceleratore e si sente un tremendo stridore di gomme, mentre la macchina viene catapultata in avanti. La velocità è così improvvisa che sbatte il mio corpo indietro sul sedile. Il motore romba, il tubo di scappamento sputacchia una scia di fumo. Di norma lo sgriderei per la sua guida pericolosa, ma in questo momento, alle tre di mattina nel cuore di Manhattan, la adoro.

Tyler ingrana la sesta e mi lancia una rapida occhiata, con un sorrisetto malizioso sulle labbra. Poi i suoi occhi si focalizzano sulla strada e, mentre la velocità aumenta sempre di più, mi trovo aggrappata al sedile con una mano e alla cintura con l'altra. Guardo di sfuggita il tachimetro e scopro che stiamo sfrecciando al doppio del limite di velocità. Tyler rallenta soltanto quando raggiungiamo un altro semaforo.

Poi non si presentano altre occasioni di guida spericolata, perché le strade non sono abbastanza sgombre. Rimaniamo bloccati dietro un camion e riusciamo a liberarcene soltanto quando svoltiamo a destra in Hudson Street. Proseguiamo verso ovest, attraversando Manhattan, fino a immetterci in una galleria, proprio come il Lincoln Tunnel che ho percorso il giorno del mio arrivo, solo che stavolta Tyler mi spiega che si tratta dell'Holland Tunnel.

Comunque ne usciamo in un paio di minuti, poco dopo arriviamo a Jersey City e Tyler entra nel parcheggio di Target. Il grande magazzino è chiuso e l'area di sosta non soltanto è immensa, ma è anche deserta. È perfetta.

Tyler spegne il motore al centro dello spiazzo ed espira nel silenzio improvviso, osservando lo spazio fuori dal parabrezza. Sembra soddisfatto della ricognizione e si volta verso di me. «Goditela».

Apriamo le portiere e usciamo dalla macchina nello stesso istante. Guardo nervosamente l'asfalto mentre giro intorno all'auto. Quando ci incrociamo, il mio corpo sfiora quello di Tyler. Adesso che è arrivato il momento di guidare la sua Audi, mi sento un po' in ansia. Ho paura di rovinarla, ma allo stesso tempo non vedo l'ora di mostrargli cosa so fare.

Mi infilo al posto di guida e Tyler si siede dall'altra parte. Deglutisco e regolo il sedile, avvicinandomi al volante in modo da raggiungere i pedali. Lui mi guarda compiaciuto. Riavvio il motore. Mentre ci allacciamo le cinture do un'altra occhiata al parcheggio, per orientarmi e capire quanto spazio ho a disposizione.

È da un po' che non uso il cambio manuale, sono così abituata all'automatico che all'inizio ci metto un po' a ricordarmi non solo di usare il piede sinistro per schiacciare la frizione, ma anche di cambiare le marce. Al primo tentativo la macchina fa un sobbalzo e si spegne.

« Avevi ragione » commenta Tyler, ridendo al mio fianco. « Te la cavi benissimo col cambio manuale ».

« Piantala » borbotto, senza degnarlo di uno sguardo. Sono così concentrata che escludo completamente il suono della sua risata. Può prendermi in giro quanto vuole, gli dimostrerò che si sbaglia.

Questa volta sono più concentrata. Ingrano la prima, schiacciando la frizione e dando lentamente gas. Quando il rombo del motore mi soddisfa, premo l'acceleratore. La macchina fa un balzo in avanti, scaraventandosi attraverso il parcheggio. È così potente che per un momento me la faccio sotto, ma tengo stretto il volante e accelero ancora. In pochi secondi stiamo già sfrecciando a cento all'ora e con la coda dell'occhio vedo che Tyler ha inarcato le sopracciglia e continua a passare lo sguardo da me alla strada. Quando ci avviciniamo al limite del parcheggio freno, scalo un paio di marce, sterzo a destra e la macchina sbanda, con un rumore stridente.

Attraverso di nuovo il parcheggio a tutta velocità, accelerando ancora di più e mettendo anche la sesta. C'è qualcosa di così ammaliante nella guida manuale che non riesco a smettere di sorridere. Si ha molto più controllo.

« A quanto arriva questa carretta? » grido sopra il rumore del motore. Senza staccare gli occhi dalla strada, giro in fretta intorno all'angolo dell'edificio, dimenticando di cambiare marcia. La macchina rischia di sbandare contro il marciapiede, ma per fortuna non perde aderenza, e neanche io e Tyler all'interno. Lui si aggrappa alla maniglia sopra la portiera e io non posso far altro che stringere il volante ancora più forte, con le nocche sbiancate.

« Non spingere! » mi avverte lui. « Non hai abbastanza spazio per superare i centocinquanta! »

« E centocinquanta sia ». Gli lancio un sorrisetto e riporto gli occhi alla strada. Mi fermo all'estremità del parcheggio, dopo aver girato il muso nella direzione opposta. C'è una buona distanza da qui all'altro lato: ce la farò.

« Cazzo » borbotta Tyler sentendomi riavviare il motore. Sa esattamente quello che voglio fare. « Tesoro, fosse l'ultima cosa che fai, ti prego non dimenticarti di frenare ».

« Se non ti fidi di me » ribatto con un sorrisetto, « puoi anche scendere ». Faccio un cenno della testa verso lo sportello e sgaso ancora di più, così forte che il rombo mi vibra nelle orecchie.

Le sopracciglia di Tyler scattano verso l'alto ma lui resta impassibile, non ha la minima intenzione di scendere. Invece stringe una mano sulla cintura, appoggia l'altra sulla mia coscia e dice col suo tono roco: « Vai a tutto gas ».

E io lo faccio. Schiaccio l'acceleratore e la macchina parte così in fretta che i nostri corpi vengono sbalzati all'indietro. Tyler si mette di nuovo a ridere, mentre la velocità aumenta. Mi stringe la coscia e rischio di distrarmi troppo, quindi devo letteralmente obbligarmi a ignorarlo, mentre passo in fretta lo sguardo dal parcheggio al tachimetro. Cento all'ora. Schiaccio ancora l'acceleratore, arrivo al massimo. Centoventi. Centoquaranta. Centocinquanta.

Però non mi fermo. È quello che si aspetta Tyler. Fermarsi è la cosa più semplice, ma io amo il rischio e quindi faccio il contrario di quello che dovrei. Tengo il piede sull'acceleratore. Centosessanta.

« Eden » dice Tyler con cautela, ma in tono deciso. Stringe più forte la sua cintura. Centottanta. « *Eden* ».

Non appena raggiungo quella velocità, sposto il piede sul pedale del freno e lo premo più forte che posso. Le gomme stridono sull'asfalto. Blocco le mani sul volante, mentre il mio corpo viene sbattuto in avanti. All'improvviso mi prende il panico, vedendo il poco spazio che ci separa dalla fine del parcheggio, così strizzo gli occhi. Sembra volerci un tempo infinito perché l'auto finalmente si fermi. Quando lo fa, sto ansimando. Appena sono certa che l'auto è immobile, apro gli occhi lentamente e sbircio fuori dal parabrezza. Siamo a pochi centimetri dal marciapiede.

Guardo verso destra: Tyler mi sta fissando sbalordito. Ha gli occhi spalancati e la bocca aperta. L'unica cosa che riesce a dire è: « Maledizione, Eden ».

« Non ho ancora finito » dico con un sorriso, e adesso sembra veramente terrorizzato. Mi lascia andare la coscia, si abbandona sul sedile e fa un sospiro di sollievo per essere sopravvissuto.

Prendo l'elastico che ho al polso e raccolgo i capelli in una coda alta, perché non mi diano fastidio. Esaltata dall'adrenalina, mi tolgo la felpa e la maglietta. Ormai comunque la macchina si è scaldata. Le butto in grembo a Tyler e alzo gli occhi al cielo quando lui mi fa un sorrisetto. Come se non mi avesse mai visto in reggiseno.

Riprendo il volante. Lentamente, con calma, guido fino al centro del parcheggio e mi fermo. Respiro a fondo, mi concentro. È una cosa che mi è riuscita una volta sola, ma voglio assolutamente replicarla, per fare colpo su Tyler, anche se so che c'è un'alta probabilità che vada tutto storto, facendomi fare una patetica figura da stupida. Ma vale la pena tentare.

Tyler mi fissa intensamente, cercando di capire che cosa ho intenzione di fare. Mentre avvio il motore per l'ultima volta, giro il volante da un lato, fino in fondo, e lo tengo fermo.

« Non ci credo » esclama lui quando capisce quale sarà la mia prossima mossa. « Dopo dovrai comprarmi le gomme nuove ».

Ha ragione. Gli sarò *davvero* debitrice di un treno di gomme nuove, perché sto per bruciargliele.

Porto il motore su di giri e poi schiaccio l'acceleratore a tavoletta. La macchina si avvita verso destra, le gomme stridono sul terreno, bruciando. Rido mentre l'auto continua a sbandare, e quando nello specchietto retrovisore vedo le nuvole di fumo che ci circondano, sorrido orgogliosa. A terra appaiono dei segni circolari e decido di risparmiare il resto delle gomme, quindi schiaccio il pedale del freno.

Restiamo seduti in silenzio per qualche secondo, aspettando che il fumo si diradi. Mi batte forte il cuore per l'eccitazione. « Okay, ho finito » annuncio. Non riesco a cancellare il sorrisetto che ho sulle labbra.

« Dove diavolo hai imparato a farlo? »

« Me lo ha insegnato il papà di Dean » ammetto. È successo a marzo: ci abbiamo passato delle ore, finché non mi è venuto bene.

Tyler aggrotta le sopracciglia, come se non credesse neanche a una parola di quello che ho detto. « Hugh ti ha insegnato a fare i donut? »

« Sì » rispondo con un'alzata di spalle. Mi sento ancora molto soddisfatta della mia prestazione. Di sicuro Tyler non se lo aspettava.

« Doveva cambiare le gomme del suo furgone, così ha lasciato che io e Dean prima distruggessimo quelle vecchie ».

« Mmm » dice lui. « Okay, adesso scambiamoci di posto ».

Mentre scende dalla macchina e gira intorno al cofano, io scavalco la leva del cambio e mi sistemo nel sedile del passeggero. Non mi preoccupo di rimettere la maglietta o la felpa, però mi allaccio la cintura. Ci aspetta un viaggio di mezz'ora fino a casa.

Ma per Tyler lo spettacolo non è ancora finito. Chiude la portiera, si mette la cintura e guarda nello specchietto retrovisore, studiando attentamente la zona alle nostre spalle. Non mi dà alcun preavviso e proprio mentre stringo gli occhi in un'espressione sospettosa, ingrana la retromarcia e dà gas. Gira il collo, con gli occhi puntati sulla strada al di là del parabrezza posteriore. La macchina prende velocità e sfrecciamo all'indietro, in linea retta. Tyler si volta in fretta per guardare avanti e sussurra: « Tieniti forte ».

Nell'istante in cui lo dice, schiaccia i freni e sterza completamente il volante. La macchina fa una giravolta di centottanta gradi verso destra. Quando ci troviamo nella direzione opposta, Tyler ingrana rapidamente la prima. L'inerzia a questa velocità si trasferisce in fretta e all'improvviso ci ritroviamo a seguire la stessa linea di prima, ma in avanti. Tyler frena quando arriviamo davanti all'uscita del parcheggio.

Sbatto le palpebre e sollevo una mano per accendere la luce nell'abitacolo, che fa brillare ancora di più i suoi occhi smeraldo. « Da quando sai fare le inversioni a J? »

« Da quando sai cosa sono le inversioni a J? » ribatte Tyler, subito prima di prendermi il viso fra le mani e premere le labbra sulle mie.

Non sembra che sia notte fonda, né che lo abbiamo fatto poche ore fa. Ricambio il suo bacio ed è una sensazione così familiare, adesso, che non posso evitare di sorridere contro le sue labbra. Mi piace che tutto questo non sia più estraneo, per me. Mi piace che mi sembri normale. Non sbagliato. Normale. Mi aggrappo alla felpa di Tyler, sgancio la cintura di sicurezza, mi siedo sulle ginocchia e lo attiro a me, premendo il seno contro il suo petto. Lo spazio è limitato, ma non ci lasciamo certo scoraggiare e la scomodità non impedisce a Tyler di sfiorarmi la pelle con le mani, afferrandomi i fianchi.

« In questo momento vorrei che la mia auto avesse un sedile posteriore » sussurra contro la mia mascella, con una risatina.

Con un'espressione divertita e un sorriso seducente, bisbiglio: « Possiamo improvvisare ».

Il motore è ancora acceso, ma nessuno di noi due sembra farci caso. Porto una mano all'indietro per spegnere la luce, mentre quella di Tyler cerca il gancetto del mio reggiseno. Sta migliorando, fa molta meno fatica, e proprio quando sta per aprirlo, mi suona il telefono.

Vibra nella tasca posteriore dei miei jeans, e io mi irrigidisco. Scambio un'occhiata perplessa con Tyler e mi stacco da lui per prendere il cellulare. Resto di stucco quando vedo il nome di Rachael che lampeggia sullo schermo.

Tyler si lascia ricadere sul sedile, con aria sconfitta, e si passa una mano tra i capelli, tenendo l'altra sul volante. « Maledizione, Eden ».

« Non è colpa mia! » Non so perché diavolo Rachael debba chiamarmi a quest'ora e, un po' seccata per l'interruzione, rispondo in modo molto più brusco di quello che vorrei. « Cosa c'è? »

« Wow, Eden, sembri proprio una newyorkese snob » risponde la voce cinguettante di Rachael. « Non ci parliamo da un secolo e mi rispondi così? »

« Rachael » dico lentamente. « Ti rendi conto che qui sono quasi le quattro? Intendo del mattino? »

« Oddio, non ci credo! » esplode lei con un verso di incredulità. Rachael si dimentica spesso del fuso orario. Durante la mia prima settimana qui, mi chiamava quasi sempre quando a New York era mezzanotte passata. Anche se continuo a ricordarle le tre ore di differenza, proprio non ce la fa. « Me ne ero scordata. Qui non è neanche l'una. Ti ho svegliata? »

« No, sono sveglia ». Tyler mi lancia un'occhiata impaziente e io scrollo le spalle. Non posso appenderle il telefono.

« Okay, volevo parlarti di martedì ».

« Sbrigati » mima lui con la bocca.

Io lo zittisco con un gesto, poi incrocio le gambe sul sedile e mi premo più forte il telefono all'orecchio. « Di che cosa mi volevi parlare? » Martedì Rachael e Meghan arrivano a New York per il viaggio di compleanno ritardato di Meg. Resteranno cinque giorni e io sono ansiosa di vederle. In questo momento, però, al centro dei miei pensieri non c'è esattamente l'arrivo delle mie amiche in città. C'è Tyler, e il fatto che mi sta incenerendo con lo sguardo. È una grave distrazione.

« Staremo al Lowell Hotel » mi comunica Rachael, in tono chiaro e deciso. Non mi sarei aspettata niente di meno da lei. «Sto guardando adesso la cartina ed è all'angolo fra la Sessantatreesima Strada e Madison Avenue. Hai idea di dove sia?»

Cerco di visualizzare la mappa della zona. Sono abbastanza sicura che Madison Avenue sia a soli tre isolati a ovest dell'appartamento di Tyler. La Sessantatreesima è undici isolati a sud. «L'appartamento di Tyler è sulla Settantaquattresima. A nord del vostro albergo».

«Quindi siamo vicini?»

«Penso di sì».

«Benissimo. Ecco cosa devi fare». Fa una pausa e prende un respiro profondo, mentre io sospiro, a distanza dal telefono. Conoscendo Rachael, non dovrei stupirmi di qualsiasi richiesta mi faccia. Spesso sono irrealizzabili. Questa, però, non lo è. «Martedì sera potete venire da noi in albergo? Anche Tyler. Quando ci saremo registrate ti manderò il numero della stanza, eccetera. Abbiamo tantissima voglia di vedervi».

«Ma certo, verremo a trovarvi». Con la coda dell'occhio vedo che Tyler raddrizza la schiena e inarca un sopracciglio, incuriosito dall'uso del plurale. Vuole sapere in che cosa lo sto trascinando. Glielo spiegherò dopo. «Rachael, è molto tardi».

«Oddio, è vero. Scusami, Eden» dice lei, per una volta in tono completamente sincero. Di solito le scuse bisogna estorcergliele. «Buonanotte, tesoro».

Chiudo la comunicazione e sospiro, ma poi comincio a sorridere. Arrivo anche a spegnere del tutto il telefono e a buttarlo sul pavimento, poi mi sporgo verso il sedile di Tyler e passo le dita sulla sua mascella. All'inizio non sembra tanto contento, ma quando lo guardo da sotto le ciglia, con tutta l'innocenza di cui sono capace, sembra decidere di perdonarmi per aver interrotto il nostro momento di intimità, perché allunga le mani e riprende esattamente da dove avevamo lasciato.

Non mi chiede neanche cosa dobbiamo fare martedì sera.

20

Poco dopo le otto, martedì sera, io e Tyler andiamo al Lowell, fra la Sessantatreesima e la Madison. Il sole sta calando lentamente dietro i palazzi di Manhattan, mentre Tyler segue Park Avenue verso sud. Ha gli occhiali da sole, una mano sul volante. Con l'altra giocherella con i capelli, il gomito appoggiato alla portiera.

« Secondo me vogliono prenderci in giro » borbotta dopo un po'. « Il Lowell? Ma fammi il favore ».

Io gli lancio un'occhiata. « Perché? »

« Ma dai ». Fa una risata sarcastica e, anche se non posso vedere i suoi occhi dietro gli occhiali, so che li sta alzando al cielo. « Rachael e Meghan sono studentesse universitarie. Credi che possano permettersi quel posto? Voglio dire, Meghan è appena tornata dall'Europa. Non le saranno rimasti in tasca più di dieci dollari ».

« Tyler, tu avevi sedici anni e andavi al liceo quando hai comprato quest'auto, grazie a quel tuo ricco fondo fiduciario » gli ricordo. Per dimostrargli che ho ragione, gli faccio il verso: « Credi che molti sedicenni possano permettersi macchine come questa? »

« Era per dire » taglia corto lui, ignorando il mio commento.

Ci mettiamo solo dieci minuti a raggiungere la Sessantatreesima. Tyler parcheggia in uno spazio libero con un'unica abile manovra, proprio davanti alla Santa Fe Opera. È molto più bravo di me in questo: devo ancora abituarmi alla sua capacità di parcheggiare in meno di sei secondi.

Mentre scendo dalla macchina, Tyler butta gli occhiali sul cruscotto e sbatte la portiera. Non posso evitare di inarcare un sopracciglio, mentre lo seguo lungo la Sessantatreesima Strada. Non so bene cos'ha che non va.

Il Lowell è a pochi palazzi di distanza, dietro l'angolo della Madison. Resto ad ammirare i suoi mattoni rossi, le porte placcate d'oro e lo splendido baldacchino bianco, poi Tyler, con un gemito, mi prende per il polso e mi trascina dentro. Un usciere ci saluta e ci tiene aperto il battente, dandoci il benvenuto in albergo e augurandoci una bella serata. Tyler sospira: ho l'impressione che non sia particolarmente contento. Sembra insofferente al lusso, oppure all'idea di vedere Rachael e Meghan.

L'ingresso è piccolo ma accogliente, con molti posti a sedere. Io e Tyler superiamo rapidamente la reception e ci dirigiamo all'ascensore. La suite di Rachael e Meghan è al decimo piano, quindi è lì che andiamo. Tyler incrocia le braccia e si appoggia all'indietro sul corrimano.

« Che cosa c'è? » gli chiedo alla fine.

« Perché sono qui? » ribatte subito lui.

Io aggrotto le sopracciglia, perplessa. « Sono tue amiche ».

« Eden, non credo di aver parlato con Rachael più di sei volte nell'ultimo anno, e nemmeno una con Meghan. E neanche tu. Ammettilo ».

Io alzo le spalle. In un certo senso ha ragione. Meghan ormai non si sforza molto di mantenere i contatti con noi. È come se fosse contenta di essersene andata da Los Angeles. L'unica volta che sono davvero riuscita a parlare con lei è stata in occasione di una sua puntatina a casa. Neanch'io mi sento più vicina a lei, come prima. « Okay, è vero, con Meghan è un po' più difficile » ammetto.

« Andiamo » incalza Tyler, con una risata secca. « È chiaro che non vuole più avere a che fare con noi. Pensa solo allo Utah e a quel Jared. Sono già sposati? Perché di sicuro si comportano come se lo fossero ».

« Gesù, Tyler ».

« Senti » dice lui piano. « Penso solo che sia un po' strano. Non sono più loro amico. Succede ».

L'ascensore si ferma dolcemente e le porte si aprono con un *ding*, interrompendo la nostra conversazione. In ogni caso, non so bene cosa avrei potuto rispondere. Tyler sembra ancora scocciato e non prova neanche a nasconderlo, mentre attraversiamo il decimo piano. Camminando, tiro fuori il telefono per ricontrollare i messaggi di Rachael e assicurarmi di aver capito bene le sue indicazioni, poi faccio fermare Tyler fuori dalla porta giusta. Busso.

Mentre aspettiamo, il mio sguardo si sposta su Tyler. Sta guardando la porta: adesso ha un'aria disinvolta, e non posso evitare di osservare ogni centimetro del suo viso. La sua pelle abbronzata e i capelli scuri e ribelli (che lui attribuisce ai suoi geni ispanici), i vivaci occhi smeraldo, capaci di brillare o diventare opachi, la sua mascella definita, con quella barba perfetta...

Tutto questo... Tutto questo è mio.

« Che cosa c'è? » mi chiede intercettando il mio sguardo. Quegli occhi verdi si piantano nei miei.

Non provo neanche a nascondere il mio sorriso, le mie labbra si allargano sempre di più. Con aria un po' imbarazzata, alzo le spalle. « Niente ».

La porta si apre. Si spalanca così in fretta da creare uno spostamento d'aria e, prima ancora di riuscire ad alzare gli occhi, vengo trascinata dentro da un caloroso abbraccio.

Riconosco in un batter d'occhio il profumo e l'aroma dello shampoo. Sono di Rachael, gli stessi da sempre. I suoi lunghi capelli mi solleticano il viso, mentre lei strilla e mi stringe forte. Io rido contro la sua spalla. È davvero bello vederla. Mi ricorda la nostra vita a Santa Monica. Nelle ultime quattro settimane l'avevo quasi del tutto dimenticata.

« Dio, Rachael, vuoi rompermi il braccio? » Senza smettere di ridere, riesco a divincolarmi dalla sua stretta e faccio un passo indietro per osservarla.

Ha i capelli un po' più scuri di come li ricordavo, e di svariati centimetri più corti, ma non glielo faccio notare. Ricordo che Dean mi ha detto che non era molto contenta del taglio. Per il resto, è sempre la mia solita migliore amica, con un sorriso smagliante. « Mi sei mancata! »

« Anche tu mi sei mancata ». Non me ne ero accorta, fino a questo momento. Ero troppo distratta da tutto il resto, e adesso comincio a sentirmi in colpa.

« Tyler! » Rachael lo guarda per un momento, spalancando gli occhi. Onestamente, non posso darle torto. Dimostra almeno cinque anni di più. È in attesa sulla porta, con aria un po' imbarazzata, ma lei mi gira intorno per abbracciarlo, brevemente. Si stacca da lui e lo trascina per il braccio dentro la suite, poi chiude la porta. « Non posso credere che sia passato un anno! »

« Già, pazzesco » dice Tyler. Ora ha un sorrisetto sulle labbra, non capisco se sia finto oppure no. In ogni caso, non sembra più a disagio.

Mentre loro parlano, perlustro la suite con lo sguardo. È immensa. Ci sono camere separate, un bagno e un angolo cottura. Il pavimento è in legno, coperto da tappeti orientali e l'atmosfera è elegante e vintage, ma in qualche modo riesce a essere anche moderna. Alle pareti ci sono delle autentiche opere d'arte, ma non ci indugio troppo e torno subito al fianco di Tyler.

« Allora, la metropolitana è sicura? » gli chiede Rachael. « Non ci spareranno, o roba del genere? »

« Ma no » risponde Tyler. Capisco che vorrebbe alzare gli occhi al cielo, ma si trattiene. « Andrà tutto bene, basta non avere l'aria da turista ».

Mi guardo intorno di nuovo nella suite. Manca qualcosa. Ci metto un secondo ad accorgermene, poi mi volto verso Rachael e interrompo la loro conversazione. « Dov'è Meghan? »

Lentamente, Rachael guarda verso di me. Sta per sorridere, ma si trattiene e scrolla le spalle con disinvoltura. « Si è presa un virus in Europa. Non riusciva letteralmente a smettere di vomitare, quindi non è venuta ».

« Così sei venuta fin qui da sola? »

Ho appena finito di pronunciare queste parole quando qualcuno butta un braccio sulle mie spalle e su quelle di Tyler, stringendoci forte. È così improvviso che faccio una smorfia, e prima ancora che riesca a voltarmi una voce sta dicendo: « Ehi, newyorkesi ».

Mi si ferma il cuore. Non per il momentaneo spavento, ma per la voce. È una voce che riconosco fin troppo bene.

È quella di Dean.

Mi scrollo di dosso il suo braccio e mi volto, contemporaneamente a Tyler: non mi sbagliavo.

Dean è in piedi di fronte a me. Ha un enorme sorriso sulla faccia, si avvicina di un passo. I suoi occhi scuri scintillano. Mi circonda con le braccia e mi stringe forte al petto. Sono così anestetizzata dallo stupore che non riesco neanche a restituire l'abbraccio. Resto lì, in piedi, con la bocca aperta e gli occhi sgranati. Dietro la spalla di Dean, Tyler mi fissa, pallido quanto me. Stiamo pensando esattamente la stessa cosa: 'Vorrei che questo non stesse succedendo'.

« Sorpresa » sussurra Dean. La sua voce mi manda un brivido gelido lungo la schiena. Nasconde la faccia tra i miei capelli. Ormai è una sensazione che mi sembra estranea. Non sono abituata a Dean. Sono abituata a Tyler.

Dean non dovrebbe essere qui. Non dovrebbe essere a New York con me e Tyler. Dovrebbe stare a Santa Monica. Io dovrei avere ancora due settimane per capire cosa fare con lui. In questo momento non sono pronta ad affrontare la situazione. La sua presenza potrebbe rovinare *tutto*.

Quando finalmente mi lascia andare, mi guarda pieno di meraviglia, scuotendo la testa e sorridendo. È un sorriso largo e sincero. Fa male vederlo. « Dio, quanto mi sei mancata » mi dice, e preme le labbra sulle mie.

All'inizio mi coglie di sorpresa, tanto che non riesco neanche a decidermi a staccarmi. Prima provavo qualcosa quando baciavo Dean, ora invece non provo più niente. Non sento nessuna emozione. Dean mi bacia dolcemente ma con urgenza, come se cercasse di ricordare a se stesso quello che gli mancava, ma io non posso ricambiare la sua energia. Non voglio farlo. Per me questo bacio è senza vita.

Cerco di lanciare a Tyler un'occhiata di scuse. Si è irrigidito, il suo sguardo si è fatto duro. Ci rivolge un'espressione gelida. All'improvviso prende Dean per una spalla e lo tira indietro di un passo, interrompendo il nostro bacio. Gliene sono grata.

« Ehi, stai dimenticando il tuo migliore amico? » Quando Dean si volta per guardarlo, Tyler ha il sorriso sulle labbra. Io però riesco a vedere che cosa c'è dietro. Vedo il lampo di collera nei suoi occhi. Vedo come si è contratta la sua mascella.

Dean, invece, vede soltanto il sorriso del suo migliore amico. « Ehi, ma cosa è successo alla tua voce? »

« New York City. Coinquilino di Boston » gli spiega Tyler in tono piatto. « L'accento ne risente ».

Ridendo, Dean gli dà un mezzo abbraccio. Si danno una vicendevole pacca sulla spalla e quando Dean si tira indietro, Tyler gli chiede: « Allora, come mai sei qui? » Non si cura di nascondere il tono brusco. Incrocia le braccia e inarca le sopracciglia, in attesa della risposta.

« Ho preso il posto di Meghan » risponde Dean. Ha una maglietta azzurra e dei jeans scuri. Infila le mani nelle tasche anteriori. « È stata una decisione dell'ultimo minuto. Pensavo che mio padre non mi avrebbe dato il permesso di lasciare il lavoro, invece ha acconsentito. È stata un'idea di Rachael ».

Io e Tyler scocchiamo un'occhiata a Rachael nello stesso istante. Lei sta guardando la scena con un sorriso radioso. In questo momento né io né Tyler siamo molto entusiasti. Invitare Dean a New York era letteralmente la cosa peggiore che potesse fare.

« Tyler, ti ho portato il tuo migliore amico. Eden, ti ho portato il tuo ragazzo » dichiara mentre il suo sorriso si allarga ancora di più. « Sono o non sono l'amica migliore del mondo? »

Non riesco proprio a risponderle. So che aveva buone intenzioni, ma non ha la minima idea di quello che ha combinato. Ha reso tutto molto più complicato. Dubito che Rachael o Dean se ne accorgano, ma per me e Tyler la tensione nella stanza sta diventando insopportabile.

Gli lancio un'occhiata disperata e lui chiude gli occhi, passandosi una mano tra i capelli. Non so cosa pensare. Non so cosa fare. E quando Dean si mette di nuovo al mio fianco e mi cinge con un braccio, baciandomi dolcemente su una guancia, mi sento ancora peggio.

Dovremo dirgli la verità, adesso che è qui a New York? Oppure aspettiamo, come avevamo programmato? Questa è la cosa difficile. Sapere quando ferire Dean. Ferirlo è inevitabile, è solo questione di quando e dove. Non qui, questo è sicuro. Non in questo momento. Ma presto, forse.

E se pensavo che le cose non potessero peggiorare, Dio, mi sbagliavo di grosso.

La porta del bagno si apre, attirando la nostra attenzione. Aggrotto le sopracciglia, confusa, e sento una voce teatrale: « Ragazzi, la vasca da bagno è *favolosa* ».

È un'altra voce che riconosco. Una voce che non credevo avrei sentito mai più. Appartiene a una persona con cui non parlo da due anni. E proprio mentre comincio a impallidire di nuovo, lei esce dal bagno, con i capelli raccolti in una crocchia disordinata, e soltanto un asciugamano avvolto intorno al suo corpo snello. Quando ci vede si ferma e i suoi occhi, per un attimo, passano da me a Tyler. Poi, così lentamente che diventa quasi doloroso, Tiffani sorride. « Perché nessuno mi ha avvertito che erano arrivati i miei fratellastri preferiti? »

21

Continuo a ripetermi che non sta accadendo veramente. Non è possibile. Dean non può essere a New York. Tiffani non può essere qui davanti a me, con un sorriso che sembra innocente. Solo io la conosco abbastanza da sapere che, dietro quella facciata, è una manipolatrice. Non è altro che questo, lo è sempre stata. Subdola, maniaca del controllo e decisa a sfidare chiunque per ottenere ciò che vuole. Per lei le cose possono andare soltanto a modo suo. E adesso è con me e Tyler, nella stessa stanza. È di fronte alle uniche due persone su cui sa di poter avere la meglio, due persone che stanno disperatamente cercando di nascondere un segreto di cui solo lei è al corrente.

« Mi state prendendo in giro? » sibila Tyler, tagliando l'atmosfera pesante. Ha spostato lo sguardo da Dean a Tiffani e scuote la testa, incredulo.

Rachael fa un sospiro, incrocia le braccia e si appoggia all'indietro, contro il bracciolo di una poltrona vintage. Scalcia il tappeto e lancia un'occhiataccia a Tyler. « Ma crescete un po'! Va bene, vi siete lasciati. Ma sono passati due anni. Non pensiamoci più ».

« Stai parlando sul serio, Rachael? » Tyler la guarda sbalordito. Poi si mette a ridere: è così sconvolto da questa situazione che credo sia l'unica cosa che può fare. « Fanculo. Io me ne vado ». Alza le braccia in un gesto di resa, gira i tacchi e va dritto verso la porta, spalancandola con tanta forza che i cardini stridono. « Ti aspetto in macchina, Eden » dice in fretta, voltandosi appena, poi sbatte la porta. L'eco rimbomba nella stanza.

« Vedo che il trasferimento a New York non lo ha aiutato a gestire meglio la rabbia » commenta Rachael dopo un momento di silenzio. È una battuta, è ovvio, ma non la trovo divertente. Anzi, la trovo decisamente offensiva. Così maleducata che le lancio un'occhiataccia.

« Perché è sempre così stronzo? » aggiunge Tiffani con voce mielosa, fingendosi costernata. « Ha dei seri problemi. È così aggressivo. Deve aver preso dal padre ».

Sto per dire qualcosa, sto per aprire bocca e far rimangiare a Tiffani quello che ha appena detto, ma Dean mi precede.

« Ragazze, per favore » dice lasciando cadere il braccio dalle mie spalle alla vita. « Lasciatelo stare ».

« Comunque è un po' melodrammatico, non credete? » borbotta Rachael. « Andarsene così. È il solito Tyler ».

« Non posso dargli torto » dico, lanciando un'occhiata significativa a Tiffani. Non provo neanche a nascondere il mio disprezzo per lei. Anche Rachael mi sta irritando non poco. 'Il solito Tyler?' L'hanno visto solo adesso. Era ovvio che perdesse la testa, trovandosi davanti Tiffani senza alcun preavviso. Né Rachael né Tiffani lo hanno visto *davvero* il Tyler capace di ridere di cuore, quello che sorride così spesso. Non hanno ancora visto il nuovo Tyler. Ha ancora molta strada da fare, ma è cambiato tanto. È molto più felice di prima, e i loro insulti mi stanno facendo incazzare. Io lo difenderò sempre.

« Non ti ci mettere anche tu » si lagna Rachael, che inclina la testa all'indietro e chiude gli occhi.

« Dio, Eden, pensavo che con il diploma fossi maturata un po' » commenta Tiffani. Sbatte le ciglia dalla porta del bagno e si stringe l'asciugamano addosso, sporgendo le labbra.

« Che cosa vuoi da me, Tiffani? » sbotto, perdendo le staffe. Mi divincolo dalla presa di Dean e mi avvicino a lei. « Perché mi hai sempre trattato così... »

Dean mi prende da dietro, stringendomi a sé per impedirmi di raggiungerla. « Tiffani, non fare la stronza » le dice.

« Chiudi il becco, Dean » gli ordina lei. Nella sua voce non c'è più traccia di dolcezza, ora il suo tono è duro. Ci lancia un'occhiataccia e corre in una delle camere da letto, sbattendosi la porta alle spalle.

Torno a guardare Dean, che mi lascia andare e alza le spalle, come se non fosse così grave. Ha difeso sia Tyler sia me, e questo mi fa sentire ancora più in colpa. Dean è fatto così. Aiuta sempre tutti. E presto io gli ritorcerò tutto contro. È difficile pensarlo, quindi mi concentro su qualcos'altro.

« Un po' melodrammatica, non credi? » dico a Rachael, citando le sue stesse parole. Mi allontano da Dean e incrocio le braccia, inarcando le sopracciglia. « E poi cosa diavolo ci fa lei qui? »

Rachael si alza dalla poltrona e si avvicina, sospirando. Sento di nuovo il suo profumo. « Era previsto che venisse, Eden. Non te l'avevo detto perché non volevo sentire le tue lamentele per mesi. Non potreste lasciarvi tutto alle spalle? »

« Lasciarci tutto alle spalle? Ma scherzi? » ripeto.

« Senti, lo capisco. Tu la odi per quello che ha fatto a Tyler e lei odia te perché hai preso le sue parti. Ma sono passati degli anni. Non ti sembra di essere un po' infantile? Non potresti perdonare e dimenticare? Tiffani l'ha fatto. È pronta a essere di nuovo tua amica. Amica di entrambi ».

Quasi mi sfugge una risata incredula, proprio come a Tyler. Rachael non ha idea di cosa sia successo veramente, due estati fa. A volte vorrei che lo sapesse. Però non lo sa, e a me non resta che digrignare i denti per impedirmi di raccontarle tutto. « Io non sarò mai sua amica, Rachael. Mai ».

« Non preoccuparti » dice Dean alle mie spalle, facendomi sobbalzare. Non sono più abituata a sentire la sua voce. La sua presenza mi sorprende ancora. Mi posa una mano sulla spalla e si mette al mio fianco, con un sorriso rassicurante. « Non sei obbligata a essere sua amica ».

« E dai, Dean » borbotta Rachael. « Devi ammettere che per noi diventa imbarazzante ».

« Io non lo trovo imbarazzante » dichiara Dean con calma, guardandola. Sento che sta mentendo, ma so che sta solo cercando di aiutarmi. « Niente è imbarazzante se non sei tu a renderlo tale, ed è proprio quello che stai facendo adesso ».

Rachael stringe le labbra. « Io sto solo provando a riunire il gruppo » dice, ma in tono un po' triste. Non aggiunge altro, comunque, poi si volta e va verso la stessa camera di Tiffani, lasciando me e Dean da soli.

Lui si rivolge a me, un po' scoraggiato. Non credo che le cose siano andate come avevano previsto. « Forse non è stata una buona idea chiedere a te e Tyler di venire qui. Volevamo farvi una sorpresa, e io dovevo proprio vederti, stasera. Non potevo aspettare domani ».

« Be', eccomi qui » dico, senza particolare entusiasmo. Rido, ma non è una risata autentica. Sto cominciando a sentirmi male. Non posso gestire la presenza a New York sia di Dean sia di Tiffani. È troppo da sopportare, tutto in una volta.

« E pensare che dicono che la cosa più bella di New York sia la vista dei grattacieli in lontananza » dice lui con un sorriso, inarcando le sopracciglia. Mi accorgo che si è rasato quell'orrenda barbetta.

Alzo gli occhi al cielo e gli do una pacca sulla spalla. « Oddio Dean, l'hai detto veramente? »

« Già ». Il suo sorriso arriva fino agli occhi. Mi appoggia le mani sulle spalle, guardandomi intensamente. « Nel mese in cui sei stata via ho pensato a un sacco di frasi sdolcinate da dirti ». Mi bacia, e dato che siamo soli questa volta si prende la libertà di far scivolare le mani sul mio corpo, dalle spalle alla vita. Mi bacia come se fosse la prima volta.

Faccio fatica a ricambiare le sue effusioni con entusiasmo. Come potrei? Ci provo, comunque, perché non sono ancora pronta a sollevare sospetti. Cerco di comportarmi normalmente. Cerco di comportarmi come se non fossi innamorata del suo migliore amico, come se non avessi intenzione di dirgli la verità molto, molto presto.

Sono io a staccarmi, quando il bacio diventa insopportabile. Scrollo le spalle e guardo verso la porta. « Dean, devo andare » gli dico piano. « Tyler mi sta aspettando in macchina ».

« Sì, va bene ». Finalmente mi lascia andare e fa un passo indietro. Non ha smesso di sorridere. « Noi tre comunque usciamo fra poco, per andare a mangiare qualcosa e guardarci un po' intorno. Ma domani stiamo insieme, okay? »

Non credo che Tyler sarà molto d'accordo e mi ritrovo a balbettare che avevo già dei programmi per domani, ma Dean sembra confuso. Non so cosa fare: devo continuare a far finta di niente o devo trattarlo con freddezza, in modo che capisca che qualcosa non va? Non so che cosa lo farebbe soffrire di meno, quindi finisco per accettare di uscire con lui domani sera.

Tutto questo è troppo. Mentre saluto Dean, e grido un ciao a Rachael attraverso la porta della sua camera, mi accorgo che mi tremano le mani. Mi fiondo fuori dalla suite più in fretta che posso, senza fargli intuire che non vedo l'ora di andarmene, e non aspetto l'ascensore. Sono troppo ansiosa di allontanarmi il più possibile da Dean e da Tiffani, così prendo le scale. Faccio tutti i dieci piani di corsa, a ritmo irregolare, poi mi precipito attraverso la hall. Esco dal portone prima ancora che l'usciere abbia il tempo di aprirmelo. Mi guarda con un sopracciglio alzato, mentre lo supero correndo.

Per fortuna la macchina di Tyler è ancora parcheggiata contro il marciapiede, fuori dalla Santa Fe Opera. Il motore è acceso. Sguscio sul sedile del passeggero e sbatto la portiera.

Ansimando, guardo Tyler. Il suo corpo è rigido, stringe il volante così forte che le nocche delle sue mani sono sbiancate. Ha i muscoli delle braccia in tensione. Non mi guarda neanche, si limita a stringere la mascella e continua a fissare il parabrezza.

Quando apre bocca, tutto quello che riesce a dire è: « E adesso che cazzo facciamo? »

« Non lo so ». Con un lamento, abbasso la testa sul cruscotto e mi passo le mani tra i capelli. Cerco di ripercorrere mentalmente tutto quello che è successo, ma è solo un ammasso confuso. Non riesco a mettere insieme i pezzi. Sollevo la testa e mi volto a guardarlo. « Tyler, dobbiamo dirglielo? Cioè, è la cosa giusta da fare, vero? »

« Dobbiamo dirglielo » risponde lui, più lentamente e in tono più calmo. Incrocia il mio sguardo, siamo entrambi angosciati. « So che dovevamo aspettare finché non tornavamo a casa, ma adesso è qui e per *una volta* dobbiamo fare la cosa giusta ».

« Quando? »

« Che cosa? »

Inghiotto il nodo che ho in gola. « Quando glielo diciamo? »

Tyler alza le spalle. « Possiamo dirglielo domani. Cazzo, possiamo anche tornare là dentro e dirglielo adesso, ma gli rovineremmo il viaggio, perché sarà a pezzi. Oppure possiamo aspettare l'ultimo giorno, la sera prima della sua partenza. Almeno in questo modo potrà godersi New York *e poi* non dovrà averci intorno per molto, prima di saltare su un aereo e allontanarsi il più possibile da noi. Capisci? »

« Vuoi che finga che vada tutto bene per cinque giorni? » Intreccio nervosamente le mani in grembo. Voglio bene a Dean. Per questo è così difficile. Non sto pensando di lasciarlo perché non voglio stare con lui, ma perché ho ritrovato Tyler, perché non è giusto per lui stare con una ragazza che è innamorata di un altro.

« Comportati soltanto in modo un po' diverso, così capirà che c'è qualcosa che non va » mi suggerisce Tyler, ma mentre avvia il motore è scuro in volto. « Dio, finirà proprio per odiarci, vero? Hai visto come ti guardava? »

« Come ci guardava » lo correggo. Mi allaccio la cintura e libero un sospiro che non sapevo di aver trattenuto. « Sembrava così felice di vederci ».

« Lasciamo da parte Dean per un momento » dice Tyler uscendo dal parcheggio e immettendosi sulla Madison. Il suo tono è di nuovo tagliente. « Perché Tiffani è qui? 'I miei fratellastri preferiti'? Che cosa cazzo vuole? Ci ha sempre odiato ».

« Odia solo me, in realtà » dico con una risatina, riappoggiandomi al sedile. Guardo Tyler che guida. « Sai, perché le ho portato via il ragazzo, eccetera ».

Tyler mi lancia un'occhiata di sbieco e ride con me. La sua espressione si addolcisce. Tiene una mano sul volante e allunga l'altra, prendendo la mia. Intrecciamo le dita. La sua pelle è tiepida e liscia, come sempre. « Non so dirti quanto ti sono grato per averlo fatto ».

22

Il giorno dopo, io e Tyler siamo sulle spine. Non possiamo evitarlo. Sapere che Dean è così vicino mette a dura prova i nostri nervi. Dobbiamo tornare a essere super prudenti, pesare ogni parola che diciamo ed evitare di guardarci troppo a lungo. Siamo di nuovo due semplici fratellastri.

Anche se cerchiamo di comportarci nel modo più normale e insospettabile possibile, Tyler fa fatica a nascondere il suo fastidio per il fatto che Dean sta per venirmi a prendere. È in cucina a prepararsi un caffè, mentre io cammino avanti e indietro in soggiorno, in attesa di sentir bussare alla porta. Alla fine Emily si accorge della nostra tensione.

Mette in pausa la tv, stizzendo Snake, e gira il collo verso di noi, facendo saettare lo sguardo da me a Tyler. « Che cosa c'è? »

« Eden ha un appuntamento » dice lui. Ha gli occhi puntati su di me, gira il caffè senza mai abbassarli. Ha la mascella serrata. « Ieri sera il suo ragazzo le ha fatto una sorpresa ed è venuto in città. Ti ho detto che c'è anche quella psicopatica della mia ex? Perché c'è anche lei ».

« Tiffani? » chiede Emily.

Mi fermo per lanciare a Tyler un'occhiata incuriosita, con un sopracciglio alzato. Deve aver raccontato a Emily di Tiffani. Anzi, deve averle raccontato proprio tutta la sua vita. Sembra sempre che sia al corrente di ogni dettaglio.

« Già » risponde Tyler in tono secco. Ci volta le spalle e si concentra sul suo caffè, dando a Emily la possibilità di focalizzare l'attenzione su di me.

« Eden, non sapevo che avessi un ragazzo » dice, scrutandomi intensamente. Mi mette a disagio.

« Già, già, e chissenefrega? » borbotta Snake. Cerca di allungarsi per prendere il telecomando, ma lei gli preme una mano sul petto e lo tiene a distanza, senza staccare gli occhi da me.

« Stiamo insieme da più di un anno e mezzo » dico piano. Un anno e mezzo: ecco quanto tempo ho fatto sprecare a Dean. « Si chiama Dean ».

Neanche a farlo apposta, si sente bussare alla porta. Tutti alziamo gli occhi, ma io e Tyler ci scambiamo subito uno sguardo. Lui smette di armeggiare col caffè e resta con la mano a mezz'aria, mentre io mi mordo l'interno della guancia. Non ho molta voglia di vedere Dean, questa sera, ma se non lo faccio lui capirà subito che c'è qualcosa che non va. Non sono ancora pronta a dirglielo.

Mi volto verso la porta, sentendomi tutti gli sguardi addosso, e mentre vado mi liscio la minigonna. Lentamente, faccio scattare le serrature e apro la porta. Naturalmente trovo Dean ad attendermi.

Appena mi vede fa un sospiro di sollievo e sorride. « Oh, grazie a Dio abbiamo azzeccato l'appartamento ».

« Abbiamo? »

Subito, alle sue spalle compaiono Rachael e Tiffani, con il fiato grosso, come se avessero fatto i dodici piani a piedi. Stringo la porta ancora più forte, mentre Tiffani mi sorride con aria svenevole.

« E voi che cosa ci fate qui? » chiede Tyler dalla cucina. Guardo dietro la spalla e vedo che ha lasciato il caffè sul bancone e si sta avvicinando. Ha le mani infilate in tasca, ma non faccio fatica a indovinare che sono strette a pugno.

« Volevamo vedere casa tua! » gli dice Rachael, in tono allegro. Poi sembra esitare e alza le spalle, un po' imbarazzata. « E anche perché ieri sera è stato un disastro. Volevamo parlarvi ».

Tyler passa lo sguardo da Rachael a Tiffani per un lungo momento. Guarda Tiffani più a lungo di Rachael e io vedo letteralmente la fatica che fa a reprimere l'istinto di farle rimanere sulla porta. Alla fine fa un passo indietro. « Bene, entrate ».

Rachael fa strada fino al centro del soggiorno, con Tiffani alle calcagna. Tyler mi guarda scrollando le spalle, io ricambio con la faccia scura e prendo Dean per la maglietta, tirandolo dentro, poi chiudo la porta con un calcio. Snake ed Emily si alzano in piedi, osservando un po' straniti i nostri ospiti della costa orientale. Lo sguardo di Snake si incolla su Rachael, mentre Emily fissa Tiffani.

« Okay » bofonchia Tyler. Fa le presentazioni in fretta, pronunciando i nomi di tutti e dando qualche rapida informazione. Snake è il coinquilino di Boston. Emily è la ragazza inglese con cui ha fatto la campagna di sensibilizzazione. Rachael è un'amica. Tiffani è solo Tiffani. Dean non è altro che un tizio con cui esco. Tyler non dice che un tempo era il suo migliore amico. Non c'è motivo: quella amicizia sarà finita entro i prossimi quattro giorni.

Quando l'imbarazzante momento delle presentazioni si è concluso, Snake si precipita dall'altro lato della stanza per raggiungere Rachael. Cerco di lanciargli un'occhiataccia di avvertimento, ma lui non se ne accorge, oppure decide di ignorarla spudoratamente. I suoi occhi grigi sono puntati su di lei: le tende la mano e si presenta di nuovo. Questa volta, con mia sorpresa, come Stephen.

Io alzo gli occhi al cielo e guardo verso Tiffani, che sta studiando Emily da qualche passo di distanza. Noto con una certa ansia che Emily le si avvicina, con aria disinvolta.

« Allora, sei proprio tu Tiffani? »

« E questo cosa vorrebbe dire? » Tiffani stringe gli occhi, presa alla sprovvista dal tono di Emily.

Se solo Emily vivesse a Santa Monica, saprebbe che non le conviene immischiarsi con Tiffani Parkinson. Ma purtroppo non è così, quindi non conosce questa semplice regola di sopravvivenza. Insiste. « Oh, niente » dice alzando appena le spalle. « Solo che ho sentito molto parlare di te. Tutto qui ».

« Davvero? » Tiffani si illumina a questo pensiero, come se godesse all'idea che il suo nome venga menzionato nelle conversazioni altrui. Anche se il più delle volte non è associato a parole molto lusinghiere.

Emily sorride, ma il suo non è un sorriso autentico. Per la prima volta sembra aver alzato le difese. Di solito è più vulnerabile, più tranquilla e dolce. Ma non oggi. « Certo. Ma non preoccuparti, sono sicura che le cose che ho sentito su di te sono tutte vere ».

Non sento le stronzate che le risponde Tiffani, perché la mia attenzione è attirata da Tyler, che si avvicina a me e Dean. Sta sorridendo. È un sorriso sincero? Non credo.

« Allora, Dean, ti faccio fare un giro? » propone.

Dean scuote la testa e risponde: « Vorrei uscire, adesso. Non vorrei tardare troppo ».

« Ma no, dai, ti faccio vedere la casa ». Tyler gli mette un braccio sulle spalle e lo stacca da me, stringendolo forte. Non credo che Dean riuscirebbe a divincolarsi, neanche se ci provasse. « Per prima cosa vieni a vedere il panorama. Le finestre danno sulla Terza Strada ». Porta Dean dall'altra parte della stanza e lo sospinge verso la finestra, tenendolo fermo. Mentre Dean guarda giù, verso la strada, Tyler mi fa un sorrisetto astuto. Io alzo gli occhi al cielo.

Con la coda dell'occhio, vedo che Tiffani sta andando a raggiungerli. Si infila a forza in mezzo a loro, circondando le spalle di entrambi con le braccia. Tyler se la scrolla subito di dosso. « Allora, cosa stiamo guardando? » chiede.

Dall'altra parte del soggiorno, Snake sta ancora parlando con Rachael. Lei si sta arrotolando delle ciocche di capelli sulle dita, con le labbra socchiuse, mentre ascolta qualsiasi cosa Snake dica di solito alle ragazze.

Questa situazione mi confonde. Non so perché, ma la vita a Santa Monica mi era sembrata completamente separata dalla mia estate a New York. Non era previsto che entrassero in collisione. Adesso che è successo, mi sento veramente male. Nell'ultimo mese New York mi era sembrata un rifugio sicuro, come se fossi riuscita a chiudere del tutto fuori la mia vita a casa. Ero riuscita a dimenticare i nostri genitori, i nostri amici, e Dean. E, soprattutto, fino a questo momento New York mi aveva fatto dimenticare che Tyler è il mio fratellastro. La realtà ci è piombata addosso con tutto il suo peso. E, Dio, fa male.

« Porca vacca » borbotta Emily sottovoce, raggiungendomi e incrociando le braccia. Si mette accanto a me e fa un cenno verso Tiffani. « È esattamente come me l'ero immaginata. È entrata qui sentendosi chissà chi ».

« L'hai rimessa al suo posto in un attimo » le dico. Guardo Emily di sottecchi, osservando l'occhiata di fuoco che sta lanciando a Tiffani da lontano. Tengo la voce bassa. « Che cosa intendevi? »

Emily alza le spalle e sposta lo sguardo su di me, addolcendolo un po'. « Tyler mi ha detto tutto di lei ». Alla finestra, lui sta indicando negozi e locali sulla Terza Strada, continuando a ignorare l'insistenza di Tiffani, che cerca di farsi sempre più vicina a lui. « Si è comportata in modo orrendo» aggiunge Emily. «Non sopporto le ragazze come lei. E poi io sto sempre dalla parte dei miei amici».

«Stai attenta» sussurro piano, senza staccare gli occhi da Tiffani. Ha una mano sulla scapola di Tyler e l'altra su un fianco. «Non ti conviene suscitare le sue ire».

Emily fa un passo avanti e si volta leggermente, per guardarmi dritto in faccia. Ride e mi chiede: «Parli per esperienza diretta?»

«Esatto». Avere a che fare con Tiffani è stato terribile, e adesso è difficile averla intorno. Quando sorride, quando parla, dà sempre questa impressione di potere. È terrificante.

A proposito di Tiffani, deve aver deciso di rinunciare ai suoi sforzi di intrufolarsi nella conversazione fra Dean e Tyler, perché si volta e viene verso me ed Emily con passo elastico. Mentre si avvicina fa un sospiro, gli occhi puntati solo su di me. Mi sorride. Come sempre è un sorriso falso e cattivo. «Eden. Fuori. Adesso».

Non batto ciglio e rimango dove sono. «No, sto bene qui».

Tiffani non accetta un no come risposta, infatti mi afferra per un polso e mi trascina senza troppi riguardi verso la porta. Lancio un'occhiata all'indietro verso Emily, e lei mi fa un'alzata di spalle, con gli occhi sgranati. Tiffani mi tira sul pianerottolo contro la mia volontà e mi lascia andare solo dopo aver chiuso la porta alle nostre spalle.

«Che cosa vuoi?» Incrocio le braccia e faccio un passo indietro, mentre lei si volta per guardarmi in faccia.

Più avanti, nel corridoio, un tizio sta uscendo dal suo appartamento, diretto all'ascensore. Tiffani aspetta in silenzio che ci abbia superate. Quando se ne è andato, il suo sorriso diventa subdolo e stringe gli occhi a fessura. «Vuoi la risposta breve? Sto cominciando a sentire la mancanza di Tyler».

È talmente assurdo che scoppio a ridere. Non riesco a trattenermi. Forse non lo troverei così esilarante, se la loro storia fosse stata autentica e sincera. Ma non è così. Non può sentire la mancanza di una persona che non ha mai amato davvero. Senza smettere di ridere, le chiedo: «E la risposta lunga?»

«Sto cominciando a sentire la mancanza di Tyler e tu mi aiuterai a tornare con lui» ribatte lei all'istante. Incrocia le braccia e il suo sorriso si trasforma in un ghigno.

Io smetto di ridere. Adesso è soltanto patetica. È veramente un'illusa. «Sai che non succederà mai, vero?»

« E perché no? Lui sta per tornare in California, siamo entrambi single e poi... è una mia impressione o tuo fratello è diventato ancora più figo? » Sbuffa e si sventaglia la faccia con le mani, con le guance un po' arrossate.

« Vai al diavolo, Tiffani ».

« Dio, ma perché sei così suscettibile? » esclama lei, portandosi una mano al cuore come se l'avessi ferita, ma io mi limito a fare un'espressione spazientita. È sempre così melodrammatica. « Aspetta » mi dice. Per un attimo sembra voler mettere fine alla sua farsa, perché mi guarda con un'aria perplessa, che risulta quasi sincera. Vedo la sua espressione cambiare mentre mi osserva, e quando ha finito le sue riflessioni apre le labbra ed espira. « Non starai ancora scopando con lui, vero? »

La domanda mi prende così alla sprovvista che non le rispondo. Anche se cercassi di negarlo, capirebbe subito che mento. Ci riesce sempre. Sbatto le palpebre, ingoio il nodo che ho in gola e guardo per terra. Tiffani la fa sembrare una cosa così squallida. Non abbiamo mai soltanto 'scopato'. È sempre stato molto più di questo.

« Oh mio Dio » bisbiglia Tiffani. Dal tono si capisce che è sconvolta. Per una volta non è canzonatorio o di scherno. « Lo stai facendo? »

Alzo lo sguardo, ma subito strizzo gli occhi e mi copro la faccia con una mano. Mi sento le guance in fiamme e riesco solo a borbottare, attraverso le dita: « Non è così grave ». So che sto mentendo a me stessa. È una cosa grave. Lo sarà sempre.

« Non è così grave? » ripete Tiffani. Sembra aver superato piuttosto in fretta la sorpresa per la scoperta che io e Tyler siamo ancora presi uno dall'altra, perché adesso nel suo tono si sente un godimento che sta cercando con molta fatica di nascondere. « Ma Eden... tu stai con Dean ».

Scuotendo la testa, mi volto e mi dirigo verso l'appartamento. Mi mordo forte il labbro e respiro lentamente, per impedirmi di piangere. Fa male pensare che l'unica persona a sapere della mia relazione con Tyler è abbastanza crudele da poterlo raccontare a tutti. Capisco che vuole farlo, e il fatto che non si sia ancora decisa mi logora i nervi più di ogni altra cosa. Ha mantenuto il nostro segreto per un motivo e, conoscendo Tiffani, non è certo perché sta cercando di essere una buona amica.

« Aspetta » mi richiama. Mi fermo, ma non mi volto. Tengo gli occhi chiusi e la ascolto. « Goditi la serata con Dean. Pensi di dirgli che lo tradisci? »

Digrigno i denti. Non ho bisogno di guardarla per sapere che sta sorridendo. Si sta godendo ogni minuto. Comunque non le do la soddisfazione di confermarle che le sue parole mi stanno facendo uscire di testa, perché tengo la bocca chiusa e ricomincio a camminare.

« Eden » mi dice di nuovo, quando arrivo alla porta dell'appartamento. Mi fermo con le dita strette intorno alla maniglia. So che non dovrei stare a sentire quello che ha da dire, ma non posso farci niente. « Hai preso qualche chilo da quando ti ho visto l'ultima volta? »

Le sue parole colpiscono subito nel segno. È una frase che non sento da anni, il tipo di frase che sentivo di solito a Portland e che temevo più di ogni altra cosa. Pensavo di aver finalmente smesso di preoccuparmi del mio peso, ma una frazione di secondo dopo che le parole sono uscite dalla bocca di Tiffani, ogni grammo di autostima che mi ero costruita negli ultimi due anni svanisce e il mio battito accelera, mentre cerco di trattenere le lacrime che mi premono agli angoli degli occhi. Anche se volessi dire qualcosa a Tiffani, non potrei. Anche se volessi sostenere il suo sguardo, non potrei costringermi a farlo. Non più.

Spalanco la porta dell'appartamento ed entro più in fretta che posso, sbattendomi la porta alle spalle. Chiudo tutte le serrature. Tiffani non rimetterà piede in questa casa. Non dopo quello che è successo.

Ansimando, mi rendo conto del silenzio che regna nell'appartamento e quando mi guardo intorno, come al rallentatore, vedo che tutti mi stanno fissando. Rachael e Snake hanno smesso di parlare. Emily è in piedi, da sola, esattamente dove l'avevo lasciata. Ha le sopracciglia inarcate. Tyler e Dean sono in cucina, Tyler ha il caffè in mano e Dean un'espressione che sembra sconfitta. Ma quella che guardo più a lungo è Rachael. Tiffani non mi ha fatto quel commento per caso. Era intenzionale, e le uniche persone in questa stanza che potrebbero averle detto qualcosa riguardo al mio aspetto fisico sono Tyler, Dean e Rachael. Non è difficile capire chi è stato.

Non volevo attirare l'attenzione su di me, ma temo che potrei scoppiare in lacrime da un momento all'altro, davanti a tutti, quindi chiamo Rachael e vado dritta verso il bagno. Supero Dean e Tyler e mi chiudo la porta alle spalle, solo per riaprirla dopo pochi secondi quando Rachael bussa con le nocche sul legno. Allungo una mano e la tiro dentro, e questa volta chiudo a chiave.

« Che cosa c'è? » mi chiede subito, con aria confusa.

« L'hai detto a Tiffani? »

« Che cosa le avrei detto? »

« Le hai detto di... » Faccio un respiro profondo e le giro intorno, chinandomi sul lavabo prima di alzare di nuovo gli occhi. Se potessi vedermi adesso, sono sicura che avrei un'aria distrutta, perché è esattamente così che mi sento. « Di me » concludo. « Del perché mi alleno ».

La ruga di preoccupazione sulla fronte di Rachael si approfondisce. « Cioè, potrei averglielo detto, tipo, una vita fa » ammette a bassa voce. « Mi aveva chiesto perché eri così fissata con la corsa ».

« Rachael! » butto indietro la testa con un gemito, sollevando le mani e fissando il soffitto. Sto cominciando a pentirmi di averglielo confidato. Vorrei non averlo detto a nessuno. « Adesso ha un'arma infallibile per ferirmi » sussurro riabbassando la testa per guardare Rachael in faccia. Lei si passa il pollice sulle labbra con aria colpevole e sta zitta, incerta. « Mi ha chiesto se avevo preso peso. Sono ingrassata? »

Abbasso gli occhi sul mio corpo, scrutandone ogni centimetro. Ultimamente ero molto felice: avevo finalmente trovato l'equilibrio perfetto fra l'alimentazione sana e l'allenamento, senza esagerare in nessun senso e senza controllare ogni cosa che mangiavo. Non saltavo più i pasti. Non mi sentivo più in colpa se perdevo un allenamento. Sono mesi che non mi passa per la testa un solo pensiero riferito al mio peso, ma adesso mi si rovescia tutto addosso. Cerco di contare quante fette di pizza ho mangiato da quando sono a New York, quante volte, nell'ultimo anno, ho chiesto di aggiungere il caramello al mio latte macchiato. Mi chiedo se, forse, permettermi di essere meno rigida non sia stata una pessima idea.

« Eden, stai benissimo » risponde Rachael. Mi prende dolcemente il volto fra le mani e lo solleva, per distoglierlo dal mio corpo. Mi guarda con aria implorante. « Smettila » dice in tono deciso. Fa un passo indietro e lascia cadere le mani, poi sospira. « Senti, parlerò con Tiffani. Sa che non è carino fare commenti del genere. Ma ti prego, non lasciarti condizionare. Vai a goderti la tua serata con Dean ».

Non so cosa dovrei fare, adesso. Non vorrei neanche uscire dal bagno, e tantomeno farmi vedere in pubblico con il ragazzo che presto lascerò. In questo stato non credo che riuscirei a fingere.

Si sente bussare, io e Rachael alziamo gli occhi. La voce di Dean ci raggiunge attraverso il legno. « Tutto bene, là dentro? »

C'è un altro colpo, stavolta più lieve, e la voce che segue è quella di Tyler. « Eden? »

« Esce fra un attimo! » risponde Rachael ad alta voce. Quando si volta verso di me, c'è già una lacrima che mi scende su una guancia. Lei la asciuga rapidamente col pollice. « Ehi, va tutto bene » mi sussurra. Mi avvolge in un caldo abbraccio, stringendomi forte. « Mi dispiace » dice contro i miei capelli. « Non sei costretta a essere amica di Tiffani. A me non importa ».

« Spero proprio di no » borbotto. « Perché non succederà mai ».

Dean mi porta fuori a cena, in un ristorante chiamato Bella Blu, a quattro isolati a sud di Lexington Avenue. È piccolo e italiano, cosa che non mi stupisce. Dean è sempre stato orgoglioso delle sue radici, così come Tyler è fiero dei suoi geni ispanici, anche se li ha ereditati da suo padre.

Arriviamo in ritardo di venti minuti sulla prenotazione, sia perché Tyler ha trattenuto Dean di proposito sia perché io mi sono chiusa in bagno con Rachael. Prima di uscire di nuovo mi sono asciugata gli occhi e ho permesso a Rachael di rifarmi il trucco, che è molto più bello di quello che avevo fatto io. Nessuno mi ha chiesto cosa era successo, né perché Tiffani era chiusa fuori sul pianerottolo. Nessuno ha osato.

Quando sono uscita con Dean, Rachael si era rimessa a parlare con Snake. Tyler mi ha guardato storto. Emily mi ha fissato intensamente, con aria non solo curiosa ma anche sospettosa. Sul pianerottolo, Tiffani era appoggiata al muro, con le braccia incrociate e un sorriso sulle labbra, e ci ha augurato di goderci la serata. Dean l'ha ringraziata, apparentemente ignaro del sottotono intrigante nella sua voce, e io mi sono limitata a lanciarle un'occhiataccia, mentre lei approfittava per rientrare nell'appartamento. Non avevo più la sicurezza necessaria per affrontarla. Volevo solo nascondermi.

Al Bella Blu, comunque, la serata sta peggiorando. Io mi sento troppo in colpa. La mia prima sera a New York mi trovavo esattamente nella stessa situazione, seduta al tavolo di un simpatico ristorante italiano. Solo che allora il ristorante era il Pietrasanta, non il Bella Blu, e non avevo di fronte Dean, ma Tyler.

« Te lo giuro » dice Dean mandando giù un'altra forchettata di ravioli all'aragosta, « il prossimo autunno ci andrò, all'università. Lo so, avevo detto che mi sarei iscritto *quest'autunno*, ma in realtà non mi dispiace lavorare per mio padre. Niente corsi, niente studio. Solo belle macchine ».

Io spilucco con la forchetta la mia insalata di pollo, con lo sguardo perso. Sono un po' assente. Negli ultimi dieci minuti ho solo spostato i crostini nel piatto, senza mangiarne neanche uno. Non voglio farlo. « Ah ».

« E lo so che avevo deciso di andare a Berkeley, ma ho guardato i corsi di economia dell'Illinois, e... »

« Che cosa? » Il mio sguardo passa di scatto dall'insalata a Dean. Nei suoi occhi ci sono lo stesso calore e la stessa luce di sempre.

« Illinois » ripete con un sorriso. « Così saremo più vicini ».

Mi si stringe lo stomaco e faccio di tutto per tenere nascosta la mia ansia. Abbiamo sempre saputo entrambi che fra due mesi mi trasferirò dall'altra parte del Paese, ma non ne parliamo quasi mai. Nessuno di noi due ne ha mai avuto voglia. Era sempre difficile parlare della nostra imminente separazione, per i prossimi quattro anni.

Avremmo avuto le estati, per stare insieme. Le vacanze di Natale e di primavera, il giorno del Ringraziamento. Avremmo continuato a vederci, ma sarebbe stato diverso, e complicato. Adesso non mi preoccupo più di trasferirmi lontano da Dean, anzi penso che quando lascerà New York sarà ben felice che io vada a stare in un altro Stato. Non credo che vorrà vedermi mai più.

« Ma tu hai sempre voluto andare a Berkeley » dico piano.

« Lo so, ma se decido di restare in California saremo a tremila chilometri di distanza ». Infilza un'altra forchettata di ravioli e si concede un minuto per deglutire, poi prende il bicchiere e beve un sorso. Lentamente, si china in avanti. « Ho guardato la Northwestern. La facoltà di economia pare essere ottima, e vuoi sapere qual è il bello? » Fa una pausa, non perché si aspetti una risposta, ma perché vuole farmi un grande sorriso. « È a Evanston, a solo trenta chilometri dall'Università di Chicago ».

Poso lo sguardo sui fiori del centrotavola, osservandone i colori vivaci e cercando di comprendere le parole di Dean. È disposto a rinunciare all'università dei suoi sogni pur di non doverci separare. Dean è fatto così. È sempre stato altruista, attento e disposto a fare sacrifici per le persone a cui tiene. Avrebbe potuto iniziare l'università l'anno scorso, ma non l'ha fatto perché suo padre ci teneva che lavorasse all'autofficina. So che gli piacciono le auto, ma so anche quanto ci tenga a studiare economia e a costruirsi una carriera. Eppure aspetterà un altro anno, perché ha dato la priorità alla tradizione dei Carter. È disposto a iscriversi a un'altra università perché non vuole che stiamo a tremila chilometri di distanza. « Io credo che non dovresti scartare Berkeley » gli dico senza guardarlo. Sto ancora fissando i fiori, e riflettendo.

« Ma perché? »

« È un'università fantastica ».

« Anche la Northwestern, *e in più* è vicinissima a te ».

Adesso sollevo lo sguardo su di lui. Spingo via il piatto che non ho quasi toccato, intreccio le mani sul tavolo davanti a me. « Ma tu hai sempre detto che non volevi lasciare la California ». Dean probabilmente si aspettava che fossi entusiasta all'idea che potesse trasferirsi in Illinois l'anno prossimo, perché il suo sorriso sta lentamente svanendo. Si incupisce.

« Eden » dice con decisione, guardandomi fisso, con delle rughe agli angoli degli occhi. « Dovrò già passare un anno senza di te. È un viaggio di quasi trenta ore, ma potrei venire a Chicago ogni mese, tu tornerai per le vacanze, e potrei trovare un secondo lavoro e riuscire a venire da te più spesso. Però per un anno. Non credo che ce la farei, per quattro ».

« Dean ».

« Per questo, quando l'anno prossimo andrò all'università, voglio essere vicino a te » continua lui, ignorandomi. Si appoggia all'indietro sullo schienale della sedia, incrocia le braccia e sorride di nuovo. « Ehi, pensaci. Tu sarai al secondo anno e io una matricola. Un'inversione di ruoli ».

Se avessi intenzione di restare con Dean, credo che sarei *davvero* entusiasta di questa idea. Però è straziante sentirlo parlare dei nostri piani futuri sapendo che non c'è futuro per noi, e non credo che ci sia qualcosa che io possa dire adesso per fargli cambiare idea sulla scelta dell'università. Quando io e Tyler gli diremo la verità, lo farà da solo.

Allora sono certa che sarà di nuovo entusiasta di Berkeley. Di sicuro vorrà stare il più lontano possibile da me.

« Dean » sussurro. Fa male ricambiare il suo sguardo, vedere i suoi occhi luminosi e pieni soltanto di onestà e amore. Vorrei poterlo guardare nello stesso modo. Se lo merita, e merita anche molto di più. Io gli voglio bene. Da quando stiamo insieme, non c'è mai stato un momento in cui non gliene ho voluto. È solo che il mio cuore appartiene a Tyler. Lasciar andare Dean è la cosa giusta da fare. « Sai quanto ti voglio bene, vero? » gli dico senza staccare gli occhi da lui, anzi forse senza neanche sbattere le palpebre.

Lui allunga una mano attraverso il tavolo e prende la mia. Il suo sorriso arriva fino agli occhi. « Ma certo che lo so ».

In questo momento posso solo sperare che lo sappia veramente.

23

Il giorno dopo, quando torno dalla mia corsa, è stata presa la decisione che ragazzi e ragazze si separino. Non so bene chi l'abbia presa, so solo che sono contraria. Tyler, Snake e Dean vanno a una mostra di auto d'epoca fuori città, e noi ci dirigiamo a Times Square. Anche in questo caso non ho voce in capitolo e, quando cerco di obiettare al programma che mi viene imposto, non ottengo un bel niente. Perfino Emily è titubante all'idea di trascorrere il pomeriggio con Rachael e Tiffani.

Così, per le ore che passiamo a girare per Times Square, io ed Emily restiamo un po' indietro. Non riesco neanche a guardare in faccia Tiffani, figuriamoci a parlarle, così mantengo le distanze. A volte, quando lei e Rachael si lanciano in un negozio, io ed Emily non ci entriamo neanche. Restiamo fuori a chiacchierare, nella speranza che non notino la nostra assenza. E poi sono stata a Times Square un sacco di volte nelle ultime quattro settimane e l'effetto novità si è esaurito, così come per Emily. Dopotutto lei ha vissuto a New York per più di un anno. Per Rachael e Tiffani, invece, Times Square è affascinante e ipnotica come è stata per me la prima volta che Tyler mi ci ha portata. È l'unico motivo per cui non mi dà fastidio, quando si fermano a fare fotografie.

«Cammina veramente così, o pensi che lo faccia apposta?» mi chiede Emily sottovoce, mentre seguiamo le nostre compagne lungo la Quarantatreesima Strada. La distanza fra noi sta progressivamente aumentando, ed Emily inclina la testa di lato per osservare meglio l'andatura di Tiffani. Sculetta in maniera a dir poco plateale.

«Lo fa apposta. Non ha mai camminato così» borbotto, attenta a non farmi sentire. Comunque non credo che potrebbero origliare la nostra conversazione, nemmeno se ci provassero, perché Times Square è rumorosa e affollata come sempre. «Sai, quando l'ho conosciuta era simpatica, in realtà, poi è andato tutto a rotoli».

«Che cosa è successo?»

«È una storia lunga». Non credo che potrei spiegarglielo, anche se ci provassi. 'Sai, Emily, Tyler l'ha lasciata per me!' Sì, certo. Come se potessi dire una cosa del genere. «E non dire che hai tempo, perché proprio non mi va di parlarne».

«Non avrei insistito, comunque» mi rassicura Emily. La guardo di sottecchi e mi rendo conto, all'improvviso, che ho preferito stare con lei invece che con Rachael, la mia migliore amica. Mi sento in colpa per non aver apprezzato Emily, all'inizio, ma era prima di sapere che fra lei e Tyler non c'era nulla. Adesso sto cominciando a considerarla un'amica, e la nostra comune antipatia per Tiffani sta creando un legame sorprendentemente forte.

Qualche minuto dopo, Tiffani sparisce nel Brooklyn Diner, mentre Rachael si ferma sulla porta per aspettarci. Ormai sono quasi le tre e non abbiamo ancora pranzato, quindi siamo contente di fermarci e fare una pausa dalle corse fra i negozi.

Ci fanno accomodare dietro un separé in un angolo, vicino alle vetrine, ma i sacchetti di Tiffani occupano metà del divanetto. Io mi siedo accanto a Emily, attenta a mettermi di fronte a Rachael. Tiffani è in diagonale rispetto a me: meglio, così posso vederla soltanto con la coda dell'occhio, e non la guardo. Fisso il tavolo e mi tormento le mani in grembo, ansiosa.

Loro tre studiano il menu per un po', io non lo prendo neanche. Dopo un paio di minuti Rachael se ne accorge e aggrotta la fronte sopra il bordo del suo menu. Mi dà un colpetto col piede, sotto il tavolo. Io la ignoro e sposto lo sguardo sul traffico di Times Square. I newyorkesi fanno lo slalom fra i turisti, che si muovono più lenti. Sembrano non accorgersi neanche di ingombrare i marciapiedi quando si fermano per studiare le cartine, fare fotografie o chiedere ai propri amici dove vogliono andare. Anche da qui riesco a sentire il fastidio dei locali.

«Quindi sei inglese?» chiede Tiffani a Emily. Io appoggio il gomito sul tavolo e il mento sulla mano, con occhi verso la Quarantatreesima. Però continuo ad ascoltare.

« Sì » risponde lei cauta. « Abito appena fuori Londra ».

« Vivevi già qui o ti sei trasferita per quella campagna di sensibilizzazione? »

« Sono venuta per quella » dice Emily piano. Risponde nel modo più stringato possibile. Non credo abbia molta voglia di fare chiacchiere con Tiffani. Non posso darle torto.

« Quindi hai subito degli abusi? »

Non appena Tiffani pronuncia queste parole, mi cade la mascella. Sono così sconvolta che giro la testa per guardarla, incredula. Lei sbatte le palpebre, guardando Emily con le labbra strette, in attesa di una risposta.

« Tiffani! Come sei insensibile! » esclama Rachael, inorridita.

« Era solo una domanda » risponde lei, lanciandole un'occhiata di sbieco. Riporta gli occhi su Emily e alza le spalle. « Allora? Sì o no? »

« Non è tenuta a rispondere » intervengo acida, guardando Tiffani in tralice dall'altro lato del tavolo. Non vorrei attirare la sua attenzione, ma ha superato il limite.

Tiffani mi guarda. « Non dovresti decidere tutto quello che vuoi mangiare, invece di immischiarti nelle conversazioni altrui? »

« Tiffani » sibila Rachael, mordendosi il labbro con aria imbarazzata e lanciandomi un'occhiata di scuse. Tiffani si limita ad alzare ancora le spalle, come se nulla fosse.

Mi si stringe di nuovo lo stomaco. Cerco di lasciarmi scivolare addosso il suo commento, ma è troppo difficile. È dura fingere che non faccia male, che non mi faccia sentire ancora peggio di come già sto. Non voglio restare qui seduta ad aspettare la cameriera, perché non ordinando nulla riceverei un'occhiataccia di Rachael e molto probabilmente un sorriso beffardo da Tiffani. Preferirei evitare completamente questa situazione.

« Scusatemi » borbotto, ed Emily si alza subito per lasciarmi uscire. Rachael aggrotta le sopracciglia con aria sospettosa, quindi le dico in fretta: « Vado in bagno » e parto alla ricerca dei servizi.

Si trovano dalla parte opposta del locale. Scivolo all'interno e scopro che sono molto piccoli. Ci sono solo un paio di cubicoli e due lavandini. Per fortuna non c'è nessuno, quindi mi appoggio al muro vicino agli asciugamani elettrici e mi abbandono a un lungo sospiro.

Non voglio tornare al tavolo. Non voglio affrontare di nuovo Tiffani. Voglio solo uscire da qui, tornare a casa e trovare conforto tra le braccia di Tyler. Per un minuto cerco di visualizzare la pianta del locale, per capire se posso arrivare dai bagni all'uscita senza che Rachael, Tiffani o Emily se ne accorgano. Ma poi ripenso a Emily, al fatto che è lì seduta con due perfette sconosciute, una delle quali le è già antipatica. Tiffani lo ha capito e ora sono certa che prenderà di mira Emily, proprio come fa con me. Vorrei aver chiesto a Emily di venire in bagno con me. Vorrei non averla abbandonata. Solo per il bene di Emily, so che alla fine dovrò obbligarmi a raggiungere le altre. Non ancora, però. Nel frattempo posso solo sperare che Rachael la difenda, se Tiffani fa altri commenti inappropriati.

Il mio momento di pace non dura molto, comunque, perché dopo cinque minuti la porta si apre. La persona che entra è l'unica che sto cercando di evitare.

« Perché ci stai mettendo tanto? » mi chiede Tiffani, incrociando le braccia e avvicinandosi. Io non la guardo neanche. Le passo di fianco, sfiorandola per raggiungere la porta. « Aspetta ».

« Che cosa vuoi, Tiffani? » scatto, girandomi sui talloni. Non riuscirò mai a sopportarla. « *Che cosa?* »

« Ieri notte sono rimasta sveglia fino a tardi » dice lei con calma. « A riflettere ».

Cammina avanti e indietro nel bagno, fra me e gli asciugamani elettrici sulla parete di fondo, con le mani sui fianchi. Si sta comportando in modo volutamente teatrale, come sempre. Io però non ci casco. Incrocio le braccia e sospiro, in attesa che continui. « Ieri sera, mentre eri fuori con Dean, ho parlato con Tyler. Gli ho chiesto scusa per quello che è successo in passato. Lui era molto tranquillo ». Non sono sicura che stia dicendo la verità, perché Tyler non mi ha detto niente, quando sono tornata dalla cena con Dean. Non mi ha detto di aver ricevuto delle scuse, o di averle accettate. « Credo che potrei avere un'altra occasione con lui » continua, piazzandosi davanti a me e guardandomi negli occhi. « Naturalmente, se *tu* ti facessi da parte ».

Capisco quasi subito dove vuole andare a parare, e non riesco a trattenere una risata. « Credi davvero che mi lascerebbe per stare con te? » Alzo gli occhi al cielo di fronte a questa patetica illusione. Questo è l'unico aspetto di Tiffani che non mi terrorizza: i suoi piani ridicoli, ogni volta più assurdi. « Dio, sei veramente un'ingenua ».

« Certo che no ». Piega le labbra in un sorriso, così lentamente che fa quasi male guardarla. « So che non lo farebbe: per questo ho bisogno che lo faccia *tu* ».

« Aspetta ». Le sue parole non mi sembrano più ridicole. « Cos'hai detto? »

« Metti fine a qualsiasi cosa ci sia fra voi » mi ordina. Batte nervosamente il piede sulle piastrelle del pavimento.

D'istinto scuoto la testa. Deve essere proprio matta, se pensa che farei mai una cosa del genere. « Non esiste » dichiaro con voce ferma, per quanto mi senta debole in confronto a lei.

« Allora penso che farò una telefonata a Dean ». Infila la mano nella borsetta e tira fuori il cellulare. Digita qualcosa sullo schermo e poi rialza gli occhi, sorridendo al mio sguardo inorridito. Solleva il telefono per farmelo vedere: sullo schermo c'è il nome di Dean, la chiamata è già partita.

« Non farlo! » Mi precipito in avanti, nel tentativo di strapparle il telefono di mano. Il cuore mi è precipitato nello stomaco, non riesco a respirare. Il mio sangue si è annacquato, il viso ha perso ogni colore.

Tiffani mi rivolge un sorriso sinistro e allunga un braccio, tenendomi a distanza. Con l'altra tiene alto il telefono, fuori dalla mia portata. Mette il vivavoce, facendo echeggiare nel bagno il segnale di chiamata. « Chiudi con Tyler e non lo dirò a Dean. D'accordo? »

« Va bene! » grido. Non ho altra scelta. Ora mi tremano anche le mani e ho il cuore pesante.

Subito Tiffani mi spinge indietro di un passo e chiude la chiamata, prima che Dean possa rispondere. Sono così anestetizzata che non riesco neanche a provare sollievo. « Dunque, ecco che cosa succederà » mi spiega con un ghigno perfido. Adesso mi sento davvero male. Adesso vorrei essere scappata da qui, quando ne avevo l'opportunità. « Devi farlo stasera. Di' quello che vuoi a Tyler, l'importante è che tu chiarisca che la vostra disgustosa storiella è finita. Poi devi venire a stare da noi in albergo ».

« Che cosa? » La mia voce è ormai ridotta a un debole sussurro, non è forte e decisa come vorrei. È flebile. Sconfitta.

« Sì, per un effetto più drammatico ». Il sorriso di Tiffani si allarga ancora di più, non so come possa riuscire a sorridermi, a godere nel vedermi così sconvolta, pietrificata e confusa. È davvero sadica. « Inoltre » aggiunge con una scrollata di spalle, « non sono una stupida. Potresti riferire a Tyler questa conversazione, quindi penso che sia meglio che tu venga a stare con Dean. Ho considerato ogni dettaglio, quindi quando ti renderai conto (e lo farai, se non l'hai già fatto) che potresti semplicemente dire a Dean la verità prima che lo faccia io, ti conviene pensarci su due volte. Perché in quel caso chiamerò i tuoi genitori e racconterò loro quello che sta succedendo. So che non potrai battermi sul tempo, perché non glielo diresti mai e poi mai al telefono».

All'improvviso sembra molto più intelligente di quanto l'abbia mai considerata. E il suo piano non suona più così ridicolo come mi era parso qualche minuto fa. Sono obbligata a scegliere chi ferire fra Tyler, Dean e i miei genitori. Mi ha messo con le spalle al muro, esattamente come voleva, non posso che fare quello che mi chiede. «Mi stai ricattando?»

«No». Il suo sorriso finalmente si spegne, mentre mi si avvicina e mi parla in tono minaccioso. «Mi sto solo assicurando che tu sappia che cosa succederà se non mi fai questo favore».

«Se credi che funzionerà, ti sbagli» sussurro, deglutendo. «Non tornerà mai da te».

«Oh, ma Eden» risponde lei, rilassando il viso e facendo un passo indietro, con una risatina. «Sappiamo entrambe quanto Tyler ami le distrazioni, e guarda caso ci sarò io, al momento giusto, a distrarlo da te».

Apro la bocca per ribattere, ma la porta del bagno si apre di nuovo. Questa volta è Emily. Sporge la testa e sbircia all'interno, con le sopracciglia inarcate. Guarda Tiffani, poi me con aria sospettosa. «Che cosa state facendo?» chiede.

«Soltanto un patto» risponde Tiffani, avvicinandosi ancora. Mi butta le braccia al collo e mi abbraccia forte. Le sue guance sfiorano le mie e sento che sta sorridendo di nuovo. Sono ancora troppo irrigidita per reagire. Non riesco a fingere un sorriso per Emily. Non riesco ad aggrottare la fronte. Posso solo sforzarmi di respirare, frastornata, mentre fisso i lavandini alla mia destra.

Stasera sarò costretta a ferire Tyler per evitare un male peggiore, e non ho mai avuto tanta paura.

24

Tyler si aggira per l'appartamento da un po'. Porta dei vestiti dalla sua camera alla lavanderia. Aiuta Snake a sostituire i cardini di uno degli armadietti in cucina. Ripulisce in silenzio la macchina del caffè, leccandosi le labbra, concentrato. Ogni tanto canticchia fra sé. Io l'ho osservato per tutto il tempo dal divano, con lo stomaco annodato, cercando di trovare il modo migliore di fare quello che devo. Emily è seduta accanto a me, a fare zapping. Ogni tanto mi chiede se sto bene. Continuo a ripeterle che sto benissimo, ma la verità non è mai stata più diversa.

Quando Snake annuncia che sta uscendo per una spesa tardiva, faccio un respiro profondo e decido di togliermi il pensiero. Mi tiro su dal divano e attraverso il soggiorno, sotto lo sguardo incuriosito di Emily. Mi fermo al bancone della cucina. Tyler alza gli occhi, con un caldo sorriso.

« Che cosa c'è? »

« Vieni sul tetto con me » dico piano. Non è la risposta che si aspettava. I suoi occhi si illuminano, e subito smette di pulire la macchina del caffè. Quando mi fa un sorrisetto d'intesa, deglutisco forte.

« Com'è che non ci avevo mai pensato? » bisbiglia, chinandosi verso di me per non farsi sentire da Emily.

« Tyler, è una cosa seria ».

In un attimo la sua espressione passa da allusiva a preoccupata. Mi giro verso la porta, cercando di non fargli vedere che sono già sul punto di piangere. Faccio del mio meglio per essere forte, anche se sto per crollare. Se apro bocca potrei mettermi a urlare, quindi resto in silenzio mentre porto Tyler fuori all'appartamento e poi sul tetto.

Per fortuna non cerca di farmi domande, neanche in ascensore. Restiamo a diversi passi di distanza.

Ormai il tramonto è passato da un pezzo, sono quasi le dieci, il cielo è di un blu sempre più scuro. Apro la porta antincendio ed esco sulla terrazza. Mi guardo intorno per controllare che non ci sia nessuno, e quando ne sono sicura attraverso lentamente la distesa di cemento.

Tyler mi prende alla vita, da dietro, e mi strofina il naso sulla guancia, sussurrandomi all'orecchio: «Tesoro, tutto bene?»

La sua voce mi provoca delle fitte al petto, mi corre un brivido lungo la schiena. Mi giro fra le sue braccia, guardandolo con un misto di dolore e confusione negli occhi. Non riesco a credere di essere finita in questa orribile situazione e non so ancora esattamente che cosa dirgli, ma so che quando spingo via le sue mani dai miei fianchi, il suo sguardo comincia ad assomigliare al mio.

«Tyler, ho bisogno della tua massima attenzione».

Lui annuisce, trattenendo il fiato di colpo. «Ti ascolto».

Mi ci vuole un po' per raccogliere il coraggio di dirgli quello che ho programmato. È l'unica scusa logica che potrebbe avere minimamente senso, per lui. L'unico motivo che potrebbe giustificare una cosa del genere. Anche se le mie parole non sono vere, devono suonare credibili. Non riesco più a guardare Tyler negli occhi, così abbasso lo sguardo a terra, sui suoi stivali marroni. Mi si stringe forte il cuore mentre, finalmente, mi azzardo a dirgli: «Voglio restare con Dean».

«Che cosa?» Non ho bisogno di guardarlo per riconoscere lo shock nella sua voce, per sentirla spezzarsi. Fa male sentirla. Fa male sapere che la causa sono le mie parole.

«Voglio chiuderla qui. Io amo Dean».

Tyler schiude le labbra, registrando le mie parole. Quando le assorbe, i suoi occhi si sgranano in un'espressione di panico. Fa un passo verso di me e mi prende dolcemente per il polso. Colgo anche l'occhiata che lancia al suo bicipite, al tatuaggio del mio nome. Deglutisce forte e alza di nuovo gli occhi. «Avevi detto che non l'avresti fatto. Che non avresti cambiato idea».

Chiudo gli occhi, libero il polso dalla sua mano e faccio un passo indietro, obbligandomi a continuare anche se è l'ultima cosa al mondo che vorrei fare. «Rivedere Dean mi ha fatto capire che... che voglio stare con lui. Non con te».

Lui gira la testa di scatto, espirando lentamente e allontanandosi da me. Si passa le mani tra i capelli e si tira le punte, poi alza il viso verso il cielo, con lo sguardo perso. Quando lo riabbassa, stringe le mani e sferra un pugno nell'aria. « Non puoi farmi questo *di nuovo* ».

A questo punto il mio cuore va in pezzi. Le schegge mi attraversano il petto, e il mio corpo è squassato dal senso di colpa. Non oserei abbandonarlo di nuovo, ma non ho il controllo della situazione. Però ho fiducia che, non appena Tiffani avrà lasciato New York, potrò spiegargli quello che sta succedendo davvero. Spero che capirà perché mi sto comportando così. « Mi dispiace ».

All'improvviso sento arrivare le lacrime e quando incontro gli occhi di Tyler vedo che il loro color smeraldo si è sbiadito, così tanto che mi si stringe lo stomaco. Scuote la testa, e capisco che non posso più restare quassù con lui. Gli volto le spalle e mi dirigo verso la porta, cercando di ricacciare indietro le lacrime.

« Eden, aspetta » mi chiama dolcemente, con voce roca. Sento i suoi passi affrettati sul cemento mentre mi rincorre, e quando entro nell'edificio lui è dietro di me e mi implora: « Ti prego. Questo non è giusto ».

« Mi dispiace » balbetto di nuovo, rifiutandomi di voltarmi e camminando più veloce che posso. Non voglio prendere l'ascensore, perché non voglio essere obbligata a parlare con lui in uno spazio così stretto, così prendo le scale. Finisco per farle di corsa, due gradini per volta. Tyler mi rincorre.

Mentre giro l'angolo della quarta rampa lui si butta davanti a me, mi prende per le spalle e mi impedisce di proseguire. « Perché? » mi chiede, la voce ancora spezzata, ancora roca, ancora piena di dolore. « Pensavo che fra noi andasse tutto bene. Che cosa è successo? Ho fatto qualcosa di sbagliato? Dimmelo! »

Non riesco neanche a pensare di formulare una risposta. La verità è che *andava* tutto bene. Era tutto a posto finché non è arrivata Tiffani. Tyler non ha fatto niente di sbagliato, e su questo non posso mentirgli, così, con una spallata sul petto, lo faccio spostare. Corro ancora più forte di prima, le mie Converse rimbalzano sulle scale mentre cerco di non sentire la sua voce che grida instancabile il mio nome. Non è feroce, però, e neanche decisa o profonda. Perché non è arrabbiato. È solo... ferito. Solo questo. Completamente e profondamente ferito.

Quando arrivo al dodicesimo piano sto piangendo sul serio. Le lacrime mi scorrono sulle guance e non ho neanche la forza di asciugarle. La gola mi si è chiusa a tal punto che faccio fatica a respirare. Tyler ansima dietro di me, io allungo la mano verso la porta dell'appartamento e prego che sia ancora aperta. La spalanco, spaventando Emily che è ancora sul divano. Sobbalza e gira la testa per guardarci, sconvolta, con gli occhi spalancati e la bocca aperta.

Né io né Tyler, però, le prestiamo attenzione. Io mi precipito nella sua stanza. Tengo la testa bassa nel tentativo di nascondere le mie lacrime, ma credo che Emily le noti lo stesso. Provo a sbattermi la porta alle spalle, ma Tyler la spinge giusto in tempo e la riapre.

« Eden » mi sussurra seguendomi nella stanza. Chiude la porta, tiene la voce bassa. Quando lo guardo attraverso le lacrime, noto che ha gli angoli degli occhi un po' gonfi. « Che cosa ti ha fatto cambiare idea? Perché Dean? Perché non io? Rispondimi, ti prego ».

« Perché Dean non è il mio fratellastro ». Ormai ho smesso di guardarlo. Ho il cuore a mille e il petto chiuso in una morsa. Mi muovo per la stanza, apro l'armadio e sollevo una mano per prendere il mio zaino sullo scaffale in alto. Comincio a frugare, strappo alcuni vestiti dagli appendiabiti e ce li infilo dentro, poi supero Tyler per dirigermi alla cassettiera.

« Che cosa fai? » sussurra Tyler, guardandomi con le spalle curve e la fronte corrugata. Per la prima volta, da anni, i suoi occhi sembrano di nuovo vuoti, proprio come un tempo.

« Vado a stare in albergo, da Dean ». La mia voce ha un suono patetico. Le mie parole assomigliano più a dei singhiozzi, non sono neanche sicura che siano comprensibili. Comunque continuo a prendere le mie cose. Armeggio con la presa per recuperare il caricabatterie. Caccio tutto nello zaino e chiudo la lampo, poi me lo faccio scivolare su una spalla. Raddrizzo la schiena.

« Cosa posso fare per fermarti? » chiede Tyler, ma sembra più che altro una supplica. Fa un passo verso di me, mi afferra la mano e mi porta l'altra al viso. Stringe le dita sulle mie, così forte da farmi quasi male, e il calore della sua pelle mi brucia contro la guancia. « C'è qualcosa che posso fare per farti cambiare idea? »

Con tutta la forza che ho, libero la mano dalla sua. « No ».

A questo punto me ne vado. Stringo la cinghia del mio zaino e mi passo l'altra mano tra i capelli, chiedendomi se invece fosse esistito un modo di neutralizzare il malefico piano di Tiffani. Aveva ragione: avrei potuto dire la verità a Dean prima di lei, così lei non avrebbe più potuto minacciarmi. Avevo comunque intenzione di dirglielo, solo non così presto. Sarebbe stata l'unica maniera per evitare quello che ho appena fatto, ma Tiffani ci aveva già pensato e se io lo avessi detto a Dean, lei avrebbe fatto la spia ai nostri genitori. E io non sono pronta per quello.

Tyler non cerca di seguirmi, mentre esco dalla sua camera e attraverso l'appartamento. Neanche Emily mi fa domande quando apro la porta ed esco sul pianerottolo. Adesso non mi importa neanche più che mi veda piangere. Sembra preoccupata, e io posso solo rivolgerle un sorriso triste mentre mi chiudo la porta alle spalle. Non so cosa le dirà Tyler, ma in questo momento francamente non potrebbe fregarmene di meno se le dicesse la verità su di noi, su quello che è successo. Voglio solo andare via.

Questa volta prendo l'ascensore, singhiozzando per tutto il tempo, con le labbra tremanti. Anche quando mi trascino fuori dal palazzo e sulla Settantaquattresima Strada, continua a non importarmi di niente. Non mi importa di piangere a tarda sera per le strade di New York. Respirare l'aria notturna, in un certo senso, è rilassante. Strizzo gli occhi per qualche secondo, mentre giro lentamente l'angolo della Terza Strada. La stretta al petto comincia ad allentarsi e perfino i miei tremiti si placano.

Per arrivare a piedi al Lowell ci vogliono venti minuti, seguendo la Terza Strada e percorrendo la Sessantatreesima. Non mi dispiace, comunque. Apprezzo lo spazio e la privacy, anche se il marciapiede è ancora pieno di gente e le strade sono trafficate. È bello, per una volta, essere sola. Senza Tyler. Senza Tiffani. Senza Dean, Rachael, Snake o Emily. Solo io. Qualcuno mi lancia un'occhiata incuriosita, passando, e mi chiedo se ho l'aria di una disadattata, di una fuggitiva. Neanche questo mi importa. In questo momento l'opinione della gente di Manhattan non è certo la mia priorità.

La serata è più fredda di quanto mi era sembrata sul tetto, quindi quando arrivo alla Sessantatreesima mi infilo le mani nel tascone della felpa e faccio un sospiro di sollievo quando supero di nuovo la Santa Fe Opera. Quando arrivo all'albergo ho esaurito le lacrime, che mi si sono già asciugate sulle guance. Adesso mi sento solo gli occhi rossi e gonfi: me li sfrego nel tentativo di nascondere che ho pianto, ma finisco per peggiorare le cose, perché cominciano a bruciare.

Questa volta c'è un altro usciere, un uomo di mezza età un po' ingrigito, che mi apre la porta e mi augura di dormire bene. Non gli dico che non sono neanche ospite dell'albergo e di certo non commento che dubito anche solo di riuscire a chiudere occhio, stanotte, figuriamoci dormire bene. Mi limito a ringraziarlo.

Mi trascino oltre la reception e supero l'ingresso, ritrovo l'ascensore e cerco di ricordarmi che strada abbiamo fatto per arrivare alla suite. So che è al decimo piano, quindi premo il pulsante e aspetto, mentre l'ascensore sale dolcemente. Le pareti sono a specchio, guardo il mio riflesso. I miei occhi sono orrendi ed è evidente che ho pianto per almeno un quarto d'ora filato. So che non posso fare niente per nasconderlo e sono più che sicura che Tiffani sarà elettrizzata quando mi vedrà. Faccio un ultimo tentativo di alleviare il gonfiore, tamponandomi gli occhi con le maniche della felpa, poi lascio perdere definitivamente.

Esco dall'ascensore, concentrandomi sul ritmo del mio respiro, e attraverso il decimo piano fino alla suite giusta. Quando ci arrivo, rimango a lungo davanti alla porta. Non vorrei proprio entrare. Non ho voglia di affrontare il sorriso compiaciuto di Tiffani, e neanche Dean. Rachael è l'unica che non mi preoccupa, ma mi chiedo che spiegazione potrei dare a lei e a Dean. Come faccio a spiegare perché ho pianto? Che motivo posso dare per chiedere di stare da loro? Dubito che Tiffani li abbia ragguagliati sul nostro accordo.

Dopo aver fatto qualche respiro profondo, mi decido a bussare. Ormai sono le dieci passate, ma sento la tv. Non ci mettono molto a venire ad aprire. Mentre ascolto gli scatti delle serrature comincio a chiedermi chi sarà ad accogliermi. Prego con fervore che sia Rachael, ma non è così. È Tiffani. Non mi stupisce.

« Eden! » esclama stupita, ma nello stesso momento sul suo viso si allarga un sorriso estatico. Ha una vestaglia di seta, se la chiude con una mano mentre con l'altra mi tiene la porta aperta. « Che ci fai qui? »

Digrigno i denti e le passo davanti di scatto. Non posso affrontarla proprio adesso. Mi costringo a raggiungere il centro della zona giorno e sento che mi richiude la porta alle spalle. Dean balza in piedi da una di quelle brutte poltrone vintage, e le sue sopracciglia scattano in alto mentre si chiede perché sono qui. Ha un paio di pantaloni neri da ginnastica e una maglietta bianca. Mi raggiunge immediatamente. Assume subito un'aria preoccupata.

«Come mai sei qui?» mi chiede, abbassandosi un po' per potermi guardare meglio in faccia. «Eden, che cosa c'è che non va?»

Io gli prendo la mano, intrecciando le dita alle sue. La sua presenza mi conforta. Dean è sempre stato capace di mettermi a mio agio, anche soltanto con il suono della sua voce. È sempre così attento e gentile. Faccio un passo avanti e gli affondo la faccia nel petto. La sua maglietta mi si appiccica agli occhi bagnati. «Ho litigato con Tyler» sussurro, anche se è molto lontano dalla verità. So anche che Tiffani ci sta osservando a pochi passi di distanza, ma la ignoro strizzando gli occhi. «Ho pensato di venire a stare da voi». Non è vero, è solo una farsa. Ma il fatto che mi sto aggrappando a Dean è reale. Continuo ad abbracciarlo, non per far contenta Tiffani ma perché ne ho bisogno. In questo momento ho bisogno di Dean. Ho bisogno del mio ragazzo.

Lui mi stringe ancora più forte, premendo la fronte sulla mia tempia e sospirando dolcemente contro il mio orecchio. «Sono contento che tu sia venuta. Siamo più che felici che tu stia con noi. Vero, Tiffani?» Fa un passo indietro ma continua a tenermi stretta a sé, senza lasciarmi andare.

«Ma certo!» conferma Tiffani in tono compassionevole, come se non ci fosse lei stessa dietro a tutto questo. «Non posso credere che abbiate litigato. Di solito andate *così* d'accordo».

Se non fossi a pezzi, forse avrei la forza di insultarla. Per ora, però, tutto quello che posso fare è stringermi di nuovo a Dean. Lo circondo con le braccia e inspiro il suo profumo. Di solito sa di grasso e gas di scarico, ma adesso, a cinquemila chilometri dall'officina del padre, sa soltanto di sapone.

«Ti prego, non restarci male» mi dice, accarezzandomi il braccio. «Qualsiasi cosa sia, si sistemerà».

«Ora vorrei soltanto dormire» sussurro, sempre sentendomi addosso lo sguardo attento di Tiffani. Si sente ancora la tv in sottofondo. Voglio davvero andare a dormire. Voglio crollare in un sonno profondo e al mio risveglio scoprire che niente di tutto questo è successo davvero. Domattina starò meglio, mi sentirò meno distrutta.

Dean mi toglie la mano dalla spalla e intreccia le dita con le mie, accompagnandomi con sollecitudine dall'altra parte della suite. Spinge la porta di una camera e quando lancio un'occhiata alle mie spalle, vedo che la bocca di Tiffani si è arcuata in uno dei suoi famigerati sorrisi. Mima una parola con le labbra, ma non la capisco e neanche mi interessa. Mi volto di nuovo, stringendo più forte la mano di Dean, lo seguo nella stanza e chiudo la porta alle nostre spalle.

La camera è enorme, con un letto king size al centro. Le pareti sono decorate con altre complicate opere d'arte. I suoi bagagli sono sparsi sul pavimento e lui li sposta rapidamente con un calcio, lasciandomi la mano.

«Rachael e Tiff dividono l'altra stanza, questa è la mia».

Io annuisco. Mi lascio scivolare lo zaino dalla spalla, lo appoggio sul letto e comincio ad armeggiare con la lampo. «Dov'è Rachael?»

«Sta già dormendo». Con un'alzata di spalle, Dean si accosta a un lato del letto e comincia a sistemare i cuscini, spostandone alcuni di lato, e tira indietro la trapunta. È tutto di colore beige. Prende l'orlo della maglietta e se la sfila rapidamente, poi la piega alla bell'e meglio e la lancia sull'unica sedia, nell'angolo. Sembra di nuovo preoccupato, mi si avvicina con la fronte corrugata. «Sei sicura di star bene?»

Io gli appoggio una mano sul petto nudo, cercando di fargli un piccolo sorriso. «Sì. Domattina starò meglio. Ho solo bisogno di dormire».

Dalla sua espressione capisco che non mi crede, ma non insiste e io ne sono felice, perché preferirei davvero non parlarne. Non potrei neanche se volessi. Non potrei dirgli che sono qui soltanto perché Tiffani ha astutamente elaborato il piano perfetto per ricattarmi, e non ho la forza per inventare altre bugie. Se me lo chiederà ancora, magari gli dirò che ho litigato con Tyler per via dei nostri genitori. Potrebbe risultare credibile.

Mi tolgo i vestiti e li infilo nello zaino, poi mi accorgo che non ho portato neanche la metà delle cose che mi servirebbero. Con un sospiro, richiudo la lampo dello zaino e lo butto per terra, poi giro intorno al letto con addosso soltanto la biancheria intima. Mentre Dean spegne la luce, io scivolo nel letto e mi avvolgo nella trapunta. La stanza diventa buia. Sento Dean che cammina, mi raggiunge dopo pochi secondi.

«Te lo ripeto, Eden, non stare a preoccuparti troppo» mi sussurra premendo il corpo contro il mio. Il suo petto mi sfiora la schiena: la sua pelle è un po' fredda. Mi abbraccia da dietro, io inspiro e appoggio una mano sulla sua. « Si sistemerà tutto » mi ricorda ancora una volta, e io spero con tutto il cuore che abbia ragione.

Alle due del mattino, sono ancora sveglia. Sono sdraiata, immobile, e fisso il soffitto, cercando di scacciare dalla mente l'immagine del viso di Tyler. Non riesco a smettere di risentire la sua voce, non riesco a smettere di pensare a lui. Rivedo il suo sguardo quando gli ho detto che volevo restare con Dean, e il modo in cui mi ha implorato di ripensarci.

Alle tre, non ce la faccio più.

A questo punto Dean si è girato dall'altra parte del letto, il suo corpo si è staccato da me di parecchi centimetri, così sollevo la trapunta e mi alzo senza svegliarlo. I miei occhi si sono abituati al buio da un pezzo, quindi seguo le sagome dei mobili e cerco il mio zaino. Quando lo trovo, ci frugo dentro finché non trovo il telefono. Faccio subito il numero di Tyler: è fra le chiamate rapide.

La prima volta parte la segreteria, ma non mi stupisce. Sono le tre del mattino. Probabilmente starà dormendo, ma io ho un disperato bisogno di parlargli, quindi rifaccio il numero, sperando che se insisto abbastanza riuscirò a svegliarlo.

« Eden » risponde infine una voce. Però non è quella di Tyler. È Emily.

« Emily? » Tengo la voce bassa e lancio un'occhiata a Dean. « Dov'è Tyler? »

« Eden, è molto ubriaco » mi dice lei senza esitare, con la voce roca e bassa, come se fosse mezza addormentata. « *Veramente* molto ubriaco ».

« Che cosa? »

Lei espira. « Mmm, be', ha svegliato me e Stephen circa mezz'ora fa. Stava spaccando delle bottiglie in cucina, si reggeva in piedi a stento ». Fa una pausa e io mi premo più forte il telefono contro l'orecchio. Sento delle voci maschili, da qualche parte nell'appartamento. Non capisco quello che dicono, ma riconosco l'accento marcato di Snake. « Cosa è successo fra voi due? » mi chiede Emily, sospirando. Sento che si muove attraverso la stanza mentre le voci si fanno più forti, lei alza la sua per farsi sentire da me. « Da quando te ne sei andata è incazzato nero, e adesso Stephen gli sta praticamente facendo da babysitter in bagno, perché non riesce a smettere di vomitare ». Si stacca il telefono di Tyler dall'orecchio per un momento e poi sussurra: « Porca vacca, Snake, dovresti tenergli su la testa. Tieni, parla con Eden ».

Il telefono passa rumorosamente di mano e in sottofondo sento i conati di Tyler, fra un gemito e l'altro. Emily continua a sospirare e Snake a imprecare. A questo punto mi sento ancora più in colpa, molto peggio di prima. So che sono io il motivo di tutto questo.

« Vengo lì » dico, senza più tenere la voce bassa. Allungo la mano libera verso lo zaino e comincio a tirare fuori qualche vestito.

« Non credo che sia una buona idea » dice subito Snake, in tono così deciso da bloccarmi. Mi fermo, con una gamba mezza infilata nei jeans. « In questo momento mi sembra che ti detesti. Non abbiamo certo bisogno che tu venga qui a peggiorare le cose. Ci pensiamo noi, non preoccuparti ». Subito dopo sento Tyler che vomita. Emily sospira di nuovo e dalla mia parte del telefono non posso fare altro che passarmi una mano tra i capelli, con una smorfia. « Cazzo, amico » impreca Snake, e subito dopo chiude la chiamata.

Per un minuto, guardo incredula la luce del display, poi mi tolgo i jeans e li lancio da una parte con un calcio. Adesso sono davvero soffocata dai sensi di colpa, se le luci fossero accese sono sicura che sarei pallidissima. Digrignando i denti, lancio il telefono sul pavimento in un accesso di rabbia contro me stessa, senza neanche preoccuparmi del tonfo. Comunque Dean non fa una piega. Sto cominciando a crollare. Torno a letto. Trovo di nuovo conforto accanto a lui, così premo il mio corpo contro la sua schiena e cerco la sua mano. Giocherello con le sue dita per un po', piegandole intorno alle mie, poi gli stringo forte la mano e nascondo il viso contro la sua spalla. Fra tre giorni lo lascerò andare. Gli dirò la verità, e posso solo sperare che sia lui sia Tyler mi perdoneranno per le decisioni che sono stata costretta a prendere.

25

Mi addormento che sono quasi le sei. Finisco per risvegliarmi dopo mezzogiorno, quindi quando apro gli occhi sono un po' disorientata. Mi sento la testa pesante, come sempre quando ho pianto troppo, e Dean non è più al mio fianco. Mi appoggio a un gomito e mi guardo in giro con gli occhi socchiusi. Il mio telefono è a faccia in giù sul pavimento e metà dei miei vestiti è ancora sparsa fuori dallo zaino. Sospiro. Ieri è stato un casino.

La suite è immersa nel silenzio. Non si sentono voci, niente tv. Non posso biasimare Dean per essere uscito. È a New York: non può certo sprecare il suo tempo in albergo. Ci sono tante cose da vedere, e così poco tempo. Questo non mi impedisce di chiamare il suo nome, tanto per controllare.

Sono stupita di ricevere una risposta. La voce di Dean proviene dalla zona giorno: pochi secondi dopo lui fa capolino dalla porta, con un caldo sorriso. « Finalmente ».

Alzo gli occhi al cielo, raddrizzo la schiena e mi stringo alla trapunta. « Dove sono Rachael e Tiffani? »

« Rachael è uscita a pranzo con il ragazzo lucertola ».

Inarco un sopracciglio. « Vuoi dire Snake? »

« Sì, sì, lui ». Spinge la porta ed entra nella stanza, poi la richiude. Ha ancora addosso soltanto i pantaloni della tuta di ieri sera, a quanto pare ha passato una mattina molto rilassata. « Non ha, tipo, venticinque anni? »

« Ventuno » rispondo piano. Se non fossi ancora incredula per quello che è successo ieri sera, forse mi chiederei perché diavolo Rachael è andata a pranzo con lui. Da quando Trevor l'ha lasciata, in primavera, si era convinta di voler essere indipendente. Chiaramente il proposito non è durato a lungo. « E Tiffani? »

« Non lo so » dice Dean infilandosi a letto accanto a me. Si sdraia su un fianco e si appoggia a un gomito: « E non mi interessa ». Mi prende alla vita, appoggiando una mano fresca sul mio fianco e tirandomi più vicina. Subito le sue labbra trovano il mio collo e cominciano a tracciare una lenta, morbida scia di baci sulla mia pelle. « Mi sei mancata » sussurra, a voce bassa. Sposta il corpo sul materasso, preme il suo petto al mio e passa delicatamente la mano sulle mie costole, mentre le sue labbra si avvicinano all'angolo della mia bocca.

Mi bacia dolcemente, proprio come ricordavo, ma io non posso ricambiare con la stessa tenerezza. Non riesco proprio a baciarlo, perché con la coda dell'occhio vedo le mie Converse abbandonate sul pavimento. Mi ricordano Tyler, naturalmente. Me le ha date lui. Ci ha scritto sopra. Mi ha detto di non mollare, ed è proprio quello che adesso crede io abbia fatto. Non so come potrei fargli capire che non ho mollato, che tutto questo è solo temporaneo, solo finché Tiffani non lascia New York. Non ho idea di come sistemare le cose.

Faccio una smorfia contro le labbra di Dean, gli passo una mano tra i capelli e lo allontano, piano. « Non oggi ».

Dean mi guarda con gli occhi spalancati, confuso. « Che cosa? »

I miei occhi tornano alle scarpe da ginnastica. La stoffa bianca rovinata, la calligrafia irregolare di Tyler sulla fascia di gomma. È completamente irrazionale, ma mi viene un'idea. Tyler è l'unico che può capirla. « Devo fare una cosa » dico a Dean. Senza un attimo di esitazione, scosto la trapunta e scendo dal letto, poi vado dritta al mio zaino, sul pavimento.

« Che cosa? » ripete Dean, sedendosi sul letto e fissandomi, come se non potesse credere al mio rifiuto. Tanto per cominciare, mi sono appena svegliata. In secondo luogo, sono stata a letto col suo migliore amico. Terzo, presto gli dirò la verità, e credo che rimanere qui e fargli credere che va tutto bene sia la cosa peggiore che possa fare. « Cosa devi fare di così importante in questo momento? »

Mi aggiro per la stanza, con addosso ancora soltanto la biancheria intima, e prendo tutta la mia roba dal pavimento, compreso lo zaino, il telefono e le Converse, poi vado verso la porta. « Non te lo posso dire » rispondo. Esco dalla camera e mi precipito in bagno. Sento che Dean mi segue. Chiudo a chiave prima che mi raggiunga.

« Eden » sussurra attraverso il legno, con un colpo alla porta. « Che cosa succede? È per ieri sera? »

Lo ignoro, tiro fuori in fretta tutti i miei vestiti dallo zaino (questa volta non al buio, nel cuore della notte) e li spargo per il bagno. Cerco di mettere insieme un abbigliamento decente dall'accozzaglia di vestiti che ho preso quando me ne sono andata. Non voglio restare qui per troppo tempo, quindi non faccio la doccia, mi limito a darmi una rinfrescata. Dedico un totale di cinque minuti a rimettermi in sesto, poi mi infilo le scarpe, chiudo lo zaino e me lo metto in spalla.

Quando apro la porta del bagno, Dean è appoggiato allo stipite. Fa subito un salto indietro, con aria terrorizzata, osservando l'espressione della mia faccia. Molto piano, mi chiede: « Ho fatto qualcosa di sbagliato? »

« Non hai fatto *niente* di sbagliato, Dean, è questo il problema! » Scuoto la testa con un gemito, scivolandogli davanti. In questo momento sono così arrabbiata con me stessa, così furiosa, che sembra mi stia sfogando su di lui. Il suo sguardo preoccupato mi spezza il cuore. È così difficile sapere che presto dovrò ferirlo, perché è l'unica persona che non vorrei mai, mai far soffrire. Si merita una ragazza molto migliore di me.

Mi aspetto che replichi qualcosa, ma non lo fa. È come se non sapesse proprio che cosa pensare del mio atteggiamento. Esco dalla suite, senza riuscire a guardarlo. Mi chiudo la porta alle spalle e continuo a camminare. Più procedo lungo il corridoio, più la mia attenzione si sposta da Dean a qualcos'altro. La mia attuale missione. La mia idea irrazionale.

Mentre scendo in ascensore, ricontrollo lo zaino per verificare di averci buttato dentro il portafoglio, ieri sera, poi faccio un sospiro di sollievo. Tiro fuori il telefono e mi faccio strada in mezzo a un gruppo di turisti ammassati davanti alla reception, facendo attenzione a non urtare i loro bagagli, poi ringrazio di nuovo l'usciere che mi apre la porta.

Cammino il più in fretta possibile e seguo la strada, fissando il telefono. Intanto apro la mappa della metropolitana e contemporaneamente cerco il posto che mi serve. Non so ancora dove devo andare di preciso, quindi mi fermo all'angolo per studiare il percorso. Le strade sono gremite, come sempre, così faccio un passo indietro e mi appoggio al muro più vicino, decisa a non intralciare i passanti.

Non mi ci vogliono più di dieci minuti per scegliere lo studio e individuare il percorso in metropolitana. Anche se dovrò percorrere tre chilometri da sola, a Manhattan, mi sento piuttosto sicura di me.

Schivo con agilità i turisti affascinati, come se vivessi qui da anni. La pianta della città mi è diventata molto più chiara, soprattutto dopo aver camminato in queste strade per un mese, quindi ho già memorizzato il percorso nell'Upper East Side. Arrivo alla stazione della metropolitana in cinque minuti, per fortuna ho con me la MetroCard.

Quattro settimane fa, la metro mi terrorizzava. Tyler aveva dovuto trascinarmi dentro a forza, invece adesso mi oriento in una stazione sconosciuta senza problemi. Naturalmente, soltanto finché non arrivo al binario giusto. C'è un odore spaventoso. Il caldo è soffocante, peggiorato dalla folla di gente, non provo neanche a nascondere il mio disgusto. Prima di venire a Manhattan, non mi aspettavo che la metropolitana fosse lussuosa, e nemmeno pulita, ma almeno le altre stazioni non mi avevano fatto venire il vomito. Trattengo il fiato e mi fermo, incastrata fra una donna col passeggino e un gruppo di giovani turisti asiatici. Se la mamma sapesse che sono quaggiù da sola, mi ucciderebbe.

Il treno arriva dopo pochi minuti, ma in banchina c'è talmente tanta gente che non riesco a salire. Non sono abbastanza sfacciata da farmi largo a gomitate, quindi rimango indietro mentre il treno si riempie e parte, poi mi avvicino di più al bordo, chiedendomi in silenzio per quanto tempo potrei sopravvivere qui dentro prima che le esalazioni tossiche mi uccidano. Ho paura a respirare, quindi chiudo gli occhi e stringo forte il mio zaino, mentre aspetto il prossimo treno.

Arriva circa cinque minuti dopo, e stavolta riesco a salire. Non ho alcuna intenzione di restare nel buco nero della stazione sulla Cinquantanovesima Strada per un secondo di più. La carrozza è pienissima, quindi devo restare in piedi, ma non importa. Ci starò solo un paio di minuti, fino alla Grand Central. Dopo un percorso brevissimo, posso scendere.

Durante l'estate sono stata diverse volte alla Grand Central Station, quindi prendo facilmente il collegamento con la Quarantaduesima. Per tutto il tempo il mio nervosismo cresce, ma dico a me stessa che non mi tirerò indietro. Forse sto seguendo l'impulso di un momento, potrebbe essere folle e anche stupido, però ha senso. Per qualche strana ragione sento che è la cosa giusta, quindi mi attengo al mio piano e prendo il treno per Times Square.

Quando arrivo, esco in fretta dalla stazione e seguo la mappa che ho sul telefono, passando lo sguardo dalle vie di Manhattan allo schermo per essere sicura di non sbagliare strada. Giro a sinistra e proseguo per due isolati verso sud, subito dopo la Quarantesima Strada e la sede del « New York Times », e infine trovo quello che stavo cercando.

È incastonato sopra un negozio di souvenir, accanto a Subway. Non mi fermo neanche a osservare lo studio da fuori, entro direttamente. Voglio solo sbrigarmi, per non correre il rischio di ripensarci. Mi fermo sulle scale, però, per guardare le mie Converse.

Piego il piede di lato e guardo la scritta fatta da Tyler. Sono passate quattro settimane da quando mi ha detto di non mollare. Adesso tutto quello che posso fare è fargli capire che non l'ho fatto, nel modo più immediato che riesco a pensare. Mentre spingo la porta dello studio di tatuaggi, sulla mia faccia c'è un sorriso.

Quando Emily mi telefona, sono sulla Lexington Avenue. Ormai sono quasi le cinque, l'ora di punta: il traffico è caotico e i marciapiedi brulicano di persone. Non volevo restare fuori tutto il pomeriggio, ma dopo gli spostamenti, l'interminabile attesa di due ore allo studio e una sosta di un'ora per il pranzo e un caffè, sto tornando all'appartamento soltanto adesso. Quando sento la vibrazione nella tasca posteriore dei jeans, rispondo alla chiamata di Emily senza smettere di camminare.

« Ehi, come va? »

« Sono più o meno chiusa fuori dall'appartamento » dice lei un po' imbarazzata.

« Che cosa? » Inavvertitamente sfioro la spalla di un tizio, che mi lancia un'occhiata truce. Io mi limito a fargli un cenno di scuse e mi allontano in fretta, cercando di non far incazzare nessun altro. « Come hai fatto? »

« Ero andata a casa mia per mettere via un po' di roba e non ho pensato di prendere la chiave, perché credevo che Tyler sarebbe stato in casa. Cioè, è rimasto a letto tutto il giorno e non immaginavo che sarebbe andato da qualche parte, ma ho bussato per dieci minuti buoni e non risponde nessuno» mi spiega Emily, sospirando.

«Dov'è Snake?»

«Sono abbastanza sicura che abbia portato fuori la tua amica». Giusto. Dean mi ha già detto che Rachael e Snake erano usciti a pranzo insieme. Mi fa una strana impressione. «Almeno, mi sembra che abbia detto così» continua Emily. «Ma ero ancora mezza addormentata, perché Tyler ci ha tenuti svegli tutta la notte».

«Come sta?» È stata la notte peggiore di tutta l'estate e la colpa è di Tiffani. Se non fosse mai arrivata a New York, se avesse abbandonato la sua illusione di tornare con Tyler anni fa, nulla di tutto questo sarebbe successo. Io non avrei detto a Tyler quelle bugie e lui non sarebbe tornato alle vecchie abitudini, quando comportarsi da incosciente era la sua distrazione preferita. «Tyler, voglio dire».

«Ha ancora i postumi della sbronza, ma quando sono uscita cominciava a sentirsi un po' meglio» risponde Emily con una risata, come se stesse alzando gli occhi al cielo. «Tu non hai per caso le chiavi di riserva, vero?»

«Sei fortunata. Ce le ho da due settimane. Anche se non le ho mai usate». Tyler si era finalmente deciso a darmi fiducia e mi aveva dato un doppione delle chiavi, nel caso avessi dovuto entrare da sola nell'appartamento, e da allora l'ho conservata nello scomparto del portafoglio chiuso con la cerniera.

«Se non è troppo disturbo, credi che potresti portarmela?»

«Certo» rispondo ad alta voce, sovrastando il rumore della città come una vera newyorkese. «Comunque stavo giusto tornando, sono solo a un paio di isolati».

«Perfetto. Grazie, Eden. A fra poco».

Chiudo la chiamata e mi rimetto il telefono in tasca. Mentre mi dirigo all'appartamento di Tyler vedo il palazzo che svetta all'angolo dell'isolato, dall'altra parte della strada, ma il mio sguardo non si sofferma a lungo, perché ritorna sul mio polso, con la stessa incredulità che ho provato per tutta la strada. Anche in metropolitana continuavo a guardarlo, girando il braccio sinistro in ogni posizione possibile per cercare di illuminarlo con la giusta angolazione. Anche mentre salivo le rampe di scale e mi facevo strada per uscire dalla stazione, non riuscivo a staccarmi gli occhi dal braccio. Ogni tanto passavo la punta delle dita sulla pellicola trasparente, tanto per ricordare a me stessa che sono completamente e assolutamente pazza. Mio padre mi ucciderà quando mi vedrà (sempre che non mi uccida prima mia madre per essere andata in giro per New York da sola).

Quando arrivo al palazzo di Tyler, supero in fretta le cassette della posta e vado dritta all'ascensore. Nei dieci secondi che mi ci vogliono per raggiungere il dodicesimo piano, prendo in fretta una felpa dallo zaino e me la infilo, in modo da coprirmi il polso. Non voglio che Emily mi faccia domande e non so proprio come reagirà Tyler quando lo vedrà. Spero soltanto che capirà quello che sto cercando di dirgli, senza bisogno di parlare. Tiffani ha detto che non potevo dire a Tyler che cosa stava succedendo, ma questo non significa che io non possa provare a *mostrargli* la verità.

Quando la raggiungo, Emily è seduta a gambe incrociate accanto alla porta dell'appartamento. Ha l'aria un po' provata. Si alza subito e mi sorride.

« Ehi » le dico sistemandomi i lacci della felpa e ripensando alla nostra telefonata di cinque minuti fa. In quel momento non avevo prestato molta attenzione alle sue parole, ma adesso che ce l'ho davanti, all'improvviso le ricordo tutte. « Non sapevo che avessi un tuo appartamento ».

« Sì, nel Queens » dice lei alzando le spalle.

« E allora perché stai qui? Tyler non mi ha mai detto il motivo ».

« Dividevo l'appartamento con un ragazzo, e per un po' è stato fantastico, ma di recente le cose hanno iniziato a mettersi male. Abbiamo avuto una lite tremenda e lui mi ha praticamente buttato fuori » ammette lei, evitando il mio sguardo. Il suo tono è diventato più dolce. Fa un sospiro e aggrotta la fronte. « In realtà è solo un idiota. Io non sapevo dove altro andare e così ho chiamato Tyler ».

Mi lascio scivolare lo zaino dalla spalla e lo apro, poi sollevo una gamba e lo appoggio sul ginocchio per frugare alla ricerca del portafoglio. Continuo a parlare con Emily, ma non la guardo mentre cerco. « Perché dovevi mettere via la tua roba? »

« Perché sto per spedire tutto quanto a casa. La settimana prossima torno a Londra ».

Mi fermo e alzo gli occhi. « Che cosa? »

« Insomma, è ora che me ne vada. La campagna è finita più di un mese fa ». Dal suo sorriso si capisce che non vorrebbe andarsene, come se il pensiero di tornare in Inghilterra non la riempisse di entusiasmo. Non posso darle torto. Una parte di me non vorrebbe tornare mai più a Santa Monica. « Allora, ce l'hai la chiave? » mi chiede cambiando tono di voce e argomento.

« Sì, eccola ». Prendo il portafoglio, apro la lampo dello scomparto e tiro fuori la chiave. La do a Emily mentre io richiudo tutto, poi la seguo nell'appartamento.

Lei si blocca subito dopo aver superato la soglia e io le finisco addosso, da dietro. Quando guardo sopra la sua spalla, vedo l'ultima cosa che mi sarei mai aspettata. Mai, neanche in un milione di anni, avrei mai creduto di assistere a una scena così familiare. Anzi, mi ci vogliono almeno dieci secondi per rendermi conto di quello che sto vedendo, e Tyler ce ne mette almeno dodici per staccarsi da Tiffani.

Lui la schiaccia contro il bancone della cucina e lei gli tiene il viso fra le mani, mentre lui le bacia la spalla, proprio come baciava la mia. Le ha messo una mano in fondo alla schiena e l'altra intorno alla vita. Mi ci vuole meno di un secondo per notare che la sua camicetta è già slacciata. Mi torna in mente la prima volta che ho incontrato Tiffani, quel giorno che amoreggiavano nei camerini di American Apparel, e non riesco ad accettare che stia succedendo *di nuovo,* che lei abbia *di nuovo* ottenuto quello che voleva. Non posso neanche concepire il fatto che tutto questo, questo immenso gioco di manipolazione, abbia funzionato perfettamente a suo favore. E soprattutto non posso credere che Tyler le abbia reso la vita così facile.

Quando finalmente lui vede me ed Emily con la coda dell'occhio, stacca immediatamente le labbra da Tiffani e fa un lungo passo indietro. Guarda me soltanto, con gli occhi spalancati, poi li abbassa al rigonfiamento nei suoi jeans. « Eden ».

Tiffani fa un verso teatrale di sorpresa, poi si avvicina e stringe con le braccia il bicipite di Tyler, quello con il mio nome sopra. « Oddio! È *così* imbarazzante! »

« Eden » dice Tyler di nuovo. Non si scrolla Tiffani di dosso, anzi non batte ciglio. Rimane lì, in piedi, e mi guarda senza ombra di vergogna. È vero, ha un aspetto orribile. Ha i capelli tutti arruffati e gli occhi pesanti, sembra sfinito.

Io non sono sconvolta, sono furente. Idrofoba. Giro intorno a Emily, che sbatte le palpebre, scioccata, e non sa come reagire. Faccio un deciso passo avanti. « *Non provare a giustificarti,* Tyler » sibilo fra i denti, con le mani strette a pugno. « Non riesco a credere che tu... »

« Eden » mi interrompe lui, ripetendo il mio nome per la terza volta, in tono alterato ma deciso. « Non avevo intenzione di giustificarmi. Volevo chiederti di levare il culo dal mio appartamento ».

Le mie spalle si incurvano all'istante, vacillo e sbatto le palpebre, sbalordita. « Che cosa? »

« L'hai sentito » interviene Tiffani. Non mi stupisco che sul suo viso ci sia un sorriso raggiante. Ha un'aria perfida. « Perché non ve ne andate e ci lasciate un po' in pace? Non avete un corso in palestra, o una seduta con qualche terapista? »

Le sue parole così disinvolte mi colpiscono con tanta forza che non trovo neanche l'energia per arrabbiarmi. Scambio un'occhiata con Emily. Ha la bocca aperta, gli occhi spalancati: quella domanda l'ha completamente sconvolta. In questo momento provo pietà per Tiffani, perché ricava soddisfazione nel ferire le persone colpendole dove sono più vulnerabili. Mi fa pena perché sfrutta le debolezze degli altri a proprio vantaggio. Per questo non la perdonerò mai. Né adesso, né mai.

Quando mi giro verso Tyler, mi accorgo che non sta più guardando me. Ha spostato lo sguardo su Tiffani, ed è uno sguardo disgustato. Le prende le mani, le stacca dal suo braccio e fa un lungo passo indietro. Scuote la testa. « Non puoi aver detto una cosa del genere » dice lentamente.

Tiffani alza gli occhi al cielo. Dentro di me, per tutto il tempo, è montato qualcosa di diverso dalla rabbia. È vedere lei e Tyler insieme che mi fa stare così male. Niente di tutto questo doveva succedere. Tyler non avrebbe mai dovuto cercare in lei una stramaledetta distrazione, per quanto fosse sconvolto e incazzato con me. Mi rendo conto che il sentimento che mi cresce dentro, sempre più intenso, non è altro che disperazione. Devo sistemare questa situazione, dimostrare a Tyler che non ho intenzione di mollare, che lo amo ancora infinitamente.

Fanculo a Tiffani. Fanculo ai suoi giochetti. Non posso sopportare questa situazione un minuto di più. Non posso vedere quell'espressione di rimprovero negli occhi di Tyler, come se non volesse più avermi intorno.

Non mi importa nemmeno che Emily sia presente. Non mi importa che Tiffani dica a Dean la verità. Non me ne importa perché il fatto che Emily e Dean scoprano la verità è molto meno terrificante che non riuscire più a farmi perdonare da Tyler per quello che ho detto ieri sera.

Prima ancora di accorgermene sto attraversando la stanza, puntando verso Tyler, e le parole cominciano a uscirmi di bocca prima che possa ripensarci. « Ieri sera ti ho detto un mucchio di stronzate » balbetto, fissando lo sguardo su Tyler, e solo su di lui. « Non ho scelto Dean. Ho scelto te. Per me ci sei sempre stato solo tu ». Giro gli occhi su Tiffani: ormai sono furiosa e ho trovato il coraggio di sostenere il suo sguardo. « Lei mi ha costretto a lasciarti, ieri sera, perché è una *stronza* ».

Tiffani continua a sorridere, ma vedo le crepe nella sua espressione, anche se cerca di nascondere la rabbia. Prova a mantenere una facciata calma e innocente e dice in tono secco: « E perché avrei dovuto farlo, Eden? »

« Perché vuoi riprenderti Tyler » interviene bruscamente Emily da dietro di me. Quando giro la testa per guardarla, vedo che mi sta raggiungendo. Mi stupisco che non sembri sorpresa, che non resti sullo sfondo, soffocando esclamazioni di sbalordimento. Ho appena dichiarato che Tyler è molto più che il mio fratellastro, ma lei non ha fatto una piega. Sembra soltanto sulla difensiva, mentre incrocia le braccia e fissa gli occhi su Tiffani. « L'hai minacciata. Ti ho sentito, in quel bar ». La sua voce si fa più dolce quando sposta lo sguardo su Tyler. Per un momento ci guarda entrambi. « Eden ti sta dicendo la verità, Tyler ».

« Ma per favore. Se volete mentire, almeno fatelo in modo plausibile » ribatte Tiffani, ma vedo il panico nei suoi occhi, mentre si sistema la camicetta. Sa bene che la sua occasione per riconquistare Tyler le sta sfuggendo di mano. Sa che sta perdendo. « Non farei mai una cosa del genere ».

Tyler ha ancora uno sguardo feroce, ma questa volta non è rivolto a me. Ce l'ha con Tiffani. Fa un altro passo per allontanarsi da lei, non di lato ma tenendola di fronte, e si avvicina a me ed Emily. Siamo in tre contro una, adesso. « Vattene » le ordina.

« Che cosa? »

« Vattene subito a fanculo » ripete lui in tono rabbioso, indicando la porta con il pollice. Ha un tono secco e una posa decisa, non ha intenzione di cambiare idea. « Adesso ».

Furiosa, Tiffani fa una smorfia e ci supera a passo di carica, spintonando di proposito Tyler. Incapace di controllare il suo disprezzo per tutti noi, dà una spallata a Emily, poi si ferma di scatto e si rivolge a me. Scuote la testa e, incredibilmente, fa un sorrisetto. « Questa volta l'hai fatta proprio grossa » sibila, e so che è così. So che adesso lo dirà a Dean. È ovvio.

« L'uscita è da quella parte » dico con calma, anche se in questo momento vorrei urlarle contro. Faccio un passo di lato, con un cenno della testa verso la porta, e finalmente lei si precipita fuori, sbattendosela alle spalle.

Cala il silenzio. Nessuno di noi sa che cosa dire o come reagire. Nessuno vuole essere il primo a parlare. Emily guarda verso di me, con le sopracciglia inarcate, e Tyler resta lì, in piedi, voltandoci le spalle, con la testa china. Il suo respiro è pesante ed è come se lo sentissi ripensare a tutto quello che è successo. Alla fine capisco che devo essere io la prima a dire qualcosa.

Ancora anestetizzata, mi obbligo a superare la distanza e ad avvicinarmi lentamente a Tyler, da dietro. Allungo una mano verso il suo braccio, sfiorandolo con la punta delle dita. « Tyler... »

Lui scuote la testa dolcemente. « Io devo... devo schiarirmi le idee » dice piano. Mi volta le spalle e attraversa il soggiorno, diretto nella sua stanza. Pochi secondi dopo ritorna con un paio di scarpe e le chiavi della macchina infilate sull'indice.

« Non dovresti guidare » gli fa notare Emily, preoccupata. Io le lancio un'occhiata. Continuo a chiedermi perché non ha fatto domande su quello che ho detto di Tyler. Forse non ha capito. Non lo so, è strano. Negli ultimi due anni mi sono sempre aspettata che le persone avrebbero reagito con disgusto, indignazione e confusione se e quando l'avessero scoperto. Emily è la prima persona a cui l'ho detto, seppure indirettamente, e non ha avuto alcuna reazione. Continuo ad aspettarmi che chieda: « Che cosa diavolo sta succedendo fra voi due? » Sto aspettando *qualcosa,* qualunque cosa.

« Chissenefrega » sbotta Tyler. Prende le sue chiavi di casa dal bancone della cucina e passa accanto a me e a Emily, evitando con attenzione di sfiorarci, poi sparisce oltre la porta. Non la sbatte come ha fatto Tiffani, se la chiude piano alle spalle.

In questo momento vorrei seguirlo, spiegargli meglio tutto quanto, ma so che ha bisogno di spazio. Deve ricostruire i fatti, *poi* potrò parlargli. Più tardi, quando tornerà, anche se non so quanto dovrò aspettarlo. Adesso, però, sono ancora sbalordita per l'atteggiamento di Emily. Non pensavo che dire la verità fosse così facile. Avrebbe dovuto essere terrificante.

« Emily... » dico lentamente, a disagio. Anche se non mi fa domande, di certo le ha in testa. Non posso lasciar correre senza un chiarimento, senza che sappia quello che sta succedendo davvero, così raccolgo il coraggio per affrontare la mia paura peggiore: spiegare le mie ragioni. « A proposito di me e Tyler... »

« Non c'è bisogno che mi spieghi niente » dice Emily con un'alzata di spalle, superandomi per andare in cucina. Io la guardo sbattendo le palpebre, dal soggiorno, mentre si prende una bottiglia d'acqua dal frigorifero. Con disinvoltura, svita il tappo e si appoggia al bancone. Con mia immensa sorpresa, mi guarda con calore e mi fa un sorriso dolcissimo e confortante. « Lo avevo già capito ».

26

All'inizio le parole di Emily sembrano non avere senso. L'aveva capito? Impossibile. Io e Tyler siamo stati così attenti, così cauti... Mi spaventa pensare che, anche se abbiamo fatto di tutto per tener segreta la nostra relazione, lei se ne sia comunque accorta. Per un momento l'idea che possa non essere l'unica mi terrorizza. Quante altre persone, negli anni, hanno avuto dei sospetti? Quanti altri si sono chiesti se non ci sia sempre stato qualcosa fra noi? Posso solo sperare che la risposta sia nessuno. Emily, d'altra parte, non sembra impressionata dal fatto che Tyler è il mio fratellastro. Non sembra a disagio, non ha un atteggiamento critico, disgustato o confuso. Mi limito a chiederle: « Come hai fatto a capirlo? »

Lei beve un sorso d'acqua, senza smettere di sorridere. Quel sorriso mi rincuora. Temevo che la frecciatina di Tiffani sulla terapia potesse averla sconvolta, ma sembra che se la sia fatta scivolare addosso, come ho fatto io con la battutina sulla palestra. Era un meschino tentativo di ferirci. Adesso, però, ci sono altre questioni più urgenti. Lentamente, Emily riavvita il tappo della bottiglia e alza le spalle. « A un certo punto è diventato ovvio ».

« E come? Non avrebbe dovuto » ammetto a bassa voce. Faccio ancora fatica a credere che sto parlando della cosa con qualcuno che non sia Tyler. Mi fa uno strano effetto, non ci sono abituata.

« Sì, avevo capito anche quello » dice lei con una risatina. Una risatina affettuosa, amichevole. « Francamente, c'erano diversi indizi ».

Attraverso il soggiorno e mi avvicino al bancone della cucina, poi mi chino e ci appoggio le braccia. Guardo in faccia Emily, con curiosità e confusione. « E quali, per esempio? Come abbiamo fatto a tradirci? »

« Be', tanto per cominciare, Tyler ha lasciato il divano e ha iniziato a dormire con te. Voglio dire, certo i fratelli dormono spesso insieme, ma in questo caso sembrava qualcosa di più. L'altra sera, quando siete andati a dormire presto, io sono tornata e vi ho cercato. Ho controllato in camera di Tyler e vi ho trovati addormentati, abbracciati stretti. Ho pensato che io non avrei mai avuto un atteggiamento simile con mio fratello ».

Inarco le sopracciglia. « L'hai capito soltanto da questo? »

« No. C'era anche il tatuaggio di Tyler. L'ho notato una mattina, mentre tu facevi la doccia, e quando gli ho chiesto perché aveva scelto il tuo nome, ha scrollato le spalle e ha detto che eri sua sorella. Mi è sembrato strano: perché allora non i suoi fratelli? Perché non si era tatuato anche i loro nomi? Soprattutto considerando che sono i suoi *veri* fratelli. Senza offesa ».

« Figurati. Sapevo che quel tatuaggio era una cattiva idea » commento, quasi ridendo. È anche molto ironico, visto quello che ho appena fatto. Lancio una rapida occhiata al mio polso, per assicurarmi che sia ancora nascosto sotto la manica. Lo farò vedere a Tyler più tardi. In questo momento, però, sono concentrata su Emily. Con tutte le volte che ho immaginato di fare con qualcuno una conversazione del genere, su me e Tyler, non avrei mai pensato che fosse così: tranquilla, facile. « E che cos'altro ci ha tradito? »

Emily ci pensa per un momento, sfiorandosi le labbra con le dita, fissando il vuoto per un momento prima di tornare a guardarmi. « Tyler ti ha mai fatto leggere il suo discorso per la campagna di sensibilizzazione? » Questa domanda mi prende alla sprovvista: cerco di pensare alla risposta, sbattendo le palpebre.

Io e lui abbiamo parlato infinite volte al telefono, durante l'anno della sua assenza, ma non ricordo che mi abbia mai letto per intero il suo discorso. Al momento di trasferirsi a New York lo stava ancora scrivendo, e in quel periodo a volte mi chiedeva un'opinione sulle frasi che aveva elaborato. Io gli dicevo sempre che suonavano benissimo, che erano oneste e dirette come lui. Non ho mai sentito la versione definitiva. Non gliel'ho mai chiesto. « No, perché? » ammetto alla fine.

Il sorriso di Emily si allarga. Si appoggia all'indietro, sui talloni, e passa la bottiglia da una mano all'altra. « Alla fine dei nostri discorsi dovevamo descrivere le conseguenze che gli abusi avevano avuto su di noi, i danni psicologici » mi dice. Mi chiedo se si senta a disagio, ma non sembra. Ne ha parlato all'infinito per un anno intero, proprio come ha fatto Tyler. Ormai ci è abituata. « Così Tyler parlava delle droghe, dell'alcol eccetera, e parlava sempre di una ragazza. Non ha mai detto il suo nome, ma diceva che era stata la prima persona, dopo anni, a preoccuparsi di quello che stava passando. La prima persona che aveva davvero voluto aiutarlo, ed era proprio quello che aveva fatto, senza neanche rendersene conto. Diceva a tutti che era lei la ragione per cui le cose avevano cominciato a migliorare. Ne parlava come se fosse innamorato di lei, e noi ci chiedevamo sempre perché non pronunciasse mai il suo nome ». Fa una pausa, senza sorridere, ma senza neanche incupirsi. Espira lentamente, poi apre le labbra e dice: « Poi ho capito che non lo faceva perché quella ragazza eri tu ».

Mi ci vuole un po' per assorbire le sue parole. Non posso fare altro che fissarla, mentre cerco di metabolizzarle. Tyler non mi ha mai detto che parlava di me, nel suo discorso, che mi descriveva in quel modo. Non so bene come mi sento: a disagio? Non proprio. Stupita? Sì. Riesco a pensare soltanto che lo amo così tanto, ma che lui non è qui. In questo momento vorrei disperatamente raggiungerlo, toccarlo, dirgli che lo amo. E questa volta non in francese.

Quando Emily si rende conto che non sono in grado di elaborare una risposta, riprende a parlare. Intanto aggira il bancone della cucina. « Quindi ho pensato che ci fosse qualcosa fra voi due, ma non volevo chiederlo, poi è arrivato il tuo ragazzo e ho pensato di essermi immaginata tutto. Ma ieri sera ho avuto la conferma che avevo ragione ».

« Quando me ne sono andata? » tiro a indovinare, staccandomi dal bancone e girandomi verso di lei.

« No, più tardi ». Si allontana e attraversa il soggiorno. Io la seguo con gli occhi. Mentre cammina mi parla da sopra la spalla, alzando la voce quando sparisce in camera di Tyler. « Lui ha fatto un sacco di video durante la campagna. Me li stavo spedendo via email » la sento dire. Ricompare sulla porta della camera, con un computer portatile in mano. « E ho trovato una cosa che penso dovresti vedere. Non sono sicura che tu ne sia a conoscenza ».

Sempre più incuriosita, mi precipito a raggiungerla sul divano. Lei mette il portatile sul tavolino e inclina lo schermo. Io intreccio le mani, ansiosa, mentre lei lo avvia. Nessuna di noi due si rilassa, appoggiandosi allo schienale. Sediamo tutte e due sul bordo, chine in avanti, e fissiamo lo schermo. Emily apre velocemente l'account di Tyler e accede ai suoi file. Scorre fino all'ultimo video salvato e lo apre. C'è solo uno schermo nero. Lei lo mette in pausa prima ancora che sia partito e si volta verso di me.

« Insomma, l'ho aperto per sbaglio e giuro che ho guardato solo i primi dieci minuti circa e... » Le muore la voce e guarda verso il portatile. Allunga una mano, lo solleva e me lo mette in grembo con dolcezza. « Be', penso che dovresti guardarlo. Credo che avrai bisogno di spazio e forse dovresti metterti comoda ».

Si alza e io aggrotto le sopracciglia, curiosa ma anche un po' sospettosa. La seguo con lo sguardo mentre torna in cucina a prendere l'acqua. La coda di cavallo le dondola sulle spalle. È sempre stata così gentile con me. Sempre.

« Emily? » Mi mordo il labbro e aspetto che si volti. Quando lo fa, inarca un sopracciglio. « Mi dispiace » le dico.

Lei inclina leggermente la testa di lato. « Per cosa? »

« Per il modo in cui ti ho trattato, all'inizio » rispondo, poi scrollo le spalle, imbarazzata, e ammetto: « Pensavo che fra te e Tyler ci fosse qualcosa ». Sempre più a disagio, mi nascondo il viso fra le mani e faccio un gemito.

Adesso Emily si mette a ridere. Ride proprio di cuore, e io mi unisco a lei. « Non preoccuparti, non ti biasimo » mi rassicura.

È bello ridere, dopo tutto quello che è successo. Nonostante il fatto che Tiffani probabilmente si sta precipitando in albergo per dire la verità a Dean, e che Tyler se ne è andato chissà dove, non smetto di sorridere. Sorrido perché il nostro segreto non sembra più così sbagliato, scandaloso o terrificante.

Mi alzo, con il computer sulle braccia, e la guardo di nuovo. « E grazie » aggiungo.

« Per cosa? »

« Perché non ci giudichi » dico dolcemente. Lei non risponde, si limita ad annuire. È la seconda persona a saperlo, ma è la prima ad accettarlo e per questo le sarò grata per sempre. È bello sentirsi accettati.

Dopo un ultimo scambio di sorrisi, mi volto e vado verso la camera di Tyler. Raccolgo il mio zaino da terra con la mano libera, poi mi chiudo la porta alle spalle e appoggio il computer sul suo letto. Le tende sono tirate, come se fossero rimaste chiuse per tutto il giorno, e il letto di Tyler è disfatto. Non credo di poterlo rimproverare: doveva sentirsi uno schifo. Sospirando, mi sfilo la felpa e la butto da una parte, insieme allo zaino. A questo punto mi ricordo della novità sul mio polso.

Accendo le luci, sollevo il braccio e osservo da vicino la mia pelle. La pellicola mi sembra umida e appiccicosa, sotto ci sono delle lettere in grassetto, scure. Con la massima cura e delicatezza, tolgo la plastica. La pelle è un po' gonfia e infiammata, ma ha un bell'aspetto. È esattamente quello che volevo, proprio come lo immaginavo.

Sul mio polso sinistro spiccano le parole *No te rindas*, nella calligrafia di Tyler, esattamente come le ha scritte sulle Converse che mi ha dato. Le sue parole. La sua scrittura. La sua unica, semplice richiesta. Lui è l'unico che possa capire questo tatuaggio, e per questa sola ragione lo adoro.

Butto la pellicola nel cestino nell'angolo della stanza, spengo di nuovo la luce e prendo gli auricolari dal comodino. Mi metto comoda, sistemo i cuscini contro la testiera del letto, poi ci salgo e mi appoggio all'indietro. Mi copro con la trapunta e prendo il computer. Senza perdere altro tempo, attacco le cuffie e fisso lo schermo scuro. Poi premo play.

All'inizio non sembra succedere nulla. Sembra esserci un lieve spostamento, ma è troppo buio e non riesco a capire esattamente che cosa dovrei vedere. Alzo il volume e con mia sorpresa sento la voce di Tyler. È bassa e attutita, niente più di un dolce bisbiglio.

Chiudo gli occhi e ascolto. Al suono della sua voce mi si aggroviglia lo stomaco. Dice alla videocamera il mio nome, il giorno del mio compleanno, il mio colore preferito, il mio luogo di nascita, il colore dei miei capelli e dei miei occhi. Poi prosegue, lentamente. Ci mette un minuto solo a descrivere i miei occhi. A questo punto decido di mettere in pausa. Muovo il cursore sullo schermo per guardare la *timeline*, poi sbatto le palpebre e ricontrollo.

Il video dura quattro ore e ventisette minuti.

Deve esserci un errore. Non è possibile.

Per quattro ore e mezza, ascolto la voce di Tyler che bisbiglia e ridacchia a bassa voce. Racconta alla videocamera della prima volta che ci siamo visti. Parla di tutte le cose che ama di me, alcune delle quali sono abitudini e vezzi che neanch'io avevo mai notato. Continua a parlare, e parlare e parlare, senza quasi una pausa e senza un solo attimo di esitazione, mentre riflette sui momenti che abbiamo passato insieme e ricorda conversazioni e baci, trasgressioni e feste.

Mentre il filmato prosegue e le ore trascorrono, il buio lentamente si attenua. La luce nel video si fa sempre più forte e i contorni delle cose più chiari. Dopo la seconda ora riesco a vedere tutto il viso di Tyler, i suoi occhi luminosi. È in camera sua, proprio dove sono io adesso. Alla terza ora, gira la telecamera dal proprio viso e la punta su di me. *Me.* Ero proprio lì, accanto a lui, e ho dormito per tutto il tempo.

Quando il video si avvia alla conclusione, sullo schermo è giorno. Tyler non sembra neanche stanco quando nomina i La breve vita, e a quel punto la scena comincia a diventare familiare. Dopo quel momento... ho già sentito quelle parole.

In quel preciso istante, Tyler riporta la telecamera su di me e la sua voce dolce sussurra: «*Ehi, ti sei svegliata, finalmente*».

«*Che cosa fai?*» Io guardo con occhi stanchi dentro l'obiettivo, mezza addormentata. Mi restituisco lo sguardo, attraverso lo schermo.

«*Niente di importante*». La sua voce mi arriva attraverso gli auricolari. Scuoto la testa: non ci posso proprio credere. Niente di importante? Ha parlato di me per più di quattro ore. È quasi come se non volesse farmi vedere questo video, come se non volesse neanche farmi sapere che esiste.

Ascolto il nostro breve scambio di battute sul 4 luglio, proprio come lo ricordo, poi lui mette la videocamera sul comodino. Allora io lo tiro verso di me, lui preme le labbra sulle mie e ci baciamo. Continuiamo a ridacchiare, finché io non gli dico di spegnere la videocamera. Lui mi chiede se possiamo tenerla accesa. Pochi secondi dopo, si avvicina all'obiettivo e il video si spegne. È finito.

Dopo un'intera serata passata ad ascoltare quello che Tyler aveva da dire su di me, e tutti i suoi ricordi degli ultimi due anni, fin nei minimi dettagli, mi metto a piangere. Tyler è riuscito a ridurmi alle lacrime. Mi scorrono sulle guance come due rivoli tiepidi, mentre fisso lo schermo. È di nuovo nero, è tornato all'inizio del video, nel cuore della notte. Vedo il mio riflesso sul vetro. Non piango perché sono sconvolta, sono soltanto sopraffatta. Mi sento il corpo completamente anestetizzato. Comprendere appieno la profondità dell'amore di Tyler, toccarlo con mano... credo che sia la sensazione più confortante, ma anche più terrificante del mondo.

Faccio ripartire il video, ma questa volta salto subito alla fine della seconda ora. Vado avanti e indietro nell'arco di una mezz'ora, alla ricerca di un momento specifico. È il mio preferito in assoluto, l'unica volta che Tyler parla direttamente a me invece che alla videocamera, mentre sto ancora dormendo. Quando lo trovo sospiro e mi appoggio all'indietro, sui cuscini. Premo di nuovo play, chiudo gli occhi e ascolto.

« *Non so come ci si sente a essere innamorati di qualcuno* » ammette Tyler con una risata aspirata. « *Ma se significa pensare a una persona ogni secondo di ogni giorno... che il tuo umore cambia quando c'è lei... Se essere innamorati significa che faresti assolutamente qualsiasi cosa per quella persona... be', allora io ti amo perdutamente* ».

27

Sono quasi le dieci quando chiudo il computer di Tyler. Sono rimasta sdraiata qui per un po', a pensare. A Tyler, al video, a noi due. Mi chiedo dove ci porterà tutto questo. Quando Dean saprà la verità, e quando daremo la notizia ai nostri genitori, che cosa accadrà? Che cosa succederà dopo? Io e Tyler potremo stare insieme? Dovremo aspettare qualche mese per far sì che loro accusino il colpo? Non lo so. So soltanto che mi sto stufando di aspettare. Sono passati due anni e siamo sempre al punto di partenza. Due anni, e non sono ancora riuscita a presentare orgogliosamente Tyler come il mio ragazzo. Riuscirò mai a farlo? Posso solo sperarlo, e pregare che nessuno ne sia troppo scioccato.

Sono ancora seduta da sola, in silenzio e al buio, quando la porta si apre lentamente, cigolando. Alzo gli occhi, aspettandomi di vedere Emily, invece vedo Tyler. Tiene la testa bassa e rimane sulla soglia, la mano sulla maniglia. Adesso sembra calmo. Non confuso e non arrabbiato, ma neanche rilassato. Soltanto calmo.

« Possiamo parlare? » mi chiede piano. Nella sua voce c'è un'ombra di nervosismo, come se si aspettasse un rifiuto. Anche se non riesco a distinguere bene la sua faccia, capisco che in questo momento non vuole guardarmi negli occhi. Guarda per terra.

Io non rispondo, faccio solo un cenno con la testa, spero che lo veda. Premo i palmi sul materasso e mi sposto sull'altro lato del letto, più vicino alla finestra. Aspetto che mi raggiunga, nello spazio tiepido che ho lasciato, ed è esattamente quello che fa. In silenzio, si chiude la porta alle spalle con uno scatto impercettibile e viene da me. Scivola piano nel letto. Rimane sopra la trapunta, mi circonda con un braccio e io appoggio la testa sulla sua spalla. Per un po' respiriamo piano. Anche se lui ha chiesto di parlare, nessuno di noi due sembra voler iniziare. Ci limitiamo a guardare in avanti, verso le ante a specchio dell'armadio di fronte al letto. Fissiamo le nostre sagome riflesse nel buio.

Dopo un po' Tyler si decide a dire qualcosa e si schiarisce la voce, ma non si muove di un millimetro. « Che cosa è successo ieri? » mi chiede, così piano che quasi bisbiglia. Il silenzio è troppo fragile per parlare più forte.

Io chiudo gli occhi e cerco di pensare a tutto quello che è successo oggi e ieri. Tutto è andato storto da martedì, da quando Tiffani ha messo piede a Manhattan. Adesso provo soltanto sollievo al pensiero che, anche se ho fatto un casino e se Dean probabilmente ha già saputo la verità, Tiffani non ha ottenuto quello che voleva. Il suo piano le si è ritorto contro. Il fatto che Tyler sia qui con me, adesso, dimostra già che sta dalla mia parte, che è *a me* che crede. « Tiffani ti rivoleva » ammetto, sempre con la testa sulla sua spalla. Il suo petto si alza e si abbassa. « Pensava di poterci riuscire soltanto togliendomi di mezzo. Ha detto che dovevo lasciarti, altrimenti avrebbe detto a Dean la verità. E se l'avessimo bruciata sul tempo e avessimo parlato a Dean per primi, lo avrebbe detto ai nostri genitori ». È un po' più complicato di così, ma lo semplifico soltanto perché non ho molta voglia di parlarne. Cerco di lanciare un'occhiata verso Tyler, ma da questa posizione riesco a vedere solo la sua fronte.

« Cazzo » sussurra lui. Vedo che si passa la mano libera tra i capelli. Espira lentamente, poi scuote la testa e mi stringe più forte a sé. « Mi dispiace per essere stato così stronzo, prima. Ero incazzato con te e non ragionavo ».

« Anche a me dispiace ».

Lui riesce a fare una risatina, bassa e aspirata, proprio come quelle che faceva nel video. Non credo che gli dirò di averlo visto. Credo che terrò per me questo segreto. « Davvero, credevo che avessi mollato » ammette Tyler. « Non farmi mai più prendere uno spavento del genere ».

Non credo che rinuncerò mai a lui, soprattutto adesso, e penso che questo sia il momento migliore per mostrare a Tyler la novità sul mio polso. Non serve che gli risponda: le sue stesse parole sono l'unica risposta di cui ha bisogno. Sorridendo, sollevo la mano, alzo il mignolo, girando volutamente il polso verso di lui, e dico: « Promessa solenne ».

Lui sta per agganciare il mignolo al mio quando si ferma e mi afferra il polso. Si raddrizza di colpo, poi si china in avanti. Gli lancio un'occhiata di sbieco e vedo che scruta nel buio le parole impresse sulla mia pelle. Mi guarda sbalordito. « Che cos'è questo? »

« Forse dovresti accendere la luce » rispondo mordendomi il labbro inferiore, un po' in ansia. Immagino che Tyler abbia inarcato le sopracciglia, mentre stacca il braccio da me e si allunga sopra il mio corpo per accendere la lampada sul comodino, continuando a tenermi il polso con l'altra mano.

La stanza si illumina di colpo, facendo brillare i nostri volti. Non abbasso neanche gli occhi sul tatuaggio. Li lascio fissi su Tyler, godendomi il suo sguardo che si vela e le sue labbra che si aprono, il suo viso che si illumina di sorpresa in modo adorabile, mentre osserva intensamente il mio polso. « Non ci credo » dice sbattendo le palpebre, con espressione innocente. In questo momento sembra molto più giovane, come se fosse tornato bambino.

Io rido e libero il polso dalla sua presa, ammirando di nuovo il mio tatuaggio. È piuttosto arrossato e ogni tanto brucia, ma ne vale la pena, anche solo per l'espressione di Tyler. « L'ho fatto oggi pomeriggio » dico rispondendo alla domanda che non mi ha fatto. Comunque so che se lo sta chiedendo, quindi continuo. « Ho pensato che fosse l'unica cosa che avrebbe avuto senso soltanto per me e per te. È tuo, è quello che hai scritto ».

« Sei stata molto più brava di me » dice con un sorriso impacciato, sollevando un po' il braccio sinistro e guardando il proprio tatuaggio, quello che ha sul bicipite, formato da sole quattro lettere. « Io non sono stato così originale. Ehi, il '*te*' sembra un po' storto » dice indicando di nuovo le parole sul mio polso.

« Perché *tu* l'hai scritto un po' storto » ribatto, alzando gli occhi al cielo. Lui sembra capire solo adesso che il mio tatuaggio riproduce esattamente la sua calligrafia, perché gli si arrossano le guance e distoglie lo sguardo. Sempre sorridendo, io rotolo fuori dal letto, cado in ginocchio sulla moquette e intercetto i suoi occhi. È difficile credere che questo pomeriggio sia andato tutto storto, mentre ora ogni cosa sembra di nuovo a posto. « A proposito, Emily lo sa ».

«Che cos'è che sa?» mi chiede Tyler senza staccare gli occhi dai miei.

«Sa di noi» dico lentamente. Mi alzo dal pavimento e osservo Tyler, che è rimasto sul letto. «Sa che siamo più che semplici fratellastri».

«Glielo hai detto?» Subito si alza dal letto, raddrizzando la schiena, il panico nello sguardo.

«L'aveva capito da sola». L'espressione di Tyler passa dalla preoccupazione alla confusione, mentre cerca di accettare il fatto che Emily sappia la verità. «*Inoltre*» aggiungo girando intorno al letto con un grande sorriso sulle labbra, «non gliene importa niente. È tranquillissima».

Tyler spalanca di nuovo gli occhi, che mi seguono attraverso la stanza. «Davvero?»

«Sì». Quando lo raggiungo, gli prendo il viso fra le mani e allungo la schiena per baciarlo. Premo le labbra sulle sue, poi mi stacco e aggiungo: «Dopotutto non è così terribile che le persone sappiano la verità».

Lui mi guarda intensamente per un momento, con occhi indagatori. Forse pensa che io stia scherzando, ma si sbaglia, quindi lo bacio ancora, quasi per rassicurarlo, per confermargli che, per una volta, va tutto bene. Non posso impedirmelo. Sorrido contro le sue labbra, strizzando gli occhi, e mi crogiolo di nuovo in quel senso di accettazione. È così forte e così incredibile che non so come gestirlo. Non ho più il terrore che gli altri scoprano che sono innamorata del mio fratellastro. Siamo solo due persone a cui è stata appiccicata un'etichetta, tutto qui.

Anche se a fatica, Tyler stacca le labbra dalle mie, poi mi porta le mani alla vita e mi fa arretrare di un passo, dolcemente. «Snake lo sa?»

«Non credo» dico scuotendo la testa. Lentamente, un sorriso di eccitazione mi nasce sulle labbra. Prendo la mano di Tyler, appoggiata al mio fianco, e intreccio le dita con le sue. «È già tornato? Dovremmo dirglielo. Dai, possiamo dirglielo?»

Tyler fa una risata, buttando la testa indietro e attirandomi a sé. «Se solo fossi così entusiasta anche di annunciare la notizia a tuo padre...» sussurra con un sorrisetto, allungando la mano libera verso la porta.

Mi porta in soggiorno, è la prima volta che lascio la sua camera in quasi cinque ore. Ero troppo occupata col video che mi ha mostrato Emily, quello che durava quattro ore e ventisette minuti.

A proposito di Emily: è appollaiata su uno dei divani del soggiorno, circondata da quaderni e fogli volanti sparsi su tutto il tavolino. La tv è accesa ma il volume è basso, come se fosse lì soltanto per fare da sottofondo. Quando ci sente camminare sulla moquette alza gli occhi e subito le sue labbra si curvano in un sorriso. « Allora, presumo che abbiate sistemato tutto? »

Tyler non le risponde, ma mi accompagna verso il divano. Solleva le nostre mani intrecciate e inarca le sopracciglia. « Lo sai? »

« Sì ».

« E non ti sconvolge? » le chiede con la stessa confusione che ho provato io prima. Per due anni interi, ci siamo prefigurati reazioni completamente diverse dalla sua. Tyler lascia ricadere le nostre mani e si stacca da me.

« No ». Emily scuote la testa e fa scattare la penna un paio di volte, con aria tranquilla. « Onestamente, fate quello che volete. La vita è troppo corta per fare altrimenti ».

Le sue parole mi fanno sorridere. Abbraccio il bicipite di Tyler e lo stringo forte. « La breve vita » sussurro guardandolo. « Bisogna godersela ».

Lui apre bocca per rispondere, ma in quel preciso istante si sentono dei rumori fuori dalla porta, dei colpetti e una specie di tramestio. Alziamo gli occhi tutti e tre. All'inizio penso che sia Dean, che cerca di buttare giù la porta per uccidere me e Tyler, ma poi faccio un sospiro di sollievo quando sento che viene infilata una chiave nella serratura. È Snake, finalmente.

Pochi secondi dopo la porta si spalanca e, per abitudine, mi stacco da Tyler e faccio un balzo indietro di un paio di passi. Snake ancora non lo sa.

« È stato un pranzo maledettamente lungo » commenta Emily, sporgendosi dal divano per vederlo meglio. Mordicchia la penna che ha in mano e muove le sopracciglia per prenderlo in giro.

Snake si limita ad alzare al cielo i suoi occhi grigi e si avvia con calma verso la cucina. È la prima volta che lo vedo, da quando è uscito ieri sera per fare la spesa, e mi stupisco di vederlo ben vestito: ha una camicia ed è addirittura stirata. «Già, già, l'ho portata anche a cena. Le ho fatto fare il giro turistico di Manhattan».

«Snake» dico fingendo di lanciargli un'occhiataccia e incrociando le braccia: «Chi ti ha detto che potevi uscire con la mia migliore amica?»

Sto scherzando, naturalmente, ma lui comunque si volta e mi guarda con gli occhi stretti. «Che cosa ci fa lei qui? Perché è già tornata?» chiede rivolgendosi a Tyler. Ma anche lui sta scherzando. «Allora, siete di nuovo amiconi?»

«In realtà...» intervengo con un passo avanti, girando nervosamente i pollici. Voglio che Snake sappia la verità. Voglio *dirgli* la verità. Non lo abbiamo mai fatto e in questo momento sento di avere il coraggio di provarci. «Volevamo dirti una cosa».

Lancio un'occhiata a Emily, che continua a mordicchiare la penna dal divano e ci osserva piena di aspettativa, poi mi volto a sbirciare Tyler. Lui fa un sorrisetto e ricambia lo sguardo con i suoi occhi infuocati, ma non c'è rimprovero nel suo sguardo, più una specie di incoraggiamento. Fa un passo avanti per trovarsi di nuovo al mio fianco. Snake ci guarda incuriosito.

Non so esattamente che cosa dire, come formulare la verità, ma di colpo non ho più bisogno di dire niente, perché Tyler mi fa girare e mi attira a sé. Senza preavviso, preme le labbra sulle mie. Mi sembra la centesima volta, ormai.

Mi coglie di sorpresa. È l'ultima cosa che mi aspettavo, però non riesco a staccarmi da lui. Ricambio il suo bacio, catturata dalla sensazione familiare delle sue labbra sulle mie. Sono più che certa che sia Snake che Emily ci stiano guardando, eppure non riesco a farmene un problema.

Tyler si stacca da me, con un gesto repentino, poi torna a guardare Snake. «Voglio la tua opinione, adesso» gli ordina.

Io guardo Snake. Ci sta fissando dalla cucina, impietrito, muovendo solo le palpebre. È un po' sorpreso, ma questo è normale. Mi aspetto che le persone, all'inizio, siano scioccate. Deglutisce e scambia un'occhiata piuttosto preoccupata con Emily. «Che cazzo succede?» dice. Fa una smorfia e una risata imbarazzata. Sembra un po' incerto su cosa fare e cosa pensare.

«Sono innamorato di lei» gli dice Tyler, in tono così dolce e sincero che non posso evitare di lanciargli un sorriso. Potrei ascoltare all'infinito Tyler ripetere queste parole. Non credo che mi stancherei mai di sentirgliele dire ad alta voce.

« Ma... » la voce di Snake si spegne. Guarda di nuovo Emily, come per cercare sostegno. Probabilmente si chiede perché lei non è sconvolta come lui e perché sta sorridendo davanti a questa scena. Snake scuote la testa ed espira. « Ma non siete, cioè, fratellastri? »

« Sì » rispondo coraggiosamente, pronta a difendere la nostra posizione. Sono stufa di sentirmi in difetto solo per essermi innamorata del mio fratellastro. So che non c'è niente di male. « Ma non abbiamo legami di sangue » gli spiego, « e non siamo cresciuti insieme, quindi non ci consideriamo fratelli. Chiaro? » Spalanco gli occhi con tutta l'innocenza possibile, pregando che capisca e se ne faccia una ragione. In questo momento sembra ancora abbastanza sbalordito.

« Mmm... quindi state insieme, o cosa? » Afferra il bordo del bancone con una mano e si gratta la testa con l'altra. « Ma è proprio vero, o mi state prendendo in giro? »

« Non stiamo proprio insieme » dice Tyler in risposta alla prima domanda, in tono deciso. « È complicato. Dimmi soltanto che cosa stai pensando in questo momento ».

Snake alza le spalle. « Cioè, è un po' strano in effetti. I miei genitori sono molto religiosi. Sono sicuro che si aspetterebbero che vi denunciassi a Gesù ». Si rilassa un po', alza gli occhi al cielo, poi si volta per aprire un armadietto e fruga all'interno. Tira fuori un sacchetto di Doritos e lo apre. Si appoggia all'indietro contro il bancone più lontano, si lancia in bocca un paio di patatine e mastica rumorosamente, osservando Emily. « Che cosa ne pensi tu di tutto questo? » le chiede dopo un minuto.

« Io lo sapevo già » risponde lei con un'alzata di spalle. Sposta i fogli che ha in mano. « A me non dà fastidio ».

Snake ci riflette, masticando altre patatine, con la testa inclinata da un lato. « È un po' strano, ma per me non è un problema ». Sta per sorridere, ma subito trasforma il sorriso in un ghigno e inarca un sopracciglio, rivolgendosi a Tyler. « Quindi voi in famiglia lo fate strano? »

Io e Tyler scoppiamo a ridere nello stesso istante, ma il nostro momento di sollievo non dura a lungo. Sentiamo un colpo alla porta, che attira l'attenzione di tutti. Non è un colpo qualsiasi, ma un bussare ossessivo che rimbomba in tutto l'appartamento. È instancabile, così violento che palesemente è alimentato dalla rabbia. Lancio un'occhiata a Tyler, mentre il panico mi invade. È sera tardi, siamo tutti qui. C'è solo un'altra persona che potrebbe venire qui a quest'ora, solo una persona che potrebbe essere abbastanza furente da picchiare alla porta in questo modo. Anche Tyler se ne rende conto, perché deglutisce e i suoi occhi si riempiono di angoscia. Sappiamo entrambi che è Dean. Tiffani deve avergli detto la verità.

« Non aprire » spara Snake a bassa voce, stringendo il pacchetto di Doritos. « Sembra la polizia ».

« Non è la polizia » dico piano, senza staccare gli occhi dalla porta. Dean sta ancora bussando. Dopo un secondo grida il mio nome. Appena sento la tensione nella sua voce, il mio cuore si spezza. Sicuramente lo sa. Sa la verità, e l'ha scoperta nel modo peggiore possibile. So che devo aprire la porta. Devo affrontarlo, anche se proprio non vorrei.

Tyler, Snake ed Emily mi guardano in silenzio mentre obbligo il mio corpo ad attraversare l'appartamento. Ho le gambe rigide e lo stomaco in subbuglio. Raggiungo la porta e, lentamente, giro la serratura. Poi apro.

Dean è in piedi davanti a me, ansimante, con un pugno sospeso a mezz'aria, pronto a bussare ancora. Vedo i suoi occhi furiosi e il mio corpo si immobilizza, il mio sangue sembra diluirsi e le gambe mi cedono. L'espressione dei suoi occhi è qualcosa che non avevo mai visto. Sono scuri, taglienti e pieni di dolore. Non è da Dean, ed è questa la cosa più spaventosa. Ha le guance infiammate dalla collera. « È vero? » mi chiede con voce strozzata.

Mi aggrappo ancora più forte alla porta e la tengo aperta. Mi sento così male che non credo di riuscire a parlare. Strizzo gli occhi e chino la testa. Non riesco a guardarlo, fa troppo male. Ma il mio silenzio gli dice tutto quello che serve. Il mio silenzio gli dice che è vero, che per tutto questo tempo sono stata innamorata di Tyler.

Dean espira lentamente, mentre assorbe la notizia. Sento che scuote la testa per un po', poi mi chiede: « Chi è? »

Adesso devo proprio alzare gli occhi. Aggrotto le sopracciglia, confusa, e lo scruto con gli occhi pieni di lacrime. Rifletto su questa tremenda situazione. Sapevo che alla fine Dean avrebbe dovuto soffrire. Lo sapevo dal primo momento che ho messo piede in questa città, dall'attimo in cui Tyler ha dichiarato di non avermi dimenticata. Era inevitabile, non avevamo altra scelta. Se non gli avessimo detto la verità, avrebbe sofferto. Ma avrebbe sofferto comunque, anche se lo avessimo fatto. Questo lo avevamo capito. Quello che non capisco assolutamente, invece, è la domanda di Dean. « Che cosa? »

« Con chi mi hai tradito? » sbotta lui in tono di disprezzo, guardandomi disgustato. Non posso dargli torto, anch'io mi disprezzo. « Almeno abbi la decenza di dirmelo ».

Mi si chiude la gola. *Ma certo.* Era ovvio che Tiffani non avrebbe fatto il nome di Tyler. Voleva che fossi io ad ammetterlo con Dean. Non so se ne sono in grado, però. Non so se posso pronunciare il nome di Tyler. Lo ucciderei. Potrei mentire. Potrei rifiutarmi di dirglielo o buttare lì un nome falso, ma quando lo guardo di nuovo, quando lo guardo davvero e vedo la sofferenza nei suoi occhi, capisco che la sincerità è davvero l'unica cosa che posso offrirgli in questo momento. Non posso dirgli altre bugie.

Obbligandomi a respirare, mi lancio un'occhiata alle spalle. Snake è chino sul bancone della cucina a mangiare le patatine e a guardare la scena con estremo interesse. Emily sta ancora mordicchiando la penna. Ci ascolta, ma almeno si sforza di non far notare che sta osservando il nostro scontro, infatti ha girato la faccia verso i suoi quaderni, anche se ci sbircia con la coda dell'occhio. Dean non si è reso conto che abbiamo compagnia, oppure non gliene importa niente. Tyler invece ci sta già raggiungendo.

Si ferma alle mie spalle e appoggia una mano sulla porta, al di sopra della mia. Adesso che la tiene aperta lui, io la lascio andare e mi concentro su Dean. Sta ancora aspettando una risposta, sempre più inferocito. Sono contenta che Tyler sia lì con me. È un sollievo non doverlo fare da sola, averlo al mio fianco, condividere questo momento.

Sento che Tyler, dietro di me, prende fiato e poi si azzarda a pronunciare le parole: « Ti ha tradito con me ».

Dean trasalisce e arretra sul pianerottolo, è il ritratto dell'incredulità. Scuote la testa in fretta. « Di che cosa stai parlando? »

« Dean » sussurro con voce spezzata. Ingoio il nervosismo, trattengo le lacrime. « Io ti voglio bene. *Tantissimo* ». Fa male dirlo, perché è la verità, ed è questa la parte peggiore. Io gli voglio bene davvero. Forse tutto sarebbe molto più semplice, se non fosse così. « Ma sono innamorata di Tyler ».

« Che cosa vuoi dire? » Dean adesso sembra più confuso che arrabbiato. Sembra che non riesca a comprendere le nostre parole. Passa lo sguardo da me a Tyler, muove le labbra come per provare a parlare, ma gli mancano le parole.

«Ascolta». Tyler fa un passo avanti. Cerca di mettere una mano sulla spalla di Dean, ma lui se la scrolla di dosso con rabbia e arretra ancora di più sul pianerottolo. Tyler continua, balbettando una spiegazione, un fiume di parole sconnesse. «Sono io l'altro. Non volevamo che succedesse in questo modo, davvero, non volevamo, ma non abbiamo potuto evitarlo. Credi che avrei *voluto* innamorarmi della mia sorellastra? No di certo. È solo che le cose sono andate così e noi... volevamo dirtelo. Credimi, volevamo dirtelo da un pezzo, ma non sapevamo come fare. Mi dispiace, amico, mi dispiace moltissimo, cazzo, ma... ma io ho bisogno di lei».

Dean resta in silenzio per parecchi lunghi minuti, mentre la sua mente cerca di mettere a fuoco la nuova informazione che gli è appena stata buttata addosso. «Voi due...» comincia, faticando a tirare fuori le parole. Stringe i pugni e si rivolge a me con un'occhiataccia. «Da quanto tempo va avanti questa storia?»

«Due anni» sussurro. So che da un momento all'altro scoppierò in lacrime. Le sento premere negli occhi, spingere per uscire. Cerco di trattenerle. «Da prima che io e te ci mettessimo insieme».

«Due anni?» ripete Dean incredulo, guardandomi a bocca aperta. I suoi occhi si dilatano per la delusione e la rabbia di scoprire che, per tutto il tempo in cui sono stata con lui, il mio cuore era diviso in due. Cerca di dare un senso a tutto questo e quando alla fine ci riesce, fa un passo per superare la breve distanza che lo divide da Tyler. Avvicina la faccia a quella di Tyler, con le labbra strette, studiandolo con occhi addolorati e feroci. Alla fine i loro sguardi si incontrano, a pochi centimetri di distanza. «Sei stato a letto con lei?» sibila Dean. È straziante per lui fare questa domanda. Sarebbe meglio che non sentisse la risposta. Sarebbe decisamente meglio. «Sei stato a letto con lei, cazzo?»

«Senti, amico» prova a dire Tyler, ma in questo momento provare a dargli una spiegazione non potrebbe essere più inutile. Il suo migliore amico ha già perso la testa.

«Brutto schifoso pezzo di merda!» ringhia Dean. Alza i pugni, con le nocche sbiancate, e in una frazione di secondo abbatte il sinistro sul lato del viso di Tyler, proprio sotto l'occhio.

Tyler arretra nell'appartamento, incespicando. Il suo corpo mi spinge e mi fa perdere l'equilibrio. Faccio un passo indietro, come Tyler. Snake ed Emily, in sottofondo, soffocano un'esclamazione. Avevo dimenticato che ci stavano guardando. Emily adesso è in piedi, a bocca aperta, non riesce a decidere se farsi coinvolgere o no. Snake si sta ancora ingozzando di patatine e osserva la scena con le sopracciglia inarcate.

Tyler raddrizza la schiena e recupera l'equilibrio. Guarda Dean con gli occhi stretti a fessura, mentre lui entra nell'appartamento, sempre con i pugni alzati. « Fallo, dai » gli dice con un cenno della testa, in tono deciso. « Colpiscimi ancora. Me lo merito. Avanti ».

Dean non fa obiezioni. In pochi secondi si avventa di nuovo su Tyler, le sue nocche colpiscono il centro della sua guancia con un suono sordo e doloroso. Dean ha il viso congestionato dalla rabbia e alza di nuovo i pugni, pronto a colpire ancora.

Tyler si sfrega la faccia, massaggiandosi il punto dolente, e il suo sguardo comincia a diventare letale. Non lo stacca da Dean. « Okay » dice in tono secco e minaccioso. « Colpiscimi di nuovo, e io te ne restituirò il doppio ».

Io trattengo il respiro, inorridita, mentre Dean lancia un altro pugno, ma Tyler lo blocca agilmente. I loro corpi si avventano uno contro l'altro e cadono all'indietro, incespicando. Emily si affretta a spostarsi, subito prima che cadano entrambi sul divano. Dean riesce a mandare a segno il terzo pugno e colpisce forte Tyler alla radice del naso.

Tyler ha perso le staffe per la prima volta dopo anni, a questo punto è così agitato che nel fondo dei suoi occhi sembra esserci una tempesta, violenta, pericolosa e imprevedibile. Carica il destro e sferra un pugno alla mascella di Dean. I suoi bicipiti sono in tensione, tutta la sua forza si trasferisce nelle mani e continua a colpire Dean, sempre più in fretta, senza fermarsi, tanto che lui non riesce più a rispondere ai colpi.

« Tyler, basta! » grido, ma mi esce soltanto un verso strozzato. Mi avvicino di corsa, cercando di afferrargli la maglietta per staccarlo da Dean, ma è come se non si accorgesse neanche della mia presenza, perché continua a tirare pugni a raffica e finisce quasi per darmi una gomitata in faccia. Io cado all'indietro, premendomi le mani sulle guance. Non so cosa fare.

In qualche modo Dean riesce ad abbassarsi, si lancia a peso morto contro il petto di Tyler, spingendolo all'indietro: volano entrambi sul tavolino al centro del soggiorno. C'è uno schianto terribile e il vetro va in pezzi sotto il loro peso, poi si sente un tonfo raccapricciante quando il corpo di Tyler colpisce il pavimento per primo, circondato da schegge di vetro e dai fogli di Emily. Neanche questo li ferma, però. Hanno talmente tanta adrenalina nelle vene che in questo momento non sentono neanche il dolore.

« Fa' qualcosa! » grido a Snake, fulminandolo con lo sguardo, mentre lui continua a guardare la scena dalla sua posizione di sicurezza in cucina. È l'unico abbastanza forte da poterci aiutare. Non mi ero ancora resa conto che stavo piangendo, fino a questo momento.

« Va bene, va bene » dice Snake ad alta voce, buttando il pacchetto di Doritos e correndo in soggiorno, dopo aver aggirato il bancone. Si rimbocca le maniche, supera i divani e afferra Dean: gli stringe le braccia intorno al corpo e lo strappa via da Tyler. « Piantatela adesso, cazzo! » grida. Spinge bruscamente Dean da una parte, verso di me.

Accorre anche Emily, che allunga una mano verso Tyler e lo tira su da terra. Lui ha la mascella serrata e guarda Dean con ferocia dall'altra parte della stanza, ma poi la sua carica di adrenalina sembra esaurirsi, perché abbassa gli occhi e il suo sguardo si addolcisce. È coperto di vetri e senza esitare prende l'orlo della maglietta e se la toglie. Ha una serie di tagli sulla schiena, ma io sono concentrata soprattutto sul suo braccio destro. Ha una ferita aperta sul tricipite: il sangue gli scorre fino al gomito e gocciola sulla moquette. Quando finalmente se ne accorge, si limita a sbattere le palpebre, mentre Emily corre in cucina a prendere il kit del pronto soccorso.

Con le lacrime che mi scorrono sulle guance, guardo Dean per vedere se sta bene. Non sembra messo troppo male in confronto a Tyler, anche se ha la mascella tutta scorticata e l'occhio sinistro gonfio. Ansima pesantemente, stringe quell'occhio e ricambia il mio sguardo.

« Vieni fuori » mi ordina, la voce ancora tesa come quando si è presentato alla porta. Non mi aspetta: attraversa l'appartamento a grandi passi, esce dalla porta e va sul pianerottolo.

Con una potente sensazione di nausea, torno a guardare Tyler prima di fare una mossa. È ancora in piedi fra le schegge di vetro, dove prima c'era il tavolino, e ha un'espressione un po' assente, come se fosse stordito. Emily è di nuovo al suo fianco e Snake la sta aiutando con le bende. Vorrei poter fare qualcosa anch'io: dopotutto, sono io la causa di questo disastro, ma so che adesso devo occuparmi di Dean.

Tremando per la tensione, mi obbligo ad andare verso la porta e a seguire Dean sul pianerottolo. Appena lo raggiungo, lui sbatte la porta con forza. Questa volta, a quanto pare, non vuole testimoni e a questo punto io sono troppo distrutta per parlare, quindi sto zitta. Mi asciugo le lacrime e mi sforzo di guardarlo negli occhi.

« Mi hai tradito » sussurra, come se avesse bisogno di dirlo ad alta voce per poterci credere. Con cautela, i suoi occhi stretti guardano i miei e quando vedo la sua espressione devastata, distrutta, mi si spezza il cuore. « Io ti amavo e tu per tutto il tempo... per tutto questo tempo hai avuto una storia con Tyler. È il mio migliore amico, Eden! È tuo fratello! »

« Mi dispiace! » grido, con la voce rotta. È davvero troppo tardi per le scuse, ma è l'unica cosa che posso fare. Non credo che Dean mi perdonerà mai: lo capisco dall'odio che ha invaso il suo viso. Non sono abituata a vederlo in questo stato. Sono abituata al suo sguardo dolce e al suo sorriso gentile. Non credo li rivedrò mai più. « Non so che altro dire ».

« Non rivolgermi mai più la parola » mi avverte. La sua voce è aspra e roca. Fa un passo indietro per accrescere la distanza fra di noi e si infila bruscamente la mano nella tasca posteriore dei jeans, per tirare fuori il portafoglio. La sua guancia ferita ha cominciato a sanguinare e io trattengo l'impulso di toccarlo, di aiutarlo. « Tieni » ringhia lui dopo qualche secondo. Bruscamente mi butta un biglietto da cinque dollari. Mi arriva sul petto, lo prendo al volo prima che cada a terra. Quando abbasso gli occhi mi rendo conto che è il *nostro* biglietto da cinque dollari. Rialzo gli occhi, con il cuore ancora più straziato di quanto già non fosse. Mi tremano le labbra quando sento Dean sussurrare: « Cinque dollari per farvi uscire per sempre tutti e due dalla mia vita ».

Si rimette il portafoglio in tasca, si sfrega la guancia e mi volta le spalle. Senza un attimo di esitazione se ne va, marciando verso l'ascensore senza guardarsi indietro. Io lo guardo allontanarsi, con le lacrime che mi rigano le guance, del tutto impotente. Premo la schiena alla porta dell'appartamento di Tyler mentre le ginocchia mi cedono e, semplicemente, non riesco più a stare in piedi. Mi lascio scivolare giù e mi siedo per terra. Mi nascondo la faccia fra le mani e singhiozzo ancora più forte, ascoltando Dean che se ne va.

L'unica cosa che mi ero sempre augurata era di non perderlo. Avevo sperato che sarebbe riuscito a capire e a perdonarci, anche se ci sarebbe voluto un po' di tempo. Volevo solo che Dean stesse bene, ma è evidente che non l'ho desiderato con abbastanza intensità e abbastanza a lungo, perché è successo proprio tutto quello che non avrei mai voluto.

28

La mattina dopo c'è un po' di tensione nell'appartamento. L'ho sentita fin dal nostro risveglio, un paio d'ore fa. Nessuno parla molto, tutti e quattro ci giriamo intorno con circospezione. Snake credo che stia ancora cercando di assimilare la verità su me e Tyler, perché ogni volta che passo a meno di un metro dal suo amico noto che ci osserva da lontano, con una certa intensità. Tyler oggi è più taciturno del solito. Lo capisco, anzi lo sono anch'io. È difficile essere allegra dal momento che mi sento così frastornata e abbattuta per tutto quello che è successo. Né Tyler né io abbiamo voglia di parlare di ieri sera. Non vogliamo parlare di Dean. Dean, del quale non ho notizie da quando mi ha voltato le spalle ieri sera. Non mi stupisce. Non credo che lo sentirò mai più, e tantomeno a così poche ore dalla sua scoperta. Non si è fatta viva neanche Tiffani. Nessun messaggio per sbattermi in faccia quanto ha goduto a fare la spia con Dean. Nessuna frecciatina venata di sadismo. Solo silenzio. Rachael è l'unica che mi ha scritto, e lo ha fatto soltanto per pretendere una spiegazione, quindi fra poco la vedrò per un caffè. Sono terrorizzata.

Esco dalla lavanderia, dopo una mezz'ora passata a infilare tristemente valanghe di vestiti nell'asciugatrice, attraverso la cucina e do un'occhiata all'orologio a parete. Sono quasi le 11:30. Sposto lo sguardo in soggiorno, dove Tyler e Snake stanno discutendo del risultato di una partita di football. La stanza sembra un po' spoglia senza il tavolino. Ieri notte ci abbiamo messo una vita a ripulire e adesso non si può più camminare in soggiorno a piedi nudi, nel caso sia rimasta qualche scheggia nella moquette.

« Allora vado ». Sono pronta già da un po', ma mi sono tenuta impegnata in attesa di uscire. Non voglio arrivare troppo presto, ma neanche in ritardo.

Tyler balza subito in piedi, con la fronte corrugata per la preoccupazione. Ha il braccio destro ancora fasciato, il vetro gli ha procurato un brutto taglio. « Sei sicura che non vuoi che venga con te? »

« Credo sia meglio se glielo spiego da sola » rispondo con un sorriso, per ringraziarlo dell'offerta. Naturalmente sarei ben felice di averlo al mio fianco, ma so che Rachael in realtà vuole parlare solo con me. Devo affrontarla da sola. « Non dovrei metterci molto ».

« Eden » dice Snake, schioccando le dita per attirare la mia attenzione. Quando lo guardo mi sorride. « Di' a Rachael che passo a prenderla in albergo stasera alle otto ».

Incrocio le braccia e aggrotto la fronte, sospettosa sulle sue intenzioni. « Lo sai, vero, che riparte *domani*? »

« Eden » ripete lui in tono severo, scuotendo la testa. Raddrizza la schiena e mi guarda dal divano, premendosi le mani sul cuore. « Non credi nel vero amore? Il vero amore non ha confini. La distanza non è altro che un numero ». Cerca di restare serio, nel tentativo di sembrare sincero, ma non dura a lungo: non appena le parole gli escono di bocca, fa un ghigno e lascia ricadere le mani.

« Ma per favore ». Alzo gli occhi al cielo, rido e prendo la mia chiave dal bancone, poi mi dirigo alla porta. Naturalmente mi volto a guardare Tyler, prima di uscire. È ancora scuro in volto. Ha un'aria impotente, vorrebbe venire con me perché io non debba spiegare da sola la nostra situazione. Mi limito ad alzare le spalle e mi sforzo di fargli un sorriso rassicurante, anche se sto cominciando ad agitarmi. Esco dall'appartamento senza indugiare oltre.

Prendo le scale invece dell'ascensore e mentre scendo le dodici rampe mando un messaggio a Rachael per avvertirla che sto arrivando. Dobbiamo vederci al Joe Coffee, proprio dietro l'angolo. Ci sono stata una volta sola, con Tyler, ma è il primo posto che mi è venuto in mente e ricordo che il caffè era fantastico. Io e Rachael abbiamo pensato non fosse una buona idea incontrarci al Lowell, dato che Dean non vuole vedermi mai più per il resto della sua vita. Così ci teniamo alla larga dall'albergo.

Quando esco dal palazzo, comincio a sentirmi davvero nervosa. Non so bene cosa aspettarmi da Rachael. Potrebbe essere comprensiva, ma anche disgustata. Potrebbe essere furiosa. Ho molte spiegazioni da darle, sia su Tyler sia su Dean. A giudicare dal tono dei suoi messaggi di questa mattina, ho l'impressione che non sia molto contenta delle decisioni che ho preso di recente.

Faccio un profondo respiro, svolto sulla Lexington e cerco di rimanere calma, per quanto possibile. Il Joe Coffee è proprio davanti a me, ma io mi fermo e appoggio una mano sulla vetrina di un negozio di abbigliamento per sostenermi. Mi ci vuole almeno un minuto per normalizzare il ritmo del respiro e far allentare il nodo allo stomaco. Vorrei che fosse tutto già finito, vorrei che tutti sapessero la verità e la accettassero. Vorrei solo poter saltare completamente questa fase, quella delle spiegazioni. Con una smorfia, mi rendo conto che le prossime persone a scoprire la verità saranno i nostri genitori.

Arrivo nel locale poco dopo le 11:30. Entro. È un posto piccolo, con pochi tavolini. Mi metto in coda e tiro fuori cinque dollari dalla tasca posteriore dei jeans. Abbasso gli occhi e sospiro. Non è *quella* banconota, ma me la fa comunque venire in mente. Dovrei conservare il biglietto da cinque dollari che ho condiviso con Dean negli ultimi due anni? La banconota che lui aveva pasticciato, scrivendoci sopra? Oppure dovrei semplicemente spenderla? Buttarla nella spazzatura? Donarla a qualche mendicante per strada? Sono certa che non gli importerebbe se è un po' spiegazzata.

La coda procede, nell'attesa finisco per guardare i barattoli di biscotti allineati sul bancone. Mi chiedo cosa starà facendo Dean in questo momento. Come si sente, se sta bene. Ne dubito. Ieri sera sembrava distrutto. Ho visto la devastazione nei suoi occhi, l'ho sentita nella sua voce. Non è possibile che stia bene.

Quando arriva il mio turno, ho la gola secca e gracchio il mio ordine al barista. Evito di chiedere la solita aggiunta di caramello, troppo calorica. Deglutisco forte, tamburello con le dita sul bancone e faccio un passo di lato. Vorrei poter ignorare i pensieri che ho in testa. Non voglio pensare a Dean. Non voglio pensare a quanto sono spregevole e a quanto mi sento orribile.

In breve il mio latte macchiato è pronto, bollente come richiesto, e mi dirigo al tavolino libero vicino alle vetrate. Appoggio la tazza e scosto una sedia. Mi ci lascio cadere lentamente, scrutando la strada, all'esterno. In questo momento potrei essere al Refinery, a guardare il Santa Monica Boulevard. Potrei essere a casa, o almeno per un momento mi sembra così. Ma poi mi ricordo che non sono al Refinery e non sono a Santa Monica: sono ancora a New York. Una parte di me ha nostalgia di casa. Una parte di me è contenta di non essere lì.

Al Joe Coffee c'è un'atmosfera rilassata, ma io non lo sono affatto. Il cuore mi sbatte forte contro il petto e il mio sguardo cade sul vago riflesso della mia faccia nella vetrina. Non sono per niente fiera di me stessa. Per due anni ho sbagliato tutto. Ho fatto un casino e adesso mi chiedo se ne sia valsa la pena.

Senza pensarci, stringo così tanto le mani intorno alla tazza che finisco per bruciarmele. Le tiro indietro, riprendendomi di colpo dallo stato di trance in cui ero caduta. Mi sento un po' svuotata e mi fisso le mani per un po', osservando le linee dei palmi.

« Eden ». Alzo gli occhi e vedo Rachael. Mi guarda seria, con le labbra strette. Si siede di fronte a me, appoggiando con cura la borsetta sul tavolino.

La osservo mentre guarda fuori dalla vetrina per un po'. La tensione fra noi è palpabile. Nessuna delle due vuole parlare per prima, e il silenzio è pesante. Ho la gola chiusa, ma so che devo dire qualcosa, quindi sollevo la tazza e bevo un lungo sorso di latte macchiato. Quando la riappoggio sul tavolo apro la bocca, ma Rachael nello stesso istante si gira a guardarmi e, sorprendentemente, parla per prima.

« Non posso crederci » dice a denti stretti, tenendo la voce bassa.

« Rachael... » cerco di pensare a cosa dire, a come spiegarmi, ma lei mi interrompe prima che possa mettere insieme un'altra parola.

« No, Eden. Non posso credere che tu abbia tradito Dean! E poi con Tyler. *Tyler!* » Fa una risata amara e deglutisce forte, scuote la testa con aria disgustata e si gira un po', come a voler prendere le distanze da me.

« Ti prego, ascoltami » la imploro, guardandomi intorno per assicurarmi che nessuno ci abbia sentite. Preferirei non far sapere a tutti gli altri clienti che sono una persona orribile.

Sai quanto mi ci è voluto per calmare Dean, ieri notte? Ne hai una vaga idea? » Rachael riporta lo sguardo su di me, con espressione rabbiosa. Il suo tono è secco. « Perché, per tre ore filate, ho dovuto guardare il mio migliore amico che piangeva. Sai quanto è stato orrendo? Vederlo ridotto in quello stato perché *tu* hai pensato bene di tradirlo? »

« Non era mia intenzione ferirlo » sussurro. Distolgo lo sguardo, appoggio i gomiti sul tavolo e mi nascondo la faccia fra le mani. Espiro lentamente attraverso i palmi, strizzando gli occhi. Mi vergogno troppo per sostenere il suo sguardo. Non posso giustificare le mie decisioni e le mie azioni, ma almeno posso provare a spiegare le mie ragioni, ed è quello che faccio. « Ero coinvolta con Tyler da prima di mettermi con Dean » ammetto, la voce soffocata. Mi sento un groppo in gola. « È iniziato tutto due anni fa, quando vi ho conosciuto. All'epoca non era possibile che le cose andassero avanti fra Tyler e me, così ho rinunciato a lui. Non perché lo volessi, ma perché ero costretta ». Mi sembra ancora insolito parlare con qualcuno della mia relazione con Tyler. Essere così aperta sulla questione... è strano. Ormai mantenere questo segreto è diventata un'abitudine anche troppo familiare, per me. Chino ancora di più la testa, sempre mormorando le parole. « Poi ho scoperto che mi piaceva anche Dean » ammetto. « Ma con Tyler è sempre rimasto *qualcosa* in sospeso. L'ho ignorato per un anno e mezzo, Rachael. Ho provato con tutte le mie forze a ignorarlo, te lo giuro ». Inghiotto il groppo che ho in gola e mi passo le mani tra i capelli. Lentamente, sollevo la testa e lancio a Rachael un'occhiata di sbieco. Mi sta ascoltando attentamente. « Ma poi sono venuta qui e... e ho capito di amare davvero Tyler. Ho capito che voglio stare con *lui.* Volevamo dirlo a Dean oggi, ma Tiffani ci ha preceduto ».

Rachael resta in silenzio per un po'. Passa lo sguardo da me alla vetrina, ogni tanto le sue labbra tremolano. « Non riesco a credere che tu stia dicendo una cosa del genere ».

« Che cosa? »

« Che ami Tyler ». Rabbrividisce, letteralmente, mentre pronuncia le parole. « Cioè, ma ti rendi conto, Eden? »

Io soffoco un gemito e riprendo il mio latte macchiato. Bevo un lungo sorso per guadagnare tempo, mentre cerco di mettere insieme una spiegazione logica. Posso immaginare che un'altra persona faccia fatica a comprendere, a meno che non si sia trovata nella stessa situazione, nelle stesse precise circostanze. « Prova a cambiare prospettiva » le dico. Mi sporgo in avanti, mi sposto sul bordo della sedia e la guardo intensamente, rimettendo giù la tazza. « Immagina che i tuoi siano divorziati. E che tuo padre si sposi con, diciamo... la madre di Stephen ».

Rachael cerca di reprimere il rossore che le sale alle guance e si morde il labbro mentre mi ascolta. L'unica idea che mi è venuta in mente è usare Stephen per farle capire il mio discorso. Per cercare di dargli un senso anche dal suo punto di vista.

« Questo significa che Stephen sarebbe il tuo fratellastro. Ma tu lo vedresti *davvero* come un fratello? Non ci sarebbero legami di sangue» sottolineo con enfasi, e poi incrocio le braccia. «Lui sarebbe di fatto un estraneo che sei obbligata a considerare come un fratello. Non potresti farci niente se ti innamorassi di lui, no? E se lui fosse l'uomo della tua vita, e l'unica cosa che vi impedisce di stare insieme fosse un fottutissimo certificato di matrimonio fra i vostri genitori? Perché è questo che è successo fra me e Tyler. E fa schifo, Rachael. Fa veramente schifo». Lascio uscire un lungo sospiro e scuoto la testa, intristita dalla realtà della situazione. Se mio padre ed Ella non fossero insieme, non ci sarebbe nulla di male nel mio amore per Tyler. Però *stanno* insieme, quindi amare Tyler è considerato inaccettabile. Distolgo gli occhi da Rachael e li fisso di nuovo sul marciapiede, accasciandomi sulla sedia.

«Io vi ho considerato fratelli per due anni» dice Rachael piano, «quindi è ovvio che questa cosa mi mandi fuori di testa. Perché non mi hai mai detto niente? Sono la tua migliore amica. Perché non me l'hai detto?»

«Avevo paura» ammetto con un'alzata di spalle. Ho ancora paura, ma meno di prima. L'idea di tenere segreta per sempre la mia relazione con Tyler è decisamente più spaventosa dell'idea di dire la verità ai nostri genitori. «Anch'io mi vergognavo. Mi sembrava di fare qualcosa di sbagliato, ma adesso l'ho superata. So che non c'è niente di male a provare quello che provo per lui». La guardo di sottecchi per valutare che cosa sta pensando e scopro con sollievo che non sembra più così arrabbiata come quando è arrivata qui. Sembra solo sopraffatta, come se avesse centinaia di domande in testa e non vedesse l'ora di farmele. Infatti me le fa.

«Tuo padre ed Ella lo sanno? E tua madre?»

«Glielo diremo al nostro ritorno». Cerco di non pensarci troppo. Anche se non sono più così nervosa o in ansia a questa prospettiva, non significa che non sia ancora spaventata. Se ci rimugino troppo, finirò per pensare a tutto quello che potrebbe andare storto.

«E poi?» insiste Rachael, inclinando la testa. Le nostre voci sono ormai quasi normali, non più bisbigli. I ronzii, i fischi e i ticchettii delle macchine del caffè non ci lasciano scelta. «Starete insieme?»

«Non lo so».

Rachael aggrotta la fronte e solleva le mani, irritata. «E allora che senso ha? Che senso aveva devastare Dean in quel modo, se tu e Tyler comunque non starete neanche insieme?» Spinge la sedia indietro, facendola stridere sul pavimento, e si alza in piedi. «Francamente non ti capisco». Prende la borsetta e fa qualche passo indietro. «Dean ti ama, lo sai. È stato sempre meraviglioso con te, fin dal primo giorno, eppure tu scegli Tyler? Che cosa ci vedi, poi, in Tyler? Lo sai cosa si dice dei bambini che hanno subito violenze» sussurra, avviandosi verso la porta. Un paio di persone, sedute al grande tavolo comune dietro di noi, hanno alzato gli occhi, stupite dall'argomento della conversazione. Rachael non fa una piega, alza le spalle e apre la porta mentre conclude il suo discorso. «Finiscono per diventare violenti anche loro, da grandi. Non tornare strisciando da Dean, quando Tyler ti farà del male».

Mi lascio ricadere le mani in grembo, in modo che Rachael non veda che sono strette a pugno. Digrigno i denti per non esplodere. Soffoco perfino l'esclamazione scioccata che avevo in gola. So benissimo che a Rachael non è mai piaciuto Tyler, anche se sono sempre stati nello stesso gruppo di amici, ma questo non le dà il diritto di parlarne in modo così cattivo. Lei non lo conosce come lo conosco io. Non capisce quanti sforzi ha fatto per migliorare. Cercando di mantenere la calma, riporto le mani sulla tazza e mi volto di nuovo verso la vetrina. «Fai buon viaggio, domani» le dico in tono sostenuto. Mi rifiuto di ascoltare la sua opinione su Tyler. Non mi importa quello che pensa di lui, né se accetta di vederci insieme. Sinceramente, non me ne frega più. Ormai sono passata oltre. «A proposito, Stephen ha detto di essere pronta per le otto» dico incrociando le gambe e sollevando il mio latte macchiato.

Così, un refolo di vento mi sfiora quando la porta del Joe Coffee si richiude dietro di lei. Rachael non si ferma all'esterno, sparisce dalla mia vista in pochi secondi. Liberando un sospiro che non sapevo di aver trattenuto, abbasso gli occhi e mi concentro sulle volute di fumo che si alzano dalla mia tazza.

Non potrei essere più sollevata al pensiero che Rachael, Dean e Tiffani tornano a casa domani. Gli ultimi giorni sono stati un vortice confuso e doloroso, e sono felice di non doverli più affrontare. Almeno fino alla prossima settimana. Fra quattro giorni, mercoledì sera, anche io e Tyler torneremo a casa. Forse a quel punto la rabbia e l'incredulità di Rachael si saranno placate, e magari riuscirò a parlarle di nuovo. Forse mi avrà perdonata. E forse io avrò perdonato lei per le sue parole su Tyler. E forse, dico forse, finalmente capirà che io non volevo far succedere nulla di tutto questo.

Rimango al Joe Coffee per un po'. È bello essere di nuovo sola, per quanto si possa esserlo davvero, a New York. Disegno dei cerchi sul legno del tavolino. Torno alla cassa per ordinare un altro latte macchiato, senza sentirmi in colpa. Chiedo *anche* di aggiungere il caramello. Osservo le persone che passano davanti alla vetrina, sulla Lexington Avenue. Per qualche minuto rispondo ai messaggi della mamma e di Ella, sorvolando sul fatto che io e Dean ci siamo lasciati. La mamma adora Dean, e anche Ella. È il ragazzo più dolce del mondo, mi direbbero.

Quando finalmente guardo l'orologio, mi accorgo che sono rimasta qui per quasi due ore. È quasi l'una e mezza. Tyler si starà chiedendo dove sono finita: per quanto la nostra relazione sia complicata, di certo non ci vogliono due ore per spiegarla.

Così torno all'appartamento, a passo lento e fuori sincrono rispetto al ritmo della città. Cammino come se non avessi uno scopo, perché non ce l'ho. Sto semplicemente passeggiando sulla Lexington Avenue e poi sulla Settantaquattresima e mi sento... be', non sento niente. È così. Non mi sento vuota, demotivata o triste, ma neanche entusiasta o eccitata. Non provo nulla. Sono anestetizzata.

Quando risalgo i dodici piani di scale e arrivo a casa di Tyler, una parte di me vorrebbe solo crollare sul letto e dormire per un'eternità. L'altra invece vorrebbe baciare Tyler all'infinito.

Quando giro la chiave e apro la porta, Tyler è il primo ad accogliermi. Sta già arrivando dalla cucina, con in mano un coltello per spalmare il burro. Ha la stessa espressione preoccupata di prima. Dubito fortemente che si sia mai rilassato, dal momento in cui sono uscita.

« Com'è andata? » mi chiede subito. Chiude la porta mentre mi dirigo in soggiorno, poi resta in piedi, in attesa di una risposta.

« Mettiamola così » sussurro, stringendo le labbra e aggrottando la fronte. « Quando torneremo a casa, non credo che avremo molti amici ».

Tyler inarca lentamente le sopracciglia. « Immagino che non sia andata molto bene ».

Piego la testa di lato e do un'occhiata oltre la sua spalla, verso Snake ed Emily. Sono in cucina e discutono con i piatti in mano, agitando le posate. In questo appartamento, la preparazione del pranzo è un lavoro di gruppo e c'è sempre qualche imprevisto. Torno a guardare Tyler e sospiro: « Mi auguro che sia valsa la pena fare tutto questo per te. Che sia valsa la pena di perdere Dean e di litigare con Rachael, per te ».

Quasi al rallentatore, gli angoli della bocca di Tyler si sollevano in un lievissimo sorriso. Fa un passo verso di me, con gli occhi infuocati. « Non lo so, ma spero proprio di sì » dice piano. Il suo sorriso si allarga, imitando il mio, e i nostri volti si illuminano. Dolcemente, mi prende il viso fra le mani e si china per baciarmi.

« Ehi! » grida Snake dalla cucina. Il suo richiamo è così improvviso che io e Tyler ci blocchiamo seduta stante, allontanandoci prima ancora che le nostre labbra si siano sfiorate. Guardiamo entrambi Snake e scopriamo che lui ed Emily ci stanno fissando da dietro il bancone della cucina. Sorridono. Snake, che ha un piatto in mano, ce lo punta contro. « Niente effusioni immorali nel soggiorno! »

Per una volta, ridiamo tutti e quattro.

29

Quattro giorni dopo, devo faticosamente accettare che la mia vacanza a New York è giunta al termine. Per un intero anno ho contato i giorni che mancavano al mio arrivo qui, e adesso l'esperienza che attendevo con tanta eccitazione si è conclusa. Le mie sei settimane sono finite. L'anno di Tyler in città è finito. È ora di tornare a Santa Monica, alla spiaggia, alla Promenade e al molo. È ora di tornare a casa.

Mentre trascino la mia valigia in soggiorno, mi viene il magone. È vero quello che si dice di New York: è una città incredibile. Mi mancheranno i rumori del traffico che mi svegliavano ogni mattina. Mi mancherà il flusso continuo di persone sui marciapiedi. Mi mancherà quella tremenda metropolitana. Central Park. Il ronzio incessante. Il baseball. Gli accenti bizzarri. Credo che mi mancherà ogni dettaglio di questa città: ormai mi è chiaro perché è considerata un'icona.

« Sei pronta? » mi chiede Tyler, avvicinandosi alle mie spalle. Io gli lancio un'occhiata e faccio un sospiro malinconico, accompagnato da un sorriso triste. « Immagino di sì ».

Sembra più giovane, soprattutto perché stamattina ha deciso di radersi completamente. Adesso non ha più quella barbetta, la sua mascella è liscia e scoperta. Questo gli fa perdere qualche anno, per una volta dimostra i suoi diciannove anni.

Attraversa la stanza, lascia cadere il suo borsone sul divano e poi si gira verso di me. Osserva la mia valigia: è davvero strapiena. Forse perché ho comprato un sacco di roba durante la mia permanenza in città, o forse perché ci ho buttato dentro tutto senza criterio, in ogni caso è così gigantesca che temo possa superare il limite di peso dei bagagli. Ci ho messo cinque minuti solo per chiudere la lampo, e anche adesso vedo che minaccia di scoppiare.

« Be', avresti potuto spedire metà della roba insieme alla mia » commenta Tyler con una risata. Si avvicina, ribalta la valigia sul pavimento e si inginocchia per aprirla. Io incrocio le braccia e lo guardo mentre prende un po' delle mie cose, riattraversa la stanza e le mette nel suo bagaglio. « Prova adesso ».

Alzando gli occhi al cielo, la richiudo e stavolta oppone molta meno resistenza. Mi rialzo e sorrido, poi corro un'ultima volta nella sua camera per recuperare le scarpe e lo zaino. Sono sul pavimento, ma prima di raccogliere lo zaino mi guardo intorno: la stanza è completamente spoglia. Niente poster alle pareti, gli armadi vuoti. Di solito la stanza ha il profumo di Tyler, di colonia e legna da ardere, ma non oggi. Oggi è una stanza anonima. La sua macchina e la maggior parte delle sue cose sono state spedite dall'altra parte del Paese tre giorni fa.

Negli ultimi giorni non siamo stati quasi mai in casa. Eravamo troppo occupati a cercare di riempire il tempo che ci rimaneva col maggior numero possibile di ricordi, come tornare a vedere le principali attrazioni turistiche, provare il caffè di bar dove non eravamo mai stati, giocare a baseball a Central Park e passare un'intera giornata a visitare gli altri quattro distretti. Ieri sera Tyler mi ha anche portato al Pietrasanta, per concludere la nostra estate esattamente come l'abbiamo cominciata, e non poteva scegliere un modo migliore.

Mi infilo le Converse, porto lo zaino in soggiorno e aggrotto la fronte. Il sorriso di Tyler svanisce, sostituito da un'espressione interrogativa. « Non voglio tornare a casa » confesso.

Tyler non risponde subito, mi scruta con la testa inclinata di lato e il suo sguardo intenso. « Non sei eccitata all'idea di dire al tuo papà che mi ami alla follia? » dice alla fine, sforzandosi di reprimere una risata.

« Oh, sono sicura che ne sarà entusiasta ». Il mio tono gronda sarcasmo, però sorrido. « Visto che tu sei una persona così amabile, sai ».

Tyler ridacchia e scuote la testa. Sappiamo entrambi che lui e papà non hanno mai legato e quindi, con tutti i ragazzi di cui avrei potuto innamorarmi, non credo che sarà particolarmente felice della mia scelta. Senza contare che prima dovrebbe aver superato il fatto che siamo fratellastri.

La porta della camera di Snake si apre e lui fa capolino, appoggiandosi allo stipite. « Siete *ancora* qui? »

« Pensavi che ce ne saremmo andati senza salutarti, Stephen Rivera? » ribatte Tyler, inarcando un sopracciglio con aria di sfida e avvicinandosi al suo coinquilino.

« Dio, sono proprio felice di liberarmi di voi » borbotta Snake, poi fa un grande sorriso mentre si scambiano uno dei loro mezzi abbracci e si danno pacche sulle spalle.

Si ripete la scena di ieri mattina, quando abbiamo salutato Emily. Erano più o meno le cinque del mattino ed eravamo mezzi addormentati. Emily era commossa. Ci siamo promessi di restare in contatto, abbiamo anche fatto qualche battuta sull'istituire un appuntamento annuale. Questo genere di saluti sono terrificanti, perché sai che le possibilità di rivedersi sono molto scarse. Emily ormai sarà arrivata a Londra, e stasera io e Tyler saremo a Santa Monica. Snake è l'unico che rimarrà a New York, per il suo ultimo anno di università. Sinceramente non credo che avrei potuto chiedere due compagni migliori per la mia vacanza a New York, e sono grata a tutti e due per avermi accettato. Mi mancheranno molto, entrambi.

Tyler e Snake ricordano insieme l'anno passato, ridendo e scambiandosi insulti scherzosi, poi sospirano. Snake addirittura mi abbraccia, dicendomi che non sono poi tanto male, e io ricambio il complimento. Ci sorridiamo, poi lui tira fuori un'ultima battuta su Portland e infine io e Tyler prendiamo i bagagli e lasciamo definitivamente l'appartamento.

Quando arriviamo a Los Angeles, sulla costa occidentale sono quasi le otto. L'aeroporto è il LAX, naturalmente: io e Tyler passiamo almeno venti minuti ad aspettare vicino al nastro trasportatore del ritiro bagagli. Le nostre valigie sono le ultime a uscire dato che siamo stati fra i primi a fare il check-in a Newark. Anche se Tyler si sta spazientendo, riesce a rasserenarsi quando ci avviciniamo all'area degli arrivi del terminal 6.

Non ci mettiamo molto a individuare Jamie. È difficile ignorarlo. Spunta fuori dal nulla e ci corre incontro, agitando una mano in aria per attirare la nostra attenzione. Ha un enorme sorriso stampato in faccia. È una bella sensazione vederlo così felice di ritrovarci e per un momento il ritorno a casa non mi sembra più così brutto.

« Eccolo là » dico, e quando lancio a Tyler un'occhiata di sbieco scopro che non mi sta quasi ascoltando: è troppo concentrato sul fratello. Il sorriso gli invade gli occhi.

Pochi secondi dopo Jamie ci raggiunge e Tyler lo stringe subito in un abbraccio. Io resto due passi indietro, e guardandoli anche il mio sorriso si allarga. Ho passato sei settimane con Tyler e avevo dimenticato che il resto della famiglia non lo vede da più di un anno.

Dopo un po' Tyler si stacca, mette le mani sulle spalle di Jamie e lo studia sbalordito. « Quasi non ti riconosco! » dice ridendo. « Quand'è che sei diventato così alto? E che hai fatto ai capelli? »

Lui scrolla le spalle, un po' intimidito, e si tocca i capelli con aria imbarazzata. A me non sembra un cambiamento così drastico, perché non sono stata via così tanto tempo, ma è vero che nell'ultimo anno Jamie è cresciuto di svariati centimetri e si è tagliato i capelli. Da qualche mese li tiene corti, e sta quasi per raggiungere Tyler in altezza. Entrambi mi superano di parecchio. « Sì, sì, va bene » dice Jamie un po' a disagio, poi sposta lo sguardo su di me. « Com'era New York? »

« Favolosa ». Evito di scambiare un'occhiata significativa con Tyler, invece mi mordo il labbro e tengo lo sguardo fisso su Jamie. « Hai avuto problemi ad arrivare? »

« Ma no, dai ». Infila una mano nella tasca posteriore dei jeans e tira fuori un mazzo di chiavi. « All'inizio sono finito al livello più basso del sotterraneo, ma poi sono riuscito a risalire fino ai parcheggi. Le indicazioni della mamma non erano molto chiare ».

« Ehi » fa Tyler, sporgendosi in avanti. Strappa le chiavi di mano a Jamie e le solleva, osservandole attentamente, poi riporta lo sguardo sul fratello. « Ti ha dato la Range Rover? Ma come? La mamma non me la lasciava mai guidare quando avevo la tua età. Non ti aveva comprato quella BMW? Dov'è finita? »

« Mmm, la settimana scorsa ho sfasciato il parafango anteriore » ammette Jamie abbassando gli occhi a terra e arrossendo. « Sono finito contro un lampione. Adesso è all'autofficina di Hugh Carter, quindi puoi dire a Dean di sistemarmela per benino, e già che c'è di farmi un bello sconto » scherza, ma né io né Tyler ridiamo.

Ci scambiamo un'occhiata di sbieco e i nostri sorrisi vacillano. Tyler si passa una mano tra i capelli e sospira, proprio mentre parte un annuncio dagli altoparlanti. Questo ci permette di restare in silenzio senza che Jamie si domandi perché siamo ammutoliti. Forse dovremmo dirgli che Dean non vuole avere più niente a che fare né con me né con Tyler, e che probabilmente lui e suo padre non faranno grandi sconti alla nostra famiglia nel prossimo futuro, ma non mi sembra il momento giusto.

« Su, andiamo » dice Tyler, sistemandosi la tracolla del borsone sulla spalla e spingendo Jamie in avanti, con un cenno della testa verso l'uscita. « Voglio proprio vedere come guidi male ».

« Sempre meglio di te » borbotta lui, ma sorride ancora quando riprende le chiavi da Tyler e le fa dondolare sull'indice. Noto che fra i portachiavi aggiunti da Ella nel corso degli anni c'è anche una foto. Una piccola foto di Tyler, Jamie e Chase quando erano bambini. Scommetto che Ella non vede l'ora di riabbracciare il suo figlio maggiore. Già me la immagino che cammina avanti e indietro per la casa in attesa del suo ritorno.

Tyler e Jamie si avviano. Tyler ha buttato un braccio sulle spalle del fratello, io li seguo trascinando la mia valigia. Espiro lentamente e mi sorprendo a sorridere in modo quasi triste. È difficile credere che Tyler sia stato via per un anno intero, e francamente non so bene come abbia fatto a cavarsela da solo così a lungo. Certo, nell'ultimo anno aveva ripreso a farsi le canne, ma ora ha smesso. È confortante sapere che è tornato, che è a casa.

« Ehi, io ho mai centrato un lampione? » sento dirgli a Jamie, in tono allegro e scherzoso. « No, mai, perché guido meglio di te ».

« Davvero? » chiede Jamie in tono sarcastico. « Perché ieri sera è arrivata la tua macchina e le gomme sono da buttare. Che diavolo hai combinato? »

« Quella è colpa di Eden » sussurra Tyler, lanciandomi un'occhiata. Mi fa un sorrisetto e io rispondo con uno sguardo severo, dandogli una spinta sulla spalla.

Usciamo dall'aeroporto, attraversiamo le strade che portano ai parcheggi del terminal 6 e seguiamo Jamie fino in fondo all'ultimo sotterraneo, dove troviamo la macchina di Ella. È infilata in uno spazio molto stretto e Tyler subito schiocca la lingua in tono di disapprovazione, mentre Jamie apre il bagagliaio.

« Cosa c'è? » chiede incrociando le braccia, tutto agitato, fermandosi davanti alla portiera del guidatore.

« Parcheggi anche da cani » commenta Tyler. Butta il borsone nel bagagliaio, poi si volta e, senza smettere di sorridere, mi prende la valigia per caricarla. Pesa ancora una tonnellata, non sarei neanche riuscita a tirarla giù dal nastro senza il suo aiuto, figuriamoci a sollevarla, così lo ringrazio e scivolo nel sedile dietro.

Tyler chiude il bagagliaio con un tonfo e poi lui e Jamie salgono in auto, sempre scambiandosi battute. Jamie avvia il motore e affronta l'ingrato compito di trovare l'uscita dell'aeroporto. Gli va riconosciuto il merito di essersi offerto di venire a prenderci, al suo posto io non l'avrei fatto. Ci sono troppi percorsi tortuosi, è facilissimo finire sulla strada sbagliata.

Comunque, con l'aiuto di Tyler, Jamie riesce a portarci su Lincoln Boulevard e si dirige a nord, verso Santa Monica. È la strada più semplice per tornare in città. Mentre lui guida io mi rilasso, stravaccata sul sedile di pelle, e guardo fuori dal finestrino. È stano riuscire a vedere in lontananza, non essere circondata da palazzi e grattacieli torreggianti. Il sole sta lentamente cominciando a scomparire, il cielo è di uno splendido color arancio. La radio suona piano in sottofondo, Tyler e Jamie chiacchierano tranquilli per quasi tutto il viaggio, recuperando un anno di conversazioni. Ridono spesso. Io non intervengo nei loro discorsi e mi occupo di regolare l'aria condizionata nel retro della macchina, dirigendomela dritta in faccia, poi incrocio le gambe sul sedile e chiudo gli occhi, con la testa appoggiata al finestrino. È tutto così pacifico, così rilassato, così California.

Venti minuti dopo, proprio mentre arriviamo a Santa Monica, una frase di Jamie richiama la mia attenzione: « Devo dirti una cosa, più tardi ».

« Perché non adesso? » chiede Tyler. Lentamente sollevo le palpebre, di poco, e ascolto senza muovere un muscolo.

« Mmm » dice Jamie lanciandomi un'occhiata nello specchietto retrovisore. Richiudo gli occhi, sperando di sembrare addormentata. « C'è Eden ».

« E allora? » ribatte Tyler. Il suo tono non è più gentile, sembra offeso. « A meno che tu non abbia messo incinta quella ragazza, o qualcosa del genere, qualsiasi cosa tu abbia da dire puoi dirla anche subito. Quindi? »

Quando sbircio di nuovo da dietro le ciglia, noto il modo in cui Jamie fissa la strada, con le mani strette intorno al volante. Rimane in silenzio per un po', irrigidito. Tyler gira il corpo verso di lui e stringe gli occhi, in attesa. Molto lentamente, Jamie incurva le spalle e fa un profondo sospiro. « Te lo dico soltanto perché la mamma non aveva intenzione di farlo, e io credo che tu lo debba sapere ». Sembra nervoso e si zittisce per un altro lungo momento. Alla fine guarda Tyler in faccia e gli dice le ultime parole che mi sarei aspettata di sentire. « Papà è fuori ».

Tyler apre la bocca. « Cosa? »

« È uscito un paio di settimane fa » risponde Jamie debolmente. Quando guardo nello specchietto vedo che si è adombrato. Tyler invece impallidisce e ricade indietro sul sedile, guardando fuori dal parabrezza con un'espressione vuota, mentre cerca di assorbire la notizia che Jamie gli ha appena rovesciato addosso. La radio è ancora accesa, la strana canzone pop suona fuori posto nell'atmosfera tesa della macchina.

Stavolta apro gli occhi veramente e mi tiro su dalla mia posizione accasciata. Anch'io sono un po' sconvolta. Ho sempre saputo che il padre era in prigione, l'ho sempre immaginato chiuso in una cella. Non mi era mai passato per la mente che un giorno sarebbe uscito, perché è una cosa a cui non si pensa mai. Non si pensa che quella persona camminerà di nuovo per strada, che avrà di nuovo la possibilità di fare tutto quello che vuole. Non si pensa che avrà di nuovo una vita. Questa è la parte spaventosa, la parte che nessuno vuole mettere in conto.

« Sono già passati sette anni? » chiede Tyler quasi incredulo, scattando in avanti e raddrizzandosi. Preme una mano sul cruscotto, si slaccia la cintura e si volta verso Jamie, con uno sguardo feroce e il tono rabbioso. « Credevo che ne fossero passati solo sei. Ne sono passati sei, cazzo! »

« Sono sette » borbotta Jamie. Passa lo sguardo da Tyler alla strada e cerca di concentrarsi sulla guida, ma la furia crescente di Tyler glielo rende difficile. « La mamma non mi dice quasi niente, ma ti ricordi Wesley Meyer? Veniva a trovarci così spesso che lo chiamavamo zio Wes ». Lancia un'altra occhiata a Tyler per valutare la sua reazione, ma lui si limita a stringere la mascella. « Be', la mamma pensa che papà stia da lui ».

« Cazzo, è in città? » sibila Tyler, spegnendo la radio. Nell'auto cala il silenzio, l'unico suono è il ronzio del motore. Procediamo verso Santa Monica, attraversando Pico Boulevard. « È *qui*? »

Io, sul sedile posteriore, mi sento impotente. Non c'è nulla che io possa fare, ma so che la collera di Tyler sta montando, così mi sporgo in avanti, gli metto una mano sulla spalla e stringo forte per fargli sentire la mia presenza.

« Portami là » gli ordina Tyler senza preavviso, picchiando due volte il pugno sul cruscotto e fissando Jamie con uno sguardo deciso e vagamente minaccioso.

« Che cosa? »

« Andiamo a casa di Wesley Meyer. Adesso ».

« Tyler... » Jamie si interrompe e scuote la testa. « Non ti ci porterò ».

« Bene, allora accosta ». Si gira verso la portiera, prende la maniglia e lancia un'altra occhiata feroce al fratello, in attesa.

« Non lo farò » dice Jamie. Stringe il volante ancora più forte.

« Non sto scherzando, Jay! » ringhia Tyler, sbattendo di nuovo il palmo sul cruscotto. Quel gesto improvviso spaventa Jamie, che sobbalza. La macchina sbanda leggermente verso destra, per poco non sale sul marciapiede. Se anche l'auto di Ella arrivasse a casa senza un graffio, sono sicura che come minimo il cruscotto riporterebbe qualche danno. « Accosta, cazzo ».

Con un gemito, Jamie cede. Accosta al marciapiede, lasciando il motore acceso, poi apre la portiera e scende. « Sai bene che è un'idea stupida » borbotta. Pestando i piedi, fa il giro della macchina.

Tyler sta per aprire la sua portiera, ma prima che possa schizzare fuori gli premo forte la spalla contro il sedile, per impedirgli di muoversi. Mi slaccio la cintura con la mano libera, mi sporgo in avanti e piego la testa per guardarlo. « Che cosa stai facendo, Tyler? »

Ora che posso guardarlo negli occhi, mi rendo conto di quanto sia furente. Una parte di me non lo biasima, ma un'altra parte si sta anche chiedendo che cosa gli passi per la testa in questo momento. Sapendo quanto è irrazionale Tyler, sono un po' preoccupata, soprattutto per come mi sta guardando, con gli occhi spiritati e la mascella serrata. Senza rispondermi, si scrolla la mia mano dalla spalla e spalanca la portiera con un calcio. Scende sul marciapiede.

« Tyler! » grido, ma lui sta già girando intorno alla macchina per raggiungere il lato del guidatore. Jamie scivola nel posto del passeggero e chiude la portiera, poi incrocia le braccia con aria sconfitta. Anch'io mi rimetto a sedere, incupita, giocherellando con i pollici. Non so bene che cosa dovrei fare.

Tyler si mette al volante, sistema i controlli automatici e riparte. L'auto di Ella stride sulla Nona Strada, guidata dalla furia di Tyler, e prosegue verso nord attraverso la città. Faccio un paio di tentativi di incontrare i suoi occhi nello specchietto, ma sembra che non lo guardi mai, quindi non si accorge di me.

« Ecco perché la mamma non voleva dirtelo » dice Jamie alzando le mani, esasperato, mentre Tyler supera un segnale di stop senza fermarsi. « Sapeva che avresti dato di matto ».

Tyler non risponde, come non ha risposto a me. Ormai sia io sia Jamie abbiamo capito che non ha più intenzione di parlare. Nessuno di noi due prova a dire altro, ci limitiamo a scambiarci occhiate preoccupate e alzate di spalle, mentre Tyler guida. Sappiamo anche esattamente dove è diretto, ma non c'è nulla che possiamo fare. Tyler tamburella con gli indici sul volante, mentre la rabbia continua a montargli dentro.

Dopo meno di dieci minuti, la macchina avanza lentamente verso est sull'Alta Avenue e Tyler guarda a destra e a sinistra, con occhi attenti. All'incrocio con la Venticinquesima Strada, frena di colpo e il suo sguardo si fissa su una casa precisa. È proprio davanti a noi, all'angolo, è di mattoni bianchi e ha il tetto di tegole rosse. È la casa di Wesley Meyer, chiunque sia questo tizio, e l'attuale domicilio del padre di Tyler e Jamie. Ovviamente questo è l'unico motivo per cui siamo qui. Per via del padre.

Tyler spegne il motore e fa cadere il silenzio, mentre guarda verso la casa. Non fa altro: la fissa, con il respiro pesante, mentre continua a stringere e rilassare la mascella. È come se stesse litigando silenziosamente con se stesso, per decidere se uscire o meno dalla macchina.

« E allora? » chiede Jamie dopo circa un minuto, rompendo il silenzio carico di tensione. « Vuoi andare a bussare a quella porta e dirgli che lo odi? Dargli un pugno? Prenderlo a calci in culo? »

Tyler digrigna i denti e volta la faccia verso il finestrino, il più lontano possibile dallo sguardo severo di Jamie. « Tu non capisci » sibila Tyler, e il vetro si appanna.

« Ehi » dice subito Jamie, scuotendo la testa anche se Tyler non lo sta guardando: « Non pensi che anch'io vorrei dargliele di santa ragione? Per amor tuo? Però pensaci. Che senso ha? È stupido, e la mamma avrebbe un esaurimento nervoso se venisse a sapere che ti sei anche solo avvicinato a lui».

Jamie ha tutte le ragioni, ma sembra che le sue parole riescano soltanto a spingere Tyler a uscire dalla macchina, e infatti è proprio quello che fa. Apre la portiera e scivola fuori, proprio mentre aprivo bocca per parlare, così salto fuori anch'io. A questo punto seguire Tyler è una specie di riflesso condizionato, giro intorno alla macchina e mi butto davanti a lui, in mezzo al prato della casa. Gli premo forte le mani sul petto e lo faccio arretrare di un passo.

«Jamie ha ragione. Non vuoi fare una cosa del genere».

«Sì che voglio». Ha ancora quello sguardo terrificante, che non sono più abituata a vedere. Due anni fa lo ero. Adesso molto meno. Lui non è più così. Tyler ha abbandonato da tempo quell'ostilità e l'ha sostituita con tutte le cose positive che sono entrate nella sua vita quando ha iniziato a usare il suo passato per aiutare gli altri. Eppure adesso sembra di nuovo tutto perduto, la rabbia è tornata. Di fronte a me c'è lo stesso ragazzino con l'espressione indurita e gli occhi feroci, quello che passava ogni secondo di ogni giorno a odiare suo padre. «E perché cazzo non dovrei?»

Proprio come ho fatto allora, cerco in tutti i modi di aiutarlo a fare la cosa più giusta per se stesso. E in questo momento la cosa migliore per lui è allontanarsi da questa casa, prima di fare qualcosa di cui si pentirà. «Perché stai bene da quasi due anni, ormai» sussurro. Ho ancora le mani sul suo petto, quindi sento i battiti del suo cuore, forti e rapidi, sotto i miei palmi. «Ti prego, non farti di nuovo coinvolgere in questo casino. Guarda che cosa ti ha fatto in passato, Tyler. Stagli lontano».

«Eden» dice Tyler a denti stretti. Solleva le mani, prende le mie e le trattiene contro il suo petto. Il suo battito sembra ancora più veloce, e i suoi occhi si addolciscono per un attimo. «Io voglio che mi veda adesso. Voglio soltanto stare davanti a lui, per la prima volta in sette anni. Ho bisogno che lui sappia di aver rovinato tutto, perché non potrà mai più far parte delle nostre vite. Né della mia, né di quella di Jamie, di Chase o della mamma. Stiamo tutti maledettamente bene senza di lui. E voglio che lo sappia». Inclina la testa, sospira e mi stringe le mani. Dopo un momento, rialza gli occhi. «*E poi*... magari potrei tirargli un paio di pugni».

« Lo capisco » gli dico, tenendo la voce bassa. Ho paura che, se parliamo più forte, suo padre potrebbe sentirci, da dentro. Sempre che sia davvero qui. « Capisco che tu voglia affrontarlo a viso aperto. Non posso darti torto. Però Tyler, pensaci bene. Che cosa succederebbe se perdessi le staffe appena lo vedi? Sei già arrabbiato. Lascia perdere. Almeno per stasera. Ti occuperai di tuo padre in un altro momento. Prima devi metabolizzare tutto quanto, okay? »

Tyler lancia un'occhiata alla casa, oltre la mia spalla. La osserva per un po', con gli occhi attraversati da tante emozioni diverse. Non riesco a decifrare esattamente quelle che sta provando, cambiano troppo velocemente.

Rilassando la mascella, deglutisce e mi guarda. « Okay » sussurra. Mi lascia andare le mani e sposta le sue sul mio viso. Mi prende dolcemente le guance e mi solleva il mento, in modo che possa guardarlo dritto negli occhi. « Okay ». Chiude gli occhi e si china in avanti, poi preme dolcemente, con lentezza, le labbra sulle mie. Per una frazione di secondo mi prende alla sprovvista: è un gesto così fuori posto, in mezzo a tanta rabbia. Non so bene quale sia il motivo, se stia cercando conforto, o rassicurazioni, o entrambe le cose, ma quello che so è che evidentemente Tyler ha dimenticato che non siamo soli.

Mi tiro indietro in fretta, presa dal panico. Stacco le labbra da quelle di Tyler, lo spingo via e guardo subito verso la Range Rover, ancora parcheggiata sulla strada. Attraverso il parabrezza, vedo nostro fratello che ci fissa sbattendo le palpebre.

30

Jamie guida in silenzio. È di nuovo al volante, ha le labbra serrate. Non stacca gli occhi dalla strada, perché non degna di un'occhiata né me né Tyler. Non capisco se sia sconvolto o furioso, o entrambe le cose. In ogni caso la sua espressione dimostra chiaramente che non ha preso bene la notizia. Forse Tyler avrebbe potuto essere un po' meno brusco, quando ha raccontato la verità a nostro fratello, e forse anch'io avrei potuto sforzarmi di più per offrirgli una spiegazione, perché adesso Jamie sembra soltanto disgustato. Comunque il nuovo problema che si è presentato è servito a distrarre Tyler da suo padre, a farlo rientrare in macchina e ad allontanarlo dal prato di Wesley Meyer.

Sono tornata sul sedile posteriore. Mi mordo il labbro con ansia, armeggio con la cintura di sicurezza, e provo di nuovo vergogna. La reazione di Jamie all'idea di me e Tyler insieme non mi fa ben sperare. Se il nostro fratello sedicenne non riesce ad accettarlo, dubito fortemente che ci riusciranno papà ed Ella. Per fortuna non stiamo andando da loro, adesso. Stiamo andando a casa di mia madre: abbiamo intenzione di parlare prima con lei. È stata un'idea di Tyler. Volevamo aspettare fino a domani, ma adesso che Jamie lo sa è meglio dirlo subito anche al resto della famiglia. Mi sento sempre peggio, a ogni secondo che passa. È davvero arrivato il momento.

Il tragitto fino a casa della mamma dura pochi minuti. Jamie accosta al marciapiede dietro la mia macchina e lascia il motore acceso, sempre in silenzio. Non dice una parola, non toglie neanche le mani dal volante. Si limita a guardare fuori dal parabrezza con gli occhi stretti. Tyler scruta suo fratello per un lungo momento, cercando di intercettare il suo sguardo, ma è inutile. Alla fine mi lancia un'occhiata e alza le spalle, per dirmi che è ora di andare.

Slaccio la cintura ed esco dalla macchina, come un automa. Ho una smorfia sulle labbra, soprattutto perché mi sento molto in colpa. È più forte di me. Tyler e Jamie sono sempre stati molto uniti, molto più che con Chase, e non litigano quasi mai. Adesso invece Jamie sembra piuttosto incazzato, e sento che è solo colpa mia. Non ci sarebbe un'atmosfera così tesa e soffocante se non mi fossi innamorata di Tyler. Ormai posso solo sperare che presto lui cambi idea, come spero farà Rachael. Ma non è pensabile che Dean accetterà mai la storia fra me e Tyler, sarei un'illusa se lo credessi possibile.

Chiudo piano la portiera della macchina e mi dirigo verso il bagagliaio, raggiungendo Tyler. Sta già scaricando la mia valigia sul marciapiede, con espressione addolorata, anche se cerca di farmi un sorriso rassicurante. Non mi fa sentire meglio, perché sul suo viso non c'è nessuna reale rassicurazione. Tyler è preoccupato quanto me.

Sistemandosi la tracolla del borsone sulla spalla, chiude il bagagliaio e aggira la macchina. Si ferma davanti al finestrino del guidatore e batte due volte sul vetro con le nocche. All'inizio Jamie non reagisce ma, quando si rende conto che Tyler non ha intenzione di spostarsi, decide di abbassare il finestrino. Per la prima volta, da quando abbiamo lasciato il prato di Wesley Meyer, Jamie si volta a guardare suo fratello.

« Saremo a casa fra poco » sussurra Tyler con uno sguardo dolce che cerca di intenerire Jamie. « Quindi... per favore, non dire niente. Dobbiamo dirlo noi alla mamma e a Dave ». China la testa per un attimo, sbuffa e rialza lo sguardo. « Okay? »

Jamie non reagisce, quindi non possiamo sapere se correrà a casa a dare la notizia ai nostri genitori oppure no. Si limita a voltare di nuovo la testa e a rialzare il finestrino, obbligando Tyler a togliere le dita dalla portiera e a fare un passo indietro, con la stessa espressione cupa che ho io. Restiamo a guardare Jamie che si allontana, la Range Rover sparisce dietro l'angolo pochi secondi dopo. Non so Tyler, ma io mi sento a disagio.

« Immagino che sarebbe potuta andare meglio » dice Tyler. Quando si volta a guardarmi, vedo che ha un sorriso triste sulle labbra. Però è anche un sorriso pieno di calore e in qualche modo quasi scherzoso, e per un secondo basta a farmi dimenticare che stiamo per entrare in casa mia e dire alla mamma la verità.

« Già » rispondo sistemandomi lo zaino sulla spalla, « non credo che baciarmi davanti a lui fosse il modo migliore di dargli la notizia ».

Lentamente, il sorriso di Tyler si allarga. « Colpa mia ».

Alzo gli occhi al cielo, prendo la maniglia della valigia e comincio a trascinarla sul vialetto d'ingresso. Tyler mi segue da vicino, tanto che sento il suo respiro, e proprio quando mi appoggia una mano in fondo alla schiena, la porta si spalanca. Immediatamente il contatto sparisce.

« Sei a casa! » grida la mamma, uscendo di corsa. In una frazione di secondo mi ha già soffocato in un caldo abbraccio e mi stringe forte. Così forte che temo di non poter più respirare. Quando sto per provare a divincolarmi, sento un latrato familiare.

Dietro la mamma compare Gucci, che si precipita fuori dalla casa, verso di me, con le orecchie dritte, la lingua fuori e la coda che si agita vorticosamente. Strizzo gli occhi e mi preparo all'impatto, quando il suo corpo pesante mi sbatterà per terra, ed è esattamente quello che succede. Fa un balzo, si solleva sulle zampe posteriori, mi appoggia quelle anteriori sul petto e subito cado dalle braccia della mamma, precipitando all'indietro. Però non finisco a terra: Tyler mi prende al volo, il mio corpo lo travolge e tutti e due arretriamo di un passo. Gucci finalmente si rimette giù.

« Caspita » dico spolverandomi i vestiti, sorretta da Tyler. Per fortuna Gucci sposta l'attenzione su di lui, girandogli intorno alle gambe tutta eccitata e annusandogli gli stivali, ma intanto la sua coda continua a colpirmi dietro le ginocchia, quindi mi allontano di qualche passo e trascino la valigia più vicino alla mamma.

« Quando sei partita ha guaito per una settimana intera » mi informa la mamma, ridendo e abbracciandomi ancora, ma più brevemente. Poi si stacca e mi osserva dalla testa ai piedi, due volte. « Ma io ho sentito la tua mancanza molto più di lei. Sono così felice che tu sia tornata sana e salva ».

Io scuoto la testa, con aria divertita. « Già, eccomi qua. Sono viva. Perfino dopo aver preso la metropolitana e aver girato per Manhattan da sola, ed essere stata nel Bronx » aggiungo con un sorriso canzonatorio.

La mamma è inorridita. « Tyler! »

Tyler, che sta grattando Gucci dietro le orecchie, alza gli occhi e gira la faccia verso la mamma. « Eh? »

« Hai portato mia figlia nel Bronx? » gli chiede, ma sappiamo tutti che sta scherzando. Incrocia le braccia con aria severa e batte il piede per terra, in attesa di una risposta.

« Mi dispiace » si scusa Tyler con un sorriso, dando un ultimo buffetto a Gucci prima di rialzarsi. I suoi occhi e il suo tono di voce sono pieni di innocenza. « C'era una partita di baseball. A parte quello, però, mi sono preso molta cura di lei ». Incrocia il mio sguardo e il suo sorriso si allarga.

« Mi hai convinto a sedermi sul parapetto del tetto del tuo palazzo » gli faccio notare.

Lui fa un balzo in avanti, mi circonda con un braccio e mi preme dolcemente una mano sulla bocca. « Shhh ». Poi alza le spalle, ride nervosamente e fa un altro sorriso a mia madre, uno di quei sorrisi che rendono impossibile arrabbiarsi con lui.

« Oh, Tyler » sbuffa la mamma, con una risata. Scuote la testa, espira e lo osserva con un'espressione benevola. « Bentornato a casa. Scommetto che ti fa uno strano effetto essere qui. Ma, ehi, venite dentro e raccontateci tutto di New York ». Batte le mani, fa un fischio e chiama: « Gucci! Vieni! » La nostra cagnolona iperattiva risponde saltando dentro casa. La mamma la segue.

Né io né Tyler ci spostiamo di un millimetro. Quando la mamma sparisce all'interno, mi volto verso di lui e faccio un respiro profondo. « Allora, vogliamo farlo davvero? » chiedo a voce bassa.

« Certo che sì » risponde Tyler senza esitazione. Mi butta un braccio intorno alle spalle, mi attira a sé e mi preme le labbra sulla tempia. « Spero che tua madre non ci stia spiando dalla finestra » bisbiglia.

Io gli lancio un'occhiata di sbieco e scopro che sta sorridendo. Mi scrollo via il suo braccio, ridendo, e lo spingo via. Poi riprendo la mia valigia e la trascino verso la porta aperta. Sono contenta che Tyler riesca ancora a tirare fuori qualche battuta, perché fa sembrare tutto meno spaventoso, e sono felice che non stia più pensando a suo padre. Sono felice che in questo momento ogni cosa sembri a posto. Non so se fra dieci minuti sarà ancora così.

Tyler mi segue in casa e chiude la porta dietro di noi. Subito sento profumo di cannella. Aggrotto la fronte, preoccupata al pensiero che la mamma abbia cercato di fare un dolce, mollo lì la valigia e vado in cucina, guardandomi intorno alla ricerca di pasticcini catastrofici e deformi. Prima che possa intercettare qualcosa, la mamma arriva dal corridoio insieme a Jack e io interrompo subito la perlustrazione. Vedo che Tyler alza gli occhi al cielo.

« Allora, Eden » mi dice Jack con il suo sorriso smagliante. Si sta allacciando il cinturino dell'orologio e capisco dai suoi capelli umidi e arruffati che deve essere appena uscito dalla doccia. « Com'era New York? »

« Favolosa » rispondo, ma il mio sguardo si è spostato sulle mani della mamma. Le osservo con grande attenzione, sperando che durante la mia assenza sia successo qualcosa di molto importante. Ma niente da fare: ancora non c'è un anello. *Sigh.*

Lei si volta verso Jack e gli appoggia la mano sul braccio, con un sorriso affettuoso. « Mi sembrano un po' stanchi. Se preparassimo un caffè? » Lancia un'occhiata penetrante a me e a Tyler. « Secondo me avete bisogno di caffeina ».

« Ci penso io » si offre Jack, sfregandole la spalla prima di superarmi per dirigersi alla macchina del caffè.

« Non importa » dico in fretta. Lancio un'occhiata a Tyler e faccio un cenno con la testa, poi torno a guardare la mamma. « Non resteremo a lungo. Non abbiamo ancora visto papà ed Ella, quindi dobbiamo passare anche da loro. Anzi, mamma, potresti sederti un momento? Anche tu, Jack ».

Probabilmente il tono tremulo della mia voce lascia intendere che hanno motivo di preoccuparsi, perché non appena pronuncio queste parole cambiano espressione. I loro sorrisi svaniscono e le loro sopracciglia si inarcano, sospettose. Si scambiano uno sguardo circospetto e poi mi seguono in soggiorno.

« Oddio » geme la mamma, premendosi le tempie mentre cammina. Perfino Gucci arriva saltellando dall'altra parte della casa, come per sentire la notizia, e si struscia contro la gamba della mamma mentre si siede. Jack si mette vicino a lei. « Che cosa è successo a New York? Che cosa hai fatto, Eden? »

Guardo Tyler e lui mi risponde con un sorriso di rassicurazione. Questa volta è sincero. Si libera del borsone e lo lascia cadere a terra, poi mi raggiunge, mi appoggia una mano in fondo alla schiena e mi guida al divano di fronte. Ci sediamo. Quando alzo gli occhi e vedo la mamma e Jack che mi fissano con aria diffidente, mi rendo conto che stiamo davvero per farlo. Stiamo davvero per confessare la verità. Lo abbiamo già fatto: l'abbiamo detta a Snake (o meglio, gliel'abbiamo mostrata), ma dirla ai nostri genitori è un'altra cosa. Ella e mio padre sono i più importanti, perché sono coinvolti direttamente, ma anche dirlo alla mamma è un passo impegnativo.

« Eden? » insiste la mamma, sistemandosi con ansia delle ciocche di capelli nell'acconciatura non più ordinata. « Che cosa c'è? Mi stai spaventando a morte ».

So che se resto zitta ancora un po', la mamma probabilmente salterà alle conclusioni. Penserà che abbia commesso un omicidio, o rapinato una banca. Penserà che abbia infranto ogni legge, quindi so che devo parlare subito. Tyler sembra percepire la mia ansia, perché si china un po' in avanti, mi appoggia una mano sul ginocchio e lo stringe, per attirare la mia attenzione. Giro gli occhi per guardarlo e lui mi fissa da sotto le ciglia, aprendo le labbra come per parlare al posto mio. Per fortuna, però, non lo fa. Mi fa solo un cenno con la testa. Sappiamo entrambi che devo essere io a dire la verità alla mamma, e spero che sarà Tyler a parlare quando verrà il momento di affrontare papà ed Ella.

Sposto lo sguardo su Gucci. Adesso è stravaccata sul pavimento, vicino ai piedi di Jack. Ha il respiro pesante. Inghiotto il nodo che ho in gola e faccio uscire il respiro che stavo trattenendo. « Quello che dobbiamo dirvi è molto importante » comincio. La mano di Tyler non si è spostata dal mio ginocchio. « Quindi vi prego di ascoltarci con mente aperta ».

« Eden, che cosa succede? » dice la mamma.

Io alzo gli occhi. Adesso ha incrociato le braccia e nella sua espressione la severità sta sostituendo la preoccupazione. Perfino Jack sembra un po' esasperato, come se la mia esitazione stesse torturando entrambi. Ma non posso evitarlo. È difficile far uscire le parole. Tyler mi stringe il ginocchio ancora più forte. « Okay » dico, soprattutto per convincermi che posso farcela. Cerco di incrociare lo sguardo della mamma, ma faccio fatica. Mi si annoda lo stomaco. Ho paura che fra pochissimo i suoi occhi si riempiranno di disgusto e delusione. « Okay » ripeto. Respirando profondamente, fisso la spalla della mamma e mi sforzo di pronunciare bruscamente le parole che ho sempre temuto di dover dire.

Solo tre parole, molto semplici. Sicuramente il modo più facile di formulare la verità. Così sussurro: «Io amo Tyler».

Cala il silenzio. La mamma e Jack si limitano a fissarmi. Vorrei che dicessero qualcosa. Qualsiasi cosa. Sempre più irritata dall'assenza di reazioni, guardo Tyler per ricevere aiuto, ma lui è troppo occupato ad aggrottare le sopracciglia per provare a darmi un suggerimento. Guardo di nuovo la mamma e, per enfatizzare le mie parole, appoggio una mano su quella di Tyler, che è ancora sul mio ginocchio, e mi avvicino di più a lui. Ancora nessuna reazione. «Nel senso che sono *innamorata* di lui» spiego. Lei non batte ciglio. «Insomma, *questo* Tyler. Lui» aggiungo, indicandolo, in un ultimo tentativo di fare chiarezza. «Hai presente, il mio fratellastro?»

Finalmente, la mamma schiude piano le labbra. Lei e Jack si scambiano un'occhiata. Mi aspetto una raffica di imprecazioni, o una richiesta di spiegazione per i miei sentimenti irrazionali, invece lei dà una spintarella scherzosa alla spalla di Jack. «Mi devi settanta dollari!»

Jack emette un gemito, ma ride. Le labbra della mamma si curvano in un sorriso e io riesco solo a guardarli, sconvolta. Adesso sono io che mi aspetto una spiegazione. Perfino Tyler, accanto a me, si sta sfregando la mascella, nel tentativo di capire perché stiano ridendo. *Ridendo.* Forse la mamma pensa che la stia prendendo in giro. Forse pensa che sia tutto uno scherzo.

Tolgo la mano da quella di Tyler e scuoto la testa, confusa. «Mamma?»

Lei passa lo sguardo da Jack a me e la sua risatina si placa, ma il sorriso rimane. Fa un sospiro e rilassa le spalle. «Abbiamo fatto una scommessa: cinquanta dollari che c'era qualcosa fra di voi, e altri venti se ce lo aveste detto».

«Che cosa?» sussurro incredula. Anche Tyler adesso sta ridendo, ma io continuo a non capire. Non so bene che cosa stia succedendo. Non capisco perché non mi urlino contro.

«Eden, per favore» dice la mamma. Alza gli occhi al cielo si china per fare un grattino dietro le orecchie a Gucci. «Sono tua madre. Mi accorgo di tutto quello che ti riguarda, e soprattutto di come guardi lui» sussurra, alzando gli occhi un momento per sorridere a Tyler. «Ho sempre pensato che fosse molto simile al modo in cui guardi Dean». Subito si ferma e raddrizza la schiena. Il suo sorriso svanisce, e di nuovo corruga la fronte, preoccupata da questo nuovo pensiero. « Eden... e Dean? »

Mi si stringe il cuore al solo sentirlo nominare. Sono ancora sommersa dai sensi di colpa. Ho cercato di non pensare troppo a Dean, ma è difficile. È difficile ignorare di averlo ferito. Mi sale la bile in gola, ma deglutisco forte e soffio fuori l'aria. « Lo sa » dico piano, senza riuscire a sostenere lo sguardo della mamma. « È finita. Ci odia ».

« Oh, Eden » esclama la mamma, sporgendo le labbra con aria di compatimento. Deve aver notato che la mia espressione è cambiata, e deve aver visto il modo in cui Tyler mi accarezza la coscia, per darmi un po' di conforto, perché si incupisce e dice: « Mi dispiace per Dean. Era un bravo ragazzo ». Le sue parole mi spingono sull'orlo delle lacrime e lei probabilmente se ne accorge, perché cerca subito di rasserenarmi chiedendo: « Allora, d'ora in poi quando incontrerò Liz al supermercato dovrò farle il tipico sorriso 'la mia bambina ha spezzato il cuore del tuo bambino' oppure preferisci che tenga la testa bassa e passi oltre? »

« Mamma » la rimprovero. « Non scherzare. Davvero non ti importa? » Faccio un gesto per indicare Tyler e me.

« Certo, non è il top » ammette lei, « e di certo se questa storia andrà avanti, dubito che sarà facile per te. Troverai persone a cui non piacerà, che non ti sosterranno. Ma per quanto riguarda me, non è un problema. Come darti torto? » Fa un sorriso smagliante verso Tyler, con uno sguardo raggiante, e mi fa un occhiolino. Devo ammettere che è quasi inquietante, dato che ha quarant'anni.

« Mamma! » esclamo mortificata. Quando guardo Tyler, vedo che è arrossito e ha l'aria un po' imbarazzata. Sta ridacchiando. E, come per confermare l'impressione di mia madre, i suoi occhi ardono di malizia. Non mi stupirei che lo facesse apposta. Tyler è fatto così.

Jack dà un buffetto alla coscia della mamma e si alza, scuotendo la testa con finta disapprovazione. « Non so voi, ma io ho decisamente bisogno di un caffè. E, Karen... Non importunare gli adolescenti ». Le strizza l'occhio, gira intorno al divano e si dirige in cucina. Gucci lo segue.

La mamma fa un'espressione divertita, poi si riappoggia allo schienale del divano, incrociando le gambe. « Quindi a quanto ho capito tuo padre ed Ella non lo sanno? »

« Non ancora » risponde Tyler al mio posto, spostandosi sul bordo del divano e chinandosi in avanti. Si schiarisce la voce, è rimasto zitto a lungo. « È la prossima cosa che faremo ».

« Siete coraggiosi » dice la mamma, mentre in sottofondo la macchina del caffè si anima con un ronzio. « Buona fortuna ».

« Ne avremo bisogno » dico sorridendo. Scosto la mano di Tyler dalla mia gamba, mi alzo e prendo la mano della mamma, poi la tiro in piedi e la stringo forte fra le braccia. Mi sento accettata. Di nuovo. Non credo che riuscirò mai ad abituarmi a questa magnifica sensazione. « Grazie mamma, davvero. Grazie » sussurro, nascondendo la faccia sulla sua spalla e abbracciandola di nuovo.

« Ehi, per me va sempre bene quello che decidi, a patto che ti renda felice ». Si stacca da me e fa un passo indietro. Penso che stia per fare un altro sorriso, ma poi la sua espressione cambia. Mi afferra il polso e osserva le parole sulla mia pelle, che si sta cicatrizzando. « Che cosa diavolo è questo? »

Io faccio un enorme sorriso e libero il polso dalla sua presa. Mi volto in fretta, prendo la mano di Tyler e lo tiro su dal divano, rischiando probabilmente di slogargli la spalla. « Scusa mamma, dobbiamo andare! » grido trascinando Tyler verso la porta d'ingresso. Poi lo lascio andare, mi precipito in cucina per prendere le chiavi della mia macchina dal supporto sul muro e intanto quasi travolgo Gucci. Jack inarca le sopracciglia, ma io alzo le spalle e corro di nuovo da Tyler, che sta recuperando il suo borsone da terra.

« Eden! » grida la mamma, ma io sono già fuori dalla porta.

« Tua figlia è un'incosciente! » grida Tyler verso la casa, ridendo di cuore. Poi si chiude la porta alle spalle. Corre per raggiungermi, sempre ridendo, con le labbra umide e gli occhi allegri. Nessuno di noi due si aspettava che gli ultimi cinque minuti sarebbero andati in questo modo. Nessuno di noi due si aspettava che sarebbe stato così facile.

« E adesso » dico imitando la voce di un presentatore televisivo, « affronteremo lo scontro finale ». Apro la macchina e mi metto al volante, poi avvio il motore. È strano essere di nuovo alla guida della mia auto.

Tyler lancia il borsone sul sedile dietro e poi salta al posto del passeggero, con un sorriso sbilenco.

« Pensaci » mi dice chiudendo la portiera, « questa sarà l'ultima volta che dovremo farlo ».

« Per questo non vedo l'ora » gli rispondo, perché ha proprio ragione. Quando l'avremo detto ai nostri genitori, non dovremo più raccontare la verità. Tutte le persone importanti la sapranno. Niente più segreti. Il solo pensiero basta a farmi sorridere, mentre mi immetto sulla strada e comincio il breve tragitto fino a casa dei nostri genitori. « A proposito, questa volta tocca a te parlare ».

Tyler ride di nuovo, si appoggia allo schienale e mi mette una mano sulla coscia. Penso che l'abbia fatto senza pensare, ma per me è un'enorme distrazione. « No problem. È soprattutto tuo padre che mi preoccupa. Mi odia già abbastanza, ma aspetta che sappia che vado a letto con sua figlia ». Fa una risata sarcastica e mi stringe più forte la coscia, rischiando di farmi scontrare con una macchina parcheggiata.

« Ecco, fammi un favore, magari sorvola su questo dettaglio » borbotto con un'occhiata di avvertimento, recuperando il controllo del veicolo. Lui sogghigna, e io con lui. Sappiamo entrambi che mio padre lo ucciderebbe se lo scoprisse. Non era contento neanche quando, a volte, passavo la notte da Dean, e Dean *gli piaceva*.

« E allora come vorresti che glielo dicessi? » mi chiede Tyler, girandosi verso di me. Ha un'espressione sciocca, quasi allegra. Si schiarisce la voce in modo teatrale e gesticola con la mano libera. « *Signor Munro, potrei rubare un secondo del suo prezioso tempo per informarla che sono assolutamente pazzo della sua unica figlia, la quale, per inciso, non è più minorenne e può decidere per se stessa?* » dice in tono fintamente solenne, con un accento sofisticato. « *Inoltre, David Munro, la sua testarda, determinata, intelligente e meravigliosa figlia ha anche un fondoschiena strepitoso* ».

Svolto in Deidre Avenue, alzando gli occhi al cielo. Tyler sta per scoppiare a ridere, ma si trattiene. « Allora? Pensi che gli piacerà? »

« Proverei con un approccio diverso ». Tyler finalmente abbandona lo scherzo, sfogando la risata che stava trattenendo. Non riesco a evitare di pensare che sia bello: noi due qui a ridere, proprio in questo momento. Mi piace che riusciamo a far sembrare divertente questa situazione, anche se non lo è affatto, e sono contenta di non sentirmi per niente nervosa, pur essendo a pochi minuti da casa.

Qualche secondo dopo superiamo la casa di Dean. È impossibile ignorare la tensione che cala nell'abitacolo. Mentre passiamo, alziamo lo sguardo verso la casa nello stesso momento, senza staccare gli occhi. La macchina di Dean è parcheggiata nel vialetto, come il furgone di suo padre. Quello a cui io e Dean abbiamo distrutto le gomme. Come se si sentisse in colpa, Tyler mi toglie la mano dalla coscia.

« Pensi che sia in casa? » mi chiede a bassa voce.

« Non lo so ».

Deglutisco, riporto gli occhi sulla strada e continuo a guidare, schiacciando di più sull'acceleratore per allontanarmi in fretta. Evito di guardare nello specchietto retrovisore. Continuo a guidare. Da ora in poi farò un percorso diverso per arrivare a casa di papà da casa della mamma. Un percorso che eviti la casa di Dean.

Ormai sono le nove passate e il cielo si scurisce sempre di più, ma la nostra casa è ben illuminata. Accosto accanto al marciapiede, dietro la macchina di Tyler. Il vialetto è occupato dalla Lexus di papà e dalla Range Rover di Ella, come sempre, quindi noi figli siamo obbligati a parcheggiare in strada. Non c'è la macchina di Jamie, naturalmente, per via del parafango ammaccato.

« Immagino che siano in casa » dico scherzando, con un cenno della testa verso le finestre. Devono aver acceso tutte le luci a disposizione, la casa sembra un'enorme lampadina. È accesa perfino la luce della stanza che uso quando dormo qui, e la cosa per un attimo mi angoscia. Mi chiedo perché diavolo sia accesa.

« Ehi, la mia piccola è arrivata tutta intera! » Tyler indica la sua Audi con un sorriso compiaciuto, poi apre la portiera e scende. Prende il borsone dal sedile dietro e si allontana senza di me, per girare intorno alla sua macchina, probabilmente alla ricerca di eventuali graffi sospetti, che potrebbero essere stati causati da un trasporto disattento da una costa all'altra.

Sospirando, spengo il motore e scivolo fuori dalla macchina, che accanto a quella di Tyler sembra un ferro vecchio, poi passo lo sguardo dalla casa al mio fratellastro. Ora comincio a sentirmi un po' nervosa. « Allora, vieni? »

« Uh-uh » dice Tyler, in tono un po' assente. Sistemandosi il borsone sulla spalla per quella che mi sembra la centesima volta, dà un buffetto al cofano della sua adorata macchina e mi raggiunge sul prato. Lentamente, le sue labbra si sollevano in un piccolo sorriso. Ci voltiamo entrambi verso la casa, nello stesso preciso momento.

Fianco a fianco, stiamo per affrontare la nostra paura più grande, dopo due anni. È stata una lunga strada, molto dura fin dal primo momento, ma è un sollievo sapere che finalmente sta per finire. I nostri genitori devono saperlo, è inevitabile. Ci abbiamo messo due anni per accettare la verità e racimolare il coraggio di ammetterla con le persone più importanti, e adesso che abbiamo di fronte l'ultimo ostacolo è impossibile tirarsi indietro.

Accanto a me, Tyler espira, mi cerca la mano e intreccia le dita con le mie, stringendole forte. Ci scambiamo un'occhiata di sbieco. Sorridiamo.

« Facciamolo » mi dice.

31

Come sempre, la casa profuma di lavanda. È il marchio di Ella. Sembra ancora più intenso, quando manchi da un po'. Io e Tyler entriamo nell'ingresso e indugiamo in fondo alle scale. Guardiamo in soggiorno, ma non c'è nessuno, anche se la tv è accesa.

Tyler lascia cadere il borsone sulla scala, rilassa le spalle, si schiarisce la voce e grida: « Siamo a casa! »

Per alcuni secondi restiamo in attesa. Si sente un po' di trambusto ed Ella arriva di corsa dalla cucina, proprio mentre sentiamo dei passi al piano di sopra, però lei ci raggiunge per prima. Non ha ancora aperto bocca ma è già in lacrime. Sul suo volto c'è un enorme sorriso quando prende Tyler fra le braccia e lo stringe a sé. È molto più alto di lei, ma Ella gli accarezza la testa mentre lui ricambia l'abbraccio. Io li guardo con un piccolo sorriso, un sorriso al tempo stesso triste e contento. Ella e Tyler hanno sempre avuto un legame molto stretto e so quanto le è mancato suo figlio in quest'ultimo anno. Non faceva altro che parlare di lui, ripetere quanto ne fosse orgogliosa, chiedeva se fosse troppo chiamarlo cinque volte al giorno. Papà spesso lasciava la stanza, con aria infastidita. Io invece rimanevo con lei. Le rispondevo sempre che anch'io sentivo la mancanza di Tyler.

Ella fa un passo indietro e gli prende il viso fra le mani, guardandolo con infinito amore. « Sei davvero qui! » Sprizzando gioia da tutti i pori, con le lacrime che continuano a rigarle il viso, gli copre la faccia di baci.

« Dai, mamma » dice Tyler girando la testa di lato. Le prende i polsi, le stacca le mani e fa una risata. « Che schifo ».

Ella tira su col naso, con un sorriso un po' imbarazzato, e si asciuga le lacrime col pollice. Sta per aprire bocca e dire qualcos'altro, nel preciso istante in cui Chase arriva dalla cucina, ma Tyler non ha il tempo di salutare suo fratello perché all'improvviso la nostra attenzione viene richiamata dai passi pesanti sulle scale.

Papà decisamente non è entusiasta di vederci. Scende le scale in fretta, con gli occhi a fessura e le guance paonazze. Prima ancora di arrivare di sotto, sta già ringhiando: « È vero? » Non sta guardando Ella, né Chase. Sta guardando Tyler e me.

È chiaro a che cosa si riferisce. Lo sappiamo entrambi. Il mio corpo si accascia, il mio cuore precipita. Non riesco a decidermi a rispondere, e nemmeno Tyler. La domanda di papà ci ha preso troppo alla sprovvista per poter reagire.

« Dave... » mormora Ella, che fa un passo avanti e si volta per affrontare il marito. Ha un'espressione perplessa, le sopracciglia aggrottate. « Di che cosa stai parlando? »

Una sagoma in movimento in cima alla scala attira il mio sguardo. Alzo gli occhi, al di là di papà, e vedo Jamie, fermo sul pianerottolo con le labbra strette e le braccia incrociate sul petto, che osserva la scena. Non è difficile capire la situazione: Jamie non è riuscito a tacere fino al nostro arrivo, nonostante Tyler gli avesse detto che volevamo dirlo di persona ai nostri genitori. Sarebbe stata la cosa giusta da fare. Invece Jamie ha rovinato tutto: papà potrebbe anche pensare che non avevamo alcuna intenzione di sputare il rospo.

Anche Tyler deve aver scorto Jamie, perché si fionda sulle scale con i pugni stretti, borbottando sottovoce qualcosa che non riesco a capire. Papà, però, gli impedisce di raggiungerlo, prendendolo per la maglietta e spingendolo di nuovo nell'ingresso. Lo sbatte contro il muro e gli preme le braccia sul petto, immobilizzandolo. Ella soffoca un'esclamazione inorridita e subito si lancia in avanti per cercare di staccare papà da Tyler, tirandolo per la spalla, ma lui è più forte di lei e non si sposta di un millimetro.

« È vero? » urla di nuovo papà, con la faccia a pochi centimetri da quella di Tyler, appoggiandosi con tutto il peso contro il petto di lui. Nell'aria si sente un'improvvisa zaffata di alcol. Lancio a mio padre un'occhiata truce, quando mi accorgo che proviene da lui.

Ella, con cautela, fa un passo verso di loro. Spalanca lentamente gli occhi e chiede piano: « Che cosa è vero? »

« Loro due! » Papà quasi si strozza con le parole, è talmente furioso e incredulo che riesce a malapena a formulare una frase compiuta. Ma continua a parlare, con voce alta e roca, e riesce a fare un secco cenno della testa nella mia direzione. «Lui e Eden! Dio, io... io non so cosa pensare!»

Tyler finalmente spinge via papà, con un colpo deciso, e si raddrizza immediatamente. Poi, con le vene del collo che gli pulsano, sibila: «Cazzo, lasciaci spiegare».

Ella non ha ancora capito cosa sta succedendo. Il suo sguardo saetta da papà a Tyler a me, cercando risposte nelle nostre espressioni. Mio padre sta ansimando, con le mani premute sulle tempie, e scuote la testa guardando il pavimento, mentre cerca di assorbire la nuova informazione. Allora lei si rivolge a Tyler, in faccia la stessa preoccupazione che aveva la mamma. Posso solo immaginare che cosa le starà passando per la testa in questo momento. «Che cosa dovete spiegare, Tyler?»

Lui si passa una mano tra i capelli e la guarda. Si prende un secondo per scegliere le parole giuste. Papà rialza gli occhi e lo fissa con odio, in attesa di sentire la sua spiegazione. Il suo respiro è così rumoroso che è l'unico suono che sentiamo, oltre alla tv. Ma Tyler non lo guarda neanche. Tiene gli occhi su Ella e ogni tanto li sposta su Chase, che sembra confuso, ma ci ascolta comunque. Dopo qualche istante, Tyler finalmente guarda per terra ed espira. È pronto a parlare per tutti e due. «Niente di tutto questo doveva succedere» dice piano, senza alzare gli occhi, «però è successo. Non posso pentirmene e non posso rimpiangerlo, perché non mi dispiace. Le cose sono andate così, e sinceramente non è colpa nostra. Se mai, la colpa è vostra». Adesso ha inclinato la testa, passando lo sguardo da Ella a mio padre. Deglutisce forte. «Per averci messo insieme».

Papà subito fa una risata sarcastica, si porta le mani sui fianchi e si volta dall'altra parte. Continua a scuotere la testa. Ella, invece, si limita a sbattere le palpebre. Sembra ancora più perplessa di prima.

«Di che cosa stai parlando?»

«Sto parlando di Eden» dice Tyler senza esitare. Si volta a guardarmi, fissando gli occhi nei miei. Il suo sguardo per un attimo si addolcisce. Mi fa un cenno con la testa, così mi avvicino e mi metto al suo fianco. Gli sono molto grata per aver detto tutto da solo. Io riesco a malapena a guardare papà ed Ella negli occhi, figuriamoci a mettere insieme un discorso. Tyler invece ormai è partito, e continua. «Sto parlando del fatto che sono innamorato di lei. È così da due anni. Quindi sì, Dave, è vero».

Ella rimane a bocca aperta e riesce a malapena a sussurrare: «Che cosa?» sbattendo le palpebre sempre più veloce.

«È scandaloso! State coprendo di ridicolo la nostra famiglia! È questo che volete? Farci sembrare tutti degli idioti? Dio, immaginatevi le risate se si dovesse sapere in giro!» sbotta papà, voltandosi di nuovo per guardarci in faccia. Le rughe che ha ai lati degli occhi adesso sembrano più evidenti, forse perché ha gli occhi a fessura, per fulminarci con lo sguardo. Come se non potesse più sopportare la nostra vista, fa per andarsene, borbottando: «Mi fai schifo». Era rivolto a me, naturalmente. Passandomi accanto, mi strattona con la spalla.

All'improvviso Tyler fa uno scatto in avanti e scaglia un pugno: colpisce in pieno la guancia di mio padre, con un orribile tonfo. Papà si accascia di lato e il suo corpo cade sulla scala, atterrando in maniera scomposta.

«Tyler!» grida Ella lanciandosi in avanti. Non va da suo figlio, però. Raggiunge papà e si china su di lui per controllare che stia bene. Gli massaggia dolcemente la faccia.

In quel preciso istante mi volto verso Tyler. Alzo le mani, esasperata, chiedendomi a che diavolo di gioco stia giocando. Il suo petto si alza e si abbassa rapidamente e il suo sguardo non si stacca da mio padre, quindi, per essere sicura che non voglia colpirlo ancora, gli afferro il pugno.

Jamie è sceso di qualche scalino verso papà, cercando in tutti i modi di evitare il contatto visivo con Tyler e me. Ha le guance in fiamme e forse si sente troppo in colpa per farsi coinvolgere, perché rimane sullo sfondo, a osservarci, ma senza intervenire. Anche Chase decide di restarne fuori. Arretra lentamente verso la cucina, guardandoci da lontano.

«Ehi, Eden» dice papà con disprezzo, richiamando la mia attenzione. Si rialza, con uno sguardo feroce: «Anche se Tyler non fosse il tuo stramaledetto fratellastro... è questo il tipo di ragazzo con cui vuoi stare, eh?» Si indica la guancia e poi fa un cenno verso Tyler. «Un tipo fuori controllo che finirà in una cella, proprio come suo padre?»

«David!» esclama Ella.

Le parole di papà sono così crudeli che mi sento male per il solo fatto che le abbia pensate, per quanto fosse arrabbiato. Bastano a farmi infuriare a mia volta, e devo digrignare i denti così forte che temo mi si possano sbriciolare in bocca. Quando mi obbligo a guardare Tyler, vedo il dolore e la devastazione nei suoi occhi. Reagisce alle parole di papà nell'unico modo che conosce: con rabbia e violenza, così come è stato cresciuto. Il muscolo della sua mascella sta scattando e il suo pugno, nella mia mano, si stringe ancora più forte, così lo lascio andare. Papà se lo merita.

Tyler tira un altro pugno, senza esitazione. Era ovvio. Non posso biasimarlo. Anzi, provo una certa soddisfazione quando colpisce papà sul naso. Questa volta lui arretra solo di un paio di passi, senza perdere l'equilibrio. Si porta una mano alla faccia, per vedere se perde sangue. Non ce n'è, ma lui comunque inarca le sopracciglia e riesce a fare un sorriso incredulo.

« Guarda qui! » urla. « Mi ha colpito due volte in un minuto! Dio, Eden, le tue scelte di vita sono proprio fantastiche! Prima scegli un'università di merda dall'altra parte del Paese, e adesso questo idiota! Il tuo fratellastro! » Si mette a ridere, appoggiandosi al muro. Trasuda veleno.

Tyler fa un altro passo verso di lui, pronto a sferrargli un altro pugno. « Senti chi parla ».

Sinceramente credo che in questo momento potrei tirare anch'io un pugno a papà. Fin da quando ha abbandonato me e la mamma, il mio rapporto con lui è stato complicato. Forse perché non l'ho più visto per tre anni. Forse perché non *ha voluto* vedermi per tre anni. Quando se n'è andato qualcosa è cambiato, e da allora è sempre stato difficile, ma per un po' si era stabilizzato. Cercavamo di andare d'accordo e finora stava funzionando. Non era mai stato così cattivo prima, così duro. Faccio del mio meglio per non perdere le staffe, ma mi costa una fatica enorme evitare di esplodere. Ci sono un milione di cose che potrei urlargli contro, ma prima che io o Tyler facciamo qualcosa di stupido, Ella arriva di corsa dalla cucina. Non mi ero neanche accorta che fosse sparita, ma all'improvviso è di nuovo davanti a noi e ci sta spingendo entrambi indietro, per allontanarci da papà.

« Sentite, adesso andate via » dice in fretta, a bassa voce, mettendo in mano a Tyler le chiavi della sua macchina. Gli stringe le dita per richiuderle. « In questo momento non so cosa pensare, e mi dispiace per quello che ha detto ». Lancia un'occhiata verso papà. Lui sta ancora ridendo, ma Jamie sta cercando di farlo smettere. Quando Ella si volta di nuovo verso di noi, è scura in volto. «Ha il resto della settimana libera, quindi ha alzato un po' il gomito e... sentite, mi dispiace davvero. Dobbiamo parlare con calma di quello che c'è fra di voi, ma adesso è meglio che andiate».

«Non avercela con noi» bisbiglio, deglutendo forte. «Ti prego».

Ella fa un profondo sospiro e guarda di nuovo papà. Si incupisce ancora di più. «Datemi il tempo di pensarci. Adesso andate». Dà un buffetto affettuoso sulla guancia di Tyler. «E fatti medicare quella mano».

Io e Tyler abbassiamo gli occhi nello stesso preciso momento. Non credo che se ne fosse accorto, ma ha due nocche della mano destra che sanguinano. Sospira, scuote la mano e rialza gli occhi. Cerco di intercettare il suo sguardo, ma lui mi evita. Invece prende il suo borsone, che è finito sul pavimento, e intanto Ella ritorna da papà, per aiutare Jamie a calmarlo. Chase è ancora nascosto in cucina.

Tyler non dice una parola mentre si volta e va verso la porta, si limita a sfiorarmi la spalla, passando per uscire. Io giro subito sui tacchi e lo seguo a ruota. Devo correre per tenere il suo passo sostenuto, mentre attraversa il prato e va verso la sua macchina.

«Tyler». Nessuna risposta. Solo silenzio. «Tyler» ripeto, prendendolo per il gomito. Quando sente il contatto, finalmente si ferma e si volta verso di me.

«E adesso che cazzo facciamo?» mi chiede, rabbuiato. Il suo viso ha perso ogni colore e la sua espressione è del tutto impassibile.

«Puoi stare da mia madre» rispondo subito. Alla mamma non dispiacerà. A lei è simpatico Tyler e, date le circostanze, sono sicura che lo lascerà restare per stanotte. «Dai, seguimi con la macchina».

«Okay» dice soltanto. Si volta e percorre i pochi metri che lo separano dalla sua auto. Io lo osservo, chiedendomi se sia una buona idea lasciarlo guidare. Sembra un po' intontito, ha lo sguardo perso, come se potesse svenire da un momento all'altro. Comunque entra in macchina e avvia il motore.

Io guido fino a casa della mamma, seguita da Tyler, e per tutto il tempo mi chiedo perché non provo nulla. Non mi sento sconvolta, né arrabbiata, o comunque non più. Non provo irritazione, niente. In un certo senso, il risultato è più o meno come me lo sono sempre aspettato. Papà non l'avrebbe presa bene comunque, nemmeno da sobrio, ed Ella... non so cosa pensare. Non riesco a capire se sia disgustata o soltanto scioccata. Papà in ogni caso è uno stronzo, come sempre. Ormai ci sono abituata. A volte è un tipo a posto, altre volte è come stasera.

Non so cosa succederà adesso. Non so se domani le acque si saranno calmate di nuovo. Abbiamo solo bisogno di una possibilità di spiegarci, di far capire il nostro punto di vista, e questo potrà succedere soltanto se papà ed Ella ce ne daranno il tempo. Stasera di sicuro non è successo. Forse, quando la reazione iniziale di rabbia e confusione si sarà calmata, ci ascolteranno. Devono farlo. Non hanno altra scelta. Che altro potrebbero fare? Bandirci dalla famiglia per sempre? Proibirci di stare insieme?

Evito di passare davanti a casa di Dean e tamburello con le dita sul volante, con impazienza, mentre guido in silenzio. Continuo a guardare nello specchietto retrovisore per controllare che Tyler ci sia. Naturalmente c'è. Mi sta così attaccato che a un certo punto pare che stia per tamponarmi. Comunque entrambe le nostre macchine tornano a casa della mamma senza un graffio. Mi precipito fuori senza perdere tempo.

Ormai sono le dieci passate. Raggiungo la portiera di Tyler e aspetto che scenda anche lui. È ancora pallidissimo e la sua mano sembra peggiorata.

« Mi scuserei per aver preso a pugni tuo padre » mi dice piano, mentre recupera il borsone dalla macchina, « ma in realtà non mi dispiace di averlo fatto ». Chiude la portiera, si volta e si incammina lungo il vialetto. Anche stavolta non mi aspetta: comincio ad avere l'impressione che ce l'abbia con me.

« Ho fatto qualcosa di sbagliato? » gli chiedo quando lo raggiungo. Mi metto proprio di fronte a lui, davanti alla porta. Ci fermiamo un attimo prima di entrare.

« No » risponde lui. Lancia un'occhiata alla strada, sospira e si preme una mano sulla fronte prima di guardarmi di nuovo negli occhi. « Mi dispiace. Stasera è stata un disastro. Sto pensando a mio padre, a Jamie, a mia madre e a tuo padre, e a te » sussurra. Lentamente, le sue labbra si schiudono in un mezzo sorriso. « Ma soprattutto a te ». Guarda l'orologio e quando rialza gli occhi scrolla le spalle. « Sai, a New York è l'una passata. Non so tu, ma io sono esausto ».

Non mi sentivo stanca, ma adesso all'improvviso mi sento pesare addosso un grande sfinimento. Sembra che New York risalga a una vita fa, ma in realtà oggi pomeriggio eravamo ancora lì. Sono successe tante cose da allora, compreso un volo di sei ore. Mettendoci anche il fuso orario, non desidero davvero altro che buttarmi a dormire. « E se pensassimo a tutto domattina? » gli propongo. Tyler annuisce, ed entriamo.

La mamma e Jack stanno guardando un film su Lifetime, stravaccati sul divano e abbracciati stretti. Gucci dorme sul pavimento. Apre gli occhi al nostro ingresso, ma non si prende il disturbo di alzarsi per venire ad accoglierci. La mamma e Jack, invece, mettono subito in pausa la tv e si tirano su.

« Non mi sembrate tanto sollevati » commenta la mamma, con le sopracciglia aggrottate. Ormai è in vestaglia, se la tiene chiusa con le mani mentre si alza. « Tyler, che ci fai di nuovo qui? »

« Non è andata molto bene » ammetto, con un'occhiata di sbieco a Tyler e un'alzata di spalle. Lui è ancora silenzioso. « Papà era ubriaco, si è comportato da stronzo ed Ella ci ha chiesto di andarcene ».

La mamma fa uno sbuffo di disapprovazione e scuote la testa con aria di rimprovero, molto probabilmente rivolto a papà, poi si precipita verso di noi. Si mostra subito molto comprensiva e ci sorride con dolcezza. « Sono sicura che andrà tutto a posto » ci dice in tono consolatorio. « Dategli solo un po' di tempo per accettare l'idea ».

Mi sento la testa pesante, ho la faccia triste. « E se non lo fanno? »

La mamma ci pensa su per un po', lancia anche un'occhiata verso Jack per chiedere aiuto, ma lui si limita a scrollare le spalle. Così lei fa una smorfia. « Non so che cosa dirti, Eden ».

« Puoi medicare la mano di Tyler? » le chiedo in fretta, per cambiare argomento. In questo momento non ne posso più di papà e di Ella. Sono troppo stanca, e la ferita di Tyler è ancora aperta, così mi concentro su quella. Dolcemente gli prendo la mano e la sollevo per farla esaminare alla mamma.

« Dio, ma che cosa hai combinato? » sbotta lei guardando subito Tyler, che adesso sembra imbarazzato.

« Ha colpito papà » rispondo al suo posto. « Due volte ».

« Tanto peggio per Dave » borbotta la mamma, trattenendo un sorriso. « Dai, Tyler, vieni qui vicino al lavandino ».

Ci mette pochi minuti a fare la medicazione. In quei pochi minuti, comunque, Jack riesce a offrire a Tyler una birra e io a chiedere, un po' impacciata, se Tyler può dormire da noi, e la mamma acconsente. Per lei, chiunque prenda a pugni papà è il benvenuto. Tyler ringrazia per l'ospitalità, ma rifiuta la birra. È troppo stanco.

« Andiamo a dormire » dico alla mamma mentre lei riassetta la cucina. Tyler continua ad aprire e chiudere la mano, come se il movimento potesse far scomparire la ferita. « A New York è molto tardi ».

« Be', spero che vi sentirete un po' meglio domattina » dice la mamma girandosi per darmi un rapido abbraccio, poi lei e Jack ci augurano la buonanotte e tornano al loro film.

Io prendo la mano di Tyler, intrecciando le dita alle sue, e lo trascino verso il corridoio. La mia stanza è la prima porta, ma ho a malapena sfiorato la maniglia quando sento la mamma che si schiarisce la voce, dietro di noi. Lascio subito andare Tyler e mi volto.

« Lo so che sono una mamma super moderna, ma non *così* moderna » dice con un'occhiata intensa a Tyler e un'espressione severa. « Tyler starà nella stanza degli ospiti ».

« No problem » fa lui.

Io alzo gli occhi al cielo, mi giro di nuovo e procedo lungo il corridoio. La stanza per gli ospiti è l'ultima sulla sinistra, l'unica della casa che non viene quasi mai usata. Accompagno Tyler e mi fermo davanti alla porta. Le luci sono spente anche in corridoio, quindi, quando mi volto per guardarlo, lo vedo solo in penombra. Aspetto un momento, per abituare gli occhi, poi mi accorgo che sta fissando il pavimento.

« Sei sicuro di star bene? » chiedo sempre più preoccupata. Cerco di obbligarlo a guardarmi negli occhi, ma non ci riesco. Invece Tyler allunga la mano e apre la porta, mi passa davanti ed entra nella camera degli ospiti senza alzare gli occhi. « Ne parliamo dopo » mi dice piano.

« Ehi » dico in tono secco, incrociando le braccia e seguendolo in camera. Accendo la luce e resto in piedi, in attesa, con le labbra strette. « Ti ho chiesto se stai bene ».

Lui sospira e china la testa, sempre dandomi le spalle. Lancia il borsone sul letto e si passa la mano tra i capelli, tirandosi le punte. Poi si gira per guardarmi. « Non ti mentirò dicendoti che sto bene, perché non è così » dice alla fine.

« Allora parlami ». Faccio qualche passo verso di lui, coprendo la distanza che ci separa, e gli appoggio una mano sul petto. Lo guardo e sento il suo cuore che batte lento e forte sotto la mia mano.

Ma Tyler, chiaramente, non vuole parlare, perché mi prende il polso con delicatezza e mi sposta la mano. Poi fa un passo indietro. « Ho detto che ne parliamo dopo » ribadisce in tono fermo e deciso. Non vuole che insista, è evidente. Si gira di nuovo, si siede sul bordo del letto e si china in avanti, intrecciando le dita. « Puoi chiudere la porta, quando esci? » mi chiede così piano che sembra quasi bisbigliare.

Non so bene che cos'abbia Tyler, ma mi ha fatto capire molto esplicitamente che vuole restare un po' da solo, così mi mordo il labbro e mi obbligo a uscire, anche se vorrei tanto rimanere. Quando arrivo alla porta, premo la mano sullo stipite e lo sbircio da sopra la spalla. È ancora seduto, quasi senza battere ciglio. Respira e basta.

« Se vuoi, puoi venire in camera mia in qualsiasi momento dopo mezzanotte » sussurro, ma lui non reagisce né tantomeno risponde, quindi chiudo la porta e lo lascio solo.

Non so che ore siano quando mi sveglio di soprassalto, e non so da quanto Tyler mi stia scuotendo, ma so che mi spaventa a morte. Rischio di rotolare fuori dal letto, sono così sorpresa dall'intrusione nella mia stanza che mi vengono le palpitazioni. Spingo via la trapunta, mi tiro su e mi allungo verso il comodino, cercando l'interruttore a tentoni. Finalmente lo trovo e un angolo della mia camera si illumina di una luce calda.

« Gesù, Tyler » borbotto. Espiro, chino la testa e mi passo una mano sulla fronte. So di avergli detto di venire da me, ma a quanto pare mi sono addormentata così profondamente che me ne sono del tutto dimenticata. Non sono più abituata alla mia stanza e di certo non sono abituata ad avere Tyler come ospite. « Bel modo di farmi venire un infarto ».

Lui è in piedi accanto al mio letto, ma non troppo vicino, e torreggia su di me in tutta la sua altezza. Il suo viso è illuminato dalla lampada del comodino: vedo la mascella contratta, il nervosismo nei suoi occhi e il nodo che ha in gola. « Devo parlarti. Adesso » mi dice piano.

« Davvero? *Adesso*? » Mi stringo la trapunta contro il petto, con l'altra mano prendo il telefono dal comodino e guardo l'ora. Sono passate da poco le quattro del mattino. Con un gemito e un'espressione irritata, mi lascio ricadere sui cuscini. A questo punto mi accorgo che Tyler è ancora vestito, e ha messo anche un giubbotto. Ho l'impressione che non sia qui per infilarsi a letto con me, quindi mi metto di nuovo seduta. « Tyler? »

Lui si morde il labbro con aria ansiosa, si sfrega la nuca e allo stesso tempo si allontana ancora di più da me, spostandosi verso la porta. La luce non arriva fino lì, così il suo viso è coperto da un'ombra che mi impedisce di vedere la sua espressione mentre dice: « Devo andarmene da questa città ».

All'inizio non capisco: le sue parole non hanno senso, sono così improvvise che non rispondo nulla. Resto ad ascoltare il silenzio della casa, scrutando la sagoma di Tyler nel buio. « Che cosa vuoi dire? » mi decido a chiedere alla fine.

« Voglio dire che me ne andrò per un po' ».

All'improvviso mi si annoda lo stomaco. Sono perfettamente sveglia, ormai, e Tyler ha tutta la mia attenzione. Mi corre un brivido lungo la schiena, mentre ogni centimetro del mio corpo mi dice che da questa situazione non verrà fuori niente di buono. « Perché? »

Tyler fa un sospiro, lento e profondo. Torna verso il mio letto, nel cono di luce, e la sua ombra guizza sulle pareti. « Ci sono troppe cose in ballo » ammette. « Ho bisogno di riflettere ». Appoggia la schiena al muro e fa una pausa, per formulare le prossime frasi. Soppesa le parole da dirmi. Intanto il mio corpo si irrigidisce. « Lo sai, non voglio stare così vicino a mio padre. Non riesco a sopportarlo, e non credo di poter sopportare neanche tuo padre, perché potrei finire per ammazzarli di botte entrambi ». Un'altra pausa. Adesso comincio a sentire freddo, anche sotto la trapunta. Sul viso di Tyler passa un'ombra di preoccupazione e la sua voce si riduce a un sussurro mentre mi chiede: « E se tuo padre avesse ragione? Se finissi come mio padre? »

« Tu non sei affatto come tuo padre, Tyler ».

« Invece sì » insiste lui, serrando la mascella. « Perdo le staffe facilmente, proprio come faceva lui, e questa cosa mi terrorizza. Voglio andarmene da questa città, voglio andare il più lontano possibile da lui ».

« Vieni a Chicago con me » ribatto immediatamente. Non è una cosa che avevo pianificato, ma non è una cattiva idea. In autunno io partirò per trasferirmi a mezzo continente di distanza, nella Città del Vento. Mi rendo conto di non essermi mai soffermata a pensare a quello che sarebbe successo alla mia partenza, a settembre. Non avevo mai considerato che io e Tyler saremmo stati di nuovo lontani e quindi, all'improvviso, l'idea di farlo venire con me in Illinois mi rende entusiasta. Una specie di fuga romantica. Più o meno.

Ma il mio nuovo piano per il nostro futuro va subito in fumo, perché Tyler risponde con un laconico: « No ».

« Perché? » chiedo, desolata e confusa. La mia eccitazione si esaurisce. Addio fuga a Chicago.

Tyler chiude gli occhi per un secondo e china la testa, riappoggiandosi al muro. Ha ancora l'aria stanca, mi chiedo se abbia dormito almeno un po'. Più tempo ci mette a rispondermi, più il mio nervosismo cresce, e alla fine si scopre che avevo ragione a preoccuparmi, perché quando lui rialza lo sguardo su di me la sua espressione si è deformata, contorta dal dolore, mentre mi dice: « Perché in realtà non voglio stare neanche vicino a te ».

Vorrei aver sentito male. Ho *bisogno* di aver sentito male, perché non appena queste parole escono dalla bocca di Tyler, dalle sue labbra, dentro di me tutto si stravolge. Il mio stomaco si annoda ancora di più e la voce mi si ferma in gola, strozzata dalle sue parole. « Ma di che cosa stai parlando? » mi obbligo a chiedere debolmente.

« Forse avevi ragione tu, all'inizio » risponde senza esitazione, parlando in fretta e scuotendo la testa. « Forse non dovremmo stare insieme ».

« E questa idiozia da dove diavolo arriva? » incalzo, mentre un'ondata di rabbia invade ogni centimetro del mio corpo. Spingo via la trapunta e scivolo giù dal letto, raddrizzandomi. Prego davvero che sia solo un sogno. Deve essere così. Tyler non direbbe mai una cosa del genere.

Quando mi avvicino, lui trasalisce e arretra, tornando verso la porta. Evita ogni contatto. Voltandomi le spalle, si azzarda a dire con la sua voce roca: « Non so se voglio andare avanti con questa storia ».

A questo punto, tutto dentro di me va in pezzi. Il mio cuore si ferma. I miei polmoni collassano. Il mio sangue si diluisce. Mi brucia la gola. D'un tratto tutto quanto, ogni parte del corpo, mi fa male. Devo appoggiare una mano al muro per sostenermi, perché la mia testa sembra diventata troppo pesante e le mie ginocchia stanno lentamente cedendo. Ho il respiro accelerato, sto quasi iperventilando mentre cerco di capire che cosa sta succedendo. « Non puoi averlo detto » mormoro.

« Mi dispiace » dice Tyler, girandosi a guardarmi. I suoi occhi sono opachi, non certo arrabbiati, sembrano soprattutto devastati, ma le sue scuse non suonano affatto sincere. Sembra che non gli dispiaccia affatto. «Senti, devo andare». Tira fuori le chiavi della macchina dalla tasca dei jeans e va alla porta.

Anche se mi sento paralizzata, obbligo le mie gambe a muoversi e corro a raggiungerlo, infilandomi fra lui e la porta. Premo la schiena sul legno e la chiudo, bloccandogli l'unica via d'uscita. «No! Non puoi andartene così!» grido, esasperata da questa crisi repentina e dalle sue motivazioni. Tyler non mi ha ancora dato una vera ragione per il suo improvviso voltafaccia, e mi sta facendo soffrire più di quanto farebbe se si limitasse a essere sincero. «Cosa è cambiato adesso?» spingo Tyler indietro di un passo, alzo il braccio di scatto e gli metto il polso davanti alla faccia, con il pugno così stretto che sotto il mio tatuaggio si distinguono le vene. «Avevi detto che se io non avessi mollato, non lo avresti fatto nemmeno tu!» Non mi importa di svegliare la mamma e Jack. In questo momento sono l'ultimo dei miei pensieri. «E io non ho mollato, quindi perché diavolo lo stai facendo tu?»

Tyler si preme il pollice e l'indice alla radice del naso, poi chiude gli occhi per non guardare le sue stesse parole marchiate sulla mia pelle. Ormai è chiaro che non ci crede più, ed è ancora più chiaro che io sono un'idiota, per avergli creduto. Lascio ricadere il braccio e il mio petto si gonfia. Penso che potrei vomitare, così mi porto una mano alla bocca. Non avrei dovuto farlo, però, perché Tyler la vede come una perfetta opportunità per afferrarmi le spalle e spostarmi rapidamente di lato. Poi spalanca la porta e mette in atto la sua patetica fuga.

Ma a quanto pare abbiamo svegliato Gucci, che si è seduta in corridoio, davanti alla mia porta, con gli occhi luccicanti. Tyler inciampa su di lei, come se non si fosse accorto della sua presenza. Gucci fa un guaito acuto e scappa di corsa.

«Tyler!»

«Cazzo» sussurra lui, recuperando l'equilibrio. Si ferma nel buio del corridoio, aggrottando la fronte, poi si dirige in soggiorno. Naturalmente gli corro dietro, cercando disperatamente di farmi venire in mente qualcosa, una cosa qualsiasi da dirgli per provare a trattenerlo, o almeno per fargli ripensare a quello che sta facendo. Mentre prende il borsone dal divano, dico le uniche parole che mi vengono in mente.

« Ti prego, ti prego, ti prego » lo imploro, con la gola così secca che parlare sta diventando doloroso. Mi metto di nuovo davanti a lui, ma è difficile fare in modo che mi guardi, quindi gli premo le mani sul petto. « Ti prego, non farlo. Sei solo sconvolto per tutto quello che è successo, quindi ti stai comportando in modo irrazionale. È tutto qui, Tyler » sussurro sull'orlo delle lacrime, con la voce spezzata. « Non hai neanche un vero motivo per andartene così. Se davvero vuoi lasciare Santa Monica, vieni a Chicago con me. E non dire di nuovo che non vuoi più stare con me, perché io non ti credo. Come è possibile che, proprio quando sta andando tutto bene, tu all'improvviso decida una cosa del genere? Pensaci Tyler, finalmente *l'abbiamo detto a tutti*! La parte difficile è finita! »

Lui ha chiuso di nuovo gli occhi, perché a quanto pare è il modo più semplice per evitare il mio sguardo. Credo che non sia riuscito a incrociarlo nemmeno per un istante da quando mi ha svegliata. Apre la bocca ed espira, poi lentamente scuote la testa. Tutto qui. Nessuna risposta. Nessun'altra spiegazione. Solo un debole cenno per ribadire che qualsiasi cosa io dica, lui se ne andrà comunque.

Mi prende le mani, ancora sul suo petto, le stringe forte e le abbassa ai miei fianchi. Mi sto sforzando così tanto di non piangere che non riesco nemmeno a tentare di fermarlo. Per questo, quando lui si volta e attraversa il soggiorno buio verso la porta, io resto ferma. Non lo seguo. Non mi volto neanche. Resto a fissare il muro, con le labbra tremanti, mentre le lacrime cominciano a scorrermi sul viso. Mi tocco la gola e deglutisco forte, cercando di non tirare su col naso. Non voglio che Tyler mi senta piangere, ma quando apre la porta mi invade un'ultima ondata di rabbia, che mi obbliga a voltarmi.

« Allora abbiamo fatto incazzare i nostri genitori per *niente*? Abbiamo ferito Dean per *niente*? » urlo digrignando i denti, con le guance bagnate. Tyler si ferma per ascoltarmi. « Tutto perché all'ultimo minuto ti manca il coraggio? »

« Non è così » controbatte Tyler, che finalmente ha deciso di parlare. Si volta a guardarmi, nei suoi occhi si addensa un'emozione che non riesco a riconoscere. « Ho soltanto bisogno di stare un po' da solo. Tornerò, quando sarò pronto ».

« Ma io ti amo » sussurro, non perché credo che gli farà cambiare idea, ma perché voglio che se lo ricordi quando uscirà dalla porta.

« E io *ho bisogno* di te » sussurra Tyler. Mi coglie di sorpresa, date le circostanze. Contraddice il fatto che ha detto di non voler più andare avanti, che vuole mollare. « È questo il problema, Eden. Sei tu l'unica ragione per cui, prima, non ho fatto il culo a mio padre. Non perché sapevo che lasciar perdere era la cosa giusta da fare. E quando cercavo di disintossicarmi dalla coca, lo facevo per te, e non per poter partecipare alla campagna. È come se avessi bisogno di te per stare bene, e non posso passare la vita a dipendere da te in questo modo. Devo riuscire a *voler* fare la cosa giusta per me stesso, e non per te, quindi ho bisogno di starti lontano per un po'. Devo avere la certezza di non essere come mio padre, tornerò non appena ce l'avrò ». Ha gli occhi gonfi, come se stesse trattenendo le lacrime. Riesce solo a concludere, con un bisbiglio addolorato: « Te lo prometto ».

Senza aggiungere altro, appoggia la testa sullo stipite della porta, fa un respiro profondo e se ne va. Così. Apre la porta di casa mia, mi lancia un ultimo sguardo straziante, e va via. Lascia che la porta si richiuda da sola alle sue spalle. Quando sento quel terribile scatto, mi fa più male del momento preciso in cui Tyler ha mollato. E ancora non ho capito perché.

La casa è buia, silenziosa e un po' fredda. Io rimango lì, come in trance, al centro del soggiorno. Attraverso le persiane chiuse vedo le luci della macchina di Tyler che si accendono, la sua sagoma che si avvicina. Scivola al posto di guida, sento il tonfo della portiera che si chiude. Poi il motore. Quando lo sento avviarsi rombando, mi si stringe la gola. 'Se ne sta andando davvero' penso, 'e io non posso fare niente per fermarlo'. La sua macchina si immette sulla strada silenziosa. Poi si allontana. Va via.

Dalla gola mi esce un gemito di dolore, fra i singhiozzi, mentre la luce dei fari si riflette sulle pareti del soggiorno e poi svanisce. Mi sento così debole che non riesco più a reggermi in piedi, quindi mi appoggio ai mobili per sostenermi fino al divano. Mi ci lascio cadere, tiro su le gambe e me le stringo al petto, cercando di controllare il tremito che mi scuote. Non so cosa pensare.

Quanto ci metterà Tyler a trovare dentro di sé la sua tenacia e la sua forza? Quanto gli ci vorrà per imparare a tenerle sotto controllo? Qualche giorno? Settimane? Mesi? E io che cosa dovrei fare, nel frattempo? Mettere la mia vita in pausa per aspettarlo? Sfortunatamente questo non è possibile. Adesso dovrò affrontare papà ed Ella da sola. Dovrò affrontare Dean da sola. Dovrò affrontare Rachael e Tiffani da sola. Tyler mi ha lasciata a gestire da sola il *nostro* disastro. Dovevamo essere noi due contro il mondo, io e Tyler contro tutti gli altri. Adesso ci sono solo io.

D'un tratto, sento le zampe di Gucci che si muovono piano sul pavimento di legno. Sta ancora guaendo un po' per la botta che Tyler le ha dato accidentalmente. Salta sul divano e mi spinge il ginocchio col naso, come se fosse preoccupata. Vederla così mi provoca un'altra crisi di pianto. Mi allungo per avvicinarmela e abbracciarla, nascondo il viso contro il suo pelo. 'Non preoccuparti' penso. 'Ha fatto del male anche a me'.

Ringraziamenti

Grazie ai miei lettori, che sono stati con me fin dall'inizio e hanno visto crescere questo libro. Grazie per aver reso così piacevole il processo della scrittura e per essermi rimasti accanto, sempre. Grazie a tutto lo staff della Black & White Publishing per aver creduto in questo libro quanto me. Sarò eternamente grata a Janne, per il suo desiderio di conquistare il mondo, a Karyn, per le sue osservazioni e la sua esperienza, e a Laura per essersi sempre presa cura di me. Grazie alla mia famiglia, per avermi sempre incoraggiato e sostenuto, e soprattutto a mia madre Fenella, per avermi portato in biblioteca, da bambina, per farmi innamorare dei libri, a mio padre, Stuart, per avermi sempre incoraggiato a scrivere e infine a mio nonno, George West, per avermi dato fiducia dal primo giorno. Un grazie a Heather Allen e Shannon Kinnear, per aver ascoltato le mie idee e avermi lasciato blaterare su questo libro senza dirmi mai di darci un taglio, anche se probabilmente il mio entusiasmo deve averle fatte impazzire. Grazie a Neil Drysdale per avermi aiutato ad arrivare dove sono ora. Grazie, grazie, grazie. E infine grazie a Danica Proe, che era la mia insegnante quando avevo undici anni, per essere stata la prima persona a dirmi che scrivevo come una vera autrice e avermi fatto capire che era proprio quello che volevo diventare.

III

LO SAPEVI CHE I MISS YOU?

A tutti i Tyler e le Eden del mondo.
No te rindas.

1

L'acqua è fredda, ma questo non mi impedisce di entrarci, anche se solo fino alle caviglie. Ho in mano le mie Converse, con i lacci arrotolati intorno alle dita, e il vento si sta alzando, come sempre. È troppo buio per vedere qualcosa oltre le onde basse, ma riesco a sentire lo sciabordio dell'oceano intorno a me. Quasi dimentico di non essere sola. Sento anche i fuochi d'artificio, le voci e le risate gioiose, i festeggiamenti. Quasi dimentico, per un secondo, che è il 4 luglio.

Una ragazza mi supera di corsa per fiondarsi nell'acqua, increspando la superficie calma del mare. È inseguita da un ragazzo, probabilmente il *suo* ragazzo. Passandomi accanto, mi schizza, ride forte, poi afferra la ragazza e la attira a sé. Senza neanche rendermene conto digrigno i denti, stringo la presa sui lacci. Quei due avranno più o meno la mia età, ma non li ho mai visti prima. Forse sono venuti da fuori, da una città vicina, per festeggiare il 4 luglio a Santa Monica. Chissà perché, poi. Il 4 luglio qui non è nemmeno un granché. I fuochi d'artificio sono illegali, la seconda legge più idiota che abbia mai sentito in tutta la mia vita, dopo il divieto di farsi il pieno di benzina da soli, in Oregon. Insomma, qui non ci sono spettacoli pirotecnici, si vedono soltanto quelli di Marina del Rey a sud e quelli di Pacific Palisades a nord. Sono le nove passate, quindi entrambi sono appena iniziati. A distanza, il cielo si illumina di colori, che però sono piccoli e sfocati, ma turisti e gente del posto si accontentano.

La coppia adesso si bacia nell'acqua, nella zona buia nascosta dalle luci del Pacific Park. Distolgo lo sguardo. Comincio ad allontanarmi dal molo, camminando lungo la riva dell'Oceano Pacifico, aumentando la distanza tra me e la confusione del 4 luglio. Sul pontile c'è molta più folla, ma quaggiù sulla spiaggia è più tranquillo e almeno posso respirare. Quest'anno non riesco proprio a farmi coinvolgere dal fermento del Giorno dell'Indipendenza. Ci sono troppi ricordi legati a questa giornata che non voglio rivivere, così continuo ad avanzare, seguendo la costa.

Mi fermo soltanto quando sento Rachael che mi chiama. Avevo dimenticato che stavo aspettando il suo ritorno. Mi volto nell'acqua per guardare la mia migliore amica che corre saltellando sulla sabbia per raggiungermi. In testa ha una bandana con la bandiera americana e in mano due gelati. Quasi un quarto d'ora fa è sparita per andare a prenderli da Soda Jerks che, come quasi tutti i negozi sul molo, stasera rimane aperto fino a tardi.

«Sono arrivata appena in tempo, prima che chiudessero» mi dice ansimando un po'. Quando si ferma per porgermi il gelato, la coda di cavallo le oscilla sulle spalle. Lecca un po' di crema che le è colata sull'indice.

Esco dall'acqua per andarle incontro, ringraziandola con un sorriso. Sono stata in silenzio per tutta la sera e non riesco a fingere di stare bene, di essere felice come tutti gli altri. Prendo il gelato con la mano libera, tenendo le Converse nell'altra (il rosso delle scarpe è il massimo del patriottismo che dimostrerò, per oggi) e faccio scorrere lo sguardo sul gelato. Si chiama Toboggan Carousel, come la giostra del Looff Hippodrome sul pontile. Soda Jerks si trova proprio all'angolo. Da quando sono tornata, tre settimane fa, ci siamo fermate più di una volta a prendere il gelato. Anzi, direi che in questo periodo facciamo più soste gelato che soste caffè. Sono molto più consolatorie.

«Sono tutti al molo» mi ricorda Rachael. «Forse dovremmo raggiungerli». Lo propone in tono quasi circospetto, come se si aspettasse che io la blocchi subito, per dirle di no. Abbassa gli occhi azzurri sul gelato e gli dà una leccatina.

Mentre deglutisce, il mio sguardo vaga dietro le sue spalle, verso il molo. Sulla ruota panoramica si vede lo spettacolo annuale del 4 luglio: una sequenza di figure rosse, blu e bianche formate da migliaia di lucine al LED. È cominciato poco dopo le otto, al tramonto. L'abbiamo guardato insieme per qualche minuto, quando è iniziato, ma quasi subito è diventato noioso. Reprimo un sospiro e sposto lo sguardo sul pontile. È veramente troppo affollato, ma non voglio abusare della pazienza di Rachael più di quanto abbia già fatto, quindi le dico: « Certo ».

Ci voltiamo e attraversiamo la spiaggia, facendo lo slalom tra la gente che passa la serata seduta sulla sabbia, e mangiamo i nostri gelati in silenzio, dalle coppette di plastica da asporto. Dopo pochi minuti mi fermo per infilarmi le Converse.

« Hai già trovato Meghan? »

Alzo gli occhi su Rachael, mentre finisco di infilare i lacci. « No, non l'ho vista ». In tutta sincerità non l'ho neanche cercata. Anche se Meghan è una nostra vecchia amica, il nostro rapporto non è più quello di un tempo. Ma è tornata anche lei a casa per l'estate, così Rachael si sta sforzando di riunire il nostro trio.

« La troveremo, prima o poi » dice, ma cambia subito discorso, aggiungendo: « Hai sentito che quest'anno hanno programmato la ruota al ritmo di una canzone dei Daft Punk? » Mi supera con un balzo, piroettando sulla sabbia. Torna indietro a passo di danza. Mi prende la mano libera e mi tira a sé, facendomi volteggiare, con un sorriso smagliante. Controvoglia, ballo con lei per un po', anche se non c'è musica. « Un'altra estate, un altro anno ».

Mi stacco da lei, facendo attenzione a non rovesciare il mio gelato, e la guardo. Sta ancora ondeggiando, al ritmo di qualche canzone nella sua testa. Mentre chiude gli occhi e fa un'altra piroetta, penso alle sue parole. 'Un'altra estate, un altro anno'. È la quarta estate che passiamo da amiche e, a parte un breve litigio l'anno scorso, siamo più unite che mai. Non ero sicura che avrebbe perdonato i miei errori, invece l'ha fatto. Li ha superati, perché c'erano cose più importanti su cui concentrarsi. Come farmi strafogare di gelato e portarmi a fare gite in tutto lo Stato, per distrarmi e aiutarmi a stare meglio. Le amiche più care si vedono nei momenti peggiori. E anche se per me poi è arrivato il momento di partire per Chicago, dove ho cercato di sopravvivere al primo anno di università, la nostra amicizia non ne ha risentito. Adesso che sono a Santa Monica fino a settembre, abbiamo due mesi per stare insieme.

« Stai attirando parecchi spettatori » le faccio notare. Spalanca gli occhi per guardarsi in giro, con le guance arrossate, e io sollevo gli angoli della bocca in un sorriso. Diverse persone, intorno a noi, stavano assistendo alla sua danza silenziosa.

« È ora di darsela a gambe » mi bisbiglia. Mi afferra il polso e comincia a correre, trascinandomi per la spiaggia: alziamo la sabbia con i piedi, le nostre risate riecheggiano nell'aria. Non ho altra scelta che seguirla. Non andiamo lontano: facciamo solo qualche metro, giusto per allontanarla dal suo pubblico. « In mia difesa posso dire che è lecito comportarsi da idiota il 4 luglio » ansima. « È un rito di passaggio: simboleggia il fatto che siamo un Paese libero. Sai, perché facciamo un po' quel che ci pare ».

Vorrei che fosse vero. Se c'è una cosa che ho imparato nei miei diciannove anni di vita, è che di sicuro *non* possiamo fare quel che ci pare. Non possiamo farci il pieno di benzina da soli. Non possiamo sparare fuochi d'artificio. Non possiamo toccare la scritta HOLLYWOOD. Non possiamo violare la proprietà privata. Non possiamo baciare un fratellastro. Ovviamente, in realtà *possiamo* fare queste cose, ma soltanto se abbiamo il coraggio di affrontarne le conseguenze.

Guardo Rachael con finta esasperazione, mentre saliamo i gradini del molo. La musica del Pacific Park diventa sempre più forte. La ruota panoramica lampeggia ancora di rosso, blu e bianco. Anche il resto del parco divertimenti è illuminato, anche se in tinte meno patriottiche. Ci stiamo facendo largo nel parcheggio superiore del molo, strizzandoci fra le macchine praticamente appiccicate le une alle altre, quando vedo Jamie. È con la sua ragazza, Jen. Escono insieme ormai da quasi due anni. Sono in un angolo del parcheggio, lui la schiaccia contro la portiera di una vecchia Chevy malconcia. Si stanno baciando, ovvio.

Rachael deve essersene accorta, perché si ferma accanto a me per osservare la scena. « Ho sentito che si caccia sempre nei guai » bisbiglia. « È come una versione bionda, in miniatura, di suo fratello alla sua età ».

Sgrano gli occhi sentendola menzionare il fratello di Jamie, che è anche il mio fratellastro.

Non parliamo mai di lui, non pronunciamo neanche il suo nome. Non più. Rachael si accorge dell'improvvisa tensione sul mio viso e della mia espressione dura. Si scusa subito e si preme una mano sulla bocca.

Vagamente più tranquilla, torno a guardare Jamie e Jen. Si stanno ancora baciando. Alzando gli occhi al cielo, butto il resto del mio gelato in un cestino e mi schiarisco la gola prima di gridare: « Non dimenticarti di respirare, Jay! »

Rachael ride sotto i baffi e mi dà una pacca scherzosa sulla spalla. Quando Jamie alza gli occhi, con lo sguardo vitreo e i capelli arruffati, sollevo una mano per salutarlo. A differenza di Jen, che appena mi vede vorrebbe sprofondare dall'imbarazzo, il mio fratellastro mostra soltanto irritazione, come tutte le volte che cerco di dirgli qualcosa.

« Fanculo, Eden! » urla dal fondo del parcheggio. L'eco della sua voce roca rimbalza sulle macchine. Prende Jen per la mano e si volta, trascinandola nella direzione opposta. Molto probabilmente farà di tutto anche per evitare Ella, stasera: dopotutto quando non desideri altro che un po' di intimità con la tua ragazza, l'ultima persona che vuoi incontrare è tua madre.

« Non ti rivolge ancora la parola? » chiede Rachael quando ha finito di ridacchiare.

Scrollo le spalle e ricomincio a camminare, passandomi le punte dei capelli fra le dita. Ormai mi arrivano oltre le spalle. Quest'inverno li avevo tagliati. « La settimana scorsa mi ha chiesto di passargli il sale » dico. « Conta? »

« No ».

« Allora immagino che non mi rivolga ancora la parola ».

Jamie non mi tiene in particolare simpatia. E non perché ha diciassette anni e un pessimo carattere comparso dal nulla l'anno scorso, ma perché è ancora disgustato da me. Da me e da suo fratello. Ci detesta e, per quante volte abbia cercato di convincerlo che non c'è più niente di cui preoccuparsi, si rifiuta di credermi. Di solito se ne va pestando i piedi e, già che c'è, sbatte una porta o due. Faccio un sospiro infastidito e mi avvio con Rachael verso il pontile principale, che è ancora affollato come qualche ora fa. Ci sono un sacco di genitori con bambini piccoli, e molti cani che cercano di evitare la massa di passeggini. Ci sono tante giovani coppie, come quella che ho visto sulla spiaggia, in acqua. Non sopporto di guardarle. Le loro dita intrecciate e i sorrisi che si scambiano mi fanno stringere lo stomaco. E non come quando senti le farfalle, ma come quando ti fa male. Proprio oggi, e proprio qui, odio tutte le coppiette che vedo.

Dopo qualche minuto, Rachael si ferma a parlare con due ragazze che erano in classe con lei al liceo. Me le ricordo vagamente, le avrò incrociate a scuola, o sulla Promenade. Non le conosco. Però loro conoscono me. Ormai tutti mi conoscono. Io sono *lei*. *Quella* Eden. Sono la ragazza a cui tutti lanciano occhiate schifate, quella che, ovunque vada, è seguita da risatine di scherno. Infatti è quello che succede anche adesso. Per quanto mi sforzi di rivolgere un sorriso gentile a quelle ragazze, non viene ricambiato. Entrambe mi guardano in tralice con la coda dell'occhio, poi si spostano per allontanarsi da me e avvicinarsi a Rachael, tagliandomi completamente fuori. Io serro le labbra e incrocio le braccia al petto, battendo i piedi sul legno in attesa che Rachael abbia finito.

È esattamente il tipo di situazione che si ripete ogni volta che torno a casa, a Santa Monica. Non piaccio più a nessuno. Pensano tutti che sia pazza e strana. Ci sono rare eccezioni, come la mamma e Rachael, ma gli altri si limitano a giudicarmi, senza sapere tutta la storia, peraltro. Credo che il momento peggiore sia stato quando sono tornata a casa per il Ringraziamento, l'anno scorso. Era la prima volta che tornavo, da quando ero partita per l'università a settembre, e nel mese in cui ero stata via la voce si era diffusa come un incendio. Quindi a novembre lo sapevano tutti. All'inizio non capivo cosa stesse succedendo, perché tutto fosse cambiato all'improvviso. Non mi spiegavo perché Katy Vance, una ragazza con cui ero stata in classe al liceo, aveva abbassato la testa e cambiato strada quando l'avevo salutata. Non sapevo perché la ragazzina alla cassa del supermercato aveva riso di me alle mie spalle con la sua collega. Non avevo idea del perché stessero succedendo quelle cose, finché la domenica, mentre aspettavo il mio volo per Chicago all'aeroporto, una ragazza che non avevo mai visto in vita mia mi aveva chiesto a bassa voce: « Sei tu quella che aveva una storia col fratellastro, vero? »

Rachael non si ferma a parlare a lungo. Mi lancia occhiate preoccupate ogni pochi secondi, come per valutare se sto bene o no, e anche se io alzo le spalle con disinvoltura, per rassicurarla, lei taglia corto comunque e dice alle ragazze che abbiamo un appuntamento, anche se non è vero. Ecco perché voglio bene a Rachael.

« Per punizione non parlerò mai più con loro » dichiara in tono deciso quando le due se ne vanno, poi butta il gelato nella spazzatura e mi prende a braccetto. Mi fa girare verso il parco divertimenti così in fretta che mi viene quasi il colpo della strega.

« Davvero, non mi dà più fastidio » provo a dirle. Procediamo tra la folla, che in realtà dall'interno non sembra più così fitta, e mi lascio trascinare da lei lungo il pontile.

« Uh-hu » dice Rachael in tono distante, poco convinta.

Sto per insistere, dicendole che no, davvero, sto bene, va tutto bene, è tutto perfetto, ma prima ancora che possa aprire bocca la nostra attenzione viene attirata altrove. Jake Maxwell, sbucato dal nulla, ci sta correndo incontro, arriva in scivolata e ci fa bloccare di colpo. Anche lui è un nostro vecchio amico, ancora più vecchio di Meghan, e stasera ci siamo già parlati. È stato un paio d'ore fa, quando era ancora abbastanza sobrio. Ora non si può più dire lo stesso.

« Eccovi qua, ragazze! » Separa le nostre braccia intrecciate, ci prende le mani e ci stampa un bacio bavoso sulle nocche.

È la prima estate che Jake torna a casa dall'Ohio e prima, quando lo abbiamo incontrato per caso, ho scoperto con sorpresa che si è fatto crescere la barba. Lui era ancora più stupito di sapere che vivo ancora a Santa Monica. Era convinto che fossi tornata a Portland una vita fa. Ma a parte la barba e le errate supposizioni, non è cambiato per niente. È ancora un playboy e non cerca di nasconderlo. Quando Rachael gli ha chiesto come se la passava, lui ha risposto che non andava benissimo, perché entrambe le sue fidanzate lo avevano mollato da poco e non riusciva ancora a capire il perché. Io potevo immaginarlo.

« Come fai a procurarti sempre la birra? » chiede Rachael, arricciando il naso e ritirando la mano. Deve alzare la voce per sovrastare il volume della musica del Pacific Park.

« TJ » risponde Jake. Nel caso non sapessimo dove abita, si volta e punta il pollice all'indietro, in lontananza. TJ ha un appartamento sulla spiaggia. Come se potessi dimenticarlo. Al solo pensiero il mio stomaco fa una capriola. « Mi ha mandato qui a radunare le truppe. Che ne dite di un after-party? » Al solo pronunciare questa parola gli si illuminano gli occhi. Io fisso, perplessa, la canotta che ha addosso: c'è un'aquila sopra una bandiera americana, con la parola LIBERTÀ in stampatello, sopra gli artigli. È semplicemente ridicola, anche se non assurda come il tatuaggio temporaneo di un'aquila, che sfoggia con orgoglio sulla guancia sinistra. Comincio a chiedermi se non si sia fatto qualcos'altro, oltre la birra.

« After-party? » ripete Rachael. Ci scambiamo un'occhiata e dal suo sguardo capisco subito che non vede l'ora di andarci.

« Già, proprio così » risponde Jake euforico, sorridendoci da dietro la barba. « Ci saranno barilotti di birra e tutto il resto! Dai, è il 4 luglio, ed è weekend. Dovete venire. Ci saranno tutti ».

Io aggrotto la fronte. « Tutti? »

« TJ e i ragazzi, Meghan e Jared sono già là, Dean fa un salto più tardi, forse Austin Camer... »

« Io passo ».

Jake si azzittisce e il suo sorriso si trasforma in una smorfia di delusione. Guarda verso Rachael e per una frazione di secondo mi sembra che alzi gli occhi al cielo. Quando i suoi occhi iniettati di sangue tornano su di me, mi prende dolcemente per le spalle e mi dà una scrollata. « Prontooo? » Spalanca esageratamente gli occhi e finge di studiare ogni centimetro della mia faccia. « Dove diavolo è Eden? So che non ci siamo visti per un sacco di tempo, ma non puoi essere diventata *così* noiosa in soli due anni ».

Per niente divertita dalla sua battuta, mi divincolo e faccio un passo indietro. Dato che non è un caro amico, anzi neanche un amico ormai, non ritengo necessario dargli una spiegazione, quindi rimango in silenzio a fissare le mie Converse e sperare che Rachael venga in mio soccorso, come sempre, perché ultimamente non so come farei senza di lei. Dipendo da Rachael per ricordare a tutti gli altri che non ho mai davvero avuto *una storia* con il mio fratellastro e che non ce l'avrò mai. Ed è lei a tirarmi fuori dalle situazioni in cui potrei incontrare Dean. Dopo tutto quello che è successo, mi vergogno ancora troppo per affrontarlo, e dubito che anche lui voglia avere a che fare con me. Nessuno vuole avere a che fare con una ex, soprattutto una che lo ha tradito.

Come sempre, sento Rachael rispondere a Jake: « Non è mica obbligata a venire, se non vuole ». Continuo a fissarmi le scarpe, perché ogni volta che Rachael prende le mie difese mi sento più debole e patetica.

« Non puoi evitarlo per sempre » borbotta Jake. All'improvviso il suo tono si fa serio e quando alzo gli occhi capisco che, per lui, il motivo per cui non voglio andare alla festa è Dean. Non posso negarlo, quindi alzo le spalle e mi massaggio la tempia. Naturalmente c'è una seconda ragione, la stessa per cui mi è venuto il magone. Sono stata a casa di TJ una volta sola, tre anni fa. Ci sono stata con il mio fratellastro. Non ho alcuna voglia di tornarci, men che meno stasera.

« Vacci tu » dico a Rachael dopo un momento di silenzio. Capisco quanto ci tiene ad andarci, eppure so che molto probabilmente rifiuterà l'invito per non lasciarmi sola. È questo che fanno le migliori amiche. Ma le migliori amiche trovano anche dei compromessi, e Rachael ha già passato la serata ad assicurarsi che stessi bene in questa giornata tremenda, quindi desidero davvero che ora vada a divertirsi. Dopotutto, il 4 luglio quest'anno cade di venerdì, quindi è giusto volersi godere la festa al massimo. Dovrebbe farlo anche lei. « Andrò a cercare Ella, magari ».

« Guarda che non mi interessa più di tanto ».

Persino io capisco che sta mentendo. « Rachael » le dico in tono deciso, con un cenno della testa verso l'appartamento di TJ, in lontananza. « Vai ».

Lei si prende il labbro inferiore fra le dita e ci pensa su un po', con aria preoccupata. Stasera è truccata pochissimo (ormai non lo fa quasi più) quindi dimostra a malapena diciassette anni, non certo venti. « Sei sicura? »

« Sicurissima ».

« Allora andiamo! » esplode Jake. Sul suo viso tatuato è ricomparso un sorriso radioso. Prende Rachael per mano e le dà uno strattone. « C'è una festa che ci aspetta! » Si porta via la mia migliore amica, trascinandola giù dal pontile e lontano dal molo. Lei riesce solo ad accennare un gesto di saluto prima di sparire tra la folla.

Dopo che se ne sono andati, controllo l'ora sul telefono. Sono le nove e mezza passate. Sia i fuochi d'artificio di Marina del Rey sia quelli di Pacific Palisades sono finiti ormai, quindi c'è un sacco di gente che sta cominciando ad avviarsi verso casa. Cerco il numero di Ella per chiamarla. Per mia sfortuna, sia mia madre sia il suo fidanzato Jack stasera lavorano, quindi qui al molo ci sono soltanto mio padre e la mia matrigna a festeggiare il 4 luglio. Non ho altra scelta che scovarli, sono gli unici che possono riportarmi a casa. E, quel che è peggio, è il turno di papà di tenermi per una settimana. Questo è l'aspetto peggiore di avere i genitori divorziati: essere sballottati avanti e indietro fra due case. Odio stare da papà, e lui lo detesta ancora di più, soprattutto perché la tensione e l'imbarazzo sono insopportabili. Come Jamie, papà mi rivolge la parola solo quando è strettamente necessario.

Il numero di Ella è occupato, così risponde la segreteria. Non lascio un messaggio, riattacco il più in fretta possibile. Temo che mi toccherà chiamare papà. Scorro i miei contatti, recupero il numero e lo chiamo. Il telefono comincia a suonare, avverto che mi si corruga la fronte mentre aspetto di sentir rispondere la sua voce ruvida.

Però, mentre sto lì in piedi sul pontile, circondata dalla folla, con il cellulare premuto all'orecchio, qualcosa attira la mia attenzione. È il mio fratellastro più piccolo, Chase. È vicino al ristorante Bubba Gump, da solo, e non dovrebbe esserlo. Però non ha l'aria spaventata, semmai annoiata. Cammina lentamente avanti e indietro.

Interrompo la chiamata a papà e mi dirigo verso di lui. Quando mi vede, si blocca di scatto e fa una faccia imbarazzata.

« Dove sono i tuoi amici? » gli chiedo raggiungendolo. Mi guardo intorno, alla ricerca di un gruppo di ragazzini quasi in età da liceo, ma non li vedo.

Chase si arrotola una ciocca di capelli biondi intorno all'indice. « Hanno preso l'autobus per Venice, ma io non sono andato perché... »

« Perché tua madre ti ha detto di non lasciare il molo » concludo, e lui annuisce. La comitiva di Chase ha l'abitudine di mettersi nei guai, ma lui è abbastanza sveglio da sapere quando evitare di trasgredire le regole. Sono sicura che nemmeno i genitori dei suoi amici approvino la loro fuga a Venice. Ci sarà un gran casino laggiù a quest'ora, quindi sono contenta che Chase abbia preferito non andare. « Stai un po' con me? »

« Certo ».

Gli metto un braccio intorno alle spalle e lo porto lontano dal ristorante, dirigendomi verso il Pacific Park. Chase adora la sala giochi, ma non arriviamo a cinque metri dalla Playland Arcade che devo fermarmi perché mi squilla il telefono. Prima di accettare la chiamata, devo prendermi un secondo per prepararmi mentalmente. È papà.

« Che cosa volevi? » Questo è il suo modo di salutarmi, e il tono è brusco. In questi giorni è sempre così.

Mi allontano un po' da Chase e premo più forte il cellulare all'orecchio, poi rispondo: « Niente. Mi chiedevo dove foste ».

« Be', siamo alla macchina » ribatte papà, come se dovessi già saperlo. « Sbrigati a raggiungerci, a meno che tu non preferisca chiedere un passaggio a tuo fratello. Ma sono sicuro che non te lo darà ».

Riattacco, senza dire altro. Quasi tutte le nostre telefonate finiscono così, con uno dei due che mette giù a metà di una frase, e la maggior parte delle nostre conversazioni faccia a faccia si conclude con uno dei due che se ne va incazzato. Ammetto di essere io quella che chiude le telefonate di colpo. Papà è quello che se ne va incazzato.

« Chi era? » mi chiede Chase quando mi volto di nuovo verso di lui.

« Andiamo a casa » gli rispondo, evitando la domanda. Non che

Chase non sappia che io e mio padre non ci sopportiamo, solo che è più semplice minimizzare la tensione con il resto della famiglia, se si può definire famiglia. Attiro Chase ancora più vicino e lo faccio voltare di nuovo, questa volta dando le spalle al parco divertimenti e dirigendomi verso la città. « Niente sala giochi stasera ».

Lui scrolla le spalle sotto il mio braccio. « Ho già vinto una valanga di biglietti premio, prima ».

« Quanti? »

Mi sorride con aria compiaciuta e dà un colpetto sulle tasche posteriori dei pantaloncini, entrambe traboccanti di biglietti gialli. « Più di settecento ».

« Non ci credo. E per che cosa li stai accumulando? »

« Sto cercando di arrivare a duemila ».

Mentre torniamo indietro, lungo il pontile e poi su Ocean Avenue, verso la macchina, parliamo della sala giochi, dei biglietti premio, della ruota panoramica, dei fuochi d'artificio e di Venice. Il 4 luglio parcheggiare è sempre un'impresa e, dopo aver discusso per un paio di minuti con Chase sul punto dove papà aveva lasciato la macchina, mi rendo conto di avere torto. Non era a nord della superstrada, come pensavo, ma a sud, verso Pico Boulevard e la Terza Strada. È quasi a un chilometro di distanza, quindi allunghiamo il passo. A papà non piace aspettare. Mai.

Dieci minuti dopo, quando arriviamo alla Lexus, la vediamo incastrata fra altre due macchine contro il marciapiede, e mio padre è fuori dalla macchina. Ha le braccia incrociate e batte un piede a terra con impazienza. Ha la faccia scura, come sempre.

« Ah, bene, hai trovato tuo fratello » dice in tono secco, enfatizzando l'ultima parola. Jamie e Chase non sono più soltanto Jamie e Chase. Nell'ultimo anno papà li ha sempre definiti i miei fratelli, come per farmi pesare qualcosa. Jamie detesta questa novità almeno quanto me, Chase invece pare non averci nemmeno fatto caso.

Io mantengo la calma. Invece di lasciarmi irritare dal tono sdegnoso di mio padre, guardo alle sue spalle, verso Ella. È seduta al posto del passeggero, girata dalla parte opposta del finestrino, ma riesco comunque a vedere il cellulare premuto contro il suo orecchio. Molto probabilmente è la stessa telefonata che stava facendo prima, quando ho provato a chiamarla. Torno a guardare papà. « Lavoro? »

« Uh-hu ». Si china in avanti e batte forte le nocche contro il finestrino, spaventando Ella al punto da farle quasi cadere il telefono di mano. Lei si gira e guarda papà attraverso il vetro, ma lui si limita a fare un cenno della testa verso me e Chase. Ella annuisce, sposta il cellulare all'altro orecchio, borbotta qualcosa e poi riappende. A questo punto papà ci dice finalmente di salire in macchina.

Io e Chase ci sistemiamo sul sedile posteriore e allacciamo le cinture di sicurezza, mentre papà scivola al posto di guida, lanciandomi un'occhiataccia nello specchietto retrovisore. Io la ignoro. Lui avvia la macchina ed Ella gira il collo verso di noi.

« Non vuoi rimanere fuori ancora un po'? » mi chiede. I capelli biondi le ricadono ai lati del viso. Ormai sono quasi le dieci, non so bene perché si aspetti che voglia restare in giro. L'ultima cosa che volevo era andare a quella festa da TJ, quindi sono felice di tornare a casa.

« Non particolarmente ». Non parlo della festa, né del fatto che l'intera serata è stata uno schifo.

« E tu, piccoletto? » si intromette papà, con un cenno verso Chase nello specchietto. « Pensavo che la madre di Gregg vi riportasse a casa tutti insieme, più tardi ».

Chase smette di messaggiare e alza lo sguardo. Mi lancia un'occhiata di sbieco, così mi spremo le meningi per un secondo e rispondo io a papà: « Non si sentiva bene, quindi gli ho suggerito di tornare a casa con noi ». Per essere più convincente guardo Chase con finta preoccupazione e gli chiedo: « Adesso come va? »

« Meglio » dice Chase, che si preme il dorso della mano sulla fronte massaggiandola lentamente, per stare al gioco. « La ruota panoramica mi ha fatto venire mal di testa, ma adesso è passato. Possiamo fermarci a prendere un hamburger? Ti prego, papà! Sto morendo di fame. Non vuoi che svenga, vero? »

Ella alza gli occhi al cielo e si rimette seduta dritta. Papà dice soltanto: « Fammici pensare ».

Mentre loro non guardano, io stringo il pugno e lo appoggio sul sedile di mezzo. Lui subito lo colpisce con il suo e ci scambiamo un sorriso d'intesa. Se papà sapesse in che guai vanno spesso a cacciarsi gli amici di Chase, non gli permetterebbe più di vederli. È meglio non dire niente, anche se Chase fa sempre la cosa giusta.

Alla fine, tornando a casa, passiamo dal drive-in di Wendy, su Lincoln Boulevard. Papà e Chase prendono un hamburger e io un gelato alla vaniglia. Grande. Passo il resto del viaggio a mangiarlo e a guardare il cielo scuro fuori dal finestrino, ascoltando papà ed Ella che chiacchierano sopra la musica anni Ottanta che hanno messo in sottofondo. Si stanno chiedendo se Jamie rispetterà il coprifuoco di mezzanotte. Papà scommette che sforerà di un'ora.

Grazie al traffico un po' più scorrevole, siamo in Deidre Avenue in dieci minuti. Papà parcheggia sul vialetto, accanto alla Range Rover di Ella. Quando spegne il motore, apro la portiera ed esco con la coppa vuota in mano. Sto per dirigermi al portone, quando Ella mi richiama da sopra il tettuccio della Lexus.

« Puoi aiutarmi a svuotare il bagagliaio? C'è la spesa che ho fatto prima » mi chiede in tono deciso, con un cenno secco verso la Range Rover. Ella mi piace, quindi mi avvicino alla sua macchina senza esitare. Lei mi segue e fruga nella borsa alla ricerca delle chiavi. Quando le trova, apre il bagagliaio.

Abbasso gli occhi, pronta a raccogliere un po' di sacchetti della spesa, ma scopro, perplessa, che il bagagliaio è vuoto. Inarco un sopracciglio e la guardo, chiedendomi se ha avuto un vuoto di memoria. Lei spalanca gli occhi con aria circospetta e guarda furtiva dall'altra parte della macchina, assicurandosi che papà e Chase stiano entrando in casa. Quando sono dentro, punta gli occhi nei miei.

« Ha chiamato Tyler ».

Io faccio un passo indietro, sulla difensiva. Il suo nome è come un'arma, per questo non lo pronuncio più. Per questo non voglio sentirlo. Mi fa sempre troppo male. Ho già la gola serrata. Mi dimentico di respirare, un brivido mi attraversa il corpo. La telefonata di prima non era affatto una faccenda di lavoro. Era Tyler. Chiama Ella tutte le settimane, lo so benissimo. Lei aspetta quelle telefonate con ansia, ma a noi non dice mai niente. Fino a questo momento.

Prima di parlare, deglutisce e guarda ancora verso la casa, temendo che papà possa sentirla. Nessuno può nominare Tyler in mia presenza: sono i precisi ordini di papà, naturalmente, e penso che sia l'unica cosa su cui siamo mai stati d'accordo. Eppure Ella continua, guardandomi con un misto di commiserazione e tristezza, e mi dice piano: « Mi ha chiesto di augurarti buon 4 luglio ».

L'ironia della cosa mi fa quasi ridere, ma mi fa anche infuriare, fino a rendere impossibile vedere il lato comico. Il 4 luglio, tre anni fa, io e Tyler eravamo nei corridoi del liceo di Culver City, durante lo spettacolo pirotecnico. È da lì che è cominciato tutto questo casino. È allora che mi sono accorta di guardare il mio fratellastro in un modo che non avrei dovuto. Quella sera siamo stati arrestati per violazione di proprietà privata. Il 4 luglio dell'anno scorso, invece, io e Tyler non siamo andati a vedere i fuochi d'artificio. Eravamo nel suo appartamento, a New York, soli nel buio, mentre la pioggia infradiciava la città. Lui mi ha citato un versetto della Bibbia. Ha scritto sul mio corpo con un pennarello indelebile che appartenevo a lui. Questi sono stati gli altri Giorni dell'Indipendenza. Ma non questo. Augurarmi buon 4 luglio, proprio stasera, sembra quasi una specie di scherzo. È un anno che non lo vedo. Se n'è andato lasciandomi sola quando avevo più bisogno di averlo al mio fianco. Io non gli appartengo più, quindi come osa augurarmi buon 4 luglio, quando non è qui a trascorrerlo con me?

Mentre la mia mente cerca di metabolizzare tutto questo, sento montare la rabbia. Ella sta aspettando la mia risposta e così, prima di voltarmi e correre in casa, alzo una mano e sbatto lo sportello del bagagliaio.

«Di' a Tyler che non lo è stato affatto».

2

Subito dopo mezzanotte ricevo una chiamata da Rachael. Non dormivo ancora, ma mi stavo giusto appisolando, quindi l'interruzione mi disturba. Allungo una mano per prendere il telefono e rispondo, sfregandomi gli occhi. Resisto all'istinto di alzarli al cielo, quando sento la musica e le urla che rimbombano in sottofondo. « Fammi indovinare: hai bisogno di un passaggio? »

« Non io, tuo fratello » risponde Rachael dopo un secondo, con voce alta e - incredibile! - non impastata.

Mi sorprende al punto che mi metto a sedere di scatto. Sto già allungando la mano per prendere le chiavi della macchina sul comodino. « Jamie? »

« Già. TJ vuole che se ne vada » mi spiega lei. Sembra quasi sobria, percepisco la smorfia di fastidio che sta facendo. « Sta giocando con il set di coltelli della cucina e ha appena vomitato ».

« Ma che cosa ci fa lì, tanto per cominciare? »

« C'è anche il fratello di TJ, e ha invitato un po' di amici, quindi ci sono liceali dappertutto, il che mi fa sentire molto vecchia ». Rachael fa una pausa mentre qualcuno (molto probabilmente uno dei suddetti liceali) le grida di chiudere il becco. Gli risponde in malo modo e si riporta il telefono all'orecchio. « Anzi, puoi venire a prendere anche me? Questa situazione è abbastanza patetica ».

« Dammi cinque minuti ». Chiudo la chiamata, sospiro e mi fiondo giù dal letto, poi accendo la luce e recupero le Converse rosse. Senza togliermi il pigiama, mi infilo una felpa col cappuccio ed esco dalla stanza.

La casa è immersa nel silenzio. Non perché papà ed Ella stiano dormendo, ma perché non ci sono. Dawn e Philip, i genitori di Rachael, hanno organizzato una specie di raduno per il 4 luglio, e papà ed Ella avevano promesso loro di fare un salto. Già mi immagino la scena: decine di persone di mezza età che bevono birra e cocktail e socializzano ascoltando la musica orrenda che consideravano figa quando avevano la mia età. Comunque sono contenta che siano lì, perché questo mi permette di uscire per andare a recuperare Rachael e Jamie evitando l'interrogatorio di papà.

Scendo le scale, senza dover camminare in punta di piedi, e non mi preoccupo di dire a Chase che sto uscendo, per non svegliarlo. Prima di partire prendo un secchio dal giardino: l'ultima cosa che voglio è che il mio fratellastro mi imbratti i sedili di vomito. Chiudo a chiave e mi affretto verso la macchina, nel caso che papà o Ella si trovino proprio davanti alla finestra centrale del soggiorno di Rachael. Le luci sono tutte accese e dietro le imposte chiuse vedo le sagome degli ospiti. Senza perdere altro tempo mi lancio nell'auto, con secchio al seguito, e mi avvio.

A quest'ora non c'è traffico, quindi arrivo a casa di TJ in cinque minuti: mi basta percorrere Deidre Avenue e proseguire sul lungomare in Ocean Avenue. Ormai il parco divertimenti sul molo è chiuso, quindi tutto mi sembra immobile, in confronto a poche ore fa. La palazzina di TJ, invece, è piuttosto animata. Ci sono un sacco di macchine in strada, fra cui la BMW di Jamie, per cui è impossibile accostarsi e parcheggiare, così mi piazzo in mezzo alla carreggiata, pronta a spostarmi se dovessi intralciare qualcuno. Mando un messaggio a Rachael per avvertirla che sono arrivata, e un altro a Jamie, per dirgli che deve portare fuori il suo culo ubriaco entro un minuto.

Mentre aspetto, il mio sguardo corre all'appartamento al primo piano. È l'unico con tutte le luci accese. Le grandi finestre, alte fino al soffitto, mi permettono di vedere all'interno, ma scorgo soltanto una massa di corpi. Dai ricordi che ho di tre anni fa, l'appartamento non era poi così grande: mi sa tanto che TJ si è ritrovato in casa un po' troppi ospiti. Probabilmente Jake starà tampinando qualche poveretta, cercando di convincerla a tornare a casa con lui. Dean si starà assicurando che nessuno faccia idiozie. Meghan e il suo fidanzato Jared staranno facendo quello che fanno di solito, qualsiasi cosa sia. Non ne ho idea.

Rachael e Jamie non ci mettono molto ad arrivare. Li vedo uscire dall'ascensore, attraverso le porte a vetri dell'ingresso: Jamie inciampa a ogni passo, mentre Rachael letteralmente lo trascina fuori. Quando mi vede mi lancia un'occhiata esasperata, così apro la portiera ed esco ad aiutarla.

« Spero proprio che domani tu abbia un postsbornia d'inferno » dico a Jamie, intanto gli prendo un braccio e me lo passo sopra la spalla, per sostenerlo. Ha gli occhi socchiusi, i capelli spettinati e gli arti irrigiditi. È così ubriaco che riesce a stento a muoversi.

« Io invece spero che tu ci *vada*, all'inferno » biascica, ma io non mi offendo e devo dire che non mi sento particolarmente ferita. Jamie mi dice spesso cose del genere, quindi ho finito per abituarmi al suo disprezzo, come a tutto il resto.

Da dietro le sue spalle, Rachael aggrotta le sopracciglia e mi lancia uno sguardo preoccupato, ma non fa commenti. Sorregge Jamie, mentre io apro la portiera della macchina e insieme lo facciamo sedere sul sedile posteriore. Per farcelo stare dobbiamo fargli piegare le gambe e le braccia. Armeggio con la cintura di sicurezza per cercare in qualche modo di legarlo, ma lui mi spinge via, quindi lascio perdere e sbatto la portiera.

« Certo che ti odia proprio » mormora Rachael, dirigendosi alla portiera del passeggero. Non ha più i capelli raccolti, li ha sciolti sulle spalle in lunghe onde arruffate, la sua bandana è legata intorno a un polso. Ed è completamente sobria.

« Può anche odiarmi, ma domattina sarà felice che sia stata io a portarlo a casa, invece dei nostri genitori. Lo avrebbero messo in punizione a vita ». Apro la portiera e m'infilo al posto di guida, contemporaneamente a Rachael, che mi si siede accanto. Solleva il secchio e mi guarda, con un sopracciglio inarcato. Quando alzo le spalle, ride e lo passa dietro. Jamie lo prende subito, ma non senza borbottare qualcosa sottovoce.

« I tuoi sono andati a casa mia? » mi chiede Rachael quando avvio la macchina, allontanandomi dalla festa.

« Sì ». Mentre parlo, non posso fare a meno di controllare Jamie nello specchietto retrovisore. È stravaccato sul sedile e ciondola la testa sopra il secchio, appoggiato a terra dietro il posto del passeggero. Aggrotto la fronte, pregando che non vomiti, poi riporto gli occhi sulla strada. « Sono ancora lì insieme agli altri ».

Rachael butta la testa all'indietro, contro il poggiatesta, e fa un gemito. Poi si gira verso il finestrino e il suo viso viene illuminato dai lampioni. « Entrerò di soppiatto dalla porta sul retro » dice. « Voglio evitare che tutti gli amici dei miei mi chiedano che cosa voglio fare della mia vita ».

« E che cosa vuoi fare della tua vita? » Rachael mi guarda e stringe gli occhi a fessura. Sorrido, ma non per molto, perché la mia attenzione viene di nuovo attirata da Jamie.

« Fammi scendere » sbotta lui da dietro. Guardo nello specchietto e vedo che allunga la mano verso la maniglia della portiera, quindi la blocco. Lui prova ad aprire e quando capisce di essere chiuso dentro, sbatte la mano sul finestrino. « Non voglio stare in questa macchina! »

« Peggio per te » rispondo tranquilla, tenendo le mani sul volante, concentrandomi soprattutto sulla strada per tornare a casa.

« Rachael! » Jamie si china in avanti e circonda con le braccia il sedile del passeggero, poi afferra saldamente le spalle di Rachael. « Sei la mia vicina da sempre, puoi *per favore* farmi uscire da questa macchina? »

Lei riesce a divincolarsi, contorcendosi sotto la cintura ed evitando la sua presa disperata. In pochi secondi si è girata per guardarlo in faccia, con la schiena verso il cruscotto. Solleva un dito. « Non toccarmi. Mai più » lo avverte dalla fessura sotto il poggiatesta.

« Ma tu devi aiutarmi! »

Rachael fa un sospiro profondo, premendosi l'indice sulla tempia. « Che tipo di aiuto ti serve, Jamie? » gli chiede in tono condiscendente.

« Aiuto per allontanarmi da *lei* » risponde lui. Quando lancio un'occhiata indietro, vedo che mi sta puntando un dito contro. I suoi occhi iniettati di sangue si stringono disgustati quando incrociano i miei. « Non è normale ».

« Ma piantala » scatto, stringendo le mani sul volante e accelerando su Deidre Avenue. Ignoro lo sguardo di Rachael, che passa da me a Jamie. Sa già che non andiamo più d'accordo, ma non credo abbia mai assistito a una scena del genere.

Per lei è quasi impossibile starsene con le mani in mano e lasciar scoppiare una lite, così si sporge a lato del suo poggiatesta e inchioda il mio fratellastro con uno sguardo severo, per avvertirlo di non dire altro. « Ti do un consiglio, Jamie: sei ubriaco e ti stai comportando da stronzo, quindi taci ».

Lui si accascia di nuovo sul sedile, con aria quasi indignata, e si mette a fissare Rachael, sforzandosi di imbastire una risposta. Quando ci riesce parla in modo quasi disinvolto, muovendo le labbra con lentezza. «Sono ubriaco? E allora? Sono uno stronzo? E allora? Non vi ricordo qualcuno?» Lentamente raddrizza la schiena e si china verso di me, con un sorriso alcolico e sbilenco stampato sulla faccia. Non è certo un'espressione amichevole, e mi mette una mano sulla spalla mentre guido, stringendo troppo forte. Torna a guardare Rachael. «Se comincio a fumare erba, si innamorerà anche di me».

Mi stacco subito la sua mano dalla spalla, gli do una gomitata in pieno petto e lo spingo indietro. La macchina sbanda leggermente, io riporto le mani sul volante e poi gli lancio un'altra occhiata, con tutta la ferocia che riesco a recuperare. Non faccio fatica a trovarla. «Ma che cazzo di problema hai?»

Con la coda dell'occhio, vedo Rachael che si rimette seduta e mi guarda con disapprovazione. Intanto sposta una mano sul volante, come se temesse che io possa distrarmi e finire fuori strada. «È solo ubriaco, Eden».

Non riesco a darle retta, perché non mi riferivo a quello che sta succedendo adesso, ma a tutto quanto, a partire dalla scorsa estate fino a questo preciso istante. Jamie non è riuscito ad accettare la verità, anche se è passato un anno, e comincio a chiedermi se la pianterà mai. Sto cominciando a credere che odierà me e Tyler per sempre. «Sul serio» sbotto, alzando una mano in un gesto esasperato, «qual è il tuo cazzo di problema? Dillo chiaramente».

Jamie deglutisce, poi si sporge fra i due sedili e mi fissa con quegli occhi spiritati, sputando le parole una alla volta: «Tu. Fai. Schifo».

Resto in silenzio per un po'. L'unico rumore che sento è quello del motore, e lo stridere dei miei denti che sfregano. Una parte di me vorrebbe buttare Jamie fuori dall'auto. L'altra vorrebbe piangere. La verità è che so che cosa prova Jamie. *So* che mi considera pazza, schifosa, disgustosa e fuori di testa, però finora non lo aveva mai detto esplicitamente, e fa male.

«Non so che cosa ti aspetti che ti dica» rispondo piano. «Davvero. Non c'è niente fra me e...» Mi fermo, mi schiarisco la gola e ci riprovo. «Non c'è più niente fra me e Tyler. Quella storia è finita da un pezzo. Quindi *per favore*, Jamie. Per favore, smetti di odiarmi».

Lui mi guarda per un secondo con occhi spenti, poi si lascia ricadere sul sedile, ma questa volta prende il secchio e vomita. Rachael strilla e si porta una mano alla bocca, soffocando un conato, poi si appoggia di nuovo contro il cruscotto per allontanarsi il più possibile da Jamie. Io arriccio il naso e apro tutti e quattro i finestrini, per far entrare in macchina un po' d'aria fresca.

« E poi dice che sei *tu* a fare schifo » mormora Rachael a mezza voce, da dietro la mano.

Jamie continua a vomitare, ansimare e imprecare per il resto del tragitto verso casa, che per fortuna dura solo pochi minuti. Né io né Rachael diciamo niente, ci limitiamo ad ascoltare il vento mentre Jamie si lamenta. Appena arriviamo in vista della casa, però, inizio a imprecare anch'io.

Come se l'avesse programmato Satana in persona, papà ed Ella stanno tornando da casa di Rachael proprio mentre io accosto. Quando vedono arrivare la mia macchina, si fermano entrambi sul nostro prato. Papà si porta subito le mani sui fianchi e stringe le labbra, assumendo la sua espressione più severa.

« Merda » ripeto per la quinta volta. « Merda, merda, merda ». Fermo la macchina accanto al marciapiede, chiudo i finestrini, poi spengo il motore. Dal parabrezza vedo che Ella aggrotta la fronte e stringe gli occhi per vedere chi c'è con me. Per sua sfortuna, c'è suo figlio ubriaco, che sta vomitando sul sedile posteriore.

Rachael scuote la testa e gli lancia un'occhiata eloquente. « Qualcuno è *proprio* fottuto ».

« Decisamente ». Con un respiro profondo, sfilo le chiavi e apro la mia portiera. Io e Rachael scendiamo. Mi volto, per affrontare papà ed Ella.

« Rachael, credo che i tuoi genitori si stiano chiedendo che fine hai fatto » dice papà in tono rigido, con un lieve cenno della testa verso la casa di fronte. Le luci sono ancora tutte accese, le ombre si muovono qua e là.

« Grazie, signor Munro. Vado a dirglielo » risponde Rachael nel suo tono più innocente, ma io noto il sarcasmo nascosto. Dato che papà è un quarantenne ingrigito, senza alcun ricordo dell'adolescenza, non se ne accorge e si limita a farle un sorrisino tirato, in attesa che se ne vada. Lei gira i tacchi e si dirige verso casa, ma passando mi sfiora e mormora: « Non vedo l'ora di andarmene ».

Per un minuto sulla strada regna il silenzio. Non voglio essere la prima a parlare. Jamie è ancora sul sedile della mia macchina, Ella sta scrutando nel buio e papà sta aspettando che Rachael sparisca dalla vista. A quel punto si rivolge a me: «Dove diavolo sei stata?»

Non solo papà è, come ho detto, uno stronzo di mezza età, ma ha anche l'abitudine di saltare alle conclusioni. In questo momento, a giudicare dalla sua espressione e dal tono della sua voce, ha già concluso che io sia uscita per fare qualcosa di sbagliato, come se, a diciannove anni, non potessi uscire a mezzanotte e mezza senza progettare di causare qualche guaio.

Sforzandomi di non alzare gli occhi al cielo, faccio il giro della macchina e indico il mio abbigliamento. È difficile nascondere il disprezzo nella mia voce, quando gli faccio notare in tono acido: «Sono *in pigiama*». Allungo una mano verso la portiera, la apro e subito dal sedile spuntano Jamie e il secchio di vomito. «E tanto per la cronaca» dico senza staccare gli occhi da mio padre, «ero andata a prendere lui. Sai, visto che è stato buttato fuori da una festa perché era ubriaco marcio».

«Oddio, Jamie!» geme Ella, nascondendosi la faccia fra le mani. Poi attraversa il prato di corsa per andare a prenderlo.

Io continuo a fissare papà, incrociando le braccia. Lui sta guardando Jamie con aria di severa disapprovazione, che inciampa per il prato mentre Ella cerca di sorreggerlo. Quando la sua presa diventa più salda e riesce a tenerlo in piedi, la mente bacata di lui gli suggerisce di urlare: «Eden ha cercato di baciarmi!»

Trasalisco, il mio sguardo scatta su Jamie e sul mio viso si dipinge una smorfia. Scuoto la testa, incredula, non riesco a impedirmi di mostrargli il dito medio. «Fanculo, Jamie» gli sibilo. Ella mi guarda sbigottita e papà gonfia il petto e apre la bocca.

«Eden Olivia Munro» dice a bassa voce e capisco subito, dal fatto che ha usato il mio nome per esteso, che non mi farà sconti. «Dammi le chiavi della macchina. Subito». Non si muove di un millimetro, si limita a stendere la mano, con il palmo in su.

«Perché?»

«Perché pensi che sia accettabile uscire di nascosto e imprecare in questo modo. Le chiavi» ripete in tono ancora più deciso. Il suo cipiglio diventa sempre più furente.

Abbasso gli occhi sulle chiavi che ho in mano e le stringo più forte, poi rialzo lo sguardo e scuoto la testa. «E così lui può restare fuori oltre il coprifuoco, tornare a casa ubriaco e quella che viene punita sono *io*?» Guardo di nuovo verso Jamie ed Ella. Anche se sembra sbronzo,

Jamie riesce comunque a fare un sorrisetto cattivo. Digrigno i denti e torno a guardare papà. « E per che cosa poi? Per avergli dato un passaggio a casa? »

« Dammi quelle maledette chiavi » mi ordina di nuovo papà, con le labbra strette e la mascella serrata. Io mi metto a ridere, non riesco a fermarmi. È tipico: tutte le volte che sono tornata a Santa Monica, nell'ultimo anno, papà ha sempre trovato un motivo per trattarmi male. Non è difficile indovinare il perché: mi sta ancora punendo per aver avuto una storia con Tyler, per essermi innamorata del mio fratellastro.

« Dave » mormora Ella, scuotendo leggermente la testa mentre trascina Jamie verso la porta d'ingresso. « Eden non ha fatto niente di male ».

Papà la ignora, come sempre, perché a quanto pare Ella non ha più voce in capitolo sull'educazione di sua figlia, mentre lui ha sempre l'ultima parola sul suo modo di fare la madre. Sempre più infuriato per il mio atteggiamento di sfida, si precipita verso di me attraverso il prato, come se volesse strapparmi le chiavi di mano.

Prima che possa farlo, io corro alla portiera del guidatore, la apro e metto un piede nell'abitacolo. « Fanculo » mormoro, prima di entrare. Sarà anche il turno di papà, questa settimana, ma non ho alcuna intenzione di restare qui. « Me ne vado a casa ».

« È *questa* casa tua! » cerca di urlarmi lui attraverso il tetto della macchina. Patetico: persino io riesco a percepire quanto gli costi dirlo. Sa benissimo che è una bugia. Lui non vuole che questa sia casa mia perché, onestamente, nell'ultimo anno mi ha fatto capire chiaro e tondo che non mi vuole nella sua famiglia.

« Be', non mi sembra proprio » borbotto. Sbatto la portiera e avvio in fretta il motore, prima che papà possa provare a fermarmi. Comunque non lo fa. In realtà credo che sia contento.

Mentre mi allontano su Deidre Avenue, verso la casa di mia madre, li guardo nello specchietto retrovisore. Chase è davanti all'ingresso, confuso e mezzo addormentato. Papà ed Ella hanno cominciato a litigare, urlando e gesticolando con rabbia. A questo punto, mentre me li lascio alle spalle, mi rendo conto che la nostra famiglia, ammesso che si possa definire tale, è molto lontana dall'essere perfetta.

La verità è che, da un anno a questa parte, è una famiglia divisa.

3

Giovedì comincio la mattinata come faccio a giorni alterni: con una corsa sul lungomare fino a Venice e ritorno, facendo una sosta al Refinery a metà strada. È l'allenamento che mi sono imposta da quando sono tornata a casa per le vacanze estive. Nell'ultimo anno sono stata pigra e ho mangiato tutto quello che volevo, prendendo chili qua e là senza preoccuparmene (per la prima volta nella mia vita), ma adesso sono stufa e sto cercando disperatamente di tornare in forma prima di rientrare all'università in autunno. Al Refinery ci vado solo perché mi mancava il loro favoloso caffè.

Sorseggio il mio latte macchiato alla vaniglia vicino alla vetrina, osservando il passaggio continuo di persone su Santa Monica Boulevard. A volte Rachael mi raggiunge qui, ma è già partita per Glendale, dove vivono i suoi nonni, quindi oggi sono sola. Non mi dispiace, all'inizio.

Non ci vuole molto perché qualcuno mi noti, anche se me ne sto rintanata in un angolo: la ragazza che, a quanto pare, ha avuto una storia con il fratellastro. Ho un auricolare nell'orecchio, quindi non so neanche come faccio a sentire quelle chiacchiere, eppure è così. Vengono da un gruppo di quattro ragazze, più piccole di me, che stanno uscendo dal Refinery. Una di loro sussurra qualcosa e l'unico motivo per cui attira la mia attenzione è che riconosco vagamente la parola 'fratellastro'. Quando alzo gli occhi, vedo che loro mi stavano già guardando, ma subito smettono di ridacchiare e si voltano dall'altra parte, prima di sparire oltre la porta.

Con un respiro profondo, chiudo gli occhi e mi infilo l'altro auricolare, estraniandomi da tutto il resto con la musica dei La breve vita al massimo volume. La band si è sciolta l'estate scorsa, quindi mi rimangono soltanto le loro vecchie canzoni. Mi trattengo al Refinery ancora cinque minuti, a finire il mio latte macchiato e a godermi un po' di fresco. Questa sosta a metà percorso è rigenerante quando ti sembra di svenire per il caldo d'inferno che fa fuori e sei anche fiaccato dalla corsa.

Mentre sto per alzarmi e cambiare playlist, per uscire all'aperto, il telefono mi suona in mano. È Ella, quindi non rifiuto la chiamata come avrei fatto se fosse stato papà. Invece mi tolgo gli auricolari, mi premo il cellulare all'orecchio e le rispondo.

« Dove sei? » mi chiede subito, in modo insolitamente brusco.

« Uhm, al Refinery » rispondo un po' incerta.

« Puoi venire qui? » Poi si affretta ad aggiungere: « Non preoccuparti, tuo padre è in ufficio ».

Aggrotto le sopracciglia e giocherello con gli auricolari, intanto mi avvio all'uscita e passo sul marciapiede. « E *tu* non sei in ufficio? »

« Sto lavorando da casa » mi dice. Poi, senza un attimo di pausa, chiede: « Fra quanto puoi arrivare? »

« Circa venti minuti ». Giro l'angolo della Quinta Strada, perplessa. Ella di solito mi chiama per chiedermi cosa voglio per cena, o se ho bisogno di soldi, oppure per sapere come sto. Stavolta è diverso. Non mi fa mai chiamate come questa, per chiedermi di andare in una casa che odio, quindi sono un po' preoccupata. « Va tutto bene? »

« Tutto bene » risponde lei, ma un tremito nella sua voce mi fa capire che non è così. « Però sbrigati ».

Quando mette giù riparto di slancio, con gli auricolari e la musica a palla. Corro più veloce del solito. La casa dista oltre tre chilometri, quindi non arriverò prima di un quarto d'ora, come minimo. Ella non aveva proprio l'aria di voler aspettare, così, mentre faccio lo slalom fra i passanti, mi ritrovo a elencare mentalmente i possibili motivi per cui può avere bisogno di me con tanta urgenza. Nessuno però mi sembra plausibile, quindi lascio perdere e mi concentro sulla velocità. Prima arrivo, prima scoprirò che cosa succede.

Sono sul vialetto di casa in poco più di quindici minuti. Mi avvicino all'ingresso e mi asciugo la fronte con il dorso della mano, ansimando forte. È la prima volta che vengo qui dopo venerdì scorso, quando me ne sono andata. Da allora non ho neanche più parlato con papà.

Quando entro in anticamera, la casa è silenziosa. Jamie non c'è, e nemmeno Chase o papà. C'è solo Ella, con una gonna aderente e una camicetta elegante. Mi accorgo di lei solo quando sento i suoi passi attutiti in cima alle scale. Alzo gli occhi e mi passo una mano sulla fronte sudata, mentre lei mi guarda dall'alto. Il mio respiro è ancora un po' irregolare, cerco di riprendere fiato nell'attesa che mi dica perché aveva bisogno di me con tanta urgenza.

Lei però non mi dà alcuna spiegazione, fa soltanto un'espressione ansiosa e un cenno della testa all'indietro. « Puoi salire un attimo? » mi dice piano.

Se prima non ero tanto preoccupata, adesso lo sono eccome. All'improvviso temo che, se vado di sopra, troverò la mia camera svuotata e trasformata in una stanza per gli ospiti, con tutte le cose che ho lasciato qui infilate in scatoloni di cartone. 'Ci siamo' penso. 'Mi sta buttando fuori'. Non che mi dispiaccia poi così tanto.

Sbuffando, con il corpo affaticato e dolorante, mi sforzo di salire le scale e soprattutto di evitare il più possibile lo sguardo di Ella. Scommetto che è stata di papà, non sua, l'idea di non permettermi più di stare qui. Lei è solo la persona che deve darmi la notizia: 'Mi dispiace, Eden, ma sei troppo spregevole, disgustosa e pericolosamente incosciente per stare in questa casa un minuto di più'.

« Dov'è Jamie? E Chase? » chiedo, lanciando un'occhiata di sbieco nel corridoio, per vedere se ci sono degli scatoloni. Non ce ne sono. Concentro la mia attenzione su Ella, ma lei si limita a voltarsi e attraversa il suo ufficio, che si trova accanto alla mia camera. La seguo.

« Jamie oggi ha portato Jen in città » mi dice da sopra la spalla in tono leggero, mentre le sue scarpe ticchettano sul pavimento, « e Chase è in spiaggia ».

Faccio qualche passo nella stanza e mi fermo, non perché sia lo spazio privato in cui lavora Ella e dove di solito nessuno di noi può entrare per ragioni di riservatezza, ma perché questa stanza non è sempre stata un ufficio. Lo è solo da sei mesi. Anche se le pareti sono state ridipinte di un color avorio, si vede ancora il blu che c'era sotto, grazie alle pessime doti da imbianchino di papà. La vecchia moquette è stata rimossa e sostituita da un pavimento di legno. A parte la mancanza di una seconda mano di vernice, che serve da promemoria, a volte è facile dimenticare che un tempo questa era una camera da letto.

« Quindi Jamie non è in punizione? » Mi viene da alzare gli occhi al cielo. È davvero incredibile che lui possa tornare a casa ubriaco, vomitare per tutto il prato e cavarsela senza problemi.

« Lo è » dice Ella, poi si ferma e si volta a guardarmi dritta in faccia. Nei suoi occhi azzurri c'è uno sguardo intenso, ma anche gentile. « Ma oggi non lo volevo in giro per casa ».

« Oh ». Stringo le labbra e mi passo dietro l'orecchio una ciocca di capelli, sfuggita alla mia coda disordinata. Lancio un'occhiata incuriosita alla scrivania di Ella e alle pile di documenti che la ricoprono. Tutti i casi su cui sta lavorando, tutte le informazioni sui suoi clienti. Riporto lo sguardo su di lei, prima che mi sorprenda a ficcare il naso. « Perché non lo volevi qui? »

« Perché non gliel'ho ancora detto » risponde lei, lentamente. Non è la risposta che mi aspettavo, anzi sono molto stupita. Lei deglutisce e appoggia una mano sullo schienale della sua sedia. Vedendo la mia confusione aggiunge: « Non l'ho ancora detto a nessuno di voi. Soprattutto a tuo padre ».

'Mio Dio'. Il motivo per cui sono qui all'improvviso è così chiaro che mi trovo a sbattere le palpebre, incredula, e allungo una mano verso la maniglia per sostenermi prima di svenire, vomitare, o entrambe le cose.

« Sei incinta? » balbetto.

« Eden! » Ella scuote forte la testa e arrossisce. Si porta una mano al petto, si ricompone e si schiarisce la gola prima di dire: « Decisamente no ».

Mi fa un sorrisetto un po' imbarazzato, cercando di non ridere.

Il mio battito rallenta e il petto si rilassa per il sollievo. Non riuscivo a immaginarmi papà che ricominciava da capo con un figlio. Non ha mai imparato a fare bene il padre. Un po' imbarazzata per essere saltata alle conclusioni, mi mordo il labbro e alzo le spalle, ancora confusa e preoccupata quanto prima. « E allora di che cosa stai parlando? »

Ella prende un respiro profondo ed espira piano. L'intera casa è silenziosa. La mia pazienza si sta esaurendo. Non mi piace per niente. Detesto non sapere cosa sta succedendo e perché sono qui. Forse sta per comunicarci che si trasferiscono dall'altra parte del Paese, magari vuole licenziarsi. O sta pensando di chiedere il divorzio. Ma l'ultima è solo una pia illusione, per il suo bene.

Lei continua a rimanere in silenzio, muovendo un po' le labbra, come se cercasse di formulare le parole ma non sapesse che cosa dire. Dopo qualche secondo, non c'è più bisogno che dica niente. Il suo sguardo parla per lei.

Si è spostato oltre la mia spalla, dietro di me, i suoi occhi sono calmi e concentrati. Poi sento la voce che ha il potere di paralizzarmi completamente. È impossibile confonderla con quella di chiunque altro, è per questo che mi si ferma il respiro e mi si annoda lo stomaco non appena le prime parole gli escono dalle labbra; è per questo che tutto, *tutto* si blocca quando gli sento dire: «Sta parlando di me».

Mi volto, sconcertata. E lui è lì. Così, come se niente fosse, dopo un intero anno è lì davanti a me, alto e muscoloso, con indosso un paio di jeans scuri e una maglietta bianca, con quei capelli neri e gli occhi smeraldo... La persona che un tempo per me era tutto. Non lo avevo capito, fino al momento in cui se ne è andato senza più tornare.

Il mio fratellastro, Tyler.

Cammino all'indietro nell'ufficio di Ella, sulla difensiva. Sono incredula e sconvolta: mi si stringe la gola, scuoto la testa. Non è cambiato per niente. È esattamente come lo ricordavo dall'estate scorsa, dal periodo che abbiamo trascorso a New York, ha la stessa barbetta, la mascella squadrata, le braccia forti e gli occhi vivaci, concentrati completamente su di me. Solleva gli angoli della bocca in un sorriso.

Però, nel silenzio carico di tensione che ci circonda, non posso fare a meno di sentirmi la vittima di un'imboscata, attirata qui con l'inganno, senza alcun motivo logico. Ella sa bene che non sopporto di pensare a Tyler, figuriamoci guardarlo, quindi sposto gli occhi su di lei. «Che cosa diavolo sta succedendo?»

Ella sembra in preda a una crisi di nervi. Il suo sguardo passa da me a Tyler, con aria circospetta, la fronte increspata dalla preoccupazione. «Devo andare a una riunione» riesce a dire, con voce tremante. Ci volta le spalle, prende la giacca e una pila di cartelline e poi mi supera in fretta. Stringe una spalla di Tyler con una mano, passandogli accanto, poi se ne va. Si sentono i suoi tacchi sulle scale finché non raggiunge la porta d'ingresso, e dopo un piccolo tonfo non c'è altro che un completo e definitivo silenzio.

Batto le palpebre, cercando di rendermi conto che Tyler è in piedi a tre passi da me. Alla fine sono costretta a guardarlo. Il mio sguardo incontra il suo, ma a differenza dei suoi occhi, che brillano, i miei sono pieni di rabbia. Fa un passo avanti, avvicinandosi con aria spavalda, e poi fa una cosa veramente incredibile. Sorride. Un sorriso raggiante, che scopre i suoi denti perfetti e gli invade la faccia fino a raggiungere gli occhi.

« Eden » sussurra. Ha parlato a voce bassa, quasi come se il mio nome fosse una cosa delicata, e dalle labbra gli sfugge un sospiro di sollievo.

Questo mi fa infuriare più di tutto il resto. Il fatto che sia sbucato dal nulla dopo un anno e mi sorrida come se fosse tutto a posto, il fatto che abbia anche solo osato pronunciare il mio nome mi fa perdere le staffe, e un anno di rabbia e di dolore esplode all'improvviso.

Non riesco a evitarlo e, prima di rendermene conto, la mia mano ha già colpito la guancia sinistra di Tyler, con uno schiocco inquietante. Ho talmente tanta adrenalina in circolo che mi ci vorrà un po' per accorgermi che mi brucia il palmo.

Tyler ha girato la faccia di lato, rivolgendola a terra, e tiene gli occhi chiusi. Espira lentamente. Si porta la mano alla guancia e se la sfrega, come per alleviare il dolore che gli ho inflitto, e per il quale non provo il minimo rimorso. In questo momento sono troppo infuriata e, quando riapre gli occhi e mi fissa, ammutolito per lo stupore, sibilo: « Che cosa ci fai qui? »

Non sorride più: la sua espressione è un misto tra lo scioccato e il confuso. Aggrotta le sopracciglia, mentre la sua guancia diventa sempre più rossa. « Te l'avevo detto che sarei tornato ». La sua voce è profonda, ha lo stesso tono roco che ricordavo, ai tempi in cui adoravo il modo in cui il mio nome suonava sulle sue labbra. Adesso la sua voce mi riempie di collera.

« E io pensavo che volessi dire che saresti tornato dopo un paio di settimane, un mese al massimo ». Deglutisco forte e faccio diversi passi indietro, finché non finisco contro la scrivania di Ella e non ho più vie di fuga. Non sopporto di stare vicino a Tyler. Non adesso, né mai più. Le parole mi escono facilmente dalla bocca, piene di tutto l'odio nato dal suo abbandono, e ora sto urlando: « Non dopo un anno intero! »

Lo sguardo perplesso di Tyler vacilla, e i suoi occhi si riempiono di rimorso e di dolore. È come se prima di questo momento non gli fosse neanche venuto in mente che io potessi essere arrabbiata con lui, all'improvviso vedo gli ingranaggi della sua mente che girano, mentre mi guarda attraverso la stanza, con gli occhi spalancati. Non sa che cosa rispondere. Sicuramente gli è passata la voglia di sorridere. Non so che tipo di accoglienza si aspettasse da me, se pensava che mi sarei buttata fra le sue braccia, pazza di gioia, o magari che lo avrei baciato appassionatamente e che saremmo stati felici per sempre. Qualunque cosa si aspettasse, mi pare chiaro, non è questo: rabbia, disprezzo e una ragazza che non è più innamorata di lui.

Ma non voglio restare qui a urlargli contro. Non voglio discutere e litigare. Non voglio che provi a giustificarsi o implori il mio perdono. Non voglio più avere a che fare con lui, in nessun modo, quindi decido di andarmene. Con calma, nonostante il dolore che mi brucia nel petto. Ma devo farlo in fretta, perché più rimango con lui più sento che la mia rabbia potrebbe sciogliersi in lacrime. Quindi attraverso l'ufficio senza guardarlo, e lo supero tenendo la testa alta e gli occhi puntati in avanti. Sento il suo sguardo su di me mentre scendo i gradini, e quando apro il portone i suoi passi arrivano in cima alle scale.

« Eden, aspetta ».

Ma io non voglio aspettare. Non più. Ho passato mesi ad aspettare, a farmi domande, a provare a capire e a impazzire, mentre i giorni diventavano mesi e poi un anno. Ho rinunciato a lui molto tempo fa.

Mi sbatto la porta alle spalle e mi metto a correre. Corro più forte che posso, cercando disperatamente di allontanarmi il più possibile da Tyler e dalla casa. Il mio cuore pulsa e le orecchie mi fischiano a ogni falcata. Però più mi allontano e più mi rendo conto della situazione, così l'adrenalina diminuisce e aumenta la nausea. Alla fine sento il dolore alla mano: il palmo mi brucia, quindi stringo forte il pugno e cerco di non pensarci.

In meno di cinque minuti sono a casa di mia madre. Quando supero la soglia ed entro, sto ancora correndo. Ansimando, spingo la porta e la chiudo a chiave, poi strizzo gli occhi per un momento, mentre cerco di riprendere fiato. Sento un talk show televisivo e in pochi secondi Gucci arriva e mi mordicchia i piedi.

« Ti prego, non dirmi che stai scappando dalla polizia » dice la mamma. Quando mi volto al suono della sua voce sta già venendo verso di me. Si asciuga le mani con uno strofinaccio e inarca un sopracciglio con aria sospettosa. Il rubinetto della cucina è ancora aperto.

In questo momento fare le coccole alla mia cagnolina è l'ultimo dei miei pensieri, quindi la allontano e ricambio lo sguardo della mamma. Deve aver già capito che è successo qualcosa di grave, perché il suo sorrisetto vacilla, il calore dei suoi occhi scuri sparisce e sul suo viso si dipinge un'espressione preoccupata. Mentre mi osserva, le rughe sulla sua fronte sembrano approfondirsi. Dice soltanto: « Eden? »

Mi trema il labbro inferiore. Sto facendo di tutto per non lasciarmi travolgere dalle emozioni, ma sta diventando sempre più difficile. Non credevo che Tyler sarebbe tornato. Dopo un po' mi ero convinta che fosse felice, ovunque si trovasse, e che non avesse più bisogno di noi. Non avrei mai immaginato di dover affrontare questa situazione. Sono furiosa, confusa, sconvolta e scoraggiata, e il mio silenzio non fa che aumentare l'angoscia della mamma, così deglutisco forte e sussurro: « Tyler è tornato ».

Appena pronuncio il suo nome ad alta voce, non riesco più a trattenere le lacrime.

4

La mamma mi lascia dormire. In realtà non sto dormendo affatto, sono solo a letto, avvolta nella trapunta, a fissare il soffitto con gli occhi gonfi. Ho pianto un po', poi ho fatto una doccia, mi sono infilata un paio di pantaloni della tuta e mi sono messa a letto. Non sono più uscita dalla mia camera, anche se ormai mezzogiorno è passato da un pezzo e sto sprecando tutto questo sole. Sinceramente non vorrei mettere il naso fuori di casa per il resto della giornata, forse il resto della settimana. La testa mi fa troppo male, la sento pesante, come se fosse sul punto di esplodere. Quindi me ne resterò in questo comodo letto il più a lungo possibile, anche se so che la mamma non mi permetterebbe mai di rinchiudermi qui dentro per più di una giornata, anche se lo vorrei disperatamente.

La verità è che non credo di farcela ad affrontare di nuovo Tyler. Qualsiasi speranza avessi avuto per noi, l'estate scorsa, è svanita da un pezzo. Forse allora avevamo davvero una possibilità di costruire qualcosa. Eravamo così vicini a poter stare finalmente insieme, e allo scoperto, invece Tyler ha reso tutto molto più complicato del necessario. Non doveva andarsene, soprattutto non quando avevo più bisogno di lui, e non così a lungo. Eppure lo avevo capito: ci ero arrivata, dopo qualche settimana, quando il dolore e lo shock della sua improvvisa partenza si erano affievoliti. Sapevo che da solo se la stava cavando bene, ma quello che non sapevo era perché mi avesse completamente cancellato dalla sua vita. Avevo provato a chiamarlo, ma non mi aveva mai risposto. Gli avevo lasciato infiniti messaggi, ma dubito che li abbia ascoltati. Gli avevo mandato valanghe di SMS, senza mai ricevere un cenno di vita. Anche quando gli chiedevo solo se stava bene, rimaneva in silenzio. Presto mi sono stancata di provarci, le mie chiamate e i miei messaggi sono diminuiti gradualmente col passare dei giorni, finché a novembre ho smesso del tutto di provare a mettermi in contatto con lui. Dovevo concentrarmi sull'università: nuovi corsi, nuove persone, una nuova città.

È stato utilissimo per togliermelo dalla testa, almeno per un po'. Anche abusare di caffè in biblioteca, andare a fare la spesa di notte con la mia compagna di stanza quando ci accorgevamo di aver finito i viveri, o tornare di soppiatto al campus ubriaca dopo una festa in un altro dormitorio dopo un po' smettono di essere delle distrazioni sufficienti. Certo, ho conosciuto altri ragazzi e sono anche uscita un paio di volte nei mesi scorsi, ma quegli appuntamenti sono stati noiosi, neanche uno mi è sembrato speciale. A febbraio stavo di nuovo pensando a Tyler. Solo che a quel punto non ero più sconvolta. Ero furiosa.

Semplicemente non riuscivo a capire. Non capivo perché Tyler parlasse con Ella e non con me, né perché non era ancora tornato a Santa Monica, come aveva promesso. Erano passati sette mesi. Sarebbe dovuto essere tornato da un pezzo, eppure non l'aveva fatto e questo mi mandava in bestia. Mi sembrava che mi avesse dimenticato, che se ne fosse andato per sempre lasciandomi ad affrontare da sola le conseguenze del casino che avevamo fatto insieme. Sono io quella che ha dovuto sopportare tutte le occhiatine e i bisbigli, ogni volta che tornavo a Santa Monica. Non lui. Sono io che ho dovuto vedermela con papà e Jamie. Non lui. Sono io quella che è stata lasciata. Non lui.

Ed è tutto questo che ha continuato ad alimentare la mia rabbia: lui è scappato senza mai farsi vivo, così mi sono convinta che dovunque diavolo fosse, era felice. E dovunque diavolo fosse, *io* non c'ero. Il che significava che era felice senza di me, e questo mi faceva più male di quanto avrei mai creduto.

Solo durante le vacanze di primavera mi ha chiamata. Ero a San Francisco, per la prima volta nella mia vita, e mi stavo inerpicando per le strade insieme a Rachael, che si lamentava della salita, quando il mio telefono ha squillato. Sono rimasta a fissare lo schermo, indecisa se rispondere o no, finché è partita la segreteria. Tyler non ha lasciato messaggi, ma da allora ha cominciato a chiamare ogni giorno. Io non ho mai risposto, neanche una volta, perché ormai era troppo tardi e verso di lui non provavo altro che una rabbia furiosa.

Fra tre settimane sarà passato esattamente un anno da quando se ne è andato, motivo per cui non mi sarei mai aspettata che tornasse proprio adesso, dopo tutto questo tempo. Persino Ella aveva perso ogni speranza, quando ha deciso che era ora di trasformare la camera di Tyler in uno studio, in modo da non dover più lavorare in cucina. In quel momento tutti abbiamo capito che neanche lei credeva più che sarebbe tornato. Va detto che papà era molto soddisfatto quel giorno, e che si è precipitato dal ferramenta, per comprare la vernice avorio con cui poi avrebbe fatto quello schifo di lavoro. Se c'è qualcuno che si infurierà più di me per il ritorno di Tyler sarà papà, quando lo scoprirà. A meno che non lo sappia già, ma viste tutte le cautele di Ella, stamattina, scommetto di no. Anzi, più ci penso e più mi arrabbio anche con lei. Ella mi ha messo volutamente in quella situazione, faccia a faccia con Tyler, senza preavviso, anche se le avevo ripetuto più volte che non volevo vederlo mai più e che ero felice che non fosse tornato.

Adesso è tutto di nuovo un casino totale, non so bene come gestirlo e nemmeno come posso rimanere qui, sapendo che c'è anche Tyler. Evitarlo per sempre, purtroppo, non è possibile. E la cosa più triste di tutte è che un anno fa ero completamente, perdutamente e infinitamente innamorata di lui. Adesso non voglio neanche averlo vicino, ed è questo che mi fa infuriare di più.

Non mi accorgo che sto piangendo finché la mamma non entra in camera. Mi asciugo in fretta gli occhi col lenzuolo e tiro su col naso. Lei va dritta ad aprire le imposte, inondando la stanza con la luce del sole pomeridiano, e io nascondo la faccia nei cuscini, con un gemito.

«Okay» la sento dire, e non ho neanche bisogno di guardarla per sapere che con ogni probabilità ha incrociato le braccia. Lo capisco solo dal tono della sua voce. «Alzati».

Io mi tiro la trapunta sopra la testa. «No».

«Sì» ribatte lei in tono deciso. «Hai avuto le tue quattro ore di pianto. Adesso è ora di alzarsi e dimenticare quel ragazzo. Dove vuoi andare? A prendere un caffè? Un pranzo tardivo? Le terme? Decidi tu».

«Ma fra poco non comincia il tuo turno?» La mia voce è soffocata dai cuscini, dalla trapunta e dalle lenzuola. Mi sono seppellita per bene e non ho intenzione di alzarmi tanto presto.

«Non fino alle otto». Sento i suoi passi sulla moquette e pochi secondi dopo mi sta tirando via la trapunta, scoprendomi completamente. Mi elargisce un sorriso tirato. « Allora vestiti, così usciamo. Possiamo insultare la specie maschile per tutto il tempo che vuoi. Sempre meglio che annegare nelle tue lacrime. Dammi retta: io ci sono già passata ».

Mi tiro su di malavoglia, alzando gli occhi al cielo. Questo è l'aspetto della mamma che preferisco: lei capisce. Anche lei è stata abbandonata da papà, solo che è successo sei anni fa. È praticamente un'esperta su come affrontare una rottura. La prima regola, a quanto pare, è non piangere per più di quattro ore. Ma non so se valga anche quando il ragazzo in questione se ne va e poi *ritorna*.

Mi bruciano gli occhi e mi fa ancora male il petto, ma so che la mamma ha ragione, come sempre. Rimanere a letto a piangere per tutto il giorno non mi farà sentire meglio. Lei lo ha imparato a sue spese, me lo ricordo. Quindi, anche se non ne avrei voglia, mi tiro su. Ho i capelli ancora umidi. Ci passo le dita e dico alla mamma, con un sorrisetto di resa: « La Promenade fra venti minuti? »

Il suo sorriso si allarga e i suoi occhi si riempiono di calore, anche se si vede che è triste per me. « Brava ragazza » mi dice lanciandomi un cuscino prima di uscire dalla stanza.

Mentre faccio del mio meglio per avere un aspetto almeno in parte presentabile, ascolto un po' di musica, soprattutto motivetti pop, per ingannare me stessa convincendomi che sia tutto okay. Però non è così, e la musica mi fa solo incazzare di più, quindi la spengo dopo cinque minuti e mi dedico ad asciugarmi i capelli. Decido di lasciarli sciolti. Poi mi trucco un po', mi metto una maglietta nuova e i miei jeans più aderenti. Ma nemmeno questo mi fa sentire meglio.

Poco dopo le due, io e la mamma andiamo alla Promenade. Guardiamo qualche vetrina per una mezz'ora, ma il mio umore non si risolleva, neanche quando scopro che la gonnellina di Abercrombie & Fitch che tenevo d'occhio da settimane è in saldo. Però, quando la compro, faccio un sorrisetto alla mamma e questo basta a placare le sue preoccupazioni. Più tardi ci lasciamo facilmente convincere a fermarci da Pinkberry per un frozen yogurt.

« Sai, penso che farò un discorsetto a Ella » mi dice la mamma.

Siamo riuscite a trovare una panchina libera all'aperto, proprio di fronte a Forever 21 e, anche se la mia bocca sta diventando insensibile, riesco a chiederle: « Un discorsetto a proposito di che cosa? »

La mamma mi guarda come se facessi la finta tonta, poi scuote la testa, prende un'altra cucchiaiata di yogurt e continua a parlare con la bocca piena. « Non so che cosa le sia venuto in mente. Non è giusto da parte sua sbatterti in faccia Tyler in quel modo. È matta? »

« Non me l'ha *proprio* sbattuto in faccia » sussurro alzando le spalle. Abbasso gli occhi sulla mia coppetta e giocherello con lo yogurt e il cucchiaino di plastica per qualche secondo. Yogurt bianco strapieno di fragole e mirtilli freschi. Probabilmente sto riprendendo metà delle calorie che ho bruciato prima, ma oggi non mi importa. « L'ha fatta sembrare una specie di emergenza. Pensa che le ho chiesto se era incinta ».

La mamma quasi soffoca, mi guarda inorridita per un secondo poi scoppia a ridere. Si copre la faccia al mio posto, premendo le mani per soffocare la sua risatina infantile. « Non ci credo! »

« Credici ». All'improvviso mi sento le guance in fiamme, mangio una fragola e aspetto che le risate della mamma si spengano. « Voglio dire, non è che non fosse possibile. È ancora sotto i quaranta ».

« Cavoli, che invidia ». La mamma fa un fischio basso, ma la sua espressione ritorna dura, quando si accorge che l'ho distratta. « Le parlerò comunque ».

« Per dirle cosa? »

« Potresti tenere tuo figlio lontano da mia figlia, prima che il tizio che entrambe abbiamo sposato li uccida tutti e due? » risponde lei, trattenendo altre risate. Io stringo gli occhi e lei capisce subito che non mi sto divertendo, perché si schiarisce la gola e mi guarda con molta più sincerità, prima di darmi una risposta autentica. « Voglio solo chiederle di assicurarsi che Tyler ti lasci in pace ». Solleva la sua coppetta di frozen yogurt e mi scruta da dietro il bordo. « Naturalmente, se è davvero quello che vuoi ».

Il tono di questa frase, sussurrato e quasi allusivo, mi fa inarcare un sopracciglio. « Tanto per cominciare, mamma, non ho bisogno che tu ti faccia coinvolgere. In secondo luogo, che cosa vorresti dire? »

« Be' » risponde lei riabbassando la coppetta, « sei sicura che, per dirla con parole tue, non vuoi rivedere Tyler mai, mai, mai, mai più? »

Vedo che mi fissa con attenzione, come se potesse scoprire qualche verità nei miei occhi. Anche se non ho sentimenti da nascondere, mi ritrovo a sbattere forte le palpebre nel vano tentativo di farla smettere. E poi non capisco perché abbia anche solo pensato di dire una cosa del genere, e come se oggi non fosse già stata alimentata abbastanza, la mia rabbia si risveglia. « Certo che sono sicura. Tu non dovresti capire meglio di tutti come ci si sente a essere lasciate? »

La mamma sembra ferita e in effetti mi rendo conto che la frase non mi è uscita come intendevo. Lei riesce a parlare di papà all'infinito, come ha fatto negli ultimi sei anni, accompagnando il suo nome con una sfilza di parolacce, ma non parla mai volentieri del fatto che lui l'ha lasciata, anche se è la cruda verità. Quando mi volta le spalle e si alza è chiaro che non ha gradito che io abbia tirato fuori l'argomento. « Penso che dovremmo tornare a casa. Come hai detto, fra poco devo andare al lavoro ».

Quando butta la coppetta vuota nel cestino accanto a noi e se ne va senza aspettarmi, posso solo fare un gemito. È arrabbiata. Dopo tutti questi anni, ancora non riesce ad accettare che lui se ne sia andato. Comincio a capire perché. Fa un male cane.

Mi sento in colpa per quel commento, così mi alzo dalla panchina e le vado dietro, cercando di raggiungerla tra la folla, poi resto alle sue spalle e la seguo in silenzio fino alla macchina. Quando arriviamo al nostro piano del parcheggio, il frozen yogurt mi ha fatto venire la nausea, quindi appena possibile lo butto via e scivolo al posto del passeggero nell'auto della mamma senza un'altra parola.

Neanche lei parla. Guida con gli occhi fissi sulla strada, a volte muove le labbra per trattenere una parolaccia quando altre macchine si infilano davanti a noi senza rispettare la distanza di sicurezza, e ogni tanto allunga la mano per alzare il volume della radio o l'aria condizionata.

Mi sento ancora in colpa, e odio quando non mi rivolge la parola, così dopo aver giocherellato con le mani in grembo per qualche minuto, abbasso il volume della radio quasi al minimo e la guardo. « Non intendevo dire quello ».

« Avevi ragione » ribatte lei, in tono un po' polemico. « So come ci si sente ». Quando ci fermiamo al semaforo, si appoggia all'indietro sul sedile e incrocia le braccia, ma senza guardarmi. « So come ci si sente a essere lasciata, a passare ogni giorno a chiedersi dove hai sbagliato, se avresti potuto fare qualcosa per evitarlo. So come ci si sente quando ti sembra di essere una nullità. So come ci si sente quando capisci che non valeva la pena rimanere con te ». Alla fine mi lancia un'occhiata di sbieco, e i suoi occhi sono pieni di rabbia. « Tu invece non lo sai, come ci si sente ».

Sbatto le palpebre. Non so se sentirmi arrabbiata, confusa o stupita. Anzi, provo tutte e tre queste cose. Sono arrabbiata perché mi ha detto che non so come ci si sente, confusa per questo attacco improvviso e stupita per il modo in cui si è espressa. Non l'aveva mai fatto prima. « Come? » è tutto quello che riesco a dire, all'inizio, e poi borbotto, digrignando i denti: « So esattamente come ci si sente ».

« No, Eden, non lo sai » risponde lei in tono duro e deciso. Mentre il semaforo diventa verde, stringe il volante con entrambe le mani e parte di scatto. « Tyler non ti ha lasciata perché eri *tu* il problema. Ti ha lasciata perché il problema era *lui*. Invece nel mio caso il problema ero *io*. Quindi non confrontare le nostre condizioni, perché io non capisco come ti senti tu » - 'E io che credevo che mi capisse' - « così come tu non capisci come mi sento io » - 'E io che credevo di capirla' - « anche se tu sei convinta del contrario ».

« Hai detto 'come mi sento'? »

Mi guarda. « Come mi sentivo ».

La mamma non è mai stata del tutto sincera su ciò che è successo sei anni fa. Io conosco solo i dati fondamentali: so che la mamma era troppo pacata per papà, che lui era troppo iperattivo per la mamma, ma ancora non so se fosse sempre stato così. Tutto quello che ricordo della mia infanzia sono litigi e discussioni, quindi immagino di sì. Quando avevo dodici anni, papà ha passato una settimana a casa di suo cugino Tony. La mamma non mi aveva detto perché, si limitava a sorridere e a dire che sarebbe tornato presto, ma ripensandoci adesso era chiaro che non ne era sicura. Quell'anno papà ha cominciato a stare da suo cugino sempre più spesso. Quando avevo tredici anni non lo vedevo da un paio di giorni e ho chiesto alla mamma se era di nuovo da Tony, ma lei mi ha abbracciato, con gli occhi pieni di lacrime, e ha detto di no. Dopo quel momento, per mesi non ho visto altro che lacrime. Sapevo che l'abbandono di papà la faceva soffrire molto, sapevo che gli accordi del divorzio la stavano uccidendo, e che non sarebbe mai più stata la stessa di prima, ma non avevo mai capito come si sentisse veramente. Io non osavo chiederlo, e lei non osava dirlo. Finora.

Resto zitta per un minuto. « Ti senti ancora una nullità? »

« E come ti aspetti che mi senta? » scatta lei. Solleva una mano, infastidita, e la macchina quasi sbanda, ma lei riprende subito il volante e la controlla. « Quando vedo Ella, con il suo corpo snello e i suoi capelli biondi, senza mai un maledetto segno di ricrescita grigia, senza la minima ruga di espressione in vista, e in più guida una schifosa Range Rover ed è nientemeno che un avvocato. Ecco che cosa ha tuo padre, adesso. E prima che cosa aveva? Una che non saprebbe preparare un arrosto neanche se ne andasse della sua vita, con la divisa da ospedale invece dei completi eleganti, una che una volta ha distrutto quello schifo di Volvo che avevamo perché aveva tamponato un tizio in autostrada. Certo che non ero abbastanza per lui. Tuo padre è un perfezionista e, nel caso tu non l'abbia notato, io non sono perfetta ».

« E credi che Ella lo sia? » le urlo con le guance in fiamme. Mi sento in dovere di difendere Ella. Tre anni fa mi ha accolto a braccia aperte e da allora è sempre rimasta al mio fianco. Sentire la mamma parlare di lei in questo modo mi fa arrabbiare, così invece di prendere le sue parti prendo quelle di Ella. « Non credi che abbia sofferto per il suo divorzio, proprio come è successo a te? Non pensi alle settimane di processo che ha dovuto affrontare con Tyler? Non credi che debba convivere con il fatto che suo marito picchiava a morte suo figlio e lei non se ne era neanche accorta? E che si senta responsabile ogni giorno per quello che è successo? Perché è così. Lei non è perfetta, e neanche la sua vita lo è, quindi CHIUDI IL BECCO ».

In realtà quello che vorrei dire è: 'E tu sei la madre migliore che avrei mai potuto desiderare. Magari dovresti rifarti la tinta più spesso, ma tuoi capelli sono bellissimi. Anche se hai qualche ruga, sei così bella che nemmeno si notano. Non sarai una brava guidatrice, ma alla fine arrivi sempre dal punto A al punto B. Non sei un avvocato, ma sei una fantastica infermiera che sa sempre come far sentire meglio le persone, anche fuori dall'ospedale. Non sei come Ella, ma io ne sono felice'.

E vorrei dirle anche: 'Comunque, sei più fortunata di lei. Tu hai Jack, che è proprio un bel tipo, mentre Ella ha papà, che è proprio uno stronzo. E allora chi è la vincitrice?'

Però non lo faccio, perché sono infuriata.

« Oh, certo. Giusto » dice la mamma girando gli occhi indietro con aria seccata. Fa una risata in tono di rimprovero. « Lei è la tua seconda mamma. La conosci così bene, vero? A quanto pare mi hai sostituito con Ella, proprio come ha fatto tuo padre».

Io la guardo sbalordita. 'E questa da dove è uscita? Perché sei così rabbiosa?' «Ma che cosa ti è preso?»

La mamma non risponde. Rialza il volume della radio, ancora più di prima, tanto che non riesco quasi a sentire i miei stessi pensieri. Guida senza guardarmi né parlare, con un'espressione tesa e gli occhi stretti. Io allora mi adeguo. Mi giro dall'altra parte, incrocio le braccia e fisso lo sguardo fuori dal finestrino. Appoggio apposta i piedi sul cruscotto, perché so che è una cosa che odia, ma lei non mi urla di toglierli, quindi li lascio lì.

La radio continua a suonare a tutto volume fino al nostro arrivo a casa. La mamma la spegne solo quando la macchina imbocca il vialetto. Quando ci fermiamo, non spegne subito il motore per poi saltare giù, come fa sempre, quindi presumo che voglia scusarsi. Alzo gli occhi dalle mie scarpe, sempre con le braccia incrociate, e aspetto. La sua espressione si è rilassata un po', ma ora sembra confusa. Guarda me, e poi sposta gli occhi oltre la mia spalla.

Io raddrizzo la schiena e lascio cadere le braccia, girando la testa così in fretta che per poco non mi si stacca, e lo vedo. Seduto sullo zerbino fuori dalla nostra porta, a tormentarsi ansiosamente l'orlo della maglietta, c'è proprio lo stramaledettissimo Tyler Bruce. Di nuovo.

Quando i nostri sguardi si incontrano, stavolta non sorride. Si limita ad alzarsi e ad aspettare. E aspettare ancora.

«Sai qual è la differenza più grossa fra tuo padre e Tyler?» dice piano la mamma. Esita solo per un momento. «Tuo padre non è mai tornato».

5

Nonostante tutte le mie implorazioni di fare retromarcia e andare via, la mamma si rifiuta di farlo. Spegne il motore e si gira le chiavi intorno all'indice, tamburellando sul volante con la mano libera, senza dire neanche una parola. Niente consolazioni, niente rassicurazioni. Solo un'espressione severa, mentre mi obbliga a scendere dalla macchina e affrontare la persona che non sopporto di guardare.

Faccio una fatica enorme ad avvicinarmi. Trascino letteralmente i piedi e lancio un ultimo sguardo all'indietro, per spedire alla mamma l'SOS più grande che posso con gli occhi, ma lei alza le spalle e fa il giro della casa. Ha deciso di entrare dal retro, per non interromperci. Tyler è ancora in piedi sullo zerbino, adesso ha infilato le mani nelle tasche anteriori dei jeans e si sta mordendo il labbro con aria ansiosa.

Mi fermo a pochi passi da lui e incrocio le braccia. Da vicino vedo un lieve alone arrossato sulla sua guancia e mi sento subito in colpa. Così tanto che non voglio guardarlo in faccia, quindi do un calcio al vialetto e punto gli occhi un po' più in basso della sua spalla. «Scusa per lo schiaffo» gli dico.

Tyler alza lentamente le spalle e si porta una mano alla guancia. «Non ti preoccupare».

Cade il silenzio, ed è così incredibilmente imbarazzante e sgradevole che temo di mettermi a piangere. 'Come ha fatto a finire così? Come siamo arrivati a questo punto?' Poi però mi ricordo il motivo, e il mio bisogno di piangere si trasforma di nuovo nel bisogno di sfogarmi, ma stavolta mi trattengo. Continuo a scalciare per terra, grattando la gomma sulla punta delle mie Converse. Gli unici rumori che sento sono quelli delle macchine che passano.

« Puoi venire con me? »

Adesso guardo Tyler negli occhi. « E dove? »

« Non lo so. Voglio solo parlare un po' » mi risponde. Sento l'ansia nel tono della sua voce, vedo la preoccupazione nei suoi occhi. « Puoi concedermi almeno questo? »

« Non c'è niente di cui parlare ».

« Invece dobbiamo parlare di tutto ».

Anche se preferirei evitare il suo sguardo, i suoi occhi verdi attirano i miei, come sempre. Un tempo li amavo, adesso invece detesto l'effetto che mi fanno. Si sta chiedendo se obietterò qualcosa contro la sua idea, ma in realtà sono d'accordo con lui. Ha ragione: abbiamo un sacco di cose di cui parlare. Solo che non voglio farlo.

Ci penso su per qualche secondo. Vorrei tanto correre a nascondermi in casa, ma ho la sensazione che Tyler non si arrenderà, quindi presumo che sia meglio togliersi il pensiero, così mi lascerà in pace il prima possibile. Non gli rispondo, mi limito a fargli un cenno con la testa e lui fa un sospiro di sollievo, come se avesse trattenuto il fiato per tutto il tempo.

Prende le chiavi della macchina dalla tasca posteriore dei pantaloni e nello stesso momento colgo lo sguardo della mamma. Ci sta spiando dalla finestra del soggiorno. Quando capisce che l'ho vista, si volta e sparisce. Ripensandoci, preferisco parlare con Tyler anziché con lei, quindi lo seguo attraverso il prato.

Dopo qualche passo, mi rendo conto che la sua macchina non c'è. Controllo due volte, guardando a sinistra e a destra, avanti e indietro sulla strada, ma no, non c'è. È un'auto che non passa certo inosservata, sportiva, con la carrozzeria lucente e i cerchioni neri, ma Tyler continua a camminare, e io dietro di lui. Quando mi porta al veicolo parcheggiato dall'altra parte della strada, inarco le sopracciglia.

Questa non è l'auto di Tyler. Questa è nera, ha quattro posti, le gomme incrostate di fango e un paio di graffi sulla portiera del passeggero, e di certo non è nuova di zecca. Comunque, è sempre un'Audi. È un modello piuttosto diffuso, se ne vedono dappertutto in città.

Mentre lui raggiunge la portiera del guidatore e apre la macchina, io resto a guardarlo da sopra il tettuccio con aria confusa, finché lui non mi spiega, con disinvoltura: « Ne ho presa una più economica ». Poi scivola al volante e io mi siedo al suo fianco. Chiudo la portiera.

« Perché? »

Mi lancia un'occhiata di sbieco, con espressione seria. « Avevo bisogno di soldi ».

Stringo le labbra e distolgo lo sguardo, mentre lui avvia il motore. L'interno odora vagamente di un dopobarba che non riconosco, sento anche le tracce di vari deodoranti per auto. Dallo specchietto retrovisore pendono tre alberelli profumati. Mentre guida, continuo a spostare gli occhi qua e là nell'abitacolo, per non doverlo guardare. Ai miei piedi ci sono diversi volantini e della carta straccia, il sedile dietro è decorato da una fila di magliette e sul cruscotto si è accumulata la polvere. I sedili di pelle nera sono consunti, ma rimane una bella macchina.

Procediamo in silenzio per qualche minuto, con la radio spenta e l'aria condizionata al massimo, poi Tyler dice piano: « Mi piace come ti sta questa pettinatura ».

Sono ancora un po' turbata dalla sua presenza, dopo tanto tempo, quindi non capisco subito di che cosa stia parlando. Sollevo una mano per abbassare l'aletta parasole. Faccio scorrere la chiusura dello specchietto e osservo il mio riflesso. Già. I miei capelli. L'ultima volta che li ha visti erano lunghi quasi il doppio. Adesso mi arrivano appena alle spalle.

Richiudo l'aletta e comincio a giocherellare con i fili dello strappo nei miei jeans. « Mmm ».

Penso a tutte le altre cose di me che sono cambiate. Come il fatto che in autunno ho smesso di mettere il mascara tutti i giorni, perché mi si sbavava ogni volta che mi veniva da piangere, o il minuto di training autogeno che faccio, a volte, prima di entrare nella casa di papà ed Ella. O il mio temperamento: prima ero in grado di rimanere relativamente calma e controllata, mentre ora perdo le staffe e reagisco male per ogni minima cosa, perché sono piena di rabbia. Per non parlare dei chili di troppo che ho accumulato qua e là, anzi dappertutto.

Sono cambiate molte cose.

Troppe.

Abbasso gli occhi in grembo e tiro in dentro la pancia tanto da fare fatica a respirare, ma ormai ci sono abituata. In seconda liceo ero un'esperta. Rimango così per un po'. Ogni tanto mi rilasso per pochi secondi, quando l'attenzione di Tyler è concentrata sulla strada. Cominciano a farmi male anche i fianchi, ma il mio unico pensiero è che non voglio che Tyler si accorga che sono ingrassata, quindi non mollo: incrocio le braccia sulla pancia per cercare di nascondermi e stacco leggermente le cosce dal sedile di pelle, in modo che non sembrino così enormi.

Lui continua a guidare, uscendo dalla città. Ormai è l'ora di punta e il traffico si sta facendo più intenso. Il silenzio è ancora più doloroso. Non provo ad avviare una conversazione, perché non ho niente da dire. È Tyler quello che ha tante cose da spiegare, non io, quindi proseguiamo per quasi un'ora nonostante il disagio che proviamo. Superiamo Beverly Hills e West Hollywood, fino a svoltare su North Beachwood Drive. Alzo gli occhi e mi rendo conto di dove siamo.

« Perché siamo qui? »

Tyler non mi guarda, si limita a scrollare le spalle, affondando di più nel sedile, e fa un piccolo sospiro. I suoi occhi sono puntati sulla scritta HOLLYWOOD, appollaiata lassù in alto. « Perché, non so tu, ma io non vengo qui da un pezzo. Quassù, ma anche in questa città ».

'Puoi dirlo forte' penso. Alzo gli occhi al cielo, scuoto la testa e dico in tono deciso: « Non voglio salirci con te. Fuori ci sono, tipo, quaranta gradi ».

« Sì che ci vieni » ribatte Tyler con una punta di sicurezza nella voce. « Ho dell'acqua nel bagagliaio ».

Di nuovo silenzio, ma solo perché stavolta sto cercando di mettere insieme un'argomentazione decente sul perché non posso salire sul maledetto Mount Lee in questo momento, per esempio: (1) perché ho i miei jeans più belli e la maglietta nuova, (2) perché non mi importa niente di andare fin lassù, (3) perché fa decisamente troppo caldo e (4) perché non voglio proprio fare questa cosa con Tyler. La fatica di difendere la mia posizione, però, mi sembra maggiore di quella della salita. Quindi mi tengo per me le mie idee e faccio una smorfia.

Superiamo il familiare cartello del Sunset Ranch e pochi istanti dopo arriviamo al piccolo parcheggio alla base dell'Hollyridge Trail. Come Tyler, è una vita che non vengo qui. Ho fatto questa passeggiata soltanto una volta, tre anni fa, quando le cose erano completamente diverse da ora.

Dopo aver spento il motore, Tyler toglie le chiavi, apre la portiera, scende dall'auto e alza gli occhi verso il cielo. Anch'io scendo e faccio il giro della macchina per raggiungerlo davanti al bagagliaio.

« Tanto per chiarire, io non ho nessuna voglia di farlo » gli dico mentre lo apre.

Con una mano appoggiata sullo sportello, Tyler mi guarda da sotto il braccio e poi volta la testa. Il bagagliaio è pieno di robaccia: altra carta straccia, un giubbotto, i cavi di avviamento, lattine di bibite accartocciate, una piccola cassetta degli attrezzi e varie bottiglie d'acqua, che dubito siano fresche. Me ne passa una e chiude il bagagliaio.

« Andiamo » dice.

Come gesto di ribellione cammino pianissimo, canticchiando e passandomi la bottiglia tiepida da una mano all'altra. Se la cosa lo infastidisce, di certo non lo dà a vedere. Continuo per qualche minuto, ma poi mi rendo conto che mi sto comportando come una bambina e che lui è molto più maturo di me. Lascio perdere e lo raggiungo. Continuiamo a camminare, in salita, superando delle ragazze a cavallo e, più avanti, una coppia di tizi di mezza età che probabilmente stanno scendendo dopo aver visto la scritta.

Per tutto il tempo restiamo in silenzio. Sto cominciando a temere che presto ci inghiottirà. A un certo punto, fra lo scorso luglio e adesso, abbiamo perso tutto. Le battute che capivamo solo noi due, le occhiate complici, i nostri momenti speciali e le promesse importanti, il nostro coraggio e i nostri segreti. Abbiamo perso l'amore e il desiderio che ci univano.

Forse il silenzio è l'unica cosa che ci rimane.

Proseguiamo sul Mount Lee senza fermarci a riprendere fiato, seguiamo l'Hollyridge Trail lungo la collina, ma io comincio a camminare all'indietro. Ho idea che la vista così sia più bella. C'è qualcosa di quasi esaltante nel guardare la distanza che si allarga, la città che si allontana, che diventa sempre più piccola sotto di te. Di sicuro è meglio che dover guardare Tyler.

C'è anche qualcosa di triste nel trovarsi di nuovo qui, ad arrampicarsi per quasi duecento metri per vedere una fila di lettere fissate a una montagna, a seguire ripidi tornanti sotto il sole cocente. La prima e ultima volta che l'ho fatto ero con i miei amici, o almeno con delle persone che consideravo tali. Allora sembrava tutto molto più semplice, e tutti sembravano molto più simpatici. Ero amica di Tiffani. Rachael. Meghan. Jake. Dean. Tutti quanti. O almeno lo credevo. Ridevamo, andavamo d'accordo, ci passavamo le bottigliette d'acqua, scavalcavamo le recinzioni e ci comportavamo da veri incoscienti, tutti insieme. Ma nel tempo che è passato da allora, in questi tre anni di litigi, conflitti e rotture, siamo tutti cresciuti, immagino.

È vero quello che ha detto Tyler l'estate scorsa, a New York: dopo il liceo tutti si allontanano, perdono i contatti e prendono strade diverse. Le università che frequentiamo sono sparse per tutto il Paese. Illinois, Ohio, Washington, c'è anche qualcuno che è rimasto qui, in California. Qualche mese fa ho saputo da Rachael che Dean è stato accettato a Berkeley. Comincia in autunno. Naturalmente non me l'ha detto lui, perché dovrebbe voler parlare con la sua ex? Soprattutto dopo che l'ho tradito con il suo migliore amico. Ma anche se Dean adesso mi odia, io desidero ancora il meglio per lui e mi dispiace di averlo fatto soffrire. Mi ritrovo quasi a sorridere, al pensiero che sia entrato a Berkeley. So quanto ci teneva.

Io e Tyler adesso siamo sulla strada asfaltata, la Mount Lee Drive, che si allontana dalla scritta solo per poi girare e tornare ad avvicinarsi. Non mi ricordo quasi niente di questo percorso. In cima al crinale, mi fermo e guardo in basso, verso nord. Vedo il centro di Burbank. Non mi pareva di averlo notato, la prima volta. Credo che allora la mia attenzione fosse totalmente concentrata sulla scritta, così mi prendo un minuto per osservare Burbank, strizzando gli occhi nella luce violenta. Vorrei essermi portata gli occhiali da sole. Tyler ce li ha.

« Laggiù c'è la San Fernando Valley » mi dice piano, con un cenno della testa in lontananza, oltre Burbank.

« Lo so, guarda che vivo qui » rispondo seccamente.

« Okay ».

Ricominciamo a camminare, superando dei ripetitori, e poco dopo seguiamo la curva che ci riporta verso sud. Ed eccola là, per la seconda volta: la famosa scritta HOLLYWOOD. Grossa e spavalda come sempre, attira l'attenzione di milioni di turisti ogni anno, piantata orgogliosamente sul fianco scosceso del Mount Lee e protetta da una recinzione e da telecamere di sicurezza che distruggono migliaia di sogni ogni anno, quando le persone salgono fino qui solo per scoprire che, in realtà, è proibito toccare questa icona globale.

Adesso, però, non c'è nessuno. Tyler si avvicina alla recinzione, aggancia il dito indice sulla rete di metallo e sospira.

« Vuoi saltare? » gli chiedo. Perché io non voglio rifare la trafila: toccare la scritta per una frazione di secondo e poi scappare via correndo giù per la montagna, rischiando un mandato di comparizione, o magari la vita. Rimango indietro e mi siedo sul sentiero di terra battuta, a gambe incrociate. Il terreno è rovente.

Tyler si lancia un'occhiata alle spalle, e all'improvviso sembra troppo vecchio per i suoi anni. È cresciuto moltissimo. Forse troppo. « No ».

Si volta e mi raggiunge, poi si siede per terra alla mia destra. Non si mette troppo vicino, ma non lascia neanche molto spazio fra di noi. Ha le gambe distese in avanti e i palmi aperti appoggiati sul terreno, dietro il corpo. Comunica un'ansia quasi contagiosa, perché mentre aspetto di cominciare questa conversazione mi sento la fronte imperlata di sudore. Cerco di convincermi che sia solo il caldo.

È incredibile che, mentre la città è così caotica, quassù regnino la calma e la tranquillità. Mi ricorda New York, quando stavamo sul tetto del palazzo di Tyler e per un po' potevamo sentirci separati dal resto della città. Quassù provo la stessa sensazione.

Tyler non ha ancora detto niente. Sposto lo sguardo dalla recinzione, voltando la testa per guardarlo in faccia. Lui ha gli occhi puntati davanti a sé, semichiusi, e stringe le labbra. Per la prima volta da quando l'ho visto stamattina, mi prendo il tempo di guardarlo con attenzione. Ha i capelli più lunghi, e anche la barba è cresciuta. Un tempo la trovavo incredibilmente attraente. Adesso gli cresce troppo folta sulla mascella e scende disordinata sulla gola. Poi i miei occhi si fissano sulle sue braccia, e finalmente lo vedo.

Non so se finora non ci avevo fatto caso, o se ho sofferto di una cecità temporanea, ma riconosco il mio nome. Mi ero completamente dimenticata che fosse lì, fino a questo momento. Quattro piccole lettere che consideravo così stupide (e adesso ancora di più), e che dopo un anno sono un po' sbiadite. Ma non sono più isolate: intorno a loro, sul suo bicipite, ci sono parecchie aggiunte, tutte collegate a creare un unico grande tatuaggio, quasi come una mezza manica. A circondare il mio nome ci sono il quadrante di un orologio e una gran quantità di rose intrecciate, con tante volute e ombreggiature. In realtà è molto bello, ma c'è una domanda che mi frulla nella testa.

'Perché non ha coperto il mio nome, già che c'era?'

Deglutisco e distolgo lo sguardo, prima che lui possa voltarsi e intercettarlo. Le mie mani sono posate in grembo, quindi giro il polso verso di me. La scritta non c'è più, coperta da una grande colomba in volo che ho scelto da un catalogo durante le vacanze di primavera. È successo quando io e Rachael siamo state a San Francisco. Lei si è fatta tatuare dei fiori sul fianco e quando finalmente ha smesso di piangere dal dolore, e io dal ridere, mi ha piazzato in mano una pila di cataloghi. Io le ho detto che non volevo un nuovo tatuaggio, e lei mi ha risposto che non era quello che stava cercando di dirmi: pensava che me ne servisse uno migliore. E aveva ragione. Il tatuatore mi ha spiegato che la colomba simboleggia un nuovo inizio, come nella storia biblica dell'Arca di Noè e, anche se non sono particolarmente religiosa, mi è piaciuta l'idea di ricominciare da zero.

Quello è stato il giorno in cui ho davvero rinunciato a Tyler, e le parole *No te rindas* (non mollare) sono sparite per sempre.

Con le mani nascoste in grembo, mi mordo l'angolo del labbro. Una parte di me si sente in colpa per aver cancellato il motto che ci ha guidato l'estate scorsa, ma so che è una cosa stupida, dato che non ho motivo di pentirmene. Mi accorgo che sto scuotendo la testa, ma solo a me stessa, e cerco di pensare ad altro. Invece sposto di nuovo lo sguardo su Tyler.

Adesso ha la testa abbassata, si fissa i jeans e nel silenzio è facile cogliere il suo lungo, lento sospiro. « Ce l'hai con me » dice. È una dichiarazione. Un fatto.

« E la cosa ti stupisce? »

Lentamente, alza la testa e pianta i suoi occhi dolci nei miei. « Non lo so. Forse non ho mai pensato a che cosa aspettarmi da te. Credevo solo... »

« Che io sarei stata felice? » concludo al suo posto. Adesso sono molto più calma di prima. Parliamo a bassa voce, in tono pacato, anche se l'atmosfera intorno a noi si fa sempre più tesa. « Che sarei rimasta là dove mi avevi lasciato? Che ti avrei aspettato per un anno intero? »

« Voglio dire... » borbotta lui, deglutendo. « Immagino di sì ». Il suo petto si solleva di nuovo in un altro sospiro, stavolta molto più pesante. « Pensavo che avresti capito ».

Mi prendo una lunga pausa per ripetermi in testa le parole che sto per dire, prima di pronunciarle ad alta voce. Poi faccio un respiro profondo e comincio a spiegare. « All'inizio era così. Avevo capito. Tutto quello che stava succedendo era troppo per te. Tuo padre, i nostri genitori, e noi ». Indugio sull'ultima parola, ma solo per un secondo, e poi distolgo di nuovo gli occhi da Tyler per guardare la scritta HOLLYWOOD. Stringo ansiosamente la bottiglietta d'acqua con la mano. Fisso la grande H. « Ma non hai pensato neanche per un momento che magari sarebbe stata dura anche per me? No, certo. Sei scappato come un codardo e mi hai lasciato ad affrontare la situazione di merda che avevamo creato ». Stringo più forte la bottiglia e abbasso gli occhi, questa volta fissandoli sul tappo. « Non potevo andare a Chicago prima di settembre, quindi sono dovuta rimanere qui per due mesi. Non mi era permesso neanche entrare in casa tua. Mio padre non mi rivolgeva la parola, e le uniche volte che lo faceva era per minacciare di non pagarmi gli studi. Tua madre non riusciva a guardarmi in faccia, per non parlare di Jamie. Tu non puoi saperlo, cazzo, perché non c'eri, ma è piuttosto stronzo. Ci odia entrambi. Oh, e a proposito, tutti sanno di noi. Tutti quanti, nessuno escluso. Ma anche questo non puoi saperlo. Non puoi sapere che cosa hanno detto alle mie spalle, né come mi guardano. Non sai niente, perché non hai dovuto affrontare niente di tutto questo. Sono stata *io* a farlo, io da sola, e tutte le volte che ti ho chiamato solo per sentire la tua voce, solo per sentirmi dire che sarebbe andato tutto bene, o qualcosa del genere, tu non mi hai risposto ».

Tyler rimane in silenzio, ma sento che mi sta fissando con quel suo sguardo intenso. Il mio respiro è rapido, è difficile impedire alle mie guance di infiammarsi. 'Non piangere' ripeto a me stessa, finché non diventa una cantilena nella mia mente, un mantra.

'Non piangere. Non piangere. Non piangere'.

'Sei arrabbiata con lui. Sei arrabbiata con lui. Sei arrabbiata con lui'.

'Non piangere. Sei arrabbiata con lui'.

« Non so cosa dire » ammette lui alla fine. La sua voce è così tremula e bassa che è quasi un sussurro. Si stringe le gambe al corpo e si appoggia in avanti, con le braccia sulle ginocchia.

« Potresti cominciare col dire che ti dispiace ».

Un'altra occhiata di sbieco. Occhi colmi di dolore. Una ruga di preoccupazione sulla fronte. Si volta leggermente verso di me e allunga una mano per posarmela sul ginocchio e stringerlo forte. « Mi dispiace ».

Fisso la sua mano sul mio corpo. È passato tanto tempo. Quel contatto è quasi spiacevole, non voglio sentirlo. Davvero. Serro le labbra, gli spingo via la mano e torno a guardare la città. Il pomeriggio è afoso, ma Hollywood è sempre bella. Vedo il centro di Los Angeles con i suoi grattacieli e il mio sguardo si ferma lì, mentre mi chiedo che cosa intenda dire veramente Tyler con quel 'Mi dispiace'.

Gli dispiace di essersene andato? Gli dispiace che la nostra famiglia mi si sia rivoltata contro? Gli dispiace di essere stato via così tanto? Gli dispiace di aver rovinato quello che avevamo?

Per tutto quello che ha fatto, 'Mi dispiace' proprio non basta.

« Davvero » riprende Tyler, vedendo che non rispondo, e stavolta non mi prende il ginocchio, ma la mano. Non intreccia le dita alle mie, ma me la stringe così forte da farmi quasi male. « Mi dispiace tantissimo, cazzo. Non ne avevo idea ».

« Certo ». Strappo via la mano e gli do una spinta sul petto, per allontanarlo da me, mentre la mia collera monta lentamente. « Che cosa ti aspettavi? Pensavi che bastasse tornare a casa e che tutto sarebbe stato a posto? Pensavi che io sarei stata ancora innamorata di te, che i nostri genitori ci avrebbero accettato e che tutti gli altri ci avrebbero trovato tanto teneri? Perché non è affatto così. Mio padre è *ancora* furioso con me. Tutti pensano che siamo disgustosi ». Lo guardo dritto negli occhi, con tutta la ferocia che riesco a trovare senza scoppiare in lacrime. « E io non sono più innamorata di te ».

Tyler scatta all'indietro, come se gli avessi dato un altro schiaffo, come se le mie parole gli avessero procurato un dolore fisico. L'espressione del suo volto si contrae e gli occhi si riempiono di confusione. Vedo scorrere un milione di domande nella sua mente, ma lui non dà voce a nessuna. Si limita ad appoggiare i gomiti sulle ginocchia e a premersi le mani sul viso, prima di passarsele tra i capelli. Si tira le punte, poi fa ricadere le mani e inclina la testa all'indietro. Ha il viso rivolto verso il cielo, ma i suoi occhi sono chiusi.

Adesso vorrei andare a casa. Non voglio stare qui con lui. Mordendomi l'interno della guancia, allungo la mano e raccolgo qualche sasso vicino al mio piede, poi li tiro uno per uno verso la recinzione, la scritta, la città. Lo faccio per distrarmi da Tyler, perché anche se mi piace pensare che non me ne importi nulla, non voglio vedere quanto sta soffrendo.

« Perché? »

La mia mano si ferma a mezz'aria. Inarco un sopracciglio e lo guardo. « Perché cosa? »

« Perché non sei più... » Gli muore la voce, non riesce proprio a far uscire quelle parole dalla bocca. Allora scuote forte la testa. « Che cosa è successo? Cosa è cambiato? »

« Stai scherzando? » Abbasso la mano e scoppio a ridere, ma più per lo sdegno che per il divertimento. «Mi stai prendendo in giro, cazzo?» Devo fermarmi un attimo per ricompormi e frenare la mia collera, prima che esploda come una granata. Inspiro, espiro, stringo gli occhi e conto fino a tre, prima di riaprirli e guardare l'idiota totale che ho accanto. «Sparisci per un anno e ti aspetti che io sia il tipo di ragazza che resta lì e passa la sua vita ad aspettare un uomo? No. Ho studiato sodo, ho conosciuto delle persone fantastiche, ho adorato vivere da sola e, nonostante tutte le stronzate che ho dovuto sopportare, il mio anno è stato maledettamente bello. Quindi, nel caso non lo sapessi, posso vivere senza di te. Posso sopravvivere senza il favoloso Tyler Bruce».

Poi il mio slancio si esaurisce e quindi mi fermo, anche se potrei dire moltissime altre cose. Però non voglio ammettere l'intera verità. Non voglio dirgli quante lacrime ho versato nei primi giorni dopo la sua partenza, o che il motivo per cui ho preso peso è che mangiare schifezze e gelati con Rachael era l'unica consolazione che avevo, non voglio dirgli che più tempo passava e più cresceva la mia rabbia.

La verità è che nell'ultimo anno non sono stata follemente innamorata.

Sono stata infinitamente arrabbiata.

«Vieni a casa con me» dice Tyler, ma le sue parole sono troppo rapide e insistenti, la voce è spezzata e tremante. «Torna a casa con me, anche solo per un paio di giorni, e permettimi di farti vedere. Lascia che ti mostri cosa ho fatto, quanto sono migliorato e quanto mi dispiace e... permettimi di...» Si interrompe per riprendere fiato, poi abbassa la voce a un sussurro e dice: «Lascia che sistemi le cose».

«Sei già a casa» ribatto, senza capire. Con un gesto delle mani abbraccio la città distesa sotto di noi.

«No» dice lui, e punta i suoi occhi infuocati su di me, con uno sguardo così intenso da mettermi a disagio. «Io non vivo più qui. Sono tornato soltanto per un paio di giorni, per... per vederti. Sono arrivato ieri sera e la mamma mi ha sistemato in quell'hotel di lusso vicino alla scuola, con quel nome che non so neanche pronunciare, perché non vuole che tuo padre sappia che sono qui, e lo capisco. Torno a casa lunedì».

Resto a guardarlo per un pezzo, sbattendo le palpebre. «Che cosa?» Cerco di dare un senso al suo discorso, ma la mia mente sembra essere troppo lenta. Mi mancano delle informazioni, eppure cerco stupidamente di far combaciare i pezzi. Va a casa lunedì? Ma è già a casa. Los Angeles è casa sua. Dovrebbe sforzarsi di rientrare in famiglia, dovrebbe lamentarsi che la sua stanza è stata trasformata in ufficio e dovrebbe litigare con Jamie come faccio io. È questo che significa tornare a casa. « Te ne vai di nuovo? »

Lui fa un cenno con la testa. « Ma stavolta voglio che tu venga con me. Adesso la mia vita è a Portland e... »

« Portland? » Lo interrompo così bruscamente che Tyler si immobilizza all'istante, con le labbra aperte e le parole che gli restano bloccate sulle labbra. « *Portland?* »

« È il primo posto che mi è venuto in mente » ammette.

Il mio sangue si infiamma a tal punto che mi sento bruciare la pelle. Stringo la bottiglia d'acqua che ho in grembo, così forte da rischiare di farla esplodere. Mi do uno slancio e mi alzo, poi mi paro davanti a Tyler squadrandolo dall'alto in basso. « Tu sei stato a PORTLAND? »

So di odiare Portland. So che non dovrebbe importarmi dove sia stato, perché non dovrebbe riguardarmi. Non fa alcuna differenza in che città sia stato nell'ultimo anno, quella che ho trovato difficile da accettare è stata la sua assenza. Ma c'è qualcosa nell'idea di saperlo a Portland, nella città dove sono nata, a camminare per le strade dove un tempo camminavo io, che mi manda davvero in bestia. All'improvviso provo un eccessivo istinto di protezione verso Portland, come se la città fosse *mia*. Non voglio che Tyler si prenda qualcosa di mio. Con tutte le città che ci sono in questo maledetto Paese, perché doveva finire proprio in quella che in passato chiamavo casa? Quello che mi sorprende di più è che fino a questo momento non ne sapevo niente. Ho passato un anno intero senza sapere dove diavolo fosse. Per un po', soprattutto all'inizio, avevo pensato che probabilmente fosse tornato a New York. Ma a quanto pare non era così. A quanto pare gli bastava quello schifo di Portland, con la sua schifosa pioggia e le sue schifose montagne.

« Tornaci con me » ripete lui, stavolta in tono implorante. Si alza, fa un passo verso di me e mi prende alla vita con decisione, mettendomi entrambe le mani sui fianchi. « Ti prego, vieni a Portland e dammi la possibilità di risolvere questo maledetto casino, va bene? Solo qualche giorno, te lo giuro, poi, se per te non vale la pena restarci di più, potrai tornare a casa. Non ti chiedo altro ».

Lo guardo bene in faccia e mi prendo un minuto per osservarlo molto attentamente, da vicino. I suoi occhi non sono cambiati. È facile frugarli per cercare risposte, verità nascoste e sentimenti mascherati. È una sua caratteristica che credo adorerò sempre. E in questo momento sembra completamente esposto. Nei suoi occhi vedo proprio tutto, dal panico alla preoccupazione al dolore all'angoscia, tutto mescolato nella potenza dello sguardo intenso che mi sta risucchiando. Il fatto che un tempo fossi così perdutamente e completamente innamorata di questa persona è quasi troppo difficile da credere. Nell'ultimo anno ho provato così tanto risentimento nei suoi confronti, tanto disprezzo, che a volte diventa doloroso.

Non voglio andare a Portland con lui.

« Non c'è altro da dire » sussurro, poi gli premo le mani sul petto e lo spingo indietro di un passo, liberandomi dalla sua stretta. Ormai la cosa che mi riesce meglio è respingerlo.

Se pensavo che non potesse avere un'aria più sofferente, mi sbagliavo. Le sue labbra si stringono in una linea dritta. Si ficca le mani nelle tasche anteriori dei jeans, senza staccare gli occhi dai miei. Non gli è rimasto niente da dire. Non può fare altro che guardarmi.

Lancio un'ultima occhiata alle mie spalle, verso la città, poi comincio la mia ritirata. Mi allontano lentamente dal mio fratellastro, fino a creare una distanza di parecchi passi. Per la prima volta, le mie parole sembrano bloccarsi in gola ed è difficile farle uscire, ma quando infine ci riesco è un vero sollievo sentire la mia voce che dice: « Fra noi è finita, Tyler ».

6

Il ritorno a casa è ancora più insopportabile e imbarazzante del viaggio di andata. Io e Tyler non ci siamo rivolti la parola per oltre un'ora. Non sono neanche scesa con lui dal Mount Lee, sono andata avanti e lui ha mantenuto le distanze, tenendosi a una quindicina di metri dietro di me, ma solo finché non siamo arrivati alla sua macchina: adesso siamo intrappolati insieme in uno spazio ristretto e non abbiamo niente da dirci. Abbiamo già detto tutto. Anche se l'atmosfera è tesa io sono comunque soddisfatta, perché mi sento invadere dal sollievo. Parlare con Tyler si è rivelata una buona idea: è stato come chiudere quel capitolo della mia vita, finalmente.

L'ora di punta è passata, ormai, e il traffico per rientrare a Santa Monica non è così congestionato. Siamo stati via quasi quattro ore, quindi mentre Tyler si concentra sulla guida scrivo un messaggio alla mamma, per farle sapere dove sono stata e che sto tornando a casa, ma poi mi ricordo di essere ancora arrabbiata con lei e lo cancello. Sbircio Tyler con la coda dell'occhio. Guida con tutte e due le mani sulla parte bassa del volante, uno sguardo spento fisso sulla strada e la mascella serrata. Decido di scrivere a Rachael, invece, e lei mi è molto grata di quel sovraccarico di informazioni, perché a quanto pare i suoi nonni la stanno facendo impazzire, come sempre.

Così le racconto tutto. Le racconto dell'agguato che mi ha teso Tyler, stamattina. Della discussione con la mamma. Le dico che Tyler mi ha aspettato fuori da casa, pretendendo di parlarmi. Della scritta HOLLYWOOD e della conversazione che ne è seguita. Le dico che Tyler ha vissuto a Portland per tutto il tempo e le riferisco la sua assurda richiesta di tornare là con lui.

Le sue risposte arrivano a raffica.

IN KE SENSO TYLER È TORNATO???

Nn c credo... Sul serio gli hai dato 1 schiaffo?

Xké portland? Senza offesa eh

T ha portato alla scritta???

Nn l'hai xdonato spero

Chattare con Rachael rende il viaggio di ritorno un pochino meno pesante.

* * *

Quando arriviamo a casa sono quasi le sette di sera. Il sole sta già cominciando a calare verso l'orizzonte, anche se tramonterà davvero soltanto fra un'ora, e lo fisso con tale concentrazione da non accorgermi nemmeno che Tyler ha accostato su Deidre Avenue, accanto al marciapiede fuori dalla casa di papà ed Ella.

Sollevo l'aletta parasole e mi giro verso di lui. « Sto da mia madre » gli dico in tono piatto, poi tossisco perché ho la gola secca, dopo essere rimasta in silenzio tanto a lungo.

« Lo so » risponde Tyler. Non mi guarda mentre spegne il motore e si sgancia la cintura di sicurezza. « Ma la mia ci vuole entrambi qui ». Sembra esitare soltanto quando apre la sua portiera: lo vedo stringere gli occhi e fissare qualcosa attraverso il parabrezza. Dopo un secondo capisco che sta guardando la Lexus di papà, parcheggiata nel vialetto. È tornato dal lavoro, naturalmente. Di solito rientra poco dopo le sei, a meno che non venga trattenuto. In quei casi sono sempre contenta, ma oggi non è così, e a quanto pare anche Jamie è a casa. La sua BMW è parcheggiata alla bell'e meglio sulla strada, proprio davanti a noi, con le ruote a ridosso del marciapiede. Probabilmente i suoi cerchioni già malconci si rovineranno ancora di più. Sono mesi che Ella gli dice di stare più attento, ma lui non ascolta, perché quello stronzo di Jamie non ascolta nessuno.

Lancio un'altra occhiata a Tyler. « Spero che tu sappia che se varchi quella soglia, mio padre probabilmente ti farà arrestare, o qualcosa del genere. Se c'è qualcuno che odia più di me, quello sei tu ».

Tyler richiude la portiera. Proprio quando comincio a credere che si sia convinto a portarmi a casa, tira fuori il telefono e chiama Ella. Non mi ha ancora guardata. Credo che non lo abbia più fatto, da quando abbiamo lasciato la scritta e siamo scesi dal Mount Lee. Faccio fatica a capire cosa sta provando, perché per una volta non trovo le risposte nei suoi occhi. Non riesco a percepire se è sconvolto, furioso, oppure del tutto indifferente.

La sua disinvoltura però non dura a lungo: appena Ella risponde alla chiamata diventa tesissimo. « Sì, ciao, siamo qui fuori ». Una pausa. « Credevo che non glielo volessi dire ». Un altro silenzio, mentre ascolta, e finalmente i suoi occhi mi sfiorano per un secondo. Poi abbassa la voce e sussurra nel microfono: « Mamma, lo sai che se entro insieme a lei mi farà il culo ». Altra pausa. Sono curiosa, e non poter sentire le risposte di Ella mi fa impazzire. « E va bene, ma scommetto che sarà un disastro » dice Tyler prima di chiudere la chiamata.

Inarco un sopracciglio, con espressione interrogativa.

« Dobbiamo entrare dal retro » mi dice, poi apre la portiera di scatto ed esce, sbattendosela alle spalle. Addio alla spiegazione sul perché Ella ci vuole qui entrambi.

Con un sospiro, lo seguo. L'erba del giardino è completamente secca e in alcuni punti sta diventando marrone ma, come tutti quanti in questo Stato, dobbiamo rassegnarci. Se accendessimo l'impianto di irrigazione, molto probabilmente ci beccheremmo una multa per aver sprecato l'acqua durante questa eccezionale siccità. Non piove da aprile.

Tyler punta dritto al vialetto, a passo rapido: si muove velocemente, come se fosse un agente segreto in missione e non volesse farsi scoprire. In un certo senso immagino che sia vero. Sta cercando di evitare papà, e lo stesso vale per me, quindi gli sto alle calcagna. Lo seguo oltre il cancello e nel giardino sul retro. La piscina è vuota, sul fondo ci sono vari palloni da calcio di Chase.

Attraversiamo il terreno secco e chiazzato verso la porta sul retro, ma Ella ci spaventa a morte quando appare all'improvviso dall'altra parte del vetro. Apre freneticamente e ci fa entrare, poi ci dice di stare zitti e fermi e mi afferra il polso.

« Resta in corridoio finché non te lo dico io » sibila a Tyler. La sua presa su di me si fa più decisa, mi trascina verso la cucina. Ha ancora il completo elegante, anche se adesso, senza tacchi, ha qualche centimetro in meno e i suoi passi sono silenziosi.

Non ho ancora idea di che cosa stia succedendo, del perché sono qui o del motivo per cui Ella non sembri a disagio per il fatto che io e Tyler siamo arrivati insieme. Dare spiegazioni non sembra essere fra le sue priorità, in questo momento. La sua priorità è trascinarmi in corridoio.

« Posso chiederti una cosa? » sussurro senza alzare la voce.

Ella smette di tirare e mi lancia un'occhiata, poi guarda Tyler che ci sta seguendo. Alla fine riporta gli occhi su di me e inarca un sopracciglio come per dire 'Allora?'.

« Che cosa sta succedendo? »

« Riunione di famiglia » risponde, lapidaria. Lancia a Tyler un'occhiata decisa. Lui sembra perplesso quanto me. « Adesso aspetta qui ».

Lui ubbidisce e si appoggia al muro, con le mani in tasca, senza smettere di guardarci. In fondo al corridoio sento delle voci, leggermente coperte dalla tv, ma per quanto alto sia il volume è impossibile non distinguere la voce di papà. Ella mi sta ancora tirando verso il soggiorno, sempre più vicino. Poi sussurra « Mi dispiace » e mi fa entrare nella stanza, lasciando Tyler in corridoio.

Non so bene per che cosa si stia scusando, ma vado subito in ansia. Perché insiste a tormentarmi così? Prima mi tende l'imboscata con Tyler, e adesso mi obbliga a vedere papà. Ma forse stavolta è il contrario: è a lui che sta tendendo un'imboscata. Mio padre è stravaccato sul divano, con la cravatta buttata sul bracciolo. Ha in mano una tazza di caffè, i piedi appoggiati sul tavolino. Non abbassa neanche il volume della tv. « Guarda un po' chi ha deciso di farsi vedere » commenta, poi beve un sorso con aria indifferente, come se non gliene importasse niente. È la prima volta che mi vede da quasi una settimana.

« Te l'avevo detto che sarebbe tornata » borbotta Jamie dal pavimento. Abbasso gli occhi su di lui, ma non mi guarda neanche di striscio. È seduto con la schiena appoggiata all'altro divano e gli occhi puntati pigramente sul portatile che tiene sulle ginocchia. Sta scorrendo i commenti di un forum.

Chase è spaparanzato sul divano, con il telefono in mano e gli auricolari infilati nelle orecchie. Credo non si sia neanche accorto che io ed Ella siamo entrate nella stanza.

« Questa volta quanto ti fermi? » chiede papà raddrizzando la schiena. Sta per mettersi a ridere. Si china in avanti, toglie i piedi dal tavolino e ci appoggia la tazza di caffè, poi mi guarda con la solita aria di disprezzo e disgusto, insieme a un senso di tristezza per la sfortuna di avere una figlia come me. « Tutta la settimana? Qualche giorno? Un paio d'ore? Dimmi, Eden, quanto hai intenzione di rimanere stavolta, prima di scappare di nuovo come una mocciosa viziata?»

Io gli restituisco lo sguardo attraverso la stanza, con lo stesso disgusto e disprezzo, e la stessa tristezza per la sfortuna di avere un padre come lui. Sento che Ella, dietro di me, si sta sfregando le tempie. «Non ti angosciare, papà. Non ho intenzione di rimanere».

«Ottimo» esclama lui, sollevato. «E allora che cosa ci fai qui?» Lo chiede in tono molto serio, e finge una certa nonchalance, anche se sono quasi certa di cogliere il terrore nei suoi occhi. È come se per lui fosse impossibile riuscire a immaginare una relazione fra padre e figlia in cui si *desideri* davvero stare insieme. Fortunatamente per entrambi, comunque, io in questo momento preferirei essere in qualunque altro posto, quindi non deve preoccuparsi che mi salti in mente di chiedergli di passare una bella giornata con il mio paparino. Il solo pensiero mi fa venire da ridere.

«Non so nemmeno io perché sono qui». Incrocio le braccia e mi volto per lanciare un'occhiataccia a Ella, aggrottando le sopracciglia, in attesa di una spiegazione. «Magari tu mi puoi aiutare».

Ella sembra di nuovo angosciata, ancora più di stamattina, quando ha deciso di sbattermi in faccia il ritorno di Tyler. Non mi stupisce. Se c'è qualcuno che prenderà la notizia della ricomparsa del suo primogenito peggio di me, quello è papà. Ella ha tutte le ragioni di essere nervosa, però racimola la sicurezza necessaria per andare a pararsi al centro della stanza. Mentre passa, strappa un auricolare dall'orecchio di Chase. «Spegnila» dice a papà, dopo essersi piazzata davanti alla televisione, di fronte a noi.

«Stavo aspettando le previsioni del tempo» protesta lui.

«Cielo sereno e nessuna minaccia di pioggia. Ecco le tue previsioni» risponde lei, mettendosi le mani sui fianchi. «Adesso spegnila».

Papà non sembra molto contento. Prende il telecomando e finalmente fa come Ella gli ha chiesto, con il broncio di un bambino che è appena stato sgridato. Non è proprio il tipo di persona a cui piace sentirsi dire cosa fare, è più uno che ama comandare.

«Jay» dice Ella, ma lui non alza gli occhi dal computer, anche se l'ha sentita benissimo. La ignora di proposito e apre un'altra finestra sullo schermo, quella di Twitter. Comincia a digitare così in fretta che l'unico rumore che sentiamo è quello delle sue dita sulla tastiera. Si starà lamentando di nuovo della sua famiglia disfunzionale. Ella si schiarisce la gola e passa dal tono deciso a quello severo, che potrebbero sembrare simili, ma sono sorprendentemente facili da riconoscere. Il suo tono severo è così secco che appena lo senti capisci che non ti conviene sfidarla. « Jamie ».

Lui alza gli occhi, fa un sospiro teatrale e chiude il portatile, incrocia le braccia e stringe le labbra. « Dimmi perché dobbiamo tutti smettere di fare quello che stavamo facendo solo perché Eden ha deciso di farsi vedere ».

« Non è questo il motivo » risponde Ella. Il tono severo è sparito, sostituito da quello ansioso.

Le continue frecciate di Jamie mi mandano sempre in bestia, quindi finisco per parlare sulla voce di Ella: « Ma non puoi piantarla? »

« Piantala tu » ribatte lui. Ella abbassa la testa, si preme di nuovo le dita sulle tempie e fa un lungo sospiro.

« Cosa vorresti dire? » Metto le mani sui fianchi e lo guardo dall'alto in basso. Ormai sono abituata ai commenti di papà, sono costretta a sorbirmeli da anni, ma non mi sono ancora rassegnata ai borbottii e alle lamentele di Jamie ogni volta che sono nei paraggi, quindi è molto più facile perdere la pazienza con lui che non con mio padre. Credo che papà sia contento quando io e Jamie litighiamo. Se sono io quella con cui è difficile interagire, il suo odio verso di me è più giustificato.

« Piantatela tutti e due » ordina Ella, così forte e chiaro che ubbidiamo immediatamente. Io e Jamie le lanciamo un'occhiata.

« Dobbiamo traslocare, per caso? » chiede Chase piano, togliendosi l'altro auricolare e arrotolandosi il filo intorno all'indice. « Se è così, possiamo andare in Florida? » Ella si limita a scuotere la testa.

Queste cosiddette 'riunioni di famiglia' sono molto insolite per noi, così insolite che non ne abbiamo mai fatte, prima. Penso che sia perché non siamo una vera famiglia. I membri di una vera famiglia non si odiano come noi. Le vere famiglie non sono divise come la nostra. Le vere famiglie non devono preoccuparsi dei fratellastri che si innamorano, come è successo a me e Tyler.

Da quando, l'estate scorsa, papà ed Ella hanno scoperto la verità su di noi, è cambiato tutto. Litigano di più, hanno discussioni che vanno avanti per giorni e giorni. Papà mi permette di stare in questa casa a settimane alterne, quando torno per le vacanze, soltanto perché è obbligato, perché è quello che ci si aspetta da lui. Ma è una cosa che odia.

La odia, e non ne fa mistero. Se non fosse stato per Ella e Chase, dubito che avrei accettato.

Jamie è diventato ribelle, si è rivoltato contro la nostra famiglia ormai in frantumi. Non vuole essere associato a noi, perché siamo una fonte di imbarazzo, qualcosa di cui vergognarsi. Tyler non era qui, quindi non so neanche se possa ancora considerarsi parte della famiglia. Credo che sia Chase l'unico a tenerci ancora insieme. È il solo che continua ad accettarci, il solo che è rimasto innocente e allegro.

In un certo senso, ai miei occhi sembriamo come dei pezzi di un puzzle che sperano di poter combaciare in un'immagine perfetta, una vera famiglia. Ma non succederà mai. Non combaceremo mai.

« Non ci trasferiamo da nessuna parte » chiarisce papà a Chase, ma il suo tono è brusco e lancia una rapida occhiata interrogativa a Ella, come per verificare che sia così. Lei annuisce. « E allora che cosa sta succedendo? »

« Ho bisogno che manteniate tutti la calma » comincia lei. Gira gli occhi per la stanza, posandoli brevemente su ciascuno di noi, persino su di me: come se io non sapessi qual è la grande notizia, come se non avessi idea che Tyler è di là in corridoio. Guarda papà un po' più a lungo e dice: « Specialmente tu ».

« Spero che tu non voglia lasciare il lavoro » borbotta lui, ma almeno adesso le sta dedicando la sua completa attenzione. Anzi, forse sta anche cominciando a preoccuparsi un po'. Ella di solito non è il tipo da fare annunci drammatici come questo.

« Macchina nuova? » tira a indovinare Jamie.

« Ti hanno fatto causa? » chiede papà dopo essersi schiarito la gola. Adesso le sue parole sono più chiare, vedo il lampo di panico nei suoi occhi.

Chase raddrizza la schiena. « Un attimo. Si può fare causa agli avvocati? »

Ella espira rumorosamente e alza le mani infastidita. « Potreste smetterla tutti quanti di saltare alle conclusioni, per un secondo? »

Tutti ammutoliscono. La stanza piomba nel silenzio. Tutti e quattro guardiamo verso di lei, in attesa che dica qualcosa, ma lei non lo fa. Almeno io so che cosa sta per succedere, altrimenti impazzirei, perché adesso Ella non sta facendo altro che camminare avanti e indietro per la stanza. Finisce per girare nervosamente intorno al tavolino, borbottando sottovoce, forse per provare l'effetto della verità sulle sue labbra prima di rivelarla ad alta voce. In un certo senso mi intristisce che debba essere così agitata per il ritorno a casa di suo figlio. Anche se non sopporto più Tyler, mi sento comunque a disagio vedendo quanta paura abbia di dire la verità al resto della famiglia. Non dovrebbe essere così.

« Magari non salteremmo alle conclusioni se ci dicessi di che cosa si tratta » commenta papà in tono secco, dopo un minuto buono in cui Ella ha camminato avanti e indietro. Adesso si è piegato in avanti, sul bordo del divano, e ha intrecciato le mani fra le ginocchia.

Ella si ferma. Mi guarda, forse cercando un segno di rassicurazione o incoraggiamento, ma non riceve nessuna delle due cose. Mi limito a incrociare di nuovo le braccia e mi siedo sul bracciolo del divano, accanto a Chase che mi fa un piccolo sorriso, prima di riportare l'attenzione su sua madre. Siamo ancora tutti in attesa. Mi sento di nuovo come stamattina, con Ella che trascina inutilmente per le lunghe il fatto notevolissimo che Tyler è tornato, che è proprio qui fuori, e che in questa casa sta per scoppiare una rivolta.

« Adesso ascoltatemi » dice lei alla fine, ma la stiamo già ascoltando. Da diversi minuti. « Non dovrebbe essere una sorpresa per nessuno di voi, perché sapevamo che prima o poi sarebbe successo. Dovete soltanto ricordare che le cose sono cambiate e che certe situazioni non sono più le stesse, quindi non c'è bisogno di fare scenate ». Incrocia il mio sguardo solo per un attimo e capisco esattamente che cosa intendeva, dicendo che le cose sono cambiate, e cioè: 'Va tutto bene, adesso non c'è più niente di cui preoccuparsi, Tyler e Eden non fanno più come prima, non sono pazzi, sono tornati normali'. A me piace pensare che siamo sempre stati normali.

« Ella... » Papà si raddrizza e fa una pausa. « Non dirmi... Per Dio, non dirmi che quel maledetto ragazzo vuole tornare a stare qui ».

Lei fissa lo sguardo su papà. « E se così fosse? Ha tutto il diritto di tornare qui. È mio figlio ».

« Aspetta un attimo » interviene Jamie. Spinge via il computer dalle gambe e si alza. « Tyler vuole tornare? »

« Quel ragazzo non metterà più piede in questa casa » risponde papà a denti stretti, ma il suo sguardo è puntato su Ella, non su Jamie. Si alza, superandola di parecchi centimetri, e la fissa con uno sguardo feroce che solo i più coraggiosi oserebbero sfidare. « Non accetterò la sua presenza, e questa è la mia ultima parola, quindi se era questa la tua grande notizia, tienitela per te».

«Se volesse tornare, io lo accoglierei» ribatte Ella a voce forte e chiara. Ogni segno di nervosismo è svanito: evidentemente di coraggio ne ha da vendere. «Ma non vuole. Si tratterrà solo per qualche giorno, tutto qui».

«Quando?»

«È già qui» risponde lei a voce un po' più bassa. Si volta e cammina verso la porta a testa alta. Si rifiuta di cedere, quando si tratta di difendere Tyler. E avrà sempre la mia ammirazione per questo.

«Qui?» ripete papà, guardandola con aria incredula. «È *qui*?»

Ella non risponde, si limita a lanciarmi un'occhiata mentre passa. Spalanca la porta della stanza e sparisce per un secondo. Riesco a pensare soltanto che in questo momento non vorrei essere nei panni di Tyler. Il pensiero di vederlo entrare in questa stanza mi rende nervosa, perché è chiaro che né papà né Jamie l'hanno presa bene.

«Non provare a farti venire certe idee» mi sibila papà mentre Ella non c'è, come se fosse davvero convinto che sarei capace di buttarmi fra le braccia di Tyler e baciarlo proprio qui, davanti a tutti. 'Aggiornamento flash, papà: sapevo già che era qui, ho già chiarito le cose con lui e l'ho dimenticato da un pezzo'.

«Non potrebbe fregarmene di meno, di Tyler» rispondo. Anche se non è vero. La sua presenza mi mette ancora a disagio, è imbarazzante e dolorosa. Ma cercare di spiegarlo a papà sarebbe soltanto una perdita di tempo. Come Jamie, lui non mi crede: non importa quante volte io abbia provato a sbattergli in faccia l'evidenza che non c'è più niente fra Tyler e me. Una volta mi ha risposto che se siamo stati capaci di mentire una volta sulla nostra relazione, saremmo capaci di farlo di nuovo. Ricordo che in quell'occasione avevo pensato: 'Non c'è nessuna relazione su cui mentire'.

Ella ricompare sulla porta ma, naturalmente, stavolta c'è Tyler con lei. Entra nella stanza per primo, passando sfiora me e Chase e poi passa fra papà e Jamie. Gira intorno al tavolino e si mette davanti alle grandi porte finestre. Ella non lo segue, si ferma sulla soglia e rimane in piedi accanto a me.

«La mamma ha ragione» dice Tyler con voce tesa e chiara. Guarda tutti tranne me. «Non torno a stare qui. Sono venuto in città soltanto per vedere come vanno le cose. Lunedì me ne vado». Incredibilmente, gli angoli della sua bocca si sollevano in un sorriso dolce. « Penso che possiate sopportarmi fino ad allora, no? »

Ma la sua battuta non ha il minimo successo: è subito chiaro che Tyler ha sottovalutato la tensione che si è creata nella nostra famiglia. Nessuno ride, fa un sospiro o alza gli occhi al cielo come per dire 'Massì, che sarà mai. Ci hai fatto arrabbiare tutti, ma è passato un anno, quindi ormai l'abbiamo superato', perché nessuno sta pensando queste cose. Nessuno lo vuole qui, a parte Ella e forse Chase. Vedere Tyler lì in piedi, davanti a noi, mi dà un senso di tristezza profonda, perché lo fa sembrare isolato. So quanto fa male sentire che il resto della famiglia è contro di te.

« Mi stai prendendo in giro? » sbotta papà, lanciando a Ella un'occhiata incredula. Lei si precipita verso di lui, balbettando una serie di inutili implorazioni.

« Perché aspettare lunedì? » interviene Jamie, in tono indifferente. Fa un passo verso Tyler con aria minacciosa, come se si stesse preparando a una rissa. Ormai sono praticamente alti uguali, i loro occhi sono allo stesso livello. « Perché non te ne vai ora? Nessuno qui vuole parlare con te, a parte, non so, la mamma? E la tua *fidanzata*, immagino ». Mi lancia un'occhiata disgustata.

Sul viso di Tyler si dipingono sorpresa e confusione. Aggrotta le sopracciglia e serra la mascella. È difficile credere che un tempo lui e Jamie andavano d'amore e d'accordo. « Ma che ti prende? » Guarda verso di me, ancora seduta sul bracciolo del divano, come per chiedermi perché suo fratello all'improvviso si rivolta contro di lui.

« Te l'avevo detto ». Alzo la voce per sovrastare il litigio di papà ed Ella, ma poi mi ricordo il commento sulla 'fidanzata' e mi giro per incenerire Jamie con lo sguardo. « E Jay, maledizione. Ti sembra che io sia contenta di vederlo? Perché non è così. Sono incazzata con lui quanto te ».

Jamie si limita a digrignare i denti e torna a fissare Tyler. « E questo non è un altro motivo per levare il culo da qui? Non abbiamo bisogno di te, staremo molto meglio quando te ne sarai andato ».

« Perché sei così arrabbiato? » chiede Tyler. È talmente spaesato e turbato dalla situazione da sembrare giovane e vulnerabile. Sta cercando faticosamente di capire perché le cose sono tanto diverse da come le ricordava, ma il motivo è che non era qui a vederle cambiare.

« Voglio dire, capisco Dave... » fa una smorfia verso papà ed Ella, che stanno ancora discutendo. « Ma tu? Io non ti ho fatto niente ».

« A parte rendermi la scuola un inferno. Io sono *tuo fratello.* Nient'altro. Il fratello di Tyler Bruce ». Jamie esita un secondo per recuperare il controllo. Fa un respiro profondo. « Lo sai che cosa dicono adesso? Dicono che abbiamo la follia nel sangue. Che siamo immorali. Prima papà, poi tu, e indovina un po'? Pare che adesso sia il mio turno di fare qualcosa di schifoso e depravato. Un paio di mesi fa, un tizio che neanche conosco mi ha chiesto se avevo già qualcosa da nascondere, perché sembra che in questa maledetta casa siamo tutti famigerati per i nostri segreti ».

Le voci di papà ed Ella mi sembrano svanire, non riesco a sentire altro che le parole che Jamie ha appena detto. Lo guardo a occhi sgranati, come sta facendo Tyler. Non avevo idea che si sentisse così. Non ne aveva mai parlato apertamente prima, ma adesso che l'ha fatto finalmente il suo atteggiamento acquista un senso. Non è solo disgustato dal pensiero di me e Tyler insieme, lo stanno tormentando proprio come me. E adesso lo capisco. Capisco che i ragazzi della sua età, le persone che vede ogni giorno, ci trovino una famiglia grottesca. Scommetto che ci ridono dietro, che sghignazzano alle spalle del ragazzo i cui fratelli hanno avuto una relazione. Finora non avevo mai pensato all'impatto che la verità sul nostro rapporto avrebbe avuto sugli altri. Non posso biasimare Jamie per la sua ostilità e il suo distacco, perché è colpa nostra, e adesso la condotta violenta di suo padre e i sentimenti inappropriati di suo fratello vengono usati per denigrarlo.

Per tutto questo tempo avevo pensato che fra me e Jamie non ci fosse alcuna somiglianza, invece forse non siamo così diversi. Forse perdiamo le staffe perché è la reazione più semplice.

Mi alzo e lancio una cauta occhiata a Tyler, per capire se il riferimento a suo padre l'ha colpito, ma a quanto pare non è così, altrimenti si sarebbe infuriato. Da quando lo conosco, Tyler non è mai riuscito a gestire l'argomento, e non posso biasimarlo. Ha ragione a odiare suo padre, dopo gli abusi a cui l'ha sottoposto. Posso capire perché ha perso la testa l'estate scorsa, quando ha saputo che era uscito di prigione.

Ma oggi, per qualche motivo, Tyler si è limitato a fare un passo indietro di fronte a Jamie, che invece è fuori di sé: le sue guance sono così paonazze che temo possa scoppiargli una vena da un momento all'altro. Tyler sembra relativamente calmo rispetto a lui, ma lo conosco da anni ormai, e so bene quanto siano improvvisi i suoi sbalzi di umore. Mi avvicino a loro.

Vorrei dire a Jamie che mi dispiace, che non avevo capito. Che non avrei mai voluto creare questo casino, questa situazione disperata e devastante. Vorrei dire a Ella che mi dispiace di aver rovinato il suo rapporto con papà. E a mio padre che mi dispiace di averlo deluso. E vorrei dire a Chase che mi dispiace per tutti i litigi a cui deve assistere. Infine vorrei dire a Tyler che mi dispiace per la famiglia che si ritrova. 'Mi dispiace, mi dispiace, mi dispiace'.

« Davvero si comportano così? » chiede Tyler alla fine, ma in tono basso, come se non si rendesse conto davvero di quanto sia grave la situazione. Credo che sia ancora sotto shock per la terrificante zona di guerra che è diventata questa casa. Jamie annuisce e Tyler sposta l'attenzione su di me. Nei suoi occhi si affollano migliaia di domande, ma io non ho più la forza per dargli tutte le risposte. L'ho già fatto prima.

Mi limito a ripetere: « Te l'avevo detto ». Forse quando eravamo alla scritta HOLLYWOOD credeva che stessi esagerando. Forse ha pensato che la stavo mettendo giù troppo dura, quando gli ho sbattuto in faccia che tutti sanno di noi, che papà è diventato ancora più stronzo di prima e che Jamie non ci sopporta. Se mi avesse creduto, forse non sarebbe così stupito. Non sarebbe rimasto senza parole.

Sento Chase che chiede a bassa voce: « Perché dovete litigare? E perché avete cominciato? »

Non mi ero neanche accorta che si fosse infilato fra e me Jamie, finché non ha parlato. Adesso formiamo un circolo, tutti e quattro, e ci scambiamo occhiate penetranti, ciascuno in attesa che sia qualcun altro a rispondere, perché nessuno di noi sa cosa dire. Non che Chase sia all'oscuro di tutto: sa di me e Tyler, ha assistito al disastro dell'estate scorsa e per qualche giorno dopo quel momento non ha quasi parlato, ma in questa casa c'era la regola non scritta di tenerlo fuori dai nostri drammi.

« Io non voglio che te ne vai » dice con gli occhi puntati su Tyler. « Sei appena tornato. Ehi, belli questi ». Solleva un dito e indica il bicipite di Tyler e i disegni impressi lì per sempre. Non sembra notare il mio nome in mezzo alle rose, alle volute e al quadrante dell'orologio, e se lo ha visto non fa commenti ad alta voce. « Ti ha fatto male? »

Tyler abbassa gli occhi sul braccio e gira il bicipite verso di lui, come se si fosse dimenticato dei tatuaggi, poi tira su la manica corta della maglietta per scoprire meglio le immagini. « Tantissimo » dice a voce così bassa che è quasi un sussurro, poi fa un sorrisetto e allunga la mano, a palmo in su. Chase ci batte la sua mano e poi, come se l'atmosfera non fosse tossica e soffocante, Tyer fa un passo avanti e lo avvolge in un abbraccio, stringendogli le braccia al collo. « Mi sei mancato, fratellino. Diventi sempre più alto. L'ultima volta che ti ho visto eri, non so, alto così? » Porta la mano di piatto contro la spalla di Chase, fa una risata sincera e poi molla la presa. Chase arretra imbarazzato e l'espressione giocosa di Tyler torna a farsi solenne, mentre il suo sguardo ritorna su Jamie. « Anche tu mi sei mancato ».

« Non provarci neanche » lo avverte Jamie.

A questo punto sto per dire qualcosa, ma Ella mi afferra per la spalla e mi strappa via dal circolo della rivalità tra fratelli. Non mi ero accorta che la sua discussione con papà fosse finita: nella stanza è sceso un silenzio fastidioso ed Ella mi fa voltare per guardarla in faccia. È come se, per lo stress di questa situazione, in questi pochi minuti le si fossero formate le rughe di anni, perché la sua espressione tesa e sfinita all'improvviso la fa sembrare molto più vecchia.

« Dio, smettetela tutti quanti! » grida esasperata, ma ha la gola secca e la sua voce è roca. Strizza gli occhi e prima di parlare ancora si concentra sul ritmo del suo respiro pesante. Come prima, noi restiamo tutti in attesa.

Papà è in piedi, al lato opposto della stanza, con le mani sui fianchi e una postura aggressiva. Scuote la testa, sembra ostinarsi a non voler accettare tutto questo. Come per Jamie, la rabbia nel suo sguardo è impossibile da ignorare.

« C'è un'altra cosa » dice Ella.

Adesso è riuscita ad attirare la mia attenzione. Un'altra cosa? Sapevo del ritorno di Tyler, ma credevo che fosse tutto. Non sapevo che potesse esserci addirittura dell'altro. Cosa può ancora rovesciarci addosso? Io e Tyler ci scambiamo un'occhiata di sbieco, ma sembra che lui cerchi delle risposte nella mia espressione proprio come io le cerco nella sua: nessuno di noi due le conosce.

« Che cosa c'è ancora? » Papà fa un vero e proprio gemito. La sua voce è ancora stridula e tagliente, ma siamo abituati al suo sdegno. « Ha commesso qualche reato? Ci ha portato a casa un ordine di comparizione? Dobbiamo pagare un maledetto avvocato? »

Arriccio il naso disgustata. Se fossi nei panni di Tyler avrei già tirato un pugno a mio padre, anzi in realtà spero che lo faccia. Ma lui non si muove, non batte quasi ciglio a quel commento e la sua totale assenza di reazioni mi fa dubitare che abbia sentito quelle cattiverie. Si limita a tenere gli occhi fissi su Ella, con la mascella serrata.

Ella espira e poi, molto lentamente, annuncia: « Andiamo fuori città per il weekend. Tutti insieme ».

'Che cosa?' penso io. Fuori città? Tutti e sei? Questa patetica imitazione di famiglia? Probabilmente è l'idea più pericolosa che abbia mai sentito. Non voglio ritrovarmi bloccata con papà, e neanche con Tyler. 'No, no, no, no, no'. Non ci vado. Mi rifiuterò.

« Scusa? » balbetta papà.

« Guardaci, e prova a dirmi che va tutto bene » ribatte Ella seccamente, indicando con entrambe le mani tutti i pezzi del puzzle sparsi nella stanza intorno a lei. « *Per una volta* abbiamo bisogno di passare del tempo insieme ».

« Non ci serve una gita fuori città tutti insieme ».

« Oh, per favore David » scatta lei, al limite della pazienza. « Mi rifiuto di sopportare questo genere di commenti, quindi sistemeremo questa cosa e lo faremo *adesso.* Hai sentito come ti rivolgi a Eden, ultimamente? Non credi che ci sia qualcosa di sbagliato? » Dallo sguardo inespressivo che mi lancia papà, è ovvio che non è così. « Questo weekend ci farà bene. Andiamo a Sacramento e si parte domani, quindi fate i bagagli, tutti e cinque ».

A questo punto scoppia la rivolta.

« Io non ci vengo a Sacramento! » frigna Jamie. « Ma che ti salta in mente, mamma? Sabato devo portare Jen fuori a cena ».

« Sei in punizione » risponde Ella, « quindi non potresti comunque. E sono sicura che Jennifer potrà sopravvivere un weekend senza di te ».

Poi è papà a mettersi a sbraitare. « Non hai nessuna considerazione per il fatto che io debba lavorare? »

« Sì » ribatte Ella. « E ho parlato con Russell, che ti ha dato un permesso per circostanze eccezionali. Emergenza familiare ».

« Mamma, io devo partire lunedì » borbotta Tyler.

« Andrai a casa lunedì sera, quando torniamo ».

E alla fine tocca a me. « Siamo proprio obbligati? Non pensi che le cose peggioreranno ancora? Mi dispiace ma io non ci sto ».

« Non credo che possa andare peggio di così » risponde Ella.

Immagino che abbia ragione.

Papà è il primo a precipitarsi fuori dalla stanza, borbottando e imprecando sottovoce. Gesticola con furia mentre parla e spalanca la porta del soggiorno con tanta violenza che mi stupisco non si stacchino i cardini.

Dopo di lui se ne va Jamie, e Chase lo segue. Sento i loro passi che rimbombano sulle scale mentre salgono di corsa e poi una porta che sbatte: non può che essere quella di Jamie.

Ella si preme le mani sulla fronte e si massaggia le tempie con i pollici, cercando di scacciare il mal di testa che questa serata le ha fatto venire. Non ci guarda prima di lasciare la stanza e mi chiedo se sia perché pensa, ancora una volta, che siamo io e Tyler il motivo per cui i membri di questa famiglia si sono rivoltati uno contro l'altro.

Alla fine rimaniamo solo in due. Io e Tyler.

Adesso la casa è immersa nel silenzio. Non si sentono più urla e litigi, perché nessuno dice più niente. Tyler mi guarda e io guardo lui, ma neanche noi abbiamo altro da dirci. Dopo qualche secondo distolgo gli occhi.

Per una volta sono io la prima ad andarsene.

7

La mattina dopo, sono a casa di Rachael per le dieci. La mamma ha finito il turno alle sei, quindi quando mi sono svegliata lei era già a casa, addormentata. In un certo senso ne sono stata contenta, perché sono ancora arrabbiata con lei. Sono riuscita a uscire senza doverla affrontare, ma d'altra parte non ho ancora avuto occasione di dirle che partirò per Sacramento. L'ho detto a Jack, però, e lui ha promesso di riferirlo alla mamma appena si sveglia.

« Non è considerato un rapimento costringerti ad andare contro la tua volontà? » si informa Rachael. È stravaccata sul letto, con la testa che sporge dal bordo per guardarmi. Io sono sdraiata sul pavimento, a pancia in su. Vedo sul suo viso le tracce del trucco di ieri.

Continuo a lanciare il telefono in aria per riprenderlo al volo, mentre fisso il soffitto e mi chiedo perché metà delle cose della mia vita debbano fare così schifo. « Non sarebbe neanche così male se si trattasse soltanto di una notte. Invece sono tre » borbotto.

Rachael aggrotta la fronte. Sta facendo una maratona di *Desperate Housewives*: in sottofondo c'è un episodio, a cui nessuna di noi due sta prestando particolare attenzione. « E io che pensavo che essere bloccata dai nonni per una giornata fosse brutto. Tu sarai bloccata con tuo padre e il tuo ex fidanzato per tre giorni ».

La guardo con aria esasperata. « Non è il mio ex fidanzato. Non abbiamo mai avuto una storia ufficiale ».

« Ex amante, allora ». Si appoggia sui gomiti e china la testa, sfregandosi gli occhi e sbavando ancora di più il mascara. « Non riesco ancora a credere che fosse a Portland, letteralmente nello Stato qui accanto, e che non sia mai venuto a trovarti. Non sono solo poche ore di macchina?»

«Be', più di quattordici, in realtà». Il telefono mi cade in faccia, rischiando di rompermi un dente, così lo lancio stizzita sulla moquette e mi metto a sedere. «Ma, cavoli! E la cosa assurda è che considera Portland casa sua. Cioè, come è potuto succedere? Come è possibile che la mia casa sia diventata la sua e la sua casa sia diventata la mia?»

Rachael sbatte gli occhi. «Come?»

«Lascia perdere». Con un sospiro, mi stringo le ginocchia al petto e mi passo le mani tra i capelli, trattenendo l'impulso di tirare giù la casa di Rachael con le mie urla disperate. 'Non voglio andare a Sacramento'. Alzo la testa, la guardo con espressione solenne e propongo in tono piatto: «Scappiamo».

Rachael sorride. «Ho sempre desiderato andare a Las Vegas».

«E allora andiamo a Las Vegas».

Mi butta addosso un cuscino e io glielo rilancio, ma lei se lo infila sotto il petto per sostenersi. «Allora, c'è qualcosa di diverso in lui?»

«Come?»

«Tyler. Si è fatto crescere i capelli fino alle spalle? Ha un piercing sul labbro? Una striscia rasata nel sopracciglio? Ha iniziato a seguire una nuova religione? Vuole salvare il pianeta? Una cosa qualsiasi».

Scuoto la testa. «Solo più tatuaggi».

«Come di più? Prima ne aveva già?»

«Due». Non voglio parlarle del mio nome impresso per sempre sulla sua pelle, quindi prima che possa chiedermi altro aggiungo: «E mi sembra molto più calmo».

«Più calmo? Ma stiamo parlando della stessa persona?»

«Lo stai facendo di nuovo» rispondo con una smorfia, mentre lei mi guarda con aria interrogativa e un sopracciglio inarcato. «Sei sempre convinta che sia uno stronzo, ma sai bene che è cambiato dopo il liceo, Rach. L'estate scorsa hai visto la differenza».

«L'estate scorsa ricordo di aver visto Dean tornare in albergo con la faccia gonfia, e sappiamo entrambe chi lo aveva conciato in quel modo» borbotta lei, rotolando dall'altro lato del letto.

«Oddio, *ti prego*, non ricominciare con quella storia».

«Ma è la verità!» geme lei, scattando a sedere sul letto e guardandomi storto, dall'alto in basso. «Perché continui a comportarti come se Tyler, per magia, si fosse redento? Come se fosse una specie di santo? Eden, davvero: ti ha lasciato perché è un vigliacco totale, ha distrutto Dean proprio come ha fatto con te, prende a pugni chiunque dica qualcosa che lo fa incazzare, e tu stai ancora qui a difenderlo? Non è che sei ancora innamorata di lui? »

Stringo gli occhi e mi do una spinta per alzarmi dal pavimento. Adesso sono in piedi e sono io a guardarla dall'alto. « Sono ben lontana dall'essere innamorata di lui, e lo sai. Ma non posso negare che sia cambiato. Vuoi sapere che cosa è successo ieri sera? Jamie ha fatto un commento sul padre, proprio davanti a lui, e Tyler non ha battuto ciglio. Papà ha ipotizzato reati e ordini di comparizione e lui è rimasto imperturbabile ». Faccio una pausa. « Un anno fa avrei dovuto impedirgli di prenderli subito a calci in culo, tutti e due ».

Rachael si alza sulle ginocchia e incrocia le braccia. « Dove vuoi arrivare? »

« Voglio dire che è cambiato » ripeto, più lentamente, come se potesse servire a farle assimilare questo fatto. « Non so quante volte dovrò ancora ripeterlo, prima che tu la smetta di essere così severa con lui ».

« Va bene, come vuoi » risponde Rachael in tono indifferente. Con un sospiro, si lascia ricadere sul letto e si mette a guardare la tv. L'episodio è finito, quindi prende il telecomando sul comodino e fa partire il successivo.

Intanto io non posso fare a meno di pensare che di recente non faccio che trovarmi coinvolta in discussioni che sembrano essere tutte incentrate su Tyler. Con mio padre e con Jamie di continuo, ieri con la mamma, oggi con Rachael. Anche se Tyler non ha fatto parte della mia vita nell'ultimo anno, è comunque riuscito a trovare il modo di tornare a rovinarla. È sua la colpa di tutto, la colpa di aver incasinato ogni aspetto della mia vita, e mi sembra di odiarlo ancora più di prima, anche se non so se sia possibile. E per le prossime tre notti sarò costretta ad averlo intorno.

Mordendomi il labbro inferiore, mi avvicino alla finestra di Rachael, che dà su Deidre Avenue. La sua stanza, come la mia, è al centro della facciata e a volte ci salutiamo dalle nostre camere, attraverso la strada. È un po' stupido, in realtà, ma ci fa sentire unite anche quando non siamo insieme.

Aggrotto la fronte, pensando alla mia stanza, e guardo la casa di papà ed Ella. Sul davanti sono parcheggiate tutte le macchine, tranne la mia e quella di Tyler. Per quanto sembri patetico, la mia l'ho parcheggiata un paio di case più avanti, in modo che né papà né Ella sappiano che mi trovo qui. Sto cercando di evitarli, ma mi sorprendo a chiedermi che cosa stiano facendo in questo momento. Staranno ancora litigando? O fanno le valigie in silenzio, rifiutandosi di guardarsi negli occhi? Jamie farà un ultimo tentativo di tirarsi fuori da questa gita? Chase sarà l'unico davvero felice di partire? Non lo so, ma sono contenta di non essere lì.

« Pensi che lui sia ancora innamorato di te? » mi chiede Rachael sopra la sigla dell'episodio, abbassando il volume. Non so bene da dove sia uscito questo nuovo argomento, ma so che mi coglie del tutto impreparata.

Quando mi volto a guardarla lei mi sta già fissando, con occhi dolci. È di nuovo tranquilla e rilassata, come se non avessimo appena discusso. « Io non voglio che lo sia » rispondo con voce un po' roca. Mi schiarisco la gola e raddrizzo la schiena, poi attraverso la stanza per recuperare il mio telefono dal pavimento. Controllo l'ora e vedo che sono le undici passate. « Devo andare. Partiamo verso l'una e non ho ancora fatto i bagagli ».

Rachael mette in pausa la tv e si alza dal letto, pronta ad accompagnarmi di sotto. I suoi genitori sono entrambi al lavoro, quindi per fortuna avevamo la casa a nostra disposizione. Ella non sarebbe stata contenta se Dawn e Philip mi avessero sentito sbandierare i nostri fatti privati. Lei preferisce che le crepe nella nostra famiglia restino invisibili, anche se stanno diventando sempre più difficili da nascondere.

« Porta le mutande più brutte che hai » dice Rachael.

Aggrotto la fronte e la guardo perplessa. « Come? »

« Terranno a bada Tyler ».

« Che cretina » rispondo scuotendo la testa, con una smorfia, ma lei si limita a farmi una linguaccia. La spingo via di proposito, ma in modo scherzoso. « Conosco la strada ».

« Goditi la gita » mi dice, trattenendo una risata. « Immagino solo due possibili scenari: o andrete incredibilmente d'accordo e tornerete amiconi, oppure vi ucciderete a vicenda entro domani mattina ».

« Più probabile la seconda ipotesi » rispondo impassibile. « Ti chiamerò ogni mezz'ora per sfogarmi, spero che non ti dispiaccia ».

« Assolutamente ».

Le do appuntamento a lunedì e lei promette di pregare per la mia sanità mentale nei prossimi giorni, poi scendo le scale e le lascio finire in pace la sua maratona di *Desperate Housewives*. Faccio una corsa dal portone di Rachael, attenta a tenere la testa bassa. Con soddisfazione, arrivo alla mia macchina senza farmi notare: è una tragedia che sia arrivata al punto di sgattaiolare furtivamente per la strada, per evitare di farmi vedere da papà o da Ella. Mentre mi dirigo verso casa della mamma, riesco solo a pensare che potrei fare inversione e scappare da questa città infernale. Potrei andare a San Diego o a Riverside, e nascondermi finché papà ed Ella saranno costretti a partire senza di me. Ecco quanto mi terrorizza questa gita a Sacramento.

Ma non ho il coraggio di mettere in pratica questa idea, così finisco per ritrovarmi sul mio vialetto, pronta a preparare una valigia per un viaggio che non voglio fare. Pensarci mi ha messo di cattivo umore, quindi entro in casa molto più scontenta del solito. Sorprendentemente la mamma è già sveglia e sta mettendo le posate nella lavastoviglie. Quando mi sente si ferma e si raddrizza, stringendosi addosso la vestaglia.

« Oh » dico. Mi chiudo la porta alle spalle e mi fermo in mezzo al soggiorno, guardando verso di lei. Non ci siamo più parlate dopo il litigio di ieri. « Che ci fai in piedi così presto? » È insolito: quando fa il turno di notte, di solito non si alza prima dell'una.

« Jack mi ha detto che vai a Sacramento con tuo padre » dice molto lentamente, senza rispondere alla mia domanda.

Io mi strofino le punte delle dita sulle sopracciglia e poi mi massaggio le tempie. « Sì. Non ho molta scelta ».

« Mi sembra una decisione davvero improvvisa ». Si china verso il ripiano della cucina e mi guarda molto intensamente.

« Lo so. Ella è convinta che rinsalderà i nostri legami, o qualcosa del genere ». Alzo le spalle e mi guardo intorno. Di solito a questo punto la mia cagnolina mi ha già buttato a terra. « Dov'è Gucci? »

« Jack l'ha portata a fare una passeggiata » risponde lei. Si allontana dal piano di lavoro e mi si avvicina con le braccia incrociate, strisciando le pantofole sulle piastrelle. Si ferma a qualche passo di distanza da me. « Ci vuoi andare, a Sacramento? »

« Ho l'aria di volerci andare? » Mi punto entrambi gli indici verso la faccia, per sottolineare la mia espressione incazzata, e il mio sguardo si indurisce. « Ella non mi ha dato alternative ».

« Ella è tua madre? No ». La mamma piega la testa di lato. « Se non vuoi andarci, posso parlarle io ».

« E a cosa servirebbe? Non cambierà idea ». Mando un gemito, mi tormento le punte dei capelli con le dita e trascino i piedi attraverso il soggiorno e il corridoio, verso la porta della mia camera. Mentre la spingo, lancio un'occhiata verso la mamma, che mi guarda con la fronte aggrottata. « Quindi sì, sarò fuori città fino a lunedì. Devo fare i bagagli ».

Entro in camera e chiudo la porta, sperando che la mamma non mi segua, e per fortuna non lo fa. Magari finiremo per evitare del tutto di parlare di quello che è successo ieri e andremo avanti come se niente fosse. Non so bene cosa sperare, ma non ho tempo di pensarci, perché papà ed Ella vengono a prendermi fra meno di due ore. Mi sono ridotta all'ultimo minuto, quindi adesso devo sbrigarmi a fare la doccia, preparare la valigia e vestirmi.

Tiro fuori le mie valigie da sotto il letto, ci butto sopra la più piccola e la apro. Ha ancora attaccate le etichette del volo con cui sono arrivata il mese scorso, così le strappo via e le faccio a pezzetti piccolissimi. Magari quest'estate sarebbe stata migliore, se fossi rimasta a Chicago. Non avrei dovuto avere a che fare con Tyler o papà. Sarei stata in Illinois, completamente ignara dei drammi di casa, avrei fatto delle gite per il Midwest con la mia compagna di stanza. Saremmo state sveglie fino a tardi e avremmo dormito tutto il giorno. Saremmo andate alle feste, ai concerti e ai festival. Però non è successo, perché la mia compagna di stanza è tornata a casa, a Kansas City, mentre io sono venuta a Santa Monica, decisione che si sta rapidamente dimostrando una delle peggiori che abbia mai preso. Tengo duro soltanto nella speranza che, quando Tyler se ne tornerà a Portland, le cose non andranno più così male. Magari questo weekend sarà l'ultimo in assoluto in cui lo vedrò.

* * *

La Lexus di papà entra nel vialetto con un quarto d'ora di anticipo. Continua a pestare sul clacson e la mamma non fa che gridarmi dal soggiorno che è arrivato e Gucci ad abbaiare, ma io non sono del tutto pronta. Ho ancora i capelli bagnati e sto cercando di buttare nello zaino le cose essenziali dell'ultimo minuto, come il caricabatteria del telefono, il profumo che mi ha regalato la mamma per Natale, gli auricolari e il numero di febbraio di *Cosmopolitan* con Ariana Grande in copertina, che ho trovato nell'armadio. Intanto grido: « Sì, lo so mamma! Ho sentito! » e mi infilo le Converse. Arrivo in soggiorno, trafelata, dopo aver rischiato di rompermi l'anca. Mi trascino dietro la valigia e con la mano libera mi strofino le punte dei capelli. Lo zaino è infilato su una spalla.

La mamma adesso è vestita e sta in piedi vicino alla finestra, a spiare di nascosto da dietro le imposte, ma quando mi avvicino sobbalza e dice: « Eccolo che arriva ».

Una frazione di secondo più tardi suona il campanello e papà picchia sulla porta. La mamma alza vistosamente gli occhi al cielo e fa un mugugno contrariato. Mentre Gucci appoggia le zampe sulla porta, lei fa un passo avanti e la apre.

Papà è lì fuori, con il polso sollevato vicino alla faccia per guardare l'orologio in modo teatrale, e Gucci fa per saltargli addosso, cosa che mi fa moltissimo piacere, ma la mamma le afferra il collare per trattenerla.

Papà subito arretra di qualche passo con una smorfia e lancia un'occhiataccia a Gucci, come se lei avesse voluto farlo a pezzi. Nel frattempo io mi tengo in disparte.

« Sì, David? » dice la mamma tranquilla, ma con un'aria sarcastica e divertita, facendo i grattini dietro le orecchie a Gucci.

Papà stringe le labbra. « Per caso Eden è diventata sorda? Dove diavolo è finita? Ci aspetta un viaggio di sei ore e dobbiamo partire subito ».

« Oh, sì ho sentito » risponde la mamma con quel suo tono un po' acido, che papà ha sicuramente colto. Si preme il labbro inferiore fra pollice e indice e aggiunge: « Sacramento, vero? Che meraviglia. Eden è terrorizzata, quindi sappi che la stai obbligando a fare questo contro la sua volontà e giuro su Dio, Dave, che se le rendi questo weekend un inferno verrò di persona a riportarla a casa ».

« Oh, piantala ». Lui stringe le palpebre e la guarda con un'aria di severo rimprovero: è veramente incredibile che un tempo siano stati innamorati. « Questo viaggio è l'ultima cosa che voglio fare: è tutta opera di Ella ».

« Certo » ribatte la mamma in tono secco. « Non sarebbe da te pensare di trascorrere del tempo insieme alla tua famiglia ».

« Per l'amor di Dio, Karen ».

Non voglio far infuriare la mamma, così mi porto rapidamente nel campo visivo di papà, prima che scoppi un litigio inutile. Mi vede subito e il suo sguardo si incattivisce ancora di più.

« Che ci fai lì impalata? » Naturalmente, il suo tono è tutt'altro che gentile: come sempre è brusco, stridulo e venato di risentimento. « Sali in macchina ».

La mamma viene subito in mia difesa. « Smettila di parlarle con quel tono » lo rimprovera.

« Va tutto bene, mamma » la rassicuro, anche se non è vero, e vado ad abbracciarla prima che cominci a minacciarlo di morte.

Ha una mano ancora impegnata a trattenere Gucci, ma mi stringe con l'altro braccio e mi sussurra nell'orecchio: « È un tale stronzo ». Quando mi stacco da lei, le sorrido per farle capire che sono d'accordo.

« Sbrigati » borbotta papà, e il mio sorriso subito vacilla mentre trascino fuori la mia valigia. Lo urto col gomito, di proposito, ed evito di guardarlo. 'Lo odio'.

« Eden » mi grida la mamma, « ricorda, basta una telefonata ».

Io annuisco, poi vado verso la macchina. Il motore è ancora acceso ed Ella mi guarda dal finestrino del passeggero. Mi fa un cenno di saluto. Io sospiro, ma per fortuna lei non può sentirmi. Mamma e papà si stanno scambiando gli ultimi insulti carichi di odio davanti alla porta, così apro il bagagliaio e devo letteralmente spingere dentro la mia valigia a forza. Mi ci vuole un minuto buono per spostare tutti i bagagli degli altri e fare posto al mio. Sbatto lo sportello e scivolo sul sedile posteriore con il mio zaino.

« Ciao Eden » dice Ella, girandosi per guardarmi dallo schienale del suo sedile. « Sei pronta? »

« No » rispondo, brusca come sempre, poi guardo verso sinistra e mi allaccio la cintura.

Chase è nel sedile al centro, accanto a me. Ha gli auricolari e sta giocando col telefono. Alza gli occhi e mi fa un rapido sorriso, poi torna alla sua app, che sembra coinvolgerlo molto. Mi chino in avanti per guardare oltre e vedo che Jamie ha le braccia incrociate con forza, la testa girata verso il finestrino e le cuffie. Faccio un respiro profondo e mi appoggio all'indietro, poi prendo un elastico dal polso e mi raccolgo i capelli in una coda disordinata, per togliermeli dal viso. La strada per Sacramento è lunga.

Papà finalmente torna alla macchina, sbatte la portiera e borbotta qualcosa sottovoce. Molto probabilmente riguarda la mamma, sarà un insulto che l'avrebbe fatta imbufalire, se l'avesse sentito. Scambia un'occhiata con Ella, come unica forma di comunicazione, poi sistema il sedile e si allontana dalla casa. Lancio un'occhiata fuori dal finestrino, per fare alla mamma un ultimo segno di saluto, ma la porta è già chiusa.

Mentre papà guida, mi rendo conto che manca qualcosa. La macchina è piena e manca un membro della famiglia: il pensiero che sia riuscito a svincolarsi da questa stupida gita mi fa subito arrabbiare. Se devo sopportarla io, dovrebbe farlo anche lui. « Allora » dico rompendo il silenzio, « dov'è Tyler? »

« Ci tieni a saperlo, eh? » borbotta papà, ma ho l'impressione che non volesse farsi sentire, quindi fingo che sia così. Fisso gli occhi sulla nuca di Ella, attraverso la fessura del poggiatesta davanti a me.

« Viene per conto suo » risponde lei, poi accende la radio. Non dice altro.

Quanto a conversazione con gli altri membri della famiglia, per oggi io sono a posto. Frugo nello zaino alla ricerca degli auricolari, me li infilo nelle orecchie e tiro su il cappuccio della felpa. Mi accascio sul sedile, stringo i cordini e mi giro a guardare fuori dal finestrino, alzando il volume della musica il più possibile. Siamo tutti e tre bloccati nel sedile dietro e preferiamo tagliarci fuori a vicenda. In questo modo non dobbiamo dire niente, perché nessuno di noi ha voglia di parlare.

8

Non sono mai stata a Sacramento. Certo, ho girato Los Angeles e sono andata a San Francisco, ma finora non avevo mai visitato la capitale dello Stato.

Quando finalmente arriviamo sono passate da poco le 18:30, ho le gambe intorpidite e la schiena irrigidita. Non appena papà accosta davanti al lussuosissimo hotel prenotato da Ella, non vedo l'ora di uscire dalla macchina. È stato un viaggio molto lungo, e soprattutto terribilmente sgradevole.

Per l'intero weekend staremo all'Hyatt Regency, nel centro di Sacramento, proprio davanti al Campidoglio della California, ci informa Ella, ma io non riesco neanche a vedere lo stramaledetto monumento perché è nascosto da troppi alberi. Quando papà spegne il motore e consegna le chiavi al parcheggiatore, fuori dall'ingresso principale dell'albergo, usciamo tutti letargicamente dall'auto. Quell'uomo penserà che siamo la famiglia più imbronciata che sia mai esistita.

Il sole del tardo pomeriggio è ancora molto caldo, quindi abbasso il cappuccio della felpa e mi faccio aria, mentre tiro fuori la mia valigia dal bagagliaio. Per sbaglio faccio cadere quella di Jamie e lui, com'è ovvio, è tutt'altro che contento. Mi guadagno un'altra delle sue famigerate occhiatacce, che ormai mi sono abituata a ignorare. Di recente sono diventata piuttosto brava a ignorare le cose.

« Pensi che funzionerà? » La voce di Chase mi arriva da dietro mentre seguo papà, Ella e Jamie verso l'ingresso.

Rallento, smetto di tirare la valigia e mi volto a guardarlo. Lui mi raggiunge con una corsetta. « Che cosa penso che funzionerà? »

« Questo » risponde lui, con un cenno della testa verso l'albergo, poi verso gli altri e verso le strade che ci circondano. « Credi che farà smettere tutti di litigare? »

« Non lo so » ammetto. Onestamente dubito che obbligarci tutti e sei a passare del tempo insieme possa servire a farci cambiare prospettiva. Sono davvero convinta che abbiamo superato il punto di non ritorno. « Ma immagino che lo scopriremo ».

Entriamo nella hall, tutti con aria imbronciata a parte Ella. Devo riconoscere che merita rispetto per essere riuscita a mantenere l'ottimismo, nonostante la cupezza che tutti noi abbiamo dimostrato per l'intero viaggio. Lei e papà si dirigono alla reception, mentre noi restiamo indietro, stravaccati sui sontuosi divani che arredano l'enorme salone.

« Spero che Tyler finisca la benzina » borbotta Jamie. Sta prendendo a calci la sua valigia, con la solita aria disgustata. « In realtà dubito che si farà vedere ».

« E perché non dovrebbe? » chiede Chase.

« La vera domanda è: perché *dovrebbe*? »

Capisco cosa intende Jamie. Al posto di Tyler, neanch'io verrei. Tirerei dritto e continuerei a guidare. Chi lo sa, magari è proprio quello che sta facendo. Forse sta andando direttamente a Portland e io non lo rivedrò mai più.

Per qualche strano motivo, mi si stringe lo stomaco.

« Eden » dice Ella avvicinandosi, « tu sei in camera con me ». Solleva una chiave magnetica, mentre papà la segue con la loro grossa valigia. « Jamie starà con Dave e Chase con Tyler ».

« Bene » dice Chase. Si tira su dal divano proprio mentre arriva il facchino a prendere i nostri bagagli.

Questa esperienza mi sembra ancora estranea. Non abbiamo mai fatto niente del genere. Non ho mai fatto un viaggio di sei ore con mio padre. Non ho mai diviso una stanza d'albergo con la mia matrigna. Non sono mai stata nella hall di un hotel con i miei fratellastri. Più ci penso, più mi stupisco che non siamo mai stati in vacanza insieme. Siamo una famiglia da tre anni. O almeno abbiamo provato a esserlo.

Andiamo agli ascensori e ci dirigiamo alle nostre stanze, che sono una accanto all'altra, al settimo piano, con vista sul Campidoglio. Abbiamo deciso di prenderci una mezz'ora per sistemarci prima di uscire a cena: anche se abbiamo tutti appetito, siamo molto più stanchi che affamati. Il viaggio è stato lunghissimo e sono solo le sette di sera.

La stanza che divido con Ella è immensa, ha due grandi letti matrimoniali e io vado subito a occupare quello più vicino alla finestra, sedendomi sul bordo del morbido materasso. Guardo fuori e rivedo quegli alberi e la punta bianca del Campidoglio. Non è particolarmente eccitante, quindi distolgo gli occhi e scopro che Ella mi sta osservando dall'altra parte della stanza.

« So che sei arrabbiata » dice dopo un minuto. Lentamente, cammina sulla moquette e si siede su un angolo dell'altro letto, senza staccare gli occhi dai miei. « Ma non avevo scelta, Eden. Qui stiamo andando in pezzi ».

Non riesco a sostenere il suo sguardo, perché ha ragione. Sono *davvero* arrabbiata, e mi sento addirittura in colpa per questo, quindi mi metto a fissare il pavimento. « Non sono arrabbiata per questo ».

« Oh ». Un momento di silenzio, a parte il vago rumore del traffico esterno e il suono di una tv nella stanza accanto. « E allora perché sei arrabbiata? »

Faccio spallucce. Non vorrei dirglielo, perché non voglio parlarne con lei. Poi però lei dice il mio nome in tono deciso e mi obbliga a riportare l'attenzione su di lei. Deglutisco e lo dico. « Sono arrabbiata per Tyler ».

« Lo capisco » replica lei dolcemente, incrociando le gambe, con un sorriso comprensivo, come se fosse una maledetta terapista.

Io stringo gli occhi a fessura e mi alzo. Come potrebbe mai capire? « No, non capisci » ribatto, in tono tagliente. Credo che sia la prima volta che sono così aggressiva con lei. Ma una volta partita, non riesco a fermarmi. « Perché se tu capissi, non mi avresti messo in quella situazione. Sapevi bene che non volevo vederlo. Non ti era abbastanza chiaro? »

« Mi dispiace » risponde lei, ma mi guarda con gli occhi spalancati, come stupita, forse dalle mie parole o dal tono che sto usando. Non saprei. « Voleva vederti a tutti i costi ».

« Sai, è questo che non capisco » ammetto, scuotendo la testa. « Perché hai fatto di tutto per metterci insieme? Sei *impazzita*? Ti sei dimenticata quello che è successo l'estate scorsa? Del casino che abbiamo combinato? »

« Eden... » Si zittisce.

Però io lo sto rifacendo, sono di nuovo al punto in cui perdo la testa e non riesco a smettere di sbraitare. « Sono arrabbiata per tutto. Sono arrabbiata con lui per essere andato via. Per avermi completamente tagliato fuori. Per essere andato a Portland. Per essersi rifatto vivo come se niente fosse». All'improvviso la mia furia supera il confine fra rabbia e dolore, così ora sto piangendo, anche se all'inizio quasi non me ne rendo conto. Mi bruciano gli occhi, l'immagine di Ella diventa sfocata, ma continuo a parlare. «Sono arrabbiata con lui perché metà della colpa per cui questa famiglia è così disastrata è sua, ma sono io a prendermi tutto il biasimo. Sono arrabbiata perché è lui il motivo per cui continuo a litigare con tutti quanti. Sono arrabbiata con lui perché è a causa sua che papà mi odia. So che sembra orribile, ma sono arrabbiata con lui perché esiste, sono arrabbiata con te e papà per esservi incontrati e sono arrabbiata con me stessa per aver accettato di venire a stare da voi, quell'estate di tre anni fa».

«Oh, Eden» sussurra. Si alza e mi prende fra le braccia. Il suo tono e il suo tocco sono caldi e gentili.

Sto tremando, scossa da singhiozzi incontrollabili, e mi sento patetica per essermi agitata di nuovo fino a questo punto. Ho diciannove anni, eppure sto piangendo sulla spalla della mia matrigna a causa di suo figlio, è strano e imbarazzante e non dovrebbe succedere, ma ormai è troppo tardi.

«Ascolta» mi dice lei all'orecchio, accarezzandomi la schiena, cosa che mi fa sentire una bambina di dieci anni, più o meno, ma è una consolazione e quindi non me ne importa niente. «Tuo padre non ti odia, quindi ti prego di non pensare una cosa del genere».

«Invece sì». Mi sforzo di pronunciare le parole fra le lacrime, faccio un passetto indietro e la guardo con le guance completamente bagnate. «Non mi sopporta».

«Questo non è vero. È solo che...» le si spegne la voce mentre pensa alla cosa giusta da dire, adesso le sue mani sono sulle mie braccia. «Solo che è difficile. Sappiamo entrambe che Tyler non gli è mai piaciuto granché, e se metti insieme te e Tyler... è solo che... be', tuo padre non riesce ad accettarlo».

«Ma non c'è più niente fra noi, eppure lui non vuole superarlo» dico tirando su col naso. Sollevo una mano e mi tampono gli occhi con il pollice. Non ho neanche bisogno di guardarmi allo specchio per sapere che in questo momento sono un disastro.

«Non c'è niente fra voi?» ripete Ella, inarcando un sopracciglio. «Tyler lo sa?»

« Ho chiarito tutto ieri ».

Proprio mentre apre bocca per rispondere, il suo telefono si mette a suonare. Riconosco subito la sua suoneria, un trillo generico che proviene dalla sua borsa. Lei mi lascia andare e fruga per qualche secondo prima di rispondere. Saluta. Poi dice che scende subito.

« È qui » mi dice dopo aver chiuso la chiamata. Lo avevo già capito. « Asciugati gli occhi e datti una rinfrescata, okay? Poi andremo a cena e parleremo. Torno fra cinque minuti ».

Appena esce mi siedo di nuovo sul mio letto e respiro. Niente più lacrime o rabbia, niente di niente. Il mio sguardo è fisso sulla moquette e il mio corpo è immobile. L'unico pensiero che mi passa per la testa, in questo momento, è che sono stanca di sentirmi così. Sono stanca di sentirmi in colpa, stanca di sentirmi ferita e sola. Sono davvero stanca.

Quando Ella torna in camera, dopo un quarto d'ora (altro che cinque minuti), non parliamo più. È vero che mi sono ripresa e calmata, ma fra noi c'è un senso di disagio, probabilmente perché sono crollata davanti a lei a causa di suo figlio. Ci sfioriamo passando e ci lanciamo qualche occhiata, ma niente di più. Mi sono cambiata e ho messo un po' di fard per darmi un po' di colore. Adesso usciamo in silenzio per raggiungere gli altri.

Nessuno di loro però ci aspetta in corridoio, come d'accordo, così Ella comincia a bussare alle porte, dicendo « Forza » e « Sbrigatevi ». Quasi contemporaneamente, entrambe le porte si spalancano e le nostre quattro controparti maschili ci raggiungono. Ma io guardo solo uno di loro: Tyler.

Non lo vedo da ieri sera, quando sono uscita da casa di papà e sono tornata a piedi. Non so come stia vivendo tutto questo, perché ha l'aria piuttosto indifferente, soprattutto quando si accorge che lo sto osservando. Non distolgo lo sguardo. Mentre papà ed Ella si scambiano idee su dove andare a cena, ci avviamo tutti in corridoio, verso gli ascensori. Tyler finisce per rimanere in coda, accanto a me e, anche se fra noi c'è una distanza di sicurezza di parecchi centimetri, mi trovo a desiderare che non ci sia. È una strana sensazione, mi sento attratta da lui perché è così familiare per me che finisco per rivolgergli la parola. Non riesco a impedirmelo.

« Come è andato il viaggio? »

Lui mi lancia un'occhiata di sbieco mentre camminiamo, all'inizio sembra stupito. Forse non si aspettava che gli avrei parlato, soprattutto non in modo così disinvolto. Ma è ancora il mio fratellastro, dopotutto, e devo trattarlo come tale. « Tutto bene » risponde.

« Sei fortunato a non essere rimasto bloccato con noialtri » gli dico. Con la coda dell'occhio controllo che papà non ci veda parlare. Tengo la voce bassa. Vedermi chiacchierare con Tyler, per quanto innocentemente, sarà sempre una cosa fastidiosa per lui.

« Saresti potuta venire con me » ribatte Tyler, ma subito si morde il labbro e aggiunge: « Scusa. Fai come se non lo avessi detto ».

Entrando in ascensore smettiamo di parlare, e papà mi squadra con aria sospettosa per tutta la discesa. Mi fa sempre sentire in colpa, anche se non sto facendo niente di male. Quando la porta si apre con un *ping*, aggrotta la fronte e distoglie lo sguardo. Finiamo per andare a mangiare da Dawson, la steak house dell'albergo. Tyler sospira, ma non fa commenti. A quanto pare non ha abbandonato il suo stile di vita vegetariano.

Anche se ci siamo presentati senza prenotazione, alle 19:30 di un venerdì sera, riescono a infilarci in un tavolo d'angolo. Prima ancora di prendere in mano il menu deduco che i prezzi saranno esorbitanti. Questo locale ha un'aria molto sofisticata e formale, e io mi sento fuori posto, anche se mi sono cambiata. C'è poca luce ma è accogliente e ci mettiamo comodi tutti e sei, discutendo del menu. Al momento di ordinare sembriamo perfettamente normali.

Poi però cala di nuovo il silenzio.

Papà tamburella con le dita sul tavolo. Jamie comincia a rigirarsi il coltello fra le mani. Chase tira fuori il telefono e comincia a guardarlo sotto il tavolo, con discrezione. Tyler è seduto di fronte a me, quindi mi è facile vedere che si sta guardando in grembo, dove continua a intrecciare le dita. Io ed Ella siamo le uniche due che lanciano occhiate agli altri. Lei scuote la testa come per dirmi 'Ti sembra possibile?'. A me sembra possibile, quindi mi limito ad alzare le spalle.

« Metti via quel telefono » ordina a Chase. Dal solo tono della sua voce, deciso e severo, capiamo tutti che ha qualcosa da dire. Uno per uno alziamo gli occhi e aspettiamo, come abbiamo fatto ieri. « Dobbiamo parlare » dice lei.

Mi sento come se lei stesse per dirci addio, perché provo quella brutta sensazione allo stomaco in genere provocata da un abbandono.

Jamie manda un gemito e rimette giù il coltello, poi si appoggia allo schienale con gesto teatrale e incrocia le braccia.

« Qui? » chiede papà. Aggrotta le sopracciglia con aria incerta e si guarda intorno. Gli altri clienti chiacchierano, ridono, sorridono e si divertono: tutto il contrario di noi.

« Sì, proprio qui » conferma Ella. « Nessuno di voi farebbe una scenata davanti a tutta questa gente, giusto? » Inarca un sopracciglio, ricordandomi ancora una volta quanto è abile a gestire situazioni complicate. Dopotutto è il suo lavoro. Solo che questo weekend il suo compito è passato dalla gestione di controversie civili all'allentamento della tensione nella sua famiglia. « Esatto » dice quando nessuno risponde. « Quindi parleremo finalmente in modo civile ».

« E che cosa ci sarebbe esattamente da dire? » la sfida papà. A volte mi chiedo se lo faccia apposta, per irritarla. Sa bene che dobbiamo parlare di *tutto.*

Ella lo ignora. Appoggia le mani intrecciate sul tavolo e ci guarda uno per uno. « Chi vuole cominciare? »

Nessuno apre bocca. Gli occhi di Tyler ricadono in grembo e papà si limita a fissare Ella, con una smorfia sgradevole stampata in faccia. Jamie prende il suo bicchiere e beve con grande concentrazione. Chase guarda me, ma io non so che cosa si aspetti e quindi mi volto verso Ella.

« Eden? » mi sollecita lei. Ma non voglio essere io a cominciare. Anzi, non voglio proprio parlare, quindi scuoto la testa, pregandola in silenzio di lasciar perdere. Lei lo fa, ma non senza premersi una mano sugli occhi, con un sospiro. « Qualcuno per favore mi dica quando è cominciato tutto questo ».

« Tutto questo cosa? » chiede Jamie. Rimette giù il bicchiere e gira la sedia verso di lei.

« Quando abbiamo smesso di parlarci? Quando abbiamo cominciato a litigare in questo modo? »

Jamie deglutisce. « Ehm, lo sai ». Guarda verso Tyler. Poi guarda me.

« Avanti, qualcuno lo dica ad alta voce » insiste Ella, ma il suo tono è chiaramente scoraggiato. « Perché non possiamo parlarne, invece di evitare l'argomento come abbiamo fatto nell'ultimo anno? »

« È uno scherzo? » interviene papà, sbattendo le palpebre.

Lei stringe gli occhi e lo guarda in faccia. « Ti sembra che stia per fare una battuta? » Lui non risponde.

I miei occhi si portano su Tyler e lui subito alza lo sguardo su di me, come se avesse percepito il mio. Oggi la sua barbetta è un po' più ordinata, ma le sopracciglia sono folte e aggrottate. Sappiamo entrambi che Ella si riferisce a noi, all'estate scorsa, al momento in cui la verità sulla nostra relazione è venuta fuori. Non è difficile individuare quel momento come quello in cui tutto è crollato. Lo sappiamo tutti.

Lui espira lentamente e io guardo le sue labbra mentre dice: « Tutto questo è a causa mia e di Eden ». I suoi occhi restano piantati nei miei a ogni parola, finché non è costretto a distoglierli. Guarda verso Ella.

« Bene » dice lei. « Cominceremo da qui ».

Papà sta quasi per vomitare. Prende la sua birra e beve un lungo sorso, poi si volta come per estraniarsi: è chiaro che non ha intenzione di prendere parte alla conversazione. Lo capisco, perché l'ultima cosa che voglio *io*, in questo momento, è parlare della mia relazione finita con Tyler, soprattutto davanti a loro. Ma sembra che sia proprio quello che Ella vuole farci fare.

« Jamie » dice con calma. « Sei tu il primo. Di' quello che vuoi ».

« Qualsiasi cosa? »

« Qualsiasi cosa » conferma lei.

Jamie ci pensa per un momento, passando lo sguardo da me a Tyler, quasi per cercare di ricordare a se stesso tutto quello che prova per noi. Mi aspetto uno sfogo esplosivo, simile a quello di ieri, invece no. « È imbarazzante » si limita a dire.

Ella annuisce e poi sposta il suo sguardo penetrante. « Chase? »

« E allora? » fa lui. « Voglio dire, è davvero così importante? »

« Certo che è importante » borbotta Jamie e Chase sobbalza, il che mi fa pensare che gli abbia appena tirato un calcio sotto il tavolo. « Non ci arrivi? Sarebbe come se tu baciassi Eden. Pensa che schifo ».

Stringo le labbra e gli lancio un'occhiataccia. « Sai Jamie, comportarti da stronzo non migliora la situazione ».

« Eden » sibila papà. Sento il tintinnio del suo bicchiere quando lo sbatte sul tavolo, attirando immediatamente la mia attenzione. « Piantala con questo tuo atteggiamento ».

« Il *mio* atteggiamento? » Spalanco gli occhi e faccio una risata incredula, prima che la mia aggressività si risvegli. « E allora l'atteggiamento di Jamie? E il tuo? »

Papà scuote la testa infinite volte e beve un altro sorso di birra, fissando intensamente un punto a caso sul muro del ristorante. Non risponde, perché è così che fa quando non ha niente di logico da dire. Sa che ho ragione, anche se si rifiuta categoricamente di riconoscerlo.

Allora io insisto e con la coda dell'occhio vedo che Tyler mi sta osservando. « Ella ha ragione, papà. È finalmente ora di parlare. Perché mi detesti? Avanti, dimmelo. Dimmi perché mi consideri una figlia così patetica ». Voglio sentirglielo dire. Voglio che lo *ammetta.*

Ella mi lancia un'occhiata preoccupata, ma sembra anche sollevata, quasi avesse sperato di sentirmi parlare così. Poi distoglie lo sguardo, si china in avanti e toglie il bicchiere dalla mano di papà. « Rispondile. Non risolveremo niente finché non lo fai ».

« Vuoi saperlo? » scatta papà, riprendendosi la birra. La coppia al tavolo accanto ci fissa. « Benissimo. Dal momento in cui sei arrivata a Santa Monica, non sei stata altro che una sciagura. Vorrei non averti mai chiesto di venire a trovarmi. Per metà del tempo uscivi di nascosto e non tornavi a casa, e proprio quando cominciavo a pensare che ti fossi finalmente messa in riga, torni da New York e scopro che hai iniziato una specie di disgustosa storiella. Dio, non riesco neanche a *pensare* a quanto sono stato stupido a permetterti di passare l'estate là ». Guarda Tyler e la sua espressione si fa più dura. « Non capisco che cosa tu possa mai vedere in lui. So soltanto che la vostra storia è sbagliata. Ma è logico, no? Nessuno di voi due è particolarmente bravo a fare le cose nel modo giusto ».

Non posso rimanere a questo tavolo un minuto di più.

C'è un tremendo stridore quando spingo la mia sedia all'indietro e mi alzo. Ella nasconde il viso fra le mani e Jamie borbotta: « Be', sono d'accordo con l'ultima parte ». Chase ha gli occhi spalancati e sbatte furiosamente le palpebre, Tyler mi sta ancora fissando e papà si scola il resto della birra. 'Io qui ho chiuso'.

So che il motivo per cui dovevamo parlare in questo ristorante sofisticato era evitare che qualcuno di noi si agitasse al punto da fare una scenata, ma devo andarmene. Se non lo faccio, finirò per gridargli addosso qualcosa di ugualmente cattivo, e in questo momento avrei parecchie frecce al mio arco. Se invece rimango, sto zitta e mi mordo la lingua, di certo scoppierò in lacrime, perché ultimamente sembra che io abbia soltanto due stati d'animo: rabbia feroce e tristezza infinita. E quindi no, devo andarmene prima di perdere la dignità.

Mentre mi divincolo dietro le spalle di Jamie, però, sento un'altra sedia che stride sul pavimento e, quando mi volto, vedo che anche Tyler si sta alzando. Mi sta ancora guardando intensamente. E per un momento penso che voglia seguirmi, che stia per scappare con me da questo ristorante, per dirmi che mio padre è uno stronzo e che va tutto bene e che gli dispiace di avermi lasciato ad affrontare tutto questo da sola per un anno. In questo momento ne avrei bisogno.

Mi infilo fra i tavoli e i camerieri più rapidamente che posso e vado dritta verso la porta, tornando in albergo. Però quando ci arrivo mi fermo, in attesa che Tyler mi raggiunga.

Solo che lui non arriva. Si è seduto di nuovo a tavola, anche se il suo sguardo è ancora puntato su di me. Papà ed Ella devono averlo fermato, oppure ha cambiato idea. Forse, dopo tutto quello che gli ho detto ieri non pensa più che valga la pena di correre dietro a una ragazza come me.

E il peggio è che invece avrei voluto che lo facesse.

9

Ella ha la chiave magnetica della nostra stanza, quindi non posso tornarci, il che è uno schifo, visto che non vorrei fare altro che strisciare in quel grande letto matrimoniale, affondare nella morbidezza del materasso e non risvegliarmi mai più. Invece, all'inizio, rimango nella hall dell'albergo, cammino avanti e indietro finché non mi si regolarizza il respiro, poi per una buona mezz'ora mi stravacco di nuovo su uno dei lussuosi divani a guardare la gente che ho intorno, il flusso costante di ospiti tutti in ghingheri che escono per godersi il venerdì sera. Vorrei potermi godere il mio.

Alle 20:15 mi stufo, così decido di alzarmi e seguo una giovane coppia nel bar dell'albergo. Ho lasciato la mia insalata al ristorante - a dire il vero non me l'avevano ancora portata - e ormai sono così affamata che mangerei qualunque cosa.

L'atmosfera nel locale sembra elegante e, anche se ho l'aria di una sedicenne, nessuno viene a buttarmi subito fuori. Forse perché non c'è nessuno a presidiare l'ingresso, o magari perché ho evitato del tutto il bancone del bar, alla ricerca di un posto dove sedermi per non attirare l'attenzione. A questo punto noto la zona esterna.

Il sole è tramontato, la luce ormai è fioca. Fuori non c'è molta gente: i tavolini, ciascuno con un ombrellone, sono piuttosto distanti fra loro. E c'è qualcosa che non avevo mai visto: dei caminetti da giardino, accesi e luminosi, circondati da divanetti e poltroncine di vimini. Ce n'è uno libero, ci vado subito e mi piazzo sul divanetto, adagiandomi sui cuscini. Chiudo gli occhi e sento il calore del fuoco sulla faccia.

Poi il mio telefono vibra nella tasca posteriore dei jeans.

Mi tiro su e lo recupero, aspettandomi un messaggio di Rachael, ma sullo schermo c'è tutt'altro nome. Tyler.

Stai bene?

Mi si stringe lo stomaco. Comincio a rispondere, dicendogli che sto bene, ma poi aggrotto la fronte e finisco per cancellare il messaggio.

Non proprio scrivo invece.

Dove sei? risponde in una frazione di secondo.

Potrei mentire e dirgli che sono a letto a cercare di riposarmi, in modo che mi lasci in pace. Ma la verità è che adesso avrei bisogno di un po' di compagnia. Non voglio mentire. Voglio parlare con lui e dirgli tutto.

Al bar dell'albergo. Puoi venire? Sono in giardino

Arrivo.

Fisso il messaggio per un minuto, poi appoggio il telefono sul tavolino davanti a me e mi lascio ricadere sul divano. Si avvicina un cameriere e io ordino la prima cosa che vedo sul menu: patatine a spicchi con parmigiano. Non mi chiedo neanche quante calorie abbiano, mi limito a ordinarle e ad aspettare. L'attesa, la solitudine e il calore del fuoco probabilmente mi hanno spossata, perché quando arriva il mio piatto, dieci minuti dopo, sono quasi addormentata, ma poi mi riprendo un po'. Però mi sento ancora svuotata, come se non avessi più l'energia di affrontare papà, Jamie o Ella. Spilucco le mie patatine così lentamente e in modo così distratto che non me le godo neanche.

« Si stanno tutti chiedendo dove sei ».

Alzo gli occhi, con mezza patatina in bocca, e vedo Tyler, lì in piedi. Tiene una distanza di sicurezza, una distanza che dice: 'C'era molto più di questo fra noi', e ha le mani infilate nelle tasche dei jeans. Il fuoco illumina metà del suo viso di arancio, l'altra metà rimane in ombra. La sua espressione è piena di dolcezza, lo sguardo è gentile.

Deglutisco. « Glielo hai detto? »

« No. Volevi che lo facessi? »

« No ».

Si siede. Non accanto a me sul divano, ma di fronte, sulla poltroncina di vimini. Non si mette comodo appoggiandosi all'indietro, si limita a intrecciare le mani fra le ginocchia e a fissare il fuoco per un po'. « Mi dispiace per quello che ha detto tuo padre » dice piano, senza guardarmi.

« Già, anche a me ». Non c'è imbarazzo o tensione fra noi. Non mi dispiace questa sensazione, questo silenzio caldo che ci avvolge è quasi confortante. Tiro le gambe sul divano e le incrocio, guardando la mascella di Tyler coperta di barba. « A te non ha dato fastidio? »

« Che cosa? » Inclina il viso verso di me e i nostri sguardi si incontrano.

« Quello che ha detto mio padre ».

Lui scuote la testa. « Non particolarmente. Voglio dire, non mi ha certo fatto piacere, ma sto imparando a ignorare stronzate del genere ». Stringe le palpebre. « Perché? Ti aspettavi che reagissi? »

Allungo una mano per prendere un'altra patatina, me la lancio in bocca e alzo le spalle. « Un po' sì. Il 'vecchio te' l'avrebbe preso a pugni ».

Lentamente, l'angolo della bocca di Tyler si stira in un piccolo sorriso. Inarca un sopracciglio. « Il vecchio me? »

« Quello che l'ha picchiato l'estate scorsa ».

« Quindi c'è un *nuovo* me? » Il sopracciglio si solleva ancora di più.

Annuisco, perché non posso negarlo. C'è qualcosa di diverso in lui, è come se ogni estate diventasse una versione più avanzata, migliorata e rifinita di se stesso. Pensavo che l'estate scorsa fosse al suo meglio, ma poi si è dimostrato che non era così. Aveva un atteggiamento più ottimista, certo, ma perdeva ancora le staffe con incredibile facilità. L'anno scorso ha dato in escandescenza molto spesso.

« A quanto sembra » sussurro, e lo osservo intensamente, stringendo gli occhi. Sto cercando di trovare qualche verità dentro i suoi occhi, ma il riflesso del fuoco me lo rende difficile.

« Bene » dice lui lentamente, con le labbra che fremono. « Se non ci fosse, avrei passato un intero anno senza di te per niente. Avrei mandato tutto a puttane *per niente* ». Distoglie lo sguardo dal mio e torna a guardare il fuoco per un momento, poi abbassa gli occhi sulle sue mani intrecciate.

Mi si stringe la gola.

'Ero così innamorata di te'.

Io non odio Tyler. Posso averlo ripetuto a Rachael per tutto l'anno, ma è una bugia. Posso aver detto a Ella che non volevo rivederlo mai più, ma mi sono resa conto che anche quella era una bugia. Non potrei mai odiarlo. Sono solo... arrabbiata. Sono arrabbiata perché non provo più gli stessi sentimenti di prima e ce l'ho con lui perché mi fa sentire così.

Vorrei tornare indietro, all'estate scorsa. Vorrei essere di nuovo a New York, sul tetto del palazzo di Tyler, mentre lui mi sussurra parole in spagnolo. Vorrei che Dean non avesse mai sofferto, vorrei che papà, Ella e Jamie avessero capito. Vorrei che Tyler fosse rimasto.

Vorrei che fosse tutto diverso, perché proprio non voglio questo.

'Vorrei essere innamorata di te'.

I miei occhi sono ancora fissi su di lui, il mio viso è caldo, e faccio l'unica cosa che mi viene in mente per tenere viva la conversazione: gli offro una patatina e spingo il piatto verso di lui. Lui però rifiuta, scuotendo dolcemente la testa e sollevando una mano, quindi lo tiro indietro.

« Stupida gita di famiglia, eh? » scherza lui, rompendo il silenzio.

Io rido e mi appoggio all'indietro. « Già. Non sarebbe tanto male se tu e mio padre non foste... » Mi blocco all'improvviso e la mia voce si spegne. Mi mordo il labbro e prego che non abbia capito che cosa volevo dire, invece lo fa, naturalmente, perché sta ascoltando tutto quello che dico con la massima attenzione.

« Qui? » conclude.

Sporgo le labbra e alzo le spalle. Finalmente stacco gli occhi da lui e guardo il gruppo di amici stravaccati sui divanetti intorno al caminetto accanto al nostro. Tutti bevono e ridono. Vorrei essere allegra come loro. « Già » ammetto. Faccio di nuovo spallucce, poi torno a guardarlo. È facile guardarlo, stasera. In qualche modo non mi fa star male. « Ma ritiro tutto ».

« Ritiri tutto? » Solleva di nuovo il sopracciglio.

« Sì. Sono contenta che tu sia qui » dico, ma la mia voce è diventata un bisbiglio. Deglutisco. « Sono contenta che tu sia qui, in questo momento ». Senza pensarci troppo, mi sposto di qualche centimetro e poi faccio un cenno della testa verso il posto libero accanto a me, sul divanetto. « Vieni a sederti vicino a me » sussurro.

Tyler scruta la mia espressione, come per capire se parlo sul serio: prima di alzarsi mi studia a lungo, con intensità. I suoi movimenti sono lenti, circospetti, quasi temesse di sfiorarmi accidentalmente. Quando infine si siede al mio fianco, ci sono ancora diversi centimetri fra di noi. « Eden » dice guardandomi di sbieco. Un momento di pausa. « Che cos'è che vuoi? »

« Come? »

« Che cosa vuoi da me? » chiede piano, ma non in tono polemico, più che altro con sincera preoccupazione. Aspetta la risposta con le labbra contratte e la testa china, il viso rivolto verso il basso. Mi rivolge uno sguardo dolce da sotto le ciglia.

Libero il respiro che stavo trattenendo e poi, senza esitazione, gli dico esattamente che cos'è che voglio. « Vuoi la verità? Voglio che tutto torni com'era prima. Voglio che nessuno sappia di noi. Che sia di nuovo il nostro segreto. Era tutto più facile ».

« Sai che non poteva rimanere così ». Ha la fronte aggrottata ma i suoi occhi brillano ancora, riflettendo il calore del fuoco.

« Lo so » sussurro, senza staccare lo sguardo da lui. « Ma continuo a pensare che magari, se non avessimo deciso di uscire allo scoperto, tu saresti rimasto ».

Lui scuote la testa e distoglie lo sguardo, poi si passa una mano tra i capelli e si appoggia all'indietro sul divano. Dopo un minuto sospira e fissa di nuovo gli occhi su di me. « Non me ne sono andato per quello, Eden ».

« E allora perché l'hai fatto? »

« Te l'ho detto ».

Solo adesso mi rendo conto che la mia rabbia non deriva dal fatto che Tyler se ne sia andato, ma più che altro perché in realtà non conosco il motivo del suo gesto. Quello che mi fa davvero male è non capire fino in fondo perché è stato via così a lungo. « Dimmelo di nuovo ».

Tyler si sfrega gli occhi e raddrizza la schiena, girandosi per guardarmi in faccia. Così facendo la distanza fra di noi sembra ridursi.

« La storia è tutta qui » comincia. La sua voce è bassa e roca e questo mi rende ancora più attenta, concentrata su ogni sua parola. « Avevo bisogno di spazio e di tempo per capire bene le cose. Sappiamo entrambi che non sapevo che cosa facevo, né dove stavo andando. Certo, con New York avevo chiuso, ma *poi*? Non lo sapevo. Non sapevo dove volevo andare e avevo bisogno di scoprirlo, ma intanto non stavo ancora bene, lo sai questo, vero? Adesso lo sai? »

Avvicina il viso al mio, con le sopracciglia aggrottate, e solleva una mano come per toccarmi, però non lo fa. Faccio un cenno con la testa, e lui continua.

« Non avrei dovuto ricominciare a farmi le canne. Non avrei dovuto picchiare tuo padre. Non avrei dovuto desiderare di ammazzare di botte il mio. E l'unica cosa che mi ha tirato fuori da quelle situazioni eri tu, perché non volevo... non lo so. Non volevo deluderti. Era quello l'unico motivo».

Tace per un minuto, forse perché ha concluso il suo discorso, e io continuo a pensare che queste cose me le aveva già dette. L'estate scorsa, subito prima di andarsene, solo che allora ero troppo sconvolta per ascoltare davvero, troppo disperata per assimilare le sue parole. Lui però non ha ancora finito, perché apre le labbra ed espira lentamente, poi prosegue.

«So che in passato ho fatto un sacco di casini, e ho preso delle pessime decisioni, e so che ho dato la colpa di tutto a mio padre, ma la verità è che ho sempre avuto una scelta. Ho scelto io di buttare via la mia vita, quando avrei potuto scegliere di farci qualcosa di positivo. New York e la campagna di sensibilizzazione sono state un inizio, parlare di quello che avevo passato con mio padre ha sicuramente aiutato, eccetera, ma non era abbastanza, ed è per questo che ho dovuto andarmene, Eden. Non volevo continuare a sbagliare. Volevo essere una persona migliore, non perché lo dovessi a te, ma perché lo dovevo a me stesso». Rimane in silenzio, abbassa lo sguardo e sussurra fra sé: «Lo dovevo a me stesso».

Mi sento un tale peso nel petto che temo possa aprirsi in due. Mi sento terribilmente in colpa, anche se non riesco a capire bene perché. Non dovrei sentirmi così. Invece mi sento in colpa per avergli dato uno schiaffo, ieri mattina. Per avergli urlato contro alla scritta HOLLYWOOD, ieri pomeriggio. Per non aver mai capito, per averlo odiato, invece che sostenuto, per tutto questo tempo. In questo momento un pensiero mi invade la mente, cioè che forse sono stata io l'egoista. Quella che si è lagnata, ha frignato e si è avvilita per un anno, solo perché lui non era con me, perché ero da sola. Ripensandoci adesso, capisco di colpo che se Tyler fosse rimasto, forse non starebbe bene come sembra stare ora. Papà gli avrebbe fatto passare l'inferno, e Jamie anche. Avrebbe dovuto affrontare l'idea di suo padre di nuovo nella stessa città, la disapprovazione dei nostri ex compagni di scuola, il crollo di tutto. Restare a Santa Monica sarebbe stato troppo tossico per lui.

«Tyler» sussurro, scuotendo lentamente la testa. 'Da dove comincio? Come faccio anche solo a iniziare a scusarmi?'

«Lasciamelo dire» mi interrompe lui, risollevando la testa e piantandomi negli occhi uno sguardo del tutto sincero. Dopo tutti questi anni, sono diventata un'esperta a leggere le sue espressioni. «*Mi dispiace.* Mi dispiace di essermene andato. Ho pensato a me stesso, e avrei dovuto preoccuparmi di più per te. Hai ragione, ti ho lasciato ad affrontare da sola tutti i nostri casini, e adesso so che ho rovinato tutto. Non avrei dovuto tagliarti fuori. Avrei dovuto dirti che ero a Portland. Sarei dovuto tornare prima. Non avrei dovuto distruggere tutto quanto, e sai qual è la cosa peggiore? Che non so se posso recuperare, e non credo che tu lo voglia».

Apro la bocca per parlare, ma mi mancano le parole. Non so cosa dire, cosa provare. Ma il mio cuore batte dolorosamente, con un senso di nostalgia. Per quanto possa essermi convinta di odiare Tyler, la verità è che ho soltanto sentito la sua mancanza. Mi è mancata la sua voce, mi sono mancati i suoi sorrisetti, il contatto della sua pelle. Ho sentito la mancanza di Tyler, non posso più negarlo, ma la situazione è complicata. Lui vive a Portland, io a Chicago. Papà ed Ella non ci accettano. Jamie ci disprezza. I nostri amici si sentono a disagio.

Forse fra me e Tyler è finita, non perché non ci amiamo, ma perché la nostra è una storia impossibile.

Lui mi sta ancora guardando, io ricambio lo sguardo e in questo momento non vorrei altro che poterlo toccare. Ma so che non posso, quindi mi metto entrambe le mani fra le gambe incrociate, per trattenermi.

«Non avrebbe mai funzionato fra di noi» dico, e lui subito si incupisce. «Sono passati tre anni, e per la maggior parte del tempo siamo stati separati. È così che dovrebbe andare? Passiamo l'estate insieme e poi ci separiamo per il resto dell'anno? Non ci sarà mai altro che questo?»

«No» risponde lui, poi solleva di nuovo la mano e questa volta mi tocca davvero. Mi stringe il ginocchio, e io non lo respingo. «Ti prego, vieni a Portland con me. Possiamo andarci anche adesso, solo tu e io. Dimentichiamo tutto e tutti e cerchiamo una soluzione. Non me ne andrò senza di te, perché non mi importa quello che dici: io devo rimettere le cose a posto». La sua mano si stacca dal mio ginocchio quando si alza, torreggiando su di me in tutta la sua altezza, si infila una mano nella tasca dei jeans e tira fuori le chiavi della macchina. La sua espressione all'improvviso è disperata, proprio come ieri alla scritta HOLLYWOOD. « Ti prego ».

Non si arrenderà mai, ma sinceramente io non so se posso tornare a Portland. Ci sono tornata solo due volte da quando io e la mamma ci siamo trasferite a Santa Monica, per organizzare il trasloco e salutare i parenti. In entrambi i casi quella città mi ha portato soltanto brutti ricordi. Odiavo la vita che facevo a Portland. Non che la mia vita a Santa Monica sia tanto migliore. In realtà è anche peggio.

E perché poi dovrei andare lì con Tyler? Perché dovrei lasciarmi di nuovo coinvolgere da lui? Perché dovrei tornare da lui, dopo aver impiegato tanto tempo a staccarmene? Forse non voglio ricominciare da capo, o rimettere a posto qualsiasi cosa ci sia fra di noi. Magari ho accettato il fatto che è il momento di rinunciare.

« Non possiamo andarcene così, Tyler » sussurro, piegando la testa all'indietro per guardarlo. Il fuoco alle sue spalle immerge il suo viso nelle tenebre. I miei pensieri sono un ammasso confuso. « Andarsene quando le cose vanno male non risolverà mai niente, ormai dovresti saperlo. Perché, per una volta, non rimani tu? Forse *poi* io prenderò in considerazione l'idea di Portland ». Stendo la mano per offrirgli un patto, e lui ci riflette per qualche secondo. Alla fine prende la mia e me la stringe, così suggelliamo la possibilità che io accetti di andare con lui.

« Probabilmente dovremmo tornare » dice. Si guarda intorno nel giardino, che con il procedere della serata si è fatto più affollato e chiassoso, poi si fa scivolare di nuovo in tasca le chiavi della macchina.

Stendo le gambe e mi stiracchio, poi mi tiro su lentamente. « Lo sapevano che venivi a cercarmi? » Sa di chi parlo.

« Credi che tuo padre me lo avrebbe permesso? » mi chiede con un ghigno, mentre gli sfugge una risatina. « L'ho detto solo a Chase. Sono tutti tornati in camera. A quanto pare sono molto stanchi, ma la mamma ha detto che non si addormenterà finché non rientri ».

« Mio padre ha detto qualcosa dopo che me ne sono andata? »

Tyler si gratta la nuca e non risponde: è evidente che papà abbia detto qualcosa e, a giudicare dal silenzio di Tyler, non doveva essere niente di buono. « Dai, andiamo » sussurra lui, poi arretra per cedermi il passo.

Riattraversiamo il bar, facendoci strada fra la gente, le risate e il rumore, e arriviamo nella hall. Sono solo le nove di sera, non è tardi, ma mi sento stanchissima. Il viaggio di sei ore ha prosciugato tutte le mie energie, quindi mentre ci avviamo all'ascensore mi viene da sbadigliare. Non parliamo, ma non ci stiamo neanche ignorando: se mai ci stiamo godendo un piacevole silenzio, cercando di non farci scoprire a guardarci troppo a lungo.

Quando arriviamo al settimo piano, camminiamo senza fretta verso le nostre camere. Io faccio scorrere le dita lungo la parete, a passi lenti, e Tyler si adegua al mio ritmo. Non abbiamo fretta di arrivare, ma inevitabilmente finiamo per trovarci davanti alle porte delle nostre camere. Papà e Jamie hanno la stanza centrale, la mia con Ella è sulla sinistra e Tyler e Chase sono a destra, quindi c'è una distanza di qualche metro fra noi, quando ci fermiamo davanti alle nostre rispettive porte.

Tyler è in piedi, con la chiave magnetica in una mano e l'altra sulla maniglia. « Allora... » dice piano, come se la nostra famiglia potesse sentirci attraverso i muri, se parlassimo più forte. Il suo sguardo è infuocato.

'Ero così innamorata di te'.

« Allora » ripeto. Allungo la mano verso la mia maniglia, pronta a bussare per farmi aprire da Ella. Una parte di me vorrebbe che non lo facesse. Vorrebbe rimanere qui fuori.

'Vorrei essere innamorata di te'.

« Allora buonanotte, immagino » sussurra lui. E poi mi fa un sorriso così immenso che gli invade gli occhi, formando delle piccole rughe agli angoli. Il mio cuore si stringe ancora più di prima. « *Buenas noches* ».

È impossibile non ricambiare il suo sorriso. « *Bonne nuit* ».

« Credevo si dicesse *bonsoir* » dice lui inarcando un sopracciglio. Mi stupisco che si sia ricordato le parole che gli ho detto anni fa, quando ci siamo salutati prima di separarci per andare a dormire ciascuno nella propria stanza. Il mio francese non è mai stato un granché, e la cosa mi secca visto che il suo spagnolo è sempre stato perfetto.

« Be', sì, in realtà si dovrebbe dire *bonne nuit* » ammetto un po' imbarazzata. « Te l'avevo detto che non lo sapevo così bene ».

Tyler fa un cenno con la testa e inserisce la chiave magnetica nella fessura della porta. « Allora *bonne nuit* ».

« *Buenas noches* » rispondo.

Il suo sorriso si allarga ancora di più mentre la porta si apre con un piccolo scatto. Mi gira le spalle, con la massima lentezza, poi entra in camera. La porta si richiude con un *clic*: così, se n'è andato e io mi ritrovo sola.

'Sono così innamorata di te'.

10

Per la prima volta, da un bel po' di tempo, è facile svegliarsi e alzarsi dal letto. Non c'è la mia compagna di stanza ad avvertirmi che ho perso la prima ora, né la mamma che vuole obbligarmi a svegliarmi e vivere la mia vita, e nemmeno la mia coscienza a dirmi che devo andare a correre. Per la prima volta da parecchio tempo, non ho paura di affrontare la giornata. Per la prima volta, da tanto, anzi, non vedo l'ora.

Persino in presenza della mia matrigna, che si sta spalmando la crema idratante davanti allo specchio dell'albergo e mi sbircia con aria preoccupata. E con mio padre nella stanza accanto, che si starà svegliando con la triste prospettiva di sopportare questa famiglia per un'altra lunga giornata.

Niente di tutto questo può rovinare il mio buonumore.

« Sto cominciando a pensare che tu avessi ragione » dice Ella. Siamo rimaste in silenzio per un po', evitandoci abilmente, mentre ci preparavamo. Alzo gli occhi dalle stringhe che sto allacciando. Lei mi guarda attraverso il riflesso dello specchio. « Forse tutto questo sta *davvero* peggiorando le cose ».

Raddrizzo la schiena e la guardo con aria severa dal bordo del letto. È un'espressione con cui mi sono abituata a risponderle nel corso dell'ultimo anno, ogni volta che insisteva che passassi del tempo con papà o che nominava Tyler. « Per favore, non ricominciare a scusarti per quello che è successo ieri sera ».

Lei sospira e si gira sulla sedia, appoggia le mani sullo schienale e mi guarda in faccia. « Ma io sono davvero dispiaciuta. È stata una pessima idea. Tuo padre ha superato ogni limite e, credimi, gliel'ho detto senza mezzi termini ».

« E scommetto che non ha fatto una piega » rispondo tranquilla, perché ormai ho smesso da un pezzo di preoccuparmi di mio padre. Non mi importa assolutamente nulla che non sopporti né me né la mamma, che entrambe lo facciamo infuriare o che, secondo lui, la mamma sia stata una cattiva moglie e io sia una cattiva figlia. Neanche la più piccola parte di me prova il benché minimo interesse. Ormai il suo odio per noi è diventato quasi divertente.

Mi alzo, ignoro l'espressione sempre più accigliata di Ella e mi avvicino a lei, per prendere il mio telefono dal ripiano. Recupero anche la chiave magnetica e una mappa gratuita di Sacramento fornita dalla reception, poi cambio argomento. « Dove andiamo oggi? »

« Non ho ancora deciso, ma qualcosa troveremo ». Si alza e io faccio qualche passo indietro, per permetterle di raggiungere la boccetta di profumo sul suo comodino. Si dà una spruzzata di Chanel sui polsi e la rimette giù. « Speriamo che tuo padre sia sveglio ».

È impossibile che non lo sia. La prima cosa che ha fatto Ella stamattina, appena scesa dal letto, è stata picchiare forte, più volte, sul muro divisorio. E poi sono le nove passate, scommetto che i ragazzi muoiono di fame.

Io ed Ella usciamo dalla camera, lasciando lì la mappa, e ci troviamo nel corridoio del settimo piano, pronte a radunare di nuovo la famiglia. Ella bussa alla porta di papà e Jamie. Io busso a quella di Tyler e Chase, che si apre immediatamente. Chase la tiene aperta con un piede, infila le mani nella tasca anteriore della felpa e dice in tono saccente: « Qualcuno ha dormito troppo ».

Guardo alle sue spalle verso Tyler, che è in fondo alla stanza. Si sta infilando una maglietta e contemporaneamente cerca di mettersi l'altro stivale. Mi lancia un'occhiata rapida. Ha la schiena piegata e le punte dei capelli sgocciolano sulla moquette. Quando si tira su, prende un telo da terra e se lo sfrega rapidamente sulla testa, per asciugarsi. Non mi ero accorta che lo stavo fissando finché non lo sento borbottare: « Sì, sì, arrivo. Mi sono svegliato solo dieci minuti fa ».

Riporto l'attenzione su Chase, mentre Tyler comincia a frugare nelle tasche di un altro paio di jeans per recuperare il telefono, il portafoglio e le chiavi. « Non l'hai svegliato? »

« No » dice Chase, con il cappuccio calato sugli occhi. « Stavo guardando la tv ».

Ella deve averlo sentito, perché smette di picchiare alla porta accanto e ci raggiunge. Si sporge dalla porta per guardare Tyler e scuote la testa, ma lui si limita a scrollare le spalle. « Non lo sapete che esistono le sveglie? »

« Le sveglie non esistono in vacanza » risponde Chase.

« Questa non è una vacanza ». Ella fa un passo avanti e gli abbassa il cappuccio, poi cerca di sistemargli i capelli con le mani, ma lui si divincola e si allontana. Si rimette subito il cappuccio ed esce in corridoio insieme a noi.

Sento lo scatto della porta di papà e Jamie. Papà è il primo a raggiungerci in corridoio, borbottando a Jamie di sbrigarsi. Ella si volta per parlargli, ma io ignoro i loro saluti bisbigliati e supero Chase, per fare un cauto passo all'interno della stanza che condivide con Tyler. Mi appoggio all'indietro contro la porta, per tenerla aperta.

« Stanco? » gli chiedo scherzosamente, senza staccare gli occhi da lui.

Lui si passa di nuovo le mani tra i capelli e alza gli occhi al cielo, intanto corre di qua e di là per spegnere la tv e prendere il suo giubbotto, appoggiato allo schienale della poltroncina d'angolo. In realtà non ne avrà bisogno, perché secondo Ella le temperature rimarranno elevate per tutto il weekend.

« Non ho dormito molto » dice Tyler, ma senza spiegare perché. Invece si avvicina rapido e mi spinge in corridoio, per poi chiudersi la porta alle spalle.

Papà alza gli occhi dalla sua conversazione con Ella. « Buongiorno Chase » dice con un secco cenno della testa. Niente « Buongiorno Tyler » o « Buongiorno Eden ».

Chase fa un mezzo sorriso. « Anche qui ci sono i ristoranti IHOP, papà? »

Con la coda dell'occhio vedo che Tyler si irrigidisce e stringe la mascella. All'inizio non capisco perché l'atmosfera sia cambiata, dato che il comportamento da stronzo di papà non è per niente insolito, ma poi capisco di colpo perché Tyler è così teso. Anch'io ci ero rimasta di sasso, la prima volta che ho sentito Chase chiamarlo così.

« Certo, piccoletto » risponde papà. « Ma oggi non è nei programmi ».

Finalmente Jamie riemerge dalla stanza che divide con papà, con il solito cipiglio stampato in faccia. Chiude la porta sbattendola troppo forte, di proposito, e alza le spalle quando Ella gli lancia un'occhiata di avvertimento che dice: 'Non farmi incazzare'. Ultimamente ha cominciato a guardare così anche papà.

« Allora » dice lei adesso che siamo tutti riuniti, avete fame? »

Jamie fa un gemito, prende gli auricolari dalla tasca posteriore e se li infila. Li collega al telefono e si avvia verso l'ascensore senza di noi, ma io ormai sono abituata ai suoi capricci, proprio come mi sono abituata ai commenti offensivi di papà, quindi non batto ciglio.

« Bene, allora » sussurra Ella. « Andiamo ».

Seguiamo Jamie in fretta lungo il corridoio, e lo raggiungiamo nell'ascensore. Per tutto il tempo rimaniamo in silenzio, perché in questa famiglia nessuno vuole parlare a meno che non sia assolutamente necessario. Ormai ha smesso di essere imbarazzante, sta diventando la normalità. È una tragedia che per noi sia diventato più insolito parlarci che evitare di farlo.

Dato che nessuno di noi conosce la zona ci fermiamo nella hall, in modo che Ella e papà possano chiedere a un concierge qualche indicazione su dove una famiglia disfunzionale come la nostra può fare colazione nelle vicinanze. Lui consiglia un locale chiamato Ambrosia, a un paio di isolati verso nord, così andiamo a cercarlo.

Fuori fa già caldissimo, anche se non sono ancora le nove e mezza e, pochi secondi dopo aver lasciato l'hotel, Chase si sta già togliendo la felpa. Se la lega in vita, ma Jamie si toglie gli auricolari e gli dice che sembra uno stupido, guadagnandosi un calcio negli stinchi.

« Bella mossa » dico a Chase, battendo subito il cinque. Papà ed Ella sono troppo occupati a guidare il gruppo per accorgersi di qualcosa.

« Piantala » sibila Jamie, lanciandomi un'occhiataccia. Intanto si rimette gli auricolari e accelera il passo.

« *Piantala* » ripeto, imitandolo con una voce stridula che è l'esatto opposto della sua. Chase sorride.

« Eden » dice Tyler. Smetto di sorridere e giro la testa per guardarlo. Ha le labbra strette, gli occhi nascosti dalle lenti scure e sta scuotendo la testa con aria di superiorità e disapprovazione. « Non peggiorare le cose ».

« Va bene » rispondo.

Rallentiamo, come se non avessimo uno scopo né una meta, e camminiamo insieme in silenzio per diversi minuti. Poi i miei occhi vengono di nuovo attirati da lui. Il suo sguardo è intenso.

« Quando ha cominciato a chiamarlo *papà*? » chiede piano, con un cenno della testa verso Chase.

« Non ne ho idea » ammetto, alzando le spalle. Tengo la voce bassa, perché non voglio che Chase ci senta parlare di lui. Si sentirebbe in imbarazzo. « Ma la prima volta che gliel'ho sentito dire era il giorno del Ringraziamento ».

« Anche Jamie lo chiama così? »

« No. Solo Chase ». Faccio una breve pausa, poi aggiungo, con un sorriso: « E io, sfortunatamente. Ma io non ho scelta ».

Tyler non ride. Osserva Chase, scuro in volto, come se non riuscisse a concepire l'idea che veda mio padre, quell'idiota di David Munro, come una figura paterna. Non è certo un gran modello di comportamento.

« Ne ho parlato con tua madre, tipo una vita fa » bisbiglio. Mi avvicino a Tyler di un passo, e mi convinco mentalmente che è soltanto per farmi sentire meglio. « Mi ha detto che Chase non ricorda molto bene vostro padre, sai, perché era molto piccolo quando è stato... insomma ». Deglutisco e guardo Tyler di sottecchi, temendo di averlo messo a disagio, ma nel suo sguardo c'è soltanto un acuto interesse, quindi proseguo. « Ha detto che è normale che Chase si sia affezionato a mio padre. Non so, immagino che abbia ragione ».

« Immagino di sì » concorda lui.

Davanti a noi, papà si schiarisce forte la gola. Si è fermato, si è voltato e mi sta fissando con un'altra delle sue famigerate occhiatacce. « Eden, una parola ».

Anche Ella si ferma e cerca di incrociare lo sguardo di papà, come se si stesse chiedendo che cosa diavolo ha in mente. Non lo so neanch'io, ma so che è meglio mantenere la pace, quindi mi avvicino.

« Che cosa c'è? »

Lui non risponde. Fa solo un cenno della testa a Ella, per mandarle un messaggio fatto di occhiate tese e sorrisi a labbra strette: 'Non aspettarci'. Lei ubbidisce e anche gli altri capiscono l'antifona, persino Tyler, così tutti ripartono alla ricerca dell'Ambrosia. L'attenzione di papà è concentrata soprattutto su Tyler, che ci sta passando accanto, mentre quella di Tyler sembra puntata sul marciapiede, come se papà potesse saltargli addosso alla minima occhiata di sbieco verso di me.

Solo quando loro quattro sono avanti di parecchi metri, mi viene in mente che forse papà vuole provare a scusarsi per ieri sera, o magari per tutto quanto. Questo potrebbe finalmente essere il momento in cui gli sentirò dire: 'Ehi, Eden, sono stato veramente un padre di merda, però mi dispiace'.

Alzo gli occhi su di lui. Stamattina non si è rasato, non lo fa mai nei weekend. I suoi capelli sono quasi completamente grigi, con qualche zona superstite più scura. Non riesco a ricordarmi quanti anni ha. « Che cosa c'è? » ripeto.

« Niente » dice papà. « Andiamo ».

Sospiro così forte che una signora di passaggio mi lancia un'occhiata preoccupata. Mi sento delusa. Non che desiderassi ardentemente delle scuse da parte sua, ma sarebbe bello riceverle, sapere che ha capito dove ha sbagliato. Però non succederà mai, perché papà è troppo testardo per ammettere di non essere precisamente il padre dell'anno. « Mi prendi in giro? » balbetto, a bocca aperta. « *Niente?* »

Papà si ferma e si volta, stringendo gli occhi nocciola mentre mi fissa. « Che cosa stavi facendo? »

« Come? » Abbasso le spalle e mi prendo un minuto per fare un respiro profondo. Poi lo guardo, confusa.

« Perché stavi parlando con lui? »

« Con Tyler? » Il suo silenzio è una conferma. « Cos'è, uno scherzo, papà? »

Lui incrocia le braccia e resta in attesa, battendo il piede sull'asfalto. « Allora? »

Adesso si sta comportando in modo veramente ridicolo, e del tutto senza motivo. Potrei mettermi a ridere, invece mantengo la calma e fingo indifferenza. « Parlavo con lui perché è il mio fratellastro » dico in tono piatto. « Hai presente? Fa parte della *famiglia.* So che per te è un'abitudine bizzarra, ma la gente di solito parla con i propri familiari ».

Lo supero di scatto, reprimendo l'impulso di spostarlo con una spallata, e mantengo una distanza di sicurezza mentre cammino in fretta per raggiungere Ella e i ragazzi. Solo per sfidarlo, mi metto proprio accanto a Tyler. Però sto zitta, e Tyler non mi fa domande. Poco dopo papà ci raggiunge e si instaura il solito abituale silenzio, finché Ella dice: « Penso che il concierge abbia detto che era di qua ».

Svoltiamo sulla K Street, che è alberata e bellissima nella luce del mattino. Per strada ci sono le rotaie del tram e i marciapiedi non sono invasi dai turisti come a Los Angeles, forse perché è sabato mattina presto o forse perché Sacramento è mortalmente noiosa.

L'Ambrosia è a solo un minuto di distanza, all'angolo dell'isolato, con grandi vetrine che danno su una veranda esterna, e la cattedrale sull'altro lato della strada. A Ella piace, così entriamo.

Il locale è già affollato, la coda arriva quasi fino alla porta e così, dopo aver memorizzato tutte le nostre richieste, papà ed Ella ci mandano a occupare un paio di tavoli liberi vicino alle vetrine. Chase ha insistito per ordinare tre brioche al cioccolato.

Ci sediamo tutti e quattro. Jamie ha ancora gli auricolari. La sua musica è così forte che riesco a riconoscere il gruppo che sta ascoltando. Tyler ha unito i due tavoli, creando sei posti. Io mi tamburello con le dita sulla coscia.

« Pensate che me ne prenderanno tre per davvero? » chiede Chase dopo un minuto. Si volta a guardare con desiderio verso la cassa. Papà ed Ella parlano a bassa voce, molto vicini, mentre aspettano in coda. Scommetto che stanno litigando, ma dato che hanno la decenza di non fare scenate in pubblico tengono la voce discretamente abbassata.

« Ne dubito » dice Tyler.

Di colpo Jamie si alza, facendo strusciare la sedia contro il pavimento mentre si scosta dal tavolo. Si strappa gli auricolari e va verso la porta.

« Dove vai? » chiede Tyler, alzando la voce. Ha un tono autorevole, il che è strano perché è sempre stato lui quello che sfidava l'autorità.

« Jen mi sta chiamando » borbotta Jamie, lanciandogli un'occhiata truce, poi si preme il telefono all'orecchio ed esce. Lo guardo dalla vetrina. Ultimamente sembra che Jamie sappia parlare soltanto in tono aggressivo, sorridere solo in modo sarcastico. Non sembra mai felice.

Porto lo sguardo su Tyler. Ha l'aria perplessa mentre il suo sguardo passa da Jamie a papà ed Ella vicino alla cassa, che presumibilmente stanno ancora litigando. Mi guarda in cerca di una spiegazione. « Che cosa diavolo è successo? »

« Noi » gli rispondo in tono piatto, privo di emozione.

Io ho avuto un anno intero per accettarlo, per capire che il motivo per cui questa famiglia è così devastata siamo noi. Tyler ha avuto solo un paio di giorni, e a quanto pare è ancora nella fase della negazione. Cerca di convincersi che nulla di tutto questo succede *davvero* per colpa nostra, quando la dura realtà è che succede *esclusivamente* per colpa nostra.

« Voglio parlare con tuo padre ». È l'ultima cosa che mi aspettavo di sentirgli dire.

« Che cosa? »

« Per fare chiarezza ». Chase ci sta ascoltando e Tyler se ne accorge, così non dice altro e gli fa un sorriso. « Allora, sei pronto per la terza media? »

Chase si incupisce. « Guarda che devo iniziare il liceo ».

« Merda, di già? » Tyler sbatte le palpebre. Durante i suoi due anni di assenza, uno a New York e uno a Portland, è chiaro che ha perso la nozione del tempo.

Chase non apprezza il suo errore. Incrocia le braccia con un gesto teatrale e si gira dall'altra parte, come se fosse troppo offeso per guardare suo fratello.

« E dai, Tyler » dico in tono scherzoso, abbassando il viso e guardandolo da sotto le ciglia con aria condiscendente. « Dovresti tenerti aggiornato. A proposito, io ho diciannove anni ». Lentamente, le mie labbra si piegano in un sorriso. « Se per caso te lo fossi dimenticato ».

« Va bene, va bene » dice lui scuotendo la testa, ma sta cercando di non ridere. Raddrizza la schiena e allunga una mano sopra il tavolo, per strappare un petalo dal centrotavola floreale e lanciarmelo.

Quando si riappoggia allo schienale, mi guarda attraverso il tavolo come faceva un tempo: con occhi così ardenti che potrebbero ridurmi in ginocchio, un sorriso così naturale che è difficile credere che in passato lo simulasse.

Chiudo il petalo nel pugno, prima che qualcuno se ne accorga. Faccio 'Shhh' a Chase, ma non per chiedergli di tenersi per sé la faccenda del fiore.

11

Stranamente, durante la colazione non cerchiamo di ucciderci a vicenda.

Papà ed Ella smettono di discutere e si comportano come una coppia normale, come se fossero più felici che mai e le loro vite andassero a gonfie vele. Chase ravviva la conversazione noiosa con commenti acuti e divora le sue tre brioche. Jamie non tiene le cuffie nelle orecchie. Io sono addirittura la prima a finire di mangiare, per una volta, innanzitutto perché sono ancora affamata dopo aver saltato la cena, ieri sera, ma anche perché non mi sento tanto a disagio, oggi. Sto bene.

Mentre gli altri finiscono, tiro fuori il telefono. Papà mi lancia un'occhiata di disapprovazione ancora prima che abbia digitato il codice di accesso. Odia che si usino i cellulari a tavola, ma io odio *lui*, quindi gli faccio un sorrisetto tirato e torno a guardare lo schermo.

Mando dei messaggi alla mamma e a Rachael, per aggiornarle sulle ultime ventiquattr'ore. Ne scrivo uno anche alla mia compagna di stanza dell'università, per chiederle come va la sua estate. Sono quasi certa che sia molto meglio della mia. Poi mi rendo conto di non avere altre persone a cui mandare messaggi. La lista dei miei contatti è piena di nomi, ma non mi sento vicina a nessuno di loro. La faccio scorrere su e giù. Finisco per mandare un messaggio a Emily, perché sono sicura che sia l'unica altra persona nella mia rubrica a non detestarmi. Ho passato un mese intero a New York con lei, l'estate scorsa, e ogni tanto ci teniamo in contatto.

Come va straniera? Spero non male laggiù in Inghilterra.

Nessuno mi risponde. Blocco il telefono e lo sblocco di nuovo. Niente. Apro Twitter e dopo un minuto mi chiedo perché seguo così tanta gente con cui non ho mai scambiato una sola parola in vita mia. Però, a poco a poco, trovo aggiornamenti di persone che conosco bene, e mi prende uno strano senso di nostalgia per tutti loro, nonostante le cose brutte che sono successe negli ultimi anni.

@dean_carter1: ancora un paio mesi in officina poi si va a Berkeley. Incredibile!!

In allegato c'è una foto di Dean con la tuta da lavoro, ricoperto di grasso, accanto a suo padre. Sono appoggiati a una Porsche malconcia. Clicco 'Mi piace'.

@x_tifff: sto pensando di cambiare pettinatura... che cosa ne pensate ragazzi?

Non vedo Tiffani da una vita. Altro 'Mi piace'.

@x_rachael94: perché Desperate Housewives causa dipendenza?

Lo sta *ancora* guardando? 'Mi piace'.

@meghan_94_x: i venerdì sera con jared sono fantastici

Sono invidiosa del loro amore così facile. Mi piace.

@jakemaxwell94: SONO UBRIACO MARCIO!!!!!

Postato alle 3:21 di mattina. 'Mi piace'.

Cerco l'account di Tyler. L'ho fatto troppo spesso, e ancora non è cambiato nulla. Il suo ultimo aggiornamento risale a giugno dell'anno scorso.

Alzo gli occhi dallo schermo. Lui è seduto proprio di fronte a me, sta finendo in silenzio i suoi cereali e ascolta Ella, che propone di andare a visitare il Campidoglio. Quando si accorge che lo sto guardando, si volta e inarca un sopracciglio con aria interrogativa.

Zero aggiornamenti. Neanche un tweet. Silenzio assoluto.

Mi chiedo come abbia passato l'ultimo anno, a che cosa abbia pensato. Come trascorreva le giornate, con chi parlava. Se si è mai sentito solo.

Scuoto la testa dolcemente come per dirgli: 'Niente', e riabbasso gli occhi sul telefono. Odio come stanno le cose.

Tyler si schiarisce la gola, ma io non rialzo lo sguardo. Allora sento che mi dà un colpetto col piede, sotto il tavolo. I miei occhi guizzano su di lui. Ha spinto via il piatto e ha appoggiato i gomiti sul tavolo, con le mani intrecciate. Le sue labbra si aprono in un sorriso, ma così lentamente che all'inizio quasi non me ne accorgo. Poi si volta verso mio padre.

«Dave».

Papà si gira subito a guardarlo. La conversazione sulla possibilità di prendere una macchina più bella si interrompe e tutti si azzittiscono, stupiti non solo dal fatto che Tyler abbia parlato all'improvviso, ma che si sia rivolto proprio a papà. E naturalmente papà non si sforza di rispondergli, rifilandogli soltanto un'occhiata carica di disprezzo.

Questo però non scoraggia Tyler, che deglutisce, e io metto via il telefono per concentrarmi, perché sono curiosa di capire in che modo intenda 'fare chiarezza'. « Possiamo parlare un secondo fuori? » gli chiede, fa un cenno verso la porta e si alza.

« Possiamo parlare anche qui » ribatte papà. Non si sposta di un millimetro, rimane fermo sulla sua sedia e aggrotta le sopracciglia in una smorfia sgradevole. Conoscendolo, sospetterà di sicuro che Tyler abbia cattive intenzioni.

« Okay » dice Tyler. Prende la sua sedia e gira intorno al tavolo, piazzandola fra Ella e papà. Tutti gli occhi sono puntati su di lui. È molto raro che Tyler e mio padre si rivolgano la parola, ed è ancora più raro che uno dei due lo faccia *spontaneamente.*

Si siede a cavalcioni della sedia e mantiene su papà uno sguardo deciso ma amichevole. « Allora » dice fermandosi per un secondo, come per organizzare mentalmente il discorso che vuole fare. Lo osserviamo tutti con la massima attenzione, in particolare Ella. « Allora » ripete, « volevo soltanto scusarmi ».

« Scusarti? » ripete papà. La parola suona estranea nella sua bocca, perché lui non si scusa assolutamente mai, per nessun motivo. Sposta gli occhi su Ella, come per chiederle se tutto questo sia opera sua, ma lei alza le spalle, anche se il suo viso si illumina di sollievo. Papà guarda di nuovo Tyler.

« Sì, volevo scusarmi » risponde Tyler, poi afferra lo schienale della sedia e si inclina un po' all'indietro. Fa un sospiro. Io ascolto con il fiato sospeso: l'ultima cosa che mi aspettavo era che Tyler porgesse delle scuse a papà. Avrebbe dovuto accadere il contrario. « So che non sono stato un ragazzo facile da gestire » continua lui « e so che ti ho fatto passare l'inferno con le mie continue risposte sgarbate, le uscite di nascosto, l'alcol e tutti i miei casini. Ero un vero idiota, quindi capisco perché non fossi entusiasta di me. Però qualche merito devi riconoscermelo: mi sono diplomato, mi sono trasferito dall'altra parte del Paese, ho fatto la campagna di sensibilizzazione. Mi sono ripreso.

Non sono più il ragazzo che hai conosciuto cinque anni fa». Esita, come se fosse nervoso, e mi guarda negli occhi per una frazione di secondo. «E a proposito di Eden» sussurra. Papà quasi si strozza. «Ti capisco. Ti capisco sul serio, cazzo, ma non c'è niente che io possa fare per cambiare quello che è successo. È andata così, puoi considerarci pazzi, e magari lo siamo stati, ma, Dave, è ora di superarla. È una storia finita, e se continui a essere così incazzato finirai per perdere la testa». Ogni volta che Tyler dice una parolaccia sento che Ella fa un sospiro. «E se ricominciassimo da capo?» Si china in avanti e tende la mano a papà. «Che ne dici?»

Ella ha l'aria estatica. Probabilmente sta pensando 'Finalmente. Finalmente siamo sulla strada giusta'. Io non sono d'accordo, perché so per certo che Tyler non sta dicendo a papà tutta la verità. Soltanto ieri mi ha chiesto ancora di andare a Portland con lui, di sistemare le cose fra di noi, di dargli un'altra possibilità, di farmi coinvolgere di nuovo in questo casino. E anche se per tutto l'anno ho desiderato scrivere la parola fine alla nostra storia, d'un tratto mi accorgo che mi piace considerarla una questione ancora aperta, accarezzare la speranza di avere ancora una chance.

'È una storia finita' ha detto Tyler a papà.

'Fra noi è finita' ho detto io a Tyler.

Però forse non è così.

Forse c'è ancora un *noi.*

Al solo pensiero, il mio cuore fa un tuffo nella cassa toracica e mi riporta velocemente alla realtà. Sbatto le palpebre un paio di volte, un po' intontita, e cerco di concentrarmi su papà.

Sta fissando la mano tesa di Tyler come se non ne avesse mai vista una in vita sua. Il suo sguardo è pieno di sdegno, e quando incrocia quello di Ella vedo che lei cerca disperatamente di incoraggiarlo, con un cenno della testa. Era questo che lei voleva dal weekend: scuse, perdono e la possibilità di migliorare le nostre relazioni.

Ma papà non è sulla stessa lunghezza d'onda, perché invece di raddrizzare la schiena e stringere la mano a Tyler, si fa più indietro sulla sedia e incrocia le braccia al petto, poi si volta. «Se qui abbiamo finito, sarà meglio andare».

'Che stronzo' penso. Ho queste parole sulla punta della lingua e sono a tanto così dal mettermi a gridarle in mezzo al locale. Per trattenermi devo aggrapparmi alla base della mia sedia con una mano, e coprirmi le labbra con l'altra.

« *David* » sibila Ella. Sembra sbalordita e senza dubbio furiosa. La sua speranza di aggiustare le cose è svanita in un istante: mio padre non solo è troppo testardo per scusarsi, ma anche per accettare delle scuse. Qui non cambierà mai nulla, se prima non cambia lui.

« Mi trovate qui fuori » dice papà in tono brusco. Scosta la sedia, senza mai incrociare lo sguardo di Tyler, e si avvia a grandi passi all'uscita. Lo guardiamo attraverso le vetrine: è sprofondato in una sedia in veranda e sta guardando la cattedrale.

Dentro, nessuno di noi apre bocca. Tyler lascia ricadere lentamente la mano e si volta verso di noi, con una minima scrollata di spalle. È di sicuro la persona migliore fra i due, e papà è chiaramente l'idiota. Persino Jamie sta zitto, anche se non riesco a capire da che parte stia. Di solito difende papà, ma ho l'impressione che in questo caso sia diverso.

« Incredibile » sussurra Ella, scuotendo la testa sbalordita. Sta fissando papà, con aria indignata, e quando ci lancia un'occhiata capisco che è più incazzata che sconvolta. « Restate qui » ci dice. Il suo tono adesso è severo e nessuno di noi dice una parola, mentre si alza. Prima di andare ha un momento di esitazione, in cui prende il viso di Tyler fra le mani e gli pianta un rapido bacio sui capelli. « Sono fiera di te » sussurra, poi gli stringe la spalla e va verso la porta.

Restiamo tutti e quattro in silenzio, a guardarla dalla vetrina. È in piedi di fronte a papà e lo guarda inferocita, con le mani sui fianchi. Senza dubbio gli sta chiedendo a che diavolo di gioco sta giocando. Papà si alza e comincia a gesticolare in modo aggressivo, scuote la testa come fa sempre, infastidito, e alza gli occhi al cielo con rabbia. Ella si accorge quasi subito che li stiamo osservando. Prende papà per il gomito e lo trascina via, dietro l'angolo, fuori dalla nostra vista. È come se credessero che se non litigano davanti a noi, allora è come se non fosse successo niente. Invece noi lo sappiamo benissimo, tutte le volte.

A questo punto Chase si volta verso Tyler e chiede: « Perché non ti ha stretto la mano? »

Non credo che Tyler lo sappia, perché guarda verso di me, come se io potessi fornire una spiegazione del comportamento di mio padre, ma non è così. Faccio spallucce, così Tyler può dire soltanto: « È complicato ».

« In realtà no » interviene Jamie. La sua espressione è indifferente, si china in avanti e incrocia le braccia sul tavolo, gli occhi fissi su Tyler. « A Dave non piaci. Non gli sei mai piaciuto e mai gli piacerai. Tutto qui ». Non lo dice per cattiveria, ma perché è la verità, ne siamo tutti consapevoli.

A parte, forse, Chase, che inarca un sopracciglio e chiede ancora: « Ma perché? »

« È complicato » ripete Tyler.

Questa volta Jamie non cerca di spiegarlo. Chase è sempre rimasto all'oscuro di molti dettagli della vita di Tyler. Non sa la verità sul padre. Non sa che Tyler si drogava. Non conosce il vero motivo per cui Tyler era a New York. Ella gli ha detto che andava a organizzare degli eventi, e lui non ha chiesto altro. A volte mi dispiace per lui, ma in fondo sono contenta che non sappia nulla.

Con la coda dell'occhio vedo papà ed Ella. Stanno superando le vetrine per tornare verso la porta, ma non parlano e non stanno vicini. Papà è rimasto indietro, scuro in volto come sempre. Neanche Ella sembra contenta, ma papà aspetta fuori sul marciapiede mentre lei rientra nel locale.

Quando apre la porta, sul suo viso si dipinge un largo sorriso. È così forzato che temo quasi possa farle male. Comunque lo mantiene, e ci guarda con aria entusiasta mentre si avvicina, creando l'illusione che vada tutto bene, che lei e papà siano tranquilli e che tutti siamo felici.

« Andiamo a vedere il Campidoglio » ci comunica, e tutti ci alziamo senza esitare.

* * *

Quando rientriamo, alle dieci di sera, sono più che felice di tornare in albergo. È stata una giornata lunga: la tensione tra papà ed Ella era tangibile, abbiamo consumato altri pasti imbarazzanti, visitato noiosi musei, centri commerciali e persino il roseto intitolato alla pace nel mondo, che non ha per nulla pacificato noi. Tyler è stato incredibilmente silenzioso; da quando siamo usciti dall'Ambrosia, stamattina, ha a malapena aperto bocca ed è rimasto ad almeno due metri da me per tutto il tempo, forse perché papà gli lanciava occhiate di fuoco ogni trenta secondi. Anche mio padre sembra provato. Neanche lui ha parlato molto, dopo colazione, e sembra troppo imbronciato per la sua età, come un bambino che mette il muso perché nessuno vuole parlare con lui. Jamie ha interagito soltanto con il suo telefono per tutto il giorno.

Anche se mi ero svegliata di buonumore, la giornata è stata una delusione. Quando arriviamo alle porte delle nostre stanze ci sentiamo tutti letargici e svuotati. Indugiamo per un attimo, per vedere chi romperà il silenzio.

Come sempre, lo fa Ella. « Ricordatevi di puntare la sveglia » sussurra, infilandosi una ciocca ribelle dietro l'orecchio. Siamo disposti in un perfetto semicerchio e lei ci guarda uno per uno. « Anzi, no. Domani è domenica. Niente sveglia ».

« Evviva! » commenta Chase sottovoce.

Papà è il primo a tirare fuori la chiave magnetica, aprire la sua porta e sparire all'interno. Non rivolge la parola a Ella, nemmeno per augurarle la buonanotte. Non si parlano, perché Ella è ancora furente. Me ne accorgo benissimo, anche se lei si sforza tanto di non darlo a vedere.

« Notte » borbotta Jamie. Segue papà nella loro stanza e chiude la porta.

Subito Ella si lascia sfuggire il sospiro che ha trattenuto per tutto il giorno. China la testa e si preme i palmi delle mani sulle tempie, con gli occhi chiusi, come se stesse per avere un crollo di nervi. Non posso biasimarla. È un anno ormai che cerca di tenere unita questa famiglia, e le cose non sembrano migliorare mai.

« Ehi » dice Tyler, rivolto a Chase. Prende la chiave magnetica dalla tasca posteriore dei jeans e gliela dà. « Perché non vedi se c'è qualcosa di buono in tv? Io arrivo fra un secondo ».

Chase annuisce e inserisce la chiave magnetica nella fessura, poi entra voltandosi per un istante a guardarci. Non appena la porta si richiude, Tyler fa un passo verso Ella.

« Mi dispiace tanto » sbotta lei, guardandolo dal basso, mentre ai lati degli occhi le si formano delle rughe. Lui è molto più alto di lei. « Non posso credere che si sia comportato in quel modo ».

« Non perderci il sonno » le dice Tyler, in tono fermo ma a voce bassa, perché papà si trova pur sempre dall'altra parte del muro. Con dolcezza, le prende i polsi e le allontana le mani dal viso. Non lascia la presa. «Sul serio, mamma. Un po' me l'aspettavo, e comunque non è la fine del mondo. Non possiamo pretendere che io cominci a piacergli di punto in bianco. Ci vorrà del tempo».

«Ma *non ne abbiamo,* Tyler» ribatte lei con un gemito. Si libera i polsi, la sua voce ridotta a un bisbiglio. «Non capisci? Lunedì te ne andrai e non sarà cambiato niente. Tutto resterà esattamente come prima. E... Eden» dice rivolgendosi a me, «tu a settembre partirai di nuovo e il rapporto con tuo padre non è per niente migliorato».

«Non importa» dico alzando le spalle. «Forse te ne sarai già accorta, ma ho smesso di provarci».

Lei impallidisce, scuotendo la testa. «Hai idea di quanto sia tremendo sentirtelo dire? Che tu sia arrivata al punto che non ti interessa neanche più di non avere un rapporto con tuo padre?»

«Lui non vuole. Non lo ha mai voluto, e tantomeno adesso, dopo tutto quello che è successo». Non posso evitare di guardare verso Tyler. Sia lui sia Ella sanno esattamente a che cosa mi riferisco.

«Non so cosa fare» ammette lei.

«Dormici sopra» suggerisce Tyler. «Davvero, non è così terribile».

Lei corruga la fronte. «Non sono d'accordo».

«Credimi, mamma» insiste lui. Parla così piano che la sua voce suona roca. «Alla fine Dave si calmerà, e anche Jamie. Quando succederà, sono sicuro che andrà tutto a posto. Perché, dai, non prendiamoci in giro. Niente di tutto questo sarebbe successo se non fosse stato per noi». Mi lancia un'occhiata di sbieco per una frazione di secondo, ma poi il suo sguardo ritorna su Ella. «Quindi, quando avranno accettato che è successo, i litigi finiranno. Tu e Dave starete bene».

'Da quando è diventato così maturo? Quando ha imparato a essere così rassicurante?'

Ella non sembra ancora molto convinta, così intervengo a dare man forte a Tyler. «Ha ragione lui, prima o poi lo supereranno» dico, anche se io stessa non ci credo fino in fondo.

«Lo spero proprio» sussurra lei. C'è un breve momento di silenzio in cui guarda per terra, come se nella sua mente si agitassero milioni di dubbi e preoccupazioni. Quando alza gli occhi, sorride, ma è un sorriso triste. «Bene, è ora di andare a nanna». Si fa scivolare la borsa dalla spalla e comincia a cercare la chiave magnetica. «Stanotte cerca di dormire un po', Tyler».

«Senti, posso rubarti Eden per un secondo?» chiede lui.

Ella smette di frugare nella borsa e alza gli occhi di scatto. Guarda Tyler per un momento, poi guarda me. Non ho idea di cosa voglia Tyler, ma devo reprimere una risata. Non posso credere che le abbia chiesto una cosa del genere. Lei non ci lascerebbe da soli per niente al mondo. Sarebbe una follia.

«Dovunque vogliate andare, non fate troppo tardi» dice invece. Tira fuori la chiave dalla borsa, si gira verso la porta della nostra camera e la inserisce nella fessura.

«Aspetta» dico sbattendo le palpebre, incredula. «Che cosa?»

«Non fate tardi» ripete lei, spingendo la porta. La tiene aperta e ci guarda con un sopracciglio inarcato, come in attesa che le chieda altre spiegazioni.

E infatti gliene chiedo. «Ho capito, ma... cioè... *che cosa*?» La sto fissando con la bocca semiaperta. «Perché non dici di no? Hai dimenticato quello che c'è stato fra noi?»

«Oh, Eden» sussurra lei, e per la prima volta in tutta la giornata fa un'autentica risatina, anche se sommessa. «Tieni». Allunga la mano e mi dà la chiave magnetica. «Comportatevi bene. So che è sabato sera, ma vi prego non cercate di imbucarvi in qualche locale, o cose del genere».

«Troppo faticoso» risponde Tyler, sorridendo. «Buonanotte, mamma».

«Buonanotte a voi». Ci manda un bacio, entra in camera e si chiude la porta alle spalle con un *clic*, lasciandoci immersi nel silenzio.

Per un attimo sono assolutamente sbalordita. Mi chiedo come sia possibile che Ella ci permetta di stare da soli. È come lanciare una bombola di gas in un incendio, è da incoscienti. Il mio stupore svanisce solo quando mi viene in mente che ha fatto la stessa cosa giovedì mattina, quando mi ha teso quell'imboscata con Tyler. Ci ha lasciato da soli. È come se *volesse* farci parlare.

Mi volto verso di lui, con uno sguardo interrogativo. «Per quale motivo, precisamente, mi volevi rubare?»

Lui fa 'Shhh' e si preme l'indice sulle labbra. Con l'altra mano fa un gesto verso la porta di papà e Jamie, poi fa un cenno della testa verso gli ascensori. Quando si muove, lo seguo. Arrivati agli ascensori, allungo subito una mano per premere il pulsante, ma lui la intercetta e mi blocca.

La sua presa è decisa ma delicata. Aggrotto le sopracciglia, fissando la sua mano che avvolge la mia. Quando alzo lo sguardo sul suo viso, lui ha già gli occhi puntati su di me, pieni del solito calore. Il contatto con lui mi fa battere il cuore troppo forte, mi sento quasi delusa quando mi lascia andare e fa un passo indietro.

Per un momento, lì in mezzo al corridoio, osserva la mia espressione. I suoi occhi intensi studiano il mio viso, alla ricerca della risposta a una domanda che non conosco. « Portland » dichiara. « Tu, io. Andiamo ».

« Tyler... » Abbasso le spalle e sospiro. Se gli sento nominare Portland un'altra volta do di matto. « Non ricominciare ».

« Hai detto che ci avresti pensato, se fossi rimasto » mi dice in tono già insistente, quasi implorante. « Me ne sarei potuto andare ieri sera, ma non l'ho fatto. Sono rimasto, e ho fatto la figura dell'idiota davanti a tuo padre, e so che ci sarebbe ancora soltanto un giorno da passare qui, ma dubito che ci perderemmo un granché. Non dobbiamo neanche parlargliene, domattina saremo già partiti ».

« Non possiamo andarcene così » sussurro. Le porte dell'ascensore si aprono con un *ping* e ne esce una coppia mezza ubriaca. I due si sostengono a vicenda fino alla loro camera. Io e Tyler ci spostiamo vicino al distributore automatico di bibite, per lasciarli passare, e restiamo in silenzio finché non si allontanano tanto da non poterci sentire.

A questo punto Tyler si volta di nuovo verso di me. Il suo tono è più urgente di prima. « Perché non possiamo? Dammi una buona ragione ».

« Peggiorerà la situazione » dico senza neanche doverci riflettere. « Non credo che mio padre sarebbe entusiasta di svegliarsi e scoprire che sono fuggita durante la notte insieme a te, soprattutto dopo che gli hai detto che tra noi era tutto finito ».

« Per essere una a cui non importa di avere un rapporto con lui, mi sembra che ti preoccupi molto delle sue opinioni » mi fa notare Tyler. Inarca un sopracciglio e stringe le labbra, ma non mi dà il tempo di formulare una risposta. « Davvero ti importa cosa penserà tuo padre? Sei adulta. Lui non può influenzare le tue decisioni ».

« E tua madre? » mi affretto a chiedere. Voglio cambiare argomento, perché so che Tyler non ha tutti i torti. Solo che non voglio ammetterlo. « Vuoi lasciarla da sola a gestire tutto questo casino? »

« Se noi ce ne andiamo, non ci sarà più niente da gestire ». Si appoggia all'indietro contro il distributore e si infila le mani nelle tasche anteriori dei jeans. «Siamo noi il problema qui, ricordi?»

«Ma certo» rispondo seccamente. «Non ci sarà niente da gestire, a parte la nostra *sparizione.* Se pensi che non gliene importerà niente, sei un illuso. Se me ne vado con te, mio padre non mi farà mai più rimettere piede in casa sua».

«Non ho mai detto che non gliene sarebbe importato. Ma non dovrebbe importare *a noi*». Appoggia la testa all'indietro, contro il distributore, guarda il soffitto, poi si toglie le mani dalle tasche e se le passa tra i capelli. «Per una volta, Eden» dice piano, sussurrando. «Una volta sola».

Cerco di ricordare tutto quello che è successo negli ultimi tre giorni, dal momento in cui Tyler è ricomparso. Cerco di mettere insieme tutte le emozioni che ho provato, dalla collera all'amore. Cerco di capire che cos'è che voglio, se mettere fine per sempre alla nostra storia o provare a darci un'altra chance.

Ma la verità è che non sono mai stata così confusa. I miei pensieri sono disordinati, ingarbugliati, faccio fatica a capire cosa provo davvero. Negli ultimi giorni ho continuato a oscillare fra il desiderio che con Tyler non succedesse nulla e quello che invece succedesse qualcosa. Dopo ieri sera sono più incline a sperare nella seconda cosa, ma è comunque difficile saperlo per certo. Avere sempre intorno la nostra famiglia sembra offuscare il mio giudizio, perché riesco solo a pensare che la nostra è una storia impossibile, ingiusta verso di loro. Sbagliata. Questi pensieri mi infestano la mente e mi condizionano. L'unico modo per riuscire a capire cosa provo è stare da sola con Tyler, prendermi abbastanza tempo e spazio per capire se vale ancora la pena lottare per noi due.

Devo andare a Portland con lui.

Mi sento la testa pesante, ma il mio sguardo si rimette a fuoco. Il petto di Tyler si alza e abbassa al ritmo del suo respiro lento e profondo. Ha lo sguardo ancora rivolto al soffitto. Non so cosa mi prende, ma non riesco a impedirmi di fare un passo verso di lui e di premergli la mano sul petto, solo per provare quella sensazione. Il mio gesto lo fa sobbalzare. Subito abbassa lo sguardo sulla mia mano, posata sulla sua maglietta. Sento il suo battito che accelera.

«Quando si parte?»

12

Sono le cinque del mattino.

Fra un quarto d'ora ho appuntamento con Tyler in corridoio.

Non ho chiuso occhio. Non ci riesco. Non solo perché ho paura di non svegliarmi in tempo, ma perché sono agitata. Ho fatto la doccia e mi sono asciugata i capelli come potevo, con un asciugamano. Mi sono aggirata per la stanza in punta di piedi, raccogliendo tutte le mie cose per sistemarle nella valigia. Ho messo in carica il telefono e mi sono truccata. Ho anche guardato un po' di tv, naturalmente senza volume. Ella sta dormendo.

Saremmo potuti partire ore fa. Avremmo potuto guidare per tutta la notte e arrivare a Portland prima di mezzogiorno. Da Sacramento, siamo quasi a metà strada. Ma Tyler voleva riposare un po' prima di affrontare un viaggio così lungo. Quindi, anche se io non ho dormito, spero che lui ci sia riuscito.

Sono seduta davanti alla toeletta e controllo di tanto in tanto l'ora sul display del telefono, ma il tempo sembra rallentare. Faccio un breve sospiro nel buio che mi circonda, poi mi lancio una rapida occhiata alle spalle, per controllare che Ella non si sia mossa. Non lo ha fatto, ma il senso di colpa in breve mi assale, smorzando l'eccitazione che mi aveva invaso.

Penso a quanto si infurierà quando si sveglierà e scoprirà che non ci sono, e a quanto la sua rabbia crescerà vedendo che non c'è neanche Tyler. Si consulterà con papà e arriveranno all'ovvia conclusione che io e Tyler siamo partiti insieme. Non si fideranno mai più di noi, perché abbiamo di nuovo combinato un guaio.

Mi cade l'occhio sul blocco per gli appunti dell'albergo, appoggiato sul ripiano. C'è anche una penna. Papà non si merita una spiegazione, ma Ella sì. Prendo carta e penna e, mordendomi il labbro, comincio a pensare cosa scriverle. Alla luce del telefono scarabocchio le prime parole che mi sembra abbiano un senso.

Posso spiegarti. Chiamami. Oppure chiama Tyler, fa lo stesso. Saremo insieme.

Fisso il messaggio per un po'. Poi aggiungo: *Perdonami.*

Strappo la pagina dal blocco e mi alzo, poi mi volto verso Ella. È sempre immobile. Cammino a passi lenti e cauti verso il letto e appoggio il foglio sul comodino, proprio accanto al suo telefono, in modo che non possa non vederlo, domattina. Almeno, quando mi chiamerà, potrò darle una spiegazione senza doverla guardare negli occhi. Così sarà più facile.

Torno dall'altra parte della stanza e spengo la tv. Accosto la sedia sotto il ripiano della toeletta. Liscio le pieghe del copriletto. Sprimaccio persino i cuscini intonsi e, quando controllo il telefono, scopro che sono le 5:13. È ora di andare. Di fuggire.

Prendo la valigia e la trascino sulla moquette, a passi felpati. Il cuore mi martella nel petto. Non mi guardo indietro. Allungo una mano, afferro la maniglia della porta e, molto lentamente, la apro. Fa un lieve scricchiolio, ma io sguscio in corridoio e me la chiudo alle spalle con grande attenzione. Faccio un sospiro di sollievo e un passo indietro.

Alla mia destra, Tyler è appoggiato al muro, con la tracolla del borsone sulla spalla e una mano nella tasca dei jeans. Con l'altra sta giocherellando con le chiavi della macchina. Quando il mio sguardo incontra il suo, sorride. « Ci aspetta un lungo viaggio ».

All'improvviso, mi sento intorpidita. Mi cedono le gambe e la mia testa sembra fluttuare sopra le spalle. Non posso credere che lo sto davvero facendo. Sto veramente andando a Portland. Sto veramente seguendo Tyler. Sono eccitata e sconvolta allo stesso tempo. Faccio del mio meglio per soffocare il nervosismo e dico in un sussurro: « Andiamo ».

Il suo sorriso si allarga. Fa un cenno della testa verso il corridoio e gli ascensori. L'albergo è silenzioso, addormentato. Non resterà così per molto. Presto saranno tutti svegli, non soltanto io e Tyler. Ma a quel punto noi saremo già partiti.

Camminiamo furtivamente lungo il corridoio, a passi leggeri.

Finché non sentiamo il cigolio di una porta che si apre.

Finché non sentiamo la voce di Ella.

Finché non ci blocchiamo di colpo e ci voltiamo.

Ella fa capolino dalla porta della camera. Ha una giacca intorno alle spalle, che si tiene chiusa davanti al petto, e strizza gli occhi, infastidita dalla luce improvvisa. « Uno di voi due vuole spiegarmi? »

Piombo nella disperazione, il cuore mi precipita nello stomaco. Apro le labbra, incredula, e sbatto le palpebre. In questo momento riesco solo a pensare alla dura realtà che 'Merda, stiamo per finire nel braccio della morte'. Portland è ormai irraggiungibile, e la possibilità di una qualsiasi speranza per me e Tyler è svanita nel nulla.

« Mamma » dice Tyler a voce bassa, e poi comincia a balbettare. « Io... cioè, noi... » Poi Ella lo interrompe.

« Dove state andando? » Inarca un sopracciglio e lancia un'occhiata sospettosa alla mia valigia e al borsone di Tyler. Fa un passo nel corridoio, ma senza allontanarsi troppo: deve tenere la porta aperta con il tallone, per evitare di restare chiusa fuori. « Per favore, ditemi soltanto questo. State tornando a casa o andate a Portland? Dove? »

Lentamente, Tyler espira nell'aria immobile del corridoio. Tutto il suo corpo, accanto a me, sembra rilassarsi. « Portland » dice piano.

« Okay » bisbiglia Ella dopo un momento di silenzio. Ci guarda con intensità, nei suoi occhi c'è un misto di sfinimento e di calore. Si stringe addosso la giacca. « Per favore, andate piano ».

Adesso la sto fissando con la stessa espressione che avevo ieri sera, che significa 'Che cosa diavolo stai dicendo?' Dev'esserci qualcosa che non va in lei. Per forza. Dopo tutti questi mesi in cui tutti mi hanno fatto il lavaggio del cervello ripetendo che io e Tyler non dovevamo stare insieme, ora Ella dice che va bene? Non è un problema lasciarci soli a parlare? E nemmeno lasciarci andare insieme in un altro Stato?

Neanche Tyler se lo aspettava, perché quando lo guardo di sottecchi, per controllare la sua reazione, vedo che è sbalordito quanto me: ha spalancato gli occhi e piegato la testa di lato. « Andate piano? » ripete.

« A Portland, naturalmente » chiarisce Ella senza battere ciglio. Inclina la testa, imitandolo. « Siate prudenti, per strada. Mi raccomando, Tyler. Non correre ».

« Non hai intenzione di fermarci? » le chiedo. Ormai devo sembrarle un disco rotto, che continua a mettere in dubbio le sue decisioni, ma è solo perché non riesco a spiegarmele.

« Perché dovrei? » ribatte lei, con un tono pieno di affetto e dolcezza. Stiamo tutti bisbigliando, e il corridoio è freddo. « Avete il diritto di fare le vostre scelte. E poi dubito che domani le cose possano miracolosamente cambiare ».

« Ma... *perché*? » Davvero, voglio sapere soltanto questo. *Perché* mi ha passato i messaggi di Tyler nell'ultimo anno, come ha fatto il 4 luglio. *Perché* mi ha fatto venire a casa giovedì mattina per incontrarlo. *Perché* ieri sera non si è irrigidita al solo pensiero di noi due insieme, da soli. *Perché* non ci impedisce di partire per Portland. Perché, perché, perché? « Non credo che papà sarà contento di scoprire che non ci hai fermati, quando ne hai avuto la possibilità ».

« Intanto, non è necessario che lo sappia » risponde lei, sollevando lentamente gli angoli della bocca in un sorriso, che somiglia quasi a un ghigno. « E comunque, Eden, so come gestire tuo padre. Anche se sono sposata con lui, non significa che io condivida le sue opinioni ».

Appena lo dice, capisco che cosa intende. « Cioè... cioè la sua opinione su di noi? » Guardo di nuovo Tyler.

Ella fa solo un cenno con la testa, ma mi dice tutto quello che serve. Ci ho messo un anno a capirlo, perché non lo consideravo neanche lontanamente possibile. Non mi era mai passato per la mente. Devo dirlo ad alta voce, devo chiederglielo, solo per avere l'assoluta certezza che la mia interpretazione sia giusta.

« Non sei contro di noi? »

Ella fa una risatina sommessa, come quella di ieri sera, come se le risposte alle mie domande fossero ovvie, come se non fosse niente di importante, mentre invece lo è. « Ho mai detto di esserlo? » mi chiede, sempre bisbigliando. Non solo è prestissimo, ma papà è a pochi passi da noi. « È stata una sorpresa, certo che lo è stata, ma mi importa molto più di voi che non della disapprovazione altrui. E vi capisco, credetemi. Le circostanze sono sfavorevoli, a volte sento di dovere delle scuse a tutti e due. Non so bene come gestire la situazione, ma se volete andare a Portland, andateci. Se volete restare, restate. Se volete tornare a casa, tornateci. La decisione spetta a voi, e io non ho intenzione di ostacolarvi ».

Mi viene da vomitare. 'Come è possibile?' Papà probabilmente chiederebbe il divorzio, se sapesse quanto sono diversi i loro punti di vista. Per tutto questo tempo ho creduto che Ella fosse dalla sua parte.

Quando guardo di nuovo Tyler, un sorriso gli sta invadendo gli occhi. «Sai mamma, ho sempre avuto l'impressione che tu fossi molto più fantastica di quanto pensassi».

«Hai ragione, lo sono» concorda lei, ma poco dopo il suo sorriso vacilla e fa un respiro profondo. «Però ditemi, per quanto tempo avete intenzione di restare a Portland? Perché, Eden, tu prima o poi dovrai rientrare a casa, e poi a Chicago». Mi guarda seria, ma i suoi occhi emanano dolcezza: non so come faccia a essere severa e al tempo stesso amorevole, però in qualche modo ci riesce. Poi guarda Tyler con la stessa identica espressione. «E ho bisogno che anche tu torni a casa più spesso. Non una volta all'anno. Una volta al mese. Sono disposta anche a pagarti i voli, per risparmiarti i viaggi in macchina».

«Se ne può discutere» replica Tyler con un cenno della testa. Non ha ancora smesso di sorridere. Sposta il peso da un piede all'altro, sistema la tracolla del borsone più in alto sulla spalla e mi guarda. «Sei pronta alla partenza?»

Non riesco neanche a comunicargli il mio assenso. Sono ancora sotto shock, i miei occhi continuano a tornare su Ella. «Sei sicura?» La mia voce è carica di dubbi. Sto ancora aspettando che dica la battuta finale di questo scherzo.

«Assolutamente sì. Se volete partire, allora muovetevi, così posso recuperare un paio d'ore di sonno. E ricordatevi, questa conversazione non è mai avvenuta. Io non ho visto nessuno dei due». Lentamente arretra dentro la nostra camera, non senza sporgersi un'ultima volta dalla soglia. «Guidate con prudenza».

La porta si chiude con un *clic*, e lei sparisce. Restiamo in silenzio. Mi volto verso Tyler. Ha un sorriso enorme, gli occhi luminosi e la sua perfetta dentatura in bella mostra.

«L'hai sentita» dice nel suo tono di voce normale. Fa una smorfia, accorgendosi di aver parlato a volume troppo alto. Alza il cappuccio della felpa blu scura, coprendosi i capelli. Le sue parole successive sono sibili e bisbigli euforici. «Andiamocene da qui».

Mi prende la mano. Le nostre dita si intrecciano, finalmente, il calore della sua pelle si irradia sulla mia, io stringo la sua mano così forte che mi fanno male le nocche. Non riesco a impedirmelo. Non voglio lasciarlo andare, e non voglio che lui si stacchi da me. È una sensazione molto più eccitante di quanto avrei mai creduto e, per quanto sia semplice, mi fa comunque accelerare il battito del cuore. Forse è il nervosismo per l'ignoto in cui mi sto buttando, senza sapere bene perché. Forse, e dico forse, il motivo è l'entusiasmo per tutto questo: per la mano di Tyler nella mia, per la pelle d'oca, per il dolore nel petto, dove il mio cuore sbatte furiosamente contro la cassa toracica.

Mano nella mano, mettiamo in atto la nostra fuga. Acceleriamo il passo e il mio cuore martella ancora più forte, mentre Tyler mi guida lungo il corridoio fino all'ascensore e la mia valigia scivola sulla moquette, dietro di me. Anche durante la discesa, il mio cuore rimane stretto in una morsa. Lo attribuisco al fatto che sto innegabilmente impazzendo, travolta da un miscuglio di emozioni. Ansia e sollievo, trepidazione ed esaltazione. Andare a Portland può rivelarsi la migliore o la peggiore decisione della mia vita, sarà il tempo a dircelo.

Solo nel secondo ascensore, che ci porta su verso i parcheggi, Tyler mi chiede: « Hai dormito un po'? »

« No » ammetto. Le nostre dita sono ancora intrecciate, come se fosse la cosa più naturale del mondo. « E tu? »

« Sì. Però senza volerlo ho svegliato Chase ». Alza le spalle e fa una risatina.

« Glielo hai detto? »

« No. Si è riaddormentato letteralmente all'istante ».

Le porte dell'ascensore si aprono sul quarto livello del parcheggio coperto. È ancora molto buio, anche se è l'alba, e non appena Tyler mi porta fuori dall'ascensore, sul parcheggio di cemento, sento l'aria fresca. La sua macchina è nell'angolo in fondo e all'inizio non la riconosco, perché non mi sono ancora abituata al cambiamento. Di sicuro non attira l'attenzione come quella di prima. Magari adesso lui preferisce così.

Quando la raggiungiamo, Tyler lascia la mia mano e io subito sento la disperata mancanza della sua pelle. La mia mano è fredda, senza la sua.

« Sai, Eden » sussurra mentre apre la portiera, girandosi a guardarmi, « sono veramente, dannatamente felice che tu abbia deciso di venire a Portland ».

« Perché? »

« Perché altrimenti avrei dovuto restituirti questa ».

Apre il bagagliaio e io guardo che cosa c'è dentro. È la gemella della mia valigia, quella più grande, quella che uso per andare avanti e indietro da Chicago. C'è attaccato un nuovo cartellino. La indico, poi lancio a Tyler un'occhiata interrogativa, ma lui scuote la testa e fa un passo indietro.

Torno a guardare il cartellino e allungo una mano per girarlo, stringendo gli occhi nel buio per leggere la scrittura che conosco così bene. È quella della mamma.

Mi dispiace per l'altro giorno. Sistema le cose, prima che sia troppo tardi. Non tutti hanno questa possibilità. E di' a Tyler che sua madre è adorabile.

Tua madre, che è stata mollata per validi motivi
(una volta ho bruciato le camicie di tuo padre in giardino).
Ti voglio bene, baci.

« L'ha preparata per te » mi spiega Tyler, accorgendosi della mia confusione. « Nel caso tu avessi deciso di restare con me per più di un paio di giorni ».

« Quando... quando ci hai parlato? »

« Venerdì, dopo che voi siete partiti per venire qui ». Ha ancora il cappuccio in testa, il suo viso è in ombra. « Quindi non devi preoccuparti di darle la notizia. Le è piaciuta l'idea che ti portassi a Portland con me ».

Alzo gli occhi al cielo, mentre sulla mia faccia si distende un sorriso. « Non ne dubito ».

Ridendo, Tyler mette l'altra mia valigia nel bagagliaio, insieme al suo borsone, poi chiude lo sportello mentre io mi dirigo verso il posto del passeggero. Entriamo nell'auto, e noto che ha ripulito tutto.

Il motore si avvia con un dolce brontolio. Tyler si prende un momento per sistemare il sedile, il riscaldamento, la radio, poi deglutisce e appoggia la mano sul cambio. « Ultima occasione per cambiare idea » dice, ma sorride, perché sa che non lo farò. Credo di aver superato il punto di non ritorno.

« Tyler... » Lo fisso con espressione seria e appoggio dolcemente la mano sul cambio, sopra la sua. « Andiamo e basta ».

13

Mi sveglio alla luce del sole che brilla sul parabrezza e mi pento subito di non aver dormito quando ne avevo la possibilità. La cintura di sicurezza è arrotolata intorno alle curve del mio corpo e la mia faccia è schiacciata contro la portiera. Sulla spalla sinistra sento un lento, dolce tamburellare. In un certo senso è quasi confortante. Mi sforzo di aprire gli occhi e alzare la testa, lanciando pigramente un'occhiata di sbieco verso Tyler. Lui lascia cadere la mano e si sposta all'indietro, con un braccio appoggiato al volante.

« Mi dispiace averti svegliata » sussurra. La sua voce è dolce, bassa, come se temesse di spaventarmi usando un tono più alto.

« Va bene ». Slaccio la cintura e mi tiro su, sfregandomi gli occhi. Mi sento un po' intontita, rigida e accaldata, quindi ci metto un po' ad accorgermi che siamo parcheggiati su una strada lunga e curva. Guardo di nuovo Tyler, cercando una spiegazione. « Dove siamo? A Portland? »

Ci troviamo fuori da una casetta con i muri bianchi, un prato spelacchiato e un furgone argentato sul vialetto. La strada è fiancheggiata da fitti filari di alberi, molto belli e chiaramente studiati ad arte. Sembra quasi troppo carina per essere a Portland.

« Redding » risponde Tyler. Sbatto le palpebre per lo stupore. Siamo ancora in California. « Abbiamo viaggiato solo per due ore ». Fa un cenno della testa e picchia le nocche sull'orologio del cruscotto. Sono le 8:09.

« Perché siamo qui? »

« Ho pensato di fare una sosta, mangiare qualcosa e poi rimetterci in marcia » mi dice, aprendo la sua portiera. Appoggia un piede fuori dall'auto, poi si volta e aggiunge: « E poi ho promesso che sarei passato di nuovo, sulla via del ritorno ».

« Promesso a chi? » chiedo, ma lui ha già richiuso la portiera. Le sue parole mi hanno risvegliata del tutto, faccio un serio tentativo di trascinarmi fuori dalla macchina per seguirlo. Anche se ho le gambe intorpidite, mi sforzo di muoverle e lo raggiungo sul vialetto. « *A chi* l'hai promesso, Tyler? »

Lui sorride, come se fosse divertente, e quando arriviamo entrambi sulla soglia alza gli occhi al cielo davanti alla mia espressione sbalordita. L'umorismo del mistero sembra poi svanire, perché si schiarisce la gola e mi guarda dritto negli occhi. « Ai miei nonni ».

Lo guardo fisso. È la prima volta che sento parlare di questi nonni di Redding. Ancora più stupefacente è il fatto che lui sia in contatto con loro. « I tuoi nonni? » ripeto.

« Già ».

Mi faccio ombra con la mano davanti alla faccia e lo guardo, strizzando gli occhi nel sole del mattino. « Credevo che nessuno di voi rivolgesse la parola alla famiglia di tua madre ».

« Infatti ». Si gira verso la porta e bussa gentilmente un paio di volte, poi allunga la mano verso la maniglia e la apre. Mi guarda con un sorriso sghembo. « Ma non ho mai detto che fossero i genitori di mia madre ».

Apre di più la porta e mi fa cenno di entrare. Io lo seguo, anche se all'inizio sono un po' esitante. Mi sento nervosa, a disagio. Nervosa perché sto per incontrare dei parenti di Tyler, per la prima volta. A disagio perché riesco a concentrarmi solo sul fatto che queste persone sono i genitori del *padre* di Tyler, e l'ultima cosa a cui vorrei pensare in questo momento è suo padre. Anche nei momenti migliori mi manda in agitazione.

La casa odora di caffè appena fatto e caramelle per la tosse, mescolate al vago aroma di un profumo dolciastro e di cavolo bollito. C'è una scala di legno che porta al piano di sopra e le pareti dell'ingresso sono coperte di fotografie dentro cornici sbilenche. Mentre passiamo, guardo di sfuggita le immagini di facce che non ho mai visto. Sembrano risalire a molto tempo fa, forse agli anni Cinquanta o Sessanta. Sento il ronzio di una macchina del caffè, in cucina.

Tyler si volta a lanciarmi un'occhiata e, quando si accorge che mi guardo intorno con ansia, sembra quasi mettersi a ridere. « Non preoccuparti » bisbiglia. « Sanno tutto di te ».

Questo non aiuta a rilassarmi. Anzi, mi chiedo che cosa esattamente Tyler gli abbia raccontato. Tutta la verità? Il minimo indispensabile? Una versione un po' edulcorata della realtà?

Arriviamo in cucina. È luminosa, invasa dal sole del mattino che entra dai vetri, con una porta finestra che dà su un piccolo giardino. C'è una donna di spalle, china sulla macchina del caffè.

Tyler si schiarisce rumorosamente la gola. « Dovresti proprio tenere la porta chiusa, quando sei qui dietro ».

La donna, spaventata, quasi rovescia la brocca di caffè, girandosi di scatto. Dimostra poco più di sessant'anni, è bassa, con i capelli scuri raccolti in una crocchia. La sua pelle color bronzo è segnata dall'età. Fa un'esclamazione soffocata: « Tyler! » Attraversa la cucina di corsa e lo stringe in un abbraccio. « Che ci fai qui? » chiede quando si stacca, e allora lo sento: un forte accento spagnolo. « È solo domenica. Pensavo non prima di domani. »

« Siamo partiti in anticipo » risponde Tyler, e a questo punto lei mi nota, in piedi al suo fianco. Il suo viso si illumina. « Sì, lei è Eden. Eden » dice Tyler rivolto a me, « questa è la mia *abuelita*. La mia nonnina. *Abuelita* Maria ».

« Ah, Eden! » dice la signora Maria, pronunciando il mio nome lentamente, con il suo accento marcato. Scansa Tyler e mi abbraccia forte, stringendomi le sue braccia fragili intorno alle spalle. Ha lo stesso profumo che si sentiva nell'ingresso, di rose, dolcezza e amore. « Sono molto felice di conoscerti ». Quando mi lascia fa un passo indietro, mi prende le mani e stringe le dita ossute sulle mie. « Molto, molto felice ». Non ha ancora smesso di sorridere. Anzi, credo che sia contagioso, perché mi accorgo che sto ricambiando con un sorriso altrettanto largo, mentre apro le labbra per dire: « Anch'io sono molto felice di conoscerla ».

« Sedetevi, su » ci incoraggia lei, indicando il tavolo. Ci sono sei sedie ma solo due tovagliette. « La domenica mangiamo i pancake. Tutte le settimane » mi spiega, e mi fa subito accomodare davanti a una delle tovagliette, con le mani sulle mie spalle.

Stupita, lancio un'occhiata a Tyler in cerca di sostegno, ma lui mi guarda divertito, con le braccia incrociate. Poi chiede: « Dov'è nonno Peter? »

Maria molla la presa su di me. « In garage. La macchina si è guastata di nuovo ».

Tyler ridacchia e alza gli occhi al cielo. « Vorrei presentargli Eden ». Quasi con cautela, allunga la mano e io la prendo, permettendogli di aiutarmi ad alzarmi. « Naturalmente se non ti dispiace che te la rubi per qualche minuto ».

Maria arretra subito in fondo alla cucina, sollevando le mani, con i palmi rivolti verso di noi. « No, no ci mancherebbe. Vai a presentargliela. E poi... pancake ». Si mette le mani sui fianchi, lanciando un'occhiata alla pila di pancake ancora confezionati sul piano di lavoro. « Sono solo quelli del supermercato. Io non so farli ».

« I pancake sono sempre pancake » dice Tyler, con un sorriso affettuoso e rassicurante.

Lui mi tiene ancora per mano e la nonna non ha smesso di sorriderci, quindi è subito chiaro che Tyler abbia detto loro tutta la verità, cioè che io sono più di una sorellastra per lui. Come dire, molto di più. È una strana sensazione stare così, allo scoperto, ma posso solo sperare che sia un assaggio di come le cose *potrebbero* essere fra noi. Potremmo essere onesti e sentirci accettati, contenti e innamorati. Un giorno, forse.

Tyler mi fa strada verso l'ingresso del garage, mentre la signora Maria prepara altro caffè da offrire ai nuovi arrivati. Prima di rendermene conto, ci troviamo nel garage, la porta si è richiusa dietro di noi e all'improvviso le nostre dita non sono più intrecciate. Non so se Tyler se ne sia reso conto, ma io ne sono consapevole, ancora una volta. Perché appena il contatto tra noi sparisce, io vorrei ristabilirlo.

Il garage è ingombro di cose: pile di scatoloni in un angolo, arnesi sparsi su piani di lavoro improvvisati, un tagliaerba arrugginito appoggiato al muro in modo precario. Proprio al centro, l'inconfondibile attrazione del garage: una macchina. È lucida, di colore rosso vivo, e sulla carrozzeria neanche un graffietto. Sicuramente ha diversi decenni.

« Allora, è pronto quel caffè? » rimbomba una voce profonda dall'altra parte della stanza, dietro il cofano alzato della macchina.

« Non proprio » dice Tyler.

C'è un attimo di silenzio, e poi un tonfo quando suo nonno picchia la testa contro il cofano. All'inizio Tyler scoppia a ridere, ma subito dopo sembra preoccuparsi. « Tutto bene, nonno? »

L'uomo impreca sottovoce, tossicchiando, poi sbircia da dietro il veicolo. Si sfrega la pelle nuda sulla testa, dove i capelli bianchi si stanno diradando. Il suo viso rotondo è solcato da rughe profonde, ma subito la sua dentatura perfetta si scopre in un sorriso di piacevole sorpresa.

« Cosa diavolo ci fai qui, figliolo? » chiede con una voce che sta diventando roca. Si pulisce le mani coperte di grasso nero sui jeans, poi lentamente si infila l'orlo della maglietta in vita. Non è ispanico. « Mi sono perso un giorno? È già lunedì? »

« Sono partito prima del previsto » gli spiega Tyler. Fa qualche passo circospetto fra gli arnesi sparsi sul pavimento e poi butta un braccio intorno alle spalle del nonno e gli dà qualche colpetto gentile sul braccio. « E nel caso non l'avessi già capito, lei è Eden ». Tutti e due si voltano a guardarmi, facendomi arrossire.

« Bene, bene, guarda quanto sei carina! » Il nonno di Tyler annuisce con aria che posso solo presumere sia di approvazione. Si tira su gli occhiali e dà a Tyler una gomitata nelle costole. « Adesso capisco. Non posso darti torto ». Lui fa una smorfia e si copre la faccia con una mano, ma suo nonno ridacchia e si rimette gli occhiali sul naso, dicendo: « Io sono Peter, ma tutti mi chiamano Pete. È meraviglioso scoprire che Tyler non ci stava raccontando stronzate. Devo ammettere che avevo qualche dubbio sul fatto che tu esistessi davvero ».

Mi metto a ridere quando vedo Tyler scuotere la testa, con gli occhi sempre nascosti dalla mano e le labbra strette. Comincia a piacermi l'idea che Tyler parli di me con i suoi nonni. Mi piace il pensiero del mio nome sulle sue labbra, del suo sorriso mentre lo pronuncia.

Pete ridacchia di nuovo e Tyler gli dà una spinterella, poi sorride.

« La nonna probabilmente ha preparato il caffè, a questo punto. E i pancake » dice, cambiando argomento. « Quindi che ne dici di fare una pausa? Poi ti aiuterò ancora con quella batteria ».

Il nonno acconsente e riaccompagna me e Tyler in cucina, dove Maria ci accoglie con un sorriso caloroso. Ha preparato diverse tazze di caffè nero fumante e ha aggiunto due tovagliette sul tavolo. I pancake sono impilati su un piatto, circondati da ogni genere di creme e vari tipi di frutta fresca, il tutto disposto in bell'ordine.

« Per fortuna mi hai fatto comprare più roba di quanta ce ne servisse » dice al marito, affrettandosi verso il tavolo per scostare quattro sedie.

« Be', possono sempre arrivare degli ospiti imprevisti ». Pete si siede all'altro capo del tavolo e la moglie gli passa del caffè, che lui assaggia subito. Con aria apparentemente soddisfatta ci guarda da sopra il bordo della tazza, dietro le lenti appannate degli occhiali.

« Per favore, sedetevi » dice Maria spostando l'attenzione su Tyler e me. Mi guida verso la sedia dove mi aveva fatto sedere prima e mi mette davanti una tazza. « Va bene il caffè? Oppure preferisci il tè? Posso farti un tè ».

« Il caffè va benissimo » rispondo, quasi interrompendola, per evitarle la fatica di assicurarsi che tutto sia perfetto. E comunque è vero che il caffè va benissimo.

Maria è sollevata di vedermi soddisfatta, quindi afferra Tyler per le spalle e lo spinge sulla sedia accanto alla mia. Da quando siamo entrati dalla porta le sue guance sono sempre rimaste rosate, e vederlo così in imbarazzo, sorprendentemente, è piacevole.

« Hai guidato tutta la notte? » chiede Maria, portandogli una tazza di caffè. Gliela mette in mano con attenzione e poi gli appoggia il palmo della mano sulla fronte, aggrottando le sopracciglia, come se potesse avere la febbre.

« Solo un paio d'ore » risponde lui, spostandole la mano. L'espressione della donna non è solo confusa, sembra quasi terrorizzata. Tyler beve un sorso di caffè e aggiunge: « E no, non sono andato a tavoletta sull'interstatale. In realtà siamo partiti da Sacramento, non da Los Angeles ».

« Con tutte le belle città della California » borbotta nonno Pete a mezza voce, « perché diavolo eravate a Sacramento? Non ho mai messo piede in una città più noiosa di quella ».

« È una lunga storia » risponde Tyler. Anche se in realtà non è vero.

« Uhm ». La nonna scivola nel posto libero all'altro capo del tavolo, ma dalla scintilla di curiosità nei suoi occhi capisco che ha qualcosa in mente. E che quel qualcosa è in spagnolo. « *¿Fue duro convencerla?* »

Tyler mi guarda di sottecchi, molto brevemente. Poi si schiarisce la voce e si rivolge di nuovo a sua nonna. « *Sí. No pensé que ella vendría* ».

« *¿Le has hablado de tu padre?* »

« *Aún no* » risponde lui.

« Odio quando lo fanno » mi sibila Pete, attirando la mia attenzione, mentre Tyler e Maria continuano la loro conversazione incomprensibile. « È molto fastidioso ».

« Lei non lo parla? » gli chiedo.

« Solo poche frasi ». Si allunga sul tavolo e infilza i pancake con la forchetta, senza guardarmi in faccia. « E tu? »

Scuoto la testa. « Mi piacerebbe ».

Tyler e la nonna a questo punto sembrano essere tornati all'inglese. Si scambiano occhiate molto serie, poi lei comincia a servire i pancake. Ha un sorriso da un orecchio all'altro.

« Tyler dice che studi a Chicago ». Inarca un sopracciglio con aria interessata, mentre mi fa scivolare un pancake sul piatto. A casa lo rifiuterei. Qui non voglio sembrare maleducata, quindi borbotto un flebile 'Grazie'.

« Sì, faccio psicologia » aggiungo.

« Psicologia » ripete Pete. « Cioè, il cervello e le interazioni? »

« Diciamo che spiega i motivi che stanno dietro certi comportamenti umani » gli spiego. Prendo il mio caffè e bevo un lungo sorso. Non sono particolarmente amante del caffè nero liscio, ma è comunque un aiuto per tenermi sveglia. « Mi piacerebbe specializzarmi in psicologia criminale, un giorno ».

Appena queste parole mi escono di bocca, Tyler gira la testa di scatto. « Non lo sapevo ».

« Perché non eri... » Mi mordo la lingua per impedirmi di dire 'Non eri con me'. È così facile fare commenti incauti con Tyler. Non mi viene naturale stare attenta a quello che dico.

Faccio marcia indietro come posso e mi prendo qualche secondo per raccogliere i pensieri, mentre ricomincio a sorseggiare il mio caffè. « Lo trovo interessante, tutto qui » dico alla fine.

« Psicologia criminale... » mormora la nonna. « Che cos'è esattamente? »

« Esamina i possibili motivi e le cause scatenanti che portano una persona a commettere dei crimini ».

Intorno al tavolo c'è un silenzio carico di disagio, così teso da essere tangibile. Pete si ficca in bocca mezzo pancake. Maria segue il bordo della sua tazza con la punta del dito. Tyler si gratta la nuca e abbassa lo sguardo. Solo adesso mi rendo conto di quello che sto dicendo, e soprattutto a chi.

« Voglio dire, in realtà ogni aspetto della psicologia è così interessante... » sparo, cercando di deviare il corso della conversazione. Scelgo la strada dell'umorismo. « Come scoprire perché le persone fanno cose irrazionali, per esempio andare fino a Portland con il proprio fratellastro».

È un sollievo notare che Tyler alza gli occhi al cielo, Maria espira e Pete ridacchia. È un sollievo anche solo vedere che *loro* sono sollevati.

Il resto della conversazione a tavola procede senza intoppi, il che è piacevole. Se non lo fosse, l'imbarazzo sarebbe insopportabile. La nonna fa un sacco di domande, il nonno annuisce molto per dimostrare la sua approvazione. Io e Tyler diamo moltissime risposte. Tyler finisce per spiegare perché eravamo a Sacramento e lo sguardo di Maria si riempie di compassione, quando scopre la triste scusa per quel viaggio, e soprattutto che non ha per niente giovato all'equilibrio della nostra famiglia. L'unica cosa che sembra aver migliorato è la situazione tra me e Tyler, e non era certo quello lo scopo. Però sono contenta che il risultato sia stato questo.

Mi distacco per un po', taglio il mio pancake in tanti pezzettini per farlo sembrare meno grande e mi chiedo se papà ed Ella si siano già svegliati. Sono quasi le nove. Probabilmente sì e staranno litigando. Ella forse starà sostenendo le nostre ragioni, da sola, difendendoci contro papà. Mi fa sentire così colpevole, così egoista. Mi fa desiderare di voltarmi e tornare indietro.

Ma quando la colazione finisce ho già scacciato quel pensiero. Ella sa cavarsela: dopotutto è un avvocato e poi Tyler non sembra preoccupato, quindi non dovrei esserlo neanch'io. Anzi, sembra più interessato ad aiutare nonno Pete con la macchina, perché non appena la nonna si alza per sparecchiare entrambi si dirigono in garage.

«Possiamo ripartire entro le dieci, così arriveremo a Portland molto prima che faccia buio» mi dice Tyler, indugiando sulla porta del garage. Odio il suo modo di risultare affascinante senza fare il minimo sforzo. Si guarda alle spalle, sento che Pete gli chiede di prendere una torcia. Quando riporta gli occhi su di me, il suo sorriso sembra di scusa. «Ti dispiace?»

«Vai» gli dico, perché non mi crea alcun problema restare qui un'ora. Non voglio certo trascinarlo via, e la nonna sembra aver bisogno di una mano per rassettare la cucina, quindi quando Tyler sparisce la raggiungo al tavolo.

«Allora, avete sempre vissuto qui a Redding?» le chiedo perché sono curiosa, come sempre. E poi non so bene di che altro parlare con lei.

« No » risponde lei, scuotendo la testa. Porta i piatti vuoti verso la lavastoviglie, dandomi le spalle. « Siamo qui da poco più di sette anni. Anche noi stavamo a Santa Monica ».

Mentre raccolgo le posate sparse sul tavolo mi trovo a inarcare le sopracciglia. « Davvero? »

« Sì ».

La raggiungo vicino alla lavastoviglie, inserisco coltelli e forchette e la sbircio con la coda dell'occhio. « Perché vi siete trasferiti qui? »

« Eh ». Mi fa un sorriso tirato e si appoggia all'indietro, contro il piano di lavoro. « Con tutto quello che stava succedendo in quel periodo, non volevamo rimanere. È stata molto dura. Quindi siamo venuti qui a Redding perché volevamo un po' di pace, ma ci è piaciuto fin da subito vivere in questa città. È un bel posto ».

Provo a ripercorrere la successione degli eventi. « Tutto quello che stava succedendo... col papà di Tyler? » chiedo in tono dolce, con cautela. Forse non dovrei insistere su un argomento così delicato, ma non posso farne a meno. Odio non sapere le cose. « Con vostro figlio? »

« Eh » ripete lei. « Tyler mi aveva detto che conosci tutta la storia ». Si china per chiudere la lavastoviglie e quando si raddrizza va a lavarsi le mani sotto il rubinetto. Ho paura di averla turbata, quindi rimango zitta.

« Sì » dice alla fine, fissando l'acqua corrente. « È stato un momento molto difficile per noi. Difficile da affrontare. E da accettare ».

'Posso immaginarlo' penso. Mi guardo intorno per la cucina e mi sento improvvisamente fuori posto, come un'intrusa. « Le dispiace se uso il bagno? »

La nonna mi fissa, un po' confusa dal rapido cambio di argomento, però ha di nuovo quel sollievo negli occhi. « Al piano di sopra. Seconda porta a sinistra ».

Mi affretto a uscire dalla cucina. Mi sento a disagio, così salgo le scale il più in fretta possibile. Le pareti, come al piano di sotto, sono zeppe di vecchie cornici che contengono foto ancora più vecchie. Sono un po' troppe, mi fa impressione stare sotto lo sguardo di tante facce, finché non individuo Tyler in mezzo a loro.

Il mio cuore fa un tuffo. Mi allontano ed esamino la foto, strizzando gli occhi, poi mi riavvicino. È stata scattata in spiaggia, su una spiaggia che conosco fin troppo bene. È quella di Santa Monica, con il molo sullo sfondo, ma mi concentro soprattutto sulle tre persone riprese. Maria a sinistra, Tyler al centro e Pete a destra. Sono stretti stretti, si tengono le braccia sulle spalle.

Maria è molto più giovane, ha una figura più snella ma la stessa faccia rotonda. E Pete ha i capelli, folti e scuri. Però ha sempre gli occhiali. Sicuramente non hanno sessant'anni, in quella foto, a occhio e croce sono sui quaranta.

Eppure Tyler è lì, ha forse sedici o diciassette anni, con i capelli molto più lunghi e spettinati di quanto li abbia mai visti, e non capisco come faccia a essere in una fotografia così vecchia.

Poi ci arrivo.

'Merda'.

'Non è affatto Tyler'.

« Scommetto che so quale fotografia stai guardando in questo momento ».

Mi si ferma il cuore e faccio letteralmente un salto indietro, spaventata. Appoggiato al muro, a metà scala, con le braccia incrociate, c'è Tyler. Quello vero, stavolta.

« Mi hai fatto paura » sussurro con voce quasi impercettibile. Ho il respiro così pesante che faccio fatica a parlare.

« Quella sulla spiaggia, vero? » chiede lui, proseguendo il discorso. Lascia cadere le braccia lungo i fianchi e mi si avvicina. « Dicevano tutti che ero la sua copia. Che sarei potuto essere suo fratello, invece che suo figlio. Personalmente » dice inclinando la testa mentre osserva la foto, « non vedo la somiglianza. Quei capelli sono proprio da sfigato. Come diavolo gli era venuto in mente di farseli così? »

Giro la faccia per guardarlo. « Tuo padre » dico. Non è una domanda, perché conosco la risposta. So che è suo padre, nella foto, e mi accorgo che per la prima volta posso dare un volto all'uomo per cui ho sviluppato tanto disprezzo. Anche se è solo un volto giovane e innocente.

« Mhm » fa Tyler. Lentamente, si appoggia di nuovo contro il muro, con aria così normale, calma e disinvolta che comincio a chiedermi se Portland non abbia davvero ribaltato la sua prospettiva. « A proposito, si chiama Peter ».

« Peter? Come tuo nonno? »

« Peter Junior. Il nonno è Peter Senior. Per fortuna la mamma si è rifiutata di seguire la tradizione ».

Aggrotto le sopracciglia, osservandolo attentamente. Un anno fa ho dovuto impedirgli di saltare addosso a suo padre per picchiarlo. Adesso ne parla come se non gliene importasse nulla. È un notevole contrasto, un grande cambiamento. Quando faccio scorrere di nuovo lo sguardo sulle pareti, mi accorgo che ci sono un sacco di fotografie di suo padre. « Non ti danno fastidio? »

« All'inizio sì » ammette lui. « Sono stato qui un paio di giorni l'anno scorso, dopo che me ne sono andato. Non sapevo dove andare, quindi sono venuto qui e, credimi, ho cercato di strappare tutte le cornici dal muro, una per una. Ma il nonno mi ha cacciato via ». Ride, ma io non lo imito. « Poi sono passato di qui di nuovo, mercoledì, mentre tornavo a Los Angeles, e nessuna di queste foto mi dava più fastidio. Davvero ».

Lo scruto con ancora più attenzione, ma è impossibile negare che i suoi occhi sono sinceri, il suo sorriso è onesto.

Ultimamente è sempre così. All'improvviso sento un impellente desiderio di abbracciarlo.

« E nel caso tu non l'avessi già capito, mia nonna ha la mania di conservare tutto » mi dice, facendo un passo verso il muro, verso le foto e le facce. « Non vuole mai passare oltre. Neanche per le cose che tutti gli altri hanno già superato ». Solleva una mano e batte le nocche su una foto specifica, in una cornice dorata, poi alza gli occhi al cielo e dice: « Come i matrimoni finiti otto anni fa ».

È una foto di nozze. Quelle dei suoi genitori. Ella e Peter, entrambi giovanissimi, poco più grandi di noi adesso, e Tyler in mezzo a loro, che sorride felice. È solo un bambino, adorabile in un minuscolo smoking, con lo stesso sorriso immenso, che non è mai cambiato, e i grandi occhi luminosi di cui anni dopo mi sarei innamorata. Ella una volta mi ha detto che era stato lui ad accompagnarla all'altare, mi aveva anche mostrato una fotografia simile a questa, ed è orribile pensare che l'abbia accompagnata e consegnata all'uomo che in seguito avrebbe distrutto le loro vite.

Mi viene quasi da vomitare.

« Perché... » Mi sento la gola troppo secca, come se le parole si fossero bloccate, quindi deglutisco e faccio un respiro profondo. « Perché hanno tutte queste foto di tuo padre in mostra? Non sono arrabbiati con lui? So che non sta a me dirlo, ma mi sembra un po'... non so. Troppo indulgente».

«Certo che sono arrabbiati, Eden» dice Tyler scuotendo la testa. «Ma alla fine è pur sempre loro figlio». A questo punto si sposta, mettendosi lentamente fra me e la parete, e mi impedisce la visuale delle fotografie. L'espressione dei suoi occhi sembra addolcirsi, il riflesso smeraldo diventa più intenso. «Siamo riusciti a far partire la macchina molto prima del previsto» mi informa, cambiando bruscamente argomento. «Si è scoperto che il nonno aveva lasciato accesi i fari tutta la notte, scaricando la batteria. Quindi possiamo ripartire».

«Okay. Dammi un minuto». Lentamente mi allontano da lui e apro la porta del bagno.

«Aspetta» mi dice. «Posso chiederti una cosa?»

Mi appoggio alla porta del bagno e lo osservo, sforzandomi di imitare la sua espressione rilassata. «Certo».

«L'hai già scoperto, perché le persone fanno cose irrazionali come scappare a Portland con il proprio fratellastro?» Gli angoli della sua bocca si sollevano in un sorrisetto astuto, e i suoi occhi ardenti hanno un'aria divertita, mentre aspetta la mia risposta. Viene più vicino, nello spazio ristretto del corridoio, e appoggia il palmo aperto sul muro vicino alla mia spalla. Il suo calore mi fa rabbrividire.

«Come immaginerai non sono abbastanza qualificata per dirlo» borbotto il più velocemente possibile, cercando di far uscire le parole prima che mi si blocchino in gola. Devo deglutire e riprendere fiato per un secondo, perché è davvero surreale: non solo avere di nuovo Tyler nella mia vita, ma anche trovarmelo a una distanza così ravvicinata. L'estate scorsa desideravo disperatamente di averlo così vicino. Adesso devo riabituarmi a questa sensazione, perché ho passato troppo tempo senza la sua presenza e senza il contatto fisico. Però ne ho anche sentito la mancanza.

Quando finalmente ritrovo la voce, continuo con sincerità, le mie parole ridotte a un sussurro mentre gli dico: «Ma sono sicura che le persone facciano cose del genere soltanto quando hanno ancora una speranza».

14

Il viaggio fino a Portland dura sette ore. Sette ore rinchiusa in una macchina insieme a Tyler, per il quale, in questo momento, provo un miscuglio di sentimenti contrastanti. I miei pensieri non sono mai stati così confusi. Fra la rabbia per il suo abbandono che si sta lentamente calmando, il brivido della fuga a Portland e lo stupore per come sembra diverso, calmo e rilassato, faccio veramente fatica a capire cosa provo.

Quello che so per certo è che è stonatissimo. Lo so perché negli ultimi quindici minuti ha cantato tutte le canzoni della radio, sbagliando le parole, urlando i ritornelli, tamburellando con le dita sul volante e muovendo la testa a ritmo. Tre anni fa sarebbe morto piuttosto che esibirsi in un simile spettacolino, perché è patetico, da sfigati. Sta cercando di farmi ridere, in modo che il viaggio trascorra più in fretta.

E in effetti ho riso un sacco. Non ho fatto che ridere negli ultimi quindici minuti. A ogni acuto mi si contrae lo stomaco e mi nascondo il viso fra le mani, imbarazzata per lui. Sono stravaccata sul sedile del passeggero, con l'aria condizionata puntata in faccia, le Converse sul pavimento e i piedi sul cruscotto. Rido così tanto che comincia a farmi male la pancia, così faccio il segnale di pausa e mi raddrizzo. Abbasso il volume della radio, mentre gli orridi gorgheggi di Tyler si spengono e la sua risata sincera riempie l'abitacolo.

«Okay» dico con un sorriso enorme. Sono quasi le quattro, poco fa abbiamo superato Salem. Presto, forse fra una mezz'ora, arriveremo a Portland. Finalmente il paesaggio sta cominciando a diventarmi familiare. «C'è qualche talent in programma? Voglio iscriverti alle audizioni».

Tyler mi lancia un'occhiata, sorride anche lui. «Sei la mia prima groupie».

A questo punto squilla il suo telefono. Si trova nel portabevande al centro dei sedili e vibra fortissimo, lo schermo si illumina e la suoneria rimbomba nella macchina. Lui lo prende, abbassa gli occhi per un secondo, poi me lo passa.

«È mia madre, metti il vivavoce».

Io lo faccio.

«Ehi, mamma» dice Tyler.

«Ciao, Ella» aggiungo io, tenendo il telefono fra noi due. «Sei in vivavoce. Tyler sta guidando».

«Ehi, voi due» mormora Ella dall'altra parte, quasi sospirando. Devo ancora capire come le sia possibile sembrare contemporaneamente allegra e triste. «Volevo solo sapere come andava. Non dovreste essere già lì?»

«Ancora mezz'ora» la informo. «Ci siamo fermati un'ora a...»

«A fare colazione» interrompe Tyler. Mi lancia uno sguardo tagliente e scuote la testa, piano. Io rispondo con un'occhiata interrogativa. «E ci siamo fermati un paio di volte a fare benzina, comunque sì, siamo quasi arrivati. Tu dove sei?»

«In camera» risponde Ella. La connessione non è delle migliori, la sua voce è un po' gracchiante. «Chase è giù in piscina, e Jamie è al telefono con Jen da almeno due ore».

Né io né Tyler diciamo niente, all'inizio. Ci scambiamo un'occhiata preoccupata, perché ci stiamo chiedendo la stessa cosa. Sono io che finisco per fare la fatidica domanda. «E papà?»

Adesso è Ella a restare in silenzio. La sentiamo respirare nel telefono. «Mentirei se dicessi che so dove si trova» ammette alla fine.

Chiudo gli occhi e abbandono la testa all'indietro, contro il sedile. Sono delusa. Tyler fa una smorfia, senza staccare gli occhi dalla strada. Tiro su la schiena, punto il gomito sul bordo del finestrino e appoggio la fronte sul palmo della mano.

«Quindi sa la verità» sussurro. Questo spiegherebbe la sua scomparsa. Scommetto che è andato da qualche parte a cercare di far sbollire la rabbia. Guardo fuori, stringendo le labbra, mentre superiamo un ponte sopra il fiume Willamette, che si addentra nell'Oregon. «Che ha fatto quando l'ha scoperto?»

«Ho dovuto dirglielo. Appena sveglia sono andata da lui e gli ho semplicemente detto la verità. Che siete andati a Portland insieme, che siete entrambi abbastanza grandi per prendere le vostre decisioni, e che non sta né a me né a lui fermarvi». Ride, ma sembra demoralizzata. «La prima cosa che mi è venuta in mente è stata la multa che ci avrebbe dato l'albergo se lui avesse fatto un buco nella porta con un pugno. Per fortuna si è limitato ad andarsene, e da allora non l'ho più visto. La macchina è ancora qui, comunque, sono andata fuori a controllare. Quindi non può essersi allontanato molto».

«Ha detto qualcosa?» chiede Tyler.

«È meglio che non lo ripeta» dice lei piano. L'apprensione nella sua voce è palpabile. «Non è molto contento neanche di me, diciamo».

Lancio un'occhiata a Tyler, che scuote la testa e si abbassa gli occhiali da sole sugli occhi, stringendo più forte il volante. «Avremmo dovuto aspettare il mattino» borbotta, quasi parlando fra sé. «Avremmo dovuto dirlo noi a Dave, prima di andarcene».

«Credimi Tyler, se gliel'avessi detto tu, adesso non saresti certamente a Portland. O comunque non con Eden. Odio dirlo, ma sono certa che sarebbe stato felice di vederti andar via».

«Questo è vero» concorda Tyler. «E Jamie? Chase? Lo sanno?»

«Ovvio». *Sento* che adesso si sta massaggiando le tempie, mentre riflette sulla situazione. «È impossibile nascondere il fatto che non ci siete. E come al solito Jamie si comporta in modo insopportabile. Chase vuole soltanto sapere quando tornate».

«Sta a Eden decidere» dice Tyler. Anche se è concentrato sulla strada, vedo il sorrisetto sulle sue labbra. Vorrei che si togliesse gli occhiali, in modo da poter osservare l'espressione dei suoi occhi.

«Uhm». Raddrizzo la schiena e picchietto l'indice sulle labbra, fingendo profonde riflessioni. «Non lo so ancora, ma se Tyler continua a cantare sarò di ritorno domani stesso».

Ella ride, Tyler si unisce e poi anch'io. Per un momento dimentico quanto sia rischioso in realtà tutto questo. Decidendo di venire a Portland con Tyler, potrei aver rovinato qualsiasi possibilità residua di salvare il rapporto con mio padre. A questo punto non mi perdonerà mai, per niente al mondo.

«Giusto, adesso smetto di distrarvi. Guidate con prudenza e mandatemi un messaggio quando arrivate».

Tyler annuisce, anche se lei non può vederlo. «Lo faremo».

Lei chiude la comunicazione, io blocco il telefono di Tyler e lo rimetto nel portabevande. Tiro su le gambe e le incrocio, nel tentativo di mettermi comoda per quello che resta del viaggio. 'Siamo così vicini' penso. E non so ancora che cosa provo, a proposito di Portland. Ormai mi piace pensare che sia Santa Monica la mia casa, ma non posso negare che resterò per sempre una ragazza di Portland. Sono nata e cresciuta qui. Ammetto che da piccola, quando le cose erano come dovevano essere, la adoravo. Poi i miei genitori hanno cominciato a litigare, le mie amiche sono diventate crudeli e i brutti ricordi hanno sommerso quelli belli. Forse ho solo bisogno di un po' di tempo per creare dei nuovi ricordi. Ricordi belli, voglio dire.

Con cautela, Tyler alza il volume della radio. Sento che mi scruta da dietro gli occhiali. Sta trattenendo un sorriso, ma evita di cantare per tutto il percorso da Wilsonville fino a Portland.

Quando raggiungiamo i confini della città, tutto mi diventa molto familiare, molto 'da Portland', se così si può dire. Quando ti trovi a Portland, lo capisci subito. L'interstatale è fiancheggiata da filari di alberi e coperta da nuvole basse, dalle quali filtra solo qualche piccolo raggio di sole. La strada fino al centro è breve e, quando il fiume Willamette appare accanto a noi, ricordo improvvisamente quanto sia bella questa città, nel suo modo naturale e urbano. Non c'è niente di esaltante a Portland. Niente favolose passeggiate, niente moli fotogenici, niente spiagge meravigliose. Ma credo sia per questo che è una città così unica. La natura. La diversità. Quanto è liberale, verde e umida. Per quello che vale, anche gli abitanti di Portland sono unici, per la maggior parte, ed è sicuramente una città molto più aperta di Seattle. Noi di Portland siamo davvero rilassati.

« Mi sono appena ricordato una cosa » dice Tyler togliendosi finalmente gli occhiali da sole. Li appoggia vicino al telefono, nel portabevande. « Dovrei fermarmi a fare un po' di spesa. Prima di partire ho svuotato il frigo e casa mia al momento è piuttosto sfornita ».

Io lo guardo. « Casa tua? »

« Sì ».

« Hai una casa? »

Lui stacca gli occhi dalla strada per un secondo, spostandoli su di me. « Cosa credevi? Che per tutto questo tempo fossi stato in un albergo, o roba simile? Che avessi vissuto in macchina? » Si mette a ridere, ma adesso che ci penso, non mi ero mai posta il problema. « Adesso ci andiamo, subito dopo la sosta da Freddy ».

Io sbatto le palpebre, trattenendo una risata. « Oddio ».

« Che cosa? » Sembra davvero confuso, gli si formano delle rughe sulla fronte, in mezzo alle sopracciglia.

« Niente » dico, liberando finalmente la risata. Devo ridere, non posso farne a meno. « Solo che è stranissimo sentirti parlare come un nativo. Tu vieni da fuori città, dovresti conoscerlo solo come Fred Meyer ».

« Lo dici come se fosse difficile imparare come vanno le cose a Portland » ribatte lui in tono scherzoso, con un sorrisetto di sfida. « Mi spiace dovertelo dire, ma non è poi così difficile. Forza Timbers, forza Blazers ».

Io rispondo inarcando le sopracciglia, con aria sospettosa. « Questo può dirlo chiunque » commento in tono difensivo.

« Ma chiunque può dire che i Blazers hanno vinto il campionato dell'NBA nel 1977? »

Le mie sopracciglia si sollevano ancora di più. « Okay, questa te la concedo. Comunque mi fa un po' impressione che tu sappia tutte queste cose su Portland. Dammi pure della matta, ma è come se avessi invaso il mio territorio ».

« Un po' come hai fatto tu, quando ti sei trasferita a Santa Monica? » Adesso il suo sorriso si è allargato e passa lo sguardo rapidamente da me alla strada, come per non perdersi la mia espressione. Alzo gli occhi al cielo e gli do una pacca scherzosa sul braccio.

« Oookay ».

Ci mettiamo un quarto d'ora buono a raggiungere il centro. Essendo domenica, il traffico non è troppo intenso. Però non usciamo dall'interstatale: Tyler prosegue fino al ponte Marquam, uno dei tanti che attraversano il Willamette. Se c'è una cosa per cui Portland è famosa, a parte la quantità esagerata di alberi, sono i nostri ponti.

Mi sporgo in avanti e guardo oltre Tyler, verso il ponte Hawthorne, sulla nostra sinistra, dove riesco quasi a vedere il Waterfront Park. È il posto dove passavo di solito il 4 luglio, spaparanzata sull'erba con Amelia, ad ascoltare musica e gruppi che neanche ci piacevano, al Festival del Blues. E ancora oltre, sulla nostra destra, si distingue in lontananza la cima del Mount Hood.

Adesso siamo a East Portland e procediamo sulla Banfield Expressway, che mi è fin troppo familiare. È la strada che facevo con i miei amici per andare in centro, dato che quando ero più piccola alla mamma non piaceva che prendessi i mezzi pubblici, soprattutto perché la linea che attraversa il nostro vecchio quartiere parte da Gresham, che non ha certo una buona reputazione. Secondo lei, salendo su uno di quei treni avrei rischiato di essere aggredita da qualche membro di una gang.

« Allora, in che quartiere abiti? »

« Irvington ».

Devo pensarci per un secondo: Portland è una città piuttosto grande, con una valanga di quartieri, e dopo tre anni di assenza faccio un po' fatica a orientarmi. « Irvington... quindi Broadway Street? Cioè laggiù? » Indico un punto fuori dal suo finestrino, a sinistra della strada. Non si vedono altro che folti alberi, come nel resto della città, ma sono abbastanza sicura che Irvington sia là.

« Già » dice Tyler alzando un po' le spalle. Anche se sono solo le quattro, comincia ad avere un'aria stanca. È stato un lungo viaggio. « Ho affittato un appartamento all'angolo fra la Brazee e la Nona. Anche se non c'è una vista come quella che avevo a New York, credo che ti piacerà ».

« Non ti sei sentito solo? » sparo, e lui mi guarda con aria un po' stranita. All'inizio mi sono sentita così, a Chicago: ambientarsi in una nuova città, senza conoscere assolutamente nessuno, a migliaia di chilometri da casa, è abbastanza uno schifo, e adesso mi rendo conto che Tyler ha dovuto affrontare la stessa cosa. « Sai, voglio dire, a vivere qui da solo? So che lo avevi fatto anche a New York, ma quello era diverso. Avevi Snake, avevi Emily, e la campagna di sensibilizzazione. Parlavi con le persone ».

« E pensi che qui io non lo faccia? » Adesso sembra solo perplesso, e non ha ancora riportato gli occhi sulla strada, quindi allungo una mano e gliela premo sulla guancia, spostando il suo sguardo sulla carreggiata. « Fidati, Eden » mi dice tornando a guardarmi. « Mi sono tenuto impegnato ».

Di nuovo, gli spingo gentilmente la mascella per fargli guardare la strada. « A fare cosa? »

« Te lo dico dopo » si limita a rispondere lui. « Adesso è ora di fare provviste ».

Prende l'uscita successiva, lasciando la Banfield Express, e poco dopo svoltiamo a sinistra nel quartiere di Irvington. Per me Broadway Street è molto familiare, perché quasi sempre io e Amelia venivamo qui, invece di andare in centro. È invasa da negozi, birrerie e ristoranti, ma non ho quasi tempo di guardarmi intorno perché Tyler sta già girando l'angolo per entrare nel parcheggio di Fred Meyer, che naturalmente è stracolmo: dopotutto stiamo parlando di Fred Meyer. E a Portland Fred Meyer è un'istituzione. Un po' mi è mancato.

Parcheggiamo e ci dirigiamo all'ingresso, dopo qualche secondo a stiracchiarci le gambe irrigidite. È strano per me calcare di nuovo il terreno di Portland, ma per fortuna la città sembra godere delle solite alte temperature estive. In questo momento ci sono sicuramente più di venticinque gradi: fa più caldo che a Santa Monica, in questo periodo.

Entriamo e Tyler prende subito un carrello, dirigendosi con sicurezza alle varie corsie come un cliente abituale. Dedica molto tempo al settore frutta e verdura. Non ho mai fatto la spesa con un vegetariano, prima d'ora. È un'esperienza interessante vedere tutto il cibo che butta nel carrello, e ancora più interessante è il fatto che la maggior pare della roba sembra davvero appetitosa. Comunque riesco a infilare due confezioni di cereali con i marshmallow, mentre non guarda: sono un mio vizio proibito.

Ci dirigiamo alle casse, dopo aver camminato su e giù fra le corsie per più di mezz'ora, e mentre aiuto Tyler ad ammassare il contenuto del carrello sul nastro trasportatore penso a quanto mi sento *grande* in questo momento, il che è assurdo, perché ho fatto la spesa a Chicago un milione di volte, ma con Tyler è diverso. Sembriamo una coppia che fa le provviste settimanali per poi andare a casa e stiparle nel frigorifero e in dispensa, e infine collassare davanti alla tv. È così che dovrebbe essere. Solo che è il frigo di Tyler, non il mio, e di certo non siamo una coppia. Comunque è una bella sensazione. Mi fa pensare a come potrebbe essere la nostra vita se lo diventassimo: tutte le commissioni ordinarie e quotidiane risulterebbero piacevoli, perché le faremmo insieme.

Torniamo alla macchina stracarichi di borse e non abbiamo altra scelta che buttarle nel sedile dietro. Il bagagliaio è già pieno di valigie e quando ci muoviamo per uscire dal parcheggio sentiamo la macchina che arranca. Per fortuna, però, Tyler mi informa che il suo appartamento è a soli cinque minuti di distanza.

Così ci addentriamo nel quartiere di Irvington, dritti verso l'angolo fra la Brazee e la Nona, dove Tyler accosta al marciapiede. La strada è fiancheggiata da alberi, ovvio, e da un assortimento di villette a due piani e bungalow, a parte un condominio sulla nostra destra.

« È questo? » chiedo, anche se la risposta è abbastanza ovvia.

« Sì » dice Tyler, che si sta già slacciando la cintura di sicurezza. Lo seguo fuori dall'auto fino al bagagliaio, dove prende le nostre valigie. « È un bel posto, anche se l'affitto è un po' caro. Per questo ho venduto la macchina ».

« Priorità » commento, ripensando alle sue parole di qualche giorno fa.

Lui sorride, e intanto chiude il bagagliaio. « Esatto ».

Mi guida nel condominio, attraversiamo uno steccato di legno entrando in uno splendido giardino. Gli appartamenti sono tutti identici, alcuni a due piani, e formano una curva intorno allo spazio comune, come una gigantesca C. Il prato è ben tenuto e ci sono vialetti, alberi, aiuole e panchine sparse in giro. È carino, soprattutto ora che c'è il sole, ma non riesco a immaginarlo altrettanto bello in autunno, quando sulla città pende una cappa di umidità piovosa.

« Io sto proprio qui » dice Tyler, infilandosi una mano nella tasca posteriore dei jeans. Tira fuori un mazzo di chiavi. Seguo la direzione del suo sguardo verso una porta su cui c'è scritto UNITÀ 3. Quando ci arriviamo, le guance di Tyler sono diventate rosse. « È un po', ehm, spoglio » mi avverte, mentre gira la chiave nella serratura. « Non sono un granché come arredatore ».

Spinge la porta e poi fa un passo indietro, per lasciarmi passare. La prima cosa che noto, facendo qualche passo sul pavimento in legno del soggiorno, è che diceva sul serio. È *veramente* spoglio. I muri sono bianchi e vuoti, a parte una tv a parete. Il resto del soggiorno consiste in un unico divano di pelle nera, con un soffice tappeto beige al centro della stanza.

« In mia difesa » si affretta a precisare Tyler, « posso dire che non volevo buttare metà del mio capitale in roba che non mi serviva davvero. E poi, per metà del tempo non sono neanche a casa ». Si fa scivolare il borsone giù dalla spalla e lo butta sul divano, poi va verso l'angolo in fondo alla stanza, dove ci sono due porte: una si apre su un piccolo corridoio, l'altra su un salottino.

Tyler mi mostra prima il soggiorno, che contiene soltanto un tavolo nero con due sedie coordinate, e poi attraverso un'altra porta sbuchiamo in cucina, che è un cubicolo in confronto a quella che hanno papà ed Ella a casa. Però ha tutto quello che serve, e capisco che Tyler ha ragione a non voler spendere troppi soldi per un appartamento enorme e pieno di mobili, solo per il gusto di farlo.

Torno con lui in salotto e passiamo in corridoio. Ci sono due camere da letto, con un bagno al centro. Quella sulla sinistra sembra appartenere a Tyler, anche se non c'è dentro niente di davvero personale. Anche qui i muri sono disadorni, l'unico mobile è un letto matrimoniale schiacciato contro il muro. C'è una cabina armadio. E l'unico motivo per cui deduco che questa sia la sua stanza è che l'altra è completamente vuota.

« Probabilmente avrei dovuto arredarla » dice. La sua voce rimbomba. Lo guardo di sbieco e vedo che si sta sfregando la nuca, un po' imbarazzato.

« Mmm ». Stiamo pensando tutti e due la stessa cosa: 'Dove diavolo dormirò io?' L'ultima cosa che voglio è che Tyler proponga di dormire insieme, perché non è assolutamente il caso, quindi dico subito: « Posso prendere il divano. Non c'è problema ».

Lui si mette di fronte a me, per osservare la mia espressione. « Non posso lasciarti dormire sul divano, Eden » obietta in tono deciso e severo, da genitore. « Mia madre mi ucciderebbe per la pessima ospitalità ».

« Sul serio, non mi dispiace » cerco di convincerlo. « Vivo in un dormitorio, ricordi? Quindi credimi, ho dormito su più divani di quanti ne possa contare ».

Lui mi studia con la fronte aggrottata. « Sei sicura? Mi sento molto in colpa ».

« Sicurissima. Ci conviene mettere via la spesa ».

Non ci vuole molto a sistemare tutto: io tiro fuori le cose dai sacchetti e Tyler le ripone negli armadietti. Alle cinque e mezza abbiamo finito, e siamo affamati. È stata una giornata lunga.

Così Tyler comincia a prepararsi un piatto di pasta e io mi prendo una ciotola di quei cereali con i marshmallow che ho scelto prima. Non chiedo altro. Mi siedo sul piano di lavoro, a gambe incrociate, e li sgranocchio lentamente, guardando Tyler che cucina.

« Devi mandare un messaggio a tua madre » dico con la bocca piena. Deglutisco in fretta. « Dille che siamo arrivati ».

« Merda, è vero ». Tyler smette di tagliare i pomodori e si asciuga le mani sui jeans, poi pesca il telefono dalla tasca. Io prendo un'altra cucchiaiata di cereali mentre lui digita il messaggio, continuando a tenere d'occhio la pasta che sta cuocendo sul fornello. Studio le sue spalle, perché non mi ero mai veramente soffermata ad apprezzare la loro larghezza. Poi i miei occhi scendono sul suo bicipite, dove i tatuaggi spuntano da sotto la manica della maglietta. Quando mi accorgo che lo sto fissando, mi affretto a sbattere le palpebre.

« Posso chiederti una cosa? »

Mandato il messaggio, Tyler appoggia il telefono sul ripiano e riprende il coltello, voltandomi le spalle. « Certo ».

« Perché non volevi che sapesse che ci eravamo fermati a casa dei tuoi nonni? »

Appena lo dico, lui fa un sospiro. Abbassa gli occhi, riappoggia il coltello e poi si volta a guardarmi. « Perché lei non sa che parlo di nuovo con loro. Dopo che papà è stato arrestato non ci siamo tenuti in contatto. Loro si sono trasferiti e noi non siamo mai andati a trovarli... di solito la gente non fa un viaggio di nove ore per fare visita ai genitori dell'ex marito, sai? E poi la mamma odia qualsiasi cosa sia collegata in qualche modo a papà. Quindi non c'è motivo di dirglielo ».

Annuisco. C'è un breve momento di silenzio, durante il quale io giro il mio cucchiaio nella ciotola e Tyler si volta verso la pentola, per regolare la fiamma. « È una mamma davvero fantastica » borbotto alla fine. È una cosa che ho già detto a Ella, in passato, perché è la verità. Mi chiedo soltanto se lo sappia anche Tyler. « Lo dico solo nel caso che tu non te ne sia ancora reso conto ».

« No, lo so » dice lui, girandosi a guardarmi. « È sempre stata fantastica, anche se per lei non è stato facile quando è venuta fuori la verità su papà. In quel periodo era veramente a pezzi. Molto diversa da come è adesso ».

Appoggio la ciotola sul ripiano e aspetto, sperando che Tyler mi dica di più. Mi piace conoscere i dettagli delle loro vite, perché adesso ne faccio parte. Non saprò mai di preciso cosa ha passato la famiglia di Tyler, ma almeno posso provare a fare del mio meglio per capirlo. Negli ultimi tre anni ho imparato molto.

Tyler si passa una mano tra i capelli, come chiedendosi se aprirsi.

Stringe gli occhi e guarda verso la finestrella accanto a me. Dopo qualche istante, si gira verso i fornelli e spegne la fiamma.

«Lei amava veramente un sacco mio padre» comincia, afferrando il bordo del ripiano. «E per lui era lo stesso, perché sinceramente, quando ripenso a quando ero piccolo, ricordo soltanto che quei due erano pazzi l'uno dall'altra. Quindi, sai, quando lei ha scoperto quello che aveva fatto papà e lui è stato arrestato, era distrutta. E non importa quanto lo amasse, perché non sopportava neanche di guardarlo, quindi subito dopo la condanna ha chiesto il divorzio».

Si ferma, con occhi puntati sul pavimento per un momento, poi li rialza. «Ha smesso di lavorare e per quasi un anno, dopo che era successo, riusciva a malapena a guardarmi. Si sentiva troppo in colpa per non essersi accorta prima di che cosa stava succedendo, e una volta, quando sono finito in una rissa, a scuola, sono tornato con la faccia pesta e lei è scoppiata in lacrime nell'attimo in cui ho messo piede in casa, sul serio. I suoi genitori le dicevano sempre che non sarebbe mai stata una buona madre, quindi credo che per un po' ci abbia creduto. E naturalmente io non le facilitavo certo le cose, continuando a uscire di nascosto, a bere e a fumare».

Si ferma di nuovo, ma questa volta raddrizza la schiena e fa un passo verso di me. Mi si para proprio davanti. Ha quel suo tono di voce dolce e sincero, che un tempo era molto raro ma sta diventando sempre più normale. «Poi però ha incontrato tuo padre, ha smesso di stare tutto il giorno davanti alla tv, e ha rinunciato alle sue cinque tazze di caffè. Ha cominciato a uscire di più, e per quanto suoni banale sembrava di nuovo felice, perché lo era. Sapevo che aveva incontrato qualcuno prima ancora che ce lo dicesse. Era ovvio, e quando ce l'ha confessato non mi ha fatto quella grande impressione che credeva lei. Quando tuo padre è entrato nella nostra vita io ero contento, perché la mamma aveva ricominciato a essere se stessa». Lentamente passa lo sguardo sulle mie gambe, sempre incrociate sul ripiano, e mi appoggia le mani sulle ginocchia. Esita prima di dire altro, come se si aspettasse di essere respinto, ma io riesco solo a pensare alla morsa che mi stringe improvvisamente il petto. Non potrei respingerlo neanche se lo volessi, perché mi sento immobilizzata, paralizzata dal solo contatto delle sue dita. È l'unica persona che abbia mai incontrato ad avere questo effetto su di me. L'unica persona che *voglio* abbia questo effetto su di me.

« Quindi » dice con un piccolo sorriso, guardandomi da sotto le ciglia, « ho conosciuto tuo padre per la prima volta quando avevo quindici anni. La mamma ci aveva raccomandato di comportarci bene, ma sai, io stavo attraversando la mia fase menefreghista, così ero uscito a bere con della gente molto più grande di me e quando sono arrivato a casa ero sbronzo. Quando la mamma è entrata in cucina con tuo padre, lui non ha fatto in tempo a presentarsi che io avevo già vomitato sul pavimento. Uno schifo, lo so: gran bella prima impressione. La mamma era mortificata e tuo padre inorridito. Mi stupisco ancora che non sia sparito, dopo quella sera. So che ho cambiato discorso, ma il punto è che a tuo padre non sono piaciuto fin dal primo momento ».

Sento che deglutisce. La cucina è silenziosa. Quando riprende a parlare, la sua voce è quasi un sussurro. « E non posso fare a meno di pensare che se non mi fossi comportato in quel modo, anni fa, forse lui non sarebbe così contrario a... » Gli muoiono le parole in gola. Il suo respiro è lento, profondo. Non vedo i suoi occhi, perché sto fissando le sue labbra, il modo in cui si stanno avvicinando. Le mie gambe sono intorpidite, mentre lui passa le mani dalle ginocchia alle cosce, e le sue labbra ora sono così vicine che la sua fronte tocca la mia. Entrambi abbiamo chiuso gli occhi. « Questo » bisbiglia.

Ma io non ce la faccio. Non ancora. Ci sono troppe cose da capire, da sistemare. Baciarlo adesso sarebbe una scorciatoia.

Con cautela, gli prendo il mento fra le mani e scuoto la testa contro la sua fronte. Tengo gli occhi chiusi, il lieve sorriso sulle mie labbra è quasi di scusa. Il contatto lentamente sparisce. Prima dal mio viso, poi dalle mie gambe. Intreccio le mani e me le appoggio in grembo.

Tyler fa un passo indietro e, quando riapro le palpebre, vedo che mi sta fissando. Anche solo dal suo sguardo, capisco che non è arrabbiato per essere stato respinto. Più che altro è deluso. Fa un cenno della testa, con un sorriso pieno di calore e comprensione, poi si volta di nuovo verso i fornelli e riaccende la fiamma.

Sento il mio corpo strano, diverso. Allungo una mano verso i miei cereali, che però sono diventati una poltiglia: così ricomincio a girare il cucchiaio nella ciotola. Per tutto il tempo, però, il mio sguardo non è puntato sui marshmallow che desideravo tanto.

È puntato su Tyler, che forse desidero ancora di più.

15

Quando mi sveglio, mi sento come se avessi dormito un'ora appena. Sono intontita, ho la testa pesante. Mi è quasi impossibile aprire gli occhi, così li strizzo e mi stringo la coperta al petto. Rimpiango di non aver chiuso occhio sabato notte, perché adesso ne pago le conseguenze. La mano che mi sta massaggiando la spalla, però, non demorde. È piacevole, ma non mi lascia dormire, quindi mi giro di scatto dall'altra parte, per scansarla. E se non bastasse a dimostrare la mia irritazione, emetto anche un lieve gemito.

Poi sento una risata familiare, e non ho neanche bisogno di aprire gli occhi per sapere che è quella di Tyler. Al solo sentirlo vicino, il mio corpo viene attraversato da un'ondata di eccitazione. Le mie palpebre si spalancano di scatto.

Per una frazione di secondo non so dove sono, né perché mi trovo con Tyler, da sola, poi sbatto le palpebre per svegliarmi del tutto. A questo punto mi torna in mente ogni cosa: 'Oh, Portland'. È un pensiero impegnativo, di prima mattina.

Tyler è accovacciato accanto al divano, vestito di tutto punto e profumato di colonia, e ricambia il mio sguardo. La sua faccia è a un palmo dalla mia. I suoi occhi brillano.

« Mi dispiace doverti svegliare » si scusa. Ha le braccia appoggiate al bordo del divano, con le mani intrecciate, e giocherella con i pollici.

Anche se per me è come se fosse piena notte, dalle finestre filtra la luce del giorno. Ho gli occhi ancora troppo sensibili, quindi li stringo a fessura e mi metto seduta. Sento il calore sulla nuca, ho i capelli appiccicati alla pelle.

« Che ore sono? » Sono esausta: persino la mia voce è gracchiante.

Mi chiedo pigramente se sia possibile avere un postsbornia senza aver toccato una goccia d'alcol. Una specie di postsbornia dovuto a un viaggio, oppure a un fratellastro. Mi sento da schifo.

« Le otto appena passate » dice Tyler lentamente, poi fa un piccolo sorriso.

« Le otto del mattino? » Sbatto ancora le palpebre, non mi importa di sembrare un furetto sotto steroidi. « Di lunedì? In estate? »

« Odio dovertelo dire » dice lui ridendo, « ma noialtri non siamo in vacanza. Bisogna andare a lavorare ». Appoggia le mani sul divano di pelle e si tira in piedi.

« A lavorare? »

« In un certo senso ». Guarda l'orologio da polso con una lieve smorfia. Poi abbassa di nuovo gli occhi su di me. « Quante possibilità ci sono che tu sia pronta in mezz'ora? »

« Che tipo di lavoro? » Non è la risposta che sperava, perché fa un sospiro. Io sono un po' stupita, perché anche se è del tutto logico che nell'ultimo anno abbia fatto *qualcosa*, non mi sono mai chiesta cosa potesse essere esattamente.

« È... » Scrolla le spalle. « È complicato. E dato che dovevo partire oggi da Santa Monica, ho ancora la giornata libera, quindi in realtà non devo tornare al lavoro prima di domani. Ma ieri mi hai chiesto come ho passato l'ultimo anno » mi dice, mentre quel sorriso incredibile e diretto cattura di nuovo le sue labbra, « quindi oggi te lo mostrerò ».

Basta questo a farmi alzare dal letto. Anzi dal divano. Comunque. Sono subito in piedi e corro nella stanza libera, dove ci sono le mie valigie. Non sto neanche a preoccuparmi di avere la schiena dolorante e il collo irrigidito, perché sono troppo occupata a lanciarmi in bagno, per fare la doccia. Sono ansiosa di prepararmi e di scoprire che vita ha fatto Tyler nell'ultimo anno. È per questo, innanzitutto, che ha voluto che tornassi a Portland con lui. Vuole che io sappia per quale motivo se ne è andato.

Quando rientro nel soggiorno, venti minuti dopo, con i capelli già asciutti, vestita e pronta per uscire, lui è decisamente colpito. Mi sono infilata la felpa bordeaux dell'Università di Chicago, anche se probabilmente oggi farà caldo, e ho ai piedi le mie Converse bianche.

Tyler spegne la tv e si alza, poi piega la testa per lanciare un'occhiata incuriosita alle mie scarpe. So esattamente cosa si sta chiedendo: se sono quelle che mi ha comprato a New York, quelle con la sua scrittura sulla fascia di gomma.

« Sono nuove » lo informo in tono brusco. Sollevo anche il piede, per fargli vedere che non c'è scritto niente. Le scarpe che mi ha dato l'estate scorsa sono sul fondo del mio armadio ormai da un anno. Non sopportavo più di metterle, quindi ne ho comprato un altro paio. Però, anche se Rachael insisteva perché le buttassi via, le portassi a un negozio dell'usato o le bruciassi, non ci sono riuscita.

« Okay » dice Tyler piano. È un momento un po' imbarazzante, lui sembra a disagio: di certo non è entusiasta della notizia. Però non mi biasima, perché aggiunge: « Lo capisco » e poi cambia subito argomento. Prende le chiavi della macchina dal bracciolo del divano. « Per prima cosa dobbiamo fermarci a prendere un caffè ».

« Nessuna obiezione » rispondo, e in un attimo la tensione si è allentata.

Non per vantarmi, ma a Portland fanno un caffè decisamente fra i migliori. Siamo abbastanza famosi per questo: sono convinta che non ci si possa definire autentici cittadini di Portland senza aver bisogno di una dose di caffeina appena svegli, come me in questo momento.

Usciamo. È bello rivedere un prato davvero verde. Non sono ancora le nove, quindi il sole è relativamente basso, ma c'è tanta luce e l'aria è fresca e pulita. Anche se non mi piace alzarmi presto, apprezzo le mattine come questa.

« Prima di andare » dico appena entriamo nella macchina di Tyler, « ti prego, dimmi che non prendi il caffè da Starbucks ». Mentre mi allaccio la cintura lo inchiodo con uno sguardo solenne, irremovibile. Forse pensa che stia scherzando, perché all'inizio, mentre avvia il motore, si mette a ridere.

« No ».

Rilasso la mia espressione e mi appoggio allo schienale. « Bene. Allora dove andiamo? »

« In centro ».

« Sì, ma *dove*? »

Tyler si volta a guardarmi, il suo sorriso si allarga sempre di più. Mi chiedo se stia bene. Scuote la testa lentamente e continua a sorridere, neanche avesse vinto alla lotteria, e io faccio una smorfia come per dire 'Che cosa diavolo ti è preso?'

Tyler ha un modo molto astuto di evitare le domande a cui non vuole rispondere. In questo non è cambiato.

« Mi sono mancati i tuoi interrogatori » dice invece. Sempre con quel sorriso enorme, che scopre i suoi denti perfetti e bianchissimi, continua: « E mi è mancato il tuo atteggiamento saccente, e insistente. E il fatto che salti sempre alle conclusioni più sceme. E che non molli proprio mai ».

« Vuoi che scenda dalla macchina? » chiedo, allungando la mano verso la maniglia. Apro la portiera di qualche centimetro. « Perché da quello che dici si direbbe che tu non mi voglia intorno ».

« Ho detto che mi sono mancate queste cose. Non che le odio ». Si sporge oltre il mio corpo e richiude la portiera con un tonfo. Il suo braccio mi sfiora il petto e devo mordermi il labbro e trattenere il respiro per impedirmi di reagire. Lui rimette le mani sul volante e fa un sorrisetto.

Andiamo verso il centro. L'aspetto positivo di Portland è che il traffico del mattino non è terribile quanto quello di Los Angeles. Certo, si rallenta un po', ma non ci si trova mai imbottigliati, perché la gente per andare al lavoro usa i mezzi pubblici, oppure la bici. Quindi in strada ci sono meno macchine.

Il tragitto dura un po' meno di venti minuti. È un modo corroborante di cominciare la giornata e ritrovarmi nella zona del centro, così piena di vita e di contrasti, mi fa sentire ancora meglio.

Probabilmente quando vivevo qui davo per scontato tutto questo, perché non ricordo di aver mai apprezzato le bizzarrie di Portland come adesso. La città ha i suoi pro e contro, che saltano all'occhio mentre attraversiamo isolati pieni di negozietti artigianali, birrerie, cinema che vendono anche birra e una gamma infinita di locali a luci rosse. In questa zona non si vede un fast food per chilometri, e i ristoranti cucinano senza glutine, il numero di senzatetto sta andando fuori controllo, guidare un'auto è considerato da sfigati e la gente cammina, per spostarsi. Passiamo anche accanto a Powell, la libreria indipendente più grande del mondo. Sono lontani i giorni in cui trascorrevo ore lì dentro, alla ricerca dei libri di scuola in mezzo a milioni di titoli. Ero al secondo anno di liceo.

Allora Portland era stupida, noiosa e molto alternativa.

Alternativa lo è ancora. Solo che non mi sembra più così stupida. Anzi, mi sembra una figata.

Alle 9:30 abbiamo parcheggiato e camminiamo per strada. Anche se mi è tutto molto familiare, all'inizio faccio un po' fatica a orientarmi, ma il fatto che sia Tyler a guidarmi non mi sembra giusto. Dovrebbe essere il contrario.

«Sai, Portland non è così male come la descrivevi» mi dice.

Non voglio ammettere che ha ragione, che ho sbagliato a descriverla come la città peggiore del mondo, quindi mi limito ad alzare le spalle e proseguo. Dopo due isolati capisco all'improvviso dove ci troviamo esattamente. A Pioneer Square.

Quando Tyler cerca di girare a sinistra, io lo afferro e lo tiro indietro. «Il salotto di Portland» borbotto, anche se non volevo dirlo ad alta voce.

«Sì, lo so».

Gli lancio un'occhiataccia. Sto scherzando, eppure non posso fare a meno di provare anche un po' di irritazione. Forse sono egoista a essere così gelosa di Portland, ma non mi sono ancora abituata al fatto che adesso lui la consideri casa sua, mentre in realtà è casa mia.

Siamo all'angolo dell'isolato, accanto a Nordstrom. Tyler rimane in silenzio, mentre io mi prendo un momento per osservare la piazza. Si dice che sia una delle più belle del mondo, e non potrei essere più d'accordo. Pioneer Square occupa un intero isolato e al centro ha la forma di un anfiteatro. Sulle mattonelle della pavimentazione sono incisi migliaia di nomi. A differenza di Hollywood, a Portland non c'è bisogno di essere famosi per avere il proprio nome sul marciapiede. Basta pagare.

Prima di trasferirmi, adoravo venire qui. C'è sempre qualcosa di nuovo, come le luci dell'immenso albero di Natale, la settimana dopo il Giorno del Ringraziamento, che mamma e papà mi portavano a vedere tutti gli anni, tassativamente, e gli eventi della rassegna 'Flicks on the Bricks' durante l'estate, quando viene installato un maxischermo e centinaia di persone si riuniscono sui gradini, con sedie pieghevoli e tovaglie da picnic, per passare la serata insieme a vedere un film.

Santa Monica avrà anche la spiaggia, il molo e la Promenade della Terza Strada, ma Portland ha il Willamette, il Mount Hood e Pioneer Square. Sembrano lontane migliaia di mondi, due città completamente diverse, ciascuna a suo modo unica.

« Bello, eh? » commenta Tyler. Ha di nuovo gli occhiali da sole e quindi, quando lo guardo in tralice, non riesco a vedere la sua espressione. A volte mi pare che abbia dimenticato che ho vissuto qui per sedici anni. « Se vuoi possiamo tornarci più tardi. O un altro giorno, quando saremo liberi ».

Mi sposto per andare a mettermi proprio davanti a lui e sollevo il mento. « Quando saremo liberi? » ripeto.

« Quando *io* sarò libero » si corregge, sistemandosi gli occhiali sul naso. « Come ho detto prima, non siamo tutti in vacanza. Adesso per favore possiamo prendere questo caffè? »

« Sì, sì ». Scuoto rapidamente la testa e mi volto a lanciare un'ultima occhiata alle mie spalle. « Certo ».

Giriamo l'angolo e poco dopo ci fermiamo, quasi alla fine dell'isolato. Davanti a noi c'è l'ingresso di una piccola caffetteria artigianale. Non ci sono mai stata: anche se noi di Portland viviamo per il caffè, ci sono troppi posti da provare e mai abbastanza tempo.

« Dimentica il Refinery » dice Tyler. « Non c'è proprio paragone. Ma forse io sono prevenuto ». Ridacchia, si toglie gli occhiali da sole e spinge la porta. Non posso trattenere un sorriso, quando vedo che la tiene aperta per lasciarmi passare. È una cosa che ha sempre fatto, da quanto posso ricordare. Sempre.

All'interno il locale è piccolo e accogliente, come deve essere una buona caffetteria. È anche affollato, la coda si snoda fino all'ingresso. Molti saranno pendolari che si fermano a prendere un caffè da asporto mentre vanno al lavoro.

Tyler si appende gli occhiali alla camicia di cotone e prende il portafoglio. « Latte macchiato alla vaniglia, bollente, con aggiunta di caramello, vero? » Mi lancia una di quelle sue occhiate discrete, ardenti, cercando in tutti i modi di reprimere un sorriso strafottente.

Io ricambio lo sguardo, sperando che il mio compiacimento non traspaia troppo. « Te lo ricordi? »

« Non la definirei una richiesta particolarmente complicata ».

« Già, credo di no ». Passo lo sguardo sui clienti in coda, sui baristi al bancone, sul mio corpo. Anche se ho addosso la felpa, non mi sento a mio agio. « Per me niente caramello, oggi ». Dubito che faccia molta differenza, ma almeno mi sentirò meno in colpa per il latte macchiato.

« No problem » risponde lui, poi si guarda in giro e fa un cenno della testa verso un tavolo vicino alla vetrina che dà sulla strada. « Vai a tenere i posti? Io prendo i caffè ».

Mi fiondo verso il tavolo e mi lascio cadere sulla sedia. Di solito mi piace girarmi verso le vetrine, quando è possibile, perché mi diverto a osservare la gente, ma oggi voglio guardare Tyler.

La cosa strana è che sembra essere nel suo ambiente, anche se non dovrebbe, visto che viene da Los Angeles. Eppure la presenza di Tyler in questo posto sembra così normale, ordinaria. Forse è per via della camicia, o della barba sfatta. O per i tatuaggi che ha sul braccio, o per il fatto che si trova in una caffetteria. Potrebbe essere per il suo atteggiamento rilassato, tranquillo. Non so bene perché ma dà proprio l'impressione di essere al suo posto, qui, come se ci appartenesse da sempre.

Inizia a parlare con il tizio in coda davanti a lui. Sembra una chiacchierata amichevole più che un semplice scambio di convenevoli. Pare che voli anche qualche battuta, perché Tyler ride un paio di volte. Quando arriva al bancone conversa anche col barista, un ragazzino con la faccia piena di piercing. Si salutano sorridendo, pugno contro pugno, come grandi amici, e capisco che Tyler potrebbe essere un cliente abituale. Magari viene qui ogni giorno, perché mentre il ragazzo prepara la nostra ordinazione continuano a parlare. Quando il ragazzo passa a Tyler i due bicchieri da asporto, lui si volta e ne punta uno verso di me. Il barista inarca le sopracciglia, poi mi fa un gran sorriso e mi saluta con la mano.

Io vado nel panico e rispondo con un piccolo cenno che dice: 'Non so chi sei o perché mi saluti, ma sarebbe maleducato ignorarti'. Per fortuna Tyler ride e mi raggiunge, appoggia il mio latte macchiato sul tavolo e si siede di fronte a me.

« Chi è quello? »

« Si chiama Mikey » risponde Tyler, con un cenno della testa verso la cassa. « Sa tutto di te. Ha detto di dirti che è felice di vederti, finalmente ».

Guardo di nuovo verso il bancone e Mikey riesce ad alzare il pollice verso di me, anche se è impegnato con la macchina per l'espresso. Distolgo lo sguardo il più in fretta possibile e lo riporto su Tyler. È un po' strano che parli di me con un barista di Portland, ma decido di non discutere. Invece gli indico il tipo che stava davanti a lui in coda, e che adesso è seduto da solo a un tavolino dall'altra parte del locale. « E quello? Chi era? »

Tyler segue la direzione del mio sguardo, sorridendo. « Lui è Roger. Viene qui ogni mattina, sempre prima delle nove. Prende un latte macchiato medio, con metà decaffeinato e senza schiuma, in tazza grande ».

Sbatto le palpebre e aggrotto le sopracciglia. « Ma Tyler... »

« E quella signora laggiù... » fa un cenno verso la donna davanti alla cassa, che ha una coda di cavallo e uno zaino su una spalla, « quella è Heather. Molto probabilmente ha appena ordinato una cioccolata bianca doppia, senza schiuma ma con aggiunta di fragola, vaniglia, panna e una spolverata (molto leggera) di cannella ».

Ci metto solo una frazione di secondo ad arrivare all'ovvia conclusione. « Tu lavori qui? »

Tyler sorride e si appoggia allo schienale della sedia, con il caffè in bilico sulla punta delle dita. « Già. Di solito sono io che li servo ».

« Davvero? »

All'inizio si mette a ridere, poi beve un sorso di caffè e si sporge in avanti, appoggiando i gomiti sul tavolo. Mette giù il bicchiere. « Proprio così ».

Lo osservo attentamente, perché il mio primo istinto è quello di pensare che mi stia prendendo in giro. L'idea di Tyler che serve caffè non combacia con l'immagine che ho di lui. In realtà, però, ha senso. Tyler ama il caffè quanto me. Ha un sorriso amichevole, il che aiuta sempre. Non c'è bisogno di una laurea. A Portland è facile trovare lavoro in un bar: metà della popolazione studentesca lavora da Starbucks. « Allora è qui che hai lavorato nell'ultimo anno? Fai il barista? » Il mio sguardo ritorna verso il bancone, dove Mickey e un'altra ragazza si spostano agili, alternandosi fra la preparazione dei caffè e il servizio ai clienti. Mi sforzo di immaginare Tyler che fa la stessa cosa, e onestamente riesco benissimo a vedermelo dietro a quel bancone.

« Sì » conferma lui. Disegna con l'indice sul tavolo, senza staccare gli occhi dai miei. « Tutte le sante mattine, dalle sei a mezzogiorno. Devo pur guadagnare qualcosa, oltre al resto ».

Adesso sono di nuovo confusa. « Quale resto? »

« L'altra cosa che faccio » dice lui enigmatico. Sa che non ho idea di che cosa stia parlando e credo che questo lo diverta, perché noto di nuovo quella specie di strafottenza nel suo sguardo, anche se si sforza tanto di nasconderla. « Devo controbilanciare ».

Non ho ancora assaggiato il mio latte macchiato, perché sono troppo concentrata su quello che Tyler ha da dire. « L'altra cosa? »

« Già. Ci andiamo adesso ». Si alza, spinge indietro la sedia e prende il suo caffè. « Non è lontano » mi dice. Mi alzo anch'io. « Sono solo un paio di isolati. Di solito ci vado direttamente da qui quando finisco il turno ».

« Fai due lavori? »

« Non esattamente ». Quando apro bocca per dar voce a un'altra ipotesi, lui solleva la mano libera. « Non fare domande. Aspetta e vedrai ».

Ubbidisco, ma fremo per la curiosità. Non c'è niente che odio di più al mondo dei misteri sulle cose che voglio disperatamente sapere. E Tyler pare voglia farmi aspettare il più a lungo possibile, perché torna di nuovo al bancone per dire a Mickey che si vedranno domani. Il che mi fa pensare: 'Merda, e io che cosa diavolo dovrei fare domani e tutti gli altri giorni, mentre Tyler fa il suo turno?' Ma decido che me ne preoccuperò dopo, perché adesso riesco a concentrarmi soltanto sul posto dove Tyler mi sta portando.

Usciamo, con in mano i nostri caffè. Il sole picchia. Per un attimo mi sembra quasi di essere tornata sulle strade di New York, a migliaia di chilometri da qualsiasi persona conosciuta, quando eravamo liberi di provare qualsiasi emozione e di comportarci come volevamo. Mi mancano quei giorni di spensieratezza. Anche stare a Portland è rischioso, sebbene, dopo tutti questi anni, è improbabile che qualcuno mi riconosca. Solo che non riesco a decidermi a sfiorargli la mano. E odio, odio profondamente sentirmi così, come se fosse una cosa sbagliata.

Ci dirigiamo a est, verso il Willamette, che divide la città in due, la zona est e la zona ovest. Mi ritrovo a godermi la passeggiata nel centro di Portland. Mi fa un effetto rigenerante vedere qualcosa di diverso da negozi di grandi catene e ristoranti. Dopo soli due isolati, come Tyler aveva detto, rallentiamo e ci fermiamo. Lui indica una grande porta nera di fronte a noi, tra uno studio di tatuaggi e una boutique. Non sembra altro che questo: una semplice porta.

« Vieni, entra » mi esorta Tyler. Beve un altro sorso di caffè e spinge la porta. La tiene aperta con la spalla e mi fa passare. C'è un piccolo ingresso, vedo solo una scala. Immagino che porti sopra i due negozi. Le luci al neon sono molto forti.

Ero già abbastanza confusa, ma adesso brancolo proprio nel buio e sono anche un po' preoccupata. « Dove diavolo siamo? »

Tyler sale qualche gradino, poi si ferma e guarda giù, verso di me. Con un sorrisetto furbo, mi dice: « Vieni su e lo scoprirai ».

Io lo seguo, mordendomi nervosamente il labbro. Non so bene cosa aspettarmi: conoscendo Portland, potrebbe essere qualunque cosa.

Quando arriviamo in cima alle scale e Tyler apre una seconda porta, mi sento sollevata e assolutamente sorpresa. Non mi aspettavo niente del genere.

Veniamo accolti dalla musica, alta ma non troppo.

Rimango a bocca aperta, mentre Tyler mi prende per un polso e mi fa fare qualche passo in un ampio open space. Ci troviamo in un grande salone, con le pareti dipinte di rosso vivo e una morbida moquette nera. C'è un sacco di gente, qui: tutti adolescenti, maschi e femmine. Alcuni sono stravaccati sulle poltrone colorate nell'angolo in fondo. Altri sono chini sui biliardini e i tavoli da air hockey al centro della stanza. Altri girano intorno ai vari distributori automatici addossati al muro. Altri ancora sono incollati a una fila di computer portatili, appoggiati su un lunghissimo ripiano che percorre tutta la parete di fondo. Ci sono anche un paio di tv al plasma. Guardando il soffitto, vedo che è ricoperto di parole. Citazioni e frasi, motti e mantra, pieni di ispirazione e di speranza.

« Che posto è questo, Tyler? » Il mio sguardo torna su di lui.

Sta osservando con interesse tutto quello che succede, con un piccolo sorriso, ma quando sente la mia voce sembra riprendersi di colpo. Lentamente, incontra il mio sguardo, con aria seria. « Un centro giovanile ».

« Un centro giovanile? Lavori anche qui? »

« Be', è un'organizzazione no profit » risponde lui in tono pratico, come se dovessi già saperlo. La sua voce però è gentile. « Quindi non lavoro qui. In realtà la gestisco. È volontariato, per questo ho l'altro lavoro ».

Incrocio le braccia, cercando di assimilare le sue parole, di capire cosa significano. « Questo posto è tuo? »

« Proprio così » dice lui, con un sorriso radioso. È impossibile non notare l'orgoglio che traspare dalla sua voce, dal suo sorriso e dai suoi occhi.

«E tu lo gestisci tutto da solo?»

A questo punto una voce grida il nome di Tyler. Una voce femminile, con l'accento inglese, seguita da un rumore di passi affrettati sulla moquette. Prima ancora di voltarmi so che è lei, perché riconoscerei quella voce tra mille. Ma sono talmente tante le novità che comincio a sentirmi disorientata e quindi, quando alla fine mi volto, la vista di Emily che corre verso di noi è sufficiente per farmi girare la testa.

16

Non vedo Emily da un anno, dall'estate scorsa a New York. Io e Tyler siamo partiti per Los Angeles e lei per Londra. In realtà non mi aspettavo di rivederla, ma a quanto pare era una supposizione sbagliata, perché ora è qui e sta dando a Tyler un rapido abbraccio.

« Sei tornato in anticipo! » dice quando si stacca da lui, con gli occhi spalancati per la sorpresa. « Credevo che non arrivassi prima di domani ».

« Ci è voluto meno del previsto per convincere una certa persona a venire con me » risponde lui, incurvando gli angoli della bocca e lanciando un'occhiata nella mia direzione.

« Oh, Eden! Sei davvero qui! » esclama lei, e intanto mi salta quasi in braccio. Ha un profumo meraviglioso e mentre mi stringe sento la morbidezza dei suoi capelli sulla faccia. Sono più scuri di come li ricordavo. Anche lei nota che ho cambiato look, perché quando si allontana per studiarmi chiede: « Hai tagliato i capelli? »

« Molto tempo fa » borbotto, abbassando gli occhi sulle punte e passandoci le dita. Quando rialzo lo sguardo non posso impedirmi di scuotere la testa. « Che cosa ci fai qui? »

« Faccio la volontaria. Sono venuta ad aiutare Tyler per qualche mese ».

Adesso lui sembra intimidito, si tocca gli occhiali con aria ansiosa e si mette di fronte a me, accanto a Emily. Non è da Tyler essere in soggezione. « A un certo punto mi sono reso conto che non potevo fare tutto da solo, così ho chiamato Emily e le ho detto: 'Ehi, vuoi tornare in America e vivere a Portland?' »

« E naturalmente io ho detto di sì » conclude Emily, con un sorriso radioso in direzione di Tyler. Sembrano davvero orgogliosi, pur senza volersi vantare. « È stata la decisione migliore che abbia mai preso, a parte la campagna di sensibilizzazione, ovvio ».

« Siete stati entrambi qui a Portland? » chiedo, rivolgendomi a Emily. Tyler non è stato il solo a tenermi all'oscuro di tutto questo, a quanto pare anche lei. Nessuno dei due ha mai pensato di dirmelo, come se non si fidassero di mettermi al corrente. « E non mi hai detto niente? » Sento una fitta al cuore, ma cerco di allontanarla.

Il sorriso di Emily si trasforma in un'espressione contrita, i suoi occhi si offuscano, come per chiedere perdono. Poi all'improvviso butta la testa indietro e si copre la faccia con le mani. « Ahh, lo so. Mi dispiace. Tyler non voleva che te ne parlassi, perché poi mi avresti chiesto che cosa ci facevo qui e avrei dovuto mentirti ».

Ci rifletto per un secondo, e lo capisco. Capisco che Tyler avesse bisogno di spazio. Capisco che non volesse far sapere a nessuno dove si trovava. Quello che non capisco è che cosa gli abbia impedito di parlarmi di questo, di ciò che stava facendo. Avrebbe potuto mandarmi almeno un messaggio. Uno stramaledetto messaggio, per dirmi che era tutto a posto e che le cose gli andavano bene, perché nell'ultimo anno ho avuto notizie soltanto attraverso Ella, quando trovava il modo di inserire qualche minima informazione nelle conversazioni quotidiane, in assenza di papà. Non aveva mai l'aria di preoccuparsi per lui, quindi probabilmente ho sempre saputo che stava bene. Ma quando lui ha ricominciato a chiamarmi, era decisamente troppo tardi. Il disprezzo che provavo aveva prevalso e non riuscivo a rispondergli. Forse, se lo avessi fatto, mi avrebbe detto tutto quello che mi sta dicendo adesso. Forse.

Mi rendo conto di non aver ancora risposto soltanto quando Tyler fa un passo verso di me e mi chiede: « Stai bene? »

« È solo che... » Scuoto la testa e mi premo una mano sulla guancia. « È pazzesco, Tyler ».

Emily passa lo sguardo da me a Tyler e poi fa qualche passo indietro. « Vi lascio parlare » mormora con il suo accento inglese e un'espressione gentile. « Sono davvero felice che tu abbia deciso di venire, Eden. Ci vediamo più tardi, okay? »

Io annuisco e lei si allontana. La osservo mentre si ferma a chiacchierare con un gruppo di ragazzine nell'angolo, vicino ai distributori. Ride e sorride come se fossero le sue migliori amiche, anche se hanno l'aria di essere matricole del liceo.

Torno a rivolgermi a Tyler e chiedo: «Che cosa fate qui, esattamente?»

«Vieni». Fa un cenno verso l'angolo opposto. Mi prende la mano e mi guida con dolcezza attraverso la stanza. Abbiamo ancora i nostri caffè.

Mentre camminiamo, si avvicina con cautela un ragazzino. Non può avere più di sedici anni. Si tira le maniche della felpa sulle mani, con aria ansiosa, e dice: «Ehi, Tyler. Emily aveva detto che tornavi domani».

«Sì, lo so» risponde Tyler. Ci fermiamo davanti alla porta, ma lui non lascia subito la mia mano, come avrebbe fatto un anno fa in presenza di qualcuno. È una strana sensazione stare qui in piedi, circondati da altre persone, con le dita saldamente intrecciate. È una sensazione a cui mi potrei abituare. Una sensazione che un giorno, forse, potrebbe non farmi più sentire in colpa. «Sono tornato ieri. Novità su tua madre?»

«Ancora niente». Il ragazzino guarda per terra e scrolla le spalle. «Mio padre mi chiamerà più tardi, quando esce dalla sala operatoria».

«Bene» dice Tyler. «Sono da te fra un secondo, okay? A proposito, lei è Eden». A questo punto mi lascia la mano e mi cinge le spalle, in modo molto rilassato e naturale. È difficile concentrarsi su qualcosa di diverso dal contatto con la sua pelle, ma mi sforzo di tenere gli occhi puntati sul ragazzino di fronte a noi.

«Ciao» gli dico, producendomi nel sorriso più gentile che riesco a fare.

Lui però non risponde, fa un cenno della testa verso il pavimento e si sposta verso i computer, trascinando i piedi.

«Lui è Bryce» mi spiega Tyler, appoggiandosi con la schiena alla porta per aprirla. «Sua madre è in ospedale da un paio di settimane, quindi lui viene qui per tenersi occupato. È molto riservato».

Seguo Tyler in una stanza più piccola. È un ufficio. Al centro c'è una grande scrivania di quercia, con una poltrona regolabile di cuoio nero. Il pavimento è di legno, i muri sono tinti di rosso, come quelli della stanza che abbiamo appena lasciato. Lungo una parete ci sono degli schedari con varie cartelline impilate sopra.

Tyler chiude la porta con uno scatto e mi prende il caffè, poi lo appoggia sulla scrivania e mi fa cenno di sedermi.

Gli lancio un'occhiata. «Be'?»

«Siediti, così posso parlarti» dice con una risatina.

Con qualche esitazione, mi siedo. La poltrona è molto comoda. Faccio un paio di giri, poi mi spingo avanti e indietro, con un cenno di approvazione. «Carina».

Tyler ridacchia e sposta alcuni fogli di carta per appoggiarsi sull'angolo della scrivania. Ha l'aria molto professionale, come un avvocato, o un preside che si sta preparando a bombardarmi di informazioni.

Stacca il coperchio del bicchiere di caffè e lo appoggia sul tavolo, poi beve un lungo sorso. «Dunque, benvenuta nella mia organizzazione no profit. In estate siamo aperti tutti i giorni, dalle otto del mattino alle dieci di sera. Emily sta qui dalle otto alle cinque. Io arrivo a mezzogiorno, dopo il turno in caffetteria, e rimango fino alle dieci, quindi c'è sempre uno di noi, se non entrambi, oltre a un piccolo gruppo di altri volontari che ci dà una mano. Per quanto riguarda le nostre attività» il suo sorriso si allarga e gli occhi si illuminano, «siamo qui solo per parlare, per offrire un posto dove i ragazzi di tutte le età, dalle medie agli ultimi anni del liceo, possono venire in caso di bisogno. Per i motivi più vari. Alcuni sono qui per fare nuove amicizie, altri ci vengono se i loro genitori hanno litigato e vogliono uscire di casa. Certi solo per avere qualcuno con cui parlare. Credo che aiuti il fatto che anche noi abbiamo solo vent'anni, sai? Non siamo dei cinquantenni che vogliono spiegare loro cosa è giusto e cosa è sbagliato. Credo che per loro sia più facile aprirsi con noi, perché ci sentono più vicini».

Io annuisco, assimilando le sue parole, ma prima che possa chiedergli altri dettagli, Tyler prosegue il discorso.

«Sai una cosa pazzesca?» Abbassa gli occhi, prende il coperchio del suo bicchiere e se lo rigira in mano. «C'è un ragazzo del secondo anno del liceo, Alex, che è sempre qui. Un paio di mesi fa ho ricevuto un suo messaggio, un venerdì sera tardi. Io ero qui, stavo chiudendo. Si trovava in una casa con un gruppo di ragazzi che non conosceva bene, avrebbe dovuto passare la notte lì, ma loro avevano cominciato a tirare fuori degli acidi e Alex è un bravo ragazzo. Non voleva rimanere, ma non ha la patente e non voleva chiamare suo padre, così ha chiamato me e sono andato fin là a prenderlo. Non voleva andare a casa, perché i suoi gli avrebbero chiesto come mai era già tornato e lui non voleva che gli facessero un interrogatorio. Così è rimasto a casa mia». Smette di giocherellare con il coperchio e mi lancia un'occhiata. Solo adesso mi rendo conto che per una volta ha smesso di sorridere. Ha le labbra strette e nel suo sguardo c'è una dolcezza quasi dolorosa, che non credo di aver mai visto prima. «Penso che sia stato allora che mi sono detto: 'Ehi, sto facendo davvero qualcosa di buono qui'». Inclina la testa, con gli occhi fissi in grembo, e io rimango a guardarlo imbambolata, chiedendomi come sia possibile crescere così tanto, cambiare così radicalmente, diventare una... *fonte di ispirazione.* All'improvviso capisco che non esiste una persona più adatta di Tyler per gestire un gruppo come questo. Ne ha passate tante, dalla violenza domestica alle dipendenze, dalla devastazione della sua famiglia a una relazione manipolatoria, dalla solitudine al bisogno di fingersi forte e menefreghista. È in grado di comprendere le battaglie che alcuni di questi ragazzi potrebbero dover affrontare. Sa come si sentono.

«Vuole essere un ambiente positivo» continua, alzandosi. «Un posto dove le persone possono venire a distrarsi, cercare consigli, divertirsi. A Emily piace definirlo un 'rifugio sicuro'».

«Lo trovo meraviglioso» dico con sincerità. Eppure non posso fare a meno di pensare che, forse, le cose sarebbero potute andare diversamente, se lui me ne avesse parlato a suo tempo. Magari non mi sarei arrabbiata tanto, avrei capito di più. Forse non avrei passato dodici mesi a chiedermi che cosa stava succedendo. «Tua madre sa di tutto questo?»

«Per la maggior parte sì». Tyler si volta e mi dà le spalle. Lentamente si avvicina a uno schedario nell'angolo della stanza e apre il primo cassetto. Per diversi secondi fruga tra i documenti e poi tira fuori una cartellina. La apre e le dà una rapida scorsa, poi si volta di nuovo a guardarmi. «Non le dico tutto, sai? Ci sono un paio di cose di cui non le ho mai parlato».

«Per esempio?»

«Le cose che non ho detto nemmeno a te». Mi fa un sorrisetto e richiude il cassetto di colpo, poi prende il suo caffè e mi guarda in faccia. «Ma ci sto arrivando. Devo solo trovare le parole giuste».

Spingo la sedia indietro sul pavimento, mi alzo e vado verso di lui. «Quando dici queste cazzate mi mandi in agitazione, lo sai?»

Lui sorride. «Hai ragione, scusa».

Bussano alla porta, che si apre di un millimetro. Spunta la faccia di Emily. «Interrompo qualcosa?»

Anche se non sono neanche lontanamente in quelle che si potrebbero definire le immediate vicinanze di Tyler, faccio un passo indietro, d'istinto. «No» rispondo.

Emily apre la porta del tutto e fa il suo ingresso nella stanza. Adesso ha i capelli raccolti in una coda alta, che le dondola dietro le spalle. Il suo sguardo si posa su Tyler. «Bryce ti sta aspettando. È tutto il weekend che chiede di te, e so che è il tuo giorno libero, ma parleresti con lui?»

«Certo, ci vado subito». Si avvia verso la porta ma poi sembra ricordarsi che, fatto insolito, ci sono anch'io, perché si ferma e mi guarda. «Eden?»

Io agito le mani verso la porta. «Vai».

Prima che esca, vedo la gratitudine nel suo sorriso. Rimaniamo soltanto io ed Emily. Lei attraversa la stanza per raggiungermi: nei suoi occhi c'è una luce di grande felicità e soddisfazione. Mi chiedo come ci si senta quando si provano quelle emozioni.

«Sono davvero contenta che tu sia qui» mi dice prendendomi per il braccio. Mi tira con dolcezza oltre la porta, nella sala principale. «È stata un'attesa maledettamente lunga».

«E io sono davvero *confusa* dalla *tua* presenza qui» rispondo. Non riesco ancora a farmi una ragione del fatto che Emily si trovi accanto a me in questo momento. «Per tutto questo tempo ho creduto che fossi a casa, a farti tormentare dal clima inglese di cui ti lamentavi tanto».

Emily ride, a disagio, e poi mi porta verso le finestre inondate di sole che illuminano l'ambiente. «A essere sincera» sospira, «tornare a casa è stato terribile, quindi quando Tyler mi ha chiamato per chiedermi se volevo venire qui ad aiutarlo durante l'estate non ho potuto rifiutare. Mi ci è voluto qualche mese, ma alla fine sono riuscita a prendere un aereo».

«Sei tornata così, semplicemente?»

Lei alza le spalle e si siede sul davanzale, a gambe incrociate. Mi metto accanto a lei, sotto i raggi del sole. «Comunque non stavo combinando niente di produttivo» ammette, spostandosi qualche ciocca di capelli dietro le orecchie. «Ero nella stessa condizione di Tyler. Cioè, arrivi a casa dopo la campagna di sensibilizzazione e devi tornare alla realtà e allora pensi: 'Merda, e adesso?' Quando Tyler mi ha telefonato, ero così annoiata dal mio lavoro alla cassa di Tesco che non è stato proprio difficile decidere di fare i bagagli e venire a dargli una mano. Anzi, penso che mi piaccia di più stare qui che a New York».

«Sul serio?»

«È una grande città con lo spirito di un paese. È una cosa che non è facile da trovare». Annuisco, poi mi concentro sugli adolescenti intorno a noi. Un paio ci stanno sbirciando con la coda dell'occhio, forse si chiedono chi diavolo sono. Cominciano ad arrivarne altri.

Non posso evitare di meravigliarmi di fronte a questo spazio, a tutta la tecnologia che contiene e al modo in cui attira i ragazzi. È strano pensare che sia questo che Tyler ha fatto nell'ultimo anno, però è anche una cosa che mi dà soddisfazione. Una sensazione positiva. È bello sapere che stava facendo qualcosa di buono, qualcosa di valido e produttivo, qualcosa di significativo.

Osservando l'attività che ci circonda, esprimo i miei pensieri. «Che ci fanno già svegli questi ragazzi? È estate e non sono ancora le dieci».

«Credimi, questo è un momento morto» ride Emily. «Aspetta mezzogiorno. Allora sì che c'è folla».

I miei occhi tornano su Tyler. È dall'altra parte della stanza con quel ragazzino, Bryce. È tranquillo, ha le spalle rilassate e dal suo viso traspaiono calore e attenzione. Annuisce ogni volta che Bryce finisce una frase. Guardandolo, capisco che il suo posto è qui. Questo posto lo ha cambiato in modi che non credevo possibili.

«Devo presentarti a tutti» esclama Emily all'improvviso, e il mio sguardo torna di scatto su di lei. «Anche se quasi tutti sanno di te. Sanno che sei tu il motivo per cui Tyler si è preso qualche giorno libero». Scivola giù dal davanzale, atterrando morbidamente. «Però dimmi» continua con le mani sui fianchi, scrutandomi, «come preferisci essere presentata? Come la sorellastra di Tyler, o come la sua...» Si interrompe con un sorriso ansioso, come se temesse di aver toccato un nervo scoperto.

«Sorellastra» rispondo. Qualsiasi cosa siamo io e Tyler, decisamente io *non sono* la sua... Non lo sono mai stata. E date le circostanze, non so ancora se lo sarò mai. Anche se papà e Jamie alla fine cedessero e ci accettassero, io devo comunque tornare a Chicago in autunno, a migliaia di chilometri da Tyler. Sembra... impossibile.

Emily annuisce con aria comprensiva, poi mi accompagna verso il gruppetto più vicino di ragazzine, che stanno stravaccate sulle poltrone d'angolo. Mi presenta come Eden, la sorellastra di Tyler che viene da Los Angeles ma in realtà è nata qui, a Portland. Ci sono un po' di 'Oh' e qualche sommesso 'Ehi', poi loro tornano a fare quello che stavano facendo e noi ripetiamo la scena finché ogni persona nella stanza conosce il mio nome.

A questo punto Tyler si è liberato e si avvicina a noi, con quel sorriso infinito che ancora gli invade la faccia. Vederlo sorridere così mi fa davvero male, e non so perché. « Che fate? »

« Ho presentato Eden a tutti » gli dice Emily, poi ci lancia un'occhiata. « Però davvero, ragazzi, non c'è bisogno che stiate qui. Godetevi la giornata insieme. E, Tyler, vedi di non tornare prima di domani, come previsto ».

Guardo verso Tyler, in attesa che dica qualcosa, nella segreta speranza che sia d'accordo con lei. Non mi dispiacerebbe trascorrere la giornata con lui, solo noi due. È soprattutto per questo che sono tornata a Portland. Sono tornata per scoprire se è rimasto qualcosa di noi e, a partire da giovedì, ogni giorno, ogni ora, ogni minuto che passa mi dice sempre più chiaramente che è così. Sono venuta per scoprire se valeva la pena salvarci. E forse lo è.

« Hai ragione » dice Tyler. Mi mordo l'interno della guancia, per impedirmi di sorridere come una scema. Per fortuna lui non se ne accorge, perché sta prendendo in giro Emily: « Sei sicura di riuscire a cavartela? »

« Ma per favore » lo rimprovera lei, ridendo. « Ce l'ho fatta per tutto il weekend ».

Ridiamo tutti e tre, poi ci salutiamo dandoci appuntamento a domani. Emily si allontana mentre io e Tyler ci dirigiamo verso la porta. Lui cammina lentamente, con le braccia che oscillano lungo i fianchi, ed è una vera tentazione. Una maledettissima tentazione.

« Vuoi andare in qualche posto specifico? » mi chiede, e io stacco a fatica gli occhi dalle vene delle sue mani e prego che non abbia notato il rossore che mi sta salendo alle guance.

« No » borbotto. Inclino la testa in avanti e mi lascio cadere i capelli sulla faccia, per nascondergli la mia espressione.

« Ho un'idea » esclama lui, entusiasta.

Mi volto e lo guardo incuriosita. « E cioè? »

« Vedrai ». Con gli occhi luccicanti e maliziosi, allunga la mano e apre la porta. Io mi volto, pronta a scendere le scale e tornare in strada.

Ma non riesco a fare neanche un gradino, perché mi sono già scontrata con qualcosa, prima ancora di riuscire a muovermi. È qualcosa di solido, una persona, molto probabilmente un ragazzo che stava salendo le scale troppo in fretta.

Nell'attimo in cui succede tutto questo mi ritrovo ad arretrare, mormorando « Mi dispiace » il più rapidamente possibile.

Poi Tyler mi prende per il braccio e mi sposta di lato. Fa un passo avanti e io alzo gli occhi sul povero ragazzo che forse ho mandato a ruzzolare per metà scala. Però, con mia grandissima sorpresa, scopro che non è affatto un ragazzo.

È un adulto, un uomo. È in piedi in cima alle scale, a pochi centimetri da noi, con le sopracciglia così inarcate per lo stupore che quasi spariscono sotto i capelli scuri. Stringe in mano una cartellina, ha un orologio d'oro al polso e la camicia infilata nei pantaloni. Al collo ha una cravatta allentata. All'inizio penso che abbia sbagliato palazzo. Questo è un centro giovanile, non un centro conferenze o un complesso di uffici. Continuo a pensarlo finché Tyler non comincia a parlare, e capisco che non è un estraneo.

« Che ci fai tu qui? » gli chiede. Nel suo tono c'è un'ombra di agitazione, ma sembra soprattutto confuso. « Non dovevi arrivare prima di venerdì prossimo ».

L'uomo, che sembra ancora abbastanza giovane, forse sulla quarantina, lancia un'occhiata alla cartellina e la solleva. « Il commercialista ha finito prima del previsto con le proiezioni che avevamo chiesto, così ho pensato di venire a portarle ». Parla con un tono sorprendentemente dolce, per un uomo così robusto. C'è qualcosa nei suoi lineamenti che attira il mio sguardo verso il suo viso ben rasato. « Piuttosto sono io che dovrei chiederti cosa ci fai *tu* qui. Non dovevi andare a casa per qualche giorno? »

« Sì, ma sono rientrato ieri sera ». Tyler sposta il peso da un piede all'altro, a disagio, e infila le mani nelle tasche davanti dei jeans con un gesto ansioso. L'uomo mi lancia un'occhiata indagatoria e io noto che Tyler deglutisce a fatica, prima di sforzarsi di dire: « Lei è Eden ».

« Ah » fa l'uomo. Mi osserva con attenzione, analizzando la mia espressione con un sorrisetto teso. Io ricambio lo sguardo, non per la curiosità ma perché non riesco a togliergli gli occhi di dosso. Il suo aspetto mi attira e il mio stomaco lentamente comincia ad annodarsi, mentre riconosco la pelle abbronzata, i capelli scuri e gli occhi luminosi. Mi accorgo che sono molto più verdi di come mi erano sembrati all'inizio, color smeraldo. Mi sembra familiare, ed è impossibile negare la somiglianza con la persona che ha di fronte.

« Eden, questo è... » La voce di Tyler si incrina. Deglutisce di nuovo, espira a fatica. Si prende un secondo per ricomporsi e controllare l'improvvisa ondata di ansia che sembra averlo sopraffatto. Quando riprende a parlare, ho già capito cosa deve dirmi, prima ancora che apra bocca. « Questo è mio padre ».

17

Lo dico ad alta voce, letteralmente balbettando: « Che cazzo significa? » Mi ritrovo ad arretrare, quasi sulla difensiva, più vicino a Tyler. Lontano dall'uomo in piedi di fronte a me. L'uomo che negli ultimi anni ho imparato a odiare con tutto il cuore. Mi viene la nausea, tanto che devo trattenere il respiro per impedirmi di vomitare. Ho una gran confusione in testa, non riesco a concentrarmi su un singolo pensiero. Sono disorientata, scioccata, sconvolta.

Alla fine l'unica frase che mi ronza in testa rimane il mio 'Che cazzo significa? Che cazzo significa? Che cazzo significa?' Perché davvero non capisco cosa ci faccia lui qui. Non so perché si trovi a Portland, perché sia in questo edificio, perché sia in piedi davanti a noi.

« Posso spiegarti » si affretta a dire Tyler, girandosi per guardarmi in faccia. È come se *vedesse* la lista sempre più lunga di domande nella mia testa, il panico e lo sbalordimento nei miei occhi, proprio come io vedo l'ansia nei suoi. 'Altre spiegazioni' penso. Proprio quando credevo finalmente di sapere tutto, si scopre che ci sono altre cose che ancora non mi aveva confessato.

« Non gliel'hai ancora detto? » chiede suo padre. Di nuovo, mi domando: 'Che cazzo significa?' Sembra stupito e, quando gli lancio un'occhiata di disprezzo, leggo solo incredulità nei suoi occhi verdi. Non è come lo immaginavo, non ha l'aria di un criminale. Si presenta bene. Non mi sarei mai aspettata di posare gli occhi su di lui, e comunque, nel caso, non avrei mai pensato che avesse un aspetto così ordinario. Mi aspettavo sguardi truci, nocche sbucciate e labbra piegate in una perenne smorfia rabbiosa. Mi aspettavo che *sembrasse* una persona capace di infliggere maltrattamenti. Invece no. Ha un'aria rispettabile, il che è ancora peggio.

«Ci stavo arrivando» borbotta Tyler. Chiude gli occhi e si porta una mano al viso, sfregandosi la tempia destra. Poi aggiunge: «Pensavo di avere tempo fino alla prossima settimana».

«Be', mi spiace di essere piombato qui all'improvviso» dice lo stronzo che ho davanti. Si mette la cartellina sotto il braccio e riporta lo sguardo su di me, mentre le sue labbra si producono in un sorriso caloroso e amichevole. È la scena più esasperante a cui abbia mai assistito in vita mia. «Peter» si presenta, con un cenno del capo.

«Lo so chi sei» ribatto in tono brusco. La mia voce gronda disgusto, il mio sguardo è inferocito. Non riesco a trattenerlo. Odio quest'uomo e non posso costringermi a tollerarlo, a essere gentile con lui. Non si merita il mio rispetto, e non potrà mai guadagnarselo.

«Che cosa diavolo sta succedendo, Tyler?» Quando torno a guardarlo, ha l'aria di voler scomparire. Il disagio è evidente nei suoi lineamenti.

«Posso tornare più tardi...» propone Peter sollevando una mano, rassegnato. Fa un passo indietro. Adesso è scuro in volto, sembra turbato dalla tensione nell'aria. Oppure dal mio atteggiamento aggressivo. Forse non gli avrò fatto una prima impressione positiva, ma in questo momento non me ne importa proprio niente.

«No» dice Tyler. Lascia ricadere la mano, raddrizza la schiena e fa un lungo respiro. Allarga le spalle, sporge il petto. «Dai quei documenti a Emily» continua, guardando il padre con aria decisa, la cosa più strana ma anche più appagante che gli abbia mai visto fare. Il controllo che traspare dalla sua voce, dai suoi occhi e dal suo atteggiamento è confortante perché, con mia sorpresa, non sembra Peter il più forte tra due. «Eden, andiamo».

Mi prende la mano con urgenza e le sue dita si intrecciano alle mie, come se quella fosse la loro destinazione naturale. Mentre mi trascina disperatamente giù per le scale, lasciando indietro suo padre, lancio un'ultima occhiata alle mie spalle, solo per scoprire che lui ci sta ancora fissando. Si passa una mano tra i capelli, nel *preciso identico* gesto che fa sempre Tyler. Digrigno i denti mentre Tyler mi scorta fuori, sul marciapiede, e la porta si chiude alle nostre spalle con un tonfo.

Rimaniamo fermi sulla strada a guardarci, esitanti, sfiorati dal passaggio di persone sconosciute. Lui ha il respiro pesante, stringe ancora più forte la mano intorno alla mia. Poi si appoggia all'indietro, contro la finestra dello studio di tatuaggi, sostenendosi contro il davanzale. Mi attira più vicino. Quando mi guarda, nei suoi occhi c'è un miscuglio di emozioni diverse, come se non sapesse decidere cosa provare esattamente.

« Era questo che dovevo dire a mia madre » sussurra, e poi aggiunge ancora più piano: « È questo che dovevo dirti ».

« E cioè cosa? » chiedo, ritirando la mano e incrociando le braccia. « Non ho idea di che cosa stia succedendo. Per favore dimmi che diavolo ci fa qui tuo padre ».

« La versione breve? » Deglutisce. « È rientrato nella mia vita a settembre ».

Tiro il fiato e sulla mia fronte si formano profonde rughe di sorpresa. Lentamente, rilasso le braccia e le lascio cadere lungo i fianchi. Faccio uno sforzo enorme per rimanere calma. « Perché? » Non capisco, il che è frustrante. Proprio non riesco a comprendere perché Tyler abbia permesso una cosa del genere. Mi sento la testa pesante, come se stessi annegando in un mare di domande che esigono assolutamente delle risposte. « Come? »

Tyler raddrizza la schiena e lancia occhiate a destra e a sinistra, scrutando con aria sospettosa le persone che ci si muovono intorno. Poi prende le chiavi della macchina dalla tasca posteriore dei jeans e chiude la mano a pugno. Le sue labbra si contraggono in una smorfia. « Torniamo alla macchina » mi dice, avviandosi. Cammina in fretta e la sua mano libera trova di nuovo la mia. Sono in uno stato di shock e incredulità totale, quindi non registro neanche la sensazione della sua pelle contro la mia. « Quello che ti devo raccontare non posso dirtelo qui fuori » mi spiega.

Mentre torniamo verso il parcheggio, non so cosa pensare. Il mio sguardo non si ferma su nulla in particolare, sono completamente imbambolata mentre Tyler mi guida di nuovo oltre la caffetteria all'angolo, dove lavora, e oltre Pioneer Square. Non ci faccio quasi caso. Riesco solo a sbattere le palpebre, la mia mente è altrove. Domande su domande su domande, e ho bisogno di tutte le risposte per poter capire che cosa sta succedendo, ma quella più importante non può aspettare fino alla macchina.

Così alzo lo sguardo di sbieco su Tyler e glielo chiedo. « Tu... tu stai bene? »

Lui guarda subito verso di me. Non sembrava sconvolto dall'apparizione di suo padre, quindi chiaramente non è la prima volta che si incontrano faccia a faccia, eppure pare ancora piuttosto agitato. « Sì. Solo che non ero... pronto ».

Distoglie di nuovo lo sguardo e comincia a disegnarmi dei morbidi cerchi col pollice sul dorso della mano. All'inizio penso che lo faccia per rassicurarmi, per farmi capire che tutto questo non è assurdo come sembra, ma poi mi rendo conto che lo sta facendo per il nervosismo. Continua a mordersi il labbro lentamente, con lo sguardo sfocato, come se fosse perso in profonde riflessioni. Nella mia mente c'è una lista di possibili spiegazioni alternative su quello che sta per dirmi, e si allunga a ogni secondo che passa.

Arriviamo al parcheggio coperto e saliamo le scale, la sua mano è ancora stretta intorno alla mia, così forte che le mie dita cominciano a irrigidirsi. Anche se ha guadagnato tanta sicurezza in se stesso, la sua ansia è evidente. Temo quasi che possa svenire per la tensione con cui sembra stia combattendo. In qualche modo però riesce a tenere duro e quando arriviamo in vista della macchina mi lascia la mano. Apre le portiere ed entra, con incredibile lentezza, poi butta le chiavi in uno dei portabevande fra i due sedili. Lo raggiungo all'interno dell'abitacolo e mi siedo accanto a lui, al posto del passeggero. Quando chiudo la portiera, su di noi cade il silenzio. Non ci sono più passanti sconosciuti nei paraggi. Il parcheggio è vuoto, non si sentono rumori. Ci siamo solo noi. Lo guardo con impazienza. « Che diavolo sta succedendo? »

Tyler fissa il cruscotto per un pezzo, poi si china in avanti e si accascia sul volante. Ci preme la fronte e si circonda la testa con le braccia, quindi non vedo la sua espressione. « Non avevo ancora pensato a come dirtelo » ammette con voce soffocata, « quindi abbi pazienza ».

« Dimmi solo perché tuo padre è a Portland, Tyler ». Non mi serve sapere altro. È per questo che ci troviamo qui, adesso, per via di quello stronzo di suo padre. Non riesco a capacitarmene, e Tyler non mi sta dando alcuna informazione utile a giustificare la presenza di suo padre in un raggio di cinquanta chilometri da lui.

« Perché finanzia il centro giovanile » risponde, ad alta voce, sollevando la testa. È ancora piegato sul volante, ma ha girato la faccia verso di me. Gli si sono formate delle rughe agli angoli degli occhi. « Paga l'assicurazione» mi spiega. «Paga l'affitto. Si occupa degli aspetti legali. Di tutto quello a cui io non posso far fronte».

«Tutto qui?» Scuoto la testa, sollevo le gambe e le incrocio sul sedile. Le sue parole non mi hanno proprio fornito le risposte che cercavo. O comunque non tutte. «Ma come è potuto succedere? Quando hai ricominciato a parlargli? *Come* avete ricominciato a parlare?»

Tyler sobbalza a ogni domanda che gli faccio. Intanto un uomo passa vicino alla macchina, tornando alla sua, e Tyler sposta lo sguardo su di lui. Resta a osservarlo. Aspetta che sia sparito dalla nostra vista, come se da fuori avesse potuto sentirci, poi torna a guardare me. «Non è facile raccontarti queste cose».

«Non è stato facile neanche raccontarmi la verità su di lui, all'inizio» gli ricordo, con tutta la dolcezza possibile. A volte Tyler ha bisogno di un po' di pressione per aprirsi, di una piccola spinta. «Però l'hai fatto lo stesso. Io sono qui per ascoltarti, okay?» La mia bocca abbozza un piccolo sorriso. Un sorriso fermo e rassicurante, che gli comunica quanto ci tengo a lui. Ci ho sempre tenuto. Credo che a volte se lo dimentichi.

Lui deglutisce e fa un cenno con la testa. Poi si appoggia all'indietro, contro lo schienale, le spalle curve. È come se si stesse fisicamente sgonfiando, qui davanti a me. Tocca il fondo del volante con la punta delle dita, si studia le mani. Le sue vene sono blu, marcate. «La notte che me ne sono andato...» comincia, e io subito mi preparo a una lunga storia, all'intera storia. Tyler è fatto così. O tutto o niente.

Tiene la voce bassa e continua a strofinare ansiosamente la punta delle dita sul volante. «Non sapevo dove andare» ammette. «Così ho continuato a guidare, e mentre attraversavo Redding mi sono fermato dai miei nonni. Avevo viaggiato tutta la notte, ero esausto. Probabilmente ero l'ultima persona che si aspettavano di veder bussare alla loro porta». Finalmente alza gli occhi e le sue mani si stringono sul volante. Solleva gli angoli della bocca in un piccolo sorriso, ma non c'è altro. Sono contenta che il suo sguardo rimanga su di me. «Sono rimasto da loro per un paio di giorni, mentre pensavo a cosa fare e dove andare. Ma non riuscivo a sopportare tutte quelle foto alle pareti, quelle in cui c'era mio padre». Espira lentamente, sporgendo le labbra. «E quando ho cercato di tirarle giù, il nonno mi ha chiesto di andarmene. Ero molto incazzato. Ho cominciato a urlare, e loro mi hanno detto che avevo perso il controllo». Si ferma di nuovo, vedo un lampo di sofferenza sul suo viso. È come se non riuscisse a sopportare la sola idea che i suoi nonni gli abbiano detto una cosa del genere. « E la cosa peggiore è che lo sapevo. Era per quello che avevo lasciato Santa Monica e sapevo che dovevo fare qualcosa il prima possibile. Non volevo tenermi dentro tutta quella rabbia ».

Ho aggrottato la fronte. Quando Tyler apre il suo cuore, è sempre molto doloroso. C'è qualcosa di così onesto, sincero e spontaneo in lui che mi sento invadere da un senso di smarrimento. Penso sia perché il suo passato è così tragico, così ingiusto, così sconvolgente. Sembra che tutta la vita di Tyler abbia questa impronta. « Nessuno può biasimarti se hai provato questi sentimenti verso tuo padre » ribatto, imponendomi di aprire le braccia per stringerlo, come facevo sempre quando aveva bisogno di conforto e rassicurazione, di sentire che tutto sarebbe andato bene.

« Ma si può biasimarmi per non averli controllati ». Adesso il suo tono è più duro. Sposta lo sguardo verso il parabrezza. Anche se il parcheggio è strapieno di macchine, non c'è nessuno in vista. « Volevo vederti ».

« Come? »

« Quando mi incazzavo per quelle foto, volevo vedere te » mormora. Con le dita percorre tutta la circonferenza del volante. Una, due, tre volte. Fissa con occhi assenti la vecchia Ford parcheggiata davanti a noi. « Sapevo già che non mi faceva bene dipendere così tanto da te. Non potevo passare la vita ad aspettare che fossi tu a dirmi che dovevo calmarmi, o che andava tutto bene, o che mi bastava respirare per un secondo. È per questo che non sono tornato indietro. Avrei potuto. Non sai quanto avrei voluto. Ma sarebbe stata una scorciatoia ». Ferma le mani. Ha riportato gli occhi su di me e per un momento rimane completamente immobile. « Ero a metà strada fra te e Portland. E sapevo di dover scegliere Portland, perché se non potevo avere te almeno avrei avuto *una parte* di te ».

Adesso ho la pelle d'oca, e la gola riarsa. Mi concentro sul respiro, perché temo che se non ci presto attenzione potrei dimenticarmene. Inspira, espira. « È stata Portland a portarti da tuo padre? È lì che stai andando a parare? »

Tyler scuote la testa. « Ascoltami ». Lo dice in tono brusco e deciso, come se non volesse interruzioni. Gli lancio un'occhiata di scuse e sollevo le mani in un gesto di resa. Basta domande. Mi limiterò ad ascoltare.

«Sono arrivato fin qui» continua lui «e per un paio di settimane non ho fatto proprio niente. Ero sempre incazzato e non sapevo come sentirmi meglio senza colpire qualcosa». Stringe la mano sinistra a pugno e la solleva, con un piccolo sorriso agli angoli della bocca. Poi lascia ricadere entrambe le mani in grembo e si incupisce di nuovo. «Non riuscivo ad accettare il fatto che mio padre era libero e avevo bisogno di sfogare tutta la rabbia a cui mi ero aggrappato per anni. Non sapevo come fare, ma poi ho cominciato a valutare seriamente le scelte che avevo». La sua voce diventa sempre più flebile, a ogni parola che gli esce di bocca. Deglutisce dopo ogni frase e si guarda le mani in grembo, intrecciando le dita. «E alla fine ho capito che cosa dovevo fare, anche se odiavo la sola idea. Era... È imbarazzante». Un'altra pausa. Fa un respiro profondo e le sue mani si immobilizzano. «Alla fine di agosto ho ceduto e ho preso un appuntamento con...» Non riesce a dirlo, espira di nuovo con forza. Poi strizza gli occhi e sussurra con le labbra rigide: «Ho preso appuntamento con una psicoterapeuta».

Silenzio.

Non so cosa mi aspettavo di sentirmi dire, ma di certo non era questo. Questa parola porta un carico che rende subito l'atmosfera più pesante. Le sei sillabe mi ronzano nelle orecchie. Tyler non ha ancora riaperto gli occhi. Anzi, credo che li stia stringendo ancora di più.

Io sbatto le palpebre, un po' per la sorpresa e un po' per l'incredulità. Persino le mie labbra formano una 'O'. «Hai iniziato una terapia?»

Lui annuisce e si copre il viso con le mani. Da quando lo conosco non l'ho mai visto così umiliato.

«La mamma ha sempre voluto che parlassi con qualcuno» borbotta. La sua voce è attutita dalle mani. Quella parola mi sta ancora rimbombando in testa, rimbalza avanti e indietro. «Quando è successo tutto. Quando papà è andato in prigione. Voleva che andassi da uno psicoterapeuta, per avere una persona neutrale con cui sfogarmi. Ma io mi sono sempre rifiutato». Lentamente, stacca una mano dalla faccia. Con l'altra si sfrega gli occhi. Sono ancora chiusi. «Allora avevo tredici anni. In autunno sarei andato al liceo. Non volevo essere il ragazzo che aveva bisogno di aiuto. Volevo essere normale». Fa una pausa. « Avrei dovuto andarci a quei tempi » riprende. « Eppure continuavo a pensare che magari le cose sarebbero potute ancora cambiare, così ho capito che forse non era troppo tardi. Mi sono interessato, ho preso un appuntamento e me ne sono pentito non appena ho varcato la porta. La prima seduta mi ha fatto sentire come l'ultimo degli idioti. Mi sentivo veramente stupido a stare seduto su quel divano, con una pianta che incombeva su di me e una donna con il doppio dei miei anni che mi chiedeva come stavo. Si chiama Brooke. Voleva che le dicessi perché ero lì, così mi è uscito il discorso che avevo usato per la campagna di sensibilizzazione, l'anno scorso. L'avevo imparato a memoria, quindi ormai per me non è altro che un copione. È più facile parlare di una cosa da cui mi sento del tutto distaccato ».

So che Tyler non vuole che lo interrompa. So che non vuole che continui a fargli domande. Ma non riesco a reprimere l'istinto di reagire, di dire qualcosa. Quasi inconsciamente tendo la mano verso di lui e intreccio le nostre dita. Così mi piace di più. La sua pelle sulla mia, la mia pelle sulla sua. Lascio lì le nostre mani, strette e appoggiate contro la sua coscia. Non ho ancora staccato gli occhi dal suo viso. « Come stai facendo adesso? » gli chiedo.

Quasi immediatamente si toglie la mano dalla faccia e apre gli occhi. È un gesto lento, gira la testa per guardarmi in un movimento privo di energia. È come se fosse intorpidito, se dovesse sforzarsi di sbattere le palpebre: i suoi occhi sono enormi e la loro espressione è vuota. « Mi dispiace » borbotta. Fissa le nostre mani, che diffondono calore tra di noi. Non alza lo sguardo, però si concede un lungo sospiro. « Non è facile guardarti ».

« Va bene così ». Anche se Tyler negli anni ha imparato a confidarsi, non significa che per lui sia diventato più semplice. So che è una cosa che odia eppure, se si impunta, riesce a farlo comunque. È molto più bravo di me in questo, quindi aspetto con pazienza. « E poi che cosa è successo? »

Lui scrolla le spalle, tenendo gli occhi fissi sulle nostre mani. « Abbiamo solo... parlato. La vedevo due volte alla settimana. Non è stato poi tanto male fino a tre settimane dopo, quando mi ha chiesto se avevo mai preso in considerazione l'idea di parlare con mio padre. Sai, tipo affrontarlo in un ambiente controllato. Ha detto che mi avrebbe aiutato. Io ho pensato che fosse pazza ». Sposta la mano libera sul mio polso e traccia dei morbidi cerchi lungo il mio braccialetto. « Ma quando sono tornato, un paio di giorni dopo, le ho detto che volevo farlo. Aveva un senso, e avevo sempre desiderato che papà fosse costretto a guardarmi. Non volevo rendergli le cose facili, così ho chiamato zio Wes e ho riattaccato appena ha risposto. Poi ho richiamato e gli ho chiesto di dire a papà di trovarsi a Portland il lunedì successivo. Gli ho dato l'indirizzo dello studio e gli ho detto che quella era l'unica occasione che gli avrei mai concesso. Poi ho riagganciato, prima di pentirmene».

«E lui è venuto?»

«Sì. Quella mattina l'attesa era così insopportabile che temevo di svenire sul pavimento di Brooke. Avevo il presentimento che si sarebbe tirato indietro, sinceramente in un certo senso ci speravo. Brooke era un po' più ottimista e aveva ragione, perché in effetti è arrivato puntualissimo». Adesso posa lo sguardo su di me, con un sorrisetto teso. È un altro di quei sorrisi tristi che non mi convinceranno mai. «È stata una cosa pazzesca. È entrato e si è come immobilizzato, fissandomi dritto in faccia, anche mentre Brooke si presentava e gli stringeva la mano. Non ha detto una parola mentre io lo incenerivo con lo sguardo, chiedendomi perché era così identico a come lo ricordavo. Volevo che fosse diverso, che sembrasse un'altra persona».

Credo che a questo punto a Tyler non importi se gli faccio delle domande, quindi intervengo e gli chiedo piano: «Quanto tempo era passato?»

«Otto anni» mi dice, scuotendo la testa incredulo. «Non mi vedeva da quando avevo dodici anni. Dodici... Cioè, è assurdo. Adesso ho vent'anni e credo che per almeno dieci minuti sia rimasto impietrito. Si era perso tutta la mia adolescenza e scommetto che per lui era stranissimo vedere davanti a sé un uomo invece che un bambino».

«Eri... arrabbiato?» Lo chiedo a voce bassa, dolcemente.

«No» dice Tyler, e sembra contento di poterlo dire. «Non so neanche io come mi sentivo. Forse vuoto, come se non ci fosse niente dentro di me. Allora mi sono seduto, poi si è seduto anche papà, e per almeno cinque minuti non c'è stato altro che silenzio». Le sue dita tornano dal mio polso alla mia mano e mi toccano le nocche una per una, lente. È come se avesse bisogno di occupare la sua mente anche con qualcos'altro, oltre che con le parole che sta mettendo insieme. Come se toccarmi e stringermi la mano fossero solo modi per distrarsi. «Brooke mi ha fatto dire tutto».

Inarco un sopracciglio. « Tutto? »

« Tutto quello che era successo, dal momento del suo arresto fino a oggi ». Un respiro profondo, gli occhi che si chiudono per un attimo, la stretta alla mia mano che si fa più forte. Fa sempre così, quando sta per dire qualcosa controvoglia. « Gli ho raccontato delle tre volte che mi hanno sospeso da scuola. Gli ho detto che avevo quattordici anni, la prima volta che mi sono sballato. Sedici la prima volta che ho provato la cocaina. Che i miei voti facevano schifo perché non mi importava più di niente, che trattavo malissimo la mamma, che bevevo. Gli ho raccontato delle volte che mi sono ritrovato nel sedile posteriore di una macchina della polizia e del ragazzino a cui ho rotto il naso in seconda liceo. Gli ho parlato di New York e di te. Gli ho spiegato perché mi trovavo a Portland. Gli ho detto che ero qui per causa sua, perché avevo bisogno di sistemare il casino in cui *lui* mi aveva trasformato ».

Non mi accorgo che sto piangendo finché non sbatto le palpebre e cade la prima lacrima. Mi sento il petto bloccato, la testa appesantita dalle sue parole. Sapevo già tutte queste cose, ma sentire il dolore nella voce di Tyler mi fa davvero male. Non credo che suo padre potrà mai davvero capire quanti danni ha causato. Anche se i suoi abusi sono stati fisici, hanno avuto conseguenze più che altro a livello psicologico.

« E credo che questo sia stato il sollievo più grande, Eden » dice lui con voce forte e chiara, come se si sentisse di nuovo invaso da quello stesso sollievo. Quando sbatto le palpebre per ricacciare indietro le lacrime che mi si sono formate agli angoli degli occhi, scopro che il suo sguardo è di nuovo su di me. Ha di nuovo un'espressione colma di pura sincerità. « Poterlo guardare in faccia e *incolparlo* per tutto quello che aveva fatto... è stata una specie di soddisfazione. Lui è crollato sotto i miei occhi. Credimi se ti dico che mio padre non era mai stato tipo da mettersi a piangere. Quindi mi sono stupito, perché non era proprio da lui, e pian piano mi sono reso conto che forse era davvero pentito. Che forse si odiava per quello che aveva fatto. Forse gli dispiaceva davvero. Continuava a ripeterlo: 'Mi dispiace mi dispiace mi dispiace'. Così mi sono alzato con calma e sono uscito dallo studio, lasciandolo lì a balbettare come un idiota del cazzo. Sinceramente, mi sono sentito meglio ». Sorride.

Senza separare le nostre mani, lo circondo con il braccio libero e mi sporgo in avanti. Premo la guancia contro il suo bicipite. La stoffa morbida della sua camicia assorbe le lacrime che mi inondano la faccia. Non riesco a parlare. Odio piangere, quando lo faccio è soltanto a causa di Tyler. Sempre per il solito, maledetto Tyler.

Il quale finalmente se ne accorge. « Perché piangi? » mi chiede, stupito. Con una mano mi solleva il mento, in modo che lo guardi in faccia, e mi passa il pollice sotto gli occhi. Poi stringe ancora più forte le nostre mani intrecciate.

« Tu non sei un casino » gli dico. Se mai, il casino sono io. Sono io quella che sta piangendo sulla sua spalla. Quella che non riesce a sistemare le cose con suo padre. Quella che non sa dire di no a un gelato al molo. Sono io quella che conta i giorni che passano ed è sollevata quando finiscono, invece di fare qualcosa per migliorarli. È per questo che ammiro così tanto Tyler. Lui ha avuto la determinazione per cambiare le cose. Si è trasferito in una città nuova, è entrato in terapia, ha parlato con suo padre, ha aperto un centro giovanile, lavora, ha una casa. Tutto questo non è certo successo perché ha passato il tempo a piangersi addosso.

Quando ho conosciuto Tyler, non avrei mai creduto che un giorno avrei desiderato così disperatamente di essere proprio come lui.

« Adesso non più » dice lui. « Brooke mi ha davvero aiutato. È per questo che sono tornato da lei. Solo che non mi aspettavo di trovare papà, alla seduta successiva. Quando sono entrato ero molto confuso. Lei mi ha detto che papà voleva restare per un po', che dovevamo sistemare ancora moltissime cose. Così papà è rimasto a Portland ed è venuto a ogni seduta, tre volte alla settimana per tre settimane. Ogni volta diventava più facile parlare con lui, così alla fine gli ho detto che stavo pensando di aprire un centro giovanile. L'idea gli è piaciuta e si è offerto di aiutarmi. Lui non può lavorare a contatto con i minori, quindi si sarebbe occupato della parte finanziaria. A quanto pare è il minimo che possa fare per ripagarmi ». Alzo gli occhi e vedo che Tyler ha un largo sorriso. Cerca di non ridere a questa minimizzazione. « Comunque ha mantenuto la parola » continua, attirandomi più vicino, « paga i conti, torna a Portland una volta al mese per vedere come vanno le cose. Ora vive a Huntington Beach. Nell'ultimo anno ha investito in alcune aziende, sta cercando di rifarsi una vita. Detesto ammetterlo, ma se la sta cavando bene. Ce la sta mettendo tutta per sistemare le cose. Ed è quello che sto facendo anch'io ».

Mi sfrego gli occhi e mi stacco da lui, raddrizzando la schiena. Le nostre mani sono sempre intrecciate. « Perché hai fatto tanta fatica a dirmi queste cose? »

Tyler fa un gemito e distoglie lo sguardo. All'improvviso è di nuovo nervoso, reticente. « È solo che... » Gli muoiono le parole in gola, fa un altro sospiro profondo. « È per via della terapia. Volevo dirtelo, ma è difficile ammetterlo ».

« Perché? »

« Be', quando mai essere in terapia è stato considerato una cosa da duri, Eden? » Mi lancia uno sguardo e per un attimo temo che sia infastidito dalle mie domande, ma non c'è rabbia nella sua espressione e neanche nel tono della sua voce. I tempi in cui perdeva le staffe facilmente sono ormai lontani. « La terapia non è una cosa di cui andare fieri ».

« Ah, no? »

Lui aggrotta le sopracciglia. « Come? »

« Invece *dovresti* andarne fiero, Tyler » rispondo, lanciandogli uno sguardo fermo con gli occhi umidi, poi sciolgo la stretta delle nostre mani. « Andare in terapia non significa essere deboli, sai. Significa che sei forte e dovresti essere orgoglioso di aver preso quella decisione. Guarda solo quanto sembri più felice ».

« Perché fai sempre così? »

« Così come? »

Lentamente, sulla sua faccia si allarga un sorriso che gli illumina gli occhi. « Mi basta ascoltarti per sentirmi meglio ».

Io ricambio con il sorriso più grande possibile, perché il suo è davvero contagioso. Anche se lui non è fiero di sé, *io* sono fiera di lui. Non credo che smetterà mai di sorprendermi, di svelarmi quanto sia incredibile. « Perché quando ci tieni davvero a qualcuno, *vuoi* farlo sentire meglio. È questo che si fa quando si ama qualcuno ».

Gli passa un lampo sul viso, ma è così rapido che quasi non ho tempo di notarlo. Si gira leggermente verso di me e le sue labbra si incurvano in un sorriso scherzoso, pieno di sollievo e di gioia. « Quando si ama, dici? »

Mi sento arrossire, sotto l'intensa pressione del suo sguardo. I suoi occhi lucidi mi fissano, come in attesa di una conferma, ma io sono così intimidita che non riesco a guardarlo mentre lo dico. Mi sporgo verso di lui, e sussurro piano: « È sempre stato così ». Mi stringo al suo bicipite e gli nascondo la faccia nella camicia, prima di poter vedere la sua espressione. Lui mi abbraccia e mi avvicina ancora di più, ci aggrappiamo l'una all'altro come se ne andasse delle nostre vite. Mi piace sentire il suo corpo contro il mio. Non solo percepire il contatto, ma sentirlo davvero.

Adesso vorrei baciarlo. Vorrei davvero baciarlo, perché sono innamorata di lui. Lo sento in ogni fibra del mio essere, in ogni cellula del corpo, nella mia intera essenza. Questo amore c'è sempre stato, per quanto nell'ultimo anno io possa essermi sforzata di convincermi che non era rimasto nulla. La verità è che non era mai andato via. Sono innamorata di lui fin da quando avevo sedici anni.

Sono davvero pronta a baciarlo. Ma non è ancora il momento giusto. Questo è il momento di Tyler, e sentire il mio corpo contro il suo è già sufficiente. Ha il mento appoggiato sopra la mia testa, sento il suo respiro sulla fronte, caldo e lento. È un ritmo dolce, il più rilassante del mondo. Rimaniamo così per un po', avvinghiati sui sedili della macchina di Tyler, nel bel mezzo di questo parcheggio coperto nel centro di Portland. Un anno fa non avrei mai immaginato che la mia vita sarebbe potuta essere di nuovo così, ma ora che questa *è* la mia realtà, non mi sognerei mai di cambiarla.

'La prossima volta' penso.

'La prossima volta lo bacerò'.

18

Poco dopo mi viene un'illuminazione.

Sono lì seduta, il respiro sincronizzato con quello di Tyler, i nostri occhi socchiusi a guardare indolenti fuori dal parabrezza, quando il mio corpo si raddrizza di colpo. Mi stacco da lui e mi sistemo nel sedile del passeggero. Il mio gesto improvviso coglie Tyler di sorpresa, perché sobbalza e mi lancia un'occhiata interrogativa.

Non sono neanche le undici, quindi abbiamo tutta la giornata davanti. Un'intera giornata libera per Tyler, prima di tornare al lavoro domani. Emily ci ha detto di andare a divertirci, ed è esattamente quello che faremo. In stile Portland.

« Cambio di programma. Dammi le chiavi » gli dico. Trattengo il sorriso che minaccia di invadermi la faccia e mi sforzo di mantenere un'aria misteriosa. Per una volta voglio essere io a sorprenderlo. Di solito è il contrario. Di solito è Tyler che se ne esce con le grandi idee, come portarmi al molo per la prima volta, prenotare ai ristoranti italiani, insegnarmi a giocare a baseball e comprare i biglietti per la partita degli Yankees, o lasciarmi guidare la sua favolosa supermacchina, nel cuore della notte, in un parcheggio del New Jersey e comprarmi delle Converse nuove per poi scriverci sopra. In spagnolo. Tyler ha sempre delle idee eccitanti, che mi illuminano la giornata. Adesso è il mio turno di illuminare la sua.

« Eh? »

« Le chiavi » ripeto. « Mi servono per guidare ».

Tyler guarda le sue chiavi nel portabevande, poi me e poi di nuovo le chiavi. Ha un'aria circospetta, come se fosse seriamente convinto che, qualsiasi cosa io abbia in mente, potrebbe essere pericolosa.

Non lo è. È solo avventurosa. Alla fine prende le chiavi e me le fa scivolare in mano. « Ma io pensavo che potessimo... » prova a obiettare.

« Scambiamoci di posto » gli ordino. « E fidati di me ».

Tyler rompe gli indugi. Apre la portiera ed esce dalla macchina. Mentre fa il giro fino al lato del passeggero, io passo al posto di guida. Non ho mai guidato questa macchina. Quella vecchia sì, questa no. Non si avvicina neanche alla potenza dell'altra, quindi non sono per nulla intimorita mentre avvio il motore e mi allaccio la cintura. Grazie a Dio ha il cambio automatico.

Quando Tyler mi raggiunge in macchina, il suo sorriso mi dice che è confuso ma intrigato. Sistema il sedile, fa scattare la chiusura della cintura, poi si appoggia all'indietro e si mette comodo. « La tua idea è legale? Niente violazione di proprietà privata? Niente guida pericolosa? »

Gli lancio un'occhiata. « Certo che è legale. Perché mai dovrei voler fare qualcosa che non lo sia? »

« Be', in effetti non è da noi infrangere la legge » risponde lui, e ci mettiamo a ridere come se la conversazione di prima non ci fosse mai stata. La sua ansia è svanita, sostituita dal divertimento e da una scintilla nei suoi occhi, che appare soltanto quando è davvero a suo agio. Penso che sia contento che abbiamo esaurito l'argomento Peter e psicoterapia, e forse ancora di più che io non abbia fatto altre domande. La vita non deve essere sempre dedicata a gestire i problemi. A volte il divertimento deve venire al primo posto.

Esco dal parcheggio coperto, ritornando sulle strade assolate di Portland. Non voglio che Tyler sappia dove stiamo andando, quindi non posso far guidare lui. La nostra meta è oltre i confini della città.

« Allora » dice Tyler quando ci fermiamo a un semaforo, « questo è un rapimento? Lo so che non mi vedi da un anno, ma non c'è motivo di arrivare a tanto. Furto d'auto e sequestro di persona ».

Io alzo gli occhi al cielo e finalmente permetto a quel sorriso trattenuto di invadermi la faccia. « Ti sto portando a vivere un'avventura » annuncio. « Dobbiamo fare un paio di fermate. La nostra meta è a quarantacinque minuti da qui, e spero davvero che tu non ci sia già stato ».

Tyler ride di cuore, poi si tranquillizza e rimane semplicemente a guardarmi, col sorriso sulle labbra. C'è qualcosa nella sua espressione che non credo di aver mai visto prima. Non è gratitudine. Non è sollievo. È apprezzamento.

L'atmosfera in macchina adesso è molto diversa. È passata dalla tensione all'elettricità, è carica di positività, allegria e sorrisi. La radio è di nuovo accesa e trasmette l'ultimo successo commerciale, mentre il sole ci scalda attraverso il parabrezza. Per la prima volta sembra davvero estate. L'estate è fatta di questo: giorni di sole pieni di esperienze eccitanti, insieme alle persone che ami di più.

Il traffico è ancora scorrevole, quindi non è un incubo uscire dal centro e superare il Willamette, anzi è piuttosto semplice. In breve siamo in autostrada. Da qui si vedono paesaggi stupendi e stento a credere che mio padre mi abbia portato a fare lunghe gite su questo stesso percorso, quando ero piccola. Facevamo un giro in macchina ogni sabato mattina, ma quell'abitudine settimanale è finita quando il suo rapporto con la mamma ha cominciato a incrinarsi. Ormai riusciamo a malapena a guardarci senza provare fastidio, figuriamoci passare dei bei momenti insieme. È triste come le cose possano cambiare.

Il viaggio sembra durare meno del previsto. Ci dirigiamo a est, lasciandoci Portland alle spalle e godendoci la vista del fiume che luccica sotto il sole. Questo tratto non è così piacevole quando il tempo è brutto. Il tragitto trascorre molto più velocemente anche perché io e Tyler non smettiamo un attimo di chiacchierare. Lui continua a provare a indovinare dove lo sto portando, e continua a sbagliare. No, non lo sto portando a Washington, dall'altra parte del fiume. No, non lo sto portando in cima al Mount Hood. E no, decisamente non lo sto portando a provare le moto d'acqua, anche se penso che forse un po' ci sperasse. Quando mancano un paio di minuti alla mia geniale destinazione, la sua espressione cambia. Il suo viso si illumina, allunga la mano per spegnere la radio e si volta verso di me, con un sorriso sbilenco appiccicato sulla faccia. «Le cascate di Multnomah» esclama.

Io quasi inchiodo per la delusione. «Ma uffa!» Alzo una mano in aria, staccandola dal volante, agitata perché la mia sorpresa è rovinata. Lo guardo stringendo gli occhi. «Come fai a saperlo?»

Lui ride e raddrizza la schiena, indicando qualcosa alle sue spalle. «Vedi quel cartello? Già, dice CASCATE DI MULTNOMAH».

Le cascate di Multnomah sono le più alte dell'Oregon, una delle attrazioni più famose di questa regione. Non ci vengo da anni, ma erano una delle mie mete preferite, soprattutto con papà. Salivamo a piedi fino in cima, chiedevamo a uno sconosciuto di farci una foto e poi la mandavamo alla mamma, che rispondeva dicendo che avrebbe voluto esser lì con noi. «Ti prego dimmi che non ci sei già stato. Voglio essere io a fartele vedere».

«No, non ci sono mai stato» conferma Tyler, e io tiro un sospiro di sollievo.

Quelle cascate sono speciali. Per questo sono la nostra prima tappa, perché sento che oggi è una giornata speciale. C'è qualcosa nell'aria intorno a noi. La sento, e mi piace.

Entriamo nel parcheggio. Tyler sembra un po' preoccupato mentre infilo la sua macchina in uno spazio stretto, in mezzo ad altre due auto. Per fortuna riesco a farlo senza perdere entrambi i suoi specchietti laterali. Sfilo la chiave dall'accensione ed esco dalla macchina.

«Immagino che siamo arrivati» mi chiede Tyler raggiungendomi. Fa un cenno della testa per indicare dietro la mia spalla, mentre io mi tiro su le maniche della felpa fino ai gomiti.

Non devo neanche lanciare un'occhiata indietro per sapere che sì, sta guardando le cascate. Sono così grandi che si vedono anche passando in autostrada, sulla destra, e in questo momento siamo piuttosto vicini. «Sì».

«Bene. Fammi strada» mi dice.

Subito allungo la mano verso il suo gomito e gli tiro indietro il braccio, poi faccio scivolare la mano nella sua e intreccio le nostre dita ancora una volta. Nell'ultima ora sembra che tutto sia andato perfettamente a posto. Non ho più bisogno di pensare a cosa provo per Tyler, perché non c'è più niente che mi impedisca di accettare il fatto che sono ancora innamorata di lui. Adesso capisco tutto. Capisco perché Tyler è dovuto partire. Capisco perché è venuto qui a Portland. Capisco perché ha preso quelle decisioni e perché aveva bisogno di prenderle da solo, solo per se stesso e per nessun altro. Lo capisco, e adesso che ho le risposte e le spiegazioni a tutte le mie domande, e a tutti i dubbi che ho avuto nell'ultimo anno, non mi è rimasta più rabbia contro di lui, nessuna confusione nelle mie emozioni. Solo amore e perdono. La mancanza del contatto con lui per tanto tempo mi ha fatto impazzire, e adesso che sono di nuovo certa dei miei sentimenti ho un bisogno disperato di sentire la sua pelle contro la mia. Sfrutterò tutte le occasioni possibili, come questa, mentre gli faccio attraversare la strada con le mani incollate alle sue. Per fortuna non sembra che gli dispiaccia.

Ci sono già diverse persone intorno a noi, un gruppo di ragazzine e una coppia anziana. Tutti si dirigono verso il sentiero lastricato e noi li seguiamo.

Adoro il fatto che le cascate siano così accessibili. Bastano cinque minuti a piedi per arrivare alla base. Per chi vuole è possibile salire fino in cima.

Ed eccoci qui, di nuovo insieme, mano nella mano. Qui nessuno sa che siamo fratellastri. È impossibile che lo sappiano. Guardo le persone che abbiamo intorno e mi chiedo perché mi preoccupavo tanto della reazione degli estranei, nel caso avessero scoperto, per qualche motivo, che Tyler è il mio fratellastro. Non sono altro che sconosciuti. Le loro opinioni non ci riguardano, e decisamente non dovrebbero influenzarci. La cosa davvero importante è il modo in cui mi sento adesso, felice e contenta con Tyler al mio fianco.

Il tragitto è così breve che, prima ancora di rendermene conto, siamo arrivati alla zona panoramica in fondo alle cascate. È da qui che si apprezza di più la loro incredibile altezza di quasi duecento metri. Ormai si è formata una piccola folla. La gente scatta foto e tira fuori le mantelle impermeabili dagli zaini. Per quanto possa fare caldo a Portland d'estate, alle cascate di Multnomah c'è più fresco, sono immerse in una coltre di foschia e il terreno è sempre umido.

« Molto bello » dice lui, alzando la voce sopra il rumore dell'acqua, che spruzza dappertutto e anche verso di noi.

« Adesso saliamo lassù » gli dico indicando il Benson Bridge, una passerella sospesa sopra l'arrivo del primo salto. Sono fermamente convinta che sia uno dei panorami più esaltanti del mondo.

Ci mettiamo di nuovo in marcia. La salita per arrivare al ponte non è lunga, circa un centinaio di metri, ma dobbiamo superare il flusso di persone che hanno avuto la nostra stessa idea. A volte vorrei che le cascate di Multnomah non fossero così famose, perché quando arriviamo al ponte lo troviamo già gremito di spettatori. Tyler mi porta le mani sulle spalle, il suo corpo mi sfiora la schiena mentre mi spinge avanti. Procediamo strizzandoci sul ponte finché non troviamo un punto dove poterci fermare. E finalmente, finalmente mi sento davvero a casa.

Quassù, sovrastata dall'altezza del primo salto della cascata, con il secondo salto proprio sotto di me, mi sento a un milione di chilometri dalla California. L'odore del muschio bagnato. La freschezza nell'aria. Gli alberi verdi e vitali, non sofferenti per gli effetti della siccità. Questo è l'Oregon.

« Le fotografie sono obbligatorie » dico girandomi a guardare Tyler. Lui ha sollevato la testa, la faccia rivolta alla cima della cascata. Sbatte le palpebre un paio di volte e poi mi guarda con un sorriso pieno di calore. Senza esitare tira fuori il telefono dalla tasca posteriore dei jeans.

« Se sono obbligatorie, allora comincia a sorridere ». Fa qualche passo indietro e solleva il telefono, con un enorme sorriso stampato in faccia. Ridendo, mi dice di fare 'Cheese'.

Sullo sfondo della cascata mi appoggio all'indietro, contro il parapetto, in mezzo alla folla, e sorrido. Mi viene così naturale che mi sento illuminare tutta la faccia. In questo momento sono così felice che dimentico di essere in posa e finisco per mettermi a ridere, di me e di Tyler, dei sorrisi sciocchi che oggi, a quanto pare, non riusciamo a trattenere.

Quando ha fatto la foto ci scambiamo. È il turno di Tyler di mettersi in posa davanti alla cascata. Fa un altro sorriso enorme, alzando i pollici verso l'obiettivo, mentre io faccio qualche scatto. Poi lo raggiungo con un balzo, mi appoggio a lui e sollevo il suo telefono davanti alle nostre facce. Lui piega la testa contro la mia e appoggia il mento alla mia tempia. Sorridiamo ancora una volta nella piccola fotocamera del suo telefono, proprio come abbiamo fatto un anno fa a New York. Solo che questa volta lo sfondo non è Times Square.

Scatto il selfie e abbasso il braccio, poi mi sposto di fronte a lui e gli ripasso il telefono. Il sorriso di Tyler però si è improvvisamente incupito e questo basta a fare lo stesso effetto al mio. Il suo sguardo si fissa sul mio polso, per un momento sempre più lungo, e io non capisco perché stia aggrottando le sopracciglia, finché lui non mi prende delicatamente il braccio per girare il polso verso di sé. A questo punto mi ricordo del tatuaggio e capisco che Tyler se ne è accorto solo adesso. Non è lo stesso che si ricorda lui. Lui ricorda tre parole. Adesso c'è una colomba con un'ala più grande dell'altra, perché scommetto che il tatuatore di San Francisco era soltanto un apprendista.

Tyler mi afferra l'altro braccio, per controllare il polso. Niente. Guarda sdegnato quell'orribile uccello, poi lentamente mi lascia andare il braccio e incontra il mio sguardo ansioso. « Dove... » So benissimo cosa muore dalla voglia di chiedermi. Dov'è finita la scritta *No te rindas*, dov'è la sua calligrafia, dov'è il ricordo dell'estate scorsa, dov'è la mia speranza. « L'hai coperto? »

La delusione sulla sua faccia basta a farmi desiderare di sparire oltre il parapetto di questo ponte. Sono troppo imbarazzata per ricambiare il suo sguardo, quindi mi tiro giù in fretta le maniche della felpa e scalcio per terra con le mie Converse. Faccio spallucce. « Durante le vacanze di primavera ».

« Perché? »

Lentamente alzo gli occhi, stupita che abbia bisogno di chiederlo. Ormai mi è chiaro che Tyler fa una fatica assurda a capire anche le cose più ovvie. Non voglio mentirgli, così gli dico la verità senza battere ciglio. « Perché a quel punto avevo mollato, Tyler ».

« Certo, hai ragione ». Si volta e appoggia le braccia incrociate al parapetto del ponte. Guarda l'acqua sotto di noi. Non so bene cosa dire, temo che l'atmosfera incredibile che si era creata intorno a noi ormai sia rovinata. Mi aspetto che rimanga in silenzio per un po', quindi sono un po' sorpresa quando lui raddrizza la schiena e mi guarda con un sorriso malizioso. « Hai mollato anche adesso? »

Ci risiamo: un'altra domanda dalla risposta ovvia. « Lo sai che non è così ».

« Dimostralo » dice lui. Il suo sorriso si fa ancora più furbo, inarca le sopracciglia e fa un cenno verso il mio polso. Aspetta che io capisca quello che mi sta proponendo.

« Vuoi che lo rifaccia? » gli chiedo in tono piatto, con un'espressione completamente vuota. Non so bene se stia scherzando oppure no. Il pensiero di rifare quel tatuaggio non mi è mai passato per la testa.

« Sì, penso che dovresti » dichiara lui, per poi aggiungere: « Magari me lo farò anch'io ».

In un batter d'occhio ho già teso la mano. 'Lo ha detto' penso. 'Non lasciargli cambiare idea'. « Affare fatto ».

« Eden, stavo scherzando » dice lui mentre i suoi lineamenti si distendono.

Adesso sono io a fare un sorriso malizioso. « Ma io no ».

Tyler mi scruta, nota il mio sguardo di sfida e la mia mano ancora tesa verso di lui. Poi alza gli occhi al cielo, fa un sospiro rassegnato e me la stringe, per sigillare il patto. « Domani chiamo il mio tatuatore per chiedergli se può darci un appuntamento» mi dice, rimettendo il telefono nella tasca dei jeans.

«No» lo interrompo. «Dobbiamo andarci adesso. Oggi è la giornata delle decisioni impulsive».

Tyler esita di nuovo, non sa bene se sto parlando sul serio, ma quando capisce che è così gli torna il sorriso. Espira e tende la mano, pronto ad afferrare la mia. «Allora andiamo».

19

Il tatuatore di Tyler è un tizio di nome Liam. Lavora in un piccolo studio nella zona del centro. È lo stesso che ha fatto tutti i disegni sul bicipite sinistro di Tyler, mantenendo accuratamente visibile il mio nome.

Ormai è pomeriggio inoltrato, siamo seduti nella sala d'attesa di Liam da due ore buone. Dobbiamo aspettare le cinque perché è l'unico momento libero che aveva oggi. Per il resto ha l'agenda piena e durante la nostra attesa abbiamo visto una gran varietà di persone andare e venire. Io e Tyler intanto abbiamo pagato, abbiamo compilato le dichiarazioni liberatorie di responsabilità e abbiamo cercato di decidere dove farci fare i nuovi tatuaggi. Abbiamo anche fatto quattro brevi passeggiate intorno all'isolato, ma siamo così carichi di adrenalina che non riusciamo a stare lontani troppo a lungo.

In questo studio lavora anche una ragazza, che però fa i piercing. Si sporge dalla piccola scrivania della sala d'attesa e batte le nocche per attirare la mia attenzione. «Sei sicura di non volere quel piercing?» mi chiede quando alzo gli occhi su di lei. Fa un cenno verso il grande orologio appeso sopra la mia testa. «Ho ancora dieci minuti. Abbiamo tempo di fare un bell'helix, grande classico. Cosa ne dici?»

«No, grazie» le rispondo per la novantesima volta. Tyler si diverte un mondo ogni volta che lei mi propone di fare un piercing a qualche parte del corpo. Credo che tutta la caffeina che ha consumato da quando siamo qui gli stia dando una botta di energia. È andato più volte avanti e indietro dalla caffetteria qui accanto. Se non è quello, allora è l'odore penetrante del *green soap* che gli sta facendo effetto. Sta cominciando a dare alla testa anche a me.

« Okay, ho deciso » dice lui.

« Allora? »

Si alza, con un bicchiere vuoto di caffè ancora in mano, e si indica la parte destra del torace, proprio sopra il pettorale. « Direi qui. Non sono sicuro di voler aggiungere altre parole sul braccio » dice con aria pensierosa, guardando l'opera a cui sta lavorando da un anno sul suo bicipite. Al momento il mio nome è l'unica scritta che c'è, e si nota appena in mezzo all'inchiostro scuro che gli ricopre la pelle. « E sulla schiena ho già *guerrero*, quindi deve essere sul petto ».

Anche se ci facciamo lo stesso tatuaggio, di certo non ce lo faremo nello stesso posto. Tyler lo vuole sul petto, mentre io lo voglio all'interno dell'avambraccio destro. La cosa più bella è che ognuno dei due se lo farà scrivere nella calligrafia dell'altro.

La porta dello studio vero e proprio si spalanca e ne esce un uomo robusto, con una medicazione sul retro del polpaccio. Ha già vari tatuaggi su tutto il corpo e quando è arrivato, quaranta minuti fa, ha detto a me e a Tyler che voleva aggiungere il disegno della barca che aveva suo padre, per ricordo.

Dietro di lui arriva Liam. Per quante volte lo abbia visto passare dallo studio alla sala d'attesa, mi ritrovo comunque a fissarlo stupita. Non ha proprio l'aria di un tatuatore. Tanto per cominciare sembra un mio coetaneo, dimostra al massimo qualche anno in più di me. In secondo luogo, l'unico tatuaggio visibile che ha è una bussola sul collo, proprio dietro l'orecchio. Terzo, non ha l'aria minacciosa, e questo è un bene. Sembra il tizio del dormitorio accanto, a cui chiederesti in prestito dei noodles istantanei perché sai che è troppo gentile per mandarti a quel paese.

Liam accompagna l'uomo all'uscita e poi si volta verso di noi, con un sorriso di scusa. Sa da quanto siamo qui, e che eravamo così ansiosi di farci fare questi tatuaggi proprio oggi da essere disposti ad aspettare, nonché a farci tormentare dalla sua collega, per quasi due ore.

« Bene, ragazzi » dice abbassandosi dietro la scrivania mentre la ragazza si toglie di torno. Si rialza di scatto, con un grosso pacco di fogli che procede a piazzare sul tavolino al centro della sala d'attesa. « Volevate fare voi stessi i disegni, vero? Non preoccupatevi della grandezza precisa, posso occuparmene io al computer. Basta che scriviate le parole ». Ci dà delle penne e ci assicura che tornerà subito, deve solo sistemare lo studio.

Appena Liam se ne va, Tyler si alza e prende una penna, poi tira fuori un foglio dalla pila e lo appoggia per bene sul ripiano di legno del tavolo. Comincia senza esitazioni e io guardo soddisfatta la penna che scivola sulla carta, formando le lettere una per una. *No te rindas.* Non credevo che avrei più visto Tyler scrivere queste parole e mi innamoro persino del piccolo scatto che fa col polso fra una e l'altra. Quando ha finito, raddrizza la schiena ed esamina il foglio con la fronte aggrottata. Le lettere sono un po' sbilenche, alcune sono più spesse delle altre, alcune sono più alte. La loro forma infantile a me sembra adorabile, ma a quanto pare Tyler non è soddisfatto, perché scuote la testa e appallottola il foglio. Lo lancia nel cestino e ritenta. Prova lo stampatello, ma anche quello finisce nel cestino.

Si passa una mano tra i capelli, fa un sospiro infastidito e sistema sul ripiano un nuovo foglio. « Troppa pressione » borbotta, poi soffia fuori l'aria e si morde il labbro, con estrema concentrazione. La sua mano indugia sopra il foglio, stringendo forte la penna. « Se deve rimanere per sempre, voglio che sia bella ».

« Non voglio che sia perfetta, Tyler » gli ricordo, mettendogli una mano sulla spalla e guardandolo da sotto le ciglia, con gli occhi fissi nei suoi. « A me basta che sia tua ».

Sembra che le mie parole lo abbiano tranquillizzato, perché annuisce e riporta gli occhi sul foglio, poi scrive di getto quelle tre parole, senza pensarci troppo. La scritta è ancora un po' sbilenca, ma è semplice e vera, esattamente come la voglio.

« Che ne dici? » mi chiede Tyler passandomi il foglio.

« Uhm ». Inclino la testa di lato e fingo una profonda riflessione. Per completare l'effetto picchietto anche l'indice sulle labbra. Passo lo sguardo dalle parole scarabocchiate al mio avambraccio e provo a immaginarle lì. Il solo pensiero basta a farmi sorridere: la farsa è già finita. « La adoro ».

È un gesto del tutto improvviso, ma mi alzo e schiocco un bel bacio al centro della guancia di Tyler. A quanto pare oggi è proprio la giornata della spontaneità.

Mentre finisco la mia scritta per il petto di Tyler, sforzandomi di rendere la calligrafia un po' più maschile rispetto al mio solito corsivo arrotondato, Liam ritorna in sala d'attesa, sfregandosi le mani. « Bene. Chi è il primo? Scommetto che sarai tu, Tyler » dice alzando gli occhi al cielo. « Le ragazze non vogliono mai andare per prime ».

Subito faccio un passo avanti. Un po' perché sono in paranoia e voglio che Tyler mi creda una dura, e un po' perché voglio smentire il commento sessista di Liam. « Vengo volentieri io » dico forte e chiaro. In realtà sono un fascio di nervi, sto quasi male.

Liam e Tyler mi guardano con aria molto stupita.

« Sul serio? » chiede Tyler.

« Certo ». Allungo una mano e gli prendo il foglio di carta, dandogli il mio in cambio.

« Bene bene » dice Liam. « Allora andiamo ». Mi tiene aperta la porta del piccolo studio sul retro e io passo decisa, con aria sicura, mentre Tyler mi segue.

Come quasi tutti gli studi dei tatuatori, è piuttosto piccolo. Alle pareti sono esposte una serie di opere incorniciate, che vanno da tigri enormi a piccole rose. Contro il muro c'è un lettino e Tyler si siede pesantemente sul bordo. Ha un'aria strafottente, mi sorride come se non aspettasse altro che di vedermi cambiare idea e chiedergli di andare per primo.

« Siediti » mi dice Liam, e io ubbidisco. Mi sistemo sulla poltrona di cuoio e lui si siede di fronte a me. « Allora, dove? »

« Qui ». Stendo il braccio destro e passo un dito sulla pelle, all'interno dell'avambraccio. Quello schifo di colomba è sul sinistro. Vorrei che Rachael non mi avesse mai convinto a coprire il mio vecchio tatuaggio.

Liam annuisce e prende dalla mia mano il foglio di Tyler, poi gira la sedia verso un computer appoggiato a un ripiano. In pochi minuti fa una scansione, la espande sullo schermo, poi la stampa di nuovo e la ricalca su carta trasferibile, che poi mi preme sull'avambraccio. « Che te ne pare? »

Le parole si sono trasferite sulla mia pelle. La scritta non è troppo piccola, ma neanche troppo grande. È lunga circa sei centimetri e sul mio braccio fa proprio l'effetto che immaginavo. Solo che non è ancora permanente. « Vai » gli dico.

Espiro e mi appoggio allo schienale della poltrona, cercando di mettermi il più comoda possibile date le circostanze. Il tatuatore di San Francisco, durante le vacanze di primavera, sembrava avere la mano pesante e quel quarto d'ora è stato un'agonia. La parte peggiore è sempre l'attesa che il dolore cominci. Non so come faccia Tyler a farlo così spesso.

Liam si infila un paio di guanti in lattice e si mette al lavoro per le operazioni preliminari. Ci vogliono pochi minuti: prepara la macchina, mi pulisce il braccio e mi passa un rasoio sulla pelle, per poi pulirla di nuovo. Infine mi dice di rilassarmi, cosa che diventa impossibile quando accende la macchina e parte quel ronzio invadente. Merda.

Non so proprio perché sono così nervosa. È una cosa che ho già fatto due volte, e non ho mai provato tutta quest'ansia. Credo sia per quello che questo tatuaggio rappresenta. La prima volta che l'ho fatto non credevo che me ne sarei mai pentita. Pensavo che io e Tyler saremmo stati insieme, tipo, per sempre. Forse allora era un'illusione, perché un paio di settimane dopo se ne è andato. Eppure eccomi di nuovo qui: forse mi sto illudendo ancora. Fra un paio di mesi le cose potrebbero andare male.

Ma quando lancio un'occhiata a Tyler e vedo il suo sguardo dolce su di me, così pieno di amore e calore, capisco di essere pronta a dare il massimo per far funzionare la nostra storia, a prescindere dall'approvazione della nostra famiglia e dei nostri amici. Adesso sono pronta a prendermi questo impegno, una volta per tutte, senza permettere a nessun altro di mettersi in mezzo. Fare questo tatuaggio è un gesto simbolico. Sono pronta.

« Vuoi tenermi la mano? » mi chiede Tyler in tono scherzoso, tendendomela.

« Sì » rispondo, « ma solo perché ne ho voglia. Non per il dolore. La mia soglia di sopportazione è piuttosto alta ». 'Stronzate' mi dico. 'Sei proprio una pallista'. Anche se non mi sento più tanto nervosa, non significa che non sia terrorizzata.

Lui fa un'altra delle sue risate sincere e io gli afferro la mano di scatto, facendolo quasi cadere dal lettino. Appoggia i gomiti alle ginocchia e si china in avanti per stare più comodo, poi comincia a tracciare dei morbidi cerchi sul dorso della mia mano.

Liam mi prende il braccio destro e lo appoggia delicatamente su un supporto imbottito e rialzato. Spinge la sedia con le rotelle accanto a me e alza la mano sulla mia pelle. « Pronta? »

Io riesco a emettere solo un mugugno perché mi sto già mordendo troppo forte l'interno della guancia, poi annuisco.

Comincia. Digrigno i denti e strizzo gli occhi, stringendo ancora più forte la morsa sulla mano di Tyler. 'Ne vale la pena' ricordo a me stessa. È difficile crederlo, quando avverti la pelle che va in fiamme e la carne bruciata da graffi roventi. Sento che Tyler soffoca una risata e, quando apro un occhio per guardarlo storto, scopro che si sta premendo il dorso della mano libera sulla bocca per trattenersi.

« Scusami » dice quando si accorge che lo sto fissando. « È solo... è solo la tua faccia, Eden. Soglia di sopportazione alta, eh? »

« Vedi di distrarmi » gli ordino. 'Dio, che male'.

« Uhm ». Si guarda rapidamente intorno nella piccola stanza, alla ricerca di un argomento di conversazione. Gli sto stringendo la mano così forte che mi stupisco di non avergli fatto venire un crampo. « Che te ne pare di quello? »

Seguo il suo sguardo fino a un graffito sulla parete. È il ridicolo ritratto di un clown con tutti i denti appuntiti. « Orrendo » rispondo.

« Ehi » dice Liam. Interrompe il lavoro per lanciarmi un'occhiata severa, ma sta scherzando, infatti prima di tornare a completare la seconda parola si mette a ridere. Fuori due, ancora una. Grazie a Dio è un tatuaggio piccolo.

Negli ultimi minuti, mentre Liam finisce la frase e torna indietro per riempire i punti meno marcati, non posso fare a meno di chiedermi come reagiranno tutti gli altri alla novità incisa sulla mia pelle. Papà ha odiato questo tatuaggio già la prima volta, senza neanche sapere che era collegato a Tyler, quindi dubito che sarà particolarmente contento quando scoprirà che è ricomparso. La mamma invece lo ha apprezzato, quando gliene ho spiegato il significato. Le piaceva che fosse scritto con la calligrafia di Tyler. 'Molto personale e molto carino' aveva detto. Penso che sarà contenta quando saprà che è tornato.

« Ecco, tu sei a posto » annuncia Liam, spingendo indietro la sedia. « Che ne pensi? »

Raddrizzo la schiena e apro gli occhi, liberando la mano di Tyler dalla mia presa. Inclino il braccio e lascio correre lo sguardo sull'inchiostro fresco. Sono così soddisfatta che, inevitabilmente, sorrido come un'idiota. C'è un rivolo di sangue sulla pelle, ma va bene così. « Lo adoro ».

« Figata » commenta Tyler. Si è chinato sopra la mia spalla e sbircia il mio braccio con un cenno di approvazione. I nostri sguardi si incontrano e subito sulle sue labbra compare un sorriso identico al mio.

Liam mi copre la pelle con uno strato di unguento e poi avvolge il tatuaggio in una medicazione. Io balzo in piedi, con un sorriso a trentadue denti. Sono sollevata che sia finita e che adesso sia il turno di Tyler.

Mentre Liam fa i preparativi per il suo tatuaggio, ci chiede: « Allora, da quanto state insieme voi due? »

Lancio un'occhiata di sbieco a Tyler, senza riuscire a evitare di alzare gli occhi al cielo. Stringo le labbra e faccio un passo indietro, lasciando a lui il compito di spiegargli che non stiamo insieme e che in realtà siamo fratellastri.

« Più o meno tre anni » risponde lui. Io aggrotto le sopracciglia e gli lancio un'occhiata interrogativa, ma lui si limita a fare un sorrisetto, senza altra spiegazione che una scrollata di spalle.

« Wow » esclama Liam. Gira la poltroncina e indica il pezzo di carta che Tyler ha in mano, quello con la mia scrittura. « Posso? »

Tyler glielo passa e lui si rimette al lavoro, ripetendo esattamente lo stesso processo di prima. Scansione, revisione al computer, stampa, ricalco, trasferimento. In breve Tyler è seduto, a torso nudo, con la scritta trasferita sul pettorale destro. È tutto pronto. Lo guardo dal lettino, dondolando pigramente le gambe dal bordo: è una gioia per gli occhi. Vedo la scritta *guerrero* dietro la sua spalla.

« Vuoi tenermi la mano? » gli chiedo quando parte il ronzio, sbattendo le ciglia.

« Certo » risponde lui ridacchiando, « ma solo perché ne ho voglia. Non perché non sopporto il dolore. La mia soglia di sopportazione è *veramente* alta ». Io gli do una pacca sul braccio e lui ride, poi fa scivolare la mano nella mia e ricomincia a tracciare quei morbidi cerchi sulla mia pelle.

Quando Liam comincia, presto più attenzione al corpo di Tyler che ai progressi del tatuaggio. Gli tengo la mano, con le labbra semiaperte, e cado in una specie di trance alla sola vista dei suoi addominali scolpiti. Dopo qualche minuto mi riprendo, pregando che non se ne sia accorto. Lui non ha sobbalzato, non si è nemmeno irrigidito, ha solo tirato fuori il telefono per scorrere i messaggi, con aria indifferente. Non voglio impicciarmi, ma mi accorgo per caso che sta mandando un messaggio a Ella. Ne manda uno anche a Emily e dopo dieci minuti il suo nuovo tatuaggio è finito, pulito e medicato. Ovviamente sono di parte, ma penso che la mia scrittura stia maledettamente bene sul suo petto.

« Mi piace l'idea di farli uno con la calligrafia dell'altra » commenta

Liam, mentre Tyler si rimette la maglietta. Si sposta qua e là nel piccolo studio, sistemando varie cose e buttandone altre nel cestino. «Mandatemi delle fotografie di tutti e due, quando togliete le medicazioni».

«Certo» risponde Tyler.

Liam ci accompagna fuori dallo studio, nella sala d'attesa, dove è già arrivata una ragazza poco più che ventenne, che aspetta con le cuffie alle orecchie. Lo ringraziamo per aver trovato un momento per noi. Tyler lo informa che tornerà fra qualche settimana, per qualche ritocco ai tatuaggi che ha già. A questo punto Liam mi guarda, come se dovessi dirgli che tornerò anch'io, ma onestamente non credo di volere altri tatuaggi nel prossimo futuro. Così mi limito a bofonchiare: «Può darsi».

Nel breve tragitto a piedi fino alla macchina, ho l'impressione che tutti e due andiamo avanti per pura adrenalina. Siamo veramente esaltati, ridiamo ogni volta che ci scambiamo anche solo un'occhiata e io non riesco a smettere di fissarmi il braccio. Vorrei poter strappare via la medicazione e mostrare al mondo il mio nuovo tatuaggio. Anche il mio cuore batte troppo veloce contro il petto, devo accettare che il motivo non è solo l'ebbrezza della novità, ma il fatto che io e Tyler adesso abbiamo lo stesso tatuaggio. Certo, è un cliché e probabilmente stando alle statistiche fra tre mesi ce ne pentiremo, ma in realtà è perfetto, è giusto ed è la cosa migliore che potessimo fare oggi. Credo che Tyler non stia più pensando a stamattina.

Saliamo nella sua macchina e io torno al posto del passeggero. Tyler si è rimesso alla guida da quando siamo ripartiti dalle cascate di Multnomah, adesso mi guarda con aria di aspettativa, per sapere qual è il mio prossimo piano di azione.

Il fatto è che non ho un piano. È tutto il giorno che prendo decisioni senza riflettere, quindi mi lambicco il cervello per capire che cosa potremmo fare adesso, in questa avventura all'insegna dell'impulsività. Sono appena passate le cinque e mezza e il sole comincia a calare, anche se tramonterà solo fra qualche ora, e crea una luce morbida, già quasi serale. I bei cieli estivi richiedono bei panorami.

Mi allaccio la cintura e guardo Tyler. All'improvviso so esattamente dove voglio andare. «Sai dov'è Voodoo Doughnut? Sulla Terza Strada?»

« Ah » dice Tyler. Il suo sorriso si allarga mentre si volta verso il volante e ingrana la retromarcia. Lancia un'occhiata indietro ed esce dal parcheggio. « Credo di sapere esattamente dove siamo diretti ».

« Sorpresa rovinata » scherzo. La verità è che non mi importa che sia una sorpresa. Tyler avrà sicuramente già visto il posto dove voglio andare. Non si può vivere a Portland e non conoscere *il* murale. E poi è nel bel mezzo della zona più frequentata della città.

Dato che siamo già in centro, non ci vuole molto ad arrivare. A quest'ora il traffico è un po' più intenso, perché tutti tornano a casa dopo il lavoro, quindi lungo la strada restiamo imbottigliati un paio di volte, ma quasi non ce ne accorgiamo. Tyler è troppo occupato a cantare insieme alla radio e io a ridere, mentre lo riprendo con il telefono. Non è mai stato tanto rilassato, tanto spensierato come adesso. E io non ne ho mai abbastanza. Non ne ho mai abbastanza di lui.

Sulla Terza Strada, la coda al Voodoo Doughnut arriva fuori dalla porta. Da quanto mi ricordo è sempre stato così, in estate. La mamma passava in macchina e c'erano sempre mandrie di gente allineate sul marciapiede, alla disperata ricerca di una ciambella tutta storta con sopra il bacon. Ma noi non siamo qui per le ciambelle. Siamo qui per l'icona sul lato opposto della strada, che non vedo da anni.

Non devo neanche dire a Tyler di entrare nel minuscolo parcheggio, perché lo sta già facendo. Ha capito subito dove eravamo diretti. Il parcheggio è veramente piccolo, gli spazi sono limitati e lui entra a marcia indietro in un posto di fronte al murale che siamo venuti a vedere.

Sul muro posteriore di un edificio c'è un graffito in grandi lettere gialle, scritte in stampatello. Questo è il motto della città da dieci anni. Un motto di cui andiamo fieri, una fonte di ispirazione: KEEP PORTLAND WEIRD.*

Portland è sempre stata stramba e insolita, capricciosa ed eccentrica. In qualsiasi altra città, un tizio in monociclo vestito da Babbo Natale che suona una cornamusa in fiamme sarebbe considerato bizzarro. A Portland è accettabile, quasi normale. In questa città si può fare tutto quello che si vuole senza essere giudicati, ed è una cosa che mi è mancata. A Los Angeles la pressione di avere una vita perfetta è quasi

* « Mantieni Portland bizzarra ».

insostenibile, perché è un'aspirazione irrealizzabile. Le persone là vogliono soltanto adeguarsi. Qui le persone vogliono farsi notare.

« Andiamo » dice Tyler. Spegne il motore ed esce dalla macchina. Io lo guardo mentre gira intorno al cofano, compare alla portiera del passeggero e mi sorride dal finestrino. Apre la porta e mi prende per mano, facendomi uscire.

Fuori fa ancora molto caldo, anche se ormai è quasi sera. Vorrei non aver messo i jeans. E per di più sembro una perfetta idiota, con questa grossa medicazione sul braccio destro e la manica della felpa arrotolata fin sopra il gomito. Tiro su anche l'altra, così almeno sono uguali.

All'improvviso, Tyler salta sul cofano della macchina, ma sobbalza immediatamente e solleva le mani. « Okay, è molto più caldo di quanto mi aspettassi » ammette. « Dai, vieni su ».

Non so bene che senso abbia tutto questo, ma mi piace che stiamo continuando a fare ogni cosa che ci salta in testa. Provo a raggiungerlo, ma l'inclinazione del cofano e il calore del metallo rendono l'operazione piuttosto difficoltosa, così alla fine Tyler deve prendermi per il polso e tirarmi su. Ci mettiamo comodi, lui con la schiena appoggiata al parabrezza e le gambe stese in avanti, io seduta a gambe incrociate. Il murale è proprio davanti a noi, c'è solo una fila di macchine che ci separa. Il sole picchia ancora senza pietà sopra la città. È bello stare seduta qui, a godermi il calore dell'estate, con Tyler al mio fianco. Non darò mai questi momenti per scontati.

« Non è proprio come la scritta HOLLYWOOD, vero? » commenta Tyler. Io gli lancio un'occhiata. Sta osservando KEEP PORTLAND WEIRD, sulle sue labbra c'è ancora il sorriso che ha avuto per tutto il giorno. Ha ragione. La scritta HOLLYWOOD ha molto più stile, attira l'attenzione, anche se lontanissima si vede per chilometri dal bacino di Los Angeles. Questo murale è umile e diretto, come la gente di Portland. Un semplice graffito sul muro di un vecchio edificio, in un piccolo parcheggio nell'affollata zona del centro, visibile e accessibile a chiunque. Penso che averlo così vicino ce lo faccia sentire nostro e per quest'unico motivo lo preferisco a quelle stupide lettere sul Mount Lee, che richiedono una salita di un'ora solo per raggiungerle. La scritta HOLLYWOOD è così distaccata da tutto il resto.

Più ci penso, più mi accorgo, in generale, di preferire Portland a

Santa Monica. Non lo avrei mai pensato, invece è così. Mi manca davvero questa città, e tutto quello che rappresenta.

« Credo che qui staremmo meglio » dico pensierosa, guardando le parole sul muro. Io e Tyler non siamo altro che due pazzi, perché sarà sempre una follia innamorarsi del tuo fratellastro. All'inizio le persone saranno comunque sorprese, avranno sempre bisogno di tempo per capirci. Ma Portland accetta e caldeggia la follia e sto cominciando a pensare che qui ci accetterebbero molto più facilmente che a casa. La gente qui ci considererebbe fantastici e anticonformisti per aver fatto qualcosa di rischioso e diverso.

« Lo credo anch'io » dice Tyler.

Io lo guardo. Dopo tante ore, il mio sorriso è scomparso e posso solo fargli la domanda che mi sta girando in testa senza tregua. « Quindi vuoi davvero restare qui? Non tornerai mai a Santa Monica? »

Tyler sospira e anche il suo sorriso svanisce, perché entrambi sappiamo esattamente come andrà a finire tutto questo: lui resterà qui e io tornerò a Chicago per il secondo anno di università. Staremo lontani, una cosa a cui siamo più che abituati. Comincia a sembrare davvero ingiusto.

« Avevo intenzione di tornare, Eden » mi dice, chinandosi in avanti. « Ho sempre pensato che sarei tornato. Ma adesso non credo di poterlo fare e sinceramente non so se voglio. Tutta la mia vita è a Portland, eccetto la parte che riguarda te ». Si porta le ginocchia al petto e ci appoggia sopra le braccia, poi serra le labbra, con lo sguardo perso nel vuoto. « E so che sarà tutto ancora più complicato, se io sarò qui e tu dall'altra parte del Paese per altri tre anni, ma è solo una condizione momentanea ».

Con cautela, mi sposto più vicino a lui, portando il mio fianco contro il suo. Intorno a me si è creato il silenzio, anche se ci sono i rumori del traffico, le voci dall'altra parte della strada e il canto degli uccelli che riecheggia fra gli alberi. Tutto sembra dileguarsi, l'unico suono che resta è quello del mio cuore, che batte forte in attesa della mossa che muoio dalla voglia di fare. « Be', ci abbiamo fatto il callo alle complicazioni » dico, ma la voce mi esce in un sussurro strozzato. « Potremmo farcela ».

Tyler alza la testa e si gira a guardarmi, con una scintilla negli occhi. Vedo che l'angolo sinistro della sua bocca comincia a sollevarsi in un sorriso quasi impercettibile. « Che cosa intendi, Eden? » sussurra in tono di sfida, quasi divertito, sporgendosi sempre di più verso di me. La sua vicinanza mi fa girare la testa. Sa benissimo di che cosa sto parlando, ma è come se volesse sentirmelo dire.

Ed è così incredibilmente facile accontentarlo, perché per una volta il pensiero della nostra storia non mi rende nervosa e non mi spaventa a morte. In realtà mi eccita.

« Noi » dico.

Adesso. Adesso è il momento perfetto che stavo aspettando. La situazione perfetta, l'umore giusto, il momento adatto. Questa è la mia occasione. La mia *prossima volta.*

Appoggio la mano sul velo di barbetta che ricopre la mascella di Tyler, inclino il suo viso verso il mio e mi butto. Non ci sto neanche a pensare, lo faccio e basta. Chiudo gli occhi e catturo le sue labbra con le mie. All'inizio è dolce e delicato. Solo le nostre labbra di nuovo le une contro le altre, finalmente, dopo essere stata così a lungo convinta che non sarebbe accaduto mai più. Sono molto sollevata di averlo baciato io, di aver fatto la prima mossa, e dopo qualche istante una mano di Tyler si infila tra i miei capelli e l'altra mi prende alla vita, attirandomi più vicino. Sento che anche lui è sollevato dal modo in cui mi bacia, lento e profondo. La sua presa alla mia vita è salda, come se non volesse più lasciarmi andare. Anche per lui è stata una lunga attesa e ha dovuto faticare molto per guadagnarsi il mio perdono, con la forza delle sue scuse oneste e sincere, che sono più che disponibile ad accettare. A volte bisogna essere egoisti, mettere se stessi al primo posto, e non potrei mai odiarlo per questo.

Stacca le labbra dalle mie, però non si allontana, la sua bocca rimane a un centimetro da me. La sua mano è ancora tra i miei capelli, la fronte appoggiata alla mia. « Se vuoi far funzionare la nostra storia » sussurra, inchiodandomi con i suoi occhi smeraldo, « allora rendiamola ufficiale. Abbiamo aspettato anche troppo ».

Con un gesto scherzoso, gli scosto delicatamente la faccia, senza staccare la mano dalla sua mascella, e spalanco gli occhi in modo teatrale. Dentro di me c'è una sarabanda, mi stupisco che il cuore non mi sia ancora balzato fuori dal petto. « Tyler Bruce mi sta forse chiedendo di essere la sua ragazza? »

Lui non riesce a trattenere un sorriso. Non credo che voglia farlo. È più largo che mai, gli arriva dritto agli occhi, illuminati da un bagliore che nasce soltanto dalla pura felicità. « Può darsi » risponde.

Io gli giro di nuovo la faccia verso di me e mi sporgo verso le sue labbra. Non mi stancherò mai di ammirarlo da vicino: mi prendo un secondo, con gli occhi nei suoi, per scrutare il loro verde intenso, che amo così tanto. « Be', in quel caso potrei anche dire di sì ».

Premo di nuovo le labbra sulle sue e mi abbandono a quella sensazione improvvisa, totalizzante. Mi dimentico di essere in centro a Portland, ma poco dopo sento qualcuno che ci lancia un fischio. Qualcun altro delle urla di incoraggiamento. Qualcuno sta dicendo: « Ah, che carini ». Sembra tutto assolutamente perfetto in questo momento, come se finalmente ogni cosa fosse andata a posto. Sembra tutto così giusto, e il pensiero che Tyler è il mio fratellastro è lontano mille miglia. Non ha più importanza. I nostri sentimenti non sono sbagliati. Non è sbagliato stare insieme. Non è mai stato sbagliato.

Forse in questi tre anni abbiamo faticato così tanto per far accettare a tutti la nostra relazione, perché i primi a doverla accettare eravamo noi due.

E dopo tanto tempo, credo che finalmente ci siamo riusciti.

20

Non mi sveglio fino alle dieci passate. Gli ultimi giorni sono stati pazzeschi e sono sfinita, il che spiega il sonno profondo da cui sto riemergendo. C'è una sottile sfera di sole che penetra dalle imposte e illumina un pezzettino della stanza. Sono in camera di Tyler, non in soggiorno, nel letto di Tyler, non sul divano. Sono avvolta nella sua trapunta, ho caldo e mi sento un po' intontita. Sbadiglio e rotolo dall'altra parte aspettandomi di trovare lui, che mi guarda con i suoi occhi verdi. Mi aspetto di vedere il suo sorriso, quando capirà che finalmente mi sono svegliata.

Ma l'altro lato del letto è vuoto.

Mi metto subito a sedere, sbattendo le palpebre, perfettamente sveglia. Anche se sono sola, mi stringo la trapunta contro il petto nudo.

Mi guardo intorno nella stanza. All'inizio non faccio neanche caso alle parole sul muro, proprio davanti a me. Quando me ne accorgo, penso che Tyler si sia ispirato al murale KEEP PORTLAND WEIRD di ieri sera. Lì, al centro della parete della sua camera da letto, scritto a grandi lettere con un pennarello nero, mi aspetta un messaggio:

Scusa sono dovuto andare al lavoro
Mi manchi già
Posso scrivere sui muri
Perché comunque fra poco ridipingo
Te amo

Quando finisco di leggere sto sorridendo e non posso fare a meno di scuotere la testa. Certo, oggi ricominciava a lavorare ed è per questo che non è qui e che la casa è immersa nel silenzio. Mi passo una mano tra i capelli, che sono un groviglio arruffato, poi mi sfrego gli occhi, solo per scoprire che ho ancora il trucco di ieri. Mi sento così poco attraente che sono quasi contenta che Tyler non sia qui a vedermi in questo stato.

Non mi ricordo neanche che giorno è oggi. 'Martedì' penso, e poi resto seduta a chiedermi cosa fare oggi. Alla fine decido che qualsiasi cosa scelga, almeno la giornata deve iniziare con un caffè. E precisamente un caffè preparato da Tyler.

Spingo via la trapunta, scivolo fuori dal letto - che è molto più comodo del divano - e recupero i miei vestiti, sparsi per tutto il pavimento. Poi mi precipito dalla camera di Tyler alla stanza vuota. Prendo il primo cambio di vestiti puliti che mi capita, mi lancio in bagno e infine nella doccia.

Da quello che ricordo, mi pare che il turno di Tyler alla caffetteria finisca a mezzogiorno, quindi devo prepararmi e trovare il modo di andare in centro prima di quell'ora. Sto solo dieci minuti nella doccia, massaggio rapidamente i capelli col balsamo e cerco di non bagnare troppo il mio nuovo tatuaggio, che continuo a dimenticarmi di avere. Mi vesto e mi asciugo i capelli in bagno, perché ho scoperto che è l'unica stanza in questo maledetto appartamento che abbia uno specchio. Tipico dei ragazzi. Me li stiro col ferro, seduta sul coperchio del gabinetto, poi appoggio l'astuccio dei trucchi sul lavandino mentre creo un look naturale. Alla fine torno in camera di Tyler, alla ricerca del mio telefono.

Lo trovo sotto i cuscini e scopro di avere una lunga lista di notifiche, il che per me è insolito. So che è da ieri mattina che non lo controllo, ero troppo occupata con Tyler e tutto quello che mi succedeva intorno, ma non ricevo mai così tanti messaggi nell'arco di ventiquattr'ore.

Mi siedo sul bordo del letto e scorro fino ai messaggi più vecchi. Il primo è di papà, ricevuto alle 10:14 di ieri mattina.

Se pensi di tornare a casa strisciando, prima o poi, non farlo.

E poi un altro, alle 10:16.

Nel caso non ti sia chiaro, non sei più la benvenuta in questa casa. Vai da tua madre.

Il disprezzo di papà non mi fa più alcun effetto. Ormai ci sono abituata e non posso dire che non mi aspettassi questa reazione da lui.

Sapevo cosa stavo facendo, quando ho lasciato Sacramento con Tyler. Capivo l'impatto che avrebbe avuto la mia decisione. Ero consapevole che avrei peggiorato le cose.

Ci sono dei messaggi della mamma: anche se non le ho detto di essere a Portland, evidentemente l'ha capito da sola. Sarei dovuta tornare a casa ieri. Il fatto che non ci sia andata dimostra che, alla fine, ho deciso di partire con Tyler. Dice che ho fatto bene e mi chiede di chiamarla appena posso.

Ho ricevuto anche un messaggio da Ella, ieri pomeriggio, che mi chiede se è tutto okay.

Non rispondo a nessuno, però, perché sono più preoccupata dai messaggi di Rachael e dal numero allarmante di notifiche di Twitter.

Il primo messaggio è arrivato alle 7:58 del mattino.

Caxxo ci fai a Portland?

Poi un altro.

Mi dici cosa succede? pensavo lo odiassi

Poi un terzo.

E ti sei rifatta quello stupido tatuaggio DIO nn ci credo

E un quarto, tutti a distanza di un minuto uno dall'altro.

SE nn ti ammazza tuo padre lo farò io

Resto a fissare i messaggi, li rileggo infinite volte. Non ho detto a Rachael che sono a Portland. E nemmeno del tatuaggio. In realtà non l'ho detto a nessuno, quindi non capisco come possa saperlo. Non lo capisco finché non apro Twitter.

Sono stata taggata in un tweet e l'unica persona che mi tagga di solito è Rachael. Invece stavolta è stato Tyler. Per qualche secondo sono troppo spaventata anche solo per aprire il suo account, ma poi espiro e cerco il tweet, perché muoio dalla curiosità.

È il primo aggiornamento di Tyler da più di un anno, dallo scorso giugno.

Portland non è malaccio, insieme alla mia ragazza, ha postato sei ore fa, poco dopo le cinque del mattino. Ci sono due foto allegate. La prima è dei nostri tatuaggi gemelli, con il mio braccio sollevato davanti al suo petto per farli entrare tutti e due nell'inquadratura. L'abbiamo fatta ieri sera, dopo che siamo tornati al suo appartamento e abbiamo tolto le medicazioni. L'avevamo fatta per mandarla a Liam. La seconda è la foto di me alle cascate di Multnomah. Non guardo verso l'obiettivo, però sto ridendo.

Finora piace a cinquantanove persone. Cerco i commenti, ma non ce ne sono. Niente insulti sarcastici. Niente sfoghi disgustati. Niente di niente, come se non importasse a nessuno. Oppure non osano dire nulla, per paura che Tyler Bruce li faccia neri. Perché è una cosa che il vecchio Tyler avrebbe fatto. Ma non quello nuovo.

Adesso i messaggi di Rachael hanno senso. Ovviamente è confusa. Venerdì le ho fatto una lagna infinita perché dovevo passare il weekend con Tyler, e adesso improvvisamente siamo a Portland insieme, con due tatuaggi gemelli e io ho un grande sorriso stampato in faccia. Questo improvviso cambiamento ha colto di sorpresa anche me. Non mi ero resa conto che sarebbe stato così facile innamorarmi di nuovo di Tyler.

Per evitare che Rachael vada in combustione spontanea, le mando un messaggio piuttosto vago.

Il tempo passa e le persone cambiano :) ti aggiorno al rientro (e non chiedermi quando perché non ne ho idea)

La batteria del mio telefono è al 4%, quindi salto fuori dal letto di Tyler, vado a frugare nella mia valigia nella stanza vuota, alla ricerca del caricabatteria, e poi mi dirigo alla porta. Per fortuna Tyler ha attaccato la chiave di riserva sul muro con il nastro adesivo, poi ci ha fatto intorno un cerchio con il solito pennarello indelebile, quindi non posso non vederla. Deve aver immaginato che non avrei voluto passare la giornata qui dentro.

Chiudo la porta ed esco. Metto gli occhiali scuri, dato che il sole è alto nel cielo. Fermo una signora che sta portando a spasso due cani e le chiedo dov'è la fermata più vicina della metropolitana esterna: sembro una turista che ha perso la strada e si è ritrovata in un quartiere residenziale. Lei fa un gesto in direzione sud, senza darmi altre indicazioni. Ci vogliono quindici minuti per raggiungere a piedi la stazione, e altri venti per arrivare in centro. Scendo a Pioneer Square alle 11:30 e mi fiondo dove lavora Tyler.

Quando arrivo il locale è affollato, ma non gremito. C'è già una piccola coda di persone di passaggio per il caffè della tarda mattinata, proprio come me, così le raggiungo e mi metto a osservare i baristi. C'è di nuovo il tizio di ieri. Mikey. C'è anche la ragazza, ma non so come si chiama. E poi c'è Tyler, con un sorriso e uno sguardo luminoso, come se fosse il ragazzo più felice e spensierato del mondo. Le maniche della sua maglietta nera sono arrotolate appena sotto i gomiti, quindi non si vede neanche uno dei suoi tatuaggi. Fisso con le labbra semiaperte le vene che corrono dalle sue nocche all'avambraccio, in rilievo, mentre i suoi muscoli si contraggono per tirare la leva che fa uscire il caffè dal macinadosatore e lo fa cadere nel portafiltro. Non mi ha ancora notato, è troppo concentrato sul caffè che sta preparando, ma in un certo senso ne sono contenta. Mi permette di guardarlo con lascivia senza ricevere in risposta uno sguardo divertito, e i miei occhi ardono di desiderio. È perfetto così com'è, senza fare alcuno sforzo. Riesco a pensare soltanto alla sensazione delle sue mani sul mio corpo, ieri notte, alle tracce che le sue labbra hanno lasciato su ogni centimetro della mia pelle, al fatto che i suoi occhi infuocati non si sono mai staccati dai miei, neanche nel buio della sua stanza.

Mikey è addetto alle ordinazioni e quando lo raggiungo alza lo sguardo su di me e mi riconosce. Anche se non sono una cliente abituale, si ricorda sicuramente di me da ieri. « Ehi, ciao » mi saluta. Il piercing che ha al naso scintilla ogni volta che si muove. « Che cosa ti do, Eden? »

« Un latte macchiato alla vaniglia con doppio caramello extra » rispondo. Le parole mi scivolano sulla lingua senza doverci pensare. Mikey annuisce e comincia a scarabocchiare le mie parole su un blocchetto di fogli adesivi, ma prima ancora che abbia finito io mi sento già in colpa. Devo smettere di lamentarmi dei chili di troppo se poi continuo a consumare roba calorica come gelati e maledettissime bevande alla vaniglia. Devo fare come Tyler: cominciare a fare dei cambiamenti, invece di limitarmi a sperare che succeda qualcosa. « Aspetta » dico, mentre la penna di Mikey si ferma sulla carta e lui alza gli occhi. « Possiamo fare invece un americano con latte scremato? » Molto meno buono, ma anche molto più leggero.

« No problem ». Butta via il primo foglietto e scrive su un altro, poi lo strappa dal blocchetto e lo attacca al bancone, insieme agli altri ordini da evadere. Si volta verso la cassa e mi fa lo scontrino, che risulta essere molto basso. « Sconto amici e parenti » dice con una strizzata d'occhio. Gli passo una banconota da cinque dollari e lui mi dà il resto. Il locale è animato dalle chiacchiere e dai rumori delle macchine: il soffio del vapore, il fischio del bollitore per il latte e il ronzio del macinacaffè.

« Ho scritto che sei arrivata » sussurra Mikey, abbassando la voce. Mentre parla gli vedo anche il piercing alla lingua. Senza farsi notare, lancia un'occhiata verso Tyler. Lui ci dà le spalle, si sposta da una macchina all'altra, prende tazze, sciroppi, latte. «Dagli un secondo per accorgersene».

Io ridacchio. Tyler a volte è così distratto che potrebbe non accorgersene mai. «Grazie» dico a Mikey, poi avanzo lungo il bancone e lascio il posto al prossimo cliente, mentre aspetto il mio caffè. È Tyler che prepara le ordinazioni e non vedo l'ora di valutare le sue capacità.

Lo guardo attentamente, con un sorriso idiota sulla faccia, mentre prende un foglietto, lo legge e prepara il caffè con grande cura. L'impegno che ci mette è adorabile. La sua collega passa la tazza al cliente in attesa nell'angolo, poi Tyler prende l'ordine successivo e comincia a prepararlo. Di nuovo, la ragazza lo consegna al cliente. Infine lui prende il foglietto arancione brillante con il mio ordine. Alza subito la testa e si guarda alle spalle, perlustrando il locale finché non mi vede. Mai, in tutta la mia vita, l'ho visto sorridere così istantaneamente.

Passa il foglietto alla ragazza e probabilmente le chiede se può prendersi un minuto per parlare con me, perché lei annuisce e si scambiano di posto. Lei si mette alle macchine e Tyler si dirige verso di me. Mentre passa, dà una pacca scherzosa a Mikey dietro la testa. Addio alla speranza di farmi fare il caffè da Tyler.

«Speravo che venissi» ammette quando mi raggiunge. Appoggia le mani aperte sul bancone che ci divide e si china in avanti, per sentirmi meglio sopra il rumore. «Mi dispiace che non c'ero stamattina. Sono uscito prima delle sei, non volevo svegliarti».

«Nessun problema» lo rassicuro. «Ho visto il tuo messaggio. Era impossibile non vederlo».

Le sue guance si tingono di rosa e lui abbassa la testa, piegando la faccia verso la cassa. «Volevo scriverti un biglietto, sai, come fanno nei film. Ma non trovavo la carta».

«Vuoi davvero ridipingere le pareti?»

«Certo». Rialza gli occhi e passa lo sguardo su di me, fino a posarlo sul mio braccio. La scritta *No te rindas* è ancora lucida, come sono soltanto i tatuaggi freschi.

«Ho visto il tuo tweet» gli dico, e i suoi occhi tornano nei miei. «Credo che tu abbia fatto venire un infarto a Rachael».

Lui si mette a ridere e scuote la testa. «Non volevo postare la foto, ma poi mi sono ricordato che avevamo smesso di preoccuparci delle opinioni degli altri. Almeno stavolta lo hanno saputo direttamente da me».

«Aspetta che lo veda Jamie» dico in tono di rimprovero. 'Oddio'. Me lo immagino già che butta il telefono dall'altra parte della stanza, incredulo, poi lo recupera per correre a farlo vedere a papà. Scoprire dai social network che io e Tyler stiamo insieme non è esattamente il modo che avevo immaginato per farlo sapere alla nostra famiglia.

«L'ha già visto» replica lui, e io aggrotto le sopracciglia per la naturalezza del suo tono di voce. «Un paio d'ore fa mi ha scritto *Che caxxo fai?*» Ridacchia, e intanto arriva la ragazza che lo ha sostituito, con il mio caffè.

«Ecco qua» mi dice chinandosi sul bancone per passarmi il bicchiere da asporto. È così rovente che in pratica mi ustiona non appena lo prendo dalle sue mani, ma la ringrazio e Tyler le dice che torna fra un secondo.

Quando lei se ne va, lui solleva il polso e guarda l'orologio, poi di nuovo me. «Ancora venti minuti, poi vado al centro giovanile. E tu? Che cosa vuoi fare?»

«Non lo so ancora». Alzo le spalle e abbasso gli occhi sul caffè, seguendo il bordo del coperchio con l'indice. «Ma sicuramente passerò di lì, più tardi».

«Bene». Quando alzo gli occhi mi sta sorridendo, ma il sorriso si scioglie subito in un'espressione di scuse, mentre lancia un'occhiata alle sue spalle, verso la ragazza che fatica a stare dietro ai nuovi ordini. «Devo andare». Si sporge dal bancone e mi pianta un rapidissimo bacio all'angolo della bocca. Con la coda dell'occhio vedo Mickey che arriccia le labbra con un'espressione canzonatoria.

Lascio tornare Tyler al lavoro e per evitare di distrarlo esco subito dal locale, invece di sedermi.

Girare il centro di Portland è facile, lo conosco come il palmo della mia mano, quindi vado in Pioneer Square e trovo un posto sui gradini, per sedermi e bere il mio caffè. Sinceramente, fa schifo. Non perché sia fatto male, ma perché preferirei mille volte bere un latte macchiato alla vaniglia piuttosto che un insulso americano.

Pioneer Square è piena di gente. Non è una cosa insolita, perché è estate e il tempo è splendido, e perché questo è il luogo perfetto per godersi il caldo e guardare il flusso continuo di persone che vanno e vengono. Mentre me ne sto seduta qui, però, a soffiare sul caffè per raffreddarlo, mi rendo conto che, anche se Portland è la mia città natale, in realtà non conosco nessuno qui. Metà degli amici che avevo a sedici anni e vivevano qui, ormai si sono trasferiti fuori città per l'università. Tutti i parenti della mamma sono a Roseburg, e così quelli di papà. Gli unici contatti umani che ho in questa città, al momento, sono Tyler ed Emily. E Amelia.

Non so perché non avevo ancora pensato ad Amelia. Era la mia migliore amica. Da quando ci siamo conosciute, in prima media, abbiamo fatto tutto insieme, ma dopo la mia partenza ci siamo allontanate molto. È normale che sia così. Vivevamo in Stati diversi ed era sempre più difficile tenersi in contatto. Però Amelia vive ancora qui. Frequenta l'Università statale di Portland.

Appoggio il bicchiere per terra, accanto a me, tiro fuori il telefono dalla tasca, faccio scorrere la lista dei contatti e trovo il suo numero. Ogni tanto ci mandiamo un messaggio per sapere come va, ma l'ultima volta che ci siamo viste è stato tre anni fa. Ci siamo abbracciate fortissimo nella sua veranda, due sedicenni in lacrime, che si chiedevano come avrebbero fatto a sopravvivere l'una senza l'altra. Quando sei giovane ogni cosa sembra la fine del mondo. Ripensandoci, non era così.

Chiamo il suo numero e mi premo il cellulare all'orecchio. Tamburello con le dita sulle ginocchia, mentre ascolto il monotono segnale di chiamata. Non è molto probabile che sia in zona e non abbia niente da fare, ma tentare non costa nulla. In ogni caso, voglio parlarle e farle sapere che sono a Portland.

Risponde subito prima che parta la segreteria telefonica. « Eden? » Ha un tono sorpreso, probabilmente perché è tantissimo tempo che non ci sentiamo al telefono, quindi questa chiamata è un po' inaspettata.

« Indovina? » rispondo. Voglio arrivare subito al punto.

Amelia rimane zitta per un secondo. Ci sta pensando, perché a differenza della maggior parte delle persone a lei piace provare a indovinare. Oggi però non sembra trovare nessuna ipotesi logica, perché risponde soltanto: « Non ne ho idea, però dimmelo, per favore ».

« Be' » dico, appoggiandomi all'indietro. Riprendo il mio caffè e alzo la faccia al cielo. « Sono seduta a Pioneer Square ».

« COSA? » esplode Amelia. Non posso non ridere. « Sei qui? A Portland? »

«Sì!» Bevo un lungo sorso di caffè, riprendo fiato e aggiungo: «Sono arrivata domenica sera».

«Oddio!» La sua eccitazione si propaga attraverso la linea, la sua energia è contagiosa. Mi è mancata moltissimo, non mi ero resa conto di quanto. «Che cosa ci fai qui?»

«È una storia lunga» ammetto, «te la racconto quando ci vediamo. Dove sei adesso? Sei impegnata?»

«Sono all'università» risponde lei un po' imbarazzata. Credo che sappia che sto per chiederle che diavolo ci fa lì durante le vacanze estive, perché mi fornisce la risposta prima ancora che apra bocca. «Mi sono iscritta a qualche corso estivo per recuperare un po' di materie in cui ero rimasta indietro. Devi assolutamente venire! Sono seduta qui fuori. Sai dov'è la biblioteca?»

«Shhh». Mi alzo, con un'espressione divertita. Amelia non è cambiata per niente. Parla abbastanza per tutte e due, ma quando ero più piccola gliene ero molto grata. Ho già cominciato a calcolare mentalmente il percorso fino all'Università statale di Portland. È a sud del centro, non lontano da dove sono adesso. Posso arrivarci benissimo a piedi e anche se il campus è immenso e non lo conosco bene, sono certa che non sarà difficile trovare la biblioteca. «Sto arrivando».

«Non posso credere che tu sia qui!»

«Nemmeno io» le dico. È la verità. «A tra poco».

Chiudo la chiamata, tiro fuori gli auricolari e li collego al telefono. Cerco fra le mie playlist qualcosa di allegro, che si adatti allo spirito dell'estate. Mi ci vuole un po' a trovarne una, perché nell'ultimo anno ho ascoltato solo musica piuttosto lugubre. Adesso che Hunter Hayes mi canta nelle orecchie a tutto volume mi sento soddisfatta. Sono di ottimo umore, forse è l'umore migliore che abbia avuto negli ultimi dodici mesi.

Mi dirigo a sud, senza riuscire a smettere di sorridere, con il caffè in mano, gli occhiali da sole, gli auricolari e un tatuaggio nuovo di zecca sul braccio, come una vera cittadina di Portland. Non mi sono mai sentita così a casa in questa città. Andarmene per tre anni è stata la cosa migliore che potessi fare e onestamente sono contenta che Tyler sia venuto qui. Non sarebbe stato lo stesso, in qualsiasi altra città.

Non mi ci vuole molto ad arrivare al campus. Ci sono venuta un paio di volte, al seguito di Amelia, quando avevamo quindici anni. Le piaceva immaginare come sarebbe stato essere una studentessa universitaria. Aveva intenzione di andare all'Università statale dell'Oregon a Corvallis, ma al momento di decidere, quella di Portland ha avuto la meglio. Forse erano state tutte quelle passeggiate senza meta per il campus a farle cambiare idea. In ogni caso, lei non ha mai pensato di andarsene dall'Oregon, mentre io ho sempre voluto farlo. Una volta, in realtà, avevo partecipato a una visita guidata del campus, a sedici anni, ma solo per far piacere alla mamma. Sperava tanto che ci fosse almeno una possibilità che io fossi interessata a rimanere, ma non era così. Volevo andarmene il prima possibile e l'università era il biglietto di uscita da Portland che la mamma non avrebbe mai potuto rifiutarmi.

È un'ironia che adesso, tre anni dopo, mi ritrovi proprio qui per vedere Amelia, come se il tempo fosse tornato indietro e avessimo di nuovo quindici anni. L'unica differenza è che, questa volta, il sorriso che ho in faccia è autentico. Ora le cose vanno meglio.

Seguo la segnaletica del campus e alla fine devo chiedere indicazioni a un paio di ragazzi per trovare la biblioteca. Mi indirizzano nella giusta direzione, proprio dietro l'angolo. Una volta individuato l'edificio, mi tolgo gli occhiali da sole e comincio a osservare le persone sedute all'esterno. Alcune sono sul prato, sotto l'ombra di infiniti alberi, altre sono chine sui libri, sedute sulle panchine. È estate, quindi c'è molta meno confusione rispetto a quella che ci sarebbe durante il semestre. Non ci metto molto a trovare Amelia fra i pochi studenti che ci sono in giro.

È seduta sull'erba, a gambe incrociate, con un libro appoggiato sulle cosce. Ha una mela mangiucchiata in una mano e il telefono nell'altra, i fili degli auricolari ingarbugliati tra i capelli. Non mi ha ancora notato, così mi avvicino di soppiatto dietro un gruppo di alberi e le arrivo alle spalle in punta di piedi. Poi le salto addosso e la prendo per le spalle. Lei sobbalza dallo spavento e lancia un grido di sorpresa. La sua mela vola per aria.

Ridendo come una matta, striscio davanti a lei, ignorando il fatto che adesso l'attenzione di tutti gli studenti sparsi qua intorno è puntata su di noi. Le faccio un enorme sorriso.

«Gesù, Eden!» dice lei quasi senza fiato, come se le avessi mandato il cuore a mille. Si strappa gli auricolari e si preme una mano sul petto, poi inclina la testa e sembra disposta a perdonarmi, perché ricambia il mio sorriso con entusiasmo. Butta il libro da una parte, si avvicina e mi stringe con veemenza, attirandomi nell'abbraccio più forte che ricordo di aver ricevuto da quel giorno sulla sua veranda. Anch'io la stringo e rimaniamo così, senza staccarci, per un lunghissimo minuto. Alla fine ci dividiamo.

«Sul serio, che cosa diavolo ci fai a Portland?» mi chiede scuotendo la testa, come se non potesse credere che sia davvero seduta davanti a lei. Mi pare che si sia fatta crescere i capelli, sono molto più lunghi di come li ricordavo, e penso che li abbia schiariti un po'. Sono sicura che sia molto più bionda di prima.

So di aver detto che avevo una lunga storia da raccontarle, ma in realtà è molto semplice. Senza smettere di sorridere, raccolgo il coraggio di dire semplicemente: «Il mio ragazzo vive qui».

Questa parola innesca dentro di me qualcosa che mi incendia tutto il corpo, sento che la mia pelle si scalda solo per la gioia di poterla finalmente usare. So di essere arrossita, ma non c'è niente che possa fare per impedirlo. Sono così felice di stare seduta qui, sotto il sole di Portland, accanto ad Amelia, e di poter parlare di Tyler come del mio ragazzo. Non avrei mai pensato che sarebbe stato possibile.

«Wow» dice Amelia. Sgrana gli occhi e solleva una mano, poi si sporge verso di me e ripete: «Il tuo ragazzo? Esci con uno di Portland?»

«In realtà» sussurro, «esco con uno di Santa Monica, che per caso adesso abita qui».

Credo che stia per cacciare un gridolino di gioia. Ha sempre adorato le storie d'amore con un lieto fine. Mi chiede immediatamente: «Chi è?»

Il pensiero di dirlo non mi spaventa più. Dire il suo nome è facile come dire quello di chiunque altro. Però ci vorrà un po' di pratica, prima di abituarmi del tutto. «Tyler» le dico. La mia voce è decisa e sicura, non distolgo lo sguardo dal suo. «Ti ricordi di lui? Il mio fratellastro?» Non intendo nascondere il fatto che Tyler è il mio fratellastro. È la verità e non mi vergogno ad ammetterla.

Sul viso spruzzato di lentiggini di Amelia passa un'ombra di confusione. Sembra in attesa che io scoppi a ridere e le dica che sto scherzando. Io però mantengo un sorriso tranquillo e strappo qualche filo d'erba. Ne sradico una bella manciata, poi mi sento in colpa e faccio di tutto per rimetterla a posto. L'aria di Portland mi sta dando alla testa.

«Davvero?» è l'unica cosa che dice Amelia. Ha un tono gentile, forse teme che sia un argomento delicato, e continua a sbattere le palpebre: è chiaro che non sa bene che cosa stia succedendo.

« Già » rispondo, poi aggiungo con disinvoltura: « Si è trasferito qui un anno fa. Sono venuta a trovarlo per un po' ». Non aspetto che Amelia cominci a fare domande e decido di cambiare argomento il più in fretta possibile. « E a te come vanno le cose? Gli studi? » Faccio un gesto verso il campus intorno a noi.

« Oh, Eden, è tutto fantastico! » si entusiasma lei. Il suo viso si illumina. Recupera il grosso libro che stava studiando e se lo rimette in grembo. Passa le dita sulla copertina. È qualcosa che riguarda la chimica, una materia che io non ho mai capito, ma che Amelia ha sempre amato. « Il programma che sto seguendo è favoloso e le feste qui sono ancora meglio. Te l'avevo detto che mi hanno arrestato? »

Adesso è il mio turno di valutare se sta parlando sul serio. Arrestata? Amelia? Impossibile. « Stai scherzando ».

« No » risponde lei, poi fa una risata imbarazzata e si butta i capelli davanti agli occhi. « Non dovrebbero lasciarmi andare a casa a piedi dopo una festa in cui ho bevuto troppo. Ho dovuto passare una notte in cella e sborsare duecento sacchi per disturbo della quiete pubblica ». Alza gli occhi al cielo. « A quanto pare urlare per la strada è diventato un crimine, al giorno d'oggi ».

« Sei pazza » le dico, ma sto ridendo. Ad Amelia è sempre piaciuto divertirsi e fare baldoria. Con lei non c'è mai niente di troppo serio, mi manca passare del tempo con una persona che vive così.

« Lo so. Mi sto sforzando di migliorare il mio autocontrollo, così i miei genitori non dovranno disconoscermi ».

Si mette a ridere con me, e ridere di nuovo insieme a lei è una sensazione così bella che non voglio mai più darla per scontata. Sapere che Amelia è qui è un altro dei motivi per cui mi sto innamorando di Portland. Sarò egoista, ma voglio che la mia vita sia piena di tutto ciò che amo. Come Tyler e Amelia, Portland e il caffè, Rachael ed Emily, l'università e le avventure, la mamma ed Ella, le idee da incoscienti e la possibilità di essere sempre felice come adesso. È tutto quello che desidero.

Pian piano smetto di ridere e sbatto le palpebre un paio di volte, tornando alla realtà. Riporto gli occhi su Amelia e sporgo le labbra con aria innocente. « Devi proprio stare qui, adesso? »

« In realtà no, perché? »

Mi do una spinta per alzarmi e porto via il libro ad Amelia. Recupero il suo zaino e ce lo infilo dentro, poi la prendo per mano e la faccio alzare. Lei mi guarda incuriosita, in attesa di una spiegazione, così le passo la sua roba e faccio un cenno nella direzione dalla quale sono venuta. « Ci sono delle persone che vorrei farti conoscere ».

21

Mentre attraversiamo la città, dirette al centro giovanile, ho tutto il tempo di raccontare ad Amelia la versione lunga della storia. Le dico che io e Tyler siamo innamorati da tre anni, ma che stiamo ufficialmente insieme solo da più o meno diciotto ore. Le parlo di Dean e del vero motivo per cui ci siamo lasciati: non certo una decisione condivisa e amichevole come le avevo detto in passato. Le racconto di papà, che è ancora più idiota di quanto sia mai stato, e che odia la storia fra me e Tyler. Le spiego che Tyler l'estate scorsa se ne è andato, che non l'ho visto per un anno e che nel frattempo lui ha creato un centro giovanile. Le dico che, quando si è rifatto vivo, ho provato a respingerlo, ma che ora sono contenta di avergli dato un'altra possibilità, perché adesso sono ancora più felice.

Amelia annuisce durante il mio report dettagliato e fa del suo meglio per assorbire questo sovraccarico di notizie, sono quasi sicura che all'inizio stenti a credere che io sia la stessa persona che conosceva. La vecchia Eden non avrebbe mai corso i rischi che ho corso io. La vecchia Eden non sarebbe mai tornata a Portland. La vecchia Eden non sarebbe mai arrossita al solo pensiero di un ragazzo.

« Questo è quanto » dichiaro, fermandomi davanti alla grande porta nera del centro giovanile. Non ci sono insegne, ma secondo me dovrebbe essercene una, in modo che più gente sappia che cosa c'è dietro questa porta.

La spingo energicamente, perché è davvero pesantissima, poi la tengo aperta per Amelia, che mi segue all'interno. L'ingresso e le scale sono illuminati. Saliamo a passo deciso. Amelia è già nervosa all'idea di conoscere Tyler ed Emily, ma credo che lui riscuoterà la sua totale approvazione e che andranno d'accordo, anche lei ed Emily. È impossibile non amarli, e voglio che si conoscano.

Sento la musica prima ancora di arrivare in cima alle scale e quando apro la seconda porta diventa ancora più forte. Il centro è molto più affollato di ieri mattina, forse perché è più tardi, ed è pieno di voci, musica e risate.

« Wow » esclama Amelia. Osserva tutto con occhi pieni di stupore, proprio come ho fatto io ieri. È veramente incredibile quanto sia grande e affollato questo posto. « Quello è lui? »

I miei occhi scattano da Amelia a Tyler. Deve averci viste entrare dalla porta, perché sta venendo verso di me con il suo solito sorriso. È da poco passata l'una, per cui deve essere qui già da un'ora.

« Sì, è lui » sussurro senza staccare gli occhi da Tyler, mentre mi si allarga un sorriso sulla faccia.

« Mmm » mormora Amelia, « hai già la mia benedizione ».

Stacco gli occhi da Tyler solo per guardare Amelia con aria di finta esasperazione. Lei si sta sistemando i capelli dietro le orecchie e poi si arriccia le punte tra le dita mentre Tyler ci raggiunge.

« È bello rivederti » mi dice con un sorrisetto. Sono andata a prendere il caffè nel bar dove lavora meno di due ore fa ed eccomi di nuovo qui, nell'altro posto dove lavora, come se non potessi assolutamente stargli lontano. In realtà potrei, è solo che non ne ho voglia. Tyler guarda Amelia, inarca un sopracciglio e poi si rivolge a me per avere una risposta. « Lei chi è? »

« Amelia » rispondo. Non c'è bisogno di altre spiegazioni. Tyler sa benissimo chi è. Anni fa gli ho raccontato tutto di lei, della migliore amica che avevo a Portland. La mia unica amica *simpatica*.

« Ciao » lo saluta Amelia sbattendo forte le palpebre, chiaro segnale di nervosismo. C'è un momento imbarazzante in cui quasi gli tende la mano, ma poi sembra pensare che sia troppo formale e finisce per tirarla indietro.

« Ah » dice Tyler. Scopre i denti in un sorriso, con un'espressione amichevole e calorosa. « Che bello conoscerti, finalmente. Io sono Tyler, il... » si interrompe e mi lancia un'occhiata prima di finire la frase, come se temesse che non gliel'abbia ancora detto.

Ma, prima che lo faccia io, Amelia si intromette e conclude la frase per lui. « Il fidanzato e fratellastro di Eden? »

« Ecco, quello » fa lui con una risata. Sembra sollevato e contento che io gliel'abbia detto. In passato l'onestà non è stata il nostro forte, mio e di Tyler, ma mi piace pensare che stiamo migliorando.

« Dov'è Emily? » chiedo. Mi guardo in giro fra la folla, cercando di individuarla, ma non ci riesco. Spero che non sia andata via. Ci tengo molto a farle conoscere Amelia.

« È nel retro » risponde Tyler, indicando una porta sulla parete in fondo. Ieri non l'avevo notata. « Venite ».

Lui si avvia in quella direzione e noi lo seguiamo. Amelia mi dà una gomitata nelle costole e spalanca gli occhi con entusiasmo, mimando con le labbra: « È fighissimo » e facendosi aria con le mani in modo teatrale. Certe cose non cambiano mai. Al liceo ci entusiasmavamo per i ragazzi dell'ultimo anno, e poi arrossivamo per l'umiliazione nei corridoi, ogni volta che ci sentivano. Le do una pacca scherzosa sulla spalla e mi mordo il labbro, per soffocare una risata. Tyler non si accorge di niente. Quando arriviamo dall'altro lato della sala, digita una sequenza di numeri su un tastierino e la porta si apre con un *clic.* Lui la spinge e ce la tiene aperta, mentre entriamo in quello che sembra un ripostiglio. Tyler rimane vicino alla porta, per tenere d'occhio la gente nel salone principale, e subito la faccia di Emily salta fuori da dietro una pila di scatoloni.

« Ehi! » Lascia cadere su un altro cartone chiuso la confezione di bottigliette d'acqua che ha in mano, poi si fa strada agilmente fra le scatole impilate alla rinfusa che ingombrano il pavimento, creando uno spazio libero per potercì raggiungere.

« Emily? » dice Amelia, e dal suo tono capisco che l'ha riconosciuta. Mi giro di scatto verso di lei, stupita.

« Oh mio Dio, ehi! » esclama Emily. « Che cosa ci fai qui? »

Io e Tyler passiamo lo sguardo dall'una all'altra, cercando di capire che sta succedendo. « Voi due vi conoscete? » chiedo confusa.

« Puoi scommetterci » dice Emily in tono pratico, sforzandosi di imitare l'accento americano che le viene fuori con una strana cadenza del sud. Poi torna subito alla normalità e spiega: « Mi dà i popcorn gratis tutte le volte che vado al cinema, perché vuole farmi mettere insieme al tizio che lavora con lei ».

« Lo so, è una mossa un po' spudorata » aggiunge Amelia, arrossendo. Io cerco di ricordarmi se mi ha mai detto che lavorava in un cinema. Me la immagino che rovescia continuamente i popcorn per terra. « Ma Gregg è proprio cotto di te ed è *così* adorabile. Secondo me dovresti dargli una possibilità ».

« Nooo » protesta Emily, cercando di zittire Amelia, però è arrossita anche lei. Io le guardo ancora imbambolata, stupita per come stiano andando bene le cose. « Non ho mai saputo come ti chiami » ammette Emily.

« Amelia ». Ha una lieve esitazione, quando si rende conto che Emily ancora non sa perché si trova qui, quindi si affretta ad aggiungere: « In realtà sono, tipo, la migliore amica d'infanzia di Eden ».

Emily apre le labbra e mi guarda, chiaramente sorpresa da questa notizia. « Non ci credo! »

Accanto a me, Tyler si schiarisce la gola e dice: « Vi spiace se vi rubo Eden per un secondo? » Gli lancio un'occhiata interrogativa, ma Amelia ed Emily ci dicono che staranno benissimo insieme e Tyler mi sta già tirando verso la porta.

« Sì? » gli chiedo, una volta rientrati nel salone principale. Siamo circondati da adolescenti. Alzo gli occhi su di lui con un'espressione molto sospettosa.

« Papà è di nuovo qui » mi comunica. Mi osserva attentamente, con un'espressione rilassata e un sorriso esitante sulle labbra, come se dovesse scusarsi. So che suo padre dovrebbe essere un uomo diverso, che si è ravveduto e sta cercando di sistemare le cose con Tyler, ma non riesco a scrollarmi di dosso l'odio che provo per lui. Il solo pensiero mi fa digrignare i denti. « Perché? »

« Sta finendo di controllare delle cose prima di andare in aeroporto » mi spiega, con un cenno della testa verso l'ufficio. La porta è chiusa. « Vuole conoscerti. Diciamo ufficialmente. Pensa che ieri siate partiti col piede sbagliato, e in parte è colpa mia, per non averti avvertito che era rientrato nella mia vita ». Questo spiega il sorriso di scuse.

« Uhm ». Anche se disprezzo il padre di Tyler, questo non mi impedisce di essere piuttosto curiosa. Una parte di me vuole sentire che cos'ha da dire. So di lui da così tanto tempo che sarebbe assurdo rinunciare all'occasione di parlargli. « Okay ».

Con un lampo di gratitudine negli occhi, Tyler mi prende per mano e mi accompagna verso l'ufficio. Mi dà fastidio essere così nervosa. Tyler socchiude la porta, poi si sporge nella stanza e lo sento mormorare: « Papà, Eden è qui ». Non sento la risposta di Peter, ma all'improvviso Tyler spalanca la porta e mi fa entrare.

Suo padre è seduto in quella grande poltrona professionale, comodo e rilassato, la scrivania davanti a lui è ricoperta di fogli sparsi. Ha una camicia azzurra abbottonata fino al colletto e una penna stilografica fra il pollice e l'indice. Dal polsino gli spunta un orologio d'oro. Mi chiedo come faccia una persona dal passato così disgustoso ad avere l'aspetto di un uomo di successo.

« Ciao, Eden ». Come ieri, il suo tono pacato mi coglie di sorpresa, così come il calore del suo sguardo. È praticamente identico a Tyler, solo più basso, con gli occhi di un verde meno vivace e la mascella meno definita. Comunque mi ci vorrà un po' per abituarmi a questa somiglianza.

« Ciao » rispondo. Nell'attimo di silenzio che segue guardo Tyler, scoprendo che sta arretrando per uscire dalla stanza.

« Meglio che torni al lavoro » dice. Guarda prima me e poi suo padre per un paio di secondi, ci fa un sorriso tirato, un cenno della testa e sparisce dietro la porta, chiudendosela alle spalle.

Io e Peter rimaniamo soli. È incredibilmente imbarazzante, senza dubbio perché lui sente la mia ostilità. In più il fatto che io sia in piedi davanti alla scrivania, mentre lui mi squadra da quella poltrona, rende la situazione troppo sbilanciata. Gli sono grata quando si alza e fa il giro del tavolo, per fermarsi a qualche passo da me.

« Capisco di non piacerti » comincia, in modo brusco e diretto. « Non ti biasimo. Neanch'io sono un mio grande fan. Però, da quanto ho sentito, tu sei la... la ragazza di Tyler? »

Sposto il peso da un piede all'altro, a disagio. « Sì ».

« In tal caso mi piacerebbe avere un buon rapporto con te ».

Io lo guardo con un'espressione vuota. Non vedo come potrei mai farmi andare a genio una persona che ha fatto passare quell'inferno a Tyler. Non potrò mai perdonarlo, e se non posso perdonarlo di certo non posso farmelo piacere. « Quello che hai fatto... » Borbotto a fior di labbra, ma non riesco neanche a finire la frase. Mi fa talmente arrabbiare che mi si contraggono i muscoli della gola e digrigno i denti. Solo guardarlo mi fa ribollire il sangue, quindi chiudo gli occhi e abbasso la faccia. Comincio a capire quanto debba essere stato difficile per Tyler sedersi a parlare con lui, perché io non ci riesco, e non sono neanche direttamente coinvolta.

« Di quello che ho fatto mi pentirò per tutta la vita ».

Lentamente, alzo la testa e apro gli occhi. Peter mi sta guardando con l'espressione più triste che abbia mai visto in vita mia. Per un secondo, i suoi occhi non sembrano più verdi, sono due voragini nere, stanchi e rugosi, l'effetto di anni di un rimorso insopportabile. La fronte aggrottata sembra uno stato naturale, come fosse rimasta così per troppo tempo.

« Ho perso tutto, per colpa mia, ovviamente » dice piano. « Ho perso l'azienda e la carriera, la reputazione e la libertà, i miei genitori e me stesso. Ma la cosa peggiore di tutte è che ho perso mia moglie e i miei figli ». Ingoia il groppo che ha in gola e scuote piano la testa. « Puoi disprezzarmi, Eden, ma devi sapere che sto facendo davvero del mio meglio per sistemare le cose con Tyler. Sono qui per lui, perché si merita di avere un padre che si faccia in quattro per dimostrargli quanto gli dispiace ».

Non so bene perché mi stia dicendo queste cose, ma sono contenta che l'abbia fatto. Sentire queste parole dalle sue labbra è rassicurante, soprattutto perché sono sincere, però voglio che sappia come la penso. Voglio esprimermi anch'io. « Capisco che ci stai provando, e onestamente ti sei guadagnato il mio rispetto per essere venuto qui e aver fatto quelle sedute con Tyler. Ma tu non hai visto in che stato era tre anni fa, com'era fuori di testa. Lo sapevi che tuo figlio aveva la fama di essere uno stronzo? Un ragazzo che nessuno osava contrariare, per il suo modo di fare violento e aggressivo? Un ragazzo che dipendeva dalla distrazione dell'alcol e delle droghe per non pensare alla merda che tu gli avevi buttato addosso? Forse lo sai, ma non c'eri. Non hai visto com'era devastato, e non credo che tu abbia un'idea di quanto abbia lavorato duro, ultimamente, per diventare una persona migliore di quella in cui tu lo avevi trasformato ». Faccio un passo indietro e inchiodo Peter con uno sguardo deciso, infiammato dal disprezzo che provo per lui. « Quindi potrai avere il mio rispetto, ma non avrai mai il mio perdono. E giuro su Dio, te lo giuro... che se mandi tutto a puttane anche questa volta non dovrai vedertela solo con Tyler, ma anche con me. Non ti saranno concesse altre occasioni ».

Peter si limita ad annuire. Forse è abituato a sentirsi dire queste cose, o semplicemente le accetta. Si volta verso la scrivania, recupera il cellulare, se lo fa scivolare nella tasca dei pantaloni e poi prende la stessa cartellina che aveva ieri. Raccoglie i fogli sparsi e attraversa la stanza per andare a metterli in uno schedario. Per tutto il tempo lo seguo con gli occhi, studiando il suo modo di muoversi per vedere se mi ricorda quello di Tyler, ma per fortuna non vedo somiglianze, finché non si ferma davanti a me e si passa le mani tra i capelli scuri, esattamente come ha fatto ieri, esattamente come fa Tyler. Devo soffocare un gemito.

« Adesso vado » mi dice. « Tornerò il mese prossimo, se ci sarai ci rivedremo. È stato bello conoscerti, finalmente, e ti prego di credermi se ti dico che non hai nulla di cui preoccuparti ».

Io rispondo soltanto: « Okay ».

Decisamente non siamo in buoni rapporti. Per imparare a tollerarlo mi ci vorrà molto più di una chiacchierata di un paio di minuti. Però sono disposta a provarci, per il bene di Tyler e perché anch'io sto cercando di essere una persona migliore. Quindi, per quanta fatica mi costi, la prossima volta che vedrò Peter, anche se non so quando sarà, farò uno sforzo con lui.

Con un piccolo sorriso Peter va alla porta e passa nella sala principale. Io aspetto qualche secondo prima di seguirlo. Quando lo faccio, vedo che sta andando dritto da Tyler. Non posso evitare di osservare la loro interazione, perché mi crea una sensazione di disagio e malessere che sto cercando di scacciare. 'Ora è diverso' devo ricordare a me stessa. Si stanno impegnando entrambi per far funzionare il loro rapporto e chiaramente è un processo ancora in corso, perché non si avvicinano l'uno all'altro. Però si scambiano una decisa stretta di mano. Poi Peter sparisce dalla porta d'ingresso e se ne va.

Tyler torna alla sua occupazione, che era parlare con una ragazza dall'aria piuttosto imbronciata, appoggiata al muro con le braccia incrociate, così torno al ripostiglio in cerca di Amelia. Devo bussare diverse volte prima che Emily venga ad aprirmi e dopo una breve discussione io e Amelia decidiamo di restare al centro per un po'. Nessuna di noi due ha altro da fare oggi e sembra che Tyler ed Emily gradiscano la nostra compagnia.

Diamo anche una mano: Amelia aiuta a rifornire i distributori automatici e io mi offro di riordinare il mucchio di scatole nel ripostiglio. L'atmosfera è fantastica, c'è la musica alta e un continuo andirivieni di ragazzini, noi quattro ridiamo e scherziamo. Il pomeriggio vola via e sono davvero felice che Amelia vada d'accordo con Tyler ed Emily, perché sono tre persone alle quali tengo immensamente. Emily si diverte talmente tanto con noi che alle cinque, quando finisce il suo turno, decide di rimanere e più tardi decidiamo di ordinare la cena da asporto.

Anche gli adolescenti che vengono qui sono molto amichevoli. Passo da un gruppo all'altro e chiacchiero con tutti, ridendo alle loro battute intelligenti e sarcastiche. Capisco perché Tyler ed Emily amano stare qui. Devo ammettere che è molto gratificante, c'è così tanta positività, che si riflette nel mio ottimo umore. Tutta questa felicità però sta cominciando a sfiancarmi. Non ci sono abituata.

L'ultimo ragazzo lascia l'edificio poco dopo le nove. Tyler ci ha parlato per un po', stravaccato insieme a lui sulle poltrone a sacco, nell'angolo della sala. Emily è andata via alle sette, Amelia alle otto. Siamo rimasti solo io e lui. L'ho aspettato pazientemente perché non solo mi rifiuto di prendere la metropolitana esterna di sera, ma non voglio neanche andare a casa senza di lui.

« Allora, cosa ne pensi di Amelia? » gli chiedo mentre lo aiuto ad abbassare tutte le tapparelle. La musica è spenta e il centro è silenzioso. Fa uno strano effetto, senza i soliti rumori.

« È simpatica » dice lui. « È fantastico che vi siate ritrovate, e ancora meglio che sia rimasta a vivere a Portland. Così hai qualcun altro che conosci, qui ».

« Già. Portland non si sta rivelando poi tanto male, sai ».

Tyler mi fa un sorrisetto. Chiaramente si sta trattenendo dal dire: 'Te l'avevo detto'.

Finiamo di sistemare tutto, spegniamo le luci e chiudiamo le porte prima di uscire. Siamo al crepuscolo, il sole è già sceso dietro l'orizzonte e il cielo scuro è striato di arancio e rosa. Tyler si è infilato una felpa col cappuccio, io gli premo il viso sulla schiena e lo abbraccio da dietro, mentre chiude a chiave la porta principale. Mi afferra le mani e si scioglie dalla mia presa per potersi girare a guardarmi, con un grande sorriso.

« Che ne dici di un salto notturno in ferramenta per comprare un po' di vernice? »

* * *

Ho fatto una faticaccia per convincere Tyler a scegliere un color avorio, invece del rosso vivo. Non sembra aver capito perché è meglio prediligere i colori neutri, ma dopo un'ora di discussione siamo di nuovo nel suo appartamento, con otto barattoli di vernice avorio piazzati in mezzo al pavimento del soggiorno.

Al momento le pareti sono bianche e hanno un disperato bisogno di essere ritinteggiate. Il piano è di ridipingere tutto l'appartamento nel corso dei prossimi giorni. Sembrava un'idea divertente quando eravamo in macchina, ma ora che sono qui, in piedi, con un vecchio paio di jeans, una delle magliette larghe di Tyler e un pennello in mano, il mio entusiasmo sta cominciando a raffreddarsi.

«Io dico di cominciare dalla mia camera, così posso iniziare a coprire la scritta» propone Tyler. Si è messo un paio di pantaloni della tuta grigi e una semplice maglietta bianca, e ha di nuovo quell'aria da figo che non fa il minimo sforzo per esserlo, mentre io invece sembro una senzatetto.

«Certo».

Prendiamo un barattolo a testa e ci spostiamo in camera di Tyler. Ci vogliono pochi minuti a preparare tutto, perché c'è da togliere solo il letto. Lui porta il materasso e l'intelaiatura nella stanza vuota, mentre io copro il pavimento con le varie tende da doccia che abbiamo comprato al negozio. Ormai sono le dieci passate, comincio a pensare che magari avremmo dovuto aspettare fino a domani. Si sta facendo tardi.

La scritta che Tyler ha fatto questa mattina è ancora scarabocchiata sul muro. Non mi accorgo che sto sorridendo davanti alle sue parole finché lui non torna in camera e mi guarda stranito.

«È ora di mettersi al lavoro» esclama. Si accovaccia per sollevare il coperchio di un barattolo, versa un po' di vernice su un vassoio e poi comincia a passarci un rullo. Non avrei mai immaginato che Tyer fosse un tipo da fai da te, e guardandolo mi metto a ridere: quando cerca di concentrarsi, il suo sguardo diventa dolce e le sue labbra si schiudono. Semplicemente adorabile. «Che c'è?» mi chiede alzando gli occhi.

«Niente».

Lui mi lancia un'occhiata di finto sospetto, poi si volta verso il muro. So che il mio compito sarebbe dipingere la base delle pareti, china sul pavimento, ma sono troppo occupata a fissarlo per accorgermi che non mi sto rendendo per niente utile. Per prima cosa lui vuole coprire il suo messaggio, quindi comincia a passare il rullo su quella porzione di parete. In pochi secondi la prima riga è già sparita. Ma io non sto neanche guardando le parole che scompaiono, perché trovo molto più interessante la vista del corpo di Tyler. Ogni volta che si stira verso l'alto, la maglietta gli si solleva un po' e rivela l'elastico stretto dei suoi boxer neri, che spunta dai pantaloni della tuta.

« Che te ne pare? » lo sento chiedere, e quando, di colpo, mi riprendo dallo stordimento, scopro che mi sta fissando con un sorrisetto incipiente agli angoli della bocca. Sul muro accanto a lui le parole sono tutte sparite, tranne due. Le ultime due.

Te amo

Ricambio lo sguardo di Tyler, che ha inclinato un po' la testa e mi fissa con quegli occhi ardenti color smeraldo. Dentro c'è una scintilla di sfida, credo che si aspetti che lo baci. È una sfida che accetterò volentieri, ma non subito. Prima voglio provocarlo un po'. Faccio un lungo passo in avanti e gli pianto un rapido bacio sulle labbra, poi mi allontano subito.

« Dov'è il pennarello? » gli chiedo.

« Cucina. Primo cassetto a sinistra ».

Lo lascio senza altro indizio che un sorriso ammiccante e giro i tacchi per andare in cucina. Frugo nel cassetto e prendo il pennarello indelebile nero. Tornando nella camera di Tyler tolgo il tappo. Lui ha ricominciato a dipingere dall'angolo più lontano, ma quando mi sente arrivare mi lancia un'occhiata e si interrompe.

« Allora » mi dice con un'occhiata indagatrice, « a cosa ti serve il pennarello? » Non so che bisogno abbia di chiederlo. A giudicare dal sorriso che cerca di trattenere, è chiaro che sa benissimo che cosa sto per fare.

Mi avvicino al muro. Facendo attenzione a non toccare la vernice fresca, sfioro con la punta delle dita le parole superstiti. E, subito sotto, scrivo: *Je t'aime.*

« Che te ne pare? » chiedo, ripetendo volutamente le sue parole. Faccio un passo indietro e annuisco soddisfatta, rimirando la mia opera. Questa storia della tinteggiatura non sta andando molto bene, finora. Stiamo solo finendo di imbrattare i muri.

Quando legge le mie parole, gli occhi di Tyler si illuminano. Poi resta a guardarmi per un lunghissimo momento. A ogni secondo che passa il suo sorriso si fa sempre più largo finché, all'improvviso, si piazza davanti a me, mi prende il viso tra le mani e preme la bocca sulla mia.

È così irruento che mi fa arretrare di un passo o due. Stasera non c'è spazio per i baci lenti e profondi, perché siamo tutti e due troppo impazienti, e l'attrazione sessuale è troppo forte per poterla ignorare. Le nostre labbra sono sincronizzate con i battiti dei nostri cuori, mentre la sua lingua si intreccia alla mia. Credo che non mi abituerò mai all'esaltazione che provo ogni volta che lo bacio. Mi viene la pelle d'oca, sento i brividi lungo la schiena e le gambe intorpidite. È una sensazione incredibile.

Le mani di Tyler si fanno strada sul mio corpo, mi cingono la vita e scivolano sulle cosce, sollevandomi dal pavimento. Gli stringo le gambe intorno al corpo, tenendogli le braccia al collo e premo le labbra ancora più forte contro le sue. Sento le sue mani che mi sostengono mentre mi spinge contro il muro. Dopo pochi secondi sento la vernice fresca impregnarmi la maglietta.

Non vorrei, ma devo staccare le labbra dalle sue per guardarmi dietro la spalla. La maglietta nera adesso è coperta da uno spesso strato di vernice. Con tutto lo spazio che c'era, doveva proprio schiacciarmi sull'unico punto già imbiancato?

« L'hai fatto apposta! » dico con un gemito, voltandomi di nuovo. Il suo viso è a due centimetri dal mio.

Lui mi sorride, con una luce maliziosa negli occhi. « Sarà meglio toglierla, quella maglietta » sussurra, ma lo sta già facendo al posto mio. Tenendomi ancora bloccata contro la parete, solleva l'orlo della mia maglietta e me la fa passare sopra la testa, poi se la butta dietro le spalle.

Adesso sento la vernice fredda e umida sulla pelle della schiena, ma non mi lamento perché le labbra di Tyler sono arrivate al punto sensibile dietro l'orecchio. Giro la testa di lato e la piego indietro, contro il muro, per facilitarlo. Intreccio le dita tra i suoi capelli, chiudo gli occhi e mi godo la sensazione della sua bocca che si sposta dall'orecchio alla mascella al collo, lasciando una scia di baci morbidi e lenti. I suoi pollici si infilano sotto la vita dei miei jeans, sento il calore delle sue dita sulla pelle. Una mano mi risale sulla mia schiena verso il gancio del reggiseno, che all'improvviso viene lanciato sopra la spalla di Tyler e cade a terra.

Le sue labbra si spostano sui miei seni e io muoio dalla voglia di guardare il suo corpo, così prendo un lembo della sua maglietta e lo aiuto a sfilarla. Mentre lui continua a ricoprire il mio corpo di baci vogliosi, io ammiro il suo. Adoro le sue radici ispaniche, perché la sua pelle ha un colore meraviglioso, un'abbronzatura naturale. I suoi addominali non sono più scolpiti come un tempo ma sono ancora lì, allineati in una perfetta tartaruga. Ogni linea del suo torace è definita: dai suoi pettorali in rilievo, decorati dal nuovo tatuaggio, alle profonde fossette addominali che spariscono nei suoi boxer. Mentre mi afferra, i suoi bicipiti sono enormi per lo sforzo. I muscoli sono contratti, le vene che li percorrono sono in rilievo e pulsanti.

« Addio tinteggiatura » ridacchia lui, tirando su la testa. Mi bacia la fronte, poi il naso e le guance, infine l'angolo della bocca. Mi pianta addosso due occhi infiammati dal desiderio e dall'amore.

Immagino che nei miei ci sia qualcosa di simile, perché mentre ricambio il suo sguardo credo che non potrei mai smettere di amarlo. È impossibile. È troppo perfetto, troppo perfetto per me. « Abbiamo mai avuto davvero intenzione di imbiancare le pareti? »

« No » ammette lui. Poi, ridacchiando sottovoce, sussurra: « L'intenzione è sempre stata questa. Molto meglio ». Le sue labbra ritrovano le mie e io gli tiro i capelli con dolcezza, mentre mi stacca dal muro. Non so come faccia a trasportarmi fuori dalla stanza senza smettere di baciarmi e neanche come riusciamo a non inciampare in qualcosa, ma arriviamo sani e salvi nell'altra camera.

« Dammi un secondo » dice Tyler. Mi mette giù e si passa velocemente una mano tra i capelli, mentre comincia a rimettere insieme il letto smontato. Io resto lì, in piedi accanto alla porta, con addosso soltanto i jeans, e rido davanti alla sua espressione accigliata, mentre cerca di fare il più in fretta possibile.

Il mio sguardo corre alla stanza accanto, quella fra le due camere da letto. È il bagno, con la porta già aperta e la doccia in vista. Il solo pensiero scatena ondate di adrenalina nel mio corpo e riesco a pensare soltanto a quella volta a New York, l'estate scorsa, nella doccia dell'appartamento di Tyler, il 4 luglio. Allora però il divertimento era finito quasi subito, quando Snake ed Emily erano rientrati prima del previsto.

Torno a guardare Tyler e prima che possa sollevare il materasso faccio qualche passo verso di lui e lo prendo per la vita dei pantaloni. Quando comincio a tirarlo fuori dalla stanza, lui mi guarda stupito. Il mio sorriso è diventato ammiccante. Lo faccio fermare fuori dalla porta del bagno. L'adrenalina che ho in corpo sembra darmi un'incredibile sicurezza in me stessa, quindi mi metto in fretta di fronte a lui, prima di diventare nervosa. Spalanco gli occhi con aria innocente.

Mi allungo per baciargli il profilo della mascella, poi gli passo le mani sul petto e stringo il mio corpo al suo. Il mio petto è premuto sul suo, il mio bacino aderisce al suo. Lo sento contro di me. Alzo gli occhi e gli metto le braccia al collo. « Abbiamo mai finito quello che avevamo cominciato a New York? »

Tyler ci mette un attimo per capire a che cosa mi riferisco, e soprattutto cosa gli sto proponendo. Appena ci arriva gli torna il sorriso. « No » dice. « Non mi pare ».

Entriamo incespicando nel piccolo bagno buio. Sento il freddo delle piastrelle sotto i piedi. Mi appoggio al lavandino e mi divincolo per sfilarmi i jeans, poi entro nella vasca e scruto i comandi nel buio, cercando di aprire l'acqua, che scroscia di colpo e mi inzuppa completamente. La vernice che ho sulla schiena si stacca lentamente, le scaglie scivolano sul fondo e spariscono dalla mia pelle come è successo con le scritte di Tyler l'anno scorso.

Mentre l'acqua mi scivola sulla faccia, individuo la sua sagoma nel buio, che si toglie i pantaloni e poi i boxer. Indugia per un momento, guardandomi, e poi, pianissimo, lo sento sussurrare: « Cazzo ».

Allungo una mano per prendere la sua e lo attiro a me, mentre i nostri corpi si intrecciano sotto il getto dell'acqua, come un anno fa. Solo che stavolta non ci sono interruzioni.

22

Il giovedì Tyler ha la mattinata libera dal lavoro alla caffetteria, quindi lui ed Emily si scambiano il turno al centro giovanile e questo significa che lei può passare del tempo con me. È quasi mezzogiorno e già da mezz'ora stiamo passeggiando per il centro, dentro e fuori dai negozi. Oggi il tempo non è tanto bello. Fa ancora caldo, ma il sole è coperto da uno spesso strato di nuvole e le strade sono fosche.

« Che ne dici di questa? » mi chiede Emily. Si sta provando una minigonna nera e si squadra nello specchio prima di girarsi verso di me, in attesa di una risposta.

Non so bene perché lo chieda a me, visto che non sono decisamente una tipa fashion. « Per cosa? »

« Non so, diciamo una festa? »

« Carina » commento. E a quanto pare risulto convincente, perché decide di comprarla. Mentre si cambia e paga, io vado verso l'uscita e l'aspetto là.

Negli ultimi due giorni non sono stata del tutto lucida. Fisicamente sono qui, mentalmente no. In questo momento ho troppe cose per la testa, troppe questioni in sospeso da sistemare, troppe domande che richiedono una risposta. Rimettere in sesto la mia vita si sta dimostrando molto più difficile che far conoscere i miei amici fra di loro. Ieri mattina a un certo punto ho preso coscienza che, anche se adoro stare a Portland, questa situazione è solo temporanea. Fra due mesi dovrò tornare a Chicago e, quando questo accadrà, potrebbe andare tutto a rotoli. Così adesso non riesco a scrollarmi di dosso il pensiero che molto presto io e Tyler dovremo separarci di nuovo, e mi fa venire la nausea.

«Dovremmo passare da Amelia» propone Emily ricomparendo accanto a me, con il suo sacchetto di Forever 21. «Il cinema dove lavora è a quattro strade da qui».

«A quattro *isolati*, vuoi dire» la correggo, in tono scherzoso. «Comunque d'accordo, andiamo».

Amelia era stata invitata a fare un giro per negozi con noi, ma non poteva perché il giovedì lavora al cinema. Sono sicura che sarà contenta di vederci, perché immagino che a quest'ora, in un giorno feriale, sarà un mortorio. Emily fa strada, anche se io capisco quasi subito in quale cinema siamo dirette.

Neanche l'idea di vedere Amelia, però, mi distrae da questo senso di distacco. La verità è che non soltanto odio il fatto che dovrò andarmene, ne sono proprio terrorizzata. Finalmente va tutto come avevo sempre sognato, ma una separazione fra me e Tyler potrebbe incrinare la relazione che abbiamo tanto lottato per costruire. Non so se riusciremo a gestirla.

«Emily» dico, rallentando un po' il passo. Devo ingoiare il groppo di ansia che mi si sta formando in gola. «Posso chiederti una cosa?»

Lei mi lancia un'occhiata di sbieco. «Certo che puoi».

Emily è molto brava a dare consigli. Adoro parlare con lei, perché so che sarà sempre sincera e onesta con me. «Credi che io e Tyler riusciremo a reggere una storia a distanza?» *Bleah*. Una storia a distanza. Fa schifo anche solo a dirlo.

Emily aggrotta la fronte e si ferma, per guardarmi dritto negli occhi. «Stai parlando di quando tornerai all'università?» mi chiede, anche se lo sa già. «Be', sì, penso che ci riuscirete. Siete abituati a stare lontani». Si interrompe quando vede l'ombra di tristezza che mi passa sul viso. La sento anch'io, in ogni fibra del mio corpo. «Dai, Eden» mi dice in tono rassicurante. «Cerca di non pensarci troppo. Goditi l'estate».

È difficile non pensarci, ma annuisco e ricomincio a camminare. Non ha tutti i torti. Non voglio passare il poco tempo che io e Tyler abbiamo per stare insieme con questa agitazione.

Superiamo gli ultimi due isolati che ci separano dal cinema. Quando entriamo vediamo un paio di persone qua e là, ma non certo le lunghe code del venerdì sera. È molto più facile individuare Amelia, seduta alla biglietteria a guardarsi le mani. Come previsto, sembra annoiata da morire. Quando alza gli occhi e ci vede, si illumina di gioia pura alla prospettiva di avere altri esseri umani con cui parlare.

Scivola giù dalla sedia, apre la porta del gabbiotto ed esce. « Ehi! »

« Bel cappello » le dico, ridendo. La sua uniforme è ridicola e dato che siamo molto in confidenza posso permettermi di prenderla in giro. « Adoro quei pantaloni » commento, cercando di soffocare la mia ilarità.

« Questo lavoro sembra una punizione infernale » sbotta lei. Solleva una mano e si toglie il cappello, ma i suoi capelli sono ormai elettrici e un po' arruffati, quindi finisco per ridere ancora più forte. « Che cosa ho fatto per meritarmi questo? Sono una brava studentessa. Faccio pure gli stramaledetti corsi estivi. Non ho mai detto ai miei genitori che li odiavo. Ho picchiato mia sorella soltanto una volta. In macchina non ho mai tagliato la strada a nessuno. Per una volta che strillo per la strada e vengo arrestata, Dio pensa che mi meriti tutto questo? »

È proprio questo che mi è mancato di Amelia: è sempre così teatrale. Sospetto che questo suo modo di fare derivi dalla smodata passione per la recitazione che aveva al liceo. Partecipava a tutti gli spettacoli scolastici.

« Quando stacchi? » le chiede Emily, probabilmente solo per metterla a tacere.

« Alle due ». Amelia guarda verso il grande orologio sulla parete di fondo e poi fa un lungo, pesante sospiro, quando si accorge che sono solo le 12:30. « Poi ho un laboratorio dalle tre alle cinque. Sul serio, il giovedì fa *schifo.* Oh, e Gregg ti ha appena puntata ».

Fa un cenno della testa verso l'altro lato del salone, indicando il ragazzo bassino dietro il bancone del bar. Anche lui ha un cappello, solo che c'è sopra un orrido hot dog. Ci sta già fissando e, quando ci voltiamo tutte verso di lui, non fa neanche finta di guardare altrove. Dimostra vent'anni circa. Quando ci vede fa un sorriso decisamente troppo entusiastico e saluta con la mano, ma si rivolge soltanto a Emily.

Lei non ricambia, anzi si preme una mano alla tempia e gli volta le spalle, scuotendo la testa. « Maledizione. Amelia, *perché* gli hai detto che ero interessata? »

« Ma guardalo! » dice Amelia con una smorfia di simpatia (per Gregg, non per Emily). « Come facevo a dire a quel faccino adorabile che non volevi uscire con lui? »

Emily risponde qualcosa, ma a quel punto io mi sono già distratta. A quanto pare è appena finito un film, perché un gruppo di persone sta uscendo da una delle sale. Ci sono tre ragazzi, Emily e Amelia probabilmente penseranno che li stia guardando con interesse, ma non è così. Sto guardando i loro vestiti, decorati con il logo dell'Università statale di Portland. Uno ha una felpa verde con la scritta PORTLAND STATE impressa in bianco sul davanti. Un altro ha un cappello da baseball con le iniziali PSU. Il terzo ha una maglietta verde dei PSU VIKINGS.

All'improvviso nella mia testa c'è un unico pensiero.

'L'Università statale di Portland'.

I vestiti. I corsi estivi di Amelia. Il campus che ho visto ieri. Gli anni di instancabili tentativi della mamma per convincermi a iscrivermi lì.

Di colpo, la decisione è chiara come il sole. È come se tutto andasse al suo posto.

« Eden? »

« Uhm? » Riporto di scatto gli occhi su Emily, che ha l'aria sinceramente preoccupata. Dovevo sembrare sovrappensiero, perché lei e Amelia mi stanno guardando con aria interrogativa.

« Amelia ci ha chiesto se vogliamo vedere un film » mi spiega Emily, sempre con quello sguardo stranito. « Voglio dire, potremmo farlo. Non devo andare al centro prima delle due ».

« Emily ». Il mio tono deciso e solenne le coglie entrambe di sorpresa. « Mi dispiace molto, ma c'è una cosa che devo fare ».

« Che cosa? »

Mi sto già allontanando, a passi sempre più veloci. Non ho tempo di dare spiegazioni, perché adesso che questa idea mi è entrata in testa, d'un tratto è diventata urgente. Voltandomi verso la porta, mi limito a dire: « Ho bisogno di ridare un'occhiata a un certo campus ».

* * *

Quando torno a casa di Tyler dalla stazione della metropolitana, ho in mano una pila di appunti. Sono le sei passate e c'è molta più luce, il sole finalmente ha squarciato le nuvole. So che lui è in casa, perché ha lasciato il centro alle cinque. Mi ha mandato un messaggio un'ora fa, per chiedermi dov'ero, e io gli ho risposto che sarei tornata presto.

E infatti è così, perché adesso ci sto arrivando, consumata dall'eccitazione. Continuo a ripetermi nella testa quello che gli dirò, voglio farlo nel modo giusto. Non vedo l'ora di scoprire come reagirà. Ho preso una decisione molto logica, che mi sembra la più giusta in assoluto. È il passo decisivo che devo fare per vivere la vita che volevo, con le persone che amo al mio fianco, in una città che un tempo davo per scontata, ma che adesso ho imparato ad apprezzare. Voglio sentirmi ogni giorno come mi sono sentita questa settimana.

Quando arrivo nel giardino dell'appartamento, ho la gola secca. Non tanto per il nervosismo dovuto a questa decisione così importante, ma perché sono in ansia al pensiero di parlarne con Tyler. Una volta che l'avrò detto ad alta voce, diventerà più reale.

La porta è aperta e quando la spalanco vengo investita dalle esalazioni della vernice. Mi sento svenire. Si sente la musica, e il divano è sparito. Al suo posto, sul pavimento, ci sono quelle brutte tende da doccia. Tyler ha già ridipinto buona parte della stanza. È a torso nudo. Penso che sia la vista più splendida che si possa trovare, tornando a casa. I muscoli delle sue braccia, le spalle larghe, la curva della schiena...

Non mi ha sentito entrare, quindi mi avvicino a lui con passo leggero, evitando le tende da doccia. Poi lo circondo silenziosamente con le braccia e pianto dolcemente un bacio sulla sua scapola, sopra la parola *guerrero*. A quel contatto lui sobbalza, spaventato, ma poi capisce che sono solo io.

« Finalmente » mi dice, girandosi. Appoggia il rullo sul vassoio e raddrizza la schiena. La vista di fronte è ancora migliore. Quando mi parla, io guardo il suo petto invece dei suoi occhi. « Emily mi ha detto che stamattina l'hai piantata all'improvviso. Dove sei andata? »

Alzo gli occhi, con un grande sorriso. Faccio un passo avanti e lo stringo in un abbraccio, per assorbire il calore della sua pelle. All'improvviso, però, ogni frase che mi ero preparata sembra essere sparita. Non riesco a ricordarmi il discorso ispirato che avevo messo insieme, quindi il momento non è proprio speciale come avevo programmato, perché le uniche parole che mi escono di bocca sono: « Resterò a Portland ». Un po' brusco, ma semplice.

In un primo momento Tyler ha l'aria perplessa. Ha degli schizzi di vernice sul petto. « Fino alla fine dell'estate? »

« No ». Il mio sorriso è pieno di calore. Con aria solenne, gli dico: « Resterò a Portland per sempre ».

« Ma... » Non riesce a comprendere quello che gli sto dicendo, perché aggrotta le sopracciglia e scuote la testa, confuso. « Ma non puoi. Devi tornare all'università ».

« E ci tornerò » rispondo, abbassando lo sguardo. Porto una mano sul suo petto, tracciando dei cerchi sulla sua pelle. « Solo che andrò all'Università statale di Portland ».

Cala un silenzio che sembra durare per sempre. Tyler rimane immobile sotto la mia mano. L'unico movimento è quello del suo respiro pesante, il petto che si alza e si abbassa. Quando guardo la sua espressione, vedo che sbatte le palpebre e dentro ci sono panico e preoccupazione, invece della gioia che speravo di trovarci. Dice soltanto: « Cosa? »

Delusa dalla sua reazione, faccio un passo indietro. Il mio sorriso è svanito, la mia espressione si è svuotata. È un momento davvero squallido. Molto diverso da come mi aspettavo. Mi ritrovo qui, davanti a Tyler, con le spalle incurvate e non posso che continuare la mia spiegazione. « Voglio chiedere un trasferimento » affermo. Poi, per chiarire definitivamente la questione, aggiungo: « Un trasferimento universitario, Tyler. Per studiare qui. Alla statale di Portland ».

Un altro silenzio. Stavolta però dura solo pochi secondi, finché lui esplode in un: « Sei matta? » Butta le mani in aria, con un gesto esasperato. Dal tono tagliente della sua voce capisco che è incazzato con me e faccio un altro passo indietro, stupita dal suo sfogo. « Non posso permettertelo, Eden. Possiamo avere una relazione a distanza. Verrò a trovarti a Chicago. Tu non *puoi* trasferirti. Non facevi altro che dire quanto era meravigliosa quell'università, e adesso vuoi mollarla? Come diavolo ti è saltata in mente questa idea? »

No, non sta andando affatto come avevo programmato. L'unica cosa che mi viene di fare è mettergli in mano tutti i miei appunti. « Ho fatto ricerche per tutto il giorno alla biblioteca del campus. Amelia mi ha fatto usare il suo account » gli dico, come per difendere me stessa e le mie decisioni. Tyler passa lo sguardo da me ai fogli e io comincio a sciorinare il discorso che mi ero preparata prima. Tutta questa negatività, a quanto pare, mi ha schiarito le idee. « Certo, non è fantastica come Chicago, ma la facoltà di psicologia è comunque una delle migliori e gli esami che ho dato mi verranno riconosciuti. Sai che amo Chicago, ma è troppo lontana da tutte le altre cose che amo. Là ho degli amici, ma non sono i miei *migliori* amici, e invece qui ci sei tu, e c'è

Amelia, ed Emily (almeno per un po') e la mamma è al di là del confine di Stato. Significa che anche papà sarà più vicino, purtroppo, ma a questo posso sopravvivere. E l'università di Portland ha una percentuale altissima di accoglimento delle richieste di trasferimento. Se faccio richiesta da un'università come quella di Chicago, mi accetteranno per forza».

Tyler mi ripassa gli appunti, anche se non credo li abbia guardati, neanche di sfuggita. C'è scritto tutto quanto, ogni aspetto della questione, tutto quello che devo sapere e che devo fare: ho preso nota di tutto nella furia dell'eccitazione, qualche ora fa. «Da quanto tempo ci stai pensando?» mi chiede in tono aspro. «Perché non me l'hai detto prima?»

«Ho preso questa decisione soltanto oggi» ammetto. So che deve sembrargli una scelta affrettata, come se non ci avessi pensato bene, invece l'ho fatto. Non posso ignorare quello che provo all'idea di trasferirmi. È una sensazione soverchiante, che ha preso possesso di ogni mio pensiero fin da stamattina.

«E perché mai dovresti farlo?» sbotta lui. Scuote la testa, incredulo, poi mi gira intorno e va verso la finestra. Mette in pausa la musica che usciva dal suo telefono e appoggia la schiena al vetro. Le pareti sono coperte di vernice fresca. Mi guarda dal lato opposto della stanza, con le braccia incrociate sul petto nudo, anche se i suoi occhi si stanno addolcendo.

«Tu non vuoi che rimanga a Portland?» Anche se il solo pensiero quasi mi paralizza, non riesco a individuare un'altra ragione per cui Tyler potrebbe reagire così male all'idea che io viva qui in pianta stabile.

«Certo che sì» mormora lui, facendo un lungo respiro. Guarda per terra e poi di nuovo su, con un'espressione più tenera. La tensione è sparita, sia dal suo viso sia dalla sua voce. «Ma non a questo prezzo. Non se per farlo devi sacrificare la tua carriera universitaria. Perché ti giuro, Eden, cazzo, te lo giuro... Se non vuoi più stare a Chicago soltanto perché io sono qui, allora non farlo. È troppo irrazionale e mi farai sentire in colpa, come se fossi io il motivo per cui vuoi lasciare l'università».

'Ah' capisco. 'Ecco perché si sta comportando così'.

Lentamente torno verso di lui, con gli occhi piantati nei suoi mentre attraverso la stanza. Mi fermo a pochi centimetri da lui e sollevo la testa. Il mio sguardo è sincero. « Quando mi chiedo qual è la città più difficile da lasciare... è Portland, Tyler. Non lo sto facendo per te. Lo faccio per me stessa. Tu hai fatto dei cambiamenti nella tua vita, adesso è il mio turno ».

Tyler sta sgranando gli occhi, la sua espressione è piena di stupore e sollievo. « Dici sul serio? »

Annuendo, supero l'ultima distanza fra di noi e lo prendo di nuovo fra le braccia. Il mio corpo si adatta perfettamente al suo. « Te lo giuro. Qui sono più felice. Per questo voglio rimanere. Voglio vivere la mia vita qui ».

Lui mi porta le mani al viso, prendendomi dolcemente la mascella. Sento il calore della sua pelle sulla mia. Piega la testa e avvicina il viso al mio, studiando attentamente la mia espressione, poi mi chiede piano: « Sei proprio sicura? »

« Non credo di essere mai stata così sicura di qualcosa in vita mia ».

« Allora vieni a vivere con me » sussurra lui, sfiorandomi le labbra con le sue, così dolcemente da farmi sentire un brivido lungo la spina dorsale. « Vieni a vivere con me » ripete. Il suo viso si illumina in un sorriso e le sue parole si fanno più urgenti. Continua a baciarmi sulle labbra, una pioggia di baci avidi finché l'unica cosa che sento è 'Vieni a vivere con me, vieni a vivere con me, vieni a vivere con me'. « Certo, non ho ancora molti mobili, però ho le pareti appena ridipinte. Un bel quartiere. Un sacco di cani. Vicino al centro della città ». Quando stacca la bocca dalla mia, sta sorridendo. « Che ne dici? Sarà sicuramente meglio del dormitorio universitario ».

« Dico: certo che sì! » Ridiamo insieme, poi torno a premere le labbra sulle sue per un lungo momento. « Ma prima di tutto » aggiungo staccandomi da lui, « devo tornare a Santa Monica al più presto. Devo prenotare un volo ».

Tyler è di nuovo perplesso, come se non vedesse per quale motivo dovrei tornare a casa. « Perché? »

« Perché devo sistemare un sacco di cose » ammetto, con un lungo sospiro. Il pensiero di tornare a casa e affrontare i miei genitori è spaventoso. « Prima che andassimo tutti a Sacramento ho litigato con la mamma e le devo delle scuse, ma la cosa più importante è che devo chiarire le cose con mio padre. Devo dirgli che stiamo insieme, ma devo anche scoprire a che punto è il nostro rapporto, perché ora come ora non ne ho la minima idea ».

« Okay » dice lui, annuendo. Lo capisce, perché sa quanto è deteriorato il mio rapporto con mio padre. « Possiamo partire sabato, guidare tutta la notte e poi, domenica, prendere la Pacific Coast Highway per ritornare. Che te ne pare? Niente di meglio di un viaggetto estivo in auto lungo la costa ».

« Oh » dico, con un altro passo indietro. Sarei andata da sola. Chiedere a Tyler di lasciare ancora il lavoro sarebbe stato troppo. « Non mi aspettavo che saresti venuto ».

« Lo so, ma anch'io ho lasciato alcune cose in sospeso. Devo dire alla mamma che papà è rientrato nella mia vita e devo parlare seriamente con i miei fratelli, soprattutto con Jamie. E comunque penso che dobbiamo dare tutti e due ai nostri genitori la notizia che stiamo insieme ufficialmente, perché questa volta non dovrai affrontare tutto da sola ».

È rassicurante sapere che lui sarà al mio fianco. « Benissimo allora » gli dico, « sarei felice di averti con me. Adesso passami un pennello e finiamo di dipingere il mio soggiorno ».

Tyler ride di cuore, poi rimette il telefono sul davanzale della finestra e fa ripartire la musica. Mi dà un bacio sulla guancia, mentre mi supera per andare a cercare un pennello. Quando ne trova uno, lo immerge nel barattolo di vernice e me lo porge. Ricominciamo a dipingere i muri, i *nostri* muri, canticchiando e lanciandoci sorrisi.

Adesso so di aver preso la decisione giusta, so che Portland è il posto migliore per me. Fra due giorni andremo a Santa Monica per affrontare i nostri genitori una volta per tutte, per mettere le cose a posto, per dire la verità e sistemare le questioni in sospeso. A differenza dell'altra volta, però, non abbiamo paura. Questa volta siamo pronti.

23

Tornare a casa di Tyler a piedi non è male. È venerdì sera, poco dopo le nove, il sole è appena sparito dietro l'orizzonte, lasciando un'aria tiepida e colorando il cielo di un blu sempre più scuro. Tyler ha comunicato che, da ora in poi, mi porterà fuori ogni venerdì, quindi entrambi ci metteremo in tiro e usciremo. Stasera mi ha portato a cena in un famoso ristorante francese in centro e adesso stiamo facendo la passeggiata di quaranta minuti che ci riporterà a casa. La mia gonna ondeggia nella brezza.

« Non riesco ancora a credere che quel cameriere ti abbia versato il drink addosso » dico guardando Tyler. Sulla sua camicia button down blu c'è ancora una macchia umida e appena la vedo mi metto a ridere.

« Infatti gli ho dato solo metà della mancia » ribatte Tyler, ridendo insieme a me. Ci teniamo per mano. In realtà in questo momento dovrebbe essere al centro giovanile, ma Emily lo ha sostituito, così stasera è tutto per me.

Siamo solo a un paio di isolati dall'appartamento quando Tyler si ferma di colpo. « Salta su » mi dice, lasciandomi la mano. Si dà un colpetto sulla spalla e si abbassa per farmi salire.

« Ma ho la gonna! »

« E allora? »

Tyler non deve faticare per convincermi a fare qualsiasi cosa. Sto già cedendo. Gli metto le mani sulle spalle e salgo sulla sua schiena. Lui mi fa scivolare le mani sotto le cosce e si tira su. Riprende a camminare senza sforzo, mentre io gioco con i suoi capelli, arrotolandomi le ciocche intorno alle dita.

« Posso chiederti una cosa? » dice lui piano, rompendo il piacevole silenzio che si era instaurato fra noi.

« Certo ». Ho appoggiato la guancia sopra la sua testa, i suoi capelli mi solleticano la pelle.

« Eri davvero così furiosa, il 4 luglio? »

È una domanda così inaspettata che devo sollevare la testa e pensarci un secondo. Non lo vedo in faccia, quindi non posso leggere la sua espressione. « Be', sì » ammetto, scrollando le spalle. Ella deve averglielo riferito. « Quella è un po' la *nostra* giornata. Siamo sempre stati insieme il 4 luglio, a parte l'anno in cui ti sei trasferito a New York, e... non so, Tyler... Tu non pensi che sia una data speciale? In fondo è il 4 luglio che è cominciato tutto ».

« Non è cominciato tutto quando mi hai baciato? » dice lui in tono scherzoso, cercando di sbirciarmi da sopra la spalla. Sono contenta che non possa vedermi, perché in questo momento sono rossa come un peperone.

« Puoi darmi torto? Avevo sedici anni e ti odiavo. Baciarti era l'unica cosa che potevo fare per sbloccare la situazione ». Scoppiamo a ridere tutti e due. Il palazzo dove abitiamo compare in fondo alla strada e lui mi rimette giù, sul marciapiede. La sua mano trova subito la mia e il nostro passo si sincronizza. Di nuovo fianco a fianco, ci dirigiamo a passo indolente verso l'ingresso.

« Quindi eri *proprio* arrabbiata, eh? » mormora Tyler. Quando lo guardo, vedo che ha un sopracciglio inarcato e un sorrisetto sulle labbra.

Prima che possa rispondere, però, lui mi mette le mani sulle spalle e mi fa voltare, spingendomi dolcemente in avanti. A questo punto si sente un urlo collettivo: « SORPRESA! »

Per un attimo mi spavento e rimango di sasso. Sbatto le palpebre, cercando di metabolizzare la scena che ho davanti.

L'ambiente è completamente diverso da quello che abbiamo lasciato solo poche ore fa. Fra i rami dei tre alti alberi al centro del giardino c'è una striscia di bandierine americane, e nell'erba sono piantate bandiere più grandi, che si agitano appena nella brezza leggera. Immediatamente parte la musica, da un altoparlante che non riesco a individuare. Nel giardino sono disseminate delle lanterne, che spandono un bagliore caldo nel cielo scuro.

Ma quello che mi coglie davvero di sorpresa è il cerchio di sedie a sdraio intorno a un falò di fortuna al centro del prato, e le persone che si alzano con grandi sorrisi stampati in faccia.

C'è Emily, e anche Amelia. Mikey della caffetteria. Gregg del cinema.

E c'è Rachael. E Snake. Non posso crederci!

Sono così scioccata che non ho nessuna reazione. Riesco solo a fissarli con la bocca semiaperta, cercando di capire cosa sta succedendo.

Le mani di Tyler scivolano dalle mie spalle ai miei fianchi. Afferra il mio corpo e mi attira a sé. Si china sulla mia spalla sinistra, la sua barbetta mi punzecchia la guancia, sento il suo respiro caldo sul collo. Mi preme le labbra sulla guancia e dice in un sussurro: «Buon 4 luglio, piccola».

Io scuoto la testa, incredula, senza smettere di fissare il nostro piccolo pubblico, che sta cominciando a ridere della mia espressione. «Ma... era due settimane fa».

Tyler ride con gli altri, fa un passo indietro e mi fa voltare, per guardarmi in faccia. Ha quel sorriso bellissimo, quello che un tempo era così raro ma che adesso è diventato normale. I suoi occhi luminosi mi guardano pieni di passione. «Sì, ma oggi lo festeggiamo *di nuovo*. Insieme».

Finalmente capisco cosa significa tutto questo, e lo shock e la confusione vengono immediatamente sostituiti da gioia e incredulità per il gesto di Tyler. Ha organizzato questa serata per me, perché sa che avrebbe dovuto essere al mio fianco il 4 luglio. Mi sollevo sulle punte delle Converse e gli getto le braccia al collo. Nessuno aveva mai fatto una cosa del genere per me.

Tyler ricambia il mio abbraccio e, quando ci stacchiamo, mi volto verso i nostri compagni.

Rachael è la prima persona da cui mi precipito. Non la vedo dal giorno della partenza per Sacramento e devo raccontarle tutte le cose che sono successe da allora. Ha di nuovo in testa la bandana con la bandiera americana, quella che aveva la sera del vero 4 luglio. A quanto pare nell'abbracciarla gliel'ho spostata, perché quando ci separiamo lei se la sistema in fretta. Come sempre, sento un'ondata del suo profumo. Ha i capelli sciolti in morbide onde, si è truccata ma non troppo.

«Che cosa ci fai qui?!» le chiedo. Rachael non ha mai messo piede in Oregon, figuriamoci a Portland: ci ha sempre considerati solo dei fanatici ambientalisti.

« Tyler ha grandi doti di persuasione » risponde, con un cenno della testa verso di lui. Mi accorgo che ha un bicchiere in mano, mi chiedo che cosa contenga. « Mi ha cercata qualche giorno fa, ma io continuavo a rifiutare le chiamate, così ha usato la linea fissa. Nel Ventunesimo secolo, chi è che chiama la gente *sul fisso*? Una bella tenacia ». Scuote la testa e io sorrido, ascoltandola, perché è proprio tipico di Rachael. Adoro il suo modo di agitarsi per ogni minima cosa, e ancora di più il suo modo di riferirmi le cose. « E così, mio padre entra in camera mia e mi dice: 'C'è Tyler Bruce al telefono'. Io penso: 'Stai scherzando?' Vado a rispondere, solo per dirgli di lasciarmi in pace una buona volta, ma poi lui mi chiede di venire fino a Portland per il weekend. Abbiamo parlato per, tipo, venti minuti. E ho pensato che fosse un'idea carina, quindi eccomi qua. Che festa sarebbe senza la tua migliore amica, giusto? » Mi strizza l'occhio e mi dà una spinta col fianco, poi mi mette in mano il suo bicchiere rosso. « Tieni. Io me ne faccio un altro ».

I miei occhi si posano sul ragazzo accanto a lei, che altri non è che Stephen Rivera. Non lo vedo dall'estate scorsa, a New York. So che è rimasto là durante l'ultimo anno, per finire l'università. È esattamente come lo ricordo, con quegli occhi di un azzurro così chiaro da sembrare grigi e i capelli corti biondi, con un sorriso sbilenco e un'espressione maliziosa e compiaciuta. Però mi sembra molto più abbronzato. E ha una grande bandiera annodata al collo, come un mantello.

« Stephen! Ci sei anche tu? »

« Uhm, puoi dirlo forte » dice Snake. Il suo accento bostoniano è ancora marcatissimo. Ha una lattina di birra in mano e mi butta l'altro braccio intorno alle spalle, in un rapido abbraccio. Poi fa un passo indietro, beve un sorso di birra e aggiunge: « Sono qui per festeggiare il 4 luglio il 18 luglio, come tutte le persone normali ».

Rido e gli do una pacca sulla spalla. Snake è sempre stato un buffone e io sono così allegra che non riesco a smettere di sorridere. « Quando siete arrivati? »

« Stamattina » risponde Rachael. Lei e Snake si scambiano un'occhiata e si sorridono raggianti, poi lei lo prende a braccetto e si stringe a lui. « Stephen è venuto a Santa Monica in macchina e poi abbiamo preso un aereo insieme ».

Li guardo incuriosita. L'estate scorsa erano usciti insieme un paio di volte, nel poco tempo che Rachael era rimasta a New York, e sembrava che si piacessero parecchio. « Insieme? »

« Già » dice Snake. « Il mese scorso mi sono trasferito a Phoenix, dove ho trovato un lavoro. E questo significa » fa una pausa e lancia un altro sorriso a Rachael, « che sono a sole cinque ore di macchina da questa bella ragazza ». Questo spiega l'abbronzatura. Snake sposta il braccio dalla vita alle spalle di Rachael, le arruffa i capelli e tira fuori la lingua.

Durante l'ultimo anno Rachael non mi ha mai parlato di Snake, neanche una volta. Non mi ha mai detto che era a Phoenix, né che si erano tenuti in contatto. Più ci penso, più mi si chiarisce una cosa. « Tutte quelle volte in cui andavi a trovare i tuoi nonni... » sussurro, inclinando la testa e guardandola con aria sospettosa ma divertita. « In realtà eri a Phoenix? »

Rachael subito arrossisce, imbarazzata per aver tenuto un segreto del genere. Snake è un ragazzo fantastico. È simpatico, e loro due sono così simili che sono convinta siano una bellissima coppia. Non c'era nessun bisogno di tenermelo nascosto.

« Sì » ammette, coprendosi la faccia con le mani, troppo imbarazzata per guardarmi. « Non volevo dirtelo perché non volevo fare l'amica tutta felice per il suo ragazzo, quando tu eri così giù per Tyler. Sapevo che ti avrei solo fatto stare peggio, e non dire che non è vero, perché incenerivi con lo sguardo qualsiasi coppia ti passasse vicino ».

Non ha tutti i torti: vorrei tanto difendere me stessa e il mio eterno umore nero, ma non posso. Spalanco gli occhi, mentre sulla mia faccia si allarga un sorriso di soddisfazione. « Ragazzo? » Lancio un'occhiata a Snake. Lui stringe Rachael ancora più forte, con aria compiaciuta.

Rachael sorride, e la luce nei suoi occhi mi dice tutto: è felice, come si merita di essere. « E tu e Tyler, eh? Che diavolo è successo? »

« Direi che abbiamo semplicemente smesso di preoccuparci ». Persino il mio tono di voce è lieve e leggero, come se l'energia positiva che mi scorre nelle vene stesse invadendo ogni fibra del mio essere.

« Ah, che carini » cinguetta Snake. Mi dà un colpetto sulla testa, come ha fatto un anno fa quando ci siamo conosciuti. « I miei coinquilini stanno crescendo. Ed era proprio ora, cazzo ». Ridiamo tutti e tre, e credo che lo shock e la rabbia di Rachael verso la mia storia con Tyler si siano calmati, adesso sembra che l'abbia accettata.

« Vado a prenderti una birra » mi dice Snake, poi si allontana dopo aver dato un rapido bacio sulla tempia a Rachael.

Non appena se ne va, torno a guardare Rachael, a bocca aperta. « Non posso credere che voi due stiate insieme! »

Lei a questo punto sfoga il suo entusiasmo e fa un salto in avanti. « Lo so! »

« Sono felice per te » le dico, perché è la pura verità. I ragazzi che ha avuto in passato la prendevano in giro e la manipolavano, ma Snake è diverso.

« Hai già conosciuto Amelia? » le chiedo. Rachael è la mia migliore amica di Santa Monica, Amelia la mia migliore amica di Portland ed Emily la mia migliore amica di New York. Quando Rachael ha conosciuto Emily, l'estate scorsa, sono andate d'accordo, quindi spero che le piacerà anche Amelia. Se le mie migliori amiche non si sopportassero l'un l'altra rovinerebbero la vita perfetta che sto cercando di costruirmi.

« Sì, Emily ci ha presentate » dice Rachael. Mi toglie di mano il bicchiere e beve un lungo sorso prima di ridarmelo. « Si lamenta quanto me, quindi la adoro già. Qualcuno dovrebbe farla mettere con quel figo della caffetteria ». Solleva un dito incerto e io lo seguo con gli occhi, fino ad arrivare a Mikey.

È diverso, senza la maglietta nera e il grembiule. Adesso ha una canotta che lascia scoperte le braccia tatuate, e i suoi bicipiti sono molto più grossi di quanto sembrava a prima vista. È in piedi vicino al falò, con Tyler e Snake, stanno ridendo di qualcosa e aprendo altre birre.

« Hai ragione, anche lui è molto carino » dico guardando Rachael. « E Amelia sta cercando di accoppiare Emily con Gregg, quello più basso ».

« Anche lui è adorabile » commenta Rachael, annuendo con aria di approvazione.

Le sorrido. Sono contenta che lei e Snake siano venuti fin qui solo per questa festa in giardino, perché senza di loro certo non sarebbe stata la stessa cosa. Sono molto colpita anche da Tyler. È stato molto premuroso da parte sua invitarli, per riunire tutte le persone a cui tengo di più.

Insieme a Rachael mi avvicino al cerchio di sdraio intorno al fuoco, per raggiungere gli altri. Snake mi passa una birra fresca e io lo ringrazio, poi scambio un grande sorriso di gratitudine con Tyler al di là delle fiamme e mi siedo accanto a Emily. Di fianco a lei c'è Amelia, e poi Gregg.

« Bentornati al 4 luglio » dice Emily. Si china in avanti, poi fa tintinnare la sua birra contro la mia e si scola quel che ne resta in un unico sorso.

Non so bene da quanto tempo aspettassero il nostro ritorno a casa ma, a giudicare dal numero di lattine vuote e di bicchieri di carta ammassati nel sacco della spazzatura vicino agli alberi, sembra che siano qui da un po'. Esamino l'abbigliamento di Emily. Ha la gonna nera che ha comprato qualche giorno fa. A quanto pare era *questa* la festa di cui parlava.

« Davvero non avevi il minimo sospetto? » si intromette Amelia, tirando su le gambe nude per incrociarle sulla sedia a sdraio. Ha un bicchiere in ogni mano. « Tyler stava pianificando questa festa dall'inizio della settimana. Ce ne ha parlato martedì, quindi stiamo tenendo il segreto da allora, ma sul serio non lo avevi capito? »

« Assolutamente no. Non ha mai parlato del 4 luglio, fino a poco prima di arrivare qui » ammetto. Bevo un sorso di birra. Non ho mai amato particolarmente le feste, ma questa non è una festa come le altre. Un piccolo gruppo di persone a cui tieni veramente e un'atmosfera piena soltanto di vibrazioni positive. È meraviglioso.

Amelia fa una piccola smorfia ed esclama, con un singhiozzo: « Ah, Tyler è stato così dolce a fare tutto questo per te, Eden! » Credo che sia già un po' brilla. Ecco un'altra cosa che ha in comune con Rachael: non solo entrambe si lamentano continuamente per tutto, ma nessuna delle due regge l'alcol.

Non riesco a nascondere un sorriso. Mi sento molto fortunata ad avere Tyler, un ragazzo che farebbe di tutto solo per vedermi felice.

« Emily » chiedo guardando verso di lei, « chi c'è al centro giovanile? »

« Nessuno » risponde lei, ridendo. « Stasera abbiamo chiuso per circostanze straordinarie ».

Sposto lo sguardo su Gregg, che ci sta guardando chiacchierare con un sorriso sulle labbra. Mi rendo conto di non avergli mai rivolto la parola. L'ho visto un attimo ieri al cinema, ma non credo che sappia neanche il mio nome. Guardo Amelia e inarco le sopracciglia per darle l'imbeccata, poi lancio un'occhiata eloquente verso Gregg.

«Oh» dice lei quando ci arriva. «Eden, lui è Gregg. Gregg, lei è Eden».

«Ehi» gli dico. Probabilmente Amelia ha insistito perché venisse stasera, in modo da avere un'altra occasione di accoppiarlo con Emily. In questo momento sembra che a lei non dispiaccia, altrimenti si terrebbe ben lontana da lui.

«Come va?» mi risponde lui, e la sua voce profonda mi coglie di sorpresa. Non si adatta al suo aspetto e mi chiedo se non sia molto più grande di quanto pensassi. È decisamente carino, senza più quell'aria da sfigato: comincio a pensare che forse Emily dovrebbe dargli una possibilità.

«Bene» dice a un tratto Tyler. Tutti guardiamo verso di lui.

No so chi controlla la musica, ma il volume si abbassa. Rachael e Snake si lasciano cadere su due sdraio e Mikey scivola sull'erba, si porta le ginocchia al petto e beve la sua birra. Il fuoco continua a scoppiettare e illumina le nostre facce di una calda luce arancione.

«Avrei voluto prendere anche dei fuochi d'artificio» continua Tyler, «ma non volevo attirare l'attenzione della polizia. Quei tempi sono finiti. Mi dispiace, Eden». Ridacchia e poi si schiarisce la voce. Tiene la lattina di birra con la punta delle dita, la fa dondolare vicino alla coscia. «Ma possiamo festeggiare qui fuori quanto ci pare, basta che dopo mezzanotte abbassiamo la musica. Ho parlato con tutti i vicini e ho loro spiegato il motivo. Anche se vedo la signora Adams che ci sbircia dalla finestra, nessuno ha protestato. Ho detto a tutti quanti che, se volevano, potevano unirsi a noi. Hanno promesso di non dirlo al padrone di casa. E un'ultima cosa» dice lanciandomi un'altra occhiata. Sorride e solleva la sua birra. «Buon 4 luglio a tutti».

Emily fa un applauso teatrale e Snake lancia un paio di ululati, poi alziamo tutti il bicchiere e gridiamo: «Buon 4 luglio!» Gli abitanti di questo piccolo condominio forse non avranno problemi con la nostra iniziativa di stasera, ma questo non vuol dire che non ci considerino degli idioti. Stiamo festeggiando l'indipendenza della nostra nazione con due settimane di ritardo, come se fosse del tutto normale. Adoro questa sensazione di spontaneità e unicità, che ha creato nuovi momenti speciali da custodire gelosamente, ricordi a cui aggrapparmi.

«In realtà» dico ad alta voce in mezzo alle chiacchiere, «già che siete tutti in ascolto, c'è una cosa che vi devo dire».

Tyler mi lancia un'occhiata preoccupata, ma non ci mette molto a capire di cosa si tratta, e credo che approvi la mia decisione di dirlo a tutti in questo momento, perché mi fa un cenno con la testa e un sorriso rassicurante, poi si porta la lattina alle labbra e mi guarda intensamente da dietro il bordo.

Tutti gli altri, invece, mi fissano incuriositi e intrigati. Non li faccio aspettare troppo. Scalcio ansiosamente sull'erba con le mie Converse, mi mordo il labbro e poi li abbraccio tutti con lo sguardo, rendendomi conto che le persone che sono qui... sono quelle veramente importanti per me.

« Sto per trasferirmi all'Università di Portland » annuncio, liberando il fiato che stavo trattenendo. « Verrò a vivere qui ».

Per una frazione di secondo cala il silenzio, finché Amelia non si lascia sfuggire un grido assordante di eccitazione. Molla tutti e due i bicchieri e balza in piedi, buttandosi addosso a me. Per poco non mi fa cadere. Adesso ho la conferma che è decisamente brilla, perché mi stringe fra le braccia, senza smettere di strillarmi nell'orecchio, e comincia a saltare su e giù, rischiando di slogarmi una spalla. Frequenteremo la stessa università, proprio come ha sempre desiderato. La sua reazione mi fa sorridere, finché non apro gli occhi e da sopra la sua spalla vedo l'espressione incerta di Rachael. Guarda me e Amelia con aria delusa, non so se sia gelosa di noi o se abbia solo bisogno di tempo per assorbire la notizia che ho appena comunicato.

Amelia finalmente mi lascia andare e, mentre il volume della musica si alza di nuovo, tutti si mescolano e mi fanno commenti come: « È fantastico! » e « Non ci posso credere! »

Rachael però non ha detto niente. È immobile sulla sua sdraio, da sola, in contrasto con la vivacità degli altri. Fissa l'erba con sguardo assente, le dita strette intorno al bicchiere. Aggiro il falò, superando Snake e Gregg, poi mi siedo sulla sdraio accanto alla sua. Non so cosa dire, ma per fortuna non c'è bisogno che sia io la prima a parlare, perché Rachael mi punta addosso due occhi spalancati e mi chiede piano: « Ti trasferisci davvero? »

« Sì » rispondo, alzando le spalle. Ad Amelia ed Emily l'idea che venga a stare a Portland sembra grandiosa, perché loro sono qui. Per Rachael, però, significa che lascerò Santa Monica. È vero che vivo già in un altro Stato, ma sapevamo entrambe che Chicago era una destinazione temporanea, fino alla laurea. Il trasferimento a Portland invece è definitivo.

« Ma verrai ancora a trovarci a Santa Monica, vero? » mi chiede, quasi nel panico. « Come fai adesso? Per il giorno del Ringraziamento e per Natale? E per l'estate? »

« Ma certo! » dico, cercando di alleggerire l'atmosfera. Le spingo il ginocchio con il mio e le faccio un piccolo sorriso. « E comunque, a quanto pare, tu sarai spesso a Phoenix. Non sentirai neanche la mia mancanza ».

« Giusto » risponde lei arrossendo di nuovo, mentre i suoi occhi si piantano su Snake. Mi chiedo se si renda conto di sorridere ogni volta che le capita anche solo di guardarlo. Lui sta chiacchierando con Tyler e io sono davvero entusiasta di sapere che adesso vive molto più vicino a noi tutti. Magari riusciremo a vederlo più spesso. « E a proposito » sussurra Rachael guardandomi dritto in faccia, « avevi ragione tu. Mi sbagliavo completamente su di lui ».

All'inizio penso che si riferisca a Snake, ma poi lei fa un cenno della testa verso Tyler. Ho passato molto tempo a cercare di convincerla che era cambiato, che adesso è molto più equilibrato e sereno, ma credo sia una di quelle cose di cui le persone possono convincersi soltanto toccandole con mano. « È diverso, vero? »

« Completamente » conferma lei. Abbassa gli occhi sul bicchiere che ha in mano, poi se lo porta alle labbra e beve un sorso. All'improvviso balza in piedi e lo butta nell'erba, poi mi afferra il braccio e quasi mi fa cadere dalla sedia. Si porta il mio avambraccio davanti alla faccia, solo che ha preso il sinistro, sul quale c'è solo quell'orrenda colomba sul polso. Molla la presa e prende il braccio destro. Studia intensamente la scritta *No te rindas,* alza gli occhi al cielo e scuote la testa con un sorriso canzonatorio. « È sempre stupido » borbotta sottovoce, ma so che sta scherzando. « Anche se metterti con Tyler... non è stato poi così stupido. Adesso capisco perché è riuscito a convincerti così facilmente, visto che ha convinto anche me. So che non hai bisogno dell'approvazione di nessuno, ma la mia decisamente ce l'hai ».

Non posso fare altro che sorriderle, sollevata. *Finalmente* vede Tyler per quello che è davvero.

Mentre la musica riempie il giardino, mi alzo e la trascino con me. Il primo 4 luglio abbiamo ballato, quindi è più che giusto che balliamo anche stasera. La prendo per mano e la faccio girare sull'erba, scuotendo la testa di qua e di là, vigorosamente, al ritmo con la musica. Amelia corre a raggiungerci, portandosi dietro Emily, e la musica sembra diventare ancora più alta mentre balliamo tutte e quattro insieme. Facciamo finta di suonare la chitarra, facciamo la ruota, proviamo dei passi improbabili e a volte cadiamo per terra, ma senza mai smettere di ridere.

Quando mi fermo per riprendere fiato, ho ancora un grande sorriso. Guardo le mie migliori amiche abbracciate fra di loro, che dondolano insieme come se si conoscessero da anni. Mi rendo finalmente conto di quanto sono fortunata ad avere tre amiche così incredibili, che mi accettano per come sono, a prescindere da quanto le mie decisioni possano sembrare assurde, e che sono disposte a ballare come matte insieme a me, nel giardino di un condominio di Portland, per festeggiare il 4 luglio il 18 luglio.

Ultimamente sembra davvero andare tutto bene. *Finalmente,* come se avessi aspettato tutta la vita che le cose andassero così. È l'unica parola che mi gira in testa, tanto ingombrante da sentirne il peso.

Finalmente, finalmente, finalmente.

Finalmente tutto sembra perfetto. Finalmente sono davvero felice.

* * *

Mentre scende la notte e il cielo passa da blu a nero, ci ritroviamo tutti stravaccati intorno al fuoco, sulle sdraio, a giocare a Obbligo o Verità. Mikey si è arrampicato su un albero con addosso soltanto i boxer. Amelia ha confessato di essere stata arrestata una seconda volta, per aver fatto il bagno nuda nel Willamette, la scorsa estate. Rachael si è scolata una birra intera solo per vomitarla subito dopo.

È passata da poco la mezzanotte e, anche se è buio, le lanterne illuminano il giardino e il fuoco ci tiene caldi. Emily è seduta alla mia sinistra e Tyler è sull'erba alla mia destra. È il turno di Snake di far girare la bottiglia di birra vuota che stiamo usando per il gioco. Quando si ferma è puntata su di me. Nel suo sguardo c'è una scintilla di soddisfazione mentre si appoggia allo schienale della sdraio, sfregandosi il mento e fingendo di riflettere a fondo. Poi raddrizza la schiena e mi fa un sorrisetto ambiguo. Forte e chiaro, senza lasciarmi scegliere fra obbligo o verità, mi dice: «Ti sfido a baciare il tuo fratellastro».

Sappiamo tutti che sta scherzando, che come sempre vuole fare lo spiritoso, ma gli altri decidono di stare al gioco. « Wow, amico, questo è veramente troppo » commenta Gregg, e Amelia finge di annaspare sbalordita.

« Sì, Stephen » dice Rachael, schioccando la lingua in un tono di finta disapprovazione. « Questo è davvero esagerato ».

Lancio un'occhiata a Tyler, che scuote la testa guardando il prato e trattiene una risata. Per una volta credo che sia davvero arrossito e, quando alza gli occhi e li pianta nei miei, decido di continuare lo scherzo. Con una smorfia disgustata e la voce in falsetto, protesto: « Bleah. Ma che schifo ».

Poi scivolo dalla sdraio alle braccia di Tyler, buttandomi addosso a lui. In un batter d'occhio le mie labbra trovano le sue e lo bacio proprio lì, sul prato, mentre mi tiene stretta. Sorrido contro la sua bocca, strizzo gli occhi e gli prendo il viso fra le mani. È un bacio breve e pieno di energia, sull'onda dell'eccitazione per il fatto che lo sto baciando in pubblico.

Quando sento Rachael che comincia ad applaudire, rovescio la testa all'indietro e inizio a ridere. Ho le guance in fiamme.

« Tutto qui? » mi provoca Tyler. Quando lo guardo di nuovo, vedo che ha un'espressione maliziosa e i suoi occhi mi sfidano a baciarlo ancora.

Avvicino le labbra al suo orecchio, in modo che nessun altro possa sentirmi, e sussurro: « Finché non saremo da soli ».

Gli stampo un rapido bacio sulla mascella e rotolo di lato. Mi guarda con un'espressione impagabile, deglutendo forte. La seduzione dipinta sul mio viso è inequivocabile.

Mentre le risate si calmano, Emily fa uno sbadiglio e Mikey controlla l'orologio. È mezzanotte e mezza e anche se, tecnicamente, per una festa è ancora presto, siamo tutti esausti. Ci siamo goduti la serata e la reciproca compagnia. È stato il *nostro* 4 luglio. È stato speciale. Penso che adesso sia un buon momento per andare a casa e tutti sembrano pensarla come me, perché si alzano, stiracchiandosi.

Dato che siamo solo in otto, tutti si sentono in dovere di aiutare a riordinare. Chiudiamo le sdraio e le impiliamo, stacchiamo le bandierine dagli alberi e dal prato. Buttiamo tutte le lattine vuote e i bicchieri nei sacchi della spazzatura, spegniamo le lanterne e poi, finalmente, soffochiamo il fuoco, lasciando solo una fiammella.

Mikey è il primo ad andarsene, viene a prenderlo la sorella minore. Mi promette che la prossima volta che passo dalla caffetteria mi offrirà il caffè. Amelia e Gregg prendono un taxi ed Emily si unisce a loro. Penso che forse Gregg stia cominciando a piacerle. Rachael e Snake restano per ultimi, in attesa del taxi che li porterà al loro albergo in centro.

« Rimani qui solo stanotte? » chiedo a Rachael. Siamo appoggiate al recinto e guardiamo la strada, aspettando di vedere i fari del taxi.

« Sì » dice lei, alzando le spalle. « Abbiamo l'aereo domani. Stephen deve tornare al lavoro lunedì, quindi non potevamo rimanere a esplorare questa vecchia stupida città. Sono parole tue, non mie ».

Le rifilo una lieve gomitata nelle costole. « Non è poi così stupida » dico, anche se ha ragione. Una volta la pensavo così su Portland. Ma ora non più. « A proposito, domenica torniamo a casa per comunicare la notizia ai nostri genitori, passerò a trovarti prima di ripartire ».

« Ah » dice lei, con una smorfia, « i vostri genitori. Non lo sanno ancora? »

« No » ammetto. « A meno che non glielo abbia detto Jamie ».

« Be', buona fortuna ».

Mentre pronuncia queste parole, il taxi arriva davanti al condominio. Ci stringiamo in un ultimo abbraccio, mentre Tyler e Snake si avvicinano. Sono stata felice di averli qui entrambi, stasera, quindi abbraccio anche lui e poco prima che entrino in macchina promettiamo di rivederci presto, magari per un'uscita a quattro.

La portiera sbatte e il taxi parte, lasciando me e Tyler da soli, per la prima volta da ore. Il giardino adesso è immerso nel buio e nel silenzio, sembra strano che solo venti minuti fa fosse così pieno di vita. Anche l'aria è molto più fresca e ho un po' freddo, così mi stringo nelle braccia e mi avvicino ai resti del fuoco. È rimasta soltanto un po' di brace, la fiamma si sta consumando del tutto.

Sento Tyler che si avvicina alle mie spalle sul prato e mi fermo davanti al falò, per assorbire il calore rimasto. Lui si ferma dall'altra parte e mi guarda, nel buio della notte. È quasi l'una.

« Grazie » gli dico piano. Non stacco gli occhi dai suoi, che scintillano davanti a me, luminosi e vivaci. « Ecco... grazie di tutto, Tyler. Davvero, significa moltissimo per me ».

Tyler fa un cenno solenne con la testa, poi scalcia la cenere fumante. In questo momento è così perfetto, con le mani in tasca e il viso rilassato, un piccolo sorriso sulle labbra e lo sguardo pieno d'amore. « Farei qualunque cosa per te » sussurra.

Le braci si spengono e il buio ci avvolge, mentre Tyler cattura le mie labbra con le sue.

24

Siamo partiti per Santa Monica sabato sera tardi e abbiamo guidato tutta la notte alternandoci ogni due ore, per riposare un po' a turno. Alle otto del mattino Tyler si è messo al volante per il resto del viaggio e io mi sono addormentata, rannicchiata sul sedile del passeggero con la radio in sottofondo, la mano di Tyler sulla coscia e il sorriso sulle labbra.

Non mi sveglio fino a poco prima di mezzogiorno. Devo avere un sesto senso, perché apro gli occhi proprio mentre Tyler sta imboccando lo svincolo per entrare nella città che nessuno dei due considera più casa. L'improvvisa luce del sole che inonda il parabrezza mi acceca. Mi tiro su e abbasso l'aletta parasole.

« Ehi » fa Tyler quando si accorge che sono sveglia, lanciandomi una rapida occhiata di sbieco e cercando di non distogliere l'attenzione dalla strada. « Buongiorno. Siamo arrivati ».

Io mi passo una mano tra i capelli e guardo fuori dal finestrino. Santa Monica è una splendida città, e io la adoro, ma per motivi molto diversi da quelli per cui amo Portland. Mi piacciono il molo e la spiaggia, le stupende città nei dintorni e le zone tutte da esplorare, il fascino di Hollywood e il fatto che quando meno te l'aspetti ti passi accanto qualche vip, così, con nonchalance. Qui ho preso il diploma, qui ho conosciuto Tyler. La mia famiglia è qui. Sarò sempre legata a questa città, ma la mia casa è sempre stata Portland. Sempre.

Mi giro verso Tyler, che sta frenando a uno stop. « Possiamo andare prima da mia madre? » gli chiedo. Non abbiamo un piano preciso da seguire. Penso che entrambi improvviseremo. « Devo svegliarmi del tutto prima di affrontare mio padre ».

Tyler annuisce e svolta bruscamente a destra, accelerando un po' troppo. Sembra più in ansia di me, e so benissimo perché. È terrorizzato all'idea di raccontare a Ella di suo padre, proprio come era terrorizzato dal dirlo a me. Probabilmente ha paura che lei si infurierà quando saprà che si è rimesso in contatto con lui, e francamente non so bene come potrebbe prendere la notizia. Sicuramente ne sarà sconvolta. Non credo abbia mai perdonato Peter per tutto quello che ha fatto, e dubito che sarà felice di scoprire che ha di nuovo rapporti con Tyler. Ma Tyler sa quello che fa ed Ella è sempre stata premurosa e comprensiva, quindi credo che gli darà fiducia, come ho fatto io.

Io, dal canto mio, oggi devo vedermela con entrambi i miei genitori. Prima la mamma, poi papà. È mio padre quello che temo di più. Non sono nervosa, perché adesso sono pronta a tenergli testa, dopo aver rimandato questo confronto per tanto tempo. Negli ultimi due giorni ho pensato esattamente a cosa ho intenzione di dirgli. Ho le parole scolpite in testa, pronte a riversarsi fuori appena ne avrò l'occasione. Non voglio essere aggressiva con lui. Voglio soltanto essere onesta, e spero che papà lo apprezzerà, più di quanto apprezzerebbe una scenata.

Andando verso casa della mamma dobbiamo inevitabilmente passare davanti a quella di Dean. Ogni volta che sono passata di qui, nell'ultimo anno, mi si è seccata la gola e mi sono sentita malissimo. Di solito non sopporto neanche di lanciare un'occhiata verso la casa, ma stavolta la guardo con calma. Tyler trae un sospiro così lieve da essere quasi impercettibile. Mi chiedo se perdoneremo mai noi stessi per i torti che abbiamo fatto a Dean, e se lui ci perdonerà mai. Io e Tyler abbiamo fatto un sacco di errori in passato, ma stiamo imparando dai nostri sbagli.

Pochi minuti dopo intravedo la casa della mamma davanti a noi. Noto con sollievo che nel vialetto ci sono sia la sua macchina sia quella di Jack.

« Ma quella è la macchina di mia madre? » chiede Tyler all'improvviso, scrutando fuori dal parabrezza. Seguo la direzione dei suoi occhi fino ad arrivare alla Range Rover bianca parcheggiata di fronte alla casa della mamma.

« Sembra di sì » rispondo. Aggrotto le sopracciglia, perplessa, e mi sforzo di immaginare perché mai Ella dovrebbe aver parcheggiato proprio lì. « Che cosa ci fa qui? »

Nessuno di noi due si aspettava di trovarla qui. Lei e la mamma vanno d'accordo, ma non sono certo amiche. Se si incrociano per la strada, si fermano a chiacchierare qualche minuto, e alla mia festa per il diploma si sono un po' ubriacate insieme, ma a parte questo non hanno mai socializzato un granché e di certo non si scambiano visite di cortesia. Anche se alla mamma piace Ella, ci sarà sempre un'ombra di gelosia.

« Non ne ho idea » risponde Tyler alzando le spalle, con aria confusa. Accosta dietro l'auto di Ella e spegne il motore. Ha guidato per diverse ore e fa un sospiro, sollevato di potersi finalmente fermare. Si sfrega gli occhi arrossati e scende dalla macchina.

Io lo seguo, un po' irrigidita e indolenzita per aver dormito in una posizione scomoda. Ci scambiamo un'ultima occhiata preoccupata, prima di avviarci sul vialetto verso la porta d'ingresso. La mano di Tyler, come sempre, trova la mia e le nostre dita si intrecciano, un messaggio silenzioso di sostegno e rassicurazione.

Gucci deve aver sentito i nostri passi, perché comincia ad abbaiare prima ancora che io tocchi la maniglia. Gratta con le zampe dall'altro lato della porta. So per certo che appena la aprirò ci salterà addosso, così decido di bussare e aspetto con pazienza.

Adesso che sono arrivata qui, i miei nervi cominciano a farsi sentire. Non so come reagirà la mamma alla notizia del mio trasferimento a Portland, anche per studiare. Potrebbe pensare che mi sto comportando in modo irrazionale, o magari la considererà una buona cosa. Non ne ho idea. L'unico modo per scoprirlo è dirglielo.

La porta si apre di pochi centimetri e Jack sbircia dalla fessura, tenendo Gucci per il collare. Quando mi vede, lei cerca di fare un balzo e per poco non gli sloga il braccio.

« Oh! » esclama Jack, stupito. Da quanto ne sapevano lui e la mamma, io dovevo essere a Portland. « Sei tu. Vieni! Proprio al momento giusto ». Apre la porta e trascina via Gucci, per farci entrare.

La coda di Gucci sbatte così forte che ho paura si faccia male. È così ansiosa di venire da me che si mette a guaire. Io allungo le mani e le faccio un grattino, poi mi chino a darle un bacio sulla punta del naso.

Sento la voce della mamma che dice: « Eden! » in tono allegro. Chiaramente è felice di vedermi. Mi giro e la vedo attraversare di corsa il soggiorno per raggiungermi, con un enorme sorriso, come se la discussione che avevamo avuto prima della mia partenza non ci fosse mai stata. Fra me e la mamma il perdono è sempre silenzioso.

Mi butta le braccia al collo e mi stringe forte, poi fa un passo indietro per studiarmi attentamente. « Com'era Portland? » mi chiede in tono scherzoso. « Non mi aspettavo che saresti tornata così presto, credevo rimanessi almeno un paio di settimane. Ti avevo messo in valigia abbastanza vestiti? Ci ho buttato dentro tutto l'armadio ».

Io mi metto a ridere, sono contenta che non ci sia tensione fra di noi, ma la mia risata si spegne quando vedo Ella, che si sta alzando dal divano. Ha spalancato gli occhi per la sorpresa, perché né io né Tyler l'avevamo avvertita del nostro arrivo. Probabilmente, come la mamma, pensava che saremmo rimasti a Portland molto più di una settimana, ma quello che non sanno è che stasera torniamo indietro.

« Che cosa ci fate voi qui? » chiede Ella sbattendo le palpebre. Si avvicina a Tyler e lo abbraccia. Sembra più che altro preoccupata.

« Che cosa ci fai *tu* qui?! » ribatte Tyler con un'occhiata interrogativa. Passa lo sguardo da lei alla mamma. « Che cosa succede? »

« Stavamo solo parlando » dice subito Ella. Per un attimo sembra incerta, ma poi lentamente sulla sua faccia compare un sorriso, mentre scambia un'occhiata significativa con la mamma. « E adesso invece devo fare le mie felicitazioni » aggiunge.

« Felicitazioni? » ripeto, lanciando un'occhiata alla mamma.

« Oh, Eden » dice lei cercando di reprimere un sorriso, « non volevo parlarne al telefono. Volevo aspettare che tornassi per dirtelo di persona ».

« Dirmi cosa, mamma? » scandisco molto lentamente, in tono deciso. Sto trattenendo il respiro.

Lei guarda Jack, raggiante, e lui ricambia il sorriso dalla porta, dove sta ancora tenendo Gucci. Poi la mamma guarda di nuovo me, fa un salto in avanti e allunga di colpo la mano sinistra. Al dito ha un anello stupendo, che luccica sotto i raggi del sole.

Mi cade la mascella. Le prendo la mano e me l'avvicino alla faccia, per osservare meglio l'anello d'argento col diamante, poi mi volto verso Jack, sconvolta. Lui mi sorride e fa un cenno con la testa come per dire 'Già, l'ho fatto, finalmente'.

Mi copro la bocca con tutte e due le mani, mentre metabolizzo il fatto che mia madre è *fidanzata*, poi lancio un urlo e l'abbraccio fortissimo, con le guance grondanti di lacrime che le bagnano la maglietta.

Gucci si mette a ululare insieme a me. Penso che anche la mamma stia piangendo. Non riesco a smettere di stringerla, sono davvero commossa e felice per lei. So da quanto tempo aspettava e quanto ci teneva. Jack la tratta bene, molto meglio di quanto facesse papà. Loro due si amano tantissimo. Era proprio ora che Jack si decidesse a farle la fantomatica proposta.

Credo che anche Ella si stia commuovendo, mentre l'entusiasmo si diffonde nella stanza. Si sta sventolando le dita davanti agli occhi, come se cercasse di frenare le sue emozioni, e non smette di sorriderci.

Lascio la mamma e corro da Jack e gli butto le braccia al collo. Adesso ho una matrigna e *anche* un patrigno. Forse volere doppi genitori è un eccesso di avidità, ma è una cosa che adoro. Voglio bene a Ella e a Jack, non avrei potuto desiderare persone migliori nella mia famiglia.

Con tutta questa confusione, Gucci ha cominciato ad abbaiare all'impazzata e adesso che Jack l'ha lasciata andare, sta correndo come una matta per il soggiorno. Tyler ha dato un rapido abbraccio alla mamma e stretto la mano a Jack, per fare le sue congratulazioni a tutti e due.

« Quando? » chiedo alla mamma asciugandomi le lacrime, senza smettere di sorridere.

« Venerdì! »

La abbraccio di nuovo. Decisamente non era questo che mi aspettavo di trovare al mio ritorno e sono così su di giri che quasi dimenticavo perché io e Tyler siamo venuti, finché la mamma non dice: « Ma basta parlare di me. Direi che io ed Ella siamo ansiose di sapere di *voi* ». Si asciuga gli occhi col dorso della mano e ci guarda con curiosità.

Tyler, che stava arruffando il pelo di Gucci, alza la testa. Ha le guance arrossate. Cerca di reprimere un sorriso imbarazzato, ma fallisce miseramente. Raddrizza la schiena e guarda le espressioni della mamma e di Ella, piene di aspettativa. « Uhm » comincia. Si gratta la nuca, ansioso, e io cerco di non ridere, mentre aspetto che si decida a sputare il rospo. Non so perché è così nervoso, visto che tutte e due le nostre madri ci hanno già ampiamente fatto capire che ci accettano e ci sostengono. E comunque è una cosa che abbiamo già fatto una volta. « Allora, io e Eden in pratica siamo... » Si blocca, deglutisce forte. Credo senta la pressione di tutti i nostri sguardi impazienti, che pendono dalle sue labbra. Fa un respiro profondo e annuncia: « Io e Eden stiamo insieme ».

« Lo sapevo » dice Ella, e il suo sorriso diventa più largo.

La mamma non stacca gli occhi dai miei, e ci scambiamo un sorriso, perché per la prima volta da tantissimo tempo, credo, ci stiamo rendendo conto di essere entrambe felici. Nella sua espressione c'è anche un po' di orgoglio: penso che sappia quanto sia stato difficile per me concedere a Tyler una seconda occasione. È orgogliosa che io non abbia fatto come lei, che non mi sia arresa quando le cose hanno cominciato ad andare male. È orgogliosa perché mi sono presa il tempo di ascoltare Tyler. E perché siamo finalmente insieme e non ci lasciamo intimidire dalla paura delle opinioni altrui.

« Pare che i nostri figli escano insieme » dice la mamma a Ella e tutte e due scoppiano a ridere, contagiate dalla gioia e dall'eccitazione che regnano nella stanza.

Guardo Tyler, che mi stava già guardando, e lo vedo sollevato. Però, mentre le nostre madri continuano a scambiarsi battute, inarca un sopracciglio e fa un cenno della testa verso mia madre, mimando 'Portland' con le labbra. Sono contenta che me l'abbia ricordato, perché ero completamente distratta. In realtà è questo il vero motivo per cui siamo qui: per dire alla mamma che mi trasferisco definitivamente a Portland, e che finirò gli studi là.

Faccio un cenno di risposta a Tyler, poi deglutisco e mi schiarisco la gola. « Mamma, c'è un'altra cosa ».

La mamma ed Ella smettono di ridere e si girano verso di me. Stavolta l'espressione della mamma è preoccupata. « Okay. Che cosa c'è? » mi chiede sedendosi sul divano. Jack la raggiunge subito e le mette un braccio intorno alle spalle. Persino Ella sembra tesa, quando Tyler le dà una piccola spinta e la fa sedere sull'altro divano, per poi mettersi vicino a lei. Io mi lascio scivolare sul tappeto al centro del pavimento, a gambe incrociate. Gucci viene da me in cerca di coccole. Le faccio qualche grattino dietro le orecchie per calmarmi.

« Ho preso una decisione molto importante » comincio, fissando i grandi occhi lucenti di Gucci perché non riesco a sostenere lo sguardo della mamma. Sono decisamente nervosa. « Ci ho pensato molto ed è quello che voglio, quindi non ti sto chiedendo il permesso, ti sto solo comunicando le mie intenzioni ». Alzo lo sguardo e lo pianto in quello della mamma. « Chiederò il trasferimento all'Università di Portland. Voglio tornare a Portland ». Semplice e diretto.

La mamma si china in avanti, sbattendo le palpebre. « Vuoi lasciare Chicago? »

« Sì. E andrò a vivere con Tyler ».

Vedo che Ella gli lancia un'occhiata e lui le risponde con un piccolo sorriso. La mamma invece ha sgranato gli occhi. Guarda Jack, in cerca di una rassicurazione, ma non credo che lui abbia un'opinione in merito, perché si limita a scrollare le spalle.

« Non è una decisione un po' precipitosa, Eden? » mi chiede, riportando gli occhi su di me. Sulle sue labbra si è dipinta una smorfia e si sta agitando sul divano, a disagio. So che sto facendo un passo molto importante e lei ha tutto il diritto di temere che possa essere un errore, ma nel profondo del cuore io so che non è così.

« Sono un'adulta » le ricordo. « So quello che faccio e so che cosa voglio. Ti fidi di me? »

« Sì, credo di sì » risponde la mamma. Si alza e mi prende le mani, mi tira su e mi abbraccia di nuovo. Questo abbraccio però è diverso. È forte e denso di significato, mi comunica il suo sostegno e io lo apprezzo molto. Non potrei chiederle di più. « Se è davvero quello che vuoi » sussurra contro i miei capelli, « allora prenditelo, Eden ».

Io annuisco e mi stacco da lei con un sorriso sulle labbra, piena di gratitudine e sollievo. Capisco che non è del tutto d'accordo con me, ma mi dà il suo sostegno e questo mi basta.

« In realtà torniamo a Portland oggi stesso » annuncio facendo un passo indietro, attenta a non inciampare su Gucci che sta girando in cerchio intorno alle mie gambe.

« Oggi? » ripete la mamma.

« Sì. Prendiamo la strada costiera. Vogliamo trasformarla in una gita in macchina e fermarci in tutte le città » spiega Tyler, alzandosi. Torna al suo posto abituale, al mio fianco. « Siamo qui solo per sistemare tutte le questioni in sospeso ».

Mi avvicino e lo prendo sotto braccio. Anche se all'inizio pensavo di venire da sola, sono contenta che lui sia qui. La sua presenza mi incoraggia a fare i cambiamenti di cui ho un disperato bisogno. « Voglio parlare con papà » dico, passando lo sguardo dalla mamma a Ella, e su di noi cala il silenzio.

Dopo un lungo momento, Ella si alza e deglutisce. « Ecco, noi stavamo proprio... parlando di lui » ammette e io aggrotto le sopracciglia in attesa di ulteriori spiegazioni, ma lei si limita a sospirare con aria demoralizzata. « Eden, da quando ha scoperto che voi due eravate andati a Portland è stato insopportabile. Io non so più cosa fare. Sono contenta che non ci fossi, perché non avrei voluto che tu sentissi le cose che ha detto ». Me lo dice quasi come se si sentisse in colpa, come se non volesse ferire i miei sentimenti. Ma non è così, perché non c'è niente di nuovo. Per questo so che c'è qualcosa di veramente sbagliato: nessun padre dovrebbe esprimere tanto disprezzo verso la propria figlia. « Sei sicura di voler parlare con lui? » mi chiede in tono gentile. « Perché sinceramente non credo che sarà tanto piacevole ».

« Sì che voglio » rispondo in tono deciso, stringendo le labbra. Non importa quanto sia stato stronzo papà nell'ultima settimana, voglio comunque andare fino in fondo. Gli terrò testa.

Ella e la mamma sembrano angosciate. Forse pensano che non sia una buona idea che io affronti papà quando è già così infuriato con me, ma non posso permettermi di aspettare che si calmi anche solo un po', perché l'attesa potrebbe essere decisamente lunga.

« Vuoi che venga con te? » mi propone la mamma in tono esitante. So che avere un faccia a faccia con papà è l'ultima cosa che vorrebbe, ma si offre lo stesso, perché è mia madre e questo è quello che fanno le madri.

« No » le dico, con voce limpida. Sento il coraggio che mi cresce nel petto e l'adrenalina che entra in circolo: voglio parlargli *subito.* « E lo farò da sola. È a casa? »

« Sì » dice Ella, anche se in tono riluttante.

« Benissimo, allora andiamo ». Con un sorriso risoluto appiccicato in faccia, stacco il braccio da Tyler e mi dirigo alla porta, perfettamente consapevole di avere tutti gli occhi puntati addosso. Penso che persino Tyler sia sorpreso da quanto mi sento pronta a fare questo passo.

« Fammi andare per prima » suggerisce Ella. Ha già preso la borsa dal divano e ci sta frugando dentro, alla ricerca delle chiavi della Range Rover. Quando le trova mi raggiunge di corsa. Non credo di averla mai vista così devastata, sembra essere invecchiata di dieci anni nell'arco di un minuto. « Lascia almeno che lo avverta che state arrivando ».

Ho il sospetto che se entrassi semplicemente dalla porta, come se niente fosse, ogni vena nel cervello di papà scoppierebbe all'istante,

quindi preannunciargli l'arrivo mio e di Tyler non è una cattiva idea. Forse gli darà il tempo di sfogare la rabbia prima del nostro arrivo.
«Okay».

Ella mi fa un debole sorriso e poi si avvia verso la porta, ripetendo ad alta voce: «Ancora felicitazioni, Karen». Poi si mette quasi a correre, attraversa la strada e si infila in macchina. Il motore si avvia entro pochi secondi.

«È stato così terribile in questi giorni?» mi chiede Tyler, quando Ella sparisce alla nostra vista. Adesso sembra preoccupato anche lui, soprattutto perché nessuno di noi due aveva mai visto sua madre così sconvolta.

«Evidentemente sì» rispondo. Non credevo potesse essere più sgradevole della settimana prima, ma a quanto pare invece è così. Non ho idea di quello che mi aspetta in quella casa.

«Credo che non cambierà mai» commenta la mamma, in tono amaro. Non riesce a trattenersi. Non perde mai occasione per esprimere il suo odio verso papà. «Eden, sei davvero coraggiosa».

Faccio una smorfia e scrollo le spalle, ma quando abbasso gli occhi le Converse che ho ai piedi attirano la mia attenzione più del solito. C'è qualcosa che mi sfugge, ma non riesco a capire che cosa, così mi fisso le scarpe in silenzio finché non ci arrivo. Ho un'ultima cosa da fare qui prima di salutare la mamma, Jack e Gucci, prima di andare con Tyler a casa di papà ed Ella, prima di ripartire per Portland. C'è qualcosa che non posso lasciare qui.

«Datemi un secondo».

Lascio Tyler con la mamma e Jack e mi precipito nella mia stanza, in fondo al corridoio. È molto più in ordine di quando l'ho lasciata, immagino che la mamma l'abbia sistemata, e quando apro la porta del mio armadio lo trovo completamente vuoto, a parte una fila di appendiabiti spogli. La mamma deve aver davvero buttato tutto quanto in valigia.

Alla fine dell'estate tornerò a casa per trasferirmi ufficialmente a Portland, e allora metterò il resto delle mie cose dentro scatole di cartone e le ammucchierò in macchina, pronte per un lungo viaggio. Ma in questo momento penso a una sola e unica cosa: la vecchia scatola da scarpe malconcia nascosta in fondo al ripiano più alto dell'armadio.

In punta di piedi, infilo la mano nello scaffale e cerco a tentoni nel mucchio di cianfrusaglie che si sono accumulate qui nel corso degli anni, finché le mie dita trovano la scatola. La prendo e la tiro giù. Il coperchio è coperto da un sottile strato di polvere. La soffio via prima di aprirlo.

Dentro ci sono le mie Converse, quelle che mi ha dato Tyler l'estate scorsa a New York. Quelle con la scritta originale di Tyler *No te rindas* sulla banda di gomma. L'inchiostro è ancora perfettamente leggibile.

Mi siedo sull'angolo del letto e mi sfilo le Converse rosse, sostituendole con quelle. Verranno con me a Portland, non me le toglierò più. Butto quelle rosse nella scatola e la rimetto nello scaffale, poi chiudo l'anta dell'armadio.

Una volta ho giurato a me stessa che non le avrei mai più messe, eppure le ho conservate, perché in fondo al cuore sapevo di avere ancora una speranza. E avevo ragione a sperare, avevo ragione a dare a Tyler un'altra occasione, avevo ragione a seguire il mio cuore perché, a volte, si scopre che vale la pena correre dei rischi.

25

Quando accostiamo davanti alla casa, papà ci sta già aspettando. È in piedi accanto alla porta d'ingresso, con le braccia incrociate e il petto in fuori, una postura intimidatoria e lo sguardo feroce. Credo che stia cercando di farci da barriera. Strizza gli occhi e segue l'auto di Tyler. È chiaro che non vuole fare questa discussione all'interno.

Tyler parcheggia dietro la macchina di Jamie, sulla strada. Ricambia lo sguardo di papà dal finestrino, poi deglutisce forte e si slaccia la cintura di sicurezza, voltandosi verso di me. Preme una mano sul mio poggiatesta e fa una smorfia. « E il piano è...? »

« Tu dici a tua madre la verità su tuo padre, mentre io mi occupo del toro scatenato laggiù » gli dico, con un cenno della testa oltre la sua spalla. Papà ci sta ancora guardando, in attesa. Forse pensa che, se mantiene un'aria abbastanza minacciosa, ci farà scappare. Si illude che il suo patetico cipiglio basti a farci rinunciare, a farci andare via.

« Suona molto più facile di quanto non sia in realtà » borbotta Tyler. È un fascio di nervi, gli si legge in faccia. Sembra che stia per vomitare.

« Ripetile esattamente quello che hai detto a me » dico, prendendogli la mano. Stringo le sue dita in modo rassicurante, con un sorriso dolce. Credo che il suo compito sia più difficile del mio. Affrontare papà sarà sgradevole, ma la confessione di Tyler a Ella sulla terapia e su suo padre sarà molto più pesante dal punto di vista emotivo e so quanto è difficile per lui aprirsi. « È tua madre, Tyler. Capirà. Lo fa sempre ».

« Lo so ». Fa un respiro profondo e abbassa gli occhi sulle nostre mani. Le solleva e appoggia il mento sul dorso della mia mano. Sento il suo respiro caldo sulla pelle. «Sei sicura di riuscire a gestire tuo padre? Sembra molto incazzato. Possiamo parlargli insieme».

Io digrigno i denti, l'occhiata che gli lancio dice che non ho bisogno del suo aiuto. «Perché nessuno di voi pensa che possa affrontarlo da sola?» gli chiedo, ma non c'è rabbia nella mia voce. Non mi dà fastidio la sua offerta, però sono delusa dal fatto che sia lui sia la mamma pensino che io non sia forte abbastanza per difendermi da mio padre. «Sono io che ho bisogno di parlare con lui, e soltanto io, perché è il nostro rapporto a essere in pericolo. Nessun altro può provare a sistemarlo per noi».

Tyler lascia cadere le nostre mani per concentrarsi sulla mia espressione, come se cercasse qualche segno di debolezza. Ma io non sto mentendo a me stessa: *so* di poterlo affrontare. *Voglio* affrontarlo.

A questo punto si sentono dei forti colpi al finestrino, che ci fanno sobbalzare. Stacco la mano da quella di Tyler e mi volto da quella parte. Per tutta risposta, papà batte di nuovo le nocche contro il vetro, così forte che mi stupisco non vada in mille pezzi.

«Se siete tanto ansiosi di venire a parlare con me, uscite da questa maledetta macchina!» ci ordina, chinandosi per fulminarci con lo sguardo. Vedo un fuoco nei suoi occhi, innescato dall'odio e alimentato dal disprezzo.

«Che idiota» mormora Tyler. Forse non glielo direbbe mai in faccia, in questo momento, ma non significa che non lo pensi più. E ha ragione, perché papà *è* un idiota. Un idiota che continua a picchiare sul finestrino di Tyler, come un bambino. In realtà è una cosa triste. Dovrebbe essere lui il genitore, invece è il più infantile di tutti noi. Lentamente, Tyler apre la sua portiera e scende sul marciapiede.

Io lo seguo a ruota, spalancando la mia. Per poco non colpisco papà. «Maledizione, Eden!» ringhia lui.

È stato un incidente, e poi è lui che mi bloccava il passaggio, ma è comunque convinto che l'abbia fatto apposta.

«Stai cercando di rompermi il bacino?» mi sibila. Sto cominciando a dimenticare com'era la sua voce normale, perché da troppo tempo sento soltanto il suo tono brusco.

«No» gli dico guardandolo male, mentre chiudo la portiera e faccio il giro della macchina per raggiungere Tyler. «Sto cercando di comportarmi in modo civile con te. Non potresti provarci anche tu?»

«Civile» abbaia lui. Alza addirittura gli occhi al cielo, come se fosse una richiesta assurda, mentre in realtà è il minimo che potessi chiedergli. È davvero troppo per un padre mantenere semplicemente la calma? Lasciar perdere per una volta l'irritazione e ascoltare sua figlia? A quanto pare sì.

«Già. Civile. Per il bene di Eden» ribadisce Tyler e io gli lancio un'occhiata allarmata, per avvertirlo di non intervenire in mia difesa. 'Ti prego' lo supplico in silenzio. 'Ti prego, non metterti a litigare con lui'. Per fortuna non lo fa.

«Oh, guarda» dice papà, incrociando le braccia e avvicinandosi a Tyler con aria infuriata, «c'è pure il tossico che ha trascinato mia figlia a Portland».

Mi sento invadere dalla rabbia, ma ricordo a me stessa di non perdere la testa, di continuare a respirare profondamente. Mostrare aggressività non mi aiuterà, oggi, e anche se le parole di papà sono cariche di pregiudizi e disprezzo, Tyler mantiene la calma. È davvero notevole che la sua unica reazione sia serrare un po' la mascella.

Stringe le labbra e si allontana di un passo da papà. «Non sono qui per parlare con te, Dave» gli dice con calma, in tono deciso. «Ti ho già detto quello che dovevo e tu mi hai sbattuto la porta in faccia, quindi non ho intenzione di sprecare fiato a discutere per cercare di piacerti. Io sono un bravo ragazzo e se tu non te ne rendi conto è un problema tuo. Sono qui soltanto per parlare con mia madre e con Jamie».

Papà è un po' sorpreso dal suo atteggiamento e, mentre Tyler mi rivolge un breve sorriso di rassicurazione, prima di lasciarci e attraversare il prato per entrare in casa, giuro che sul viso di mio padre passa un lampo di delusione. È quasi come se avesse *sperato* che Tyler perdesse le staffe, così il suo disprezzo per lui avrebbe trovato una giustificazione. Ma la verità è che papà non ha più alcun motivo per odiarlo, perché Tyler è cambiato. L'unica cosa vagamente sbagliata che ha fatto di recente è stata dirgli che fra me e lui non c'era più niente. Era una bugia, ma stavamo mentendo anche a noi stessi, quindi non sono sicura che valga.

Io e papà restiamo in silenzio, mentre guardiamo Tyler avvicinarsi alla casa. So che in questo momento starà morendo di angoscia. Vedo Ella alla finestra del soggiorno, che osserva la scena da dietro le imposte. Al piano di sopra, Jamie e Chase sbirciano dalla finestra della mia camera, ma quando si accorgono che li ho notati spariscono in un lampo. Poi Tyler arriva alla porta, che è aperta, supera in fretta la soglia e sparisce all'interno.

« Papà » dico, tornando a guardare l'uomo che ho di fronte. Quando fisso i miei occhi nei suoi sento un dolore al petto. È mio padre. Dovrei provare amore per lui, ma non è così. « Dobbiamo parlare ».

« Io non ho niente da dirti ».

« Peggio per te, perché io devo dirti *tutto* ». Mi giro verso la casa e mi avvio alla porta d'ingresso. Alle mie spalle papà fa un gemito. Poi sento i suoi passi riluttanti dietro di me. Penso che sappia di dover parlare con me, volente o nolente.

Mi segue dentro, senza aprire bocca. Anche la casa è silenziosa. Mentre passiamo do un'occhiata in soggiorno e vedo Chase seduto sul bordo del divano, che si torce le mani ansiosamente.

« Ehi » dico entrando nella stanza. Lui alza gli occhi. « Dove sono Tyler e la tua mamma? »

« Nello studio » dice Chase, alzando le spalle.

« E Jamie? »

« Anche lui ». Chase sembra quasi triste, come se avesse preferito essere coinvolto, invece che venire sempre escluso dalle conversazioni importanti che si fanno in questa casa, ma la realtà è che ci sono troppe cose che non sa sul passato di questa famiglia, troppe cose che dovrebbe scoprire. Ella ha sempre dichiarato che la verità gli farebbe più male delle bugie. « State per litigare? » chiede, aggrottando la fronte. « Perché non credo che dovreste farlo. Sono stufo di tutti questi litigi. Non possiamo andare tutti in Florida, invece? »

« Non ci metteremo a litigare » lo rassicuro, anche se forse sto mentendo. Le mie intenzioni sono di rimanere calma e sicura di me stessa, ma se papà mi spinge al limite potrei anche avere una crisi isterica. « Dobbiamo soltanto parlare e sistemare alcune cose ».

« E poi io e tua madre porteremo te e Jamie in Florida » aggiunge papà con dolcezza. L'improvviso cambiamento del suo tono mi fa infuriare. Quando lo guardo, vedo che sta sorridendo a Chase. Non capirò mai come faccia a essere così buono con Jamie e Chase e l'opposto con me e Tyler. Questi ragazzi non sono neanche suoi figli, sua figlia sono io.

Chase non sta nella pelle dall'entusiasmo. È da Natale che non la smette di blaterare sullo 'Stato del Sole splendente' quindi il suo viso si illumina di gioia. « Davvero? »

« Davvero » conferma papà con un cenno della testa. « Ma solo se rimani qui e mi lasci parlare con Eden. Va bene, piccolo? »

Chase annuisce tutto contento e si precipita a recuperare il telecomando. Accende la tv e fa un po' di zapping, poi trova qualcosa da guardare e si mette comodo sul divano, cercando di assumere un'aria distratta e indaffarata.

'Oh, Chase' penso. Non saprà mai la verità sul passato della sua famiglia. Forse fra qualche anno Ella deciderà di parlargli del suo vero padre. Per ora, però, suo padre è mio padre.

Esco dal soggiorno e mi chiudo la porta alle spalle. Poi guardo papà. Naturalmente il suo sorriso è svanito e ha di nuovo la faccia scura.

« In cucina? » propongo. Non voglio andare di sopra per non distrarre Tyler, quindi faccio strada in corridoio, verso la cucina. Anche se è domenica, al momento non c'è pace in questa casa.

Papà è in piedi, dall'altra parte dell'isola al centro della stanza. Preme le mani sul ripiano e tamburella impaziente con le dita. Mi guarda con aria scontenta, in attesa.

« Siediti » gli dico. Voglio avere il controllo della situazione, e se incombe su di me non mi sentirò a mio agio: sembrerà troppo minaccioso e io non sono qui per provocarlo. Sono qui per essere onesta con lui.

« Non voglio » ribatte lui.

« Siediti. Adesso ».

Il mio tono di voce deciso continua a sorprenderlo, per fortuna oggi non è troppo combattivo. Io sono molto determinata e penso che lui lo capisca dalla mia espressione, perché si arrende molto più in fretta del solito. Sono così decisa a parlare con lui che non prova neanche a fermarmi.

Con un altro sospiro rassegnato, scosta una sedia dal tavolo e si siede, poi si appoggia allo schienale e incrocia di nuovo le braccia. « Allora Eden, cosa c'è? »

Io lo osservo con attenzione, studiando la sua faccia. Non sembra tanto arrabbiato, adesso che non c'è Tyler, ma ha comunque gli occhi stretti in un'espressione infastidita. Non so perché abbiamo lasciato che il nostro rapporto si logorasse fino a questo punto. Tanto tempo fa eravamo molto legati. Io lo adoravo, come ogni figlia adora il suo papà. Quando ero piccola contavo i giorni che mancavano al weekend, quando papà finiva di lavorare, perché sapevo che aveva programmato qualcosa di bello da fare insieme. Adesso però è tutto diverso. *Noi* siamo diversi. Tre anni fa ero venuta a Santa Monica proprio per migliorare il nostro rapporto, ma sembra essere successo il contrario. Riesco a dirgli soltanto: « Perché ci siamo ridotti così? »

Cadiamo in un silenzio imbarazzato, perché nessuno dei due riesce a trovare una risposta. Credo che la nostra rottura abbia molte ragioni, che si sono accumulate negli anni. È difficile trovare la radice di tutto, anche se papà non si sta sforzando molto di pensarci perché alza le spalle e dice: « Lo sai perché ».

« No, in realtà non lo so » rispondo, appoggiandomi al ripiano con la schiena. « Me lo puoi dire? »

Papà rimane di nuovo zitto. Allarga le braccia e si sfrega la mascella, guardando a terra. Ho imparato che non è bravo a dire la verità. Sporge le labbra, mentre si chiede se rispondermi o no. Alla fine mi guarda in faccia ed espira. « Eden, perché sei qui? »

« Sono qui perché non ho un rapporto sereno con mio padre ». A differenza sua, io ho passato moltissimo tempo, negli ultimi giorni, a pensarci su. Ho preparato un discorso con i messaggi che voglio passargli, e finalmente mi posso esprimere. « Non mi va di andare avanti così, a litigare e insultarci ogni volta che ci troviamo nella stessa stanza. Io *voglio* avere un rapporto con te, ma non posso farlo se tu continui a trattarmi così. Sono *tua figlia*. Tu dovresti sostenermi, non distruggermi e criticare le mie decisioni, anche se sono stupide. Tu dovresti essere dalla mia parte, non contro di me ».

« Eden » comincia lui.

« No » lo interrompo, in tono deciso. « *Ascoltami*. Questa famiglia è un disastro e tu lo sai. Lo sappiamo tutti, e tu ti ostini a dare la colpa a me e a Tyler, ma la verità, papà, è che non siamo affatto noi il problema. Sei tu. Sei *tu* che hai causato tutto questo. Questo casino è colpa tua. La tua rabbia ci sta distruggendo tutti, e non hai motivo per cui essere arrabbiato. Siamo stati onesti con te e con Ella, e hai idea di quanto sia stato terrificante dover venire qui e raccontarvi quel segreto? Perché è stata la cosa più difficile che abbia fatto in tutta la mia vita, e tu ci hai sbattuto la porta in faccia. Non ci aspettavamo certo che approvassi quello che stavamo facendo, ma volevamo che lo accettassi. Forse non subito, certo, invece tu non l'hai mai fatto. *Perché* ti sei opposto così tanto alla nostra storia? Perché ci detesti in questo modo? Da dove viene tutto questo? » Quando mi fermo sono senza fiato, le parole mi rotolavano fuori dalla bocca come una cascata. Ho il cuore a mille, perché ho un disperato bisogno di risposte. Sentire la verità da papà è l'unico modo per fare dei progressi, per cominciare a riprenderci.

« E va bene » dice lui, sporgendosi in avanti. « Lasciamo perdere il fatto che siete fratellastri. Posso conviverci, ma quello con cui non posso convivere è che mia figlia sia coinvolta con una persona così instabile. A me piaceva Dean. Era un bravo ragazzo, ti trattava bene. Ma Tyler? » Scuote la testa, quasi disgustato. « Tyler è bravo solo a evitare i suoi problemi ».

« Proprio come sei bravo tu a evitare i tuoi, o sbaglio? » ribatto, sulla difensiva. « Come hai evitato la mamma perché non volevi neanche *provare* a risolvere le cose con lei? Come hai evitato me, perché era più facile odiarmi che accettarmi? » Ormai sono esasperata, raddrizzo la schiena e alzo le mani in aria. « Quante volte ti devo dire che Tyler non è la stessa persona di quando aveva diciassette anni? Quando l'ho conosciuto non lo sopportavo. Odiavo ogni suo comportamento, quindi fidati se ti dico che se davvero fosse ancora così, io non sarei innamorata di lui ».

« Ah » dice papà dopo un momento. « Quindi adesso sei di nuovo innamorata di lui, anche se mi avevi detto più volte che ti era passata ».

« Era la verità » gli dico, con un macigno sempre più pesante sul petto. « Mi aveva lasciata, papà. Se ne era andato. *Sai bene* quanto ero arrabbiata, ma poi... poi ho ascoltato quello che Tyler aveva da dire e ho capito che andarsene era davvero la cosa migliore per lui. Non posso continuare a portargli rancore, l'ho perdonato ». Mi fermo, perché so che devo dire a mio padre ancora una cosa, e questo mi sembra il momento giusto. « Non so se Ella te l'ha già detto » borbotto torcendomi le mani, senza riuscire a sostenere il suo sguardo, « ma io e Tyler adesso stiamo insieme. E io mi trasferisco a Portland. Studierò all'Università statale di Portland. Ho preso la mia decisione ».

« Ma bene » replica papà, in tono sarcastico. « Non è meraviglioso? »

« *Sì* che è meraviglioso, perché sono felice, e non dovrebbe essere quello che desideri per me? Che io sia felice e che viva la mia vita come voglio? »

« Io voglio che tu sia felice » ammette papà, in tono più basso, dolce. « Solo che non penso che tu possa esserlo con Tyler ».

« E come fai a saperlo, papà? Solo io posso sapere cosa mi rende felice, e quel qualcosa è Tyler ».

Faccio un respiro profondo e raccolgo le idee, poi tiro fuori un'altra sedia e mi metto di fronte a papà. La tensione nell'aria sembra essersi dispersa, credo che restare calma sia stata la strategia migliore che potevo scegliere. Qui non c'è spazio per la rabbia, solo per l'onestà.

« Per favore, ti chiedo solo di ascoltarmi ». Guardo papà con occhi tristi, imploranti, per chiedergli di comprendere quello che sto dicendo. « Tyler è cambiato, okay? A volte le persone lo fanno. Cambiano in meglio. E Tyler... si è disintossicato definitivamente. Non è più una persona collerica, riesce a controllare le sue reazioni. È più felice e rilassato. È premuroso e attento. Ha una casa e un lavoro. Ha addirittura aperto un centro giovanile e lo gestisce gratuitamente. È andato anche in terapia e si è rimesso in contatto con suo padre. È proprio quello che sta dicendo a Ella in questo momento ». Vedo che papà spalanca gli occhi a queste parole: capisco che sia una descrizione molto diversa rispetto al Tyler che conosce lui. « E poi, papà, lui mi vuole bene, sul serio. Non farebbe mai niente che mi faccia soffrire ».

« Un centro giovanile? » ripete papà.

« Sì, è meraviglioso. Cerca di aiutare altri adolescenti che stanno affrontando esperienze terribili come la sua » gli spiego, e mentre lo dico mi ritrovo a sorridere, perché sono molto orgogliosa di lui. « E adesso non provare a dirmi che è solo un idiota che non sa quello che fa, perché non è così. Ha completamente rivoluzionato la sua vita ».

Papà rimane immobile, in silenzio. Gira gli occhi per la cucina, guardando ovunque tranne che verso di me. « Se tutto questo è vero... » dice alla fine « allora posso dargli una possibilità ».

'È un progresso' mi dico, 'ma niente di più'. Soltanto un progresso. Anche se papà concede a Tyler una seconda occasione, questo non significa che la darà anche a me. Il nostro rapporto è ancora inesistente, e finché non capiremo perché non riusciamo ad andare d'accordo, il resto non conta. Certo, è un bene che papà voglia provare a tollerare Tyler, ma non è ancora abbastanza.

« Perché sembra sempre che io non ti piaccia? Era così anche prima che scoprissi la storia fra me e Tyler. So che ci stavamo provando e le cose sembravano lentamente migliorare, ma continuavo ad avere l'impressione che tu non mi volessi come figlia, che saresti stato più felice se io non ci fossi stata. E mi sembra così ancora adesso. Perché sei un papà così bravo per Jamie e Chase, ma non per me? » La mia voce diventa sempre più acuta, a ogni parola che mi esce di bocca, perché dirglielo fa molto più male di quanto avrei creduto. « Odiarmi ti fa stare meglio? »

Papà sospira di nuovo. Ogni volta che lo fa è come se lasciasse andare un po' della sua rabbia. Il fuoco nel suo sguardo si è spento. Il fatto notevole è che adesso mi sta ascoltando, mentre gli dico come mi ha fatto sentire. Nella sua espressione c'è un grande senso di colpa. « Io non ti odio. Non voglio che pensi questo ».

« E allora cosa provi, papà? » gli chiedo, ma credo che da un momento all'altro mi metterò a piangere. Non mi aspettavo che oggi papà mi avrebbe davvero ascoltato, ma adesso che sta rispondendo alle mie domande mi rendo conto che questo discorso avremmo dovuto farlo moltissimo tempo fa, perché le cose non si possono aggiustare senza parlarsi. « Perché di certo non è amore ».

« Non lo so » dice papà, chinando la testa. Pare che si vergogni, come se *sapesse* di avermi trattato in modo ingiusto e adesso dovesse riconoscere i propri errori.

« Dimmi perché » gli ordino, anche se il mio tono non è tagliente come vorrei. Sto cominciando a mostrare segni di debolezza. « Dimmi solo perché, papà. Dammi solo un motivo per cui sei sempre stato così ostile verso di me ».

« Perché tu hai preso le parti di tua madre, Eden » sbotta lui, alzandosi di scatto. La pressione lo ha fatto esplodere. Ha il respiro pesante e le guance arrossate, strizza gli occhi e si stringe la radice del naso fra il pollice e l'indice.

Io sbatto le palpebre, confusa. « Che cosa? »

« Fra me e tua madre » dice papà lentamente, aprendo gli occhi, « tu hai scelto lei. Hai deciso che ero io il cattivo, anche se ero stato un buon padre per te. Io e tua madre... litigavamo perché eravamo incompatibili, avevamo visioni e opinioni differenti praticamente su qualsiasi cosa. Non litigavamo perché io ero uno stronzo e so bene che lei ti ha sempre fatto credere il contrario, ma non era giusto che fossi io a prendermi tutte le colpe, quando la responsabilità non era di nessuno. So che eri piccola, ma ogni volta che discutevamo tu ti sedevi accanto a tua madre e mi incenerivi con gli occhi, anche se non ero neanche stato io a cominciare. Anch'io stavo vivendo un inferno, Eden. Non solo tua madre».

L'improvvisa apertura di papà e la sua spiegazione tanto attesa mi lasciano senza parole. Non avevo mai sospettato che si sentisse così. Che *io* lo avessi fatto sentire così. Sono cresciuta con la convinzione che fosse lui il colpevole del divorzio, anche se ho sempre saputo che il motivo era il semplice fatto che i miei non andavano più d'accordo. Ma era molto più facile dare la colpa a papà.

«So di essermene andato senza nemmeno salutarti» continua lui, camminando avanti e indietro. «So di aver sbagliato, ma ho preferito sparire perché sapevo che tutti quei litigi non ti facevano bene. L'ho fatto per te, Eden, perché meritavi di meglio di due genitori che non facevano altro che azzannarsi alla gola».

«Ma...» annaspo alzandomi, anche se mi sento le gambe intorpidite. «Non mi hai più cercata».

«Perché pensavo che tu non volessi» confessa. «È per questo che vi ho lasciato sole e se ci tieni tanto a sapere perché faccio fatica ad andare d'accordo con te, è perché so che sei ancora convinta che il divorzio sia stato colpa mia».

Non gli chiedo scusa, però sto piangendo. Le lacrime hanno trovato una via d'uscita e mi scendono sulle guance: gli ultimi minuti mi hanno sopraffatto. 'Un altro progresso'. Forse, e dico forse, un giorno finalmente riusciremo ad avere un rapporto sereno. Non adesso, non ancora. Ci vorrà molto tempo per ricostruire la fiducia reciproca e perdonarci, ma questo è un inizio. Svelare la verità è solo il principio. Adesso comincia la parte più faticosa.

«Non piangere» sussurra papà avvicinandosi. Sembra voler asciugare le mie lacrime, però non vuole toccarmi, quindi arretra di nuovo, in fretta, e si sfrega nervosamente la nuca. «Senti... so di aver fatto degli errori. E ne hai fatti anche tu. Abbiamo sbagliato entrambi, lo fanno tutti. Io non voglio litigare con te, Eden, davvero. Ma mi ci vorrà del tempo per metabolizzare tutto questo. Sono disposto a fare uno sforzo, se lo vuoi anche tu, perché hai ragione. Sto mettendo a rischio l'intera famiglia».

« E soprattutto il rapporto fra te ed Ella » mormoro, tamponandomi gli occhi. Mi sventolo la faccia, butto fuori il fiato e, dato che voglio essere del tutto sincera con lui, aggiungo: « Sta cominciando a vederti come ti vedeva la mamma prima del divorzio. Ti prego, non rovinare tutto ».

« Lo so » dice papà, incupendosi. Si passa una mano tra i capelli ingrigiti e guarda l'orologio sulla parete. « Non ho intenzione di abbracciarti » borbotta, « perché sono ancora arrabbiato con te per essere scappata via, la settimana scorsa. Svegliarmi e scoprire che mia figlia era fuggita durante la notte con un ex delinquente non è stato proprio il massimo ». Invece di abbracciarci decidiamo di stringerci la mano, con l'impegno a fare uno sforzo maggiore, da ora in poi.

Mentre lascio la mano di papà, sento dei passi sulle scale. È Ella, seguita a ruota da Tyler e Jamie. Ci vedono in cucina e vengono a raggiungerci.

Appena Ella entra in cucina, capisco che ha pianto. Ha gli occhi rossi e gonfi, il trucco sbavato. Non cerca di nasconderlo, ma tira su col naso e mi lancia un'occhiata interrogativa. So cosa sta cercando di chiedermi. Vuole sapere come è andata tra me e papà. Io le faccio un lieve cenno con la testa, per rassicurarla.

Tyler, alle sue spalle, è un po' pallido. Ha le mani in tasca e si sta mordendo il labbro. I suoi occhi trovano i miei. Ci scambiamo sorrisi di sollievo e soddisfazione, orgoglio e gioia. È come se avessimo scalato una montagna.

Dietro Tyler, gli occhi di Jamie non tradiscono alcuna emozione, la sua espressione è vuota. Si ferma vicino all'arcata della cucina, lo sguardo fisso davanti a sé. Non riesco a immaginare come si senta, ma credo che la notizia del contatto fra Tyler e il padre lo abbia colpito profondamente.

Papà si schiarisce la gola e fa un passo verso Tyler. « Congratulazioni » gli dice, e Tyler inarca un sopracciglio con aria sospettosa e perplessa: non capisce di cosa papà stia parlando. « Per il centro giovanile » spiega lui.

« Oh, grazie ». Tyler allunga il braccio e finalmente, *finalmente* si scambiano una ferma stretta di mano. È un passo molto importante ed Ella sembra così sollevata e felice che penso potrebbe svenire.

Chase deve aver sentito le voci in cucina, perché si avvicina in punta di piedi dal soggiorno e si mette accanto alla porta, al fianco di Jamie. Ci guarda con occhi curiosi, cercando di capire se l'atmosfera sia tossica. Ma non lo è: è piena di speranza.

« Noi dovremmo andare » dice Tyler, lanciandomi un'occhiata e sollevando le chiavi della macchina. Ella tira su col naso e Chase comincia a lamentarsi perché siamo *appena arrivati*. Jamie e papà non dicono niente, probabilmente perché non sono dispiaciuti che io e Tyler siamo già in partenza.

« Potremmo venire a trovarvi, qualche volta » propone Ella, con gli occhi traboccanti di speranza. Guarda papà. « David? »

Papà osserva me e Tyler. So che è troppo presto perché lui, Ella e i ragazzi comincino a venire a trovarci a Portland, comunque non esclude la possibilità. Dice soltanto: « Può essere, più avanti ». Poi mi fa un sorriso teso che dice più di mille parole, si gira verso le porte scorrevoli ed esce in giardino. È un momento difficile per lui, ma apprezzo che mi abbia ascoltato. Non credo che possa sopportare altro, per oggi, quindi è normale che voglia starsene un po' per conto suo.

« Spero che Portland vi tratti bene, tutti e due » dice Ella, che si sta mettendo di nuovo a piangere, anche se sorride. Avvolge Tyler in un abbraccio, lungo e forte, e gli pianta un bacio sulla guancia. Poi viene da me, mi prende fra le braccia e mi stringe.

« Grazie di tutto » sussurro contro la sua spalla. Lei fa un passo indietro e annuisce. Ella ci ha sostenuto per tutto il tempo e le sarò sempre grata per questo. È una persona molto importante per me.

Mi volto verso Jamie, ma lui si rifiuta di guardare me e Tyler. Tyler gli mette una mano sulla spalla e la stringe con decisione, ma credo che ci vorrà molto tempo prima che lui accetti la nostra relazione. In ogni caso, se si è convinto papà, lo può fare chiunque. Sono sicurissima che alla fine, fra tre mesi o tre anni, smetterà di opporsi.

Chase ci abbraccia tutti e due, perché è Chase e a Chase piacciono tutti, a prescindere da quello che fanno o dicono. « Ma Portland non faceva schifo? » mi chiede inclinando la testa, con uno sguardo sospettoso negli occhi azzurri.

« No, ho detto una bugia » rispondo con un sorriso.

Tyler si mette a ridere, la sua mano scivola nella mia. Percorriamo il corridoio fino all'ingresso, Ella e Chase ci seguono. Jamie no. Come papà, penso che per oggi ne abbia avuto abbastanza. Alcune persone hanno bisogno di più tempo per accettare certe informazioni.

« Per favore, chiamate, ogni tanto » ci ricorda Ella, con le guance bagnate di lacrime. Ogni volta che Tyler deve lasciare la città lei lo vive come un addio. Il loro è un legame prezioso. « O anche ogni giorno. A me non dispiacerebbe ».

Tyler le dà un ultimo abbraccio e poi ci muoviamo. Usciamo dalla porta di quella che un tempo era la casa di entrambi, ma ora non lo è più. Portland è la nostra nuova casa, la nostra avventura, il rischio che abbiamo deciso di correre.

Oggi è domenica e per le strade c'è un'aria indolente, il sole del pomeriggio arroventa il quartiere. Mentre attraversiamo il prato Tyler mi sorride, con i suoi occhi verdi infuocati. Le nostre mani, intrecciate, dondolano in mezzo a noi.

« Come è andata? » mi chiede, ma io riesco a pensare soltanto a quanto sembra felice.

« Bene. Credo che finalmente stiamo andando da qualche parte. E a te? »

Lui alza le spalle ma non smette di sorridere, come se fosse fiero di se stesso per essersi tolto quel peso. Niente più segreti. « Ci vorrà un po' prima che la mamma accetti tutto quanto, diciamo che meglio di così per ora non poteva andare ».

« E Jamie? »

« Lui proprio non capisce » dice Tyler con un sospiro, « ma alla fine si renderà conto che le persone meritano una seconda occasione. Come papà, come me, come noi ».

Io gli sorrido, orgogliosa di tutto quello che ha realizzato nell'ultimo anno e della persona che è diventato. Sono fiera di stare al suo fianco, sapendo che finalmente è mio e che posso mostrarlo orgogliosamente al mondo. È tutto quello che ho sempre voluto. Mi avvicino a lui, stringendogli più forte la mano.

Con la coda dell'occhio vedo la macchina di Rachael parcheggiata nel suo vialetto, dall'altra parte della strada. So di non poter partire senza salutarla. Dico a Tyler di aspettarmi, gli lascio la mano e attraverso la strada di corsa. Vado dritta alla sua porta e comincio a suonare il campanello a ripetizione. Non abbiamo fretta, ma ho talmente tanta energia nelle vene che non riesco a contenermi. Per fortuna è lei ad aprire la porta, invece dei suoi genitori, e prima che possa anche solo aprire bocca mi butto fra le sue braccia.

La stringo forte e quando mi stacco vedo che ha uno di quei sorrisi tristi che odio tanto. « Allora parti davvero, eh? » mi dice, imbronciata.

Io annuisco. « Tornerò alla fine dell'estate, ma per ora sì ».

« Allora farai meglio a sbrigarti » dice lei con un sorrisetto, « perché il principe azzurro ti sta aspettando ».

Seguo la direzione del suo sguardo e mi volto verso Tyler. Ci sta guardando col sorriso sulle labbra e le braccia incrociate. È appoggiato di schiena contro la macchina, pronto a lasciare Santa Monica e partire per la nostra gita in macchina fino a Portland. È veramente fighissimo. Senza sforzarsi di esserlo.

Arrossisco, mentre stacco gli occhi da lui per riportarli su Rachael. « Buona fortuna con Snake » le dico.

« Buona fortuna con il tuo fratellastro » risponde lei, e non possiamo fare a meno di ridere. È una cosa che non darò mai per scontata. È buffo che il fatto che io e Tyler siamo fratellastri non sia più un problema, che sia diventato una battuta di spirito. Non avrei mai creduto che un giorno ci avrei riso sopra, eppure eccomi qui. Credo che questo dimostri quanta strada abbiamo fatto.

Soffio un bacio a Rachael, mi giro e punto gli occhi su Tyler. Questo basta a far spuntare sulle mie labbra un sorriso trionfante. Lo amo tantissimo. Attraverso di corsa il prato di Rachael e la strada, verso la persona che ha sempre posseduto il mio cuore, e sempre lo possiederà.

Quando lo raggiungo, le mie labbra trovano le sue in un batter d'occhio e la sua bocca si muove insieme alla mia con tanta passione che ogni fibra del mio essere si infiamma. Sento i brividi lungo la schiena, la pelle d'oca sulle braccia, un formicolio nelle mani. Sorrido contro le sue labbra, perché in questo momento la mia felicità è così immensa che non riesco più a controllarla, e quando apro gli occhi per guardare i suoi, vedo che mi rispondono con una scintilla color smeraldo. Sullo sfondo Ella copre gli occhi a Chase, ma sta sorridendo. Sento il fischio di Rachael dall'altra parte della strada.

Quando i miei occhi tornano su Tyler, gli prendo il viso fra le mani, mordendomi il labbro. « Guarda giù » sussurro.

Lentamente lui abbassa gli occhi a terra e io piego il piede di lato, in modo che veda quali Converse ho addosso, quelle con la sua scritta dell'estate scorsa. Quando rialza la testa, il suo viso è raggiante.

Dopo tutti questi anni, dopo tutte le prove che abbiamo dovuto affrontare, finalmente siamo felici. Non è tutto perfetto. Dobbiamo ancora capire tante cose, riparare ai nostri errori e fare dei cambiamenti, ma l'importante è che ci stiamo provando. Siamo cresciuti e abbiamo imparato, ma soprattutto abbiamo accettato noi stessi.

'Finalmente' penso. 'Finalmente'.

Ringraziamenti

Come sempre, grazie ai miei lettori della prima ora, che hanno seguito questa storia con dedizione e amore. Non avrei potuto farcela senza di voi, e per questo vi sarò eternamente grata. Grazie alla mia famiglia, e in particolare ai miei genitori, Fenella e Stuart, per la pazienza e il sostegno nei cinque anni in cui ho lavorato a questa trilogia. Grazie ai miei migliori amici per avermi impedito di impazzire. Grazie alle mie editor, Karyn, Kristen e Janne, per la loro esperienza e la loro guida, e per l'entusiasmo e la cura che hanno dedicato alla storia di Eden e Tyler. Grazie a tutta la Black & White Publishing, per l'impegno che ciascuno di voi ha messo in questa trilogia. Siete persone meravigliose, e grazie per avermi fatto sentire a casa nei vostri uffici nelle ultime settimane della stesura di questo libro. Non avrei potuto chiedere un gruppo di lavoro migliore e sono infinitamente orgogliosa di essere una delle vostre autrici. Avete realizzato il mio sogno. Grazie.

INDICE

Fotocomposizione Editype S.r.l.
Agrate Brianza (MB)

Finito di stampare
nel mese di novembre 2020
per conto della TEA S.r.l.
da Elcograf S.p.A.
Stabilimento di Cles (TN)
Printed in Italy